S

Michael Roes

ZEITHAIN

Roman

Schöffling & Co.

Erste Auflage 2017

Satz: Fotosatz Amann, Memmingen
Druck & Bindung: Pustet, Regensburg
ISBN 978-3-89561-177-3
www.schoeffling.de

INHALT

ZEITHAIN

Es gibt kaum einen Abschnitt in unserer Historie, der öfter behandelt worden wäre als die Katte-Tragödie. *Aber so viele Schilderungen mir vorschweben, das Ereignis selbst ist bisher immer nur auf den Kronprinzen Friedrich hin angesehen worden. Oder wenigstens vorzugsweise. Und doch ist der eigentliche Mittelpunkt dieser Tragödie nicht Friedrich, sondern* Katte. *Er ist der Held, und* er *bezahlt die Schuld.*

Theodor Fontane: *Wanderungen durch die Mark Brandenburg*

Ich heiße Philip Stanhope, wie mein Großvater, der letzte Graf von Chesterfield, mein Ururgroßvater, Admiral der Royal Navy, und mein Urururgroßvater, jener junge missratene Philip Stanhope, unehelicher Sohn des gleichnamigen Vaters, Vierter Graf von Chesterfield, der seine berühmten, doch letztendlich vergeblichen *Briefe an seinen Sohn über die anstrengende Kunst, ein Gentleman zu werden* an ebendiesen Philip Stanhope adressiert hat. Nicht nur die Namensgleichheit, auch die unehelichen Verhältnisse durchziehen meine Genealogie wie ein misstönendes Leitmotiv. Der berühmte Vater meines ihn letztlich enttäuschenden Urururgroßvaters war mit Petronella Melusina von der Schulenburg, der unehelichen Tochter von König Georg I. und seiner Mätresse, Ehrengard Melusine von der Schulenburg, vermählt. Diese Ehe aber blieb kinderlos, sonst hätte ich mich nun einer königlichen, wenngleich illegitimen Abstammung rühmen können. Indessen nahm auch der Vierte Graf von Chesterfield es mit der ehelichen Treue nicht so genau und zeugte meinen Ahnen mit einer dubiosen Mademoiselle Elisabeth du Bouchet, deren genaue Herkunft in den Familienarchiven dunkel bleibt. Und der aus dieser Liaison entsprungene Philip Stanhope hatte ebenfalls nichts Besseres zu tun, als der Mode seiner Zeit zu folgen und auf seiner *Grand Tour* in Rom den von einem Zeitgenossen als »plain almost to ugliness« beschriebenen Reizen meiner Urururgroßmutter Eugenia Peters zu verfallen. Er war gerade mal achtzehn Jahre alt, sie zwanzig. Ihrem Schoße entsprangen Charles und der nächste Philip Stanhope, geheiratet haben die beiden aber erst Jahre nach der illegitimen Geburt ihrer Söhne 1730, im Jahr von Kattes Hinrichtung, in Dresden, und von der Existenz seiner Enkel erfuhr der Vierte Graf von Chesterfield erst nach dem frühen Tod seines Sohnes.

Diese mehr illustre als ehrenvolle Ahnengalerie hilft mir nicht einmal in grundlosen Phasen der Schwermut, meine von Selbstmitleid und Minderwertigkeitsgefühlen gemarterte Seele aufzurichten. Obwohl durch die Heirat des Vierten Grafen von Chesterfield mit Petronella Melusina von der Schulenburg, der illegitimen Tochter König Georg I. rechtmäßig mit dem Königshaus verwandt – illegitim ist König Georg I. ja der legitime Großvater meines illegitimen Vorfahren Philip –, bin ich nie zu einer Feier, sei es Taufe, Hochzeit oder auch nur einer Scheidung, meiner erstaunlicherweise immer noch über England herrschenden Verwandtschaft eingeladen worden. Vielleicht ist auch das, neben den bekannten Vorkommnissen im letzten Jahrhundert, ein Grund dafür, dass die deutschen Zweige und Verästelungen unserer Familiengeschichte bis zur Nichtexistenz verschwiegen wurden. Und das wäre zweifellos auch so geblieben, wären diese sieben Briefe nicht in meine Hände geraten.

Lord Chesterfields Rat an seinen unglücklichen Sohn könnte wortwörtlich auch aus dem Mund meines Vaters stammen: »Ich wünschte nichts herzlicher, als Dich so oft wie möglich lächeln zu sehen, aber niemals will ich Dich in Deinem Leben lachen hören. Regelmäßiges und lautes Gelächter ist eine Eigenschaft närrischer und schlecht erzogener Charaktere, mit dem der Pöbel seine dumme Freude über dumme Dinge äußert. Und sie nennen es auch noch Glücklichsein. Meiner Meinung nach ist nichts so unfrei und so krankhaft wie lautes Gelächter. Ich bin weder schwermütigen noch zynischen Gemüts, und ich bin offen für Amüsement wie jedermann, aber ich bin sicher, niemand hat mich, seit ich Herr meiner Vernunft bin, je lachen gehört!«

Würde man meinen Vater, einen schmallippigen Tory-Abgeordneten und ehemaligen Wirtschaftsanwalt, nach seiner Meinung über seinen erstgeborenen Sohn Philip, also mich, befragen, würde sein ernüchterndes Urteil in etwa folgendermaßen lauten: »Bitte fragen Sie nicht! Er hat sein Studium abgebrochen und ist zu Hause ausgezogen. Zum Militär will er nicht. Und eine anständige Arbeit findet er nicht, so wie er aussieht und sich benimmt. Sein Geld holt er sich vom Sozialamt ab, das es sich bei mir zurückholt. Von mir bekommt er keinen Cent!

Keine Ahnung, wo er sich im Augenblick herumtreibt. Die

Adresse seiner Absteige hat er mir nicht mitgeteilt. Im Übrigen interessiert es mich auch nicht. Das letzte Mal habe ich ihn ohne Helm auf einem teuren Motorrad eine rote Ampel überfahren sehen. Ich weiß nicht, ob er diese Ordnungswidrigkeiten nur deswegen begangen hat, weil er mich an der Straßenkreuzung in meinem Dienstwagen erkannt hat. Wir haben uns nicht gegrüßt. Woher er das Geld für ein teures Motorrad hat? Ich vermute mal, aus Drogengeschäften oder anderen zweifelhaften Quellen. Er raucht Marihuana, schnupft Kokain, schluckt Ecstasy, das alles kostet viel Geld, und sicher bezahlt ihm das nicht das Sozialamt. Vielleicht hat er es auch irgendwo gestohlen. Schon als er noch bei mir wohnte, hat er gedealt und geklaut. Immer wieder standen merkwürdige Typen vor unserer Tür, offensichtlich Junkies, wenn Sie mich fragen. Und es gab gehäuft Wohnungseinbrüche und Diebstähle in der Nachbarschaft. Fast hätte ich selbst die Polizei auf ihn aufmerksam gemacht! Doch dann ist er endlich ausgezogen, und die Diebstähle hörten auf. Oder haben sich in andere, weniger gut beleumundete Quartiere der Stadt verlagert. Womöglich wäre es von nicht geringem erzieherischen Wert, wenn er tatsächlich mal erwischt würde und die Justiz ihm einen ordentlichen Denkzettel verpasste! Natürlich, kaum je ist mal ein junger Mann in einer Strafvollzugsanstalt zu einem besseren Menschen geworden. Wenn Sie mich fragen, ich habe ihn abgeschrieben! Aber besser, Sie fragen mich nicht!«

Diese fiktiven, aber durchaus realistisch wiedergegebenen Auskünfte meines Vaters sind nicht vollkommen unberechtigt oder falsch, aber, wie alle väterlichen Urteile über ihre heranwachsenden Söhne, ziemlich einseitig. Nun, ich will erst gar nicht versuchen, mich zu rechtfertigen, denn die andere, unberücksichtigte Seite geht meinen Vater überhaupt nichts an. Nicht er hat sie einfach ignoriert, sondern ich habe sie, zunächst mit kindlicher Verschlagenheit und später mit jugendlichem Missmut, vor ihm verborgen gehalten. Er weiß ohnehin schon mehr von mir, als mir (und ihm) lieb sein kann, doch in frühen Lebensjahren ist es einem Schutzbefohlenen ja noch nicht gegeben, *alles* vor den Erziehungsberechtigten geheim zu halten.

Bei einem jener von ihm zu Recht so missbilligten Streif- und Beutezüge durch die väterliche Wohnung, die eher Unzufriedenheit und Langeweile als tatsächlicher Bedürftigkeit geschuldet waren, stieß ich im Walnusssekretär meines Vaters, einem alten Familienerbstück und absolutem Tabu für meine pubertären, von exzessiver Selbstbefriedigung befleckten Kifferfinger, auf diese besagten Briefe an meine Ururururgroßmutter, säuberlich und gut lesbar in einem altmodischen Französisch mit Tusche auf inzwischen ein wenig vergilbtem Büttenpapier verfasst. Sofort steht mir der Wert dieser Briefe, an deren Authentizität ich keinen Augenblick zweifle, vor Augen, und ich gehe im Geiste schon die Liste jener Hehler durch, die mir Höchstsummen für derlei Kuriosa zu bezahlen versprechen. Doch dann entscheide ich, eher aus einer mich selbst überraschenden Laune heraus, diese Briefe doch erst einmal zu lesen, bevor ich sie an den Meistbietenden verhökere.

Ich begreife schnell, dass sie nicht vollständig sein können, da immer wieder auf Briefe verwiesen wird, die in dem kleinen Bündel fehlen. Trotzdem ergibt sich ein recht geschlossenes und mich, aller jugendlichen Abgebrühtheit zum Trotz, tief berührendes Bild des Briefschreibers. Mit ihnen beginnt in gewissem Sinn auch *meine* Geschichte. Nicht, dass der Fund mich zu einem besseren Menschen gemacht hätte. Aber ich behielt die Briefe, bis heute hat mein Vater ihren Diebstahl nicht entdeckt (oder mir von der Entdeckung keine Mitteilung machen wollen). Ich habe sie zunächst nach bestem Wissen und Gutdünken aus dem barocken und nicht immer ganz korrekten Französisch des märkischen Junkers ins Deutsche übertragen. Das hat mir unerwartet große Freude bereitet. Ich möchte nicht von Seelenverwandtschaft mit dem unbekannten Cousin sprechen. Vielleicht genügt schon der Umstand, dass ich nun fast in dem Alter bin, in dem Lieutenant Hans Hermann von Katte seinen Tod fand.

Wer war die Adressatin, diese Tante und mütterliche Freundin Kattes, Schwiegermutter meines Vorfahren Philip Dormer Stanhope, Vierter Graf von Chesterfield? Auf jeden Fall eine der mächtigsten Frauen ihrer Zeit, eine britische Madame de Pompadour, auf die meine Familie, trotz ihres ein wenig anrüchigen Standes einer königlichen Mätresse, bis heute mit einem gewissen Stolz blickt.

Dabei fing doch alles eher provinziell und bescheiden an: Sie diente als Ehrendame am Hof der Prinzessin Sophia von Hannover, Enkelin von König James von England, bis der Sohn Sophias, Kronprinz Georg Ludwig, sie zu seiner Bettdame erwählte. Als Georg nach dem Tod von Königin Ann im Alter von vierundfünfzig Jahren zum britischen Thronfolger, dem ersten aus dem Haus Hannover, ernannt wird, nimmt er Ehrengard Melusine von der Schulenburg, inzwischen mit ihren siebenundvierzig Jahren auch nicht mehr die Jüngste, dem zukünftigen König von England aber ans Herz gewachsen, mit nach London.

Obwohl mehr als fünfzig Verwandte Königin Anns ihr näher standen, kamen sie als Thronfolger nicht infrage. Ein Gesetz aus dem Jahr 1701 verbot Katholiken den britischen Königsthron. Und Georg Ludwig von Hannover war schlicht der nächste noch lebende protestantische Verwandte.

In England schafft er für seine Mätresse das Herzogtum Munster, die Grafschaft Dungannon und die Baronie Dundalk in Irland, und wenige Jahre später ernennt er sie zur Herzogin von Kendal, Gräfin von Feversham und Baronin Glastonbury.

Zeitgenossen beschreiben die Herzogin von Kendal als eine auffallend dürre Person, die respektlosen Londoner nennen sie einfach »die Nebelkrähe«. Doch fraglos ist sie die wahre Königin von England.

Das ursprünglich altmärkische, dann vor allem im Magdeburgischen begüterte Geschlecht derer von der Schulenburg steht Anfang des achtzehnten Jahrhunderts zum Teil in preußischen, vor allem aber in hannoverschen Diensten. Über seine Großmutter väterlicherseits, Eva Auguste von Stammer, ist Katte mit dieser altadeligen Familie verwandt, denn deren Schwester Anna Elisabeth, Kattes Großtante, hatte den brandenburgischen Kammerpräsidenten Gustav Adolf von der Schulenburg geheiratet. Von dessen Kindern war insbesondere Matthias Johann von der

Schulenburg, ein Cousin seines Vaters, in venezianischen Diensten als Verteidiger gegen die Türken im Jahr 1716 berühmt geworden; nicht minder berühmt sollte Matthias Johanns Schwester, Ehrengard Melusine von der Schulenburg, als Herzogin von Kendal werden, die Katte nach seinem Besuch in London schlicht »Tante Melusine« nennt.

Die Tochter Georgs aus seiner legitimen Ehe mit Sophie Dorothea von Celle, Sophie Dorothea von Hannover, heiratet 1706 Friedrich Wilhelm, Markgraf von Brandenburg, später König in Preußen. Damit ist Georg I. von England der Großvater Friedrich des Großen.

Als Friedrich mit Katte in England Zuflucht suchen will, ist dort bereits sein Onkel Georg II. an der Macht. Während er noch Prinz von Wales war, hat Georg II. die Sommer stets in Hannover verbracht, vor allem um dem eigenen Vater fern zu sein. Georg II. ist dreiundvierzig Jahre alt, als er 1727 seinem Vater als britischer König nachfolgt. Er nimmt nicht an der Beerdigung seines Vaters in Hannover teil.

Den größten Teil seines Lebens steht Georg II. in politischer Opposition zu seinem Vater. Nun wiederholt sich im eigenen Sohn Friedrich, Cousin des preußischen Thronfolgers, das Drama, der Kronprinz stellt sich gegen seinen Vater und neuen König von England.

Georg II. ist der Schwager Friedrich Wilhelms von Preußen, aber wie sein ungeliebter Vater pflegt er ein eher ambivalentes Verhältnis zum preußischen Königshaus. Eine Verheiratung von Friedrich Wilhelms Tochter Wilhelmine mit ihrem Cousin, Georgs Sohn Friedrich, wird jahrelang verhandelt, ebenso wie die Heirat des preußischen Kronprinzen Friedrich mit Georgs Tochter Amelia. Am Ende scheitert die englisch-preußische Doppelhochzeit aber vor allem am Intrigenspiel Österreichs gegen diese unerwünschte, weil zu mächtige Allianz, wobei der jähzornige Soldatenkönig und sein voreingenommener englischer Schwager es den kaiserlichen Agenten auch nicht eben schwer machen.

Nach Georgs Tod hält Tante Melusine einen Raben, von dem

sie glaubt, in ihm sei die Seele des toten Königs zu ihr zurückgekehrt.

Sie stirbt mit sechsundsiebzig Jahren, unverheiratet, es sei denn, König Georg habe sie, wie ernst zu nehmende Gerüchte behaupten, heimlich geheiratet, nachdem er sich von seiner rechtmäßigen Gattin Sophie Dorothea hat scheiden lassen und sie für den Rest ihrer Tage in ihrer Heimatstadt Celle gefangen hielt. Sie starb dreißig Jahre später, ohne ihre Kinder je wiederzusehen.

Von den drei Töchtern Melusines kehrten zwei nach Deutschland zurück und heirateten trotz ihrer illegitimen Herkunft standesgemäß in den preußischen Kleinadel ein. Petronella Melusina, Comtesse von Walsingham, die Zweitgeborene, ehelichte meinen Urahn Philip Dormer Stanhope, den Vierten Grafen von Chesterfield.

Glücklich kann die Ehe Chesterfields mit der unehelichen Tochter des englischen Königs nicht gewesen sein, aber sie eröffnet dem Grafen eine lange und erfolgreiche politische Karriere. Petronella sucht denn auch ihr Liebesglück rasch außerhalb der ehelichen Bande und gilt als Mutter von Benedict Swingate Calvert, dem legitimen Sohn von Charles Calvert, dem Fünften Baron von Baltimore. Lord Chesterfield indes zeugt den ersehnten Sohn und Erben mit jener schon erwähnten dubiosen Mademoiselle Elizabeth du Bouchet, die mich um mein königliches Blut bringt. Sonst hätte ich nicht nur den König von England zu meinen leiblichen Vorfahren zählen können, sondern wäre auch in zwar illegitimer, aber leiblicher Weise mit Friedrich dem Großen und seinem entfernten Cousin Katte verwandt.

Hätte sich von dieser Freiheit des Adels (oder diesem Adel der Freiheit) doch nur ein Bruchteil in die Generation meines graublütigen Vaters gerettet! Doch nun ist es offenbar an mir, ihr zu neuem Ruhm und Glanz zu verhelfen.

»Während Du in Deutschland bist«, schreibt Chesterfield an seinen Sohn, »beschränke alle Deine Untersuchungen auf Deutschland, nicht nur auf die allgemeine Reichsgeschichte, sondern auch auf die Geschichte der einzelnen Kurfürstentümer, Fürstentümer und Städte, desgleichen auf die Stammtafeln der angesehensten Häuser. Das Geschlechtsregister ist in Deutschland keine Kleinigkeit. Lieber würden die Deutschen ihre zweiunddreißig Ahnen nachweisen als zweiunddreißig Haupttugenden, wenn es denn so viele gäbe. Sie denken nicht wie Odysseus, der sehr richtig sagt: ›Herkunft und Vorfahren und was wir selbst nicht getan haben, das nenne ich kaum unser.‹«

Ich habe einige Jahre an der Universität von Aberystwyth studiert. Aberystwyth hat elftausendsechshundert Einwohner und siebentausendeinhundert Studenten. Schlägt man die Grund- und Oberschüler noch den Hochschülern zu, kommt auf jeden Einwohner dieses idyllischen walisischen Seebades ein Student. Das ist zweifellos der hauptsächliche, wenn nicht einzige Grund, warum Prinz Charles sein Studium hier absolvierte, vielleicht auch der hauptsächliche und einzige Grund, warum er sein Leben lang der Prinz von Wales zu bleiben verdammt ist.

Ich habe an dieser derart ausgezeichneten Universität Deutsche Literatur studiert. Warum eigentlich?, habe ich mich schließlich gefragt, wo doch selbst mit einem Master in Englischer Literatur in ganz Großbritannien keine Stelle zu finden ist!

Doch nun scheint sich alles zu fügen. Und es bewahrheitet sich das, was Cicero über die Gelehrsamkeit geschrieben hat: Die Kenntnis der Wissenschaften nähre die jugendlichen Jahre, ergötze das Alter, verschönere das Glück, sei Zuflucht und Trost im Unglück, vergnüge daheim, falle auswärts nicht zur Last, vertreibe uns die Nächte, die Zeit auf Reisen, das Leben in der Fremde.

Mein illustrer Vorfahre gleichen Namens begab sich bereits mit achtzehn Jahren auf *Grand Tour*. Und Hans Hermann von Katte ist neunzehn Jahre alt, als er zu seiner Bildungsreise nach England, Frankreich und Italien aufbricht. Zu seiner Zeit nennt man sie »Kavaliersreise«. Welch ein schönes Wort, auch wenn man damals unter einem »Kavalier« wohl noch etwas anderes verstand als heutzutage.

Also wird es auch für mich endlich Zeit, mich zu meiner Grand Tour aufzuraffen, in die entgegengesetzte Richtung, ins

Herz des Kontinents, ins spröde, untergegangene Preußen, meiner Gemütsstimmung und finanziellen Lage gerade angemessen. Vielleicht schenkt sie mir sogar Abstand und Muße, über mich selbst nachzudenken, die notwendigen, zumindest unausweichlichen Schritte im Anschluss dieser Reise. Aber nun lass die Welt Welt sein und sich nach Paris und Venedig sehnen, für dich liegt Arkadien in Wust, in Glaucha und Küstrin!

In einem Nebengebäude des Doms der Freien Hansestadt Bremen, so lese ich auf meiner äußerst komfortablen Fahrt entlang extraterrestrischer Tagebaugruben und stillgelegter Zechen im Bahnmagazin, finde sich eine Attraktion absonderlicher Art: die mumifizierten Leichen in der Stadt verstorbener unbekannter oder nicht reklamierter Reisender, darunter auch die einer englischen Abenteurerin mit orangefarbenen Fingernägeln und bitterschokoladendunklem Teint, in der Stadt allgemein als »Lady Stanhope« bekannt. Es wird sich doch nicht etwa um eine entfernte Verwandte von mir handeln? Habe ich mit meinen Recherchen zu meinem Großcousin nicht genug zu schaffen, um mich auch noch um eine möglicherweise verschollene und nun auf wundersame Weise in der Bremer Dom-Morgue wieder aufgetauchte Großtante zu kümmern?

Der Lady fehle dem vor mir liegenden Artikel zufolge die Nase, anderen Mumien seien Haare und Finger abgetrennt worden, die Besucher abgeschnitten oder ausgerissen und als Erinnerungsstücke mitgenommen hätten. Einer dieser Finger und eine ganze Kinderhand befänden sich heute im Goethehaus zu Weimar. Der Bremer Arzt Dr. Nicolaus Meyer, ein Bekannter Goethes, habe sie dem Dichterfürsten übersandt, um ihn so zu einem Besuch Bremens zu verführen. Goethe nahm die Einladung jedoch nicht an und schenkte Finger und Hand seinem Sohn August.

Die Stadt ist relativ jung, verglichen mit anderen europäischen Metropolen wie Athen, Rom, London oder Aberystwyth. Den Römern ist es nie gelungen, östlich der Elbe Fuß zu fassen. Hier verlief die Grenze zu einem Reich, das noch von Stämmen beherrscht wurde.

Berlin war nicht viel mehr als ein Transitort, eine Furt oder ein Damm an der Spree, wo Kaufleute, die aus dem Westen oder dem Osten kamen, ihre Waren umladen mussten, ehe sie ihre Reise auf dem Landweg oder auf den Flüssen und Seen Richtung Norden fortsetzen konnten.

Transitort scheint die Metropole immer noch zu sein. Die meisten Berliner, die ich treffe, sind nicht hier geboren, sondern Zugereiste. Sie wollen auch nicht für immer bleiben, sondern sind noch auf der Suche.

In der U-Bahn sitze ich einem jungen Mann von achtzehn oder neunzehn Jahren gegenüber, schlicht und ungehobelt in seiner Rede, augenscheinlich ohne tiefere Bildung. Doch dann spricht er mich direkt an, mit so viel unerwarteter Feinfühligkeit und Überzeugungskraft, dass alles, was ich bisher gehört und gelesen habe, verblasst im Vergleich zu dem, was er mir mitteilt.

Er ist nicht der Erste, der mich, obgleich er mich nicht kennt, einfach anspricht. Die Stadt ist voller Sprachen, die durch ihre Sprecher verwundet sind. Es gibt eine spürbare Unruhe zwischen den Wörtern, ohne dass ich den Grund dafür erkennen könnte. Sie wühlt auf, peinigt mich, hat aber keinen anderen Namen als diese Leerstelle. Vielleicht ist es eine Geste, eine Operation anstelle eines Namens.

Ich bleibe in der U-Bahn sitzen, um so lange wie möglich mit dem beseelten Redner zusammen zu sein und ihm zuhören zu können. Zunächst klingen seine Worte wie eine Predigt. Als er bemerkt, dass endlich einmal einer seinen Worten lauscht, sagt er, ich dürfe ihm nicht glauben, denn er sei der größte Sünder auf der Welt!

Beim Zuhören darf ich mich weder an dem festhalten, was die Einheimischen sagen, in der Regel ist es widersprüchlich, noch an dem, wie sie es sagen, meistens ist es zu grob. Was bleibt, ist eine dunkle, gestaltlose Unähnlichkeit mit dem, was gemeint ist. Ich bin durchaus dankbar für diese Freiheiten der Deutung. Sie entlasten mich, sie eröffnen heilige Fiktionen. Wörter werden von ihrem Sinn losgerissen, sie liefern dem Verstand keinen Halt mehr, sondern bringen ihn, nein, zwingen ihn zur Bewegung.

Bis zum Betriebsschluss pendeln wir zwischen den Endstationen der Linie 2, während er mir von seiner vollkommenen Vereinigung mit Gott berichtet, Vereinigung im Sinne von Verkehr. Als er genauere Einzelheiten preisgibt, glaube ich ihm die besondere Vertrautheit sofort. Die Voraussetzung dieser unbegreiflichen Intimität sei die absolute Reinheit der Seele, sagt er mit großem Ernst. Und im tieferen Sinne sei sie es, die ergriffen werde, auch wenn zuallererst der Körper es spüre.

Ich frage den jungen Mann, wie diese absolute Reinheit der Seele erlangt werden könne.

Er erwidert, vor allem müsse man beharrlich sich selbst besiegen, die Sorge um die eigene körperliche und seelische Gesundheit, die Schmerzen, den Rausch.

Ich teile ihm ganz offen meine Angst vor Schmerzen mit. Er nickt verständnisvoll und verspricht, für mich beten zu wollen. Dann rät er mir, den Heiligen Josef zum Vorbild zu wählen.

»Den Heiligen Josef?«

»Ja, den Vater Jesu.«

»Ich habe bisher angenommen, Jesus habe keinen Vater gehabt.«

»Das ist in der Tat ein ungelöstes Mysterium. Seit meinem zehnten Lebensjahr verehre ich ihn als meinen ersten und einzigen Beschützer und vertraue nur ihm.«

»Dem Heiligen Josef und nicht Gott?«

»Der Heilige Josef ist Gott! Er ist der Vater in der Heiligen Dreieinigkeit.«

»Das habe ich nicht gewusst.«

»Er ist ein sehr verschwiegener Mann. Im Hause unseres Herrn hat er sehr wenig gesprochen, weniger als Unsere Liebe Frau, die auch nicht gerade ein redseliges Weib genannt werden kann.«

O Stadt der letzten Gott suchenden Mystiker, barfüßigen Bettelmönche, gepiercten Geißler, gefledderten Engel! Dunkle Tage, helle Nächte. Ungestüme Ruhe, schulterklopfende Grausamkeit. Vertraute Fremde, fremde Vertrautheit. Ja, ich rauche noch einen Joint mit.

Von der ersten Begegnung an mag ich es, wie diese Stadt ihre Unvollkommenheit mit einer Rhetorik des Exzesses und der Übertreibung verteidigt. Diese Schamlosigkeit scheint ihr vorherrschender Stil. Ich bewege mich durch eine Topographie, wo die Fallhöhe hoch und der Absturz die Regel ist. Mein Gegenüber würde es vielleicht den verstetigten Sündenfall nennen. Andere, nüchternere wie ich erkennen darin natürlich auch die schlichten Symptome eines ständigen Missbrauchs.

Tief in der Nacht steige ich endlich aus der U-Bahn aus. Doch es ist nicht die Station, zu der ich wollte, zumindest finde ich dort nicht die vertraute Umgebung, die ich erwartet habe, sondern eine Wüste.

Ich bin mir nicht sicher, ob es der äußere Verfall ist, der dieses tiefe Gefühl von Trostlosigkeit in mir hervorruft. Verfall, Verwahrlosung, Freudlosigkeit, Finsternis. Es dämmert bereits, als ich endlich zu meinem bescheidenen Hotel am Bahnhof Zoo zurückgefunden habe.

Kaum bin ich in einen schweren, traumlosen Schlaf gefallen, da fasst mich jemand an die Schulter. Vor mir steht ein bärtiger Mann in einer traditionellen Zimmermannskluft, wie ich sie nur aus alten Schwarzweißfilmen kenne, und spricht: »Was bist du stolz auf deine Gottlosigkeit und dein untugendhaftes Leben! Willst du einen wirklichen Heiligen sehen, so gehe in den Waschraum. Dort findest du einen Mann, der einen Lumpen um den Kopf gebunden hat. Niemals hat er sein Herz von Gott abgewendet, während deine Gedanken unentwegt in den Sündenpfuhlen der Weltgeschichte herumscharwenzeln!«

Als ich mich einfach umdrehen und weiterschlafen will, hebt er zornig den Eichenknüppel, den er wohl nur zu diesem Zweck bei sich trägt, da er zu rüstig ist, um sich darauf stützen zu müssen. Seufzend stehe ich auf und begebe mich in den Waschraum. Außer zwei kotzenden Landsleuten ist er leer. Dann gehe ich hinunter zum Empfang und frage den Nachtportier nach einem Angestellten oder Gast, der mit einem um den Kopf geknoteten

Scheuertuch herumläuft. Der sichtlich müde Nachtportier blickt mich an, als sei ich nur ein weiterer betrunkener Brite, der gleich seinen Empfangsraum vollkotzen wird. Ich versuche, seine Bedenken zu zerstreuen, und erkläre ihm, ich hätte eine Vision gehabt, ein bärtiger Mann mit einem Knüppel in der Hand, seines Zeichens Tischler oder Sargschreiner, habe mir befohlen, besagten Heiligen mit dem Scheuertuch aufzusuchen.

Der Herbergsangestellte, jung noch, vermutlich ein Student, aber in derlei herausfordernden Situationen nicht unerfahren, nickt mit ausdruckloser Miene. Im Augenblick, sagt er, sei er der einzige Angestellte hier und, soviel er wisse, alles, nur kein Heiliger. Ich solle mich erst mal ausschlafen und am Morgen mit dem Geschäftsführer sprechen. Der kenne sich mit derlei Visionen besser aus, er habe immerhin ein abgebrochenes Theologiestudium hinter sich, während er, der Nachtportier, erst im dritten Semester Betriebswirtschaft studiere.

Ich falle ihm zu Füßen und sage: »Vergib mir und segne mich. Auch ohne Scheuerlappen bist du in meinen Augen ein Heiliger, Kurt!«

Nun blickt der Student doch ein wenig irritiert: »Woher kennen Sie meinen Namen?«

»Steht auf deinem Namensschild, Bruder.«

»Sorry, junger Mann, Sie müssen mich verwechseln! Besser, Sie gehen jetzt auf Ihr Zimmer zurück!«

»Haben sie dich nicht angepisst, als du noch ein sommersprossiger Junge warst, haben sie dir nicht Senf auf die Eichel und in die Arschritze gerieben, damals im Jugendlager, und später, auf dem Kinderspielplatz hinter deinem Wohnblock, sind sie da nicht über dich hergefallen, haben dir dein Handy und deine Sportschuhe geklaut, sodass du barfuss nach Hause humpeln musstest, und haben sie dir, nachdem dein Vater Anzeige erstattet hat, nicht nach der Schule aufgelauert und dich mit ihren Schlagringen und Springerstiefeln so zugerichtet, dass du zwei Wochen im Koma lagst?«

»Wer hat Ihnen denn diesen Unsinn erzählt?«

»Ich habe es doch gesagt, ich hatte eine Vision!«

»Gehen Sie schlafen, Mister!«

»Nicht, ehe du mir verziehen und mich gesegnet hast!«

»Ich bin kein Seelsorger, ich mache hier nur den Nachtdienst!«

»Dann bete für mich Sünder, Kurt!« Bevor seine Verlegenheit in heiligen Zorn umschlägt, trete ich den Rückzug an. Vielleicht habe ich es ja wirklich ein wenig übertrieben, noch ganz am Anfang meiner Reise.

»Bald hätte ich etwas vergessen, das ich Dir zum Augenmerk deiner Neugier und Erkundigung während Deines Aufenthaltes in Deutschland anpreisen wollte«, schreibt Chesterfield an den fernen siebzehnjährigen Sohn, »und das ist die Verwaltung der Gerechtigkeit.« – Ja, auch deswegen bin ich hier.

An Baroness Melusine von der Schulenburg, Herzogin von Kendal, St. James Palace, London

Wust, den 5ten April 1724

Endlich, teure Tante, bin ich nach Wust auf das väterliche Gut zurückgekehrt, wohlbehalten und gesund, und will den Dank nicht vergessen, den ich Ihnen für die gastfreundliche Aufnahme in London schulde. Überdies habe ich auch auf dem Heimwege so viel erlebt, daß mir auf diesem Papier kaum genug Raum bleibt, darüber zu schreiben. Ich wollte, ich könnte es Ihnen von Angesicht zu Angesicht erzählen, denn schon diese wenigen Zeilen, liebe Tante, müssen Sie enttäuschen, ich schreibe eben anders, als ich rede, schlimmer noch, ich rede anders, als ich denke, und ich denke anders, als ich denken sollte. Verzeihen Sie mir, daß ich mich an dieser Stelle kürzer fasse, als Sie es in den redseligen und selbstvergessenen Teestunden, die ich in Ihrer Gesellschaft verbringen durfte, von mir gewohnt sind. In aller Kürze also nur soviel: Vom Rheine aus bin ich schon in den Frühling hineingeritten, aber in den letzten Tagen, an den gefürchteten Hängen des Harzes, hat mich der Winter noch einmal eingeholt, und in Sturm und Wildnis und in eiskalter Nacht, die geladene Pistole neben mir im Strohbette, habe ich gar manches Gebet geseufzt zum verlorenen Gotte meiner Kindheit.

Aber es war am Ende kein tollwütiger Wolfshund, kein Wegelagerer oder Mordbube, der mir fast den Leib von der Seele getrennt hätte, sondern die blinde, unbarmherzige Natur. Zunächst betraf es nur die Zehen und Füße, die ich nach und nach nicht mehr spürte. Doch als die Taubheit die Beine hinaufzukriechen begann und ich schließlich nicht einmal mehr die schon steifen Finger spürte, wurde ich mir der Gefahr bewußt und bettete mich in guter Soldatenmanier dicht an meiner treuen Stute Rücken, die ich zu mir ins Stroh sich zu legen zwang, und nahm sie gleichsam zu mir unter die viel zu dürftige Decke. So lagen wir, Roß und Reiter, behaartes Fell an unbehaartem, in der zugigen Scheune und wärmten einander.

Und nun, da ich trotz aller Unbill ohne größere Blessuren an Leib und Seele heimgekehrt bin, fühle ich mich wie neugeboren.

Wie Sie sich zweifellos erinnern, ist unsere Gegend nicht reich an landschaftlichen Schönheiten, und was sie bietet, ist der Wildnis mit Fleiß und harter Arbeit abgerungen. Aber unansehnlich ist sie – dem Namen Wust zum Trotze – eben auch nicht. Die Güter liegen von Eichengeäst überragt im Grünen zwischen Wiesen und Hainen. Es ist stiller hier und weniger staubig als in London oder Berlin. Auch wenn ich an diesem Orte weniger Zeit verbracht habe als in der Residenzstadt, so ist doch jeder Baum im Garten und jeder Platz im Dorfe mit Erinnerungen verbunden, glücklichen und unglücklichen.

Als ich mein altes Kinderzimmer mit Blick zum großen Hofplatz hinter dem Hause bezog, kam eine Krähe ans Fenster geflogen, und obgleich ich ihr nichts zu essen geben konnte, blieb sie sitzen, aber schalt gewaltig mit mir. Erst als ich sie anzufassen versuchte, flog sie fort.

Seit dem Morgen regnet es recht stark, was sage ich, der Regen ergießt sich mit der Gewalt einer alttestamentarischen Plage auf Wust. Das gibt mir immerhin die Zeit und Muße für diesen Brief. Überhaupt führe ich gerade das Leben eines Einsiedlers, da mein Vater in Berlin und meine Stiefmutter mit den Kindern in Königsberg weilen und nur wenig Gesinde das Haus hütet. Bei trockenem Wetter spaziere ich über die Felder und Auen bis zum Elbufer. Kehre ich zurück, musiziere ich oder vergnüge mich in Gesellschaft eines Buches. Der Umgang mit Büchern verlangt von uns ja ein gewisses Maß an Seßhaftigkeit. Dafür entschädigen sie uns mit der Bewegtheit und Unbegrenztheit des imaginären Reisens.

Von den Verwandten und Bekannten auf den Nachbargütern habe ich kaum jemanden besucht. Doch ist in der vergangenen Woche hochbetagt Großtante Luise von Bismarck gestorben, gestern fand die Beisetzung statt, an der ich wohl oder übel teilnehmen mußte. Vielleicht erinnern Sie sich noch an das zarte, zerbrechliche Fräulein. Sie hat nie geheiratet und allein mit ihren Bediensteten auf einem Nachbargute bei Jerichow gewohnt. Sie war ihr Leben lang verschlossen, unwirsch und schwermütig. Erst in den letzten Lebensjahren, als sie kaum noch gehen und das Haus verlassen konnte, ist sie noch einmal zu neuer Lebensfreude aufgeblüht. Den Grund für diese wundersame Wandlung haben wir erst nach ihrem Tode erfahren.

Ein junger schwedischer Offizier, Herr von Boltenstern, lag während des letzten Krieges, als die Schweden plündernd und brandschatzend durch die Mark zogen, im Haus ihrer Eltern im Quartier. Es war damals noch ihre ältere, unverheiratete Schwester Elisabeth im Hause, und beide mögen sich wohl um den stattlichen jungen Mann bemüht haben. Aber der schwedische Edelmann hatte zum Leid und Argwohn der Älteren nur Augen für die Jüngere, Luise. Als dem jungen Offizier weiterzuziehen befohlen ward, versprach er Luise beim Abschied, sich gleich nach seiner Rückkehr in die Heimat mit seiner Familie zu beraten und dann bei Luisens Vater um ihre Hand zu werben. Auch wenn der Edelmann ein Schwede war, stammte er doch aus einer vornehmen und begüterten Familie, so daß einer Einwilligung des Vaters wohl nichts entgegengestanden hätte.

So zog der junge Offizier ab, und Luise wartete. Sie wartete geduldig und mit Zuversicht. Es verging ein Jahr und ein weiteres, und keine Nachricht aus Schweden erreichte sie. Doch sie glaubte weiterhin mit unerschütterlichem Vertrauen, daß der ersehnte Brief kommen müsse und kommen werde. Sie wies alle Bewerber, auch gegen die ausdrückliche und scharfe Mißbilligung der Eltern, ab, was man ihrem sanften Charakter gar nicht zugetraut hätte, und blieb ledig.

Erst Jahrzehnte später, nach dem Tode ihrer Schwester Elisabeth, klärte sich das Geheimnis auf. Unter den Papieren der Verstorbenen fand sich jener lang ersehnte Brief, von der eigenen Schwester aus Eifersucht und Mißgunst unterschlagen. Inzwischen war Großtante Luise selbst schon eine Greisin von über siebzig Jahren. Dennoch begann sie, Erkundigungen über jenen jungen Offizier einzuziehen. Er lebte noch, unverheiratet wie sie, ein rüstiger Greis. Und Luise begann im hohen Alter eine Correspondance mit ihm, ein Briefwechsel nicht ohne Bitterkeit über das verratene und vorenthaltene Glück. Sie schrieben einander, solange Herr von Boltenstern noch lebte, und meine Tante gewann ein wenig von ihrer Lebensfreude zurück, doch wiedersehen wollten die beiden betrogenen Alten einander nicht.

Und nun hat auch Tante Luise ihre letzte Ruhe gefunden und in ihrem Letzten Willen bestimmt, man möge die Briefe des Herrn von Boltenstern zu ihr ins Grab legen. Ihr jüngster, einzig noch lebender Bruder, Großonkel Christoph, hat dafür Sorge getragen, daß kein fremdes Auge noch einen Blick hineinwerfen konnte, was ich äußerst ehrenwert, aber auch bedauerlich finde.

Angesichts unserer Natur und unseres Loses bin ich ein hoffnungsfroher Pessimist. Nicht immer sind die Menschen in der Lage, dem rechten Maße und der erwarteten Tugend zu folgen. Und ich gebe offen zu, ich selbst bin einer von ihnen. Aber das kommt meinem Dafürhalten nach daher, daß wir uns nicht alle dieselbe Vorstellung vom Glücke machen und unterschiedliche Leidenschaften uns zu unterschiedlichem Verhalten bestimmen. In dieser Hinsicht bekenne ich mich zum Ideal größtmöglicher Freiheit. Aber dieses Geständnis behalten Sie bitte für sich, teure Tante.

Es grüßt Sie mit höchster Ehrerbietung, Ihr ergebener Neffe
Hans Hermann von Katte

WUST

Erst die Fremde lehrt uns, was wir an der Heimat besitzen.

Theodor Fontane

Der Großstadtlärm verstummt, die große Orgel des Verkehrs. Stadtbrachen. Und plötzlich bin ich hinaus aus Stein und Schutt. Ein Dom aus Kiefern, Fichten, Birken, ein karger märkischer Säulenwald, mehr Burg als Bethaus, protestantisch bis ins Kasernenhafte, gerade Baumstämme in Reih und Glied, die einen grauen schmucklosen Himmel tragen.

Ich sitze im Zug, und die märkischen Kiefern-Birken-Mischwälder ziehen vorbei wie ein monotoner Film in Schwarz-weiß, und statt der Schweißnähte der Vorortschienen höre ich meinen eigenen Puls stampfen. Rehe auf den überschwemmten Wiesen. Die Flüsschen und Seen randvoll, dabei hat die Frühjahrsschmelze noch gar nicht begonnen. Die Stationen heißen Kirchmöser, Wusterwitz, Genthin. Möchte nicht die Ortsnamen kennen, an denen der Zug nicht hält. Lese flüchtig den Namen GÖTZ auf einem verwitterten Bahnhofsschild.

Der pickelige Junge auf der Bank gegenüber blättert in einem Skateboardmagazin. Wusste gar nicht, dass es so etwas gibt. Waren Skateboarder nicht einmal Jugendliche, die das Blättern in jeder Art von Hochglanzmagazinen verschmähten? – Theodor Fontane gibt Ratschläge für das Reisen in der Mark Brandenburg, die zwar über hundertfünfzig Jahre alt sind, aber womöglich mehr denn je ihre Bedeutung haben. Wer in der Mark reisen wolle, schreibt er, müsse zunächst Liebe zu Land und Leuten mitbringen, zumindest keine Voreingenommenheit. Er müsse den guten Willen haben, das Gute gut zu finden, anstatt es durch kritische Vergleiche tot zu machen. Ferner müsse der Reisende sich mit einer feinen Art von Natur- und Landschaftssinn ausgerüstet wissen.

Nun denn, mit dieser Unvoreingenommenheit und dem geschärften Sinn für die Schönheiten in oder hinter der Armut habe ich mich auf den Weg gemacht. Da es keine direkte Zug- oder Busverbindung von Berlin nach Wust gibt, sitze ich nun im Regionalexpress 8114 nach Genthin. Ich hätte mir auch einen Wagen mieten können, doch zum einen habe ich keinen Führerschein, zum anderen sind die Unfalltoten auf den Brandenburger Alleen ja auch ohne meinen tatkräftigen Beitrag bereits Legion.

In Genthin muss ich den Zug verlassen und eine gute halbe Stunde unter dem Bahnhofsvordach auf den Bus nach Tangermünde warten. Seit Kirchmöser regnet es leicht, aber hartnäckig, sodass ich mich fast wie zu Hause fühlen kann. Nun geht die Fahrt mit dem Bus weiter, entlang der Straße der Romantik bis zur dem Flecken Wust nächstgelegenen Stadt Tangermünde, die vor siebenhundert Jahren für kurze Zeit den stolzen Titel einer Kaiserpfalz trug und schon zur Hauptstadt eines ostelbischen Reiches, in dem allerdings noch die unbesiegten Wenden hausten, ausersehen war. Indessen starb Kaiser Karl IV., bevor er die Hauptstadtfrage abschließend unter Dach und Fach bringen konnte, sodass seit diesen sieben Jahrhunderten das traurige Tangermünde von allen Zeitläuften unberührt weiter von seiner Auserwähltheit träumt.

Zunächst bin ich der einzige Fahrgast in dem Regionalbus und habe viel Raum und Stille zu schauen, auch wenn es nicht viel zu sehen gibt: flaches Ackerland, aus dem sich ein Heer riesenhafter Windräder erhebt. Träge bewegen sie ihre Flügel, eher mechanisch als lebendig, weil lautlos für meine Ohren. Weil sie mich mit der Frage, was der Tod denn sei, allein lassen. Jedenfalls ist er nicht einfach Bewegungslosigkeit.

In Jerichow steigt eine ganze Klasse junger Schwesternschülerinnen zu. Lärm und Gelächter erfüllt nun den Bus, und binnen weniger Minuten sind alle Fenster beschlagen, sodass meine Einfahrt ins stolze Tangermünde aussichtslos hinter dunstblinden Scheiben stattfindet.

Hier werde ich übernachten, bevor ich mich morgen um die Weiterfahrt nach Wust kümmere. *Wust* – ist das nicht ein großes, grobes Durcheinander, eine unübersichtliche Menge, eine chaotische Anhäufung, ein Berg, eine Flut unzähliger Dinge? Und klingt darin nicht Wüste an, Ödnis, einsamer, leerer Raum, Unmaß, Unrat, Halden, Schutt?

Fontane warnte bereits, nicht allzu sehr durch den Komfort der Großen Touren verwöhnt und korrumpiert zu sein. Es werde einem auf einer Reise durch die Mark zwar selten das Schlimmste zugemutet, aber es komme doch vor, und keine Reiseerfahrung reiche aus, uns im Voraus wissen zu lassen, wo und wann es den Reisenden treffe.

Bereits jetzt, am frühen Abend, sind die Gassen Tangermündes verlassen. Im einzigen noch geöffneten Café beeindruckt mich ein junger Gast mit wilden, kunstlosen Tätowierungen. Als habe er sie sich mit einem einfachen, angespitzten Schulfüller selber beigebracht. Vielleicht bleibt einem hier aus schierer Langeweile nichts anderes übrig, als sich selbst zum Kunstwerk zu machen, ehe man sich das Leben nimmt oder gar noch Schlimmeres antut.

Je finsterer die Nacht, umso heller die Sterne, sollte man denken. Aber hier ist der Himmel ein schwarzes Loch. Und sollte nur eine geschlossene Wolkendecke an der Sternenlosigkeit schuld sein, so gibt es nicht einmal genügend irdische Leuchtkörper, deren Lichtsmog die Kondensglocke sichtbar machen würde. Auch habe ich gelesen, dass hier, siebzig Kilometer westlich von der strahlenden Hauptstadt Berlin, der dunkelste Flecken Deutschlands liegen soll. Das habe ich mir nicht ausgedacht, ich schwöre es bei allem, was mir heilig ist. Ein deutscher Hobbyastronom mit weißem Bart und brauner Cordhose ist mit seinem Lichtmessgerät auf dem Autodach kreuz und quer durch seine Heimat gereist, um nach dem dunkelsten Ort im lichtverschmutzten Lande zu suchen, und hat ihn nicht an den Stränden der Ostsee oder auf den Gipfeln des Schwarzwaldes gefunden, sondern hier im Jerichower Land.

Ein grauer kalter Januartag. Auf den Feldern, Wiesen und Wegen stehen Wasserlachen. Für neun Uhr habe ich einen Rufbus bestellt, nun fährt er nur für mich und mich ganz allein die sieben Kilometer nach Wust. Bis auf den Schulbus um 7.15 Uhr und 14.15 Uhr gibt es keine Verbindung mit öffentlichen Verkehrsmitteln mehr zwischen Wust und Tangermünde.

Der Busfahrer lässt mich an der Haltestelle vor der Dorfkirche aussteigen. Ein Fachwerkturm mit grünbemoosten Balken, gegenüber das ehemalige Gutshaus derer von Katte. Heute beherbergt es die Grundschule des kleinen märkischen Fleckens. Doch die wenigen Kinder in Wust füllen gerade noch eine Klasse.

Hinter dem Gutshaus eine Andeutung von Park, der übergangslos in wildwachsende Fichtenhaine, Wiesen und Brachen übergeht. Auf einer kleinen sumpfigen Insel inmitten des Parks drei Gräber der Familie von Pilgrim und einer geborenen von Katte.

Zu Zeiten des jungen Kattes gibt es nur einen Garten hinter dem Herrenhaus und noch keinen großen Park mit künstlichen Teichen und seltenen Bäumen, die man erst aus England hierher bringen wird. Der kleine Hans hätte sich in einem Park wohl auch weniger zu Hause gefühlt als in einem sandigen Garten.

Hans Hermann von Katte kommt am 21. Februar 1704 im Domizil seines Großvaters mütterlicherseits, Alexander Hermann Graf von Wartensleben, zur Welt, der als Berliner Gouverneur damals noch das Hohe Haus in der Klosterstraße im Pfarrsprengel von St. Nikolai bewohnt.

Zwei Jahre darauf, wohl bei seiner Ernennung zum Generalfeldmarschall, erhält von Wartensleben das Palais Marlitz-Schomberg auf dem Friedrichswerder, wo auch sein Enkel Hans aufwächst. Es liegt dem Zeughaus gegenüber. Östlich vom Palais des Gouverneurs steht das Memhardtsche Haus, das einige Jahre später der Stadtkommandant als Dienstsitz erhält und von da an das Kommandantenhaus genannt wird. Und direkt hinter dem Palais Marlitz-Schomberg erstreckt sich das Kriegs-, Hof- und Kriminalgericht, Neue Hausvogtei genannt, dessen Generalauditor, Leutnant Christian Otto Mylius, in Kattes Prozess von 1730 eine bedeutende Rolle spielt.

Auf dem Familiengut Wust wird bald nach der Geburt im dortigen Kirchenbuch Folgendes vermerkt: »Anno 1704 den 21. Februar ist des Herrn Obrist-Wachtmeister Hans Heinrich von Kattes Söhnlein zu Berlin geboren und den 22. getauft und mit dem Namen Hans Hermann benennet worden. Dessen Pathen waren der Hoch-Gräfliche Herr Feldmarschall von Wartensleben, dessen Frau und Sohn.«

Kattes Mutter, Dorothea Sophie von Wartensleben, stirbt im Alter von dreiundzwanzig Jahren, als Hans drei Jahre zählt. Fünf Jahre nach dem Tod seiner ersten Frau heiratet Kattes Vater die siebzehnjährige Katharina Elisabeth, geborene von Bredow, Tochter des Leutnants Ludwig von Bredow und einer Tante Kattes. Sie, die Siebzehnjährige, wird Stiefmutter des achtjährigen Hans Hermann. Fünf Kindheitsjahre verbringt Katte mutterlos, vor allem in Obhut der Großeltern von Wartensleben in Berlin. Nur wenige Sommer verlebt er mit seinem Vater auf dem Gut in Wust.

Kattes Mutter stirbt in Brüssel, wohin sie ihrem Mann gefolgt ist. Hans Heinrich von Katte, Kürassieroberst und ein Liebling des Königs, kämpft in den Niederlanden, nimmt an den Schlachten gegen den Marschall Villeroy teil und erobert bei Ramillies mit seinem Regiment fünfzehn feindliche Geschütze.

Dieses Jahr des Ruhms nimmt Oberst Katte aber auch das Liebste, seine Gemahlin. Nicht einmal an ihrer Beisetzung kann er teilnehmen. Als der Oberst endlich aus dem Krieg zurückkehrt, erkennt Hans ihn kaum. Und als er den Fremden Vater zu nennen beginnt, ist dieser schon wieder auf dem Weg zu seinem Regiment im ostpreußischen Angerburg.

Im Park, Lange Straße und Gartenstraße, das ist Wust. Das einzige Gasthaus, Zum Schwarzen Adler, hat nun auch geschlossen. Es gibt keine Gaststätte, keinen Lebensmittelladen, keine Bäckerei, keine Post, keine Arztpraxis, keine Apotheke in Wust. Außer der sterbenden Grundschule gibt es gar nichts, nicht einmal Gottesdienste in der winzigen romanischen Dorfkirche. Man wohnt und stirbt hier. Doch geboren und selbst begraben wird man inzwischen andernorts.

In der Wuster Kirche befindet sich unweit der Kanzel ein in die Hallenwand eingelassenes Reliefbild, das einen Reiter in der Tracht des Dreißigjährigen Krieges zeigt, Hans von Katte, Hans' Großvater väterlicherseits. Daneben steht ein zweiter Stein, hineingemeißelt ein Knabe, der auf die Göttin Minerva zugeht und ihr einen Apfel überreicht. Der Junge mit dem Apfel stellt den Bruder des Vaters dar, der schon im Alter von vierzehn Jahren stirbt. Und der Großvater mit demselben Namen ist bereits zwanzig Jahre tot, als Katte geboren wird.

Hinter der Kirche, im selben rostroten Backstein errichtet, die Ruhestätte derer von Katte, eine schlichte mannshohe Gruft mit quadratischem Grundriss und einer kleinen Apsis, der »Ecke«, in der Hans Hermann von Kattes Sarg steht. Die Gruft ist vollgestellt mit Sandstein- und Eichensärgen, Kattes Vater Hans Heinrich liegt rechter Hand, neben ihm seine zweite Frau, Katharina Elisabeth von Bredow, linker Hand Kattes Mutter und die beiden Halbbrüder, die sich als junge Männer, zehn Jahre nach Hans Hermanns Tod, bei einem Duell gegenseitig umbringen, aus Eifersucht, aus verletztem Ehrgefühl, man weiß es nicht. Hans Heinrich von Katte überlebt alle seine Söhne. Keiner der drei wird älter als siebenundzwanzig Jahre, keiner heiratet, gründet eine eigene Familie und wird selbst Vater.

In der Gruftmauer befinden sich drei kleine kreuzförmige Löcher, welche die Grabkammer ständig belüften und dafür gesorgt haben, dass alle hier Beigesetzten ordentlich mumifiziert worden sind. Nur Leutnant von Katte ist in seinem Holzsarg, der ja zunächst auf dem Armenfriedhof zu Küstrin verscharrt worden ist, vermodert, da es in seiner »Ecke« der Gruft wegen mangelnder Regenrinnen am Kirchen- und Grabhaus über drei Jahrhunderte lang trotz Windscharten elendig feucht war.

Nun ist es aber auch der einzige Sarg, auf dem ständig ein frisches Blumengebinde liegt und an dem, trotz fortgeschrittener Verwesung, Jahr für Jahr am 6. November eine Gedenkandacht abgehalten wird.

Von meiner Informantin aus dem Wuster Geschichtskreis erfahre ich, dass die Angehörigen von Hingerichteten in den vergangenen Jahrhunderten bis zu den Attentätern des 20. Juli, die ja zu einem großen Teil ebenfalls dem märkischen Landadel entstammten, die Rechnungen für Henker, Henkersmahlzeit und Entsorgung des Leichnams zur Bezahlung vorgelegt bekamen. Im Falle Kattes zeigte der Soldatenkönig späte Milde und ersparte dem verzweifelten Vater die Begleichung wenigstens dieser Rechnung.

Hinter der Kirche beginnt nun ein »Katte-Radwanderweg«, wohin auch immer er führen mag (nach Küstrin?). Aus der Waldlichtung tritt ein junger Mann mit je einem großen Plastikohrring in beiden Ohrläppchen, an der Leine ein biberbrauner Dobermann, der ihm bis zur Hüfte reicht. Er könnte der jüngere Bruder meines Tätowierten in Tangermünde sein. Ich würde ihn gerne ansprechen und fragen, was er den ganzen Tag so macht, aber sein kalbsgroßer Begleiter hält mich von derart anthropologischer Aufdringlichkeit ab. – Später erfahre ich von meiner Informantin, die während dieser morgendlichen Begegnung noch die Wuster Schulklasse in Heimat- oder Naturkunde unterrichtet, dass es sich um eins der beiden Mitglieder der Freiwilligen Feuerwehr von Wust gehandelt haben müsse und der Tätowierte tatsächlich der ältere Bruder und nun Schwiegersohn des Besitzers meiner Tangermünder Herberge sei. Kleine märkische Welt!

Gab es damals schon ein vergleichbares Fernweh, wie es die Menschen heute umtreibt? Kam der Jugend die Begrenztheit eines Dorfes Wust genauso eng und bedrückend vor wie den Heranwachsenden der Gegenwart? Wollte sie hinaus in die Welt und Abenteuer erleben, wofür die unter jungen Adeligen üblichen »Kavaliersreisen« womöglich ein Symptom sind?

Wenn eine Zeitmaschine mich in Kattes Jahrhundert zurückkatapultierte, würde ich, nehme ich an, eher durch die unterschiedliche geografische als zeitliche Herkunft auffallen. Es ist zumindest kein seltenes Gefühl, sich in seiner eigenen Zeit fremd und einer anderen Epoche zugehörig zu fühlen.

Fontane schreibt, in der Kronprinzentragödie zwischen Friedrich und seinem Vater sei es am Ende Katte, der die Schuld bezahle. Von welcher Schuld spricht Fontane? – Es ist nicht leicht, in dieser Geschichte gerecht zu bleiben, da wir ja alle Söhne mehr oder weniger enttäuschter (und enttäuschender) Väter sind. Also will ich es auch gar nicht erst versuchen. Ein Roman muss nicht, ja darf nicht gerecht sein! Natürlich darf er auch nicht ganz und gar die Partei seines Helden ergreifen. Aber diese parteiischen Romane bereiten nun einmal das größere Lesevergnügen! Und *die* Wahrheit, der wir nahekommen sollten oder auch nur wollten, gibt es ohnehin nicht. Es genügt doch, dass ich, Philip Stanhope aus Aberystwyth, die Geschichte erzähle, um zu wissen, dass hier nicht Geschichte erzählt wird, sondern eine – ja, was? Eine märkische Passionsgeschichte? Ein preußischer Liebesroman?

Auf der von alten Ebereschen gesäumten Straße, die in späteren Zeiten vielleicht nur noch als ein elender Karrenweg angesehen wird, nähert sich, von Jerichow kommend, ein junger Mann auf seinem Schimmel dem stillen Weiler. Er mag es nicht sein Zuhause nennen, das kleine märkische Dorf, nur einige Kindheitssommer hat er hier verbracht, und nicht immer die glücklichsten.

Sobald das Gutshaus in Sicht kommt, zügelt er das Pferd. Das Gebäude ist eingerüstet, der Blick auf die Fassade von Fichtenbohlen verstellt. Ist es noch das Haus seiner Kindheit? Er sieht sich auf der Leiter, das Gesicht im unteren blattarmen Geäst des Kirschbaums. Ich bin die einzige Farbe hier im grünen Schatten, erinnert er sich. Angriffslustig beäugen mich die Elstern. Eine Sprosse weiter, und ihre schwarzen Schnäbel werden mir die kirschroten Augen aushacken. Ich lese es in ihrem gesträubten Gefieder, während ihre Augen kalt und leblos blicken. Ich bin vier oder fünf Jahre alt. Langsam hebe ich meine Steinschleuder, ihr Gezeter schwillt an, Wage es!, warnen sie mich, und wir werden dir deine kindlichen Knochen brechen!, dann das Baumbeben, die Sonnenfinsternis, der Aufruhr im schwarzen Geäst, und plötzlich sitze ich im Gras, winzig, von haushohen Halmen umgeben, als wäre ich ein plumpes, flügellahmes Insekt. Und ich denke, mitten im Leben geschieht es, daß der Tod uns holt. Wie lange habe ich nicht mehr an diesen Absturz, diesen Fall gedacht! Gut, das Leben ging weiter. Doch warum fällt es mir gerade jetzt wieder ein?

Damals konnte ich mir unter »Tod« noch nichts Rechtes vorstellen. Er bedeutete mir kaum mehr als eine andauernde Abwesenheit. Meine Mutter ist tot, wußte ich, und das hieß: Sie ist fort, weit fort, und findet nicht den Weg zurück. Am Anfang warte ich noch auf ihre Rückkehr, und viel später erst begreife ich die Tiefe dieses Wortes: *nie,* wenn auch nicht das Warum.

Es ist mein Kindermädchen Agnes, das mir, sanft das Haar und die Wangen streichelnd, begreiflich zu machen sucht, meine Mutter sei gestorben. Ich verstehe ihre Worte nicht, aber ich verstehe den Ernst und die Dringlichkeit ihres Tons. Ich rufe nach meiner Mutter, die ich liebe wie sonst niemanden auf der Welt, ihre Umarmung, ihr Lächeln, ihre Haut, ihren Geruch, dann denke ich an den Vater, wie er uns bei unseren Umarmungen und Liebkosungen unterbricht, sei es mit Worten, sei es mit Blicken, ich verstehe noch nicht, daß ihm dazu jedes Recht als mein Vater und ihr Gatte zusteht, und frage mich, ob er womöglich Anteil hat an dem, was die Amme mir mitzuteilen versucht.

Als sie spürt, daß ich noch zu jung bin, um zu begreifen, führt sie mich zu ihm, dem Vater, der mich steif und wortlos umarmt. Ich beginne zu weinen und nach meiner Mutter zu rufen, damit sie selbst mir erkläre, was geschehen sei, und mich tröstend in den Arm nehme.

Am nächsten Tag sehe ich den schwarz ausgeschlagenen Sarg und begreife immer noch nicht. Der Vater schickt uns zurück zum heimatlichen Gute, er will seine Frau nicht in der Fremde begraben, aber ihn selbst hält noch die Pflicht jenseits der Grenzen fest, so daß die Trauerfeier für meine Mutter erst Monate nach ihrem Tod stattfinden kann und ich mich kaum noch entsinne, um wen wir da trauern. Es ist auf jeden Fall nicht die abwesende Mutter, auf deren Rückkehr ich immer noch warte, auch wenn ihr Bild langsam verblaßt. Sie war nicht schön, aber ihre Züge waren sanft und ihre Haut rein und weiß. Ihr Haar war dunkelbraun und ihre Gestalt schlank, ja für den Geschmack der Zeit gar hager. Ihre Haltung löste eher Anteilnahme denn Ehrerbietung aus. Aber ihre Lebenszeit war zu kurz, als daß sie schon mit Geistesgaben oder Weltgewandtheit hätte glänzen können. Alle, die sie kannten, priesen indes ihr großmütiges und mildreiches Herz. Sie liebte die Musik, ohne sich allzu sehr mit ihr befaßt zu haben. Nur von ihr kann ich meine Neigung zu den Schönen Künsten ererbt haben, denn meinem Vater liegt nichts ferner als Flötenspiel und Poesie. – Manchmal, wenn eine gewisse Mischung aus frischer Milch und einer besonderen Art von harzigem Holze mir in die Nase steigt, erinnere ich mich an ihren Geruch, und dann steht sie einen Augenblick lang wieder ganz lebendig vor mir.

Bevor ich mich zum Gutshof wende, gehe ich zur kleinen Kirche. Als ich geboren werde, ist der schlichte Backsteinbau bereits fünfhundert Jahre alt. Er steht in etwa so lange fest auf dieser kargen Erde, wie unser Geschlecht derer von Katte hier im Jerichower Land ansässig ist. Die Kassettendecke hat mein Großvater anläßlich seiner Eheschließung mit meiner Großmutter, einer geborenen von Witzleben, von einem flämischen Meister ausmalen lassen. Das Hauptbild zeigt Vater und Sohn zusammen, entspannt in den Lehnstühlen des himmlischen Salons. Sie reden nicht miteinander, beide halten den Blick gesenkt und jeder scheint in Gedanken ganz bei sich. Sind sie einander überhaupt zugeneigt? Die Taube, die über ihnen schwebt, Sinnbild des Heiligen Geistes, scheint sie mit ihrem sonnenhellen Feuer eher zu trennen als zu vereinen, zwei schwermütige Grübler, der Vater müde, der Sohn verzweifelt.

Auch die Kanzel stammt aus jener Zeit. Sie ist aus Eschenholz und mit Blattgold überzogen. Vier Engelsköpfe zieren sie, und mit Goldschrift sind auf blauem Grund vier Bibelverse aufgemalt. Wie oft habe ich sie als Knabe in den ewig währenden Gottesdiensten Buchstabe für Buchstabe entziffert, ohne daß sie mich je getröstet hätten:

Euch aber / die ir meinen Namen fürchtet / sol auffgehen die Sonn der Gerechtigkeit / und Heil unter desselbigen Flügeln.

Maleachi IIII

Mein Kind / Vergiss meins Gesetzes nicht / und dein Hertz behalte meine Gebot. Die Sprüche Salomo III

Wie lieblich sind deine Wohnunge / HERR Zebaoth / Meine Seele verlanget und sehnet sich nach den Vorhöfen des HERRN.

Der Psalter LXXXIIII

HERR sey mir gnedig / heile meine Seele / Denn ich habe an dir gesündiget. Der Psalter XLI

Dort, nur hundert Schritte von unserem Gut entfernt, hat der Vater ihr ein eigenes Haus gebaut, direkt hinter dem Kirchlein, Mauer an Mauer mit ihr, ein schlichter, rechteckiger Ziegelbau, fast zu groß für den einsamen Steinsarg, der darin steht. Ich kann mir meine Mutter in dieser steinernen Umarmung nicht vorstellen. Wenn ich die Gruft betrete, denke ich an nichts. Es riecht nach Stein und Erde in diesem Haus, nicht nach irgend etwas Lebendigem oder Totem. Und es herrscht noch viel Leere darin, Platz für die ganze Familie. Wer wird der nächste sein, der dem Sarg der Mutter Gesellschaft leistet? Der Vater wohl, der Älteste, und dann vielleicht die neue Frau, Tante Katharina, eher Schwester mir als Stiefmutter.

Obwohl ich nichts empfinde, suche ich diesen Ort auf, wann immer ich in Wust bin. Als Kind habe ich die Gruft eher gemieden. Weiß ich heute mehr vom Tod? Haben diese Besuche mit meinem Eintritt ins Regiment Gens d'armes zu tun? Nein, es bedarf keiner zukünftigen Schlachten, den Tod als meinen Bruder zu betrachten. Nur gewöhnliche Leute neigen dazu, sich selbst als Universum oder zumindest als sein Zentrum anzusehen. Doch mein *Bruder* sagt mir, das alles sei nur Theater, trete in die Kulissen und schau dir die Acteure an: Sie sind nicht die Welt, allenfalls sind sie in der Welt, kleine Statisten im Großen Welttheater.

Am Rande zu stehen bedeutet keinen Verlust, sondern einen Gewinn an Einsicht. Wer im Mittelpunkt zu stehen glaubt, kann das Theater nicht durchschauen!

Ich kenne den Kirchturm, wie auch mein Vaterhaus, nur zerschossen von den Schwedischen Truppen im Dreißigjährigen Krieg. Jetzt erst sehe ich zum ersten Mal den neuen Turm aus Fachwerk mit einem Dache aus Schiefer und einem Schwerte in Form eines Kreuzes auf seiner Spitze. Die Wetterfahne zeigt eine Katze, das Wappentier unserer Familie.

Der Turm ist erneuert, doch nun steht das Herrenhaus in Bohlenrüstung da. Vater will es nicht nur instandsetzen, sondern auch durch zwei Seitenflügel erweitern. Wenn man von einer längeren Reise zurückkehrt, wirken das Dorf und das Gut, selbst in den Augen eines Kindes, äußerst bescheiden, ja ärmlich. Das Herrenhaus ist nur einstöckig und in Holzfachwerk errichtet. Jeder äußere Schmuck fehlt. Und selbst der nun geplante Neubau wird zwar größer und solider, aber nicht schmuckreicher ausfallen.

Als ich, das Pferd am Zügel, den kurzen Weg von der Kirche zum Gutshaus zu Fuß zurücklege, steht bereits Sigmund Patzer, der Gutsverwalter, in verschossener Livree am Portal, um mir den Gaul abzunehmen und ihn Eugen, dem Pferdeknecht, zu übergeben. Während er mich, den Gepflogenheiten der Gegend entsprechend, ohne jeden Überschwang und eher maulfaul, wenn nicht gar mürrisch begrüßt, humpelt unser alter Hühnerhund mit dem ehemals braunen, doch während meiner langen Abwesenheit inzwischen ergrauten Felle mir mit größter ihm noch möglicher Wiedersehensfreude entgegen, denn sogleich erkennt er in dem wohl nun erwachsenen Manne den ehemaligen jungen Spielkameraden wieder.

Durch die Haustür trete ich in die große, kühle Diele, von der eine Treppe zum Dachboden und den Giebelzimmern aufsteigt. Sonst ist die mit abgetretenen Ziegelsteinen gepflasterte Eingangshalle leer.

Eine Tür neben der Treppe führt in die Küche und die Dienstbotenzimmer, eine andere rechter Hand in die Gesellschaftsräume, die ich als Kind aber nur selten und stets mit großer Scheu zu betreten wage. Aber sie werden auch nur selten geöffnet, zum Geburtstage meines Vaters oder bei einem Besuche meines Großvaters versammelt sich die Familie dann ausnahmsweise dort zum Mittag- oder Abendessen. Zuerst kommt ein größerer Saal, der durch die ganze Tiefe des Hauses geht. Die Wände sind im Stil der Zeit mit Holzwerk bekleidet, weiß lackiert und mit wenigen goldenen Verzierungen versehen, ebenso die Möbel. In den freien Feldern des Holzwerks ist roter chinesischer Seidendamast eingelassen, und von demselben Stoff sind Vorhänge und Polster.

Hinter diesem Saale befindet sich die Bibliothek, die einmal auf hohen Bücherregalen aufgestellt war. Auch hingen hier alte Familienportraits. Da im Raume aber nur notdürftig und unzureichend die Kriegsschäden behoben worden sind, befinden sich Bücher und Gemälde dort seit Jahrzehnten in Kisten verpackt.

Im Herrenhaus gibt es noch ein anderes Zimmer, das ich nur selten und nicht ohne Ehrfurcht betrete, das Wohn- und Arbeitszimmer meines Vaters. Auch jetzt spüre ich eine gewisse Scheu, obgleich mein Vater doch gerade viele Meilen weit fort in Berlin weilt und ich gegenwärtig der alleinige Herr auf Wust bin. Neben der Eingangstür stehen ein Tisch und mehrere Stühle mit hohen Lehnen, dann folgt der mächtige Kachelofen, vor dem die zwei Jagdhunde zu liegen pflegen, denen mein Vater, im Gegensatze zu uns Kindern, beständig Zugang zu seiner Stube gewährt.

An der zweiten Wand steht meines alten Herrn Schreibschrank, kunstvoll mit verschiedenen Holzmustern ausgelegt. Auf demselben tickt die Uhr unter einem hölzernen Sturz mit Glasscheiben. Zu beiden Seiten des Gehäuses befinden sich vortrefflich ins Holz geschnitzte Figuren, linker Hand die Zeit, ein Greis mit einer Sense, rechter Hand eine weibliche Gestalt, die einem Genius ein aufgeschlagenes Buch zeigt, das auf ihrem Schoße ruht und vielleicht die Geschichte vorstellt, und auf der Uhr zwei Kindergestalten, die sich eng umschlingen. Das Gehäuse ist weiß, die Figuren glänzen in mattem Gold. Von dieser Uhr geht ein geheimnisvoller Zauber aus, der mich als Kind allen Verboten zum Trotze immer wieder in dieses Zimmer lockte.

Dann gibt es noch ein Sofa und in den beiden Fenstern der letzten Wand Stühle, zwischen ihnen eine hohe Kommode, darüber der Spiegel mit vergoldetem Rahmen. Hier schreibt und liest und ruht mein Vater, wenn er auf Wust weilt, hier empfängt er den privaten Besuch, hier sucht er Zuflucht vor den häuslichen und familiären Angelegenheiten, die sich vor allem in der großen Küche abspielen.

Alles atmet, obwohl er abwesend ist, seine Gegenwart. Mag er auch ein eher kleiner, zerbrechlich wirkender Mann sein – ohne Uniform und Degen würde ihn niemand für einen Offizier oder auch nur für einen Gutsherrn halten –, so liegt in seinem Auftreten doch etwas Achtunggebietendes und Einschüchterndes.

Wir Söhne müssen ihn mit »Sie« anreden. Er allein führt die Unterhaltung, unangesprochen darf niemand das Wort an ihn richten. Alles Flüstern oder gar Lachen ist uns streng untersagt. Deswegen sind wir nicht unglücklich, wenn er gewöhnlich allein in seinem Wohnzimmer speist.

Es ist still, nur das Ticken der Uhr und mein Atem erfüllen das Zimmer, und doch höre ich seine Stimme, leise, ein wenig schnarrend. Er spricht ein Gemisch aus Platt- und Hochdeutsch und eher schlecht als recht Französisch, ganz anders als mein Großvater von Wartensleben in Berlin, der beide Sprachen glänzend beherrscht.

Die Dienerschaft redet mein Vater mit »du« an, für uns Kinder sind sie natürlich auch »du«, aber es ist ein anderes »du«, verbringen wir mit Käthe, unserer Köchin, mit der Küchenmagd Martha, dem Stallburschen Eugen oder dem Kutscher doch mehr Zeit als mit unserem Vater. Es ist ein »du« ohne jede Herablassung, ein »du« des Vertrauens, der Nähe und derselben Augenhöhe. – Ich verlasse dieses gespenstige Zimmer und gehe in die Küche, wo Käthe bereits mit der Zubereitung einer Willkommensmahlzeit beschäftigt ist. Sie umarmt und herzt mich mit Tränen in den Augen, wie es nur ihr allein unter allen Bediensteten erlaubt ist.

Nachdem sie sich wie üblich über meine Magerkeit und meine kränkliche Gesichtsfarbe ausgelassen hat, gehe ich hinaus. Im Hause ist es kälter als draußen in der frühen Aprilsonne.

Vor dem Gutsgebäude, zur Dorfstraße hin, liegt ein Ziergarten mit Blumenbeeten und Orangenbäumen, der nun aber von den Maurern und Zimmermännern zertrampelt ist. Wir Kinder durften ihn nicht betreten. Sollten wir es trotzdem wagen, bekamen wir es mit unserem alten und inzwischen verstorbenen Gärtner zu tun, der noch strenger als unser Vater auftrat, denn für jede Verwüstung hatte vor allem er Kopf und Rücken hinzuhalten. Wollten wir im Freien spielen, dann im hinteren Garten oder auf der Dorfstraße.

Wenn mir das Herrenhaus nach langer Abwesenheit schmucklos und bescheiden vorkommt, so tritt es doch geradezu bedeutend vor den anderen Häusern des Ortes hervor, die sich ärmlich entlang der Dorfstraße aufreihen, eher Katen als Häuser, sämtlich mit Stroh oder Rohr gedeckt. Kein Schornstein überragt das Dach, der Rauch aus den Herdstellen quillt einfach durch die Haustür oder unter dem Dache heraus, das krumm und schief jederzeit vom Einsturz bedroht scheint. Das Innere ist ebenso sehr vom Mangel an jedem Schmuck und jeder Annehmlichkeit bestimmt, ein roher Tisch, ein paar Schemel, höchstens ein Armstuhl am nackten Backsteinofen. In der Schlafkammer eine Bettstelle und die Truhe. In der Küche der gewaltige Herd, ohne Schornstein, an den eisernen Haken der kupferne Kessel, alles geschwärzt vom ständigen Rauch.

Außen werden die ärmlichen Hütten von Obstbäumen beschattet, auf denen hier und da ein Storchennest sitzt. Hinter den Gehöften liegt ein kleiner Garten für Gemüse und mit einigen Beerensträuchern, dann folgt eine kleine Wiese, auf der oft kräftige, breitwipflige Eichen wachsen.

Nur die alte Kirche aus rotem Stein und unser Gutshaus mit seinem steilen Ziegeldache ragen über die Schilfdächer des Dorfes hinaus. Trotzdem ist das Dorf eines der größten der Umgebung, auch wenn nur eine sandige Landstraße dorthin führt, über die sich die wenigen Kutschen mühevoll und langsam quälen.

Im hinteren Garten, jenseits der Obstbäume, befindet sich das Lusthaus. Obgleich es uns wie der Ziergarten verboten ist und wir nur durch die Spalten der geschlossenen Läden hineinlugen können, löst es in uns verwirrende Gedanken aus. Dabei dient es doch, obwohl es zu anderen Zwecken errichtet wurde, seit langem nur noch der Aufbewahrung von Gartengeräten.

Am Ende unseres Obstgartens fließt der Mühlenbach, der den Garten gegen die Pferdeweide begrenzt. An diesem Bache, auf Pfählen, hat mein Vater in jungen Jahren, als meine Mutter noch lebte, das Lusthaus errichtet, von außen schmucklos aus Holz und Ziegelsteinen, gedeckt mit Schindeln. Innen aber war es früher einmal ein behaglicher Raum mit zwei Fenstern, die auf den Bach hinaussahen. Die Wände waren dunkelgrün mit Ölfarbe bestrichen, das Mobiliar bestand aus einem Sofa, Polsterstühlen, einem Tisch und einem Schränkchen mit Büchern, Tonpfeifen und einem Teeservice, ehe Eggen und Harken an ihre Stelle traten.

In jungen Jahren muß mein Vater noch viel gelesen haben. Zweifellos besitzt er, überraschend für einen märkischen Junker, einen gewissen Sinn für die Wissenschaft. Aber nun sehe ich ihn nur noch selten mit einem Buche in der Hand.

Ohne mütterliche Fürsorge und ohne die ständige Aufsicht meines Vaters, der in den wenigen Wochen, die er sich, seiner Garnison ledig, den Gutsgeschäften widmen kann, drohe ich jeden Sommer in Wust einigermaßen zu verwildern. Ich streife mit den Dorfbuben durch die Gärten und über die angrenzenden Wiesen, suche Käfer, Vogeleier, Raupen und Schmetterlinge, mache mit Pfeil und Bogen Jagd auf Vögel und anderes Getier und vergesse, was mir der Hauslehrer in den vorangegangenen Wochen eingebleut hat.

Einige der Nachbarjungen sind älter, roher, zeigen zum Teil schon die Manieren von Männern, Stallburschen, Bauern und kommen nicht immer aus Familien mit frommem Rufe. Obwohl ich der Sohn des Gutsherrn bin, reißen sie mit dem Vorrecht der Älteren die Führung an sich. Trotz meiner uneingeschränkten

Zuneigung machen mich Kleidung, Erziehung und Umgangsformen doch zu einem Außenstehenden unter ihnen. Die Dorfkinder sind bereits wie kleine Erwachsene gekleidet. Nur ich trage, zumindest in den ersten Tagen meiner Ankunft, eine Unterjacke, ordentliche warme Strümpfe, Kniehosen und ein Wams, das Schultern und Hüften einschnürt und mich jeder größeren Beweglichkeit beraubt. Nicht, daß ich die Dorfbuben fürchtete, aber manchem Schalk gegenüber bin ich ohnmächtig. Einige der Hufnerburschen zum Beispiel machen sich über meine dunklen buschigen Augenbrauen lustig und haben sogar ein Spottlied darüber verfaßt, das sie immer dann zum Besten geben, wenn ich mich wieder einmal mit meiner Besserwisserei nicht habe zurückhalten können:

Wer Augenbrauen hat
Wie der Ritter Katt
Hängt irgendwann am Galgen
Oder auf dem Rad

Womöglich geben sie meinem Gesicht ja wirklich einen düsteren und unheimlichen Ausdruck. Ich bin wohl der letzte, der darüber ein getreues Urteil fällen dürfte.

Man glaubt gar nicht, wie viele Arten von Jagd es für einen Dorfjungen in freier Natur gibt! Die Jagd nach Spinnen, Käfern, Fröschen, Kiebitzen und ihren Eiern, die Jagd auf Krähen, Ratten, Wühl- und Feldmäuse, die Jagd nach Regenwürmern, Kaulquappen und Stichlingen und, neben der Jagd auf einander, vor allem die Jagd auf Schlangen, nicht nur nach harmlosen Blindschleichen und Ringelnattern, sondern vor allem nach echten Kreuzottern. Die Kameraden kennen Stellen, wo sie so dicht wie Regenwürmer liegen. Wir bewaffnen uns mit einem Stock, der vorn gegabelt ist. Dann lüften wir halbverfaultes Geäst, darunter die Kreuzotter schläft, und im nächsten Augenblick fahren wir mit dem Stock derart in die Erde, daß die Gabel sich wie ein Halsring um die Schlange legt. Wenn die Otter uns nicht zuvorkommt und ihre teuflischen Giftzähne in unsere nackten Waden schlägt.

Gelingt der Angriff, verwahren wir die lebendige, nun aber

wehrlose Schlange in einem Weckglas und tragen sie nach Hause, wo sie nach vielerlei Experimenten an ihr dann nach einigen Tagen eingeht und an die Hofhunde verfüttert wird. Am besten eignet sich eine solche Schlange, sowohl lebendig als auch tot, die Mädchen in Angst und Schrecken zu versetzen, wobei sich die Bauernmädchen in dieser Hinsicht bereits gelangweilt und abgebrüht geben und die mißhandelte Schlange unversehens auf den hinterhältigen Werfer zurückschleudern oder ihm das zappelnde Reptil gar unter das Hemd stopfen.

Meine Schwester Sophie indessen, zwei Jahre jünger als ich, läßt sich immer wieder aufs neue von meinen Streichen zu Tode erschrecken. Auch in Berlin, denke ich mir, werden die Frauenzimmer gewiß weit weniger gelassen reagieren, so daß ich mir stets vornehme, einige Ottern im Weckglas am Ende des Sommers mit ins Palais meines Großvaters zu nehmen, dann aber vom Hofmeister, der niemals vergißt, noch einen letzten prüfenden Blick auf mein Reisegepäck zu werfen, doch daran gehindert werde.

Die Dorfjugend scheint mir auf ihre Art gebildet. Sie wissen wohl an die hundertzwanzig verschiedene Arten von Bockkäfern zu unterscheiden und zu benennen, während ich gerade mal eine Handvoll Namen kenne, den Widderkäfer, den Bastkäfer, den Feuerkäfer, den Schwarz- und den Panzerkäfer, den Hirsch-, den Mist-, den Mai- und den Marienkäfer. Und all diese zum Überleben auf dem Dorfe doch so notwendigen Kenntnisse habe ich nicht von meinem Lehrer erhalten, sondern von meinem besten Dorfkameraden Daniel Bauer, ein oder zwei Jahre älter als ich, so genau kennt er das Jahr seiner Geburt nicht, jedenfalls der zweitgeborene Sohn eines unserer Leibeigenen.

Dasselbe gilt für die Garten- und Wiesenkräuter. Aus eigener schmerzlicher Erfahrung weiß ich natürlich die Brennessel und die Distel zu erkennen, doch ohne Daniels Unterricht hätte ich nie vom Wanzenknabenkraut, vom Gabelzahn, vom Roten Rundbeutel oder dem Vogelnest gehört, das ich sicherlich bis heute lediglich für eine Behausung geflügelter Brüter halten würde.

Heute denke ich, daß er sich mit einigen Angebereien mir Städter gegenüber vielleicht auch nur hat wichtig machen oder mich gar zum Narren halten wollen und dann in der Runde der Dorfburschen über mich gelacht hat. Aber wäre das nicht sein gutes Recht, da er dem Sohn des Gutsherrn ja nichts anderes als sein dörfliches Wissen und seinen Stolz entgegenzusetzen hat?

Selbst für Daniel bleibe ich der Junge aus der Stadt, auch wenn ich versuche, mich wie er zu kleiden, wie er barfuß zu gehen, wie er zu sprechen, zu fluchen und Witze zu reißen und ihn hin und wieder mit Resten aus unserer Küche zu bestechen. Süßes gibt es bei den Hufnern und Insten nur selten. Und die ärmeren Bauern mischen gar noch zur Hälfte Gerstenstreu oder Kiefernrinde ins Mehl, was selbst dem daraus gebackenen Brote einen bitteren Beigeschmack gibt.

Daniel nimmt meine Küchlein an, ohne mich deswegen zu lieben. Aber er hat eine leidenschaftliche Natur, das sich selbst verzehrende Gemüt eines Südländers, würde ich heute sagen, versetzt in den graustaubigen Brandenburger Sand. Dicke, herbstrote und -braune Sommersprossen hocken auf seinem Gesicht wie ein Wespenschwarm. Wenn er sich mit mir alleine weiß, denkt er sich manchmal grausame Spiele aus. In der Scheune bindet er sich seine Hose auf und zeigt mir sein Spätzchen, das im Vergleich zu meinem schon ein rechter Spatz in einem schwarzen Neste ist, und zwingt mich, es ihm gleichzutun, um sich dann über meinen noch kindlichen Piepmatz und mein mädchenhaftes Erröten lustig zu machen.

Ein anderes Mal trete ich mir einen Dorn tief in die Ferse, da ich das Barfußgehen nicht gewohnt bin und mir die dicke Hornhaut fehlt, die Daniels Fußsohlen auf unseren Streifzügen über Stock und Stein vor Wunden bewahren.

»Die Verletzung muß gleich behandelt werden!« sagt er ernst, »sonst entzündet sich noch der ganze Fuß, und am Ende muß er abgehackt werden, wenn du nicht sterben willst!«

»Womit sollen wir ihn denn behandeln?« frage ich ängstlich.

»Mit Pisse natürlich. Das ist die beste Medizin, wenn nichts anderes zur Hand ist!«

»Aber ich muß jetzt gar nicht pissen!« Natürlich könnte ich mir ein paar Tropfen abpressen, aber ich schäme mich, vor Daniels Augen mein Spätzchen hervorzukramen.

»Mach dir keine Sorgen!« erklärt er großmütig. »Hock dich hin und streck die Beine aus!« Und schon pinkelt er mir mit einem kräftigen dampfenden Strahl über die Füße, daß seine Pisse mir fast bis ins Gesicht spritzt.

Nicht immer bin ich oder ich allein der Dummkopf, der Trottel aus der Stadt. Im Sommer, wenn die Sonne in wolkenloser Wut am Himmel brennt, stehen alle Haus- und Hoftüren offen. Die sonst in einer hinteren Stube versteckten Dorfidioten treten blaß heraus in den staubigen Mittag, zeigen lächelnd ihre lückenhaften Zahnreihen und sind ansonsten von den Knechten und Mägden kaum zu unterscheiden.

Es tut ihnen weh, durch die Wände zu gehen, man wird davon ganz wirr im Kopf, aber es muß sein, es gibt keinen anderen Weg, Türen sind todbringende Fallen, Falltüren, durch sie saust man mit unerhörter Geschwindigkeit ins Bodenlose, dann besser die Wand, die ein Gesicht hat, einen Mund, der dem Idioten zuflüstert: Renn nur gegen mich an, Narr, ich laß dich nicht hindurch! Doch der Idiot läßt sich nicht täuschen. Für ihn ist es wie eine Umarmung. Er will ja gar nicht hindurch. Er will diese Wand sein. Dieses Bollwerk gegen die Leere und den Schwindel im Kopf.

Wir Jungen verstehen es, sind wir doch aufgrund unseres Alters selbst noch Idioten. Fleckschädel ist unser bester Freund und unser ärgster Feind zugleich, der einzige Erwachsene, der uns wirklich nahe ist, weil in seinem ausgewachsenen Körper ein kindlicher Geist steckt. Wir lieben und wir hassen ihn, wir betrügen uns selbst, indem wir glauben, wenn wir ihn, Fleckschädel, quälen, würden wir es den Erwachsenen insgesamt heimzahlen. Aber wir wissen, daß die äußere Erscheinung nichts bedeutet und wir nur ein anderes Kind quälen. Um die Illusion aufrechtzuerhalten, fügen wir eine weitere Illusion hinzu und geben unsere grausamen Taten als Spiel aus.

Alle, also auch wir Buben, nennen ihn Fleckschädel, weil er

der Dorfhistorie nach bereits ohne Haare auf die Welt gekommen ist und ihm fortan nie Haare wachsen sollten, so daß nicht nur die Kinder, sondern selbst einige Erwachsene fest davon überzeugt sind, in den Haaren säße unser Verstand. Statt eines flachsgelben oder fuchsroten Schopfes zieren sein Haupt von Säuglingstagen an diese braunledrigen Flecken, wie sie die Haut alter Leute manchmal zeichnen.

Wir ziehen ihm einen Sack über den Kopf, davon überzeugt, durch die engen Knoten schimmere noch die Sonne. Niemand von uns hat es ausprobiert. Doch spüre ich seinen Blick durch die Leinwand auf Daniel und mich gerichtet, auch wenn er mit ausgestreckten Armen über die Lichtung tappt wie ein Blinder.

Wir spielen Soldaten, und unser Spiel heißt Exerzieren. Natürlich kann er mit dem Sack über dem Kopf und könnte selbst ohne denselben nicht im Gleichschritt mit uns marschieren. Als ihn dieses Spiel zu langweilen beginnt und er uns einfach den Rücken kehrt, um ins Dorf zurückzuhumpeln, klagen wir ihn der ehrlosen Desertion an, binden ihm die Klumpfüße zusammen und halten Kriegsgericht über ihn. Am Ende aber lassen wir Milde walten, und anstatt ihn wegen seiner Ehrlosigkeit von Rechts wegen zu hängen, verurteilen wir ihn zu mehrfachem Spießrutenlauf.

Wir schneiden frische Weidenruten im Gehölz und schlagen damit auf seine nackten Beine, die Hose ist ihm viel zu kurz, eine Knabenhose, aus der er schon vor Jahrzehnten herausgewachsen ist. Wir schlagen kräftig zu. Wer zu sanft schlage, droht Daniel, erhalte selbst den verdienten Streich. Seine Augen glänzen, als sei er neidisch auf die Zuwendung, die wir Fleckschädel gewähren, eifersüchtig auf jeden peitschenden Hieb, der einen blutroten Striemen auf Fleckschädels stubenbleicher Haut hinterläßt, blutig wie jene langen, saugenden Küsse, die Daniel mir bei einem anderen Spiele an empfindlicher Stelle gegeben hat.

Ein Libellenpaar, ineinander verhakt, schwirrt vorüber. Erhitzt und müde brechen wir unser Soldatenspiel ab. Indessen erwartet Daniel daheim die verdiente Tracht Prügel für die Zurichtung seines Onkels, denn Fleckschädel ist seines Vaters Bruder, und ungeachtet seines kindlichen Verstandes, liebt ihn der Vater mehr als seine gottlosen Söhne. Und ich sehe, da mich Daniel zum Abendbrote mit nach Hause genommen, der Rutenpredigt mit größtem Unbehagen zu, denn obgleich Daniels Vater mich ungerechterweise verschont, empfinde ich die Stockschläge, die wie die Wirbel einer Exerziertrommel auf meines Freundes Hintern niedersausen, doppelt schmerzhaft, weil sie meinen Verstand und meine Seele gleichermaßen treffen.

Danach sitzen wir alle, auch die Gezüchtigten, gemeinsam bei Tische, und der ganze gerechte Zorn scheint wahrer und tiefer Friedfertigkeit gewichen. Darf ich unsere kindliche Freude an der Grausamkeit verurteilen? Ich glaube nicht. Dafür steckt in dieser bübischen Freude noch zu viel Leib und zu wenig Seele. Dementsprechend unbeschwert greifen wir zu und brechen mit dem geschundenen Fleckschädel dasselbe Brot. Im Sommer essen die Bauern nur zweimal am Tage, mittags einen Salzhering und einen Kanten Roggenbrot, dazu ein Käseeckchen und an Gemüse vor allem Kohl, Erbsen oder Rüben, am Abend aber stets Gerstenbrei. Zu Hause auf dem Gutshof gibt es zum Brote auch Butter und Salz und am Abend gar einen Braten und Bier, doch esse ich lieber mit Daniel im Kreise seiner Familie. Mögen die Speisen auch kärglicher sein, so schmeckt mir selbst der immergleiche Gerstenbrei in Daniels verrauchter Küche besser als die Hüftbraten Tante Käthes, die weiß Gott eine vorzügliche Köchin ist.

Ich spaziere die sandige Dorfstraße entlang Richtung Norden, auf Schönhausen zu. Allein die Kirchturmspitze des Nachbardorfes ist zwischen den Alleebäumen zu sehen, obgleich es kaum mehr als eine Stunde Wegstrecke entfernt liegt.

Die Straße ist jetzt, zur Mittagszeit, menschenleer. Einiges verirrte Federvieh scharrt im Dreck und Kot, die niedrigen Bauernkaten beiderseits des Weges blicken mich ganz so an, wie ich sie in Erinnerung habe. Hier hätte Vater Hand anlegen sollen, aber seine ständige Abwesenheit hat dazu geführt, daß er das eigene Gut vernachlässigt hat.

Ich könnte beim Kohlhof der Familie Bauer anklopfen und würde zweifellos ein herzliches Willkommen erfahren, gleich an den Mittagstisch gebeten und sicher nicht mehr vor dem Abend fortgelassen werden, bis ich alle meine Reiseabenteuer auf das ausführlichste dargestellt. Aber da ich Daniel bei den Soldaten weiß und damit jener fehlt, dem ich herzensgerne berichten würde, spaziere ich weiter, der fernen Kirchturmspitze zu.

Nicht nur unsere gute alte Köchin Käthe Böttcher, auch die Bismarcktanten vom nicht weit entfernten Nachbargute in Schönhausen kümmern oder sorgen sich zumindest, wenn ich mich in Wust aufhalte, ja erdrücken mich mit ihrer Liebe. Sie sind so gut, wie andere schön sind. Doch manchmal scheint mir ihre Zuneigung eher ein Bedauern, daß ich ohne Mutter bin, als wahre Liebe zu sein. Als ich noch ein kleiner, nach Liebe hungernder Knabe bin, weisen sie mich voller Mitleid in ihrer Stimme unentwegt auf ihren viel zu frühen Tod hin. Mit der ihnen eignen Wahrheitsliebe reißen sie immer wieder ihr Grab auf, damit ich meinen Blick auf ihren verwesenden Leichnam richte und mir in Erinnerung rufe, daß ich meine geliebte Mutter niemals wiedersehen werde.

Meine arme Schwester Sophie Henriette lebt, wenn mein Vater nicht auf Wust weilt, beständig in ihrer Obhut. Mag sie auch gleich zum väterlichen Gute eilen, sobald sie von meiner Ankunft erfährt, sind wir uns, nicht zuletzt auch deshalb, weil sie ein Mädchen ist und an den meisten unserer Knabenspiele nicht teilnehmen kann, doch sehr fremd.

Auch bei meinem Vater weiß ich nie, was in ihm vorgeht. Er hütet seine Gefühle wie Gefangene in einem Verlies. Später errate ich manches in seinen Augen, kurze Momente der Nacktheit, welche die Söhne nicht sehen dürfen.

Als ich geboren werde, dient mein Vater noch als Major und Adjutant dem Erbprinzen Friedrich von Hessen Kassel. Während er Seite an Seite mit Prinz Eugen von Savoyen und dem britischen Heerführer Marlborough gegen die Franzosen von Sieg zu Sieg eilt und es sich nicht nehmen läßt, in der Schlacht von Höchstedt ehrenvoll verwundet zu werden, bringt seine junge

Frau im Hause ihres Vaters, dem Wartenslebenschen Palais zu Berlin in der Niederlagsstraße, mich, seinen erstgeborenen Sohn zur Welt. Schon einen Tag später werde ich, in Abwesenheit meines Vaters, vom Propst der Nicolaikirche, Pastor Philipp Jacob Spener, im Hause meines Großvaters getauft.

Für sein eigenes Regiment zu Pferde muß er dem vorherigen Inhaber Philip von Canstein, der sich gesundheitshalber verabschieden läßt, achttausend Taler zahlen, nur um mit seinen Kürassieren bei Ramillies, Oudenaarde und Malplaquet einmal mehr sein Leben aufs Spiel zu setzen. In meiner kindlichen Vorstellung kamen die Kürassierregimenter gleich nach den Seraphim und Cherubim in der Hierarchie himmlischer Bataillone, bilden sie doch die wichtigste Kampftruppe unseres Heeres. Die Schnelligkeit ihrer Pferde und die Wucht ihrer Angriffe, mit denen Vater gelegentlich prahlt, dienen dazu, Breschen in die Linien der Ungläubigen und Gottlosen zu schlagen, in die dann die Fußtruppen vorstoßen können. Jedes Regiment hat seine eigene ruhmreiche Hymne, die vor und in den Schlachten geblasen wird. Darf es da verwundern, daß bei aller Ablehnung des Soldatenberufs diese Reiterregimente bis heute einen abenteuerlichen Reiz auf den kindgebliebenen Teil meines Gemüts auszuüben verstehen?

Mit seinem nunmehr eigenen Regimente zieht er im Solde fremder Mächte nach Brabant, um am Spanischen Erbfolgekrieg teilzunehmen. Der Sitte höherer Offiziere gemäß nimmt er seine junge Frau und mich mit ins Kriegsgebiet und bringt uns in Brüssel unter. An die Reise nach Brüssel und unseren Aufenthalt daselbst kann ich mich nicht erinnern. Vielleicht will ich mich daran auch nicht mehr erinnern. Meine Mutter ist bereits schwanger, als der Umzug vonstatten geht. In Brüssel kommt meine Schwester Sophie Henriette zur Welt. Vier Wochen später stirbt meine Mutter am Kindbettfieber.

Anläßlich der zweiten Hochzeit meines Vaters mit meiner erst siebzehnjährigen Tante Katharina aus der Vieritz-Altenklitscher Linie unserer Sippschaft enthüllt mein nun dritter Großvater, Ludwig von Bredow, im Rittersaale seines Herrenhauses in

Wegenitz ein großes Fresko zu Ehren meines Vaters über die blutige Schlacht von Malplaquet.

Zwar gehört mein Vater zu den begütertsten Junkern Brandenburgs, die verstreuten Besitztümer reichen von der Elbe bis an die Memel, aber die Ehre und der Lehnsbesitz haben ihren Preis: Er und im Grunde alle Männer unserer Familie haben dem Landesherrn auf eigene Kosten und unter Einsatz des eigenen Lebens für seine Armee und seine Kriegsabenteuer zur Verfügung zu stehen. – Nun hockt mein Vater also weit von seinem Gute und seinen Kindern entfernt in dem ihm zugewiesenen Garnisonsorte in Ostpreußen.

Es gibt zahlreiche Streitigkeiten und Zusammenstöße mit dem Magistrat von Angerburg, wo sich sein Stabsquartier befindet. In den Pestjahren ist die Stadt sehr heruntergekommen, und mein Vater versucht, seiner eingerückten Garnison einen guten Standort zu bieten. Natürlich müssen die Einwohner den Katteschen Reitern sichere und saubere Quartiere stellen, das ist der übliche Preis für den Schutz des Königs. Aber mein Vater und seine Offiziere mischen sich auch, ob zu Recht oder Unrecht, vermag ich nicht zu beurteilen, in die Stadtangelegenheiten ein, fordern, daß die feuergefährlichen Strohdächer durch Dachpfannen ersetzt, die schlaglöchrigen Straßen gepflastert, Kasernen gebaut und eine Kanalisation angelegt werden. Natürlich sind es sinnvolle Forderungen. Doch bezahlen müssen es die Bürger.

Ich habe noch ein wenig Zeit, bis Tante Käthe mit ihrem Festmahle mir zu Ehren soweit ist. Mein Besuch kam ja unangekündigt und somit völlig überraschend. Ich verlasse die Landstraße und schlage einen Bogen zum Elbflusse hin, um über die Wiesen und Äcker zum rückwärtigen Teil unseres Anwesens heimzukehren. Beim Lusthäuschen überquere ich den Mühlengraben und stehe in dem seit des alten Gärtners Tode vernachlässigten Garten. Wenn der geplante neue Park angelegt ist, wird Vater wohl einen neuen Gärtner bestallen müssen. – Dicht am Hause stehen die häßlichen und unnützen Kanonen, die er bei Malplaquet erbeutet hat und unter großen Mühen hierher schleppen ließ. Als Kind haben sie mich und vor allem die Nachbarjungen noch mächtig beeindruckt. Aber in einem Garten nach Versailler Manier wirken sie weiß Gott fehl am Platze.

Im Vergleich zu meinem geliebten Berliner Großvater wirkt mein Vater eher unbeholfen und ohne großes Vertrauen in die eigenen Fähigkeiten. Diese Unsicherheit läßt ihn rasch schroff und ungesellig erscheinen. In praktischen Dingen ist sein Urteil klar und sicher, aber alles, was das Leben schmückt, erfreut und liebenswert macht, erschreckt und verunsichert ihn. Deswegen ist ihm jeder äußere Schein und Tand zuwider.

Wen verwundert es da, daß er auch in Fragen meiner Erziehung selten einer Meinung mit dem Großvater ist. Vater lernt Großvater Wartensleben am Gothaischen Hofe kennen. Im Alter von zehn Jahren wird dieser dort Kammerjunker, sein früh verstorbener Vater war dort bereits Hofmarschall gewesen und in liebevoller Erinnerung geblieben. Alexander Graf von Wartensleben ist in jenen Jahren General en chef des Hofes. Und Dorothea Sophie, meine zukünftige Mutter, ist die Lieblingstochter ihres Vaters.

Großvater erzählt nur selten von seinen kriegerischen Abenteuern und Ehren. Dabei hätte er durchaus Ehrenvolles zu berichten. Doch alles, was ich davon weiß, habe ich aus dem Munde anderer erfahren: Mit sechzehn Jahren tritt er in den Dienst der französischen Grands Mousquetaires, nimmt mit siebzehn bereits am Feldzug in die Niederlande und an der Belagerung von Ryssel teil. Und so geht es weiter, Jahr für Jahr, Krieg um Krieg, vom Mousquetaire zum Kapitän, mit dreiundzwanzig Jahren ist er schon Major, mit neunundzwanzig Oberkommandierender der hessischen Truppen während des Moselfeldzugs, zwei Jahre später dann Kaiserlicher General-Feldmarschall und, noch ehe ich geboren werde, schließlich General der preußischen Infanterie, Chef der Garde, Geheimer Kriegsrat und Gouverneur von Berlin. Bei allen diesen Ehren könnte man glauben, er sei, gleich nach dem König, der zweite Mann im Staate. Seit zehn Jahren trägt das 1. Garderegiment seinen Namen.

Mein Großvater ist einer jener Märkischen von Adel, die

schon vor den Hohenzollern hier waren. Aber jeder Dünkel und jede Überheblichkeit ist ihm fremd. Er ist ganz offen für fremde Meinungen, seien sie auch radikaler Natur. Er hört ihnen zu, wohlwissend, daß es unanfechtbare Wahrheiten nicht gibt. Er ist ein geselliger Mensch und freut sich über die lebendigen Meinungen der anderen. Lebendigkeit ist ihm wichtiger als Wahrheit. Und wenn auch nicht jeder seiner Freunde und Bekannten seinen Sinn für Tolerance teilt, so ist er doch beliebt und geschätzt, denn selbst diese Schwäche der Prinzipienlosigkeit scheint den meisten auf Dauer eher ein Vorzug gerade im freundschaftlichen und gesellschaftlichen Verkehre.

Aber das Leben ist in einem beständigen Flusse. Zwar ist mein Großvater wie alle Männer seines Geschlechts ganz und gar ein getreuer Soldat, doch hat er von Jugend an lieber bei den Büchern als im Sattel gesessen. Seit längerem ist er der pietistischen Bewegung Speners zugetan und fühlt sich dem Kreise der »Erweckten« zugehörig. Daher meiden wir inzwischen tiefere philosophische Diskussionen, damit unser liebevolles Großvater-Enkel-Verhältnis keinen Schaden nehme.

Ich habe Pastor Spener immer hochgeachtet, immerhin hat er mich getauft. Seit Großvater meinen Hauslehrer aber beauftragte, im Unterricht auch Speners Traktat *Herzliches Verlangen nach gottgefälliger Besserung der wahren evangelischen Kirche* zu studieren, ist meine Neigung zu pietistischen Gedanken für alle Ewigkeit gestillt.

In meiner Knabenzeit indes hat diese Frömmigkeit noch nicht die Vernunft meines Großvaters verdunkelt. Ich erinnere mich an manchen Streit mit meinem Vater über den rechten Weg, ein guter Christ und tugendhafter Edelmann zu werden.

»Was wollt Ihr? Den Jungen zur Hinrichtung dieses Deserteurs mitnehmen?« Mein Großvater ist außer sich. Mag sein, daß sein Schwiegersohn als mein Vater die größeren Rechte an mich hat, doch immerhin wachse ich im großväterlichen Hause auf und bin der Sohn seiner so früh verstorbenen Lieblingstochter.

»Recht und Gerechtigkeit müssen sein«, entgegnet mein Vater

mit seiner ruhigen, leicht schnarrenden Stimme. »Warum soll der Junge nicht sehen, was Mördern, Dieben und Deserteuren widerfährt? Ich kann mit ihnen kein Mitleid haben!«

»Mit dem Jungen solltet Ihr Mitleid haben! Er wird keine ruhige Nacht mehr erleben, wenn Ihr ihn zusehen laßt, wie man einem Manne den Kopf abschlägt.«

»Ich halte es für eine sinnvolle erzieherische Maßnahme, zur steten Mahnung, auf dem Wege der Tugend und des Rechts zu bleiben, und zur Gewöhnung, denn bald wird auch er die königliche Uniform tragen und in Fragen von Leibesstrafen nicht zimperlich sein dürfen.«

»Kommt zur Vernunft, Heinrich, Euer Sohn ist sieben Jahre alt!«

»Es findet nicht jeden Tag eine öffentliche Hinrichtung statt, Gott sei Dank. Und ich gebe gerne zu, daß ich selbst diesem Jahrmarkt nur mit Abscheu beiwohne. Aber dieser Mensch, dessen Kopf morgen mittag fallen soll, verdient kein Mitleid. Die Strafe ist gerecht. Und Gerechtigkeit ist unseren Kindern zumutbar. Wäre Hans ein Mädchen, würde ich ihn sicher nicht zu so einem blutigen Feste zerren. Aber ein Junge muß frühzeitig lernen, alle weichen, weiblichen Empfindungen reinen Mitleids zu unterdrücken. Andernfalls wird er niemals ein guter Soldat werden.«

»Ich glaube, das Soldatenhandwerk hat noch Weile. Im Augenblick reicht das Holzschwert und ein hin und wieder aufgeschürftes Knie vollkommen zur Vorbereitung auf das zukünftige Kriegshandwerk!« – Damit ist dieser Streit entschieden, aber ich kann nicht sagen, daß ich glücklich oder auch nur erleichtert über Großvaters Machtwort bin. Insgeheim hatten Lust und Neugier sich bereits auf Vaters Seite geschlagen, und nun fühle ich mich um dieses schreckliche und gleichermaßen erregende Spektakel geprellt.

Es ist mir nie besonders bemerkenswert erschienen, aber im Rückblick auf unsere Familiengeschichte fällt es mir jetzt auf: Meines Vaters Vater starb, als mein Vater nicht einmal drei Jahre alt war, und seine Stiefmutter verschied zwei Tage später hier in

Wust. Mit drei Jahren war mein Vater Waise, ganz so wie ich, als meine Mutter ging und mein Vater fortan all die Jahre meiner Kindheit bei seinen Reitern weilte.

Ich sitze mit Tante Käthe, Martha und dem übrigen Gesinde gemeinsam am großen Holztisch in der Küche. Martha hatte schon im Speisezimmer für mich decken lassen, aber ich bestehe darauf, die Sitten wie in meiner Kindheit zu belassen, auch wenn ich im Augenblick der Herr auf Wust bin. Aus der Ferne betrachtet, mag es scheinen, ich sei in zwei ganz unterschiedlichen Welten aufgewachsen, hier die behagliche, privilegierte Welt des Gutsherrn, sauber, sittsam, streng, liebevoll, reich an Pflichten, Vorsätzen, bedenkenswerten Bibelworten und gerechten Lebensweisheiten, dort die zwielichtigen Orte der Dienstboten, Stallknechte, Hufner, Wilddiebe, Kräuterhexen, Strauchdiebe und Dorfidioten. Das ist natürlich Unsinn, denn diese Welten grenzen nicht nur allerorten aneinander, sie sind auch unauflöslich miteinander verwoben.

Wann immer möglich, halte ich mich in der Küche, in den Ställen oder im Garten auf. Erst der Unterricht durch die Hofmeister zwingt mich für lange Stunden ins Haus. Der Anblick einer kalbenden Kuh, eines abgezogenen Kaninchens ist mir vertrauter als die schneeweiße frischgestärkte Damastdecke im Speisezimmer, das geputzte Silberbesteck oder das Meißner Porzellan. Ist mein Vater fern, löffle ich in der Küche mit den Knechten und Mägden meinen Eintopf aus der einfachen Holzschüssel. Und ich will auch in den wenigen Tagen, die ich hier zu verbringen gedenke, nicht an diesem Brauche rütteln.

Hier in der Küche höre ich dann die weniger erbaulichen, aber um so wahreren Geschichten, Dorfskandale, Unglücksfälle, Verbrechen, ja selbst die ereignen sich im kleinen, überschaubaren Dorfe, Feuerteufel, Viehdiebe, Kinderschänder, Totschläger und, nach ihrer Hinrichtung, ihr Unwesen treibende, ruhelose Geister, Geister aus zehn Jahrhunderten, die durch die Küchengeschichten spuken, wenn es sonst nichts zu erzählen gibt.

Im Grunde aber, muß ich gestehen, bin ich ein Stadtmensch.

Mein Großvater und mein Leben in Berlin stehen meinen Neigungen und meiner Natur näher als mein Vater und seine Welt des Ackerbaus und der Garnison.

In Wust bin ich doch oft allein und spiele für mich, bis das Eis zwischen den Dorfbuben nach längerer Zeit der Abwesenheit wieder gebrochen. Erst am Ende eines Sommers ist meine Haut dann so gebräunt und von verschorften Wunden überhäuft wie die ihre. Aber inwendig bleibe ich ein Fremder, der Sohn des Herrn. Für die Bauern herrscht unbedingte Dienstverpflichtung dem Gutsherrn gegenüber. Die Männer leisten dieselbe auf dem Felde oder durch Fuhren, die erwachsenen Töchter der Leibeigenen wie unsere Martha, indem sie mindestens ein Jahr als Magd im Gutshause dienen. Je nachdem, wie diese Art der Erziehungszeit unter den Augen des Gutsherrn verläuft, gestaltet sich das Verhältnis der Instensöhne zum Herrensohn. Nicht jede Härte dieser Dienstbarkeit stößt in den Bauernfamilien gleichermaßen auf Verständnis. Und da unser Verwalter Sigmund Patzer, der übrigens nicht mit am gemeinsamen Fest- und Mittagstische in der Küche sitzt, sondern, wie der Vater, von uns getrennt auf seiner Stube speist, aus Furcht vor einem Tadel seines Gutsherrn die Leibeigenen und Bediensteten besonders streng angeht, kennt die Liebe der Wuster für mich klare Grenzen.

Jedes Gut in der Mark, mag es auch noch so klein und unansehnlich sein, ist ein Fürstentum für sich, in dem keine andere Verfassung herrscht als die des Gutsherrn. Seine Stimme ist die Stimme Gottes auf Erden, und das Bestreben aller Gutsbewohner vom Erstgeborenen bis zum geringsten Dienstboten geht dahin, dieser Stimme so wenig Eigensinn wie möglich entgegenzusetzen und ein Nichts zu scheinen.

Alles in diesem väterlichen Königreich atmet Strenge, Ordnung, Feierlichkeit. Zumindest, wenn der Gutsherr daheim weilt. Ernst und Ehrfurcht sind auch die Mittel der Erziehung, zumal die Mutter fehlt und mit ihr jenes von ihr verkörperte Gegengewicht an Zärtlichkeit, Anteilnahme und Nachsicht.

Mein Großvater sagt, ich gleiche mehr der Mutter als dem Vater, nicht nur in äußeren Merkmalen, sondern auch und zuallererst in den Charaktereigenschaften. Ich kann das schwerlich beurteilen, da ich kaum Erinnerungen an meine Mutter habe. Aber sie wird kaum von denselben buschigen Augenbrauen geschmückt gewesen sein, wie sie mich nun zieren.

In Berlin bin ich ein eher stilles und häusliches Kind. Manchmal sitze ich nur ruhig in meinem Eckchen und schneide stundenlang Silhouetten aus schwarzem Papier. Aber mit drei Jahren spiele ich schon auf der Fiedel und mit vier die Flûte traversière, diese Musikinstrumente sind die ersten Geschenke meiner Großeltern, an die ich mich erinnere.

Bei einem seiner seltenen Besuche in Berlin schenkt mein Vater mir den ersten Degen, und während ich noch mit Puppen spiele und ein Knabenkleid trage, kommen Pfeil und Bogen und ein Jagdmesser hinzu. Mein Vater fährt nach einigen Tagen wieder davon, und ich nehme das Spiel auf der Flöte wieder auf und vergesse den Degen, bis Vater und Großvater sich auf einen Hofmeister verständigen, der mich unter anderem auch in der Kunst des Reitens und Fechtens unterrichten soll. Großvater aber trägt auch dann noch Sorge, daß ich über den soldatischen Übungen das Musizieren nicht verlerne.

Mit der Bestellung des Hauslehrers ist meine Kindheit vorbei. Die Puppen werden verschenkt und verbannt, ebenso die Knabenkleider. Von meinem achten Sommer an kleide ich mich wie die städtischen Erwachsenen. Nur gezüchtigt werde ich wie eh und je, als sei ich noch das Kind im Knabenrocke.

Als Großvater mich dem König vorstellt, wohnen wir bereits im neuen Gouverneurspalaste, gegenüber dem Zeughaus. Über die Hundebrücke zum Lustgarten und zum Schlosse sind es nur zweihundert Schritte. Am Spreeufer entsteht gerade ein neues Palais, das einmal als Sommersitz der Königin dienen soll. Und flußabwärts, an der Bullenwiese, liegen die Gärten meines Großvaters.

Nach einem gemeinsamen Besuch der Gärten lenkt Großvater seine Schritte diesmal nicht die Linden hinunter bis zu unserem Palais, sondern wendet sich dem Lustgarten zu, spaziert mit mir über die Hundebrücke und führt mich ohne ein erklärendes

Wort direkt ins Schloß. In dem großen Raume mit der hohen Decke, der für Riesen gebaut sein muß, sehe ich nur Offiziere, Soldaten im blauen Rock, aber keinen König. Alle gleichen sie mehr oder weniger meinem Vater.

Dann starrt mich der Dickste unter ihnen, im prallsten aller Offiziersröcke, mit furchterregender Strenge an. Sein Gesicht sieht anders aus als auf dem Ölgemälde, das in Großvaters Arbeitszimmer hängt. Aber ich erkenne ihn, als er einen Schritt auf Großvater und mich zu macht. Weil seine Hebamme ihn im ersten Lebensjahr so unglücklich fallen ließ, daß er von dem Sturze bis heute eine verkrüppelte Schulter behielt, nennen die Berliner ihn, den ersten König in Preußen und Markgraf von Brandenburg, Erzkämmerer und Kurfürst des Heiligen Römischen Reiches, den Schiefen Fritz.

Mein Großvater schiebt mich vor und flüstert mir zu: »Unsere Majestät, der König! Verbeuge dich!«

Anstatt mich zu verbeugen, stolpere ich über meine eigenen Füße und stürze zu Boden. Die Männer lachen. Und der König sagt, während er mir aufhilft: »Wir wollen es mit der Verbeugung doch nicht gleich übertreiben, junger Mann!«

Der König riecht durchdringend nach Tabak, Schweiß und Rosenwasser, in dieser Reihenfolge. Darf ein König so riechen? Darf ein König überhaupt einen Geruch haben? Außerdem sind seine Zähne schadhaft. Wenn er lächelt, sieht man seine braunen und schwarzen Stümpfe und einige Lücken. Aber glücklicherweise sehe ich ihn nur einmal lächeln: Als ich stürze.

»Wachse Er nur und werde Er ein ebenso guter Soldat wie Sein Vater!«

Mir schießen die Tränen in die Augen, und ich verstecke mich hinter dem Rücken meines Großvaters. Wir schreiben den einundzwanzigsten Februar Siebzehnhundertacht. Es ist mein vierter Geburtstag.

Das Leben im Gouverneurshaus ändert sich mit dem zunehmenden Alter meines Großvaters. Regelmäßige Andachten prägen nun den Alltag, fromme Gespräche mit Canstein, dem Gründer

der Bibelanstalt, und dem gottesfürchtigen Generallieutenant von Natzmer füllen die Nachmittage. Von Natzmer kämpfte bereits mit meinem Vater in den Schlachten von Höchstädt und Malplaquet, wo er wie mein alter Herr schwer verwundet wurde. Vielleicht lehrt das Schlachtfeld ja die eine oder andere empfindsame Seele wahre Frömmigkeit und Gottesfurcht. Aber auch ich werde immer öfter aufgefordert, ihren Andachten still und gehorsam beizuwohnen, bis mir der Glaube an eine frohe, unbekümmerte Seite des Christentums gänzlich genommen ist.

Dann ist Pastor Francke ein zwar seltener, aber gerngesehener Gast. Von Anbeginn ist mir sein fleischiges Gesicht zuwider. Oben auf dem Schädel ist er kahl wie eine Suppenschüssel, das lange graue Haar an den Seiten indessen wächst ihm fettglänzend über die Ohren bis in den speckigen Kragen. Wohl aus Überzeugung verweigert er sich der Mode des Perücketragens, die im Falle seiner lächerlichen Frisur doch tatsächlich einmal einen ästhetischen Gewinn dargestellt hätte. Doch ein Blick aus seinen kalten blauen Augen genügt, um jeden Anflug von Spott über seine Erscheinung schon im Keime zu ersticken. Wäre ich ein Anhänger seiner Lehre, müßte ich es fast für eine gerechte Strafe Gottes halten, daß dieser gestrenge Pastor in der kostbarsten Zeit meines Lebens zu meinem Lehrer bestimmt wird.

Schon in den wenigen Stunden im großväterlichen Salon liebt es dieser geistliche, wenn auch nicht geistreiche Herr, in uns allen Skrupel gegen die unschuldigsten Dinge hervorzurufen. Er verpönt jedes Vergnügen, das ihm verwerflich erscheint, sogar die Poesie und die Musik. Selbst den König verschont er nicht mit seinen Vorwürfen, schmäht seine Verschwendungssucht, all die Akademien, Theater- und Opernhäuser und neuen Palais, die er errichten lasse, während ein großer Teil der Bevölkerung mehr und mehr verelende. Wenn Großvater dann auf den einen oder anderen Verdienst des Königs und die doch unleugbare Verschönerung der Stadt hinweist, gerät Pastor Fracke gar in einen alttestamentarischen Zorn, und hätte er die Gesetzestafeln bei der Hand, würde er sie wie weiland Moses vor unser aller Augen auf dem Marmorboden unseres Salons zerschmettern.

Nein, reden kann man mit ihm nur von Gottes Wort. Und was Gottes Wort betrifft, so hat der Herr Pastor natürlich immer das letzte Wort. Nach jedem durchaus üppigen Abendessen ihm zu Ehren hält er uns zum Danke eine Predigt, dann stimmt er einen Choral an, in den wir alle einstimmen müssen, und am Ende hat er stets noch eine freundliche Bemerkung über mich, die er dem Großvater beim Abschiede zur Bedenkung zurückläßt.

»Lieber Herr von Wartensleben, mir ist einmal mehr aufgefallen, daß Ihr so liebenswürdiger Enkel zwei Gesichter hat, ein stilles, gar nachdenkliches, und ein beunruhigend melancholisches. Es wäre besser für ihn, wieder den Weg des kindlichen Glaubens an unseren Herrn Christus zu beschreiten!«

Wenn er endlich gegangen ist, kann ich nicht umhin, seine letzten Worte zu kommentieren: »Der Herr Pastor sieht Gespenster!«

Doch Großvater ist schon zu sehr im Banne der Verführungskraft dieses falschen Propheten: »Hör ihm nur gut zu und ziehe keine frechen Gesichter, Hans!«

Nach dem mehr als reichhaltigen und äußerst schmackhaften Mahle, das die gute Tante Käthe nicht nur zu meinem Wohle, sondern zum Ergötzen aller Bediensteten anläßlich meiner unerwarteten Heimkehr auf den Küchentisch gehext hat, ziehe ich mich auf meine ehemalige Knabenstube zurück, um daselbst nach der Manier, die ich mir auf meiner langen Reise angewöhnt habe, eine Weile zu ruhen und mich danach gleich an den Dankesbrief an Tante Melusine zu setzen. Schreibfeder und Papier finden sich noch auf dem schlichten Sekretär am Fenster, und in seiner Lade manche wohl bewußt zurückgelaßne Fibel nach einem Sommer, in dem der Hofmeister, statt mich laufen und vagabundieren zu lassen, mich besonders arg mit Arithmetik und Latein gequält hat.

Ich passe noch leidlich in mein Knabenbett, bin seit meinem Aufenthalte im Pädagogium Regium zu Glaucha ja auch kaum noch gewachsen, aber wirklich zu ruhen vermag ich auf meinem Kindheitslager nicht, wirbeln doch zu viele ungeordnete Gedanken in meinem Kopfe. Wo beginnen mit meinem Briefe, was berichten auf dem so eng begrenzten Raume des Papiers? Vieles weiß Tante Melusine bereits von unseren gelegentlichen Gesprächen beim Tee in St. James, noch mehr ahnt die kluge Frau, doch das meiste, was ich in einem kurzen, gleichwohl bewegten Leben bereits erlebt, vermag selbst ein ganzer Roman nicht zu fassen.

Als Herr Rosa zum ersten Mal aus Berlin in unser Dorf kommt, falle ich ihm unter den spielenden Knaben sicher kaum auf, denn ich laufe barfuß wie die andern umher und bin zweifellos so sonnenverbrannt und schmutzig wie sie.

Wir aber mustern ihn mit um so größerer Neugier, den fremden jungen Mann, der so gar nicht aussieht, als würde er hierher gehören. Er hat schwarzes Haar und dunkelbraune Augen, sein Gesicht ist blaß, und obgleich noch jugendlich und rasiert, gibt ein schwarzblauer Bartschatten ihm ein fast räuberhaftes Aussehen.

Mit scharfem Auge mustert er die Kinderschar, als suche er unter ihnen einen besonders hilflosen oder besonders anmutigen Knaben heraus, den er in seinen Wagen zerren und verschleppen und an den türkischen Sultanshof verkaufen könne. Dann bleiben seine unheimlichen Augen an mir haften, ein schiefes und, so will mir scheinen, hinterhältiges, ja verschlagenes Lächeln zerrt an seinen Lippen, er winkt mich zu sich und fragt mit einem zweifellos türkischen Akzent nach dem Gute derer von Katte. Ich würde gerne schweigen, dem Fremden die Zunge zeigen oder einen Stein auf ihn schleudern, aber nicht nur der Fremde, auch die Spielkameraden warten auf eine Antwort. Von ihr hängt ab, ob sie mich am nächsten Tage werden wieder mitspielen lassen. Ich sage: »Niemand ist zu Hause. Und Wohlleben, unser Jagdaufseher, schießt auf jeden, den er nicht kennt!«

»Dann stell Er mich Monsieur Wohlleben vor! Ich heiße Jean-Jacques Rosé und bin der neue Hauslehrer. Und Er muß Petit Jacques sein, nicht wahr? Sein Großvater, Comte de Wartensleben, schickt mich!«

Das Gutshaus ist immer noch zu einem großen Teil vom letzten Kriege zerstört, und Vater überlegt, ob er das alte Gebäude nicht ganz abreißen und besser ein neues errichten solle, als es hier und da auszubessern und den einen oder anderen Flügel anzubauen. Mit einem Worte, die Verhältnisse sind beengt, und Monsieur Rosé wird keine eigene Wohnung zur Verfügung haben, sondern kann nur eine Kammer neben der meinigen beziehen. Ich weiß nicht, ob er von diesen besonderen Umständen bereits Kenntnis hat, aber als er in die kleine Stube, die nur mit dem Allernötigsten, Bettstatt, Tisch und Truhe, eingerichtet ist, da mehr nicht hineinpassen würde, eintritt, nimmt sein junges Räuberhauptmannsgesicht einen schwermütigen Zug an. Ich deute ihn als Ausdruck der Enttäuschung. Denn schon bei unserer ersten Begegnung auf der Dorfstraße ist mir klar, dieser Mann gehört so wenig in diesen kleinen märkischen Weiler wie ich.

Vor zwanzig Jahren ist Jean-Jacques Rosé im Süden Frankreichs zur Welt gekommen, sein Vater war ein wohlhabender Handschuhmacher. Dieser hat, wie viele andere in Frankreich bedrängten Protestanten, die Einladung des Kurfürsten, in Brandenburg Zuflucht zu finden, angenommen. Und nun leben die meisten von ihnen in Berlin, wo es kaum genug Häuser und Arbeit für so viele Flüchtlinge gibt. Die Berliner beäugen sie mit Mißtrauen, also bleiben sie vorwiegend unter sich, und so mancher denkt vielleicht sogar, ob man nicht besser daran getan hätte, in Frankreich zu bleiben, das trotz aller Bedrückungen doch immerhin die Heimat ist.

Mein Vater trägt nicht eben viel dazu bei, daß Monsieur Rosé sich bei uns zu Hause fühlt. Er hält ihn für einen gottlosen Magister, den ihm der Berliner Schwiegervater gesandt hat, um seinen Erstgeborenen mit französischem Freigeist zu vergiften. »Man darf den Jungen nur nicht verhätscheln«, instruiert er den neuen Hofmeister beim ersten Gespräche im Arbeitszimmer, während er hinter seinem Schreibpulte sitzt und Monsieur Rosé vor demselben steht. »Gewöhnen Sie ihn nur frühzeitig an eine strenge Lebensführung!«

Monsieur Rosé erweist sich von Anfang an als durchaus streng, worunter indessen meine Liebe zu ihm in keiner Weise leidet. Er lebt bereits drei Wochen im Hause und hat mit dem Unterricht längst begonnen, als mein Vater mit meiner Schwester und seiner neuen, hochschwangeren Frau zu seinem Sommerurlaub aus Angerburg heimkehrt, diesen fremden Eindringling in seiner festgefügten Garnisons- und Gutsherrenwelt vorfindet und nun, trotz der guten Empfehlungen des Großvaters, oder gerade deswegen, mit unverhohlenem Mißtrauen mustert.

»Sagen Sie nicht, daß er noch ein Kind sei«, fährt der Vater fort, ohne daß Monsieur Rosé ein Wort gesprochen hätte, »und man Geduld mit ihm haben müsse, denn die Auswirkungen jeder Nachlässigkeit zeigen sich nur allzu früh! Sein Großvater vertreibt diesem Schelm die Zeit, ohne darauf zu achten, ob der Zeitvertreib nun gut oder schlecht für den Knaben sei; alles ist ihm gestattet, nichts wird ihm verwehrt. Im Hause meines Schwiegervaters wird gelacht, selbst wenn es am Platze ist zu weinen, und geweint, wenn ein Knabe sich zu beherrschen hat; der Bursche redet, wenn er schweigen sollte, und er bleibt stumm, wenn man billiger Weise Antwort von ihm erwartet. Von Ihnen wünsche ich, daß ihm derlei Ungezogenheiten mit aller Strenge ausgetrieben werden!«

Endlich spricht mein neuer Erzieher, wenngleich mit einem rauhen und leicht als eigensinnig mißzuverstehenden Akzent: »Die Erziehung, verehrter Generalmajor, verdankt den größten Teil ihrer Wirkung dem Vertrauen, das der Zögling seinem Erzieher entgegenbringt!«

»Dieses Vertrauen aber«, entgegnet mein Vater scharf, »wird nicht dadurch gewonnen, daß sich der Erzieher mit dem Zögling vertrauensvoll auf eine Stufe stellt! Halten Sie den Burschen nur recht an, Ihnen jederzeit folgsam und höflich zu begegnen, um jeder plumpen Vertraulichkeit vorzubeugen. Wer noch lernt, soll schweigen und nicht über Dinge urteilen, die er noch nicht hinlänglich kennt. Die Zeit des Lernens ist nicht die Zeit des Urteilens!«

Monsieur Rosé ist sich nicht ganz sicher, ob mein Vater gerade über mich oder nicht doch über den jungen Magister vor ihm spricht, also schweigt er und nickt nur bedächtig zur erzieherischen Rede des Generalmajors.

»Ein Letztes noch: Außerhalb des Unterrichts sprechen Sie bitte deutsch mit meinem Sohne, Magister Rosa!«

Und so, von meinem Vater umgetauft, heißt er von nun an und für alle Zeit in unserer Familie der Magister Rosa.

Magister Rosa führt in seinem großen Reisekoffer seine eigene kleine Bibliothek mit sich, in der natürlich die meisten Bücher für die private Lektüre bestimmt sind, unter denen sich aber auch einige Schulfibeln befinden, von denen eine zweisprachige Ausgabe des *Orbis sensualium pictus oder Die Sichtbare Welt* von Johann Amos Comenius mir die liebste wird. Noch immer liegt sie hier in meiner Lade, bei der überstürzten Abreise des Magisters vielleicht nicht ohne Absicht zurückgelassen.

Auf dreihundertundneun mit hundertfünfzig Holzschnitten illustrierten Seiten beschreibt Comenius die Welt von Gott bis zu den Insekten. Durch die Zweisprachigkeit der Artikel lerne ich auf angenehme Weise auch die Anfangsgründe des Lateinischen.

»Komm her, Knab! Lerne Weißheit«, so beginnt das wunderbare Werk.

»Was ist das, Weißheit?«

»Alles, was nötig ist: recht verstehen, recht tun, recht ausreden.«

Sogar auf Latein habe ich diese Einladung auswendig im Kopfe behalten:

»Veni, puer! Disce sapere!«

»Qui hoc est, sapere?«

»Omnia, quae necessaria: recte intelligere, recte agere, recte aloqui.«

Und bevor das Buch der Sichtbaren Welt mit seinem ersten Artikel DEUS / GOTT beginnt, lehrt es mich und alle jungen Leser die Buchstaben:

Die Krähe krächzet A a.
Das Schaf blökt Be be.
Die Zikade zitschert Ci ci.
Der Widhopf ruft Du du.

Das Kind wimmert E e.
Der Wind wehet Fi fi.
Die Gans gackert Ga ga.
Der Mund haucht Ha ha.
Die Maus pfipfert I i.
Die Ente schnackert Ka ka.
Der Wolf heult Lu lu.
Der Bär brummt Mum mum.
Die Katze mautzt Nau nau.
Der Fuhrmann ruft O o.
Das Kücklein piept Pi pi.
Der Kuckuck kuckuckt Kuk ku.
Der Hund knurrt R r.
Die Schlange zischt Si si.
Der Häher schreit Tac tac
Die Eule uhut U u.
Der Hase quäckt Wa wa.
Der Frosch quackt Xoa xoa.
Der Esel yäht Yä yä.
Die Bremse summt Zs zs.

Am Anfang also steht der Laut, das lebendige, stimmhafte Alphabeth.

Und dann folgt der erste der Namen, *Deus / Gott*, von dem der Artikel sagt, er sei aus sich heraus. Doch was wäre er ohne seine vier Buchstaben, seinen Namen? Das ist nicht nur die erste Lektion des Meisters Comenius, das ist auch die erste Lektion des gestrengen Magisters Rosa.

Auf Gott folgt die Welt mit ihren Bergen, Wäldern und Wassern und allem, was auf und in ihnen kreucht und fleucht, und dann erst der Himmel mit seinen unendlichen Gestirnen. Und so geht es fort und fort, es folgt das Feuer, die Luft, das Wasser, die Erde, alles in wenigen schlichten Worten beschrieben, wie es sich den Augen zeigt.

Besonders liebe ich die Tafel mit den *Insecta volantia*, dem Fliegenden Ungeziefer, über die es im beistehenden Artikel heißt:

Die Biene macht Honig, welchen hinwegzehrt die Hummel.
Die Wespen und Hornissen plagen mit dem Stachel,
und die Bremsen insbesondere das Vieh,
Uns aber die Fliegen, Mücken und Schnaken.
Die Grille singt.
Der Schmetterling ist eine geflügelte Raupe.
Der Käfer deckt die Flügel mit Bälglein.
Das Johanniswürmchen glänzet in der Nacht.

Bald schon lobt Magister Rosa meine Lesekünste, tadelt aber meine liederliche Handschrift, weswegen er mich endlos aus der Heiligen Schrift abschreiben läßt. Sonst aber verschont er mich damit, auf meine religiöse Erziehung einzuwirken.

Mag meine Handschrift in jenen Tagen auch schier unleserlich sein, so gewährt mir das Lesen doch ein besonderes Vergnügen. Und nach und nach läßt mein gestrenger Hofmeister mich auch den einen oder anderen Blick in seine Privatbibliothek werfen. Besonders Reisebeschreibungen haben es mir angetan, von denen er mehrere in französischer Sprache in seinem großen Reisekoffer verborgen hält. Ich lese einiges über Ägypten und das Heilige Land, und auf die Frage meines Lehrers, was ich denn einmal werden wolle, antworte ich mit meinen neun ahnungslosen Jahren, ich wolle Reisender werden, den Nil hinaufsegeln und die Pyramiden erforschen, und fange noch am selbigen Tage an, Geld für das großartige Abenteuer zurückzulegen. Doch auf dem Grunde meines kindlichen Herzens weiß ich bereits, daß mir mein zukünftiger Beruf längst bestimmt ist.

Solange ich mich mit meinem Hofmeister allein auf dem väterlichen Gute aufhalte, essen wir wie üblich mit dem Gesinde in der Küche. Doch ist mein Vater für einige Wochen daheim, wird für die Familie im Speisezimmer gedeckt und Magister Rosa dazugebeten, der gerne auf diese Ehre verzichtet und lieber weiterhin mit der gutmütigen Käthe und der geschwätzigen Martha am Küchentisch gespeist hätte.

Im Speisesaale geht es strenger und schweigsamer zu. Ich habe das Tischgebet zu sprechen, und während des Essens haben alle stillzuschweigen. Nur zwischen den Gängen wechseln die Erwachsenen hin und wieder einige Worte miteinander, das heißt die männlichen Erwachsenen, mein Vater und Magister Rosa. Meine junge Stiefmutter redet nur, wie wir Kinder, wenn sie angesprochen wird.

In Wahrheit verhält sich auch Magister Rosa nicht anders. Er wartet, bis der Vater das Wort an ihn richtet, nach den Fortschritten meiner Erziehung fragt oder eine seiner pädagogischen Maximen mitzuteilen hat. Dann blitzt für einen Moment so etwas wie Spottlust in den Augen des jungen Magisters auf, wenn auch der Rest seines Räubergesichts starr wie eine Maske bleibt.

»Wenn man das Äußere eines Kindes betrachtet«, sagt mein Vater mit einem kühlen, abschätzenden Blick auf mich, »seine offenkundige körperliche und geistige Dürftigkeit, so hat man wenig Anlaß, große Hoffnung in es zu setzen.«

»Ist nicht gerade die Dürftigkeit ein Grund zur Hoffnung?« entgegnet Magister Rosa mit schlichtem Ernste. »Die Anlagen zur Größe sind bereits da, wenngleich noch verborgen.«

»Ich stimme Ihnen ausnahmsweise zu, Monsieur. Das Kind ist ja nicht viel mehr als eine Pflanze, die durch die beschneidende Hand des Gärtners erst zu einem Menschen heranwächst!« – Auf diese überraschende Deutung seiner Worte schweigt mein Lehrer.

»Der Junge sieht mir immer noch recht wild aus«, fährt mein Vater fort. »Will man den guten Trieben Licht geben, muß man die schlechten ausreißen. Ich hoffe, Monsieur, sie überwachen ihn nur recht gut. Er ist nun in einem Alter, wo man einen Knaben, ob wach oder im Schlafe, niemals unbeobachtet lassen darf!«

»Doch sollte diese Überwachung nicht auf sanfte Weise und mit einem gewissen Maße an Vertrauen durchgeführt werden?«

»Glauben Sie mir, Monsieur, auf sanfte Weise hat noch kein Erzieher den Krieg mit seinen Zöglingen gewonnen. Nehmen Sie sich das Leben der Soldaten zum Vorbild. Disziplin und Gehorsam sind die Prüfsteine des Heranwachsenden!« Und nachdem er vergeblich auf einen Einwand meines Hofmeisters gewartet hat, fügt er hinzu: »Auch ein Zuviel des Lernens ertötet den Charakter. In der Armee, in welcher mein Sohn einmal dienen wird, fallen all die Künste weg, welche den Schein an die Stelle des Verdienstes setzen.«

»Verzeihen Sie, daß ich als Lehrer naturgemäß anderer Meinung sein muß: Ein Zuviel an Lernen kann es nicht geben!«

Den Nachtisch verzehren wir in angespanntem Schweigen. Nur Magister Rosa scheint sich unbeschwert des fatalen Sieges zu erfreuen, dem Hausherrn gegenüber diesmal das letzte Wort gehabt zu haben.

Am Sonntag liebt mein Räuberhauptmann, lange zu schlafen, aber das wagt er nur, wenn er meinen Vater weit entfernt von Wust weiß. Vater steht an jedem Sommertag um fünf Uhr und an Wintertagen eine Stunde später auf und erwartet dieselbe Disziplin von allen Mitgliedern seines Haushaltes. Nun geht mein Vater aber auch früh zu Bette, während Magister Rosa noch bis spät in die Nacht beim Kerzenscheine zu lesen pflegt und ich mir nach und nach dieselbe, zweifellos französische Unsitte zu eigen mache.

Sooft es das Wetter zuläßt, geht er mit mir hinaus, in den Garten, oder wandert mit mir bis ans Elbufer, mit einem Malblock und Kohlestiften im Gepäck, um sich an einem stillen Orte niederzulassen und, wie er mit großem Ernste behauptet, mich das Sehen zu lehren. Dann läßt er mich zeichnen, was immer mir interessant dünkt, während er nicht selten mit geschlossenen Augen im Grase liegt und das Sehen ganz und gar meinen natürlichen Gaben überläßt.

Was immer der Kohlestift auch auf das Papier schmiert, am Ende betrachtet Magister Rosa es aufmerksam und lobt, was ihm gelungen und der Natur gemäß erscheint, und schweigt über das, was allein der Phantasie oder der Langeweile entsprungen und auf jeden Fall zu tadeln wäre. Manchmal greift auch er zum Stifte und wirft mit raschen, kräftigen Strichen seine Skizzen aufs Papier, aber selten erkenne ich darin ein Abbild dessen, was ich sehe, wieder. Während meine Augen noch vergeblich nach dem

Vorbilde suchen, erklärt der hinterhältige Räuber lächelnd, er sei bereits auf der höheren Schule des Zeichnens angelangt, in der man nicht mehr die Oberfläche der Dinge darzustellen suche, sondern ihr tieferes Wesen. Er lächelt, weil er weiß, daß ich ihn längst durchschaut habe und es für eine ganz und gar halsabschneiderische Ausrede für sein mangelndes zeichnerisches Talent halte.

Schon als Knabe ist mir klar, daß nicht alles, in das Magister Rosa mich unterrichtet, für die Ohren meines Vaters bestimmt ist. Aber ganz außer acht lassen kann mein Hauslehrer die Erwartungen und Wünsche seines Brotherrn schlechterdings nicht. Als dieser im Sommer darauf uns nur wenig gereift wiedersieht, hat er nicht nur ein weiteres Schwesterchen für mich in seinem Urlaubsgepäcke, sondern auch einen Offiziersdegen samt Gehänge und stattlichem Fechtmeister aus seinem Reiterregimente. Magister Rosa zeigt sich über alle diese unerwarteten Geschenke gleichermaßen erfreut, und als mein Vater gar ein neues, naheliegendes Unterrichtsfach ankündigt, gibt er sich geradezu enthusiastisch als ebenfalls kundigen Fechtmeister zu erkennen.

Mein Vater, geneigt, der franzmännischen Anmaßung und Überheblichkeit einige schmerzhafte Hiebe zu versetzen, veranlaßt noch für den selbigen Nachmittag einen Degenwettkampf zwischen seinem Regimentsfechter und meinem blassen, zartgebauten und nur dem Gesichte nach räuberhaften Magister, dem just heute aber alles Hinterhältige und Meuchlerische im Aussehen und Gehaben fortgehext scheint. Dem Gewinner des Duells verspricht der Vater nicht nur mich als lernbegierigen Schüler, sondern auch ein besonders edles, silbernes Schwertgehänge aus altem Familienbesitze.

So steht das ungleiche Paar denn bald nach dem Mittagsmahle im Hofe hinter dem Haus, umringt von den Dienern und Knechten und einigen Dorfbuben, der Premierlieutenant Heribert von Marwitz vom Kürassierregimente Nr. 9 und Monsieur Jean-Jacques Rosé, von dem niemand weiß, ob, wo und als was er je in irgendeinem Heere gedient oder bei welchem anderen Meister als dem Kriege er je seinen Fechtunterricht erhalten hat. Und tatsächlich währt der Kampf nicht lange, und nach einer ersten Parade schon hat mein argloser Magister den Premierlieutenant seines Degens beraubt, und das mit einer tänzerischen Grazie und Geschwindigkeit, der das Auge kaum zu folgen und die der Verstand kaum zu glauben vermag.

Mein Vater scheint noch ganz und gar benommen von dem unerwarteten Ausgang, versucht aber trotzdem zu lächeln. Ich indes möchte nicht in Lieutenant von Marwitzens Haut stecken. Am selben Nachmittage noch verabschiedet ihn mein Vater und schickt ihn zu seinem Regimente nach Angerburg zurück.

Fortan gehört also auch das Degenfechten zu meinem regelmäßigen Lehrplane. Doch ein besonderes Talent für diese einem zukünftigen Offiziere doch unleugbar notwendige Kunst vermag selbst mein geduldiger Magister in mir nicht zu entdecken.

»Vergiß den Degen!« fordert mein Lehrer mich auf. »Er ist nichts anderes als dein verlängerter Arm, mit dessen Fingerspitzen du den Gegner kitzelst.«

Wenn er mir die Waffe einmal mehr aus den Händen geschlagen hat, sagt er nur: »Du denkst noch zuviel. Denkst du darüber nach, was deine Hand zu tun hat, wenn sie nach einem Apfel greift oder die Feder führt? Denke nicht an die scharfe Klinge, denke nicht an den überlegenen Gegner, ja, denke überhaupt nicht, sondern tanze!«

Würde mein alter Herr ihn so reden hören, würde er seinen Entschluß, diesen ungeliebten, wenn auch fraglos kunstfertigen Franzosen mit meinem Fechtunterricht zu betrauen, gewiß bereut haben.

Selbst ich habe in den ersten Wochen nicht wenig Mühe, meinen Lehrer zu verstehen. Ja, gegen die Dorfknaben habe ich mit meinem Holzschwerte manchen Kampf ausgetragen und ihn des öfteren sogar gewonnen, nicht weil ich tatsächlich der Stärkere oder Geschicktere, sondern weil ich der Rücksichtslosere war, den die Dorfbuben nicht wie ihresgleichen einfach grün und blau prügeln durften. Nun aber folgt eine Demütigung auf die andere, und mein Lehrer zeigt keinerlei Zartgefühl für meine Jugend, er schlägt so hart und schnell mit der gefährlichen Waffe, daß selbst die rasche Entwaffnung mir größte Schmerzen bereitet.

Trotz aller Verehrung für meinen Lehrer macht dieser besondere Unterricht mich von Tag zu Tag aufgebrachter gegen den gnadenlosen Meister, bis ich am Ende die Übungen bereits mit einem großen inneren Zorne beginne und nur auf eine Gelegenheit warte, meinem Magister einen blutigen Stoß zu versetzen.

»Der schlechte Fechter sticht auf seinen Gegner ein wie auf einen Feind«, sagt er lächelnd. »Der gute Fechter fordert ihn zu einem Tanze auf. Dem wahren Fechter ist das Vergnügen an dem gemeinsamen Wettstreite lieber als der Sieg!«

Ich glaube, erst jetzt, zehn Jahre später, verstehe ich, was er von mit forderte oder was er mich zu lehren suchte: keine simple Technik, sondern eine Haltung, die das Fechten erst zur Kunst und den Knaben zu einem Edelmanne macht.

In seinem Vertrage mit meinem Vater hat sich mein Hofmeister ausbedungen, jedes halbe Jahr einige Tage Urlaub zu erhalten und seine Familie in Berlin zu besuchen, wenn er nicht ohnehin mit mir im Hause meines Großvaters weilt.

Den nächsten Urlaub kündigt Magister Rosa recht überraschend nur wenige Wochen nach dem inzwischen im ganzen Dorfe und darüber hinaus berühmten Hofduelle an, verspricht aber, in einigen Tagen bereits wieder zurückzusein, um mich nicht allzu lange allein dem erzieherischen Eifer meines Vaters auszusetzen.

Und in der Tat kehrt er kaum eine Woche später nach Wust zurück, nun seinerseits ein überraschendes Geschenk für mich im Gepäcke: eine neue, mattglänzende, von meinem lieben Großvater ihm anvertraute Flûte traversière aus edlem Birnbaumholze, das der Flöte einen dunklen warmen Klang entlockt, und die er mir nun mit einem ebenso großen Ernste überreicht wie vor kurzem noch mein Vater den blitzenden Offiziersdegen.

Voller Ehrfurcht und Bewunderung nehme ich die Flöte entgegen und wage kaum, das noble Instrument an meine Lippen zu setzen. »Ich danke Ihnen sehr, Monsieur«, flüstere ich. »Allein, es fehlt der Lehrer!«

Lächelnd öffnet Magister Rosa einen kleinen Holzkoffer und entnimmt ihm ein zweites, meinem zum Verwechseln ähnlich sehendes Instrument. »Voila, c'est ma petite flûte!«

Die folgenden Wochen sind zweifellos die glücklichsten meiner Kindheit. Nach den Lese- und Schreibübungen ziehen wir, wann immer der Himmel es erlaubt, hinaus ins Freie und wechseln dort, wo wir uns unbeobachtet glauben, mit Degen- und Flötenübungen ab, so daß sich am Ende beides auf merkwürdigste Weise ineinander mischt. Und Magister Rosa fördert die Verwirrung noch, indem er mich mahnt: »Führe den Degen, als spieltest du Flöte!« oder, wenn ich nicht den rechten Ton treffe: »Der Gebrauch der Flöte ist kein Spiel, auch wenn man es so nennen mag. Er erfordert Übung und Genauigkeit, nicht anders als der Gebrauch des Degens!«

Während wir uns bereits freuen, dem Großvater nach unserer Rückkehr nach Berlin gemeinsam vorzuspielen, erfährt sein Schwiegersohn von diesem musikalischen Teil meiner Ausbildung verständlicherweise ebenso wenig wie über die Zeichnerei oder die französischen Romane, die ich verschlinge. Dazu bedarf es nicht einmal einer ausdrücklichen Mahnung meines Lehrers.

Am Ende ist es dessen eigene unkluge Freimütigkeit oder auch ein seiner Jugend und seiner Stellung unangemessener Stolz, der diesem kurzen Glücke eines Sommers sein Ende bereitet.

Wir sitzen beim gemeinsamen Nachtmahle, mein Vater, meine wie immer schweigsame Stiefmutter, Magister Rosa, meine Schwester Sophie und ich. Die kleine Elisabeth Katharina ist noch zu jung, um sich der Disziplin am familiären Speisetische unterwerfen zu können. So hat sie das Glück, auch wenn mein Vater es sicherlich als einstweilige Verbannung betrachtet, in der Obhut der guten Agnes, die schon mein Kindermädchen war, in der Küche gefüttert zu werden.

Mein Vater hat sich vor dem Essen meine Übungshefte vorlegen lassen und findet am Inhalt der Übungen, schlichten Bibelabschriften, und meinen allgemeinen, jedem wohlwollenden

Auge sichtbaren Fortschritten nichts Tadelnswertes auszusetzen. Dennoch läßt ihn dieser Fortschritt in einer unwirschen Stimmung zurück, die sich nun düster über unser Nachtmahl legt.

»Ich höre von allen Seiten nur das Beste über Sie, Herr Magister«, beginnt nach langem Schweigen mein Vater endlich das Gespräch.

»Das freut und ehrt mich, Herr Generalmajor.«

»Selbst der Junge scheint Sie zu lieben.«

»Solange er darüber die Achtung nicht verliert, scheint es mir nur recht zu sein.«

»Man soll mir den Jungen nur nicht verhätscheln! Liebe mag uns schmeicheln, aber am Ende ist es allein die Furcht, die uns den Respekt erhält!«

»Das mag beim Militär durchaus so sein. Nicht alle sind ja aus reiner Liebe und freiem Willen ihren Regimentern beigetreten.«

»Das, was ein Schüler aus Liebe und freiem Willen lernt, kann man doch schwerlich Lernen nennen.«

»Das Leben hält zweifellos noch genug Bitterkeit bereit, auf daß wir auch diesen Teil unserer Lektionen lernen.«

»Darum sollten wir recht früh damit beginnen, unsere Seelen gegen die Unbeständigkeit des Schicksals abzuhärten.«

»Die Seelen der Kinder sind zarte Pflänzchen. Um sie Früchte tragen zu lassen, muß man sie wachsen lassen.«

»So denken Sie über die Seele? Zarte Pflänzchen? Kraut, das keimt, wächst und wieder eingeht?«

Mein Vater spricht ruhig, aber es ist die Ruhe des Strategen, der auf eine Blöße des Feindes lauert, um genau dort zuzuschlagen und ihn erbarmungslos zu vernichten.

»Wenn ich mich recht erinnere, haben Sie selbst einmal, verehrter Herr Generalmajor, in einem unserer früheren Tischgespräche das Heranwachsen eines Kindes mit dem einer Pflanze verglichen.«

»Ich erinnere mich.«

Magister Rosa scheint von der drohenden Gefahr nichts wahrzunehmen und fährt offenherzig fort: »In der Tat läßt sich eine junge Seele leicht verletzten oder gar abtöten. Wir werden ja nicht einfach mit einer unsterblichen Seele geboren. Sie muß erst gebildet und gehegt werden, durch Lernen, durch Freuden und, ja, wohl auch durch Leiden.«

»Sie glauben nicht an die Unsterblichkeit der Seele?«

»Ich habe über meine pädagogischen Erfahrungen hinaus in dieser Hinsicht keine besondere Meinung«, erwidert der Magister leichthin in seinem immer noch heiteren und ein wenig spöttischen Tone.

»Nun denn, verehrter Magister«, entgegnet mein Vater scharf, »wenn das die Prinzipien Ihres Glaubens sind, halte ich Sie nicht für geeignet, meinem Sohne weiterhin ein vorbildlicher Lehrer zu sein. Ich möchte Sie bitten, Ihre Hofmeisterstelle sobald als möglich für einen geeigneteren Kandidaten zu quittieren.«

Ungläubig lächelnd schaut mein Lehrer ins harte Gesicht des Vaters. Kann es tatsächlich sein, daß man sich in unserem aufgeklärten Zeitalter noch über die Frage der Unsterblichkeit unserer Seele zerstreite? Selbst als der junge Mann begreift, daß es seinem Dienstherrn vollkommen ernst mit seiner Kündigung ist, ja, sie zweifellos seit langem schon erwogen hat, erstirbt das Lächeln nicht, sondern nimmt einen ironischen Zug an, der mich an unsere erste Begegnung erinnert, als ich ihn noch für einen Janitscharen oder korsischen Piraten hielt.

»Vielleicht haben Sie recht, Herr Generalmajor, und ich habe Ihren Sohn bereits alles gelehrt, was mein noch jugendliches Alter an begrenztem Wissen und bescheidener Erfahrung weiterzugeben hat. Da es nicht viel zu packen gibt, kann ich gleich morgen abreisen!«

Ich verstehe nicht, daß er kampflos geht, daß er mich widerstandslos zurückläßt und aufgibt. Ich trage es ihm lange nach. – Inzwischen aber weiß auch ich, daß mein Vater niemand ist, der sich zu einem Kampfe wie zu einem Tanze auffordern ließe.

Ich bitte Martha, unsere kräftige Küchenmagd, Wasser für mich zu erhitzen. Es gilt zwar nicht als gesund, öfter als zu den hohen Feiertagen ein Bad zu nehmen, aber auch das gehört inzwischen zu meinen in der Fremde angenommenen schlechten Gewohnheiten, nach längerer Reise auf staubiger Landstraße auch ungeachtet des Kirchenkalenders eines reinigenden Bades zu bedürfen.

Da ich dazu nur den großen Holztrog in der Küche nutzen kann, stehen während meiner Badezeit verständlicherweise alle Vorbereitungen für das Abendessen still. Ich höre Käthe und Martha in der Diele rumoren und flüstern, während ich mich in der vom Wasserdampf klammen Küche entkleide. Es klingt ungeduldig und wohl auch ein wenig unwirsch, da sie sich aus ihrem ureigensten Reiche verbannt fühlen müssen. Aber ich lasse mich davon nicht zur Eile antreiben, sondern nutze das heiße Wasser zunächst für eine sorgfältige Rasur.

Welch ein Vergnügen, nach den vielen Wochen des blinden Schabens endlich einmal wieder einen Spiegel zur Verfügung zu haben! Aber nun treten mir auch die vielen, für eine Weile aus dem Blick geratenen Narben in meinem Gesicht und über meinen ganzen Leib gestreut vor Augen, eine wahre Narbenlandschaft, an deren Karte entlang ich mein ganzes Leben erzählen könnte, zumindest die geschundene Hälfte.

Einige sind noch jung, aber ich zähle sie unter die unvermeidlichen, ja notwendigen Reisenarben. Viel mehr schmerzt mich ein Dutzend älterer, fast schon in die Glätte meiner Haut eingeebneter Verhornungen, blaß und unsichtbar und nur noch mit den Fingerspitzen zu ertasten. Ich nenne sie bei mir die Hochzeitsnarben.

Und während ich heiter und trübsinnig gleichermaßen in das dampfende und gewiß wohltuende Bad steige, denke ich, ja, erzähle auch diese Geschichten, und wenn niemand dir zuhört, erzähl sie dir selbst, um sie dieserart aus deinem Sinn zu verscheuchen!

Als mein Vater ein zweites Mal heiratet, regnet es, wenig, aber andauernd. Die Zeremonie und das anschließende Fest finden im engsten Familienkreis statt, von dem ich indessen wenig mitbekomme. Es ist eine eher freudlose Feier, weil über allem der Geist meiner verstorbenen Mutter schwebt.

Der Regen beglückt mich. Mir erscheint er wie Tränen. Ich bin neun Jahre alt, liege zwar im Bett, begreife aber recht gut, was geschieht. Meine Mutter stirbt ein zweites Mal, genauer, mein Vater läßt sie endlich gehen.

Mein Großvater aus Berlin trifft gerade ein, die Bismarck-Tanten sind schon am Morgen angekommen, sie hatten es ja nicht weit, in ihrer Begleitung meine Schwester Sophie, die sieben Jahre in ihrer Obhut gelebt hat. Nun wird meine neue Stiefmutter den Tanten wohl ihre Verantwortung für meine Schwester abnehmen, mich hingegen will mein Vater, vielleicht der großen Jugend seiner neuen Frau wegen, in der Obhut meines Großvaters lassen.

Die Tanten mustern das junge Mädchen, die Braut meines Vaters, voller Wohlwollen und Argwohn. Wo wird sie leben? Bei meinem Vater in der Garnisonsstadt oder auf dem Wuster Gut? Bald wird sie eigene Kinder haben, denken sie. Glücklicherweise sind Hans und Sophie groß genug, einer Mutter nicht mehr zu bedürfen.

Großvater besucht seit dem Tod seiner Tochter nur noch selten das Gut seines Schwiegersohns. Ist er denn nun, nach dieser zweiten Heirat, noch sein Schwiegersohn? Jeder spürt, er ist nur ungern gekommen, eher meinet- als um der Hochzeit willen.

Hat mein Vater seine erste Ehe noch aus Neigung geschlossen, so folgt die zweite mit meiner Stiefmutter reinem Pflichtgefühl. Nachdem er Erkundigungen eingezogen hat, welche junge Frau von Geblüt in unserer Gegend überhaupt noch zur Wahl steht, ergeht die Anfrage durch seinen Bruder, Onkel Christoph, zunächst an die Eltern der Braut, die selbst wohl erst gefragt wird, als längst alles entschieden ist. Jedenfalls würde sie es niemals wagen, den Befehlen ihres Vaters zuwiderzuhandeln.

Nun folgen ein höflicher Besuch meines Vaters und eine flüchtige Zusammenkunft mit der zukünftigen Braut, für die der verwitwete Bewerber gleich die üblichen Brautgeschenke mitbringt. Die Überreichung derselben ist der förmliche Antrag, der eine weitere Neigungserklärung unnötig macht. Die Annahme der Geschenke bedeutet zugleich die Einwilligung in die Verlobung.

Dann sehen sich die Verlobten nicht wieder bis zum Tage der

Hochzeit, die nun im Kreise der nächsten Verwandtschaft und einiger Nachbarn begangen wird. Bereits gestern ist sie, in Begleitung ihres Vaters, auf unserem Gute eingetroffen. Sie könnte meine ältere Schwester sein. Ihre erste große Reise führt sie gleich aus dem Kindheitshaus in ein anderes Leben, von dem es keine Rückkehr in die elterlichen Arme mehr gibt.

Ich bekomme all diese Ereignisse nur am Rande wie einen fernen, schemenhaften Traum mit und erlange meinen klaren und wachen Verstand erst zurück, als Großvater an meinem Bette steht und mich zunächst verwirrt, dann mit wachsendem Entsetzen anblickt, denn am Anfang hat er mich gar nicht wiedererkannt.

»Was ist denn dem Jungen geschehen?« fragt er mit größtem Mitleid und ergreift vorsichtig meine geschwollene Hand.

»Hans ist gestürzt«, antwortet Agnes mit zitternder Stimme. Die ganze Nacht über hat sie an meinem Bette gewacht.

»Aber das sind doch Schläge!« ruft Großvater aus. »Schläge sind das!«

Stumm und mit gebeugtem Haupte steht meine alte Kinderfrau an der Tür, als wolle sie vor Scham im Erdboden versinken.

»Ruf sie mir meinen Schwiegersohn!« fordert Großvater die zitternde Frau mit zornbebender Stimme auf.

Mein Vater ist schon für die bevorstehende Zeremonie umgekleidet und trägt seine Paradeuniform und den glänzenden Degen. Dessen ungeachtet fährt Großvater ihn wie nur irgendeinen gemeinen Soldaten an: »Du willst deinen Sohn erziehen wie einen Hund? Ein Kind ist kein Tier! Man erzieht nicht mit dem Stock, sondern mit guten Worten! Ich weiß nicht, was man dir als Buben angetan hat, aber ich habe nie meine Hand gegenüber meinen Kindern erhoben!«

Mein Vater bleibt stumm, sein Blick ist starr auf den leeren Raum zwischen mir und meinem Großvater gerichtet.

Als Großvater vergeblich auf eine Erklärung wartet, fährt er fort: »Am liebsten würde ich gleich wieder anspannen lassen und stehenden Fußes nach Berlin zurückkehren. Mir ist der Sinn nach festlichen Tagen auf dem Lande gründlich vergangen!«

Tatsächlich bleibt er nicht über Nacht, bleibt nicht einmal bis zum Ende des Festes, sondern läßt mir ein bequemes Lager in seinem Gespanne bereiten und macht sich gleich im Anschluß an die schlichte Trauungszeremonie mit mir auf den Weg zurück in die Residenzstadt.

Als mein Vater Anfang Mai für die Hochzeitsvorbereitungen aus Angerburg aufs Gut zurückkehrt, führt er in einem engen eisernen Käfig auf dem Gepäckwagen einen jungen kaschubischen Wolfs- oder Wildhund mit sich. Er übergibt ihn gleich unserem Jagdaufseher, damit er ihn zur Hirschhetze oder wenigstens zum Hofhunde abrichte, da Kläffer, unser jetziger Hofwächter, so alt und klapprig ist, daß er kaum je auch nur den Kopf hebt, wenn ein Fremder den Hof betritt.

Jagdaufseher Wohlleben äußert seine Zweifel, ob die kaschubische Bestie nicht schon zu alt sei, sie noch zu zähmen, aber er wolle es versuchen. Denn trotz aller Wildheit scheine es ein edles Tier zu sein.

In den folgenden Tagen sehe ich von meinem Stubenfenster aus den Domestizierungsversuchen des Jagdaufsehers zu. Sie haben Wildfang, so nenne ich den Wolfshund, für den weder Vater noch Wohlleben einen Namen haben, in den Zwinger gesperrt und Kläffer, der sonst dort in größter Ruhe hin und her trottete, am anderen Hofende an die Kette gelegt. Wildfang hätte ihn, eingesperrt im selben Zwinger, wohl gleich in Stücke gerissen.

Jeden Mittag nähert sich Wohlleben mit Küchenabfällen in der einen und einem Ochsenziemer in der anderen Hand dem Zwinger, stellt sich an die schmale Tür, läßt die Knochen oder Fischköpfe zwischen seine Stiefel fallen und befiehlt dem Hund, sie sich zu holen. Der Hund ist hungrig, ist schon ausgehungert und abgemagert bis auf die Knochen hier in Wust angekommen. Mit gefletschten Zähnen schnürt er in einem Halbkreis um den Mann, der ihm den Ausgang versperrt, ihn aber gleichzeitig zu füttern verspricht. Doch siegt endlich der Hunger über das Mißtrauen und folgt er dem kurzen Befehle zuzufassen, gibt Wohlleben ihm mit dem Ziemer einen kräftigen Schlag über die Schnauze oder einen Stiefeltritt in die sich durch das kurze grauschwarze Fell bereits abzeichnenden Rippen.

»Sitz!« brüllt er dann. Doch Wildfang zieht sich jaulend und knurrend in die hinterste Ecke des Zwingers zurück.

»Faß!« befiehlt der Jagdaufseher zwei, drei weitere Male, und als der Hund sich nicht noch einmal anlocken läßt, stößt er das Futter mit dem Stiefel auf den Hof hinaus und schließt die Zwingertür. Mit großen Augen beobachtet Wildfang, wie Kläffer und die Katzen sich gierig über die Knorpel, Knochen und Schwarten hermachen, während er vor Hunger schier umkommt.

So geht es Tag um Tag, und es wundert mich bereits, wie lange Wildfang seinen Widerstand noch aufrechterhalten kann. Der Hunger treibt ihn zum Futter, doch statt des Fressens erhält er Tritte und Schläge. Versteht er, was der Jagdaufseher von ihm will, nämlich einen Schritt vor dem ersehnten Futter still zu sitzen und zu warten, bis sein Herr ihm zu fressen erlaubt? Ist er zu dumm oder zu stolz?

Jagdaufseher Wohlleben wohnt nicht auf dem Gute, sondern im Jagdhaus am Jerichower Hain. Wenn Vater bei seiner Garnison ist, läßt er sich wochenlang nicht im Gutshause blicken. Nun, während der Hochzeitsvorbereitungen, ist er jeden Tag da, obgleich es, außer der Zurichtung Wildfangs, nichts zu tun oder zu bereden gibt. Den halben Tag sitzt er bei Käthe oder Martha in der Küche und läßt sich verwöhnen. Nachdem er dort sein zweites Frühstück eingenommen und zu Mittag gegessen hat, reitet er am späten Nachmittag zu seinem Hause und seinem Weibe am Jerichower Hainrand zurück.

Sonst sitze ich oft bei Tante Käthe, die zu Wust gehört, solange ich denken kann. Sie dient der Familie länger als der Verwalter Patzer oder jeder andere Bedienstete. Meine Mutter hat sie ins Haus gebracht, und von Kindesbeinen an rufe ich sie Tante Käthe, obwohl sie nicht mit uns verwandt ist. – Allein der allgemeinen Aufregung wegen, die das Warten auf die neue Herrin nicht nur bei den Bediensteten, sondern auch bei mir verursacht und mich manche Nacht um den Schlaf bringt, entdecke ich das Geheimnis von Wildfangs Widerstandsgeist. Es ist Tante Käthe.

Spät am Abend noch, wenn ich längst schlafen sollte, statt dessen aber am Stubenfenster sitze und in den Nachthimmel starre, um im weiten Sternenrund mein Schicksal zu lesen, geht sie mit einem Napf voll Schlachtabfällen über den Hof zum Zwinger, ohne Laterne, nur schemenhaft vom Kerzenlichte, das aus der offenen Küchentür auf den Hof dringt, erfaßt, öffnet die Zwingertür, schiebt den Napf hinein und schließt die Tür wieder, damit Wildfang sich vor Schlägen und Tritten sicher fühlen kann.

In kürzester Zeit hat er das Futter in sich hineingeschlungen und sich von der Tür zurückgezogen. »Braver Junge!« höre ich unsere Köchin loben, wie sie auch mich immer noch lobt, wenn ich meinen Teller leer gegessen habe. Dann nimmt sie den leeren Napf aus dem Zwinger, kehrt in die Küche zurück und legt sich endlich in der angrenzenden Gesindekammer selbst zur Ruhe.

Am Tage vor der Hochzeit gibt Jagdaufseher Wohlleben seine Domestizierungsversuche auf. Er teilt meinem Vater mit, der Hund sei womöglich ein Wolfsbastard und schon zu alt und zu verwildert, um noch einen guten Jagd- oder Hofhund abzugeben. Freilassen könne man ihn aber auch nicht, er würde nicht nur, wenn er Hunger hätte, sondern aus reiner Mordlust die Schafe anfallen und in den herrschaftlichen Forsten wildern.

Vater stimmt dem Jagdaufseher zu und gibt ihm den Auftrag, das Tier am nächsten Morgen zum Fluß zu bringen und dort zu ersäufen.

»Es ist ein Jammer um das schöne Tier!«

Vater nickt. »Aber so ist das Los jeder Kreatur, die sich nicht fügen will!«

Am nächsten Morgen steht die Zwingertür offen, und Wildfang ist spurlos verschwunden.

Obgleich es sein Hochzeitstag ist und die Bediensteten alle Hände voll zu tun haben, läßt Vater jeden einzelnen zum Verhöre in sein Schreibzimmer rufen. Selbst der Gutsverwalter Patzer und der Jagdaufseher Wohlleben werden von der strengen Befragung nicht verschont, wenngleich als offenkundig unschuldig alsbald wieder entlassen.

Sogar die kleine Sophie, gerade einmal sieben Jahre alt, und ich müssen vor den Vater treten. Doch niemand gesteht, am Hundezwinger gewesen zu sein, niemand will etwas gesehen oder gehört haben. Und mancher wagt gar zu mutmaßen, der kluge Wolfshund habe sich womöglich selbst befreit, wird von Vater aber unverzüglich als Dummschwätzer zurechtgewiesen. Nur die gutherzige Tante Käthe macht sich verdächtig, indem sie unter Vaters inquisitorischen Fragen in Tränen ausbricht und am Ende gar den Fehler begeht, Jagdaufseher Wohlleben der Grausamkeit anzuklagen. Es geschehe ihm ganz recht, daß sich am Ende eine barmherzige Seele des armen Tieres angenommen habe.

Wenn es am Mittag und am Abend nicht noch ein Dutzend Hochzeitsgäste zu beköstigen gäbe, würde Vater das gutherzige Frauenzimmer noch am selben Tage davongejagt haben. So kündigt er den langjährigen und selbstlosen Dienst unserer Köchin für das Ende der Woche auf.

Ich verfolge diese ganze Untersuchung zunächst mit kindlicher Lust am Schrecken, hocke den Ereignissen ganz nahe im Hof unter dem Sims des geöffneten Zimmerfensters und lausche verbotenerweise allen Verhören. Aber das unerwartete Urteil, das mein Vater über Tante Käthe verhängt, läßt mich dann doch an der gutsherrlichen Gerechtigkeit zweifeln.

Ohne längeres Besinnen und tieferes Erwägen klopfe ich an die Tür des Richterzimmers. – Wenn ich die Schreibstube meines Vaters betrete, muß ich mich benehmen, als sei ich ein Untergebener, einer seiner Soldaten oder Dienstboten, die Hände auf dem Rücken oder gerade an der Rocknaht, das Gesicht ernst, den Blick gesenkt. Näher kommen darf ich erst nach einer ausdrücklichen Aufforderung meines Vaters.

Im Palais des Großvaters geht es ungezwungener zu. Im Gutshause indessen dürfen wir Kinder nicht rennen, nicht laut lachen, singen oder musizieren. Selbst ein fröhliches und ausgelassenes Reden ist untersagt. Weilt Vater auf Wust, liegt sein drohender Schatten über dem ganzen Gute.

Mit klopfendem Herzen und wirrem Kopfe trete ich nach seinem Geheiß vor ihn hin und gestehe mit niedergeschlagenen

Augen, daß Tante Käthe unschuldig und ich es gewesen sei, der die kaschubische Bestie in Freiheit gesetzt habe.

Mein Vater schaut mich mit durchdringenden Augen an. Ich weiß nicht, ob er mir glaubt. Entweder habe ich im ersten Verhöre gelogen und durch meine Ehrlosigkeit in Kauf genommen, daß ein anderer statt meiner ungerechterweise betraft wird, oder ich sage jetzt die Unwahrheit, um jemand anderen zu schützen und seiner gerechten Bestrafung zu entziehen. Wie auch immer, ich bin ein Lügner, und diese Sünde ist ungleich größer als das Verbrechen, ein wildes Tier freigelassen zu haben, das nun Vieh und Menschen bedrohe.

»Du hast mich also angelogen!« stellt mein Vater mit eisiger Stimme fest. »Geh zu Wohlleben, laß dir den Ochsenziemer geben und bring ihn hierher!«

Ich tue, wie mir geheißen, doch auf dem Rückwege zum Vater kehren Verstand und Beherztheit in meine kindliche Seele zurück. Vor der Tür des Schreibzimmers bleibe ich stehen, klopfe eher zaghaft und rühre mich nach der Aufforderung des Vaters einzutreten nicht von der Stelle.

»Tritt vor, Sohn!« höre ich meinen Vater, der es nicht gewohnt ist, Befehle wiederholen zu müssen, nun brüllen. Ich kann nicht sagen, ich hätte es nicht gehört, dennoch mache ich keinen Schritt. Schließlich reißt mein Vater die Tür auf, windet mir den Ochsenziemer aus den Händen und prügelt gleich dort, in der Diele, vor den Augen der entsetzten Dienerschaft mit einer Wut auf mich ein, die ich an ihm bisher noch nicht gesehen. Blind schlägt er auf mich ein, ohne darauf zu achten, wo der Ziemer mich trifft. Ohne weiteres Nachdenken löse ich mich aus seinem Griff und renne los. Er aber setzt mir nach und schlägt in einem fort. Ich stürme aus dem Hause in den Garten, und natürlich macht die Flucht meinen Vater nur noch rasender. Wie tollwütig drischt er auf mich ein, doch womöglich glaubt er ja wirklich, Prügel würden mich zu einem besseren oder wenigstens gehorsameren Menschen machen.

Der Mühlenbach hindert meine weitere Flucht, nun treffen mich die Hiebe in ihrer ganzen zielgerichteten Wucht, und als ich schützend meine Hände vor das Gesicht legen will, stellt Vater seine Stiefel auf meine Handrücken, bis auch mein Gesicht blutüberströmt und bis zur Unkenntlichkeit angeschwollen ist und ich nichts mehr sehe, nichts mehr höre, ja, am Ende gar nichts mehr spüre.

Im ganzen Dorfe hört man das furchtbare Geschrei, nicht aus meinem Munde, er bleibt während dieser Raserei vollkommen stumm. Zumindest hier in Wust sind Prügel nichts Außergewöhnliches. Im Dorfe werden alle Knaben und sogar manche Mädchen von ihren Vätern geschlagen. Es gilt ihnen als Christenpflicht. Und selbst die Kinder nehmen es als fromme Notwendigkeit hin. – Nein, das Jammern und Wehklagen stammt allein aus den Mündern von Käthe, Martha und Agnes. Und Agnes, meine alte, tapfere Kinderfrau, ist es schließlich, die sich zwischen meinen Vater und mich wirft und ihm zuruft, wenn er schon jemanden totschlagen wolle, solle er nur sie wählen. Erst jetzt läßt er von mir ab, ich weiß nicht, ob unwillig oder beschämt.

»Wenn dir an seinem Wohlergehen liegt, sorge dafür, daß mir der Lump nicht mehr unter die Augen tritt!« sagt er nur, geht zum Haus zurück und überläßt mich ihrer weiteren Fürsorge.

Ein heftiges Pochen an der Küchentür reißt mich aus meinen Gedanken. Es ist Elias, der Pferdeknecht. Offenbar wagten die besorgten Frauen nicht, selbst in die Küche zu treten, obgleich Tante Käthe mich doch mehr als einmal von Kopf bis Fuß in einem ihrer Zuber durchgewalkt und abgeschrubbt hat. Aber das ist schon eine Weile her, und nun geziemt es sich wohl nicht mehr, den Herrn nackt zu sehen, könnte er auch der eigene Sohn sein.

Ich lasse mir von Elias das Tuch reichen, das Martha für mich zum Abtrocknen bereitgelegt hat. Dann eile ich mich mit dem Ankleiden, um den wartenden Frauenzimmern endlich ihr von mir okkupiertes Reich zurückzugeben. Indessen schauen sie mich so beschämt an, als stünde ich immer noch nackt im Raume. Oder sollten sie doch in die Küche getreten sein, während ich im Badetroge träumte?

Da sie nun mit ihrer Arbeit im Verzuge, bleibt noch ausreichend Zeit für mich zu einem kleinen Spaziergang vor dem nun verspäteten Nachtmahle. Die Auswahl der Wege ist naturgemäß begrenzt, die Allee vom Gutshaus nach Jerichow, der Jagdweg nach Rathenow und die Straße durchs Dorf nach Schönhausen und dem Nachbargute derer von Bismarck.

Auf der Dorfstraße humpelt mir eine vertraute Gestalt entgegen. Es ist Fleckschädel, einige Jahre älter nun und um nicht wenige braunschwarze Flecken auf seinem Schädel und in seinem Gesichte reicher. Ohne jede Überraschung begrüßt er mich, als hätten wir uns erst am Vortage das letzte Mal gesehen. Für ihn war es vielleicht tatsächlich erst vor kurzem, daß wir gemeinsam exerzierten. Für ihn gibt es die Zeit nicht. Ein Tag ist wie der andere und alles, Erinnern, Erleben, Ersehnen im Grunde nur Gegenwart.

Trotzdem drückt er mir freundlich die Hand, ohne mir die kindlichen Grausamkeiten nachzutragen. Ich glaube nicht, daß er sie vergessen hat, genauso wenig wie ich. Im Gegenteil, gerade jetzt, so spüre ich, stehen sie ihm in aller schmerzhaften Deutlichkeit vor Augen. Aber auch vom Schmerz, von Schuld und Reue mag er andere, eigene Begriffe haben. Er hält meine Hand und tätschelt sie, als sei ich immer noch ein kleines, verunsichertes Stadtkind, das sich unter den Dorfbuben beweisen müsse. Und in seinem kindlichen Greisengesichte blitzt für einen Augenblick so etwas wie Weisheit auf, wenn auch nur die Weisheit des Toren.

Als ich ihn frage, wie es ihm gehe, redet er nicht von sich, sondern spricht gleich von seinem Neffen Daniel, als sei er es, nach dem ich in Wirklichkeit gefragt. Er sagt mir, was ich schon weiß, daß Daniel nun bei den Soldaten sei. Dann fügt er hinzu, langsam, mit überdeutlicher Aussprache, wie wir gemeinhin mit dem Dorfidioten sprechen, daß Daniel habe weglaufen wollen, als die Soldaten ihn holten, aber sein Vater habe ihn nicht gelassen.

Im Wust meiner Kindheit existiert auch für mich keine Zeit. Der Turm der alten romanischen Kirche ist ohne Glocke, und im

Gutshaus gibt es nur im Zimmer meines Vaters eine Uhr. Der Tag beginnt mit dem Sonnenaufgang und endet mit dem Sonnenuntergang. Die Sommertage sind lang, für ein Kind gibt es nur den Tag, es schläft ein, bevor es dunkel wird, und erwacht, wenn es schon lange wieder hell ist. Die Nachtgeister gehören dem Reich der Träume an.

Wenn mir etwas den Schlaf raubt, dann sind es die Mücken, von denen es hier unendlich viel mehr gibt als im Stadtpalais meines Großvaters, ein irrsinniges Summen und Stechen, das man am Tage vielleicht noch überhören kann, den Jungen in der Nacht aber unlöschbar in Flammen setzt.

Gerade weil es hier stiller ist als in der Residenzstadt, höre ich mehr. Ich höre den Habicht, wenn er mit angelegten Flügeln ins Feld stürzt, ich höre den Stein im Fluge, von der Hand eines Dorflümmels geschleudert. Oder, seltener, den Schneeball. An nur einen Winter in Wust kann ich mich erinnern. Die Wege sind dann verschlammt und schwer passierbar. Wer nicht reisen muß, bleibt in der Stadt.

Frühe Kindheitserinnerungen haben etwas Mythisches. Da der Erinnernde nicht mit Gewißheit sagen kann, was sich wahrhaftig ereignet und was die Phantasie hinzugedichtet, das Hörensagen ergänzt und die Zeit verschönert oder verfälscht hat, muß man wohl das Erzählte als das einzig Wahrhaftige hinnehmen.

Nicht das erste Mal seit Menschengedenken, doch immerhin das erste Mal, seit ich denken kann, ist die Elbe zugefroren. Für die Wuster Bauern bedeutet die Kälte in diesem Winter nicht viel mehr, als zur Untätigkeit verdammt zu sein, mit dem Feuerholze sparsam umzugehen und im einzigen geheizten Raume, gemeinhin die Küche, enger zusammenzurücken. Für uns Kinder bedeutet es ein ganz neues Abenteuer. Doch als ich vorschlage, zu Fuß bis nach Tangermünde ans andere Elbufer zu gehen, schließt sich nur Daniel meiner Expedition an.

Zwei Stunden brauchen wir, um an die Elbauen zu gelangen, nicht länger als in den Sommermonaten, da der Frost den Boden steif gefroren hat und uns einige Umwege erspart. Und schon von weitem sehen wir die Türme Tangermündes, da die Stadt auf einem Felsen liegt. Dieser mag nicht eben höher als fünfzig Ellen sein und für einen Menschen aus dem Gebirge kaum des Erwähnens wert; da er im Umkreis von fünfzig preußischen Meilen aber die höchste Erhebung ist, stellt er in unseren Augen einen durchaus imposanten Berg da.

Der Fluß liegt flach und glatt wie ein blankgescheuerter Tisch vor uns. Doch niemand geht darauf spazieren, wie Daniel und ich es eigentlich erwartet hätten. Alles ist einsam und totenstill, als habe die Kälte auch alle Töne eingefroren.

Ich gehe voran, Daniel folgt zögernd. Gemeinhin ist er der Anführer, allein weil er der ältere und kräftigere ist, und selbst mein Rang als Sohn des Gutsherrn hat seine Führerschaft bisher nie anfechten können.

Das Eis in Ufernähe ist dick und fest, und ich glaube zunächst, diese Festigkeit reiche bis auf den Flußgrund. Aber unter dem Eis lebt der Fluß, und ich spüre ihn murmeln und raunen wie einen eingemauerten alten Zauberer. Auch Daniel scheint das Unheimliche und Bodenlose zu spüren, denn er bleibt immer weiter zurück.

Bisher habe ich nicht viel über Daniel oder auch nur irgendein anderes der Wuster Kinder nachgedacht. Sie gehören einfach zum Dorfe, nicht anders als unser Pferdeknecht Elias, Tante Käthe, Martha, unsere Jagdhunde, Pferde, Schafe und Gänse. Nun aber scheint mir Daniel doch etwas Außerordentliches zu sein, mutiger und zugleich besonnener als die anderen, und ich wünsche ihn an meiner Seite, auf daß er auch jetzt wieder die Führerschaft übernehme.

Dann höre ich ihn rufen, ich solle umkehren. Zur Strommitte sei das Eis noch nicht dick genug. Die Stadt indes liegt bereits verlockend nahe. Hätte Daniel nicht gerufen und eine Forderung, vielleicht auch nur eine Bitte an mich gerichtet, wäre ich womöglich aus eigener Furcht oder Vernunft umgekehrt. Aber nun ist es gerade sein Ruf, der mich weiterstapfen läßt, obgleich ich das Eis unter meinen Füßen knistern und knirschen höre.

Jetzt dringt gar das Flüstern des alten Zauberers an meine Ohren, ich höre den befreienden Zauberspruch, und die Eiswand, die ihn gefangenhält, gibt nach. Schon umarmt mich die Kälte, so gewaltsam, daß mir der Atem stockt und für einen Augenblick mein Herz zu schlagen aufhört. Zugleich erscheint mir das Eiswasser kochend heiß, es verbrennt mir Hände und Gesicht. Und als ich mit offenen Augen in diese brennende Eisflut eintauche, sehe ich plötzlich meine Mutter auf mich zuschweben, klarer und lebendiger, als ich sie in Erinnerung habe, lächelnd, mit aufgelöstem Haar und ausgebreiteten Armen. Sie sagt etwas, das ich nicht verstehe, es klingt wie fernes Glockengeläut. Dann spüre ich ihre Hand, die mich erstaunlicherweise an den Haaren zieht. Nun packt sie mich am Kragen, und ich wundere mich, was plötzlich in sie gefahren sein mag. Ich schließe die Augen, traurig und beschämt, sie womöglich erzürnt zu haben. Doch dann fühle ich mich in den Arm genommen und gewärmt, und nun erst lasse ich mich wirklich fallen, in diese Umarmung, diesen Fluß, diesen Traum.

Daniel schleppt mich, in seine eigene Jacke gehüllt, bis zum nächsten Gehöft. Dort legt man mich gleich ans Feuer, und den durchgefrorenen Daniel dazu, reibt mich mit Apfelessig ab und hüllt mich dann in ein Schafsfell. So bleibe ich liegen, ohne von alldem etwas mitzubekommen. Ein Knecht wird nach Wust geschickt. Er kommt mit Patzer, unserem Verwalter, und einem Schlittengespann zurück. Doch erst am nächsten Morgen, als ich erwache wie an jedem Morgen und unser Elbabenteuer für einen zwar lebendigen, aber immerhin für einen Traum halte und wundersamer Weise ohne Fieber oder sonstige Anzeichen einer Erkältung bin, ziehen uns Abenteurer die vier dampfenden Pferde nach Wust zurück, wo uns indes statt eines heldenhaften Empfangs eine Tracht Prügel erwartet, wobei Daniels Vater gewiß kräftiger zuschlägt als meine vor Besorgnis fast wahnsinnige Tante Käthe.

So steht es nun einmal um die Gerechtigkeit in der Welt. Gottes Stellvertreter auf Erden, unsere Väter, sind zwar mit SEiner Allmacht gesegnet, aber nicht immer auch mit SEiner Güte.

Nachdem uns die Prügel ein wenig ernüchtert haben, machen weder Daniel noch ich ein größeres Aufheben um unser Abenteuer, von dem ohnehin schon die wildesten Gerüchte im Dorfe umgehen. Aber zwischen uns hat sich ein unausgesprochenes Band gefestigt, das man, stünde der unterschiedliche Stand nicht unüberbrückbar zwischen uns, durchaus Freundschaft nennen könnte.

Dieser Rückkehrtag hat mich doch über alle Maßen aufgewühlt. Obgleich ich von der Reise, den Erinnerungen und nicht zuletzt vom verschwenderischen Nachtmahl zu Tode erschöpft bin, finde ich keinen Schlaf. Wieder gibt es zuviel Fleisch, Fasan, Hirsch, Wildschwein, und die stetige Nötigung der besorgten Weiber zuzugreifen, dabei bin ich diese Mästerei nach der langen und nicht selten entbehrungsreichen Kavalierstour gar nicht mehr gewöhnt. Nun rumpelt mir all das deftige Zeug zäh und schwer verdaulich im Bauche. Bei Daniel zu Hause und in den anderen Bauernstuben gibt es nur selten und wenn, dann allein am Sonntag mal ein wenig Fleisch. Vom Geschlachteten behalten die Bauern nur wenig für sich selbst, die fetten Knochen, die für Suppe und Braten reichen müssen, die Füße und Köpfe, die man trocknet und bis zum späteren Verzehre in der Räucherkammer aufbewahrt. Die guten Stücke gehen an den Gutsherrn oder werden auf dem Markte gegen Dinge eingetauscht, die man selbst nicht herzustellen in der Lage ist.

Die Knochen samt Füßen und Hufen kocht Daniels Mutter aus, sammelt das Fett, das oben auf dem Sud schwimmt, und benutzt es zum Einfetten von Lederschnüren, Zaumzeug und Stiefeln. Manchmal gießt sie auch kleine Talglichter daraus, doch meistens verwenden sie in Daniels Kate schlichte Kienspäne und gehen mit den Kindern und dem Vieh bei Einbruch der Dunkelheit zu Bett.

Als ich das Wachslicht noch einmal anzünde und mich an das kleine Schreibpult setze, um meinen Brief an Tante Melusine fortzuschreiben, zeigt sich meine innere Unruhe ohne klare Worte. Es ist ein wilder Sturm aus Bildsplittern, ein Nachzittern der Glieder nach überstandener Anstrengung.

Ich lege mich wieder nieder und warte auf den Augenblick,

daß dieses innere Stürmen ein wenig nachläßt und der sanfte Schlaf mich in seine Arme nimmt, aber wie immer bleibt dieser Augenblick unbemerkt, gehört er naturgemäß doch schon dem Schlafe an.

Ich weiß nicht, wie weit die Nacht schon fortgeschritten, als ich in Schweiß gebadet erwache. Mir ist, als habe ich schreien wollen, doch dann wurde mir mit fester Hand der Mund zugedrückt, und wäre ich nicht erwacht, hätte sie mich im Schlafe erstickt. Immer noch spüre ich mein Herz in Todesangst rasen, und lange weigert sich mein geknebelter Leib, den Traum loszulassen und in die Friedlichkeit meiner Knabenkammer zurückzukehren.

Dann taucht ein Gesicht auf, das ich fast vergessen glaubte.

Der neue Hofmeister, Josef Greif, ist von völlig entgegengesetzter Natur als Monsieur Rosé. Er weiß sich in alles zu schikken, am leichtesten in Prinzipien, die den seinen widersprechen.

»Zu meiner Freude«, schreibt mein Vater an Großvater Wartensleben, »glaube ich, jetzt den rechten Mann für Hans gefunden zu haben. Und zwar ist dies der Herr Candidatus Greif, der, weil er nicht mehr jung und ohne Grillen ist, endlich geneigt scheint, sich ganz nach meiner Meinung zu richten.«

Sein Unterricht besteht darin, aus Schroeckhs *Allgemeiner Weltgeschichte* vorzulesen, an jedem Wochentage ein Kapitel, was ungefähr ein halbes Jahr lang währt. Ist die letzte Seite umgeblättert, so beginnt der Herr Candidatus wieder mit der ersten Seite. Der Sonnabend gehört der Repetition, der Sonntagmorgen der Heiligen Schrift.

Candidatus Greif, Sohn eines mittellosen pommerschen Landpfarrers, hat in Königsberg ein Theologiestudium absolviert. Es ist seine sechste oder siebte Hofmeisterstelle, die er nun zu meiner weiteren Erziehung und Unterrichtung antritt. Und da es offenbar die einzige Möglichkeit für diesen beschränkten Menschen darstellt, sich seinen Lebensunterhalt zu verdienen, läßt er sich manche demütigende Behandlung durch meinen Vater gefallen, so daß er in meiner Achtung nicht gerade steigt, auch wenn er sich, eingedenk der Maxime seines Dienstherrn, der irdische Vater sei der Stellvertreter des Himmlischen Vaters und der bestallte Erzieher der Stellvertreter des irdischen Vaters, einer besonders großen Strenge im Umgang mit mir befleißigt.

Obwohl Candidatus Greif fast doppelt so viele Jahre zählt wie sein geschaßter Vorgänger und damit über ungleich größere erzieherische Erfahrungen verfügen müßte, ist mein Vater in seinen Anweisungen wesentlich pedantischer, als er es Monsieur Rosé gegenüber je zu sein gewagt hätte. Trotz des Magisters Jugend schien mein Vater dem jungen Manne gegenüber eine gewisse Achtung, wenn nicht gar Furcht empfunden zu haben.

Dem Candidatus Greif gegenüber verfällt er indes in jenen Ton, in dem er auch den Pferdeknecht Elias oder den Jagdaufseher Wohlleben zu instruieren pflegt:

»Sobald der Junge ins Bett gebracht ist, achte Er darauf, daß der Bub sittsam darin liege. Beaufsichtige Er das Kind! Halte Er streng darauf, daß er im Schlafe den Körper bedeckt hält!«

Wie Monsieur Rosé, so bewohnt auch der neue Hofmeister die Nachbarkammer, wenn wir uns im Sommer auf dem Wuster Gute aufhalten. Offenbar nimmt er die Anweisungen meines Vaters wörtlich, denn ich spüre ihn Nacht für Nacht, manchmal mehrfach, in meine Kammer schleichen, an mein Bette treten und meinen still liegenden Leib betasten, ob auch alles dem Willen des Vaters gemäß bedeckt sei.

Am Morgen läßt er sich dann von mir den brennenden Fidibus aus der Küche an seine Bettstatt bringen, da es seine Gewohnheit ist, vor dem Aufstehen eine Pfeife Tabak zu schmauchen.

Gemäß der Anordnung meines Vaters, mich so wenig Zeit wie möglich mit der Dienerschaft oder den Dorfkindern verbringen zu lassen, hält er mich in seiner Stube fest, auch wenn er mir keinen Unterricht erteilt. Dann muß ich mir ohne Ende die Klagen über die Undankbarkeit seiner vorangegangenen Zöglinge und ihrer Familien anhören.

Nur an den Befehl meines Vaters, zurückhaltend mit mir zu verkehren, mich nicht zu duzen und jede Vertraulichkeit zu unterlassen, hält er sich nicht, wenn er mit mir alleine ist. Da er am Abendbrottische niemals das Wort an mich richtet, wissen weder mein Vater noch die Bediensteten von dieser Insubordination.

Weilt mein Vater auf Wust, wird jeden Abend vor dem Schlafengehen im Kreise der Familie und der gesamten Dienerschaft eine Andacht gehalten. Dann nimmt der Hofmeister Greif Luthers *Kleinen Katechismus* und liest eine Seite aus diesem Meisterstück des großen Gottesknechtes vor, dem der Heilige Geist bei der Verfertigung zweifellos auf das kräftigste beigestanden hat.

Vor diesen »Andachten« habe ich mich einfach in die übermächtige, verehrungswürdige Vielheit der Bäume, Bäche, Fische, Vögel und Sterne eingebettet gefühlt. Nun wird diese uns einigende Vielheit auf- und auseinandergesprengt von einer scharfen Unterscheidung von Gott und Welt. Bin ich blind, dumm, verloren, wenn ich weiterhin nur die Welt sehe und keinen Gott, zumindest keinen Gott außerhalb dieser vielfältigen Manifestationen?

Es ist nicht immer leicht, der Aufsicht des Herrn Candidatus Greif zu entkommen. Doch da ihm von Natur aus ein eher träger Charakter zu eigen ist, setzt er mir nicht nach, wenn ich ihm denn einmal aus den Augen bin, hinaus aus der Kälte und Düsternis des Hauses ins Freie, oft, aber nicht immer, mit den Dorfbuben zusammen. Manchmal suche ich mir auch nur einen stillen Ort, weiterhin das Flötenspiel zu üben, nun ohne Begleitung und Anleitung durch Monsieur Rosé, aber immer noch mit derselben Freude und Leidenschaft für das Spiel.

Herr Greif weiß von diesen heimlichen Vergnügen nichts, die Flöte halte ich mit meinem Malbuche zusammen an einem geheimen Orte in meinem Zimmer verborgen, denn trotz meines jungen Alters von zwölf Jahren bin ich bereits lebensklug genug, der Meinung der Erwachsenen, was zu meinem Besten sei und meinem Seelenheile diene, nicht blind zu vertrauen.

Nun mag der Candidatus träge sein, dumm ist er nicht. Zumindest die Klugheit des Domestiken besitzt er, die weiß, wie man sich das Wohlwollen seines Herrn erwerben und sichern kann. Der Herr erwartet von seinem Diener ja nichts anderes, als daß er Verkörperung seines eigenen Denkens und Wollens sei, natürlich ohne selbst zuviel zu denken und zu wollen. So nutzt der Candidatus, vielleicht nicht zum ersten Male, meine Abwesenheit, durchstöbert meine Kammer und findet am Ende mit teuflischer Klugheit doch den Malblock und die Flöte unter dem losen Dielenbrette.

Als ich am Abend, noch ahnungslos, von den wilden Abenteuern, die ich im dörflichen Knabenrudel erlebt, nach Hause komme, läßt mein Vater mich sogleich in sein Arbeitszimmer rufen. Dort sitzt er hinter seinem Schreibtische, der Candidatus steht daneben, das Gesicht im Schatten, grau, konturlos. Vom Lampenlichte auf dem Tisch beleuchtet die ausgebreiteten Blätter meines Skizzenblocks und der geöffnete Flötenkasten.

»Ich denke, hier handelt es sich noch um Früchte der Saat des gottlosen Magisters«, beginnt mein Vater seine Rede mit ruhiger Stimme. »Ich führe deine Beschäftigung mit diesen unsoldatischen und die Seele verweichlichenden Vergnügungen auf deine Jugend und Unwissenheit zurück, zumal ich sie nicht ausdrücklich untersagt habe. Aber von nun an werden diese Klecksereien und das Flötenspiel nicht mehr Teil deiner Erziehung und Unterrichtung sein. Im geometrischen Zeichnen magst du dich üben, soweit der Candidatus Greif auf diesem Felde Kenntnis besitzt. Ansonsten hast du dein Augenmerk alleine auf Rechnen, Schreiben und die alten Sprachen zu richten. Haben wir uns verstanden, Hans?«

Ich nicke stumm.

»Gut. Diese Gegenstände der Versuchung werde ich bei mir bewahren und fortschließen. Du kannst nun gehen.«

Wenige Tage nach diesem Vorfall, noch ehe mein Vater zu seiner Garnison zurückgekehrt ist, hallt das Dorf vom Spottgesang der Buben wider, wobei wohl nur die älteren genau verstehen, was sie da besingen, während die jüngeren ganz zwang- und schamlos das lustige Verslein an allen Ecken und Enden unseres Weilers schmettern, so daß es endlich auch meinem Vater zu Ohren kommt:

Greif Greif, das dritte Bein steif
Besteigt er den Esel, die Stute
Das Schaf und Fleckschädel gar
Den Schafskopf im Schlaf

Mit dem Gutsverwalter Patzer und dem Jagdaufseher Wohlleben als Schöffen an seiner Seite sucht Vater Daniels Familie auf und unterzieht in der guten Stube des Bauerschen Hauses den armen Fleckschädel einem strengen Verhöre. Natürlich kann der Dorfidiot nichts anderes als die Wahrheit sagen, darin liegt womöglich ja der größte Teil seiner Idiotie. Die Kunst des Lügens bedarf zweifellos einer gewissen Klugheit. Aber selbst ein Meister dieser Kunst müßte scheitern, wenn ein Mann wie mein Vater ihn ins Verhör nimmt.

Am selben Tage noch räumt Candidatus Greif seine Hofmeisterstube neben meiner Kammer und verläßt ohne jeden Abschied das Gut und das Dorf.

»Ein Mann von Ehre hätte sich nach dieser Entdeckung eine Kugel in den Kopf geschossen«, sagt mein Vater bei Tische, meine Stiefmutter nickt schweigend, und ich wage nicht nachzufragen, von welcher Entdeckung die Rede sei. Indes erwähnt mein Vater den Namen des Candidatus Greif nie wieder.

Mit der überstürzten Abreise meines Hauslehrers endet auch für mich ein Lebensabschnitt, der in Berlin schon länger der Vergangenheit angehört und mit der entsprechenden Kleidung abgelegt ist, meine Kindheit, von der ich immer noch Reste und Sprengsel nach Wust zu retten versucht habe, für einen weiteren Sommer, und noch einen, und einen allerletzten. Statt es mit einem neuen, dritten Erzieher zu versuchen, entschließt sich mein Vater, trotz der zu erwartenden weit höheren Ausgaben als für einen jungen Hofmeister, mich auf das Pädagogium Regium, die neue Junkerakademie des Pastors Francke, nach Glaucha zu schicken und diesem hochgeachteten Manne meine weitere Herzens- und Verstandesbildung anzuvertrauen. Aber das muß wohl in einem der nächsten Briefe an meine verehrte Tante Melusine seine angemessene Beschreibung und Würdigung finden, denn jetzt bin ich selbst zum Träumen fast zu müde und lösche für diese Nacht endgültig das Licht.

Bedenke, daß unverdientes Lob die bitterste Satire und der sicherste Weg ist, der Leute Laster und Torheiten bloßzustellen!«, schreibt Lord Chesterfield an seinen achtjährigen Sohn Philip. Ab wann versteht ein Kind Ironie? Und gibt es diese Form des uneigentlichen Sprechens in allen Kulturen? Oder gibt es auch ironiefreie Nationen, Räume, Zeiten? Dient sie immer und überall als ein probates Mittel der Erziehung, oder wird sie mancherorts ausschließlich als verletzend, grausam oder ehrenrührig angesehen? Muss man sich nicht genauestens kennen, um Ironie zu verstehen? – Immerhin begreift der Achtjährige die innige Verwandtschaft zwischen Ironie und Spott.

Meine eigenen Kindheitserinnerungen sind nicht der Rede wert. Vieles habe ich vergessen, und einiges von dem, an das ich mich zu erinnern glaube, hat sich wohl ganz anders oder überhaupt nicht zugetragen. Ich war immer schon ein Träumer oder, in den Worten meines Vaters, ein Spinner.

Übrigens hat mein Vater mich und meine Stiefmutter verlassen, als ich kaum sechs Jahre alt war und seine Gründe noch nicht begreifen konnte. Vielleicht gab es auch gar keine Gründe. Ich kann mich an keine Auseinandersetzungen zwischen meinen Eltern erinnern. Es scheint, als hätten sie sich in vollem Einverständnis voneinander getrennt. Sein Sorgerecht indessen hat mein Vater behalten. So sahen wir uns fortan einmal alle zwei, drei Monate für ein Wochenende und in den Ferien. Bis ich sechzehn war, hatte ich sogar einen eigenen Schlüssel zu seiner Londoner Wohnung, bis er ihn nach einer »ernsten Aussprache« von mir zurückverlangte. Natürlich hatte ich mir längst einen Nachschlüssel anfertigen lassen.

Mein Vater arbeitet immer noch in der City. Was er dort genau tut, habe ich bis heute nicht richtig begriffen. Allerdings habe ich auch nie genauer nachgefragt. Ich weiß nur, dass er fünf Tage in der Woche morgens um 8.30 Uhr die Wohnung verlässt und am Nachmittag um 16.30 Uhr wieder heimkommt, wenn nicht gerade die U-Bahn streikt oder ein weiterer Lebensmüder sich vor den Triebwagen geworfen hat. Er trägt für seine Arbeit einen Anzug, der sowohl für einen höheren Bankangestellten als auch für einen mittleren Regierungsbeamten unauffällig genug ist. Von diesen diskreten Anzügen besitzt er sieben, und sobald einer an den Ellbogen oder Knien zu glänzen beginnt, ersetzt er diesen einen, sodass stets dieselbe Anzahl, nämlich sechs Anzüge, auf passenden Holzbügeln in seinem Kleiderschrank hängen. Den ausgemusterten Anzug gibt er in der Kleiderkammer der Heilsarmee ab, nicht ohne zuvor sorgfältig alle Taschen überprüft und gegebenenfalls geleert zu haben.

Vermutlich war er nicht immer so. Aber ich kann ihn mir nicht als jungen Mann vorstellen. Und gäbe es nicht einige Jugendfotos von ihm, würde ich behaupten, er habe nie eine Jugend gehabt.

Meine Stiefmutter besitzt das einzige Hotel in Aberystwyth. Okay, das einzige Hotel, das für einen Reisenden mit gewissen Ansprüchen zumutbar ist. Von denen verirren sich verständlicherweise nur wenige nach Aberystwyth.

Meine Mom hätte mich sicher gerne auf ein angesehenes Internat gegeben. Doch da für ein gutes Internat das Geld nicht reichte und ich ihr für das mittelmäßige, das mein Vater vorschlug, dann doch zu kostbar war, besuchte ich eine Ganztagsschule. Zu Hause fühlte ich mich durchaus hinreichend wie in einem Internat, da unsere kleine Wohnung sich in einem Seitenflügel des Hotels befindet und von den Hotelzimmern nur dadurch unterscheidet, dass hier, zum Parkplatz auf dem Hof hin, die billigen, weil aussichtslosen und lauten Zimmer liegen. Unser Mobiliar ist schlicht und praktisch, sodass Mom bei einer Überbuchung tatsächlich ein Zimmer unserer Wohnung rasch als Hotelzimmer herrichten könnte. – Eine Überbuchung ihres Hotels hat es allerdings, solange ich zurückdenken kann, nie gegeben.

Hier, an der seit dreißig Jahren unveränderten Rezeption, hat sie meinen Vater zum ersten Mal getroffen. Wahrscheinlich wird er der einzige Gast gewesen sein, sodass sie sich unweigerlich näher kennenlernen *mussten*. Was meinen Vater nach Aberystwyth geführt hat, habe ich nie herausgefunden. Meine Mom weiß es nicht mehr, mein Vater will nicht darüber reden. Warum er dann diesen Ort nach sechs Jahren wieder verlassen hat, muss er mir indessen nicht erst erklären. Ebenso nicht, warum er mich bei meiner Stiefmutter zurückgelassen hat. Mich wundert eher, dass er es mit uns so lange ausgehalten hat.

Ohnehin war Dad nur ein Wochenendvater. Er behielt seinen Job und seine Wohnung in London, kam am Freitagabend um acht mit dem Zug nach Aberystwyth, stand am Montagmorgen um halb vier in der Früh auf, um den Zug um 4.25 nach London Euston zu erreichen und spätestens um 9.30 Uhr in seinem Büro zu sein.

Er schlief nur selten in unserer Wohnung, sondern meistens in dem Hotelzimmer, das er bei seinem ersten Besuch bewohnt hat und das seither nicht mehr an andere Gäste vermietet worden ist. Ich erkläre mir diesen merkwürdigen Umstand damit, dass meine Eltern in Zimmer 103 sich ungestörter fühlen konnten, da unsere Wohnung, wie übrigens das ganze Hotel, recht hellhörig ist. Darüber hinaus war ich ein neugieriges Kind mit unruhigem Schlaf. Das bin ich auch heute noch, mit sechsundzwanzig Jahren.

Als ich am Morgen erwache, ist das Laken nicht nur schweißgetränkt, sondern rot gefärbt, als hätte ich Blut geschwitzt. Dabei kann ich mich an gar keinen nächtlichen Albtraum erinnern. Auch habe ich mir nicht im Schlaf die Haut aufgekratzt oder anderweitig ernste Wunden zugefügt. Dieses Laken, das meinen blutigen Körperabdruck zeigt, ist mir ein Rätsel.

Die wichtigere Frage ist für mich im Augenblick, wie ich es den Hotelangestellten erkläre oder, besser noch, es vor ihnen verberge und das besudelte Betttuch unauffällig durch ein unbeflecktes ersetze.

Mir geschehen manchmal diese unerklärlichen körperlichen Dinge, aus heiterem Himmel pisse ich plötzlich Blut, oder es fällt mir ohne jede äußere Gewalt ein Zahn aus. Deshalb bin ich auch eher beschämt als überrascht über diese Sauerei. So muss sich ein Zwölfjähriger im Jugendlager fühlen, der mitten in der Nacht aufwacht und entdeckt, dass er ins Bett gepinkelt hat. Wie soll er es vor seinen Kameraden geheim halten? Wenn sein Missgeschick herauskommt, kann er gleich die Koffer packen!

Ich weiß, wovon ich rede. Ich habe einmal im Leben solch ein Jugendlager mitgemacht. Da mein Vater sich geweigert hat, mich wegen einer derartigen Lappalie heimzuholen, haben meine Kameraden drei Wochen lang täglich ein anderes Martyrium aus der *Legenda aurea* mit mir durchgespielt. Seither bin ich passionierter Alleinreisender.

Da ich nicht recht weiß, wohin mit dem blutigen Tuch, hänge ich es erst mal zum Trocknen aus dem Fenster. Glücklicherweise blickt mein Zimmer nach hinten, zur Schnell- und Fernbahntrasse, hinaus. Vielleicht gelingt es mir im Lauf des Tages, aus einem Nachbarzimmer oder direkt vom Wäschestapel auf den Reinigungswägelchen ein sauberes Laken zu organisieren. Das erspart mir angesichts meines äußerst begrenzten Reisebudgets diese unvorhergesehene Sonderausgabe. Dummerweise bin ich wieder einmal ziemlich spät aufgestanden, sonst hätte ich einfach das Hotel wechseln können, aber nun muss ich auf jeden Fall noch für die nächste Nacht zahlen. Dann kann ich auch gleich ein neues Laken kaufen!

Ich habe beschlossen, zu Fuß zum Gendarmenmarkt zu spazieren. Ich suche den kürzesten Weg, aber schon nach wenigen Häuserblocks weiß ich nicht mehr recht, wo ich mich befinde.

Auf einer Brücke kommt mir ein verwahrlost aussehender Mann entgegen. Offenes, leeres Gesicht, das seine Leere unverhohlen zeigt, strähniges, fettglänzendes Haar, breite, mehrfach gebrochene Nase, ein von alten Schnittwunden verkrustetes Kinn. Die Hände sind wesentlich dunkler als das Gesicht, von einem schmutzigen Lehmbraun, spröde und rissig, als gehörten sie zu einem anderen Körper. Ich halte ihn für einen Obdachlosen und erwarte, dass er mich gleich anbetteln wird. Ich drücke ihm, ehe er mich ansprechen kann, ein paar Münzen in die Hand.

Er starrt das Geld überrascht an und sagt: »Ich kann mich nicht entsinnen, Sie um etwas gebeten zu haben!«

Dann blickt der Mann, den ich noch nie zuvor gesehen habe, mir ins Gesicht und fährt fort: »Ich weiß, dass Sie Gott lieben und ein guter Mensch sein wollen. Sie geben Almosen selbst dann, wenn Sie nicht darum gebeten wurden. Trotzdem sind Sie noch weit von Ihrem Ziel entfernt!«

»Von welchem Ziel?«

»Gott will etwas anderes von Ihnen.«

»Von mir? Ich kenne Gott nicht.«

»Sie halten sich für klug und gut aussehend und mildtätig, aber in Wirklichkeit sind Sie ein Schwachkopf, sehen nur mittelmäßig aus und geben sich bloß gütig, damit Sie die Bittsteller rasch wieder los sind!«

Ich lächle über dieses schlichte, aber wahrheitsgetreue Bild von mir.

»Und Sie?«, frage ich den Fremden. »Was wollen Sie von mir?«

»Ich? Mich gibt es gar nicht. Was kann ich da von Ihnen wollen?«

»Vielleicht können Sie mir helfen, meinen Weg wiederzufinden. Es scheint, als hätte ich mich verlaufen. Ich suche den Gendarmenmarkt.«

»Lieber sterbe ich vor Hunger!« Sagt es, wirft die Münzen in den Fluß und lässt mich alleine auf der Brücke stehen.

An jedem seiner Besuchswochenenden bringt mir mein Vater etwas »Praktisches« aus London mit, einen Metallkasten mit Wachsmalstiften, ein Lexikon, *Giftpilze in Wales*, zementgraue Briefbögen und Umschläge aus recyceltem Papier und dergleichen Geschenke mehr. Auf seine Art liebt er mich, auch wenn er es, bis auf diese regelmäßigen Wochenendgesten, durch keine besonderen Zärtlichkeiten zeigt. Manchmal bewegt sich seine Hand in Richtung meiner blassen Wangen oder meines rotblonden Haarschopfs, fast selbsttätig, vielleicht einem väterlichen Instinkt gehorchend. Doch ehe seine Fingerspitzen meine sommersprossige Haut oder mein oxydiertes Haar auch nur streifen, fällt ein strenger richterlicher Blick auf die sich verselbstständigende Hand, und diese zieht sich gewissermaßen beschämt in die kühle Distanz zurück.

Immer wieder tauchte in mir mal der Gedanke auf, mein Vater habe in London eine zweite, seine wahre Familie, und wir hier in Aberystwyth, meine Stiefmutter und ich, seien nur seine Wochenendfamilie. In der Londoner Wohnung allerdings, in der ich trotz der eher seltenen Nutzung sogar ein eigenes, wenngleich kleines Kinderzimmer besaß und wohl bis heute noch besitze, habe ich nie Hinweise auf eine andere Frau oder weitere Sprösslinge entdecken können. Ja, wenn ich recht darüber nachdenke, gab es bis auf das eine Familienerbstück, den großen alten Nussbaumsekretär meines Großvaters, dem Major der Royal Army, mit seinen vielen Schubladen und Geheimfächern überhaupt keine Spuren irgendeines verborgenen, vergangenen oder gegenwärtigen Lebens. Es war und ist die vollkommen aseptische Wohnung eines Geheimdienstagenten oder eines untergetauchten Schwerverbrechers in einem Zeugenschutzprogramm.

Es ist wie immer spät, als ich von meinen Streifzügen durch die so viel- und doppelgesichtige Stadt in meine Herberge zurückkehre. Heute Nacht ist wieder mein Heiliger Kurt der Diensthabende an der Rezeption. Ich nicke ihm voller Demut und Achtung, ja selbstloser Liebe zu, doch er schaut, als er mich erkennt, noch verdrießlicher als bei unserer ersten Begegnung. Ehe ich die Treppe erreiche, ruft er mich zu sich an den Schalter, einen Zettel mit meiner Zimmernummer in der Hand.

»Das Zimmermädchen meldet das Fehlen eines Lakens, Herr Stanhope. Selbstverständlich ist Ihr Bett frisch bezogen. Trotzdem wüsste die Hoteldirektion gerne, wo das alte Laken geblieben ist.«

Vergeblich bemühe ich mich, meine Kaufhaustüte mit dem neuen Spannbettbezug zu verbergen. Sankt Kurt gibt gnädigerweise vor, sie nicht zu bemerken.

»Ich werde selbst noch einmal nachschauen«, stammle ich verlegen. »So ein Laken kann ja nicht einfach spurlos verschwinden.«

»In der Tat. Wenn es allerdings nicht wieder auftauchen sollte, müssen wir es leider mit auf die Rechnung setzen!«

»Sicher. Wenn sich herausstellt, dass irgendeine Unachtsamkeit meinerseits dafür verantwortlich ist, werde ich natürlich –«

Ein für diese Hotelkategorie entschieden zu nobel gekleideter Herr hat unterdessen die Lobby betreten und steht nun, kaum einen Schritt entfernt, neben mir am Empfangsschalter. Dort wartet er offenbar auf das Ende unseres Gesprächs und verstärkt meine Verlegenheit noch. Ich breche mein Gestammel in der Mitte des Satzes ab, und weder Kurt noch der Fremde kommen mir zu Hilfe, während sich dieser eingefrorene Augenblick der Scham weiter und weiter und schier endlos ausdehnt.

»Ich unterbreche Sie nur ungern«, erlöst der fremde Mann mich schließlich, »aber ich würde es gerne kaufen.«

»Was würden Sie gerne kaufen?« fragt Kurt irritiert.

»Na, das Kunstwerk, das an Ihrer Fassade hängt.«

»An der Fassade dieses Hotels? Da muss mir bei meiner Ankunft etwas entgangen sein.«

»Es hängt auf der Rückseite, zu den Gleisen hin, aus einem Fenster im dritten Stock. Schon auf meiner Fahrt zur Praxis ist es mir aufgefallen. Und ich bin außerordentlich erleichtert, dass ich es jetzt, auf der Heimfahrt, immer noch dort vorfinde, und würde es gerne kaufen, natürlich nur, wenn der Preis sich in einem gewissen Rahmen hält. Das Werk würde hervorragend in meine Praxisräume passen.«

»Ich bin hier nur der Nachtportier und nicht immer über alle Aktionen des Managements informiert. Können Sie mir vielleicht erklären, wovon Sie sprechen?«

»Der Herr redet vom *MARTYRIUM P. C. 20/10*, Naturfarben auf Baumwolle«, schalte ich mich in das Gespräch ein. Dann wende ich mich direkt an den Interessenten: »Ich bin Philip Stanhope, der Künstler des Werkes.«

»Es freut und ehrt mich, Sie kennenzulernen, Herr Stanhope. Ich hoffe, Sie machen mir einen fairen Preis.«

»Ich müsste mich zunächst mit meinem Galeristen verständigen. Was wären Sie denn zu zahlen bereit?«

»Sie sind zweifellos begabt, aber doch noch recht jung. Ich schätze den Wert der Arbeit auf fünftausend Euro und hoffe, ich trete Ihnen mit diesem Angebot nicht zu nahe.«

»Weil es für jeden Künstler immer eine schwierige und manchmal sogar verletzende Aufgabe ist, sich selbst zu verkaufen, kann er sich glücklich schätzen, einen Galeristen oder Agenten zu haben, der ihm diese Hurenpflicht abnimmt. Wie kann er Sie erreichen?«

Der Fremde reicht mir seine Karte. Ich bin mir nicht sicher, ob die Feigwarzen- und Nagelpilzpatienten des Dr. v. V. während des Wartens wirklich über ein blutiges, lebensgroßes Schweißtuch des leidenden Philip S. meditieren wollen. Aber es ist mir auch vollkommen egal, solange er nur ordentlich zahlt und meiner bescheidenen Reisekasse eine so unerwartete wie wundersame Auffrischung beschert.

Kurt ist dieser Wendung des Gesprächs mit stummer Ratlosigkeit gefolgt, doch nun, nachdem sich Dr. v. V. mit Handschlag vom jungen Künstler verabschiedet hat, fordert seine fragende Miene Aufklärung.

»Es handelt sich um das Laken«, gestehe ich kleinlaut. »Ich habe es heute Nacht eingesaut und dann zum Trocknen aus dem Fenster gehängt.«

Immer noch schweigt er. Ich sehe, wie es in seinem Kopf arbeitet.

»Du hast mich angelogen!«, sagt er schließlich.

»Es tut mir leid.«

»Dann gibt es wohl auch keinen Agenten oder Galeristen?«

»Natürlich nicht.«

»Gut. Von nun an hast du einen. Fünfzig Prozent Provision, und ich halte den Mund.«

»Das klingt nicht gerade christlich.«

»Christlich? Ich studiere Betriebswirtschaft, und ich verdiene mir mein Studium mit diesen dämlichen Nachtschichten, in denen ich mich auch noch mit Typen wie dir herumschlagen muss. Übrigens sehe ich, dass du dir bereits eine neue Leinwand besorgt hast. Widme dich nur ganz deinen nächsten Werken, ich kümmere mich um den Rest!«

Antriebslos. Ohne jede Energie, jede Spannung des Aufbruchs. Als könne mir nichts Aufregendes, nichts Unerwartetes mehr widerfahren. Alles scheint mir heute Morgen reine Beschwernis. Ein weiterer Tag ohne Sonne. Der Februar ist definitiv der falsche Monat für eine Kavaliersreise in die Mark Brandenburg, ebenso der November, Dezember und Januar. Vierzehn Wochen Nacht und trübe Dämmerung. Wer sich die Nächte um die Ohren schlägt, kann sich wenigstens einbilden, den helllichten Tag zu verschlafen. Tatsächlich aber geht die Morgendämmerung direkt in die Abenddämmerung über. Das berühmte exzessive Nachtleben dieser Stadt ist schiere Notwendigkeit, diese langen Winter überhaupt zu überleben. Komasaufen, Technobeats und Ecstasy scheinen mir inzwischen die harmloseren Antidepressiva als Ludiomil, Aurorix oder Zoloft.

Und selbst die Kunst macht es mir Lebenskünstler nicht leicht. Statt eines neuen erschütternden *Acte automatique* finden sich an diesem trüben Morgen nur einige eierschalengelbe Spermaflecken auf dem zerknitterten Laken, das aus dem Fenster zu hängen ich mich schäme, auch wenn Kurt es bei seiner frühen Visite am Ende seiner Schicht mit den monochromen Gemälden eines Malewitsch oder Yves Klein vergleicht. Ich überlasse es ihm, auch dieses handgearbeitete Werk in seinen Verkaufskatalog aufzunehmen, und versuche, mich nun ganz auf die nächste Station meiner Katte-Passion einzustimmen.

»Vor allem verbanne das Ich aus Deinen Aufzeichnungen!«, mahnt schon Chesterfield seinen Sohn. »Denke daran, andere niemals mit Deinen eigenen Angelegenheiten zu unterhalten!«

Also auf nach Halle. *Glaucha* gibt es nicht mehr, es ist als bloßer Stadtteil in seine größere und bedeutendere Nachbarstadt aufgegangen. Bringt diese Exkursion eine willkommene Abwechslung, oder reise ich noch tiefer in die Depression, die pädagogische Provinz, den erzieherischen Wahn der Anstalten?

Ich sehe mich in einem gesichtslosen Hotelzimmer, sehe mich auf dem februarkalten und wolkentrüben Markt, unter vermummten Menschen, die einander nicht anschauen. Ich gehe ihnen aus dem Weg wie sie mir, suche nach den Toten. Ohne die magische Gabe, sie wieder zum Leben zu erwecken.

Warum diese Suche, diese Rekonstruktion? Glaube ich wirklich, dass die Menschen der Vergangenheit nicht wesentlich anders waren als wir heutigen? Dass ich mühelos dreihundert Jahre überspringen und mit ihnen reden, feiern, leiden kann, weil wir die tieferen menschlichen Erfahrungen miteinander teilen?

Das, was wirklich kulturelle Veränderungen provoziert hat, rede ich mir ein, ist nicht unser Ehrgeiz oder unsere Ungeduld, nicht unsere Lust am Krieg, am Feuer oder Spiel, sondern unsere Fähigkeit oder Anlage zur Depression. Die Depression, die ihre Manie sucht, ihren hyperaktiven Wahn. Die uns die Furchtlosigkeit gibt, aus dem System zu springen, weil wir Schwermütigen nichts zu verlieren haben. Sie ist es, die Friedrich in seine aussichtslosen Schlachten treibt. Und aus dem »effeminierten Kerl« den Großen macht.

Ich freue mich auf meine Fahrt nach Halle in etwa so sehr wie der Schüler Stanhope auf seinen Schulbesuch an einem Tag, für den eine Klassenarbeit angekündigt ist. Fast vier Jahre hat Katte in Glaucha bei Halle das Pädagogium Regium, die Junkerakademie für die Söhne des Offiziers- und Landadels besucht. Diese Lehranstalt kann durchaus eine gewisse Beklemmung hervorrufen: Strafbuch, Knotenstock, Essensentzug, Schweigegebot, Karzer …

Andererseits ist Halle in Kattes Tagen die lebendigste und begehrteste Universitätsstadt Deutschlands.

Ich weiß nicht genau, was ich dort zu finden hoffe oder befürchte. Im Grunde reicht schon, dass es eine kleine Stadt ist, um in mir Atemnot, Klaustrophobie und Panikattacken auszulösen. Jede smogverseuchte Millionenstadt und jede verlorene Einsiedelei in der Wüste ist mir lieber als die behagliche Überschaubarkeit einer Kleinstadt. *Halle* klingt eigentlich nach Weite, nach

Raum. Und vielleicht ist es auch das, was für Kattes Zeitgenossen im Klang dieses Namens nachhallte. Aber die Geschichte ist gnadenlos. Wir können kaum noch erahnen, welche Sehnsüchte in der Nennung von Magdeburg, Quedlinburg, Zerbst oder Köthen einst mitschwang, fürstliche Residenzen mit einer bedeutsamen und allseits bewunderten Geschichte.

Ist es nicht eher eine mystische als historische Anthropologie, die ich hier betreibe? Vom historischen Feld sind allenfalls noch Spuren zu besichtigen, eher in schriftlichen Zeugnissen als in der gegenwärtigen Topographie. Trotzdem ist diese Reise, aller Vernunft zum Trotz, von dem geheimen Glauben beseelt, dass durch die Kontinuität des Ortes die historische Schichtung spürbar und, wie ein Palimpsest, lesbar bleibt. Bei diesem Gedanken muss sich jeder Empiriker natürlich vor Abscheu übergeben. Wer, außer Spinner wie ich, vermag schon, auf dem Sintagmatos im heutigen Athen noch etwas von der Agora Platons zu spüren?

Es sei eine abscheuliche Stadt, lese ich in einem alten Reiseführer. Wer das Gegenteil behaupte, habe nie dort gelebt oder sei nie dort weggekommen. Die schönsten Orte in Halle seien der Hauptbahnhof und der Zentralfriedhof, daselbst *Stadtgottesacker* genannt.

Mein schon etwas abgegriffenes *Reisehandbuch DDR*, das ich in einem Berliner Antiquariat gefunden habe, beschreibt die Stadt schon etwas differenzierter: Sie sei, obwohl alte Universitätsstadt, immer die proletarische Rivalin des mondänen Leipzig gewesen. Während man in Leipzig flaniere und seine Zeit in Caféhäusern verbummle, werde in Halle fleißig und hart gearbeitet.

Die Stadt war einmal das Zentrum der Chemieindustrie in Ostdeutschland. Graugelber Giftstaub bedeckte nicht nur die Werksböden, sondern auch das Kopfsteinpflaster der Stadt, der schöne Fluss Saale verbreitete einen süßlichen Verwesungsgeruch, und an der Wasseroberfläche zerplatzten immer wieder kleine Bläschen im Ölfilm, die stanken wie ein Pennälerfurz.

Das hört sich doch schon verlockender an, auch wenn es in Kattes Tagen die Trabantensiedlungen in Plattenbauweise für Tausende Chemiearbeiter noch nicht gab und der Stadtkern, der alle Kriege nahezu unversehrt überstanden hatte, noch von Parkraumbeschaffern unverschönert vor sich hindämmerte.

Mit einem Wort, ich breche mit durchaus gemischten Gefühlen, doch nicht ohne Neugier auf.

An Baroness Melusine von der Schulenburg, Herzogin von Kendal, St. James Palace, London

Berlin, den 12ten Juni 1725

Seit meinem letzten Briefe, liebste Tante, habe ich vielerlei erlebt, so daß ich nicht zum Schreiben kam, Lehrreiches und Abenteuerliches, aber auch manches Langweilige, das mir durchaus den Eindruck vertaner Zeit gab.

Ihr wißt aus meinen vorangegangenen Nachrichten bereits, daß ich endlich meinen Dienst bei den Gens d'armes angetreten habe. Eigentlich sollte ich dankbar für die Ehre sein, diesem bedeutenden Regimente angehören zu dürfen. Aber ich müßte lügen, sollte ich ein solches Gefühl behaupten. Allein dem Vater zuliebe bin ich eingetreten. Und im Grunde hatte ich keine andere Wahl, ich hätte im Ausland bleiben müssen, hätte ich meinen wahren Neigungen folgen wollen, und womöglich nie mehr heimkehren dürfen.

Aber ich will nicht klagen, die Langeweile des Soldatenlebens hat auch ihr Gutes: Mir bleibt viel Zeit zum Lesen und zum Musizieren und, ich werde es nur Ihnen, liebe Tante, unter dem Siegel größter Verschwiegenheit gestehen, zum Dichten. Ich höre Ihren Entsetzensschrei, und Sie haben ja vollkommen recht, nichts sollte einem das Dichten so verleiden wie die Flut vorgeblicher Werke, die Europa überschwemmt. Der Mißbrauch, den man mit der geistvollen Erfindung der Buchdruckerkunst treibt, verleiht vor allem unseren Dummheiten ewiges Leben. Und doch vermag die allgemeine Schreibwut, diese herrschende Land- und Lustseuche, daß auch ich mich plötzlich unter den eifrigen Skribenten wiederfinde und mich an ein Drama in Racinescher Manier gewagt habe. Es trägt den Titel *Nisus und Euryalus*, und ebendieser beiden Heroen Schicksal steht im Mittelpunkt meiner anmaßenden Dichtung.

Sie sind Soldaten wie ich, wenn auch unter anderen Umständen und zu einer anderen Zeit. Mit Aeneas sind sie aus dem brennenden Troja entkommen und nach Italien gelangt. Dort treffen sie auf den heftigen Widerstand der Einheimischen. Ein blutiger Krieg beginnt, in dem sich die beiden Jünglinge durch ihren besonderen Wagemut hervortun und beweisen wollen.

Ihre Freundschaft ist sprichwörtlich wie jene zwischen Achilleus und Patroklos. Obgleich sie unzertrennlich sind, könnten sie unterschiedlicher nicht sein. Euryalos ist ein bartloser Jüngling noch, schöner anzusehen als jeder andere unter Aeneas' Männern. Vaterlos aufgewachsen hängt er sehr an seiner Mutter, die mit ihm fliehen konnte, und diese an ihm, so daß sie seinen blinden Kampfeseifer kaum erträgt. Nisus ist der Ältere und Besonnenere der beiden, ein erfahrener Jäger und Krieger, geschult an Speer und Bogen.

Vergil beschreibt in seiner Aeneas die Freundschaft und ihr tragisches Ende in den bewegendsten Versen, und es ist nichts weniger als Hybris, sie mir für mein Drama zum Vorbilde zu nehmen. Aber Hybris ist zweifellos ein Vorrecht der Jugend, nicht wahr, verehrte Tante?

Übrigens danke ich Ihnen von Herzen für die Schriften Newtons, die mit Ihrem Briefe bei mir angelangt sind. Meinen bescheidenen Talenten als Mathematiker sind einige leichte Rechenfehler aufgefallen, darüber hinaus aber lassen mich viele seiner Erkenntnisse ratlos zurück. Wenn Sie in Ihren Gelehrtenzirkeln einmal Klügere als mich finden, so bitten Sie doch gelegentlich um Aufklärung über den Leeren Raum, der mir höchst sonderbar und unverständlich erscheint, so wie über die durch die Anziehungskraft des Mondes hervorgerufene Ebbe und Flut und über die Ursache der Farben.

Ein wenig Abwechslung gab es jüngst indessen doch durch eine mehrtägige Übung im freien Felde. Mein verläßlicher Bursche, Daniel Bauer, ein Instensohn aus Wust, den ich von Kindesbeinen an kenne, hat mich ebenda aus größter Verlegenheit gerettet. Denn spät am Abend ging der König höchstselbst, der stets mit seinen Soldaten im Feldlager zu wohnen pflegt, die Quartiere ab, um unser aller Anwesenheit zu kontrollieren, während ich mit einigen leichtfertigen Gesinnungsgenossen noch über die erlaubte Stunde hinaus im nächstgelegenen Dorfe zechte. Nur die Geistesgegenwart des jungen Bauers, der sich behende meine Kürassiermontierung anlegte, die Perücke tief ins Gesicht zog und mit meinem Rang und Namen meldete, rettete mich vor einer empfindlichen Bestrafung. Wäre diese Dreistigkeit eines einfachen Gemeinen dem König aufgefallen, hätte es für jenen leicht in einem blutigen Spießrutenlaufen enden können. – Tapferer Bursche!

Mitten im Manövergetümmel sind mir denn auch viele Erlebnisse im Pädagogium Regium zu Glaucha wieder eingefallen, vielleicht des engen Zusammenlebens mit den Offizierskameraden wegen. Immer zwei von uns samt unseren Burschen teilten sich ein Zelt. Und dann habe ich ja auch einige meiner ehemaligen Mitschüler hier in meinem Regimente wiedergefunden. – Natürlich war unter diesen Umständen an Poeterei nicht zu denken. Selbst zum Lesen fand sich kaum je Ruhe und Zurückgezogenheit.

Die Erziehung, die der bescheidene Adel hierzulande erhält, verdient nur wenig Lob. Im Brandenburgischen wird dem jungen Edelmanne der erste Anstrich von Bildung im Elternhause zuteil, der zweite von Hofmeistern, der dritte von Collegien und Akademien, das heißt vom Militär. Im Vaterhause schadet nicht selten blinde Elternliebe der Bildung. Manche Mütter kennen keine anderen Erziehungsprinzipien als grenzenlose Nachsicht. Indessen war mir eine nachsichtige Mutter, wie Sie wissen, liebe Tante, vom Schicksal nicht vergönnt.

Mich sandte mein Vater nach Glaucha, an das damals noch junge Pädagogium Regium des Pastors Francke. Den größten Vorwurf, den ich meinen Lehrern in Glaucha machen muß, ist der, daß sie nur darauf sannen, die Köpfe ihrer Schüler mit Lehrsätzen anzufüllen, anstatt ihnen ein freies, schöpferisches Denken zu erlauben. Kaum hat der Jüngling den Fuß über die Schwelle der Anstalt gesetzt, so hat er alles zu vergessen, was ihm bisher wissenswert erschien, um dem Lehrer allein seine Lektionen auswendig herzusagen.

In mir hat dieses Abtötungsprinzip den lebendigsten Widerstand hervorgerufen. Ich wollte, ich könnte alles, was ich Ihnen zu sagen wünschte, frei heraus schreiben. Hier nur soviel: Da ich, wie Sie, verehrte Tante, an einen Gott der Vorsehung nicht mehr glaube, bleibt uns nur, auf unsere Klugheit und Vernunft zu vertrauen. – Immer noch wirkt die Postzensur im Franckeschen Alumnat in meinen Handlungen fort, indem ich, geheimer Mitleser eingedenk, mich selbst zensiere und nicht frei von der Seele weg zu schreiben wage, was manchen frommen Geist alle Friedfertigkeit vergessen ließe. Auf unsere Correspondance im Internat wurde fleißig achtgegeben und jeder Brief, den wir schrieben oder erhielten, genau durchgesehen, damit nichts zum Nachteile der Anstalt oder seiner Erzieher hineingeschrieben würde, ganz gleich, ob es sich um die Wahrheit oder um grobe Verleumdung handelte. Es ging zu wie in einer großen Familie, wo die größten Sünden nicht die internen Verbrechen und Verrohungen sind, sondern einzig und allein das offene, wahrhaftige Wort, das darüber nach außen dringt.

Doch wie ist es Ihnen, verehrte Tante, inzwischen in St. James ergangen? Die Reise zu Ihnen unternommen zu haben ist vor allem deshalb von größtem Werte für mich, weil ich am Ende entdecken konnte, wie wenig Unterschied im Grunde zwischen dem Leben hier wie dort besteht. Überall ist die Grundlage der Tugend der Eigennutz! Erschrecken Sie nicht über mein pessimistisches Philosophieren, doch meiner unmaßgeblichen Einsicht nach liegt es auf der Hand, daß es vor allem der Eigennutz ist, der die Menschen daran hindert, übereinander herzufallen und sich gegenseitig auszurotten. Er schafft die Gesetze, daß keiner dem anderen sein Gut raube, keiner seinem Nächsten nach dem Leben trachte und man sich gegenseitig bei allem unterstütze, was dem Gemeinwohl förderlich sei.

Verzeihen Sie mir die unbescheidenen Worte, vor denen ich selbst erschrecke. Leute meines Alters leben noch in einem Zustand natürlicher Berauschung. Wohin wir auch gehen, es fehlt uns an Schranken und Geländern, die uns davor schützen, daß wir nicht in den Abgrund stürzen und uns den Hals brechen.

Bitte zürnen Sie mir nicht und schreiben Sie mir bald, liebste Tante, Ihre Briefe sind mir unentbehrlich! Mit größter Hochachtung,

Ihr ergebener Neffe Hans Hermann

GLAUCHA

O groß der Meister, der zu unterrichten weiß,
ohne zu belehren! Seine erste Übung gilt dem Nichtwissen,
das ihm ebenso wichtig wie das Wissen ist.

Baltasar Gracián: *Der kluge Weltmann*

Die Fahrt von Berlin nach Halle geht so rasend schnell, dass ich kaum meinen *Guardian* ausgelesen habe, an Luthers Wittenberg vorbei, dessen Türme ich jenseits der verschneiten Felder fliehen sehe, eine Fahrt ins Herz von Deutschland. Doch hat dieses zurechtgestutzte Land überhaupt ein Zentrum, dass man guten Gewissens »Herz« nennen könnte?

Am Restauranttischchen meines Hochgeschwindigkeitszuges sitzen mir gegenüber zwei Hallenser Studenten (Hallodris? Hallunken?), die sich über den Begriff »Blase« streiten: Handelt es sich um ein respektables oder gar notwendiges Organ oder nicht viel mehr um einen, im metaphorischen Sinn natürlich, elastischen Abfallbeutel als soziokulturelle oder politökonomische Befindlichkeitsbeschreibung.

Bin ich womöglich unterwegs zu einer derartigen »Blase«?

Dann überrascht mich die Stadt doch. Vom Bahnhof fährt mich die Straßenbahn in ein enges, mittelalterliches und zugleich verwundetes großstädtisches Zentrum. Weder Herz noch Blase, eher eine Beckenschale an der lieblichen Saale.

Am Marktplatz steige ich aus der Tram und stehe gleich dem größten Sohn der Stadt gegenüber, gegossen und errichtet zu seinem hundertsten Todestag, eine Erzstatue von zehn Fuß, vier Zoll auf hohem Postament von Schlesischem Marmor, welches auf polierten Granitstufen emporsteigt. Der feiste Mann mit seinem aufgedunsenen Gesicht und den ironischen Zügen blickt

Richtung England. Das Notenbuch auf dem Dirigentenpult, auf das der große Tonsetzer sich stützt, soll die Partitur des *Messias* sein. Die allegorischen Porträts am dreikantigen Pult zeigen die Sänger David und Orpheus sowie die Heilige Cäcilie an der Orgel. So bringt die Kunst Unvergleichliches zusammen.

In der Marktkirche Unser Lieben Frauen befindet sich auf der Ostempore noch die Reichel-Orgel, auf welcher der junge Händel bereits spielte. Das war einige Jahre vor Kattes Besuch des Pädagogium Regium zu Glaucha. Aber er sollte dem berühmten Komponisten acht Jahre später in London begegnen.

Die Bohlenstube im Händelhaus, eine Bank entlang der grob vertäfelten Wände, ein Ofen, sonst nichts als die Musik. Die Leere in dem großen Raum ist wohltuend, vier bleiverglaste Fenster zur Großen Nikolaistraße hin, ein wenig zugig, dämmrig das Zimmer durch die grau und rissig gewordenen Eichenbohlen, aber voller Geborgenheit ausstrahlender Wärme. Hier hätte auch ich bedenkenlos wohnen können, vor dreihundert Jahren, bei Kerzenlicht, mit einem Abort auf dem Hof.

Ist meine Mutter nicht noch so aufgewachsen, ohne Badezimmer, mit einer Zinkwanne in der Küche, für die das warme Wasser auf dem Kohleherd erhitzt werden musste, ein Bad in der Woche, am Samstagabend, nach dem Vater, in demselben Badewasser, auf dem bereits sein grauer Seifenschaum und die abgeschabten Bartstoppeln schwammen?

Die großen Veränderungen sind jüngsten Datums, eine technische und urbane Revolution innerhalb einer Generation. Der Alltag, die Erziehung und die Lebensumstände ihrer Kindheit tragen noch viele Züge des achtzehnten Jahrhunderts. Eine Schwester meiner Mutter, Tante Theodora, starb an geplatztem Blinddarm, eine andere Tante, die ich ebenfalls nie kennengelernt habe, an der Grippe. Ihr Vater schlug sie ganz selbstverständlich mit dem Gürtel oder der Hundeleine, manch älterer Lehrer noch mit dem Rohrstock. Dass mein Vater, Spross einer protestantischen Aristokratensippe, ein katholisches Mädchen aus einer Arbeiterfamilie heiraten wollte, war ein lokaler Skandal und führte zu einer jahrelangen Entzweiung mit den Großeltern.

Das Kleinstädtische im Großstädtischen, es fällt bereits durch die Straßennamen ins Auge: Große Brauhausstraße, Kleine Brauhausstraße, Große Ulrichstraße, Kleine Ulrichstraße, Großer Berlin, Kleiner Berlin, wohl ein Dutzend der Alltagsgassen gibt es in Großer und Kleiner Anlage. Daneben so malerische und geschichtsträchtige Wege wie An der Schwemme, An der Waisenhausmauer, Barfüßer-, Dachritz- oder Salzgrafenstraße.

Und alle diese bedeutungsvollen Gassen und Straßen menschenleer. So kehre ich denn gleich in dem verlockend kosmopolitischen Restaurant namens *Asian World* direkt neben meinem Gasthof ein, das sowohl Pizza und Pasta als auch Wan-Tan-Suppe und Sushi auf der umfangreichen Speisekarte anzubieten hat. Ohne größere Verwunderung stelle ich fest, dass ich auch hier ganz allein im großen Gastraum bin.

Ich frage den alten Mann, der mir die Karte vorlegt, nach der Nationalität des Kochs, um mich angesichts der Vielfalt des Angebots besser entscheiden zu können. Er versteht meine Frage nicht, auch nicht die Namen der Gerichte, die ich schließlich wähle, sondern allein die Nummern vor den Namen, und auch sie nur, als ich darauf zeige.

Mit den beiden Nummern auf seinem Bestellblock geht er in die Küche und beginnt, mit Töpfen, Schöpfkellen und Holzlöffeln zu klappern.

Ist es Zufall, dass ich in einem Speiselokal lande, in dem ich der einzige Gast bin?

Zugegebenermaßen herrscht an diesem Montagabend im Februar nach sieben Uhr nirgendwo in Halle ein überwältigender Betrieb. Außerdem haben wegen der Semesterferien viele Studenten die Stadt verlassen. Ebenso offensichtlich ist aber auch, dass ich nicht gerade die Nähe anderer Menschen suche, sondern lieber für mich bleibe.

Gibt es das, einen Entdeckungsreisenden, der nicht mit den Fremden ins Gespräch kommen will, sondern es vorzieht, über seinen Gegenstand zu meditieren, statt zu kommunizieren, ein mystischer Völkerkundler sozusagen, ein reisender Trappist, ein Eremit im ethnologischen Feld?

Vielleicht ist diese Haltung nicht ganz so widersinnig, wie sie auf den ersten Blick scheint. Denn es dürfte kaum einen vernünftigen Menschen geben, der die fortschreitende Erosion der Verbindung zwischen den Zeichen und den Dingen noch in Zweifel zöge. Tatsächlich meditiere ich über die Dinge, weil ich immer weniger weiß, was ich von ihnen halten soll und mir die naheliegenden Wörter für sie immer fragwürdiger erscheinen.

Während ich sie betrachte, verändern sie sich, so wie meine Betrachtung sie verändert. Noch weiß ich nicht, wie das alles enden, wie das alles *für mich* enden wird.

Am Morgen führt mich mein erster Erkundungsgang zum Stadtgottesacker. Ich nähere mich über den Stadtpark, sehe die fünf bis sechs Meter hohen Sandsteinmauern und das schneebedeckte Schindeldach eines mittelalterlichen Kastells vor mir und glaube mich plötzlich in einem anderen, südlicheren Land, trotz des Schnees.

Ein italienischer Renaissancefriedhof östlich der Elbe, ein fast heiterer Camposanto, eine Toten-, eine Gottesstadt, vierundneunzig mit weiten Schwibbögen überspannte Grüfte in einem nahezu regelmäßigen Geviert, jede mit einem kunstvoll geschmiedeten Eisengitter oder einem geschnitzten Holztor bündig abgeschlossen.

Ursprünglich standen in den bis zu vier Meter tiefen Nischen die Särge sichtbar auf dem Boden. Nun fehlen durch die Kriegszerstörungen in einigen Gewölben selbst die Grab- oder Gedenksteine. Die ältesten noch vorhandenen Grabmale aber sind reich mit Totenschädeln, Knochen und Teufelsmasken geschmückt, ein fast unheimliches *Memento mori*.

Das Familiengewölbe der Franckes zeigt sich hingegen von nüchterner Schlichtheit: einfache schwarze Tafeln mit den Namen der Verstorbenen, keine Skulpturen, Büsten, Grabplatten oder irgendein überflüssiger Schmuck, sondern simple Klingelschilder für das Jüngste Gericht, damit der Engel der Auferstehung weiß, wen er wo zu wecken hat.

Das Grabgewölbe von Händels Eltern ist nun von zwei Dutzend Urnen belegt. Georg Friedrich, der Sohn, ist hier gottlob nicht beigesetzt. Sonst hätte man die fremden Urnen in der Händel'schen Familiengruft wohl kaum geduldet. Seine Eltern werden überrascht sein, wenn am Jüngsten Tag ihr eigensinniger Sohn im fernen London, in der ehrwürdigen Westminster Abbey mit Beckett und Cromwell zusammen anstatt mit Francke und Thomasius das Ewige Halleluja anzustimmen beginnt.

Der gute Thomasius, Mitbegründer der hiesigen Universität, liegt ganz allein unter einer einfachen Grabplatte im ansonsten leeren Bogen Zehn. Irgendwer hat die Gewölbedecke in einem hellen Knabenhimmelblau gestrichen. In der Mitte des Farbhimmels ein mit schwarzen Pinselstrichen angedeutetes Auge, das mit kalter Wachsamkeit auf die Grabplatte des frühen Aufklärers starrt.

Katte ist dreizehn Jahre alt und steht kurz vor seinem Eintritt ins Pädagogium Regium des Pastors Francke. Mit seinem Vater Hans Heinrich von Katte und seinem Onkel, dem Obristen Adolf Friedrich von der Schulenburg, unternimmt er im Auftrag des Soldatenkönigs im November Siebzehnhundertsiebzehn eine Reise nach Vieritz im Havelland, wo sein Vater die Ritterschaft des Kreises Jerichow von den Vorteilen der neuen Steuergesetze des Königs zu überzeugen versucht. Sie sollen die alten Lehensrechte ablösen. In Wahrheit geht es dem König um die Entmachtung des Landadels und seine Ausplünderung für den Auf- und Ausbau der Armee. Die märkischen Junker sind nicht auf den Kopf gefallen, zeigen sich »renitent« und reichen Klage am Reichshofrat in Wien ein. Und Generalmajor von Katte steht fortan als Handlanger des Königs und Verräter an den Adelsinteressen da.

Als Katte nach Halle kommt, hat die Stadt rund zehntausend Einwohner, darunter siebenhundert französische Glaubensflüchtlinge. Sie bringen in die Salzsiederstadt Handschuhfabriken, Strumpfwirkereien und die Glasschneiderei sowie natürlich einiges an französischer Umgangsform und Lebensart. Nicht alle Hallenser wissen das zu schätzen.

In der Stadt werden nun Flanelle und Tapeten bedruckt und Spitzen und Perücken hergestellt. Sechzehnhundertvierundneunzig wird die Universität gegründet, im Gegensatz zu den von der lutheranischen Orthodoxie geknebelten Hochschulen in Leipzig, Wittenberg und Jena ein Hort aufrührerischer Gedanken und Ideen. Vom alltäglichen Leben in diesen Jahren heißt es bei den Chronisten, dass die Moral der Bewohner auf einem Tiefpunkt angelangt sei. Auch diesem Niedergang will der fromme und geschäftstüchtige August Hermann Francke mit seinen Fürsorgeanstalten entgegenwirken.

Es ist zweifellos überwältigend, was Pastor Francke südlich der Stadtmauern im kleinen Nachbaramt Glaucha aus dem Boden stampft, Europas größte Fachwerkbauten, eine Erziehungs- und Bildungsstadt, ein pädagogisches Utopia. Francke versteht es, Eindruck zu machen. Auf Augenhöhe spricht und verhandelt er mit Fürsten und Königen, redet ihnen ins Gewissen und ringt ihnen Unterstützung und Privilegien ab. Er setzt sich für die Waisen und Armen ein in einer Zeit, wo sie noch der Willkür und Gnade ihrer nicht immer wohlwollenden Mitmenschen ausgesetzt sind.

Und dennoch bleibt ein Unbehagen, wie jede Utopie es hinterlässt. Das alles ist nur möglich durch rigide Disziplinierung. Franckes Utopia ist ein Prototyp aller folgenden Anstalten, es geht um die Perfektionierung der Erziehung, Überwachung und Unterwerfung. Die Fürsorge hat ihren Preis.

Das Anarchistische, Unberechenbare bisheriger Almosen, das manchen Bedürftigen gar verhungern lässt, wird nun umbaut, und die Anstaltsmauern unterscheiden sich nicht sehr von Zuchthausmauern. Das neue Dach über dem Kopf ist willkommen gegen Regen, Schnee und Hagel, aber der freie Blick in die Weite, die Unverstelltheit des Horizonts muss dafür geopfert werden.

Die Lindenallee zwischen den beiden Gebäuderiegeln steht für Schutz und Geborgenheit, im Sommer vielleicht sogar für Idylle, doch dann sehe ich den Schlafsaal für zweihundert Jungen unter dem Dach des Waisenhauses vor mir, ungeheizt im

Winter, überhitzt im Sommer, ein Ort trister Kasernierung jugendlicher Streuner, Vagabunden und Tagediebe.

Glaucha, sorbisch *Glouch*, heißt sumpfige Fläche, Niederung. Das Zisterzienserkloster Marienkammer beschäftigt bis zur Reformation die meisten Glauchaer Bürger auf seinen Gütern. Als nach der Reformation fast der gesamte Klosterbesitz an die Stadt Halle fällt, gewährt man den Glauchaern freies Brannt-, Schank- und Marktrecht, um weiterhin ein Auskommen zu finden, woraufhin Glaucha in kürzester Zeit, vor allem für die Studenten, zum Schenken- und Hurenvorort Halles avanciert.

Sechzehnhundertzweiundachtzig raubt eine Pestepidemie achthundert von tausendzweihundert Einwohnern das Leben, zahllose Waisenkinder ziehen bettelnd von Tür zu Tür. Hier, direkt vor seinen Augen, findet Francke, Pastor an der Kirche St. Georgen zu Glaucha, also sein Sodom und Gomorrha für das große soziale Experiment.

Wollen die Sonnenstrahlen den Grund der Gasse erreichen, muß die Sonne senkrecht am Himmel stehen, was nur an einem Juni- oder Julinachmittage der Fall ist. In den anderen Monaten des Jahres herrscht in den schmutzigen Gassen des Städtchens Halle ein beständiges Dämmerlicht oder gar Dunkelheit. Ein dicker Geruch nach von Salz zerfressenem Holze liegt über der Stadt.

Da die Gassen selbst nichts anderes als Rinnen für den Harn und Kot der Bewohner und ihrer Tiere sind, ist der Mangel an Licht durchaus als Vorteil zu verstehen, dem Städtchen nicht gleich jede, womöglich noch verborgene Schönheit abzusprechen.

Elias fährt rasch hindurch, so daß es bei diesem ersten und flüchtigen Eindrucke bleibt. Zwischen Rotem Turm und Marktkirche, nahe der Hauptwache, steht der hölzerne Soldatengalgen, daneben ein hölzerner Esel, auf dem bestrafte Soldaten oftmals tagelang reiten müssen, und die Staupsäule. Am Alten Markt, wo zwei alte Handelsstraßen, die von Westen aus Eisleben durch das Moritztor kommende und die von Süden aus Merseburg durch das Rannische Tor kommende, zusammentreffen, befinden sich vier stattliche Gasthöfe: Das goldene Rad, Die drei Kronen, Der grüne Helm und Der Goldne Pflug. Doch Vater will keine mittägliche Rast einlegen, sondern mich alsbald dem Rector und seiner Junkerakademie übergeben.

Franckes Waisenhaus und Schule befinden sich vor dem Ranischen Tore. Der mächtige, langgestreckte und festungsartige Gebäuderiegel überragt mit seinen vier Stockwerken die Stadtmauer bei weitem. Pastor Francke selbst hat die schmucklose und dienliche Anlage entworfen.

Nun führt der Pastor meinen Vater respektvoll durch die Schule. Obgleich er des mehrfachen Gast im Hause meines Großvaters war, ist er dem Vater bisher nie begegnet. Er richtet das Wort nur an ihn, mich Dreizehnjährigen ignoriert er vollkommen, ja gibt mir gar das Gefühl, meine Anwesenheit bei dieser Führung und dem Gespräche unter Erwachsenen müßte unter anderen Umständen als ganz und gar unangebracht betrachtet werden.

Mein Vater stellt nachdrücklich alle Fragen, die ihm hinsichtlich meiner Erziehung wichtig erscheinen, und mehr noch als das, was die Schüler hier lernen, betrifft seine Wißbegier die Kosten, die er durch meine Unterbringung an Franckes Schule zu erwarten habe.

Pastor Francke antwortet mit großem diplomatischen Geschikke, so daß die Zustimmung und Anerkennung meines Vaters im Laufe des Rundgangs sichtlich wächst, während meine Gestimmtheit die gegenteilige Richtung einschlägt. Aber das interessiert weder meinen Vater noch den Herrn Rector. Niemand wirft auch nur einen Blick auf mein eingetrübtes Gesicht, geschweige denn, daß er darin das so Offenkundige läse.

»Werden die Zöglinge hier auch allezeit unter sorgfältiger Beaufsichtigung gehalten?« fragt mein Vater.

»In den Unterrichtsräumen und dem Schlafsaale ist beständig ein Lehrer oder Inspector zugegen, der nicht nur darauf sieht, ob alle Zöglinge anwesend sind, sondern auch darauf, was sie treiben, was sie lesen und was sie schreiben.«

Mich dünkt inzwischen, daß alle Gerüchte, die mir zuvor über

Franckes Anstalten zu Ohren gekommen und die mein Vater als üble Nachrede abtat, das gute Werk des Pastors in Mißkredit zu bringen, durchaus seine Berechtigung haben könnten. Aber Francke versteht es, zumindest meinen Vater für sich zu gewinnen. Geschickt wirft der Pastor Andeutungen seiner innigen Freundschaft zum König ein, dem »Procurator« seiner Stiftungen, die durch die großzügige Unterstützung Seiner Majestät inzwischen fast einen amtlichen Charakter angenommen haben.

Weiter geht es, hinauf in den Schlafsaal. Ich stapfe stumm hinter den beiden Männern die breiten Treppen hinauf bis unters Dach.

»Wie versucht Er, die aufsässigen Zöglinge zum Gehorsam zu zwingen?« fragt mein Vater auf dem Wege.

»Ich versuche, meine Zöglinge durch mein eigenes vorbildliches Betragen zu überzeugen. Doch genügt es einmal nicht und wird eine Strafe unvermeidlich, so schlage ich den Delinquenten nicht in dem Augenblick, da er die Strafe verdient hat, sondern verschiebe es auf den folgenden Tag, damit Zeit des Nachdenkens und der ängstlichen Erwartung bleibe. Kommt dann die Stunde der Bestrafung, so halte ich zunächst eine wehmütige Ansprache, bis die ersten Tränen fließen, ehe ich noch den Stock gehoben.«

»Verfahren alle Erzieher so?«

»Alle wohl nicht, doch ermahne ich unsere Erzieher stets, wie ein gerechter Vater zu handeln. Der gerechte Vater weiß nötigenfalls auch mit dem Stocke zu lieben, und oftmals reiner und tiefer, nicht wahr, als mancher natürlich Liebende.«

»Väter und Erzieher sollten sich zuvor selbst überwinden, ehe sie die Bestrafung ihrer Kinder oder Zöglinge vornehmen.«

»In der Tat, ein guter Vater fühlt selbst den Streich, den er seinem Kinde zu geben genötigt. Vorbildlich ist der Vater, der vor der Züchtigung seines Kindes ein stilles Gebet spricht. Dann wird das junge Herz selbst des sündigsten Kindes verstehen, daß alle Stockschläge nur aus der Liebe heraus geschehen und sie allein zu seinem eigenen Wohle verabreicht werden.«

Als mein Vater die Betten sieht, verwundert er sich: »Es ist alles außerordentlich reinlich hier, wie mir scheint.«

»Wenn man die Reinlichkeit nicht sorgfältig beobachtet, würden mir die jungen Leute frisch nacheinander hinsterben.«

»Ist es im Winter denn nicht zu kalt hier unter dem Dache?«

»Die Zwischenräume zwischen den Sparren werden im Herbst mit Leim verklebt. Und wo so viele Menschen schlafen, da wird durch die Ausdünstungen der Kälte schon etwas gewehrt.«

»Und wozu die Lampen?«

»Wenn einem der Zöglinge mal ein Zufall käme.«

Sie blicken mich an. Ich schaue auf die grauen Dielen. In Wahrheit weiß ich nicht genau, auf was die beiden Männer anspielen. Aber ich ahne durch ihren beiläufigen Ton, daß sich hinter dem schlichten Worte »Zufall« etwas Unaussprechliches verbergen müsse.

»Geschieht das häufig?« fragt mein Vater, als er sich von meinem Unwissen überzeugt glaubt, daraufhin.

»Ich kann mich kaum eines Zufalls erinnern. Aber wenn er sich auch nur einmal im Jahr zutrüge, so wären die Lampen ihre Kosten schon wert!«

Zurück in den Schulräumen fragt mein Vater: »Wie viele Schüler hat das Königliche Pädagogium denn nun?«

»Um die achtzig Scholaren sowie achtzehn Lehrer und Inspectoren.«

»Alles Edelleute?«

»Edelleute und anderer bemittelter Bürger Söhne.«

»Und was hält Er vom Offiziersstande?« fragt mein Vater den redeeifrigen Pastor schließlich.

»Die Offiziere haben unser Land zu schützen. Ich aber bin berufen zu predigen: Selig sind die Friedfertigen.«

»Das ist gut«, sagt mein Vater nachdenklich. »Aber hält Er mit Seinen Lehren und Tun die Junkersöhne nicht vom Soldatenberufe ab?«

»Ich kenne manchen frommen Soldaten«, entgegnet Francke lächelnd, »und manchen soldatischen Mann unter den Dienern Gottes!«

Zum Abschluß dieser so biedersinnigen Führung zeigt der Rector meinem Vater den großen Singesaal.

»In dieser schlichten Halle wird wöchentlich gesungen und gebetet und auch Examina gehalten.«

»Auch die Prüfungen finden wöchentlich statt?«

»Nein, alle Vierteljahr.«

»Wer hält die Examina?«

»Ich persönlich halte sie, und einige Professoren, deren Urteil ich achte.«

Mein Vater geht ans Fenster und will es öffnen.

»Ich habe sie so anfertigen lassen«, entschuldigt sich der Pastor vor dem vergeblichen Bemühen meines Vaters, »daß man sie nicht aufmachen kann und die Schüler sich womöglich hinauslehnen oder sie gar zerbrechen.«

»Und wofür ist diese Wand inmitten des Saals?«

»Sie trennt die Waisenknaben von den Mädchen. Wir haben hier im Waisenhause viele rohe Burschen, die gehen in einem gewissen Alter nach den Mädchen. Da ist es besser, daß sie einander nicht sehen können.«

»Das scheint mir wohlgetan«, antwortet mein Vater, nicht wirklich beruhigt, so daß Pastor Francke mit eindringlicher Stimme fortfährt: »Wir Lehrer und Erzieher in diesen Anstalten sind uns jederzeit bewußt, wie sehr die jungen Leute, und vor allem jene, die bisher kaum eine Erziehung genossen, zur Wollust neigen. Daher pflege ich gegen kein Laster mehr vorzugehen als gegen dieses. Denn jene, die sich zu derart schändlichen Taten verführen lassen, werden, davon bin ich überzeugt, nicht in das Reich Gottes eingehen!«

»Der Überzeugung bin ich auch. Aber es soll Lehrer geben, die ihre Schüler lehren, daß Sünden der Wollust entschuldbarer als andere seien.«

»Wenn ich von solch einem Lehrer an meiner Anstalt erführe, bliebe er keine Stunde länger in seinem Amte.«

Der kleine, für beide offenbar äußerst befriedigende Rundgang führt uns zurück in den Lindenhof, wo sich vor dem Portale des Collegiums unterdessen ein weiteres Dutzend Väter und Mütter mit ihren Sprößlingen eingefunden hat, alle Knaben im Alter zwischen zehn und vierzehn Jahren. Die Herren, größtenteils in Uniform, grüßt Pastor Francke mit achtungsvollem Handschlag, den Damen nickt er höflich zu. Nun sind ihre Hände allerdings auch damit beschäftigt, jene ihrer Söhne nicht loszulassen, als ob man sie ihnen gewaltsam entreißen wolle, während nicht wenige dieser Söhne darüber womöglich ganz froh wären. – Von den Vätern hält keiner seinen Sohn an der Hand, auch meiner nicht.

»Gib deiner Mutter noch einen Kuß!« höre ich eine der Damen mit Tränen in den Augen flüstern. Der Junge schaut in eine andere Richtung, als habe er die Abschiedsworte seiner Mutter nicht vernommen. Und schon sind unsere Mentoren da, geben uns einen sanftgroben Stoß Richtung Schulpforte und fahren uns mit brüderlicher Beherztheit an: »Los, krummer Sack, ab in den Schlafsaal!«

Mein Vater beschämt mich, voller Verständnis für die Unmöglichkeit von Küssen vor höheren Bildungsanstalten, nicht mit irgendeiner zärtlichen Geste zum Abschied, übergibt mir stumm den Koffer, hebt kurz die von der Last befreite Hand und dreht sich um zu unserem Gespanne, auf dem Elias geduldig wie immer auf ihn wartet.

Eine Ahnung von Verlassenheit überkommt mich, ein anderes Gefühl, als wenn er mich beim Großvater oder Tante Käthe zurückläßt. Es kommt mir vor wie ein Abschied unter Fremden. Aber bin ich nicht schon fast erwachsen? Ich lasse mir meine Gefühle so wenig anmerken wie er, schon gar nicht vor den älteren Buben, die uns bereits eine Vorahnung von der kommenden Ordnung geben und für die jede Gefühligkeit zweifellos als ein Zeichen von Schwäche gedeutet würde.

»Was hast du in deinem Koffer?« fragt Holtzendorff, ein blondlockiger Bursche mit einem bäuerlichen Gesicht, der mir als Mentor zugeteilt worden ist.

»Das geht dich nichts an!« antworte ich unwirsch, denn eines steht fest, in dieser Anstalt gilt es, sich von Anfang an seiner Haut zu wehren.

»Wenn du etwas zu essen in deinem Koffer hast, mußt du es

mir übergeben. Speisen sind im Schlafsaal nicht erlaubt!« fährt er drohend fort.

»Der Koffer ist voll mit Obst und Gebäck«, behaupte ich frech, »aber du kannst dir gewiß sein, daß du nichts davon abbekommst!«

Holtzendorff schaut mich an. Glücklicherweise schläft er nicht im selben Saale, denn die älteren Schüler teilen sich Stuben zu sechst oder acht.

Aber im gemeinsamen Schlafsaal der Erstklässler geht es sogleich munter weiter. Mein Bettnachbar verbeugt sich: »Johann Ludwig von Ingersleben. Ich bin hier der Saalälteste.«

Ich verbeuge mich ebenfalls: »Hans Hermann von Katte. Du kannst mich einfach Hans nennen.«

»Hier heißt es Ingersleben und Katte. Wenn du in deinem Koffer verderbliche Speisen hast, mußt du sie mir aushändigen!«

»Tut mir leid, Ingersleben, ich habe die wunderbaren Plätzchen und Kuchen, die meine Großmutter mir eingepackt hat, schon an Holtzendorff übergeben.«

Ingersleben wirft meinem Mentor einen bösen Blick zu.

»Sprecht ihr über mich, ihr krummen Säcke?« Holtzendorff tritt einen Schritt näher. Ingersleben schüttelt den Kopf, ich lächle, auch wenn mir gar nicht nach Lächeln zumute ist. Diese ganze Posse verstärkt mein Gefühl der Verlassenheit noch.

»Ich hoffe, du bist kein Nachtschiffer!« brummt Ingersleben mürrisch.

»Was soll das sein, ein Nachtschiffer?« frage ich.

»Na, ein Pisser, ein Bettnässer! Ich schlafe nämlich im Bett neben dir. Und ich warne dich. Wenn du hier den Strohsack vollpinkelst, wirst du deines Lebens nicht mehr froh!«

»Und du? Ich hoffe, du hast keine Schweißfüße. Mir steigt da nämlich so ein käsiger Geruch in die Nase!«

Für einen Augenblick schaut er verwirrt, dann stiehlt sich ein schiefes Lächeln in sein Gesicht. Doch rasch kehrt er zu seiner kühlen Miene zurück und weist mich zurecht: »Schweißmauken nennt man die hier, merk dir das, Katte!«

Ich schiebe meinen Koffer unter das Bett. Beklommen lese ich das Verslein, das in schlichten Lettern auf ein Holztäfelchen über der Schlafsaaltür eingebrannt ist:

Die Furcht des HErrn ist der Weisheit Anfang. Psalm 111.10.

Es ist der einzige Schmuck an den graugetünchten Saalwänden.

Ich ahne, was gemeint ist, doch muß es nicht heißen: »Die Furcht *vor* dem HErrn?« So wie es dort steht, und es wird zweifellos getreu aus der Lutherischen Bibel kopiert worden sein, liest es sich, als sei Gottes eigene Furcht der Weisheit Anfang. Aber das kann doch nicht der Sinn sein, oder? Vor wem sollte Gott sich fürchten? Muß man es nicht so lesen, daß der Herr selbst die Furcht *ist*?

Ja, und nach seinem Ebenbilde hat der Herr uns geschaffen. Wir sind voller Furcht, sie erfüllt uns von den Haarspitzen bis zu den Fußsohlen, sie begleitet uns von der Geburt bis zu unserer Sterbestunde, sie ist immer da, selbst wenn wir sie hin und wieder mal vergessen, sie gehört zu uns wie unser Name, unser Geruch, sie ist der Stoff, aus dem wir gemacht sind.

Während der täglichen Arbeitsstunden im Schreibsaale darf ohne Erlaubnis kein Wort gesprochen werden. Ebenso nicht während der Nachtruhe, während der Mahlzeiten und natürlich nicht während des Silentiums am Nachmittage.

Ingersleben erklärt mir diese Regeln mit ernster Miene. Und doch höre ich ununterbrochen ein Lärmen, Poltern, Rufen, Scharren, Lachen, Klopfen, Schreien, Brüllen, Wimmern, als sei eine ganze Rinderherde in ständiger Unruhe und Bewegung, vergeblich von den Hütern zur Ordnung gerufen.

Zum Abendessen gibt es eine Rübenpampe, und Ingersleben kann sie haben. Ich esse nur das Brot und bin zufrieden.

Vor der Nachtruhe höre ich dann die erste Predigt unseres Inspectors Goeckingh, die erste von unzähligen abendlichen Predigten, die noch folgen werden: »Meine Herren, ein neuer Lebensabschnitt hat für Sie begonnen. Erweisen Sie sich ihm als würdig. Wir lehren Sie hier, einem gottgefälligen Leben nahezukommen. Gehen müssen Sie den Weg allein. Aber für eine Weile werden wir die Richtung weisen.«

Leopold Friedrich Goeckingh ist ein junger Theologiestudent von der hiesigen Universität, vielleicht zwanzig Jahre jung, in den Augen von uns Erstklässlern aber ein überaus erwachsener Mann in einem ehrfurchtgebietenden Alter, das je zu erreichen uns noch ganz und gar utopisch erscheint. Er hat ein sehr schmales, windhundartiges Gesicht, eisblaue, fast wimpernlose Augen und dünnes, kurzes weißblondes Haar, so daß sein spitzer Schädel von weitem kahl wirkt und ihn noch älter erscheinen läßt.

»Diese Weisung beginnt jetzt, zu dieser Stunde«, fährt er mit messerscharfer Stimme in seiner Predigt fort. »Vergessen Sie alles, was Sie bisher gelernt oder begriffen zu haben glauben! Alles, was Sie von Stund an lernen, erleben und begreifen, geschieht, um Sie würdig zu machen vor Gott und den Menschen. Von nun an haben Sie keinen anderen Willen mehr, als dem Willen Gottes zu gehorchen. Von nun an haben Sie nichts anderes zu wollen, als Sie zu wollen haben! Habe ich mich klar ausgedrückt? Und wer sich hier nicht beugt, den fresse ich mit Haut und Haar und spucke ihn an die Wand, daß er dort zur Mahnung aller kleben bleibt! Nun Angetreten zum Abendappell!«

Wie junge Soldaten müssen wir vor unseren Betten strammstehen, während Inspector Goeckingh die Reihen der Knaben abschreitet. Dann folgt, vom Inspector vorgetragen und von uns im Chor wiederholt, das Abendgebet. Danach wird nicht einfach aus den Kleidern gesprungen und ins Bett geschlüpft, nein, die Weise des Aus- und Anziehens ist genau vorgeschrieben: Zunächst Jacke, Weste und Hemd, dann wird das knöchellange Nachthemd übergestreift, und nun erst darf unter dem Nachthemde die Strumpfhose ausgezogen werden. Doch noch immer nicht geht es ins wärmende Bett. Barfuß sitzen wir da und haben mit größter Sorgfalt die abgelegte Kleidung zusammenzufalten und ordentlich auf dem Schemel zu stapeln. Ingersleben läßt mich den Stapel ein zweites Mal falten, und mir scheint es wie reine Bosheit vom Bettnachbarn und Saalältesten, denn schon beim ersten Male schien mir mein Kleiderhaufen recht geordnet. Aber nun kommt Inspector Goeckingh, ehe er die Kerzen löscht, noch einmal in den Saal, dreht eine Runde, begutachtet jeden Kleiderstapel mit unbestechlichem Blicke, und findet er das Geringste nicht in vollkommener Ordnung, fegt er das ganze gerade erst mühsam gefaltete Bündel vom Schemel auf die Dielen, so daß der Delinquent noch einmal aus dem eben angewärmten Bette aufstehen und die Arbeit von vorne beginnen muß, was gerade in diesen kalten Winternächten eine äußerst unangenehme Beschäftigung darstellt.

»Nun gute Nacht, meine Herren. Und Silentium!« Endlich zieht der Inspector sich in seine an unseren Saal angrenzende Kammer zurück, läßt aber die Tür geöffnet, damit er die Einhaltung des gänzlichen Schweigegebots beaufsichtigen kann. Und wieviel liegt mir auf der Zunge, das mich nun am Einschlafen hindert! Aber Ingersleben hat mich gewarnt: Wer es wagen sollte, auch nur einige Worte seinem Bettnachbarn zuzuflüstern, laufe Gefahr, vom Inspector aus dem Bett gerissen zu werden und die halbe Nacht vor dem Bette stehend zu verbringen.

Ich wage es trotzdem und flüstere Ingersleben zu: »Gute Nacht, Johann. Ich freue mich, dich als meinen Bettnachbarn zu haben.«

Aus dem Nachbarbette höre ich ein leises, im Kissen ersticktes Schluchzen.

Um halb sieben werden wir von der Stiftsglocke geweckt. Ingersleben tröstet mich: Im Sommer läute die Glocke bereits um fünf Uhr am Morgen.

Nach dem Ankleiden haben wir uns alle zum gemeinsamen Gebete im großen Singesaale einzufinden. Jeder Schüler gibt seinen Namen an. Wer beim Appell zu spät kommt oder fehlt, wird mit dem Stocke oder mit Karzer bestraft.

Zum Frühstück gibt es Mehlsuppe und einen Kanten Brot. Nach dem spartanischen Abendmahle hatte ich eigentlich etwas Martialischeres erwartet, schwarze Blutsuppe, gesottene Stierhoden oder was Spartaner dergleichen am Morgen verzehren. Aber auch die Mehlsuppe braucht einen schlachterprobten Magen. In Wust hätte Elias das leckende Stalldach mit dieser klebrigen Pampe kalfatert.

Während der kargen Mahlzeit wird aus der Bibel vorgelesen. Wenigstens verstehe ich jetzt, warum Holtzendorff und Ingersleben so begierig nach dem Inhalte meines Koffers gefragt haben.

Im Klassenraum ist es kalt und dunkel, denn an diesem trüben Novembertage erscheint eine strahlende und wärmende Sonne wie eine bereits verblassende Erinnerung, und an Kerzen wird überall im Internat gespart. Es riecht säuerlich nach unserer klammen Kleidung, aus der die Feuchtigkeit dampft. In der Ferne ahne ich die Türme der Stadt Halle, die jetzt der Schnee krönt.

Der Unterricht kriecht trocken und öde dahin und ist nicht einmal auf Wissen oder Erkenntnis gerichtet. Statt dessen müssen wir ganze Seiten auswendig lernen, ohne nach dem Sinn oder gar der Wahrheit der Worte fragen zu dürfen. Natürlich muß ich sogleich an Candidatus Greif denken. Mag ein Knabe womöglich noch von unbegrenzter Anpassungsfähigkeit sein, so gilt für den Heranwachsenden wohl eher das Gegenteil. Er sieht sich als vereinzelt, besonders, verkannt, im Guten wie im Schlechten, und schaut mit ernsterem und kritischerem Auge auf die Welt als andere.

Lector Freyer quält uns mit seiner müden und enttäuschten Stimme. Er ist ein Mann mit ergrautem Haar und Gemüt, wahrscheinlich kaum älter als vierzig Jahre, doch in unseren Augen fast schon ein Greis. Seine Hände zittern beständig, sein Gesicht ist aufgedunsen und schwammig wie das eines Ertrunkenen. Seine eingewachsenen Augen sondern beständig eine eitergelbe Flüssigkeit ab, als habe dieser tote Körper bereits zu verwesen begonnen.

Dabei gehört Freyer noch zu den freundlicheren Lehrern, wie wir alsbald erfahren müssen. Und doch verachten wir ihn vom ersten Augenblicke an, vielleicht gerade weil er so freundlich und sanft ist und nach Armut riecht und nur der Sohn eines Kutschers ist.

Wir sitzen zwischen Schlaf und Wachen, unsere Aufmerksamkeit nur vortäuschend. Ich träume mit geradem Rücken und offenen Augen, den Blick in weite Ferne gerichtet, über alle Türme Halles hinaus.

In der nächsten Stunde unterrichtet uns Inspector Goeckingh. Geschickt vermeidet er alle Weltläufigkeit, welche der Jugend mehr schädlich als nützlich sein könnte, und sieht allein darauf, was in jeder Disziplin nötig und nützlich ist. In Griechisch und Latein beschränkt er sich auf die Evangelien, in der Geographie hält er sich und uns vor allem im Gelobten Lande auf, wodurch man wiederum großen Nutzen bei der Bibellektüre hat.

Am Collegium finden sich Mitscholaren aus vieler Herren Länder. Was könnten sie nicht alles zum Unterrichte beitragen! Statt dessen werden Strafbücher, Verwarnungen, Stockschläge, Arrest und Karzer, die ganzen Folterwerkzeuge einer Sträflingserziehung, an uns erprobt. Noch ist nicht einmal der erste Tag vorüber, und ich ermesse die ganze Tragweite der Auskunft, die Rector Francke meinem Vater am Vortag erteilt: »Nein, Ferien gibt es für die Scholaren nicht.«

Im Klassenraume sitze ich neben Ingersleben, und als die Glokke zur Pause läutet, gehen wir gemeinsam hinaus in den Lindenhof, als gehörten wir seit Jahr und Tag zusammen. Ingersleben redet nicht viel, ganz so wie ich. Die meisten neuen Kameraden reden nicht viel. Wir sind zwischen zehn und vierzehn Jahre alt, das ist kein Alter großer Mitteilsamkeit.

»Hat das überhaupt irgendeinen Zweck, was wir hier lernen?« murrt er, ohne eine Antwort zu erwarten.

Am Abend liegt er im Bette neben mir. Obwohl ich sein Gesicht nur im Dämmerlicht sehe, ist es mir bereits vertraut, ich mag es, mochte es von Anfang an, die kantigen Züge mit der geraden Nase und die schon männlich wirkende Oberlippe, auf der bereits der erste schwarze Flaum eines Schnurrbarts sprießt. Seine Augenbrauen sind so schwarz und struppig wie die meinen, und seine grauen Augen liegen tief in ihren Höhlen.

In seiner Gegenwart verliere ich plötzlich alle Furcht vor dem, was hier noch kommen mag.

Bei uns allen drängt bereits eine rohe, noch ungeformte und unbeherrschte und eher behauptete als schon sichtbare Männlichkeit an die Oberfläche und steht in einem ständigen Streite mit dem offenkundig Knabenhaften, das uns immer noch anhaftet. Und ebenso steht verletzender Spott in stetem Widerstreite mit noch kindlicher Demut und Frömmigkeit. Alle diese täglichen und nächtlichen Kämpfe versuchen wir so aus dem Gleichgewicht geratenen Knabenmänner unter einer Maske kühler, unverschämter oder desinteressierter Gleichgültigkeit zu verbergen.

Für die Pausen haben wir alsbald Treffpunkte oder eher Verstecke außerhalb des Hofes erkundet und besetzt, in denen wir Karten spielen und rauchen, was uns beides strengstens verboten, und mancherlei Abenteuer aus unserem vorangegangenen, noch freien Leben erzählen, die zum größten Teil dem Reich der Phantasie entspringen, aber mit aller Macht danach drängen, in die Tat umgesetzt zu werden.

Alles, was einmal Fundament und Stütze war, fällt auseinander. Und die Lehrer, die uns ein neues Fundament errichten könnten, sind von größter gedanklicher Unbeweglichkeit. Starr halten sie an dem Gewohnten und Überkommenen fest, weniger aus Überzeugung oder Einsicht, sondern vielmehr aus Furcht, Furcht vor dem Neuen, Fortschrittlichen und wohl auch Furcht vor uns, unserer Neugier und Unberechenbarkeit. Sie sind ängstlicher als wir Schüler, ja, sie sind selbst ja noch Schüler und dem gestrengen Rector gegenüber viel mehr auf Unaufrichtigkeit und Anpassung bedacht, als uns Alumnen je in den Sinn käme.

Des Abends vor dem Speisesaale warten die Expectanten, junge, mittellose Studenten, die für ein karges Abendbrot unentgeltlich unterrichten und vielleicht einmal zum Präparand am Collegium ernannt werden, um auf Geheiß des Tischinspectors freibleibende Plätze einzunehmen. Allein für die Gewährung dieses Bittstellerstandes müssen sie von Rector Francke bereits eine schriftliche Erlaubnis einholen. Außerdem ist ein anschließendes Gespräch mit dem Tischinspector erforderlich. Dieser prüft die Bedürftigkeit sowie die Befolgung der Anstaltsregeln und fordert Auskunft über Studienverlauf und Lebenswandel. Alle diese Auskünfte trägt der Inspector in ein Verzeichnis ein. Sind aber alle Tische besetzt, müssen die übriggebliebenen Expectanten hungrig abziehen, auch wenn sie uns am Tage einige Stunden unterrichtet und an allen wöchentlichen Bet- und Singestunden teilgenommen haben.

Expectant Felix Niemeyer schafft es heute abend indes an unseren Tisch, obgleich es dasselbe abscheuliche Essen wie am Vortage gibt. Aber wir alle freuen uns mit ihm, da seine Stunde in deutscher Sprache und Grammatik die einzig erbauliche war. Er ist groß, größer als der Durchschnitt der Studenten, sein Rücken wirkt ein wenig gekrümmt, so als trete er ständig durch eine niedrige Tür, die wir anderen nicht sehen, krumm auch von den vielen Bücklingen, zu denen die Armut des Studentendaseins einen jungen Menschen zwingt, das dürftige Essen am Freitisch, das erlassene Honorar für die Vorlesung, das alles ist ja nicht wirklich umsonst, sondern durch andauernde Verbiegung erkauft.

Und dennoch ist er der einzige gewesen, der sich darum bemüht hat, daß wir verstehen, was er uns beizubringen versucht hat und nicht einfach auswendig lernen ließ. Nun begrüßt er uns alle mit Namen und reicht uns die Hand, ehe er sich zu Tische setzt. Zu allen, mit denen er spricht, muß er sich herunterbeugen. Seine Kleidung ist ihm zu kurz und eng, als sei er schon vor Jahren aus Rock und Hose herausgewachsen. Aus seinem Hemde ragt nicht nur sein knochiges Handgelenk heraus, sondern sein halber haarloser und totenblasser Unterarm.

Am Tischende sitzt der junge Francke, Sohn des Rectors, und spottet, nur wer sich selbst berühre, bekomme solch einen Rücken. Die viele sündige Lust grabe sich bekanntlich ins Rückenmark. – Francke gibt vor, für sich zu sprechen, doch wir alle verstehen seine Worte, und im selben Augenblick hassen wir ihn dafür. Nur Expectant Niemeyer greift beherzt zum Brote, als habe er nichts gehört.

Im Speisesaale darf nur lateinisch miteinander gesprochen und während der Mahlzeiten darf überhaupt nicht geredet werden. Statt dessen muß einer der Expectanten aus der Bibel oder einem Erbauungsbuche vorlesen. Derartige Vorschriften aber gelten offenbar nicht für den Pastorensohn.

Der Speisesaal befindet sich genau unter dem großen Bet- und Singesaale. Genauso hat Pastor Francke es einrichten wollen: Als Grundlage diene die leibliche Versorgung, darauf baue die geistige und geistliche Arbeit auf.

Gleich gegenüber dem Saalbau liegen das Brau- und das Backhaus. Die beiden Gebäude sind durch einen unterirdischen Gang miteinander verbunden, um das frische Brot und andere Back- und Brauwaren rasch in die Küche und auf die Tische bringen zu können. Der Tunnel führt weiter bis zur Meierei, weit im Süden, schon fast am Rande des Franckeschen Grundes, nahe den Scheunen und dem Schlachthause.

Die Speise- und Küchenordnung ist von Pastor Francke eigenhändig abgefaßt. Sie stellt ein Hinundhergerissensein zwischen Sparsamkeit einerseits und der Gesundheit der Zöglinge andererseits dar, denn nichts würde dem Rufe der Anstalten größeren Schaden zufügen als die Erkrankung der Kinder.

Wir Scholaren des Königlichen Pädagogiums sind bereits im Vorzuge eines besonderen Speiseplans. Wir bekommen dreimal in der Woche neben der Suppe Fleisch, und zwar am Sonntag, am Dienstag und am Donnerstag. Die Jungen und Mädchen des Waisenhauses indessen bekommen nur zweimal in der Woche Fleisch oder auch nur Kaldaunen, und am Abend erhalten sie keine Butter, sondern nur die Suppe und trocken Brot.

All das ist klug und ehrenwert ausgedacht und ganz und gar das Gegenteil von der Prunk- und Verschwendungssucht mancher fürstlicher Höfe und reicher Kaufmannshaushalte. Aber bei aller erzieherischen Berechtigung ist derlei Ordnung auch eintönig, vorhersehbar und sinnenfeindlich. Und es soll wohl genauso sein: Das Essen habe zu dienen, nicht zu erfreuen. Wenn es nach Francke ginge, sollte das ganze Leben dieser Ordnung unterliegen.

Wir sind gezwungen, ein sogenanntes »Gewissensbüchlein« zu führen und darin mit aller Strenge unsere geheimen Sünden aufzuzeichnen. Am Wochenende kontrolliert Inspector Goeckingh dann alle Büchlein unseres Schlafsaals. Findet er nicht alle Sünden fein aufgelistet, die er uns unterstellt, schickt er uns zur persönlichen Beichte zum Pastor Francke, ohne dessen Absolution wir nicht zum Abendmahle zugelassen sind.

Was wir von diesem Büchlein halten und in welcher Art wir unsere Selbsterforschung darin zur Sprache bringen, bedarf wohl keiner besonderen Erörterung. Dabei kommt mir die Idee, ein Gewissensbüchlein zu führen, im Grunde nicht einmal dumm vor, denn in der Tat entlastet das reine Aufschreiben von manchem Seelendruck. Also beginne ich mit einem geheimen Gewissensbüchlein, das natürlich, da es in aller Offenheit geschrieben, niemals in fremde Hände fallen darf und dementsprechend sorgfältig an einem geheimen Orte außerhalb der Anstalt verborgen gehalten wird. In dem Büchlein haben, wie in meiner Seele, alle jene Widersprüche Platz, die einen jungen Menschen aufwühlen und nicht selten in die Verzweiflung treiben. Hier schreibe ich ganz ohne Heuchelei und Lüge, gebe meiner Empörung gegen die törichten Anstaltsregeln und ihre gestrenge Auslegung ebenso Ausdruck wie dem Geständnis meiner intimsten Wünsche und Träume. Gewiß läßt jede Jugend die Welt mit einem geheimen Tagebuche wie meinem neu beginnen oder glaubt gar, sie als erster entdeckt und beschrieben, ja neu geschaffen zu haben, weil das Alte sich verlebt und verbraucht habe.

Manchmal scheint es mir, als gelinge der Abschied von allem bisher Vertrauten seltsam leicht. Mein Zuhause, wo war es denn nun? Bei meinem Großvater in Berlin? Bei Tante Käthe auf Wust? Ich glaube, seit dem frühen Tode meiner Mutter war ich nirgendwo mehr zu Hause.

Dann wieder überkommt mich ein allumfassendes Gefühl des Allein- und Verlassenseins. Ja, je mehr ich mich den Kameraden anschließe, um so überwältigender wird dieses Gefühl. Dann ist mir, als würde ich selbst den Vater vermissen. Über das Collegium und über der ganzen geduckten Stadt liegt dann ein Schleier der Stille und der Schwermut, unter dem ich zu ersticken glaube. Es ist, als wolle der Winter niemals enden.

Und dann wieder ertappe ich mich beim plötzlichen Aufkochen einer unbändigen und ziellosen Wut, die blindlings alles und jeden zerschlagen möchte, unterbrochen von langen, lähmenden Stunden und Tagen der Müdigkeit, grundlos, weil ihr keinerlei Ertüchtigung vorangeht, aber so tief und anhaltend, daß selbst das Aufstehen nach ungestörter Nachtruhe zur Qual, zur unüberwindlichen Mühsal wird. Woher diese Müdigkeit, dieser Aufruhr, diese Wut, diese Kälte, diese eingefrorenen Gefühle? Alles in mir ist noch so unfertig, roh, unliebenswürdig und ohne jeden Adel. Manchmal komme ich mir wie der abscheulichste Mensch auf der Welt vor. Und dann sind es wieder alle anderen, die Ekel, Wut oder gar Haß in mir hervorrufen.

Vor allem hasse ich Holtzendorff! Er ist doch kaum zwei Jahre älter und maßt sich an, mich vor den Augen meiner Kameraden herumzukommandieren. Er ist zwar einen halben Kopf größer als ich, wozu es aber keiner besonderen Veranlagung bedarf, da ich für mein Alter, vom Stande ganz zu schweigen, eher ein wenig zu kurz geraten bin. Er scheut sich nicht, rohe Gewalt anzuwenden, wenn gute Worte nicht mehr ausreichen, seine Vorrechte als Mentor und »Alter Herr«, wie es hier im Internate heißt, durchzusetzen. Mit seinem strohblonden Haar und stämmigen Leib wirkt er eher wie ein Stallknecht denn ein Junker. Warum er gerade mich zu seinem Schnappsack auserkoren, weiß der Teufel.

Ein Schnappsack ist der Lakei eines Alten Herrn, er hält ihm die Kleidung in Ordnung, flickt, stopft, näht Knöpfe an, macht Botengänge für ihn, schreibt ihm die Hausaufgaben und dergleichen Dienste mehr. Aber da ist er bei mir wohl an den Falschen geraten!

Leibes- und Lebensfreude sind dem Pastor Francke fremd. Gleichzeitig ist ihm jeder Müßiggang verhaßt. Also sind die Zöglinge zur Regsamkeit angehalten. Die Waisenknaben müssen nach dem Schulunterrichte drechseln, Glas schleifen, Kupfer stechen oder auf den Feldern aushelfen; die Mädchen müssen spinnen, nähen, kehren, scheuern, waschen, Holz sägen oder in den Gärten graben, düngen, jäten, schneiden. Nur uns Junkersöhnen des Pädagogiums steht ein Rasenplatz für Leibesübungen zur Verfügung, auch wenn Fechten, Ringen oder Tanzen nicht auf dem Lehrplane steht, denn dabei könnte wohl zu sehr die Lust des Fleisches gesucht und gefunden werden.

Hier auf diesem Rasenplatze ist es, daß ich Holtzendorff vor aller Augen zum Dreschen fordere. Selbst für einen Alten Herrn gibt es keine Möglichkeit, eine derartige Einladung zum Kräftemessen ohne Gesichtsverlust abzulehnen. Es ist ein Zweikampf bis aufs Blut.

Ein dichter Kreis bildet sich um uns Duellanten im Hofe und erwartet ein schnelles Ende. Beständig ruft einer von Holtzendorffs Stubenkameraden: »Feste! Härter! Schlag den Sack krumm und blau!« Der allgemeine Blutdurst löst kein geringes Entsetzen in mir aus. Doch gehöre ich seit den Wuster Sommern durchaus zu denen, die einzustecken und ebenso gut auszuteilen verstehen.

Holtzendorff läßt erst von mir ab, als mir das Blut aus Mund und Nase rinnt. Doch habe ich weder aufgegeben, noch seinen Sieg anerkannt. Ich hätte weiter gekämpft, selbst wenn er mir den Schädel eingeschlagen hätte.

Er befiehlt mir, bis zum Morgen seine Kleidung zu reinigen, da sie ja durch meine Unbotmäßigkeit beschmutzt worden sei, und dreimal fehlerlos die Anstaltsregeln abzuschreiben. Damit ist die nächste Drescherei bereits angekündigt.

Während die Lakaiendienste allein auf den ungeschriebenen Gesetzen unter uns Schülern beruhen, hat Holtzendorff als mein Mentor durchaus die amtliche Befugnis, Haus- und Strafarbeiten von mir zu fordern. Ich will es nicht auch noch mit einem der Inspectoren zu tun bekommen, also mache ich mich an die Abschriften von Franckes Hausordnung. Holtzendorffs eingestaubtes und grasfleckiges Hemd indessen bleibt ungesäubert liegen.

Alle Hausgenossen sollen in einem guten Vernehmen und recht brüderlich unter einander leben und freundlich einander begegnen.

Es soll ein jeglicher mit dem andern von Herzen die Wahrheit reden und aufrichtig ohne alle Heuchelei umgehen.

Feuer und Licht sind sorgfältig in acht zu nehmen, daß nicht etwa Kleider, Späne oder andre verbrennliche Materie nahe an den blechernen Rauchröhren oder vor den offenen Ofentüren liegen.

Die Hausgenossen sollen sich hüten, die Türen nicht zuzuschlagen und auf den Treppen nicht zu poltern, wodurch das ganze Haus erschüttert und ihm Schaden zugefügt wird.

Die nahe beisammen wohnen, sollen durch lautes Reden oder auf andere Weise einander im Studieren, Beten oder anderer Andacht nicht hindern.

An der Reinigung ist so viel gelegen, daß man sie wohl ein Hauptstück der leiblichen Verpflegung nennen mag, denn durch Unreinlichkeit und Gestank werden mancherlei Krankheiten verursacht, ja die Kinder wohl gar in Lebensgefahr gesetzt.

Weil Tische, Bänke, Öfen, Fenster und anderes im Hause anzuschaffen nicht wenig Unkosten verursacht, soll ein jeglicher alles mutwillige Zerbrechen an derlei Dingen verhüten.

Die Hausgenossen sollen keinen fremden Menschen, er sei auch gleich ihr bester Freund oder Verwandter, ohne Vorwissen und Erlaubnis des Inspectors auf ihre Stuben nehmen oder des Nachts bei sich schlafen lassen.

Niemand soll ohne Vorwissen und Erlaubnis des Nachts ausgehen oder gar über Nacht aus dem Hause bleiben. Wer solches tut, wird streng darüber zur Rede gestellt und bestraft werden.

Niemand soll Wasser oder andere Flüssigkeiten aus den Fenstern gießen, denn wenn es am Hause herunterläuft, verdirbt es die Farbe.

Im Schlafsaale und in den Schlafkammern soll achtgegeben werden, sie nicht mit Urin oder auf andere Art unsauber zu machen.

Niemand soll an die Hauswände, weder im noch außerhalb des Hofes pissen, damit das Haus, der Hof und alle Winkel von Unsauberkeit und Gestank befreit bleiben.

Keiner unter den Hausgenossen soll etwas nach seinem Eigensinn und Mutwillen vornehmen, sondern sich in allen Dingen nach dieser Instruction richten. Kommen aber Dinge vor, die gegen diese Instructionen verstoßen, soll sich ein jeder darüber mit dem Inspector oder Director bereden.

Der drei sorgfältigen Abschriften zum Trotze folgt die nächste Drescherei gleich am folgenden Nachmittag. Inzwischen geht es um mehr als meine Weigerung, Holtzendorffs Schnappsack und Lakai zu sein, es geht um die gesamte innere Ordnung des Collegiums, die meine Insubordination in Frage zu stellen droht. Daher haben sich nun fast alle achtzig Collegiaten am Rasenplatze eingefunden, um unserem Wettkampfe zuzusehen. Holtzendorffs Stubenkameraden haben das von der gestrigen Drescherei noch dreckige Hemd meines Mentors an einem Stocke befestigt und schwenken es nun wie ein Kriegsbanner als Mahnung an jeden leichtsinnigen Rebellen.

Ich spüre seine Furcht, mir wirklich weh zu tun, und nutze sie gnadenlos, ihm einige unvergeßliche Schläge und Tritte zu versetzen. Zwar siegt am Ende doch seine schiere körperliche Überlegenheit, aber er wird die Blutergüsse meines Widerstands wesentlich länger mit sich herumtragen als ich die Wunden der Niederlage. Und trotz seines Sieges weigere ich mich weiterhin, sein Schnappsack zu sein. Also wird der Kampf schon bald wiederaufgenommen und fortgesetzt werden.

Am nächsten Tage zieht er, unter den Augen der Inspectoren, meine Frühstückssuppe ein, am Mittag dann das Stückchen Dienstagsfleisch. Und bei alldem kann er sich gewiß sein, daß ich mich bei keinem der Inspectoren oder Lehrer beklage, denn mag die Quälerei der Jüngeren durch die Alten Herren auch den Charakter einer Folter annehmen, so ist doch das schlimmste denkbare Verbrechen die Denunziation eines Kameraden, mag ein Inspector auch noch so sehr drohen und nach Auskunft drängen. Indessen habe ich bereits erlebt, wie Stubenälteste, sobald sie sich unbeaufsichtigt glauben, die Stifte, also die Jüngsten und eigentlich ihrer Obhut Empfohlenen, mit phantastischen Marterinstrumenten wie Näh- und Stopfnadeln bis aufs Blut traktierten, ohne daß je ein Stift von der Tortur Meldung gemacht hätte.

Hungrig, wie ich nach dem Raube zweier ohnehin karg bemessener Mahlzeiten bin, begehe ich das zweitgrößte denkbare Verbrechen in den Glauchaer Anstalten. Am Nachmittag stehle ich mich in den leeren Speisesaal und von dort durch den unterirdischen Gang ungesehen in die Backstube, wo bereits die Brotlaibe für das Abendessen bereit liegen. Ich nehme einen ganzen, noch warmen Laib, und nachdem ich mich selbst satt gegessen habe, verteile ich den Rest an meine Kameraden im Schlafsaal.

Bis zum Abend hat sich die unerhörte Tat in der ganzen Schule und dem Waisenhause herumgesprochen. Rector Francke selbst tritt vor die versammelten Zöglinge im Speisesaale und spricht ernst, wenn der Dieb nicht ermittelt werde, müsse er für alle das Abendbrot streichen. Das ausbrechende Murren unterbindet er mit dem lauten Rufe: »Silentium!« Er wartet auf Antwort, und die Stille zieht sich endlos hin, bis er endlich die Lehrer und Inspectoren zu essen auffordert und die Kinderschar hungrig dabeisitzen läßt.

Natürlich braucht Holtzendorff keinen Spitzel, um zu erfahren, wer ihn und die anderen ums Abendbrot gebracht hat. Also steht am nächsten Nachmittage unvermeidlich die nächste Einladung zur Drescherei an. Diesmal schont er mich so wenig wie ich ihn. Am Ende tragen wir beide blutige Nasen davon.

Als er mich auffordert, einen Eimer Wasser von der Hofpumpe herauf in seine Stube zu bringen, gehorche ich, nicht aus Ergebung, sondern eher aus Großmut, da ich ihn wirklich so arg zugerichtet und sogar die Nase gebrochen habe, daß ich meine eigenen Wunden darüber vergesse. Ich tauche mein Sacktuch in das Wasser und beginne, behutsam sein blutverschmiertes Gesicht zu säubern. Mit seinen großen kornblumenblauen Augen schaut er mich seltsam an, als sähe er mich zum ersten Male.

Und während ich mit dem nassen Tuch weiter durch sein Gesicht wische, denke ich, daß er trotz seiner fünfzehn Jahre und seiner männlichen Leibesstärke doch immer noch ein halbes Kind ist. »Könntest du dich nur im Spiegel sehen, Holtzendorff«, spotte ich, »blutig wie ein Neugeborenes!«

Natürlich bleibe ich als Stift auch weiterhin von den Runden und Gesprächen der Alten Herren ausgeschlossen, auch wenn Holtzendorff von nun an davon absieht, mich zu seinem Sack zu degradieren. Eigentlich könnte ich unser Verhältnis so belassen, aber irgend etwas in mir drängt, von Holtzendorff nicht nur in Ruhe gelassen, sondern geachtet zu werden. Dabei habe ich längst verstehen gelernt, daß die Strammen im Collegium nur selten die Hellen und Klugen sind. Eine harmonische Entwicklung aller Kräfte des Leibes und der Seele ist von der Natur offenkundig nicht vorgesehen. Indessen ist die geistige Begabung unter den Kameraden weit weniger geschätzt als die reine tumbe Körperkraft, vielleicht weil Geistesgröße schnell den Verdacht erregt, sie könne zu moralischer und seelischer Korruption verführen.

Schon bald ergibt sich die Gelegenheit, mit einem neuerlichen Bubenstücke Holtzendorffs Aufmerksamkeit zu erregen. Während er und seine Kameraden meine Gegenwart vollständig ignorieren, schnappe ich doch hin und wieder Fetzen ihres Geplauders auf, denen ich entnehme, daß sie einmal mehr den sonntäglichen Gottesdienst zu schwänzen planen und statt dessen für einen Frühschoppen in die »Dreckige Ente« einzukehren gedächten. »Dreckige Ente« nennen sie unter sich das nächstgelegene Gasthaus, den Weißen Schwan.

Ich weiß nicht, wie sie den Falkenaugen der Inspectoren entkommen wollen, doch ich hecke unterdessen meine eigenen Pläne aus, um sie am Sonntagmorgen mit kühlem Gleichmut bereits in der Dreckigen Ente zu erwarten, als sei es das Natürlichste der Welt, einen Sack daselbst zur Zeit des Gottesdienstes anzutreffen.

Und so sitze ich denn, während die Schulglocke die Zöglinge zum Gottesdienst ruft, zum ersten Male in einer der übel beleumdeten Glauchaer Wirtshäuser vor einem sauren Weine, den man mir trotz meiner Jugend ausgeschenkt. Es gefällt mir von Anfang an recht wenig, und im Verlaufe meines einsamen Wartens nimmt meine Abneigung gegen diesen Ort stetig zu. Allein, weder Holtzendorff noch irgendeiner seiner Stubenkameraden läßt sich in der Dreckigen Ente blicken.

Ein unbekannter, bärtiger und zu dieser frühen Stunde schon

betrunkener Mann zweifelhafter Herkunft drängt sich an meinen Tisch, bestellt sich und mir den nächsten Schoppen Wein, obgleich mein erster Becher kaum zur Hälfte geleert, und beginnt, ohne sich vorzustellen oder die üblichen Höflichkeiten auszutauschen, gleich mit einem vertraulichen Gespräche. Nachdem er bestätigt gefunden, daß ich ein Schüler des hiesigen Collegiums sei, will er mich unbedingt zu Geständnissen über meine bisherigen Liebesabenteuer bringen. Unter anderen Umständen hätte es mir vielleicht geschmeichelt, daß er mich entweder älter schätzt, als ich bin, oder mir trotz meiner Jugend schon derlei Erfahrungen zutraut. Aber unter diesen Umständen wächst mein Unbehagen, das man durchaus schon Abscheu nennen könnte.

»Mädchen sind schwierig herumzubekommen«, belehrt er mich ungefragt. »Sie sind unentschlossen, zieren sich, wissen nicht, was sie wollen. Da lässt sich von älteren Weibern mehr erhoffen. Doch am befriedigendsten, glaub mir, Junge, sind Witwen!«

Ich nicke stumm. Das Gespräch, wenn man seine Absonderung von Lebensweisheiten und mein stilles Zuhören denn überhaupt Gespräch nennen will, steigt immer tiefer hinab in den Glauchaer Sumpf der Sünde und Gottlosigkeit. Und als ich schon lange nicht mehr auf ein vertrautes und vielleicht auch erlösendes Antlitz hoffe, öffnet sich plötzlich die Wirtshaustür, und Lector Freyer steht mit leerem, fischäugigem Gesicht auf der Schwelle. Als er mich an dem Tische mit dem fremden Gesellen entdeckt, braucht sein getrübter Verstand eine Weile, bis er mich als einen seiner jüngsten Schüler erkennt, während ich wie gelähmt dasitze und Abscheu und Selbstekel blitzartig in Furcht umschlagen.

Lector Freyer betritt die Schenke nicht, sondern nickt nur, mehr für sich oder in sich hinein, als habe er nichts anders erwartet, dreht sich um und geht, ohne ein Wort an mich gerichtet oder auch nur die Tür hinter sich geschlossen zu haben.

Inspector Goeckingh mustert mich wie ein fremdes, abscheuerregendes Insekt. Er sitzt an seinem Tische, während ich mit gesenktem Blicke und auf dem Rücken verschränkten Händen vor ihm stehe wie bis vor kurzem noch vor meinem Vater. So wie jener spricht auch Goeckingh mit leiser Stimme. Er könne sich nicht vorstellen, daß ein Knabe in meinem Alter und aus einem so gottesfürchtigen Elternhause dem Gottesdienst fernbleibe und sich statt dessen im Glauchaer Sündenpfuhl herumtreibe. Ich sei doch gewiß zu solcher Untat verführt worden, nicht wahr?

»Ich bin überzeugt, Katte, daß Sein Großvater ihn stets zu größter Gottesfurcht angehalten hat. Steht er nicht gar mit Pastor Francke auf vertrautem Fuße? Undenkbar, daß sie von Seiner Ruchlosigkeit erfahren! Rede Er, Katte, Er hat sich etwas derart Sündhaftes doch nicht selbst ausgedacht! Ein von Katte, dünkt mir, kann die Familienehre nicht so mit Füßen treten. Es müssen schon recht gewissenlose Kameraden sein, die Ihn angestiftet haben, nicht wahr? Nenn Er mir die Namen der Übeltäter, und ich werde Seine Jugend bei der Strafzumessung berücksichtigen. War es Wietersheim? War es Kamphausen? Gesteh Er es zu seinem eigenen Seelenheile! Oder war es Holtzendorff? Ja, dem sind dergleichen Verführungen und Schandtaten zuzutrauen. Schau Er mich an, Katte! War es Holtzendorff, der ihn verführt?«

»Nein, Herr Inspector!«

»Glaub Er nicht, daß Er mit Seiner Verstocktheit Seinen Kameraden einen Dienst erweise. Nein, Er nimmt ihnen die Möglichkeit zu wahrer Einsicht und Reue. Ist das Seine Absicht, will Er Seine vermeintlichen Freunde in den Klauen Satans belassen? Liegt Ihm so wenig an ihrem Seelenheile und ihrer Rettung? Rede Er!«

»Ich weiß nicht, Herr Inspector?«

»Was weiß Er nicht? Wer Ihn angestiftet, oder warum Er sich so unkameradschaftlich und verstockt zeigt?«

Als ich schweige, senkt Goeckingh seine Stimme noch weiter zu einem leisen, fast zärtlichen Flüstern: »Ich frage Ihn jetzt nicht als Inspector, ich frage Ihn als Mann Gottes und geistlichen Bruder: Wer hat Ihm diesen sündhaften Gedanken eingegeben? War es Holtzendorff? Er kann seine Seele retten! Oder will Er ihn dem ewigen Höllenfeuer überlassen?«

Ich schüttle den Kopf. Gegen meinen Willen steigen mir Tränen in die Augen.

»Blick Er mich an, Katte. Ich sehe Tränen der Reue, ich spüre den guten Willen in Ihm. Es war Holtzendorff, nicht wahr?«

Ich senke die Augen und nicke.

»Gut, Katte«, sagt der Inspector, nun wieder in normalem Tone, »Er kann in den Schlafsaal zurückkehren, wird heute auf das Mittag- und Abendessen verzichten und bis zum Weckgeläute morgen Sein Bett nicht verlassen!«

Er tritt nach mir aus seiner Kammer, läßt mich im Schlafsaal zurück und ruft mit lauter Stimme in den Stubentrakt: »Holtzendorff!«

Für einen Augenblick ist es totenstill im Schulgebäude, alle haben Goeckinghs Ruf gehört, weniger der Lautstärke wegen, andere Lehrer wissen ungleich durchdringender zu brüllen, als vielmehr des besonderen Tonfalls wegen.

Wie lange bleibe ich im Schlafsaal alleine? Ich weiß es nicht. Wann kehren die ersten Bettgenossen in den Saal zurück? Ich kann es nicht sagen. Draußen ist es bereits dunkel, aber ich habe die Abendglocke nicht gehört.

Niemand spricht mit mir, niemand blickt mich an. Selbst Ingersleben wendet seinen Blick ab. Ich will es ihm erklären, ihm irgend etwas sagen, merkwürdig seelenlose Worte wie Seelenheil und Höllenfeuer gehen mir durch den Sinn, aber ich kann sie nicht zu einem verständigen Satze zusammenfügen. Also schweige ich.

Auch die anderen schweigen, ja schweigen nicht nur, sondern verhalten sich von Stund an, als sei ich gar nicht da. Ich verstehe, von nun an bin ich im Verschiß, und der Verschiß gilt umfassend und ausnahmslos. Alle Mitschüler und selbst die Waisenkinder vermeiden es, auch nur in meine Nähe zu kommen, als sei ich ein Aussätziger, ein Verräter. Aber bin ich das denn nicht auch?

Während des Essens reicht mir niemand die Schüssel; habe ich sie zu mir gezogen, bleibt sie vor meinem Teller stehen, niemand will sie noch anrühren, nachdem ich mir aus ihr aufgefüllt habe. Ich kann mir den Magen füllen bis zum Erbrechen.

Im Unterricht scheinen selbst die Lehrer mich nicht mehr wahrzunehmen. Sie rufen mich nicht auf, ermahnen mich nicht, übersehen mich einfach. Und als ich Ingersleben meine Tafel mit den richtigen Lösungen zuschiebe, schiebt er sie grob zurück, ohne auch nur einen Blick darauf geworfen zu haben.

Selbst durch das Schweigen hindurch höre ich, was sie von mir denken. Ich sitze im Dunkeln, bevor die Nacht anbricht. Am nächsten Morgen setzt sich das Schweigen fort. Es ist vollkommen sinnlos, auf Gnade oder Mitleid zu hoffen. Ich hatte gewünscht, hier nicht nur Kameraden, sondern Freunde zu finden. Wöchentlich wird beim Appell vom diensthabenden Inspector Franckes Erlaß wider das Schinden der Jüngeren verlesen. Und jede Woche habe ich die Verlegenheit bei den Schülern und die Gleichgültigkeit in den Gesichtern der Inspectoren gesehen. Nun kommt mir dieses ganze Ritual wie Hohn vor. Denn nicht nur werden Rohheit und Grausamkeit unter den Schülern geduldet, sondern geradezu gefördert und als erzieherische Notwendigkeit dargestellt.

Am Ende dieses Schmiedeprozesses steht wohl der zukünftige Offizier. Geschmiedet haben ihn aber nicht Ehre, Stolz und Ritterlichkeit, sondern Unterwerfung und Verrat.

In den nächsten Tagen ist es allein mein zweites, geheimes Gewissensbüchlein, das mich am Leben hält, indem ich diese und andere bittere Gedanken mir von der Seele schreibe, da es sonst niemanden gibt, der mir zuhörte.

Ich bin zum Verbrecher geworden, ohne etwas verbrochen zu haben. Ich spüre nichts, in mir ist eine große Leere, um mich herum ist Nichts. Das Nichts ist weder kalt noch warm, weder rot noch blau, es ist schwarz und hat in seiner Mitte einen schwarzen Dorn, und als der Dorn mir zwischen die Rippen fährt, sprudelt Schwärze aus der Brust. Ich bade darin, und das Baden ist ein Fest des Teufels.

Ich entschließe mich, noch diese Nacht aus dem Collegium zu fliehen, wenn ich auch nicht weiß, wohin. Doch lieber verhungere oder erfriere ich auf unbekannter Straße, als noch einen Tag länger in dieser Hölle des Schweigens zu verbringen.

»Steh auf und komm mit!« Es ist Joachim von Holtzendorff, der mich mitten in der Nacht grob anstößt und mir diesen Befehl erteilt.

Ich folge ihm in die Mitte des Saals. Alle Kameraden sind wach, in ihren Nachthemden stehen sie wie ein Geisterheer um uns herum. Niemand zeigt sich verwundert, daß ich vollständig angekleidet bin.

»Da du noch ein nasser Sack bist, wollen wir dir eine Gelegenheit geben, deine Ehre wiederherzustellen, Katte. Zieh den Rock und das Hemd aus und leg dich auf den Boden!«

Ich weiß, ich habe keine Wahl, ja muß Holtzendorff noch dankbar sein für die Marter, die nun folgt. Mich wundert nur, dass Inspector Goeckingh noch nicht eingeschritten ist. Wie jede Nacht steht die Tür zu seiner Kammer offen, und Holtzendorff hat mich nicht eben leise geweckt.

Ingersleben hält mich an den Armen, Holtzendorff an den Beinen fest. Ich spüre den kalten splittrigen Dielenboden an Brust, Bauch und Lenden, spanne alle meine Muskeln und Sehnen an, presse mein Gesicht auf das rauhe Holz und beiße die Zähne zusammen, um meinem Verrate nicht auch noch die Schwäche der Verweichlichung hinzuzufügen. Dann geht der erste Rutenhieb auf meinem Rücken nieder, ein wahnsinniges Feuer rast vom Explosionsort bis in die Haarspitzen und die Zehen, ich zucke zusammen, mein Körper bäumt sich ganz gegen meinen Willen auf, und schon folgt der nächste Hieb, und der übernächste, Kamerad für Kamerad reihum, während nicht nur mein Rücken in Flammen steht, sondern mit jedem Schlage auch Kopf und Brust hart auf das mitzitternde Holz knallen. Ich würde mir längst die Stirn blutig geschlagen haben, würde Ingersleben nicht, statt meine Arme weiter auf die Dielen zu pressen, nun meinen Kopf in seinen Händen halten.

Ich weiß nicht, ob es nun alle gewesen sind, die an der Wiederherstellung meiner Ehre mitgewirkt haben, doch als Holtzendorff seinen eisernen Griff um meine Fesseln löst und ruft: »Aufhören!«, springen alle zurück.

Holtzendorff hilft mir auf. Er sieht mich kurz an, dann reicht er mir die Hand und sagt mit ruhiger Stimme: »Hast dich tapfer gehalten, Katte. Damit ist die Geschichte erledigt!«

Heute nacht ist an Flucht nicht mehr zu denken. Indessen gibt es am nächsten Morgen auch keinen dringenden Grund mehr, die Kameraden verhalten sich, als sei nie etwas Besonderes vorgefallen. Nur Inspector Goeckingh fragt mich beim Morgenappell: »Wie sieht Er denn aus, Katte? Geht es Ihm nicht gut?«

»Es ist alles in Ordnung, Herr Inspector. Habe nur nicht recht schlafen können. Es mag an den Bohnen vom Nachtmahl liegen.«

»So, an den Bohnen! Ja, ich habe gesehen, wie Er sich mehrfach den Teller gefüllt hat. So straft Gott die Völlerei. Laß Er es sich eine Lehre zur Mäßigung sein!«

Es folgt eine Zeit scheinbarer äußerer Ereignislosigkeit und Langeweile. In meiner Seele geschieht um so mehr, aber ich lasse die innere Unruhe nicht hinausgelangen. Im Grunde bin ich von eher träger Natur, so daß mir die Unterdrückung meines inneren Aufruhrs nicht sonderlich schwerfällt. Mir genügt es, mit den wenigen Freunden zusammen zu sein und für eine Weile mit niemandem in Fehde zu stehen. Es ist mir lieber, Lehrer und Mitschüler halten mich für mittelmäßig, als mich ihres Neides oder ihrer Bewunderung erwehren zu müssen. Mag diese Trägheit mich auch keiner Antwort auf meine vielen Fragen näherbringen, so fügt sie ihnen doch nur wenige neue Fragen hinzu.

Ruhig, reglos, fast wie tot liegt der Leib im Dunkeln. Er scheint der meine nicht mehr zu sein. Als Kind gab es diese Trennung von Leib und Bewußtsein noch nicht, ich habe ganz selbstverständlich in und mit ihm gelebt, ja, war nur dieser Leib und nichts darüber hinaus. Doch nun steht er mir als etwas Fremdes gegenüber. Sind die Predigten schuld? Haben Franckes Mahnungen und Beschwörungen meine Seele aus meinem Körper getrieben, daß er nun ganz seelenlos daliegt und meine Seele heimatlos umherirren läßt?

Ich rede höflich auf sie ein und bitte sie, sich trotz seiner offenkundigen Mängel und Fehler wieder mit meinem Leibe zu versöhnen. Wer bin ich denn ohne meinen Körper? Und wer ist meine Seele ohne ihn? Wie lange kann sie ohne ihn überleben? Mein Körper sei unrein? Wer hat dir das eingeredet? Kann ein Körper unrein sein? Können Tiere unrein sein? Nein, es gibt nur den Schmutz der Seele, die Unreinheit der Gedanken.

Ach, ich glaube an nichts mehr! Befinde mich im Krieg mit mir selbst!

Von allen Bäumen kannst du die Früchte essen, allein die Frucht vom Baume der Erkenntnis sollst du nicht anrühren, denn in der Stunde, da du daran rührst, wirst du sterben!

Der Verführer aber spricht: Nein, du wirst nicht sterben, doch werden dir die Augen aufgetan, und du wirst ein Erkennender sein wie Gott.

Und meine schwache Seele unterliegt der Versuchung, kostet von den verbotenen Früchten, öffnet die Augen und erkennt. Was erkennt sie?

Sie erkennt, daß das göttliche »Und es war gut!« nicht wahr ist. Nicht alles, was Gott geschaffen hat, ist gut. Von Anfang an gibt es auch das Böse in seiner ganzen Fülle und Verführungskraft.

Im Dezember wird es so kalt, daß selbst der Rotz in den Spucknäpfen gefriert. Wir Schlafsaalbewohner bekommen Frostbeulen und laufen tagelang wie Leprakranke mit geschwollenen und rindigen Händen umher. Das Schlafen mit den Händen unter der Bettdecke ist verboten. Selbst in dieser Eiseskälte wird uns keine Ausnahme gestattet. Man redet uns ein, es sei »ungesund«, ohne uns über die genaue Gefahr für unsere Gesundheit aufzuklären.

Ingersleben teilt sein Fäßchen Schweineschmalz mit mir, jeden Abend schmieren wir vor dem Schlafengehen Hände und Füße mit dem Fette ein, so daß es alsbald wie in einem Viehstall in unserem Saale stinkt, zumal wir uns am Morgen nicht waschen können, da auch alles Wasser eingefroren. Doch selbst Inspector Goeckingh beläßt es bei einem Naserümpfen.

In dicker, wollener Winterkleidung sitzen wir im ungeheizten

Klassenzimmer. Lector Freyer hat sich krankgemeldet, statt dessen hat zu unserer Erleichterung und Freude Expectant Niemeyer den Unterricht für den Erkrankten übernommen. Die anderen Lehrer reden uns, wie wir untereinander, mit den Familiennamen an, Felix Niemeyer hingegen benutzt unsere Vornamen und duzt uns, wie es unter den Studenten üblich ist. Träume ich sonst im Unterricht, wenngleich offenen Auges, so wende ich in dieser Stunde kaum je den Blick von dem jungen Manne. Je länger ich ihm zuhöre, um so mehr bewundere ich ihn. Er besitzt jene seltene Eigenschaft unter den Lehrern, die Seelen ihrer Schüler in Besitz zu nehmen. Als er mich aber aufruft, erliege ich einer Art lähmendem Zauber, bleibe stumm, weiß nicht zu antworten und gebe mich so unliebenswürdig und grob, als dürfe der junge Lehrer nichts von meiner Verehrung erfahren.

Während des Mittagsmahles hält Francke eine Predigt, die uns Jüngeren fast den Hunger raubt, auf den Gesichtern der Alten Herren hingegen nur ein müde-spöttisches Lächeln hervorruft. Wir Stifte wissen nicht recht, von welcher Art Säften Francke predigt, die Folgen aber seien gräßlich: Seelendüsternis, Verdrossenheit und Leibeserschlaffung. – Hat der gestrenge Rector in meinem geheimen Gewissensbüchlein gelesen?

»Mit diesem Laster ist nicht zu spaßen, meine Herren! Man kann sich zwar Kraft energischer Entschlossenheit in ihren frühen Stadien von ihm lossagen, aber Gewohnheiten, die gefestigt und über lange Zeit hinweg fortgeführt werden, führen uns geradewegs in den Abgrund der Gottesferne.

Ein junger Mensch, der diese lasterhafte Angewohnheit angenommen und sich diesem sündhaften Treiben schon eine Weile hingegeben hat, ist niemals außer Gefahr! Er kann nie mehr vollständig geheilt werden und ist stets vom Rückfalle bedroht. Nur das ständige Gebet und die Gnade Gottes können ihn noch vor dem Verhängnis retten!«

Am Nachmittag holt Inspector Goeckingh Ingersleben und mich aus dem Schreib- und Lesezimmer. Ein Glauchaer Landmann hat ein Fuder Stroh im Lindenhofe abgeladen. Nun heißt Goeckingh uns, alle Strohsäcke aus unserem Schlafsaale zu holen, sie in den Hof zu schleppen, dort auszuleeren und frisches Stroh hineinzustopfen.

Obgleich es bitterkalt ist, mag ich diese Arbeit im Hause und auf dem Hofplatz. Nichts ist bedrückender als das nachmittägliche Silentium im Arbeitssaal.

Während wir unbeaufsichtigt sind, flüstert Ingersleben mir mit brüchiger Stimme zu: »Ich bin in größter Not, Hans, ich sündige fast jede Nacht, sündige schwer und kann es weder lassen noch Francke beichten. Ich gehe befleckt zur Kommunion und füge der heimlichen Sünde noch die der Lüge und der Lästerung hinzu.«

Ich verstehe nicht ganz die Art der Sünde, von der Ingersleben spricht, verstehe aber die Seelenqual meines Kameraden und führe sie auf Franckes Mittagspredigt zurück.

»Ich bin davon überzeugt, lieber Johann, daß die Vorstellungen, die Francke uns von der Schädlichkeit unserer heimlichen Sünden gemacht hat, wohl einigermaßen übertrieben sind. Die Furcht vor den Folgen, denke ich, macht die Folgen schlimmer als die Tat selbst.«

»Ich brauche nicht einmal einen aufreizenden Gegenstand, daß mein Membrum sich regt. Es genügt, daß sich in mir ein Bild aufs lebhafteste ausmalt, und schon ist die sündige Ausschweifung nicht mehr aufzuhalten!«

»Hast du nicht unsere Alten Herren lächeln gesehen? Sie scheinen mir nicht gerade an Leib und Seele erkrankt zu ein. Ich rate dir, diese Ausschweifungen auch weiterhin geheimzuhalten und dich nicht allzu sehr zu sorgen. Schaue ich mich unter Francke und seinesgleichen um, so kann ich nur feststellen, es gibt schlimmere und mißvergnüglichere Sünden als diese eine, die sie uns ständig vorhalten. Ja, fast könnte man glauben, daß die ständige Vorhaltung den Mahnern gar ein heimliches Vergnügen bereite!«

Ich weiß nicht, ob meine leichtfertigen Worte Ingersleben überzeugt haben. Jedenfalls reden wir nicht mehr davon, und in der Nacht – als sein Bettnachbar entgeht es mir nicht – gleiten seine schmalzglänzenden Hände ebenso verstohlen unter die Wolldecke wie in den Nächten zuvor.

Anders als im Palais meines Großvaters in Berlin gibt es im Glauchaer Internat während der Weihnachtszeit keinen festlich geschmückten Christbaum und keine Krippe. Diese Bräuche gelten dem frommen Pastor Francke als Aberglaube und als gefährliche Verlockung für das kindliche Gemüt. Und ist schon alles weltliche Theater als Teufelswerk verdammt, so gilt das Krippenspiel erst recht als schändlich, ja als Abgötterei. Mit ernsthaften Dingen wie des Herrn Geburt und Beschneidung treibe man keine Possen!

So stört es mich zunächst wenig, daß ich am Heiligen Abend mit Fieber und Leibschmerzen im Bett liegen muß, während die Kameraden über drei Stunden hinweg das ganze Weihnachtsevangelium und Pastor Franckes Auslegung desselben vernehmen müssen. Aber in der Nacht steigt das Fieber, und in meinem Bauche pocht und sticht es, als wüte ein Kobold mit einem scharfen Messer darin. Nicht weiter schlimm, sage ich mir, der eingelegte Glauchaer Weißkohl ist wohl schuld! Morgen wirst du wieder gesund sein.

In der Nacht entfährt mir dann doch ein leises Stöhnen und Wimmern, so daß Ingersleben den Inspector Goeckingh aus seiner Kammer in unseren Schlafsaal ruft. Der Inspector kommt im Nachthemde und mit einem Leuchter in der Hand an mein Bett, reicht Ingersleben den Leuchter und legt seinen Handrücken auf meine Stirn.

»Man hat mir wahr berichtet, du hast Fieber«, murmelt er mit ungewöhnlich milder Stimme. »Hast du auch Schmerzen?«

»Ja, hier auf der rechten Seite, unter dem Nabel.«

»Schieb dein Hemd hoch!«

Ich wundere mich über die Aufforderung. Von meinem inneren Magengrimmen wird von außen nichts zu sehen sein. Es ist wie mit der Jungfrauengeburt: Man muß es schon glauben.

Ein leichter Widerwille überschauert meine Haut, wie der Schneeball, den meine Kameraden mir am Vortage gewaltsam unter das Hemd gesteckt haben. Ich spüre, wie mein ohnehin schon gerötetes Gesicht an Farbe noch zunimmt. Wenn wenigstens Ingersleben nicht mit dem Kerzenleuchter danebenstünde!

Goeckinghs Hand, kälter als der Schneeball, legt sich auf meinen Bauch, zunächst oberhalb des Nabels. »Tut es hier weh?«

Ich bin mir nicht sicher. Inzwischen füllt der Schmerz den ganzen Bauch. So muß es sein, wenn Folterknechte den Leib eines Unseligen öffnen und seine Gedärme auf eine Spindel rollen.

Dann tastet sich die eisige Hand des Inspectors tiefer, bis dorthin, wo selbst meine eigenen Hände nach Ansicht Franckes nichts zu suchen haben. Unaufhörlich bewegen sich die Lippen des Inspektors wie im stummen Gebete. Dann drückt er leicht in meine rechte Bauchseite, und ich schreie so laut auf, als habe er mir eine Hellebarde in den Leib gerammt. Einige der jüngsten Saalkameraden beginnen, leise zu weinen. »Silentium!« brüllt der Inspector. Dann nimmt er Ingersleben den Kerzenleuchter aus den zitternden Händen und befiehlt: »Zieh Er sich eine Joppe über und bringe Er Doktor Richter her, rasch!«

Ich schaue aus fast geschlossenen Lidern auf meine nackten Beine und das bis zum Nabel hochgekrempelte Hemd. Immer noch sehe ich die blasse kalte Hand des Inspectors in meiner Leiste, obwohl das nicht sein kann, da sie doch die Kerze hält. Die Finger sind lang, hager, die Nägel sauber, aber riefig und an den Rändern eingerissen. Solange er sie nicht bewegt, tut ihre Eiseskälte meinem brennenden Leibe gut. Doch nun sagt er: »Deck dich wieder zu, Junge, bis Doktor Richter kommt!« Dann geht er im Saale auf und ab.

»Ist es etwas Ernstes, Herr Inspector?« frage ich ihn.

»Ich bin kein Medicus«, erwidert Goeckingh mit müder Stimme. »Warten wir ab, was der Doktor dazu sagt.«

Im flackernden Kerzenlichte sieht das Gesicht des noch jungen Theologen plötzlich alt und grau aus. Die Augen liegen tief eingesunken und fast unsichtbar in ihren Höhlen. Die quälend lange Weihnachtsandacht muß daran schuld sein, denke ich.

Endlich stürzt Ingersleben, gefolgt von Doktor Richter, in den Saal. Beide sind ein wenig außer Atem. Goeckingh führt den Doktor an mein Lager und schickt Johann zurück in sein Bett. Der alte Arzt setzt sich auf den Rand des Bettkastens und wiederholt dieselben Gesten, die bereits der Inspector ausgeführt, legt seine Hand zunächst auf meine Stirn, heißt mich dann, die Decke zurückzuschlagen und das Hemd hinaufzuziehen, und betastet meinen Bauch, nicht grob, aber doch an so empfindlicher Stelle, daß ich erneut laut aufschreie, obgleich ich diesmal die Zähne zusammenbeißen wollte.

Der Arzt seufzt tief auf und wechselt einen Blick mit dem Inspector. »Viel können wir nicht tun. Ich werde den Rector verständigen. Irgend jemand sollte heute nacht am Bett des Jungen wachen.«

»Sollten wir ihn nicht in die Krankenstube bringen?«

»Wir dürfen ihn in seinem Zustande nicht unnötig bewegen. Man sollte ihm aber kalte Wickel auf die Stirne legen und sie stündlich wechseln und, während die Krisis andauert, an jeglichem Essen und Trinken sparen.« Und zu mir gewandt: »Faste und bete, Junge! So Gott will, wird es dir bald bessergehen.«

Nachdem der Anstaltsarzt sich verabschiedet hat, ordnet Goeckingh an, Ingersleben solle sein Bett an meines schieben, mir die Stirnwickel stündlich wechseln und bis zum Morgen Wache an meinem Lager halten. Falls sich mein Zustand weiter verschlechtere, solle er den Inspector sogleich verständigen.

In den vier Krankenstuben im Ostflügel des Pädagogiums stehen uns Scholaren für derlei Dienste Krankenwärterinnen und ein eigener Aufseher zur Verfügung, der mit den Patienten betet und auf alles achtgibt. Den Krankenmüttern aber ist der Zutritt zu unserem Schlafsaale oder den Stuben der Älteren nicht erlaubt.

So bleibt dieser Dienst dem Saalältesten anvertraut, obwohl er für dergleichen Verantwortung doch gewiß noch zu jung ist. Aber Johann nimmt sie ernst, bekämpft seine Müdigkeit, legt mir das nasse kalte Tuch auf die glühende Stirn und wechselt es, wenn es von meiner Hitze erwärmt.

»Was ist es?« flüstert er. Ich nehme seine Hand und führe sie an die Stelle, wo der Schmerz ist. Ihre Kühle tut mir gut. Sie drückt und zwickt nicht, sondern bleibt dort ruhig liegen.

Der nächste Tag zieht sich endlos dahin. Ingersleben wird vom Unterricht suspendiert, um an meinem Lager bleiben zu können. Das Fieber ist immer noch hoch, ich habe furchtbaren Durst, doch Johann schlägt mir meine drängende Bitte um Wasser mit gequälter Miene ab, da Doktor Richter jegliches Essen und Trinken untersagt. Aber er netzt meine Lippen mit dem feuchten Tuche und läßt mich gar ein wenig daran saugen.

Am Nachmittag übermannt ihn dann doch der Schlaf. Ich wecke ihn erst, als ich die Schritte des Inspectors nahen höre.

Noch eine Nacht folgt, in der man offenbar um mein Überleben fürchtet. Pastor Francke kommt, betet mit mir und spendet mir die Sakramente. Ich weiß nicht, wie lange er bleibt. Als ich das nächste Mal erwache, ist es wieder Johann, der an meiner Seite liegt und meine Hand hält, obgleich derartiger Trost nicht zu seinen Pflichten zählt und unter gesunden Umständen uns wohl gar verboten ist. Ich betrachte sein erschöpftes Gesicht im Mondlicht. Selbst im Schlafe ist ihm die Besorgnis anzusehen. Ich führe seine Hand, welche die meine umklammert hält, als sei er der bedürftige Kranke, an meine glühenden Lippen und berühre sie sanft, ohne ihn aufzuwecken.

Am folgenden Tage steht eine kalte Wintersonne am Himmel und erhellt unseren Schlafsaal. Das Fieber ist fort, ebenso der pochende Schmerz im Unterleib. Nur der Kopf dröhnt wie eine gesprungene Glocke.

Doktor Richter erlaubt mir, Wasser und Tee zu trinken und am Abend eine leichte Brühe zu mir zu nehmen, doch heißt mich, diesen Tag noch im Schlafsaale zu bleiben und Bettruhe zu halten.

Ich spüre, wie das Leben in mich zurückkehrt, und mit ihm wächst die Unruhe und Ungeduld, immer noch das Bett hüten zu müssen, zumal ich nun die längste Zeit des Tages allein verbringen muß, da Ingerslebens Pflege nicht mehr als nötig erachtet wird und er nun wieder dem strengen Stundenplane der Scholaren zu folgen hat. Aber ich ahne nun auch, daß es in der Tat eine lebensbedrohliche Erkrankung war und es auf Messers Schneide stand, ob ich meinen vierzehnten Geburtstag noch erlebe. Mitten in der Krisis habe ich es nicht empfinden dürfen, da mich solche Gedanken womöglich weiter geschwächt hätten. Aber an dieser ganz besonderen Art der Leibentzündung sterben, ungeachtet ihres Alters und ihrer Konstitution, nicht eben wenige Erkrankte, und die Ärzte sind machtlos und können nichts anderes tun als Doktor Richter, nämlich die Patienten der Gnade Gottes anheimzugeben.

Meine Kameraden schlafen nach der Unruhe der vergangenen Tage und Nächte fest, während ich den Schlaf nicht finde. Ist es der volle Mond, der weiß und hell und Schatten werfend ins Zimmer scheint, heller als ein Dutzend Kerzen, so daß ich ohne zu ermüden in seinem Lichte lesen oder schreiben und die Notate in mein Gewissensbüchlein wiederaufnehmen könnte?

Zunächst befürchte ich einen Rückfall. Das Bett glüht, und mein Leib ist trotz der Winterkälte schweißgebadet. Am Ende muß ich doch wohl eingeschlafen sein. Nun aber wälze ich mich von einer Seite auf die andere. Der Mond ist weitergewandert, aber der Morgen noch fern. Die anderen schlafen fest, ich höre es an ihrem gleichmäßigen Atem. Was geschieht mit mir? Ich liege auf dem Bauch und spüre kalt in all der Erhitzung die verschiedenen Hände an der verwundbaren Stelle wie Siegfried das Lindenblatt zwischen den Schulterblättern. Nun, das hat er erst gespürt, als es zu spät war und Hagens Lanze ihn dort traf.

Ich rühre mich nicht, aber etwas rührt sich in mir. Es ist, als würden diese kühlen Hände an meinem Leibe hinauf- und hinabstreichen, von den Lenden hoch zum Nabel und wieder zurück bis zur Scham. Und ungeahnte Schauer durchfahren meinen ganzen Körper, als gleite der nasse kalte Schnee diesmal nicht den Rücken hinab, sondern sei mir an der Brustseite unters Hemd geschoben worden. Jetzt schmilzt er von meiner Körperwärme und rinnt sanft hinab bis in den Schritt, alles wird weich, gibt nach, die Strohmatratze, das Holzrost, und eine heiße Woge dringt vom Bauche, wo vor zwei Tagen noch der Schmerzkobold tobte, hinauf bis zu meinem erhitzten, blutgefüllten Gesichte. Mein Herz hämmert wild, und mir ist, als würde sich die Matratze, das Holzrost, der Dielenboden unter mir öffnen, nicht wie ein Abgrund, ein Höllenschlund, sondern wie ein weicher, bergender Schoß aus feinster Asche, und in diese Sanftheit ergebe, ergieße ich mich.

Eine Weile liege ich wie betäubt, bis das anhaltende Zittern und Beben abgeebbt ist. Und das ganze Geheimnis liegt plötzlich offen da.

Heute sind die neuen Schnappsäcke eingetroffen, und einige von den Alten Herren haben das Collegium verlassen, um in Halle oder Königsberg ihr Studium aufzunehmen oder in den Militärdienst einzutreten.

Endlich gehören Johann und ich nicht mehr zu den Säcken und Stiften, auch wenn wir uns deshalb noch lange nicht zu den Alten Herren zählen dürfen. Um so überraschter sind wir, als Holtzendorff am Abend in unseren Schlafsaal tritt und mit strammem Schritt auf Ingersleben und mich zukommt.

»Ihr habt es vielleicht schon gehört, Schücking und Bodenstädt sind heute abgereist, damit sind zwei Betten in unserer Stube frei geworden. Wir anderen, Wietersheim, Kamphausen, Hastings und ich, haben entschieden, daß wir gerne dich, Katte, und dich, Ingersleben, auf unserer Stube hätten.«

Johann ist über diese Einladung so überrascht wie ich. Mit Holtzendorffs Stubenkameraden hatten wir bisher kaum je zu tun. Wie alle anderen Stifte haben sie uns geflissentlich übersehen. Und Holtzendorff wäre der letzte gewesen, von dem wir auch nur die geringste Zuneigung für uns erwartet hätten.

Noch sind wir nicht sicher, ob wir dieses unerwartete Angebot für einen üblen Scherz der Alten Herren halten sollen, als Holtzendorff fortfährt: »Natürlich müssen wir noch die Erlaubnis des Inspectors einholen, doch habt ihr euer Stiftsjahr fast herum, und wir lassen uns nicht irgendwelche Säcke, die wir uns nicht selbst ausgesucht haben, auf die Stube legen.«

Am selben Abend noch packen wir unsere Koffer und verlassen den Schlafsaal der Frischlinge, ehe es sich jemand noch anders überlegt. Inspector Goeckingh zumindest schien hin- und hergerissen zwischen Erleichterung, unserer Beaufsichtigung endlich ledig zu sein, und dem Argwohn, uns nun dem Einflusse Holtzendorffs und seiner zweifelhaften Kameraden ausgesetzt zu wissen.

Und auch mein Gefühl bleibt ein durchaus gemischtes und widersprüchliches. Allein die Überraschung hat mein Wahrnehmen und Besinnen für den Augenblick getrübt. Doch jetzt, auf dem Gange zu unserem neuen Zuhause, spüre ich die Beklemmung, wieder der Jüngste zu sein und nun direkt unter Holtzendorffs Regimente zu stehen. Ohne Ingersleben an meiner Seite wäre ich der Einladung Holtzendorffs ganz gewiß nicht gefolgt und gar jetzt noch umgekehrt.

Aber alle meine Bedenken werden mit dem Eintritt in die Sechserstube mit einem Schlage zerstreut. Es ist Leopold Friedrich von Wietersheim, der auf mich zukommt, mir den Koffer abnimmt und als erster meiner neuen Stubengenossen die Hand reicht. Mag er uns auch bisher nicht besonders beachtet haben, so konnte er sich der bewundernden oder auch neidvollen Blicke aller Mitscholaren stets sicher sein. Die neue Vertrautheit mit ihm gewinnt schon durch seine außerordentliche Schönheit etwas Idealisches. Wenn er zu Tische geht, ist es, als schritte Apollon durch den Speisesaal. Und das ist denn auch sein Spitzname: Apoll.

Bewundernswürdig sind seine makellose Gesichtsbildung, sein sanfter Ausdruck, sein schlanker Wuchs, sein höfliches Benehmen, der unverkennbare Ausdruck des Höheren in seinem ganzen Wesen.

Wietersheim ist bereits als Verseschmied ans Pädagogium Regium gekommen. Und im näheren Gespräche erfahre ich, daß er ganz so wie ich unter dem frömmlerischen Alltag und der pedantischen Ödnis in Glaucha leidet. Er nennt die Anstalt unsere »Galeere« und die Lehrer unsere »Totengräber«. Und unsere Stube hat er »Ochsenstall« getauft. Seither ist dieser Name unter allen ihren Bewohnern gebräuchlich.

»Ich liebe die Geschlechter der kommenden Jahrhunderte, die endlich Freiheit atmen werden! Denn diese Polarzone des Despotismus kann nicht anders, als im Licht der Freiheitssehnsucht dahinzuschmelzen!«

Mit derlei leidenschaftlichen Gedanken erschreckt und erfreut er mich schon an unserem ersten Abend. Die anderen indes, vor allem Holtzendorff, scheinen von seinem Eifer bereits so ermüdet, daß ich am Ende der einzige bin, der ihm noch zuhört. Vielleicht werde ich ihm bald einmal aus meinem geheimen Gewissensbüchlein vorlesen, indem sich inzwischen ja auch der eine oder andere recht poetische Gedanke findet.

Ich bewohne nun das Bett zwischen ihm und Ingersleben. Auf unserer Stube bin ich bald derjenige Kamerad, der am besten mit Wietersheim umzugehen weiß, wenn seine Grillen sich einstellen und Selbst- und Weltzweifel ihn in seinem Bette festhalten und selbst den Unterricht versäumen lassen. Ich möchte mir Wietersheim nicht im Karzer vorstellen!

Nach dem Abendessen dürfen wir älteren Scholaren, zumindest jetzt, während der Sommermonate, bis zum Toresschluß um neun Uhr ausgehen. Um zehn Uhr gibt es den Abendappell. Wer nach zehn Uhr kommt, wird mit Karzer bestraft.

Natürlich nutzen wir diese neuen Freiheiten und unternehmen, meist alle sechs Stubenkameraden zusammen, Ausflüge in die Studentenschenken der Umgebung oder ins benachbarte Halle. Endlich dürfen wir auch unsere Degen tragen. Die Vorschrift besagt, daß wir am Anstaltstore die Waffen abzulegen haben. Weder Feuerwaffen noch Degen dürfen mit auf die Stuben genommen werden. Aber außerhalb der Anstalt trägt jeder Student und manch braver Bürger seinen Degen, denn immer wieder kommt es zu Handgreiflichkeiten. Unter den Studenten ist es üblich, bei geringstem Anlasse blankzuziehen. Der Geist der Gewalt geht einher mit einem freizügigen Umgange mit den Frauenzimmern und dem Weine. Nicht immer ist am Ende noch klar, aus welchem Grunde ein Händel entsprang. Doch jeder beteiligt sich gerne und feiert mit, ein Fest der Jugend, ein gewaltiger Freudentaumel mit carnevalesken Ausschreitungen. Pistolenschüsse werden abgefeuert, Katheder besudelt, Bänke und Nachtstühle aus den Fenstern geworfen, Lehrer und Wirte als Geiseln genommen, rechtschaffene Bürger bedroht, Denunzianten geteert und gefedert und dergleichen studentischer Unfug mehr, bis am Ende nicht selten die Stadtwache mit aufgepflanztem Bajonette einschreiten muß.

Wir sind froh, jemanden wie Gustav Kamphausen in unserem Kreise zu wissen. Neben Hastings ist er der einzige Bürgerliche im Ochsenstall.

Kamphausen ist maulfaul, wie wir alle außer Wietersheim, aber er schweigt auf eine besondere Art, die jemand, der ihn nicht näher kennt, leicht für anmaßend oder überheblich halten könnte. Und wenn er spricht, redet er mit einem leichten französischen Akzente. Ich will nicht behaupten, daß es besonders elegant klingt, obgleich das durchaus möglich wäre. Aber der Wuster Hans, der immer noch einen Teil meines Selbst einnimmt, legt auf eine derartige Elegance wenig Wert. Auch kleidet Kamphausen sich auf eine bestimmte Art, die andernorts vielleicht auf größere Anerkennung gestoßen wäre, als wir Bettgenossen ihr zollen; nicht eigentlich auffällig, aber doch teuer und geschmackvoll, was auf eine gewisse, sich bescheiden gebende Eitelkeit schließen läßt.

Auf Grund seiner geschmeidigen Bewegungen sind wir alle felsenfest sicher, daß er ein guter Degenkämpfer sein muß, obgleich keiner von uns ihn je hat fechten gesehen. In Wirklichkeit sind das alles nur Vermutungen, gezeugt von einer Aura des Adels, die ihn umgibt, trotzdem er nur ein Kaufmannssohn ist.

Er trägt die schwarzen, leicht gelockten Haare sehr lang und pflegt und bürstet sie alltäglich wie ein junges Mädchen. Doch selbst Holtzendorff enthält sich jeden Spottes, denn nur ein Barbar würde auf die Idee kommen, er möge sie doch kürzer schneiden, denn was bei anderen womöglich unmännlich wirkte, schenkt seinem edlen blassen Gesichte etwas geradezu Heldenhaftes.

Niemand fragt ihn je nach dem Gewerbe seines Vaters. Er ist niemand, den man einfach befragt. So steht er trotz unser aller großen Achtung doch ein wenig am Rande der Gemeinschaft, obwohl jeder von uns sich ihn gerne zum Freunde wünschte. Denn trotz seiner höfischen Manieren, mit denen er uns und im übrigen allen, auch dem zerlumptesten Säufer in der Dreckigen Ente, begegnet, löst er eine gewisse Scheu in uns aus, wofür der eine oder andere unsichere Charakter ihn vielleicht sogar hassen könnte.

Wann immer es Zeit und Umstände zulassen, führt uns der Weg nach Halle. Nur wenige Straßen sind gepflastert. In der Mitte verläuft eine steinerne Furche, durch die der Kot der Tiere und Menschen Richtung Saale rinnt. Hinzu kommen die vielen kleinen Solquellen innerhalb der Stadt, so daß viele Gassen, auch wenn es nicht geregnet hat, stets verschlammt sind. Die Luft ist, nicht nur der offenen Rinnsteine wegen, verpestet, denn der häufige Westwind treibt die Rauchschwaden der mit Holz befeuerten Salzhütten vom Hallmarkt in die engen Gassen, wo sie dann wie nasse Wäsche zum Trocknen hängen.

Überall spüren wir noch die Verheerungen der großen Pest, der fast die Hälfte aller Bürger zum Opfer gefallen ist. Viele der kleinen, schmalbrüstigen Häuser stehen leer, andere sind von den Franzosen, die Kurfürst Friedrich Wilhelm ins Land gerufen hat, übernommen worden. Auch wenn immer noch halbe Straßenzüge in Schutt und Asche liegen und jede fleißige Hand willkommen sein müßte, sind die Glaubensflüchtlinge aus Frankreich nicht von allen gern gesehen. Sie bringen zwar bisher unbekannte Fabrikationen mit den dazu notwendigen Maschinen und neue Gewerbe ins Land, erhalten dafür aber zehn- oder gar fünfzehnjährige Steuerfreiheit, was die einheimischen Zünfte und Kaufleute nicht gerade erfreut. Außerdem erregt ihr reformierter Glaube einiges Mißtrauen unter der alteingesessenen, streng lutheranischen Bevölkerung und der orthodoxen Geistlichkeit. Oftmals werden die Gottesdienste der Zuwanderer in der Kapelle der Moritzburg von einheimischen Lümmeln gestört. Von den alltäglichen Belästigungen auf der Straße ganz zu schweigen.

Alles in allem wirkt die Stadt wie unfertig und in stetem Umbruche. Sichtbare und unsichtbare Risse durchziehen ihre Mauern, für uns Scholaren aus dem wohlgeordneten Pädagogium Regium scheint sie ein rechter Flickenteppich zu sein. Dennoch oder gerade deshalb lieben wir es, durch die schmutzigen Gassen zu vagabundieren, ihren Geruch von Asche und Sole aus den Siedehäusern zu atmen oder uns auf dem Markte herumzutreiben, wo die Bauersfrauen aus den umliegenden Küchendörfern Kohl und Kochbirnen feilbieten, und dort manches zu kaufen oder gar zu stehlen, um so unsere heimlichen Vorräte im Ochsenstalle aufzufüllen, denn nur so läßt sich das magere Anstaltsessen auf Dauer überleben.

Wie wenig ich bisher von der Stadt gesehen habe! Als Stifte war es uns Scholaren untersagt, ohne Aufsicht oder besondere Erlaubnis des Rectors das Anstaltsgelände zu verlassen. Und nun stürmt eine ganze neue Welt auf mich ein. Die Bornknechte, welche die Solefässer von der Saaleinsel, so habe ich bereits aus den prahlerischen Geschichten im Ochsenstall erfahren, bis zu den Siedehütten am Hallmarkt karren, sind nicht nur für die Studenten, sondern auch die Alten Herren des Collegiums Lieblingsgegner, denn sie halten sich, obwohl nur Arbeiter, für die wahre und einzige Aristokratie der Stadt. Wietersheim spricht nicht ohne Achtung von ihnen, denn in der Tat bilden sie eine alte, eingeschworene Brüderschaft, nämlich den Bund der Salzwirker im Tal zu Halle, und was einem Mitglied des Bundes angetan werde, so unser Apoll mit einem Unterton von Neid in seiner spöttischen Stimme, betrachteten alle Mitbrüder als einen persönlichen Angriff, dem es zu wehren gelte.

»Und die gebürtigen Junker und Fürsten hier dulden dieses Bündnerische und Edelmanngehabe?« frage ich erstaunt.

»Die Stadt verdankt den Halleuten nicht nur viel von ihrem Reichtum, sondern auch ihre Sicherheit. Steht einmal ein Haus in Brand, findet sich sogleich die gesamte Brüderschaft zum Kampfe dagegen ein. Mit Schaufeln, Feuerhaken und Leitern rücken sie den lodernden Flammen und Glutnestern zu Leibe. Man muß es einmal selbst erlebt haben! Die flinken und starken Bornknechte, geübt im Transport der Sole von den Brunnen zu den Siedekothen, bringen in ihren Schöpfkellen wie einen Platzregen das Löschwasser von der nächsten Tränke oder dem Flusse zum Brandherd. Mitten im Feuer stehen sie, die Hitze aus ihren Siedehäusern gewöhnt, und ersticken die Glut nicht selten mit den bloßen Händen.« Wietersheim erzählt das alles mit so glühenden Wangen und entbrannter Seele, als stünde er selbst im

Rund der Brüder vor der Flammenwand. »Über den offenen Feuern«, fährt er fort, während wir unsere Schritte vom Roten Turme zum Hallmarkt lenken, um das mit eigenen Augen zu sehen, was im Angesichte des erzählerischen Eifers unseres Apolls nur blaß und unwirklich erscheinen kann, »hängen ja ihre eisernen Pfannen, in denen das salzhaltige Wasser aus den Brunnen verdampft. Manchen Silberpokal haben sie von dankbaren Bürgern empfangen, deren Hab und Gut und nicht selten gar das Leben sie durch ihre beherzte Wehr gerettet haben.«

»In der Sakristei der Moritzkirche liegt ihr stetig wachsender Silberschatz«, fügt Kamphausen, eher nüchtern als bewundernd, hinzu.

Der besonders hitzigen Arbeit eingedenk verwundert mich der große Durst der Halloren nun nicht mehr. Ihre Trinkfestigkeit ist so legendär wie der Zusammenhalt ihrer Brüderschaft.

»Also sieh dich vor, Katte, wen du anrempelst«, warnt mich Kamphausen, ich weiß nicht, ob im Scherze oder vollem Ernst. »Kein Hallenser Bürger wagt es, einen betrunkenen Bornknecht, der über den Markt wankt und die Bürgerstöchter belästigt, zurechtzuweisen.«

Holtzendorff legt mir beschwichtigend und schützend den Arm um die Schultern: »Keine Angst, Hänschen, wir Alten Herren stehen diesen Tagelöhnern in ihrer Trinkfestigkeit nicht nach. Ich jedenfalls geh auch einer zünftigen Rauferei mit Bornknechten nicht aus dem Wege!«

Ein anderes Mal führt uns, Holtzendorffs letzte Worte noch im Gedächtnis, unsere Grand Tour zu den bei den tüchtig raufenden und saufenden Studenten besonders beliebten Schankwirtschaften, dem Grünen Hofe in der Steintorvorstadt und dem Gasthof Zum Güldenen Löwen im östlich vor der Stadt liegenden Küchendorfe Reideburg. Dieser Gasthof ist geradezu ideal für die Studenten, verläuft doch mitten durch die Schankstube die Grenze zu Sachsen. Dem Ärger mit der Scharwache und den Stadtknechten ob der Zänkereien, der Huren, des Duellierens und nächtlichen Lärmens und der Prügeleien mit Soldaten und Solknechten können sie sich mit wenigen Schritten ins sächsische Ausland entziehen. Ich wünschte, wir Scholaren und Junkersöhne besäßen dieselbe Freiheit.

Oft aber reicht die Zeit für dergleichen entferntere Ausflüge nicht, so daß wir doch nur wieder in der Dreckigen Ente stranden.

Mehr als einmal predigt Francke während der Mahlzeiten oder den Gottesdiensten wider das Zechen. Auch wenn er die Rede allgemein hält und sich ebenfalls mancher Lehrer, namentlich Lector Freyer, angesprochen fühlen sollte, wissen wir doch, daß er vor allem uns, die Zechbrüder aus dem Ochsenstalle, meint: »Schon Tacitus hat uns Deutschen das zügellose Saufen zum Vorwurfe gemacht. Und daran hat sich bis heute nichts geändert. Des Morgens wird der Anfang vom gemeinen Volke, den Soldaten und Studenten mit Fenchel-, Anis- oder billigem Branntweine gemacht. Wer etwas reputierlicher sein will, trinkt Aquavit, Maiblumengeist oder Magenbitter. Darauf geht man zum Wermuth, zum Kirsch- oder Löffelkrautlikör über und liegt des Nachmittags bis in die Nacht in den Schenken beim Heidehecker oder Kräuterling, oder, wer vermögender ist, beim Torgauer, Eulenburger oder Wurzener Biere.«

Der Predigt müssen wir mit so großer Aufmerksamkeit lauschen, als hielte der Apostel Paulus sie persönlich. Nicht wenigen von den jüngeren Scholaren überkommt dann der Lachreiz, und plötzlich platzen sie los. Und die Maske des mahnenden Predigers fällt vom Pastor ab, und nach allen Verwünschungen, welche die Propheten des Alten Testaments dem Director auf die Zunge legen, setzt es Schläge.

Wir Ältere hingegen nehmen seine Worte ernst, hüten uns gleichwohl, es merken zu lassen. Nicht nur in den Schenken, auch auf unserer Stube wird gezecht. Und wir geben alles daran, Franckes ehrwürdige Liste des Verbotenen von Anfang bis Ende durchzuprobieren und uns ein Vorratslager unserer Lieblingsliköre und Biere anzulegen.

Ebenso predigt Pastor Francke wider den Tabakgenuß. Ist das der Grund, warum Wietersheim den größten Teil des Sommers damit zubringt, sich das Rauchen beizubringen, da es ihm doch so offenkundig gar nicht schmeckt? Er wird bald siebzehn Jahre alt und kann bis auf seine Poeterei nur mit recht wenigem prahlen, was ihm unter seinesgleichen Anerkennung verschüfe.

So versucht er denn, jeden Abend in der Dreckigen Ente oder einer anderen heruntergekommenen Schenke, die Tonpfeife richtig zu stopfen und den beißenden Rauch einzuatmen, ohne zu husten oder sich über unseren Kartentisch zu erbrechen. Und natürlich muß auch die richtige Pose eingeübt werden, wie man die Pfeife männlich in der Hand hält und in welchen Teil des Mundes man ihren Stiel schiebt, damit dem ganymedischen Antlitz die fehlenden Jahre zu einem soldatischeren Ausdruck hinzugefügt werden.

Die Studenten sind stadtbekannte Schürzenjäger, und wir versuchen unser bestes, es ihnen gleichzutun. Indessen leiden viele von ihnen bereits unter der Franzosenkrankheit, was unseren Eifer ein wenig hemmt. Dann fehlt uns auch das nötige Geld für ein rasches, folgenloses Vergnügen. Selbstverständlich ist es verboten, irgendein Frauenzimmer mit auf unsere Stube oder auch nur auf das Gelände von Pastor Franckes Anstalten zu bringen. So begnügen wir uns am Ende meist, die Weiber und ihre Wollust zu verspotten und uns erhaben über solcherart niedriger Gelüste zu dünken.

Aller diesbezüglichen Angeberei zum Trotze ist es wohl noch keinem meiner neuen Gefährten gelungen, seine Unschuld zu verlieren. Nur bei Gustav Kamphausen bin ich mir nicht sicher, da er sich in unserer Runde diesbezüglich stets ausschweigt und nie an unserer allgemeinen Prahlsucht beteiligt.

Die Abwesenheit von Mädchen verursacht recht unterschiedliche Leiden. Manche meiner Kameraden wie Apollon oder Ingersleben behaupten eine lautstarke Abneigung gegen das weibliche Geschlecht und nennen die von Holtzendorff oder Hastings wehmütig vermißten Weibsbilder wegwerfend »Kaschen«. Kaum ein Schimpfwort wirkt ehrabschneidender, als wenn ein Scholar einen anderen als Kasche beschimpft. Dem so Beleidigten bleibt zur Satisfaktion nur die Forderung zum Dreschen oder, wenn es sich bereits um Alte Herren handelt, zum Degenduelle.

Wir Bewohner des Ochsenstalls schließen uns mehr und mehr von den anderen ab und gelten schon bald als eine eingeschworene Gemeinschaft. Wir sechs Stubengenossen schlafen, wachen, essen zusammen, disputieren, lachen, scherzen, unternehmen Ausflüge in die Umgebung der Stadt, prügeln uns mit den Studenten, Stadtbütteln und rebellieren, wenn auch im verborgenen, gegen alle Vorschriften und Gesetze, die Francke in seinem Herrschaftsbereiche erlassen. Wir führen das Doppelleben von Kindern, die keine Kinder mehr sind. Wir befinden uns in einem beständigen Kampfe mit unserer Umgebung und uns selbst, unseren erwachenden Trieben, unseren Sehnsüchten, unserer Sündhaftigkeit, unseren Schuldgefühlen und unserer Auflehnung dagegen. Ich hinke den Kameraden in meiner Entwicklung immer ein wenig hinterher und verstehe nicht recht, warum ich dennoch bei ihnen von Anfang an beliebt bin. Ich sehe nicht so gut aus wie Wietersheim, bin nicht so klug wie Hastings, nicht so stark wie Holtzendorff, nicht so nobel wie Kamphausen und nicht so liebenswürdig wie Ingersleben. Aber vielleicht liegt darin ja der Grund, niemand muß mich um irgend etwas beneiden, und zugleich besitze ich genug Talente, daß ein jeder eines findet, an das er trotz seiner Mittelmäßigkeit anknüpfen kann, sei es die Musik, die Poesie oder das Fechten. In allem bin ich ein wenig besser als der Durchschnitt, aber nicht so sehr, um Mißgunst zu erregen. Und halte ich mich selbst in der einen oder anderen Kunst, wie zum Beispiel im Gebrauch der Flöte, für mehr als nur talentiert, so bin ich klug genug, es im Duette mit Wietersheim oder Hastings für mich zu behalten.

Henry James Hastings ist ein außerordentlich guter Schüler, aber er sucht niemandem zu gefallen. Die Lehrer lassen ihn meist in Ruhe. Wir Mitschüler indessen kopieren, wann immer möglich, unsere Hausaufgaben von ihm, was er, zumindest uns Kameraden aus dem Ochsenstall, großmütig gewährt. Weniger noble Charaktere hätten ihre Begabung längst zu barer Münze zu prägen verstanden.

Ich studiere sein Gesicht, aufmerksam über seine Arbeit gebeugt, und sehe, daß es kein Knabengesicht mehr ist, sondern das eines jungen Mannes, ja eines jungen Gelehrten, der dem Wesentlichen nachsinnt. Sein ganzes Auftreten wirkt kühl und überlegen, in seinen Augen lauert etwas Herausforderndes, aber auch eine Mischung aus Schwermut und Spott, so daß die Lehrer, selbst ja noch Studenten, einigermaßen Angst vor ihm zu haben scheinen. Für mich hingegen ist er einfach nur anders, und noch kann ich nicht sagen, ob diese Andersheit mich anzieht oder abstößt.

Auf den ersten Blick hat er etwas von einem Wunderkinde an sich. Er spricht die alten Sprachen, hat vom Vater, einem anglikanischen Pfarrer, nicht nur Griechisch und Latein, sondern auch Hebräisch und Aramäisch gelernt, spricht besser Französisch als Kamphausen und natürlich fließend seine Muttersprache Englisch, er schreibt homerische Distichen und sapphische Oden und andere griechische Verse in tadellosen Hexametern.

Er ist sehr klein und zart, und die körperliche Reife steht seiner geistigen weit zurück. Er geht ein wenig gekrümmt, seine Gelenke sind geschwollen und knotig wie die eines Gichtkranken, seine Haut ist durchsichtig wie chinesisches Porzellan, und sein blaues Fleisch schimmert hindurch. Alle nennen ihn nur »der Zwerg«. Ich allein wage nicht, diesen Spitznamen zu verwenden, auch wenn er es von den anderen mit größter Gelassenheit hinnimmt. Aus unseren Raufereien hält er sich ganz heraus.

Ich erwähne ihm gegenüber meine englische Verwandtschaft, ohne genauer auf die ehrenhaften und gleichermaßen ehrverletzenden Verbindungen einzugehen. Er bietet mir sogleich an, mir Englischunterricht zu erteilen, und ich stimme seinem Angebote beglückt zu, obgleich ich mir nicht einmal sicher bin, ob Tante Melusine inzwischen überhaupt ein Wort Englisch gelernt hat. Mit dem Hannoveraner auf dem englischen Throne spricht sie fraglos weiter Deutsch oder Französisch.

Vielleicht liegt meine Freude über die Bekanntschaft mit Hastings vor allem darin, daß er den größten Schatz unter uns Stubenkameraden besitzt: eine Truhe geheimgehaltener Bücher, die, sollten sie entdeckt werden, sofort zu unserer aller Relegation vom Königlichen Collegium führen würde. Denn die Lektüre aller Bücher außer den Schulfibeln ist verboten.

Auch wenn Hastings nicht selten meine eigenen Gedanken ausspricht, brauche ich doch eine Weile, nicht vor ihnen zu erschrecken. Der Schulordnung gemäß dürften wir nicht einmal über unseren Unterricht sprechen, denn wir Schüler könnten ja »raisonieren wie die Heiden«. Außerdem werden wir angehalten, den Lehrern regelmäßig übereinander Auskunft zu geben, was nicht gerade der ungezwungenen Rede förderlich ist.

»Man darf Gott nicht die geringste Gelegenheit geben, seinen Fuß in unsere Seele zu setzen«, spricht der kleine Engländer frei heraus, »sonst setzt er sich darin fest wie ein ungebetener Gast, der es sich bei uns zu Hause gemütlich gemacht hat.«

Woher diese Schärfe? Hat sie ihren Grund, weil er der Sohn eines Pfarrers ist?

»Ich habe nichts dagegen, daß Menschen an Gott glauben, an ihren Gott. Aber ich meine, man sollte alles verehren, die Natur, uns Menschen, das, was unser Geist geschaffen hat oder zu schaffen vermag.«

Holtzendorff, Ingersleben und Kamphausen beteiligen sich nie an derlei Gesprächen, nur Wietersheim mischt sich manchmal ein, wenn auch nicht ganz so maßlos und herausfordernd in seinem Urteile wie Hastings.

»Die meisten Dinge, die man uns lehrt, sind gewiß fragwürdig, und man könnte sie auch ganz anders auffassen. Jeder von uns muß für sich selbst finden, was er glauben will und was nicht.«

»Nicht nur, was er glauben, sondern auch, wie er handeln will. Manche spüren einen Trieb in sich, der uns für verboten gilt. Die Griechen und andere Völker indessen haben ebendiesen Trieb zu einer Gottheit gemacht und ihn in großen Festen verehrt. Gesetze sind also nichts Ewiges, sie können geändert werden.«

»Im übrigen kann man niemals etwas Verbotenes tun und trotzdem ein großer Schuft sein!« werfe ich ein.

»Ganz recht, lieber Katte! Du kennst die Geschichte von Abraham und seinem Sohne Isaak.«

»Du hältst Abraham für einen Schuft?« fragt Wietersheim gespannt.

»Wie würdest du denn die Geschichte deuten? Daß Abraham seinen Sohn schlachten will, kann dir doch nicht rechtens erscheinen, oder?«

»Er gehorcht doch nur dem Gebote seines Herrn und Gott!«

»Muß man auch dann dem Gebote Gottes folgen, wenn er ein so offenkundiges Verbrechen von uns verlangt?«

»Nein, natürlich nicht. Aber es ist doch nur eine Probe!«

»Davon weiß Abraham nichts, als er sich mit seinem Sohne auf den Weg macht, bereit, ihm mit dem Schächtmesser die Kehle durchzuschneiden.«

So geht es hin und her in unseren nächtlichen Disputen, bald werden wir zu unseren schärfsten Kritikern, dann wieder ermutigen wir einander in unseren gewagten Ideen. Und natürlich geht es zwischen uns nicht immer friedlich zu. Wenn Holtzendorff sich gelegentlich von einem Argumente herausgefordert fühlt, aber seine gegenteilige Meinung nicht recht in geordnete Worte zu fassen vermag, läßt er auch schon mal die Fäuste sprechen.

Manchmal raufen wir sogar ohne erkennbaren Grund, fallen wie Berserker übereinander her, mit wilder Freude am Kräftemessen oder allein aus einem Überschwange freundschaftlicher Gefühle, bis selbst der wachhabende Inspector in seiner fernen Kammer den Tumult nicht mehr überhören kann und sich zu uns in den Ochsenstall wagt, es meist aber bei einer folgenlosen Ermahnung beläßt.

Nachts stiehlt sich dann der eine oder andere Kamerad in meine Träume. Heute nacht ist es Joachim von Holtzendorff. Am Nachmittag wurden wir beide, vom Pastorensohne August höchstselbst, zum Arbeitsdienste abkommandiert, für uns ältere Scholaren eine eher seltene, für die jüngeren Schüler und vor allem für die Waisenkinder eine alltägliche Pflicht. Denn nichts, außer vielleicht der Selbstbefleckung, ist dem alten Francke mehr verhaßt als der Müßiggang. Womöglich deshalb, weil letzteres ersterem förderlich sein könnte.

»Jeder Mensch, predigt der alte Francke uns alle Tage, muß stets rege sein und etwas tun, um der Welt nützlich zu sein. Die Bienen arbeiten und genießen nicht einmal, was sie sammeln. Denn der Mensch raubt ihnen den ersparten Vorrat. Ein Dieb indes, der einbricht, sündigt nicht so schwer, als ein Müßiggänger, der die Zeit stiehlt, die ihm der Schöpfer anvertraut hat. Mag er sich auch weiser dünken als sieben Sittenlehrer, am Ende seiner Laufbahn, auf dem Totenlager, wenn er von den achtzig Jahren seines Lebens ein Drittel im Bett und ein zweites auf müßigen Spaziergängen verträumte oder mit leeren Gesprächen hinbrachte, wird ihm, zu spät nun, der Lohn dieses erbärmlichen Lebens vor Augen stehen, der Verlust der ewigen Glückseligkeit!«

Unter den Augen des jungen Francke schaffen Joachim und ich das Holz, das am Morgen gebracht wurde, in die Küche. Holtzendorff trägt seine zerlumpteste Kleidung und geht, zum Unwillen Franckes, barfuß. Wir Collegiaten tragen stets Lederschuhe und im Winter Stiefel. Nur die Waisenkinden gehen barfuß. Der junge Francke schüttelt mürrisch den Kopf, aber sagt nichts. Vielleicht hat seine Verdrießlichkeit ja gar nichts mit uns zu tun. Es hat sich bereits herumgesprochen, daß er nicht mehr lange am Collegium unterrichten werde, sondern zum Prediger im neuerbauten Zucht- und Arbeitshause zu Halle bestellt worden sei. Wenn das nicht eine erfreuliche Verbesserung seines Wirkungskreises darstellt!

Beide mögen wir diese gemeinsame körperliche Arbeit auf dem Holzplatz, die unter anderen Umständen womöglich unseren Protest hervorgerufen hätte. Aber die Sonne strahlt vom wolkenlosen Himmel, und der herrliche Sommertag hätte uns ohnehin hinausgelockt.

Zuerst schüttelt Holtzendorff die nach Harz duftenden Scheite auf meine ausgestreckten Arme, dann lädt er sich selbst fast das Doppelte auf. Ich trage über meinen Strümpfen eine Arbeitshose aus braunem Sammet. Seine hält ohne Gürtel oder Träger auf den kräftigen Hüften. Er geht mir voran, und ich betrachte nicht ohne Neid seine wölfische Geschmeidigkeit. Die Julisonne, die aus dem

Holze die bernsteinfarbenen Harztröpfchen quillen läßt, tränkt sein Hemd von grobem Leinen und mischt sich mit dem Schweiße. In der Küche angelangt, stapelt er die Scheite neben dem Herde, dann knüpft er seine Halsbinde ab und öffnet seinen Kragen. Ich tue es ihm gleich. Wir gehen wieder hinaus in den warmen Julitag zum nächsten Gange, seine schon nicht mehr kindliche Brust leuchtet bis zum Hosenbunde hell und glatt wie das Holz, das frisch unter dem Hobel hervorquillt. Die aufgekrempelten Hemdärmel zeigen braune, nervige Arme und unter der ungebleichten Leinwand errate ich bei jeder Bewegung das Muskelspiel der Schultern. Er ist nur zwei Jahre älter, aber neben ihm sehe ich noch wie ein halbes Kind aus. Er trägt ohne Mühe zehn oder zwölf Äste mit ihrer rauhen Rinde, während er mir kaum die Hälfte auflädt und ich deswegen bereits kaum weniger schwitze als er. Aber ich tue es mit Vergnügen. Denn obgleich diese Arbeit Mühe und Strafe scheint, lächelt Holtzendorffs Gesicht wie niemals sonst. Er liebt die Bewegung und die Anstrengung, und ich beginne sie zu lieben um seinetwillen. Denn trotz der verdrießlichen Blicke des uns beaufsichtigenden Francke kommt mir diese Arbeit vergnüglicher vor als manche unserer Zechtouren.

Am Morgen erwache ich, noch ganz erfüllt von diesem Traume, betrachte die schlafenden Gesichter meiner Stubengenossen und kann mein Glück kaum fassen, im Kreise dieser Gefährten aufgenommen worden zu sein.

Da man uns hier, trotz der nicht geringen Summe, die unsere Väter für Beherbergung und Unterricht zahlen, recht kurz hält und das Stehlen und noch mehr das Borgen mir zuwider ist, bitte ich Großvater, mir wöchentlich ein wenig Geld zu schicken. Denn sonst müßte ich hier wie ein Bettelmönch leben und würde bald verhungert sein. Kann man uns derart darben lassen und zugleich erwarten, daß wir gute Christen sind?

Traktiert man uns Scholaren hier schon wie Landsknechte, was muß man dann vom Umgange mit den Waisenkinder halten? Wenn ich sehe, wie die Inspectoren die elternlosen Kinder kujonieren, verschlägt es mir so sehr den Atem, daß ich manchmal vergesse, welches Los den Waisen ohne Franckes Mildtätigkeit beschieden wäre. Mit Ruten treiben die Aufseher sie auf den Feldern und in den düsteren Werkstätten zur Arbeit an, Stock, Wasser und Brot, dazu ein Bibelvers, ein frommes Halleluja, gefolgt von knüppelharter Herzensrohheit.

Ausreißer und Arbeitsverweigerer werden besonders hart bestraft. Schläge, kahlgeschorene Köpfe, Essensentzug, Karzer. Die Inspectoren nennen diese Zellen »Besinnungsräume«: Ein enges, dunkles und im Winter eisiges Verlies mit einem Sitzbrett und einem stinkenden Kübel für die Notdurft.

Beim Bruch des Silentiums während der Mahlzeiten oder der Arbeiten hat der Schwatzsüchtige mit nackten Beinen auf scharfkantigen Holzscheiten zu knien und laut zu beten. Trotzköpfe werden in einen Rübensack gesteckt, den man zugebunden in eine fensterlose Kammer stellt. Und Kinder, die man bei unzüchtigen Handlungen ertappt zu haben glaubt, werden in einen Waschzuber mit eiskaltem Wasser getaucht und danach nackt und frierend stehen gelassen, manchmal über eine ganze Nacht. Freundschaften sind den Waisenkindern verboten. Zeigen Kinder eine gewisse Neigung füreinander, werden sie gewaltsam getrennt. Niemand erklärt ihnen den Grund, und sie bleiben verwirrt und gedemütigt zurück.

Es gibt immer wieder Beschwerden über die Härte der Prügelstrafen. Etliche Inspectoren üben ihre fromme Zucht äußerst grausam aus, schlagen auf den Kopf oder ins Gesicht oder schlagen mit dem Stock so unvernünftig, daß ein Knochen bricht. Und das erbarmungswürdige Geschrei der Kinder dringt nicht nur zu uns ins Collegium, sondern bis auf die Straße, so daß die Passanten stille stehen und über Francke und die Lehrer zu schimpfen beginnen, es müsse ja rechte Schinderknechte in der Anstalt geben.

Selten ruft Francke einmal zur Mäßigung auf, und dann vor allem wohl seines gefährdeten Rufes wegen. Im Grunde tun die Inspectoren nur das, was er von ihnen erwartet: »Ihr Kinder mögt unschwer erkennen, daß man nicht seine Lust daran hat, euch zu schlagen, sondern daß man lieber alle Ruten wegwerfen und euch nur allein mit Worten erziehen wollte, wenn nicht die hohe Pflicht andere Mittel erforderte. Der Mensch befindet sich nun einmal in der Gewalt der Finsternis, und seine Neigung ist von Natur aus böse. Alle Ermahnungen, Bestrafungen und Züchtigungen sind nichts anderes als eine Wirkung der allerzartesten Liebe Gottes. Also weinet nicht, sondern betrachtet jede Strafe als eine Wohltat, da sie euch der Gottseligkeit näherbringt.«

Seit einigen Tagen wartet der junge Adalbert Freiherr von Bernitz immer auf mich, wenn wir den Klassenraum verlassen. Er zählt noch zu den Stiften, da er erst in diesem Sommer ins Pädagogium Regium eingetreten ist. Doch schon bei seiner Ankunft ist er allen Collegiaten aufgefallen, nicht wegen seiner besonderen Größe oder Kraft, sondern auf Grund der ungewöhnlichen Anmut seiner Bewegungen und seiner strahlend blauen, hellwachen Augen. Wir Kameraden aus dem Ochsenstall halten uns aus dem sogleich ausbrechenden Wettbewerbe heraus, den jungen von Bernitz zum Sack zu machen, ich aus eigener demütigender Erfahrung, Holtzendorff in Anerkennung seiner letztendlichen Niederlage und die übrigen, weil diese ganze Sackwirtschaft ihren Idealen der Gleichheit widerspricht.

Leider ist es Ferdinand Immermann, der sich Bernitz greift, und Immermann ist dafür bekannt, die von ihm gedungenen Säcke zu schinden. Er mustert den Jungen, als sei er ein Stück Vieh auf dem Markte, und nachdem er des Knaben Armmuskeln und Wangen betätschelt hat, sagt er vor unser aller Ohren im Lindenhofe, grob wie ein Bauer: »Du gibst einen hübschen Schuß ab, Bernitz!«

»Der Immermann ist ein echtes Schwein!« flüstert Ingersleben mir zu. »Sollen wir uns nicht um den Stift kümmern?«

»Er ist gerade erst angekommen. Durch die Sack- und Schußzeit muß er selbst durch!« erwidere ich achselzuckend.

Neben dem Sack hält sich manch strammer Stubenältester auch seinen Schuß, seinen Liebling. Für Immermann indes bedeutet Sack und Schuß dasselbe: ein Sklave seines Vergnügens.

»Mach ihn zu deinem Sack. Dann wagt Immermann sich nicht mehr an ihn heran.«

Auch wenn es mich noch so unangenehm berührt, Immermanns grobe Hände in Bernitzens Nacken zu sehen, so will ich doch mit diesem demütigenden Brauche nichts zu tun haben.

Nun ist es also von Bernitz selbst, der mir die Entscheidung abnimmt, auf dem Weg in den Speisesaal plötzlich neben mir geht und sich einfach bei mir einhängt. Zunächst schrecke ich zurück, weiß doch jeder, daß er Immermanns Schuß ist. Kennt er die geheime Schulordnung nicht?

»Was willst du, Bernitz?«

»Gar nichts, Katte. Ich wollte nur wissen, warum du mich schneidest. Alle mögen mich, du aber bist der einzige im ganzen Collegium, der nie ein freundliches Wort mit mir wechselt, meine Grüße nur mürrisch oder gar nicht erwidert und mir nie direkt ins Gesicht sieht, als würde schon mein flüchtiger Anblick Ekel in dir erwecken.«

Vor lauter Überraschung weiß ich nicht gleich zu antworten. Dann löse ich mich von ihm und sage: »Du bist Immermanns Schuß, also halte dich an die Regeln!«

»Schuß? Was soll das sein?«

»Ein Schuß ist ein Stift, der einem Alten Herrn besonders nahe steht?«

»Immermann verlangt kleine Dienste von mir. Deswegen stehe ich ihm aber noch lange nicht nahe!«

»Er hat dich noch nie zu küssen versucht?«

»Zu küssen versucht? Der? Bist du von Sinnen! Nein, niemals, ich mag das nicht. Und würde er es wagen, würde ich ihm mit meinem Degen antworten!«

Für mich gilt mit diesem Wortwechsel die Geschichte als erledigt. Aber meine Kameraden spotten, nun sei es offenkundig, der kleine Bernitz sei in mich verliebt. Ich schüttle verärgert den Kopf. Doch das stachelt ihre Spottlust nur noch an. Es bleibe mir gar nichts anderes übrig, als es zu ertragen, da von Bernitz nun einmal unser Mitschüler sei. – Sie reden darüber, als handle es sich um eine unheilbare Krankheit. Holtzendorff: »Geh nicht zu streng mit dem kleinen Adalbert um, er kann nichts dafür, er kommt eben aus dem Kurland, dort sind derartige Gefühlsverwirrungen noch üblich.«

»Ich habe keine Ahnung, wovon du sprichst, Holtzendorff!«

»Warum bist du so verdrießlich, Katte?« mischt der Zwerg sich nun ein. »Gut, der Knabe ist in dich verliebt. Was bedeutet das schon? Geh einfach schonend mit ihm um. Ist es denn nicht eine wunderbare Sache, trotz des allgemein bekannten mürrischen Wesens einmal geliebt zu werden?«

Und Ingersleben sekundiert: »Und ist es nicht genau das, wozu uns Pastor Francke und die Heilige Schrift stets auffordern? Selig die Liebenden! Zeige dich der verirrten Seele gnädig, Kamerad!«

»Noch ein Wort von Liebe, und ich fordere euch alle nacheinander zum Dreschen!«

Am Abend klopft es an unserer Stubentür. Es ist Ferdinand Immermann. Er wirkt kühl und beherrscht, doch spüre ich die Wut, die in ihm glimmt.

»Hör mal Katte, laß die Hände von meinem Sack. Sonst sorge ich dafür, daß du statt Bernitz mir in Zukunft die Stiefel wichst!«

Das ist allerdings eine unerhörte Frechheit, die Immermann sich vor den Ohren meiner Kameraden erlaubt.

»Ich weiß zwar nicht, wovon du sprichst, Immermann, aber wie du sprichst, reicht vollkommen, dir eine Tracht Prügel abzuholen. Wann möchtest du sie erhalten?«

»Ich schlage mich nicht wegen eines nassen Sacks!«

»Siehst du, alter Knabe, genau das ist der Unterschied zwischen uns!«

Diese kurze, aber deutliche Klärung der Fronten ist letztlich dafür verantwortlich, daß man Adalbert von Bernitz und mich nun doch des öfteren untergehakt durch die Schulkorridore spazieren sieht. Die Kameraden achten das, was sie indessen nicht daran hindert, weiter darüber zu spotten. Immerhin steht Bernitz nun für alle sichtbar unter meinem besonderen Schutze. Wer ihm etwas zuleide tut, greift mich persönlich an. Natürlich lasse ich ihn hin und wieder meine Knöpfe putzen, damit es nicht zu

Mißverständnissen kommt. Er ist zwei Jahre jünger, Sack bleibt Sack, und keine noch so tiefe Zuneigung darf die heiligen Hierarchien korrumpieren. Aber selbstverständlich haben wir unsere kleinen Geheimnisse, die mit anderen zu teilen uns das Schamgefühl verbietet.

Wir gehen zusammen, wann immer unsere freie Zeit es erlaubt, Arm in Arm, manchmal in vertrauliche Gespräche versunken, soweit ein Dreizehnjähriger mit einem Fünfzehnjährigen Vertraulichkeiten zu teilen vermag, öfter aber schweigsam, weil es genügt, die Nähe des anderen zu spüren; und in der langen Zeit, die jeder in seiner Klasse oder ich auf meiner Stube und Adalbert im Schlafsaal der Stifte verbringen muß, versüßen wir uns mit Zettelchen und Briefchen, die plötzlich unvermutet in den Pulten oder zwischen den Buchseiten auftauchen, rasch, aber liebevoll hingekritzelte Zeilen, Worte ohne Sinn und Verstand, eher Gesten als Worte, Gesten des Füreinanderdaseins.

Schon als Kind hatte ich den Hang, die merkwürdigsten Gestalten in der Natur zu entdecken. Stundenlang konnte ich ins Feuer starren und dort Vögel, Drachen, Geister aufsteigen oder tanzen sehen. Nun, nach einer längeren Wanderung ins freie Feld hinaus, liegen Adalbert und ich im Grase, starren in die Wolken und folgen ihren langsamen Metamorphosen, wo aus Tieren Gesichter und aus Gesichtern Baumwurzeln oder Bauwerke werden. Wolkengucker hat mich bereits der kleine Daniel in Wust genannt.

»Vor einigen Tagen«, beginnt Adalbert mit stockender Stimme, »wurde hier ein junger Mensch auf Verlangen seines Vaters ins Zuchthaus gebracht. Er hatte ihn schon lange eines schändlichen Lasters wegen, welches mir die Scham zu nennen verbietet, in Verdacht gehabt, seine eingefallenen feuchten Augen, eine schon merkliche Schwäche seiner Seelen- und Leibeskräfte ...«

»Wer hat dir diese Geschichte erzählt?«

»Der junge Francke, heute morgen im Katechismusunterricht, zu unser aller Warnung. Der wohlgesonnene Vater, der die künftigen Folgen davon mit Schrecken voraussah, hörte den mißratenen Sohn im Schlafe sprechen und vernahm so die schamlosesten Worte, die auf das verabscheuungswürdige Laster hinwiesen.«

»Im Schlafe redet ein anderer. Sicher darf man uns nicht seiner Worte wegen zur Verantwortung ziehen!«

»Aber der Vater war in größter Sorge um den Gesundheitszustand seines Sohnes und sah keine andere Möglichkeit, den Lasterhaften zu retten, als ihn so lange dem Zuchthause zu überantworten, bis er zur Erkenntnis der Schändlichkeit seines Tuns gelangt sei.«

»Das hat der junge Francke euch erzählt?«

»Er hat uns diesen Vater als wahrhaft fürsorglich und vorbildlich dargestellt.«

»Und nun fürchtest du, demselben Laster verfallen zu sein?«

»Francke sagt, wir müßten mit aller Macht dagegen ankämpfen, denn mit jedem dieser schändlichen Akte entweiche unersetzbarer Lebenssaft.«

Tatsächlich ist Adalbert ein wenig blaß, und seine eingefallenen Augen sind feucht, aber weniger auf Grund des Lasters, nehme ich an, als vielmehr aus blanker Furcht vor demselben.

»Ich glaube nicht, daß Enthaltsamkeit so wichtig ist«, antworte ich endlich auf seine drängende Frage. »Ich denke mir, es ist nichts anderes als Spucke, die wir einfach ausspeien, wenn der Mund zu voll damit ist. Und sobald wir etwas Appetitliches sehen, bildet sich ohne großes Dazutun reichlich neuer frischer Rotz. Genauso ist's mit dem anderen!«

»Woher willst du das wissen?«

»Woher wissen es die Doktoren und Theologen? Ich höre einfach auf meinen Leib. Wenn ich mich nicht unnötig einmische, handelt er unschuldig wie ein Reh im Walde und folgt einfach seiner Natur. Bis du vielleicht einen besseren Ort findest als deine hohle Hand, laß deinem Rotz seinen freien Lauf!«

»Rede doch nicht so schamlos darüber, Hans!«

»Warum sollte ich mich meiner Worte schämen? Das, worüber wir sprechen, ist doch ganz und gar ein Teil von uns, und sicher nicht der schlechteste!«

Natürlich gibt es auch unter meinen Stubenkameraden einige, die unser Benehmen übertrieben und lächerlich finden, und wäre ich nicht selbst ein Beteiligter dieser Intimität, würde ich wohl zu ihnen zählen. Ich versuche, die Leidenschaft in unserem Verhältnis maßvoll zu halten, denn tatsächlich droht manche Passion rasch ins Lächerliche abzugleiten. Außerdem müssen wir uns vor der Entdeckung durch Inspectoren oder Lehrer schützen. Denn für sie gilt jede Vertrautheit über die Kameraderie hinaus als Einlaßtor für den Teufel und die ewige Verdammnis. Womöglich ist es gar dieser Reiz des Verbotenen, der mich das vertrauliche Verhältnis fortsetzen läßt, und nicht so sehr die Schutzbedürftigkeit des jungen von Bernitz. Je vertrauter wir uns werden, um so mehr erkenne ich, daß er sich seiner Haut auch ganz gut ohne meine Protektion zu erwehren weiß.

Andere, vor allem Ingersleben und Wietersheim, nehmen unser Verhältnis ernster. In der Tat teilen Bernitz und ich Freud und Leid gemeinsam. Wird einer bestraft, trägt der andere die Strafe mit, liegt einer krank danieder, kümmert sich der andere. Das erregt natürlich Eifersucht und Neid. Seit längerem schon befürchte ich, daß Immermann über Rachepläne brütet. Aber auch unter meinen Stubengenossen macht sich Unmut breit, wenn Bernitz im Ochsenstalle ein- und ausgeht, als sei er hier zu Hause. Solange er für uns einen Krug Bier aus der Dreckigen Ente herbeischaffen muß, lassen sie sich seine gelegentliche Anwesenheit gefallen, doch daß er nun auch mitsäuft, sprengt alle eisernen Schulgebote. In einer Anstalt, in der vor allem Macht und Gewalt herrschen, bleibt für die zarten Triebe des Eros nicht viel Raum, und in der absoluten Herrschaft des Stärkeren über den Schwächeren darf sich der Starke nicht die Blöße allzu großer Schwärmerei geben.

Ich frage Ingersleben, ob es ihm etwas ausmache, daß von Bernitz in mich verliebt sei.

»Warum sollte es mir etwas ausmachen?« antwortet er mit gespieltem Erstaunen.

»Du kannst den Sack nicht einmal zum Duelle fordern«, mischt sich Hastings in unser Gespräch, während von Bernitz auf meinem Bette sitzt, die Beine baumeln läßt und dem Wortwechsel der Alten Herren über ihn mit scheinbarem Desinteresse folgt, »denn es handelt sich bei dieser partiellen Unzurechnungsfähigkeit um keine absichtsvolle Beleidigung. Sie könnte unter gewissen Umständen jeden von uns befallen!«

»Was willst du damit sagen, Hastings?« fragt Ingersleben, nun doch zornig.

»Nun, daß der vom Liebeswahne Betroffene eher zu bedauern als zu tadeln ist.«

Vielleicht ist Ingersleben ja ganz und gar im Rechte, zornig auf mich zu sein. In der Tat habe ich unsere Freundschaft über dieser Affaire mit Bernitz sehr vernachlässigt. Ich versuche, dem von mir begonnenen Streite eine andere Richtung zu geben, und frage den Zwerg, woher er über diese Liebesdinge so genau Bescheid wisse.

»Ich habe drei ältere Brüder«, erwidert Hastings, »und bei allen dreien habe ich die unterschiedlichsten Symptome der Liebeserkrankung studieren können. Sie äußern sich bei dem einen eher in Appetitlosigkeit, mürrischem Wesen und unberechenbarem Verhalten, bei anderen eher in Schwermut oder gar im Verfassen schwärmerischer Gedichte. Spätestens dann sollte man einen Medicus hinzuziehen.«

Selbst Ingersleben muß nun lächeln. Bevor sich dieser kurze Augenblick frommer Unschuld und Herzensreinheit wieder verflüchtigt, meldet sich Apoll zu Wort.

»Freunde, verzehrt euch nicht in Eifersucht. Der Liebe ist keine Grenze gesetzt. Laßt uns einen Bund gründen. Leben wir nicht in einer Blütezeit der geheimen Bünde und Gesellschaften? Herrschsucht, Eitelkeit und Täuschung mögen daraus verbannt sein. Uns wird es allein um eine tiefere, der Allgemeinheit verborgene Wahrheit gehen. Denn was haben wir bisher gelernt? Nichts, das wir im späteren Leben gebrauchen könnten! Wir vergeuden unsere Zeit! Latein, Griechisch, Theologie, daneben ein wenig Mathematik, das ist alles, was man uns hier beibringt, noch dazu von Lehrern, die selbst keinen Begriff davon haben!«

»Vergiß nicht das Rauchen, Saufen und Kartenspiel«, wirft Holtzendorff ein.

»Ich meine es ernst, Joachim! Es ist kein ausreichender Trost, einen Rector zu haben, der als ein Ausbund klassischer Gelehrsamkeit gilt und es vielleicht sogar ist, uns aber nicht daran teilhaben läßt. All diese Gelehrsamkeit geht auf dem eingezäunten Wege des Unterrichts verloren. Also sollten wir diese Zäune einreißen und uns selbst auf die Suche nach der Wahrheit begeben!«

»Ich verstehe nicht, wozu du noch Wahrheit willst. Du bist doch bildhübsch, Wietersheim, und für Liebesabenteuer wie geschaffen. Wer ein solches Gesicht hat, braucht nicht auch noch das Große Graecum und die verschollenen Bücher des Aristoteles im Kopfe. Ja, Aristoteles dünkt mir eher schädlich für ein einnehmendes Aussehen!«

»Ich mag deinen Vorschlag, Wietersheim«, spricht Hastings, ehe unser Apoll Holtzendorff zum Dreschen herausfordern kann, »ich bin dabei!«

»Zu jedem geheimen Bunde gehören Riten, mit denen man die Aufnahme von Mitgliedern zelebriert. Hast du dir darüber schon Gedanken gemacht?« frage ich.

»Und ein besonderer geheimer Ort der Zusammenkunft«, meldet sich von Bernitz zum ersten Mal zu Wort.

»Stifte sind in unserem Bunde nicht zugelassen«, erwidert Ingersleben eisig. »Klopf in einem Jahr noch einmal an!«

Tatsächlich glaube auch ich, daß wir Jungen mehr voneinander als von unseren Lehrern lernen, ja daß mancher Kamerad, wie Henry James Hastings, der Zwerg, gar mehr weiß als die Mehrzahl der Lehrer, die ja nur mittellose Studenten sind. Doch sobald ein verehrter Kamerad unsere besondere Aufmerksamkeit oder gar Verehrung spürt, wie jetzt Apoll, fehlen ihm plötzlich die Worte, oder er redet Unsinn und ist zu einem klaren Ausdruck nicht mehr fähig. Wir alle, selbst der zurückhaltende Kamphausen, sind von seinem Vorschlage, einen Geheimbund zu gründen, angetan, doch Wietersheim sehnt sich offenbar nach einem Mehr, von dem er noch nicht weiß, was es ist oder wie er es beschreiben soll. Und aus schierer Verzweifelung widerspricht er uns nun bei jedem unserer Vorschläge und droht gar, sich mit dem einen oder anderen zu überwerfen, obgleich er doch unserem ganz unerwarteten Eifer glühend zustimmen müßte.

In den nächsten Tagen leben wir in einer Art Fieber, das eigentlich nicht mehr durch die im Grunde kindische Idee eines Geheimbundes gerechtfertigt ist. Selbst während der täglichen Gebete oder dem Empfang des Abendmahles können wir unsere Gedanken nicht von dem revolutionären Plane freihalten. Er rumort in uns so unkontrollierbar wie unsere neuen, ausgleitenden Stimmen und die strengen Gerüche, die, wann immer wir uns in unserer Stube ereifern, durch die nun wohl zu Recht Ochsenstall geheißene Bettkammer wallen. Der Schlaf ist unruhig, und am Morgen wachen wir müder auf, als wir uns schlafen gelegt haben. Den Unterricht verbringen wir in einer Art Trance. Die Lehrer ahnen nichts von diesen komplizierten Gefühlen, verlieren zumindest kein Wort darüber, sondern achten nur weiter darauf, daß wir aufrecht sitzen und unsere Hände auf dem Pulte liegen.

Allein Kamphausen blickt auf diese Zeit der Verwirrung mit einer gewissen Müdigkeit, als wisse er darüber bereits Bescheid und beteilige sich nur, um sich nicht außerhalb unseres Kreises zu stellen. Für eine kurze Zeit verengt sich unser aller Denken auf diesen Bund, wie es zuvor nur der Gedanke an das Geschlechtliche vermochte. Mit kühlem Blicke schauen wir nun auf die Kameraden, die sich weiter nach dem Geheimnis des Weiblichen verzehren, als handle es sich um niedrige, rein tierische Gelüste. Und eine Weile glauben wir uns sogar, auch wenn vieles an unseren Plänen noch verworren ist und eines tieferen Nachdenkens bedarf. Aber Verwirrung zeigt man in unserem Alter nicht mehr. Alles drängt zur Tat, und mancher prahlt schon mit den geheimen Abenteuern unseres Bundes, ohne dessen Sinn und Ziel schon recht verstanden zu haben.

»Es ergreifen bitte nur diejenigen das Wort, die etwas zu sagen haben«, eröffnet Wietersheim unsere geheime Versammlung in der Michaelisnacht.

»Das fängt ja gut an!« ereifert sich Hastings. »Ist das nicht ein Reden, das andere einfach nur zum Schweigen bringt?«

»Ich meine es so«, erklärt Apoll: »Unser Bund soll ein Orden der Buchstäblichkeit sein. Und sein erstes Gebot lautet: Vollkommene Wahrhaftigkeit! Wir sagen so genau, wie wir es vermögen, was wir denken, wollen und begehren, ohne Furcht, dafür von unseren Ordensbrüdern verlacht, verspottet oder gefordert zu werden.«

»Es liegt in der Natur der vollkommenen Wahrheit, daß sie am Ende zu Mord und Totschlag führt«, entgegnet der Zwerg. »Willst du wirklich von jedem von uns wissen, was er in Wahrheit über dich denkt, von dir begehrt, an dir verabscheut?«

»Wahrhaftigkeit ist nicht das Ziel unseres Bundes, sondern der Weg.«

»Und welches Ziel bedarf deines Erachtens einer vollkommenen Wahrhaftigkeit?«

»Zum Beispiel die Verteidigung der Poesie, der Musik, ja der Künste insgesamt.«

»Zur Verteidigung der Künste würde ich statt Wahrheit doch lieber die Freiheit auf unsere Fahne schreiben«, werfe ich ein.

»Ja, das freie Denken und die wahre Menschenliebe!« unterstützt der Zwerg meinen Vorschlag.

»Freiheit und Vernunft sind das eine«, gibt Ingersleben zu bedenken, »doch gehört zu einem wahren Orden meinem Empfinden nach auch ein Versprechen der Reinheit und eine Ablehnung aller niedrigen Regungen und Gelüste.«

»Glaube nicht, daß ich einem solchen Bunde beitreten würde«, knurrt Holtzendorff.

So geht es noch die halbe Nacht hin und her, und wir verabreden, obgleich eine verbindliche Einigung über die genauen Ordensregeln noch fehlt, bereits Ort und Zeit der feierlichen Gründung, und zwar in der Nacht des Erntedankfestes auf dem alten Pestfriedhofe und heutigen Gottesacker der Stadt Halle, unweit vom Galgtor gelegen.

Der Ort ist nicht von ungefähr gewählt, denn natürlich reden wir auch vom Tode. Alle halten es für eine unausweichliche

Ehrensache, auf der Seite des Todes zu stehen. Der Anspruch zu leben und zugleich ein reiner, wenn nicht gar wahrhaftiger Mensch zu sein, erscheint uns nur möglich als vollkommener Todesmut. Und für den Augenblick sind wir tatsächlich davon überzeugt, niemals alt zu werden, sondern jung zu sterben, wenn nicht an Lungenschwäche, auf dem Schlachtfeld oder bei einem Ehrenhändel, dann von eigener Hand. Wir wollen die ganze Fülle jetzt, und ehe wir uns zu Kompromissen nötigen lassen, werfen wir uns lieber unerschrocken dem Tode in die Arme.

Adalbert ist nach einem Beschlusse der Stubenmehrheit aus diesen fiebrigen Vorbereitungen ausgeschlossen. Trotzdem sehe ich ihn noch hin und wieder, wenn auch nicht mehr im Ochsenstall. Meist stehlen wir uns vom Anstaltsgelände und gehen spazieren. Manche unserer Wanderungen führen uns auch zu Gasthäusern, in die man Adalbert auf Grund seines noch jungen Aussehens nicht einläßt, aber dann bringe ich unsere Krüge zu ihm hinaus, auch wenn es inzwischen bereits herbstlich frisch ist, und wir erfreuen uns an der kühlen reinen Luft und ziehen sie dem brennenden Tabaksqualme in der Schankstube vor. Auch das maßvolle Trinken betrachte ich als einen Teil meiner Erziehung Adalberts, die ich mir zur Aufgabe gemacht habe.

Als wir von unserer kleinen Exkursion heimkehren, erwartet uns Inspektor Goeckingh bereits am Tore. Weiß der Teufel, wer ihm unsere Zechtour gesteckt hat. Er ist nicht nur von dem Spaziergange, sondern von jedem Maß Bier genauestens unterrichtet. Ich leugne nichts und nehme sogleich die ganze Verantwortung für diese Unbotmäßigkeit auf mich und beschwöre bei meiner Ehre, Goeckingh lächelt bei diesem Worte, daß ich den jungen von Bernitz zu diesem Ausfluge verführt, ja gedungen habe und ihm als meinem Sack gar keine andere Wahl blieb, als meinem Befehle zu folgen.

Goeckingh nickt mit gespieltem Verständnis und erspart dem kleinen Adalbert ein eigenes Verhör nicht. Ich habe keine Ahnung, was er dem Inspector gesteht, doch am Ende der strengen Befragung bekommt er zwei Tage Karzer aufgebrummt, während ich als der Ältere und offenkundige Anstifter für vier Tage ins Hundeloch geschlossen werde.

So lange habe ich noch nie in den nunmehr fast zwei Jahren meiner Schulzeit darin zubringen müssen. Zu dieser Jahreszeit ist es dort unten im Kellerverlies bereits empfindlich kalt, und außer unserem Mantel gibt es nichts, mit dem wir uns auf der harten Bank wärmen könnten. Auch sind die Zellen des Schulgefängnisses zu eng, als daß man sich darin bewegen könnte. Nicht einmal aufrecht stehen oder ausgestreckt liegen kann man darin. Man will uns krumm.

Der einzige Trost ist, daß meine Stubenkameraden mich reichlich mit Speisen versorgen und den guten Pedell Karl Lederer, der über die Zellen die Aufsicht führt, gar so zu beschwatzen oder zu bestechen wissen, daß manch ein Schoppen Wein und Bier mit der wärmenden Suppe durchgeht.

Karl der Kahle rufen wir Scholaren ihn, unseren Pedell, dabei ist er gar nicht kahl, doch schimmern seine schütteren Haare und die fettglänzende Haut, vor allem im matten Kerzenlichte, in demselben stumpfen Gelb wie die Augen eines Säufers. Aber er ist ein gutmütiger Mensch, indessen weniger aus Überzeugung denn aus Schwachheit. Er scheint einfältig oder auch klug genug, die Absichten und Überzeugungen unserer Lehrer nicht wirklich zu verstehen und folglich nicht ganz ernst zu nehmen. Die Welt der Katheder ist nicht die seine, und jeden Tag preist er, blickt er in unsere blassen und heuchlerischen Gesichter, sich glücklich darüber.

Indessen sorge ich mich um Adalbert, der zum ersten Male im Karzer sitzt und unter den jungen Stiften im Schlafsaale nicht dieselbe Unterstützung erfahren kann wie ich durch meine abgebrühten Stubenkameraden. Schon am Morgen des zweiten Tages antwortet er mir auf mein Klopfen nicht mehr. Ich bitte Ingersleben, der mich zweimal am Tage besucht und sich eine Weile mit mir einschließen läßt, bis ihm Kälte, Enge und Dunkelheit so sehr aufs Gemüt schlagen, daß er sich, am ganzen Leibe zitternd, von Lederer herausführen lassen muß, den jungen Bernitz von meinem Vorrate im Stubenversteck mitzuversorgen.

In den vielen Stunden des Wartens halte ich mich bei Verstande, indem ich mein Gewissensbüchlein quasi öffentlich-verschlossen an den Karzerwänden fortschreibe und mir dafür von Ingersleben eigens einen Kohlestift mit dem Brote hineinschmuggeln lasse. Während seines kurzen Besuches teilt er mir mit, daß von Bernitz am Morgen aus seiner Arrestzelle entlassen worden sei, aber gleich auf die Krankenstube gebracht werden mußte, da ihm die Kälte des Hundelochs auf die Lunge geschlagen sei. Ich kenne seine zarte Konstitution und fühle mich ganz elend vor Ohnmacht und Sorge. Ich lasse Ingersleben erst gehen, nachdem er mir versprochen, daß stets einer aus dem Ochsenstalle an Adalberts Krankenlager wachen werde.

Ich habe viel Zeit, aber denke wenig. Nur so, im Dämmerzustande, sind vier Tage im Dunkeln herumzubringen, ohne daß der Verstand Schaden nimmt. Zwar hat Ingersleben mit den Kohlestiften auch einige Kerzenstummel in die Arrestzelle zu schmuggeln vermocht, aber diese sind zu rasch niedergebrannt, als daß ich sie zur Erhellung meiner düsteren Gedanken nutzen könnte. In ihrem Lichte lese ich, was die armen Vorgänger an die Wände gekritzelt, und füge den einen oder anderen bösen oder wenigstens witzigen Aphorismus hinzu. Natürlich drängt hin und wieder auch ein bitterer Gedanke ins Licht des Bewußtseins, ganz ohne Kerzenschein, allein der unfreiwilligen Muße wegen, die sich am Ende gar nicht mehr wie Muße anfühlt. Ich erfahre an Leib und Gemüt, wie die Verdammung zur Untätigkeit, ganz im erzieherischen Sinne Franckes, durchaus ihre eigene Gewalt und Grausamkeit enthalten kann. Aber die Gewalt gehört nun einmal zur Erziehung, wie sie zum Glauben gehört. Ich denke mir schon lange nichts mehr dabei. Nimmt man uns die Gewalt, nimmt man uns den Glauben. Die Gewalt ist nicht böse, nicht die Grausamkeit ist es, und nicht einmal die Lust, die manch unserer Erzieher an der Grausamkeit empfindet. Nein, es ist ein ganz und gar bewundernswertes System, das uns am Ende zum Komplizen unserer eigenen Mißhandlungen und Demütigungen macht. Nur so können wir in dieser Gemeinschaft überleben. Nur so können wir überhaupt eine Gemeinschaft bilden.

Sie ist der Ort der Gewalt und zugleich der Zufluchtsort vor ihr. Der einzige Zufluchtsort.

Tränen nützen wenig. Ja, sie sind geradezu Öl ins Feuer der Grausamkeit. Wir schützen uns mit Stumpfheit, mit Müdigkeit. Ich verdöse Stunde um Stunde. Nur der ferne Klang der Schulglocke zeigt mir in diesem fensterlosen Loche den Fortgang der Zeit an. Selbst gegen sie wappne ich mich, verschließe die Ohren, verschließe jede Pore, hemme den Blutfluß, senke die Leibeswärme, dämpfe den Hunger, bekämpfe den Durst, atme flacher und flacher, dann lege ich mich auf den Rücken wie ein Mist- oder Kartoffelkäfer und stelle mich tot.

Am Ende meiner Arrestzeit muß man mich aus dem Karzer heraustragen. Ich brauche eine Weile, bis ich begreife, was Ingersleben, der blaß auf der Bettkante sitzt, mir zu sagen versucht: Adalbert von Bernitz sei in der Nacht an einer Lungenentzündung gestorben.

Mir ist, als läge ich noch immer zusammengekrümmt im Hundeloch. Ich spüre nichts, ich denke nichts, der Kopf ist leer und das Herz taub, ich nicke mechanisch, und statt meiner weint Ingersleben, der doch stets eifersüchtig auf den kleinen Bernitz war.

Während des Abendmahles predigt Francke: »Der Tod eures Mitschülers Adalbert Freiherr von Bernitz ist unbegreiflich und schrecklich, und wir fragen uns, hat Gott ihn nicht verhindern können, hat er ihn nicht verhindern wollen? Uns fehlt die Antwort. Denn was wissen wir schon von den großen Dingen? Wir können nur glauben und demütig hinnehmen, was Gott uns bestimmt hat!«

Wietersheim ballt die Faust. Dann schreibt er mit dem Finger, während Francke seinen Sermon fortsetzt und die jungen Stifte zu Tränen rührt, auf das speckige Holz des Tisches: »Es lebe unser Bund!«

Ich habe kaum etwas zu essen vermocht. Nach dem Mahle stehle ich mich in den Singesaal, wo man von Bernitz für die morgige Andacht aufgebahrt hat. Der Knabe liegt still und freundlich in seinem Sonntagsstaate im Sarg. Sein Antlitz schimmert wächsern, aber friedlich und ohne Gram. Ich lege meine Hand auf seine gefalteten Hände, sie ist ebenso kalt wie die seinen.

Pastor Francke kommt mit dem Vater in den Saal. Ich trete vom Sarge zurück. Francke blickt mich streng an, sagt aber nichts. Freiherr von Bernitz scheint weder mich noch den kleinen Adalbert zu sehen. Der Rector und er bleiben zwei Schritte vor dem Sarge stehen. Der Freiherr starrt geradeaus an die schmucklose Saalwand und fragt mit ruhiger Stimme: »Wann findet die Beisetzung statt?«

»Morgen um drei versammeln wir uns hier im Betsaal«, antwortet Francke ebenso ruhig, »und nach der stillen Andacht tragen wir ihn hinaus auf den Gottesacker.«

Zum Trauern oder auch nur Bedenken lassen uns die sich überstürzenden Ereignisse vor den Toren der Franckeschen Anstalten und innerhalb der Mauern derselben keine Zeit. In der Nacht nach Adalberts Beerdigung kommt es in der Dreckigen Ente in Glaucha zu einem großen Aufruhr, bei dem am Ende sieben Studenten, der Wirt, eine Tochter desselben und eine Magd erschlagen zurückbleiben. Auch einige unserer Alten Herren, wenn auch nicht aus dem Ochsenstalle, waren an dem Excesse beteiligt und befinden sich nun auf der Krankenstube oder im Karzer. Aus der Stadt Halle hört man, Pastor Francke werde für diese und andere blutigen Dispute verantwortlich gemacht, vor allem seine heuchlerische Frömmigkeit und seine erzieherischen Grundsätze seien es, die immer wieder Streit und Händel hervorriefen.

Der Konflikt bricht offen aus, als Pastor Francke zusätzlich zu seinen Anstaltspflichten auch noch das Amt des Prorectors der Hallensischen Universität übernimmt und sogleich versucht, sein pietistisches Regiment auf die Studentenschaft auszudehnen. Denn der Universität steht die Gerichtsbarkeit über die Studenten zu, so daß der Prorector sich mit den zahlreichen studentischen Vergehen befassen muß. Über ihm steht nur noch der König, nominell der Rector der Universität.

Indessen sind viele Studenten, vor allem unter den Medizinern und Juristen, bekennende Lutheraner oder gar gottlos und führen einen alles andere als frommen Lebenswandel. Nur die ärmsten unter den Studenten, meist Theologen, die auf Franckes tägliche Speisung angewiesen sind und uns als Gegenleistung dafür unterrichten müssen, geben aus schierer Not vor, getreue Anhänger des Pietismus zu sein, da Francke sie sonst nicht als Expectanten oder Inspectoren am Königlichen Collegium zuließe.

Wohl zwei Drittel der Studenten in Halle sind arm, weshalb auch ihre Professoren nicht viel verdienen, denn die Vorlesungen finden größtenteils in den Wohnungen der Professoren statt, und für eine theologische Vorlesung, die privatim gehalten wird, bezahlt ein Student normalerweise drei Taler Honorar. Die Allerärmsten aber können sich vom Honorare befreien lassen. Und bringen sie dann noch von Franckes Freitische des Pastors unlutheranische Lehren mit, läßt man diesen Herrn Francke vor den Toren der Stadt nur noch aus dem einen Grunde wirken, weil er unter dem persönlichen Schutze des Königs steht. Die Mehrheit der Professoren und Studenten hätte diesen Ketzer sonst längst fortgejagt.

Denn dort in Halle stehen die Bollwerke gegen den Hungertod der Vernunft noch. Vor allem der junge Siegmund Baumgarten erfüllt das Herz seiner Studenten mit Liebe und Verehrung, auch wenn er rein äußerlich noch das Gewand des Glaubens angelegt läßt: »Ich habe die Erlösung durch Christi Blut bisher noch nicht kosten können, das Blut selbst ja, wenn man unseren katholischen Brüdern Glauben schenkt, aber nicht die damit einhergehende Gnade!« – Mehr als eine Predigt widmet Francke bei unseren Mahlzeiten diesem bezeugten Satze Baumgartens, um ihn uns als Beispiel für die Gefahren gottloser Vernünftelei darzustellen.

In besonderem Kriege aber steht Prorector Francke mit dem hallensischen Professor der Mathematik und Philosophie Christian Wolff, denn Wolff behauptet frank und frei, die Ethik und Moral der Inder oder Chinesen, die sie Kraft der Vernunft entwikkelt hätten, stünde der Ethik und Moral der Christen in nichts nach, ja, sie seien unserer teilweise sogar überlegen. – Natürlich prangert Francke diese »entsetzlichen Verführungen«, deren Eindringen in seine eigenen Schulen er zu Recht fürchtet, mit allem leidenschaftlichen Zorne an und verklagt den Widersacher gar beim König, den er als strengen und getreuen Glaubensstreiter an seiner Seite weiß.

Franckes Gegner kontern mit dem Vorwurfe, der Pastor habe sich auf Kosten der Verpflegung seiner Waisenkinder einen wahren Anstaltspalast errichtet, wissen doch auch die Gegner um des Königs tiefe Abscheu gegen jegliche Verschwendungssucht. Francke indes rechtfertigt sich, die Mahlzeiten seien zwar nicht üppig, aber ausreichend. Im übrigen achte er eben auch darauf, die Kinder nicht zu sehr zu verwöhnen, damit sie künftig, wenn sie als Lehrbuben oder Mägde zu Leuten kämen, schon gewohnt seien, mit dem vorliebzunehmen, was ihnen vorgesetzt werde.

Jede Seite fühlt sich im Rechte und wartet auf ein Machtwort des Königs. Es heißt, Seine Majestät Friedrich Wilhelm plane in allernächster Zeit einen Besuch Halles und Glauchas, um sich mit eigenen Augen von den hiesigen Vorgängen ein Bild zu machen.

Da man Francke also nicht fortzujagen wagt, wird der Streit statt dessen auf den Kanzeln und in den Schenken ausgetragen, und nicht zum ersten Male gibt es Tote, wenn auch nicht gleich so viele wie beim Aufruhr letzte Nacht, worunter auch gänzlich Unbeteiligte, so daß der schon lange schwelende Konflikt plötzlich zur Staatsaffaire geworden.

Auch wir im Ochsenstall sind von den Ereignissen erschüttert, haben wir doch den Wirt, seine Tochter und die Magd gut gekannt. Noch wissen wir nicht so recht, auf welche Seite wir uns stellen sollen, denn sind wir trotz aller Verschiedenheit der Meinungen nicht immer noch Scholaren des Pädagogium Regium? Allein der junge Expectant Felix Niemeyer hält mit seinem regulären Unterrichte inne und erlaubt uns, unsere Verwirrung in Worte zu fassen.

»Ich verstehe euren Zwiespalt«, erwidert er mit großer Zurückhaltung, ja berechtigter Vorsicht, denn Franckes Spione sitzen überall, selbst in den Klassenräumen und den Schlafstuben.

»Weit klügere Menschen als ich haben über den rechten Glauben nachgedacht, und selbst sie haben keine Antworten gefunden, die alle gleichermaßen zufriedenstellen würden.«

Als er am Nachmittage aber im Lindenhofe die Aufsicht führt, äußert er sich, für einen unbeobachteten Augenblick allein mit uns Kameraden aus dem Ochsenstalle, offener und klagt, im Grunde sei er hier kein Lehrer, sondern nur ein weiterer Scholar, denselben strengen Regeln unterworfen wie wir auch: »Ich bin gezwungen, diese unansehnliche Kleidung zu tragen und meinen Degen abzulegen, sobald ich das Schulgelände betrete, mir ist verboten, zu scherzen oder zu lachen, zu rauchen und zu trinken, letzteres selbst außerhalb der Anstalt, und ich bin angewiesen, keinerlei Kontakt zu Weibspersonen oder anderen Leuten, denen die rechte Gottesfurcht fehlt, zu unterhalten. Wenn der Pastor wüßte, daß ich Kirchengeschichte bei Baumgarten höre, dürfte ich hier nicht stehen. Ihr seht, ich bin ein armer Zögling wie ihr, nur meine Speisung ist unsteter und erbärmlicher als die eure.«

Der arme Niemeyer hat vollkommen recht. Wir sehen unsere Lehrer immer nur als Gegner im Kampfe, uns den Sinn für das Rechte und Wahre durch törichten Unterricht nicht korrumpieren zu lassen. Dabei sind die meisten kaum älter als wir und ohne jeden Rückhalt durch Adel oder Vermögen und damit ganz und gar in der Hand Franckes. – Als Inspector Goeckingh auf unsere Gruppe im Lindenhofe zusteuert, zerstreuen wir uns sogleich.

In der Nacht disputieren wir lange in vertrauter Runde, ob nicht auch Felix Niemeyer der Mitgliedschaft in unserem Bunde würdig wäre. Nach endlosem Palaver entscheiden wir schließlich, diesen Bund erst einmal zu gründen und den jungen Expectanten im Auge zu behalten und weiter zu prüfen.

Am nächsten Morgen erscheint Expectant Niemeyer nicht zum Unterricht. Sein Fernbleiben ist nicht entschuldigt, niemand weiß, wo er sich im Augenblicke aufhält, nach dem kärglichen Abendessen hat er wie üblich das Collegium verlassen, ist im Hause des Seilers Prange am Galgtor, wo er eine kleine Kammer bewohnt, nie angelangt, wie sein Zimmergenosse und Kommilitone Weinmann glaubwürdig bezeugt.

Für uns Kameraden aus dem Ochsenstalle ist es natürlich Ehrensache, uns an der Suche nach dem verschwundenen Expectanten zu beteiligen. Wir konzentrieren uns dabei vor allem auf die umliegenden Schenken, obgleich Niemeyer sie, wenn überhaupt, nur im geheimen aufgesucht haben dürfte. Wir trinken uns mit aller Leidenschaft ins Vertrauen der Wirte, doch niemand weiß etwas über seinen Verbleib mitzuteilen. Nach den Vorfällen in der Dreckigen Ente ist das Mißtrauen der Gastwirte den Studenten gegenüber denn auch groß. Und würden sie nicht, nach den Soldaten und Solknechten, die Hauptzahl der Gäste ausmachen, würde man ihnen schlicht die Schankstube verbieten.

Am zweiten Tage, als sich Niemeyers spurloses Verschwinden auch unter seinen Kommilitonen an der Universität herumgesprochen hat und bereits für einige Unruhe sorgt, fällt der Verdacht auf die Werber des Alten Dessauer, die schon lange vor den Toren der Stadt ihr Unwesen treiben und vor allem arme oder reisende Studenten, die sie außerhalb der schützenden Stadtmauern antreffen, trotz der Befreiungsprivilegien gewaltsam für das anhaltinische Regiment rekrutieren. Seit Jahr und Tag herrscht ein äußerst gespanntes Verhältnis zwischen den Soldaten und den Studenten, das sich immer wieder in Tumulten und Schlachten entlädt. Nicht selten wehren sich Studenten und Halloren gemeinsam gegen die Werber, denn auch die Bürger leben, da sie den Soldaten Quartiere stellen müssen, in ständigem Unfrieden mit der Besatzung.

Auch Francke beobachtet das Treiben der Dessauischen Werber und Soldaten schon lange mit Unmut und Abscheu. Mehrfach hat er sich bereits beim König beschwert, die liederlichen Soldatenweiber des in Halle stationierten Regimentes förderten die Unzucht und Hurerei, was sich durch die gehäuften Geschlechtserkrankungen bei den Studenten und selbst einigen älteren Collegiaten äußere und sowohl dem Rufe der Universität als auch des Königlichen Collegiums schade.

So stürzt sich unser Rector denn, obgleich die Dreckige-Enten-Affaire noch gar nicht aufgeklärt, als Oberhaupt des Pädagogium Regium und Prorector der Universität in den Kampf mit dem Führungsstab des Regiments um die Rettung des verschollenen Niemeyer. Und während Francke im Hauptquartier mit der ihm eigenen Redegewalt die Regimentsführung in die Knie zwingt, versammeln sich vor der Hauptwache auf dem Markte die Kommilitonen Niemeyers samt allerlei Gaffern und Krawallbrüdern, unter der entflammten Schar auch Wietersheim, Holtzendorff und ich, und fordern lautstark die Freigabe des Studenten. Als der Tumult seinen Höhepunkt erreicht, greifen die Wachen zu ihren Flinten und feuern erste Schüsse ab.

Das hätten sie nicht tun dürfen, denn nun dringt die Menge weiter vor, nimmt den ersten Soldaten ihre Musketen ab und richtet sie nun auf deren Kameraden, die sich im Wachgebäude verschanzt.

Franckes Mission bleibt ungeachtet dieser Ereignisse, von denen er und die Obristen noch nichts ahnen, vergeblich. Zwar kniet man im Hauptquartier des Stabes am Ende im demütigen Gebete nieder, aber die Kommandierenden wissen entweder nicht, was ihre Werber treiben, oder vermögen selbst einen Francke zu täuschen. Auf den offiziellen Rekrutierungslisten jedenfalls läßt sich kein Felix Niemeyer finden.

Unterdessen tobt auf dem Markte die Schlacht um die Hauptwache. Soldaten eilen mit aufgestecktem Bajonette ihren eingeschlossenen Kameraden zu Hilfe, Salzsieder und Solknechte strömen aus den angrenzenden Gassen, stellen sich an die Seite der Studenten und rücken mit Messern und Degen vor. Und Wietersheim, Holtzendorff und ich befinden uns mittendrin.

Zu sehr sind wir in der wogenden Menge eingekeilt, als daß wir unsere Degen ziehen, geschweige denn schwingen könnten. So fühlen wir uns gleichermaßen bedroht und geschützt von ihr, denn allerorten blitzen Messer, sausen Fäuste und schwirrt gar manche Kugel uns um die Ohren. Unser Kampf gilt vor allem, nicht zu stürzen, denn wer hier einmal fällt und unter die Stiefel der entfesselten Meute gerät, bedarf keines gesonderten Degenstichs, den Tod zu finden. Und doch befinden wir uns trotz der Sorge, einfach nur aufrecht stehen zu bleiben, in einer Art Rausch, der alles übertrifft, was Wein, Bier oder Schnaps bisher in uns ausgelöst. Wären wir nicht derart verklettet mit der Menge, müßten wir befürchten, wie die Engel den Boden unter den Füßen zu verlieren und über dem Schlachtengetümmel zu schweben.

Doch dann trifft plötzlich eine verirrte Kugel Wietersheim in die Brust, und mit einem überraschten Gesichtsausdruck sinkt er in Holtzendorffs kräftige Arme, die allein verhindern, daß unser Freund zu Boden stürzt.

Sogleich untersuche ich das Einschußloch, aus dem erstaunlicherweise kein Blut strömt. Die Kugel steckt noch in Wietersheims silbernem Tabakdöschen, das er mit der Tonpfeife stets in seiner Brusttasche trägt. Allein die Wucht des Aufpralls hat ihn aus dem Gleichgewicht gebracht. – So ist sein sommerliches Bemühen, die Kunst des Rauchens zu erlernen, am Ende doch nicht ganz und gar unnütz gewesen.

Und auch das Volk trägt, weil es sich zusammenzuschließen versteht, am Ende dieses denkwürdigen Tages einmal den Sieg gegen die bewaffnete Obrigkeit davon und befreit, wenngleich unter nicht geringem Blutzoll, vier stadtbekannte Urkunden- und Wechselfälscher, zwei obdachlose Geisteskranke und einen gott- und sittenlosen Schriftsteller von zweifelhaftem Adel aus den Arrestzellen der Stadtwache. Ein Theologiestudent namens Felix Niemeyer ist indessen nicht unter den Befreiten.

Ohne den jungen Expectanten wird unser Unterricht noch ärmer, der langweilige und stets mit den Tränen kämpfende Lector Freyer übernimmt Niemeyers Bibel- und Katechismusstunden, und wir sehen uns in der Dringlichkeit, endlich einen geheimen Bund gegenseitiger Erziehung zu gründen, mehr denn je bestätigt. Denn im Collegium lernen wir weniger als nichts, nämlich das Auswendiggelernte zu verachten.

Mein Vater hätte mich besser aufs Hallesche Stadtgymnasium schicken sollen. Die lutheranische Lehranstalt befindet sich im früheren Barfüßerkloster direkt an der Stadtmauer. Dort dauert die Schulzeit zwar länger, dafür erlangt man aber auch eine tiefere Kenntnis der klassischen Antike und übt sich bereits in jungen Jahren in gelehrtem Disputieren und poetischem Schreiben. Wenn man diese hohe Schule nach zehn Jahren verläßt, kennt man sich außerdem in den Naturwissenschaften aus und kann sich zu Recht zu den Gebildeten zählen.

Die Gymnasiasten beginnen wie wir mit Schreiben, Lesen, Rechnen, Bibelstudium und Katechismus. Doch schon in der Quinta kommt die lateinische Sprache hinzu, in der Quarta die griechische, in der Tertia sind Poesie, Geschichte und Geographie an der Reihe, in der Sekunda werden Tacitus, Cicero, Horaz, Platon und Plutarch im Original gelesen und die Anfangsgründe des Hebräischen gelehrt, in der Prima endlich widmen sich die Schüler der Logik, Moral und Physik, müssen wöchentlich drei freie Reden und zwei Disputationes halten, um sich auf die Universität vorzubereiten, während wir bis dato nichts anderes gelernt haben, als das Maul zu halten, zu heucheln und zu lügen.

Fast hätte ich es vergessen, auch die Musik und das Chorsingen stehen auf dem Lehrplane des Gymnasiums. Hier in der Anstalt hingegen gilt die Musik als Kunst des Teufels, und das Singen beschränkt sich auf den Lobgesang zur höheren Ehre Gottes. Franckes Predigten sind voller wütender Vorwürfe gegen die Musik, die angeblich schon die römischen Kaiser Caligula und Nero zu sittlicher Verkommenheit degenerierte.

Das Stadtgymnasium hat gleich drei Chöre, der Chorus Symphonicus mit den älteren Schülern aus den Primanerklassen singt kunstvolle mehrstimmige Musik in allen drei Stadtkirchen. Der Besuch dort ist uns selbstverständlich verboten, predigen hier doch die Lutheraner wider uns Pietisten. Trotzdem schleiche ich mich, wann immer möglich, der Musik wegen in die Ulrich- oder Moritzkirche, auch wenn ich Gefahr laufe, dabei von den Spionen Franckes entdeckt und am Ende neuerlich mit Karzer bestraft zu werden.

Endlich rückt der Martinstag näher, den Wietersheim für das Gründungsfest unseres Bundes bestimmt hat. Und der Schutzheilige, den man im benachbarten Sachsen mit Umzügen feiert, scheint uns für unser Ansinnen recht gewählt. Schon die Nähe zu den heidnischen Riten der Papisten verleiht unserer geheimen Bruderschaft den erregenden Geruch der Subversion.

Holtzendorff hat Pedell Lederer mit einem Fäßchen Burgunder bestochen, damit er uns um Mitternacht das Tor öffne und um vier Uhr wieder einlasse, nicht ohne bei seiner Junkerehre schwören zu müssen, die Mittäterschaft des Pedells auch unter Androhung schlimmster Torturen niemals preiszugeben, falls unsere Absentierung bemerkt werden sollte.

Warum Wietersheim den ehemaligen Pestfriedhof für unsere Feier gewählt, weiß seine poetische Seele allein. Vielleicht soll der unheimliche Ort uns Warnung sein, was jedem widerfahre, der den Eid der Brüderschaft bricht. Auf Apolls Geheiß hin tragen wir alle lange schwarze Umhänge und unsere Degen. Als habe unser Impresario die Bühne des Geschehens besonders dramatisch dekorieren wollen, liegen am Eingange der Gruft, die er sich für die Feier gewählt, einige übereinandergeworfene Totengerippe.

Wir zünden die mitgebrachten Fackeln an, stellen uns in einen Kreis und schauen einander ernst in die bleichen Gesichter. Das fahle Fackellicht gleicht brennendem Weingeist, unsere Schattenbilder tanzen, obwohl wir still stehen, auf den Grabmauern wie farblose Erscheinungen. Aus der Ferne hören wir Hundegebell, dann, ganz in unserer Nähe, den unheimlichen Ruf eines Nachtvogels und ein leises, fast unhörbares Murmeln und Raunen. Ein süßlicher Geruch nach Fäulnis und Verwesung liegt in der Luft, zumindest scheint es mir so. Vielleicht entströmt er auch nur dem Lavendelduft unserer Umhänge, die den ganzen Sommer über mit den Blütensäckchen in unseren Truhen und Koffern verstaut lagen.

»Aufgabe und Ziel unseres Bundes ist«, spricht Wietersheim mit weihevoller Stimme, die ein wenig an den Predigerton Franckes erinnert, »daß es Licht werde! Wir Eidbrüder schwören bei unserem Augenlichte, Streiter wider die Finsternis zu sein!«

»Wir schwören!« antworten wir im Chore. – Ingersleben unterdrückt ein plötzlich aufsteigendes Gelächter, wie es uns auch manchmal im Bet- und Singesaale überfällt, und lenkt die

Attacke, ehe Wietersheim sich in seiner Ehre gekränkt fühlen muß, in einen Hustenanfall um.

»Alle Brüder sind zu strikter Geheimhaltung, zu unbedingter Wahrheitsliebe und zu innigster Brüderlichkeit verpflichtet. Schwört, Brüder!«

»Wir schwören!« brummen wir unisono. Nun ist es Holtzendorff, dem es im Halse kratzt und dem der böse Husten gar Tränen in die Augen treibt.

Plötzlich zieht Wietersheim ein Messer, und ehe wir unserer Überraschung Herr geworden, fährt er mit der scharfen Klinge über die Innenseite seiner rechten Hand. Sogleich beginnt der Schnitt stark zu bluten. Doch unser Apoll verzieht keine Miene, ernst und feierlich reicht er das Messer an Holtzendorff weiter, der es Wietersheim ebenso kaltblütig gleichtut, bis wir alle reihum uns die rechten Hände aufgeschnitten haben und sie nun in der Mitte des Kreises vereinen. Nur Hastings zögert einen kurzen Augenblick, doch nicht so merklich, daß er fortan unter uns als Feigling gelten müßte, und schneidet am Ende um so beherzter zu.

»Wir teilen dieses Blut«, spricht Wietersheim weiter, »auf daß wir nicht nur Brüder im Geiste, sondern wahre Brüder ein und desselben Stammes seien. So wollen wir fortan füreinander einstehen. Schwört!«

»Wir schwören!« antworten wir, wie uns geheißen, nun ganz ohne mädchenhafte Attacken und vom weihevollen Ernste dieser Feier am Ende doch ergriffen.

Während unser aller Blut bereits an den Händen unserer Brüder verkrustet, wird Hastings bleicher und bleicher und beginnt plötzlich zu wanken, so daß Holtzendorff und Kamphausen ihn stützen müssen.

»Was ist los, Hastings?« fragt Wietersheim. »Kannst du kein Blut sehen?«

»Ich weiß nicht«, antwortet Hastings schwach und schließt die Augen, daß man ihn fast für tot halten könnte. Unterdessen blutet er unaufhörlich weiter, als habe er sich nicht nur in die Hand geschnitten, sondern sie gleich gänzlich abgehackt.

»Wir müssen seine Hand verbinden«, ruft Ingersleben besorgt, »sonst verblutet er uns noch!«

Sofort wirft Wietersheim den Umhang ab, zieht sich das Hemd aus, stößt das Messer hinein und reißt einen Streifen ab und wickelt ihn straff um Hastings Hand. Doch kaum hat er das Leinenband festgeknotet, ist es bereits blutgetränkt.

»Wir müssen zurück zur Schule, rasch!« sagt Holtzendorff. »Hastings braucht einen Arzt!«

»Bis wir zurück sind, ist Henry verblutet«, erwidert Kamphausen. »Wie müssen ihm den Arm abbinden!«

»Gustav hat recht«, stimmt Wietersheim dem Kameraden zu, reißt einen weiteren Streifen aus seinem Hemde und bindet ihn stramm um Hastings' Oberarm. Dann eilen wir vom Friedhof, die Stadtmauer entlang bis zum Franckeschen Gelände, und sind natürlich viel früher zurück als verabredet und stehen also vor verschlossenem Tore. Aber inzwischen sind auch Holtzendorff und Kamphausen, die den Zwerg auf dem Rückwege mehr getragen denn gestützt haben, vom Blute des Engländers rot gefärbt, als seien auch sie schwer verwundet. So bleibt keine Zeit für einen Plan, wir pochen gegen die Pforte, rufen laut und wecken damit nicht nur den Pedell, sondern alle Bewohner der Anstalten.

Lederer öffnet, neben ihm Goeckingh, mit einer Laterne in der Hand. Als er die Blutüberströmten sieht, fragt er nicht nach dem Woher und Warum, Predigt und Strafe werden zu ihrer Zeit folgen, sondern schickt mich sogleich zum Waisenhausarzte, Doktor Richter. Wietersheim und Ingersleben befiehlt er auf unsere Stube, dann geht er Holtzendorff und Kamphausen, in ihrer Mitte, von ihnen gestützt, der ohnmächtige Hastings, mit der Laterne voran zum Krankentrakt des Collegiums, als Nachhut folgt mürrisch und voll geheimer Angst Lederer, damit keiner, vor allem wohl Hastings nicht, seiner Aufsicht entlaufe.

Doktor Richter ist ob des allgemeinen Aufruhrs, den wir verursacht, bereits wach und wundert sich in keiner Weise über mein nächtliches Anklopfen an seiner Tür. Ohne weiteres Fragen folgt er mir in die Krankenstube, wo Hastings mit geschlossenen Augen und bleich wie der Tod auf seinem Bette liegt. Das Abbinden des Arms hat zwar verhindert, daß sein Blut weiter wie Wein aus einem zerschossenen Fasse herausströmt, die Blutung aber keineswegs gestillt. Der Medicus löst Wietersheims Verband, säubert die Wunde mit einem nassen Tuch und sieht, daß es sich um einen zwar langen, aber wenig tiefen Schnitt ins Fleisch des Handtellers handelt, aus dem gleichwohl unaufhörlich das Blut sickert.

»Wir müssen die Armbinde bald lockern, sonst wird der Junge noch den ganzen Arm verlieren«, seufzt der Arzt sorgenvoll. »Aber sein Blut ist so dünnflüssig, daß es dann wohl wieder ungehemmt aus ihm herausströmen wird. Ich habe von derlei seltener Veranlagung gehört, bin ihr selbst indes noch nie begegnet und also ratlos, was in diesem Falle zu tun sei. Doch bleibt uns nicht viel Zeit.«

Er legt Hastings einen neuen Verband an, läßt die Armbinde, die Wietersheim geknüpft, aber unberührt.

»Katte, hol Er den Doktor Hoffmann her! Er weiß, wo er wohnt?«

»Gewiß, doch um diese Zeit sind die Stadttore geschlossen. Man wird mich nicht in die Stadt hereinlassen!«

»Sag Er der Scharwache, es gehe um Leben und Tod!«

Friedrich Hoffmann hat die medizinische Fakultät an der Universität zu Halle begründet und ist der Leibarzt des Königs. Er wohnt in der Großen Ulrichstraße 2, ich kenne das Viertel und des Doktors Palais deswegen so gut, weil in unmittelbarer Nachbarschaft der Regierungssekretär Heinrich Bürger wohnt, der meines Großvaters Kreditbriefe für mich verwaltet.

Ich mache mich sogleich auf den Weg und stehe alsbald vor dem Rannischen Tore wie einst Achilleus vor den unüberwindlichen Mauern Trojas. All mein Pochen und Rufen nützt nichts, da der Torwächter entweder schläft oder mutwillig niemandem, und sei es der König höchstselbst, um diese nächtliche Stunde Einlaß in die friedlich schlummernde Stadt Halle gewährt. Es brauchte schon Josuas Trompeten oder Odysseus' Findigkeit, Halles Mauern zu überwinden. Ich wollte, ich hätte

Holtzendorff als meinen listenreichen Helden aus Ithaka an der Seite.

Meine Stimme wird heiser, meine Knöchel sind schon wund vom Hämmern an die unbewegte Pforte, ich könnte weinen, weinen, denke ich an Henry, der während meiner ohnmächtigen Versuche, zu Doktor Hoffmann zu gelangen, auf der kargen Krankenstube des Collegiums verblutet. Ich würde beten, wenn ich an Wunder glaubte. Doch das Wunder ist bereits beim kleinen Adalbert ausgeblieben. Und Gott diesbezüglich noch einmal zu versuchen, hieße am Ende, ihn hassen zu lernen.

Während ich vor schierer Verzweiflung schon dem Wahnsinn nahe, taucht aus dem mitternächtlichen Dunkel eine Rotte Studenten auf, trunken wankend und grölend, offenbar auf dem Heimwege von ihrer Sauftour durch Glaucha zu ihren armseligen Kammern. An Hand ihrer Kleidung sind sie leicht als Studenten zu erkennen, denn es gibt eine strenge Kleiderordnung für die Stände der Stadt, an die sich indes vor allem die Weibspersonen nicht halten. Zwar hat das Erzstift Magdeburg genau vorgeschrieben, aus welchem Stoffe die Kleidung zu schneidern, mit welchem Aufwande sie verziert und welchen Wert der getragene Schmuck besitzen dürfe, doch herrschen Hoffart, Prahlsucht und Übermut allerorten. Je geringer der Stand, um so prächtiger und ungebührlicher die Kleidung!

Vor dem verschlossenen Tore angelangt, pochen sie gegen das schädelgraue Holz in einem bestimmten Rhythmus, einem höfischen Tanzschritte gleich, nicht einmal laut, sondern fast leichtfingrig, trotzdem öffnet sich sogleich die schwere Pforte, als habe der Pförtner auf dieses Zeichen nur gewartet, und einer der Studenten drückt dem kahlen Alten von der Scharwache eine Flasche Silvaner in die Hand. Der Alte nimmt sie stumm entgegen, läßt uns allesamt ohne weitere Nachfrage oder Untersuchung passieren und verriegelt hinter uns das Tor.

Auch das prächtige Haus des Doktor Hoffmann liegt um diese nächtliche Stunde wie eine uneinnehmbare Festung da. Nach langem Klopfen endlich öffnet ein Bediensteter mit einer Laterne in der Hand und leuchtet mir argwöhnisch ins Gesicht.

Sicherlich sind dem Medicus derlei nächtliche Überfälle bis zum Überdruß vertraut, und zweifellos ist der Major Domus strengstens instruiert, die mittel- und aussichtslosen Fälle von den hoffnungsvollen und ertragreichen zu scheiden, ehe er seinen Herrn um die wohlverdiente Ruhe bringe. Selbst Pastor Francke versteht ja, aus unseren gelegentlichen Malaisen ein Geschäft zu machen: Für den Unterhalt der Pflegestuben muß jeder Scholar sechs Groschen im Quartale zahlen, dafür sind bei erfolgter Unpäßlichkeit Bett, Holz und Licht frei, für die Medikamente, die Wärterin und den Arzt aber muß wiederum gesondert bezahlt werden, so daß sich jeder Schüler dreimal überlegt, ob er bei Krätze, Grind oder Knoten am Halse dieses fürsorgliche Angebot wahrnimmt, zumal der eine oder andere von dort schon mit Wanzen oder Läusen in den Schlafsaal zurückgekehrt ist.

Der Fall Henry James Hastings indessen scheint dem Leuchtenträger nicht so eindeutig im Sinne seines Herrn zu entscheiden, so fordert mich Hoffmanns Faktotum denn nach längerem nachforschendem Hinundher auf zu warten, und tatsächlich erscheint wenige Minuten später Doktor Hoffmann in persona, wenn auch für diesen Notfall zu prächtig bekleidet, an der häuslichen Pforte und läßt sich von mir noch einmal die Umstände des Falles erklären. Im Laufe meiner kurzen, aber verzweifelten Erzählung hellt sich das Gesicht des Arztes vom entflammten Interesse zunehmend auf, und ehe ich geendet, befiehlt er dem Major Domus, den Kutscher zu wecken und anspannen zu lassen.

»Ich habe schon vielfach von derlei kurioser Konstitution gehört«, spricht er auf dem Wege zum Rannischen Tore, »die vor allem unter Engländern vorkommen solle. Vielleicht rührt daher ihre große Blässe und durchscheinende Haut! Wir werden sehen! Wir werden sehen!«

»Besteht denn Hoffnung auf Rettung?« wage ich zu fragen.

»Das wohl kaum. Manchmal läßt sich die Wunde durch Ausbrennen verschließen. Aber oftmals blutet es innen im Fleische weiter. Meist erreicht ein Mensch mit dergleichen Anlage nicht einmal das Jugendalter.«

Da mir dieses Gerede unerträglich ist, frage ich nicht weiter, und gottlob verstummt auch Doktor Hoffmann für den Rest des Weges bis zum Königlichen Collegium, wo man uns bereits am Tore erwartet.

Der Waisenhausarzt faßt den berühmten Halleschen Kollegen am Arme und führt ihn gleich zu Hastings Krankenstube, während Lederer mich griesgrämig in Franckes Amtsstube führt, wo bereits der traurige Rest des Ochsenstalls versammelt ist. Kein Wort verliert der Pedell über den Zustand unseres Freundes, und auch die Kameraden hat man bisher in Unkenntnis gelassen. Die Sorge um Hastings läßt keinen Raum, noch einen Gedanken an das drohende Donnerwetter zu verlieren, das sich zweifellos über uns zusammenbraut. Das Leben wird uns auch ein Francke wohl nicht nehmen.

Der Rector läßt uns bis zum Läuten der Morgenglocke in seiner Amtsstube stehen und warten, bewacht vom übellaunigen Pedell, der unseretwegen nun ebenfalls um seinen Schlaf gebracht wird und womöglich eigene Ängste aussteht, daß seine heimliche Collaboration ans Tageslicht gelangen könnte.

Dann betritt Pastor Francke ruhigen Schrittes die Stube und mustert mit ernster und sorgenvoller Miene jeden einzelnen von uns wie ein Vater seine mißratenen Sprößlinge.

»Doktor Richter und Professor Hoffmann haben den jungen Hastings nicht mehr zu retten vermocht«, sagt es schließlich. »Wäret ihr gottesfürchtige Burschen, hielte ich euch durch das Ableben eures Kameraden für bestraft genug. Doch eure steten Verfehlungen und Aufsässigkeiten, die nun gar für den Tod eines Mitschülers verantwortlich sind, erlauben mir keine Milde mehr. Der Schüler ist jederzeit und überall Schüler! Auch außerhalb der Schulmauern hat er die Regeln des Collegiums zu befolgen! Die Schule ist nicht einfach nur ein Bauwerk, eine Bildungsanstalt, ein Hort der Gelehrsamkeit, sie ist ein Teil eures Selbst! Oder sollte es zumindest sein. – Glaubt nicht, ich hätte euren Eigensinn nicht bemerkt! Schon lange beobachte ich euch. Aber ich war zu geduldig, zu nachgiebig, zu hoffnungsvoll. Denn die schlimmste Form des Oppositionsgeistes beruht auf einem Übermaß an Stolz. Und ihr seid durchtränkt davon! Ihr wollt euch nicht führen lassen, nicht einmal vom wohlgesinntesten und gottesfürchtigsten Lehrer. Anstatt Achtung bringt ihr jenem, der doch nur euer Seelenheil im Sinne hat, die tiefste Verachtung entgegen. Schlimmer noch, ihr stiftet andere zum Aufruhr an, werdet Rädelsführer, von allen Kameraden für euren Geist der Aufsässigkeit bewundert. Aber entweder werde ich diesen Geist brechen, oder ihr habt an dieser Anstalt nichts mehr zu suchen! Ich gebe jedem von euch zehn Tage Karzer, in der Hoffnung, daß das Alleinsein mit eurer Schuld euch doch noch zur Reue führe. Wer sich dann immer noch nicht dem Willen Gottes und den Regeln dieser Anstalt unterwirft, hat das Collegium für immer und in Schande zu verlassen!«

Nie zuvor in der Geschichte des Collegiums hat es zehn Tage Karzer gegeben. Und da der ganze Ochsenstall in Arrest genommen, gibt es auch keinen vertrauenswürdigen Kameraden, der uns die Haft durch eine Aufbesserung des zu erwartenden Wassers und Brots oder durch seine gelegentliche Gesellschaft erleichtern könnte. Auch vom Pedell ist diesmal kein Entgegenkommen zu erwarten.

Mir indessen sind Dunkelheit, Kälte, Hunger, Durst und Einsamkeit nur recht, nicht eigentlich aus einem Gefühle der Schuld heraus, aber doch in einer tiefen, verzweifelten Erkenntnis der Vergeblichkeit all unseres Wünschens und Hoffens. Das Schicksal spielt mit uns, als seien wir nur gefühl- und seelenlose Puppen! Nicht einmal aufschreiben und an die Wand kritzeln will ich meine Ohnmacht, sondern lasse mich ganz und gar in dieses Gefühl der Nichtigkeit stürzen, das mich bei meinem ersten Aufenthalte in diesem Kerker noch fast in den Wahnsinn trieb, nun aber mein einziger rechter und annehmbarer Trost scheint.

Nur einen kurzen Vers aus Vergils *Aeneis* ritze ich während der langen zehntägigen Nacht in den Kalk, ein Epitaph auf den toten Freund, der Vergil geliebt hat und die *Aeneis* fast auswendig herzusagen wußte:

O dreifach ihr und vierfach Beglückte
Denen vergönnt war, vor Trojas ragenden Mauern
Vor den Augen der Väter zu sterben!

Einige Tage nach unserer Rückkehr in den Ochsenstall steht Pedell Lederer vor unserer Stubentür und fordert mich auf, ihm zum Rector zu folgen.

»Kamphausen, gib mir die Lampe!«

»Was willst du mit der Lampe? Es ist doch hellichter Tag!«

»Ich will sie mit zum Rector nehmen.«

Nun lächelt Kamphausen: »Richtig, Katte, hier, nimm das Licht, er braucht es!«

Doch anstatt mich zu Franckes Amtsstube zu bringen, überquert Lederer mit mir den Lindenhof und führt mich zum Hause des Pastors. Francke selbst öffnet die Tür, begrüßt mich mit Handschlag und fragt, ob ich ihn auf einem kleinen Spaziergange durch seinen Garten begleiten wolle. Den mürrischen Pedell schickt er mit einer Handbewegung fort.

Diese ungewöhnliche Einladung läßt mich ein wenig schaudern, ich denke an Franckes letzte Predigt zurück und fürchte nun die angedrohte Prüfung.

»So wie wir beten«, beginnt Francke, »so sind wir. Wie der Mensch zu Gott spricht, so spricht Gott zum Menschen. Im Gottesdienste sehe ich dich nie beten, Hans. Darum wundere dich nicht, daß Gott zu dir nicht spricht!«

Ich schweige, während ich mit auf dem Rücken verschränkten Händen einen halben Schritt neben und hinter Francke gehe.

»Es ist etwas Böses in dir, mein Sohn. Aber ängstige dich nicht, es steckt in uns allen. Wir Menschen sind Sünder, unser Wesen ist verderbt und ohne göttlichen Beistand zu allem Guten ohnmächtig. Die Bosheit kommt nicht nur von außen, durch Umgang oder Erziehung, sondern vor allem aus dem bösen Samen im Innern des menschlichen Herzens. Erzieherische Maßnahmen können lediglich Mittel wie Pflanzen und Begießen sein, doch das Gedeihen ist allein der Gnade Gottes anheimgegeben. Kannst du mir folgen?«

Ich nicke stumm, bin mir aber nicht sicher, ob der Pastor es gesehen hat, da sein Blick starr auf die Gartenmauer vor uns gerichtet ist. Wir alle haben von der Verstimmung zwischen ihm und seiner Frau gehört, die strikt gegen Franckes Wunsch focht, ihre kaum siebzehnjährige Tochter mit dem siebenundzwanzig Jahre älteren Adjunktus Freylinghausen zu verheiraten. Nun hat die Pastorenfrau mit ihrer Tochter den Gatten verlassen und ist ins Haus der Schwägerin am Schwarzen Tore gezogen.

»Der Mensch muß eine Erweckung erfahren, in der Gott sein altes Wesen gründlich umstülpt. Die Eigenliebe ebenso wie die Weltliebe sind aller Laster Anfang und Ursprung, aber die Liebe Gottes ist die Wurzel aller Tugenden.«

»Und was ist mit der Nächstenliebe?« wage ich zu fragen.

»Die Nächstenliebe ohne Gottesliebe ist das Unkraut, das auf dem Acker der Herzen von selbst welkt! Denn von Natur aus sind wir alle unheilig und gottlos, Mörder, Ehebrecher, Diebe, Lügner und so weiter. Doch wo sich das Herz Gott öffnet, beginnt ein innerer Kampf. Ohne diesen Bußkampf gibt es keine Bekehrung, keine Wiedergeburt. Teufel und Welt versuchen, den Wiedergeborenen anzufechten und zu verlocken. Aber trotz all dieser Anfechtungen halte ich dich für stark, mein Sohn. Bist du bereit, den Kampf aufzunehmen?«

»Den Kampf gegen das Böse? Es vergeht kein Tag, an dem ich nicht dagegen ankämpfe.«

»Du kämpfst mit den falschen Waffen, mein Sohn! Es sind drei Tugenden, die man suchen muß: die Mäßigung, die beständige Gewissenserforschung und den absoluten Gehorsam dem Willen Gottes gegenüber.«

»Woher weiß ich, ob es der Wille Gottes ist?«

»Deine Erzieher wissen es. Vertrau ihnen! Willst du, Seite an Seite mit mir, für die wahre Gottseligkeit kämpfen?«

»Was muß ich tun?«

»Sei mein Auge, mein Ohr, mein Herz, mein Verstand im Kreise deiner Kameraden, doch ohne deine Mission zu verraten. Hilf mir zu erfahren, welche Seele in besonderer Not oder Gefahr ist, daß ich sie zu retten versuche, solange sie noch erziehbar ist. Dir liegt das Seelenheil deiner Kameraden doch am Herzen, nicht wahr!«

»Ich wüßte nichts, was mir wichtiger wäre.«

»Gut, dann werden wir gelegentlich diese kleinen Spaziergänge fortführen, und du wirst mir berichten, wo Satan den Eigensinn und die Selbstsucht deiner Kameraden nutzt, um sich in ihren Seelen häuslich einzurichten. Doch laß dir nicht anmerken, auf welcher Seite du stehst. Manchmal muß man Satan mit seinen eigenen Waffen schlagen!«

Als ich von diesem denkwürdigen Spaziergange zu unserer Stube zurückkehre, will ich meinen Kameraden sogleich von dem Gespräche mit Francke erzählen. Doch fassungslos bleibe ich an der Türe stehen, in der Mitte der Kammer, mit dem Rücken zu mir, steht auf einem Schemel Holtzendorff, mein zweites, geheimes Gewissensbüchlein in der Hand, das er in seinem Verstecke aufgestöbert und herausgeholt hat und aus dem er nun zur Unterhaltung der Kameraden mit der schmierigen Stimme eines Jahrmarktskomödianten vorträgt:

Das Nichts ist weder kalt noch warm, weder rot noch blau, es ist schwarz und hat in seiner Mitte einen schwarzen Dorn, und als der Dorn mir zwischen die Rippen fährt, sprudelt Schwärze aus der Brust. Ich bade darin, und das Baden ist ein Fest des Teufels.

Alle, bis auf Ingersleben, der mich an der Türe entdeckt hat, feixen laut und pöbelhaft über meine geheimen nächtlichen Ergüsse, wobei sie wahrscheinlich nicht einmal verstehen, worüber sie sich genau amüsieren. Wie kann Holtzendorff, der aus einem der ältesten Adelsgeschlechter der Mark stammt, sich zu einer derartigen Ehrlosigkeit hinreißen lassen? Ingersleben gibt ihm ein Zeichen, doch Holtzendorff fährt unbeirrt in seinem infamen Vortrage fort.

Endlich löse ich mich aus meiner Erstarrung, gehe zu ihm hin, trete ihm den Hocker unter den Füßen fort, so daß er, hätte Kamphausen ihn nicht aufgefangen, zu Boden gestürzt wäre, reiße ihm mein Büchlein aus den Händen und schlage ihm vor aller Augen kräftig ins erstaunte Gesicht. Nun läßt sich diese Angelegenheit nicht mehr mit einer ordentlichen Drescherei aus der Welt schaffen. Mit ruhiger Stimme teile ich ihm mit, Ingersleben werde noch heute auf ihn zukommen und Ort und Zeit des

Duells aushandeln. Dann gehe ich zu meinem Bette, lege mich darauf und ziehe innerlich eine Mauer hoch, die mich von allen anderen trennt.

Doch kann ich nicht umhin, nach einer geraumen Weile betretenen Schweigens den heftigen Wortwechsel zwischen Ingersleben und Holtzendorff durch die dicken Ziegelwände zu vernehmen. Von der Würde des zukünftigen Schloßherrn, der sich anmutig im Ballsaale und schneidig auf der Jagd zu benehmen weiß, ist im Augenblick bei Joachim von Holtzendorff keine Spur mehr zu finden.

»Du hast wirklich wie ein Schuft gehandelt«, schimpft Ingersleben, »und Katte darf sich vollkommen zu recht beleidigt fühlen!«

»Was muß er auch so heimlich in die Stube treten!«

»Jetzt gib nicht auch noch ihm die Schuld an deinem ehrlosen Tun! Haben wir einander nicht Brüderlichkeit geschworen?«

»Ja, bei einem mitternächtlichen Mummenschanz für kleine Buben.«

»Noch ein Wort, und wir werfen dich hinaus aus unserem Bunde!« wirft Wietersheim böse ein.

»Eben hast du noch wie blöde mitgelacht, Apoll. Tu nicht so, als sei ich der einzige hier, der sich einen Scherz erlaubt hat. Hat der Mensch denn keinen Sinn für ein wenig Possenreißerei?«

»Halt endlich den Mund, Holtzendorff, und mach es nicht noch schlimmer«, entgegnet Ingersleben müde.

»Was willst du denn, das ich tun soll?«

»Wie wär's, wenn du dich bei Katte entschuldigst?«

»Nach dieser Ohrfeige? Dann schlage ich mich lieber mit dem Dummkopf. Er weiß doch, daß ich der bessere Fechter und ein unfehlbarer Schütze bin.«

»Ja, und ein ehrloser Schuft dazu. Morgen nachmittag um fünf auf dem alten Pestfriedhof. Degen bis aufs Blut.«

Ich weiß nicht, ob es Schlaf war oder nicht eher eine Art Leb- und Seelenlosigkeit, die dem Tode gleichkommt. Empfindungslos wie abgestorbenes Holz liege ich die Nacht über in meinem Bettverlies, genauso stumpf und taub taumle ich durch den Tag, bis ich mich beim Klang der Nachmittagsglocke in Begleitung Ingerslebens auf den Weg zum stillen Gottesacker mache, dessen Erde vor noch gar nicht langer Zeit mit dem Blute unserer Bruderschaft getränkt worden.

»Holtzendorff ist ein Schurke, gewiß«, spricht Ingersleben nach langem Schweigen, »aber er ist auch ein elendig guter Fechter!«

Ich erwidere nichts.

»Ich weiß nicht, ob ich ihn gefordert hätte«, fährt er fort. »Ich habe noch nie jemanden gefordert. Ich überlasse es jenen, die Courage haben, sich für ihre Ehre zu schlagen. Ein Philosoph muß keine Courage haben!«

Ingersleben ist kein Feigling. Er spricht nur aus Sorge um mich derart unsinniges Zeug. Als ich immer noch nichts entgegne, fragt er mich: »Und du? Hast du keine Angst?«

»Mach dir keine Gedanken, Johann. Du kennst mich doch, ich bin ein zäher Kämpfer, wenn ich erst mal zu kämpfen begonnen habe. Ich muß nur diesen Anfang finden!«

Holtzendorff und Kamphausen erwarten uns bereits auf dem abgeschiedenen Begräbnisplatze, beide sehen mitleiderregend aus. Habe ich wie ein gefällter Baum geruht, so müssen sie die ganze Nacht und den halben Tag mit grausamen Dämonen gerungen haben.

Nachdem Kamphausen und Ingersleben unsere Degen überprüft, stehen wir uns im Abstand von fünf Schritten gegenüber, unsere Waffen irgendwo ins Ungefähre gerichtet, obgleich mein Sekundant bereits das Zeichen zum Kampfe gegeben.

«Worauf wartest du, Katte?« ruft Holtzendorff schließlich. »Willst du nicht endlich anfangen?«

»Stoß du zuerst!« erwidere ich. Doch anstatt auf mich loszustürmen, rammt Holtzendorff seinen Degen in die festgetretene Friedhofserde.

»Was soll das bedeuten? Willst du mir die Genugtuung versagen?«

»Ich kann mich mit dir nicht schlagen!«

»Warum nicht? Nimm den Degen! Dein Verhalten beleidigt mich ein zweites Mal!«

»Nimm meine Feigheit als Genugtuung, Katte!«

»Bis aufs Blut, Holtzendorff, bis aufs Blut, lautet die Forderung.«

»Meinetwegen, stoß zu, wenn du willst. Ich rühre meinen Degen hier und jetzt nicht mehr an!«

Ich gehe zwei Schritte auf Holtzendorff zu, der ältere, so lang bewunderte Kamerad schaut mir mit entschlossener Miene ins Gesicht.

»Ich kenne dich bis auf den Grund deiner Seele, Katte, und jeder Gedanke daran macht mich zum ehrlosesten Menschen auf dem Erdboden.« Nun kommt er auf mich zu, ohne Degen, obgleich ich meine Waffe noch immer gegen ihn gerichtet halte, geht einfach an ihr vorbei und umarmt mich: »Laß uns wieder Freunde sein, nein, Brüder, lieber Hans! Selbst mit dem Teufel würde ich mich schlagen, aber nicht mit dir!«

Ingersleben steht ebenso verlegen da wie ich, niemand von uns weiß, ob bei einem derart merkwürdigen Duellverlaufe die Satisfaktion als erhalten gelten kann. Indessen hält Holtzendorff mich weiter innig umschlungen, und ich spüre Nässe in meinem Nacken und kann nichts anderes annehmen, als daß mein Bruder aus Ithaka weint.

Für eine Weile kehrt ein wenig Ruhe ein im Ochsenstalle und, so will mir scheinen, im gesamten Schulleben. Alle wirken recht müde und erschöpft von den blutigen Schlachten und schmerzhaften Niederlagen der vergangenen Monate. Selbst Francke hat auf Grund seiner häuslichen Querelen ein gerüttelt Maß an Glaubenseifer und Überzeugungskraft eingebüßt. So bleibt mir auf meinen gelegentlichen Spaziergängen mit dem Pastor im Pfarrhausgarten fast jegliches Lügen erspart, wenn ich ihm von einem friedvollen und sittenstrengen Zusammenleben im Ochsenstalle berichte. Im Übrigen wird der genaue Wortlaut meiner Denunziationen mit allen Stubenkameraden stets ausgiebig disputiert und abgesprochen, was uns nicht selten unterhaltsame Stunden großer Heiterkeit bereitet.

Doch dann kündigt sich ein großes, ja staatstragendes Ereignis an, das Francke und mit ihm seine ganze Schöpfung erneut zum Kreißen bringt: Der König will bei seinem Besuche in Halle auch die Anstalten vor der Stadt inspizieren, in die ja nicht wenige Taler aus Berlin geflossen.

Beim ersten Besuche des Königs vor sieben Jahren standen das Waisenhaus, der Goldene Adler, das Alte Mägdeleinhaus, das Englische Haus, das Speise- und Singesaalgebäude, sowie der Mittelbau des Collegiums. Bei seinem neuerlichen Besuche wird er den nördlichen und südlichen Giebelanbau am Collegium, das Brau- und Backhaus und das Lange Gebäude vorfinden. Der Grund und Boden, darauf diese Gebäude erbaut wurden, erstreckt sich vom Rannischen Tore über elfhundert Fuß entlang an Mauer und Graben bis zum Leimtor und über hundertfünfzig Fuß in der Breite. Hier, wo sich früher Weinberge und Gärten befanden, hat Francke seine neue Stadt errichtet. Hätte man dergleichen auch mit Fleiß gesucht, man hätte keinen bessren Ort als diese hochgelegene Gegend mit einer angenehmeren und gesünderen Luft als jener im rauchgeschwängerten Halle finden können.

Gegen zwölf Uhr an diesem bewölkten Oktobertage trifft Seine Majestät, in Begleitung der Fürsten Leopold von Anhalt-Dessau, Leopold von Anhalt-Cöthen, Generallieutenant Finck von Finckenstein und dem Kronprinzen Friedrich von Halle kommend auf dem Franckeschen Gelände ein. Zunächst besichtigt der König unter Franckes Führung die Apotheke, die unter der Aufsicht unseres Waisenhausarztes Christian Richter und mit tatkräftiger Nutzung des kurfürstlichen Privilegs zum Medikamentenversande zu einem im ganzen Lande gerühmten Unternehmen gediehen ist. Richter überreicht dem König ein Fläschchen *Essentia amara*, ein bitteres Mittel gegen Magenbeschwerden, und eine Goldtinktur, die *Essentia dulcis*, welche sich als heilkräftig gegen Entzündungen, Krämpfe und Fallsucht erwiesen haben soll. Zumindest finden beide Mittel rege Nachfrage über die Landesgrenzen hinaus, so daß Francke wohl zu Recht von der Apotheke als seinem »Schatzkästchen Gottes« spricht. Nun sucht er nach einem wirksamen Mittel gegen das Fleckfieber und die Blattern und die Unterstützung des Königs bei selbigem Unterfangen, da es ja auch im Interesse des Reiches liegen müsse, daß ihm nicht mehr Soldaten durch diese Plagen als durch des Feindes Waffen wegstürben. Aber auch der König versteht sein Geschäft und läßt sich nicht leicht beschwatzen.

Dann führt Francke seine Besucher in die Bibliothek, für die er bereits ein eigenes Gebäude plant, da innerhalb weniger Jahre die Sammlung durch Schenkungen und Nachlässe auf achtzehntausend Bände angewachsen. Indessen ist sie nicht mit Hastings' kleiner, geheimer Bibliothek, die wir hüten wie die Bundeslade, zu vergleichen, da die meisten Bücher in Franckes Sammlung theologischer und pietistischer Natur sind.

Danach folgt die Küche, deren Inspektion ebenfalls eine geraume Zeit der Erörterung und Bewunderung in Anspruch nimmt, da sie immerhin einige hundert Mägen jeden Tag zu füllen hat. Nachdem Seine Majestät endlich aller neuen Gebäude ansichtig geworden und sie ausgiebig bewundert hat, führt Francke ihn ins Pädagogium Regium, wo wir in unseren Stuben, ohne sie erneut in Unordnung bringen zu dürfen, seit dem Morgen ausharren mußten.

Francke öffnet die Tür, der König tritt ein, nicht der König, dem ich als kleiner Bub einmal vor die Füße fiel, sondern sein Sohn, auch wenn er inzwischen beleibter erscheint als sein auch nicht eben leichtgewichtiger Vater. Die strammsitzende Uniform betont die Leibesfülle des kleinen Mannes noch. Der Junge hinter ihm, ebenfalls in blauer Uniform, scheint sich dieses kleinen, unförmigen Mannes zu schämen. Eingekeilt zwischen zwei alten Herren, in denen ich den Fürsten von Anhalt-Dessau und den Prinzenerzieher von Finckenstein vermute, fühlt er sich offenkundig unwohl in dieser Gesellschaft, vielleicht auch in dem rauhen Tuche, das zu tragen er gezwungen. Er mag halb so alt sein wie ich, vielleicht acht oder neun Jahre zählen, jedenfalls läßt ihn der Offiziersrock noch schmächtiger, zarter und verletzlicher erscheinen. Blaß und kränklich steht er zwischen den berühmten Heerführern wie nur eines unserer ärmsten Waisenkinder, als habe er zeitlebens nicht genug zu essen bekommen.

Ganz im Hintergrunde hält sich ein junger Edelmann, Leopold von Anhalt-Cöthen, der als einziger keine Uniform trägt, sondern ganz nach der derzeitigen Pariser Mode gekleidet ist. Er betritt den Ochsenstall nicht, sondern bleibt in der Türe stehen und mustert uns fast erwachsene Zöglinge mit einem mitleidigen und zugleich amüsierten Lächeln.

Der König läßt sich von Francke die Rolle mit dem Schülerverzeichnis reichen und liest darin.

»Hastings?« fragt er dann. »Ist das einer Seiner munteren Engländer, Francke? Ich sehe hier keinen Rotschopf!«

»Der kleine Hastings ist leider vor einigen Monaten von uns gegangen. Er kam bereits zu uns mit einer geschwächten Constitution. Aber Majestät haben vollkommen recht, das Pädagogium Regium erfreut sich eines excellenten Rufes auch in den englischen Landen.«

»Können sie denn deutsch?«

»Alle werden in deutscher Sprache unterrichtet, und hier wie im Englischen Hause ist es den Schülern bei Strafe verboten, in ihrer Muttersprache miteinander zu reden!«

»Vergesse Er auch nicht, das Fratzenschneiden bei Leibesstrafe zu verbieten. Ich habe den Eindruck, als hätten Seine jungen Männer noch nicht vollkommene Selbstzucht und Beherrschung gelernt.«

»Fromme Zucht und Bestrafung jeder Aufsässigkeit ist stets vonnöten und von Gott in seinem Wort auch ernstlich anbefohlen. Es ist aber dabei christlich, klug und weise zu verfahren, damit man der Züchtigung, wie es oft geschieht, nicht zuviel, noch zuwenig tue.«

»Er hat mein ganzes Vertrauen!«

Francke nickt bescheiden. Dann sagt er beiläufig: »Ich würde gerne noch gegen Osten einen Flügel an das Pädagogium anbauen, aber ich finde viel Widerstand vonseiten der Stadt.«

»Wer ist Ihm zuwider?« ruft der König erregt aus. »Sage Er es mir nur! Nenne Er mir Sein Anliegen, und ich werde gerne alles fördern, wenn es nur nicht zum Hochmute ist.«

Mit zufriedener Miene geleitet Francke den König hinaus aus unserer Stube und dem Schulgebäude, geht neben ihm wie ein Freund neben seinem Freunde oder ein Pastor neben seinem Beichtkinde über den Lindenhof zum Waisenhause. Das übrige Gefolge stapft schweigend und in einigem Abstande hinterdrein. Wir Scholaren dürfen uns indessen mit den Waisen im Speisesaale versammeln, müssen daselbst aber wiederum warten, bis die Besucher eingetroffen, die offenbar von Francke zum gemeinsamen Mahle eingeladen worden, obgleich es doch nur die übliche Mehlsuppe mit Braunkraut und Butter, aber ohne Fleisch geben wird, da heute Samstag ist.

Seine Majestät sieht zu, wie wir beten, aus der Heiligen Schrift lesen und uns dann zu Tische setzen. Er nimmt Platz am Tische des Rectors und der Inspectoren und bekommt dasselbe Essen wie sie vorgesetzt, dann hören wir ihn fragen: »Werden die Kinder davon auch ordentlich satt?«

Pastor Francke antwortet, mit leiserer Stimme als der des Königs, doch für alle hörbar, da während des Essens striktes Silentium im Speisesaale herrscht: »Ja, natürlich werden sie satt. Meine Regel ist, daß alle ausreichend, aber maßvoll zu essen bekommen. Und was die Güte betrifft, sind die Speisen so beschaffen, daß sie zur Notdurft hinlänglich, andernteils aber nicht köstlicher sind, als sie es zum Leben brauchen, wie sich Seine Majestät nun selbst überzeugen können.«

Friedrich Wilhelm nickt befriedigt und greift so beherzt zu, als ginge es an seinem Mittagstische noch bescheidener zu. Der Kronprinz sitzt schweigsam zwischen dem Alten Dessauer und seinem noch älteren Erzieher und stochert mürrisch, ja verächtlich in der kränklich grauen Mehlpampe herum. Indessen weiß er seine Gefühle recht gut hinter einer indolenten Miene zu verbergen, die von uns in dergleichen Maskerade ebenso gut bewanderten Scholaren aber leicht zu durchschauen ist. Sein Gesicht wirkt noch recht kindlich, zugleich jedoch auf eine fast schon greisenhafte Art erwachsen. Mich schaudert ein wenig, diesem einsamen Knaben in unserer Mitte beim Hungern zuzuschauen. Weder Francke noch sein Vater haben dem Kronprinzen während des ganzen Besuches bisher irgendeine Beachtung geschenkt. Der ganze Umgang erinnert mich an meine Ankunft hier in Glaucha, als Francke meinen Vater durch die Anstalten führte und mich genauso geflissentlich übersah. Seither, also seit mehr als zwei Jahren habe ich meinen Vater nicht mehr gesehen. Weder kam er zu Besuch, noch schrieb er je einen Brief. Hin und wieder haben die Inspectoren oder Francke ihn von meinen Fortschritten oder Missetaten unterrichtet, und ihnen mag er, zusammen mit dem vierteljährlichen Schulgelde, geantwortet und zur nötigen Strenge jeglicher Aufsässigkeit gegenüber gemahnt haben.

»Wieviele Seelen werden hier gespeiset?« fragt seine Majestät dann mit seiner dröhnenden Stimme, so daß die Stifte erschrokken zusammenfahren.

»Etwa hundert Scholaren und vierhundertfünfzig Waisen«, antwortet Francke.

»Was wird aus den Waisen?«

»Wir bringen ihnen Fleiß und Gehorsam bei. Die besten Köpfe lasse ich studieren, die anderen werden ins Handwerk gegeben.«

»Werden denn keine von ihnen Soldaten?«

»Wer selbst zu einem Handwerk nicht taugt, kann meinetwegen auch als Soldat angeworben werden.«

»Auch das Soldatentum kann durchaus ein edles Handwerk sein, Doktor Francke! Will Er mir nicht Seelsorger für meine Regimenter schicken!«

»Darüber läßt sich reden.« Trotz aller Zurückhaltung in der Stimme wirkt Francke erfreut über das königliche Ansinnen. Doch plötzlich schlägt er mit der Faust auf den Tisch, daß selbst seine Königliche Majestät zusammenzuckt, springt auf und läßt seine lauteste Predigerstimme wie ein Donnergrollen auf die Waisen an den Seitentischen einhämmern: »Silentium, ihr gottlosen Buben! Man soll bei Tische nicht schmatzen wie die Ferkel und ein Getöse mit dem Löffel machen, als fräße man in einer verkommenen Schenke! – Verzeiht, Majestät. In der Regel geht es hier gesitteter zu!«

Seine Majestät nickt und wagt nun nicht mehr, den Rest der Pampe mit seinem Löffel auf dem Tellerchen zusammenzuschaben oder gar das letzte Tröpfchen auszulecken. Doch einen Nachschlag gibt es auch für den König nicht. Alle Speise, selbst jene für die hohen Gäste, ist nach Augenmaß achtsam zugeteilt, damit alle gleich viel oder eher doch gleich wenig erhalten.

Der junge Leopold von Anhalt-Cöthen rührt unsere zweifelhafte Anstaltskost ebenso wenig an wie der Kronprinz, hat sich aber nicht hinter einer Maske der Gleichgültigkeit verschanzt, sondern beobachtet das stille, freudlose Treiben um ihn herum mit großer Neugier, als handle es sich bei diesem Ausfluge um eine Reise in ein unbekanntes Land, dabei liegt Cöthen kaum sieben preußische Meilen von Glaucha entfernt.

Besonders mich und Ingersleben scheint er ins Auge gefaßt zu haben, immer wieder streift uns sein Anteil nehmender Blick. Daher verwundert es uns nur wenig, daß er nach dem Mahle, als Francke mit dem König bereits ins Freie getreten, auf uns zuschreitet, nach unseren Namen fragt und uns einlädt, gelegentlich Pagendienste an seinem Hofe zu verrichten. Er werde Francke die Erlaubnis schon abzukaufen wissen!

Ohne weiteres Nachdenken stimmen wir sogleich zu, denn derlei Dienste sind nur zu besonders aufwendigen Empfängen und Festen nötig, so daß wir endlich einmal der Trostlosigkeit des Collegiums, in dem ja jedes Fest, alles Musizieren, Lachen und Spielen des Teufels sind, entkommen und, wenn auch nur als Pagen, an ausgelassener Freude, an höfischem Glanze, an Musik und Tanz teilhaben können.

»Bist Du ein Freund von Musik«, schreibt der Graf von Chesterfield an meinen Urur…großvater, »so höre sie an; geh in Opern und Konzerte; bezahle Spielleute, daß sie Dir vorgeigen! Aber ich verlange von Dir, daß Du selber weder pfeifen noch geigen sollst. Es zeigt einen Edelmann von einer sehr nichtswürdigen und verächtlichen Seite, bringt ihn in üble Gesellschaft und nimmt viel Zeit weg, die weit besser angewandt werden könnte.«

Mit dem Sachsen-Anhalt-Hopper-Ticket reise ich von Halle nach Köthen, durch die große östliche Leere, Schneefelder, häuserlos, menschenlos, allenfalls einige fröstelnde Rehe hier und da. So viel Himmel, weiter Horizont! Früher standen hier wohl Wälder.

Über was haben die Fürsten hier einst geherrscht? Jagdgründe? Ödnis? Alle diese Lande östlich der Elbe waren ja einmal Kolonialgebiet, wie die Amerikas, auf Kosten einer zwar geringen, aber bereits ansässigen slawischen Bevölkerung, den Wenden. – Heute wird in der menschenleeren Weite Wind geerntet.

Köthen ist von Halle aus mit dem Zug in einer guten halben Stunde zu erreichen. Zu Kattes Zeiten war es wohl eine Tagesreise zu Pferd oder mit dem Wagen. Die unbefestigten Wege ließen kaum mehr als fünf bis zehn Kilometer pro Stunde als Reisegeschwindigkeit zu. Wenn Katte im Köthener Schloss dem Fürsten als Pagen gedient und aufgewartet hat, so ritt er nicht eben mal am Mittag nach Schulschluss vom Collegium los und kehrte noch am selben Abend nach Halle zurück, sondern musste schon einige Tage Urlaub nehmen. Offizielle Schulferien gab es im Pädagogium Regium nicht.

Heute ist Köthen eine abseits gelegene, offenkundig arme und ereignislose Kleinstadt, kurz das, was man gemeinhin ein »verschlafenes Nest« nennt. Vor dreihundert Jahren war dort noch weniger los. Was hat einen großen Musiker wie Johann Sebastian Bach veranlasst, das vergleichsweise großstädtische Leipzig zu verlassen und nach Köthen zu gehen? Leben gab es nur am Hofe des Fürsten Leopold. Außerhalb des Schlosses stand kaum mehr als eine Handvoll Bauernkaten.

Köthen liegt im Schwarzerdegebiet der Magdeburger Börde, im Regenschatten des Harzes. Neben den Bauernhäusern gab es noch die Schenke Schockenthal, heute Sitz der Köthener Commerzbank. Und fast hundert Jahre vor Halle wurde in Köthen bereits das Schulwesen reformiert und zur Herstellung von Schulfibeln der erste deutsche Schulbuchverlag, die »Fürstliche Druckerei« gegründet. Mit dem Aufbau der Hofkapelle durch Fürst Leopold und Bachs Engagement als Kapellmeister, beginnt das kurze Goldene Zeitalter des Fürstentums. Danach geschieht eine lange, lange Weile gar nichts, bis 1955 das Städtchen zum Austragungsort des Hockey-Länderspiels zwischen Indien und der DDR wird. Berühmte Kinder der Stadt sind Paul Schmidt, der Erfinder der Trockenbatterie, und Walter Rauff, der Entwickler von Gaswagen für das Euthanasieprogramm der NSDAP.

Was lässt sich sonst noch über Köthen berichten? Der durch die Thüringer Landessternware in Tautenburg im Jahr der Wende entdeckte Asteroid *10747 Köthen* wurde nach der ehemaligen Fürstenresidenz benannt. – Ach ja, im Sommer 2001 wurden fünfzig lebensgroße, farbenfroh gestaltete Kühe im ganzen Stadtgebiet aufgestellt, als Memento an den volkstümlichen Spitznamen des Städtchens »Kuh-Köthen«.

Leopold ist sich der Armseligkeit seines Fürstentums durchaus bewusst. Also erhebt er seinen Fürstenhof zu einem ostelbischen Versailles, das mit seinen rauschenden Festen, seinen Künstlern, seiner Freizügigkeit und seiner Gastfreundschaft prunkt.

Ein überlebensgroßes Ölbild von Leopold zeigt den Fürsten in silberdurchwirktem Wams und einem von einem »Mohrenknaben« gehaltenen purpurnen Umhang. Ich frage mich, ist dieser Knabe eine fantastische Erfindung des Malers, oder hat es am Köthener Hof tatsächlich afrikanische Jungen gegeben. Wo hat Leopold ihn her? War der Junge ein Geschenk? Oder hat er ihn gekauft, geraubt, vielleicht gar angeworben? Von wo? Ohne seine Eltern? Wie spricht er mit dem Jungen? Ist der Junge Eigentum des Fürsten, oder ist er frei zu gehen? Hat er als erwachsener Mann geheiratet? Eine Anhaltinerin? Hat er eine eigene Familie gegründet? Oder ist er in seine Heimat zurückgekehrt? Hat er überhaupt gewusst, woher er stammt, von wo er angeheuert, geraubt oder verschleppt wurde? Warum weiß niemand etwas von diesem Knaben, der im Übrigen auf einem zweiten Porträt, womöglich dem des Fürstenbruders August, noch einmal auftaucht, in derselben blauen Livree, mit einem Goldring im rechten Ohr.

Der Wanderer, der die Stadt Cöthen durch das Schalaunische Tor betritt, kommt an einem dichten Röhricht mit uralten Bäumen vorbei, darunter eine mächtige Ulme mit knorrigen Ästen und blitzzerrissenem Stamme, dessen Klüfte und Spalten mit festen Eisenklammern überspannt und verriegelt sind.

Wir fragen unseren Fuhrmann, was es mit diesem seltsam verschlossenen Baume auf sich habe, und der bärtige Alte erzählt, es handle sich um die Pestulme mit ihrem Schlosse. Als der Schwarze Tod wieder einmal in Cöthen umging und die Hälfte aller Bewohner dahinraffte, zog eines Tages ein ernster und wundersam anzuschauender Priester, den man noch nie zuvor gesehen hatte, durch die Gassen der Stadt und hinaus zum Röhricht vor dem Schalaunischen Tore. Er machte vor der mächtigen Ulme halt und trieb mit einem schweren Hammer starke Holzkeile in die Klüfte des Baumes, sprach Gebete und Bannflüche, umgürtete den Stamm mit einer festen Eisenkette und sicherte sie mit einem starken Schlosse. Den Schlüssel warf er dann in den Sumpf. Nie hat ihn ein Mensch seither wiedergefunden. Und von Stund an blieb die Stadt von der Pest verschont, als sei sie im Stamme der alten Ulme eingeschlossen.

»Dann hoffe ich nur, daß auch fürderhin der Schlüssel verschollen bleibe!«

Johann und ich sind gleich nach der Morgenandacht von Glaucha aufgebrochen und haben die sieben Meilen nach Cöthen in kaum mehr als zehn Stunden hinter uns gebracht, so daß wir am frühen Nachmittage bereits vor dem Tore der Residenzstadt stehen. Den größten Teil des Weges haben wir auf Schusters Rappen zurückgelegt und den bald aufkommenden Schmerz an den Füßen in den hartledrigen Stiefeln mit herzhaftem Gesange zu lindern versucht. Lange haben wir keine so vergnügliche Zeit mehr zusammen verlebt wie bei dieser Wanderung. Und am Ende, als manche Blase doch zu bluten begann, nahm uns das eine und andere Bauernfuhrwerk mit, welches unser Vorwärtskommen zwar verlangsamte, uns im Heu aber vortrefflich ruhen und genesen ließ.

Auf dem Markte angelangt, bitten wir unseren Landmann, anzuhalten und uns den Weg zum fürstlichen Schlosse zu weisen. Es liegt am anderen Ende der Stadt, jenseits des Walles und der Mauer, aber kaum mehr als eine Viertelstunde zu Fuß entfernt, wie alle Wege in Cöthen recht kurz und gut per pedes zu bewältigen sind.

Im Torhause ruft man uns an, nicht unfreundlich, aber bestimmt. Wir nennen unsere Namen und unser Geschäft, und ohne weitere Befragung läßt die Wache uns passieren. Nun stehen wir im großen Schloßhofe, rechter Hand die breite Treppe zur fürstlichen Wohnung, die wir jedoch nicht ungeleitet zu betreten wagen. Bäume gibt es im Hofe keine, sie stehen ringsum im Schloßgarten, in der strengen Ordnung, in der ein Ahne des herrschenden Fürsten sie einst in italienischer Manier hat anpflanzen lassen. In der Mitte des gepflasterten Hofes steht ein Brunnenhaus. In Ersetzung schattenspendender Baumkronen führt ein steinerner Gang entlang des Fürstentraktes. Gegenüber vermute ich das Pagenhaus. In diese Richtung wenden wir nun unsere Schritte.

Der Kammerherr, ein spindeldürrer, sehr vornehmer Herr, der offenbar niemandem gefallen will, hat bereits unsere Federhüte, Galanteriedegen, rotsilbernen Leinröcke, weißen Hosen, weißseidenen Strümpfe und Schnallenschuhe zurechtgelegt. Er fragt, ob wir nicht zunächst das Badehaus besuchen wollten, ehe wir unsere Pagenuniformen anzuprobieren gedächten. Wir schauen uns an, und ich vermute, daß meine Stiefel, mein Mantel und mein Haar ebenso eingestaubt sind wie Ingerslebens von der Landstraße gezeichnete Erscheinung.

Nach dem Bade führt der Kammerherr uns in die Kleiderstube zurück, und erstaunlicherweise paßt die Uniform, als sei sie für uns maßgeschneidert worden. Hat uns Fürst Leopold deshalb so herausfordernd gemustert, um uns gleich passend zu seiner verfügbaren Garderobe auszuwählen?

Die Pagenrocktaschen sind innen mit Wachs gefüttert, da es bei den Hoffeierlichkeiten Brauch ist, den Pagen nach Beendigung des festlichen Diners, wenn das Konfekt auf die Tafel kommt, eine kräftige Handvoll der Süßigkeit zuzustecken. Als der Kammerherr unsere erwartungsvolle Erforschung dieser Wachsbeuteltaschen entdeckt, schüttelt er bedauernd den Kopf und spricht: »Edle Herren, ich muß Sie enttäuschen, heute gibt es kein ausschweifendes Bankett, sondern ein Konzert in der Hofkapelle. Der Fürst glaubte, Sie würden daran womöglich mehr Gefallen finden als am Tischdienste!«

Unterdessen ist Fürst Leopold in die Kleiderkammer getreten und mustert uns so abrupt unserer Pflicht beraubten Pagen lächelnd. »Ich sehe Ihre enttäuschten Gesichter, meine jungen Freunde.« Dann, an den Kammerdiener gewandt: »Vielleicht läßt sich auch ohne Festtafel noch das eine oder andere Konfekt zum Abschiede besorgen, Lauchstädt, nicht wahr?«

»Wie Sie befehlen, fürstliche Hoheit!«

»Für das Konzert heute abend scheint mir dieses Flitterzeug nicht recht angemessen. Bitte folgen Sie mir doch in meine Wohnung, auf daß ich Sie mit einem würdigeren Gewande für den Abend ausstatte!«

Sprachlos vor Überraschung folgen wir dem Fürsten. An der großen Freitreppe zu seiner Wohnung läßt er uns gar, als seien wir seine Gäste, vorangehen. Hier, in seinen Privatgemächern, hat er wahrlich fürstliche Kleidung für uns herausgesucht, die, als wir sie anprobieren, uns wie auf den Leib geschnitten ist, was uns indessen nicht mehr verwundert. Allerdings erregt der Blick in den großen Garderobenspiegel einiges Erstaunen, denn wahre Edelmänner blicken uns daraus entgegen. Im Pädagogium Regium gibt es keinen einzigen Spiegel.

»Meister Bach hat für das nächtliche Konzert einige neue Stükke komponiert. Ich dachte, es wäre schade, sie allein anzuhören.«

Johann und ich wissen nicht, was wir von alledem halten sollen. In Glaucha wurde geredet, daß sich die Hofbälle in Cöthen nur so drängten, und zu Carneval würden gar verschwenderische Feste nach venezianischem Vorbilde gefeiert. Natürlich hat

Francke uns nicht ohne tausenderlei Ermahnungen ziehen lassen. Aber der Fürst muß über Wundermittel verfügen, daß Francke uns überhaupt zu diesem angeblichen Sodom und Gomorrha aufbrechen ließ, welches doch nun für alles steht, was Pastor Francke verachtet und bekämpft.

»Es ist noch eine Weile hin bis zum Konzertbeginn. Fühlen Sie sich unterdessen wie zu Hause, streifen Sie nach Belieben umher und zögern Sie nicht, den guten Lauchstädt um alles zu bitten, nach was es einem Gaste nach entbehrungsreicher Reise gelüstet. Da ich selber einen Part im Konzerte zu spielen habe, muß ich nun rasch zur Generalprobe. Meister Bach läßt in Fragen der Pünktlichkeit und Disziplin nicht mit sich spaßen! – Übrigens, bringen Sie bei Ihrem nächsten Besuche doch Ihre Flöte mit, Herr von Katte!«

»Woher wissen Sie von meinem Flötenspiele!« stammle ich wie ein ertappter Schulbub.

»Magister Jean-Jacques Rosé, mein Hofmeister, übrigens ein vorzüglicher Pädagoge und hervorragender Musiker, hat mir einiges von Ihnen berichtet. Auch er konnte nicht verhindern, vom Meister für sein Brandenburgisches Konzert rekrutiert zu werden. Vielleicht wird es Sie freuen, ihn am Abend wiederzusehen.«

Und ehe ich all diese Merkwürdigkeiten recht begriffen, hat der Fürst uns in seinen Gemächern bereits allein gelassen, so daß seine Aufforderung, uns hier wie zu Hause zu fühlen, wohl durchaus ernst zu nehmen ist.

Ein wenig scheu lassen wir uns vom Kammerherrn im Schlosse herumführen. Solche Pracht kenne ich nicht einmal aus dem Berliner Palais meines Großvaters. Im Grünen Zimmer sind alle Wände mit lindfarbener Halbseide bespannt. Hier hängt auch ein großes Ölgemälde. Als ich bewundernd davor stehen bleibe, erklärt Lauchstädt, zunehmend freundlicher: »Perseus und Andromeda, das Lieblingsbild des Fürsten. Er hat es auf seiner Kavaliersreise, auf der ich die Ehre und das Vergnügen hatte, ihn begleiten zu dürfen, in Bologna erstanden. Es stammt vom Meister Simon de Vos.«

Von einem Maler dieses Namens habe ich nie gehört, doch wächst in mir die Ahnung, daß ich vom größten und womöglich besten Teile der Welt noch nichts vernommen. Das Bild zeigt, wie die äthiopische Königstochter einem Seeungeheuer geopfert wird, um die Meeresgottheiten zu besänftigen. Von der Schönheit der an einen Felsen geschmiedeten Jungfrau überwältigt, befreit sie der tapfere Perseus.

Im Musikzimmer gibt es weitere unsterbliche Gestalten der antiken Mythen in Öl auf Leinwand und viele schöne Instrumente zu bewundern. »Der junge Fürst spielt Violine, Viola di Gamba und das Cembalo«, läßt sich der dürre Lauchstädt, nicht ohne einen leisen Stolz in der Stimme, vernehmen. »Auch besitzt er eine schöne Baritonstimme«, fügt er fast zärtlich hinzu.

In der großen Schloßküche schlagen Johann und ich uns ganz unedelmännisch die Bäuche voll, daß selbst an Konfekt am Ende nicht mehr zu denken ist. Allenfalls um die daheimgebliebenen Kameraden im Ochsenstalle damit zu besänftigen und zu versöhnen, würden wir derlei Auswüchse der Völlerei noch in unsere Taschen stopfen. Der Kammerherr läßt uns mit unbewegter Miene weiter auftischen, obgleich ein wirklich um unser Wohlbefinden besorgter Geist uns längst zur Mäßigung gemahnt hätte. Ist seine Fürsorge noch Freundlichkeit oder schon Strafe?

So begeben wir uns schließlich, an Geist und Körper mehr als satt, so daß wir bei aller Liebe zur Musik auch ein wenig Bettstille nicht verachten würde, in die Schloßkapelle, mit Anstand darum bemüht, unsere plötzliche Müdigkeit nicht zu zeigen und damit unseren großzügigen Gastgeber womöglich zu kränken. Die Kapelle liegt halb in der Erde, und der Besucher steht gleichsam bereits bis zur Brust im Grabe. Über der Orgel hängt ein Andachtsbild, das mich sehr berührt. »Christus im Elend« nennt der Maler es und hat einen Spruch am Bildrande hinzugefügt: »Euch sage ich allen, die ihr vorübergeht; schaut doch und seht, ob irgendein Schmerz sei wie meine Schmerzen, die mich getroffen haben. Denn der Herr hat mich voll Jammer gemacht am Tage seines grimmigen Zorns.« Dieser Ausspruch gemahnt mich, daß trotz der Orgel und des Bildes auch hier das reformierte Bekenntnis regiert. Vielleicht darf Meister Bach außerhalb der Gottesdienste auf dem Instrumente präludieren, aber der Gottesdienst selbst wird aus frommer Wortverkündigung bestehen und allenfalls ein freudloser Psalm ohne jede musikalische Begleitung gesungen werden, nicht anders als bei unseren Andachten in Glaucha.

Zunächst glauben Ingersleben und ich, wir seien zu früh zum Konzerte eingetroffen, doch als das kleine Orchester im Chorraume Platz nimmt, müssen wir einsehen, daß wir die einzigen Zuhörer sind. Offenbar ist der Kapellmeister am Hofe zu Köthen ein so uneitler Mann, auch vor einem derart bescheidenen Publikum seine neueste Schöpfung aufzuführen. Er setzt sich ans Cembalo, eine massige Gestalt mit einem runden, vollen Gesichte, das unverwüstliche Gesundheit ausstrahlt und zugleich, gänzlich unerwartet, eine mit der erdenschweren Gestalt kontrastierende Zartheit. Fürst Leopold sitzt unter den vielleicht siebzehn Musikern, die zum größten Teil aus der Berliner Hofkapelle stammen, die der neue König gleich nach der Thronbesteigung aufgelöst hat, und spielt die Geige, und ganz bewegt entdecke ich Magister Rosa hinter ihm, die Flûte traversière an den Lippen. Meister Bach legt die groben Hände mit den kurzen Fingern, denen man nur wenig Geschick im Spiele zutraut, gleichwohl ehrfürchtig wie ein Priester, dem die Musik das tägliche Gebet sei, auf die ebenholzschwarzen Tasten. Und gleich mit den ersten schwungvollen Tönen beginnt er, uns zu verzaubern.

Nach dem heiter-melancholischen Konzerte sitzen wir, der Fürst, der Magister, Ingersleben und ich, im Grünen Zimmer beieinander, der Kapellmeister ist schon heimgeeilt zu seiner großen Familie, die er sehr lieben muß, wenn er sie selbst einem Nachtmahle in Gesellschaft des Fürsten vorzieht, und plaudern ganz beseelt und voll neuer Lebenskraft miteinander. Die Suiten und die eingestreuten Inventionen des Meisters haben jede Müdigkeit vertrieben.

Im Gespräche erweist sich der Fürst als Mann mit durchaus ausgeglichenem Gemüte, auch wenn die Überraschungen des

Tages anderes erwarten ließen. Die größte Glückseligkeit für ihn liege darin, sich aus allem Streite seiner Untertanen herauszuhalten.

»Und gerade deshalb gedeihen die religiösen Streitigkeiten in Eurem Fürstentume so üppig, Leopold!« – Johann und ich wundern uns nicht wenig, auf welch vertrautem Fuße mein ehemaliger Hofmeister mit seinem neuen Herrn verkehrt.

»Plinius läßt uns Menschen nur die Wahl, entweder Dinge zu tun, die verdienen, aufgeschrieben zu werden, oder solche aufzuschreiben, die verdienen, gelesen zu werden. Da mir für ersteres die Armeen und für letzteres die Anlagen fehlen, hoffe ich, allein mit meiner Gelassenheit Ehre zu gewinnen.«

»Man könnte einwenden, Ihr prieset damit das Laissez-faire!«

»Ich gebe es zu und verteidige es! Wer sich nicht dem Unausweichlichen ergeben kann, der vermag auch nicht gut zu regieren!«

»Dasselbe könnten auch die Calvinisten sagen, für die alles bereits im großen Buche Gottes vorherbestimmt und aufgeschrieben. Gleichwohl steht Ihr bei ihnen nicht in hohem Ansehen.«

»Sie hassen alles, was mir etwas bedeutet, die Musik, die Poesie, die Malerei. Doch solange sie mir nicht die Instrumente zerschlagen und die Bücher verbrennen, soll es mir gleich sein.«

»Ihrer Auffassung nach verwirrt und verweichlicht diese Art des Vergnügens die menschlichen Seelen.«

»Ja, und verführt sie zu sündhaften Träumereien! Aber zunächst einmal scheinen mir verwirrte und verweichlichte Seelen nicht die schlechtesten auf Erden, zum anderen ist für mich die Musik kein Abirren von der wahren Frömmigkeit, im Gegenteil, sie – und manchmal glaube ich, nur sie – besitzt die wunderbare Kraft, die Seele zu Gott zu führen und für seine ansonsten doch so unvollkommene Weltordnung zu begeistern.«

»Sie sind mir, falls es das überhaupt geben kann, ja ein recht frommer Freigeist, Fürst!«

»Mag sein, Jean. Höre ich Musik von Meister Bach, so entdecke ich in ihr in der Tat ein tönendes Gleichnis der Schöpfung, das mir am Ende vollkommener und göttlicher erscheint als jene, die wir vorfinden und in der wir zu leben und zu sterben gezwungen sind. – Aber wir reden hier, lieber Magister, als wären wir allein, und haben unhöflicherweise noch keinmal unsere jungen Gäste aus Glaucha zu Wort kommen lassen.«

Die beiden Männer schauen nun neugierig und, so will mir scheinen, mit einem leichten Anflug von Spott in ihren Gesichtern, zu Johann und mir, die wir ihnen bisher sprachlos, aber mit größtem Interesse zugehört haben. Doch nun erzählen wir, zunächst zögernd und ein wenig verlegen, von unserem Bunde der Wahrheitsliebe, um uns als Seelenbrüder zu erkennen zu geben, und jetzt sind es der Magister und der Fürst, die mit größter Anteilnahme unserem Berichte folgen.

»Auch Cöthen begreift sich als Pflanzstätte«, spricht der junge Fürst schließlich und ergreift unsere Hände, »aber nicht von frommen, gottesfürchtigen Untertanen, sondern von Gedanken- und Glaubensfreiheit. Fürst Ludwig hat hier bereits vor hundert Jahren die Fruchtbringende Gesellschaft, den ersten akademischen Bund in deutschen Landen gegründet, keine reine Gelehrtengesellschaft, sondern eine Vereinigung von Liebhabern und Förderern der Poesie und Kunst!«

»Soviel ich von den Statuten dieser Gesellschaft verstanden habe«, wirft der Magister mit jenem leichten Tone ein, der meinem Vater so verhaßt war, »gehört zu den fruchtbringenden Zeremonien tatsächlich ein guter Teil Pflanzliches aus dem Garten- und Feldbau. Im Apothekengewölbe, ihr könnt es euch morgen von Lauchstädt zeigen lassen, fand die Verarbeitung jedes ›Fruchtbringers‹ zur besonderen Arznei statt. Leider hat es dem gegenwärtigen Fürsten beliebt, die Apotheke als Backstube zu benutzen. Statt des Zeremonienmeisters der Fruchtbringenden Gesellschaft waltet nun ein Conditor seines genußbringenden Amtes!«

In diesem leichten und doch so ernsthaften Tone geht unsere Plauderei bis tief in die Nacht. Am Morgen läßt man uns denn auch lange ruhen. Während Ingersleben nach dem reichhaltigen Frühstück sich tatsächlich die Conditorei zeigen läßt, mache ich mich, allein mit der Empfehlung des Fürsten gerüstet, die womöglich, so seine beiläufige Warnung, in den gestrengen Ohren des Meisters für nichts gelte, auf den Weg zum Bachschen Hause. Auf dem schon vertrauten Markte angelangt, frage ich nach dem genauen Orte. Der Fuhrmann weist Richtung Morgen, aus der Stadt hinaus, und knurrt kurz angebunden: »Auf dem Walle!«

Hier stehen an einer neuen Promenade, wo vor wenigen Jahren noch der östliche Stadtwall verlief, viele neue Häuser, einige noch im Bau. Die Zimmerleute benennen mir das Haus Nummer 25 als jenes der Bachschen Sippe. Eines seiner Kinder öffnet mir die Türe und fragt nach meinem Begehr. Dann teilt mir der Junge mit, daß sein Vater sich in der Jakobi-Kirche am Markte aufhalte, wo er neben seinem Amte als fürstlicher Kapellmeister noch als Organist tätig sei. Also kehre ich auf dem Wege, den ich gerade gekommen, um und gehe zum Markte zurück. Dort finde ich die Kirchentüre offen und den Meister beim Spiele vor. Ich setze mich still ins leere Kirchenschiff, direkt unter die Orgelempore, um den Meister in seiner Übung nicht zu stören. Seine Orgelphantasie scheint vom Beginne bis zum Ende wie vom Sturmwind getragen, etwas Unabänderliches, Schicksalhaftes braust mir in den Ohren. Sehr lichte, einstimmige Arabesken wechseln mit einem düsteren, schwerfälligen Pulsschlag ab.

Ich erinnere mich, wie Bach, ehe er seine neue Stellung hier in Cöthen antrat, zunächst nach Dresden gereist sein soll. Dort trat gerade der berühmte französische Orgelspieler und Tonsetzer Louis Marchand mit großem Erfolge auf. Bach hat, wie alle Welt, davon erfahren und wollte den famosen Künstler hören, dessen Werke er natürlich kannte und wohl auch bewunderte. Das Gerücht von Bachs Ankunft in Dresden verbreitete sich schneller in der Stadt, als er selbst dort anlangte. Ein sächsischer Minister will den unvorhergesehenen Glücksfall ausnützen und einen Wettstreit zwischen dem Franzosen und dem Deutschen veranstalten, wie es gerade allerorten Mode ist.

Zur festgesetzten Stunde stellt Bach sich dem Publikum vor, das wegen des Ruhms der beiden Duellanten in Scharen gekommen ist und in fieberhafter Spannung des Kommenden harrt. Allein, Marchand erscheint nicht. Er ist, wie sich bald herausstellt, am selben Morgen heimlich von Dresden abgereist und hat die Ehrlosigkeit der erwarteten Niederlage vorgezogen.

Bach entschädigt seine Zuhörerschaft für das entgangene Duell durch ein Konzert, das er nun ganz allein bestreitet, aber das so bravourös, daß es stürmische Begeisterung entfacht. Sein Triumph breitet sich rasch über die Grenzen der sächsischen Residenzstadt hinaus bis nach Halle und selbst ins musenferne Glaucha.

Und nun sitze ich hier einsam in der Kirchenbank und höre den Meister zum zweiten Male ganz allein für mich spielen. Der ernste Mittelsatz wird nur aus einer einzigen Keimzelle von vier absteigenden Noten entwickelt. Mein Ohr folgt ihnen, ist gezwungen, ihnen zu folgen bis zu einem strahlenden, fünfstimmigen Höhepunkt. Ich sitze mit geschlossenen Augen da, doch höre sein virtuoses Spiel nicht nur, ich sehe es auch: Die Füße dieses scheinbar so feisten und schwerfälligen Mannes fliegen über die Pedale, als ob sie wie ein Götterbote Schwingen hätten, donnergleich hallen die mächtigen Klänge durch das dämmrige Kirchenschiff. Nun zieht er alle Register, als wolle er das prächtige Instrument oder gar die Kirche selbst auf ihre Festigkeit hin prüfen. So spielt er ununterbrochen, so daß ich die Zeit vergesse, sind es Minuten, sind es Stunden, mehrmals höre ich die Glocke der Kirchturmuhr schlagen, und ist es nicht immer noch dasselbe Thema, mit dem er mein Innerstes ergreift, einmal als Präludium, dann als Passacaglia, nun als Trio, dann als mächtiger Choral und endlich als vielstimmige Fuge durchgespielt?

Überwältigt bleibe ich sitzen, selbst als er längst seine Übung beendet. Und plötzlich steht der Meister neben meiner Bank, schaut mich ohne jede Verwunderung an und sagt: »Jetzt ist es aber genug, ich will nun abschließen!« Ohne von ihm dazu aufgefordert oder eingeladen worden zu sein, begleite ich ihn auf seinem Wege heim zum Hause Auf dem Walle Nummer 25. Mit einiger Verlegenheit spreche ich von meinem Flötenunterrichte und dem Wunsche, ihm einmal vorzuspielen. Denn im Augenblick kann ich mir keine größere Glückseligkeit denken, als in seiner Kapelle mitspielen zu dürfen. Nun verstehe ich den Fürsten und den Magister, sie dienen mit ihrem Spiele nicht der Unterhaltung anderer, sie sind den musizierenden Heerscharen des Himmels nahe, wie man ihnen auf dieser verfluchten Erde nur nahe sein kann.

Der Meister sieht das freilich nüchterner. Er weiß selbstverständlich, daß mein Aufenthalt in der Franckeschen Schule nicht gerade meine musikalische Ausbildung gefördert hat. Dennoch will er mich gelegentlich anhören.

Auch an seiner Haustüre vermag ich mich nicht von ihm zu trennen. Mag ihm mein Verhalten auch im höchsten Maße unhöflich erscheinen, läßt er mich doch einfach wie einen kleinen lästigen Buben hinterhertrotten, vielleicht weil er beständig von einer großen Menschenschar umgeben ist und sich von ihr im Innersten nicht stören läßt. Ja, er bewegt sich durch das Getöse seines Hauses, in dem offenbar jeder Musik macht, als würde der Lärm ihn geradezu entzücken und er nur in Zorn geraten, wenn man nicht mit dem Herzen dabei sei.

Mich lädt er wie nur irgendeinen seiner Bälger in der Küche ab und beachtet mich nicht weiter. Dort sitzt ein Teil der Familie beim späten Frühstücke oder frühen Mittagsmahle beieinander und rückt ohne weiteres Aufheben zusammen, um mir Platz am Tische zu machen. Und während ich mir um die Einfachheit der Bachschen Sitten keine Gedanken mehr mache, sondern wie die anderen beherzt zugreife, ertönt aus einem ferneren Zimmer durch alle lebendigen Geräusche hindurch eine kleine Sonate, wie eben hingeworfen und doch sogleich von vollendeter Form. Das Thema ist von vielen Halbtonschritten und Harmoniewechseln bestimmt, selbst ein geübter Musiker würde damit seine Schwierigkeiten haben, hier aber entfaltet sich das teuflische Thema, als habe ein Gott seine diebische Freude daran, es seinem diabolischen Herausforderer einmal ordentlich zu zeigen.

Erst am späten Nachmittage kehre ich ins Schloß zurück, und nun überfällt mich das schlechte Gewissen, den Freund allein gelassen und meinem Gast-, wenn nicht Dienstherrn gegenüber unhöflich gewesen zu sein.

Aber ich finde die kleine Männerrunde vom Vorabend bei einem guten Weine und in bester Stimmung vor. Und als ich von meinen heutigen Abenteuern berichte, bedarf es keiner weiteren Entschuldigung mehr.

»Weißt du, daß dein verehrter Meister fast einen Monat im Gefängnis saß, weil der Herzog von Weimar ihn nicht nach Cöthen entlassen wollte? Fast hätte ich meine Armeen geschickt, den armen Bach zu befreien!« spricht der Fürst mit spöttischem Ernst eingedenk der Cöthener Garde, die kaum mehr Köpfe als die Hofkapelle zählt. »Aber der Meister hat ein Brieflein aus dem Weimarer Kerker herausschmuggeln und mir zukommen lassen können, indem er bat, ihn doch noch einige Tage der Ruhe seiner Kerkerzelle zu überlassen, bis er die Choräle seines Orgelbüchleins zu Ende überarbeitet habe. So ist denn das herzogliche Weimar noch einmal von der zornigen Invasion der Cöthener verschont geblieben!«

Nun läßt der Fürst sich seine Violine und zwei Querflöten aus seinem Musikzimmer bringen, und wir drei bringen dem schon ein wenig berauschten Ingersleben ein kleines Ständchen, das ihn am Ende gänzlich trunken macht.

Während Magister Rosa sich über die Vernachlässigung meines Flötenunterrichts beschwert, ist mein freundlicher Gastherr voll des Lobes und verspricht, ein gutes Wort für mich bei seinem Kapellmeister einzulegen. Aber er weiß so gut wie ich oder der Magister, daß es sich bei diesen Wünschen um nicht mehr als um Tagträumereien handeln kann.

Beim Nachtmahle frage ich endlich, warum die Fürstengattin weder an dem schönen Konzerte noch an unseren üppigen Gastmählern teilgenommen habe. Fürst Leopold wechselt einen raschen Blick mit dem Magister. »Ja, wo steckt eigentlich meine Gattin?«

»Ich vermute, sie hat sich in ihren Gemächer eingeschlossen und komponiert zum Trotze weiter!« beantwortet Monsieur Rosé die Frage.

»Ihr müßt wissen, junge Freunde«, erklärt nun der Fürst, »daß Meister Bach es entschieden abgelehnt hat, die Arien meiner Gattin zur Aufführung zu bringen. Er nennt sie, mit unziemlichem Spotte, meine ›Amusa‹. Verständlicherweise ist meine Gemahlin darüber zutiefst gekränkt. Indessen hat sie sich von ihrer Gekränktheit hinreißen lassen und mich vor die fatale Wahl gestellt, mich für sie oder für meinen Kapellmeister zu entscheiden. Für zwei gleichermaßen begnadete Tonsetzer am selben Hofe sei nun einmal kein Platz!«

»So wenig wie für zwei gleichermaßen begnadete Gemahlinnen!« fügt Magister Rosa leichthin an.

Am nächsten Morgen naht unweigerlich die Stunde des Abschieds, auch wenn wir sie so lange wie möglich hinauszuschieben versuchen. Am Ende aber muß es sein, denn sollten wir unsere Rückkehr ins Collegium zur vereinbarten Zeit versäumen, wird man uns womöglich nicht mehr erlauben, der nächsten Einladung zum Pagendienste nach Cöthen zu folgen.

Fürst Leopold und Magister Rosa begleiten uns bis auf die Freitreppe zum gepflasterten Hofe hin, der Fürst legt Ingersleben einen ganzen Sack Konfekt in die Arme, der sich schwerlich verbergen läßt und also auf unserem Rückwege wohl auf ein schmuggelbares Maß zusammengeschmolzen werden muß, und mir drückt der junge Edelmann ein kleines Büchlein in die Hände. »Teilt die Gaben gerecht, meine lieben Freunde, denn sie gehören zusammen!«

Ich schlage das Büchlein auf und finde einen Roman von Baltasar Gracián im feinen Schafsleder eingebunden, versehen mit einem Vorwort des großen Thomasius und einer Widmung des Fürsten: »Von einem Freunde, auf daß es Frucht bringe! Cöthen, den 14ten April 1720.« Ich habe vom *CRITICÓN oder über die allgemeinen Laster der Menschen* bereits aus Gesprächen mit Hastings erfahren, aber auch er kannte es nur vom Hörensagen und hatte es seiner heimlichen Schatztruhe der verbotenen Bücher noch nicht hinzufügen können.

»Ich habe das Büchlein auf meiner Kavaliersreise durch die

Niederlande in Amsterdam entdeckt, und ich gebe es gerne an den Bund der Wahrheitssucher weiter. Graciáns Stil ist schwierig, gewiß, aber das Buch ist eben nur für wenige Wissende bestimmt. Mag dich vielleicht auch manche Überladenheit, manche satirische Bizarrerie erschrecken, die vielen trefflichen Maximen und die kühnen Bilder werden dich um so nachhaltiger fesseln!«

»Doch versteck es gut«, mahnt der Magister, »daß es nicht Francke oder einem seiner Inspectoren in die Hände fällt!«

Ingersleben und ich warten lange und zunehmend verzweifelt auf die nächste Einladung an Leopolds Hof. Im Juni hören wir schließlich, daß Leopold zu einer Reise nach Karlsbad aufgebrochen ist und daselbst wohl länger zu verweilen gedenkt, da er vom Magister, von sechs Kammermusici und dem Hofkapellmeister Bach sowie einem von Bach extra in Berlin angekauften Reise-Clavecin begleitet wird. Wir fühlen uns, als habe man uns für einen kurzen Augenblick Einlaß ins Paradies gewährt, nur um uns daraufhin für alle Zeit daraus zu verbannen.

Während der freudlosen Andachten und Predigten Franckes im Speise- oder Singesaale denke ich an das Quodlibet-Singen in der Familie Bach. Eine Stimme beginnt mit einem allseits bekannten Liede, und die anderen stimmen nacheinander kontrapunktisch ein. Das ist viel mehr häusliches Vergnügen und Belustigung als Übungsstunde, denn all das geschieht ohne jeden Zwang. Dieser Mann vergöttert seine Kinder und hat die größte Freude an ihnen. Ihr Geschrei, ihre Spiele, die Unruhe, die das Haus erfüllt, stören ihn nicht im geringsten. Jeder andere würde sich die Ohren verstopfen, doch Meister Bach atmet mit Wonne diesen lebendigen Lärm, der ihn offenbar nicht abhält, tiefste und subtilste Inventionen in seinem Kopfe durchzuspielen. Er ist es gewohnt, daß beständig einer seiner Jüngsten zu seinen Füßen herumkriecht, und läßt sich von derlei Belästigungen nicht aus der Arbeit reißen, oder aber, ich habe es bei meinem Besuche selbst beobachten können, unterbricht die Notenschreiberei und vergnügt sich wie ein großes dickes Kind eine Weile mit den Kleinen, spielt ein dickfelliges Tier, wälzt sich auf den

Dielen, bringt die Sprößlinge zum Lachen, kitzelt sie an den Füßen oder setzt ihnen seine Perücke auf, daß ihre kleinen Köpfchen ganz in den Locken verschwinden.

Zugleich ist er ihnen der geduldigste und sorgfältigste Lehrer. Man weiß kaum zu unterscheiden, ob die Söhne von Natur aus diese Begabung für die Musik zeigen oder einfach von klein auf in sie hineinwachsen, an die Hand genommen vom liebevollen Vater, der weiß, daß Übung und Fleiß nur eine Seite, die des Handwerkers, darstellen, daß die Phantasie und das Geheimnis der Musik aber aus anderen Quellen herrührt, die nicht gelehrt, sondern nur geöffnet werden können. Also tut er das, was alle Mitglieder der Familie Bach von jeher getan haben: Die Begabteren und Geübteren unterrichten die anderen und geben selbstverständlich weiter, was nur zum Teil ihr eigener Verdienst und vielmehr selbst ein Geschenk an sie ist.

Ich erzähle unterdessen meinen Kameraden im Ochsenstalle Abend für Abend die Abenteuer, die Critilo, dem Helden Graciáns, widerfahren: Wie er vor der Insel Sankt Helena Schiffbruch erleidet, dann aber von Andrenio, einem unter Tieren aufgewachsenen Inselbewohner, gerettet und in der Folge sein Schüler und Gefährte wird; wie er auf der Suche nach seiner geliebten Felizinda die beiden Spanien, Frankreich und Italien durchreist; wie er die Falschheit der Frauen erkennen muß, wie er zum Weltmanne reift, wie er zur letzten und tiefsten Welterkenntnis gelangt, der Desillusion.

Mit dem Erzählen wächst auch meine und meiner Kameraden Sehnsucht, daß dieses seelenlose Anstaltsleben bald ein Ende haben möge und wir endlich fortgehen, reisen, die Welt erfahren dürfen, mag sie uns auch fordern, verletzen, enttäuschen. Alles scheint uns reicher, annehmbarer, kommen wir nur hinaus aus diesen engen, erstickenden Mauern der Gottgefälligkeit.

Dann, mitten im herrlichsten Sommer, hören wir, während Bach noch mit dem Fürsten in Karlsbad weilte, sei plötzlich seine geliebte Frau, die bei den Kindern in Cöthen geblieben, an unbekannter Krankheit gestorben. Mit einem Schlage scheinen die heiteren Tage in Cöthen vernichtet und vorbei.

In den Briefen an meinen Vater habe ich nie auch nur ein Wort von meiner Begegnung mit Meister Bach erzählt. Dennoch erhalte ich eine kurze Depesche von ihm, die erste in meinen nunmehr drei Schuljahren in Glaucha, in der er ohne Zweifel auf meine Bewerbung anspielt. Welche Spione haben ihn hinter meinem Rücken davon in Kenntnis gesetzt?

Die wenigen Zeilen lauten: »Dieser Brief wird Dich, wie ich hoffe, beim ernstlichen Studium antreffen. Natürlich gibt es auch billige und einem Edelmanne würdige Vergnügungen. Die Musik gehört meines Erachtens nicht dazu. Und solltest Du Dich nicht enthalten können, ihr gelegentlich zu *lauschen*, mache das mit Deinem Gotte ab. Doch wenige Dinge würden mich mehr kränken und enttäuschen, als meinen eigenen Sohn mit einer Flöte im Munde öffentlich *spielen* zu sehen.«

Inspector Goeckingh schickt unsere ganze Stube zu einer, wie er sagt, vorbeugenden Behandlung in die Apotheke. Der neue Apotheker, Doktor Jenners, ist ein nicht ganz junger, aber doch weit jüngerer Mann als sein Vorgänger, Doktor Wolf. Er kleidet sich schlicht und bescheiden, trägt einen dunkelfarbigen Rock aus einfachem Stoffe und selbstfrisiertes Haar mit einem Zopf. Es heißt, er sei ein vielgereister Mann und habe schon etlichen Fürsten und geistlichen Herren als Leibarzt gedient.

Er fordert uns auf, Arme und Beine freizumachen. Dann nimmt er eine silberne Nadel, taucht sie in ein kristallnes Fläschchen mit einer braungelben, eitrigen Tinktur und bringt jedem von uns damit vier kleine Wunden bei, indem er uns die besudelte Nadel in jeden Oberarm und jeden Schenkel sticht. Er selbst aber vermeidet jeglichen verletzenden Kontakt mit seinem Instrumente.

»Das war's schon, ihr Rangen. Ihr könnt nun zurück auf eure Stube gehen. Doch möchte ich, daß ihr in der nächsten Woche jeden Tag um diese Zeit hier in der Apotheke vorstellig werdet, damit ich einen kurzen Blick auf euch werfen kann.« Damit sind wir entlassen.

Gewiß, wir sind nicht ohne Mißtrauen diesem merkwürdigen

Experimente gegenüber, dessen Grund und Ziel Doktor Jenners uns mit keinem Worte erläutert. Die nächsten Tage indes verlaufen ohne jede auffällige Beschwerde, so daß nur die tägliche Visitation das Gefühl einer unsichtbaren Bedrohung aufrechterhält. Aber auch dieses Gefühl ermüdet und erstirbt am Ende, so daß ich zunächst keinen Zusammenhang sehe, zumal die Krisis sich ohne großes Getöse anschleicht.

Obwohl ich doch sonst esse wie ein Bär, rühre ich an diesem Abend keinen Bissen an. Außerdem fröstle ich und spüre meine Glieder, als hätte ich ein mehrmaliges Spießrutenlaufen hinter mich bringen müssen. Ich lege mich sogleich nieder, doch finde keinen Schlaf. Ich habe teuflisches Kopfweh, und je weiter die Nacht fortschreitet, desto höher steigt das Fieber, eine trockene, schmerzende Hitze ohne jeden Schweißausbruch.

Am nächsten Morgen vermag ich nicht, zum Frühgottesdienst aufzustehen. Mit mir liegen zwei weitere Kameraden, Wietersheim und Kamphausen, darnieder, und nach dem Gottesdienst kommt Doktor Richter zu uns in den Ochsenstall, da ihm unsere Unpäßlichkeit während des Gottesdienstes gemeldet wurde.

Er legt seinen Handrücken auf meine Stirn, dann fühlt er meinen Puls. Ebenso verfährt er mit Apoll und Gustav. Dann verläßt er ohne ein Wort der Erklärung oder des Trostes unsere Kammer. Sein Gesicht aber wirkt besorgt.

Am späten Morgen, die Schulglocke schlägt gerade zehn, kehrt Richter mit dem neuen Medicus, Doktor Jenners, zurück, und dieser wiederholt die untersuchenden Gesten des Waisenhausarztes. Dann ordnet Jenners an, man möge uns sogleich auf die Krankenstube verlegen.

Das Fieber steigt weiter, ebenso der bohrende Schmerz in meinem Kopfe. Auch diese Nacht will der Schlaf mich nicht in seine Arme schließen, obwohl Hitze und Schmerz an meinen Kräften zehren. Am Morgen läßt Jenners mich zur Ader. Ich sehe mein Blut in die flache Schüssel rinnen, in meinen Augen sieht es so gewöhnlich aus, wie es mir manchmal aus der angeschlagenen Nase tropft. Aber es wird mir kurz schwarz vor den Augen.

Bis zum Abend werden wir drei immer matter. Ein weiterer

Kamerad, Holtzendorff, kommt zu uns auf die Krankenstube, in der nun alle Betten belegt sind. Wir werden erneut zur Ader gelassen, außerdem verordnet Doktor Jenners uns ein Brechmittel, doch da ich seit zwei Tagen nichts mehr gegessen und nur wenig getrunken habe, spucke ich nur ein wenig Magenschleim und Galle und den bittren Trunk des Apothekers wieder aus.

In der Nacht glaube ich zu sterben, so sehr brennt das trokkene Fieber in mir. Erst am nächsten Morgen nach dem Gottesdienste sieht der Doktor erneut nach uns. Er betrachtet eingehend einige Rötungen auf meinem Handrücken und meinem Arme, die es gestern noch nicht gab und die ich dem brennenden Fieber zuschreibe. Dann verlangt Jenners, meine Zunge zu sehen. Daraufhin ordnet er an, daß niemand außer ihm und der alten Krankenwärterin fortan das Zimmer betreten dürfe und uns unter gar keinen Umständen erlaubt sei, es zu verlassen. – Niemand von uns wäre auch nur im Traume auf diesen Gedanken gekommen, vermögen wir doch nicht einmal zu sitzen, geschweige denn aufzustehen. Dennoch verriegelt Doktor Jenners das Krankenzimmer von außen.

Die Krankenwärterin schaut gelegentlich nach uns und bringt Hagebuttentee und Zwieback, doch hält sich nicht weiter in der Krankenstube auf, und niemals vergißt sie, nach dem Verlassen des Zimmers sorgsam den Riegel vorzuschieben. Uns läßt man weiter über die Art unserer Erkrankung im Unklaren. Am Abend jedoch sehe ich die Gesichter meiner Kameraden von Pocken geschwollen, und zweifellos sieht mein eigenes Gesicht nicht anders aus.

In der Nacht wache ich immer wieder vom Stöhnen und unsinnigen Schwatzen meiner Kameraden auf. Spreche ich sie an, so antworten sie nicht auf meinen Anruf, sie reden im Schlafe oder in halber Ohnmacht wie Betrunkene. Das Höllenfeuer brennt nirgendwo anders als in unserem eigenen Kopfe, jeder Gedanke ist sengende Wut, sie brennt und wälzt sich wie ein Schwein im ausgetrockneten Troge. Wo also kann ich Erlösung finden?

Am Morgen können wir kaum noch schlucken. Selbst das Trinken bereitet uns Mühe und Schmerzen. Meine Mundhöhle fühlt sich geschwollen und schorfig an. Die roten Pusteln auf meinen Armen beginnen zu eitern, in meinem Gesichte mag sich ähnliches abspielen. Ich werde wahrscheinlich wie ein gelbroter Streuselkuchen aussehen. Aber das ist inzwischen wohl vollkommen gleichgültig.

Am Abend kommt Pastor Francke, spricht ermahnend zu uns, ein Regenlispeln auf den Dachpfannen, Augenringe wie bei einer Nachteule verdunkeln sein Gesicht, nicht nur sein Gesicht, den ganzen feisten Leib, flößen mir eine unerklärliche Achtung ein, ja, dieser Mensch leidet, dieser Mensch trägt ein Kreuz, trägt es, ohne zu murren, der Tod sitzt ihm bereits auf der Zunge, er sieht aus wie ein schwarzes Insekt, eine tintenschwarze Zikade, ein in Pech getauchter Skorpion. Dann nimmt er uns die Beichte ab, obgleich wegen des Narbengrinds im Mund und des Fiebers niemand von uns zu sprechen vermag.

Am Ende gibt er uns die letzte Ölung. Er trägt, soviel ich durch meine verkrusteten Augenlider erkennen kann, weiße Handschuhe, die er wohl, sobald er unser Sterbezimmer verlassen hat, unverzüglich verbrennen wird.

In der Nacht schwitze ich, endlich, die Hitze läßt nach, und die schmerzhaften Verkrustungen im Mund und an den Augen weichen ein wenig auf. Am Morgen sind einige Pusteln aufgebrochen. Er muß schrecklich aussehen, dieser ausgemergelte, eiternde Körper. Aber die größte Krisis scheint überstanden. Auch Wietersheim und Holtzendorff scheint es offenkundig besserzugehen, sie krächzen mir Scherze bezüglich meines Aussehens zu, mein Kopf, meint Holtzendorff, gleiche einer Büste aus Kuchenteig.

Nur im Bett von Gustav Kamphausen bleibt es reglos und still. Als die anderen es auch bemerken und mit mir für einen Augenblick ihren Atem anhalten, atmet niemand mehr auf unserer Krankenstube.

Von Kattes äußerer Erscheinung geben Zeitgenossen folgendes Bild: Er sei klein und sonnenverbrannt, und sein Gesicht sei von Blatternnarben entstellt. Dicht zusammengewachsene Augenbrauen gäben ihm ein finsteres Aussehen. Er besitze Geist, aber sei hochmütig und dünkelhaft. Die Gunst des Kronprinzen verrücke ihm vollends den Kopf, und er betrage sich dabei wie ein indiskreter Liebhaber in Betrachtung seines Geliebten. Er brüste sich gar, keinerlei Religion zu haben.

Und Friedrichs Schwester, Prinzessin Wilhelmine, schreibt über ihn, sein Gesicht sei eher abstoßend als einnehmend; ein paar schwarze Augenbrauen hingen ihm fast über die Augen. Sein Blick habe etwas Unheimliches, etwas, das ihm sein Schicksal prophezeie. Er besitze eine Spielernatur und treibe seine Liederlichkeit bis zum Exzess. Zugleich aber besitze er Verstand, Bildung und Weltgewandtheit.

Doch betrachte ich die wenigen Porträts, die es von Katte gibt, so stimmt keines von ihnen mit den Beschreibungen seiner Zeitgenossen überein. Auf ihnen ist von einem hässlichen, blatternnarbigen Gesicht mit buschigen Augenbrauen und liederlichen Gesichtszügen nichts zu entdecken. Die Bildnisse zeigen einen eher anziehenden als abstoßenden, eher heiteren als finsteren, einen eher vertrauenerweckenden als unheimlichen jungen Mann. Wem können wir trauen? Haben die Umstände von Kattes Tod den Blick auf den Lebenden verschattet? Haben die Maler seine Züge genauer und gerechter erfasst als jene, die ihn näher kannten oder sogar unmittelbare Protagonisten der tragischen Ereignisse waren?

Das *Lindower* oder *Retziner Portrait* genannte Gemälde von Georg Lisiewski zeigt Katte in Halbfigur als Premierleutnant in Dienstuniform. Der junge Offizier vom Kürassierregiment Nr. 10 zu Pferd Gens d'armes trägt sein Kollett mit umgeschnalltem Brust- und Rückenpanzer. Dem vorschriftsmäßig geschwärzten Brustkürass fehlt jedoch ein charakteristisches Detail: die knapp unter die Mitte der Halsschiene aus vergoldetem Messing aufgesetzte und mit einer Krone versehene Chiffre des Königs FW für Friedrich Wilhelm.

Das Bild wurde vermutlich erst nach Kattes Hinrichtung fertiggestellt: *Dieses orginal bild hat der Seelige frey Herr von Katt mit grossem fleis vertigen lassen von mich, George Liszewsky, Mahler in Berlin Anno 1730*, steht auf der Rückseite der Leinwand in der Handschrift des Künstlers. Die Chiffre hat Lisiewski weggelassen, aber er zeigt sein Modell mit Johanniterkreuz am schwarzen Seidenband, das der erzürnte Soldatenkönig dem Leutnant bei der ersten Vernehmung am 27. August 1730 im Berliner Schloss vom Hals gerissen hat.

Der Porträtierte hat schmale Hände mit schlanken Fingern, Musikerhände; einen ovalen Kopf, eine hohe Stirn und in der Tat buschige Augenbrauen; doch die mandelförmigen braunen, fast schwarzen Augen geben seinem Gesicht einen eher erstaunten Ausdruck, ein wenig amüsiert vielleicht, auf jeden Fall zu einem selbstironischen Lächeln bereit. Die Nase ist schmal und gerade, der Mund sinnlich-spöttisch mit einer ausgeprägten Unterlippe, die fleischiger als die Oberlippe scheint; sein rundes Kinn ist bartlos, die Wangen sind zart, ohne Andeutung der Wangenknochen oder Narben einer früheren Erkrankung. Dem Betrachter fällt sofort die Abwesenheit jeder Schwermut oder Melancholie auf. Der junge Premierleutnant in seiner Uniform oder, wie es damals noch hieß, in seiner Montierung, wirkt selbstsicher, spöttisch, ohne Bosheit, abgeklärt, zuversichtlich, jederzeit zu Scherzen aufgelegt; einer, der das Leben liebt und es nimmt, wie es kommt; einer, der das Böse nicht leugnet, es aber nicht in seiner Nähe vermutet. Bei längerer Betrachtung entdeckt man seine feminine Seite, seine eher sanftmütigen als erotischen, eher vertrauenerweckenden als herausfordernden Züge. Vielleicht sind sie dafür verantwortlich, dass man diesen Mann leicht unterschätzt und niemand ihn fürchtet.

Ich beabsichtige nicht, eine Biografie über diesen entfernten Vetter zu schreiben, weiß ich doch kaum mehr von ihm als das, was er in seinen Briefen und den wenigen Bildnissen von sich preisgibt. Und doch wage ich eine Art Annäherung an seine mir fremde Welt, eher eine Preußenfantasie als eine Recherche, und vertraue dabei ganz der ureigenen menschlichen Fähigkeit der Empathie.

Ich verliere mein Zeitgefühl. Wie lange bin ich hier, in diesem Bilderlabyrinth? Verliere mich darin, obwohl ganz Oberfläche, ein Garten voller Verführung, Grotten der Lüste, Schlupfwinkel geheimer Begierden, düstere germanische Eichenwälder, ziellose Pfade, blinde, wuchernde Selbstbefriedigung, Sinnverlust. Als hätte ich mich in der Gemäldegalerie oder dem Kupferstichkabinett einsperren lassen, am Vorabend einer unbefristeten Schließung.

Ich bin müde. Seit meiner Rückkehr in die Hauptstadt habe ich an Körper und Geist harte Prüfungen durchgemacht. Andernorts hätte ich mich in Behandlung begeben. Hier aber gehört das Erregen von Anstoß und Erbrechen zum normalen Umgang. Jede Nacht gehe ich aus. Doch anstatt darin Linderung für meine bedrückende Vereinzelung zu finden, verschlimmert es nur noch meine Zustände innerer Beklemmung und Erschöpfung. Mit jedem Tag erhöht sich das Fieber, vertieft sich der Ekel. Noch nie in meinem bisher so gewöhnlichen Leben war ich dem Heiligen so nahe.

Auf meinem etwas schwergängigen Mietrad strample ich vom Kulturforum am Kemperplatz durch den märchenhaft-düsteren Tiergarten heimwärts zu meiner Rucksackherberge am Bahnhof Zoo. Obgleich es noch früher Abend ist, scheint der Park nahezu menschenleer. Selbst mir als seltenem Parkbesucher kommt diese Einsamkeit ungewöhnlich vor, treibt doch sonst zu jeder Tag- und Nachtzeit und selbst bei klirrendem Frost eine eiserne Schar von Heckenstrolchen dort ihr Unwesen. An diesem Abend aber bin ich mit den Schwärmen unruhiger Krähen auf ihren kahlen Schlafbäumen allein.

Ich bin kein schreckhafter Mensch, trotzdem bleibt für einen Augenblick mein Herz stehen, als aus einem dichten schwarzen Gebüsch ein Tier in den Lichtkegel meines Mietradstrahlers schießt. Zunächst halte ich es für einen verwilderten Hund, einen Fuchs oder einen ausgehungerten Waschbären. Ich bremse scharf und versuche auszuweichen, doch auch das Tier macht noch einige lautlose Sprünge, und es scheint, als würfe es sich voller Absicht vor mein breitspuriges Vorderrad. Ich stürze und liege plötzlich neben dem keuchenden Kojoten auf dem Aschenweg. Dass es ein Kojote ist, erkenne ich, als ich mein Feuerzeug anzünde: graubraunes Rückenfell, Brust und Kehle weiß, grauer, buschiger Schwanz mit schwarzer Spitze. Ein nordamerikanischer Steppenwolf hier im Berliner Tiergarten? Gut, er könnte aus dem direkt angrenzenden Zoo entlaufen sein.

Er rennt nicht fort, sondern schaut mich aus seinen schmalen, listigen Augen an. Offenbar habe ich ihn verletzt, ihm vielleicht die Hinterbeine gebrochen, denn sie liegen in merkwürdiger Verrenkung von seinem Leib abgespreizt. Ich weiß nicht, was ich tun soll, habe als passionierter Wahlgroßstädter mit Wildunfällen bisher keine Erfahrung. Und niemand zeigt sich in diesem gottverlassenen Park, den ich um Rat fragen könnte. Ein Deutscher weiß immer, was er zu tun hat. Für alles gibt es eine Regel oder eine Vorschrift. Und mag ich mich bei anderer Gelegenheit auch darüber lustig gemacht haben, in meiner gegenwärtigen Lage wäre ich für jede Weisung dankbar.

Der Kojote atmet schnell und flach, als läge er in den letzten Zügen. Ich würde ihn gerne auf den Rasen am Wegrand tragen, damit ihn nicht der nächste sorglos rasende Radfahrer ein weiteres Mal überrollt. Doch wage ich nicht, ihn zu berühren. Vielleicht ist er tollwütig und beißt mich. Vielleicht muss er nicht einmal tollwütig, sondern nur ängstlich sein, um mir seine Raubtierzähne in den Handballen zu schlagen. Auch ohne Tollwut reichen ja schon die Aussicht auf Blutvergiftung und Wundstarrkrampf, mich mit Erster Hilfe zurückzuhalten. Wann habe ich das letzte Mal meine Tetanusimpfung auffrischen lassen?

Dann entdecke ich im müden Licht meines Feuerzeugs, dass es kein Präriewolf, sondern eine Wölfin ist. Den prallen Bauch des ansonsten mageren Tiers habe ich auf geplatzte innere Organe in Folge des Unfalls zurückgeführt. Doch nun öffnet sich die Spalte unter der buschigen Rute zu einer Not- oder Sturzgeburt. Nach einem Rotzlöffel voll Fruchtwasser zeigt sich ein kleines schwarzes Näschen, zwei verklebte Augenlider, große graue Abstehohren, schließlich glitscht der Rest des nassen Welpen aus dem zitternden Leib des Kojoten. Das alles geht schneller, als ich es aus den Tierfilmen kenne. Aber war dort je der Wurf eines Steppenwolfs zu sehen? Ich erinnere mich an Löwinnen, Zebrastuten und Walkühe. Eine Walkuh braucht mehrere Stunden für die Geburt ihres Kalbes.

All dieses Expedition-ins-Tierreich-Wissen hilft mir im Augenblick gar nichts. Am liebsten würde ich mich auf mein Mietrad schwingen und diesen Zwischenfall den teilnahmslosen Spielregeln der Natur überlassen. Die Parkratten und die Nebelkrähen werden die natürliche Ordnung schon wieder herstellen.

Doch bevor ich mein Feuerzeugflämmchen erlöschen lasse, zeigt sich ein zweiter, diesmal weißer Stupser in der geschwollenen, nassglänzenden Spalte unter der Rute. Vielleicht ein Albinowölflein, denke ich, doch dann ist es ein Kind, wenngleich mit einem Kojotengesicht, das mir entgegengepresst wird, ein Kind mit verklebten, eierschalgrauen Flügeln.

Nein, ich habe ausnahmsweise mal keine Drogen genommen. Nicht einmal ein Bier habe ich heute Abend getrunken. Ich bin zwar müde von der langen Radtour und den Galeriebesuchen, aber noch bin ich mehr als wach und einigermaßen bei Verstand. Für alles wird es eine vernünftige Erklärung geben. Dass Kojoten die Wildnis verlassen und sich nun, wie andere Wildtiere auch, in städtischen Parks und Gärten heimisch fühlen, hat sicher seinen Preis, wie jeder Prozess der Zivilisation.

Wer weiß, welch unnatürlicher Verbindung, welcher Kreuzung oder Mutation dieser hybride Welpe entsprungen ist! Kaum hat sie ihren Zweitgeborenen auf die planierte Asche fallen lassen, verendet die Kojotin. Obgleich ich an diesem Unfall keine Schuld trage, fühle ich mich schuldig. Sonst kniete ich schon längst nicht mehr hier im Dreck. Aber derartige Unglücke passieren nun einmal, ständig, überall, und kein Schuldgefühl kann sie ungeschehen machen. – Ich stehe auf, klopfe mir die Asche von der Hose und gehe zu meinem Rad, doch ehe ich den Lenker ergriffen habe, hallt ein herzzerreißender Schrei durch den nachtstillen Park.

Schuld und Furcht vereint bilden die Eltern der Dummheit. Ich bette die beiden ungleichen Welpengeschwister in meinen Rucksack und setze meinen Weg, nun doch ein wenig aus der Spur, zur Herberge am Zoo fort.

Natürlich habe ich keine Ahnung, wie man einen Kojoten aufzieht. Von einem Engel ganz zu schweigen. Habe ich vorschnell gehandelt? Vielleicht gibt es im wilden Tiergarten ja noch einen Vater und trauernden Witwer, dem ich nun seine illustren Sprösslinge geraubt habe. Er hätte vielleicht eine passendere Amme für die Mutterlosen gefunden. – Als ich mein Hotel erreiche, bin ich zu müde für weitere Überlegungen. Heute Nacht muss sich der Wurf mit meiner Körperwärme begnügen. Wenn er bis morgen früh überlebt, ist mein Kopf hoffentlich ausgeschlafen genug, über die weiteren Maßnahmen nachzudenken, die Suche nach Kojoten- und nach Engelsmilch, oder aber auch die Abgabe der Verantwortung an berufenere Stellen, an ein Tier- beziehungsweise Engelheim. Letzteres allerdings könnte sich als schwierig erweisen. Aber das alles zu bedenken hat Zeit. Im Augenblick verhalten sich die beiden Welpen geradezu vorbildlich, kuscheln sich an meine mit dichtem roten Haar bepelzte Brust, ein wenig frustriert vielleicht, weil die inzwischen wund gebissenen Warzen nicht mehr als Blut und Schweiß hergeben, doch durch meinen müden Herzschlag beruhigt, dass sie sich geborgen und behütet fühlen dürfen und alles gut wird.

Am nächsten Morgen ist mein erster Gedanke, dass es nur einen Menschen gibt, der mir bei der Rettung meiner beiden Findlinge helfen kann: Kurt, der Heilige der Rezeption und angehende Betriebswirt. Nur aufspüren muss ich ihn erst, da er seine Nachtwache schon vor einigen Stunden beendet hat.

Ich teile meine Frühstücksmilch mit den inzwischen unruhigen Rackern, indem ich einen Zipfel meines Kopfkissenbezugs als Ersatznippel für die fehlende Mutterbrust verwende. Claude, der fuchsgesichtige Engel, mag indessen nicht an derselben Kissenzitze wie Antoine, sein erstgeborenes Brüderchen, saugen. Kaum auf der Welt, stecken die beiden schon inmitten ihrer alttestamentarischen Geschwisterrivalität.

Ich nehme darauf keine weitere Rücksicht und stopfe sie, nachdem der erste Hunger gestillt ist, in meinen Rucksack, verlasse mein Zimmer und gehe hinunter zum Empfang. Es ist nicht eben leicht, der Tagesschicht Kurts Adresse zu entlocken. Das Gesicht der Rezeptionistin hat die schmutzige Farbe meines Kopfkissenbezugs nach dem wüsten Gebrauch durch einen Engländer, einen neugeborenen Kojoten und einen eifersüchtigen Engel. Es reicht ihr nicht, dass ich beteuere, Kurts Geschäftspartner zu sein, offenkundig will sie an unseren Geschäften in bescheidener Form beteiligt werden. Doch hat mein Agent die Verkäufe mit mir noch nicht abgerechnet und meine notorisch knappe Reise- und Bakschischkasse aufgefrischt.

Ich weiß aus meinem eigenen Hotelvorleben, dass nicht die Höhe der Geldsumme, sondern die Kraft der Argumente über den Erfolg der Bestechung entscheidet, denn wie viel auch immer man dem Empfangschef zuschiebt, die glaubhafte Illusion einer Notlage muss ihn am Ende mit der Selbstverachtung über die eigene Bestechlichkeit versöhnen, ja, sie im Grund vergessen machen, sodass allein der Akt der Mildtätigkeit in Erinnerung bleibt.

Ich erzähle der zerknitterten Empfangsdame von Antoine und Claude, als seien es nicht zwei sonderbare Findlinge, sondern meine eigenen, leiblichen Kinder, neugeboren, mutterlos, mich jungen Vater überfordernd, und der hilfsbereite, von allen unterschätzte Kurt – sie wisse wohl nichts von seiner aufopferungsvollen, ja, engelsgleichen Seite, wahrscheinlich wolle er auch gar nicht, dass man davon erzähle, trotzdem rede ich weiter, und je mehr ich rede, umso weniger begreift sie, wovon ich rede, aber sie muss es auch gar nicht begreifen, es reicht, dass mein Tonfall glaubwürdiger Verzweiflung sie überzeugt, der in der Tat dem gleichnamigen Gefühl entspringt und alles andere als gespielt ist. – Endlich ziehe ich mit Kurts Adresse und meinen beiden tobenden Bälgern im Nylonsack ab und nehme die U-Bahn Richtung Norden, in den ehemals roten Wedding.

Die Auswirkungen der Geschwisterkonstellation sind kaum zu unterschätzen, und für ein Einzelkind, wie ich es bin, sind die Folgen besonders hart. Die Privilegien, die mir durch meine Einzigartigkeit vorbehalten sind oder zumindest sein sollten, entsprechen kaum je dem Maß an Erwartungen, Enttäuschungen, Demütigungen und Schikanen, denen ein Einzelkind ohne den Schutz und die Solidarität irgendwelcher Geschwister ausgesetzt ist. Es ist wahr, es muss niemals die zu klein gewordenen Schuhe eines älteren Bruders auftragen, aber es bemerkt viel zu spät, dass seine Eltern immer den rechten mit dem linken Schuh verwechseln und am Ende seine Füße doch verkrüppelt sind.

Im selben Maß, wie meine Erfolge gefeiert werden, werden meine Misserfolge bestraft. Und da sich die Erfolge erwartungsgemäß in Grenzen halten und mit dem Älterwerden gegen null tendieren, gibt es schon ziemlich lange nichts mehr zu feiern. Ein Jugendlicher ist zu sehr mit dem Auseinanderklaffen zwischen Selbst- und Idealbild beschäftigt, um auf die entsprechende Enttäuschung seiner Eltern Rücksicht nehmen zu können. Aber das ist ja eher ein vernachlässigbares Beispiel für die systematische Ungerechtigkeit, mit der er sich im Leben auseinanderzusetzen und größtenteils abzufinden hat. Gerechtigkeit ist immer ein fauler Kompromiss. Je gerechter ein Urteil erscheint, umso mehr ignoriert es unsere Ungleichheit. Jedes gerechte Urteil schafft neue Ungerechtigkeit.

Müsste der Himmel nicht, um wahrhaft Himmel zu heißen, ein Ort ohne Urteile sein?

Bevor ich eingeschult wurde, wusste ich bereits alles von der Welt. Das bringt das Aufwachsen in einem Hotel einfach mit sich. Nicht nur trifft sich hier die Welt, sie erlebt hier auch einige ihrer eindrucksvollsten Stunden. Hier werden nicht nur Kinder gezeugt, manchmal werden sie hier auch geboren. Mehrmals musste ich meiner Mutter bei ihrer notgedrungenen Hebammentätigkeit mit heißem Wasser und sauberen Tüchern beistehen. Und natürlich wird in einem so geschichtsträchtigen Hause wie dem unseren auch gestorben, nach meiner ganz persönlichen Statistik allerdings öfter eines unnatürlichen denn eines natürlichen Todes, wobei in der Rubrik der unnatürlichen Tode die Selbstmorde bei Weitem vor den Unfällen liegen. Auch hier sind nicht selten meine Dienste erforderlich. Offenbar ist meine Mutter der festen Überzeugung, dass einem sechsjährigen Knaben derartige Dinge noch nicht wirklich nahegehen können, weil er doch noch gar nicht Spiel und Spaß vom Ernst des Lebens zu unterscheiden wisse.

Meine Mutter ist zeitlebens umständehalber wenig gereist, das Hotel lässt ihr keine Zeit für einen Urlaub, verleidet ihr vielleicht sogar die Lust daran, wie bei einem Koch, der am Ende eines langen Arbeitstages in der Restaurantküche keinen Appetit mehr hat. Sie ist nur ein einziges Mal in London gewesen, als Oberschülerin mit ihrer Schulklasse. Nun, glaube ich, meidet sie London, weil mein Vater dort lebt. Aber wer sagt denn, dass der Alltag einer Hotelbesitzerin in Aberystwyth nicht abwechslungs- und ereignisreich genug ist, um sich manchen kurzen, teuren Städtetrip zu sparen!

Koloniestraße 23, Hinterhaus, zwei Treppen links. Für ein Berliner Frühstück bin ich zu früh, zumal Kurt ja tatsächlich eine Nachtschicht hinter sich hat und kaum mehr als fünf Stunden geschlafen haben kann, ehe ich ihn nun hartnäckig aus dem Bett klingle. Schließlich öffnet seine offenbar ebenfalls noch nicht ausgeschlafene Mitbewohnerin Carla die Tür. Mürrisch mustert sie den Fremden, über den Kurt womöglich noch kein Wort verloren hat und der nun mit größter Selbstverständlichkeit im schäbigen Hausflur steht und sie mit unerträglicher Munterkeit begrüßt: »Einen schönen guten Morgen, Carla! Ich möchte zu Kurt.«

Ich sehe, wie ihr Kopf mit der Kurzhaarfrisur in die Gänge zu kommen versucht, Carla? kennt der mich? müsste ich ihn kennen? hab den Typ noch nie zuvor gesehen! oder müsste schon ziemlich bekifft gewesen sein … Dabei habe ich den Namen nur vom Klingelschild ablesen müssen, und mit dem müden Argwohn, mit dem sie mir die Tür öffnet, wirkt sie nicht, als sei sie selbst nur Gast in dieser düstren Wohnung. Vielleicht stört es sie auch nur, dass ich sie, ihres fregattengrau gefärbten Haars zum Trotz, gleich duze, wie es unter Gleichaltrigen in Berlin doch üblich ist. Wie auch immer, wir haben uns offenbar auf dem falschen Huf erwischt, und ihre anfängliche Reserviertheit wächst sich in kürzester Zeit zu einem tiefen Ressentiment aus. Und als ich nun, ohne ein Wort der Einladung abzuwarten, mich aus dem zugigen Flur in die Wohnung dränge, rechne ich damit, dass sie mich jeden Augenblick mit einem hinter der Tür versteckten Baseballschläger niederstreckt.

»Kurt schläft noch«, sagt sie schließlich in einem Ton, in dem die Mordabsicht noch nachklingt. »Du kannst mir inzwischen ja helfen, den Frühstückstisch zu decken!«, fügt sie mit einem Anflug von Entsagung hinzu.

In der kleinen Wohnung riecht es nach gekochtem Reis und trocknenden Fischernetzen. Schließe ich die Augen, könnte ich glauben, durch ein japanisches Fischerdorf zu spazieren, das direkt an einer felsigen Bucht liegt, in der gerade eine vielköpfige Herde Delfine abgeschlachtet wird und das aufgewühlte rote Meerwasser wie kochende Blutsuppe schäumt.

Auf einem Regal in der geräumigen Küche steht eine angebrochene Flasche Sake und gibt meiner Fantasie noch Nahrung. Nun warte ich auf den angekündigten Taifun, die Raumtemperatur sinkt rapide, ein scharfer Jodgeruch mischt sich in den Reis- und Sisalduft. Sinnlos, irgendjemanden noch warnen zu wollen.

Ein klassisches Berliner Frühstück hat wenig mit unserem Schinken und Rührei, pappigen Toast, unserer Orangenschalenmarmelade und Milchsuppe zu tun. Das Berliner Frühstück, zwischen elf Uhr morgens und vier Uhr nachmittags eingenommen, bildet die Hauptmahlzeit des Berliners. Carla drückt mir eine Flasche Rotwein in die Hand und bittet mich, sie zu entkorken. Ich wundere mich nicht, dass man hier den Tag beginnt, wie er in Barcelona oder Bari endet. Sie wickelt den Lachs aus der Frischhaltefolie und beträufelt ihn mit frisch gepresstem Zitronensaft. Währenddessen duftet aus dem Ofen irgendein köstliches Backwerk. Was die Vielfalt an Brötchen und Broten betrifft, sind die Deutschen zweifellos Weltmeister. Doch das, was Carla aus dem Ofen zieht und ins Brotkörbchen bettet, ehe sie Kurt weckt, gleicht ohne jede Übertreibung einer Götterspeise: knusprig feine Hörnchen, zart und krisp wie frischer Reif am frühen Morgen, mit dem Geschmack von Lindenblütenhonig und Tannenharz.

Dass Kurt sich ungeduscht, womöglich gar ungewaschen und nur in Shorts und T-Shirt an den so prächtig gedeckten Frühstückstisch setzt, gehört ebenfalls zu den üblichen Berliner Gepflogenheiten, vielleicht ein auf das letztlich ja unwesentliche Äußere verschobenes *Understatement*, das wir Briten gerade in ernsten und wesentlichen Dingen anzuwenden pflegen, während Deutsche in ernsten und wesentlichen Angelegenheiten sich stets angemessen ernst und wesensgemäß verhalten.

Wir reden wenig und schweigen viel, was um diese Uhrzeit ja keinesfalls als ungewöhnlich gelten darf. Auch die zweite Flasche Rotwein ändert daran nichts. Im Grunde bin ich es allein, der das Gespräch bestreitet, getreu der Maxime meines Urahns: »Es gibt eine der vornehmen Lebensweise gemäße Art nichts bedeutenden Geschwätzes, das Du beherrschen solltest. So geringfügig es auch scheint, nützt es doch in gemischten Gesellschaften und bei der Tafel, Streitigkeiten oder wenigstens Kaltsinn für einige Zeit fernzuhalten.«

Als Carla für einen Augenblick die Küche verlässt, schnappe ich mir meinen Rucksack und pflanze ohne jede Vorwarnung meine beiden hungrigen Findlinge vor Kurt auf den Küchentisch: »Meine Exkursion nach Königsberg steht nun an, und diese beiden Neugeborenen, die ich mit Mühe durch ihre ersten Lebensstunden gerettet habe, sind schlechterdings noch in einem Alter und einer Verfassung, in der ich sie weder hier alleine lassen, noch mit mir nach Ostpreußen nehmen kann. Also musst du dich ihrer annehmen, Kurt, oder sie meinetwegen auch den dafür zuständigen Behörden übergeben. Sie sind mir im Tiergarten buchstäblich unter die Räder geraten. Anders als in meiner vom Thatcherismus ausgebluteten Heimat gibt es hier doch noch einen intakten Wohlfahrtstaat, der sich um derlei Fälle kümmert, nicht wahr?«

Carlas Rückkehr lässt Kurt keine Möglichkeit mehr zu einer angemessenen Erwiderung, denn nun verabschiede ich mich so rasch und unerwartet, wie ich aufgetaucht bin. Indigniert wünscht Kurt mir eine gute Reise und zieht sich mit den beiden Findlingen unter seinem Nacht-T-Shirt, wohl zur Fortsetzung des unterbrochenen Morgenschlummers, ins Schlafzimmer zurück, während Carla mich zur Tür bringt. Ehe sie die Tür hinter mir ins Schloss fallen lässt, schaut sie mir mit ihren eisblauen Augen direkt ins Gesicht. »Übrigens, ich mag dich nicht besonders, Philip Stanhope«, gibt sie mir mit der hier üblichen rüpelhaften Wahrheitsliebe zu verstehen. »Mir wäre es lieber, wenn du dir für deine Geschäfte jemand anderen als Kurt suchst und dein unwillkommenes Zeug möglichst bald wieder abholst!«

Erhalte mich so liebenswürdig wie möglich, großer Gott, und bewahre mich vor meiner wahren Natur!, bete ich still, atme tief durch und nicke ihr wohlwollend zu.

An Baroness Melusine von der Schulenburg, Herzogin von Kendal, Kendal House, Isleworth bei Brentford, Middlesex

Berlin, den 13ten November 1727

Oh, wüßten Sie, liebste Tante, wie ich Ihre Briefe empfange! Ich lese sie drei- oder viermal hintereinander, und dann laufe ich in meiner Stube umher und lasse den Inhalt Ihrer Zeilen in mir nachklingen.

Ihr sanfter Tadel ist mir zugleich herzinnigster Trost! Ein Irrtum, der daraus entspringe, daß man die Wahrheit suche, sei wohl zu verzeihen, schreiben Sie mir. Und Sie ahnen zweifellos, daß ich es als Ermutigung aufzufassen gedenke, Sie auch fürderhin mit meinen drängendsten Irrtümern zu bestürmen.

Ich muß Ihnen gestehen, liebe Tante, und nur Sie habe ich, der ich meine geheimsten Geheimnisse zu entdecken wage!, daß es noch nicht viele Jahre her ist, da ich den Mut fand, für mich selbst zu denken. Vor meinem Besuche des Pädagogium Regium besaß ich gar kein eigenes Nachdenken, und noch in den Jahren auf der Königsberger Universität bediente ich mich dessen kaum, was ich der Anlage nach doch schon reichlich besaß. Ich nahm die Begriffe der Lehrer und der Katechismen an, die Maximen der wenigen Bücher, die uns zu lesen erlaubt, und die Vorurteile der Gesellschaft, in der ich mich aufzuhalten gezwungen, ohne je zu überprüfen, ob sie richtig seien oder falsch. Wie oft wollte ich es lieber auf einen allgemeinen Irrtum ankommen lassen, als mich um der Wahrheit willen gegen die allgemeine Meinung zu stellen!

So war ich im Grunde bis zu meiner Kavaliersreise, teils aus Bequemlichkeit, teils aus Mutlosigkeit und Scham, statt von der Vernunft geleitet immer noch der Mode und dem Sittengesetze verhaftet. Seit ich mir aber die Mühe mache, für mich selbst zu denken, können Sie sich vorstellen, wie sehr sich meine Begriffe von den Dingen geändert haben. Natürlich ist es möglich, daß ich noch immer viele Irrtümer in mir habe, die vermöge langer Gewohnheit zu scheinbaren Gewißheiten geworden sind. Aber ich bemühe mich, tiefer und tiefer zu fragen und zu zweifeln. Nicht alle Tugenden erscheinen im Lichte der Vernunft noch als Tugend, nicht alle Laster sind jederzeit und allerorten ein Laster. Lesen Sie nur in diesem Sinne die griechischen Heldensagen noch einmal!

Nach dem schon länger erwarteten Ableben Pastor Franckes im vergangenen Juni und dem Tode des verehrten Sir Isaac Newtons, über den Sie mich in Ihrem letzten Briefe unterrichtet haben, höre ich nun aus Berliner Akademikerkreisen den Rumor, der nicht minder verehrungswürdige Doktor Thomasius sei auf den Tod hin erkrankt. Unser bedeutendster Gelehrter liege im Sterben! Welch ein apokalyptisches Jahr! Ohne ihn wird unser Land um die klügste, die aufgeklärteste Stimme ärmer sein!

Vielleicht sind Sie, verehrte Tante, zu weit fort, um die Bedeutung dieses Geistes für unser Reich in seinem ganzen Ausmaße zu erkennen. Doch fraglos erinnern Sie sich, wie der mutige Mann am Reformationstag ans Tor der Leipziger Universitätskirche seine Ankündigung der ersten deutschsprachigen Vorlesung an einer deutschen Universität schlug. Er ist ohne jeden Zweifel der Martin Luther unserer Wissenschaften. Was Luther für die Erneuerung des Glaubens, bedeutet Thomasius für die Reformation des Geistes.

Heute ist es kaum noch vorstellbar, welch ein Lamentieren damals unter den Professoren und Theologen ausbrach. Wären ihre Worte Waffen gewesen, wäre ein neuer Religionskrieg ausgebrochen. Der dänische König Christian bezichtigte den Gelehrten gar des Hochverrats. Andere klagten ihn wenigstens des Atheismus an, vielleicht nicht ganz zu unrecht, will ich meinen, doch den meisten Anklägern reichte für die Verurteilung ganz und gar der Umstand, daß der verehrte Professor in deutscher Sprache unterrichtete. In Sachsen jedenfalls durfte er fortan nicht mehr lehren noch publizieren. Also kam er nach Halle und begründete daselbst die Juristische Fakultät, gestiftet vom hochgesinnten Kurfürsten von Brandenburg, Vater des jetzigen Königs.

Nun heißt es, er sei dem Tode nah! Hätte ich als unbelehrbarer Schüler in Glaucha schon gewußt, um welchen außerordentlichen Geist es sich handelte, hätte ich hartnäckiger seine Nähe gesucht. Denn gesehen habe ich ihn oft auf dem Markte von Halle schon damals, vor mehr als zehn Jahren. Er war bereits kein junger Mann mehr, aber immer noch paradierte er in buntem Kostüme mit Kavaliersdegen durch die Stadt und erschien in dieser Aufmachung statt im schwarzen Talare selbst vor seinen Studenten.

Wenn Ihnen, liebste Tante, meine Verehrung für diesen Mann und meine Sorge um ihn immer noch übertrieben erscheint, so erinnern Sie sich doch, daß er am Anfang unseres so widersprüchlichen Jahrhunderts bereits die Abschaffung der Folter und aller Hexenprozesse forderte, während zur gleichen Zeit sein Kollege Hoffmann an derselben Universität die »Hexenlehre« weiterhin unter wissenschaftlichen Vorwänden betrieb und unsere angeblich so vernünftigen Lutheraner wütendste Pamphlete gegen Thomasius verfaßten. Glücklicherweise fand er im damaligen Landesherrn einen verständigen Fürsprecher.

Während meines Jurastudiums in Königsberg habe ich endlich seine Schriften studieren können. Was er schreibt, betrifft nicht nur Fragen des Rechts, sondern unserer allgemeine Menschlichkeit. Wir seien in unserem Wollen nicht frei, schreibt er, sondern würden durch Habgier, Lust und Ehrgeiz bestimmt. Doch es bleibe uns als vermittelndes und ausgleichendes Werkzeug die Vernunft. – Wie wahr mir das alles scheint! Wie sehr wir von unserer widerstreitenden Natur im Innern zerrissen werden! Allein auf ihr, der Vernunft, gründe sich die Legitimität einer staatlichen Ordnung: Sie habe für Frieden, Sicherheit und Wohlstand zu sorgen, wo sonst die Gesellschaft am Kampfe zwischen den unvereinbaren Leidenschaften ihrer Mitglieder zugrunde ginge.

Doch will ich Sie nicht länger mit meinem juristischen Seminare langweilen. Sie fragen, liebe Tante, in Ihrem großherzigen Briefe, nach dem Fortgang meiner Tragödie und gestehen zu Ihrer Schande, daß Sie mit den Abenteuern von Nisus und Euryalus nicht vertraut seien. Aber nein, liebe Tante, von Schande darf keine Rede sein, denn es ist eine nur wenig populäre Historie, tief verborgen in Vergils *Aeneis*, und darüber hinaus nicht nach jedermanns Geschmacke.

Ehe dieser Brief unbemerkt zu lang gerät, will ich schließen, auch wenn ich mir alle Zeit schmeichle, meine Unerfahrenheit und Jugend könnten Sie, liebe Tante, amüsieren, und ich alles so hinschreibe, wie es mir zufällt und wovon ich glaube, daß es, wenn es schon nicht nützt, Sie doch amüsiert,

Ihr stets ergebener und um Nachsicht bittender Neffe
Hans Hermann

KÖNIGSBERG

Ins Zentrum gibt es nur einen Weg, aus dem Zentrum unzählige, sagte der Graf zu Glanz.

Noch aus der Gasse herauf hörte Walt entzückt die entfliehenden Töne, denn er merkte nicht, daß mit ihnen sein Bruder entfliehe.

Jean Paul: *Flegeljahre*

Le monde est pleins des sotises, steht auf dem Stammbuchblatt des Königsberger stud. iur. Hans Hermann von Katte vom 13ten Januar 1724, *die Welt ist voller Torheiten*. Neben der Devise ziert das Blatt ein eigenhändiges, sorgfältig ausgeführtes Aquarell, das neben einer kleinen Eiche einen bunt kostümierten Harlekin zeigt, der in der rechten Hand eine Unterhose und in der linken einen Reifrock hält.

Im selben Ausstellungskatalog stoße ich auf ein Ölgemälde von Johann Harper, das sich im Privatbesitz derer von Katte befindet. Es porträtiert den jungen Hans Hermann mit seiner Halbschwester Elisabeth Katharina beim Musizieren. Katte spielt Flöte, die zehn Jahre jüngere Schwester hält das Notenblatt und hebt zum Gesang an.

Von rechts tritt ein »Mohrenknabe« mit einem Tablett heran, auf dem er eine Teekanne und zwei Tässchen trägt. Schon wieder begegnet mir dieser »Hofmohr«, der mir schon im Köthener Schloss aufgefallen ist. Handelt es sich nur um einen künstlerischen Topos, den Adel der Hauptfiguren herauszustreichen? Oder hat es auch im Haushalt des Generalmajors und Militärgouverneurs von Königsberg einen schwarzen Bediensteten gegeben?

Hans Hermann von Katte ist noch keine siebzehn Jahre alt, als er von Glaucha nach Königsberg übersiedelt, um dort sein Studium der Rechte aufzunehmen. Man denke sich einen jugendlichen Don Quijote, ohne Helm und Rüstung, das schon nicht mehr kindliche, schmale Gesicht mit hervorspringenden Wangenknochen und einem klugen, spöttischen Blick, wenn einem ungeübteren Auge auch der Spott leicht entgehen und es diesen so sanftmütig scheinenden Ritter von der unbedarften Gestalt eher für einen Pfarrerssohn als für einen Edelmann halten könnte, trüge er nicht den langen Degen, der ihm beim Gehen dauernd an die Waden schlägt und ihn immer wieder zu Fall zu bringen droht.

Eine Stunde und zehn Minuten braucht das Flugzeug von Berlin nach Königsberg, nicht länger als für einen innerdeutschen Flug nach München oder Stuttgart.

Mit dem Zug hingegen ist man doppelt so lange unterwegs wie vor dem Krieg, vierzehn Stunden, als ginge es auf einen anderen Kontinent. Eine Einladung ist notwendig, eine Reisekrankenversicherung und genügend Geld auf dem Bankkonto, um überhaupt ein Visum zu erhalten. So behandeln ja auch wir den Rest der Welt, der die Festung Europa besuchen will. Doch versichere ich der russischen Regierung, dass ich keinesfalls die Absicht habe, mich dauerhaft in Kaliningrad niederzulassen.

Kalinin, Michail Iwanowitsch, Mitglied des Politbüros der KPdSU, von 1919 bis 1946 nominelles Staatsoberhaupt Sowjetrusslands. Auf dem Schwarzweißfoto in der *Encyclopaedia Britannica* sieht er wie Trotzki aus. Oder haben die Redakteure nur die Fotos verwechselt? Wer weiß das schon? Wer hat Kalinin je von Angesicht zu Angesicht gesehen? Wer von ihnen lebt noch und könnte Zeuge sein?

Ehrt es Trotzki-Kalinin, nun einem Ort den Namen zu geben, der einmal Königsberg hieß, benannt nach Ottokar dem Zweiten Přemysl von Böhmen, der hier am Pregel den Grundstein einer Fliehburg des Deutschen Ordens legte, in deren Schutz drei Städte, Altstadt, Löbenicht und Kneiphof, entstanden? – Da dieses Königsberg nicht mehr existiert, erscheint es nur recht und billig, dass mit ihm auch der Name erloschen ist.

»Da die Tage kurz sind, kannst Du nicht nach Tische spazierengehen, und doch muß man sich vergnügen; nichts wird das mehr tun als die Betrachtung von Landkarten.«

Ja, Lord Chesterfield hat recht. Das imaginäre Reisen hat den Vorteil eines Vergnügens ohne die Beschwernisse des Wetters, die Aufdringlichkeit grober Reisegefährten, die absehbare Belästigung durch Ungeziefer und die unvermeidliche Verschlagenheit mancher Wirte. Auf der Karte sieht alles flach und wohlgeordnet aus. Ich präge sie mir so gut ein, dass sie sich auf der Reise dann beständig über die wirklichen Straßen und Plätze legt. Die Orte sind fremd und vertraut zugleich. Auch wenn ich noch nie in Königsberg war, verirre ich mich nicht. Immer weiß ich genau, wo ich bin.

Von Kaliningrad besitze ich zwei Karten, eine Innenstadtkarte von Königsberg im Jahr 1931 und einen Stadtplan des heutigen Kaliningrad. Ich werde noch eine dritte brauchen, Königsberg zu Beginn des achtzehnten Jahrhunderts, als Kattes Vater dort Gouverneur ist und Katte an der Albertina sein Studium aufnimmt. Diese übereinandergelegten Karten sind nicht mehr flach. Dreihundert Jahre an Aufstieg und Fall liegen zwischen den Blättern. Bald laufe ich über die begrabenen Trümmer und Träume.

Bin ich gut vorbereitet? Vorbereitet auf was? Die Bilder des alten Königsberg und den Stadtplan von 1931 habe ich im Kopf. Auf die Gegenwart, auf Kaliningrad kann niemand vorbereitet sein, es sei denn, er weiß vom Schicksal der Stadt nichts.

Nur vage können wir uns vorstellen, wie der Ort, an dem wir leben, in fünfzig oder hundert Jahren einmal aussehen wird. Dass es diesen Ort vielleicht gar nicht mehr gibt, womöglich von heute auf morgen vollkommen ausgelöscht, ist schier unvorstellbar. Aber wie oft ist genau das geschehen in der Geschichte der Menschheit, das Verschwinden vollständiger Orte, Völker, Sprachen, Kulturen, durch Naturgewalten, durch Kriege, durch den Willen des Siegers, den Gegner nicht nur zu vernichten, sondern auch jede Erinnerung an ihn. – So hatte Hitler es vor mit den Völkern des Ostens, so ist es auf seine willfährigen Anhänger zurückgeschlagen.

Eine Stadt dem Erdboden gleichmachen, das klingt wie eine Metapher. Aber im ehemaligen Königsberg scheint es gelungen zu sein, selbst ihre Topographie zu tilgen. Wir kennen derartige Apokalypsen sonst nur aus Science-Fiction-Filmen. Katte hätte sich vielleicht den Untergang Pompejis oder die Zerstörung Karthagos vorstellen müssen. Aber ist das möglich? Kann ich mir London oder Berlin – sagen wir, nächste Woche – vom Erdboden getilgt vorstellen, wie es den Königsbergern im April 1945 widerfuhr?

Aus dem Flugzeugfenster sehe ich ein fast menschenleeres, unbewohntes Land, flach, dunkles Grün auf der Landseite und schimmernde Bronze auf der Seeseite. Es strahlt eine große Friedlichkeit und Unberührtheit aus, eine Landschaft, die seit Langem schläft und die man sich zu wecken scheut. Und mitten in diesem verwunschenen Nirgendwo landet das Flugzeug, so scheint es, auf einem Acker.

Von einer bewohnten Behausung, geschweige denn einer Stadt ist bis zum Horizont nichts zu sehen.

Im ganzen Flughafen Kaliningrad gibt es nur ein einziges Gepäckförderband. Mehr sind womöglich auch gar nicht nötig, da nur zwei Maschinen am Tag hier landen, eine aus Moskau und eine aus Berlin. Trotzdem warten wir lange auf unsere Koffer und Taschen, als würden die Gepäckstücke nicht nur durchleuchtet und von Drogen- und Sprengstoffhunden beschnüffelt, sondern jedes einzelne geöffnet und eigenhändig durchsucht, und ich warte besonders lange, ja bis zum letzten Rollkoffer auf dem Band, doch mein eigener Koffer ist nicht dabei.

Am Lost&Found-Schalter findet die freundliche Angestellte an Hand des Barcodes auf meinem Gepäckschein heraus, dass mein Koffer auf dem Weg nach Almati sei, wo immer das liegen mag. Um Sandalen und Shorts mache ich mir keine Sorgen, sie sind ersetzbar, selbst in Kaliningrad, denke ich. Aber die fehlenden Medikamente werden mir zu schaffen machen, ich spüre jetzt, nach dem kurzen Flug, bereits die Anfälligkeit wachsen.

Der Hotelchauffeur hat geduldig ausgeharrt, bis ich als Letzter in die kleine Ankunftshalle trete. Er nickt stumm, als ich die lange Wartezeit zu entschuldigen versuche. Mit einem einzigen Blick auf mein leichtes Handgepäck hat er die Situation erfasst.

Fast übergangslos endet die nahezu unberührte Natur, und die Stadt beginnt, eine Tankstelle, Autohäuser, erste mit neuen, bunten Fassadenplatten verschönerte Wohnblöcke. Das Bild verändert sich nicht, alles bleibt Stadtrand, vergeblich warte ich auf das Zentrum, in dem mein Hotel angeblich stehen soll. Aber die Mitte ist leer. Und der Blick von meinem Hotel aus fällt auf eine von einem Bauzaun umgebene sibirische Steppe.

Während der ganzen Fahrt bis zum Hotel bleibt mein Fahrer stumm, sodass ich beim Abschied nicht einmal weiß, ob er überhaupt sprechen kann.

Mein Hotel, das Hotel Kaliningrad, steht auf den Fundamenten des Postamtes 1. Hinter dem Hotel befand sich einst die Altstädtische Kirche. Nun ragen dort die grauen Fassaden der Plattenbaublöcke auf, an deren Dachfirsten immer noch die alten Parolen zu erkennen sind: *Slawa sowjetskomu narodu*, Ruhm dem sowjetischen Volke.

Vor dem Hotel die Brache, die einmal Königsberg war. Das Gelände fällt leicht zum Pregel hin ab. Wo früher das Schloss stand, liegt heute ein verlassener und eingezäunter Platz mit dem Betonskelett des nie zu Ende gebauten *Dom Sowjetow* oder Rätehauses. Es ist, als habe der Geist des Ortes kein anderes Bauwerk als eine Bauruine zugelassen.

Mein erster Spaziergang führt mich durch dieses wüste Land zur Dominsel, zweihundert Meter entlang einer durch die Brache geschlagenen Stadtautobahn, und plötzlich finde ich mich in einem Park mit großen schattigen Bäumen und schlecht gepflasterten Wegen wieder, junge Liebespaare lümmeln sich auf den Parkbänken, Steinmetzarbeiten bröseln zwischen gelichtetem Gebüsch, ein kümmerlicher Skulpturengarten, wo einst eine ganze Stadt stand, Kneiphof, über sieben Brücken mit Altstadt, Lomse und Vorstadt verbunden, von denen nur noch die Honigbrücke existiert, deren schmiedeeisernes Geländer mit Tausenden rostender Schlösser junger Verliebter behängt ist, und ich frage mich für einen Augenblick, ob ich mir wirklich die untergegangene Stadt zurückwünschen soll.

Zwischen den seither groß und alt gewordenen Pappeln und Platanen steht geduckt der Dom aus rotbraunen Ziegeln. Nichts Auftrumpfendes oder gar Einschüchterndes ist ihm zu eigen. Ein wenig verlegen, weil nutzlos, steht er da, nur eine weitere, ein wenig zu groß geratene Skulptur unter den anderen. Dann, an der Nordseite, unter einem imposanten steinernen Baldachin, finde ich das Grab Kants, viel zu staatsmännisch für diesen kleinen, bescheidenen Mann. Ursprünglich lehnte es sich an die Südseite des Domchores an und hatte das Bombardement der Stadt nahezu unbeschädigt überstanden, während der Dom in Schutt und Asche versank. Nach dem Untergang der Stadt schien es, als lehnte sich nun die Domruine an das Kantgrab.

Ich verweile nicht, gehe weiter, um zunächst eine Art Maß für diese Leere zu gewinnen, Stadtbrache, Trümmerfeld, Park, wo sich einstmals drei Städte aneinander drängten, nun in einer halben Stunde abgeschritten.

Ein kurzes Vorgefühl, ein Stechen im Kopf, dann ein Blitz, wie in Zeitlupe, als ob sich eine Nadel langsam durch meinen Schädel von Schläfe zu Schläfe bohre. Ich presse meine Fäuste in die Augenhöhlen, mir wird schwindlig, meine Beine sacken weg, um mich herum nur noch fernes, dumpfes Gemurmel, Stille, ich taste mit den Händen ins Leere, grauer Asphalt stürzt randlos in mein Blickfeld, ich entgleite nicht mir, ich entgleite den anderen, stürze an ihnen vorbei, Menschen in einem leeren, toten Raum. Hier sind es nicht die leblosen, beschädigten Statuen in einer lebendigen Stadt, sondern Lebende in einer unbelebten Welt. Hier wohnt im Nichts kein Gott.

Nichts und niemand schaut mich an. Warum also Angst und Scham? Sie liegen tief in meiner Kindheit begraben.

Dann beginnt die Erde zu beben. Ich höre das Donnern, Dröhnen und Krachen von Explosionen, die Festigkeit des Bodens schwindet, Brandgeruch dringt mir in die Nase, Phosphor, Magnesium, Holz, Kalk Ziegel, Fleisch, unzählig fallen die Engel vom Himmel, gelb wie Herbstlaub, wie brennender Phosphor, und stürzen sich in ihr irdisches Grab. Entvölkert starrt der Himmel, während die Erde zum Hochofen wird. Hoch schlagen die Flammen, viele versuchen, dem Feuerofen durch einen Sprung in den Fluss zu entkommen, aber jene, die nicht verbrennen, ersticken. Ausgespien werden jetzt die Heiligen des Tages, verwirrte Geister, die noch nach feuchtdunklem Laubbett riechen. Aus den sich über dem Feuergebirge türmenden Wolken regnen Papier, Stoff- und Hautreste. Wer sich dem Höllenbrand auch nur auf hundert Schritte nähert, wird hineingesogen und selbst zum Brandopfer. Trotzdem zieht das Feuer mich an und der Strom von halbverbrannten Schulheften, Nachthemden, Bettzeug, Haarlocken, Schnürbändern, der im Aufwärtssog in den Aschehimmel getragen wird, bis mir die Haut schmilzt, ich zur Flamme werde, die sich in meinen Verstand brennt. Inmitten der vorzeitlichen Landschaft erhebt sich die Heilige Eiche der heidnischen Pruzzen, unter deren Krone ihre Götter Perkunos, Gott des Donners, Potrimpos, Gott der Flüsse und Quellen, und Patollos, Gott der Toten, wohnen, umgeben von ihren priesterlichen Dienern, dem Hohen Kriwe oder Kirwaito und seinen Waidelotten. Dann stürzt er doch, der heilige Eichenbaum der trotzigen und freiheitsliebenden Pruzzen, unter dem Beil des Ermländers, der an dieser Stelle den Grundstein für seine Ritterfestung legt. Drei Tage lang kann man die Stadt nicht betreten, auch wenn die Flammen erloschen sind, so glühen Pflaster und Steine noch Tag und Nacht weiter. Über das Eis des Haffs zieht der Enkel Barbarossas mit seinem Kreuzfahrerheer ins Samland, wobei er, den gängigen Bräuchen der Heidenmission folgend, die Dörfer niederbrennen und die Menschen erschlagen oder zu Zwangstaufen zusammentreiben lässt. Auf der Pregelhöhe Tuwangste findet der Böhmerkönig bereits die prussische Fliehburg gegen den Deutschen Orden vor. Die Kreuzritter reißen sie nieder und errichten stattdessen eine erste Burg aus Holz und Lehm und nennen sie, ihrem Anführer, König Ottokar zu Ehren, Königsberg.

Nein, nichts ist hier wert, alt und bewahrt zu werden. Die

Mühlen stehen still, Bretter und Nägel werden nicht gebraucht, hier liegen die Hautlosen unbesargt im Baugrund.

Trübes, unfruchtbares Wasser des Pregels, nichts sehe ich von deinem Grund, alt, ohne Kindheit. Geräuschlos. Stumm.

Ach! möchte ich rufen und O weh! Doch das sind Wörter eines ausgelöschten Jahrhunderts. Bühnenwörter. Die im leeren Zuschauerraum verhallen.

Es braucht fast dreißig Jahre, die Trümmer des Schlosses abzutragen.

Ich will keine Stadt, doch brauch ich ihren Schatten.

Die Erinnerung kommt gegen die Leere nicht an.

Nun scheint er wirklich eingeschlafen zu sein. Er gibt ein leises Schnarchen von sich, das eher wie ein andauerndes tiefes Seufzen klingt, aber kaum den Lärm der Pferdehufe und der Räder übertönt. Ich betrachte meinen Vater, wie ich es nie gewagt hätte, wenn er wach gewesen wäre und meinen auf sich gerichteten Blick gespürt hätte. Seine Züge sind regelmäßig und immer noch glatt, wenn auch scharf geschnitten. Der Mund unter dem Schnurrbart ist schmallippig und blaß. Das braune Haar lockt sich und ist im Nacken zu einem kleinen Zopf gebunden. Nur selten trägt er eine Perücke und selbst dann mit Unbehagen. Er findet diese Mode äffisch. Ich im übrigen finde das auch.

Auf der Stirn zwischen den Augenbrauen stehen zwei aufrechte, tief ins Gesicht geschnitzte Falten, seine Hans-Hermann-Falten, wie er einmal in einem seltenen Anflug von Humor behauptete. Es sei denn, er vermag in meinen Kopf zu blicken und meine geheimen Gedanken zu lesen.

Früher empfand ich stets eine große Befangenheit, wenn er von seinem Regimente zurückkam. Er war ein Fremder im Hause, fast ein Störenfried. Jede Küchenmagd, jeder Pferdeknecht stand mir näher, war mir vertrauter als dieser Mensch. Als er mit einer neuen Frau eine neue Familie gründet, scheine ich dann der Störenfried zu sein, und Großvaters Vorschlag, mich dem Pastor Francke anzuvertrauen, findet rasch seine Zustimmung, trotz des hohen Schulgeldes.

Wenn er glaubt, die verlorenen Jahre ließen sich nun, während meiner Studienzeit, nachholen, irrt er sich. Die Befangenheit ist geblieben, die Fremdheit noch gewachsen. Ich kann mir beim besten Willen nicht vorstellen, die nächsten Jahre in seinem Haus, bei einer Stiefmutter, die kaum älter ist als ich, und meinen Halbgeschwistern zu verbringen. Schon die wenigen Tage in dieser Kutsche sind mir zuviel.

Je nach Wetter und Bodenbeschaffenheit braucht man zehn bis zwölf Tage mit dem Pferdefuhrwerk für die achtzig deutschen Meilen von Berlin bis Königsberg. Da mein Vater wegen des einsetzenden Tauwetters Schwierigkeiten bei der Überquerung der Weichsel befürchtet, verlängert sich unsere Reisezeit noch durch den Umweg über Danzig. Das Reisen ist mühsam und braucht seine Zeit. Es ist nichts für Menschen, die ein gewisses Maß an Komfort lieben. Aber allein hätte ich diese Reise zweifellos genossen. Ich wäre den weiten Weg wohl eher geritten, statt dessen lasse ich mich in dem schweren Reisewagen über staubige oder schlammige, aber immer holprige Chausseen rütteln. In unserem Wagen mit den kleinen, kaum handgroßen Glasscheiben und Ledergardinen herrscht winterliche Dunkelheit, da Vater die Strecke schon mehrfach gereist ist und die Landschaft, mag sie auch in strahlendes Frühlingslicht getaucht sein, nicht sehr erbaulich findet. Lieber ruht er im Dunkeln, die Augen geschlossen.

Ich kann bei diesem Gerüttel nicht schlafen, noch bei diesem Dämmerlichte lesen oder auch nur durch die vorgezogenen Ledervorhänge die Landschaft betrachten. Auch an Unterhaltung ist nicht zu denken. Ist mein Vater wach, spricht er wenig. Dann zieht er manchmal die Vorhänge auf und schaut lieber in den leise niederrieselnden Märzregen als seinem Sohne ins Gesicht. Und lugt die Sonne wieder durch die aufreißende Wolkendecke, knöpft er gleich die Vorhänge zu, lehnt sich gegen das Seitenpolster des Wagens, schließt erneut die Augen und gibt vor zu schlafen. Ich sitze ihm gegenüber, wage nicht, meine Beine auszustrecken oder gar neben ihn auf das Polster zu legen, und spiele mit der Quaste des Vorhangs.

Wir hatten uns ohnehin nie viel zu sagen. Nach dem Tode der Mutter überließ er meine Erziehung zunächst dem Berliner Großvater, dann dem Glauchaer Pastor. Warum nimmt er mich nun mit nach Königsberg, wo ich doch auch in Halle oder Wittenberg hätte studieren können? Ist es, um das Geld für Kost und Logis zu sparen? Wohl kaum. Ist es, um mich zu beaufsichtigen, damit ich nicht, wie andere Studenten, geistig und moralisch verwahrlose? Schon möglich. Aber dazu wäre es nun wohl ein wenig zu spät.

Hin und wieder öffnet er die blassen, blaugeäderten Augenlider einen Spalt und mustert mich, mit Zeichen von Argwohn, vielleicht auch Sorge in seinem Blick. Was hat Francke ihm geschrieben?

Ich gebe vor, diese Musterungen nicht zu bemerken, und schließe nun meinerseits die Augen. Noch vier weitere Tage allein mit meinem Vater in der Enge dieses Wagens unterwegs! Habe ich je so viel Zeit ununterbrochen mit ihm allein verbracht? Er war ja stets bei seinem Regimente, und trafen wir in Wust aufeinander, gab es immer Möglichkeiten des Ausweichens. Bei den gemeinsamen Mahlzeiten indessen wurde geschwiegen wie jetzt hier in unserer Chaise.

Trotz meiner Lehrjahre in Glaucha weiß ich immer noch nicht recht, mit so schneidigen Menschen wie meinem Vater umzugehen. Die harmloseste Äußerung von ihm berührt mich wie ein Tadel oder ein Befehl, und nach dem Pädagogium Regium lasse ich mich nicht mehr gern zurechtweisen.

Im Gegensatz zu meinem alten Herrn neige ich eher dazu, die scharfen Ecken und Kanten des Daseins zu umgehen, als mich an ihnen zu wetzen. Aber das ist natürlich eine Sache des Geschmacks und der Weltanschauung, und es würde mir niemals einfallen, auf die Weltanschauung meines Vaters einwirken zu wollen.

Die stete Bewegung unserer Kalesche, die mich ermüdet und zugleich nicht zur Ruhe kommen läßt, das spärliche Licht, das durch die Ledervorhänge ins Innere drängt und alles in ein gleichförmiges Grau taucht, die Reg- und Sprachlosigkeit meines Vaters, alles überführt mich in ein gänzlich unbekanntes Empfinden erschöpfter Gereiztheit. Die Kutsche wiegt mich, dann prügelt sie mich, das Dämmerlicht tilgt alle Farben, dann reißt ein heftiger Schlag das Leder fort, und der grelle Mittag blendet mich.

Allmählich geht die Gereiztheit in Ermattung, in einen Zustand zwischen Wachen und Schlafen über, einen Schlaf mit offenen Augen, das Ohr hört das stete Getrappel der Rösser kaum noch, inzwischen klingen ihre Hufe so vertraut wie der eigene Herzschlag, Tag und Nacht, Innen und Außen, Hufe und Herzschlag, wie kann ich es noch unterscheiden, *ich*, *es*, durchlässig, verflochten, nüchterne Trunkenheit, gedankenklarer Rausch, ich habe keinen Begriff dafür, verliere den Sinn für die Zeit, alle Grenzen scheinen aufgehoben, hautlos, da geschieht es, mit einem Laute nimmt es seinen Anfang, einem kehligen Brummen, das kein Klang ist, sondern ein Bild, mit oder in dem Geräusche wächst meinem Vater ein grauschwarzes Fell, die Augen schmälern sich, glühend sind sie auf mich gerichtet, dennoch könnte ich ihre Farbe nicht benennen, das Bild ist kein Bild, sondern eine Beklemmung in meiner Brust, trotzdem höre ich das tiefe Knurren, das dem Maule meines Gegenübers entfährt, sehe die Kiefer sich vorschieben und strecken, sehe die Zähne weiß und spitz aufblitzen, als die Creatur ihre Lefzen bleckt, die nunmehr silbergrau bepelzten Hände, die bisher gefaltet auf den Knien ruhten, sich krümmen und die Fingernägel schwarz anlaufen und sich zu messerscharfen Klauen wölben, ich kann die Augen nicht schließen, kein Glied kann ich bewegen, bin ganz Sinn, der Geruch im Innern der Kalesche staut sich plötzlich schwer und animalisch zwischen den Lederwänden und drängt sich erstikkend dicht in meine Lungen, dann erklingt die Stimme meines Vaters, obgleich ich nur ein rauhes, befremdliches Knurren vernehme, weiß ich, daß es die Stimme meines Vaters ist.

»Du glaubst«, dringt es tief aus seiner Kehle, »daß ich dich ermordet habe.«

Ich bin unfähig, etwas zu erwidern. Doch erwartet der mich belauernde Fremde mir gegenüber offenbar keine Erwiderung, denn mit heiserem Basse fährt er fort: »Wenn du tot bist, dann ganz allein aus eigener Schuld!«

Das neue Gouverneurshaus hat noch nicht den vertrauten Geruch seiner Bewohner angenommen. In den Fluren riecht es schwindelerregend nach Farbe, im Speisezimmer streng nach Politur, im Arbeitszimmer des Vaters nach frisch gegerbtem Leder.

Bei Tische wird viel Französisch gesprochen, damit die Diener die Konversation nicht verstehen. Die Fliegen kreisen summend um den Kronleuchter, fast wie auf dem Wuster Gut. Im Hause des Großvaters gab es keine solche Fliegenplage.

Nun also verbannt mich väterliche Gewalt in den barbarischen Osten des Reiches. Diese besondere Provinz muß dem großen Historiker Tacitus vor Augen gestanden haben, als er die Eingeborenen der östlichen Stammesgebiete beschrieb: wilde blaue Augen, rötliches Haar, große, allerdings nur zum Angriff tüchtige Leiber, eine gewisse Ausdauer gegen Kälte und Hunger, aber keine Neigung zu Anstrengung und Arbeit. Hier hat unsere fromme Majestät noch ein ordentlich zu beackerndes Feld vor sich.

Doch ich will auch die lobenswerten Seiten der Bewohner dieser Wildnis nicht verschweigen, ihren urkräftigen Freiheitssinn, ihre Genügsamkeit, ihre eheliche Treue und ganz besonders den Mut und den Stolz der hiesigen Weiber. Indes, daß man beide Geschlechter zusammen beim gemütlichen Biertrinken vorfindet, läßt an den Tugenden wiederum zweifeln.

Hier könnte man wie der gelehrte Tacitus glauben, die jungen Männer ließen Haar und Bart unbeschnitten wachsen, bis sie ihren ersten Feind getötet. Die Stadt kommt mir düsterer vor als Berlin. Die Gassen sind eng, die Häuser hoch. Abends um acht setzt man sich zum Abendbrot und zur selbigen Zeit fährt man den Kot aus der Stadt.

Vor den Toren indes gibt es anmutige Orte zum Wandern und

Spazieren. Aber es sind nur wenige Wanderer und Spaziergänger zu sehen. Es scheint, daß die hiesigen Bewohner die Enge ihrer Gassen der erfrischenden Weite vorziehen.

Nun war Tacitus selbst nie in diesem Landstrich, von dem er so kundig berichtet. Nein, hier wohnt ein sehr redlicher Menschenschlag. Kaum ein Lehrer läßt sich finden, der nicht seinen eigenen Sohn mit der gleichen Unparteilichkeit prügelt wie seine anderen Schüler. Die Kinder sind ruhiger und gesitteter als in Berlin, und die Erwachsenen kleiden sich bescheidener. Aber das sind alles nur erste, kaum gerechte Eindrücke, verschattet von einem versteckten Unwillen und noch tiefer verborgenen Groll, hier sein zu müssen.

Heute redet Vater mehr als gewöhnlich beim Abendessen. Mein Vater ist besessen von der Idee, die drei Städte Altstadt, Kneiphof und Löbenicht zu einer Verwaltungseinheit zu verschmelzen, und er treibt sie mit großem Eifer voran, stößt aber bei den betroffenen Bewohnern auf wenig Gegenliebe, denn die Bürger wissen nur zu gut, daß Zusammenschlüsse solcher Art immer mit dem Verluste althergebrachter Privilegien einhergehen. Außerdem sind die Beziehungen zwischen diesen eng benachbarten Städten nicht gerade vom Geiste der Freundschaft beseelt. »Wir lieben uns sehr«, höre ich sie voneinander auf der Straße sagen, »wir können uns nur nicht leiden!«

Zum ersten Male bemerke ich den ungewöhnlichen Oboenklang seiner Stimme. Ich lausche nicht den Worten, sondern ganz alleine diesem Klang, der sich wundersam mit dem sanften Celloton meiner Stiefmutter verflicht. Und zum ersten Male kommt mir in den Sinn, daß er diese Frau womöglich liebt, auf seine strenge, verborgene Art. Und dieser Gedanke zerreißt mir schier das Herz.

Die Nacht ist sternenhell. Ich schaue von meinem Fenster aus in den Garten. Fledermäuse, tintenschwarz, umflattern meinen Kopf, ohne ihn zu berühren. Der Garten liegt farblos im kalten Mondlicht da. Nebenan höre ich das Parkett in Vaters Arbeitszimmer knarren. Ruhelos geht er im Zimmer auf und ab, im Dunkeln, denn kein Lichtstrahl dringt aus ihm hinaus in den

Garten. Was raubt ihm den Schlaf? Unmöglich, ihn danach zu fragen.

Jeden Morgen um die elfte Stunde setzen vier Posaunenbläser auf dem hohen roten Schloßturme ihre Instrumente ins Spiel, und es schallt der Choral *Ach bleib mit deiner Gnade* durch die geschäftigen Straßen. Und wenn es Abend werden will, klingt auf die zur Rüste gehende Stadt das Lied *Nun ruhen alle Wälder* ernst und friedvoll nieder. – Ich bin auf dem Wege zur Dominsel, um mich heute in der Albertina als Student der Rechte einzuschreiben. Ich komme am Schlosse vorbei, von dessen Turme ich gerade den Elf-Uhr-Choral vernommen. Unser sparsamer König in Berlin hat alle Umbauten zu einer glanzvollen Residenz, wie sie noch sein Vater geplant und begonnen hatte, abgebrochen. Nun liegt die alte Ordensburg wie eine Kriegsruine da.

Doch ist es nicht so, daß von den Zinnen des Schlosses Altstadt und Löbenicht dem Betrachter zu Füßen gelegen hätten. Sie liegen dem Betrachter vielmehr gegenüber. Dieses sanftgewellte Land erlaubt nun einmal keine erhabenen Schlösser, von denen aus der Schloßherr auf seine Untertanen herabblicken könnte.

Sieben Brücken führen über den Pregel auf die Dominsel. Sie heißen die Hohe Brücke, die Honigbrücke, die Holzbrücke, die Schmiedebrücke, die Krämerbrücke, die Grüne Brücke und die Köttelbrücke. Sie verbinden die beiden vom Pregel umflossenen Inseln Kneiphof und Lomse miteinander und mit den beiden Flußufern.

In Kneiphof wohnen die reichen Kaufleute. Die Straßen sind mit Feldsteinen gepflastert und werden in gutem Zustand gehalten. Nachts werden sie von Laternen beleuchtet.

Ein verdrießlicher Umstand, über den die wohlhabenden Bürger sich nicht zuletzt gar bei meinem Vater immer wieder beklagen, in den engen Straßen der Dominsel ist, daß nachts allerlei Unrat und Müll aus den Häusern auf die Gassen geworfen werde. Aber meist sind es ebendiese Bürger selbst oder ihre Bediensteten, ereifert sich mein Vater, die dergleichen Liederlichkeiten begehen, aber allein ihre Nachbarn beschuldigen. Indessen sehe ich an diesem späten Vormittage von Unrat und Abfall in den reinlichen Gassen keine Spur. Womöglich hat man sie am frühen Morgen säubern lassen.

Das Hauptgebäude der Universität, das Collegium Albertinum, steht direkt hinter, aus dem entgegengesetzten Blickwinkel könnte man auch behaupten, direkt vor dem Dome, der auch Universitätskirche ist. Das alte gotische Gotteshaus enthält in seinem Ostgiebel einen Wehrgang, der dem Kneiphof eine letzte Verteidigungsmöglichkeit bietet. In seiner ganzen Burgenkargheit wirkt es wie eine auf Kriegsnöte hin errichtete Wehrkirche.

Nachdem ich mich eingeschrieben und die erforderliche Gebühr entrichtet habe, bummle ich über die kleine Insel. Wegen des Platzmangels müssen viele Professoren ihre Vorlesungen in ihren privaten Häusern in Löbenicht oder Altstadt halten. Alle Straßen hier sind kurz, auch wenn es auf dem Wege von der einen zur anderen Stadt eine ganze weitere Stadt zu durchwandern gilt. Am schnellsten ist man zu Fuß, während die Pferdefuhrwerke und selbst mancher Reiter rasch in den engen Gassen feststekken.

Auf der Grünen Brücke zur Vorstadt hin mache ich halt, inmitten der geschäftigen Leute und der lebhaften Gespräche über die ständig steigenden Preise, für die am Ende natürlich auch mein Vater, das heißt seine Garnison, für deren Stationierungskosten die Bürger aufzukommen haben, verantwortlich gemacht wird. Offenkundig ist der Gouverneur nicht sehr beliebt unter den Königsbergern. Und sein herrisches Wesen, denke ich mir, macht es seinen Mitmenschen auch nicht leicht, ihn zu lieben. Seine grauen Augen sehen mehr auf die anderen Menschen hinab als sie an, und sein harter, schmallippiger Mund kennt keine anderen Worte als kurze, herrische Befehle, die keinen auch noch so gerechten Einwand dulden.

Mein Blick geht über die Mastbäume der Kähne hin, die vor den Speichern festgemacht haben, und ich möchte noch heute mit ihnen hinaus auf die hohe See, hinaus in die Welt.

Ich erwache mit einigen blauen Flecken und Prellungen hier und da und weiß von nichts. Ich fühle mich ein wenig müde, doch das gibt sich. Ich gehe zurück zum Hotel, ziehe meine nasse Hose aus, stelle mich unter die Dusche, das heiße Wasser prasselt auf Kopf und Schultern, zerstiebt und klatscht gegen das Plexiglas und die Kacheln, ich dusche lange, bis mich eine gesunde Trägheit umarmt. Bin nun wieder ich selbst, soweit ein Mensch überhaupt je eins mit sich sein kann.

Ich bin allein aufgewachsen. Heute ist das ja für die Mehrheit der Menschen die Regel. Aber Einzelkinder sind ein vollkommen neues und merkwürdiges Phänomen in der Menschheitsgeschichte. Wie anderen Einzelkindern ist mir alles, was mit Nacktheit und Sex zu tun hat, zunächst fremd. Es gibt keine Geschwister, mit denen ich hätte zusammen baden oder schlafen können. Und die Nacktheit der Erwachsenen ist eine andere als die eines älteren Bruders oder einer jüngeren Schwester. Die Nacktheit der Erwachsenen macht uns Einzelkindern Angst.

Ist das der Grund, warum der Sex für uns nie etwas Spielerisches hat, sondern immer eine todernste Angelegenheit ist? Wir saßen im Kino, in der letzten Reihe, zwischen anderen Paaren unseres Alters. Es war noch gar nicht viel passiert, wir hatten uns geküsst, die Hände unter unsere Hemden und in die geöffneten Hosen geschoben. Hin und wieder schielte ich zur Leinwand, ehe ich die Augen wieder schloss und das Filmmassaker mit ihren Küssen verschmelzen ließ, und während ich noch versuchte, nicht zu früh zu kommen, spürte ich die Vorboten, zunächst nur ein leichter Druck in der Magengegend, wie ich ihn vor Klassenarbeiten verspürte, dann ein Kribbeln wie von tausend Nadelstichen in den Beinen und eine beginnende Taubheit in den Händen, und als ich die Augen wieder öffne, scheint es mir, als hätten die Zombies die Leinwand verlassen und stürmten nun durch den Kinosaal, sprängen über die Sessellehnen, rissen den jungen Zuschauern die Köpfe ab oder bissen sich in ihrem jugendlichen Fleisch fest, als der Anfall mir das Bewusstsein raubt und ich auf der neurologischen Station des Bronglais General Hospital aufwache. Meine Stiefmutter sitzt neben meinem Bett, schon ziemlich ungeduldig, dass ich endlich zu mir komme, denn sie muss ins Hotel zurück. Das Mädchen aus dem Kino habe ich nie wiedergesehen. Vielleicht haben die Zombies sie ja erwischt. Zumindest geistert sie als Untote immer noch durch meinen Kopf.

Nun könnte ich meine folgende Unlust einfach auf die Medikamente schieben, sie machen fett und träge. Natürlich bräuchte ich nur ein wenig Sport treiben, aber ich bin nicht gerade der Surfer- oder Beachvolleyballtyp. Schwimmen, ja, das hätte mir vielleicht gelegen. Aber nun, mit Schwimmweste und nur unter Aufsicht des Bademeisters, scheint mir das am Ende auch keine ernstzunehmende Option, meinem Körper seine altersentsprechende Form zurückzugeben.

Inzwischen gibt es keinen Zweifel mehr: Ich mache mir nichts aus dem, was man »Fleischeslust« nennt, aus roter Farbe, Spalten, misstönenden Schreien. Mich erregt nur noch, wenn das Heilige sich mit dem Schmutz vermählt, wenn es sich in ihm suhlt und wälzt, weil es, wie einige Säugetiere, nicht schwitzt und nur durch eine Kruste aus Dreck und Kot vor Überhitzung und Austrocknung geschützt wird.

Ich weiß, das ist ganz und gar unbritisch, unanglikanisch, das ist zutiefst katholisch und barock. Der Protestantismus liebt das Trockene, Unverschwitzte, Fade. Im Grunde ist schon so ein hybrides Mischwesen wie ein Engel eine kaum erträgliche Zumutung. Der Teufel wird nicht gehasst, weil er böse ist, sondern weil er zugleich ein Engel ist. Weil er gegen das puritanische Gesetz absoluter Reinheit verstößt. Für einen Katholiken hingegen gibt es keine erotischere Phantasie, als einmal den Teufel zu ficken. Oder von ihm gefickt zu werden. Jeder Hexenprozess ist diesbezüglich ein großartiges pornografisches Theater, wer nun wem auf welche Art gerade beigewohnt hat.

Ich habe mich nie bemüht, so etwas wie eine bestimmte Haltung an den Tag zu legen. Aber da ich weiß, dass mein Vater nichts so sehr hasst wie einen Skandal – im Grunde ist unsere ganze Familiengeschichte ja nichts anderes als eine Chronik ununterbrochener Skandale –, habe ich von früher Jugend an keine einzige Gelegenheit zur Provokation ausgelassen.

Zunächst war es nur ein Anfallssymptom, den Urin nicht halten zu können. Inzwischen ist es eine schiere Lust. Das Zimmer in der Londoner Wohnung meines Vaters riecht schon nach wenigen Besuchsstunden wie ein Bahnhofsurinal, ich muss nur die Tür hinter mir schließen, mich auf die frischen Laken werfen und mich wie im feuchten Moos unter dem Baum der Erkenntnis fühlen, die verführerische Schlange in meiner rechten Hand, den pausbäckigen Apfel über mir im schwarzgrünen Geäst, zum Greifen nah. Und ich spüre, wie eine engelsgleiche Flüssigkeit über meine Wangen rinnt und zugleich meine Lenden überschwemmt. – Weinende Engel sind zweifellos ein vertrauter Anblick. Leider erinnere ich mich nicht mehr genau, auf welchem barocken Gemälde ich den pissenden Engel gesehen habe. Nie hat ein Himmelswesen mich mehr angerührt.

In kindlicher Unschuld male ich mir aus, wie er sich eigenhändig erhängt, als sein Dienstherr ihn bei dieser unrühmlichen Tat erwischt. Wird er anständig begraben werden, oder wird man ihn jenseits der Mauern des Paradiesgartens in ungeweihter Erde verscharren?

In Professor Amsels Studierstube ist es heiß und stickig. Der Gelehrte hat ein schmales, strenges Gesicht, er schwitzt erbärmlich unter seiner Perücke, und in steten Rinnsalen läuft der Schweiß aus dem Haar über die zerklüftete Stirn, die ins altgewordene Fleisch hineingegrabenen Gesichtsfalten entlang bis zum Kinne und tropft von dort auf den ob der Nässe schon ganz dunkel gefärbten Kragen. Der Wortfluß hingegen ist voller Rupturen und jäher Pausen, seine Stimme indessen von geradezu hilfloser Sanftheit.

Es ist mein erstes Seminar in Juristerei, in vielem gleicht es den Schulstunden in Franckes Anstalt, und wieder einmal bin ich der Jüngste. Doch sitze ich unter den anderen Studenten ohne Furcht, ja ohne besondere Neugier gar. Selbstverständlich doziert Amsel in lateinischer Sprache, und ich habe nicht geringe Mühe, seinem sanftholprigen Vortrage zu folgen. Alle meine Kommilitonen machen Notate, nur ich bin ohne Feder und Papier gekommen. Mein Pultnachbar, ein ärmlich gekleideter Student aus der Uckermark, Andreas Kürschner mit Namen, hilft mir mit seinem Geräte aus, er schreibt die Vorlesung nicht mit, sondern folgt dem Professor mit ungeteilter Aufmerksamkeit. Womöglich hat er recht mit seinem ungewöhnlichen, wenn nicht gar ungebührlichen Verhalten, Zuhören und Schreiben zur selben Zeit ist unmöglich. Während wir einen uns wichtig dünkenden Lehrsatz festzuhalten versuchen, stürmt Professor Amsel in seinem Vortrage bereits voran und läßt uns, mit träger Hand und flügellahmer Feder klecksend, weit zurück. Ohne Aufmerksamkeit gibt es kein Erinnern.

Recht sei immer eine Reaktion auf das Vergangene, halte sie in Übersetzung fest und habe Einfluß immer nur auf das Zukünftige. In der Gegenwart indessen gebe es immer einen rechtsfreien Raum.

Der Gedanke scheint mir so elementar, daß ich, während ich ihn noch aufschreibe, mich in ihm verfange und darüber die nachfolgenden Argumente versäume. Ich werde erst wieder aus meinem verknäulten Nachsinnen ins stickige Vorlesungszimmer gerissen, als mein Nachbar Kürschner den Professor mit einer Frage unterbricht, die er unter Mißachtung des gebotenen Respektes in deutscher Sprache stellt. Amsel sieht über diese Provokation hinweg und antwortet mit großem Ernste. Kürschner ist mit des Professors Erwiderung nicht zufrieden, erneut greift er für seinen Ein- oder Widerspruch zur Muttersprache, und alsbald sind Lehrer und Schüler so sehr in einen hitzigen Disput geraten, daß auch Amsel des kühlen und kühlenden Lateins vergißt und mit Kürschner schimpft und streitet wie nur ein Marktweib mit ihresgleichen.

Unter den Studenten der Albertina existieren gleich ein Dutzend mehr oder weniger geheimer Bruderschaften. Mir kommt es inzwischen wie ein Zeitvertreib von Knaben vor, also halte ich mich von den Geheimbünden fern. Aber nun ist es so, als würde ich nicht wirklich zu ihnen gehören. In den ersten Wochen pflege ich geradezu diese poetische Aura eines einsamen Wolfs. Meine Kommilitonen hingegen finden es ganz und gar nicht poetisch, sondern halten es für schlichte und unangebrachte Junkerüberheblichkeit. Sie unterstellen mir, als Sohn des Stadtkommandanten hielte ich mich für zu stolz, mit ihnen in größerer Vertraulichkeit zu verkehren. So entschließe ich mich am Ende allein aus diesem Grunde, nicht für dünkelhaft angesehen zu werden, dem bescheidensten der Bünde beizutreten, den *Dunkelmännern*, in denen nicht ein einziger Edelmann oder reicher Bürgersohn Mitglied ist.

Wir treffen uns jeden Abend in einer einfachen Schenke am Pregelufer nahe den Speichern, in denen außer uns nur Arbeiter verkehren. Beiderseits der Schenke gibt es Bleich- und Hängegärten und Flöße zum Wäschespülen, so daß wir jetzt, wo die Tage länger werden und es manchmal noch hell ist, wenn wir im Grauen Kranich einkehren, den Wäscherinnen mit ihren nassen, bis über die Knie geschürzten Röcken und den hochgekrempelten Ärmeln bei der Arbeit und ihrem Geschwätz und Gelächter zusehen können.

Die Arbeiter im Grauen Kranich sind vor allem Sackträger. Auf der Lastadie nehmen sie eine Sonderstellung ein, denn sie unterstehen dem Trägeramt der Kaufmannschaft, sind Freiarbeiter und werden verhältnismäßig gut entlohnt. Sie schleppen tagein, tagaus Zweizentnersäcke auf den Schultern von den Kähnen zu den Speichern. Sie tragen blaue Leinenhosen, die sie über den Knien gegen den Staub abbinden, darüber gemusterte Hemden und auf dem Kopfe das Krätzchen, denn viele dieser breitschultrigen Riesen sind ehemalige Soldaten.

Sie gelten als gutmütig, aber wir spüren trotzdem, daß wir hier unter ihnen eher geduldet als gern gesehen sind. Doch hier im Speicherviertel laufen wir wenigstens nicht Gefahr, anderen Kommilitonen oder gar einem unserer Professoren zu begegnen.

Die Sackträger besitzen viel Witz und eine große Schlagfertigkeit. Eine Ruhepause heißt unter ihnen *en Piebke Tobak*, ihre

Spezialschnäpse sind *Blutgeschwür*, eine Mischung aus Eiercognac und Kirschlikör, *Speicherratte* und *Elefantendubbs mit Setzei*, deren Bestandteile wir noch nicht haben identifizieren können.

Im Grunde schwadronieren und saufen auch wir nur. Das Saufen unter uns Studenten ist heilige Pflicht. Und würde ich nicht im Hause meines Vaters logieren, könnte ich dieser Pflicht mit demselben Eifer nachkommen wie meine neuen Kameraden. Unter ihnen gibt es geradezu Virtuosen des Saufens wie Georg Loth, der in einer Nacht zwanzig Seidel in sich aufzunehmen fähig ist. Mir wird schon nach der Hälfte speiübel. Hinzu kommen der Dreck und Gestank in dieser Spelunke, so daß ich mich erst gar nicht besaufen muß, um mich übergeben zu wollen, die heißen Kaldaunen für zwei Groschen und die bier- und pissegetränkte Spreu auf dem Wirtshausboden reichen für eine gediegene Holzerei.

Der Märker, der nach Königsberg kommt, hat nicht wenige neue Wörter in sein Lexikon einzutragen, die ihm bisher völlig unbekannt waren. Der Ursprung dieser Idiotismen mag litauisch oder aber auch auf die vielen vom König hierher geholten Kolonisten aus dem Salzburger Land zurückzuführen sein. So sagt man hier *Marjell* für das Mädchen und *Dubbs* für den Hintern. Sahne nennt man *Schmand*, dicke Milch, die käst, nennt man *Glumse*. Und Kohl heißt in der ganzen Gegend *Kumst*, und der Kumstmarkt ist nicht, wie ich es zuerst verstand, der Kunstmarkt, sondern der Kohlmarkt.

Wenn wir uns dann recht in Stimmung getrunken haben, schwätzen wir uns manchmal in eine derart aufrührerische Wut, daß es, sollte es der Obrigkeit zu Ohren kommen, uns Kopf und Kragen kosten könnte. Besonders hervor tut sich mit seinen Reden mein neuer Studienkamerad Andreas Kürschner, Sohn eines armen uckermärkischen Landpfarrers.

Kürschner ist groß, schlank, fast hager, das Haar rabenschwarz wie das meine, die Nase scharf geschnitten, das Kinn vorspringend, es fehlen zwei Schneidezähne in seinem sonst makellosen Gebisse. Er ist siebenundzwanzig Jahre alt, der älteste im Dunkelmännerbunde, und unser unerklärter Anführer. Er hat wohl deshalb sein Studium nicht abgeschlossen, weil er es aus Geldmangel immer wieder unterbrechen und seinen Lebensunterhalt und das Studiengeld durch seiner eignen Hände Arbeit verdienen muß. Doch niemand macht ihm seine lange Studiendauer zum Vorwurf.

Immer fragt er nach dem Warum. Gottes Wille und Wege zählen für ihn nicht. So scharfsinnig sein Denken, so großzügig sein Handeln. Obgleich er selbst kaum das Nötigste besitzt, sah ich ihn vor einigen Wochen seinen Rock ablegen und einem Manne geben, der frierend und bettelnd auf der Köttelbrücke saß. Vielleicht bin ich vor allem dieser Tat wegen den Dunkelmännern beigetreten.

Dann wieder kann er bedenkenlos einem reichen Krämer auf dem Marktplatze den Beutel abschneiden und mit dem geraubten Gelde eine ganze Nacht lang uns und alle anderen Gäste im Grauen Kranich aushalten. Manchmal bewundere ich ihn für diese zügellosen Eigenschaften, dann wieder verachte ich ihn dafür. Doch bin ich bemüht, ihn weder das eine noch das andere merken zu lassen. Ich spüre, daß er mir, dem Junker und Gouverneurssöhnchen, mißtraut.

Kürschner erzählt nur wenig über sich und seine Herkunft, und das, was er uns anvertraut, ist so sehr mit Spott durchsetzt, daß ich nicht weiß, was ich davon glauben soll. So erwähnt er bei unserer heutigen Zusammenkunft, daß er sich geweigert habe, den Religionsunterricht zu besuchen und sich konfirmieren zu lassen. Wir wissen bereits, daß er nie, nicht einmal zu den hohen Feiertagen, in die Kirche geht und selbst Weihnachten nicht feiert, aber als Pastorensohn die Konfirmation zu verweigern scheint mir kaum vorstellbar.

Welchen Streit mag dieser Mutwillen in seinem Elternhause hervorgerufen haben? Und wie kann ein Zwölf-, Dreizehnjähriger gegenüber seinem gestrengen Vater den Sieg davontragen? Andernorts wäre jedem derart aufsässigen Knaben sein Eigensinn herausgeprügelt worden!

Als habe Kürschner meine Gedanken mitgehört, sagt er leichthin: »An Prügel hat mein Herr Vater durchaus nicht gespart!«

Am Ende gehört er zu jenen Naturen, die nur das eine oder andere zulassen: Entweder liebt man sie, oder man haßt sie.

Er schreibt Glossen und Pamphlete, manches läßt er von seinem eigenen Gelde drucken und verteilt die Blätter unter den Studenten. Seine Gedanken sind nicht gerade glänzend, aber immer von einer aufrüttelnden Alltagsklugheit geprägt.

Seine einzige offenkundige Schwäche ist seine Liebe zu edlen Pferden. Gelegentlich »borgt« er sich einfach eines von der Straße weg und reitet mit dem fremden Rosse aus der Stadt hinaus, um es nach seinem Ausfluge wieder an dem Orte anzubinden, von wo er es entführt hat. Schon mehrfach saß er wegen derlei Taten im Arrest. Ein eigenes Pferd besitzt er nicht.

Es ist, als ritten wir um die Wette, und als ich ihn fast eingeholt zu haben glaube, verwandelt er sich plötzlich in einen Raben und fliegt auf, während sein Roß vor Erschöpfung tot zusammenbricht.

Er fliegt in unerreichbarer Höhe, aber gemächlich, als wolle er, daß ich ihn nicht aus den Augen verlöre. Schließlich läßt er sich in der dichten Krone des mächtigsten Baumes im ganzen Walde nieder, wartet, bis ich herangekommen bin, und fragt, ob ich die Stimme des Baumes hörte. Seine Münder, vielzählig wie seine Blätter, sängen das ganze Wissen der Welt und aller ihrer Völker, nicht nur jenes der vergangenen und gegenwärtigen, sondern auch aller zukünftigen.

Ich höre nichts und werde zornig. Ich will mich in eine Katze verwandeln, in die Krone des Baumes springen und mich auf den Raben stürzen. Doch mein Zorn, von dem ich mir die Kraft zur Verwandlung erhofft habe, verhindert ebendiese. Ich bleibe der kleine Junge, dessen Arme nicht einmal bis zu den untersten Ästen reichen.

In dieser Gesellschaft verbringe ich meine Tage. Weil meine Mitverschworenen nicht zu den Begüterten gehören, sind wir alle voller umstürzlerischer Ideen. Mehr aus Trotz gegenüber meinem Vater als aus tieferer Überzeugung beginne ich, den einen oder anderen Traum von einer gerechteren Welt gar mit ihnen zu teilen. Aber das Studium selbst beginnt mich schon nach kurzer Zeit zu langweilen, und ohne einen Kommilitonen wie Andreas Kürschner wäre es schier unerträglich. Seine Interventionen bringen zumindest ein wenig Lebendigkeit in die Sophisterei. Mögen die Einwürfe auch nicht immer von besonderer Genialität zeugen, so berufen sie sich doch stets auf ein tiefes, unbestechliches Gerechtigkeitsempfinden. Wieder und wieder bemängelt er die Anwendung der Folter als Mittel der Wahrheitsfindung. Er selbst würde auf dem Streckbette alles gestehen, was der Richter zu hören wünsche. Aber derlei Geständnisse könnten nicht als Beweise gelten. Und die Vernünftigeren unserer gelehrten Professoren müssen ihm recht geben.

Ein anderes Mal beklagt er, daß mittellose Angeklagte ohne Rechtsbeistand vor Gericht stünden und aus rechtlicher Unwissenheit sich nicht in demselben Maße verteidigen könnten wie die Wohlhabenden, die sich einen rechtskundigen Anwalt und nicht selten auch einen wohlgesinnten Richter kaufen könnten. – Solcher Art Einwürfe indessen gehen den meisten unserer Scholaren zu weit, stellen sie doch die Fundamente unserer Rechtsordnung, die Unbestechlichkeit der Richter, in Frage. Mag sein, daß es auch unter Richtern den einen oder anderen schwachen Menschen gebe, der sich nicht allein dem Rechte und der Wahrheit verpflichtet fühle, aber die große Mehrheit übe ihr Amt zweifellos weise und gewissenhaft aus. Und am Ende würde der König als oberster Gerichtsherr unseres Reiches es keinen Tag dulden, käme ihm zu Ohren, daß irgendein Richter in seinem Lande die Reichen bevorzuge und die Armen benachteilige. – Das mag sogar stimmen, sollte es Ihm denn zu Ohren kommen.

Unsere Lehrer wissen selbst, daß derartige Gesinnungseinschätzungen keinerlei juristischen Wert haben. Die Rechtmäßigkeit eines Urteils müsste von Gesetzes wegen überprüfbar sein, unabhängig vom Stande und Vermögen des Angeklagten. »Selbst das Urteil der höchsten Instanz, unseres Königs!« scheut sich Kürschner nicht hinzuzufügen.

Die Bögen sind hart, ohne weiche Ränder und Zärtlichkeit, die gebrochenen Linien scharfkantig, spitz, die menschliche Gestalt löst sich von dem sie umgebenden Raum ab, steht isoliert auf dem weißen Blatt Papier, ich suche nicht ihre Tiefe, sondern zeichne nur ihren Umriß.

Auch die ersten Gemälde bleiben skizzenhaft, angedeutete Rümpfe, ausgefranste Gliedmaßen, Ohren und Augen ausgespart, ganz auf Nase und Mund konzentriert, als führe durch diese Höhlen der Weg in jenes Innigste, das man sonst den Augen nachsagt.

Alle meine Figuren wirken wie in einer großen Einsamkeit in der Mitte des Skizzenbogens oder der Leinwand zusammengesackt. Das, was die Mitte einnimmt, ist eine Randfigur. Sie ist schon deswegen kein strahlender Mittelpunkt, weil sie den Betrachter nicht anblickt, sondern nur leise stöhnend den Mund öffnet. Immer wirken die Köpfe mittels dichter Pinselstriche oder heftiger Schraffuren wie vom vernachlässigten Körper abgeschnürt.

»Erklären Sie mir, was das bedeuten soll?« fragt mich Meister Neunhertz.

»Ich kann es nicht«, erwidere ich.

»Wenn Sie es nicht einmal können, wer kann es dann?«

»Vielleicht die Leinwand und die Farben.«

Ich habe mich in Willmanns Werkstatt zum Zeichen- und Malunterricht eingeschrieben. Der kurfürstliche Hofmaler Michael Willmann gilt immer noch als der angesehenste Künstler in Königsberg. Nach seinem und seines Sohnes frühen Tode führt nun der Enkel Georg Neunhertz mit strenger Hand die Werkstatt seines Großvaters fort.

Die Werkstatt macht einen wenig feierlichen Eindruck. Hatte ich etwas anderes erwartet? Ein Palais der Kunst, ein Schloß der Musen? Allein, es riecht nach Fleiß und Arbeit.

»Ich verstehe Ihren Malstil nicht, Herr von Katte. Ich habe den Eindruck, Ihre einzige Absicht ist es, dem Betrachter mißfallen zu wollen!«

»Gemeinhin versuchen Maler die Menschen so gefällig darzustellen, wie sie zu sein glauben. Ich male anders, vielleicht weil ich es nicht besser vermag. Aber wenn Sie mein Gemälde nur lang genug studieren, Meister Neunhertz, verwandelt sich das Mißgestaltete am Ende womöglich doch zu etwas Schönem!«

»Sie malen, als sei der Körper ein Gegenstand, nicht anders als der eines Maultiers oder Schafs.«

In den Zeiten, als die Künste zur Kunst wurden, diente die Kunst, so der gängige Mythos, dazu, sich selbst zu erkennen. Doch heute, denke ich, besteht die Aufgabe vor allem darin, sich mit ihren Mitteln von sich selbst zu entfremden oder wenigstens von sich selbst Abstand zu nehmen und einen entfernteren, verkennenderen Blick auf sich und das eigene zu werfen, um der göttlichen Perspektive auf die Schöpfung eine ungöttliche, vielleicht auch unmenschliche Sicht entgegenzusetzen. Doch von all diesen konfusen Gedanken kann ich meinem Meister nichts sagen. Ich bin ihm einfach dankbar, daß er mich als Schüler aufgenommen hat. Er muß mich und erst recht meine Werke nicht auch noch mögen.

»Mit dieser Art von Kunst werden Sie niemals auch nur einen Groschen verdienen, Herr von Katte!«

»Das war auch nie meine Absicht, verehrter Meister!«

Vor allem darf mein Vater von alledem nichts wissen. So gehe ich nur zum Unterrichte in Willmanns Atelier, wenn ich den Generalmajor in Angerburg bei seinen Reitern weiß, und bitte Meister Neunhertz, meine Ausbildung einstweilen geheimzuhalten: »Mein Vater leistet anhaltenden Widerstand gegen die unedle Versuchung, glücklich zu sein. Lieber lebt er in einer frommen Vulgarität à la Francke, die ihn vor dem Glücke, der Verfeinerung und der Ekstase bewahrt. Wahrheit ist für ihn das Notwendige. Kunst kann für ihn niemals wahr sein!«

Ich kann mir nicht vorstellen, daß irgendjemand aus unserem Haushalte oder aus der Werkstatt mich verraten haben sollte, aber wer weiß, wo überall die Spione meines Vaters stecken! Vielleicht genügt auch sein väterlicher Sinn oder irgendeine Geste, ein Geruch verborgener Schuld von meiner Seite, seinem

Argwohne Nahrung zu geben, jedenfalls kommt seine Ankündigung, von nun an werde ein tüchtiger Tutor mir zur Seite stehen und mich bei meinen Studien unterstützen, aus heiterstem Himmel.

Dieser von meinem Vater eingesetzte Tutor hat natürlich nicht nur die Pflicht, mir bei meinem Jurastudium zu helfen, sondern mich während der Abwesenheit des Vaters zu beaufsichtigen. Meine achtzehn Jahre scheinen den alten Herrn nicht gerade zu ermutigen, meiner gereiften Vernunft zu vertrauen, sondern, im Gegenteile, ihm nur zu den schlimmsten Befürchtungen Anlaß zu geben. Waren meine Zeugnisse aus Glaucha so verheerend? Oder ist es nicht eher die Erinnerung an eigene Untugenden, die mein Vater nun mir unterstellt?

An einem jener Tage, an denen er bei seiner Garnison weilt und niemand ihn so bald schon wieder zurückerwartet, nutze ich seine Abwesenheit zum denkbar größten Frevel im Katteschen Stadtpalais: Ich betrete unerlaubt sein Arbeitszimmer und durchsuche mit pochendem Herzen seinen Schreibtisch. Bis auf Elias, den Kutscher meines Vaters, den ich als inzwischen alt und recht griesgrämig gewordenen Gesellen auf der langen Reise von Berlin nach Königsberg erlebt habe, sind mir alle Bediensteten im Katteschen Stadtpalais gleichermaßen fremd. Allein Christian, dem großäugigen Mohrenknaben, vertraue ich von der ersten flüchtigen Begegnung an und bitte ihn nun um den Schlüssel des Arbeitszimmers, den mein Vater, wenn er vom Hause abwesend ist, stets seinem Kammerdiener in Verwahrung gibt, welchen ich selbstverständlich nicht fragen kann. Warum ich gerade Christian und seinem Geschicke vertraue, weiß ich nicht zu sagen. Ich nehme mir vor, ihn gelegentlich auszuhorchen, woher er stamme und wie er in unseren Haushalt gelangt sei. Doch mit welcher Verwegenheit oder Tücke er meinem Ansinnen nachgekommen und an den Schlüssel gelangt ist, will ich gar nicht wissen.

Meines Vaters eigentümlicher Geruch, vermischt mit dem strengen Dufte des Pferdeleders, mit dem die beiden Stühle und das Sofa bezogen sind, hängt noch mahnend im Raume, als habe er ihn gerade erst verlassen und könne jeden Augenblick wieder eintreten.

Ich suche seine Correspondance mit Francke und den Glauchaer Inspectoren und hoffe, darin vielleicht Gründe für sein tiefes Mißtrauen in meine Fähigkeiten und meine Natur zu finden.

Die Briefe, die man miteinander ausgetauscht, sind kurz, und die Zeugnisse, die man mir im Pädagogium Regium ausgestellt hat, alles in allem sogar schmeichelhaft, wenn auch vermutlich nur, um sich selbst im besten Lichte zu zeigen und meinen Vater nicht zu veranlassen, mich womöglich aus der Schule zu nehmen.

»Ihr Sohn hat sich im Großen und Ganzen gut geführt und ist recht fleißig gewesen«, heißt es in einer Beurteilung von Inspector Goeckingh. »Doch bequemte er sich mehr um der strengen Schulordnung als um der eigenen Überzeugung willen, ein guter Christenmensch zu sein.« Das ist auch schon das bedenklichste Urteil über mich, das ich in den Glauchaer Schreiben finde. Frommer, unbestechlicher Goeckingh! Du hast uns nicht nur alle durchschaut, du allein hast auch den Mut, es unseren um unsere Gottseligkeit besorgten Vätern anzuzeigen.

Nachdem ich meine Untersuchung im Arbeitszimmer beendet und, so hoffe ich, alles in meines Vaters gewohnter Ordnung zurückgelassen habe, gebe ich dem kleinen Christian, der unterdessen vor der verbotenen Türe gewacht hat, den Schlüssel zurück und überlasse es seiner Geschicklichkeit, ihn unbemerkt in Josefs Gewahrsam zurückzuschmuggeln. Zu dem Schlüssel lege ich eine Kupfermünze in seine innen ganz rosige Hand, obgleich ich mir nicht recht vorstellen kann, wie der Knabe mit dem Gelde über den Markt schlendert und sich dafür eine Leckerei zugesteht.

Wie dem auch sei, mein neuer Tutor Simon Amsel hält seine Pflicht nicht mit der wiederholten Durcharbeitung meiner Vorlesungsmitschriften erfüllt, sondern glaubt, mich auch noch bei meinen Ausflügen in die Wirtshäuser begleiten zu müssen. Ich mache ihm mit allem Respekt die Grenzen seines Dienstes deutlich, indessen scheint seine Furcht vor dem Zorne meines Vaters entschieden größer als vor dem meinigen.

So übel ist Amsel im übrigen nicht, die Wahl meines Vaters hätte schlimmer ausfallen können. Simon Amsel ist der Neffe des Dekans unserer juristischen Fakultät Johann Amsel. Er hat, wie sein Onkel, bei Christian Thomasius in Halle studiert und arbeitet nun an seiner Dissertation *De vulgato dicto: unus testis, nullus testis*, ein Zeuge, kein Zeuge, soweit ihm sein Tutorendienst und unsere gelegentlichen Streifzüge durch die Fleckbuden noch ausreichend Muße lassen. So braucht es nicht gar zu viel Überredungskraft, ihn hin und wieder, wenn mein Vater außerhalb der Stadt weilt, an den eigenen verdienten Urlaub zu erinnern.

Simon ist eine gewisse gutmütige Unscheinbarkeit zu eigen, so daß man sich nach einer Begegnung mit ihm durchaus angenehm an seine Freundlichkeit erinnert, aber weder die Farbe seiner Augen, noch die genaue Form seiner Stirn, seiner Wangenknochen oder seines Kinns zu benennen weiß. Und wird man nach den Besonderheiten seines Haars befragt, nennt man aus Verlegenheit ein mittleres Braun und eine leichte Wellung, was dann zufällig doch dem wahren Haarschopfe Simons nahekommt.

Ich kenne keinen anderen Menschen, der seine tieferen Reichtümer hinter einer derart unauffälligen Erscheinung zu verbergen versteht, so daß sich selbst gar mancher bessere Menschenkenner, als ich es bin, vom zurückhaltenden Auftritte meines Tutors täuschen läßt.

Er weiß inzwischen sicherlich von meinen heimlichen Malklassen bei Meister Neunhertz, auch wenn er nie ein Wort darüber verliert, vielleicht um mich nicht in die Verlegenheit zu bringen, ihn anlügen zu müssen. Und ich hoffe nur sehr, daß er sich auch meinem Vater gegenüber so verschwiegen zeigt. Doch hätte dieser von meiner Unbotmäßigkeit erfahren, hätte er mich dafür zweifellos längst zur Rechenschaft gezogen.

Simons Erziehungsmethode ist die stetiger Ermutigung.

»Nicht alle Wünsche erfüllen sich immer gleich«, weiß er mich zu ermuntern. »Aber der Wunsch ist schon der halbe Weg zum Ziel.« Dergleichen lauten seine trefflichen Weisheiten und Maximen. Doch was erwarte ich von einem jungen Manne, der kaum drei Jahre älter ist als ich?

»Und was wünschen Sie sich, verehrter Tutor?«

»Ich wünsche mir ein Schiff. Es muß nicht groß sein, aber es sollte eine zweite Kajüte für einen Freund haben.«

»Sie sind schon auf dem halben Weg dorthin, Magister Amsel!«

Mein Vater sorgt dafür, daß am Freitag kein Fleisch auf den Tisch kommt, obgleich er, im Gegensatz zum Großvater Wartensleben, nur wenige religiöse Gefühle zeigt. Das Tischgebet überläßt er dem jungen Tutor, und manchen Sonntagsgottesdienst versäumt er mit der Entschuldigung dringender Geschäfte. Er trinkt gar hin und wieder ein Glas Wein, auch wenn ich ihn nie betrunken oder auch nur angeheitert erlebt habe. Er ist ein ganz und gar pflichtbesessener Mensch.

Ein fleischloser Tag in der Woche ist mir nur recht. Für den plötzlichen Hunger gibt es im Grauen Kranich stets einen Teller Fleck, das Leib- und Magengericht der Pruzzen, eine Suppe, gesotten aus dem Bauchfleisch und den Eingeweiden vom Rinde, dazu gießt man Essig und bestreut die Schüssel dicht mit Majoran, dann herunter mit dem Gebräu in die eigenen grummelnden Eingeweide.

Ja, hier im Osten des Reiches ist es nicht das Goldene, sondern das Fleischerne Kalb, das allerorten angebetet und verehrt wird, bis einem Zugereisten bald ganz und gar der Appetit auf alles Fleischliche vergeht. Ein Spiegel dieser Fleischessucht und -lust sind die unzähligen Gassennamen, die auf Gewerbe und Genuß desselben verweisen: Es gibt die Ferkelgasse, die Fleischergasse, den Fleischergraben, den Fleischmarkt und die Alte Fleischerwiese, die Fleischbänkenstraße, die Schlachthofgasse, die Schweinebrücke und die Kuttelbrücke, nicht nur von böswilligen Zugereisten und uns Studenten auch die Köttelbrücke genannt.

Und jedes Jahr schleppen die hundertunddrei Fleischergesellen der Stadt ihr Goldenes Kalb in Gestalt einer riesigen Wurst unter Trompetengeschmetter durch die soeben aufgeführten Gassen und Sträßchen der Stadt. Sie ist aus zehn Zentnern Schweineschinken gefertigt und gut und gerne über tausend Ellen lang. Was für die Königsberger ein Vergnügen, verursacht mir nur Ekel und Brechreiz, da jeder Bürger sich während des Umzugs einen Teil aus der Monsterwurst abbeißen darf. Am Schlusse werden die restlichen Ellen dem Stadtkommandanten, also meinem Vater verehrt, was uns für Monate Umzugswurst in jeglicher Zubereitung am Morgen, am Mittag und am Abend beschert.

Ist Simon Amsel im Hause, so hat er die Ehre, mit uns gemeinsam speisen zu dürfen. Mein Vater behandelt ihn mit derselben Achtung wie ehemals den Magister Rosa in Wust. Amsel hingegen scheint meinen Vater eher zu fürchten. Kaum je blickt er von den Mahlzeiten auf, und er redet, nicht anders als meine Schwestern oder meine Stiefmutter, nur, wenn mein Vater ihn anspricht. So gehen denn die meisten Mahlzeiten, bei denen der alte Herr anwesend ist, größtenteils schweigsam vorüber.

So eng wie hier in Königsberg habe ich nie zuvor mit meinem Vater zusammengelebt. Dabei bin ich doch inzwischen in einem Alter, in dem ein junger Mann gemeinhin sein Elternhaus verläßt und, wenn möglich, gar die Vaterstadt, um eine Weile ganz auf eigenen Beinen die Welt zu durchwandern.

Nun entdeckt mir die Nähe und Enge des Zusammenlebens auch die intimsten und geheimsten Seiten meines Vaters, die zu kennen mich nie verlangt hat. Bisher wußte ich nicht einmal, daß er unter Hühneraugen an den Zehen leidet, denn natürlich hat er sich nie darüber beklagt. Doch nun überrasche ich ihn gelegentlich mit nackten Füßen in der Küche, wie er sich die schmerzhaften Verhornungen mit seinem scharfen Jagdmesser aus dem Fleische schneidet und die stark blutenden Wunden mit einer scharf riechenden, gelben Flüssigkeit bepinselt, die er nach dem Gebrauche in einer Lade verschließt, damit kein neugieriger Hausgeist sich daran die Nase oder die Lippen verätze.

Ganz anders geht es ohne meinen Vater bei Tische zu. Dann dürfen auch die Kleinen, die achtjährige Elisabeth, die vierjährige Luise und mein erst wenige Monate alter Halbbruder Friedrich Wilhelm im Speisezimmer sein, und Simon zeigt sich als ein vergnüglicher und unterhaltsamer Mann, der uns, ohne je die Grenze zur Respektlosigkeit zu überschreiten, oft sogar zum Lachen bringt.

Besonders meiner Schwester Sophie Henriette ist er zugetan. Ob seine Zuneigung von ihr erwidert wird, vermag ich nicht zu sagen. Sie ist bereits dem Generalleutnant Friedrich Wilhelm von Rochow versprochen, und sie ist wohlberaten, dem armen Simon nicht irgendwelche Hoffnungen zu machen. Selbst ohne dieses Versprechen würde Vater, bei aller Achtung vor Simons akademischen Meriten, niemals zulassen, daß seine Tochter mit einem einfachen Bürger, und sei er auch ein Magister oder Doktor, vermählt würde.

Nun ist von Rochow allerdings fast zwanzig Jahre älter als Sophie, und Simon ist nicht nur rechtschaffen und klug, sondern jung, wohlgestaltet und gutaussehend. Was aber Simon an meiner Schwester anziehend findet, vermag ich weniger nachzuvollziehen, vielleicht weil der vertraute tägliche Umgang mit ihr mich für ihre möglichen Reize unempfänglich gemacht hat.

Stimmen. Nie eine allein, sondern ein Chor, ein Gewirr. Immer läuft im Hintergrund ein Gerät mit, ein Fernseher, ein Radio, ein Lautsprecher, ein Handy. Sie wecken mich am Morgen, unterbrechen den Mittagsschlaf, bilden das Hintergrundrauschen meiner Notizen.

Direkt hinter meinem Hotel liegt der ehemalige Paradeplatz mit dem Hauptgebäude der Universität. Schaue ich aus dem Zimmerfenster, sehe ich nur die Innenhöfe der Mietskasernen. Aber genau das ist der Paradeplatz heute, eine kleine, schäbige Grünfläche, versteckt zwischen den heruntergekommenen Wohnblöcken, die ihn heute umstellen. Stünde nicht in der nördlichen Ecke das taubenkotbekleckerte Denkmal Kants, wüsste ich den ehemals so berühmten Platz gar nicht zu lokalisieren.

Dieses Universitätsgebäude, heute die Alte Universität, gab es noch nicht, als Katte in Königsberg studierte. Damals stand das Hauptgebäude der zweihundert Jahre alten Albertina hinter dem Dom auf dem Kneiphof, direkt gegenüber vom heutigen Kantgrab. Es war nicht viel mehr als ein Schulgebäude mit den Verwaltungsräumen der Hochschule. Seminare und Vorlesungen fanden, wie in Halle, gemeinhin in den Privathäusern der Professoren statt.

Auch der Paradeplatz sollte erst einige Jahre später zum Exerzierplatz des Soldatenkönigs werden. Jetzt, 1724, ist er noch der Lustgarten des Schlosses.

Im Foyer der Alten Universität spricht mich eine etwa gleichaltrige, gleich gealterte Frau an, auf Deutsch, nicht unfreundlich, aber doch mit der Autorität dessen, der den offenkundig Fremden seiner Absichten und Ziele wegen zur Rede stellen darf. Ein Ziel kann ich nicht benennen, und die Absicht ist eher unbestimmt, eine Mischung aus Neugier und Gelegenheit, die bei Pförtnernaturen stets eher Misstrauen als Hilfsbereitschaft erweckt. Aber diese Frau ist kein Pförtner, auch wenn sie gerade aus ebenseiner Loge auf mich zugeeilt kam. Sie entschuldigt sich für den Zustand des Hauses und die erforderlichen Genehmigungen, es tiefer und genauer erkunden zu dürfen. Da ich bei dem Wort Genehmigung sichtbar zusammenzucke, lädt sie mich in ihren eigenen Hoheitsbereich ein, die Medizinische Bibliothek in der Dewjatowo Aprelja, der ehemaligen Ziegelstraße, die rote Treppe hinauf, Hochparterre, ich müsse nur nach Viktoria fragen, am Donnerstag um zehn werde sie auf mich warten.

Die Begegnung mit Viktoria hat kaum eine Minute und ein Schulterzucken gekostet, als ich mich erneut unter den Tauben auf dem Paradeplatz wiederfinde. Die Tauben hier sind so arglos oder friedliebend, dass sie den Spaziergängern nicht aus dem Weg hüpfen, sondern sich widerstandslos umschubsen lassen.

Nur einen Plattenbaublock entfernt liegt der ehemalige Schlossteich der heute Prud Nischnij, Unterer See, heißt. Angler stehen nacktbrüstig, wohl weil es Frühsommer ist, die frischen vormittäglichen Temperaturen erfordern es jedenfalls nicht, am

Seeufer, ältere Frauen mit einer Vorliebe für Pink und asthmatische Möpse teilen oder kreuzen meinen Weg auf der Uferpromenade, Arbeiter, die nicht arbeiten, sonnen sich, nacktbrüstig wie die Angler, auf den Rohbaubalkonen, auch wenn irgendwo im schattigen Innern der Baustelle ein Bohrer brummt, über allem liegt eine Atmosphäre tiefer pastoraler Friedfertigkeit. Der Frühsommer mit all seinem dunklen, saftigen Grün und dem blassblauen baltischen Himmel verdeckt alle ärmliche Schäbigkeit. – Im Winter wird es zweifellos eine andere Stadt sein.

Im Dommuseum steht ein Modell von Königsberg um Neunzehnhundert. Gerade noch war ich ein Wanderer, der bestrebt war, vorüberzugehen. Doch nun wird die Heiterkeit grausam. Könnte ich dieses liebevoll zusammengeleimte Ensemble nur als ein mutmaßliches Modell des fernen Troja sehen, als eine Ahnung von unser aller Hybris und Untergang. Aber ich habe Ereignetes vor mir, dessen Ereignen bis zu mir reicht, bis in den Grund, auf dem ich stehe, Niedergelegtes, dessen Niederlage fortwirkt und mich nun ergreift. Nein, das Dichterwort tröstet nicht, dass man nur den Ort bewohne, den man verlasse, nur das Werk schaffe, von dem man sich löse, und nur Dauer erlange, indem man das Gegenwärtige zerstöre. Der Himmel ist nicht sehr geräumig.

Schiffe laufen in den Pregelhafen ein, vom Feuer und der Erinnerung gelenkt, rote Wolken hängen tief über der Lastadie, die Mannschaften stehen auf den Decks, die Augen traumweit offen, in den Gärten blühen Blitze, die Lampions brennen noch, wenn auch schwächer, und die Tanzenden tanzen, so scheint es, im Gegenlicht, tanzende Schatten, und die Steine glühen rot vor kindlichem Leichtsinn, dann werden sie beladen, die Boote, mit diesen Steinen, Boote eines anderen Stroms.

Gibt es irgendetwas in Kaliningrad, das ich noch mit Katte teile? Der wieder aufgebaute Dom? Zählt er, so nackt und verloren, wie er auf dem leer geräumten Kneiphof steht, eine sinnlose Hülle seiner selbst?

Der Pregel? Ist es noch derselbe Fluss? Ein Fluss ohne Anlegestellen, Speicher, Schiffe.

Der Schlossteich?

Mehr gibt es nicht, das an das alte Königsberg erinnert?

Nein, mehr gibt es nicht.

Das Junilicht vielleicht. Aber schon die abgasgesättigte Luft riecht anders. Mit einem Geruch nach verbranntem Plastik in der Nase wache ich am Morgen auf.

Zweifellos war der Geruch vor dreihundert Jahren intensiver, Dung, Kot, Unrat in den Gassen, offene Feuer, die Viertel der Schlachter, Gerber, Färber, die Kaffee- und Gewürzspeicher, der feine Staub aus den Holz- und Getreidemühlen, Gerüche, so vielfältig wie der Lärm in den Gassen, Hufgeklapper, ächzende Räder, Peitschenknalle, Schreie, Gekeife, Gebell ... Nicht überall ist es gleich laut, sind die Gerüche gleich streng, es gibt eine Topographie der Geräusche und Gerüche, die sich eng an die der Zünfte, Stände und sozialen Klassen anlehnt.

Vielleicht muss ich mir Hans Katte eher als eine Art *Punk* vorstellen, als einen Rebellen aus einem privilegierten Elternhaus, der seine adelige Herkunft verachtet, ihr am Ende aber nicht entkommt. Einer, der sich mit Musikern, Malern, Schaustellern herumtreibt, am liebsten selbst einer von ihnen wäre, ein Freigeist, Ketzer, Künstler.

In Königsberg wird er immer wieder von der Altstädter oder Löbenichter Stadtwache aufgegriffen, wegen Trunkenheit, grobem Unfug, Ruhestörung, doch da er der Sohn des Stadtkommandanten ist, wird er nicht einmal die Nacht über in Arrest gehalten, sondern sanft vor dem Tor des Katteschen Stadtpalais abgelegt und den Bediensteten übergeben. Hans wollte, er würde wie die anderen Herumtreiber und Galgenvögel behandelt. Er schämt sich seiner Privilegien.

Als unabhängiger Erforscher geistiger Gefahren genießt der Künstler ein gewisses Vorrecht, sich anders, radikaler, exzentrischer zu verhalten als die übrigen Menschen. Seine Hauptaufgabe besteht darin, Erinnerungszeichen für seine Erfahrungen zu erfinden, die sich, abstoßend oder gefangennehmend, von den üblichen unterscheiden, also einen Exzess zu begehen, der in der Regel nicht geduldet oder zumindest nicht erwünscht ist.

In der Tripolis findet Katte nun, um einige Jahre verzögert, denselben Streit zwischen alter und neuer, weltlicher und geistiger Musik vor, wie er ihn bereits in Glaucha und Halle erlebt hat. Am liebsten wäre den Pietisten ein Gottesdienst ganz ohne sinnenerregende Musik. Doch damit ihnen die Gemeindemitglieder nicht in die lutheranischen Kirchen davonlaufen, begrenzen sie ihre Reformbemühungen auf die Reinigung der Kirchenmusik von aller weltlichen Dramatik.

Über zwei Jahrhunderte hindurch waren vor allem von der Königsberger Hofkapelle wichtige musikalische Erneuerungen ausgegangen. Doch nach der Auflösung der Hofhaltung in Königsberg hört auch die Hofkapelle bald auf zu bestehen. Wie schon in Berlin treiben sich nun auch in der Pregelstadt viele stellungslose Musiker herum, die sich mit Gelegenheitsauftritten bei Kaufmannshochzeiten oder Zunftfesten über Wasser zu halten versuchen.

Unter ihnen hat Katte mehr Freunde als unter seinen Kommilitonen von der Juristischen Fakultät. Das Rechtsstudium interessiert ihn nicht besonders, und er setzt es nur fort in der Hoffnung, dereinst einmal in den diplomatischen Dienst eintreten und damit dem verhassten Militärdienst entkommen zu können, der ansonsten die Lehnspflicht und den Lebenszweck jedes märkischen Junkers darstellt. Niemand in Brandenburg ist unfreier, denkt, als der märkische Adel, der auf Leib und Leben dem König zum Gehorsam verpflichtet ist, ohne dessen Erlaubnis nicht einmal das Land verlassen darf, und sei es auch nur für eine kurze Bäderreise ins nah gelegene Sachsen.

In einem der allerorten neu eröffnenden Junkergärten am Schlossteich wartet Georg Loth auf, einer seiner Kommilitonen, die ihr Studium selbst verdienen müssen, da der Vater, ein ehemaliger Kantor und Organist an der Residenzkirche, nicht mehr lebt und die Mutter sich und die vier anderen Kinder nun mit einem Fischstand auf dem Altstädter Markt durchbringt.

Sie nicken einander kaum merklich zu, um sich nicht in Verlegenheit zu bringen. Doch Katte spürt, wie unangenehm es ihm ist, sich von Loth den Schoppen Wein bringen zu lassen.

Er ist allein gekommen, in der letzten Zeit ist er fast nur noch alleine unterwegs. Vor den Freunden gibt er an, im Hause beschäftigt zu sein, zu Hause gibt er vor, sich mit den Freunden verabredet zu haben. Er sitzt da, in Gedanken verloren, obwohl das Denken ihn quält. Aber er will vor diesen Gedanken nicht davonlaufen, auch wenn die Anwesenheit der Kameraden sie gemeinhin fernhalten. Es ist eben so ein gedankenloses Schwätzen mit ihnen, damit die Zeit vergehe und man das Vergehen gar nicht spüre. Doch wenn er hier alleine sitzt, vergeht die Zeit quälend langsam, und die Gedanken beißen sich an der einen Frage fest: Warum das alles? Was hat dieses Dasein für einen Sinn?

Von den Nachbarbänken hört er Fetzen des lokalen Dialekts, ein östliches Niederdeutsch: *Se sönd abgereist… bös du öngeschloape… de Peerd sönd got öm Stand…* Einiges versteht er, anderes nicht. Die Sätze sind einfach und kurz, fällt ihm auf, die Art der Rede passt zu den Menschen hier. *He ös utgekoakt en avgebrecht. Ik wönscht, dat he schrive micht. He huckt, he weed, he mede, spode, bäde, lödde, ledde, schoade, wedde,* das klingt ausweichend, friedfertig, hier sucht man nicht den Streit, den Händel, die Wörter wie die Reden enden weich. *Ök hebbe, hadde, weer,* was auch immer ich habe, hatte, war, es schmilzt dahin, aus einem harten t wird ein weiches d, aus einem weichen b ein zergehendes v. *He leed em. Ök leve.*

Lebe ich? Obwohl ich doch nun ständig mit meiner Familie zusammen bin, zum ersten Mal in meinem Leben, und fast täglich meine Studienkameraden treffe, fühle ich mich einsamer als je zuvor. Meine Freundschaften, sind sie denn, vergleiche ich sie mit der Kameradschaft im Ochsenstalle, mehr als oberflächliche Bekanntschaften? Ich bin ganz allein auf meiner Suche. Meiner Suche nach was? Ich kann das Ziel nicht sehen, und nicht einmal den Weg. Manchmal befürchte ich, es müsse sich um eine Art Gral handeln, ein Wesen oder ein Gesicht, das nicht von dieser Welt ist.

Dann spüre ich beständig diesen Druck auf der Brust, eine Beklemmung, eine Atemnot, als habe eine schleichende Entzündung der Lunge oder eine fortgeschrittene Schwindsucht mich erfaßt, die mir das Atmen schwer macht, sich aber mit dem letzten erstickenden Würgegriff noch zurückhält.

Professor Johann Amsel ist ein lang aufgeschossener Gelehrter, leicht krumm gehend, mit scheinbar wenig Rückgrat und einem bequemen Schlenkergang, wie gemeinhin Matrosen ihn haben. Dazu hat er blasse, etwas vorstehende Kalbsaugen, die oftmals eher blöd schauen und auf einen Mangel an Antrieb hindeuten, bis man in ihnen plötzlich ein beinahe unheimliches Aufblitzen wahrnimmt und gestehen muß, daß hinter diesem Scheine eine ganz ungewöhnliche Beweglichkeit und Gedankenschärfe lauern.

»Taten sind wichtiger als Worte!« fordert Kürschner ihn einmal mehr in seiner wöchentlichen Vorlesung heraus.

»Worin liegt der Unterschied?« fragt der Professor den Studenten leutselig, obgleich Andreas ihn inmitten seines Vortrages unterbrochen hat. »Worte sind Taten, meine ich doch, oder wollen Sie etwa behaupten, in all den Schul- und Studienjahren hätten Worte in Ihnen nichts bewirkt?«

»Zumindest haben sie mir nie Antwort auf die wirklich wichtigen Fragen gegeben.«

»Und nun glauben Sie, eine beherzte Tat könne die rechte Antwort sein?«

»Nein. Eher glaube ich, daß sich mit ihr jede weitere Frage erübrigt.«

»Das klingt eindrucksvoll, ja, das klingt nach einer geradezu lebensrettenden oder auch tödlichen Tat, führt uns aber doch nur zurück in die tiefe Finsternis des Unwissens und der Barbarei.«

Wir anderen Kommilitonen, die wir zu einem Dutzend gedrängt in Amsels Studierstube zusammenhocken, haben dem Wortwechsel der beiden nur mit Mühe folgen können. Es ist sehr warm in der Stube, und der Professor hält der vielen Fliegen wegen die Fenster geschlossen. Nun, Ende Mai, Anfang Juni beginnen die hellen Nächte in Königsberg, und neben den gewöhnlichen Fliegen plagen uns und mehr noch den Professor auch Mücken, Gnitzen, Wiesenschnaken und die Gemeinen Kuh- und Pferdebremsen.

Kürschner spricht nicht nur viel, sondern auch laut; doch ist ihm, um ihm Gerechtigkeit widerfahren zu lassen, wenig daran gelegen, ob man ihm zuhört oder nicht. Er spricht, weil es ihm Vergnügen bereitet, zu sprechen und sich selbst zuzuhören. Er spricht von allen Dingen, vorzüglich von denen, über die er eine feste Meinung hat, ohne allzu viel von ihnen zu wissen. Wissen mache sprachlos, lautet eine seiner durchaus ernst gemeinten Maximen.

Und doch ist ihm eine anrührende innere und äußere Schönheit zu eigen, die manchen seiner Feinde zu einem ungerechten und verletzenden Urteile über ihn verführen, zumal er sie weder durch modische Kleider oder Ansichten, noch durch andere Eitelkeiten herauszustreichen versucht.

Am Abend im Grauen Kranich setzt er seine Wortführerschaft fort. »Wir sind fünf junge Männer«, ereifert er sich. »Mit guten Waffen und einem klugen Plane muß es uns doch wohl gelingen, den Seiler aus dem Gefängnis zu befreien, ehe er vor dem Sackheimer Tore gehängt wird!«

»Ich verstehe nicht recht, Kürschner, was uns das Schicksal Seilers angeht«, werfe ich ein. »Nur weil er zufällig unser Kommilitone ist, müssen wir uns doch nicht eines verurteilten Mörders wegen selbst in Gefahr bringen.«

»Johannes ist kein Mörder!«

»Hat er nicht den Schubart genau hier, in dieser Stube, totgeschlagen?«

»Ich war zugegen, war Zeuge dessen, was hier passiert ist. Es war ein simpler Wirtshausstreit. Seiler, Schubart, Loth und ich haben dort gesessen, unser Bier getrunken und Pharo geklopft. Schubart glaubte sich von Seiler betrogen, dabei hatte er nur ein schlechtes Blatt. Aber keiner von uns war mehr ganz nüchtern, so kam eins zum anderen, und am Ende schlug einer auf den anderen ein, ohne daß man noch den Anlaß wußte.«

»Seiler war schon immer gut für eine zünftige Schlägerei, auch ohne jeden Anlaß.«

»Das mag sein. Aber deswegen schlägt er niemanden tot. Er hat den Schubart nur umgehauen, dazu brauchte es weder eine böse Absicht noch besondere Kraft, Schubart konnte sich ja kaum noch auf den Beinen halten. Nach dem eher harmlosen Schlage an sein Kinn kippte er so unglücklich nach hinten, daß er sich am Spieltische den Kopf aufschlug und tot liegen blieb.«

»Bei Seiler gibt es keine harmlosen Schläge. Ist er nicht der Sohn eines Schmieds?«

»Man hat den Hannes nur zum Strang verurteilt, weil Wilhelm Schubart Schreiber am Appellationsgerichte war. Und die Richter dulden nun einmal keinen Angriff auf einen der Ihren, auch wenn's nur ein Schreiber ist. Also wollten sie an Seiler ein Exempel statuieren, das uns allen eine Warnung sein soll!«

»Verteidigst du den Seiler vielleicht nur, weil er aus deinem Dorfe stammt?«

»Und wenn es so wäre? Ich kenne Hannes seit seiner Kindheit, kenne ihn besser als jeder von euch. Er ist kein Mörder!«

»Das muß schon ein recht merkwürdiges Dorf sein, das gleich zwei derart schlagkräftige Subjekte wie Seiler und dich hervorbringt!«

Nun bin ich offenbar einen Schritt zu weit gegangen. Kürschner blickt mich mit haßerfüllten Augen an. Einen Herzschlag lang befürchte ich, er werde nun aufspringen und mir an die Kehle gehen. Doch dann hat er sich wieder in der Gewalt und entgegnet mit ruhiger Stimme: »Es ist nicht merkwürdiger als jedes andere märkische Dorf. Aber vielleicht ist es ärmer! Seelnot wurde im letzten Kriege vollkommen verwüstet, von den ohnehin armseligen Häusern stand nur noch das Pfarrhaus, und von den ehemals zweitausend Bewohnern lebten noch zweihundert. Da zählt wohl jedes einzelne Subjekt, Katte, findest du nicht auch?«

Ich zögere mit der Antwort, und alle bemerken dieses Zögern, was für sie bereits eine Antwort ist. Ich spüre, es geht Kürschner nicht nur ums Recht und um Gerechtigkeit, sondern auch um einen Wettstreit um die Führerschaft. Will ich weiter zu ihnen gehören, habe ich mich unterzuordnen.

Wir sind einander ausgeliefert durch unsere Namen und unsere Herkunft. Das Wort, das uns benennt, wird früher oder später genau jenes Wort sein, das uns auseinanderbringt oder entehrt.

Ich weiß nicht, ob ich zum Malen Talent habe. Ich mache zehn und etliche Versuche, dieses oder jenes so zu malen, daß es sich vom Wirklichen nicht mehr unterscheide, und sämtliche Versuche mißlingen. Aber das Malen ist mir lieb, lieber als alles andere auf der Welt. Es gibt nichts, was mich tiefer ergriffe, bis auf die Musik oder das Flötenspiel vielleicht. Wenn es früh am Morgen dämmert und ich mich auf meine Seminare vorbereiten sollte, freue ich mich nur auf den nachfolgenden Besuch des Ateliers. Ich bin anders als andere Maler, die bloß Maler sind, wenn sie abends mit ihren Kommilitonen im Wirtshause sitzen und mit ihnen um die Wette saufen. In allen Königsberger Spelunken finden sich allabendlich mindestens ein halbes Dutzend solcher Kunststudenten. Nie hat man von ihnen auch nur ein einziges Werk gesehen. Alles, was in ihren Augen nur mittelmäßig sei und ihrem Genie nicht genüge, würfen sie gleich ins Feuer, behaupten sie, damit ihnen die Pfuscherei nicht den guten Ruf verderbe. Und wo sind die wenigen gelungenen Werke?

Ich bewahre jede Skizze auf, denn was mir jetzt mißlungen scheint, wird einem anderen oder mir selbst in der Zukunft womöglich als ein Meisterwerk vorkommen oder wenigstens als eine wichtige Station dorthin.

»Wen malt Ihr da?«

»Narcissus.«

»Jenen jungen Halbgott, der sich in sein eigenes Spiegelbild verliebte?

»Nein, nicht in sein Spiegelbild, in einen anderen Jüngling, denn am Anfang weiß er noch gar nicht, daß es sein Spiegelbild ist, welches er im Quellteich entdeckt.«

»Im Quellteich?«

»Natürlich, das Wasser darf nicht sprudeln, sondern muß eine ruhige, ebene Oberfläche bilden, um ein Gesicht erkennbar widerspiegeln zu können. Narcissus weiß von sich nichts, bis er, als er das fremde Gesicht zu berühren versucht, ins Wasser stürzt. Selbsterkenntnis und Tod fallen zusammen, wie Gott bereits den Adam im Paradies gewarnt hat.«

»Aber liegt denn der Tod des Narcissus nicht genau im Gegenteile, im *Mangel* an Selbsterkenntnis, begründet? Hätte er gewußt, daß es sich um das eigene Gesicht handle, welches ihn im Spiegel des Teiches so verzauberte, wäre er nicht gestürzt und ertrunken.«

»Vielleicht hat er es ja gewußt und wollte in sich selbst ertrinken. Wie auch immer, die Botschaft bleibt dieselbe: Man muß an die Quelle gehen, um sich selbst zu erkennen.«

»Für mich hieße die Botschaft: Man darf den Tod nicht fürchten, will man sich selbst erkennen.«

So spricht in Willmanns Malakademie nur Katharina Neunhertz. Sie trägt, wie die Gesellen in der Werkstatt oder die Lastträger auf den Verladekais, ein wollenes Krätzchen, deshalb hatte ich sie zu Beginn meines Unterrichts gar nicht als Frau erkannt, sondern für einen zarten, bartlosen Jüngling gehalten. Aber sie ist wohl zehn Jahre älter als ich, die Witwe Neunhertz, und die Schwiegertochter des Meisters. Ihr Gatte, des Meisters einziger Sohn, ist der großen Pest zum Opfer gefallen, da waren er und Katharina kaum ein Jahr vermählt. Die Ehe ist kinderlos geblieben, trotzdem hat sie nicht wieder heiraten wollen. Der Meister aber und alle Männer in der Werkstatt behandeln sie wie ihresgleichen, und da sie ihr langes Haar stets unter der Mütze verborgen hält, darf ich mich über meinen Irrtum nicht verwundern und wäre in ihm wohl noch länger befangen geblieben, hätte sie nicht während der Malklassen merkwürdige und eines Mannes unziemliche Blicke auf mich geworfen.

Aber auch nachdem ich ihre verborgene Weiblichkeit entdeckt habe, unterliege ich ihrem Werben nicht sogleich, im Gegenteil, diese Umkehr des Schicklichen führt nur dazu, daß ich mich noch mehr verschließe, obgleich sie unter den Schülern und Gesellen des Meisters eine der besten ist und ihre Kunst und ihr Sachverstand mir einige Bewunderung abnötigen.

»Ihr habt ein gefährliches Sujet gewählt, Herr von Katte.«

»Gefährlich? Mag sein, aber niemand von uns wird ewig leben, Katharina.«

»Da habt Ihr recht. Wichtig ist allein die Verwandlung.«

»Ich stimme Euch von Herzen zu. Als Narcissus sich beugt und in sein eigenes Spiegelbild fällt, verwandelt er sich in eine Blume. Ist das nicht ein Weg, dem Tode zu entkommen, gar der einzige Weg, nämlich sich beständig zu verwandeln?«

»Ich zweifle, ob Narcissus überhaupt noch etwas von sich erfährt. Als er sein Gesicht studiert, weiß er noch nicht, daß es das seine ist. Und als er es erkennt, bleibt ihm keine Zeit mehr, aus dieser Erkenntnis irgendein tieferes Wissen zu gewinnen. Womöglich war er auch vorher schon nicht viel vernünftiger als eine Blume.«

Wie so oft bei Katharina weiß ich nicht, ob sie noch im Ernste mit mir spricht oder meiner mit ihrem scharfen Verstande spottet.

Ich erwidere im selben ernsten Tone: »Wer leben will, darf nicht zu viel von sich selbst erfahren wollen, sondern muß lernen, gelegentlich über sich hinwegsehen zu können.«

»Für Ihre achtzehn Jahre sind Sie bereits ein erstaunlich weiser Mann, Herr von Katte.«

»Wer ist denn die wahre Quelle unseres Selbst, wenn nicht Gott, der uns nach seinem Bilde schuf! Sind nicht im Grunde *wir* der Widerschein auf dem Teiche, über den *Gott* sich beugt?«

»Ich würde mich glücklich schätzen, derartig tiefe Gedanken am Ende denn auch auf Ihrem fertigen Gemälde dargestellt zu finden.«

Indessen ist der Meister an uns herangetreten und hat wohl die letzten Worte mit angehört. Mit halb geschlossenen Lidern mustert er eine geraume Weile das unfertige Bild.

»Ich habe größtenteils schlechte Schüler, Herr von Katte«, unterbricht er am Ende das Schweigen mit unwirscher Stimme. »Doch durch Euer Bestreben, mich gerade nicht nachzuahmen, bringt Ihr mich mehr in Verruf als nur einer meiner elendsten Kopisten.« Sagt's, geht weiter und läßt mich mit der Deutung seiner orakelhaften Worte allein.

Katharina lächelt sibyllinisch und wendet sich wieder ihrem eigenen Werke zu. Eigentlich schätze ich mich als einen durchaus mutigen Mann ein, doch will ich ganz wahrhaftig mit mir selbst sein, so muß ich mir eingestehen, daß Frauen wie Katharina mir mehr Angst bereiten als manch ein furchteinflößender Landsknecht. Ihre Blicke sind von solcher Eindringlichkeit, daß ich meine ganze Natur von ihr entdeckt glaube. Wo der Meister nur Maltechnik sieht, entdeckt sie den Spiegel meiner Seele. Mir ist, als stünde ich nackt vor ihr, und sie müsse allem gegenteiligen Geschwätz zum Trotze wissen, daß ich hinsichtlich der Abenteuer und Affären mit Frauenzimmern gänzlich unerfahren bin. Natürlich haben wir im Ochsenstalle mit dergleichen angeblichen Liebschaften geprahlt, aber wir alle wußten, daß nur jene, die darüber schwiegen, Holtzendorff und Kamphausen, auf diesem Felde tatsächliche Amouren vorzuweisen hatten.

Über Katharina hingegen sind allerlei Gerüchte im Umlauf, die ich nun doch zum größeren Teile für wahr halte. Auch wenn sie bis heute kinderlos geblieben sein mag, bedeutet das nicht, daß sie sich jeglichen Verkehrs mit Männern enthalten habe. Im Gegenteile, seit sie das Haus ihres früh verstorbenen Gatten alleine bewohnt, empfängt sie daselbst nicht selten und nicht einmal heimlich männlichen Besuch. Als einziges achte sie darauf, heißt es, daß ihre Besucher unverheiratet seien, ohne sich indessen mit der Absicht zu tragen, selbst noch einmal eine Ehe einzugehen. – Ich weiß nicht, was ich von all diesem Gerede halten soll, und gebe nur Obacht, nicht Teil desselben zu werden.

Zu Pfingsten werden zwei Studenten aus Halle wegen Vagabundierens von der Stadtwache festgenommen. Sie hatten kein Geld für ein Gasthaus übrig und sich im Dome auf Kneiphof einschließen lassen und auf den harten Kirchenbänken ihr Nachtlager bereitet.

Einige Kommilitonen werden Zeugen der Festnahme und versuchen, diese zu verhindern. Die Wachen ziehen ihre Degen und rufen sogleich nach Verstärkung. Wie ein Lauffeuer verbreitet sich der Aufruhr am Dome unter den Studenten in Kneiphof, und am Mittag sind es einige Hundert, die zu den Arrestzellen im Schlosse ziehen und die Freilassung der beiden jungen Männer aus Halle fordern. Die Stadtwache reicht nicht aus, um diesem Aufruhr Herr zu werden. Also läßt mein Vater ein Bataillon aufmarschieren und die jungen Soldaten mit aufgepflanztem Bajonette gegen die gleichaltrigen Studenten angehen.

Die Studenten bewaffnen sich mit Knüppeln und Degen, weichen aber jedem direkten Zusammenstoß auf freiem Platze aus und ziehen sich in die Seitenstraßen zurück, wo sie Barrikaden aus umgestürzten Fuhrwerken, Fässern und Schildern errichten. Vier Tage und drei Nächte dauert die Schlacht. Weitere Gefangene werden nicht gemacht, aber drei Studenten sterben und unzählige werden verletzt.

Vier Tage und drei Nächte komme ich nicht nach Hause, und mein Vater fragt mich nicht, wo ich mich in dieser Zeit herumgetrieben habe.

Wie wenig ich, obgleich wir uns nun doch öfter als je zuvor sehen, von ihm weiß! Hin und wieder sehe ich ihn während der Auseinandersetzungen, von Ferne, und erkenne ihn allein an seiner eigentümlichen Haltung und seiner besonderen Art zu gehen, ohne mich selbst ihm zu zeigen. Was ich von ihm kenne, sind seine Gewohnheiten. Vielleicht sind sie ja die zweite Natur des Menschen, der Sitz seines Charakters.

Ein vernünftiger Mensch indessen könnte behaupten, alle Gewohnheiten seien verwerflich, denn sie machten uns den Tieren gleich, die ja ebenso nach ihrer Gewohnheit handeln, ohne je den Sinn ihres Tuns zu befragen. Womöglich sind wir ja den Tieren ähnlicher, als wir für gewöhnlich meinen, und hier von verwerflichem Handeln zu reden, wäre ebenso falsch, wie schlechte Gewohnheiten als Ursachen aller unserer Verfehlungen zu erklären.

Überall ist es wohl so, daß die Gewohnheiten es sind, die den Ländern und Völkern eine gewisse Ordnung und Verläßlichkeit verleihen. Indessen beruht der größte Teil unserer Gewohnheiten zweifellos auf unbedachter Nachahmung. Will man die Ordnung umstürzen, muß man mit der Veränderung der Gewohnheiten beginnen!

»Die verzweifelte Tugend ist tugendhafter als die Tugend, die niemals verzweifelt!« – Solche Sätze sind es, die mich immer wieder dem besonderen Zauber Kürschners erliegen lassen.

Aber heute geht er entschieden zu weit. »Du kannst uns einen wahren Beweis deiner Brüderlichkeit liefern, Katte«, spricht er mich gleich nach meiner Ankunft im Grauen Kranich an. »Besorge uns Schußwaffen!«

»Was willst du mit Schußwaffen, Kürschner? Du kannst ja nicht mal mit dem Degen umgehen!«

Loth und die anderen lachen, aber Kürschners Gesicht bleibt ernst.

»Dein Vater hat doch Zugang zu den Magazinen.«

»Mein Vater, ja, aber er wird mir schwerlich helfen, des Königs Truppen zu berauben. Und dann hast du mir noch immer nicht gesagt, was du mit Pistolen oder Flinten willst. Wir sind doch ein Studentenbund und keine Räuberbande, oder irre ich mich?«

»Dies ist kein Ort für dergleichen Gespräche. Laßt uns über etwas anderes reden.« Und für den Rest des Abends sitzt Kürschner mit grüblerischer Miene da und schweigt.

Wir anderen spielen Landsknecht oder, wie man das Kartenspiel hier nennt, Pharo, aber eine ausgelassene Stimmung will so recht nicht mehr aufkommen. Auch die anderen machen sich ihre Gedanken über die geheimen Pläne Kürschners, vielleicht auch über die meinigen. »Wißt ihr, was ich euch besorge?« werfe ich mit gespielter Munterkeit in den trübsinnigen Kreis. »Eine neue Runde Helles!«

Die gemeinsamen Mahlzeiten im Hause meines Vaters werden mir zur Qual. Ich will mich fortstehlen, zu meinen Studien oder auch nur zum stillen Träumen. Ich erinnere mich an die fernen Kindheitsjahre, wo ich in den dunklen Ecken und Winkeln oder unter dem Tische unheimliche Gestalten sah, Lebendige und Tote, während die Erwachsenen unbekümmert aßen, ihre Gespräche fortsetzten und selbst, wenn sie dann vom Tische aufstanden und nahe an den düsteren Winkeln vorbeigingen, nichts anderes bemerkten als die Düsternis.

Nun spricht mein Vater nach dem Nachtmahle zu mir: »Bleib noch ein wenig, Hans, wenn du nicht müde bist.«

Gehorsam setze ich mich wieder, während Christian den Tisch abräumt und meine Stiefmutter Elisabeth und Louise hinausführt und zu Bett bringt.

»Trinke noch ein Glas Wein mit mir«, fährt er fort, als ich stumm bleibe, und füllt mein Glas, das noch halb voll Wasser ist.

Wir schweigen. Es scheint, als habe er mir nichts Besonderes mitzuteilen. Doch dann sagt er, in einem beiläufigen, wenngleich heiseren Tone: »Es gibt unter jungen Leuten, die sich bloß um des gemeinsamen Vergnügens willen zusammengesellen, eine Unmäßigkeit in der Freundschaft, die nicht selten üble Folgen zeitigt. Eine Anzahl warmer Herzen und hitziger Köpfe, durch die Fröhlichkeit eines Gastmahls und vielleicht durch ein Zuviel an Wein und Bier um die Vernunft gebracht, geloben – und meinen es für den Augenblick wirklich ernst –, füreinander auf ewig einzutreten, und schütten unbesonnen und rückhaltlos ihre ganze Seele voreinander aus, ohne zu bedenken, wie diese Vertraulichkeit nach dem Ende ihrer Freundschaft zur Bedrohung von Ehre und Ansehen werden kann. Also hüte dich vor dem Freunde, mein Sohn, gerade dem vertrauten! Begegne ihm bedächtig und zurückhaltend wie einem gänzlich Unbekannten! Dies ist mein Rat.«

»Sie reden von Andreas Kürschner, Vater?«

»Von ihm und den anderen, mit denen du in den letzten Monaten Umgang pflegst. Ich bezweifle, daß diese jungen Burschen einen guten Einfluß auf dich haben. Siehst du nicht selbst das Bübische in ihren Augen?«

»Wenn es Ihnen nicht recht ist, daß ich mich in ihrer Gesellschaft aufhalte, müssen Sie mir schon die Fortsetzung meines Studiums untersagen. Ich treffe sie fast täglich in den Vorlesungen und Seminaren. Es sind meine Kommilitonen.«

Mein Vater seufzt. Vor wenigen Jahren wäre er wohl noch aus der Haut gefahren und hätte zum Stocke gegriffen.

»Ich denke doch, daß die Vorlesungen von Professor Amsel in seiner Studierstube nicht mit den Zechrunden in einem Wirtshause an den Verladekais vergleichbar sind. Außerdem ist mir zu Ohren gekommen, daß du diesen Rädelsführer während meiner Abwesenheit hierher in mein Haus gebracht hast.«

»Wir haben auf meiner Stube gemeinsam mit dem jungen Amsel die Vorlesung repetiert.«

»Ich sage dir noch einmal im Guten, dein ganzer Umgang mit ihm ist mir nicht recht. Betritt er das Haus, nimmt er sich gleich ein Stück Obst aus der Schale oder geht in den Garten, als ob das ganze Anwesen ihm gehöre!«

»Ich selbst habe ihn gebeten, sich ganz wie zu Hause zu fühlen.«

»Aber er ist hier nicht zu Hause! Ich will nicht, daß du fürderhin deine Mahlzeiten mit ihm teilst und nachts dein Bett.«

»Soll ich ihn nach Mitternacht noch fortschicken? Seine Wirtin würde ihn so spät gar nicht mehr einlassen.«

»Du hast meine Worte gehört, Sohn. Nun entschuldige mich bitte, ich bin ein wenig erschöpft. Halte dich an den jungen Amsel. Er ist ein sittsamer und gottgefälliger Mensch. Er hat mein ganzes Vertrauen.«

Im Allgemeinen achte ich Simon Amsel wie nur irgendeinen meiner Lehrer. Doch die Kenntnisse meines Vaters über alle Vorgänge im Hause läßt mich allen und jedem mißtrauen, selbst meiner Schwester und ihm.

Aber kann er wirklich der Zuträger sein? Im Verhältnis zu Sophie Henriette gibt Simon sich eine unverzeihliche Blöße. Für seine Liebesblödheit braucht es keinen besonderen Zuträger, sie liegt vor aller Augen sichtbar in jedem seiner Blicke, die er bei Tische auf meine Schwester wirft.

Ich will ihm mein Stillschweigen gegen das Seinige anbieten, wie es mir unter jungen Liebenden gegen die gemeinsamen Feinde, Anstand und Ehre, nur gerecht erscheint. Also spreche ich ihn auf seine so offenkundigen Gefühle an: »Ich kann Euch nur warnen, Magister Amsel, Euch hinsichtlich meiner Schwester irgendwelche Hoffnungen zu machen! Mein Vater wird Eurem Werben nicht mehr lange tatenlos zusehen.«

»Ich weiß nicht, wovon Sie sprechen«, entgegnet er schroff, gleichwohl errötend. »Lassen Sie uns mit der Lektüre fortfahren!«

Der Weg zur Bibliothek in der Dewjatowo Aprelja führt mich über die einstige Königstraße Richtung Osten. Von dieser früheren Prachtstraße des alten Königsberg steht noch das Gebäude des ehemaligen Finanzamts und die Ruine der Kreuzapotheke. Aus dem Asphalt des Gehwegs drücken sich alte Pflastersteine, als würden sie von einer verborgenen tektonischen Gewalt an die Oberfläche gepresst. Ansonsten finde ich hier dieselben neuen, breiten Autoschneisen, von bröckelnden Plattenbauten gesäumt.

Viktoria erwartet mich schon. In ihrem Herrschaftsbereich, der medizinischen Bibliothek der Universität Kaliningrad, finden sich neben Fachbüchern auch die seit einigen Jahren zusammengetragenen Restbestände aus allen früheren Königsberger Bibliotheken, die direkt nach der sowjetischen Besetzung der Stadt über ganz Russland verstreut wurden, einige hundert Leinenbände mit unterschiedlichen Signaturen und Stempeln, alle in äußerst beklagenswertem Zustand. Hier müssten zunächst Buchrestauratoren vorsichtig Hand anlegen, doch es fehlt an jeglicher Unterstützung, die alten Bestände zu sichten und zu sichern. Viktoria leistet diese Arbeit ganz allein neben ihrer hauptamtlichen Bibliothekstätigkeit.

Sie hat für mich bereits einen Einkaufswagen voller Bücher, die mich interessieren könnten, aussortiert. Ich bin der einzige Besucher im Lesesaal, ja, an diesem Donnerstagvormittag der einzige Bibliotheksbesucher überhaupt. Ich gehe rasch die Inhaltsangaben und die Personenregister durch und finde kaum etwas zum achtzehnten Jahrhundert in Königsberg und gar nichts zu Hans Heinrich von Kattes Kommandantenzeit in Ostpreußen. Wo stand das Stadtpalais derer von Katte? Die Bücher helfen mir nicht weiter. Und ehemalige Königsberger leben nicht mehr in

Kaliningrad. Doch vermutlich befand es sich in der Königstraße zwischen dem Roßgarter Markt und dem Königstor. Hier, im Ostauchschen Palais, steigt gewöhnlich auch Friedrich Wilhelm ab, wenn er in Königsberg weilt, da ihm das Schloss nicht zusagt.

Als Militärgouverneur hat Generalmajor Hans Heinrich von Katte seinen Amtssitz in Königsberg, als Amthauptmann von Angerburg residiert er im dortigen Generalshof, dem alten Schloss der Garnisonsstadt. Meistens aber hält er sich im Katteschen Stadtpalais am Pregel auf. Später kauft er das Gut Reussen mit seinem großen Garten vor der Stadt und zieht es vor, dort zu wohnen, in seinem ostpreußischen Wust. Aber das erlebt sein Sohn Hans schon nicht mehr.

Um siebzehnhundert hat Königsberg ungefähr vierzigtausend Bewohner, von denen freilich über zehntausend der Pest von siebzehnhundertacht zum Opfer fallen. Von diesem Verlust hat sich die Stadt bei der Ankunft des neuen Militärgouverneurs noch nicht vollständig wieder erholt.

Verglichen mit Berlin herrscht in den drei Städten im Schatten des Schlosses drangvolle Enge. Kneiphof findet seine natürliche Begrenzung durch die Insellage im Pregel, doch mit dem Dom und der Universität bildet es zugleich das geistige und geistliche Zentrum der Tripolis.

Um die drei Stadtkerne wächst durch ständigen Zuzug von Neusiedlern schon bald ein Kranz von Vorstädten, die so genannten Freiheiten, Sackheim, Neue Sorge, Roßgarten, Tragheim, Steindamm und Lomse.

Es wird viel gebaut in der Stadt. Mit dem Calvinismus des neuen Königs werden neue Gotteshäuser nötig. Und das Stadtpatriziat, die Kaufmannschaft, erbaut sich reich ausgestattete Junkerhöfe, obgleich dieses Adelsprädikat in den Ohren des altmärkischen Militäradels und rechtmäßigen Junkers Katte ziemlich anmaßend wirkt.

Nicht nur die Kaufmannschaft feiert häufig und ausgiebig, auch die Handwerkerschaft pflegt ihre festlichen Anlässe, die Lossprechung von Gesellen und jede Erhebung zum Meister ist ihnen ein Zunftgelage wert. Und am wildesten sind natürlich die studentischen Ausfahrten und Besäufnisse, sodass es dem Gouverneur von Katte scheint, als würde in dieser Stadt mehr gefeiert denn gearbeitet. Bei jedem Rundgang durch die Pregelmetropole findet er die Gaststätten und Wirtshäuser voller als die Werkstätten und Amtsstuben.

Sein Sohn Hans Hermann gehört eher zu den Männern der Fußnoten, nicht zu denen der Schlagzeilen. Sein Leben verläuft bis zur Begegnung mit Friedrich zwar nicht ereignisarm, aber doch unspektakulär, eine eher typische als ungewöhnliche Adelsjugend im Preußen seiner Zeit.

Allein das Licht der Imagination erhellt das eine oder andere Besondere, das auf Kattes weiteres Schicksal vorausweist. Aber im Grunde gibt es keine Unausweichlichkeit von Ereignissen oder Schicksalen. Chaotisches, Spielerisches, Vergessenes mischen sich in unsere Entschlüsse, manchmal genügt ein Flüstern, unmissverständliche Befehle außer Kraft zu setzen.

Das heutige Kaliningrad führt in die Irre. Die Menschen, die Sprache, die Schilder, die Gerüche, kaum irgendwo ein Lokalisationspunkt für eine Tiefenbohrung. Ich weiß, nahe unter der brachliegenden Oberfläche müssen noch die Fundamente zu finden sein. Aber wer Ich sagt, ist allem Risiko ausgesetzt, die Wahrheit zu verfehlen. Nun ist das Verfehlen womöglich das höchste Maß an Wahrheit, das wir ohne religiösen Wahn erreichen können.

Das Verfehlen schafft eine Art Leerstelle oder Hohlraum für den ganz Anderen, der zugleich ganz Ich ist. Ungewissheit speist die Quelle. Noch ist nichts vollendet.

Natürlich ist auch den anderen Männern im Willmannschen Atelier, den Schülern der Malklasse und den Gesellen in der Werkstatt, vielleicht mit Ausnahme von Meister Neunhertz selbst, in dessen Gegenwart seine Schwiegertochter sich aller anzüglichen Blicke und Gesten enthält, das Werben der jungen Witwe um meine Gunst nicht entgangen, und mir will scheinen, als erwarteten sie nun endlich meine Erwiderung, als handle es sich bei Katharinas Wahl um ein besonderes Entgegenkommen, das kein vernünftiger Bursche ausschlagen könne. Was sehen sie in ihr, das ich nicht sehe? Habe ich denn nicht auch ein wohlausgebildetes Auge für Schönheit und Reize? Wenn ich Katharina betrachte, sehe ich die kluge Frau, mit der ich tiefgründige Gespräche führen kann, aber über diese Unterhaltungen hinaus geht mein Verlangen nicht.

Ich verstehe, daß diese Zurückhaltung Katharina nicht genügen will und ihre Eitelkeit kränken muß, aber ich begreife nicht, warum die anderen Männer über mich den Kopf zu schütteln beginnen. Also schaue ich noch schärfer hin und entdecke noch weniger, warum ich mich ihrem Werben ergeben sollte. Ja, je schärfer ich schaue, um so mehr verfliegt jeder Zauber.

Allein die Konvention, die allgemeine Erwartung und das beständige Reden darüber, aber nur wenig ernsthafte Absichten lassen mich darüber nachdenken, wie es wohl wäre, mit einem Weibe zu verkehren. Vielleicht liegt der Fehler, so verstehe ich das Gerede meiner Kameraden, bereits im Nachdenken, während ihr Begehren doch gerade in der Gedanken- und Bedenkenlosigkeit begründet liegt. – Ich wollte, meine Glauchaer Freunde wären hier! Mit Wietersheim oder Ingersleben hätte ich über derlei Verwirrungen sprechen können. Mit meinen Kommilitonen im Grauen Kranich ist das unmöglich. Ich würde mich, sollte ich meine Zweifel und Bedenken diesbezüglich auch nur andeuten, bei ihnen für immer zum Gespötte machen. Unsere Verbindung ist kein Bund der Wahrheitssucher oder -sager. Wie unschuldig wir damals im Pädagogium Regium doch waren, ohne es zu wissen!

In den kommenden Tagen verliert Kürschner kein weiteres Wort über seine Befreiungspläne, sei es für seinen Dorfgenossen, den Totschläger Seiler, sei es für die beiden Hallenser Studenten. Dann, an einem friedlichen Samstagabend im Grauen Kranich, sagt er plötzlich, an niemanden der Landsknecht-Spielenden direkt gewandt: »Wer in diesem Studentenbunde ist, muß hart sein. Wer nicht hart genug ist, hat unter uns nichts zu suchen!«

»Der Knecht entwendet dem Herrn die Peitsche und schlägt sich selbst, um sich wie ein Herr zu fühlen«, merke ich leichthin an, ebenso an niemand besonderen gerichtet.

»Du magst statt deines Degens auch eine Mistgabel in die Hand nehmen, Katte, doch Junker bleibt Junker!«

»Mein Vater hat über dich gesprochen, Andreas.«

»So? Und ich habe angenommen, *du* sprächest in seiner Gegenwart von uns.«

»Aus meinem Munde hat er nichts erfahren. Aber ich will dich warnen, du stehst bereits im Verdacht der Obrigkeit, ein Aufwiegler und Umstürzler zu sein. Man beobachtet uns.«

»Bring mir eine Flinte, eine Flinte nur, und ich glaube dir, daß du zu uns gehörst!«

»Schon als Kind konnte ich, wie übrigens viele Kinder, recht genau abwägen, ob eine Anschuldigung rechtens oder unrecht sei. Ich denke, das kannst du auch!«

»Du solltest aufhören, dich mir gegenüber wie ein kriechender Hund zu benehmen, Hans!«

Überraschend bleibt er stehen, als habe er gespürt, daß ich ihm folge. Ich weiß, er wohnt in einem kleinen Zimmer in der Vorstadt, aber niemals geht er nach unserer Zusammenkunft im Grauen Kranich auf dem direkten Wege zur Krämerbrücke, sondern wartet, bis wir anderen außer Sichtweite sind, und wendet sich dann nach Löbenicht.

Doch nun dreht er sich plötzlich um und wartet, bis ich ihn eingeholt habe. »Du spionierst mir nach, Katte?«

»Nein, Andreas. Ich konnte nach dem Streite im Wirtshaus nur nicht gleich nach Hause gehen und wollte noch ein wenig durch die leeren Gassen spazieren, bis mein Kopf wieder klar ist. Ganz zufällig haben sich unsere Wege gekreuzt, zumal dies ja mein Heimweg ist.

»Und nun?« Er tritt ganz nahe an mich heran, so daß ich seinen Atem spüre, und sieht mir starr in die Augen. Ich kann ihren

Ausdruck nicht deuten, und unwillkürlich senke ich den Blick. Er kommt noch näher, berührt mit seinem Handrücken mein Kinn und hebt mit sanftem Drucke mein Haupt. Er ist ein wenig größer, so daß ich zu ihm aufschauen muß. Wer uns von Ferne sieht, muß uns für ein schamloses Paar halten, daß sich hier, auf offener Straße, zu unsittlichen Handlungen anschickt. Aber es ist eine mondlose Nacht, und niemand außer uns und der Stadtwache ist noch unterwegs. Einer könnte den anderen meuchlings morden und dann unbeschwert oder mindestens unbemerkt seines Weges gehen.

»Du fürchtest dich vor mir?« fragt Kürschner mich mit leiser Stimme.

»Manchmal, ja.«

»Dafür gibt es keinen Grund, Hans. Ich werde dir niemals etwas antun, was du nicht selbst von mir verlangst. Von all den doch eher schlichten Gemütern in unserem Bunde bist du der einzige, den ich achte, ja mehr als achte.«

Er läßt mein Kinn los.

»Laß uns noch ein wenig gemeinsam spazieren. Du wirst doch nicht erwartet?«

»Nein. Aber wir sollten nicht gerade an meines Vaters Hause vorbeispazieren.«

Wir gehen schweigend, und wieder wächst eine gewisse Spannung zwischen uns an, bis ich die Stille unterbreche: »Was bindet dich eigentlich an den Totschläger Seiler?«

»Das wirst du nicht verstehen!« entgegnet Kürschner unwirsch.

»Dann erkläre es mir!«

»Wir sind beide im selben Dorfe aufgewachsen.«

»In Seelnot, ja, das hast du bereits erzählt. Auch ich stamme aus einem kleinen Dorfe in der Mark. Aber das bedeutet nicht, daß ich allen Dorfgenossen gleichermaßen verbunden bin. Seid ihr miteinander verwandt?«

»Mehr noch!«

»Was gibt es Bindenderes, als Neffe, Vetter oder Bruder zu sein?«

»Ich sage ja, du verstehst es nicht!«

Mein Vater ist ein Feind aller abenteuerlichen und poetischen Lektüren. Das Romanlesen sei eine zutiefst alberne und unwürdige Art der Unterhaltung, und die an all diese phantastischen und unmöglichen Erzählungen gewandte Zeit sei ganz und gar verloren. Wenn mich schon das Lesefieber packe, solle ich es wenigstens an erbauliche Werke verschwenden, die auch nicht immer das Wahrscheinliche, aber immerhin das Wünschenswerte und Mögliche schilderten.

Um so größer ist hernach für mich das unaussprechliche Vergnügen an dieser mir verbotenen Lektüre, und vor allem sie und meine ausschweifende Einbildungskraft sind es, die mich über diesen Sommer des Mißvergnügens retten. Übrigens teile ich diese heimliche Ausschweifung mit meinem Tutor Amsel. Wenn wir uns auch nicht über unsere geheimsten Wünsche und Gefühle austauschen, so wechseln zwischen uns doch manche verbotenen Werke und vielerlei Ansichten darüber.

Es tut mir leid, den inzwischen liebgewonnenen Tutor weiter leiden zu sehen. Also spreche ich an einem sonnigen Nachmittage, als wir uns ausnahmsweise einmal alleine in unserem großen, allerdings etwas vernachlässigten Garten hinter dem Hause befinden, Sophie Henriette an, um ihre wahren Gefühle gegenüber Magister Amsel zu erkunden. Nicht, daß es etwas an der Unmöglichkeit einer Verbindung ändern würde!

Gemeinhin reden wir über derlei Dinge nicht, obgleich Sophie noch jenes Familienmitglied ist, das mir am nächsten steht. Aber die drei Jahre in Glaucha haben mich so sehr verändert, daß wir die frühere Vertrautheit, die in unserer Kindheit zwischen uns herrschte, nicht wieder haben zurückrufen können.

»Was soll uns deine Frage nützen«, erwidert sie ruhig, »da doch alles entschieden ist! Ich zumindest vermeide es, meinen Gefühlen tiefer nachzuspüren. Und ich empfände es als eine Geste brüderlicher Achtung, wenn du und dein Tutor demselben vernünftigen Rate folgtet!«

»Solcher Rat aus deinem Munde würde ihn nur noch ärger quälen. Magst du ihn denn gar nicht?«

»Ist das von Bedeutung?«

»Vielleicht wäre es Amsel ein Trost, wenn er wüßte, daß seine Gefühle nicht auf Verachtung, sondern auf Verständnis oder gar auf Gegenliebe stießen.«

»Schweig, Hans, ich möchte darüber nicht mehr reden! Aus deinen Worten spricht eine erschreckende Unerfahrenheit. Du magst Griechisch und Latein gelernt haben und nun die Rechte studieren, aber wie es in der Welt wirklich zugeht, scheinst du immer noch nicht zu wissen.«

»Ich habe durchaus Augen im Kopfe, und ich sehe, daß von Rochow, mag er auch ein ehrenwerter Mann sein, auf dem Haupte fast kahl ist –«

»Schweig, habe ich dich gebeten! Sonst muß ich dich alleine lassen, Hans.«

»Gut, dann laß uns von etwas anderem reden.«

Sie scheint meinem Vater ähnlicher als ich, derselbe Ernst, dieselbe Selbstverleugnung, ganz Alltagsverstand und der Notwendigkeit gehorchend. Es erschreckt mich, sie mit ihren fünfzehn Jahren bereits so erwachsen zu sehen. Und es raubt mir jeden Ehrgeiz, ihr in diesen Tugenden je nachzueifern. – Vielleicht bin ich auch einfach noch nicht alt genug, um Illusionen zu verachten.

Zweifellos hat mein Vater sich durch manche Anordnungen um Königsberg verdient gemacht. Gerade erst hat er einen Arm des Pregels zwischen Vorstadt und Lastadie zuschütten, einen Knüppeldamm errichten und darauf die neue Bollwerksstraße anlegen lassen. Dann plant er, eine Wasserkunst zu errichten, ein Adernetz von Holzröhren, die das Schloß und die Hauptbrunnen der Stadt mit fließendem Wasser versorgen sollen. Er hat eine allgemeine Straßenbeleuchtung mittels Öllampen angeordnet und die Bürger angewiesen, die Straßen vor jedem Stadthause zu pflastern. Misthaufen mußten verschwinden, und Hühner und Schweine durften nicht mehr frei in den Gassen herumlaufen.

Die Königsberger erkennen nicht recht das Segensreiche dieser Anordnungen. Sie hören nur die Strenge des Kommandanten heraus, der zum eigenen Wohle Zucht und Ordnung durchsetzen wolle.

Ich verstehe ihren Unwillen, geht es mir als Sohn ja kaum anders als ihnen als Bürger. Auch ich fühle mich ihm gegenüber mehr als Untertan denn als freier Mensch. Was ist davon zu halten, wenn er, mein Vater, seine Kürassiere zur Parade oder auch zur Niederschlagung von Unruhen nach Königsberg kommandiert und in Ermangelung einer Kaserne die Reiter in den Häusern der Bürger Quartier nehmen läßt? Täglich kommt es zum Streite und zu Handgreiflichkeiten zwischen Bürgern und Soldaten. Und sollte ein Bürger einmal den Mut finden, mit einer Beschwerde vor den Stadtkommandanten zu treten, kann er sicher sein, daß der Stadtherr stets zugunsten seiner Reiter urteilt.

Was bedeutet unter diesen Umständen, daß der eigene Sohn die Rechte studiert? Je mehr ich mich mit den Gesetzen vertraut mache, desto weniger kann ich die Anordnungen meines Vaters gutheißen. Nun hat er die Bürger verpflichtet, selbst jeden Diebstahl vonseiten der einquartierten Soldaten zu verhindern. Sie sollen alle Nacht einige Male aufstehen und nachsehen, ob die Einquartierten schlafen. Und sollte der Bürger sich hierin nachlässig zeigen und es zu einem Diebstahle kommen, muß der Bürger für den ganzen Schaden selbst geradestehen. Der Bestohlene wird also ebenso schuldig gesprochen wie der Stehler, weil er nicht wachsam war.

Es ist vollkommen sinnlos, mit meinem Vater über diese Verhöhnung von Rechtsgrundsätzen zu streiten. Sicher hat er es schon bereut, den eigenen Sohn zum Studium der Rechte aufgefordert zu haben. Denn eine Rechtfertigung seiner Willküranordnungen kann er von mir nicht erwarten.

Weigert sich einer seiner Soldaten, auf uns Studenten zu schießen, und desertiert, so sind die Bürger verpflichtet, mit zehn Pferden dem Deserteur nachzusetzen und zusätzlich zehn Reservepferde zu stellen. Wundert es da noch jemanden, daß die Bewohner die Besuche der Katteschen Reiter nicht als Schutz und Gewinn, sondern allein als Last empfinden, und daß mein Vater wohl der meistgehaßte Mann in der Stadt ist?

Vor der Ankunft meines Vaters zählten die Bierbrauer zu den reichsten Bürgern der Stadt. Aber nun hat mein Vater sich eine eigene Brau- und Hökereigerechtigkeit verschafft, was ihm als amtierendem Stadtkommandanten nicht eben schwerfiel, da er sie sich selbst ausstellen konnte, und am Neuen Markt das größte Haus samt einer eigenen Brauerei und Branntweinbrennerei errichtet. Kraft einer weiteren Anordnung sind die Soldaten verpflichtet, ihr Bier und ihren Schnaps allein bei ihm zu kaufen. Mag das Recht auch nicht auf seiner Seite sein, so sind es doch Stock und Degen. Das ist der einzige Grund, warum die Königsberger ihn und seine Kürassiere noch nicht mit Schimpf und Schande aus ihrer Stadt gejagt haben.

»Das Denken«, pflegt er zu sagen, »das Denken hat uns Menschen ins Unglück gestürzt. Je mehr die Menschen zu wissen glauben, desto mehr wenden sie sich gegen die öffentliche und die göttliche Ordnung.«

Obgleich ich meinen Vater nur selten während der Mahlzeiten sehe, treffen wir immer noch zu oft aufeinander. Von Mal zu Mal wirkt sein Gesicht grauer und müder, als würde nicht gerade erst der Sommer enden, sondern als hätten wir einen nicht enden wollenden Winter hinter uns. Fragt er mich einmal nach den Studien, dann mit einem abwesenden Blick, als würde er meine nichtssagende Antwort bereits kennen.

Wie mich das alles anwidert und verstimmt! Nicht nur das verächtliche Benehmen meines Vaters, auch die Rechts- und Philosophieseminare, die ich höre, leeres, sinnloses Gerede, da es doch nur das Recht der wenigen und die Ohnmacht der vielen festigt. Stünde ich nicht unter Simons Aufsicht, würde ich noch mehr von ihnen schwänzen. Aber ich bin frei, es ist nur der Tod, der uns bindet, wann immer möglich, entziehe ich mich jeder Aufsicht und streune umher, verberge mich draußen vor der Stadtmauer und erfreue mich meiner Einsamkeit. Aus den Wirtshäusern dringt der Gesang der Studenten und die Tabakswölkchen der Kartenspieler, doch nichts davon verlockt mich einzutreten.

Unser Garten liegt vertrocknet da, bevor die Stockrosen und Georginen überhaupt zu blühen begonnen haben. Die Himbeeren verfaulen an den Sträuchern, und die Pflaumen werden von den Dohlen angepickt, ehe sich jemand die Mühe macht, sie zu pflücken. Eine schwüle Gewitterluft liegt über der ganzen Stadt, die sich Tag für Tag bis zum Unerträglichen zusammenpreßt, aber niemals entlädt.

Nein, in Wahrheit erfreue ich mich meiner Einsamkeit nicht, im Gegenteile legt sie sich wie ein schwarzer, giftiger Schatten über meine Seele. Eigentlich bin ich kein übellauniger Mensch. Aber die Erfahrung lehrt, daß gerade diejenigen, welche sehr lebhafte Leidenschaften und eine empfindsame Natur haben, deren Einbildungskraft leicht gereizt und deren Gefühle schnell erschüttert sind, am raschesten und heftigsten der üblen Schwermut ausgesetzt sind.

Da ihre Phantasie oft ohne ihren Willen selbst die größte Kleinigkeit so schnell zu einer Riesengröße zu erheben weiß, so ist es begreiflich, warum empfindsame Menschen, wie ich einer bin, selbst bei einem guten und richtigen Verstande sich oft am wenigsten in der Gewalt haben, sobald sie von ihrem Gemüte, sei es heiterer oder trauriger Natur, überfallen werden.

Wenn ich mich nicht irre, trägt auch gekränkte Eitelkeit ein wenig zu diesem launenhaften Charakter bei.

Eine andere Quelle der Schwermut ist die Notwendigkeit, immer wieder nach dem Beifall der Welt haschen und dabei einen hohen Grad falscher Höflichkeit und Schmeichelei an den Tag legen zu müssen. Im Grunde beruht diese Herz und Verstand verschattende Gemütsverfassung auf der größten Vernachlässigung meiner selbst. Würde ich auf meine eigene heilende Stimme hören und endlich selbst für mein Wohlergehen Sorge tragen, müßte ich unverzüglich jeden Gegenstand und alle Gelegenheit sorgfältigst meiden, durch die ich verstimmt werden könnte, also vornehmlich meinen Vater.

Ich sollte fortgehen und Umgang mit solchen Menschen suchen, deren Denkungsart und Seelenleben erst gar keinen Anlaß zu Mißmut und Traurigkeit geben, nicht unbedingt heitere, aber ernste und empfindsame Menschen ohne Vorurteile und Selbstgerechtigkeit.

»Sich hier mit einer Witwe oder Handwerkersfrau einzulassen«, spricht er mit müder, fast tonloser Stimme, als meine Stiefmutter und die Mädchen bereits den Essenstisch verlassen haben, »ist nicht empfehlenswert! Abgesehen davon, daß diese Dinge für dich nur üble Folgen haben können und du ausschließlich deine Studien im Sinne haben solltest, finde ich, daß der Verkehr mit derartigen Personen dich auf ihre niedrigen und groben Instinkte hinabzieht.«

Ich schweige. Als er hinter der Röte den aufflammenden Zorn in meinem Gesichte bemerkt, fährt er in zerstreutem, wenn nicht gar gelangweiltem Tone fort: »Ich glaube doch, daß du und ich, mein Sohn, zu gut erzogen sind, um die ja immer auch ein wenig lächerlichen Heldenrollen eines Dramas einzunehmen, nicht wahr?«

Sie tritt an meine Staffel, mustert, wie weit ich mit meinem *Narcissus* gekommen, und sagt beiläufig: »Übrigens soll ich Euch von Eurem Kommilitonen Kürschner grüßen!« Diese flüchtige Bemerkung trifft mich wie ein eherner Schmiedehammer den Amboß. Nach einem Augenblicke der Verwirrung frage ich: »Ihr kennt Kürschner?«

»Er kommt mich gelegentlich besuchen.«

Darauf weiß ich nichts zu erwidern.

»Andreas ist ein sehr begabter und sehr leidenschaftlicher Mann. Wenn ich hier manchmal ein wenig müde und wortkarg in der Werkstatt erscheine, ist das nicht selten seine Schuld.«

Als ich vor Verlegenheit erröte, fährt sie heiter fort: »Wir haben dann bis in die Frühe hitzig debattiert und wohl auch ein wenig zuviel getrunken. Ihr wißt ja, wie er ist.«

Ich male schweigsam weiter, ohne wirklich zu sehen, wohin ich den Pinsel führe.

»Auch Ihr dürftet ruhig einmal vorbeischauen, Herr von Katte«, fügt sie lächelnd hinzu. »Aber nun will ich Euch nicht weiter stören, sonst verunstaltet Ihr noch fürderhin gerade jene Stellen Eures Gemäldes, die mir besonders gelungen erscheinen.«

Diese kurze Plauderei ändert mit einem Schlage alles. Da, wo ich vorher nichts zu empfinden glaubte, toben nun Gefühlsstürme, die mich indes wie ein vom Baume gerissenes Blatt umherwirbeln, bis mir alle Sinne vergehen. Am Ende verbringe ich die Malstunde wie betäubt und will niemanden sehen, niemandes Stimme hören und mit niemandem mehr reden.

Was den Orkan und die Betäubung ausgelöst haben könnten, vermag ich nicht zu sagen. Es waren doch kaum mehr als einige gedankenlose Worte, die Katharina an mich gerichtet hat. Und nun irre ich ganz verwüstet durch die abendlichen Gassen und weiß nicht mehr, wohin ich gehöre. Die ganze Welt und vor allem ich selbst scheinen mir plötzlich ein Rätsel. Und wenn die Sphinx mich nun fragte, wer ich sei oder auch nur, was ich empfände, wüßte ich nicht zu antworten.

Meine Träume in dieser Nacht sind seltsam. Ich bin in fremden, menschenleeren Gassen unterwegs, es gibt niemanden, den ich nach dem Wege fragen könnte, ich schlüpfe in verlassene Häuser hinein, taste mich in dunkle Zimmer mit zugemauerten Fensterhöhlen vor, suche irgendetwas oder irgendwen, auch wenn ich keine Ahnung davon habe, wer oder was es sein könnte. Doch beim Erwachen ist selbst diese Ahnung dunkel und vermauert.

Trotz des langen und ermüdenden Vorlesungstages kann ich noch nicht heimgehen. Ebenso wenig verspüre ich irgendein Verlangen nach der Gesellschaft meiner Kameraden. Nachdem ich eine Weile kreuz und quer durch Altstadt und Löbenicht gewandert bin, führen mich meine Schritte ohne eigenes Zutun zum Hause der Witwe Neunhertz.

Löbenicht ist ein Städtchen mit einem Gewirr von krummen Gassen, engen Stiegen und dunklen Winkeln. Das Haus von Katharina ist eines dieser schmalen hohen Gebäude, die den Gassen ihr düsteres Antlitz geben. Es liegt unweit des roten, backsteinernen Kohltores, das mit seinem zinnenbewehrten Turme nicht nur den Roßgärter Markt, sondern ganz besonders das Neunhertzsche Anwesen zu bewachen scheint.

Eine Vielzahl von Stockwerken reckt sich in den bewölkten Himmel, wobei jedes höhere niedriger als das untere ist. Das alles ist darüber hinaus auch noch unbequem, muß man sich doch über eine dunkle und enge Stiege in die oberen Stockwerke vortasten. Und da auf jedem Stockwerke lediglich zwei Zimmer liegen, von denen nur eines zwei kleine Fenster zur Straße hat, das andere aber nach hinten hinausgeht, auf einen engen Hof, liegen dazwischen dunkle Dielen, wo die Treppe verläuft und der Herd oder Ofen steht.

Der Hof hinter dem Neunhertzschen Hause ist winzig und dient allein der Lagerung von Brennholz. Anders als in Berlin gibt es hier in Löbenicht keine Remisen für die Gespanne oder Ställe für die Pferde. Große Tore zu den Höfen fehlen, und der Eingang geht stets durchs Haus. Die Türen sind quergeteilt, so daß die obere Hälfte tagsüber offenstehen kann, damit Licht und Luft in den Flur strömen; die untere Hälfte hingegen bleibt verschlossen, um Fremden den Zutritt zu verwehren, was in Berlin indes wohl kaum ein geachtetes Hindernis darstellen würde.

Obgleich die Nacht schon fortgeschritten ist, finde ich die Türe noch halb geöffnet vor, als würde sie meine späte Visite erwarten. In einem der oberen Stockwerke brennt ein Licht. Reden, nur um zu reden, bin ich hier, so meine feste Absicht. Ich entriegle die untere Pforte und rufe Katharinas Namen. Ich muß nicht lange warten, da kommt sie mir schon mit einem Leuchter die enge Stiege entgegen. Sie begrüßt mich ohne Erstaunen, dann geht sie mir voran und führt mich in ihr Wohnzimmer. Von anderen Hausbewohnern, falls es denn solche gibt, sehe und höre ich nichts. Entweder ruhen sie bereits, oder Katharina hat sie fortgeschickt.

Ich stelle die Bouteille Gewürztraminer, die ich unterwegs als Gastgeschenk oder auch als Entschuldigung für den unangekündigten Besuch erstanden, auf den Eibentisch, sie holt zwei Kelche aus der Anrichte, dann sitzen wir uns gegenüber, und ebenjene Absicht, deretwegen ich hierher gekommen bin, nämlich das Reden, fällt mir nun schwer. Sie lächelt nur und kommt mir mit keinem Worte entgegen.

Nun stellt sich dieses aus der Unvernunft geborene Abenteuer schlimmer dar als das einsame Umherirren. So verwundert es nicht, daß ich gleich mit meinem ersten Satze alle guten Absichten zerstöre und mich nicht einmal mit geistverwirrender Trunkenheit rechtfertigen kann, denn noch sind wir beim ersten Becher. Ja, nie bin ich nüchterner gewesen als in diesem Augenblicke.

»Ist Kürschner nicht da?« frage ich sie.

Sie mustert mich, immer noch lächelnd, eine Weile, wie ein Maler das Objekt seiner Studien in den Blick nimmt.

»Seid Ihr seinetwegen gekommen?« entgegnet sie dann.

»Nein, natürlich nicht! Ich würde nur nicht gerne von ihm um diese Zeit in Eurem Hause überrascht werden.«

»Bei einer geistreichen Plauderei? Warum sollte Andreas daran Anstoß nehmen? Außerdem müßte ich ja niemandem öffnen, den ich nicht im Hause haben wollte, zu welcher Zeit auch immer.«

»Verzeiht, es war ein Fehler, Euch zu dieser unziemlichen Stunde mit meinem Besuche zu überfallen.«

»Findet Ihr?«

»Ihr seht doch, ich bin alles andere als geistreich heute nacht.«

»Soll ich vielleicht die Lampe ein wenig herunterdrehen? Manche Menschen mögen es nicht, daß man alles sieht.«

An diesem Morgen schlage ich den Weg vom zentral gelegenen Hotel Richtung Nordosten über den Lenin-Prospekt bis zum ehemaligen Hansaplatz ein, dem neuen Zentrum der Stadt, und ich begreife: Vergiss Königsberg! Königsberg existiert nicht mehr. Dies ist Kaliningrad. Die Menschen, die hier leben, haben mit der ehemaligen Hauptstadt Ostpreußens nichts zu tun. Dies ist eine russische Stadt, bröckelnde Mietshausfassaden und protzige neue, marmorverkleidete Shopping-Malls. Vielen jungen Leuten begegne ich auf der Straße, heiteren und zuversichtlichen Gesichtern ohne jede Spur von Trauer.

Immer liegt ein leichter Brandgeruch über der Stadt, selbst jetzt im Sommer, als würden die Heißwasserboiler mit Holz oder Braunkohle geheizt. Dieser Brandgeruch hängt in den frischen Handtüchern und Bettbezügen und schon bald in allen neu gekauften Kleidungsstücken in meinem neuen Koffer. Ich suche nach offenem Feuer, aber sehe nirgends Rauch aufsteigen. Ich wache morgens auf mit diesem Brandgeruch in der Nase, gehe in den Frühstückssaal hinunter und erwarte, ihn in Flammen stehend vorzufinden. Die Gebläse der Klimaanlagen stoßen ihn aus, durch die offen stehenden Fenster dringt er hinein, der böige Wind von der See trägt ihn herbei, er setzt sich fest in jeder Pore, ich kann kaum noch etwas anderes riechen, und bräche nun tatsächlich ein Feuer aus, ich würde es wohl erst wahrnehmen, wenn ich die hell lodernden Flammen sähe und ihre Hitze spürte.

Trotz des beunruhigenden Geruchs wirkt das Leben auf Kaliningrads Prospekten friedlich und entspannt, ein wenig kleinstädtisch vielleicht, auf jeden Fall selbstzufrieden. *Augenweide* – was für ein schönes deutsches Wort! Und wie genau es das beschreibt, was ich hier tue: Meine Augen weiden die Boulevards und Plätze ab und wissen vor lauter anziehenden Menschen nicht, an wem sie sich festbeißen sollen. Und das ist auch gut so, denn niemand sucht meinen Blick. Offenbar wollen sie in Ruhe gelassen oder im Verborgenen bewundert werden. Vielleicht wissen sie auch gar nicht, wie sie reagieren sollten, wenn sie das tiefere Begehren in meinen Blicken bemerkten. Ihre Augen weichen sofort aus, lassen sich gar nicht erst auf ein Blickduell ein. Am Ende müssten die Männer womöglich Gewalt anwenden, um ihre Männlichkeit, das heißt, Subjekt des Schauens zu sein, aber niemals Objekt des Beschautwerdens, zu wahren. Und die Frauen würden ihre Männer auf mich hetzen, weil sie diesen intensiven Blick, diese Schaulust nicht verstünden und für nichts anderes als obszön halten müssten.

Die jungen Männer tragen ihre Haare militärisch kurz, alle sind sauber rasiert, riechen wie frisch gebadet, zeigen ihre durchtrainierten Körper und die martialischen Tätowierungen auf den

Oberarmen, den Waden und im Nacken, laufen in kurzen Hosen und gerippten Unterhemden herum, nicht, weil es besonders warm wäre, sondern einfach weil es Sommer ist, zwei, drei kurze Monate nur, um unverhohlen ihre Männlichkeit zur Schau zu tragen, gerader Rücken, steifer Gang, erstarrte Mimik. Es ist eine Stadt, vielleicht ein ganzes Land äußerster Virilität, zu der Männer ihren darstellenden und Frauen ihren bewundernden Beitrag leisten. Eine Virilität ohne Selbstironie, ganz und gar narzisstisch, eine aggressive, selbstverliebte Seite der Homosexualität, die zum heterosexuellen Rollenvorbild geworden ist, die feminine, *queere*, subversive Seite des homosexuellen Begehrens aber vollständig abgespalten, marginalisiert und als strafwürdig deklariert hat. Ich bin ein begehrenswerter Mann, der nicht begehrt werden darf! Ich bin ein begehrenswerter Mann (und tue alles dafür, um genau das zu sein), aber ich allein schaue, wähle und entscheide, wen ich begehre. Und wen ich wähle, ist immer die Frau. – Hier ist die gesunde Geschlechterwelt noch in Ordnung. Der einzige Nonkonformismus ist dem Alkohol geschuldet. Hier heiratet man jung und ist mit zwanzig schon Vater, mit achtzehn bereits Mutter. Dann altert man schnell, hat mit dreißig einen beeindruckenden Bauch, wo einmal ein stahlhartes Waschbrett die Innereien zusammenhielt, fährt eine entsprechend große schwarze Limousine mit getönten Scheiben, daher sieht man sie dann nicht mehr auf der Straße, zu Fuß, in kurzen Hosen und hautengen Unterhemden. – Der Traum von der »Natur« des Menschen gebiert seine Monster.

Am Hauptbahnhof umfängt mich eine unerwartete Stille, ist es doch andernorts das pulsierende Herz der Stadt. Hier gehen die wenigen Züge ab nach Preußisch Eylau und Wehlau, um nach kurzer Fahrt an einer Grenze zu enden. Dieser im Grunde nun überflüssige Bahnhof hat als einziges Gebäude der südlichen Vorstadt den Krieg unversehrt überstanden.

Im Zug nach Selenogradsk, dem ehemaligen Seebad Cranz, sitzen ausschließlich alte Frauen mit großen weißen Sonnenhüten. Nur für sie fährt der Zug dreimal am Tag an die Kurische Nehrung und zurück in die Stadt, weil auch sie keine eigenen

Wagen haben und immer noch die langsame Eisenbahn den schnelleren, aber auch unbequemeren Bussen vorziehen. Sie schleppen Plastiktüten voller eingemachter Gurken und dick belegter Brote mit sich, beginnen schon auf den hölzernen Waggonbänken mit dem Picknick und säumen dann den engen Sandstrand zwischen der neuen Betonpromenade und der grüngrauen See, blasse Robben in frühlingsbunten Badeanzügen. Sie kamen einst in eine völlig zerstörte Stadt, nicht freiwillig, sondern hierher verbracht, um sich hier ein neues Leben aufzubauen. Der Anfang muss ein Albtraum gewesen sein. Sie haben sich den Sommer in Selenogradsk redlich verdient.

Ich hingegen muss nicht länger hier sein. Königsberg ist nur noch ein imaginärer Ort, nicht anders als Karthago oder Troja. Was noch vorhanden ist, ist das, was bleibt, wenn alles verschwunden ist. Die Leere. Der Horror vacui. Die monotonen Ränder am Saum des Grauens. Der Museumspark. Die Schrifttafeln.

Mag sein, dass Katte hier in Cranz, als es noch kein Seebad, sondern ein kleines, unbedeutendes Fischerdorf gewesen ist, mal gebadet hat, obwohl man über Badereisen und -sitten in vorbürgerlicher Zeit wenig weiß, vielleicht einfach aus Freude an der Frische und Weite der See, aus studentischem Übermut oder aus einer zufälligen Laune heraus. Aber das ist bedeutungslos, der Ort hat nichts von der Präsenz dieses einen noch der unzähligen anderen bewahrt. Sie waren nur flüchtig hier, ohne Spuren zu hinterlassen. Alles, was ich mir zu Katte in Königsberg ausdenke, bedarf meiner Gegenwart in Kaliningrad nicht.

Ja, die Landschaft zwischen Stadt und Haff, die der Zug durchquert, rührt mich merkwürdig an, ist sie doch ganz unaufgeregt, unspektakulär; sie wirkt wie eine verlassene sumpfige Heide, unterbrochen von Birkenhainen, die mich an *Iwans Kindheit* von Tarkowski erinnern; zwischen all dem satten, sumpfigen Grün blüht ein lavendelfarbenes Kraut, ganze Felder von Blau, und die Eindrücke jenseits des Zugfensters sind schwarzweiß und farbig zugleich wie in manchen Träumen. Auch diese Landschaft ist nicht dieselbe wie vor dreihundert Jahren, als sie größtenteils kultiviert war. Aber sie allein vermag es, auch oder gerade weil sie erneut zur Wildnis geworden ist, mir diese dreihundert Jahre überbrücken zu helfen.

Ich wandere den einsamen Strand entlang und träume mich fort über das Meer. Ich liebe das Meer wie meine Seele. Ja, manchmal ist mir zu Mute, als wäre das Meer eigentlich meine Seele. Dann denke ich an die Wundersagen, daß dort, wo jetzt nichts als Wasser ist, einst eine Stadt war mit Häusern, Gassen, Kirchen, und dann glaube ich, ein frommes Glockengeläute zu hören. Vielleicht war's am Ende auch nur eine Schiffsglocke, doch wer weiß!

Wäre das Leben in dieser versunkenen Stadt wirklich ein anderes, ein besseres gewesen? Ich kann ja nur davon träumen, eben weil sie versunken und kein Leben mehr in ihr ist.

Am Grassaume zum Heide- und Strauchland hin finde ich auf allen Halmen etwas Speichelähnliches haften, das im hiesigen Volksmunde *Krötenspucke* genannt wird und im Märkischen nicht vorkommt. Wenn ich den Rotz fortwische, taucht ein kleines Insekt auf, hautfarben, einer kleinen Heuschrecke gleich, wohl noch nicht ausgewachsen, doch schon mit den klaren Anzeichen versehen, es bald zu sein, auch wenn sie im Augenblicke noch zu keinerlei Capricen fähig scheint.

Ich lasse das Kreatürchen, seines Schleims beraubt, ansonsten unbehelligt sitzen, und siehe da, bald ist es erneut von eigens ausgeschiedenem Geifer überzogen, wohl um die zarte Haut vor den austrocknenden Strahlen der Sonne zu schützen oder auch den einen oder anderen gierigen Feind durch die zweifellos eklige Erscheinung abzuschrecken.

Heute aber bedeckt eine schiefergraue Wolkendecke Land und See, und es ist viel zu kühl, um ins Wasser zu steigen. Also setze ich mich einfach in den Sand und schaue auf das graue Wasser hinaus und lasse den Gedanken freien Lauf, die indessen nirgendwo hinwollen, sondern im Irgendwo, in grauer trüber Leere stranden. Alles Denken, Fühlen und Sehnen scheint zu einem Ende gekommen. Ich will nichts, erwarte nichts, erhoffe nichts, niemand erwartet mich, braucht mich, vermißt mich.

Ich habe ein Büchlein dabei, aber ich lasse es unaufgeschlagen neben mir liegen. Ein Fischerboot nähert sich dem Strande, an Bord befinden sich zwei Männer, vermutlich Vater und Sohn, nach der Art zu schließen, wie sie miteinander reden und umgehen. Der Vater ist etwa vierzig Jahre alt, der Sohn annähernd so alt wie ich. Der Sohn spricht mit ernstem Gesichte zum Vater, der Vater hört ihm schweigend zu. In der Stille höre ich den Tonfall seiner Stimme, wenn ich auch seine Worte nicht verstehe. Und plötzlich weint etwas in mir, ohne daß ich den Grund für diese mich überwältigende Traurigkeit zu benennen wüßte. Der Junge schaut herüber. Gottlob sieht er nur meine trockenen Augen in einem gelangweilten Gesicht.

Ein anderer einsamer Wanderer am Meeresstrande kommt mir entgegen. Und als er auf einige hundert Schritt herangenaht ist, erkenne ich in ihm den Pastor der Löbenichter Kirche, der zugleich auch daselbst der Schulmeister ist. Lieber würde ich einer Begegnung aus dem Wege gehen, aber da er auch mich wohl inzwischen erkannt hat, ist ein Entkommen nun kaum noch möglich, ohne unhöflich zu erscheinen. Ich habe ihn am letzten Sonntag predigen gehört und als hochmütigen und zugleich dummen Pfaffen erlebt, der gegen uns junge Studiosi geschimpft und gewettert hat. Ist er denn nicht selbst ein studierter Mann?

Kaum haben wir die ersten, noch freundlichen Worte gewechselt, so befinden wir uns schon im Streite, den der Herr Pastor allein mit der Autorität des Älteren für sich zu entscheiden verlangt: »Ach, einer, der seine sieben Jahre nun gelernt und studiert hat, hätte seine Lehrer wohl ernster nehmen sollen! Aber nein, ohne auch nur das geringste vom Leben zu wissen, glauben die jungen Studenten heutzutage, alles besser zu begreifen als ihre geistigen Hirten!«

Ich nicke bedächtig. »Ja, Herr Pastor, es wird wohl manchen in den Abgrund führen, und andere werden den Wölfen anheimfallen.«

»Wohlgesprochen, mein Sohn. Und warum wandern Sie hier, so fern der Herde, einsam umher?«

»Ich liebe es, die Wolken zu beobachten.«

»Ach, die Wolken! Sie bringen nichts Gutes mit sich. Gerade jene, die aus dem Osten hierherziehen, führen oft hartes Gestein, manches Getier und nicht selten gar ehemals fest verwurzeltes Gehölz mit sich.«

»Das mag wohl eher einem starken Winde zuzuschreiben sein, aber keinesfalls den Wolken, die solche gewichtigen Dinge niemals mit sich führen können.«

Der Pastor lacht. »Dann haben Sie noch nie eine wahre Wolke gesehen, Herr Studiosus!«

»Wir alle kennen Wolken in- und auswendig, denn manchmal wandeln wir gar in ihnen, nämlich wenn es neblig ist. Und wenn der Nebel aufsteigt und sich zu Wolken ballt, so regnet er auf meine Schultern nieder.«

»Lehrt man euch derlei Unsinn auf den Universitäten? Schauen Sie doch in den Himmel! Sieht das Gebilde wie Nebel aus? Nein, es gleicht doch eher einem Schieferdache und muß dementsprechend fest sein.«

»Natürlich, fest wie Stein und leicht wie eine Gänsefeder, sonst würde uns so ein niederstürzendes Schieferdach doch gleich erschlagen!«

»Ich höre, Sie sind nicht nur einfältig, sondern auch noch frech, junger Mann.«

»Verzeihen Sie, Herr Pastor. Womöglich hat mir das viele Studieren den Kopf verwirrt.«

»Gut, daß Sie Ihre Fehler einsehen. Der schlimmste Irrglaube unserer Tage ist, zu meinen, alles ließe sich mit unserem Verstande erfassen und erklären. Ich rate Ihnen, Herr von Katte, lieber verständigen Leuten Glauben zu schenken. Besuchen Sie mich doch einmal im Pfarrhause!«

Ich bekunde meine beste Absicht, ohne etwas zu versprechen, und bin, als er sich endlich verabschiedet, recht mißmutig, daß der gelehrte Herr Pastor mir mit seinen scharfsinnigen Bemerkungen derart den Spaziergang verdorben.

Wieder lenken mich meine Beine ohne Zutun des Kopfes in Richtung des Kohltores. Nun gut, es ist ein ruhiger, angenehmer Weg für eine Abendwanderung, denke ich. Um diese Zeit sind die anständigen Bürger der Stadt daheim und die Vergnügungssüchtigen in den warmen, verrauchten Wirtshäusern beim Bier und Kartenspiel.

Ich vermisse Kutsche oder Pferd nicht. Die meisten Straßen sind dank meinem Vater inzwischen gepflastert und werden in gutem Zustande gehalten, so daß es sich recht angenehm durch die Nacht spazieren läßt. Dennoch ist gerade um diese Zeit einige Vorsicht geboten, da die Bewohner ohne Scheu und Aufmerksamkeit jeglichen Unrat und Abfall aus den Fenstern auf die Gasse schütten. Bis die Kehrer diesen ganzen Mist am frühen Morgen wieder eingesammelt, ist dem arglosen Spaziergänger manches Unglück passiert. Und der üble Geruch hängt noch lange in den Gassen, wenn nicht gar in den eigenen Kleidern, wenn sie der Segen eines entleerten Nachtgeschirrs getroffen.

Dafür sind die Zimmer in den Erdgeschossen, die den Widrigkeiten des Gassenlebens am nächsten, meist recht billig zu mieten, so daß ich immer mal wieder mit dem Gedanken spiele, mir fern vom Vaterhause ein eigenes Zimmer zum unbeaufsichtigten Vergnügen anzumieten, aber fürchte dann, und wohl zu Recht, daß es mein Vater bald entdeckt haben würde, denn was heißt in dieser Stadt, mögen deren auch drei sein, schon fern? Alle Wege hier sind kurz und alle Ecken nah.

Die anderen Häuser, an denen ich bisher nur vorbeigegangen, weil sie allen Versprechungen zum Trotze von außen so gar nicht einladend und Freude verheißend wirken, liegen ebenso nicht fern, wenn auch weiter aus der Stadt hinaus, aber davon wollen meine Beine nichts wissen, und noch viel weniger Lenden und Kopf.

Einmal mehr entdecke ich, weit vor mir, doch seinem Schritte nach unverkennbar, Kürschner kräftig und zielstrebig ausschreiten, so daß ich fast in einen langsamen Trab fallen muß, um ihn nicht aus den Augen zu verlieren. Warum jage ich ihm nach? Nein, es ist allein dem Zufall geschuldet, daß ich ihm erneut über den Weg laufe. Löbenicht ist ein so kleiner Flecken, daß es nahezu unvermeidlich ist, einander zu begegnen. Aber seine nächtlichen Ausflüge wecken meine Neugier.

Am Kohltore bleibt er stehen, im Schatten des Torbogens, und wartet. Hat er meine Schritte gehört, mich gesehen oder den Verfolger im Rücken gespürt? Auch ich bin stehen geblieben, nun schlüpfe ich rasch in den Schatten des Neunhertzschen Hauseinganges.

Ich weiß, mein Verhalten muß verdächtig wirken, und doch genieße ich dieses Spiel der Verfolgung wie damals unsere Schlangenjagden in Wust. Ich luge vorsichtig um den gemauerten Pfosten und sehe ein flackerndes Glimmen unter dem Torbogen. Offenbar hat Kürschner seine Pfeife angezündet, um sich die Zeit des Wartens zu zerstreuen. Unschlüssig, ob ich dieses Spiel fortsetzen oder mich endlich wie ein ehrbarer Mann verhalten solle, höre ich leise, aber deutliche Schritte auf mich zukommen, nicht aus Kürschners Richtung, sondern aus jener, aus der ich selbst gerade angelangt. Ich berge mich noch tiefer unter den Türsturz und bedecke mein Gesicht, damit es nicht aus der Finsternis herausleuchte, falls der späte Spaziergänger seinen Blick zum Hauseingange wenden sollte.

Doch ohne seinen leichten Schritt zu verlangsamen, ist er schon vorüber, so rasch, daß ich ihn nicht erkennen konnte. Ja, mir schien, als habe auch er sein Gesicht bedeckt oder verborgen gehalten, denn es blieb gänzlich im Dunkeln.

Nun bin ich doch mehr als neugierig. Das nächste vorsichtige Spähen bestätigt meinen Verdacht: Der späte, unheimliche Passant hält kurz am Stadttore, ich kann nicht genau erkennen, ob sie einander nur die Hand geben oder etwas austauschen, auch kann ich trotz der Stille ihre Stimmen nicht hören. Falls sie Begrüßungsworte miteinander gewechselt haben sollten, dann leise, flüsternd.

Sie gehen nicht durch das Tor hinaus, sondern die Stadtmauer entlang. Ich lasse ihnen einen kleinen Vorsprung, damit sie den Tritt meiner Stiefel nicht hören. Als ich am Stadttore anlange, sind sie wie vom Erdboden verschwunden. Ich gehe die ganze Mauergasse entlang bis zum Krönchentore und spähe in jeden abgehenden Weg und in jeden Haus- und Hofeingang. Eine Schenke oder ein Gasthaus gibt es in dieser Gasse nicht. Und wo sie sonst eingekehrt sein könnten, vermag ich nicht einmal zu raten.

»Ich glaube, ich kann Ihnen nicht mehr viel Neues beibringen, Herr von Katte«, spricht mich Meister Neunhertz gleich bei meinem Eintreffen in der Werkstatt an. »Sie sollten sich das Lehrgeld für die Malklasse sparen und es gewinnbringender ins Studium der Rechte stecken.«

Ich wage nicht, den Ton beherrschter Höflichkeit durch mein gespieltes Erstaunen zu verletzen und womöglich ins Gegenteil umschlagen zu lassen. Ich habe mit dergleichen Einlassung bereits gerechnet und muß noch dankbar sein, daß Meister Neunhertz diesen taktvollen Ton dazu findet. Katharina ist heute nicht in der Werkstatt. Und von den anderen Schülern und Lehrlingen schaut mich niemand an.

Ich nicke stumm, rolle die unfertigen Leinwände und Papierbögen zusammen, ohne zu wissen, wo ich sie verbergen soll, denn im Katteschen Stadtpalais blieben sie nicht lange unentdeckt, und laufe damit wie ein Verbannter durch die Stadt, die mir auch im zweiten Jahre noch nicht zur Heimat geworden und, so will mir scheinen, auch niemals werden wird.

Durch das Narrentor im Westen gehe ich hinaus aus der Stadt und befinde mich alsbald auf den Wiesen und Feldern. War mein Talent nicht ohnehin mehr als dürftig? Welch kindische Anmaßung, die Talentlosigkeit einfach zur Voraussetzung einer neuen Kunst zu erheben, die zu stolz sei, gefallen zu wollen. Mit demselben Argumente könnte sich jeder häßliche Kerl zum neuen Apoll dieses Säkulums erklären. Was habe ich überhaupt in der Kunst gesucht? Das, was ich in der Religion nicht mehr finde, Erlösung?

Am Wegrand schürt ein Landmann sein Feuer aus Kuhdung und Reisig, in dessen Glut er sich die Kastanien für eine kleine Mahlzeit bäckt. Auf seinem Gesichte liegt der Ernst derer, die ständig am Rande der Entbehrung leben. Er lädt mich mit stummer Geste ein, mich zu ihm zu hocken und die bescheidene Speise mit ihm zu teilen.

Nachdem wir die letzte verkohlte Baumfrucht aus der Asche geklaubt haben, fache ich die Glut noch einmal an und füttere das Feuer mit den Skizzenblättern und den Leinwänden, der Rauch schwärzt sich, der Landmann schaut mir schweigend zu. Als der beißende Qualm uns beide zum Husten reizt, bemerkt er ganz richtig: »Selbst Kuhmist brennt reiner.«

Diesmal ist es zugegebenermaßen anders, diesmal ist es kein Spiel mehr, sondern tatsächlich eine Jagd, ein regelrechtes Auflauern, auch wenn ich nicht weiß, was ich mir davon erhoffe. Mag Andreas sich doch treffen, mit wem er will. Was geht mich das an? Nicht zum ersten Male spiele ich mit dem Gedanken, den Bund der Dunkelmänner zu verlassen. Was also veranlaßt mich zu dieser Verfolgung, die, wenn Kürschner mich dabei ertappen sollte, mich die Ehre kosten könnte? Er selbst würde für eine Begegnung unter diesen Umständen natürlich nur Spott übrig haben. Begriffe wie Ehre und Anstand bedeuten ihm nichts. Aber wundern würde er sich doch, seinen Verdacht gegen mich vielleicht sogar bestätigt sehen. Was könnte ich ihm darauf erwidern?

Trotzdem spaziere ich eine weitere Nacht in Folge auf das Kohltor zu. In den vergangenen Nächten habe ich ihn nicht entdecken können. Vielleicht hat er meine Anwesenheit beim ersten Male doch bemerkt und ist nun vorsichtiger geworden. – Dies sei die letzte Nacht, in der ich mich vor mir selbst derart zum Narren mache, schwöre ich mir.

Schon von weitem sehe ich das Glimmen seiner Pfeife im Schatten des Torbogens. Ich bleibe stehen und denke nach. Wenn ich wirklich wissen will, was er mit wem um diese Stunde Geheimnisvolles treibt, darf sich der Mißerfolg der vergangenen Nächte nicht wiederholen. Ich biege in die Weißgerbergasse ab, die parallel zur Mauergasse verläuft. Ich laufe drei Straßenecken weit, biege dann in das Seelengäßchen ein, das meinen Schritt zurück zur Mauer lenkt. Von hier überblicke ich die Mauergasse vom Kohltor bis zum Krönchentore.

Trotz der dorfbubenhaften Schläue fühle ich mich alles andere als heldenhaft. Ich komme mir wie ein gehörnter Ehemann vor, der seinem untreuen Weibe hinterherspioniert und sich so noch der letzten Würde beraubt, die ihm geblieben. Ich ekle mich vor mir selbst und will dies ehrlose Unternehmen bereits abbrechen, als die beiden Gestalten aus dem Schatten des Kohltores in die Mauergasse treten, von welchen die schlanke, großgewachsene und ein wenig gebeugt gehende zweifellos Andreas Kürschner ist. Der Gefährte an seiner Seite mißt bis zum Scheitel wohl einen Kopf weniger. Er trägt einen weiten Mantel mit einer Kapuze, so daß sein Gesicht und seine Gestalt ganz im Verborgenen liegen. Seine Schritte aber wirken jung und leichtfüßig.

Sie kommen auf mich zu, und ich stehe an der Gassenecke, ohne mir Gedanken um ein Versteck gemacht zu haben. Doch ehe sie bis zur Seelengasse gelangt sind, machen sie vor einem unscheinbaren Hause halt, zu dem Kürschner offenbar einen Schlüssel besitzt, denn ich höre keine Glocke und kein Klopfen. Kürschner läßt den Gefährten vorangehen und tritt dann selbst ein. Nach wenigen Augenblicken fällt aus einem der Türe benachbarten Fenster ein warmer Lichtschein auf die Pflastersteine der Mauergasse.

Meine Beine gehorchen meinem Befehle nicht, mich unverzüglich zum väterlichen Palais heimzutragen. Und so stehe ich ganz und gar gegen meinen Willen bald vor dem unbekannten Hause und spähe durch das erhellte Fenster, das man nicht einmal verhängt hat. Wie vom Blitze getroffen, pralle ich zurück, als ich neben Andreas im Gefährten am Küchentische Christian, den Kammermohren meines Vaters entdecke! Tausend wirre Gedanken zucken mir durch den Kopf, von denen der faßbarste noch jener ist, Andreas habe, nachdem ich mich als ungeeignet erwiesen, Christian als Mitverschwörer gegen meinen Vater gewonnen. Und wer wäre für einen Anschlag geeigneter als der junge stille Kammerdiener, der wie kein anderer zu meinem Vater ständig Zugang hat?

Soll ich dieses konspirative Treffen beenden, indem ich mich zeige? Oder soll ich die beiden weiter beschatten, bis ich Gewißheit habe? Was treiben sie dort überhaupt am Küchentische mitten in der Nacht, während alle anderen Hausbewohner bereits zu schlafen scheinen?

Will ich es so genau wissen? Nicht nur wirre Gedanken, auch verwirrende Gefühle durchtoben meine Seele. Aber selbst wenn ich wollte, mich mit gezogenem Degen oder vorgehaltener Pistole zwänge, könnte ich mich jetzt nicht von hier fortbewegen, ohne Klarheit über die verdächtigen Vorgänge erlangt zu haben. Ich wage einen zweiten Blick. Andreas steht am Herde und kehrt nun mit einer Kanne und zwei Bechern an den Tisch zurück. Am Tische selbst sitzt Christian, über einen Bogen Papier gebeugt, eine Feder in der Hand. Kann es sein, daß er schreibt? Ich habe bisher nicht gewußt, daß er des Schreibens mächtig ist. Indessen habe ich mich bisher auch nie sonderlich für ihn interessiert. Er gehört zur Welt meines Vaters, am Familientische bedient er nur selten und kümmert sich auch sonst um nichts und niemanden im Hause als um meinen Vater. Er schläft in einer Kammer neben des Vaters Arbeitszimmer, und manchmal sehe ich ihn tagelang nicht, ohne ihn im übrigen zu vermissen.

Andreas steht neben ihm, gießt heißes Wasser oder Tee in die beiden Becher, dann blickt er ihm über die Schulter. Er wirkt unzufrieden mit dem, was er dort liest, schüttelt den Kopf, weist auf ein geöffnetes Buch neben dem beschriebenen Blatte Papier. Der Junge, wie alt mag er sein, vielleicht zwei, drei Jahre jünger als ich, zeigt auf eine Textstelle im Buche und lächelt, als habe er Andreas bei einem Fehler ertappt. Andreas nimmt das Buch auf und führt es prüfend näher an die Augen. – Ich kenne das Buch. Ich besitze denselben Band. Es handelt sich um die Einführung in die Pandekten und das Lehnrecht von Johann Amsel. Was treibt Andreas hier? Unterrichtet er mitten in der Nacht den Kammermohren meines Vaters in der Rechtswissenschaft?

Ich gehe nicht mehr in den Grauen Kranich. Müßte ich Rechenschaft über die Gründe ablegen, hätte ich wohl ein Gebräu aus Scham und Selbstekel zu gestehen. Ich habe das Gefühl, Kürschner bräuchte mir nur einmal kurz ins Gesicht blicken, um alles zu durchschauen. Loth und die anderen sind mir gleichgültig. Sie haben keine Ahnung, fühlen sich nur in ihrem anfänglichen Vorurteile bestätigt, ich sei nichts weiter als ein herablassender Junker, der sich durch seinen Umgang mit mittellosen Kommilitonen vor den anderen Studenten auszeichnen wollte. Am Ende sei ihm aber das eigene Blut das nächste.

Mir erscheint diese ganze Zeit in Königsberg als eine des beständigen Versagens. In nichts von dem, was mir im Leben wesentlich ist, bin ich vorangekommen. In allem, selbst im menschlichsten Bereiche des Miteinanders, dilettiere ich. Keine einzige entscheidende Prüfung habe ich bestanden. Ist es die Nähe meines Vaters, die mich so unmündig hält? Oder stehe ich mir selbst im Wege, die entscheidenden Schritte zu tun?

Ich liege stundenlang im Bett und hoffe, dass mir wie einem biblischen Propheten im Traumbild die Eingebung komme, was mein Held hier erlebt, erfahren und erlitten haben möge. Doch die Traumbilder sind seltsam zäh und uninspiriert und kreisen um erotische Fantasien, gespeist von den sommerlich leicht gekleideten jungen Leuten, die gestern Abend meinen Weg gekreuzt haben. Das mag für den jungen Katte, siebzehn, achtzehn Jahre alt, kaum dieselbe Rolle gespielt haben wie für mich, Postpuritaner und Praemystizist aus Aberystwyth, Wales. Oder doch?

Das aufkeimende protestantische Bürgertum lässt sich auch von der Junisonne nicht zu einer lockereren Kleiderordnung erwärmen, aber die Studenten, die Soldaten, die Kai- und Speicherarbeiter, die Handwerksburschen, die Wäscherinnen, was geht sie die feudale oder bürgerliche Kleiderordnung an? Es ist Sommer, die Wärme steht feucht und schwer über dem Pregel, und das Begehren schwitzt aus jeder Pore. Nackte Füße, Waden, nackte Hälse, Arme, kein Büttel, kein Wächter kann hier angesichts der Macht des Julis mahnend Einspruch erheben, hat er doch selbst die Halskrause gelöst, die Weste abgelegt und die Strümpfe ausgezogen.

Damals wie heute fällt es dem Zugereisten, dem Fremden nicht leicht, jemanden anzusprechen. Katte schaut, doch hält Gedanken und Gefühle zurück, solange er die hiesigen Spielregeln nicht kennt. Löbenicht ist nicht Berlin, Kneiphof nicht Glaucha. Er glaubt, die nahe, offene See zu spüren, doch fürchtet, sich in der Weite und Offenherzigkeit der Menschen zu irren. Aber sein Begehren ist auch allzu verwirrend. Nur flüchtig streift sein Blick die barfüßigen Mägde. Stattdessen bleibt er immer wieder an den nackten, schwitzenden Oberkörpern der Kaiarbeiter auf der Lastadie hängen. Hierher, an die Anlegestellen flussabwärts, treibt es ihn in der vorlesungsfreien Zeit, hierher, wo ihn niemand kennt, niemand mit »mein Herr« anredet und den Vater, den verhassten Militärgouverneur, meint. Manchmal hat er seinen Zeichenblock dabei und wirft mit dem Kohlestift aufs Papier, was er nicht zu berühren, ja nicht einmal zu denken wagt.

Viele Holländer trifft er unter den Seeleuten, findet ihre Sprache weicher, ihre Blicke freier. Sie haben ihre eigenen Gasthäuser, die unter den Königsbergern als Lasterhöhlen gelten, aber hier fühlt Katte sich bald wohler als in den Studentenschenken, denen ganz zu Unrecht eine gewisse Freizügigkeit nachgesagt wird. Dazu ist Königsberg zu klein, zu überschaubar; Studenten und Professoren kennen einander bei Namen und Stand, und kaum lassen sich die Gassen durchstreifen, ohne einem Dutzend Kommilitonen und dem einen oder anderen Professoren über den Weg zu laufen. In Paris müsste man leben, oder London. Das sind wahre Städte! Dort findet man immer einen Ort, an dem man ein Anderer sein kann.

Für mich ist es der zweite Winter hier in Königsberg. Der Schnee liegt stiefelhoch, der Pregel ist seit Wochen zugefroren. Die Sonne aber scheint so hell und kraftvoll, daß mir das Herz aufgeht. Die Tritte der Menschen und Tiere knirschen vernehmlich auf dem festen Schneeboden, wo man sonst nur ein Poltern und Trappeln hört. Die Krähen und Raben schreien munter, und der ganze Strom klingt von den Schlitten wider, die da, wo sonst die Fähren gehen, über ihn hinwegziehen.

Daheim ist von dem dreisten Bubenstreiche, der seit Tagen die ganze Stadt in Atem hält, mit keinem Worte die Rede, obgleich mein Vater als einer der ersten davon erfahren haben muß. Um so lautstärker tönt das Gerede über die unerhörten Ereignisse durch die Gassen von Löbenicht, Kneiphof und Altstadt: Ein junger Mann in Majorsuniform habe in der Stadtwache vorgesprochen und den Arrestanten Johann Seiler, den zum Strange Verurteilten Mörder des Wilhelm Schubart, ehemals Schreiber am Oberappellationsgericht zu Königsberg, zu sehen gewünscht. Wenig später habe der vermeintliche Major angeordnet, ihm den Gefangenen auszuliefern, er solle, da er eingeschriebener Student der Albertina sei, in den Universitätskarzer überführt werden und daselbst bis zu seiner Hinrichtung verbleiben. Mißtrauisch geworden verlangt der Büttel Georg Rast ohngeachtet des Majorsranges, einen schriftlichen Befehl des Stadtkommandanten oder des Hofgerichts zu sehen. Vor allem verwundert es Rast, daß der Major zu solch einem Auftrage ohne Begleitung erschienen ist. Doch nun legt der vermeintliche Major seine Flinte auf den Büttel an und zwingt ihn zur Öffnung der Zellentür. Er ruft den Mörder Seiler heraus und sperrt den Büttel Rast ebendort in Seilers Zelle ein.

In der Wachstube hat sich indessen der zweite diensthabende Wächter, Büttel Gottfried Sand, seine Gedanken gemacht, und als der vermeintliche Major mit dem Arrestanten, aber ohne den Kameraden Rast die Wachstube durchqueren und ins Freie drängen will, stellt sich Büttel Sand ihm mit dem blankgezogenen Degen in den Weg.

Der vermeintliche Major stößt Sand das auf dem Gewehre aufgesetzte Bajonett ins Bein, so tief, das es auf den Knochen trifft. Der Mörder Seiler nutzt nach einem kurzen befehlenden Worte des Majors den Augenblick des Handgemenges, aus der Wachstube zu stürzen, das vor dem Stadtgefängnis angebundene

Pferd des Majors zu besteigen und fortzureiten, ehe allgemeiner Alarm geläutet werden kann.

Wenig später spaziert der vermeintliche Major aus der Stadtwache hinaus, wegen seiner stark blutenden Stichwunde im linken Beine kann Büttel Sand ihn nicht verfolgen, sondern nur laut um Hilfe rufen. Als man endlich auf die ungeheuerlichen Vorgänge aufmerksam wird, ist der vermeintliche Major längst zu Fuß im morgendlichen Verkehre der Kaufleute und Marktbesucher untergetaucht.

Im Hause ist der Teufel los. Wobei dies sich in meinem Vaterhause, ungleich anderer Höllen, nicht in Chaos und Hitze äußert, sondern in tödlicher Ruhe und Grabeskälte.

Es braucht eine Weile, bis ich mir nach meiner Heimkehr von der Vorlesung zusammenreimen kann, was vorgefallen ist. Bevor ich von den anderen Hausbewohnern vollständig in Kenntnis gesetzt worden bin, ruft Vater mich in sein Arbeitszimmer. Vor ihm auf dem Schreibtische liegen einige Bögen Papier, nicht von seiner oder meiner, sondern von Sophie Henriettes zarter Hand, wie ich gleich erkenne, offenkundig Gedichte, das oben liegende Blatt mit der Überschrift *An N.*

»Setz dich, mein Sohn!« fordert mein Vater mich auf. »Wußtest du davon?«

»Wovon, Vater?«

»Von Sophie Henriettes Liebesgedichten an einen gewissen N.?«

»Sophie schreibt Gedichte? Ich hoffe doch, es sind gute Verse.«

»Scherze nicht mit mir, Hans! Weder Friedrich, noch Wilhelm oder Rochow beginnen mit einem großen Enne!«

»Ich weiß von alledem nichts. Aber ich denke, es handelt sich einfach um die Laune eines jungen Mädchens, sich in der Poeterei zu üben, und N. bedeutet einfach *Niemand*. Aber warum befragen Sie nicht einfach Sophie selbst?«

»Sie sagt, die Verse bedeuteten nichts, sie seien nur zur Übung und zum Zeitvertreib verfaßt. Aber ich weiß, wann man mich belügt! Und solange sie mir den wahren Adressaten verschweigt, steht sie in ihrem Zimmer unter Arrest.«

»Ich zweifle, daß ein Arrest, ganz gleich wie lang er währt, sie zum Reden bringt, wenn es denn überhaupt etwas zu gestehen gibt. Ihr Charakter ist so eigensinnig wie der Ihre, Vater.«

»Ich habe dich nicht um eine Analyse ihres oder meines Charakters gebeten, sondern dich gefragt, was du über mir verheimlichte Liebschaften deiner Schwester weißt!«

»Alles, was ich weiß, ist, daß Sophie eine reine und folgsame Seele ist und Sie niemals hintergehen würde.«

»Schwätz mir nicht die Ohren mit weiterer Lyrik voll. Sophie und du habt schon immer unter einer Decke gesteckt, so daß mir am Ende nie etwas anderes übrigblieb, als euch beide zu bestrafen.«

»Nur zu! Ich muß gestehen, ich bin in der Tat nicht ganz unschuldig. Auch ich schreibe hin und wieder Gedichte. Wahrscheinlich hat sie sich den älteren Bruder zum schlechten Vorbilde genommen.«

»Spar dir den Spott, Junge! Glaubst du, ich weiß nicht, was du hinter meinem Rücken treibst!«

Das Abendessen findet in noch bedrückenderer Stille statt, als wir es ohnehin schon gewöhnt sind. Vater, meine Stiefmutter, Elisabeth, Simon und ich sitzen steif und schweigsam an der Tafel, Sophie bleibt auf ihr Zimmer verbannt. Nur die kleine Luise, Urheberin dieses ganzen Unglücks, erzählt munter, wie sie den weiteren Tag verbracht, nachdem sie das Bündel feinen duftenden Papiers im Zimmer ihrer Schwester aufgestöbert und stolz dem Vater gebracht hat. – Vater läßt die herzallerliebste Fünfjährige plappern. Sie ist die einzige in der Familie, die nie ein strenges Wort, geschweige denn die Rute von ihm erfahren hat.

Als eine Abordnung der Stadtwache den Studenten Andreas Kürschner am frühen Morgen im Hause der Witwe Katharina Neunhertz gefangennimmt, bin ich schon seit Wochen nicht mehr Mitglied des Studentenbundes der Dunkelmänner. Treffen die ehemaligen Verbindungsbrüder in Seminaren oder Vorlesungen mit mir zusammen, so behandeln sie mich gemeinhin als Abtrünnigen oder gar als Verräter. Nur Kürschner begegnete mir weiterhin mit einer ironisch-zärtlichen Herablassung, als gäbe es zwischen uns ein zweites, tieferes, vom Studentenbunde ganz unabhängiges Band.

Ich verfolge den Prozeß gegen ihn ohne jede Anteilnahme. Aber da die Angelegenheit in aller Munde ist, bleiben auch die Gleichgültigsten von den Gerichtsnachrichten nicht ohne Kenntnis. In der Reußnerschen Zeitung prangt die Affaire auf der ersten Seite, und von den Austrägern werden die wichtigsten Neuigkeiten lautstark in die Gassen posaunt.

Die Herkunft der Majorsuniform und der Grenadierbüchse, die auf dem Speicher der Witwe Neunhertz gefunden wurden, hat man noch immer nicht aufklären können. Trotz scharfer Vernehmung bleibt der Angeklagte bei seiner Behauptung, nichts darüber zu wissen. Ebenso bleibt er die Angabe weiterer Mitverschwörer schuldig. Indessen bezeugen die Büttel der Stadtwache, Georg Rast und Gottfried Sand, in Kürschner ohne jeden Zweifel den vermeintlichen Major wiederzuerkennen. Nach nur zwei Verhandlungstagen verurteilt das Königlich-Preußische Hofgericht den Studenten der Juristerei Andreas Viktor Kürschner wegen Verschwörung, heimtückischer Gefangenenbefreiung und versuchten Mordes an Büttel Gottfried Sand zum Tode durch den Strang.

Einen Tag später bestätigt der Militärgouverneur der Provinz Ostpreußen, Generalmajor Hans Heinrich von Katte, das Urteil.

Der Mörder Johannes Seiler indessen bleibt trotz anhaltender Suche unauffindbar.

Der Name Kürschners fällt in meinem Vaterhause nicht. Trotzdem bin ich sicher, daß die Anordnungen meines Vaters, die er mir wenige Tage nach dem Urteilsspruche in seinem Arbeitszimmer verkündet, unmittelbar mit dem Falle Kürschner zusammenhängen.

»Du solltest dein Studium in Kürze beenden und dann länger auf Reisen gehen, mein Sohn!« befiehlt er mir wie nur je einem seiner Soldaten, ohne mir die Freiheit für eine eigene Meinung oder gar für Widerspruch zu lassen.

»In deinem Alter hast du kein Recht und keinen Anspruch auf Eigensinn«, fährt er fort, als habe er meinen stummen Einspruch in meinem Kopfe mitgelesen. »Dein Tutor, Simon Amsel, wird dich auf der Reise begleiten.«

»Wollen Sie nicht erst Magister Amsel selbst befragen?«

»Seine Wünsche tun hier nichts zur Sache. Da sein Vater verstorben, ist sein Onkel Johann Amsel sein rechtmäßiger Vormund. Und Dekan Amsel hat bereits seine Zustimmung erteilt.«

Es hat kein Urteil gegeben. Die Anklage ist ohne jede Anhörung in die Strafe übergegangen. Sei's drum, es hätte noch schlimmer kommen können. Immerhin erkennt mein Vater das Ehrenhafte des Schweigens an. Gleichwohl spricht er weiter: »Nach deiner Rückkehr trittst du dann unverzüglich ins Regiment ein!«

Nun trifft mich die Härte väterlicher Gewalt am Ende doch, denn insgeheim hatte ich gehofft, durch das Studium der Jurisprudenz ins diplomatische Corps eintreten und damit dem Militärdienste entkommen zu können. Hätte ich mich sonst zum Studium dieses spröden, mich innerlich ganz austrocknenden Faches drängen lassen?

»Du sagst nichts, mein Sohn? – Gut, es ist ohnehin entschieden!«

Man entdeckt, daß man nichts zu sagen hat, und sucht nach Worten, zumindest das zu sagen. Möge mein kümmerliches Heldentum doch wenigstens ausreichen, diesen trübseligen Weg *nicht* weiterzugehen!

Einen Tag, bevor die Antwort des Königs auf das Gnadengesuch von Pastor Kürschner aus Seelnot in Königsberg eintrifft und eine Woche vor der angesetzten Vollstreckung des Urteils im Morgengrauen des 7ten März findet der Wachmann Anton Diesterfeld den Verurteilten in seiner Arrestzelle des Stadtkerkers im Königsberger Schlosse. Er hat sich an seinem Gürtel, der ihm eigentlich abgenommen sein sollte, erhängt.

Zu viel Unruhe herrscht im Hotel. Hier lässt sich nicht konzentriert nachdenken. Ein ganzer Bus »Jugend trainiert für Olympia« ist gestern Nacht noch eingetroffen und auf meiner Etage einquartiert worden. Und die Reinigungsfrauen scheinen von Anfang an mein durch das Hinweisschild »Bitte nicht stören« angezeigtes Ruhebedürfnis missverstanden zu haben und davon nur zu einer noch ausdauernderen Staubsauger- und Möbelrückspartakiade angeregt worden zu sein. Ich bin froh, dass mein Aufenthalt hier morgen zu Ende geht, auch wenn das geschürfte Material äußerst bescheiden ausfällt.

Zum Dank lade ich Viktoria, sonst habe ich in Kaliningrad niemanden näher kennengelernt, zu einem Abschiedsessen ins Hotelrestaurant ein. Von der Restaurantterrasse schweift der Blick ein letztes Mal über die vor uns liegende innerstädtische Steppe und versetzt mich in eine ungewohnt lyrische Stimmung.

Als könnte ich ohne dich hier sein
Du blätterst mich auf, ich blättere dich um
Auch hier nur Gras wo einst ein Ort war
Auseinander geschrieben er
Kannt

kritzle ich auf die Papierserviette. Zugegeben, der letzte Vers ist wohl ein wenig überdeterminiert, aber Viktoria gefällt es, vielleicht weil sie das lyrische Du auf sich bezieht. Sie ist sehr klein und sehr hässlich und sieht mir mit ihrem rostroten Haar verdammt ähnlich. Und doch frage ich mich, ob sie denn wirklich so hässlich sei! Sie hat dieselben großen blassblauen und stets ein wenig tränenden Augen wie ich, wenn sie lächelt, zeigt sie zwei Reihen perlmuttweißer Zähne, ihre kleinen sommersprossigen Hände verbirgt sie während der Arbeit in dünnen grauen Baumwollhandschuhen, auf der Straße trägt sie hautenge weiße Seidenhandschuhe und Stilettos mit mindestens zwei Zoll hohen Absätzen, um ein wenig größer zu wirken. Doch niemand lacht über sie, ja diese kleine hässliche Frau, da bin ich mir sicher, wird von den Bibliotheksbesuchern, vor allem von den Lesern unter ihnen, geradezu verehrt.

In der Regel kündigt sich eine größere Attacke bereits Stunden, wenn nicht Tage vorher durch eine besondere Reizbarkeit oder Verstimmtheit an. Und kurz vor der Überwältigung gibt es klare Vorboten wie dichterische Wehmut, die mir eine letzte Möglichkeit des Eingreifens gewähren. Ich könnte mich bei Viktoria mit einer leichten Unpässlichkeit entschuldigen, mich rasch auf mein Zimmer zurückziehen und dort allem weiteren in ungestörter Abgeschiedenheit hingeben. Stattdessen reiche ich ihr mein Handy und bitte sie, den bevorstehenden Ansturm zu filmen. Immer schon war ich neugierig, was die anderen sehen, wenn ich mich selbst aus den Augen verliere. Und Viktoria ist eine Frau mit doppelter Qualifikation, Ärztin und Bibliothekarin, sie wird sich von meiner Überwältigung nicht erschrecken lassen und schon wissen, was zu tun oder, wichtiger noch, was zu unterlassen ist.

Also schreite ich nicht ein, solange ein Rückzug noch möglich wäre. Vielleicht ziehe ich ja sogar eine Art Gewinn aus diesen neuronalen Böen, als handle es sich um eine Art reinigendes Gewitter, um Geistesblitze statt um Störfeuer. Ich kann es nicht genau benennen, da die Geistesblitze, falls es sich denn tatsächlich um solche handeln sollte, zunächst der Amnesie, die sich über den gesamten Gewittersturm erstreckt, anheimfällt. Aber ein gewisses Nachglühen dieser Funken rettet sich bis ins Erwachen und erhellt das Grau meiner alltäglichen Gedanken, sodass ich mich vor diesen Überfällen fürchte und zugleich süchtig nach ihnen bin.

Ich liege steif auf dem Boden, mein Kopf ist im Nacken überstreckt, meine Fäuste sind geballt, die Augen stehen offen, aber sind zur Seite verdreht, nur die weißen Augäpfel sind zu sehen. Für die Umstehenden muss ich wie ein Zombie wirken. Die benachbarten Gäste springen auf, die weiter entfernt sitzenden schauen interessiert herüber. Keiner weiß, was er tun soll. Und das ist auch ganz gut so. Viktoria bleibt cool und hält die Handykamera auf mich gerichtet. Nach einer halben Minute geht die Versteifung in rhythmische Zuckungen über. Kurzer Schwenk auf die herbeigeeilten Kellner und die hilflosen Gaffer. Nun könnten sie allerdings dafür sorgen, dass ich mir nicht an den Tisch- und Stuhlbeinen oder den Betonsockeln der Sonnenschirme die Knochen breche.

Am inzwischen blau gefärbten Gesicht ist der Atemstillstand schuld. Unangenehm aber wird das Schauspiel erst durch mein unkontrolliertes Einnässen und den vermehrten Speichelfluss. Und da ich mir während des Krampfes offenbar auch noch auf die Zunge gebissen habe, steht mir plötzlich blutroter Schaum vor dem Mund. Erneut schwenkt Viktoria die Kamera diskret von mir fort auf das peinlich berührte und vielleicht auch besorgte Publikum, das nun zweifellos darauf wartet, wie sich mein Kiefer vorschiebt, wie mir Klauen wachsen und ein dichtes Wolfsfell sprießt.

Statt der erhofften Verwandlung liege ich nur bewusstlos da, die Atemzüge werden wieder ruhiger und tiefer, das Übermaß an Speichel führt allerdings zu merkwürdig gurgelnden und schnorchelnden Geräuschen, über die selbst ich ein wenig lächeln muss. Doch im Grunde ist die Show nun vorbei.

Viktoria beendet, gewiss nicht ohne Erleichterung, ihre Filmaufnahmen, beruhigt die Umstehenden mit dem Hinweis auf ihre ärztliche Approbation und sorgt dafür, dass zwei Hotelangestellte ihr helfen, mich in mein Zimmer zu tragen. Sie zieht mir die nasse Hose aus, wäscht mir die Speichel- und Blutflecken aus dem Gesicht, deckt mich fürsorglich zu und hinterlässt auf meinem Handy einen liebevollen Abspann.

Einige Stunden nach dieser Schlacht erwache ich friedlich in meinem Bett. Nur der Muskelkater zeugt davon, dass ich mal wieder mit meinen Dämonen gerungen habe.

Weil sie weiß, wie sehr ich sie liebe und wie gut ich hinter ihrem Rücken über sie spreche, kommt sie mir entgegen und malt ihre Straßenbäume, in der Mehrzahl blutende Linden, wie Akte von Schiele. Natürlich kann sie es nicht allen recht machen, für die einen geschundene Jungfrau, für die anderen eine eiskalte Hure, die die kleinen Geschäfte ehrenhafter Männer stört. In meinen Augen ist sie das Leben. Das Leben mit all seiner Anmut und Versehrtheit.

Alles in dieser Stadt regt mich an, sie in brennende Lust zu verwandeln! Ihre ständige Heiligsprechung des Profanen, die erigierten Schwänze unter ihren Mönchskutten, das durch die weißen leichten Kommunionkleider hindurchschimmernde Schamhaar, ihre Don Juan geweihten Kirchen. Ich reuiger Sünder wünsche mir, unter dem Eingangsportal der Hedwigkathedrale beigesetzt zu werde, um auch noch von den Niedrigsten der Beichtkindern getreten zu werden.

Im Beichtschrank – sagt man so? – warte ich, dass Gottes Beauftragter den Vorhang aufzieht und meinen geflüsterten Geständnissen die Absolution erteilt. Es ist ein schmieriger Bursche, ganz nach meinem Geschmack. An keiner Stelle meines sündigen Monologs errötet er, während ich als mein Beichtvater mir mit Sicherheit nicht ohne mehrfache Orgasmen würde zuhören können. Aber während mein Teil des Schranks von meiner flinken und geschickten Zungenarbeit erzittert, bleibt sein Stuhl ruhig und sein rosafarbenes Gesicht trocken. Durch seine makellos weißen Zähne zischt er: »Was machen Sie da!«

»Eine Sünde noch, Hochwürden, dann bin ich fertig!«, entgegne ich in keuchender Demut. Seit mindestens zwei Generationen hat ihn wahrscheinlich niemand mehr Hochwürden genannt. Es sei denn, man hat ihn aus dem Alpenvorland in dieses unheilige Herz Preußens versetzt. »Ich hege seit längerem unzüchtigen Verkehr, und zwar mit einem jungen Engel. Zu meiner Entschuldigung darf ich aber hinzufügen, dass die Annäherung vor allem von ihm ausging.« Überraschend stellt Hochwürden nun nicht die erwarteten inquisitorischen Fragen nach der besonderen Art der Unzucht oder des Verkehrs, sondern stürzt wütend und nun doch erregt aus seinem Schrankteil, zerrt mich aus dem meinen und beschimpft mich in einem mir nur sinngemäß verständlichen, deftigen Deutsch vor den samtweichen und fast durchsichtigen Ohren einer Handvoll weißhaariger Beichtschwestern, die sich sogleich mit Blut füllen und erröten, sodass ich mich endlich, endlich in der größten Wollust vollkommener Demütigung ergießen kann. – Man muss im Grunde nur die Wahrheit sagen, um zur größten Lust zu gelangen.

Unser Stolz! Doch was wissen wir schon? Wir befinden uns auf dem Grund der Nacht. Schlimmer noch, vermutlich sind wir das einzige Tier, das in seiner Ekstase so weit zu gehen vermag, Schmerz als Vergnügen zu empfinden. Wir suchen den qualvollen Schrecken, inszenieren ihn lustvoll, suchen die Überschreitung, lieben es zu schreien, zu wimmern, zu winseln, zu stöhnen, den Namen Gottes oder seiner Heiligen anzurufen, das Delirium des Glaubens führt uns in eine mystische Kreisbewegung zum verleugneten Delirium unserer Tiernatur zurück, bis die Zuckungen des Glaubens- und des Liebesaktes nicht mehr zu unterscheiden sind.

Der Anus ist der heiligste Ort SEiner Anbetung. Denn er ist die äußerste Grenze der Grenzüberschreitung. Er dient nicht, er hat keinen Zweck, außer Organ unseres Stolzes zu sein. Wenn er sich öffnet, verlieren wir jede Gewissheit. Die Ausscheidung aber ist Wort geworden.

Manchmal höre ich noch die sanfte Stimme meiner leiblichen Mutter, die beharrlich meinen Namen ruft: Philip. Doch das kann nicht sein, da sie, wenn ich den Auskünften meines Vaters trauen darf, bei meiner Geburt gestorben ist. Ich antworte ihr, ebenso sanft und beharrlich, bis ich endlich aufwache, tief in meinem Daunenbett begraben, noch ganz bewegt von dem unmöglichen Wortwechsel.

Vielleicht kannte mein Vater da meine Stiefmutter schon. Wenig später hat er sie geheiratet und mich bei ihr abgegeben. Immerhin hat mich ihre stiefmütterliche Fürsorge einigermaßen gedeihen lassen und mich gelehrt, meine Mahlzeiten selbst zuzubereiten und Koch- von Buntwäsche zu unterscheiden, wollte ich mich nicht weiter durch das gelegentliche Tragen rosafarbener Unterwäsche zum Gespött meiner Klassenkameraden machen.

Als Kind machte mein Vater mir Angst. Anstatt mich bei meinem Namen zu nennen, starrte er mich minutenlang stumm an, bis ich zu zittern begann und mich einnässte. Ich weiß nicht, ob es ein Spiel war. Wenn, dann war es nur lustig für ihn.

Glücklicherweise war er nur selten zu Hause. Ich genoss die Zeiten seiner Abwesenheit. Die Ermahnungen meiner Stiefmutter habe ich nie ernst genommen. Ich fühlte mich vollkommen frei. Ich hätte das Hotel anzünden oder für immer fortgehen können, niemand war da, der mich daran gehindert hätte.

Zurück aus Königsberg ziehe ich wieder ins Hotel am Zoo. Als ich an Kurts und Carlas Wohnungstür klingle, öffnet Kurt. Da er mich hineinbittet, gehe ich davon aus, dass Carla nicht zu Hause ist.

»Seit zwei Tagen liegt sie im Krankenhaus«, erklärt er am Küchentisch. »Willst du ein Bier?« Es ist später Nachmittag, also Berliner Biertrinkzeit.

»Es ging am Tag deiner Abreise los. Plötzlich hörte ich einen Schrei aus dem Bad, und als ich besorgt hineinstürzte, hielt Carla mir ihren Kamm mit einem Büschel ihrer graugefärbten Haare entgegen. Zunächst begriff ich gar nicht, was los war. Doch dann griff sie mehr wütend als entsetzt in ihren Haarschopf, und ohne wirklich fest zu ziehen, hielt sie ein ganzes Haarbündel zwischen den Fingern. Ich war mehr geschockt als sie, und es brauchte zwei weitere Tage, bis ich sie überreden konnte, sich untersuchen zu lassen. Sie war schon fast kahl und konnte nur noch mit Mütze oder Hut aus dem Haus gehen. Ihr Internist hat sie sofort ins Krankenhaus eingewiesen. Ich muss gleich los und ihr noch ein paar Sachen bringen. Willst du mich begleiten?«

»Ich kann mir kaum vorstellen, dass sie mich unter diesen Umständen sehen will.«

»Du meinst, weil sie kahl ist? Während der Besuchszeiten trägt sie eine Perücke.«

»Gibt es schon eine Diagnose?«

»Der Radiologe sagt, es handle sich um das klassische Symptom einer Verstrahlung. Aber die anderen damit einhergehenden Anzeichen fehlen. Bisher ist das alles ein Rätsel, aber die Untersuchungen dauern noch an.«

»Hoffentlich ist die Sache nicht ansteckend!«

»Meine Haare sitzen nach wie vor fest in ihrem Hautreich. Übrigens macht sie dich für ihre Erkrankung verantwortlich!«

»Mich? Nur weil ich euch einige Tage zuvor besucht habe? Sie glaubt doch nicht etwa, ich hätte sie verhext!«

»Ich verstehe das auch nicht recht. Sie sagt, du hättest eine Art negativer Aura.«

»Klar, ich bin ein wandelnder Atomreaktor. Nur komisch, dass ich nicht auch dich verstrahlt habe!«

Während Antoine, mein kleiner Kojote, so prächtig wächst und gedeiht, dass ich ihm inzwischen ein Halsband umlegen und mit mir führen kann, macht der Zweitgeborene, Claude, mir zunehmend Sorgen. Claude weigert sich, die rohen Eier, Mäuse und Spinnen auch nur anzurühren. Kondensmilch verabscheut er und erbricht sich sofort, wenn ich ihn davon zu trinken zwinge. Allenfalls frische Sahne kann ihn verführen. Aber immer noch wächst ihm kein Fell, und das Gefieder bleibt grau und stumpf. Ich schätze, das sind die Folgen einer Fehl- oder Mangelernährung. Doch in keinem noch so obskuren Werk, das ich in der Alten Staatsbibliothek Unter den Linden konsultiere, finde ich einen Hinweis, mit was man einen fuchsgesichtigen Engel stillt.

Aus Sorge um sein Wohlergehen, aber auch, um ihn vor den abschätzigen Blicken der Passanten zu schützen, trage ich Claude in einem Schultertuch unter meinem Hemd mit mir, unmittelbar an meinem wärmenden Brusthaar, in das er sich panisch krallt und leider hin und wieder auch erleichtert.

In der Regel begegnen Berliner Engeln recht unvoreingenommen. Aber Claudes Hässlichkeit macht es selbst aufgeschlossenen Engelliebhabern nicht leicht, ihn als ebensolchen wahrzunehmen. Nach einem weit verbreiteten Glauben der Berliner sind Engel durchaus substantielle, körperliche Wesen, die wie der Tau jeden Morgen neu durch den Atem der Stadt erschaffen werden. Im Chor preisen sie hymnisch die Stadt, um des Nachts dann zu sterben und am nächsten Morgen oder eher Mittag wieder neu geboren zu werden. – Wie ich inzwischen weiß, hat dieser kindliche Glaube mit der Wirklichkeit nicht viel zu tun.

Ja, die Gestalt der Engel ist höchst wandelbar. Unscheinbare Menschen werden in Neumondnächten zu vierköpfigen Feuerwesen mit drei goldgefiederten Flügelpaaren, Jünglinge entledigen sich ihrer grobgewebten Gewänder und zeigen strahlende Brustpanzer aus makelloser Haut. Die seltsamste Gestalt aber haben wohl die Ophanim, die Engel des Dritten Chors, deren Haut über und über mit blinden Augen tätowiert ist.

Wen wundert es da noch, dass die Zahl der Engel in dieser Stadt hundertmal größer ist als andernorts, selbst im engelreichen Los Angeles. Meister Eckhart nannte sie, ohne etwas von der Besonderheit der Berliner Nächte auch nur ahnen zu können, in mystischer Weitsicht die »Zerstreuung Gottes«.

Antoine liebt die Unordnung. Vor allem Abfalleimer haben es ihm angetan. Findet er darin nichts zu naschen oder auszuschlecken, wühlt er einfach aus Lust am Chaos weiter. Und heute habe ich ihn bei seinen ersten Luftsprüngen überrascht. Offenbar erwacht sein Jagdtrieb, denn genauso fangen junge Kojoten ihre Beute: indem sie hochspringen und sich auf Mäuse oder Ratten stürzen und diese mit den Vorderpfoten am Boden festnageln. Ich nehme ihn mit in den Tiergarten, wo ich in einigen Wochen versuchen werde, ihn auszuwildern. Nun soll er sich schon einmal an sein zukünftiges Revier gewöhnen. Frei laufen lasse ich ihn allerdings noch nicht.

Zunächst fühlt es sich wie eine Entzündung im Rachenraum an, eine Schwellung der Mandeln oder eine Aphthe auf dem Zungengrund. Aber jeden Tag wächst diese Schwellung ein wenig mehr, fast wie meine beiden Zöglinge, behindert mich zunehmend beim Essen und Sprechen, und eines Morgens kann ich es, zumindest vor mir selbst, nicht mehr leugnen, langsam, aber unaufhaltsam wächst mir eine zweite Zunge, die mir wie ein sehnig zäher Knebel die Mundhöhle verstopft. Ich versuche sie vor meinen Mitmenschen zu verbergen, sind wir uns doch alle der Vorurteile jeder auch noch so unverschuldeten Doppelzüngigkeit gegenüber bewusst. Aber es ist ja nicht so, als hätte sie etwas Eigenes zu sagen. In der Regel bewegt sie sich synchron mit der Mutter- oder Schwesterzunge. Von babylonischer Polyglossolalie ist meine Mund- und Rachenwelt noch weit entfernt. Allein der Umstand, dass zwei Zungen sprechen, wenn ich rede, verstört mich auch weiterhin. Dabei könnte ich es doch auch positiv sehen: Wenn ich mir mal wieder auf die Zunge beiße, was mir ja nicht selten widerfährt, steht mir immer noch eine intakte Ersatzzunge zur Verfügung.

Küssen ist mit einer derartigen Anomalie von nun an wohl tabu. Wer will seinen Sexualpartner schon mitten im intimsten Akt damit schockieren, ein Freak zu sein? Glücklicherweise gehörte das Küssen noch nie zu meinen favorisierten Liebesbezeugungen. Ist eine bizarrere Form der Nähe vorstellbar, als mit der eigenen Zunge die Mundflora eines Intimpartners zu durchpflügen und abzuweiden? – Zugegeben, Bizarreres ist vorstellbar. Und manchem käme dafür eine zweite Zunge durchaus gelegen.

Aber hier, in dieser Stadt der bemühten Einzüngigkeit, muss meine Zungengeschwulst wie ein Krebsgeschwür des Teufels wirken. Man wird ihr jede Lauterkeit absprechen. Wenn sie im Einklang mit ihrer Schwesterzunge spricht, wird man ihr Opportunismus vorwerfen, wenn sie der älteren Schwester widerspricht, wird sofort von Doppelzüngigkeit die Rede sein. Doch das vom Heiligen Geist beseelte Zungenreden wird von uns Heutigen als fernes Wunder oder gar als reine Metapher abgetan.

Kurt nennt mein nächstes Körperbild *Engel von Sodom* und weiß auch gleich den zu verlangenden Verkaufspreis festzusetzen. Ich zucke gleichgültig mit den Achseln. Wenn er wüsste, wie nahe seine Namensgebung der Entstehung des Gemäldes kommt, wäre er mit seiner Wahl vorsichtiger gewesen.

»Die Berliner Hautärzte und Steuerberater werden es lieben«, flüstert er entzückt.

Mit etwas Nachdenken hätte ich selbst darauf kommen können: Es gibt auch die Engel der Kälte. Die Berliner haben keine Skrupel, den weit verbreiteten Barbarismus ihrer Sitten als Quelle ihrer Inspiration zu erklären. Exzesse sind garantiert! Die Engel der Kälte sind die Seelenführer, wenn unsere Seelen sich von der Wärme unserer Körper lösen.

Man kann sich durch ein Nichts genauso wie durch eine Vielzahl von Eindrücken vom Wesentlichen ablenken lassen. Die Wolllust der Sinne, so verwerflich sie sein mag, ist weniger schlimm als die Wolllust des Geistes, die gerade bei jenen gehäuft auftritt, die von den Vergnügungen des Fleisches frei sind.

Der Glaube baut auf dem Verschwinden des Körpers auf, sein reines Aufgehen im mystischen Leib. Bei meiner ungeheuren Ansammlung von Weisheit ist es natürlich bedauerlich, sie nicht ständig weitergeben zu können, aber du verstehst, guter Gott, dass ich mir ein paar Freunde erhalten möchte.

Mit inzwischen wieder nüchterner Stimme fügt Kurt, vielleicht um mein Honorar zu drücken, hinzu, dass den Engeln im Grunde die Menschen verhasst seien.

»Ist es nicht auch umgekehrt?«, frage ich ihn. »Kein Mensch liebt in Wirklichkeit die Engel!«

»Wir haben keine Wahl. Denn jeder Mensch hat beständig zwei Engel an seiner Seite, in der Regel einen guten und einen bösen.«

Dann zählt er die ihm namentlich bekannten Engel auf:

Zarobsiel, Engel des Abgrunds
Af, Engel des Ärgers
Uriel, Engel der Dichtkunst
Laila, Engel der Empfängnis
Yroul, Engel der Furcht
Achaiah, Engel der Geduld
Sofiel, Engel des Gemüses
Phanuel, Engel der Hoffnung
Leliel, Engel der Nacht

Eisheth Zenunim, Engel der Huren und Stricher
Matriel, Engel des Regens
Butator, Engel des Rechnens
Shateiel, Engel des Schweigens
Michael, Engel der Schlaflosigkeit
Rahab, Engel des Stolzes
Gabriel, Engel der Träume
Poteh, Engel der Vergesslichkeit
Barakiel, Engel des Zufalls

»Was tun diese Engel den ganzen Tag?«

»Sie ruhen am Tag, und in der Nacht besingen sie, ohne zu ermüden, die Wunder und die Herrlichkeit dieser Stadt. Ihre tausend Augen öffnen sich erst mit dem Sonnenuntergang und bleiben geöffnet bis zur Morgenröte, und in diesem nächtlichen Wächteramt finden sie ihre höchste Seligkeit.«

»Und wir, die gefallenen Engel des Tages?«

»Wir gelten in ihren Augen als jene, die ihre Seelenschwingen verloren haben.«

»Womöglich haben sie damit nicht einmal unrecht. Wir Bewohner von Aberystwyth halten uns für Nachfahren der Túatha Dé Danann, einem mythischen Volksstamm, der von den gefallenen Engeln begründet wurde.«

»Das erklärt vielleicht deinen ausgeprägten Sinn für Bastardwelten.«

»Du meinst, es ist kein Zufall, dass Claude ausgerechnet mir in die Hände gefallen ist?«

»Hier zündet man sich die Zigarette nicht an einer Kerze an. Sie könnte ja ein Engel sein!«

Mit derart geöffneten Augen treffe ich von nun auch am Tage den einen oder anderen weiteren Engel außer Claude auf der Straße an, Af, den Engel des Ärgers, Zarobsiel, den Engel des Abgrunds, Poteh, den Engel der Vergesslichkeit, und natürlich Yroul, den Engel der Furcht.

Welche zwei Engel gehen an meiner Seite? Wer ist der gute, wer der böse Engel?

An Baroness Melusine von der Schulenburg, Herzogin von Kendal, Kendal House, Isleworth bei Brentford, Middlesex

Berlin, den 23ten September 1728

Sie schreiben, es gehe Ihnen nicht gut, doch ich beschwöre Sie, liebste, teuerste Tante, bewahren Sie sich Ihre Gesundheit, wenn nicht um Ihrer selbst willen, dann für Ihren fernen Neffen, der Ihren Beistand und Trost braucht wie nur einer der Elendsten auf Erden.

Vor wenigen Tagen erst mußte ich Sie vom lang erwarteten Tode des verehrungswürdigen Thomasius unterrichten, und nun droht mir, einen weitereren großen Verlust beklagen zu müssen, Fürst Leopold von Anhalt-Cöthen liege im Sterben, heißt es bei Hofe. Ich habe diesen großherzigen Mann gelegentlich bei meinem Aufenthalte in London erwähnt, Sie erinnern sich, seit meiner Pagenzeit während der Schuljahre in Glaucha ist er mir ein guter Freund geworden. Nun ist er überraschend, nicht einmal vierunddreißig Jahre alt, so schwer erkrankt, daß die Ärzte alle Hoffnung aufgegeben haben.

Der Fürst liebt gleich mir die Musik, das Soldatische war ihm immer fremd. Sie wissen, er begründete die Cöthener Hofmusik, und dank der Auflösung der Berliner Hofkapelle durch seine sparsame Majestät, König in Preußen, standen ihm ausgezeichnete Musiker zur Verfügung. In Verkennung meiner eigenen Talente und Bestimmung bewarb ich mich gar als Musiker in Cöthen, als Meister Bach daselbst noch die Hofmusik führte.

Und beide sind wir innige Liebhaber der Poesie und haben nicht wenige beseelte Stunden in gegenseitigem Vortrage zugebracht. Ich verstehe nicht, warum Gott gerade die Edelsten in viel zu jungen Jahren abberuft! Ich sorge mich mehr um diesen großartigen Menschen, als ich es um meinen eigenen König vermochte!

Ich wollte, ich könnte mir das Herz aus dem Leibe reißen, es in diesen Brief schlagen und Ihnen zuschicken, teuerste Tante. Aber ich sehe ein, es ist ein dummer und wohl auch geschmackloser Gedanke.

Hier scheint die Welt im Augenblick an nichts anderes als an Feste zu denken. Der König befindet sich noch auf seinem Jagdschlosse zu Wusterhausen, und die Königin nutzt diese herrscherlose Zeit für allabendliche Empfänge in Monbijou. Alles ist mir derzeit fremd hier. Ich lese viel und arbeite an meinem Epos mit großem Bemühen, doch zur Geselligkeit muß ich mich zwingen. Die alltäglichen Gespräche sind nur wenig nützlich, sondern erscheinen mir eher wie fahriges Geschwätz. In Gesellschaft ergreift mich ein Gefühl der Beklommenheit, und ich frage mich, bin ich es, dem es mißlingt, anderen Menschen meine tieferen Empfindungen zu erklären, oder ist es das so glänzende, weltgewandte Wesen der anderen?

Alles liegt in mir verworren. Ja, selbst meine Wünsche wechseln ständig. Am liebsten würde ich auf Reisen gehen, damit ich einmal wieder freie Luft atmen kann. Die engherzige Berliner Atmosphäre erstickt mich! Aber ich bin in dieser Hinsicht unfreier als nur irgendein Leibeigener auf unserem Gute. Ohne Erlaubnis Ihrer Majestät darf ich keinen Schritt über die Landesgrenzen hinaus wagen.

Ich würde nach Frankreich reisen, nach Paris. Dort vereinigt sich alles, was ein freiheitsliebender Mensch nur wünschen kann, Herzenskenntnisse, Freundlichkeit und Bildung, bei Männern wie bei Frauen. Wohl nur dort ist jede Unterhaltung geistreich und kultiviert. Man ist höflich, ohne falsche Komplimente zu machen, und nach einer halben Stunde des geistreichen Gesprächs ist man bei den Tiefen und Abgründen unseres Daseins angelangt. – Ich habe die Franzosen immer geliebt, aber jetzt würde ich mich für sie töten lassen!

Es fällt mir schwer, jemandem, der Frankreich nicht kennt, ein Bild von der Urbanität, der graziösen Leichtigkeit und den liebenswürdigen Manieren zu geben, die den Zauber der Pariser Gesellschaft ausmachen. Diese Galanterie ist in Berlin vollkommen unbekannt. Hier regieren die Herren, dort die Damen! Sie müssen es selbst erlebt haben, verehrte Tante, wie nach den Geschäften des Tages zehn, zwölf liebenswürdige Menschen sich bei der Dame eines Hauses versammeln, um den Abend mit einem leichten Souper zu beschließen. Es herrscht eine vertraute Intimität, man spricht nie über Politik, wohl aber über Literatur, Musik, Theater, man erzählt sich die Ereignisse des Tages, spielt Scharaden, und manchmal lesen Poeten ihre Verse vor. Die Stunden verfliegen wie Minuten, und um Mitternacht kehrt jeder in sein Logis zurück.

Vielleicht begebe ich mich für einige Wochen auf unser Gut nach Wust. Mein Vater befindet sich im Augenblick dort, um den Wiederaufbau des Herrenhauses zu beaufsichtigen. Seit dem Brande im letzten Krieg lebten wir dort mehr oder weniger in einer Ruine. Das neue Haus soll zweistöckig werden, mit einem Ehrenhofe und einem kleinen, mit Statuen geschmückten Park. Aber er sollte die alten, schattigen Ulmen und Platanen stehen lassen und nicht für irgendein modisches Heckentheater opfern. Mir ist ein großer, wilder Garten mit seinen Schatteninseln lieber als ein kleines Versailles mit seinen geometrischen Beeten.

Verzeihen Sie meine Sprunghaftigkeit, verehrte Tante, eben habe ich noch das kultivierte Frankreich gelobt, und im nächsten Satze ziehe ich einen wilden Kräuter- und Küchengarten den gepflegten Rosenbeeten vor. Der weiseste Mann verfährt bisweilen schwachsinnig, um wieviel mehr ein Vierundzwanzigjähriger, der sich bereits weise dünkt! Unsere Natur ist voller Widersprüche, so sind es auch die äußeren Umstände. Ich bin davon überzeugt, daß manchmal bereits ein gutes Abendessen, eine erholsame Nacht und ein sonniger Morgen ausreichen, aus demselben Mann einen Helden zu machen, den etwas Unverdauliches, Schlaflosigkeit oder ein kalter, regnerischer Tagesanbruch zum Galgenstrick werden läßt.

Doch was rede ich so allwissend daher! Wissen allein macht uns weder zu besseren, noch zu glücklicheren Menschen.

Und selbst an Wissen mangelt es mir ja immer noch reichlich. Die Bildungsstätten, die Heiligtümer der Gelehrsamkeit sein sollten, waren und sind in Wahrheit Schulen des Lasters und der Ausschweifung. Meine Professoren waren so gut oder so schlecht, als die Zeit sie hervorbringt. Doch provinzielle Raufbolde wie ich meinten, alles besser zu wissen, und führten die Schar der Faulpelze und Schenkenredner. So studierten wir allen Lehrplänen zum Trotze vor allem das, was wir nie hätten lernen und erfahren dürfen!

Eines Tages wagte ich, einen meiner Königsberger Professoren, dessen Philosophie immer noch bei den verlorenen Büchern des Aristoteles verharrte, bescheidentlich herauszufordern, was er denn vom Werke Lockes halte.

»Ich habe ihn ganz gelesen«, antwortete er trocken, »aber er ist ein Engländer!«

»Und wenn er auch zehnmal ein Engländer ist«, fuhr ich fort, »er dünkt mir doch sehr klug und der Wahrheit nahe.«

Bei diesen Worten stieg meinem Rechtsgelehrten das Blut zu Gesicht. Ein sehr philosophischer Zorn suchte sich in seinem Blicke und seinen Gebärden Bahn. Und mit erhobener Stimme belehrte er mich: Wie jedes Land sein verschiedenes Klima habe, so müsse auch jedes Land seinen nationalen Philosophen haben.

Ich entgegnete, die Wahrheit müsse indes wohl in allen Ländern dieselbe sein, um diesen Namen zu verdienen!

Übrigens wird die Mathematik hierzulande nicht so gepflegt wie in Frankreich oder bei Ihnen in England. Ich hörte in London, die Deutschen hätten keine Begabung für Mathematik, was gewiß falsch ist, denn ich liebe sie wie die Musik. Und die Namen von Leibniz und Kopernikus beweisen wohl zur Genüge das Gegenteil. Der Grund für dieses Vorurteil ist meines Erachtens der, daß es dieser Wissenschaft an Aufmunterung fehlt und besonders an tüchtigen Lehrern, die uns darin mit eigenem Vergnügen unterrichten.

Doch nun habe ich bereits seit dem Sommer das Glück und die Ehre, an der Unterrichtung des Kronprinzen teilnehmen zu dürfen. Auch wenn der junge Prinz sich noch mit den Anfangsgründen abmüht, verbringe ich diese Stunden nicht ohne Gewinn, denn unser Lehrer ist der große Gelehrte und Ingenieur

Senning, der den Zauber der Zahlen immer auch mit ihrer praktischen Anwendung zu verbinden weiß.

Ich will nun zum Schlusse kommen, liebe Tante, denn ich erwarte die Rückkehr meiner Inspiration, um endlich mit meiner Tragödie fortzufahren. Aber ich ahne schon, wenn das Bühnenwerk fertig ist, wird es allenfalls als Lockenwickler für die Perükke Ihrer Majestät, des Königs, taugen.

In höchster Verehrung und Vorfreude auf Ihre Antwort, und mit besten Wünschen für Ihre baldige Genesung,

Ihr allseits ergebener Neffe Hans

KAVALIERSREISE

Wie Gras auf dem Felde sind Menschen
Dahin, wie Blätter! Nur wenige Tage
Gehn wir verkleidet umher!

Matthias Claudius

Schon wenige Tage nach unserem Aufbruche von Königsberg, noch ehe wir Cüstrin und damit die Grenze zur Mark erreichen, reden mein verehrter Tutor Simon Amsel und ich einander mit Du und den Vornamen an, zumal er gerade erst einundzwanzig Jahre zählt und damit nur zwei Jahre älter ist als ich und nichts einander näherbringt als das gemeinsame Reisen.

Wir wechseln uns mit dem Kutschieren unserer leichten Kalesche ab und schätzen uns glücklich, meinem Vater die Begleitung weiterer Bediensteter ausgeredet zu haben. Mag sein, daß meine Kavaliersreise mit größerem Gefolge standesgemäßer gewirkt hätte, unbequemer wäre sie auf jeden Fall geworden, einmal der allenthalben anfallenden üppigen Zollgebühren wegen, zum zweiten weckt ein reiches Gefolge auch die Begehrlichkeiten weniger ehrenwerter Wegelagerer und Briganten als der Zöllner, und zum dritten und wichtigsten erzwingt jeder weitere Bedienstete auch von seinem Herrn ein zusätzliches Maß an Förmlichkeit und Etikette.

Und dies ist die erste Freiheit, die wir beide gleichermaßen zu genießen beginnen, die Freiheit von jedem Dünkel und jeder falschen Höflichkeit.

»Nimm den Ton der Gesellschaft an, in der du dich gerade aufhältst«, mahnt mein Vater mich beim Abschiede. »Maße dir nicht an, ihn selbst vorzugeben.« Ansonsten ist der Abschied vom

Vater kurz, und jemand, der meinen Vater nicht näher kennt, würde ihn gar für gefühllos halten. Aber mein Vater ist auch im Privaten ein Offizier und erachtet es als eines Mannes unwürdig, sich jedweder Rührung hinzugeben.

»Magst du auch noch jung sein, so darfst du doch niemals deinen guten Ruf und deine Ehre vergessen, mein Sohn, einmal, weil du bald ein Soldat des Königs sein wirst, und dann, weil du ein Katte bist!«

Ich indessen könnte weinen, als wir den Abschied hinter uns gebracht und das Narrentor passiert haben, nicht so sehr meines Vaters, als vielmehr meiner Schwestern wegen, die ich nun einmal mehr eine lange Zeit nicht wiedersehen werde. Aber da auch Simon die Tränen, zumindest der einen wegen, nicht unterdrükken kann, halte ich die meinen zurück, obgleich nun kein Vater mehr anwesend ist, der uns dergleichen Rührseligkeit wegen Vorhaltungen machen könnte. So sehr auch mich die Ungewißheit über das Zurückgelassene und das zu Erwartende in Sorge versetzt, so sehe ich dieser langen, abenteuerlichen und sicher nicht unbeschwerlichen Reise doch mit größter Zuversicht entgegen, wenngleich sich diese Erwartung noch nicht augenblicklich in einer entsprechenden Empfindung äußert.

Vielleicht ist ja jeder Abschied zunächst einmal betäubend. Man denkt und empfindet weniger oder anders, als man glaubt, wünscht oder fürchtet. Der kurze Händedruck mit dem Vater, ein Nicken für die Stiefmutter und die Schwestern, und schon ist der Körper unterwegs, ehe die Seele auch nur den Wagen bestiegen hat.

Aber nun nur fort von falscher Ehre, Prahlsucht, Empfindlichkeit, wieviele leere Stunden im Kopfe, unsinniges Lesen, nutzloses Schreiben und hohles Studieren, wieviel falsche Menschenkenntnis, geheucheltes Gefühl, vertane Zeit! Nun will ich munter leben, jetzt, ein glücklicher Jüngling, dann ein glücklicher Mann, und so immerfort, am Ende schließlich ein glücklicher Greis!

Magister Amsel gibt mir gleich, noch der Mahnung des Vaters eingedenk, viele kluge Ratschläge, wie ich mich gegenüber den

Völkern, die wir besuchen wollen, verhalten solle. Er war bereits in Frankreich und hat das Leben im englischen Königreiche zumindest studiert. Er verschafft mir einige neue Kenntnisse über ihre Sitten und Torheiten und über ihr Mißtrauen uns Deutschen gegenüber.

Ich nutze die Stunden, in denen zwischen uns vorübergehend alles gesagt ist, meine Englischlektionen, die mir der junge Hastings erteilt, zu repetieren und Simon, der von dieser fremden Sprache nur theoretische Kenntnis besitzt, bei der Erlernung der korrekten Aussprache zu unterstützen. Und bei allen Worten, bei denen wir uns beide unsicher sind, werden wir, davon bin ich überzeugt, spätestens am Orte ihres Gebrauchs das noch Fehlende recht schnell erfassen lernen.

Das größte Vergnügen aber bereitet uns, wenn jener, der gerade nicht die Zügel hält, den anderen durch sein improvisiertes Spiel erfreut, ich auf meiner Flûte traversière den guten Simon, und mein Tutor mich auf seiner Laute. Dieses heitere oder auch melancholische Spiel verzaubert selbst noch die trostloseste Landschaft, die zu durchqueren manchmal nicht zu vermeiden ist, wollen wir uns größere Umwege ersparen. Und selbst auf den empfohlenen Umwegen können wir natürlich nie sicher sein, von den An- und Ausblicken enttäuscht zu werden.

Die Wege, die durch meine Heimat führen, sind im großen und ganzen so gut, wie Sandwege eben sein können. Nur an manchen Stellen, wo die Feldsteine wie eine Aussaat über den Weg gestreut liegen, ist man besser zu Pferde als in einer Kalesche oder Chaise unterwegs, wenn man Achsen- und Radbrüche scheut.

Es ist eine unscheinbare Landschaft, bäuerlich genutzt, aber nicht so ertragreich, daß hier Überfluß herrschte. Striche mageren Roggens, wo Hafer hätte stehen sollen, Streifen ärmlicher Bohnen und Linsen statt des goldenen Weizens. – Ein kleinmütiger Landstrich.

Wir halten den Wagen am Tore des Posthofes. Dieser befindet sich unweit des Dorfbrunnens, und die Frauen dort haben wegen des Staubes, den die Pferdehufe und Wagenräder bei dem zügigen Galopp, mit dem wir hier Einzug gehalten, aufgewirbelt haben, ihre Kopftücher vor Mund und Nase gepreßt. Ihre Augen blitzen zornig, aber ihre Münder bleiben stumm.

Die Schilderung von monate- wenn nicht jahrelangen Junkerreisen ist ein schwieriges und zugleich undankbares Geschäft, ganz besonders in unseren Zeiten, wo so unendlich viele derselben, und zum Teil mit Meisterhand und nicht ohne Witz, beschrieben worden sind. Von der Mehrzahl möchte man indessen denken, daß die Einförmigkeit des Reisens auf die Einbildungskraft des Reisenden so sehr eingewirkt, daß er der Ereignislosigkeit durch mancherlei Erfindung und Phantasterei auf- und nachgeholfen habe. Ich indessen will bei der Wahrheit bleiben und die Ereignislosigkeit mancher Wegstrecke mit Stillschweigen übergehen.

Rasch und ohne längeren Aufenthalt durchqueren wir auch die so karge und einförmige Mark, die nach Birken, Sumpf und Schafen und unter ihren Schaffellen schwitzenden Männern riecht, einförmig vielleicht nur deshalb, weil sie mir zu vertraut ist. Einem fremden Auge käme die Kargheit womöglich reizvoll vor.

Meist kehren wir an den Abenden in den Poststationen ein, die zwar wenig komfortabel, ja, meist gar schäbig, aber wesentlich günstiger als die Gasthäuser sind. In der Regel bieten sie wenig mehr als einen Pferdestall mit Strohsäcken für die Nachtruhe und eine allgemeine Feuerstelle an. Aber lieber sparen wir unsere Taler und Wechsel für Paris oder London, wo wir ausreichend Barschaft gewiß nötiger haben werden.

Und selbst in den am Wegesrande liegenden Gasthöfen können wir nicht sicher sein, für unser gutes Geld saubere Betten und Bettwäsche geboten zu bekommen. Oftmals sind die Laken vielfach benutzt und dementsprechend besudelt und die Strohmatratzen reich bevölkert von Flöhen, Wanzen und Läusen. Und sollte man das Glück haben, eine eigene Kammer für die Übernachtung geboten zu bekommen, fehlt das Schloß an der Tür, und die Diebe warten nur auf den festen Schlaf der von der Reise Ermüdeten, um sie ihrer Habe zu erleichtern. – Nein, es ist schon von Vorteil, mit einem Kameraden zu reisen, der dieselbe Neigung zur Anspruchslosigkeit mit einem teilt.

Ohne uns erst ausdrücklich darüber verständigen zu müssen, ziehen wir beide, wenn das Wetter es erlaubt, ein Übernachten im Freien gar den Gutshäusern von Verwandten oder Freunden meines Vaters vor. Zu Gast zu sein, selbst bei liebenswerten Tanten oder Onkeln, bringt doch immer auch eine gewisse Tyrannei des erwarteten Benehmens mit sich. Um wieviel freier können wir uns in einer schlichten Herberge mit einfachem Volke fühlen! Und selbst der bodenständige Eintopf schmeckt mir von einem Holzteller besser als die Hirschkeule von der silbernen Platte.

Gut, auch mancher Herbergsvater stellt sich am Ende als arger Halsabschneider heraus. Durch lange Wirtserfahrung klug, entdeckt er hinter unserer einfachen Kleidung und dem umgänglichen Auftreten doch gleich den geborenen Edelmann und schlägt den verheimlichten Stand auf die Rechnung drauf, und obgleich wir auf unserer Reise mit den Ausgaben nicht geizen müssen, ärgert mich diese gelegentliche, ganz und gar unerbetene Sonderbehandlung doch.

Dessen ungeachtet müßte ich, wäre es in meinem Alter nicht ein wenig verfrüht für ein derartiges Urteil, jeden Tag aufs neue ausrufen, daß ich noch nie in meinem kurzen Leben so glücklich gewesen sei wie in diesen ersten Wochen unserer gemeinsamen Reise.

Bis zur westlichen Feste unseres Königreiches, der Garnisonsstadt Wesel, haben wir gar manche Scheune und manches Stroh zu vergleichen und zu beurteilen gelernt. Im Fortgange durch die Lande westlich der Elbe wurden die Scheunen windgeschützter und regendichter und das Stroh, so will es uns vorkommen, weicher und schmiegsamer. Vielleicht liegt es an der dunkleren Erde, vielleicht auch am vermehrten Regen. Alles, selbst die Armut, scheint uns auf dem Wege Richtung Westen im Vergleiche zur Heimat reicher und sanftmütiger.

In Wesel besichtigen wir das Arsenal entlang der Esplanade.

Dort lagern zweiundsiebzig Vierundzwanzigpfünder aus einem Guß, achtzig kleine Kanonen, Zwei- bis Zwölfpfünder, und sechsundsechzig Mörser. Danach unternehmen wir einen Gang um die mächtige Zitadelle mit ihren fünf Bastionen zwischen dem Rheine und der Stadt. Sie wurde lange vor der Stadt errichtet. Ihre einzigen Mängel sind die zu engen Bastionen. Die schmalen Vorbollwerke sind nur aus Ziegelstein erbaut und besitzen keine Erdwälle.

Dann geht es, vornehmlich am Flusse entlang, weiter Richtung Süden nach Köln. Es ist, als würde ich Simon ganz neu kennenlernen, aber darf es mich verwundern? Er ist nun nicht mehr nur mein Tutor, sondern mein Reisekamerad, und wenn er auch hin und wieder sich seiner Tutorenaufgabe besinnt und mich zu belehren und zu führen versucht, wird er mir doch mehr und mehr zum Freunde.

Daß er ein anständiger Mensch ist, daran habe ich nie gezweifelt. Daß er aber auch ganz und gar liebenswert ist und eine zarte, leuchtende Seele besitzt, erfahre ich erst auf unserem Wege. Er hatte wenigstens so viele Geheimnisse vor mir wie ich vor ihm. Wie kann es auch anders sein zwischen Tutor und Student! Doch nun verführen uns die langen, ereignislosen Fahrten, einander die Seelen zu öffnen. Und ich entdecke eine Fülle gemeinsamer oder vergleichbarer Empfindungen, die ich womöglich geahnt, aber niemals unterstellt hätte.

Sollte Vater unser beider Verbannung aus Königsberg als eine Art Strafe verstanden haben, so wird sie uns mehr und mehr zum Auf- und Ausbruche in eine lang und zutiefst ersehnte Freiheit. Ausgestattet mit ausreichend Barschaft, Kreditbriefen, Empfehlungsschreiben und Pässen dürfen wir uns, wenigstens bis zu unserer Rückkehr, ungebunden fühlen. Und das, was dann folgt, der eine oder andere Dienst, Ehe und Familie, muß uns jetzt noch nicht kümmern. Unser Abenteuer steht ja noch ganz am Anfang. Und wann und wie es endet, weiß Gott allein.

In Köln besichtigen wir die Kathedrale und die Reliquien der Heiligen Drei Könige, von denen nur die Schädel zu sehen sind. Sie werden in einem sehr prunkvollen Schrein verwahrt, der vor über fünfhundert Jahren aus dem besiegten Mailand hierhergebracht wurde.

Die Stadt ist außerordentlich groß, größer als Berlin oder Königsberg. Aber die Straßenpflasterung ist entsetzlich, und nach einigen Tagen Aufenthalt muß man sagen, sie ist ein großes tristes Dorf. So treibt es uns schon bald fort, weiter Richtung Süden.

Wir erfreuen uns weiterhin mit Gesang und Musik und reden über vieles und mehr und mehr auch über Vertrauliches, aber mit keinem Worte sprechen wir je über meine Schwester Sophie. Mir ist es recht so, auch wenn ich mir niemanden lieber als Schwager wünschte als Simon. Aber daran zu rühren würde nur die Wunden wieder aufreißen, ohne Hoffnung auf eine Heilung. Nur in seinem Lautenspiele glaube ich manchmal, seinen verborgenen Kummer über die abrupte Trennung herauszuhören.

Die Stadt Bonn ist klein, von einer alten Mauer umgeben, trotzdem wirkt sie volkreich und geschäftig. Es gibt zwei, drei Damenstifte und ein herrliches Schloß mit Gärten, die sich bis in die Weinberge erstrecken. Trotzdem bleiben wir nicht lange. Es zieht uns nach Frankreich, nach Paris. Hier klingen uns die Stimmen und ihre Dialekte noch allzu vertraut.

Auf der staubigen Straße Richtung Coblenz begegnet uns unter der sengenden Mittagssonne eine einsame Wanderin. Als unser Gespann endlich herangekommen ist – sie geht fast ebenso schnell ihres Weges wie unsere beiden Rösser auf dieser schlaglöchrigen Straße traben –, erkennen wir, daß sie in Kürze ihr Kind erwartet. Sofort hält Simon, der gerade die Zügel führt, unsere Kalesche an und fragt das Weib, ob wir sie ein Stück des Weges mitnehmen könnten.

Ich wäre lieber mit Simon allein gefahren, aber die Frau wirkt in der Tat erschöpft. Sie hat ein hartes Gesicht und scharfe Augen, und bis auf ihren vorgewölbten Bauch ist sie so mager, daß man ständig befürchten muß, sie werde vornüberkippen.

Ihr Alter ist schwer zu schätzen, in das braune Haar, das unter ihrem Kopftuch hervorlugt, mischen sich bereits einige graue Strähnen. Noch schwerer ist es, sie sich als junges Mädchen vorzustellen oder als eine üppige, begehrenswerte Frau. Aber jeder hat da wohl seinen eigenen Blick. Wer weiß, was ihr Gatte in ihr sieht, oder wie er selber ausschaut!

Sie redet nur wenig. Und als Simon ihr mitteilt, er sei ein Gelehrter, ein Magister der Rechte, lächelt sie über seine jugendliche Angeberei, und man sieht ihren Augen an, daß sie ihm nicht recht glaubt, da sein nach wie vor fast bartloses Gesicht ihn noch jünger erscheinen läßt, als er ohnehin ist.

Sie sagt, daß die Gelehrsamkeit nur etwas für Männer sei, die mit ihren Händen nichts anzufangen wüßten. Ihre Nichte habe sich selbst das Lesen beigebracht, weiß der Teufel durch welche Schwarze Kunst, und nun lese sie allezeit, und das sei zweifellos der Grund, warum sie mit fünfundzwanzig Jahren immer noch unverheiratet und kinderlos sei.

Sie ist es gewohnt, zu Fuß zu gehen, selbst so kurz vor ihrer Niederkunft; es ist nicht ihr erstes Kind, wie wir nach und nach erfahren, und, so Gott will, nicht ihr letztes. Doch das beständige Holpern und Stolpern unseres Gespanns auf der schlechten, einem aufgepflügten Acker gleichenden Straße beschleunigt offenbar die Ungeduld des erst in zwei Wochen erwarteten Kindes, diesem Gerüttel und Geschüttel zu entfleuchen, das arme Weib wird plötzlich bleich und ihr geschwollener Leib ruckt und zuckt, und mit gequältem Lächeln bittet sie uns, anzuhalten und sie aus unserer Kalesche aussteigen zu lassen, da diese kurze Kutschfahrt die Zeit ihrer Niederkunft offenbar beschleunigt habe.

Simon zügelt die Pferde und hilft ihr aus unserem Gespann, aber wir befinden uns auf menschenleerer Straße, und nirgendwo in Sichtweite befindet sich ein Gehöft oder auch nur eine Kate, von einem Gasthaus ganz zu schweigen. Ich gestehe, am liebsten würde ich gleich weiterfahren, so hilflos fühle ich mich angesichts der Hilflosigkeit des Frauenzimmers, aber Simon denkt nicht daran, sie in ihrem Zustande hier allein zu lassen. Während ich noch auf ein uns rasch nachfolgendes Gefährt mit einem erfahrenen Weibe auf der Bank hoffe, nimmt Simon seine Decke, breitet sie im trockenen Grase ein wenig abseits der staubigen Straße aus und fordert die Frau auf, sich darauf niederzulassen.

Sie bittet, bereits in ersten Wehen, wir mögen keine weiteren Umstände machen und ruhig weiterfahren. Es sei bereits ihr siebtes Kind, und mit Gottes Hilfe werde sie es auch hier, in Gottes freier Natur, wohlbehalten zur Welt bringen. Unser Herr Jesu habe im Grunde ja auch unterwegs das Licht der Welt erblickt.

Simon läßt sich von diesen frommen Erwägungen nicht beirren, sondern ordnet weiter einige Dinge, als sei er in derlei Hebammenkünsten erfahren. Dabei steht ihm nicht weniger Schweiß auf der Stirne als der pressenden Frau. Er legt ihr seinen zusammengerollten Mantel in den Rücken, so daß sie eher sitzt als liegt. Dann holt er all seine sauberen Schnupftücher aus edlem Battist aus seinem Koffer und legt sie, für was auch immer, bereit. Eines feuchtet er mit unserem Wasservorrate an und tupft damit nun der Frau den Schweiß von der Stirn. Mich bittet er, mit meiner Schlafdecke ein Zelt oder eine Tuchwand zu bauen und diese mit starken Stöcken vor und über dem Leibe der Frau zu errichten, damit sie ein wenig vor der Sonne, dem Staub und unseren Blikken geschützt sei.

Und während das Kind sich seinen Weg hinaus auf die Straße zwischen Bonn und Coblenz bahnt und die Frau preßt und schwitzt und stöhnt und jeden Schrei, vielleicht aus Rücksicht auf uns totenblasse Jünglinge zu unterdrücken sucht, bleibt Simon an ihrer Seite und hält die Hand der fremden Frau fest in seiner Hand, oder sie die seine in ihrer.

Ich laufe indessen zwischen Zelt und Straße hin und her und hoffe auf irgendeinen Verkehr, der doch sonst so rege auf dieser vielbefahrenen Straße herrscht. Aber gerade zu dieser heißen Mittagsstunde scheint jedermann lieber zu rasten, als sich auf staubiger Landstraße fortzubewegen.

Simon ruft mich heran und bitte mich, ihm aus unserem Lederbeutel Wasser über die Hände zu gießen, es sei gleich soweit, daß er das Kind fassen und entgegennehmen könne. Ich solle schon einmal meinen Hirschfänger bereit halten.

»Meinen Hirschfänger? Was willst du mit dem Messer?«

»Die Nabelschnur durchschneiden, was glaubst denn du!«

Simons Hände greifen zu, unter den hochgeschobenen Rock der Frau, zwischen ihre mageren Schenkel, ohne hinzusehen. Seine Augen sind auf das schweißnasse Gesicht der Frau gerichtet.

»Kühle ihre Stirn und halte ihren Kopf, Hans!«

Ich knie mich hinter das gebärende Weib und halte ihren Kopf. Doch nun geht alles rasch. Simon hält bereits das Köpfchen des Neugeborenen in seinen Händen, und ich weiß, er hält es so sanft, wie es sich nur je ein Neugeborenes hat wünschen können. Der blutige und ein wenig schrumpelige Leib rutscht in einem Schwunge nach, und Simon trennt mit meinem Messer den neuen nackten Erdenbewohner von seiner Mutter, verknotet seine Nabelschnur, hüllt ihn in eines seiner blütenweißen Taschentücher und reicht ihn der noch atemlosen Mutter.

»Es ist ein Knabe«, sagt er lächelnd.

»Wie ist Euer Name, junger Mann?«

»Ich heiße Simon, Simon Amsel.«

»Dann mag der Bub ebenso heißen, Simon, wenn Ihr gestattet.«

»Gestattet? Es ist mir eine große Ehre, gute Frau!«

Wir warten, bis die größte Hitze ein wenig nachgelassen hat, und setzen am Nachmittage, nun zu viert, unsere Fahrt nach Coblenz fort. Nachdem wir die Frau und den Sohn in ihrem Dorfe nahe der Stadt abgesetzt, die Einladung, doch noch zum Abendbrot und über Nacht zu bleiben, aber freundlich abgeschlagen haben, da wir ihr in ihrem ermatteten Zustande nur unnötig Arbeit bereitet hätten, setzen wir beide, nicht minder erschöpft, da es in gewissem Sinne ja auch unsere Geburt und gar unsere erste war, allein den Rest des Weges fort.

Bei der Einfahrt in Coblenz überquert man die Mosel auf einer schönen Steinbrücke, neben deren Kopf sich ein mächtiger Festungsbau erhebt. Die Mosel mündet hier in den Rhein, ist breiter als der Pregel, mindestens so breit wie die Spree und fließt rascher als sie.

Erst am nächsten Tage, nachdem wir uns für die verdiente Nachtruhe ausnahmsweise einmal ein recht komfortables Gasthaus gegönnt haben, erkunden wir die Stadt. Coblenz erfreut sich einer wunderbaren Lage zwischen nahen Weinbergen mit herrlichen Ausblicken. Die Stadt ist ordentlich gebaut und wirkt heiter. Die Straßen sind gut gepflastert und werden von den Bewohnern sauber gehalten. Coblenz, so scheint es uns beiden, ist die ansehnlichste Stadt, in die wir auf unserer Reise bisher gelangt sind.

Eine Exkursion folgt der anderen, bis wir schließlich Abschied nehmen müssen. Wenn die großartige Natur ihre Jünger in dieser holden Gegend in solchen Bann zu schlagen vermag, muß man fürchten, daß sie andernorts ihren Preis in Form mancher Entbehrung und Opfer zurückverlangen wird. Doch hält uns diese Furcht nicht von der Weiterreise ab.

Von Coblenz führt uns die Fahrt auf gewundenem Pfade die Mosel entlang nach Trier. Dieser Ort gilt als die älteste Stadt Deutschlands. In ihm herrscht reger Handel, doch liegt alles noch danieder. Die Stadt war ehedem viel größer, wurde aber im Pfälzischen Kriege ebenso niedergebrannt wie Speyer, Worms und Heidelberg. Die französischen Heerführer Turenne und Mélac ließen alle Städte und Ländereien, die in ihre Hände fielen, planmäßig verwüsten.

In Trier wohnt viel Bürgertum, jedoch keinerlei weltlicher Adel. Es ist das ärmste der Kurfürstentümer und verfügt nur über zwei Bataillone von zusammen eintausendsechshundert Mann.

Wir besteigen den Domturm und genießen den Ausblick auf die Berghänge und den Moselfluß, fast bis ins Saartal. Der alte und der neue Dom stehen Seite an Seite. Das alte Gotteshaus besitzt ein schönes, an eine römische Basilika gemahnendes Kirchenschiff, in dem sich mehrere ungewöhnliche Altäre und Grabmale befinden, außerdem soll der Domschatz auch, nebst etlichen Heiligenschädeln und Nägeln vom Kreuze, die Tunika des Herrn hüten. Aber der Dompropst will sie uns trotz meiner Bitten nicht zeigen. Liegt diese Unhöflichkeit in meiner lutherischen Herkunft begründet? Er hätte sicher sein können, daß ich meinen Unglauben vor ihm mit allem Adel verborgen hätte.

Die Gassen sind eng und krumm, die Häuser schmal, aber hoch. Es heißt, hier trinke man den besten Wein Deutschlands. Jedenfalls trinkt man beängstigend viel davon.

Durch die engen Gassen führen sie einen gebundenen Mann. Wortlos und finster starren die Schaulustigen ihn an. Der Gefangene stimmt einen murmelnden Gesang an, man weiß nicht, ob christlich oder heidnisch, doch auf jeden Fall sein Sterbelied, da ihm bestimmt ist, an diesem Morgen von der Hand des Henkers seinen Tod zu empfangen. Er hat im trunkenen Mute einen Zechkumpanen erschlagen, der tragischerweise zum geistlichen Adel des Städtchens gehörig, wenn ihm selbst auch wenig Frömmigkeit oder gar Adel zu eigen war. Aber da es sich bei dem Totschläger um einen armen Tischler handelt, ward das Urteil von Anbeginn besiegelt.

Im Gefühl des Grauens, welcher der Anblick einer solchen Hinrichtung und ihrer mordlustigen Zuschauer in meiner Seele hervorruft, suche ich Trost in der ewig gleichmütigen, vielleicht auch gleichgültigen Natur und versuche, die Blicke des Verurteilten wie auch jene der Urteilenden zu vergessen. Die Barbarei der Völker fußt stets auf der barbarischen Grausamkeit einzelner. Jede Tat trägt einen Namen, ebenso jeder Weg- oder Zuschauende.

Von Trier aus wollen wir rasch weiter, die Mosel entlang bis nach Metz, und dann über Nancy und Troyes nach Paris. Eine französische Meile hinter Trier befindet sich eine Brücke, halb aus Stein, halb aus Holz, zum Überqueren der Saar, die bei Konz in die Mosel mündet. Nun beginnt Lothringen, das der König von Frankreich ungerechterweise zu seinen Staaten zählt. Indessen lassen wir all die elenden Straßen Deutschlands hinter uns und gelangen auf eine herrlich gepflasterte und wenig belebte Chaussee.

Ein kleines namenloses Dorf im Talgrund, ein Kirchturm, eine Windmühle, ein Felsen mit einer Feste darauf, die wohl als Gefängnis dient, dann geht es so steil bergan, daß wir den Wagen verlassen müssen, damit die Pferde das mit unserem Gepäcke beladene Fuhrwerk hinaufziehen können.

Nachdem es so mühsam bergan ging, legen wir den Rädern nun den schweren Hemmschuh an, und in einer Wolke aus Brandgeruch und Staub rutscht der Wagen bergab in eine Senke, die schon im Abendschatten liegt.

Von der Nacht überrascht, errichten wir unser Lager am Ufer eines namenlosen Flüßchens. Wir verfahren nicht ohne Vorsicht in dieser menschenarmen Gegend, wo leicht Straßenräuber die Schlafenden überfallen können. Wir spannen die Pferde nicht aus und verabreden, abwechselnd Wache zu halten. Die Örtlichkeit hat trotz des verspielten Wasserlaufs etwas Schauerliches, welches durch die hohen, dichtbelaubten Buchen und die zahlreichen kühnen Nachttiere, welche unser Feuer umflattern, noch vermehrt wird. Die unheimlichen Eulenvögel regen Simon zu manch beängstigender Geschichte an, so daß ich, statt auf meiner groben Satteldecke ausgestreckt mich dem Schlafe zu überlassen, die erste Wache übernehme, da ich durch meines Gefährten fatale Erzählungen ohnehin keinen Schlaf zu finden glaube.

Während Simons Wache geschieht es dann. Ich weiß nicht, ob auch ihm vor Müdigkeit zeitweilig die Augen zugefallen, jedenfalls ist es zu spät, mich noch zu warnen oder gar die Waffen zu zücken, beide werden wir von Pistolenschüssen heimtückisch niedergestreckt, ehe wir überhaupt die Zahl und die Art der Angreifer überblickt.

Als ich wieder zu mir komme, liege ich in meinem eigenen Blute, mehr tot als lebendig. Neben mir liegt Simon leblos da. Unser Gespann mitsamt unseren Taschen und Koffern ist fort. Ich rufe meinen Gefährten an, ich schüttle ihn, lausche an seiner Brust, doch finde kein Leben mehr in ihm. Dann schwinden mir erneut die Sinne.

Die harten Stöße eines Leiterwagens lassen mich kurz wieder zu mir kommen. Jede Umdrehung der Räder erschüttert und martert mich. Neben mir spüre ich den kalten, reglosen Leib des Gefährten. Mit letzter Kraft bemühe ich mich, die Augen zu öffnen. Uns beide hat man bis auf die Leibwäsche ausgekleidet. Unsere

Leinenhemden sind blutdurchtränkt. Dann lassen mich Schmerzen, Schwäche und Blutverlust ein weiteres Mal in die barmherzigen Arme der Ohnmacht zurückfallen.

Ich erwache erst wieder, als man mich vom Wagen in eine Grube wirft, vermag aber kein Wort zu sprechen, sondern nur zu stöhnen, schon gewärtig, in diesem Schlammloche vollends zu verrecken.

Als ich meinen Körper wieder spüre, sind es die qualvollsten Schmerzen, die ich je erlebt, gedämpft nur durch ein hohes Fieber. Mit größter Anstrengung zwinge ich mich, die verklebten Lider aufzureißen und glaube mich in der Hölle. Ich liege halb auf fauligem Stroh, halb auf dem hartgestampften Boden. Eine Decke gibt es nicht. Doch rechter und linker Hand von mir andere Elende, die sich in ihrem eigenen Blute und Kote wälzen. Alles wimmelt von Maden, Schaben und Läusen.

Da ich mich nicht rühren kann, niemanden sehe, der sich meiner annähme und auch keinen Nachtstuhl in diesem Siechensaale entdecke, muß ich mich wie die anderen auf meinem erbärmlichen Lager erleichtern. Der Boden ist bereits von blutigen und stinkenden Exkrementen über alle Maßen besudelt.

Es herrscht eine fürchterliche Luft, wie im Hundssommer auf dem Schindanger, ein Pestgestank nach Grab und Kadaver. Niemand kommt, um ein Fenster zu öffnen oder den Lazarettsaal zu räuchern, niemand findet sich, diesen Menschenstall oder das Vieh darin zu säubern. Wer hier als Siecher hineingetragen wird, fühlt sich bei lebendigem Leibe verfaulen.

Die Schußwunden in Arm und Brust sind noch immer unversorgt, das trockene Fieber versengt mich, ein alter lahmer Mann bringt einen Brocken Kommißbrot, während es meinen Leib nach Wasser verlangt, nach einer warmen Suppe oder Tee. Aber der Alte versteht mich nicht, ist womöglich nicht nur lahm, sondern auch taub. Ich frage nach den Krankenwärtern, auf Deutsch, Französisch und Latein. Denn soviel ist mir inzwischen klar, dieser Ort mag zwar der Hölle ähneln, ja sie durchaus noch übertreffen, aber es handelt sich wohl nur um das Armenspital einer lothringischen Ortschaft, in das man mich, aller Güter und Papiere beraubt, gekarrt hat. Und da ich Simon unter den Siechen nicht finde, vermute ich ihn in einer Grube am Rande irgendeines Friedhofs.

Am Abend bringt der Alte endlich eine Suppe, aber kalt und nur mit ein paar harten Graupen und halbgaren, madigen Fleischklümpchen darin, die nach Jauche schmeckt, so daß sich rasch und unwillkürlich Erbrochenes zu den Exkrementen gesellt.

Ich rufe so laut, wie es mein geschwächter und im Sterben liegender Leib es noch erlaubt, nach Hilfe, bis endlich ein zur Pflege abgestellter Krankenwärter erscheint, stumpf, gleichgültig und betrunken und der Heilkunst in etwa so kundig wie ein Schlachtenmaler des Kriegshandwerks. Nicht einmal einen Verband vermag er anzulegen, geschweige denn die beiden brennenden Kugeln aus meinem Leibe zu schneiden.

Wenn ich überleben will, muß ich sobald als möglich aus diesem Siechenhause heraus, das allenfalls das Sterben beschleunigt. Noch habe ich keinen meiner Leidensgefährten auf seinen eigenen Beinen hinausgehen sehen.

Auch wenn der Wärter vermutlich den größten Teil des für das Spital angewiesenen Geldes unterschlägt und statt Arzneien und Krankenspeise Wein für die eigene Gesundheit davon kauft, da er sonst diesen Ort des unaufhörlichen Sterbens nicht ertrüge, wird ihm ein Lohn, der ihn womöglich von jedem weiteren Krankendienste befreite, sicher locken, mir beizustehen, Feder und Papier zu besorgen und eine Nachricht an Baron Rottembourg zu überbringen. Allein, ich besitze diesen verlockenden Lohn nicht, besitze ihn nicht mehr, das nackte Versprechen muß im Augenblicke genügen. Doch hat dieser abgestumpfte Dorfbader zweifellos manches großzügige Versprechen vernommen, dessen Einlösung am Ende unerfüllt geblieben ist.

Zu meinen körperlichen Schmerzen gesellt sich nun mehr und mehr die Seelenpein, die bisher vom Fieber ferngehalten wurde, schier grenzenlose Verzweiflung und eine mich ganz und gar verzehrende Trauer um den Verlust von Simon, der irgendwo unchristlich verscharrt liegt, wenn er auch ebenso an einem christlichen Gotte gezweifelt hat wie ich.

Am Ende ist der Tod gar Erlösung, aber etwas, das nicht ich bin, kämpft in mir und weiß, es darf sich dieser Verzweiflung nicht hingeben, denn ihr folgt die Selbstaufgabe, die Vorbotin des Todes.

Ich frage den Krankenwärter nach meiner Kleidung. Unwillig bringt er mir meinen Mantel, mit dem ich mich in der Nacht des Anschlags zugedeckt. Zwar ist er nun von zwei Kugeln durchlöchert, aber doch von bestem Stoffe, so daß der Wärter, der sich wohl schon im Besitze desselben dünkte, sich nun um die Aufbesserung seines Lohns betrogen fühlen muß.

Natürlich sind alle Taschen, von wem auch immer, durchsucht und, bis auf mein Reisetagebuch, das dem Fremden offenkundig wertlos erschien, geleert worden. Von der geraubten Barschaft werde ich, zumindest in diesem Leben, keinen Goldtaler und keinen Kupferpfennig wiedersehen. Aber im Mantelfutter eingenäht befinden sich noch einige Kreditbriefe, Pässe und die wichtigsten Empfehlungsschreiben, so auch das an Comte de Rottembourg, den französischen Gesandten am Berliner Hofe, der Herr einer Grafschaft hier im lothringischen Burgaltdorf ist.

Simon und ich waren ja bereits auf dem Wege nach Burgaltdorf und können, als die Heckenräuber uns überfielen, nicht mehr weit entfernt gewesen sein. Der Name meines Vaters und mehr noch der meines Großvaters müssen genügen, den Grafen, wenn er denn auf seinem Gute weilt, oder seinen Verwalter zu rascher Hilfe aufzufordern.

Den Wärter ermutige ich durch einen Blick auf meine Kreditwürdigkeit, ohne ihm indessen schon jetzt einen Brief in die Hand zu geben. Ich verspreche ihm eine großzügige Belohnung für seine Hilfe, weiß aber auch, daß er nur meinen Tod abzuwarten bräuchte, um in den Besitz eines weitaus größeren Gewinns zu gelangen.

Indessen gibt es offenbar einen Rest christlichen Mitleids in seiner vom Leiden abgestumpften Wärterseele, gepaart vielleicht mit der Furcht, ich könne gar wirklich so bedeutend sein, wie ich vorgebe, und seine unterlassene Hilfeleistung könne ihm, falls sie denn ans Tageslicht gelangen sollte, gar den Kopf kosten.

Wie auch immer, zwei Tage später fährt ein geschlossener Landauer vor dem Spitale vor, mich aufzunehmen und auf das gräfliche Gut zu bringen. Neben dem Kutscher und zwei Bediensteten ist auch der Arzt des Grafen mitgereist, der, noch ehe sie mich in die Kutsche tragen, mit der nötigsten Versorgung meiner Wunden beginnt. Viel mehr als eine Nacht hätte ich in diesem Siechenhause gewiß nicht überlebt.

Fast zwei Monate pflegt und beherbergt man mich in Burgaltdorf, ehe ich überhaupt an eine Weiterreise denken kann. Comte de Rottembourg weilt unterdessen in Berlin, läßt aber, sobald er von meiner Anwesenheit auf seinem Gute benachrichtigt ist, dafür Sorge tragen, daß es mir an keinerlei Fürsorge und Bequemlichkeit mangle. Mit seinem Briefe trifft auch einer meines Großvaters aus Berlin ein, voller Unruhe über mein Befinden. Ich antworte beiden noch am selben Tage, dem Grafen Konrad Alexander voller Dankbarkeit für seine großherzige Hilfe für einen Unbekannten, und dem Großvater beschwichtigend, indem ich alle Schmerzen und den Tod des Gefährten verschweige.

Großvater geht zweifellos davon aus, daß ich nach diesem Überfalle sogleich nach Brandenburg oder Königsberg zurückkehren werde. Aber es ist mir unmöglich, jetzt meinen Vater und selbst den geliebten Großvater wiederzusehen. Simons Tod läßt mich allein zurück, ja, aber ich will im Augenblick auch nichts anderes als allein sein. Die Reise soll weitergehen. Jede Reise hat ihre Freuden und Wunden. Freuden und Wunden gehören zusammen. Und nicht selten sind es gerade die Freuden, die uns Wunden schlagen.

Ausgerüstet mit dem Nötigsten, doch nunmehr ohne eigenes Gespann, sondern mit der Post reisend, mache ich mich am Feste Mariae Himmelfahrt, wie dieser Kalendertag hier jenseits des Rheins noch genannt und gefeiert wird, auf den Weg nach Paris.

Je näher man der französischen Hauptstadt kommt, desto angenehmer und volkreicher werden die Wege. Auch die Bewirtung an den Poststationen und die überall zuvorkommende Gefälligkeit sind ungleich besser als auf der anderen Rheinseite. Nur die Rasse der Reit- und Kutschpferde scheint mir weniger edel.

Muß es diese Seelen geben, die so schüchtern und hilflos in die Welt gekommen sind, daß sie nie wissen, was sie tun, was sie wollen, wohin sie gehen, sondern nur staunend sich von den Umständen treiben lassen? Wann werde ich soweit sein, alles, was ich gelernt und geglaubt habe und das nun von Grund auf zerstört in mir liegt, zu etwas Neuem, Eigenen zusammenzufügen, um am Ende wahrhaftig Ich sagen zu können? Indem Gott uns nach seinem Ebenbilde schuf, hat er unsere eigenen, besonderen Züge gelöscht.

Wieviel es aufzuwecken und zu erkunden gibt! Und doch ist mein Geist nicht voller Neugier, sondern eher träge und grüblerisch. Im Postwagen auf langer ermüdender Fahrt und ohne die Gesellschaft selbsterwählter Gefährten wird wohl jeder zum melancholischen Grübler.

Ich hätte erwartet, die gepriesene Hauptstadt der Franzosen schon von weitem zu sehen, allein ich bekomme sie erst zu Gesicht, als ich mich auf eine Meile genähert habe, und auch dann sehe ich nichts als Mauern und Steinwälle und Schornsteine. Aber den Lärm der Wagen, Karren und Menschen höre ich bereits, ehe ich die Stadt sehe. Und der Lärm wird wohl während meines ganzen Aufenthalts mein getreuer Begleiter sein.

An der Porte Saint-Antoine steige ich mit meinem nunmehr leichten Gepäcke aus der Postkutsche und halte zu Fuß Einzug in Paris. Ich beklage mich nicht, im Gegenteil, wer geht, sieht im Allgemeinen mehr als jener, der reitet oder fährt. Sowie man im Sattel oder Wagen sitzt, hat man sich schon einige Grade von der wahren Unmittelbarkeit entfernt.

Ein sonderbares Schauspiel sehe ich gleich zu Beginn meiner ersten Stadtbegehung. Ein Herr, durchaus wohlgekleidet, sitzt direkt am Fahrweg und verrichtet dort, vor aller Augen, sein Naturbedürfnis. Eine ebenso modisch gekleidete Dame steht dicht bei ihm und hält seinen Stock. – Diesem ungehemmten Umgang mit der eigenen Notdurft begegne ich noch des öfteren in der ihrem Rufe nach doch so kultivierten Stadt. Nur an den königlichen oder städtischen Gebäuden finde ich Schilder, die dergleichen Offenherzigkeit bei Strafe verbietet.

Ja, Lobpreis sei dem Gehen, auch wenn es in diesem Quartiere keine Fußsteige gibt. Das Kopfsteinpflaster mit seinen vielen kleinen Schlamm- und Kotpfützen beginnt unmittelbar vor den Haustüren. Dafür läuft die Gosse durch die Mitte der Straße, wenn sie denn läuft, denn das geschieht nur nach schweren Regengüssen. An einem sonnigen Tage wie diesem steht die Notdurft aus den Bettgeschirren darin und wartet, von der Sonne getrocknet und vom Winde in die offenen Fenster geweht zu werden. Und kommt endlich der ersehnte Regenschauer, läuft die verstopfte Gosse, fürchte ich, gleich über und das Kloakenwasser bis in die Häuser hinein.

Der erste Anblick von Paris betäubt mein Auge. Alles sieht es ins Übertriebene verzerrt. Ist es die Linse meines Auges, ist es noch eine Narbe des Anschlags? Ist es eine neue Denkungsart? Oder ist es Paris selbst, das meinem kälteren Geblüte ausweicht?

Zunächst begebe ich mich zu Monsieur de Molle am Quai de la Régisserie, um dort eine Geldanweisung einzulösen und meine Barschaft aufzufrischen und vielleicht sogar Briefe aus Berlin oder Königsberg vorzufinden. Als man ihm meinen Namen nennt, empfängt er mich freundlich, aber Briefe hat er nicht. Nachdem er mir das angewiesene Geld ausgezahlt, fragt er nach meinem Logis. Ich habe zwar meine Empfehlungsschreiben, scheue mich aber, sie schon jetzt zu nutzen, da mir im Augenblikke doch das nötige Introductionstalent vollkommen fehlt und ich mich scheue, mich unbekannterweise den sogenannten wichtigen Persönlichkeiten der Stadt aufzudrängen. Ich opfere meine Zeit, raube ihnen die ihrige und bleibe am Ende gar des echten Willkommens ungewiß. Also bitte ich Monsieur de Molle um eine Empfehlung für eine bescheidene Privatunterkunft, bis mir mehr nach Geselligkeit zumute sein wird.

Ich wohne nun im zweiten Stock eines geräumigen Hôtels in der Rue Vaugirard, unweit des Luxembourg-Gartens. Im Hofe wächst Gras, und auch sonst herrscht eine Friedhofsstille. Ich habe die Wohnung von Madame Crescence, einer alten Dame, gemietet. Alle anderen Wohnungen scheinen leerzustehen oder von wortkargen und bettlägrigen Gelehrten behaust zu sein. Im Hofe spielen keine Kinder, nirgendwo trocknet Wäsche oder wird ein Teppich ausgeklopft, und an den geschlossenen Fenstern in den anderen Hofgebäuden sehe ich kein einziges neugieriges Gesicht.

Hier finde ich nun allerdings mehr Ruhe, als ich mir in den abenteuerlichsten Stunden meiner Reise gewünscht habe.

Verlasse ich indessen das Haus, erlebe ich auf der Rue Vaugirard und den anderen Boulevards keinen Augenblick, in welchem nicht Kutschen oder Karren und ein nicht endender Strom von Menschen vorbeirauschen, poltern, klappern, quietschen und kreischen. Und abends, wenn es in Königsberg oder Berlin allmählich ruhig wird, fängt das Lärmen hier erst richtig an. Die Arbeiter schlurfen müde heim, die Krämer räumen ihre Auslagen fort, die Herrschaften fahren aus der Komödie zu den Soupers, und das dauert bis spät nach Mitternacht. Und kaum glaubt man, die Gassen einmal für sich allein zu haben, hebt noch vor dem Sonnenaufgange der Gesang der Straßenkehrer, das Geschrei der Händler und Marktleute und das Gekeife all derjenigen, die sich an diesem frühen Lärmen stören, schon wieder an, so daß ich am Ende für die vollkommene Totenstille in meinem Hofe gar dankbar bin.

Plötzlich lassen mich vertraute Klänge, die offenbar vom sonst so stillen Carrée durch das geschlossene Fenster in mein Mietzimmer dringen, aufmerken, Lautenklänge, wie Simon sie so vergnügt in den ersten Wochen unserer Grand Tour auf seinem dickbauchigen Instrumente gezupft. Doch als ich das Fenster öffne, um genauer zu lauschen, verstummen die Töne abrupt. Im Hofe befindet sich niemand, und auch die Fenster der angrenzenden Hofgebäude sind allesamt unbeleuchtet. Indessen steht eines, dem meinen genau gegenüber, ein wenig offen, das, wenn ich mich recht erinnere, bisher immer verschlossen war. Wenn dahinter auf einmal ein neuer Mieter Quartier bezogen haben sollte, so hält er sich im Dunkeln des Zimmers verborgen.

Ich schließe mein Fenster, inzwischen nicht mehr gänzlich gewiß, ob ich die vertrauten Melodien tatsächlich vernommen oder mir in Folge meines Kummers und meiner Einsamkeit nur eingebildet habe.

Am nächsten Morgen suche ich, bevor ich mein Hôtel verlasse, Madame Crescence in ihrer Belle Etage im Vorderhause auf und frage sie, ob in den letzten Tagen ein neuer Mieter ins Hinterhaus gezogen sei. Madame Crescence schaut mich erstaunt an. Ihr Mund sieht aus, als würde er ohne Unterlaß pfeifen. Aber dieses Erstaunen stand bereits in ihrem Gesicht, als ich ihr das erste Mal begegnet bin, und gehört vermutlich zu ihrer Natur wie die Triefaugen zu einem Wüstling.

Sie erwidert, alle weiteren Gäste ihres Hôtels wohnten im Vorderhause mit den Fenstern zur Straße hinaus. Ich sei der einzige, der auf Grund der Stille ein Hofzimmer vorgezogen hätte, auch wenn es dort der Lage entsprechend sehr viel dunkler sei. – In Wahrheit lag der Grund natürlich in meinen begrenzten Mitteln.

Aber ich lasse Madame Crescence in dieser Annahme, wenn sie meinem Argumente denn wirklich glaubt. Inzwischen weiß selbst ich, daß kaum je ein Mensch so unschuldig sein kann, wie er aussieht.

Es ist später Vormittag, als ich endlich aus dem Hause trete. Mein erster Spaziergang führt mich in die Rue Vivienne. Hier liegt das Paradies der modischen Welt, denn hier findet sich alles, was die Häßlichkeit braucht, sich zu verkleiden, und die Schönheit, sich zu verraten. Und wie jeder, so hat auch dieser Verrat seinen Preis, der mich mit dem Wenigen, das mich schmückt, abfinden läßt, auch wenn ich, der bis zu diesem Tage eine ziemlich gute Meinung von sich selbst gehabt hat, mir zum ersten Male in meinem Leben ein wenig schäbig und provinziell vorkomme.

Das blaue Wams und die edlen Strümpfe nach der neuesten Pariser Mode lasse ich ohne größeres Bedauern liegen. Ich erstehe ein wenig einfache Wäsche, an der es mir nach dem Raube noch mangelt, und begnüge mich auf dem weiteren Wege mit dem Schauen und Staunen.

Aber die vielfach gepriesenen Sehenswürdigkeiten ermüden mich rasch. Es zieht mich vielmehr zu dem großen Markte mit seinen Hallen und Ständen. Es ist, als ginge all das aufgedunsene tote Fleisch und Fett und die überreifen Früchte auf ihre Verkäufer und Verkäuferinnen über, so daß man folglich die Ansehnlicheren an den Ständen mit Gebackenem und Verzuckertem und unter den Blumenmädchen findet. Aber zart und feinsinnig sind auch diese nicht. Offenkundig gibt es in Paris nichts Reines, Unschuldiges oder Anmutiges unter den Marktschreiern. Was unten liegt, das liegt im Dreck. Und will man sich ihnen gleichstellen, muß man mit hinein. Weder Männer noch Frauen machen große Umstände, wenn man sich mit ihnen keine macht.

Eine Menge der Buden bleibt unabgebrochen stehen, und manche dieser Zelte sind die ganze Wohnung ihres Besitzers. Und zweifellos zieht mancher in der Nacht mehr Gewinn daraus als bei Tage, indem er noch einen Gast mit in sein karges Hôtel lädt. Die Pariser Ordnungshüter drücken bei diesen nächtlichen Geschäften beide Augen zu, sicher nicht, ohne dabei auch ihrerseits einen Teil des Gewinns einzustreichen.

Man trifft hier viele trübselige, unglückliche, ja entmenschlichte Gesichter, als hätten sie soeben eine öffentliche Züchtigung erhalten oder seien eben eine solche zu geben bereit. Aber darf mich das verwundern? Aus allen Provinzen strömen die Menschen in die Hauptstadt, nach London ist sie die größte Stadt der Welt, und mit jedem neuen Ankömmling werden die Bedürfnisse vermehrt und damit der Kampf um die Mittel, diese zu befriedigen. Kann diese stetig sich vermehrende und zusammendrängende Menge denn anders enden als in einer wilden, alles umstürzenden Explosion?

Noch ist es eine gleichgültige Masse, die zunächst Abscheu erregt. Sie kommen hierher, um zu leben. Mich aber dünkt es, als stürbe es sich hier leichter. Ich sehe blasse, zu Tode erschöpfte Menschen, deren Gesichter man bereits vergessen hat, ehe sie um die nächste Ecke gebogen sind. Aber ich halte auch Abstand zu ihnen, soweit es in diesem Menschenwirbel möglich ist.

Daß man in Paris fast in jeder Nacht Leichname findet, bekräftigt nicht gerade den vorteilhaften Ruf der Stadt, wobei unter den Getöteten indes auch mancher Selbstmörder und unglücklich Verunglückte sein mag, denn die Enge der Stadt treibt wohl nicht wenige in eine verzweifelte Lage. Das Mitgefühl des Menschen für seinen Mitmenschen aber erstirbt in einer so volkreichen und drangvollen Enge.

Ich sehe Obdachlose in den Straßen liegen, von denen ich wenigstens im Vorbeigehen nicht zu entscheiden vermag, ob sie tot oder lebendig sind. Sie mögen krank, hungrig, dem Tode nahe sein, doch jedermann geht vorüber. Auch ich, wenngleich mit Scham.

Hatte ich nicht von Paris geträumt? Was hatte ich erwartet? Eine Stadt der Wunder! Um so größer nun die Enttäuschung. Derselbe Straßenkot wie in Berlin, nur mehr davon. Der Rest gemalte Kulisse. Kaum streckt man die Hand danach aus, bekommt man nur Gips und bemalte Leinwand zu fassen, hinter der sich nichts verbirgt.

Du Armer! Willst du dich weiter mit deiner deutschen Denkungsart, die mit deinem Leibe so zusammengewachsen ist, daß du sie wie eine zweite Haut hierhergeschleppt hast, durch die Straßen irren? So wirst du nie ein Pariser!

Fast alles Unglück im Leben hat seine Ursache in den falschen Vorstellungen, die wir uns von der Welt und den Menschen machen, den anderen, denen wir begegnen, und vor allem von uns selbst.

So mannigfaltig auch das Schauspiel des Straßenlebens ist, von dem ich einst annahm, niemals genug bekommen zu können, so zieht es mich nun doch nach all dem Übermaß an Eindrücken in die Ruhe und Abgeschiedenheit meiner Hofbehausung zurück. Die niedrige Stubendecke ist von schwarzen, verrauchten Balken durchzogen. Auf dem Herde gart in einem kupfernen Topf eine einfache Kohlsuppe, deren Zutaten ich vom Markte mitgebracht, so daß ich zum Nachtmahle nicht mehr ausgehen muß.

Mitten in der Nacht schrecke ich auf. Ich lausche in die Stille, unsicher, was mich aufgeweckt haben mag. Aber dann vernehme ich sie wieder, Simons Stimme, leise zwar, aber so deutlich, daß ich sogar die Worte des Liedes verstehe, welches er angestimmt hat:

Hebo, Reiter in der Nacht,
Behalt die Zügel in der Hand.
Die Vaterstadt ist abgebrannt,
Ein Engel hat dich hergebracht.

Hebo, abendlicher Reiter,
Schau voraus, blick dich nicht um.
Ist die schwarze Nacht auch stumm,
Das Engelshaar brennt jauchzend weiter.

Und in schmerzlicher Erwartung des einen oder anderen falschen Akkords seiner Laute will ich mir fast die Hände vor die Ohren pressen. Dann überfällt mich ein höllisches Grauen, ich möge vielleicht dem Wahnsinn verfallen, springe aus dem Bett, eile ans Fenster und reiße es auf. Aber im Hofe ist es totenstill.

Indessen ist das Fenster, welches dem meinen gegenüberliegt und in der vergangenen Nacht mit allergrößter Sicherheit offen stand, nun geschlossen. Und der Gedanke, daß sich womöglich irgendein Witzbold einen bösen Scherz mit mir erlaube, ist für einen Augenblick sogar tröstlich, käme er doch immerhin einer vernünftigen Erklärung nahe. Aber wer sollte mir so übel wollen, mich mit derlei Gaukeleien fast in den Wahnsinn zu treiben?

Der Gebrauch der Sinne scheint mir der vernünftigste Weg, um einen Begriff von der Wahrheit zu erhalten und nicht gleich dem ersten Eindrucke des Spuk- und Geisterhaften zu verfallen. Ich nehme mir vor, mich in den nächsten Tagen jeglichen billigen Weines zu enthalten.

Nach meiner Ankunft in Paris beherrscht mich für Tage die *idée fixe,* eine schöne Dame möge in meiner Gegenwart einen Unfall mit ihrer Chaise erleiden oder in eine andere größere Gefahr geraten, aus der ich sie glücklich erretten und zum Lohne von ihr in die französische Kunst der Liebe eingeführt werde. Allein, nichts dergleichen geschieht. Und wenn es geschähe, brächte es mich zweifellos in eine nicht geringe Verlegenheit. Denn so ist es wohl, wenn *idées fixes* einmal Wirklichkeit werden.

Weiter kann man wahrlich nicht von sich entfernt und abgeschnitten sein als hier im geschäftigen Paris. Selbst in den Gärten und auf den wenigen bepflanzten Plätzen drängen sich beim ersten Sonnenscheine die Menschen, und über alles weht der Lärm und der Staub der betriebsamen Straßen.

Aber man verrät seine Jugend, wenn man nicht hinausgeht unter die Menschen und seine Sinne nicht gebraucht. Eine von Eindrücken verlassene Seele ist ein wüstes Land. Es gibt keine Erlebnisse zu erinnern, keine Erfahrungen zu sammeln. Das ist die Sinnenleere der Hölle.

So suche ich denn, wenn ich der Stille bedarf, oftmals Zuflucht in den Kirchen, nicht zur Andacht oder zum Gebete, sondern schlicht um der Einsamkeit willen. Den Parisern scheinen sie nicht einmal an den Sonn- und Festtagen eines Besuches würdig. Angesichts dieser verbreiteten Gottlosigkeit bin ich versucht, mich aus Trotz und allein der Unterscheidung wegen auf meinen Kindheitsglauben zurückzubesinnen.

Dessen ungeachtet sind die Kirchen wahre Trutzburgen gegen den Lärm, die Hitze und den Staub der Stadt. Ich glaube, diese heißt Sankt Anna. Sie steht vor mir in einem hochgeschlossenen Kleide und einem weiten blauen Mantel, mit dem sie die ganze Welt zu bedecken und zu behüten scheint, aus bemaltem Holze, mit einem Meer von Kerzen vor sich. Es ist selbstverständlich eine papistische Kirche, also eher ein Theatersaal als ein Gebetsraum. Eine große Anzahl weiterer Heiliger und Märtyrer drängt sich in den vielen Seitenkapellen und Nischen, die weiblichen allesamt bis aufs Antlitz derart von Stoffbahnen umhüllt, daß ihre Leiber selbst wie fleischlose Ballen Stoff erscheinen.

Die Männerstatuen hingegen stehen größtenteils fast nackt da, angefangen mit dem Leib unseres Herrn, wie er gegeißelt wird und hernach nur mit einem schmalen Schurze bedeckt am Balken hängt, ihm folgen die ersten Apostel und Märtyrer, Sankt Sebastian, dessen junger nackter Körper von Pfeilen gespickt lebensgroß dem schauernden Betrachter fast in die Arme sinkt, Sankt Florian, der mit einem derben Strahle aus seinem Membrum virile das Feuer zu löschen sucht, und so geht es weiter im Kanon der Heiligen, und der protestantische Besucher spürt schmerzlich, um welche Schau- und Anbetungslust ihn der berechtigte und doch zugleich so unmenschliche Bildersturm beraubt hat. Ja, all dies hier ist zutiefst heidnisch, heidnisch wie unser Leib, der sich nur widerstrebend der Führung durch die Seele unterwerfen will. Aber vielleicht ist der heidnische ja der menschlichere Glaube.

Wenn man sich dem Cimetière des Innocents, dem Friedhof der Unschuldigen, nähert, kommt man in Gassen, wo nur Steinmetze, Bildhauer und Kranzbinder wohnen und arbeiten. Beide Straßenseiten sind gesäumt von betenden Engeln und Jungfrauen mit schönen Jünglingen in ihrem Schoße, aus Marmor oder Gips geformt, versteht sich.

Das Gräberfeld selbst ist groß und ausgedehnt wie eine eigene Stadt, die größeren Wege sind gepflastert, und sucht man ein bestimmtes Grab, so ist es ohne einen Cicerone nicht zu finden. Wie die Wohnungen der Lebenden haben auch die Toten ihre Adressen, wenngleich es nicht heißt *Hier wohnet dieser oder jener*, sondern *Hier ruhet mein oder unser geliebter …*

Indessen ist dieser größte der Pariser Friedhöfe infolge von Seuchen und Hungersnöten so überfüllt, daß die Toten kaum lange genug ruhen dürfen, um vollständig zu verwesen. Also werden denn die ausgegrabenen Knochen von ihrem Restfleische befreit und in einem der Beinhäuser gesammelt und daselbst weiter aufbewahrt.

Ganz ohne Führer finde ich mich unerwartet vor dem Grabe eines in ganz Paris berühmten Liebespaares wieder, das gemeinsam in den Tod gegangen. Ich stehe nicht allein vor diesem Grabmale, denn es wird von den Parisern viel besucht. Die Liebenden schwören sich hier ewige Treue. – Ich wollte, ich könnte es ihnen gleichtun. Doch manchmal zweifle ich, daß es sie überhaupt gibt, die Liebe.

Immer enger und finsterer werden die Gassen in diesem mir noch unbekannten Quartiere. In weiten Abständen hängen quer über dem Fahrwege einzelne schwere Laternen an einem Seile, das über eine Rolle läuft. Am Abend werden sie vom Lampenwärter heruntergelassen, angezündet und wieder hinaufgezogen. Dann pendelt über den Köpfen der Passanten ein flackerndes Licht, so daß man sich wie auf dem Decke eines schwankenden Schiffes fühlt, bis an gewissen Ecken das lichtscheue Gesindel die hier baumelnden Lampen mutwillig löscht oder zerschlägt und so manchen ängstlichen Flaneur zu einem Umwege nötigt.

Eine andere Luft weht hier, andere Menschen hausen hier und sprechen eine andere Sprache. Unheimliche Schenken hallen von Lärm und Gesang wider. Die Gesichter der Männer sind schön von Grausamkeit und Wildheit, alle haben schwarze Augen und schwarze Bärte. Alles hier ist schmutzig und arm. Doch ehe einer von ihnen die Hand ausstreckt, verhungert er lieber. Oder raubt sich seinen Teil. Sie sind Ritter der Armut, arm und stolz. Statt des Degens tragen sie Messer, und sie sitzen ihnen ebenso locker.

Vor einer Schenke hockt, vom schmutziggelben Lichte aus der Schankstube beleuchtet, ein junger Musikant mit bleichem Gesichte, ohne Bart, das schwarze Haupthaar lockig, schulterlang, eine Laute im Arme, mit der er den eigenen Gesang begleitet. Ich mische mich unter die Zuhörer, lausche. Es ist ein Soldatenlied:

Wer zieht heran mit Trommeln, arm,
Zerlumpt und ohne Stiefel?
Meine Brüder, die Soldaten der Verzweiflung!
Von den Feldern hat man sie geraubt,
Für ein längst vertrunknes Handgeld,
Für das Grab im offnen Graben.

Unsere Blicke treffen sich. Mein Haar ist so schwarz wie seines, doch meine Augen müssen ihm auffallen, ihr helles Blau unter all den nußbaumdunklen. Die Menge zerstreut sich, ich bleibe noch stehen.

Noch kenne ich kaum einen Menschen hier, vom Bankier de Molle und Madame Crescence, meiner Zimmerwirtin, einmal abgesehen, und bin mir im Augenblick nicht einmal sicher, ob ich gegenwärtig überhaupt irgendeinen Menschen näher kennenlernen will. Denn meinen ersten Eindrücken nach scheinen die Bewohner dieser Welthauptstadt mir doch ein wenig zu gewitzt, um wahrhaftig zu sein. Darsteller von Welthauptstadtbewohnern, kühle, einander betrügende Schauspieler, so viele, daß man einander zwangsläufig mit einer gewissen Kälte und Gleichgültigkeit begegnen muß. Ja, man grüßt einander, wie ich nun den jungen Musikanten, aber es ist nur das Auge, das grüßt, und nicht das Herz, während die eine Hand fest auf dem Geldbeutel und die andere auf dem Degengriffe ruht.

Man sage nicht, dass eine innere Stimme uns klar und deutlich zuraune, was recht sei. Was in dem einen Lande Recht scheint, gilt den Bewohnern eines anderen als Unrecht. Für wieviel, was ich hier tun darf, ja tun muß, um nicht für einen Dummkopf gehalten zu werden, würde ich in meinem eigenen Lande aufs härteste bestraft!

Ich kehre bald in die Rue Vaugirard zurück und sitze, ohne ein Licht in meiner Wohnung zu entzünden, da und habe noch immer das Bild des jungen Musikanten vor Augen, vielleicht ein abgemusterter oder desertierter Soldat, der womöglich seit Tagen nichts gegessen und kein Obdach hat und die Nacht auf der Gasse verbringen muß. Wie kann man sich in dem Charakter eines Menschen bei der ersten Begegnung sicher sein, insbesondere wenn er sich hinter der Maske der Wildheit und der Grausamkeit versteckt, wie es diese große Stadt mancherorts verlangt? Ja, es ist die Stadt selbst, die sich maskiert. Erst auf den dritten, vierten Blick entdecke ich hinter ihren kühlen, abweisenden Fassaden das Grüblerische, Bedürftige und Gelangweilte, das nach immer neuer, noch wilderer Zerstreuung verlangt, weil sie keine Antwort weiß. Antwort auf was?

Licht schimmert aus dem Hoffenster in mein Zimmer. Ich bleibe in meinem Bette liegen wie ein verängstigtes Frauenzimmer und starre auf den rechteckigen gelben Flecken mit dem schwarzen Kreuze auf der Tapete. Flackert er nicht ein wenig, als würde er von einem Kerzenlicht geworfen, mit dem jemand in seiner Stube auf und ab läuft?

Habe ich gehofft, Paris werde meine dichterischen Phantasien ans Licht der Welt verhelfen, so ist nunmehr das Gegenteil der Fall: Die Stadt ist gerade dabei, mir die letzten poetischen Flausen auszutreiben.

Steif und mit schmerzendem Kopfe, als hätte ich die Nacht durchgezecht, steige ich aus meiner Bettstatt und trete ans Fenster. Wer sagte einst, das Leben eines Säufers und Wüstlings scheine ihm allemal lebendiger als das des tadellosen Spießers? Es war wohl Andreas Kürschner an einem unserer nicht mehr ganz nüchternen Abende im Grauen Kranich.

Ja, es besteht kein Zweifel, im gegenüberliegenden Zimmer brennt ein Licht. Indessen hat man einen dünnen Vorhang vor das Fenster gezogen, so daß ich nur den Schatten einer Gestalt, aber nicht deren Gesicht erkennen kann. In unregelmäßigem Takte läuft dieser Schatten am Fenster vorbei, meinem Auge dünkt er von jugendlicher Statur und männlichem Geschlechte. Einmal bleibt er kurz vor dem Fenstergevierte stehen, und ich glaube, ein vertrautes Profil zu erkennen.

Trotz der Gefahr, mich bis aufs Mark lächerlich zu machen, streife ich meinen Mantel über die Leibwäsche und eile ansonsten unbekleidet und barfuß aus meinem Zimmer, durch das kalte dunkle Stiegenhaus in den Hof hinunter und die beiden Stockwerke im Hinterhaus wieder hinauf.

Drei dunkle, verschlossene Türen finde ich auf dem Treppenabsatze vor. An die mittlere klopfe ich, zunächst zaghaft, fast ängstlich, doch als niemand mir öffnet, energischer und am Ende gar zornig. Mein Klopfen geht in ein Pochen und das Pochen in ein Schlagen und Hämmern über, ich rufe Simons Namen, vielmehr schreit etwas in mir, denn ich verliere mehr und mehr die Herrschaft über das, was ich hier tue, auch wenn etwas Tieferes oder Fremderes in mir mein Selbst beobachtet, welche Torheiten es hier veranstalte oder eher noch ihm widerführen, und als ich schon drauf und dran bin, die stille, unbewegte, mich verhöhnende Tür einzutreten, steht plötzlich Madame Crescente im Schlafrock und mit einem Kerzenleuchter in den zitternden Händen vor mir und fragt mit einer erstaunlichen und wohl nur den Parisern eigenen Eiseskälte in der Stimme: »Suchen Sie jemanden, Monsieur de Katte? Vielleicht kann ich Ihnen behilflich sein, ehe Sie alle meine Hausgäste aufwecken?«

Beschämt entschuldige ich meinen erbärmlichen Auftritt mit einer angeblichen Mondsucht. Ich bin mir nicht sicher, ob sie mir Glauben schenkt, und am Ende muß ich meiner ängstlich-eisernen Wirtin noch dankbar sein, daß sie mich nicht unverzüglich vor die Tür gesetzt. Zumindest wird sie der nächsten Empfehlung des Herrn de Molle mit wesentlich zurückhaltenderer Freundlichkeit begegnen.

Es hilft nichts, daß ich mich in meiner Wohnung einschließe, ich bin doch schon ganz und gar vom Schmutz und Glanz der Stadt infiziert. Ich muß hinaus! Ja, ich habe wenig Geld, auch Paris wird dann kleiner. Doch in einer Stadt wie Paris ist das Fragment sich selbst genug. Wie kann es angesichts der Vielfalt und Unvorhersehbarkeit auch anders sein!

Ich gehe nur jeden zweiten Abend essen, in einem Arbeiterwirtshause, wo der Hunger es mir schmecken läßt und im übrigen das Bier dasselbe ist wie in den teuren Restaurants an den Boulevards.

In manchen Vierteln jenseits der großen Avenuen stoße ich auf Elendsquartiere, wie ich sie weder aus Berlin noch aus Königsberg kenne, bewohnte Ruinen, zusammengehalten nur noch von der Not ihrer Bewohner. Eine Armut, welche die Armen um ein Almosen anbettelt. Abgetragene, fadenscheinige Wäsche aus allen Fenstern, auf Leinen zwischen elenden Häusern gespannt, die ohne diese Hanfseile vielleicht einfach umkippen und zusammenstürzen würden. Männer, die schon am frühen Morgen saufen, schmutzige Kinder, welche die Arbeit der Männer verrichten, und Ratten, fette Großstadtratten, bei hellichtem Tage in den kotigen Rinnsteinen.

In der Rue de l'Hôpital finden jeden Sonntag zur Mittagszeit Rattenkämpfe statt. Dann kommen die Schlachter und Gerber und die Bäcker und Schuhmacher des Viertels mit ihren Terriern und die Straßenjungen mit den lebendigen Ratten, die sie in einer von vier Brettern markierten Arena aussetzen. Nun werden Wetten abgeschlossen und die Terrier auf die Ratten gehetzt. Immer unterliegen die Ratten, und am Ende des Gemetzels liegen zwanzig oder dreißig Rattenkadaver im blutgetränkten Dreck. Aber auch die Terrier werden gebissen und vergessen diese Wunden nicht. Am nächsten Sonntage werden sie sich mit noch größerer Wut auf die kleinen struppigen Widersacher stürzen, die den Gassenjungen gierblind in die Fallen getapst sind.

Auf meinem heutigen Streifzuge durch dieses Babylon oder auch Sodom verirre ich mich in die unscheinbare Rue de Genève, finde daselbst aber einen kleinen Instrumentenladen mit den edelsten Traversflöten. Ist denn Paris nicht auch berühmt für seine Flötenbauer? Seit dem Raube vermisse ich zum ersten Male meine Flöte. Bisher war mir nicht recht nach heiterem Spiele zumute. Das letzte Mal, daß ich meine Flöte an die Lippen gesetzt, war auf dem Wege durch die Weinberge hinter Trier, entlang der windungsreichen Mosel. Simon sang dazu, während er die Zügel führte, eher schief und mißtönend, dafür aber laut und voller Hingabe.

Die Preise für eine Flöte liegen gut und gerne ein Zweifaches über denen in Berlin. Und meiner Barschaft beraubt, kann ich mir vernünftigerweise eine solche Ausgabe nicht leisten. Trotzdem betrete ich den Laden und lasse mir die jedem Meister würdigen Instrumente zeigen.

Diesmal beschaue und betaste ich sie nur. Am nächsten Tage aber bin ich wieder da, die beiden teuren Pistolen, die mir Comte de Rottembourgs überaus fürsorglicher Verwalter zu meinem

Schutze mit auf den Weg gegeben hat, in meinem Gepäcke, und biete sie dem Flötenbauer nun zum Tausche, wenn er mir auf die Flûte traversière den halben Preis erläßt.

Argwöhnisch prüft er die beiden in seinem Laden so fremd wirkenden Gegenstände, findet sie mit dem Blicke des erfahrenen Handwerkers am Ende aber doch von außerordentlicher Güte, und lächelnd läßt er sich auf den Handel ein, denn selbst wenn er für dergleichen Schießinstrumente selbst keine Verwendung hat, findet er doch leicht unter den Edleren seiner Kunden einige, die sich nicht nur auf Flötenduelle verstehen.

Auch wenn ich die Stadt nicht ungebührlich preisen mag, da ich inzwischen auch manches ihrer verborgenen Gesichter kenne, so gibt es hier doch die herrlichsten Kunstwerke zu bestaunen. Allein der Reichtum an Gemälden, den man hier zusammengetragen hat, ist der allerhöchsten Bewunderung wert. Allerdings hat man alles nach Schulen geordnet, und es wundert mich nur, daß man die deutsche mit der niederländischen zusammengeworfen hat.

Die Paläste und anderen Bauten dieser Stadt übertreffen an Größe und Pracht um ein Vielfaches jene in der Residenzstadt der Hohenzollern. Ständig wird hier Altes abgerissen und dafür noch Größeres und Prächtigeres hingebaut. Von derselben Unruhe und Prunksucht scheinen mir auch die Bewohner dieser Metropole infiziert zu sein, zumindest jene, die es sich leisten können.

Indessen lebt man hier nur äußerlich froh und lachend, die Herzen aber sind verdrießlich und erschöpft von den Tagesgeschäften. Ja, es gibt unzählige Bälle, Gesellschaften, Konzerte, aber diese Zerstreuungen sind ebenfalls Pflichten, weil man sich ihnen nicht entziehen kann, denn die Damen müssen ihren Putz herzeigen, und die Herren müssen einander glauben machen, sie seien gelassene Müßiggänger. Dabei sind derlei Vergnügungen im Grunde harte und ermüdende Arbeit.

Auf der Straße höre ich unterdessen manches Respektlose gegenüber dem jungen Monarchen, das in Berlin wohl niemand gegen unseren König auszusprechen wagte. Der französische König und sein prachtvoller Hofstaat werden offenkundig mehr bewundert und beneidet denn geachtet, und jeder Kaufmann, jeder Handwerksmeister versucht, den höfischen Moden nacheifern. Niemand scheint zufrieden mit seinem eigenen Stande oder gar stolz auf ihn.

Ich könnte mir mit dem einen oder anderen Empfehlungsschreiben womöglich gar Zugang zum Hofe verschaffen. Aber die Franzosen sind sehr launisch in ihren Gunstbezeigungen, und die Moden, wenn ich das Wort auch auf Bekanntschaften anwenden darf, wechseln bei ihnen recht schnell.

Dennoch erlaube ich mir den Luxus, an diesem Morgen einmal früh aufzustehen, mir eine Mietkutsche zu nehmen und mich an St. Cloud und Sèvres vorbei durch liebliches Weinland nach Versailles fahren zu lassen. Die Stadt ist unansehnlich, das Schloß hingegen überwältigend. Ich denke unwillkürlich an die Monumentalität ägyptischer Pyramiden. Ja, in der Tat, Auffahrt, Schloß und Gärten machen den Eindruck von Überresten eines pharaonischen Mausoleums. Nichts davon ist gewachsen, sondern als eine große herrschaftliche Geste aus dem Ackergrund gestampft worden. Der einfache Mensch ist hier verloren.

Wie dem auch sei, die berühmtesten Künstler des Kontinents kommen an die Seine, um hier zu leben, zu arbeiten und am gleißenden Vergnügen teilzuhaben. Und wo treibe ich mich herum? Die große Anzahl an Opern- und Theaterhäusern müssen doch jeden Besucher aus deutschen Landen beeindrucken! Auf dem Boulevard du Temple stehen sie Wand an Wand. Der Hallenser aus London, Monsieur Händel, ist hier der Mann des Tages in der musikalischen Welt, während rings umher eine farb- und freudlose Steppe herrscht.

Es ist zweifellos eine Stadt der Virtuosen. Nun, im beginnenden Winter, fallen sie wie die Heuschrecken in die Metropole ein, um ein wenig Geld und, wenn möglich, auch Ruhm zu ernten. Doch der Erfolg, so will mir dünken, beruht mehr auf einer wirkungsvollen Darstellung denn auf wahrer Handwerkskunst. Was ich hier bei meinem ersten Konzerte – ich stehe unter den Studenten auf dem hintersten Range – erlebe, ist der Triumph der Geste über dem Klange. Der Virtuose spielt nicht nur oder allein auf seinem Instrumente, er spielt vor allem mit seiner Zuhörerschaft.

Nachdem in Berlin das Theater nur noch in den prachtvollen Aufmärschen der Gardekompanien des Königs besteht, will ich hier nun endlich auch das zarte, poetische, unsoldatische Theater im herrlichen Bühnenrund erleben. Unsoldatisch ist womöglich das falsche Wort, denn gestern abend sah ich *Antigone*, ein Stück, in dem es durchaus um soldatische Tugenden ging.

Und endlich die große Oper, von der ich mir bisher kaum einen rechten Begriff zu machen wagte. Auch wenn ich vom Gesange kaum ein Wort verstand, so kannte ich doch aus dem Griechischunterricht noch den Streit, den Achilleus und Agamemnon auf offener Bühne ausfochten, und das anschließende Ballett riß mich einfach hin. Nicht Soldaten, Elfen exerzierten hier, Leiber, die tanzend zum Äther wurden. Der Applaus brachte das Haus fast zum Einsturz.

Heute habe ich im Théâtre français *Phädra* gesehen. Die berühmte La Biche spielte die wahnsinnige Königin. Und schon bei den wenigen Stücken, die ich bisher sehen konnte, fällt mir das Sonderbare des französischen Theaters auf. Man begreift anfänglich gar nicht, wie diese gekünstelte Deklamationsweise gefallen kann, und am Ende bringt sie doch die tiefsten und berührendsten Effekte hervor. Das gilt im Besonderen für die Tragödien. In den eigentlichen leichten Komödien sind die Franzosen hingegen ganz bei sich und der Sprache der Gassen. Sinn ist in diesen Stücken eher wenig, aber dafür muß man manchmal herrlich lachen und geht recht beschwingt nach Hause.

Nein, diesmal erschrecke ich nicht, als ich das gelbe Rechteck an der Tapetenwand entdecke, das Gefühl, das mich ergreift, ist umfassender und unbestimmter als der Schrecken, es fehlt mir jedes Wort dafür, vielleicht weil es der Gefühllosigkeit des Todes verwandt scheint.

Eine Weile liege ich da, als müßte ich mich zunächst überzeugen, wirklich erwacht zu sein, aber ich weiß, daß ich wach bin und daß ich, wenn ich nun aufstehe und zum Fenster gehe, das gegenüberliegende Zimmer bewohnt finden werde.

Diesmal ist der Vorhang aufgezogen, so daß ich ins Zimmer hineinschauen kann, direkt auf einen Eschentisch, gleich denen, wie ich sie aus dem Grauen Kranich kenne, vier Stühle stehen um den Tisch herum, vier Männer sitzen auf den Stühlen, sie klopfen Pharo im Lichte einer Öllampe, am Kopf des Tisches Andreas Kürschner, noch blasser, als er ohnehin schon war, zu seiner Linken Johannes Seiler, bärtig und das Haupthaar schulterlang, aber unverkennbar der Kommilitone aus dem Dorfe Seelnot, und zu seiner Rechten Georg Loth, gänzlich unverändert. Den Mann, der Kürschner gegenübersitzt, kann ich nicht erkennen, da er mir seinen Rücken zukehrt. Aber ich ahne, wer es ist.

Ich schaue ihnen aus meinem dunklen Zimmer zu. Andreas wird mich unmöglich sehen können, aber offenbar spürt er, daß er beobachtet wird. Er schaut vom Kartentische auf und direkt zu mir herüber. Seiler fragt etwas, Andreas antwortet, dann wenden er und Loth ihre Köpfe dem Fenster zu und starren ebenfalls in den dunklen Hof hinaus.

Nun scheint auch der Vierte neugierig geworden und verrückt seinen Stuhl. Doch statt sich umzuwenden, stürzt er die Öllampe um, das Glas zerbricht, das Öl ergießt sich über den Tisch, und sogleich steht er in Flammen, und Feuerzungen tropfen auf die Kleider der Spieler und den Dielenboden. Alle springen auf, zur Freude der Flammen, und als die Fensterscheiben bersten, höre ich Simons ausgelassene Stimme singen:

Heho, abendlicher Reiter,
Schau voraus, blick dich nicht um.
Ist die schwarze Nacht auch stumm,
Das Engelshaar brennt jauchzend weiter.

Als ich am nächsten Morgen erwache, liege ich nackt auf den kalten Dielen, nahe am Fenster, neben mir aufgeschlagen mein Reisetagebuch, Seite um Seite mit unverständlichen Versen, doch allesamt fraglos von meiner Hand, vollgekritzelt, an die ich mich weder erinnern noch sie jetzt bei Tageslicht entziffern kann.

Wenn ich mich weiter so gierig und gedankenlos in diese Welt des Theaters und der Zerstreuung stürze, werde ich bald wie ein Pariser sein, oder wie jener Menschenschlag, den alle Welt für den wahren Pariser hält, zumindest so lange, bis diese Dramensucht meine Reisekasse aufgezehrt hat. Dieses Leben ist vielleicht nicht nach meinem Geschmacke, aber es lenkt mich ab. Verlasse ich meine traurige Wohnung, fühle ich mich wie ein Seefisch, der bisher im Süßwasser leben mußte. Ich habe geglaubt, die Tragödie zu kennen, aber ich hatte keine Idee von der Art, wie sie hier gespielt wird.

Ich darf nicht tiefer darüber nachdenken, was ich hier tue! Was ist denn dieser ununterbrochene Zeitvertreib anderes als der Tod? Je mehr ich mich in diese Zerstreuungen stürze, desto weniger erinnere ich, Nächte wie Stiefelfett, säuerliche Erregung, geschwollene Niedertracht. Ständig gieße ich Wasser auf eine Feuerstelle, in der kein Feuer brennt. Lieber verglühen als leichenhaft auskühlen! Schlünde, die nicht schlingen, Strudel, die nicht in die Tiefe ziehen, liebenswürdiges Nichts! Auch die vielen Schneider und Modisten können an diesem Eindruck nichts ändern. Hinter der Maske des Vergnügens die Auszehrung, unter dem schweren Geruch von Moschus und Rosenöl der Gestank von Verwesung.

Ich muß fort, bald, ich darf nicht bis zum Frühjahr warten, oder die Stadt bringt mich um.

Nie bin ich für so viel Geld so schlecht untergebracht worden. Gut, London ist nicht gerade berühmt für seine Gastfreundschaft. Es ist eine Stadt von Geschäftsleuten. Höflichkeit ist eine Dienstleistung und kostet extra. Aber die Empfangsdame, an die ich gerate, ist eine Göttin an Grobheit und hat die Ehre, die erste ihrer Art auf meiner Grand Tour zu sein.

Mag sein, dass meine äußere Erscheinung zu einiger Zurückhaltung und Skepsis Anlass geben, denn so stellt sich der erfahrene Gastronom gemeinhin wohl einen Zechpreller vor. Doch ein Mensch von Welt lässt sich seine Vorurteile nicht anmerken. Nun aber ist Ungezogenheit und Impertinenz bekanntlich am meisten unter den niedrigeren Angestellten verbreitet, die sich dadurch für die Misshandlungen schadlos zu halten versuchen, die sie von der Willkür ihrer Vorgesetzten tagtäglich am eigenen Leib erfahren müssen.

Ich verstehe, dass den Reisenden vergangener Jahrhunderte die Stadt grau und düster vorkommen musste. Aber groß, majestätisch? Sie können sich nur in der Stadt geirrt haben! Jenseits der Bankentürme in der City pflegt London bis heute den Charme des Kleinstädtischen, Kleinbürgerlichen und Provinziellen; putzige kleine Häuser mit kleinen Vorgärten und kleinen Treppenaufgängen zu kleinen Türen, die in enge, dunkle Wohnungen führen, wo es in anderen Städten Boulevards und Avenuen mit vier-, fünfstöckigen stuckverzierten Bürgerhäusern gibt. Zwischen Adelspalästen und dicht gedrängten Reihenhäuschen fehlt in London die ganze bourgeoise Architektur und wohl auch die entsprechende Klasse des gebildeten und wohlhabenden Bürgertums.

Aus der Stadt der Mystik (Berlin, nicht Paris) kehre ich in die Stadt des ewigen Klassenkampfes zurück. Wer hier kein Geld hat, lebt im Elend. Doch anders als die Armut in Berlin bedeutet sie nicht Lebenskunst. Hier gilt Armut bereits als ein Verbrechen. Armenhäuser waren die Gefängnisse der Mittellosen. Heute ist es nicht anders, die Gefängnisse sind voll mit Insassen, deren hauptsächliches Verbrechen es ist, arm zu sein. Das ist die wahre angelsächsische Religion! Eine Religion der Klasse und der Ökonomie, ein Beichtspiegel, der Jahreseinkommen und Schuldenstand abfragt, Gnade und Kreditwürdigkeit sind Synonyme, der Obdachlose ist der Gottlose, Gott selbst hat ihn fallengelassen, sein heruntergekommenes Äußeres ist Zeichen seiner inneren Verworfenheit.

Hier ist es vermutlich gesünder, nicht Mystiker zu sein. Der Mystiker geht auf eine lange, manchmal lebenslange Reise. Und Reisen, vor allem lange Reisen in ein anderes Klima, in andere Gewohnheiten und Umstände machen uns bekanntlich krank.

Besser, man bleibt, wo man sich von Kindesbeinen an akklimatisiert hat.

Der Mystiker legt im Winter seinen Mantel ab und sucht sich die Arktis als Reiseziel. Er schmilzt das Eis mit Eis, so wie er zuvor die Hitze mit Hitze gekühlt hat.

Kann er der Krankheit nicht entkommen, heilt er sie mit Krankheit. Und die Frommen werden über die Frommen herfallen, ihnen die Schädel öffnen und das Hirn aus dem Knochenkelch löffeln.

Es ist schon merkwürdig und stimmt zugegebenermaßen ein wenig versöhnlich, den eigenen Namen so oft im Straßenbild zu finden, und zwar gerade in jenem Viertel, in dem sich mein heruntergekommenes, doch deshalb noch nicht billiges Hotel befindet: Stanhope Gardens, Stanhope Gate, Stanhope Mews, East, South, West, Stanhope Place, Street, Terrace ... Doch meiner eher weniger ehrwürdigen Vorfahren wegen bin ich nicht hier, es sei denn, ich zähle Katte dazu.

Mein erster Ausflug nach einer schlaflos schwülen Gewitternacht führt mich zum Händelhaus. Es stellt sich rasch als Enttäuschung heraus. Nichts außer einigen Dielenbrettern ist hier authentisch. Das Leben in dieser kleinen und bescheidenen Lower Brook Street bleibt ganz allein der Fantasie überlassen. Obwohl zu seiner Zeit eine der berühmtesten Persönlichkeiten Londons, wohnt Händel hier ärmlicher als sein Vater in Halle, der im Grunde ja nur ein Barbier war, wenn auch mit kurfürstlichem Diplom.

Neben seinem Bett liegt aufgeschlagen eine alte englische Bibel aus dem Jahr 1712. Hat er als treuer Lutheraner, der zwar die englische Staatsbürgerschaft, aber niemals den anglikanischen Glauben angenommen hat, wirklich eine englischsprachige Bibel auf seinem Nachttisch liegen gehabt und nicht, wenn überhaupt, eine deutsche Lutherbibel? – Wahrscheinlich waren es ohnehin leere Notenblätter, eine Feder und ein Tintenfass. Doch davon finde ich in dieser rekonstruierten Schlafkammer des Meisters keine Spur.

Ich bin hier fast zu Hause, deswegen fällt mir so wenig zu dieser Stadt ein. Vor lauter Vertrautheit laufe ich nahezu blind durch die Straßen. Mir gelingt es nicht, sie mit Kattes Augen zu sehen. Selbst die Stadt vor dreihundert Jahren ist mir immer noch vertrauter als ihm. Nur Tante Melusine und der mysteriöse deutsche König auf dem englischen Thron mögen ihm näher gestanden haben als mir. Und Meister Händel natürlich. Drei von sechshunderttausend Bewohnern. Einige haben den Großen Brand noch erlebt, und viele den Schwarzen Tod. Diese kollektiven Katastrophen haben die Londoner geeint, ja vielleicht erst zu Londonern werden lassen, die Bewohner der City, Westminsters und Southwarks, dreier Planeten, die unterschiedlicher nicht sein könnten, die nicht einmal dieselbe Sprache sprachen und womöglich immer noch nicht sprechen.

Auf den Stadtansichten Anfang des achtzehnten Jahrhunderts wirkt die Themse breiter als das bebaute Nordufer. Auf der London Bridge, der einzigen Themsebrücke der Hauptstadt, steht eine Vielzahl weiterer Gebäude, sodass sie wie eine eigene, über dem Fluss schwebende Stadt wirkt. Der höchste Turm Londons ist die Spitze der St. Pauls-Kathedrale, gefolgt von den Kirchtürmen St. Lawrence und St. Dunstan.

Die ganze Stadt wirkt recht ungeordnet, ohne eigentliche Mitte und klar erkennbaren Rand. Sie franst ins Land hinein aus, einige Stadtpalais besitzen große, parkähnliche Gärten, als lägen sie bereits außerhalb der Stadt.

Auf einigen Stichen erscheinen die Wohngebäude der Innenstadt äußerst schmal und in die Höhe gebaut, vier, fünf, ja manche gar sechs Stockwerke hoch. Sie gleichen mehr Lagerhäusern als Wohngebäuden. Nun drängen sich in der Themsestadt aber auch mehr Menschen zusammen als an jedem anderen Ort der Welt.

Viele Häuser sind recht neu. Der Große Brand von London hatte weite Teile der Stadt verwüstet. Angeblich fielen mehr als dreizehntausend Häuser und fast neunzig Kirchen den Flammen zum Opfer.

Doch die Hoffnung, die Stadt nach dem verheerenden Feuer

besser und menschenfreundlicher wieder aufzubauen, scheint nicht erfüllt worden zu sein. Man hat die neuen Häuser einfach so billig und schmucklos wie möglich entlang der alten, verwinkelten Gassen hochgezogen, sodass der Adel und die reicheren Kaufleute endgültig aus der Innenstadt fortzogen und sich am westlichen Stadtrand neue, großzügigere Wohnhäuser errichteten.

Am vertrautesten wird Hans Hermann wohl mit St. James, seinen Adelspalästen, seinen Gärten und seinem hannoveranischen König geworden sein. In der City entdeckt er vielleicht die Handwerker- und Kaufmannstugenden Kneiphofs oder Löbenichts wieder. Die Ziegelsteinarchitektur nach dem Großen Brand erinnert ihn ein wenig an die ostelbischen Hansestädte.

Aber verführerisch und aufregend ist für den jungen Reisenden im Grunde nur Southwark mit seinen Docks, seinen Freudenhäusern, Theatern, Varietés und Matrosenkneipen.

Erst am Dreikönigstage können wir von Boulogne absegeln, weil sich das Schiff bis dahin durch widrige Winde im Hafen zurückgehalten sieht. Am genannten Tage aber werden wir eilig an Bord gerufen und kommen glücklich aus dem Hafen heraus.

Die Kajüte ist nur klein, und in diesem engen Raume liegen wir wie Kraut und Rüben durcheinander, zehn, zwölf Menschen, die Mehrzahl von ihnen mehr oder minder seekrank. Dabei macht sie das Übel so willenlos, daß sie sich nicht überwinden können, aufzustehen und den einmal übernommenen Platz um eines besseren Ortes zu wechseln, während ich selbst bei Nässe und Kälte auf dem Deck herumturne wie nur einer der erfahrensten Seeleute.

Wasser scheint mir nichts als schwerere Luft, und Wellen und Ströme sind ihre Winde. Und der Meeresgrund ist eine noch unbekannte Erde. Wer hat sie je erforscht? Welch neue Welt von Tieren und Pflanzen liegt dort unten unserem Auge verborgen?

Ich stelle mir Meeraffen vor und Seemenschen, Tritonen, Sirenen, Korallenstädte, mit ihrer eigenen unterseeischen Geschichte. Sie sprechen nicht mit Worten, sondern erzeugen Blasen, große und kleine, mit unterschiedlichem Sinne. – Wir erlernen ihre Sprache erst beim Ertrinken.

Die unterseeischen Bewohner lieben sich wie die Fische, indem sie sich da, wo keine harten Schuppen und keine stacheligen Flossen stören und die Haut dünn ist, aneinander reiben.

Kaum auf See, bin ich schon wie die Matrosen, die am Aberglauben und Sagenhaften hängen wie die Orientalen. Aber ich sehe in dieser Nachahmungsbegierde keine schlechte Anlage der Natur, denn das Sammeln, Nachahmen und Lernen ist doch das, was uns am Ende voranbringt und vervollkommnet.

Und hat nicht jeder Aberglaube auch Wurzeln in der wirklichen Erfahrung? Da die Schiffsleute ganz besonders genötigt sind, auf Zeichen und Vorboten zu achten, da Tod und Leben von der richtigen Deutung abhängen, mögen die nautischen Phantastereien unlöslicher Teil ihrer Zeichenforschung und Deutungskunst sein. Auch bei den ehrwürdigen Griechen konnte der Flug eines Vogels bereits ein feierliches Omen sein. Die Seeleute haben nun ihre eigene Religion entwickelt, keine der feststehenden Berge, des Sinai oder des Olymp, sondern eine Religion der Nachgiebigkeit, der Strömungen, der Tiefen und Untiefen.

Ich könnte in Dover das Schiff verlassen und mit der Post weiterreisen. Aber im Winter ist eine Reise im Postwagen ein waghalsigeres Unternehmen als eine Schiffspassage. Das modrige Innere des Wagens mit seinem nassen, schmutzigen Stroh und seiner Dunkelheit nimmt sich ungefähr wie ein großer Hundestall aus.

Also segle ich ohne meine seekranken Gefährten, die den rollenden Hundestall der schwankenden Barke vorziehen, weiter zur Themsemündung hin und von dort den Fluß hinauf bis zur Londonbrücke.

Flußmündungen öffnen das Herz und die Phantasie. Aufbruch und Abschied klingen darin mit, Weite und Abenteuer. Aber nicht jede Flußmündung hat ihren Reiz. Manche zeigt sich auch herzerweichend häßlich, Schlickbänke, stinkende Großstadtkloake, sterbende Vegetation.

Immer enger ziehen sich die Ufer zusammen. Hin und wieder ragen Mastspitzen aus der Tiefe empor, Warnzeichen für Sandbänke, auf denen bereits viele Unglückliche ihr Grab fanden.

Der Fluß füllt sich immer mehr mit zerstreuten kleinen und großen Booten, die uns entweder entgegenkommen oder in dieselbe Richtung segeln. Wie dichte Schwärme braunschwarzer Vögel dümpeln sie auf dem träge ziehenden Strom. Noch sind die Hänge am Ufer mit Schlamm und spärlichem Grün bekleidet, aber man ahnt schon die Stadt.

Dann taucht sie auf aus einem Dunst, weder Nebel noch Nieselregen, eher eine Art rauchiger Schleier, und aus der verschwimmenden Masse vieler kleiner Gebäude erhebt sich die Kuppel der Paulskirche wie ein Berg empor.

Die Uferstraßen sind weit lebhafter als die volkreichsten Straßen Berlins und nur mit den belebtesten Boulevards der Seinemetropole vergleichbar, so viele reitende, fahrende und spazierende Menschen erblicke ich.

Nun fahren die Boote nicht mehr nur flußauf oder flußab, sondern kreuzen den Verkehr von einem Ufer zum anderen, denn nicht alle benutzen die einzige Brücke, sondern allerlei Personen lassen sich auf einem Kahne übersetzen, so daß der Fluß nun ebenso lebhaft erscheint wie die geschäftigen Uferstraßen. Hunderte Barken versperren die weitere Fahrt und unzählige Schiffsmasten bezaubern und verwirren meinen Blick.

Doch hat die Verwirrung noch lange kein Ende, als ich über den schwankenden Steg auf die Mole klettere. Ein immer noch wachsendes Gedränge umwogt mich, Lastenträger, Matrosen, Passagiere und wohl auch mancher Bauernfänger und Galgenstrick, der die Verwirrung des Neuankömmlings zu nutzen versteht.

Aber nun wird die Brust mir weit, und das Herz schlägt mir höher, und für einen Augenblick vergesse ich alles andere, die traurige Vergangenheit, die Ungewißheit, was die Zukunft mir bringen mag: Ich bin in London, der größten Stadt der Welt, und ich fühle mich lebendiger denn je!

Leutselig lasse ich mich von einem der Strolche am Quai in die nächste Herberge führen. Dort aber ist das Zimmer schlecht, das Essen eklig und der Wirt so grob, daß ich meinem Lockvogel einige Pennys in die Hand drücke und, obgleich ich von der Reise erschöpft bin, mich von einem Mietkutscher in ein besseres Viertel fahren lasse.

Hier, in der Dunny Lane, ist mein Logis wohnlicher und die Bewirtung freundlicher, aber der Preis ist entmutigend hoch, so daß ich nur diese eine Nacht zu bleiben gedenke, um morgen ausgeruht nach einer bescheideneren Unterkunft zu suchen. Diesen Abend indes will ich großzügig celebrieren. Ich lasse nach einem Barbiere schicken und bitte den Wirt, ein Feuer im Kamin zu entzünden, denn es ist kalt und feucht in meiner Stube. Und als der Barbier kommt, herrscht fast schon eine erquickliche Wärme, zwei Leuchter sind entzündet, die blasse Wirtstochter hat mir eine Kanne Tee gebracht, und endlich kann ich ein wenig Ordnung und Schicklichkeit in meine Erscheinung, meine Kleidung, meine Aufzeichnungen und meine Gemütsbewegungen bringen.

Durch die freundliche Verwendung mehrerer märkischer Landsleute, welche schon geraume Zeit in London leben und mit den Sitten der Stadt vertraut sind, erhalte ich bald eine meiner Reisebörse angemessene Wohnung in der Allhallows Lane, unweit des Themseufers. Indessen ist sie, wie es in dieser ärmeren Gegend nun einmal zu sein pflegt, von Flöhen auf eine solche Weise erfüllt, daß die Kammer vor dem Beziehen erst mit brennendem Stroh ausgeräuchert werden muß, ohne jedoch die Menge der lästigen Mitbewohner spürbar zu vermindern. Im übrigen sind es nicht die ersten, die mich während meiner Reise zu quälen verstehen. Keine noch so große Reinlichkeit und Aufmerksamkeit vermag einen Reisenden gegen sämtliches Ungeziefer zu schützen. Sie scheinen mir doch eher heimatliche Tugenden.

Das Zimmer ist einfach, es liegt unten an der Erde und nach

hinten hinaus, ist ohne Tapeten und Teppiche, wenig möbliert und dunkel. Aber hier kann ich mich einrichten, wie ich will, mir meinen eigenen Tee kochen, Butter und Brot halten, wozu mir meine Wirtin einen schlichten hölzernen Kasten in die Stube geräumt hat, und ungestört meinen eigenen Gedanken nachhängen.

Die Familie besteht allein aus der Frau im Hause, Misses Jenkins, und ihrem Sohne Jerry, eine Namensverkürzung des biblischen Propheten Jeremias. Es ist kein Vergnügen, Misses Jenkins ins Antlitz zu sehen. Dünne, schmutzigbraune Haarsträhnen pappen klebrig an der blauvioletten Gesichtshaut. Sie ist keineswegs verunstaltet, aber von allen Kreaturen, denen ich je begegnet bin, kommt sie dem, was man sich üblicherweise unter einem *Scheusal* vorstellt, am nächsten. Wenn ich indes etwas auf meiner Reise gelernt habe, dann die Lektion, daß uns nichts mehr über das innere Wesen eines Menschen täuschen kann als seine äußere Erscheinung.

Der Junge ist zwölf Jahre alt und ein sehr lebhafter Kopf, der alles von den deutschen Ländern wissen will und mir einiges vom Leben der einfachen Leute hier in London erzählt. Er korrigiert mein Englisch, auch wenn mir nicht selten eher das seinige regelwidrig erscheint. Aber hier wie überall unterscheidet sich die Sprache der Bücher wohl sehr von der Sprache der Straße, und die Sprache der Straße von jener der Schulen, der Theater und Paläste.

Am nächsten Morgen führt Jerry mich in seinem und jetzt auch meinem Stadtteile herum. Wegen des späten Aufstehens der hiesigen Bewohner frühstückt man hier gemeinhin erst am Mittag, und ebenso öffnen auch die Geschäfte erst zu einer fortgeschrittenen Zeit. Ein Brauch dieses Viertels, der jedoch bald wohl verschwinden wird, ist offenbar, daß die Frauenzimmer sich selten schon des Morgens vollständig ankleiden, sondern im Schlaf- oder Unterrocke ihren frühen Verrichtungen im und vor dem Hause nachgehen, vornehmlich den Gesprächen mit ebenso nachlässig gekleideten Nachbarinnen. Sie wirken so vollkommen in die Mysterien ihrer hohen Redekunst gefangen, daß ihnen die

Wirkung derart aufreizender Unbekleidetheit ganz und gar zu entgehen scheint.

Wenn man eine entfernte Hauptstadt zum ersten Male betritt, so erwartet man gewöhnlich, Scenen zu begegnen, welche an die große Entfernung vom Heimatlande erinnern und die Aufmerksamkeit auf jene ausschließliche Weise in Besitz nehmen, die ohne Zweifel einer der größten Reize des Reisens ist. Diese Scenen ungezwungener Nachbarschaftlichkeit entsprechen jenen Erwartungen auf das Vollkommenste.

Ein sonderbarer Anblick ist auch, im Gewühle dieser vielen Menschen, die nun schnellen Schrittes zu ihren Werkstätten oder Geschäften eilen, einen Leichenzug zu sehen. Die englischen Särge werden, anders als unsere, sehr ökonomisch nach dem Zuschnitte des Körpers gefertigt, sie sind flach, auf Schulterhöhe breit, in der Mitte eingebogen und zu den Füßen spitz zulaufend, ungefähr wie ein mannsgroßer Violinkasten.

Einige kot- und schlammbespritzte Träger versuchen sich mit dem Sarge, so gut sie können, durch die geschäftige Menge zu drängen, und einige Trauernde folgen. Doch bekümmert man sich so wenig darum, als würde ein Brauereiwagen vorbeifahren. – Bei den Begräbnissen der Vornehmen mag dies vielleicht anders sein.

Ansonsten durchwandern wir unscheinbare Straßen, links und rechts vertraute Läden, die an Kneiphof oder Löbenicht erinnern. Sie wechseln ab mit den fensterlosen Magazinen, wie man sie auch am Pregel findet. Die Häuser sind nach dem Großen Brande aus Ziegelsteinen erbaut. Durch die feuchte Luft und den Kohlenqualm haben sie alle die gleiche Farbe angenommen, nämlich ein grünbläuliches Kastanienbraun. Sie sind alle von ähnlicher Bauart, zwei oder drei Fenster breit, drei hoch und oben mit kleinen rotschwarzen Schornsteinen geziert, die wie blutige Zahnstümpfe aussehen. Doch alles in allem fehlt das Anziehende der Fremdheit.

Schließlich führt Jerry mich zum Palaste meiner Tante. Die Königliche Residenz scheint mir indes eines der unansehnlichsten Gebäude Londons zu sein. Anstatt mich sogleich bei meiner

Tante anmelden zu lassen, schicke ich ihr nur ein kleines Brieflein mit der Nachricht meiner Ankunft und der Adresse meiner Herberge. Dann spaziere ich mit Jerry zur Themse hinunter. Von hier hat man durch die Flußkrümmung einen endlich einmal bewegenden Anblick auf das prachtvolle Nordufer mit der Westminster-Abtei, der Paulskirche und den weiteren zweiundfünfzig Türmen, die das Häusermeer der City überragen. Das in einem merkwürdigen Dunkel liegende Südufer jedoch regt meine Phantasie ungleich mehr an. Ich frage Jerry, ob er mich nicht auch einmal nach Southwark oder Rotherhithe führen könne. Er blickt mich an, als hätte ich etwas Unsittliches oder gar Unehrenhaftes von ihm verlangt, und schüttelt den Kopf. »Ein Gentleman geht nicht nach Southwark«, sagt er, »und wenn er denn muß, dann nur an der Spitze einer bewaffneten Reiterschar!«

Ich lade Jerry für seine Dienste ins nächstgelegene Speisehaus ein. Ohne gerade geneigt zu scheinen, ihren Fleiß zu übertreiben, sitzt hier viel Mannsvolk bei Speis und Trank herum, und das wohl schon des längeren und ohne jede Eile. Ich muß für ein wenig Salat und Braten am Ende aber einen Schilling und für den Aufwärter beinahe halb soviel bezahlen. Zukünftig werde ich wohl auf meiner Stube essen und mir das Nötige dazu auf dem Markte besorgen. Im übrigen hatte Jerry mich gewarnt und wollte sich von mir gar nicht einladen lassen. Schließlich hat er nur nach einem Machtwort von mir von seinem Widerstande abgelassen. Hätte ich doch nur auf meinen soviel klügeren Cicerone gehört!

Ja, die Stadt ist groß und wächst immer noch weiter, man sieht Bauwerke stehen, wo vor wenigen Jahren noch Wiesen und Sümpfe waren, aber diese Gebäude sehen so schwarz aus, als wären sie schon hundert Jahre im Gebrauche. Sie ist groß und eindrucksvoll und in ihrem düstren Innern gar ein wenig unheimlich, aber nicht sehr schön. Zudem könnte uns auch die anmutigste Stadt nicht entzücken, wenn das Wetter sich so trüb und kalt und regnerisch wie das hiesige zeigt und das Gemüt am Ende ganz ähnlich gestimmt ist.

Das schief hängende Bild im Frühstücksraum – von Frühstückssaal kann in diesem Souterrain nicht die Rede sein – stört mich seit dem ersten Tag meines Aufenthalts. Endlich will ich es gerade rücken, ein Landschaftsgemälde, Steinbrücke über die Themse, neunzehntes Jahrhundert, doch plötzlich halte ich es in der Hand, mit einem Teil des Putzes und der Mauer, und es scheint, als hätte ich auch ein Stromkabel mit aus der Wand gerissen, denn mehrere Glühbirnen in den Lichtschalen an den Speiseraumwänden explodieren, Glassplitter schießen mir um die Ohren und Quecksilberdämpfe breiten sich aus, während ich mit der Themselandschaft in den Händen im Dunkeln stehe und nicht weiß, wohin mit dem großen, sperrigen Bild.

Punkt zehn auf den Glockenschlag von St. Paul genau öffnet die Kunstfabrik auf dem gegenüberliegenden Themseufer. Überwiegend ältere Männer mit jugendlicher Begleitung strömen in die Hallen des einstigen Heizkraftwerks. Väter und Söhne? Meister und Schüler? Freier und Liebhaber?

Wie jeden Abend führt mich der Zufall nach Soho, wo ich einen bescheidenen Stammplatz am Rande gefunden habe, einen Beobachterposten im Niemandsland, nicht wirklich dazugehörig zum Strom der Amüsierwilligen, doch auch nicht ausgeschlossen.

Was sehe ich? Eine uneitle, entspannte Vielfalt. Entspannt bis zur Haltlosigkeit. Es gibt kein Schönheitsideal. Unterscheidungsmerkmale sind aufgehoben. Von der Erscheinung lässt sich auf nichts schließen. Aber es gibt auch keine Flirts, keine erotische Spannung, die nun einmal von der Differenz lebt. Bin ich der Einzige, der etwas, der jemanden sucht?

Wir selbst halten uns seit jeher für Mystiker, den Engländern hingegen gelten wir Waliser schlicht als Säufer. Aber es ist schon wahr, meine Heimatstadt Aberystwyth hat mehr passable Rugbyspieler als Heilige hervorgebracht.

Obwohl ich gleich am Tage nach meiner Ankunft ein Brieflein an Tante Melusine im St. James-Palaste abgegeben habe, gibt es noch immer keine Antwort. Ist die Adresse meiner Zimmerwirtin schuld? – Ich fühle mich wie ein Schuljunge, der nicht recht weiß, was er als nächstes unternehmen soll.

Nun bin ich schon eine Woche hier und habe mancherlei beobachtet. Heute habe ich in einem einfachen Gasthause diniert, auf ganz englische Art, versteht sich. Zunächst bekam ich vortrefflichen Fisch, dann ein blutendes Stück Rindfleisch, das noch einiger Gewöhnung bedarf, und danach einen kleinen süßen Pudding. Den Beschluß machte ein ungeheures Stück Käse.

Man erhält hier weniger Gerichte als in Frankreich, aber alle scheinen gut zubereitet, und die Portionen sind riesig.

Am meisten fällt dem Besucher in dieser ungeheuren Stadt auf, daß alles ohne Soldaten, Gens d'armes und Wächter in Ordnung gehalten wird. Des Abends bei den Theatern, wo zuweilen Hunderte von Wagen stehen, entwickelt sich das Gewirr so ruhig, daß man darüber erstaunt. Die Fußgänger verhalten sich ebenfalls zurückhaltend und gesittet, ganz anders als in Paris. Da die Trottoirs, und zwar gerade in den lebhafteren Straßen, nur schmal sind, kommt es zwar vor, daß man derb gestoßen wird, doch fällt es niemandem ein, ohne ein höfliches »Pardon« davonzugehen.

Von den Londoner Merkwürdigkeiten hat mich bisher aber der Tower am meisten beeindruckt. Ein königlicher Offizier sagte mir, daß an die achthunderttausend Gewehre dort lagerten, und ich glaube nicht, daß er übertrieben hat. Denn außer denen, die aufgestellt sind, gibt es noch einen Saal, etwa in Größe einer kleinen Reitbahn, ganz mit Kisten angefüllt, in denen sich eingepackte Gewehre befinden, zum Teil dazu bestimmt, bald in die überseeischen Provinzen abzugehen. Es sollen, nach Aussage des englischen Offiziers, achttausend Stück wöchentlich gefertigt werden. Von solchen Waffenschmieden hat man außerhalb Englands gar keinen Begriff!

Heute morgen endlich bringt Jerry ein Billet, das ein Bote aus St. James für mich abgegeben hat, auf meine Kammer. Er wagt nur, das Kuvert mit den Fingerspitzen zu berühren. Es duftet nach Rosenwasser und enthält eine Einladung meiner Tante, sie morgen um zwei Uhr zum *Luncheon* aufzusuchen. *Luncheon* oder *Lunch* ist hier das Frühstück.

Das neue Zuhause meiner Tante ist eine Trutzburg aus braunroten Ziegelsteinen, außerhalb der Stadt London in Westminster gelegen. Seitdem der Whitehall-Palast einem Brande zum Opfer gefallen ist, residiert der König hier im St. James-Palast. Wenige Fenster lassen Licht ins Innere, zwei Geschosse, ohne Schmuck, gedrungen, geduckt, anstatt in die Höhe strebend, einer der bescheidensten und bedrückendsten aller Londoner Paläste, als wolle der König nicht auffallen, sondern möglichst unsichtbar sein.

Nur zwei Wachen stehen am Tore. Je mehr Wachen, scheinen die Bewohner zu glauben, desto mehr Aufmerksamkeit werde erregt und damit Mißtrauen und Neid beschworen. Schaut hingegen, wie bescheiden, wie unwichtig, wie verschwindend wir sind!

Trotz der bescheidenen Bewachung ist es kein offenes Haus, sondern eher eine Festung, die zurückweist und sich abschließt. Am liebsten, sagen die verschlossenen Tore und Fenster, die Zinnen und der braunschwarze schmucklose Stein, bleiben die Bewohner unter sich. Man könnte den Bau für ein Hospital, ein Siechenhaus außerhalb der Stadtmauern halten. Und in der Tat stand hier vor zweihundert Jahren noch ein Spital für Leprakranke, das König Heinrich der Achte abreißen ließ, um sich an diesem Ore eine neue, für damalige Verhältnisse wohl prachtvolle Residenz errichten zu lassen.

Er ist auch für die Gestaltung des Gartens verantwortlich, der inzwischen um eine Menagerie und Volieren erweitert worden ist, den Besucher aber, zumindest in dieser regnerischen Jahreszeit, nicht recht zum Zeitvertreibe einlädt. Denn mir erscheint er nicht viel mehr als ein Halbrund von Bäumen, die einen grünen Rasenplatz einschließen, in dessen Mitte ein sumpfiger Teich vor sich hinfault. Auf dem grünen Rasen weiden Kühe, deren Milch hier so frisch, wie sie gemolken wird, den königlichen Besuchern zum *Luncheon* aufgetischt wird.

Wir sitzen *en famille* am Speisetische. Das späte Frühstück oder frühe Mittagsmahl besteht nebst der euterwarmen Milch aus Bouillon, Roastbeef mit Omelette und Kartoffeln, dazu Sherry, Wildbretpastete, Schinken und Spargel, Plumpudding, Weincrême, Apfelsinensalat und Port. So geht das offenbar alle Tage.

Mir ist, als würde ich mit mir selbst verwechselt, als ich noch dem Fürsten Leopold in Cöthen aufwartete, ein grüner Junge, der wieder weiße Strümpfe, Kniehosen und rote Livree trägt wie einer der stocksteifen Bediensteten. O stolzer deutscher Junker, pack ein und fahre heim!

Ich erzähle nur wenig und von dem Wenigen nur das Gute aus der Heimat, und diese zarte Rücksicht läßt in meiner Tante unweigerlich die Sehnsucht nach ihrem Zuhause aufsteigen. Mit Mühe hält sie die Tränen zurück, als ich ihr die frostige Wintergemütlichkeit und die trockenen sandigen Sommer vor Augen stelle.

Die Etikette bestimmt unser Gespräch. Was haben wir uns schon zu sagen? Gehören wir denn inzwischen nicht verschiedenen Welten an, ich, ein junger Landedelmann aus der märkischen Provinz, sie, Mätresse eines Königs, Herzogin eines Fleckchens Erde, den sie noch nie besucht hat, Dame von Welt? *Nebelkrähe* nennen die Londoner sie und stellen sich meine Tante wahrscheinlich spindeldürr und hager vor. Das Gegenteil ist der Fall.

Ich vermute, mein Besuch muß ihr lästig sein. Ihr Blick fällt auf einen vielleicht wohlgewachsenen, doch ein wenig düster aussehenden jungen Mann mit blassen, pockenzernarbten Wangen und dunklen, spitzbübischen Augen. Er ist in schlichtes schwarzes Leinen gekleidet, und sein rabenschwarzes Haar hat er, wohl mehr um der Bequemlichkeit als um der Zierde willen, zu einem kleinen Zopfe zusammengebunden.

Seit mehr als zehn Jahren hat sie ihren Neffen nicht mehr gesehen und hätte ihn, wäre er ihr dergestalt auf der Straße begegnet, auch wohl nicht als solchen erkannt, obwohl seine ganze ruhige und noble Haltung davon zeugt, daß er dem Adelsstande angehören müsse. Aber wenn nun alle diese ein wenig rückständigen deutschen Verwandten im St. James-Palaste empfangen werden wollten, wäre der Ruf der Tante sicher rasch und auf Dauer verdorben.

»Was geht Ihnen durch den Kopf, Herr von Katte?«

»Nennen Sie mich Hans, verehrte Tante.«

»Mit Vergnügen, mein Junge. Was kann ich tun, damit Sie sich in diesen düstren Mauern ein wenig wohler fühlen?«

»Was bringt Sie auf den Gedanken, ich könnte mich in Ihrer Gegenwart nicht wohl fühlen?«

»Ihr Gesicht und Ihre Körperhaltung sind beredt genug, von Ihrem Befinden eindrücklich Zeugnis abzulegen. Zumindest dafür sollte das fortgeschrittene Alter gut sein, wenn es schon zu nichts anderem nütze ist.«

Meine Tante mag zwischen fünfzig und sechzig Jahre alt sein. Sie trägt ein Kleid aus weiß und karmesinrot gemusterter Silbergaze mit geschlitzten, rot gefütterten Ärmeln, die der Farbe des rohen Rindfleisches ähneln. Der vordere Teil ihres Kleides steht offen, so daß man so viel von ihrem mächtigen Busen sehen kann, daß es am Berliner Hofe zu einem Skandal führen müßte. Dessen ungeachtet, knöpft sie ihr Kleid eigenhändig noch weiter auf, als ob es ihr zu warm wäre. Um den kurzen und – sie möge mir die ungalante, aber ehrliche Wortwahl verzeihen – fetten Hals trägt sie eine Kette aus Rubinen und Perlen, und die hohe, rötliche Perücke schmückt ein dazu passendes Geschmeide mit viel Gold und Silberflitter.

»Wie alt sind Sie, lieber Neffe?«

»Ende Februar werde ich zwanzig Jahre alt.«

»Nutzen Sie Ihre Jugend, guter Junge. Machen sie alle Erfahrungen, die sich nur in diesem Alter machen lassen. Dafür geht ihr jungen Edelleute doch auf Kavaliersreise, nicht wahr?«

»Vermutlich, verehrte Tante, auch wenn mir bisher nie jemand die besondere Art der anzustrebenden Erfahrungen erklärt hat.«

»Es sind dieselben Erfahrungen, deretwegen man den edlen Jungfrauen eine derartige Tour verweigert und sie auf den Gütern gefangenhält.«

Sie lächelt, denn sie weiß, daß ich weiß, sie zählt nicht zu den gefangengehaltenen Jungfrauen. Sie hat sich befreit. Sie hat sich auf ihre eigene Reise begeben. Zweifellos hat sie einen Preis dafür gezahlt. Alles in allem aber scheint mir, wenn ich meine Augen schweifen lasse, der Gewinn größer als der Verlust zu sein.

»Sie schauen ein wenig abschätzig, lieber Freund. Gefällt Ihnen der Salon vielleicht ebensowenig wie mir?«

»Er ist mit erlesenem Geschmack eingerichtet, liebe Tante, aber für mein Empfinden wirkt er ein wenig leer.«

»Leer? Sie meinen, es fehle ihm an Wärme, an Behaglichkeit?« Sie schaut vage in die Runde. »Aber Sie müssen bedenken, Hans, daß der Salon einer Dame nicht glänzender als die Dame selbst sein darf.«

»Ich wollte nicht unhöflich sein.«

»Nein, mein Freund, seien Sie nur offen zu mir. Diese charmante Offenherzigkeit versetzt mich gleich in die geliebte Heimat zurück.«

»Sind Sie denn nicht glücklich hier in England?«

»Glücklich? Was Sie nur für Fragen stellen, mein Junge! Aber das ist wohl ein Privileg der Jugend, vielleicht auch der Verwandtschaft. Sie müssen mich öfter besuchen!«

»War das eine unziemliche Frage?«

»O nein, ganz und gar nicht! Seien Sie nur weiterhin so geradeheraus. Und Sie, sind Sie glücklich?«

»Ich? Wie könnte ich in meinem Alter!«

»Ich dachte, junge Menschen seien immer glücklich.«

»Dann haben Sie vergessen, wie es in Ihrer eigenen Jugend war, liebe Tante.«

»Fürwahr, Sie reihen ein liebenswürdiges Kompliment ans nächste. Man schmeckt den trockenen sandigen Boden der Mark auf der Zunge!«

»Nichts liegt mir ferner, als Sie zu kränken. Vielleicht geben Sie mir gelegentlich ein wenig Unterricht in höfischen Manieren, denn zweifellos hat es daran in meiner bisherigen Erziehung gemangelt.«

»Vielleicht beginnen Sie damit, in unvertrautem Kreise weniger aufrichtig zu antworten.«

»Sie wollen sagen, daß Aufrichtigkeit unhöflich sein könnte?«

»Zweifellos ist sie das in den allermeisten Fällen. Einmal saßen Georg und ich in Gesellschaft englischer Gentlemen beim Tee und plauderten über das Wetter. Schließlich wurde es seiner Majestät zu langweilig, und er sagte, mag sein, daß es in englischen Teegesellschaften für üblich oder gar höflich gelte, stundenlang über den unerträglichen Londoner Nieselregen zu plaudern, aber dies sei eine deutsche Teegesellschaft, also bitte er sie, das Thema zu wechseln und über die Schwierigkeiten der Kindererziehung oder die Angst vor dem Sterben zu sprechen.«

»Die englischen Edelleute haben den Vorschlag des Königs nicht aufgegriffen?«

»Sie haben höflich ihre Tassen gelehrt und sind dann rasch aufgebrochen, um Seine Majestät nicht länger mit Belanglosigkeiten zu quälen. Die vorgeschlagenen Sujets schienen ihnen indes doch zu teutonisch.«

»Aber ich halte das Wetter ganz und gar nicht für eine belanglose Angelegenheit. Kaum etwas wirkt sich auf unser Gemüt so bestimmend aus wie ein bedeckter Himmel oder strahlender Sonnenschein!«

Sie lächelt, und ihr Lächeln wärmt nicht nur diesen düsteren Raum, sondern auch meine Seele.

»Sie mögen recht haben, lieber Freund. Wie dem auch immer sei, seither sind meine Teestunden eine recht einsame Veranstaltung.«

Haben mich Freunde im Hause meines Vaters besucht, was selten genug geschah, kamen sie unsicher und zögernd herein und ließen sich stillschweigend in den Sofaecken nieder. Lange sagten sie gar nichts, und ich, ein schlechter Gastgeber, wurde ebenso steif wie sie. Anstatt ein freundliches Gespräch zu beginnen, wurde einfach geschwiegen.

Hier, im Salon meiner Tante, taut der Eisblock in meinem Innern in dem Maße, in dem ich von ihrer Wohlgesinntheit überzeugt bin, und das Gespräch wird freier, freundschaftlicher, soweit es die Verschiedenheit des Geschlechtes und des Alters zulässt, und am Ende sind alle unsere Worte mit Lebendigkeit und Herzblut gefüllt.

Heute morgen bin ich um fünf Uhr aufgestanden. Doch um diese Zeit ist Wust lebendiger als diese betriebsame Stadt. Kein Gasthaus ist geöffnet, die Straßen sind menschenleer.

Ich gehe in den morgendlichen Park. Er liegt auf einer kleinen Anhöhe, und von ihr blickt man, schaut man nur in die andere Richtung, in die schönste Landschaft hinab, die sich denken läßt: Kräftiggrüner Wiesengrund, durch den sich inselreich und bootsbedeckt die graue Themse schlängelt, Laubholz linker und rechter Hand bis zu dem kleinen Gipfel, auf dem ich stehe, Weißdorn, Flieder und Goldregen, dazu Vogelgesang und der langsam erwachende Lärm der Großstadt.

Zurück in den nun belebteren Straßen besuche ich die Westminster-Kathedrale. Sie ist vollständig eingerüstet und läßt ihre Größe und Pracht nur erahnen. Man ist dabei, sie vollständig zu erneuern und um zwei Türme zu ergänzen. Das Innere ist düster, wenngleich eindrucksvoll. Viele englische Herrscher und ebenso einige herausragende Dichter haben hier ihre letzte Ruhestätte gefunden. Überhaupt ist die Kirche so mit Gräbern und Sarkophagen angefüllt, daß man sich fast wie auf einem Friedhofe dünkt. Der Besucher muß sich vorsehen, wohin er tritt, da er allerorten über Gedenksteine stolpert. Und in diesem Labyrinth von Grabstätten steigen in ihm unweigerlich Gedanken an den eigenen Tod auf, der einst mit Gewißheit kommen wird.

Ich kehre, um Leib und Seele wieder aufzuwärmen, in ein Kaffeehaus ein. Dort liegen Wochenschriften aus, der *Tatler*, der *Spectator* oder der *Guardian*, und jeder Gast darf darin blättern und lesen. Ich verstehe nicht alles, was sie schreiben, doch das, was ich verstehe, ist von einem liberalen, ja ketzerischen Geiste erfüllt, für den wir in Berlin, wenn wir diese Ideen auch nur dächten, wohl den Kopf verlören. So sind diese Kaffeehäuser denn auch voll mit Denkern und jenen, die sich dafür halten. Mit einigem Glücke trifft man Isaac Newton in seinem Lieblingscafé und manch anderen berühmten Mann, dessen ehrenvoller Name nur in meinen unwissenden Ohren ganz und gar nichtssagend klingt und so recht zu dem entsprechenden Gesichte zu passen scheint, irgendein Mister Smith oder Jones oder de Foe.

Man sagt mir, es gäbe in der Stadt mehr als sechshundert dieser Kaffee- und Klatschuniversitäten. So nennen die Londoner die überall in den besseren Vierteln der Stadt verteilten Orte der Muße und des Gesprächs, wie man sie in Berlin oder Königsberg nur in ihrer groben Spielart als Bier- oder Weinschenke kennt. Sucht man in der Heimat Muße und Ruhe zum Gespräche, muß man sich mit dem Freunde zu einem Spaziergang aus der Stadt hinaus aufmachen.

Am Nachmittag streife ich durch die Paternoster Row. Das ist eine schmale, finstere und nicht allzu saubere Gasse, die an der St. Pauls-Kathedrale mündet. Hier reiht sich Buchhandlung an Buchhandlung, lauter lichtlose, traurige Gewölbe, deren Schätze sich erst nach geduldigem Stöbern und Suchen offenbaren.

Auf dem Heimwege begegne ich dreimal einer Schafsherde. Das bedeutet Glück!

Vom großen steinbepflasterten Hofe führt eine mächtige Marmortreppe zu einer Terrasse vor dem Hauptportal. Man läßt mich ein und führt mich durch eine Halle, der es an jeder Anmut mangelt. Sauspieße, Hirschfänger und Waidmesser schmücken die granitgrauen Wände, dazu die Opfer ihrer Anwendung, mottenzerfressene Kadaver, die mich aus trüben Glasaugen anstarren. Ich folge dem livrierten Kammerdiener mit der Fackel fort von den großen Sälen die Treppe hinauf in die intimeren Gemächer der Palastbewohner. Hier sind es nur noch Reitgerten und Peitschen und die Portraits verblichener Vorfahren, die meinen wortlosen Gang durch die düsteren Korridore säumen. Endlich öffnet sich die Tür zum königlichen Speisezimmer, ein hochgewölbter Raum mit einem hellen Marmorboden, der mit Teppichen belegt ist. Im Kamin brennt ein Feuer, dennoch ist es kalt in dem Saale.

Der Tisch in der Mitte des Raumes ist für eine kleine Abendtafel gedeckt, ein dreiarmiger Kerzenleuchter mit brennenden Lichtern unterstützt das Kaminfeuer, dessen ungeachtet scheint die Nacht draußen, die nur in schmalen schwarzen Streifen durch die geschlossenen Fensterläden hereinzudringen vermag, heller als dieses Speisezimmer.

Licht wird es erst, als meine Tante mit dem König das Zimmer betritt, sie, wie nicht anders zu erwarten, eine imposante Erscheinung aus Überfülle an Polstern und Rüschen und einem trotz allen Puders strahlenden Gesichte, Georg indessen ein ungewöhnlich kleiner und mürrischer Mann, Tante Melusine überragt ihn fast um Haupteslänge. Aber er zeigt Haltung, er trägt eine schlichte, geschmackvolle Kleidung und verzichtet innerhalb des Palastes auf das Tragen einer Perücke, die, in rechter Weise frisiert, zumindest die Illusion einer gewissen Größe erwecken könnte.

Das Nachtmahl ist bescheidener als das Luncheon. Nach den Suppen und Braten werden Eis und Madeirawein gereicht. Der König redet und lächelt wenig, ich halte mich mit beidem noch mehr zurück, so daß Georg sich bald nach dem Dessert verabschiedet. Dabei hörte ich, daß er, sobald er nur genug getrunken habe, die Angewohnheit hätte, nach dem Mahle dem Cembalo zu lauschen und gar nach dessen Melodien zu tanzen. Ich muß gestehen, ich bin nicht unglücklich, daß mir der Anblick des tanzenden Königs und erst recht die Nötigung, es ihm womöglich gleichzutun, erspart bleibt. Sicher hat die Welt Anmutigeres verdient.

Die Engländer sitzen immer steif wie Puppen auf ihren Stühlen, daß es meinem gestrengen Vater eine Freude sein würde. Von einem liebenswürdigen Sichgehenlassen, vor allem vor den Damen, kann in Gesellschaft keine Rede sein.

Um so erfreuter bin ich, als Tante Melusine sich nach dem Rückzug des Königs mir gegenüber wieder unbefangen und menschlich zeigt, auch wenn es sich vornehmlich darin äußert, daß sie sich, wenn es sie juckt, mit sichtlichem Vergnügen kratzt und schrubbt, und das selbst an jenen Stellen, die ihren intimsten Freunden vorbehalten sind. Auch pult sie in den ein wenig schief stehenden Zähnen nach den Rindfleischresten, als fühle sie sich wie im engsten Familienkreise. Und obwohl sie durch diese Ungezwungenheit womöglich nicht an Hochachtung gewinnt, so doch an wahrer Zuneigung.

»Die Engländer haben ihre eigenen Träume«, sagt sie. »Mag

Georg auch ihr neuer König sein, so sind sie doch mit seiner Herkunft und Kultur in keiner Weise verbunden.«

»Sie haben sich die Gesetze, die Georg auf den englischen Thron gebracht haben, selbst gegeben,« erwidere ich.

»Das ist wahr. Und sie bemühen sich auch redlich, den aus dem fernen Hannover herbestellten König großzügig zu entlohnen. Doch wen ein Engländer bezahlt, den erachtet er nicht als Seinesgleichen, und wenn es selbst ein Dürer oder Händel wäre.«

Seit Tagen weht ein für diesen Weltteil ganz ungewöhnlicher Nordostwind. Der graue, tiefliegende Himmel zeigt das Stadtgebirge in noch trübsinnigerem Lichte. Der Schnee ist schmutzig, ebenso das Eis des zugefrorenen Flusses. Die Anlegetaue hängen steif und von Rauhreif ummantelt da wie vom Fleische entblößte Knochen. Von der anderen Flußseite schallt das Schellengeklingel einiger Droschken durch die schneidende Frostluft herüber.

Trotz des kleinen Eisenofens, den die Wirtin von ihrem Sohne Jerry in meiner Stube hat aufstellen lassen, gefriert die Tinte an meinem Federkiele, ehe ich ein Wort zu Papier gebracht. Der einzige Ort, an dem mein Blut der Tinte nicht nacheifert, ist das Bett. Es nimmt meinen zitternden Leib auf wie die wärmende Grabnische den eisigen Leichnam. Es sei einer der grausamsten Winter, die London je erlebt habe, sagt Misses Jenkins, ohne mir indes weiteres Feuerholz zu gewähren. Nun wäre es vielleicht doch an der Zeit, auf meine Empfehlungsschreiben zurückzugreifen und mich um eine standesgemäßere Unterkunft zu bemühen, und es sind allein Jerrys stete, herzerwärmende Besuche, die mich noch im Logis seiner Mutter festhalten.

Am Sonntag besuche ich trotz des anhaltenden Frostes eine reformierte Kirche. Lauter dick vermummte Weiber und nur eine Handvoll grobknochiger gebeugter Männer, wohl eher die Stall- und Stiefelknechte der deutschen Kaufleute und Edelmänner in London als diese selbst, kauern wie erfroren auf den harten Bänken.

Reverend Metzel aus Braunschweig spricht über die Erfolge der evangelischen Mission in Irland. Jährlich träten fünfhundert Katholiken zum Protestantismus über. Ganze Distrikte würden in zehn oder zwanzig Jahren lutheranisch sein.

Statt hier der kühlen Predigt beizuwohnen, wäre die Zeit besser mit Jerrys Englischunterricht in meiner Stube genutzt.

Nach einem bescheidenen Mittagsmahle besichtige ich die Antikensammlung im Hause von Doktor Sloane, die an jedem Sonntag der interessierten Öffentlichkeit zugänglich ist. Wie lieblich und erhaben die Griechen, wie widrig die Ägypter! Nichts von ihrem Nachlasse ist schön, aber alles ist beeindruckend. Uns sind die Toten eine Last, ihnen ein Gegenstand der Verehrung. Wir ziehen ihnen die Ringe von den Fingern, ihnen folgt alles, was sie im Leben geliebt, ins Grab.

Im übrigen bewahre uns Gott vor dem Mumienbrauche der Ägypter, wieviel Sittlichkeit ihm auch zugrunde liegen mag. Es ist ein scheußlicher Anblick und ein noch gräßlicherer Geruch, so der Nachwelt erhalten zu bleiben. Dann lieber begraben und vergessen!

Am Abend etwas Flöte gespielt und in das Ofenfeuer gestarrt. Ein wenig Heimweh und Weltschmerz hat mich ergriffen. Doch jetzt, vor dem Zubettgehen, wieder froheren Mutes, denn Jerry hat mir ein Billett meiner Tante mit einer kurzen, aber recht liebenswürdigen Einladung zum Tee am nächsten Tage ins Zimmer gebracht. Selbst wenn ihr illegitimer Gemahl dabei sein sollte, wird es in ihrem Salon zweifellos wärmer als in diesem Eiskeller sein.

Wer ist dieser Georg überhaupt? Er hat gerade genug von einem Varus, um kein Alltagsmensch zu sein, aber lange nicht genug, um auch nur einigermaßen erfolgreich einen Kuhhandel zu gewinnen. Fünf Tropfen Gedankenessenz in einem flachen Meer von Torheit!

Der Saal gleicht eher einer Galerie als einem Ankleidezimmer. Ein Dutzend Portraits der königlichen Vorgänger hängen hier in Eintracht versammelt, obgleich mancher wohl seinem Nachfolger oder Vorgänger das Leben schwergemacht oder ihn gar um dasselbe gebracht haben mag. Da mir nichts anderes zu tun bleibt, als zu warten, bis meine Tante ihre Toilette beendet hat, rücke ich eine Bank in die Mitte des Saales und setze mich darauf, als säße ich mitten in einem Theater, und betrachte die Leinwände wie ein Zuschauer eine Gruppe von Schauspielern. Einige Gemälde sind nun in der Tat so lebendig und tiefgründig, daß man wirklich glauben könnte, einer Komödie beizuwohnen. Auch wenn ich ihr Geheimnis noch nicht ergründen kann, scheinen die Portraits zu sprechen, und sie erzählen nicht nur das, was wir ohnehin schon über sie wissen, sondern sie gestehen uns auch das, was sie in einem lebendigen Gespräche von Angesicht zu Angesicht nie mitzuteilen gewagt hätten.

Ich sehe, wie weit mein bescheidendes Malerhandwerk noch von wahrer Kunst entfernt war. Bei den Königinnen bewundere ich alle Varianten der Korruption durch Macht und Reichtum. Ohne ihre Kronen und Brokatgewänder hätten manche von ihnen auch eine fette Zimmerwirtin oder ein hagerer, bartloser Jüngling sein können. Und mancher König wirkt auf der Leinwand in vollkommener Weise unvollkommen, arglos, diebisch, verschwenderisch, eitel, genußsüchtig, berechnend, feige, speckige Matronen in Wams oder schwarzem Brustpanzer, in hohen engen Stiefeln oder roten Schnabelschuhen, einen Degen an der Seite, den sie mit den kurzen dicken Armen kaum zu ziehen in der Lage sind. Neben all ihren anderen Vorzügen beherrscht Tante Melusine die hohe Kunst des Zuhörens, wie ich sie, zumindest bei einem Menschen ihres Alters und Standes, bisher nicht erfahren habe. So plaudere ich denn leichthin über all die Dinge, die ich in der Zwischenzeit erlebt habe, aber auch über jene, die ich gerne erlebt hätte, doch die zu erleben mir nicht beschieden war. Und das Geheimnis dieser raren Kunst des Zuhörens liegt darin, daß ich mehr erzähle, als ich beabsichtigt habe, ja, mehr als ziemlich und taktvoll wäre. Mir scheint es, als saugten der Tante große Ohren das Geheimste aus meiner Seele direkt in den Mund und aus dem Munde in ihr eigenes großmütiges Herz, unter Umgehung des Kopfes, dem Siebe der Vernunft.

»Mögt Ihr nicht auch ein wenig vom Leben in Berlin erzählen?« Inzwischen sind wir beim vertrauteren Ihr und Euch angelangt und fallen ins Siezen nur in größerer Gesellschaft zurück.

»Wie geht es der Tochter meines Königs, Eurer Königin Sophie? Ist sie glücklich mit ihrem Gatten? Man hört ja allerhand, selbst hier im fernen London!«

»Ich habe in den letzten Jahren nur wenig Zeit in Berlin verbracht. Ich weiß nur, was alle wissen, Gerüchte, Halbheiten, Klatsch, denen nicht immer zu trauen ist.«

»Ich liebe Gerüchte und Klatsch. Etwas daran ist immer wahr, und das Schönste ist, dem Zuhörer bleibt alle Freiheit, sich das Wahre daran selbst auszuwählen.«

»Mein Großvater, Graf von Wartensleben, könnte Euch mehr berichten. Er pflegt mit dem König, wenn er in Berlin weilt, allabendlich in seinem Tabakskollegium zusammenzutreffen. Ein junger Spund, wie ich es bin, ist in jener Altherrenrunde nicht zugelassen, es sei denn, es handle sich um den Kronprinzen.«

»Seid Ihr näher mit dem Kronprinzen vertraut? Es gibt Wünsche und Absichten, vor allem vonseiten seiner Mutter, die Bande zwischen Hannover und Berlin durch Vermählungen enger zu knüpfen.«

»Nein, ich kenne den Kronprinzen Friedrich nicht näher, habe ihn nur gelegentlich mal an der Seite seines Vaters gesehen. Er ist ja fast noch ein Knabe.«

»Auch hört man hier wenig Schmeichelhaftes von seiner älteren Schwester, Prinzessin Wilhelmine. Sie soll von abstoßender Häßlichkeit und ganz verwachsen sein. Und das, was man von ihrem Äußeren erzählt, solle im besten Einklang mit ihrem Charakter stehen. Sie sei so jähzornig und boshaft, heißt es, daß sie aus reiner Unbeherrschtheit täglich mehrfach von der Fallsucht ergriffen werde.«

»Ich weiß davon nichts, und es dünkt mir auch wenig glaubhaft oder zumindest arg übertrieben.«

»Ihre ehemalige Erzieherin, eine gewisse Leti, die vom Berliner Hofe geflohen ist, weil sie das barbarische Land, in dem sie weder Geist noch Vernunft vorgefunden habe, sondern nur saufende Offiziere und prügelnde Soldaten, hat die Prinzessin solcherart charakterisiert.«

»Vielleicht, weil sie von ebenjenen Offizieren und gar den einfachen Soldaten zurückgewiesen worden ist. Wer weiß, was sie am Hofe gekränkt haben mag, aber ganz so barbarisch geht es in Berlin nun doch nicht zu.«

»Auch das Fräulein von Pöllnitz, eine alte Vertraute aus hannoverischen Tagen, hat die Berichte dieser Person Leti im Großen und Ganzen bestätigt. Was soll ich denn nun glauben, lieber Hans?«

»Am besten dem eigenen Augenschein. Besucht den Berliner Hof auf Eurer nächsten Reise nach Hannover und urteilt selbst.«

»Georg reist nicht mehr gerne, und ohne ihn wird man mich in dem frommen und sittenstrengen Milieu kaum empfangen. Wollt Ihr in dieser Angelegenheit nicht meine Augen und Ohren sein und mir gelegentlich berichten, wie die Verhältnisse am Berliner Hofe in Wahrheit bestellt sind? Denn der König erwägt ernsthaft, dem Vorschlage seiner Tochter zu folgen und seine Enkelin Wilhelmine mit ihrem Cousin, dem Prinzen von Wales, zu vermählen und vielleicht gar den Kronprinzen Friedrich mit dessen Cousine, Prinzessin Amelia.«

»Falls mich das Schicksal zurück nach Berlin führt, werde ich Eurem Ansinnen gerne nachkommen und Euch regelmäßig schreiben.«

»Was gedenkt Ihr denn zu beginnen, wenn Ihr von Eurer Kavaliersreise heimgekehrt seid?«

»Ich werde wohl versuchen, in ein königliches Regiment einzutreten, am liebsten natürlich in Berlin, denn an allen anderen märkischen Standorten ist das Leben noch glanz- und ereignisloser als in der Residenzstadt.«

»Ihr klingt nicht wirklich zuversichtlich und erfreut. Ist denn der Offiziersstand nicht das Lebensziel jedes märkischen Junkers?«

»Ja, das sollte er sein, da ihm kaum eine andere Wahl bleibt. –

Manchmal denke ich, es wäre vielleicht besser, gar nicht in die Heimat zurückzukehren.«

»Weil Ihr keine Neigung zum Militärdienst verspürt?«

»Ich hatte gehofft, daß mein Studium der Rechte mich zu einer diplomatischen Laufbahn befähigte, und in Wien, Paris oder London könnte ich mir durchaus vorstellen, mit Leib und Seele meinem König zu dienen. Aber mein Vater hat andere Beschlüsse hinsichtlich meiner Zukunft gefaßt. Nun kann ich nur noch hoffen, nicht in seinem Regimente dienen zu müssen.«

Wieder habe ich wohl zu viel und zu offen geredet, doch ehe ich mich der zu vertraulichen Worte schämen kann, ergreift Tante Melusine meine rechte Hand und bettet sie stumm zwischen ihre warmen, fleischigen Hände. Dann sagt sie: »Ihr seid ein kluger und tapferer junger Mann, Hans. Zu was auch immer Ihr Euch in der Zukunft entschließen mögt, mein Haus steht euch allezeit offen!«

Meine Kammer mißt vielleicht drei mal vier Schritte. Ein schmaler Bettkasten mit einer Strohmatratze, ein Waschtisch und ein Schemel haben darin Platz. Mit dem Schreibpulte, dem Ofen und dem Brotkasten wird es schon eng, und besucht Jerry mich in meiner Stube und setzt sich auf den Schemel, bleibt für mich kein anderer Platz mehr außer im Bette.

Aus dem Fensterchen schaue ich auf einen düsteren Hof. Meist lasse ich es geschlossen, auch wenn der Rauch aus meinem Herde mich manchmal zu ersticken droht. Selbst am Tage muß ich die Kerze anzünden, will ich lesen oder schreiben. Ist es nicht der Qualm aus den vielen Schornsteinen, so ist es der häufige Nebel, der die Sonne nicht bis in meine Kammer dringen läßt. Wann immer ich in diesen Nebel oder Rauch hinausschaue und selbst wenn mein Blick bis zu den verrußten Hofmauern reicht, schlägt mir diese Aussichtslosigkeit doch aufs Gemüt.

In der Nacht wache ich von einem sehr lauten und anhaltenden Lärm und einem äußerst strengen Geruche auf. Es braucht eine Weile, so unzart aus dem Schlafe gerissen, um zu verstehen, daß es der Jauchewagen ist, der von Haus zu Haus zieht und nun, des Nachts, die Abtritt- und Notdurftfässer leert, die in den besseren Häusern wie dem der Misses Jenkins den Kot und Harn der Bewohner aufnehmen, um sie nun zum Flusse zu karren und sie entweder auf Kähnen zu verladen und zu den Bauern und ihren Äckern zu schiffen oder sie gleich im Flusse selbst zu entlassen, aus dem die Stadt immerhin ihr Trink- und Badewasser schöpft. Wen wundert da noch das kränkliche Aussehen vieler, vornehmlich armer Bewohner! Wer nicht zu Schaden kommen will, trinkt vom Frühstück bis zum Nachtmahle ausschließlich Bier und Branntwein und meidet es, sich und seine Kleider allzu häufig zu waschen.

Die Reinlichkeit sei der Gottesfurcht verwandt, predigte uns Pastor Francke in Glaucha.

Die Gottesfurcht ist der Reinlichkeit verwandt, würde ich ihm heute erwidern.

Neben dem Heer von Huren auf den Straßen Londons finde ich Legionen bettelnder Kinder vor. Hier wäre in der Tat ein Francke notwendig. Trotz der mehr als einer halben Million Einwohner und der großen Armut in den meisten Stadtteilen gibt es nicht ein einziges Waisenhaus in ganz London. Die elternlosen Kinder hausen in den Gassen, betteln die Spaziergänger an und verüben auch wohl manche Beutelschneiderei, doch um des schieren Überlebens willen. Denn hier kennt man nur das Armen- und das Arbeitshaus, doch kein Obdach und keine Schule für die den Unbilden des Straßenlebens ausgesetzten Kinder, die, nimmt sich ihrer kein mildtätiges Herz an, wohl öfter daselbst sterben als überleben.

Von alledem sieht man in den Straßen und Parks von Westminster weniger, wenn man es denn nicht sehen will. Doch sobald man durch die Quartiere der Arbeiter und der Armen streift, die Kutsche verläßt oder vom Pferde steigt, stößt man auf Schritt und Tritt auf das Elend der Kinder, aber auch auf das der alleingelassenen und unversorgten Alten. Ist es die Menge der Menschen, die den einzelnen so hart und mitleidslos gegenüber dem Elend der anderen macht?

Die Besichtigungen beginnen, mich zu langweilen, ebenso mancher Besuch in St. James, all diese Zerstreuungen, die mich nur ablenken von meiner niemals zuvor so tief empfundenen Einsamkeit. Verspürt habe ich sie schon lange, aber erst hier, viele Tagesreisen von meiner Heimat entfernt, kann ich sie mir eingestehen, ich bin ein Fremder, ein Bettler, eine Waise, nicht anders als die bettelnden Kinder hier.

Sie erkennen mich nicht gleich als Fremden, Deutsche und Engländer unterscheiden sich weniger durch Gesicht und Statur, denn durch Sprache und Sitte. Schweige ich, mag man mich zunächst für einen der Ihren halten. Und das ist gut so, denn für beachtenswert gilt dem gemeinen Londoner nur jener Fremde, mit dem sich vorteilhafte Geschäfte machen lassen. Finden sie heraus, daß ich nahezu mittellos bin, verlieren sie sofort ihr Interesse an mir.

Selbst den Weibern bin ich zu jung, zu ernst, zu arm. So werde ich mehr und mehr unsichtbar.

»Lieber Hans«, überfällt sie mich gleich am Anfang unserer gemeinsamen Teezeit, »möchtet Ihr nicht zu uns in den Palast ziehen? Wie Ihr seht, gibt es hier Platz genug, zumindest für so einen liebenswürdigen Gast wie Euch!«

Im Grunde bin ich nicht überrascht von diesem Angebote. Jeder andere Junker hätte wohl in größter Selbstverständlichkeit erwartet, seinen Londoner Aufenthalt im Hause seiner Tante verbringen zu dürfen. So verlaufen derlei Reisen ja gemeinhin, man plant die Wegstrecke an Hand der über den ganzen Kontinent verstreuten Verwandtschaft und bleibt dort länger, wo man für Kost und Logis nicht zu zahlen hat. Das bedeutet aber nicht, daß der Aufenthalt damit umsonst oder auch nur billig wäre. Der Gast bezahlt mit seiner Freiheit. Daher ist meine Antwort klar: »Ich danke Euch sehr für Eure großherzige Einladung, liebe Tante, doch mag meine Unterkunft auch recht bescheiden sein, so ist sie mir meiner Unabhängigkeit wegen doch ebenso lieb wie Euch dieser Palast. Ich kann kommen und gehen, ohne Rücksicht auf einen Gastgeber nehmen zu müssen, kann spät zu

Bett gehen oder bis zum Mittag schlafen, kann meine ganz persönliche Unordnung pflegen, husten, schneuzen, schnarchen, mit einem Worte, das eigene Heim ist durch keinen noch so herrlichen, aber fremden Palast ersetzbar.«

»Ich verstehe Euch ganz und gar, mein Junge, und ich hoffe für Euch, Ihr wißt diese Unabhängigkeit zu nutzen. Womöglich werdet Ihr in Eurem ganzen Leben nicht mehr so viel Freiheit haben wie gegenwärtig fern der Heimat.«

Und mit derselben Erregung und dem gleichen Freimute, mit der wir das Wesen der Freiheit zu ergründen suchen, spricht meine Tante in unserer vertrauten Runde nun den Beischlaf an, der sie immerhin zur ungekrönten Königin von England werden ließ.

Das Reden fällt hier leichter als die Tat. In Glaucha und in Königsberg war es just das Gegenteil. Und das Reden über diese frivolen Dinge scheint meiner Tante ebenso viel Lust zu bereiten wie die Dinge selbst, die sie so gewandt andeutet, vielleicht weil diese Gewandtheit in der Tat für mich nur schwer vorstellbar ist. Im übrigen halte ich es meiner Tante gegenüber für unziemlich und respektlos, mir diese Dinge nicht nur anzuhören, sondern auch noch vorzustellen.

Ist meine Tante womöglich in mich verliebt? Aber was bedeutet hier Liebe? Ihre Zuneigung schmeichelt mir und macht mir angst zugleich. Ich würde sie gerne erwidern, aber meiner Achtung für sie und meiner Zuneigung zu ihr fehlt jedes körperliche Begehren. Sie sind ausschließlich seelischer Natur, eine rein geistige Lust an der freizügigen Konversation, aber nicht am freizügigen Umgange.

Da meine Tante mich gebeten hat, bei meinem nächsten Besuche meine Flöte mitzubringen und ihr vorzuspielen, habe ich in den letzten Tagen so viel geübt, wie meine Nachbarn nur irgend ertrugen. Doch zu meinem Erschrecken läßt sie nun ihre Tochter, Countess Petronella, in den Salon rufen, um meinem Spiele beizuwohnen. Für die Ohren meiner Tante schien mir mein Repertoire gerade noch hinreichend, aber die junge Gräfin soll im Cembalospiel wahrhaft meisterlich sein, einmal in der Woche erhält sie hier im königlichen Palaste vom Tonsetzer Händel persönlich Unterricht.

Würden wir wenigstens im Duette spielen, so wäre die Furcht, vor einer Zuhörerschar konzertieren zu müssen, sicherlich geringer. Nun aber sitzen die beiden musikverständigen Damen, Mutter und Tochter, mit erwartungsvoll gespitzten Ohren am Teetischchen und warten auf meine Flötensonaten.

Petronella Gräfin von Walsingham ist sieben oder acht Jahre älter als ich, noch nicht verheiratet, aber seit langem schon dem Grafen Chesterfield versprochen. Sie scheint dem heiratsfähigen Alter längst entwachsen, wirkt wie eine reife Frau, der Mutter ähnlich, doch selbstverständlich jünger, schlanker; sie bedarf keines Mannes, um ihren Stand und ihr Gewicht in der Welt zu kennen, und sollten die Heiratspläne endlich ausgeführt werden, dann aus politischen, vielleicht auch finanziellen Gründen, was letztlich wohl dasselbe bedeutet, und nicht, weil sie eines Mannes an ihrer Seite bedürfte, der ihr Sicherheit und Auskommen gewährte.

Ihr Gesicht ist nicht schön, aber ausdrucksvoll, herb, jünglingshaft. Ihrem Blick fehlt noch die Wärme, die aus den Augen ihrer Mutter strahlt, stattdessen finde ich leichten Spott darin. Ich muß zugeben, sie nimmt mir nicht gerade meine Furcht, meine Cousine, es würde mich nicht wundern, wenn sie neben dem Unterrichte auf dem Spinett auch Fechtunterricht nähme.

Aber es könnte eben jene Furcht sein oder auch die Kälte innerhalb der Palastmauern, die große Leere im Saale, meine Schlaflosigkeit, die steifen, fast erfrorenen Finger, das Wohlwollen im Antlitz meiner Tante, der herablassende Zug in jenem meiner Cousine, die mich plötzlich aufspielen lassen, als sei ein Engel aus der himmlischen Musikantenschar in diesen Salon herabgestiegen. Dabei handelt es sich nicht einmal um die bezaubernden Noten Telemanns, nein, ich lasse meine Flöte spielen, was immer meinen Fingern in die Kuppen fährt. Ich selbst werde von diesen unerhörten Klängen ganz und gar gefangengenommen und fortgerissen, so daß ich mir am Ende, als wir alle drei noch eine Weile in Schweigen verharren, wie ein Scharlatan vorkomme, der gar nicht selbst gespielt, sondern sich hat spielen lassen.

Jede Herablassung ist während des Konzerts aus dem Gesichte meiner Base hinweggeschmolzen, nur ein Restspott, der womöglich einen unauflösbaren Teil ihrer Mimik darstellt, ist geblieben, dazu ein Ausdruck von Neugier oder Interesse, der mich womöglich noch mehr ängstigt als die Kühle, mit der sie mich, und wohl nicht nur mich allein, bisher auf Abstand hielt.

Ihrer Mutter kann dieser stille, vielsinnige Austausch nicht entgangen sein, doch nun klatschen ihre warmen weichen Hände meinem unerwarteten Vortrage herzlich Beifall, es klingt, als würde ein Sperlingsschwarm gegen das Fenster prallen, dann fällt auch, wenngleich zögernd und fast widerwillig, Countess Petronella ein, so daß ich mich gezwungen sehe, mich, nicht ohne ein spöttisches Lächeln meinerseits, tief vor den beiden Damen zu verbeugen.

Im weiteren Verlauf der Teestunde spricht meine Base kaum mehr als drei Worte und überlässt ganz ihrer Mutter das Reden. Mir lähmt ihre Anwesenheit die Zunge, und mag Tante Melusine sich auch so zugewandt wie ehedem zeigen, die Vertrautheit des Zuzweitseins ist durch die Gegenwart eines Dritten verdorben. So bin ich denn froh, nach dieser zähen Stunde verlegenen Teetrinkens, unterbrochen nur vom lautstarken Knabbern am wiederholt gepriesenen Gebäcke, endlich mitsamt meiner verfluchten Flöte entlassen zu werden.

Ich besichtige viel und planlos, wie ein gottverdammter Tourist, das ist ja der Sinn einer Kavaliersreise, und versuche, die Orte mit Kattes Augen zu sehen. Diese Stadt ist mir fremd und vertraut zugleich, grenzenlos und eng, als sei ich in einem Kreuzworträtsel gefangen.

Vor allem findet man in ihr keine Muße zur Kontemplation. So eng und verstellt, wie sie ist, so begrenzt sie auch den suchenden Geist. Die ständigen Störungen abzuwehren oder zu neutralisieren kostet ungemein viel Kraft, sodass sich Kopf und Herz mehr und mehr verschließen. Begegnungen und Eindrücke bleiben flüchtig, die gelegentliche Geselligkeit endet unverbindlich. Wir Briten fürchten uns vor jeglicher Tiefe, daher flüchten wir uns in die Förmlichkeit. Unser viel gerühmter Humor stellt nichts anderes dar als die Abwehr jeder Form von Sentimentalität. Wir verwechseln das Zeigen von Gefühlen mit Verletzlichkeit, und uns selbst betreffend haben wir damit zweifellos recht.

Ich würde gerne beichten, die Sünden wider den Heiligen Geist, meine Lieblingssünden, nach jenen der Sodomie. Dann die Heilige Messe besuchen. Aber alle Kirchen sind verschlossen. Oder voller Touristen, die alle Heiligkeit mit ihren Blitzlichtern aus den geweihten Hallen vertreiben. Oder voller Obdachloser, die nach einer Tasse heißen Tee anstehen.

Ich gebe es auf und gehe stattdessen in die Sauna. Das Schwitzen macht mich immer schwermütig, und die Schwermut wirft mich auf mich selbst zurück. In diesem Sinne ist es gar eine Form der Meditation. Ich weiß nicht, ob es an der Hitze liegt oder am Schweiß. Ich habe meinen alten Pullover im Dampfraum angelassen. Meinen Kopf habe ich abgeschaltet. Dafür juckt und kratzt es am Sack.

Der andere Mönch im aromatisierten Dampfbad trägt ein Messer unter seiner Kutte. Ich sehe es hin und wieder aufblitzen, wenn er die grobe braune Wolle rafft, um in Bewegung zu bleiben. Bewegung hilft am besten gegen den Verlust des Gottvertrauens. Wir stöhnen beide unter der Hitze, springen wie Zicklein über die Kacheln, nicht weil sie so heiß sind, sondern um keine Spuren zu hinterlassen. Unsere Fußsohlen bluten.

Dann wälzen wir uns gemeinsam im Schnee, und ich feiere doch noch die Heilige Messe.

Der Mönch, so stellt sich bei unserer gemeinsamen Kommunion heraus, ist ein pickliger Landsmann aus Wales, ein Sohn des Heiligen Dylan wie ich. Er streckt die Zunge heraus, um den Leib des Herrn in Empfang zu nehmen, statt mit seinen groben, kurzfingrigen Händen nach ihm zu grapschen. Dann greift er zum Messer und sticht zu.

Über Mystik zu schreiben, vor allem wenn man sich selbst zu den Mystikern zählt, kann für den unbedarften Leser eine rechte Zumutung sein. Aber für mich bedeutet es Befreiung und Ekstase. Andere erzählen von ihren Leiden und Hypochondrien, und ich verstehe gut, dass diese pathologischen Schilderungen die Leserschaft bestens unterhalten, amüsiere ich mich doch selbst hin und wieder der Abwechslung halber über diesen klinischen Schwachsinn, aber dieses Amüsement entfernt mich ebenso wie das Leiden von jeglicher Freiheit.

Mystik ist Körperpflege, wie aus dem Vorangegangenen gewiss schon deutlich geworden ist. Sie schmirgelt die Haut, erregt die Brustwarzen, bis selbst wir Männer Milch geben, sie glättet das Skrotum, färbt die Eichel kanariengelb und vereinigt sie mit der verlorenen Vorhaut des Herrn.

Das Einzige, was sich Mystiker von Herzen wünschen, ist zu vögeln wie der Messias höchstselbst. Seiner Potenz gegenüber sind wir alle Verschnittene. Doch Mystik heilt.

Ich bin vernarrt in den Herrn, vernarrt wie ein Zuchthäusler in seinen tätowierten Zellengenossen, vernarrt in seine bleiche Haut, seine knorpeligen Narben, seine ungewaschenen Füße. Auch Gefangene können das vollkommene Glück erleben. Das vollkommene Glück der Gefangenschaft.

Mystik ist zugleich die Krankheit, von der sie heilt. Die Bücher sind endlich, auch wenn wir nie alle werden lesen können. Aber es bleibt das Verlangen. Das Verlangen nach dem Begehren. Das Begehren des Wünschens. Von dem uns selbst die Mystik nicht heilt. Denn sie ist das vollkommene und allumfassende Begehren.

Manchmal zieht ein Geruch nach Algen und Fäulnis von der Themse her durch die flussnahen Straßen, vor allem im Spätsommer, an den Hundstagen. Und wieder legt jemand in meinem Kopf den Schalter um, meine Hände versuchen für einen Augenblick noch, Halt zu finden, kratzen über die Tischplatte, vergeblich, der elektrische Schlag haut mir die Beine weg, die Erde gerät ins Wanken, und mein Bewusstsein zerstäubt in ein elektrostatisches Knistern.

Ich wusste, dass der Auslöser auch ein Geruch sein kann, oder ein Geschmack, wie jetzt jener nach Metall, nach Kupfer oder Eisen in meinem Mund, als hätte ich an einer blutenden Wunde geleckt.

Durchs Moorland, zur Steilküste, verschwimmende Buchstaben, verblassendes Nachglühen, eingekesselt von Reklametafeln, meine Lunge kollabiert, faltet sich zusammen, die Eingeweide fast vollständig ausgeräumt, roter Nagellack tropft auf die Plastikplane, die Haut zwischen den Fingern mandarinenfarben, die Erde stottert, während ich lausche, die graue Asche wird immer dichter, doch sie fällt nicht, die Zunge ist ein knorpeliger Fisch im Mund, meine Ellbogen sind die steifen Flügel, aus den silbernen Narben auf dem Rücken knospen die Federn, Schlaf, so dünn wie Papier, gefaltet zu einer weißäugigen Möwe, die Zeit der Scham ist lange vorbei, nun nenne ich es Gnade und alles ist gut.

Nach langem Zögern und der Furcht, den Luxus meiner Anonymität zu verlieren, mache ich schließlich doch unserem Gesandten, dem Legationsrat Benjamin von Reichenbach, meine Aufwartung. Die Einfachheit seiner Lebensart setzt mich in eine angenehme Verwunderung. Er wohnt in einem ganz gewöhnlichen schmalen Hause, nicht anders als meine Zimmerwirtin, Misses Jenkins, und sein Sekretär wohnt gerade in der Stube über ihm. Und ohne irgendeiner Legitimation zu bedürfen, werde ich gleich in das Zimmer Seiner Excellence geführt. Er trägt nach hiesiger Mode ein blaues Kleid mit rotem Aufschlag und Kragen und zeigt sein eigenes langes, von Natur krauses Haar, vorne läßt er es ins Gesicht hängen, im Nacken hat er es zu einem Zopfe zusammengebunden. Das gibt seinem Erscheinen eine recht junge und formlose Ausstrahlung.

Unser rasches und freundliches Einvernehmen klärt sich gleich, als ich erfahre, daß auch er, wenngleich einige Jahre vor meiner Zeit, ein Francke-Schüler gewesen sei und drei Jahre im Pädagogium Regium zu Glaucha verbracht habe. Bei einer Tasse Kaffee tauschen wir uns zunächst über diesen und jenen Lehrer und Inspectoren aus, schweifen dann aber rasch zu erfreulicheren Themen und reden über die Liebe der Engländer zu ihren Philosophen und Dichtern und wie anders es darum doch in deutschen Landen bestellt ist. Hier lese selbst das einfache Volk, wie die unzähligen Auflagen und die wohlfeilen Ausgaben bewiesen, während in Deutschland seit Gellert noch kein Dichtername im Munde des Volkes sei.

Was die mangelnde Lesefreude der Deutschen angeht, stimme ich dem Legationsrat uneingeschränkt zu. Doch hinsichtlich des Leseeifers unter den hiesigen einfachen Leuten habe ich meine Zweifel, will mir aber nach so kurzem Aufenthalte und so flüchtigen Eindrücken noch kein Urteil anmaßen. Er empfiehlt mir einen Besuch in der Paternoster Row, die ich indessen schon auf meinen fast täglichen Streifzügen durch die Stadt als ein Bücherparadies entdeckt habe.

Dann bringt der Gesandte unser leichtfüßiges Gespräch auf Tante Melusine und erkundigt sich unverfänglich nach diesem und jenem, bis ich mich verwundert frage, ob er mich gar insgeheim auszuhorchen versucht. Aber gehört dieses Erkundigen und Sammeln nicht auch zu seinen weitergefaßten Aufgaben als Gesandter?

Nachdem ich unser Gespräch wieder in weniger vertrauliche Bahnen gelenkt habe, endet dieser Besuch durchaus kameradschaftlich. Als ich ihm zum Abschiede und Dank jedoch die Hand hinstrecke, schaut von Reichenbach sie erstaunt an, als müsse er kurz darüber nachdenken, was ich denn jetzt noch von ihm wolle. Dann sieht er mir lächelnd ins Gesicht: »Ich erinnre mich, in Berlin gibt man sich bei dergleichen Gelegenheiten die Hand, nicht wahr?«

Ich nicke, ein wenig verwirrt.

»Hier in London«, fährt er mit leicht gönnerhaftem Tone fort, »ist das unüblich, und ich habe es mir, den hiesigen Bräuchen entsprechend, ebenfalls rasch abgewöhnt. Aber ich frische diese fast vergessene Geste Ihretwegen gerne wieder auf!«

Dann schüttelt er mir kraftvoll die Hand und entläßt mich mit dem ungewissen Gefühle, ob ich nicht gerade das Opfer eines späten Glauchaer Schülerstreiches geworden.

Das nächste Billett, das aus St. James im Palaste der Misses Jenkins für mich abgegeben wird, stammt diesmal nicht von der Herzogin von Kendal, sondern ihrer Tochter, der Gräfin von Walsingham, und es lädt mich nicht zum Lunch oder Tee nach St. James, sondern in die gräfliche Loge in der Königlichen Musikakademie zur Aufführung von Händels neuer Oper *Ottone*, *Re di Germania*.

Wohin ich auch komme, überall ist von nichts anderem die Rede als von diesem neuen Werke des Wundarztsohnes aus Halle, den man hier ohne Umlaut *Handel* oder gar mit zwei E *Hendel* zu schreiben beliebt. Ich erinnere mich an die Familie aus meinen Schuljahren in Glaucha. Der Vater war ein berühmter Bürger der Stadt, Kammerdiener und Leibchirurg des Königs, aber schon lange tot, als ich das Franckesche Collegium besuchte. Das Orgelspiel des jungen Händel muß sehr eindrücklich gewesen sein, denn noch Jahre nach seinem Weggang von Halle rühmten es alle, die ihn noch im Dome gehört haben.

Für mich sind diese Art Singspiele nach wie vor eine junge Bekanntschaft, da man in Berlin dergleichen ja mit Abneigung und Verachtung begegnet und alle musikalischen Vergnügungen untersagt hat. Ich mußte erst nach Paris kommen, um meiner ersten Oper beizuwohnen. Und hier in London stehen sie beim Adel wie beim Volke in höchster Gunst, auch wenn ihre Poesie, wie ich inzwischen erfahren konnte, unter den eingesetzten Maschinen und Dekorationen mehr und mehr zu ersticken droht.

Vor einigen Tagen sah ich auf der Straße einen recht gewöhnlichen Burschen, der einen Käfig voller Vögel auf dem Rücken trug. Ich frug ihn dreist, warum er sich mit diesem Federvieh, das sich doch gar nicht zum Verspeisen eigne, derart abmühe. Er entgegnete, nicht einmal unfreundlich, wie unter Londoner Arbeiterburschen oftmals üblich, es handle sich um Amseln, die er für die Oper eingekauft.

»Für die Oper? Singen darin inzwischen Vögel statt Kastraten?«

»Nein, nein«, ruft der Junge fröhlich, »sie sollen erst am Schlusse des dritten Aktes freigelassen werden und auf der Bühne herumflattern.«

Und tatsächlich las ich am Tag darauf im *Spectator*, ein Bekanntmachungsblatt für feine Gesittung und Kultur, dem einige Macht und großer Einfluß auf die öffentliche Meinung nachgesagt wird, daß es dergleichen Scenenanweisung tatsächlich gebe: Eine reizende Grotte, in der man Vögel zwitschern höre. Am Ende sehe man sie unter den Bäumen auf- und davonfliegen.

Ein derartiges Spektakel machte schließlich auch mich neugierig. Allein, es ließen sich auf Wochen für keine Vorstellung mehr Billetts erstehen.

Und nun erreicht mich also die überraschende und durchaus willkommene Einladung zu einem Opernabend. Ich kann den kommenden Sonntag kaum erwarten. Nicht nur in den Zeitungen, in jedem Gespräche wird meine Aufmerksamkeit mit größter Zwangsläufigkeit auf den Halleschen Meister gelenkt. Die Sänger seien wahrlich überwältigend, höre oder lese ich, nicht weniger wie das Geschehen auf der Bühne, in der die Senesina in einem Wagen, von zwei riesigen Drachen gezogen, die Feuer und Rauch speiten, an die Rampe rolle und die glänzende Cuzzoni als Meerjungfer in einem wirklichen Wasserfalle auf- und abtanze, die ganze Oper sei angefüllt mit Donner und Blitz, mit Blend- und Feuerwerk, ohne daß die Zuschauer zu Schaden kämen. Nur von der Musik ist weiter nicht die Rede. Mal heißt es, sie sei feurig, dann nennt man sie martialisch, und immer wieder fällt das Wort *teutonisch*. – So wenig ich mir auch unter diesen Begriffen vorstellen kann, so begierig bin ich doch, sie endlich zu hören, zumal der Tonsetzer selbst, Meister Händel, sich nach manchem Akte an das Cembalo setze und noch eine erstaunliche Improvisation hinzugebe.

Zuviel Ablenkung, zuviel Zerstreuung, zuwenig Muße und Langeweile. Es gibt keine Notwendigkeit, irgendeine Art von Tagebuch zu führen, denn jeder Tag ist gesättigt von einer neuen, eigenen Überwältigung. Am Ende wünscht man sich fort und sucht nach Beschaulichkeit, Ruhe, Mäßigung. Hier zählt das Besondere nicht mehr, weil es zur Gewohnheit verkommen ist. Es muß schon ein außergewöhnliches Spektakel sein, die Londoner aufmerken und zusammenströmen zu lassen, eine Hinrichtung auf dem Tower Hill, eine Königskrönung oder eben eine neue Händel-Oper. Je länger ich hier bin, desto geringer fühle ich mich an Wert. In dieser Weltmetropole bin ich ein Nichts. Aber genau deshalb können die Menschen sich hier freier fühlen als andernorts, sie zählen weniger und sind gegebenenfalls rasch und umstandslos ersetzt.

Es ist nicht wirklich kalt hier in der dichtbebauten Stadt und nah der See, so wenig wie es je wirklich warm wird, doch die Luft ist gesättigt von Feuchtigkeit, daß man bei lebendigem Leibe zu verschimmeln glaubt, eine rechte Waschhausklammheit, in der manche Krankheit kauert. Mit dem Kohlestaub zusammen bildet sie eine schwarze Paste auf Haut und Haar und manchem Kleidungsstücke, daß man besser graue und schwarze Kleidung trägt und genügend Seife im Reisegepäck, um wenigstens bis zum Mittag reinlich auszusehen.

Was ein Arzt wohl inwendig fände, wenn er einem toten Londoner die Brust eröffnete? Wie in einem ungekehrten Kamine muß es in der Brust der hiesigen Bewohner ausschauen. Alle Menschen mit ausreichendem Vermögen besitzen deshalb einen zweiten Wohnsitz auf dem Lande und bringen so wenig Zeit wie möglich in der so ungesunden Stadtluft zu. Allen anderen, die sich einen derartigen Luxus nicht leisten können und ein Leben lang in Londons rußigen, nach Kot und Pisse stinkenden Straßen verbringen müssen, sieht man den Raub an ihrer Gesundheit durchaus an. Blässe und Blutarmut sind die hervorstechenden

Merkmale des gemeinen Londoners. Folgerichtig sehe ich nur wenige hochbetagte Menschen in den Straßen, um so mehr aber bettelnde Schwindsüchtige und Krüppel, unter ihnen herzzerreißend viele Kinder. Täglich findet man auch ausgesetzte Säuglinge auf den Treppen einer Kirche oder eines Hauses schreien. Und manchmal liegen tote Säuglinge sogar auf Misthaufen oder in den Rinnsteinen.

Ich lasse mich in die gräfliche Loge führen und sitze dort zunächst eine Weile für mich. Ich komme mir nicht wenig verloren vor in dem ganzen mich umgebenden Trubel, der selbst dann noch fortdauert, als sich das Orchester bereits zur Ouvertüre niederläßt. Auch fühle ich mich allseits beobachtet und mehr und mehr unwohl und schäbig in meinen recht bescheidenen Kleidern, obgleich doch, zumindest in Königsberg oder Berlin, ein verständiger Mensch sorgfältig alles Auffällige in seinem Auftreten zu meiden versucht. Hier indes scheint das Gegenteil der Fall.

Meine Base erscheint erst, als der Vorhang sich schon gehoben und den Blick auf die prächtigen Prospekte freigegeben hat. Sie grüßt mich mit einem kurzen Nicken und taucht sogleich ins intensive Studium der gegenüberliegenden Logen ein. Nur selten einmal fällt ihr Blick auf das Proscenium, und gar niemals streift er mich.

Ich frage mich für einen Augenblick, warum die Gräfin von Walsingham mich überhaupt zu diesem Opernabend eingeladen hat, doch werde glücklicherweise alsbald vom wilden Treiben auf der Bühne gefangengenommen. Händels Musik perlt wie belebender Schaumwein hinauf zu unserer Loge, ergreift und erwärmt mein Herz und, so glaube ich zu spüren, läßt auch jenes eisige meiner Base ein wenig tauen.

Natürlich dürfte ich nicht überrascht sein, als ich erkennen muß, daß die gefeierte Senesina in Wahrheit ein Mann ist, aber ich bin es, denn ich höre die glanzvollste Knaben- oder Sopranstimme, die ich je vernommen. Nein, von der Stimmhöhe vielleicht ein Sopran, aber mit den Stimmen weiblicher Soprane nicht vergleichbar, denn bei Francesco Bernardo Senesino fallen helle Süße und metallischer, trompetenhafter Glanz in eins. Über die Stimme hinaus geht ein eigentümlicher Reiz von diesem Doppelwesen aus, dessen Schulung zwar von äußerster Härte und Strenge zeugt, dessen Anmutung und Bewegung doch die einer anziehenden und zugleich abweisenden Göttin sind.

Groß, stattlich, mit vollen Lippen und kräftigem Kinne, aber kaum zwei Finger hoher Stirn, läßt er auf der großen Bühne doch kaum Raum für die nicht minder berühmten weiblichen Diven, die Cuzzoni, keine Schönheit wie Senesino, dafür ausgestattet mit der Vierschrötigkeit und dem Furor, die ihm fehlen, und die Durastanti, die blaß zwar, da sie erst vor wenigen Tagen von einer Tochter entbunden ward, aber voller bewundernswertem Kampfgeiste ihren Platz auf der Bühne zu behaupten versucht.

Allein darum scheint es im Grunde zu gehen, so mein Eindruck während dieser denkwürdigen Aufführung: um den Wettstreit. Am Ende jeden Aktes steht der grausame Zusammenstoß der Rivalinnen, die sich nicht nur dem Libretto gemäß, sondern, angefeuert von der erwartungswollen Zuhörerschar, ganz außer ihrer Rolle auf offener Bühne in die Haare kriegen. Je mehr Perücken und Roben in Unordnung geraten, desto größer der Erfolg, will mir scheinen, denn das Publikum bejubelt die Fauststöße mehr als alle vorangegangenen Arien.

Überhaupt scheint mir die Zuhörerschaft im höchsten Maße merkwürdig. Ein ständiges Kommen und Gehen herrscht in den Logen und im Parkett. Es ist, als warte man nur auf die unterhaltsamsten Scenen. Für die Feinheiten der Musik hat kaum jemand ein Ohr. Zwei zu gleichen Teilen ausgewogene Parteien toben hier ihre Verehrung aus. Die Cuzzoni besticht durch ihr brutales Feuer, die Durastanti durch den Glanz und die Süße ihrer Stimme. Doch die Cuzzonisten zischen lautstark, wenn die Durastanti auch nur den Mund öffnet. Und die Durastantiner schreien euphorisch ihr *Huzzah* bei den unglaublich langen Phrasen ihrer Göttin, bei denen kein Atemholen bemerkbar ist. Die Anhänger aller Parteien stoßen mit Stöcken und Degen auf den Dielenboden, äußern mit katzenhaftem Miauen ihr Mißfallen oder haben gar Quäkpfeifen mitgebracht, um es noch unüberhörbarer kundzutun.

Mitten im Spiele schreitet Lord Gainsborough auf die Bühne und verprügelt den überraschten Senesino, der sich bisher aus dem Wettstreite der Diven herauszuhalten verstand und gar nicht weiß, wie ihm nun geschieht. Lord Gainsborough sei der geheime Geliebte der Durastanti und wohl auch der Vater des gerade entbundenen Kindes, raunt Petronella mir lächelnd zu. Das sind die ersten Worte, die meine Base an diesem Abend an mich richtet.

Nun gibt es kein Halten mehr auf den Rängen, denn in einem sind sich die widerstreitenden Parteien einig: Der göttliche Senesino steht über jedem Streite. Schon stürmen die sich ebenfalls geschlagen Fühlenden den Bühnenraum und alles endet in einem Chore von Schreien, Pfeifen, Zischen, Brüllen, Bellen und Jaulen, bis gnädigerweise der Vorhang fällt.

Verständlicherweise fällt es auch mir unter diesen Umständen schwer, das Besondere der Händelschen Manier zu erfassen, die enge Verflechtung der Instrumente mit den Stimmen, die letztere nicht nur begleiten, sondern in eine Art Zwiegespräch, mal lieblicher, mal zänkischer Art, verstricken, so daß ich, als er überraschend in die gräfliche Loge tritt, dem Meister vor lauter Überwältigung nicht das geringste Compliment zu machen verstehe. Aber Händel selbst wirkt ganz und gar nicht unzufrieden mit dem Verlaufe und dem Ende dieser Vorstellung.

»Die Opernaktien werden nach diesem Tumulte auf einen neuen Höchststand steigen, verehrte Gräfin«, spricht er, ein wenig steif und wenig galant, zu meiner Cousine, »der Erfolg in dieser Saison scheint mir jedenfalls gesichert.«

Er redet über die Bühnenkunst, als sei sie nichts mehr als ein Geschäft. Doch Petronella hört ihm respektvoll zu. Dann stellt sie mich als ihren Cousin aus der Mark vor, und der Meister wendet sich höflich, aber auch ein wenig zerstreut an mich: »Hat Ihnen dieser denkwürdige Abend gefallen, Herr von Katte?«

»Ich verstehe von diesen Dingen nur wenig«, antworte ich zurückhaltend.

»Von der Musik oder der Ökonomie?« fragt er, ein Mann um die Vierzig, mit der Miene eines Kaufherrn, der gerade alle seine vollbeladenen Schiffe bei einem Sturme vor dem Kap der Guten Hoffnung verloren hat. Seine sauertöpfische Miene will so gar nicht zu seinen frohgestimmten Worten passen.

»Da ich die Musik außerordentlich liebe, mag ich an sie nicht als profitables Gewerbe denken.«

»Aber solch eine Aufführung ist ebendas, ein wirtschaftliches Unternehmen. Nicht Mäzene, sondern Anteilszeichner haben in diese Bühnenproduktion investiert, nicht anders als in Schifffahrtslinien zu den Westindischen Inseln oder Baumwollplantagen am Mississippi, und nun wollen sie den größtmöglichen Gewinn daraus erzielen.«

»Und die Musik ist ihnen dabei gleichgültig?«

»Sie ist ihnen Mittel zum Zweck, nämlich Aufsehen und Neugier zu erregen.« Plötzlich lächelt er, und aus seinen Augen blitzen Verstand und Witz auf. »Was spielen Sie für ein Instrument?« fragt er mich im vertrauten Hallenser Zungenschlag.

»Die Traversflöte«, erwidere ich errötend.

Meine Base wirft mir einen warnenden Blick zu, den ich nicht zu deuten weiß. Auch ihrem Lehrer ist er nicht entgangen.

»Sicher wollen Sie nun zum Nachtmahle aufbrechen, also will ich Sie nicht weiter stören. Aber vielleicht besuchen Sie mich einmal, Herr von Katte, damit wir ein wenig über die Heimat plaudern können. Gräfin von Walsingham wird Ihnen sicher gerne zeigen, wo Sie mich finden können.«

Die Gräfin erbietet sich, mich mit ihrem Gespanne zu meiner Wohnung in die Allhallows Lane zu bringen. Mir ist das gar nicht recht, denn allein die prunkvolle Kutsche mit den vier Rössern ist geneigt, mir in meiner ärmlichen Nachbarschaft den Ruf der Dazugehörigkeit zu zerstören. Aber ich halte meine Bedenken zurück, um meine Cousine nicht zu verstimmen und ihren ersten Anflug von unverstelltem Entgegenkommen gleich wieder gefrieren zu lassen.

Vor dem schwarzgrau-verrußten Hause der Misses Jenkins angekommen, fragt Petronella, ob sie meine Wohnung besichtigen dürfe. Verlegen schweige ich. Nicht nur ist sie in keiner Weise auf den Besuch der illegitimen Tochter des Königs von England vorbereitet, auch ist es drei Uhr in der Nacht und wohl kaum die Zeit für eine sittsame Damenvisite, hat doch meine Zimmerwirtin ebendies ausdrücklich untersagt und zur Bedingung unseres Mietvertrages gemacht. Aber meine Base hakt sich einfach spöttisch lächelnd in meiner rechten Armbeuge unter, schickt den Kutscher fort und befiehlt ihm, in zwei Stunden wieder vorzufahren, und in meinem Kopfe wirbeln die Gedanken, wie ich in meiner engen, unaufgeräumten Stube zwei Stunden lang die Gräfin von Walsingham bewirten und unterhalten soll.

Unordnung sagt viel über einen Menschen aus, und nicht nur die naheliegende Erkenntnis, er sei unordentlich. Unordnung legt offen, was die Ordnung zu verbergen sucht, es beginnt mit den schlichten Dingen wie der Kleidung, die ich am Vortage trug, den Büchern, die ich zu lesen begonnen und nicht zu Ende gebracht, den Resten mehrerer Mahlzeiten, die so noch von meinem Geschmacke oder meinem Vermögen zeugen, den Briefen, die ich erhalten oder noch nicht abgesandt, den Briefentwürfen, die verworfen und zusammengeballt oder zerrissen im Raume verstreut liegen, und dergleichen Fragmenten meiner Londoner Existenz mehr, sie alle sprechen über mich, und ein aufmerksames Ohr wie Petronellas erfährt mehr, als mein Mund zu sagen vermöchte, und schon mischt sich in ihre amüsierte Miene ein Anflug von Traurigkeit oder gar Enttäuschung. Aber sie verliert kein Wort über das, was die Unordnung ihr sagt, befreit mein Bett von abgelegter Kleidung und allerlei Unrat, um sich irgendwohin setzen zu können, da der einzige Stuhl in der kleinen Kammer, Jerrys Schemel, von einem Bücherstapel belegt ist, und schaut, inzwischen selbst ein wenig verlegen, zu meinem errötenden Gesichte auf.

»Möchtest du einen Tee?« frage ich sie, unwillkürlich in die vertrauliche Anredeform meines Quartiers verfallend, denn die äußere Unordnung macht im Äußeren nicht Halt.

»Gib mir einen Becher Wein, da die Flasche ohnehin schon offen ist.«

Ich schenke ihr in einem von mir schon benutzten Becher ein, da es der einzige ist, der zu meinem Hausrate gehört, und trinke selbst aus der Flasche. Sie nimmt einen tiefen Zug des eigentlich recht sauren, weil billigen Rebensaftes, ohne eine Miene zu verziehen, dann stellt sie den Becher auf die Holzdielen, zieht mich neben sich auf die fleckige Strohmatratze und gibt mir so überraschend einen Kuß, daß ich vergesse, meinen Mund zu schließen.

Sie ist es, die mich entkleidet, sie selbst schiebt sich nur den Rock hoch und streift sich nicht einmal die Schuhe ab. Auch das, scheint mir, fügt sich in die mich umgebende Unordnung. Und ohne daß wir weitere Worte miteinander gewechselt hätten, sagt sie plötzlich: »Du bist noch Jungfrau, mein lieber Vetter, nicht wahr?«

Ich weiß nicht, welches keusche Körperteil ihr das mitgeteilt haben mag. Ein weiteres Mal errötend und unfähig zu leugnen, stammle ich nur: »Nennt man uns unerkannte Männer ebenso Jungfrauen?«

Sie lächelt, legt mich auf den Rücken, setzt sich auf meine Lenden, nimmt meine Hände und führt sie unter ihren Rock.

Ich hätte sie lieber an ihre Wangen gelegt, meine Hände, oder auf ihre Brüste, mit ihrer Erlaubnis, versteht sich, doch nun geht alles sehr rasch, zu rasch vielleicht, denn ich fühle – nichts. Eine dunkle feuchte Höhle, sie führt meine Finger, ich schließe die Augen, mir fällt ihr Name nicht mehr ein, in meinem Kopfe ist sie nur noch *sie*, nur noch Schoß, zu fremd, zu heilig, als daß ich ihn betasten dürfte, nichts stimmt hier, nichts ist richtig, ich befreie mich von ihren Händen, ihren Schenkeln, rücke zur Seite, lege sie neben mich und beginne, die Knöpfe ihrer Joppe zu öffnen, zweiunddreißig an der Zahl, und die strammen Bänder ihres Mieders zu lösen, ihre Haut ist makellos weiß, aber ihre Knochen stehen ohne jedes sanfte Fettpolster hervor. Die Brüste sind klein und straff, kennen die Mutterschaft noch nicht und – ich weiß nicht, wie meine Hände es mit dieser Bestimmtheit wissen können – wollen sie wohl auch nicht kennen. Meine Lippen dulden sie, weil sie nicht befürchten müssen, von meinem Gaumen schlaffgesaugt zu werden.

Diese ganze festliche Theatergarderobe macht es einem Manne nicht gerade leicht, zum Wesentlichen vorzudringen, und die Frist von zwei Stunden, die eben noch quälend lang erschien, ist nun entschieden zu kurz. Und auch das ist mir, ohne daß wir uns darüber ausgetauscht hätten, vollkommene Gewißheit: Was jetzt, in diesem Augenblicke, nicht geschieht, wird sich niemals nachholen lassen. Mag sein, daß wir, meine Cousine und ich, uns in anderer Weise näher kommen und vielleicht sogar Freunde werden, aber niemals wieder wird sie mir erlauben, sie auf diese Art zu berühren. Es ist allein der Gunst dieser besonderen Umstände geschuldet, einer Leerstelle in der Zeit, einem Aussetzen des Bewußtseins unseres Ranges und unserer Stellung, die uns das Geziemende vergessen läßt.

Alles Weitere geschieht eher mechanisch und freudlos denn neugierig oder gar erregend, und ich schäme mich des Aktes bereits, ehe er ganz vollzogen. Das *sie* verdichtet sich wieder zu einem Antlitz, zu einem Namen, Petronella Gräfin von Walsingham, meine sieben Jahre ältere Base, nun, im warmen Kerzenlichte neben mir, wirkt sie jünger, verletzlicher als noch am Abend, aber nur für einen kurzen Herzschlag. Sie befreit sich von mir, ehe ich überhaupt wieder zu Atem gekommen bin, säubert sich mit meinem Hemde, schnürt und knöpft sich rascher wieder zurecht, als ich sie zu entkleiden vermocht, und steht pünktlich zur verabredeten Zeit vor dem Hause, wo ihr Kutscher sie bereits erwartet.

»Ich gebe Ihnen Bescheid, lieber Herr von Katte«, sagt sie zum Abschied, »wenn wieder einmal eine Premiere ansteht und in meiner Loge noch Platz sein sollte. Leben Sie wohl!«

Ich verlasse meine kleine Wohnung, deren Enge und Düsternis, ja deren Geruch gar mir im Augenblicke gänzlich unerträglich sind, und streife am Ufer der Themse entlang bis ans östliche Ende der Stadt. Am südlichen Ufer ist der Fluß von grauen, baufälligen Lagerhäusern gesäumt, ganz anders als die Lastadie in

Königsberg, der ganze Stolz der dortigen Kaufmannschaft. Hier haben die Speicher den Anschein des Baufälligen, rasch und billig hochgezogen, da sich die darin gelagerten Gewürze, Lederwaren oder Stoffe kaum um die Pracht des Gebäudes scheren. Ist ein Fenster zerbrochen, wird es, statt daß man das Glas ersetzt, einfach mit billigem Holze zugenagelt.

Aber schaut man auf den Fluß, sieht man den wahren Stolz der Stadt, die Schiffe, die nach den Westindischen Inseln oder nach dem Kap der Guten Hoffnung abgehen. Fünftausend Küstenschiffe und mehr als tausend Überseeschiffe sollen hier im Jahr anlegen. Das sind zehnmal so viel wie in Königsberg. Manchmal ist das Gedränge auf dem Flusse so groß, daß man den breiten Strom überqueren zu können glaubt, indem man einfach von Schiff zu Schiff steigt.

Ich stelle mir vor, dort an Bord zu sein und mit den Matrosen, noch trunken von ihrem kurzen Landurlaub, auf eine lange Reise in den Stillen Ozean fortzusegeln. Aus Stürmen, Flauten, Langeweile und Schweigen sind sie hierhergesegelt und vor Anker gegangen, in die Stürme, Flauten, in die Langeweile und ins Schweigen werden sie zurücksegeln.

Während sie flußaufwärts ziehen, kommt ihnen der ganze Abfall der Stadt entgegen, manches auf Schuten und Kähnen, alles andere so, wie man es in den Fluß geworfen hat. Manches treibt hier ans Ufer, ehe der Fluß das Meer erreicht, und weniges davon ist nützlich oder auch nur angenehm anzusehen. Trotzdem zieht es mich immer wieder her, als wollte der Fluß mir etwas sagen, was man im Brausen und Schwirren der belebten Innenstadt nicht vernehmen kann, sondern nur hier, knöcheltief im Unrat und Uferschlick.

Nur das leichte Gepäck wird auf dem Strome des Reisens weitergetragen und irgendwann an ein rettendes Ufer oder ins weite Meer gespült, während die schweren, gewichtigen Gepäckstücke im Flusse untergehen und in den schlammigen Grund sinken.

Am Abend spaziere ich bis Covent Garden, wo ich in Willis' Kaffeehaus einkehren und die Tages- und Wochenblätter studieren will. Obgleich es noch kaum richtig dunkel ist, sind die Straßen bereits mit Frauenzimmern und jungen Mädchen gesäumt, die ihr eigen Fleisch zum Kaufe feilbieten, und das mit einem fast handgreiflichen Eifer wie auf einem Markte. Obgleich es sich keinesfalls um zweifelhafte Gassen in einem verrufenen Viertel der Stadt handelt, scheinen hier, wie auch andernorts in dieser geschäftigen Stadt, um diese Stunde ausschließlich käufliche Damen unterschiedlichen Alters und Standes unterwegs zu sein. Ich ziehe mein verdrießlichstes Gesicht, um mich ihren Selbstanpreisungen möglichst zu entziehen.

In Willis' Kaffeehaus geht man nicht der Ruhe und Beschaulichkeit wegen, wie man überhaupt dergleichen innerhalb der Stadt nicht findet. Hier, im Kaffeehause, lausche ich den Gesprächen mehrerer Tischgruppen zugleich, die sich über so illustre Themen wie Hahnen- und Hundekämpfe, Ärger mit den Hausangestellten, die jüngste Affäre Lord Gainsboroughs mit der Durastanti oder dem Streike der Stauer in Rotherhithe und Southwark ereifern. Ich lerne, daß das richtige Beladen von Schiffen, das *Stauen*, eine hohe Kunst sei. Deswegen bilden die Stauer eine eigene hochangesehene Gilde. Sie sorgen dafür, daß in den Frachträumen keine Ölfässer auf Seidenballen zu liegen kommen oder schwere Kaffeesäcke sämtlich auf Lee liegen, während die leichteren Baumwollballen sich auf Luv stapeln und so das Schiff aus seinem Gleichgewichte bringen. Nun aber heuerten immer mehr Reeder billige Lastenschlepper aus Dänemark, Schweden oder deutschen Ländern an, welche die Löhne der Stauergilde unterböten, vom Stauen indessen keinerlei tiefere Kenntnis besäßen. Dabei sei ein Segelschiff, so höre ich, doch ein äußerst feinfühliges Geschöpf. Und ich glaube es ohne jeden Zweifel.

Mitten in der Nacht weckt mich der Lärm aus dem indischen Schnellimbiss, über dem mein Zimmer liegt. Vielleicht ist es auch nur der Geruch nach Tikka, Pakora, Bhaji und Semose, verbranntem Fett und Curry, der durch den Laminatboden aufsteigt und mich aus dem Schlummer reißt. Kondenswasser läuft innen an den Scheiben herunter. Doch kann ich das Fenster nicht öffnen. Vielleicht fürchtet der Hotelmanager ja die Unannehmlichkeit eines Selbstmords in seinem Etablissement. Ich könnte es ihm nicht verdenken.

Das Gute an London ist, dass sich niemand einen Dreck um den anderen schert. Aber das ist wohl auch in São Paolo oder Kanton das einzig Gute. Oder auch das Üble. Nicht jeder stürzt ja, weil er die Fallsucht hat. Manch einer bleibt einfach liegen.

Überall auf der Welt gibt es inzwischen guten Kaffee, im Süden Chinas, in Papua Neuguinea, selbst in den Vereinigten Staaten von Amerika, nur nicht im Frühstücksraum meines Hotels. Das ölige Gebräu schmeckt, als handle es sich um eine Art Ersatzkaffee aus Kriegszeiten, ein bittrer Aufguss aus Eichelmehl und Ruß. Fast möchte ich aus schierem Protest einen Anfall simulieren und den violetten Speisesaalteppich einnässen. Es gilt nur, scharfe Kanten zu meiden.

Manchmal weiß ich, wenn ich erwache, nicht mehr, wer und wo ich bin. Das ist kein schlechtes Gefühl. An diesem Morgen fand ich mich recht gut beieinander vor, doch in diesem deprimierenden Frühstückssouterrain fühle ich mich mehr und mehr wie jemand, der nach einer durchzechten Nacht in einer fremden Wohnung aufwacht und sich nicht mehr erinnert, wie er dort hineingekommen ist.

Aber im Grunde gibt es nur dieses eine Gebot: Meide scharfe Kanten!

Ohne Frühstück gehe ich nicht aus dem Haus. Es ist meine wichtigste Mahlzeit am Tag. Muss ich auch mitten in der Nacht aufstehen, um morgens um sieben am Flughafen zu sein, ich stelle den Wecker eine Stunde früher, um noch genug Zeit für ein reichhaltiges Frühstück zu haben. Würde ich den Tag mit leerem Magen beginnen, wäre ich äußerst missmutig, ja mehr als missmutig. Ich würde nichts Ordentliches auf die Reihe bringen und für alle, die mir in die Quere kämen, unausstehlich sein.

Ernährungswissenschaftler haben sicher eine ganz natürliche

Erklärung für die fatalen Folgen meiner Frühstückslosigkeit, Unterzuckerung, anaphylaktischer Schock, doch ich halte es schlicht mit dem Vater Unser: Unser tägliches Brot gib uns heute, wobei mit Brot gewiss nicht die hier ausliegende pappige Unterlage für Orangenschalenmarmelade gemeint sein kann, sondern das gute deftige deutsche Brot, nahrhaft wie das deutsche Bier, das die Deutschen ganz zu recht für flüssiges Brot halten, begannen Bauern und Mönche ihre Tage doch mit Bier- und nicht mit Milchsuppe, wie wir auf unserem feucht-elendigen Eiland.

Da kommt er aus dem Haus, mein Vater, der augenscheinlich noch am Leben ist. Hat er inzwischen eine neue Familie? Es sieht nicht so aus, sein Anzug, sein ganzes Auftreten machen den Eindruck eines einsamen, zumindest alleinstehenden Menschen. Nichts, nicht einmal ein Haustier, bringt Unordnung in den streng ritualisierten Alltag dieses Menschen.

Ich bin nicht wie er. Soviel ich weiß. Nicht so ordentlich. Nicht so einsam. Ich rede mehr, und lauter. Er sieht nicht aus, als glaubte er an einen Gott. Wenn er trinkt, dann trinkt er Whiskey, nicht Wein oder Bier. Immer dieselbe Marke. Ohne Eis.

Der Duft seines Rasierwassers hängt noch in der Luft, ein Geruch nach frisch gewichstem Schuhleder. Ist es *Vetiver*? Hat er je sterben wollen? Er nimmt keine Tabletten bei leichtem Kopfschmerz oder Fieber. Das kaum merkliche, aber unkontrollierte Zucken seiner Lider ist ihm treu geblieben.

Ich läute vorsichtshalber, aber wie erwartet öffnet mir niemand. Also ziehe ich meinen Zweitschlüssel hervor, den mein Vater von mir zurückzuverlangen vergaß, obgleich er sich doch hätte denken können, dass ich längst das Ende unserer ständigen Auseinandersetzungen vorhersah, an dem er schließlich die Nase von meiner Gegenwart voll haben und den Wohnungsschlüssel von mir zurückfordern würde. Ich habe den Nachschlüssel nur zwei- oder dreimal genutzt, und immer waren meine Besuche und Diebstähle so diskret, dass er mein Eindringen wahrscheinlich nicht einmal bemerkt hat, sonst hätte er sicherlich längst die Schlösser ausgetauscht.

Der Schlüssel passt, ohne jeden Widerstand lässt er sich im Schloss der Wohnungstür drehen, und schon stehe ich in dem kargen Flur, teergrauer Natursteinboden, glatt verputzte, weißgetünchte Wände, an den stumpfen Garderobenhaken ein taubengrauer Regenmantel und ein rattenschwarzer Regenschirm.

Zunächst öffne ich, vielleicht aus alter Gewohnheit die Tür zu meinem ehemaligen Kinderzimmer. Auch hier weiße Wände, nach meinem Rausschmiss frisch verputzt und neu gestrichen, die Bilder und Poster, die einmal die Wände vom Boden bis zur Decke zierten, sind restlos in den Müll gewandert, nur ein paar Bücher konnte ich retten. Aber dasselbe Bett steht noch dort, wenngleich mit neuer Matratze, nun vielleicht als Gästebett genutzt, für welchen unwahrscheinlichen Besuch auch immer, und der hässliche weißlackierte Kleiderschrank, bis auf einige kakerlakenschwarze Kunststoffbügel leer.

Da ich hier nicht einmal mehr den vertrauten Geruch meiner Jugendjahre wiederfinde, begebe ich mich in die Küche. Ich habe Hunger, aber der Kühlschrank ist leer. Im Küchenschrank Teebeutel, Kamille, Hagebutte, Haferflocken, Zucker und Salz. Der Zucker gewürfelt. Kein Honig, keine Gewürze, kein Körnchen Staub.

Also auf ins Arbeitszimmer meines Vaters. Als ich die Tür öffne, beschleunigt sich, als sei ich immer noch der zehnjährige Wochenendbesucher, unwillkürlich mein Herzschlag. Auch dieses Zimmer ist ein Sparta würdiger Raum, Aktenregale, Schreibtisch, Drehstuhl, nichts wirklich Persönliches, jedes Büro im Finanzministerium besitzt eine menschlichere Ausstrahlung, sei es, dass ein Mitarbeiter ein Familienfoto auf seinem Schreibtisch stehen oder ein Vorgänger seinen Zimmerfarn zurückgelassen hat.

Da mein Vater ein Mensch mit festen Angewohnheiten ist, weiß ich sogleich, in welcher Schublade ich das Bargeld finde, auch wenn ich davon ausgehen muss, dass er die Summe bis auf den Penny genau im Kopf hat. Doch soll er ruhig ein wenig an der Fehlerlosigkeit seiner Hirnleistungen zu zweifeln beginnen.

In der grauen Stahlkassette finde ich unter dem fleischroten

Plastikeinsatz mit den Münzen und den jeweils nach ihrem Wert sortierten und mit einem Gummiband zusammengehaltenen Scheinen einen einfachen, unbeschrifteten Briefumschlag. Als ich ihn öffne, entdecke ich nur ein auf den ersten Blick vollkommen harmloses Foto darin, zwei junge Männer auf dem Geländer einer kleinen Holzbrücke in irgendeinem Park. Doch da mein Vater es in seiner Geldkassette versteckt hält, muss es womöglich sein Geheimnis oder wenigstens einen besonderen Wert haben. Also stecke ich es mit den fünfhundert Pfund, die ich mir als eine meiner gegenwärtigen Notlage angemessene väterliche Zuwendung gewähre, in die Innentasche meiner abgewetzten Lederjacke.

Ich nehme ein weißes Blatt vom Stapel mit dem holzfreien Schreibmaschinenpapier und den Parker-Füllfederhalter meines Vaters, stelle eine Quittung über den mir ausgezahlten Betrag aus, falte das Blatt zusammen und lege es in die Geldkassette, ehe ich sie wieder verschließe und in der untersten Schreibtischschublade verstaue.

»Eins der wichtigsten Stücke im Leben ist der Anstand!«, schreibt Lord Chesterfield an den achtjährigen Sohn Philip. »Das bedeutet, daß man das tut, was sich schickt und wo es sich schickt. Denn viele Dinge schicken sich zu der einen Zeit und an dem einen Ort, die an einem andern sehr unschicklich sind.« Das mag ein wenig banal klingen, aber spätestens auf unseren Reisen stellt sich heraus, dass es sich um ein Schlüsselgebot handelt, wie wir Fremden – ohne sonderlich übertreiben zu müssen, zähle ich meinen Vater dazu – begegnen sollten. Ohne diese Schicklichkeit, die Sitten und Gebräuche vor Ort berücksichtigt, ist jede wahre Begegnung unmöglich und das Reisen voller unvorhersehbarer Risiken.

In Berlin zeigt man überraschend offen seine Schwächen, Gebrechen und Wunden, während man seine Reichtümer und Talente geheim hält, als könnten sie, sobald man auch nur einen Zipfel von ihnen zeigt, den Neid der Götter erregen. Kaum hat man mit den Fremden ein erstes Wort gewechselt – und der Wortwechsel beginnt rasch, ohne dass der Fremde eine besondere Bereitschaft dafür zu signalisieren hätte –, werden ihm schon die fürchterlichsten Verletzungen anvertraut, Geschichten von Glaubenszweifeln, verpatzten Prüfungen, verlorenen Geliebten und unheilbaren Krankheiten, alles leichthin beim Bier erzählt, von dem der Fremde noch nicht weiß, wer es am Ende bezahlt.

Das findet man hier in London nicht. Und als ich die Tür der väterlichen Wohnung hinter mir zuziehe, halte ich eine gewisse Zurückhaltung und Prinzipientreue im alltäglichen Umgang mit sich und anderen für im Grunde gar nicht einmal so verachtenswert.

Bei den folgenden Besuchen in St. James sitze ich wieder mit meiner Tante Melusine allein beim Tee. Weder sie noch ich erwähnen mit einem Worte meine Base, ich frage nicht nach ihrem Befinden, und die Herzogin von Kendal zeigt sich in keiner Weise darüber irritiert. Es ist, als wären Petronella und ich einander nie vorgestellt worden.

Doch an diesem Nachmittage höre ich im benachbarten Musikzimmer meine Base auf dem Cembalo spielen, und einmal mehr zeugt das Spiel von ihrer Begabung. Meine Tante erklärt auf meinen aufhorchenden Blick hin, daß Meister Händel wohl gerade seine Unterrichtsstunde abhalte. Ich frage mit ungewohnter Dreistigkeit, ob man unsere stille Zuhörerschaft wohl dulden würde.

»Warum nicht, lieber Hans? Wir sind hier doch *en famille*. Und Ihr hört ja selbst, daß es bei diesem Unterrichte nicht um Meisterschaft, sondern ums Vergnügen geht. Nehmt Eure Teetasse und folgt mir!«

So wie der große Mann vor mir steht, kann ich mir nicht vorstellen, daß er sich zum Lehramte berufen fühlt. Doch wenn der König ruft, hat auch ein Händel zu gehorchen. Mit spürbarem Unbehagen läuft er im Musikzimmer auf und ab, und unser ungefragtes Eindringen hat es, wenn möglich, gar noch verstärkt, während Petronella so sehr in ihre Fingerübung versunken scheint, als habe sie unser Eintreten gar nicht bemerkt.

Händel ist von beträchtlicher Statur, er wirkt ein wenig korpulent und schwerfällig, doch in seinem Wesen spüre ich einen ungehaltenen und aufbrausenden Zug, den er in diesen Räumen zu seinem Verdrusse zurückzuhalten gezwungen ist. Er trägt eine riesige weiße Perücke, die im Takte seiner Gestimmtheit mitwippt, so daß jedermann durch die Schwingungen des Haars über des Meisters Laune in Kenntnis gesetzt ist.

Er lauscht seiner Schülerin nur mit einem Ohre, korrigiert kaum je einen Fehler, nickt nur hin und wieder beifällig, um für seinen Lohn überhaupt etwas zu tun, und ist in Gedanken womöglich immer noch bei den Notenblättern auf dem Pulte seines Arbeitszimmers, das er in Wahrheit gar nicht verlassen hat.

Manchmal wirft er einen raschen Blick auf mich, nicht mit dem erwarteten Ausdruck, was dieser freche Eindringling hier zu suchen habe, sondern eher dergestalt, als sei ich das einzige, was ihn in diesem prunkvollen Saale interessiere.

Am Ende der Etüde bittet er seine Schülerin, selbst am Cembalo Platz nehmen zu dürfen. Als er zu spielen beginnt, erinnert er mich an einen Geisterbeschwörer mitten in seinem unheimlichen, märchenhaften Tun. Soviel Verführungskunst liegt in seinem Spiele, daß es die ganze Welt verzaubern könnte. Und doch habe ich den unbescheidenen Eindruck, als sei der Zauber ganz allein für mich bestimmt.

Nach dieser betörenden Invention legt er Sonatennoten von einem italienischen Komponisten aufs Notenpult und fragt mich, ob ich die Flötenstimme spielen wolle.

Im Spiel vom Blatte bin ich eher schwerfällig, also versuche ich mich damit zu entschuldigen, daß ich mit den fremden Flöten, von denen im Musikzimmer eine erlesene Auswahl zum Spiele bereit liegt, womöglich nicht gleich zurechtkäme, da jede ja ihren ganz eigenen Charakter habe. Aber dieses Argument läßt der Meister nicht gelten und nötigt mich, meine Wahl zu treffen und des weiteren der Zuhörer nicht zu achten.

Nachdem ich das Mundstück ein wenig gewärmt, stelle ich mich neben den Meister, studiere kurz das Notenblatt, löse mich aber gleich mit dem ersten Tone von der vorgeschriebenen Melodie und erlaube mir meine eigenen Inventionen. Händel lächelt still, schließt die Augen und tritt mit mir in eine Art musikalischen Wortwechsel. Und wie von mir bereits erwartet, verfolgt Petronella dieses innige Zwiegespräch mit dem ihr eigenen aufmerksamen und zugleich spöttischen Gesichtsausdruck.

Als Händel glaubt, seinen Pflichten als königlicher Untertan für diese Woche mehr als genügegetan zu haben, wechselt er noch ein paar höfliche Abschiedsworte mit meiner Tante und seiner Schülerin, um sich dann abrupt an mich zu wenden: »Sie sind mir noch einen Besuch schuldig, Herr von Katte. Wollen Sie mich nicht an einem der nächsten Abende in der Brook Street aufsuchen?«

»Ich danke Ihnen sehr für Ihr Wohlwollen, Meister Händel, und werde der ehrenvollen Einladung gerne nachkommen.«

»Ob es sich um eine ehrenvolle Einladung handelt«, bemerkt meine Cousine sibyllinisch, nachdem sie Herrn Händel entlassen hat, »wird sich noch erweisen.« Ohne sich weiter zu erklären, zieht sie sich in ihre Privatgemächer zurück und überläßt mich wieder ganz der Obhut ihrer Mutter.

Wenn Petronella mich mit ihrer orakelhaften Andeutung vor irgend etwas hat warnen wollen, so ist ihr Rätselwort auf unfruchtbaren Boden gefallen. Gleich am nächsten Abend klopfe ich an die Tür des bescheidenen Hauses in der Brook Street. Sein alter Diener, Herr le Blond, öffnet und läßt mich ein.

Wie beim König von Frankreich ist Händels Schlafzimmer zugleich sein Empfangsraum. Vor dem für diesen großen Mann überraschend kurzen Bette steht der Nachtstuhl, offenkundig ungeleert. Ansonsten ist die Kammer spärlich möbliert, und der Gast muß stehen, will er sich nicht auf den Nachtstuhl hocken oder sich auf des Meisters Bette niederlassen.

Während ich auf den Musicus warte, studiere ich das Gemälde, das an der Wand über dem Bette hängt, eine pastorale Scene in der Manier Locatellis. Sie zeigt einen Banditen mit seinem Hunde. Oder ist es ein verkleideter Gott?

Händel tritt in die Schlafkammer, zum Ausgehen angekleidet, als habe er meinen Besuch ganz vergessen. Nur seine Perücke hat er noch nicht aufgesetzt. Wie viele Männer hier hält er, um Kopfläusen vorzubeugen, sein Haupthaar unter der gepuderten Perücke kurz.

»Ach, Herr Katte, Sie geben mir tatsächlich die Ehre! Nun, wollen Sie mich vielleicht zu den Vauxhall Gardens begleiten? Ich bin dort mit Herrn Pope verabredet.«

Wir lassen uns mit einer Barke zu diesem berühmten Ausflugsziele am Themseufer rudern, einer Art Einschiffung nach Cythera. Zypressenalleen führen ins Dunkel, an weit auseinanderstehenden Tischen sitzen die Gäste, damit sie einander nicht stören, in einer Rotunde hängen Bilder von Hogarth, und, ja, es läßt sich hier vorzüglich speisen und ausgezeichnet trinken. Ich kann mir beim besten Willen nicht vorstellen, woher der schlechte Ruf dieses Etablissements stammen könnte, sehe ich um diese fortgeschrittene Zeit doch nur ältere und jüngere Männer im gemeinsamen Gespräche oder beim Spiele und keine einzige Dame mehr, sei sie nun von der gewichtigen oder der leichten Art.

Alles Mürrische ist von meinem Begleiter abgefallen oder zurückgelassen worden, ein festes, kluges Gesicht mit scharf beobachtenden Augen blickt mich an, im Kerzenlichte ganz weit und weltzugewandt in dieser Heckennische, ernst und doch voller Gelöstheit, ein junger Faun, so daß sich manch schüchternes Gemüt von diesem Blicke gar bedrängt fühlen könnte.

Aber nun tritt Mister Pope an unseren Tisch. Händel springt auf und rückt den noch freien Stuhl für den erwarteten Gast zurecht. Der berühmte Dichter mag ein paar Jahre jünger sein als der Impresario. Er besitzt ein immer noch jugendliches Gesicht mit einer geraden, edlen Nase und einem schwermütigen Mund. Gleich mit seinen ersten Worten, nachdem Händel uns einander vorgestellt, gibt er sich als Verächter der italienischen Oper zu erkennen.

Alles, was mir gerade noch ein wenig leichter und gelöster bei

Händel erschien, wirkt nun im Vergleiche zu Pope erdenschwer und ungelenk, denn der Dichter spricht und bewegt sich mit größter Schwerelosigkeit und Anmut, die nicht nur beim weiblichen Geschlechte Entzücken auslösen muß.

Indessen ist des Meisters Gemütsbewegung ins Gegenteil umgeschlagen. Er schweigt den größten Teil des Abends, dafür ißt und trinkt er um so gewaltiger, eine doppelte Platte von Mastkapaunen und ein halbes Dutzend Schoppen Burgunderwein. Ich weiß nicht, was auf einmal in ihn gefahren, auf der Herfahrt war er noch bester Stimmung. Pope und ich spüren diesen Umschlag ins Düstere und Verbissene, doch während Pope diese Bedrückung mit geistreicher Plauderei zu überspielen sucht, verfalle ich meinerseits in bedrücktes Schweigen, nicht um den Meister mit dieser Nachahmung wortlos zu tadeln, nein, ein Meister mit seinen Gaben hat das Recht auf ebenso große Schwächen, sondern weil irgend etwas in mir, wenngleich nicht der Kopf, versteht, was ihn so plötzlich verstimmt haben mag.

An einem Abend mitten in der Woche, es ist bereits so spät, daß ich für die Nachtruhe ausgekleidet bin, pocht es laut an der Pforte unseres Hauses, und wenig später klopft es, fast noch herrischer oder unwilliger, an meiner Kammertür. In der Diele steht, bereits in Nachthaube und mit einer tropfenden Kerze in der Hand, Misses Jenkins und teilt mir sauertöpfisch mit, ein junger Mann warte vor dem Hause und wolle mich sprechen. Ich frage nach dem Namen, und meine Wirtin fügt achselzuckend hinzu: »Ein Mister Peter, wer's glaubt!«

Ich kenne keinen Mister Peter in London, ja, außer Alexander Pope zähle ich nicht einmal irgendeinen jungen Mann zu meiner näheren Bekanntschaft, und erst recht niemanden, dem es um diese Zeit noch erlaubt wäre, mich aufzusuchen.

Ich kleide mich rasch an und folge meiner Zimmerwirtin zur Haustür. Tatsächlich steht ein schlanker, bartloser Gentleman in schwarzem Umhang und einem blitzenden Degen darunter im Schatten der Hauswand. Ich warte, bis Misses Jenkins ins Haus zurückgetreten ist und die Tür geschlossen hat, ehe ich den Fremden anspreche: »Sie wünschen, mich zu sehen, mein Herr?«

Der Fremde lächelt spöttisch. Dann entgegnet eine helle, vertraute Stimme: »Reichen bereits ein Umhang und ein Hut, das selbst ein Mann, der alles von mir gesehen hat, mich nicht erkennt?«

»Gräfin Petronella!«

»Heute nacht heiße ich für dich Peter, John! Bist du bereit für einen kleinen Ausflug in die Nachtstadt?«

Ich bin zu überrascht, gleich zu antworten. Aber natürlich bin ich zu jedem Ausfluge bereit, selbst mit diesem wundersamen Gefährten und Führer.

»Vergiß deinen Degen nicht!« fordert sie mich, einmal ganz ohne Spott in Miene oder Stimme, auf. »Wir werden ihn da, wo wir heute nacht einkehren, vielleicht brauchen!«

Nachdem ich mich zu ihrer Zufriedenheit ausgerüstet, spazieren wir unter ihrer Führung dem Flusse zu. Von einem Gespann, das sie zu meinem Hause in die Allhallows Lane gebracht haben könnte, ist nichts zu sehen.

Am Themseufer besteigen wir einen Fährkahn, der uns ans Südufer, nach Southwark bringt. Der Fluß ist so schwarz, wie ich mir den Styx vorstelle, und der Fährmann scheint mir unter seiner grauen Kapuze gar nicht einmal ein Gesicht zu besitzen. Die anderen Kähne hocken wie dichte Schwärme nachtschwarzer Vögel auf dem fast stillstehenden Strome. Häuser klumpen sich gestaltlos ans andere Ufer, Spelunken und Speicher, hölzerne Landungsbrücken recken ihre fleischlosen Finger uns entgegen ins Wasser. Kein Edelmann und erst recht keine Dame sollte sich allein und des Nachts in diese Gegend wagen, denn das Abenteuer wäre rasch mit dem Hab und Gut oder gar dem Leben bezahlt.

Die Bewohner Londons begäben sich nur, wie Jerry mich mehrfach warnte, wenn dringende Angelegenheiten es erforderten, an dieses übel beleumdete Südufer. Dort hausten das zweifelhafte Hafenvolk, die fremdländischen Seeleute und die Gestrandeten und natürliche jene, die gerade hier ihren ruchlosen

Geschäften nachgingen. In den Gasthöfen, Schenken und Freudenhäusern seien vor allem Vagabunden, Halsabschneider und andere Galgenvögel anzutreffen, da das jenseitige Ufer nicht der Londoner Gerichtsbarkeit, sondern jener der Bischöfe von Winchester unterstünden. Und diese hohen Geistlichen duldeten, nicht ohne einen angemessenen Anteil am Gewinne, alle diese Freizügigkeiten, die einem wahren Christenmenschen als schwere Sünde gelten müßten.

Dennoch begebe sich aller Gefahr zum Trotze, weiß mein bauernschlauer Jerry anzufügen, nicht selten auch mancher Gentleman unter dem Mantel der Namenlosigkeit auf diese Seite des Flusses, um hier zu erleben, was ihm am Nordufer, wo man seinen Namen kenne, nicht erlaubt sei.

Peter geht sicheren Schrittes voran. Unser erstes Ziel ist The Black Widow. Ehe sich meine Augen auch nur an das Zwielicht gewöhnt, tränen sie bereits vom beißenden Tabaksqualme und anderen scharfen Ausdünstungen, die im einzelnen nicht mehr zu unterscheiden sind. Dicht gedrängt sitzen die Männer an den besudelten Tischen, klopfen Karten oder lassen die Würfelknochen in die Bierpfützen purzeln. Münzen wechseln ihre Besitzer und manch grober, freundschaftlicher Hieb. Einige wenige Frauen, die zwar wie Damen gekleidet sind, allein, die Gesichter wollen nicht recht zur Garderobe passen, vergnügen sich getrennt von der Männerrunde an einem eigenen Tische und benehmen sich so, als wären sie ganz und gar unter sich.

Peter führt mich an die Theke, bestellt zwei Bier und bezahlt sie gleich. Wir schauen nur zu, Peter mit wachsamem Auge, ich verzaubert und abgestoßen zugleich von diesem rauhen Mit- und Gegeneinander.

»Die dort versammelten Frauenzimmer nennt der Londoner Pöbel die Winchester-Gänse«, klärt Peter mich auf. »Aber sie sind nicht hier, um zu schnattern, sondern um zu arbeiten. Noch liegt die Nacht ja in ihren Wehen.«

In der Tat hat das alles hier nichts Leichtes, Spielerisches, sondern ist aufs Äußerste gespannt. Alle hier versammelten Burschen scheinen bereits mit brennender Lunte eingekehrt zu sein, nun sitzen sie voller Erwartung da, zitternd vor Erregung, als befänden sie sich hier im Vorraume eines römischen Bordells.

»Keine Angst, mein Freund. Um das wüste Treiben nicht über alle Maßen ausufern zu lassen, unterhalten die Herren Bischöfe auch eine eigene Wächtertruppe und ein Gefängnis.«

Indessen sind in diesem Bezirke auch einige Theater angesiedelt, und nicht immer läßt das Schauspiel auf der Bühne sich von jenem in den Schenken deutlich unterscheiden. Vielleicht irren wir uns in unserer voreiligen Deutung. Ist denn hier nicht das Matrosenpressen ein so übles wie übliches Geschäft wie in unseren Landen das Soldatenpressen? Dafür reicht es, daß ein neugieriger oder einfältiger Mensch vor einem Schiffe stehen bleibt, um es genauer zu betrachten. Und läßt er sich nun bitten, an Bord zu kommen, um alles aus noch größerer Nähe anzuschauen, wird er nicht wieder losgelassen, sondern als Matrose festgesetzt. Selbst ich wäre vor solch einer Gefangennahme und Entführung nicht gefeit.

Noch übler sind die geheimen Werber in den Schenken. Sie geben sich freizügig, spendieren dem Arglosen ein Pint nach dem anderen, nur um den Zechkumpanen am Ende betrunken auf ihr Schiff zu verschleppen. Genügt das nicht für eine gewisse Anspannung und stetes gegenseitiges Mißtrauen?

Peter gibt mir ein Zeichen, daß es Zeit sei zu gehen. »Wir sind noch nicht am Ende, lieber Cousin, es gibt noch mehr zu erleben«, spricht sie beiläufig, als wir in die kühle Nachtluft hinaustreten.

The Raw Egg ist anders, obwohl alles genauso scheint wie in der ersten Spelunke. Männer unter sich im Rauche ihrer Pfeifen, Krüge und Spielkarten in Bierpfützen, der Boden glitschig von Verschüttetem, Hingeschneuztem, Erbrochenem, und doch herrscht hier eine andere Art von Spannung. Ich begreife es nicht gleich, will es womöglich auch nicht begreifen. Im Unterschied zur Schwarzen Witwe richtet sich die Aufmerksamkeit der Männer sogleich auf uns Eintretende, und obwohl wir uns auch hier aus der Mitte an den stillen Rand zurückziehen, beobachtet man uns, nicht aufdringlich, aber hartnäckig, abschätzend und, wenn es an diesem Ort nicht vollkommen unangebracht wäre, lüstern. Haben sie Peters Verkleidung durchschaut? Oder ist allein unsere jugendliche Erscheinung schuld?

Wir sind indessen nicht die Jüngsten. Eine handvoll Bootsjungen und einige noch jüngere Burschen mit harten Augen in ihren bartlosen Gesichtern stehen ähnlich unbeteiligt wie wir im Schankraume herum, ganz mit der Beobachtung des lautstarken Treibens beschäftigt.

»Ich glaube, dies ist ein guter Ort für dich, wenn du dich einmal einsam fühlst«, raunt meine Gefährtin mir mit vom Rauche rauh gewordener Stimme ins Ohr. »Wirst du die Schenke ohne meine Hilfe wiederfinden?«

Ich nicke, obgleich ich mir nicht sicher bin.

Plötzlich stehen zwei volle Krüge Bier neben unseren nicht einmal halb geleerten, und der Wirt weist mit einem Nicken auf einen bis in die Ohren behaarten Seemann, der nun schwankenden Schrittes auf uns zukommt und sich mit finsterem Gesichte neben mich stellt, der abweisenden Miene zum Trotze aber ganz ungezwungen seinen Arm um meine Schultern legt. Unwillkürlich fährt meine Hand an den Degen. Doch sofort faßt Peter sie und hält sie so lange in ihrem festen Griffe, bis sie von ihrer ersten Absicht Abstand genommen.

»Plaudere ein wenig mit deinem neuen Freunde, damit er dich nicht für dünkelhaft hält!« raunt sie mir zu.

Mir fällt beim besten Willen nicht ein, über was ich mich mit dem so grimmig dreinblickenden Seebären unterhalten könnte. Schließlich ziehe ich mein Reisejournal aus der Innentasche meines Rockes und reiße das letzte von mir beschriebene Blatt aus dem ledergebundenen Büchlein.

»Dies sind einige Verse, die mir heute eingegeben wurden. Ich möchte sie Euch zueignen, als Dank für Eure Einladung zum Bier.«

Der vierschrötige Mann starrt auf das zarte Blatt Papier, das ich ihm reiche, und betrachtet es so ausdauernd, bis ich annehmen muß, daß er des Lesens womöglich gar nicht mächtig sei.

Also trage ich ihm das schlichte Gedicht mit bescheidener Stimme vor:

Das Beste, was uns hier beschieden,
Fällt uns nicht im Kampfe zu.
Nur in den Künsten wohnt der Frieden,
Nur die Musen schenken Ruh!

»Ein Verseschmied?« Der Fremde nimmt seine Hand von meiner Schulter und spuckt aus. »Solche Leute gehören hier nicht her!«

»Genug für heute, John«, bedrängt mich Peters verärgerte Stimme von der anderen Seite. »Nun verabschiede dich höflich von deinem Verehrer, dann laß uns gehen, ehe er noch entdeckt, daß vor allem *ich* nicht hierhergehöre!«

Ich lasse genügend Münzen für unser aller Bierkrüge auf der Theke zurück, damit dem Enttäuschten noch genügend Vermögen für etwaige andere Annäherungsversuche bleibt. Dennoch ruft er uns verächtlich nach: »Warum bleibt ihr nicht auf eurer Seite des Ufers, ihr parfümierten Laffen!«

Ich weiß nicht, ob ich meiner Base dankbar sein soll für unsere nächtliche Expedition ans andere Themseufer, denn die Folge ist, daß es mich immer wieder an den Fluß zieht und ich voller innerer Unruhe hinüberschaue auf das jenseitige Ufer, nach Southwark und Rotherhithe. In den Nächten ist es noch schlimmer, ich schlafe schlecht oder gar nicht und wälze mich im Bett vor Qualen, deren Ursache ich nicht ergründen kann. Ich habe in den Lastern meiner Glauchaer Schülerjahre Zuflucht gesucht, die ich längst überflüssig und der Vergangenheit angehörig wähnte, um wenigstens Erschöpfung, wenn auch nicht Ausgeruhtheit zu finden. Nur so vermag ich am Morgen aufzustehen und ein halbwegs vernünftiges Tagwerk zu beginnen.

Aber die Unruhe bleibt. Wie lebendig, wie berührend sind noch die Eindrücke jener Nacht, wie verwirrend wirbeln die Gerüche von Tabak, Tauen und verschwitzten Hemden durch meinen Kopf. Obgleich ich die Vorhänge dicht zugezogen habe, schlüpfen Bilder in meine Kammer, Stimmen, Gesichter, Blicke, zu lang auf mich gerichtet, um ohne tiefere Bedeutung zu sein. Aus dem Bett springen, mich ankleiden und in die Nacht hinausgehen! Wie ein Torfbrand schwelt ein unbenennbares Verlangen in mir. Was suche ich? Wen suche ich? Verschwommene Gesichtszüge, tränende Räume, Bierpfützen, Fäuste, grobes Gebrüll, wirres Haar, enge Kojen, schwankende Hängematten, eine schwielige Hand auf dem Mund, damit mein Keuchen niemanden aufweckt.

Die Gräfin von Walsingham treffe ich so unerwartet wie bei unserer ersten Begegnung im Salon ihrer Mutter wieder. Sie schaut nur kurz herein, ohne sich zu uns zu setzen, und nach flüchtigem Gruße ist sie schon wieder hinausgeschlüpft. Nur noch ihr spöttisches Lächeln hängt eine Weile im Raume.

Petronella ist, ganz wie ihre Mutter, eine ungewöhnlich kluge Frau, klüger als so mancher kluge Mann, den ich bisher getroffen. Ihre Klugheit ist von einer ganz besonderen Art, weniger Wissen und Gelehrtheit als vielmehr Menschen- und Weltkenntnis. Sie liest in den Gesichtern und Seelen ihrer Mitmenschen wie andere in ihren Büchern. Ihre scharfen Augen sehen mehr und tiefer als mancher von und in sich selbst zu sehen vermag. Und ihr Blick ist von keinerlei Illusionen oder Sentimentalitäten getrübt. Sie ist ein Mensch, der vor der Wahrheit nicht zurückschreckt.

Sie hat die Abgründe des Herrn Händel vermutlich ebenso rasch ausgeleuchtet und durchforscht wie die meinen. Zwar empfängt Händel mich heute ebenso freundlich wie bei meinem ersten Besuche, auch wenn ich ihn diesmal aus seiner heiligen Arbeit gerissen habe, aber diesmal mischt sich in seine Freude eine spürbare Unruhe. Er kann nicht still auf seinem Stuhle sitzen, den sein Diener mit dem meinen in seine Schlafkammer gebracht hat, sondern läuft nervös in dem kleinen Raume auf und ab, eilt hinaus, bringt Tee, Gebäck, Noten, Bücher, schiebt alles auf dem Beistelltischchen unsinnig hin und her, die Hände ständig in Bewegung, wenn er denn mal einen Augenblick ruhig sitzt, der Blick fliehend und niemals direkt auf mich gerichtet.

Vielleicht ist er nur ganz bei sich, wenn er musiziert. Daher frage ich ihn, ob er mir nicht etwas vorspielen wolle.

Nein, er wolle jetzt nicht spielen, entgegnet er unerwartet schroff und beginnt erneut mit der Wanderung durchs Zimmer. Ich befürchte schon, diesmal sei es ganz und gar falsch gewesen, seiner Einladung zu folgen und ihn ein weiteres Mal zu besuchen, und will mich bereits für meinen ungebührlichen Überfall entschuldigen, als er endlich seinen ruhelosen Blick mit großer Eindringlichkeit auf mich richtet, als habe er meine innere Bewegung hin zum Aufbruche gespürt.

»Ich bin froh, daß Sie gekommen sind, Herr von Katte. Ich werde zwar häufig von Besuchern belästigt, aber die Gäste, die ich mir wünsche, sind in meinem Hause äußerst selten. Und ich habe nicht die Zeit, sie meinerseits aufzusuchen, wenn ich einmal ihrer Gesellschaft bedarf.«

Petronella hätte gleich verstanden, worüber der Meister spricht. Ich verstehe zwar seine Worte, aber noch nicht ihren Sinn und noch weniger das Ungesagte dazwischen und dahinter. Ein Schatten von Wehmut und Niedergeschlagenheit verdüstert plötzlich sein Gesicht, und von einem Augenblick zum anderen weicht die Unruhe einer fast noch unheimlicheren Versteinerung.

Ich bin versucht, seine Hand zu berühren, mich zu versichern, daß sie noch warm ist, noch Blut in ihnen fließt, doch unterlasse es dann, aus Furcht, er könne die Geste mißverstehen.

»In Cöthen habe ich am Hofe des Prinzen Leopold Meister Bach kennengelernt«, sage ich, um überhaupt etwas zu sagen.

Händel nickt. »Ja, Bach. Fast wären wir uns einmal begegnet, bei meinem letzten Besuche in Halle. Bach ist den ganzen Weg von Cöthen bis nach Halle zu Fuß gekommen, um mich zu treffen. Aber als er an der Saale eintraf, war ich bereits wieder abgereist.«

»Das ist schade. Bach ist ein außergewöhnlicher Mann, heiter und tiefgründig zugleich. Sicherlich ist es nicht nur die Musik, sondern auch seine segensreiche Familie, die ihm Trost und Festigkeit im Leben schenken.«

»Wir hatten uns beide um die Nachfolge Dietrich Buxtehudes an der Lübecker Marienkirche beworben. Beide aber schreckten wir gleichermaßen vor der Bedingung zurück, die Tochter Buxtehudes, eine zehn Jahre ältere Jungfrau, heiraten zu müssen. Buxtehude selbst ist ja auch nur durch die Ehe mit der Tochter seines Vorgängers an diese vornehmste aller Organistenstellen gekommen. – Nun, bereuen muß ich diese Ablehnung nicht, oder?« Der Meister schaut mich traurig lächelnd an.

Mein Unbehagen wächst, eine große, grundlose Schwermut ergreift mich, obgleich ich doch so erwartungsfroh hergekommen bin. Was habe ich erwartet? Einen glücklichen Menschen! Wer, wenn nicht dieser Mann mit seiner großen Gabe, seinem Ruhme und Erfolg sollte sonst glücklich sein in dieser Welt der Mühsal?

Nun ergreife ich sie doch, diese Hand, die soviel tiefberührende und glücklichstimmende Melodien zu Papier gebracht hat, sie liegt warm und weich in meinen Händen, ein wenig wie die meiner Tante Melusine, die Finger kurz und kräftig, daß man von ihnen die Anmut ihres Tastenspiels nicht erwartet.

»Verzeihen Sie, junger Mann. Ich glaube, meine Einladung an Sie beruht auf einem Irrtum«, sagt er endlich mit leiser, erschöpfter Stimme und entzieht mir seine Hand.

»Das glaube ich nicht, verehrter Meister!« erwidere ich und nehme nun in meine beiden Hände sein rundes, weiches, unendlich müde wirkendes Gesicht.

Meine Geste vollzieht sich ganz und gar gedankenlos. Es ist allein mein Leib, der diesen Mann berühren und trösten will, während mein Verstand mich warnt, ich sei womöglich schon zu weit gegangen, und jede weitere Vertraulichkeit müsse in Verletzung enden.

Ich lege meine glatte Stirn an die faltige des großen Meisters, eine merkwürdige Berührung, als wollten wir ineinander hineinhorchen.

»Ich könnte dein Vater sein, mein Junge«, flüstert Händel.

»Im Augenblick scheine wohl ich entschieden der Ältere, lieber Herr Händel!«

Er lächelt, ich spüre es eher, als daß ich es sehe. Dann plötzlich beginnt er in meinen Händen zu zucken und vom Stuhle zu sacken. Ich fange den schweren Leib auf, ehe er ungebremst auf die Dielen stürzt, lege ihn vorsichtig nieder, schiebe Stuhl und Tisch beiseite, während der Mann auf dem Boden mit aufgerissenen, aber blicklosen Augen sich im Krampfe versteift. Ich rufe den Bediensteten, der, so hoffe ich, mit derlei Anfällen seines Herrn vertraut ist, dann kehre ich ins Zimmer zurück und achte darauf, daß der verehrte Tonsetzer nirgendwo anstößt und sich verletzt.

Eigentlich müßte der Anblick dieser Besessenheit mich erschrecken, aber überraschenderweise bin ich ganz ruhig, als könne es gar nicht anders sein, als daß der Meister seine Meisterschaft, diese Gnade der Götter, mit einem derartigen Leiden bezahle.

Als der alte vertraute Diener in die Kammer tritt, überschaut er die Lage mit einem ruhigen Blicke und sagt dann in gänzlich unaufgeregtem Tone: »Ich glaube, Sie sollten nun aufbrechen, Herr von Katte. Ich werde Herrn Händel Ihre Abschiedsgrüße ausrichten. Finden Sie selbst hinaus?«

Ich treffe Meister Händel nicht mehr wieder, aber manchmal schleiche ich mich, wenn es mich wieder einmal in die Nacht hinaustreibt, in die Paulskirche, wo Händel nach dem Abendgottesdienste oft noch auf die Orgelempore steigt und Stunden im freien Spiele verbringt. Und wenn er dann endlich mit dem Präludieren aufhört, zieht er mit einigen jungen Chorsängern hinüber in die Queen's Arms Tavern, wo im großen Saale ein Cembalo steht, auf dem er nun fortfährt zu improvisieren und sich zwischendurch gar einmal, wenngleich kurz, mit den Zuhörern unterhält. Ich halte mich indes im Hintergrunde, was angesichts der dichtgedrängten Besucherschar kein Kunststück ist.

Ich fühle mich seit ein paar Tagen krank. Die vollkommen andere Lebensweise, der Lärm bei Tage, die Bettwanzen bei Nacht, dazu der erbärmlich dünne Tee der Misses Jenkins statt des starken Kaffees, an den ich mich daheim gewöhnt, da wird die brandenburgische Seele malade, und der Magen dazu.

Im Traume haucht ein Engel weißen Reif mir auf das Haar, da glaube ich schon, ein Greis zu sein, und freu mich sehr darüber. Doch als ich erwache, ist er schon hinweggetaut, und ich habe immer noch die dichten schwarzen Locken.

Ich gehe am Ufer entlang, blicke auf eine Armut, die ich bisher nicht gekannt habe, eine Armut, die einhergeht mit vollkommener Verwahrlosung. Mit geheimem Neide hingegen betrachte ich die schottischen Kürassiere auf ihren schönen Pferden und kann das bittere Gefühl nicht loswerden, daß diese kräftigen Soldaten doch ansehnlicher seien als die Potsdamer Grenadiere.

Als ich mir die Kerle dann aber genauer ansehe, fällt es mir wie ein Stein vom Herzen. Schmutzige, abgetragene Uniformen, pickelige Gesichter von Knaben, deren Väter sie zu allem anderen als zum Soldatenberufe gezeugt haben müssen. Sind die Röcke zu alt, so sind jene, welche darin stecken, zu jung, schmächtige Burschen von kaum achtzehn Jahren. Wenn sie nur halb so furchtbar schießen, wie sie exerzieren, werden sie in der Tat eine unbesiegbare Armee sein.

Kaum eine Nacht vergeht nun, in der ich mich nicht übersetzen lasse und auf der Suche nach unnennbaren Abenteuern durch die schlammigen Gassen des Speicherviertels strolche. Ich folge den wenigen Lichtern und fürchte mich nicht, in die Irre zu gehen, denn alle Wege führen zum Flusse. Aber ich fürchte mich vor dem, was geschehen könnte, und hoffe und ersehne doch, daß es bald geschehen möge. Nur wie, wie soll es geschehen? Ich kenne die Spielregeln nicht, habe keine Sprache dafür. Bin ich denn des Irregehens nicht gewöhnt? Unsere Freuden, unsere Leiden, alles ist doch eines Irregehens Spiel!

Am Ende betrinke ich mich Nacht für Nacht, in der Hoffnung, daß es in einem gewissen Zustande der Trunkenheit keiner Worte mehr bedarf und unsere Leiber im Absturze wie die Katzen richtig zu fallen verstehen.

Mehr als einmal werde ich mit freundlichen, aber bestimmten Worten um meine Barschaft gebeten, daher habe ich immer einen kleinen Beutel Kupfermünzen dabei, dessen Weggabe mich nicht arm und den Empfänger nicht zornig macht. Meinen Degen indessen lasse ich in meiner Wohnung.

Nachts ist es hier am Wasser so dunkel wie in einem Wald. Die fensterlosen Mauern wachsen direkt aus dem tiefsten Schlamm, dort, wo die gesunkenen Kähne und Barken in ihren nassen Gräbern ruhen, und die zum Ufer führenden Gassen sind nur noch lichtlose Pfade durch dichtes Buschwerk, auf denen wilde Tiere zu ihrer Wasserstelle schleichen.

Die Schiffe liegen wie grausam gefesselte Gefangene vor den finsteren Speichern. Die Nacktheit der Mauern hebt auf wundervolle Weise die Anmut und Leichtigkeit dieser Gefesselten hervor. Es ist, als könnte die Seele eines Schiffes keine Gefangenschaft ertragen.

Lärm durchschneidet die nächtliche Stille. Strolche kommen bandenweise hinab ans Wasser gestürmt, um hier, auf den einsamen Quais, irgendwelche Streitigkeiten fern von Wächteraugen auszufechten. Ein durch Frachtgut halb verborgener, halb gestalteter Ring, das klatschende Geräusch von Schlägen, das dumpfe Aufstampfen nackter Füße, leise Flüche, ein Aufstöhnen, dann Gewimmer, das Schleifen eines ohnmächtigen Körpers über die Steinmole, ein ersticktes Eintauchen ins ölige Brackwasser, dann wieder tiefe Stille.

Schatten, Schatten. Nicht jedes Aufeinanderklatschen nackter Leiber zeugt von einer Schlägerei. Hier trifft sich auch, wem ein Gasthaus zu teuer oder zu gut beleuchtet ist.

Häfen sind gut. Sie kennen alle Tücken und Tugenden der Meere. Aber ihre Bewohner teilen nicht unbedingt die Ehrbarkeit dieser Städte. Sie scheinen Vertriebene, Flüchtlinge an diesem Saume, und nur die Verschlagensten unter ihnen schaffen es, sich an diesem Ort der Unruhe und Flüchtigkeit zu Hause zu fühlen.

Einmal mehr kehre ich in The Drowned Sailor ein, hier bin ich bereits bekannt, doch ohne Stammgast zu sein. Es ist eine recht gewöhnliche Matrosenwirtschaft, nicht ganz billig, denn ein Matrose hat immer Geld. Elf Monate ist er auf See und kann nichts ausgeben. Daher die schamlosen Preise. Die Schiffsleute können sie bezahlen.

In der Schankstube hängen einige Seestücke an der Wand, Fischköpfe, Meerjungfrauen, Netze, Harpunen und dergleichen wirres Garn mehr.

Ich höre viele Sprachen, so daß mir das Englische in der Minderheit zu sein scheint, Holländisch, Dänisch, Schwedisch und auch ein wenig Deutsch. Aber ich gebe mich meinen Landsleuten nicht zu erkennen. Ich will hier unbekannt sein, ein Reisender, ein Fremder. Für meinen Namen interessiert sich hier niemand, allenfalls mein Vermögen weckt Begehrlichkeiten, vielleicht noch meine Jugend, mein Aussehen, nicht immer weiß ich die Blicke richtig zu deuten. Vielleicht wissen es jene, die mich teils neugierig, teils abschätzig mustern, auch selbst nicht.

Fast fühle ich mich daheim in diesem Argwohn und Mißtrauen, wo jedem die eigenen Geschäfte am nächsten sind.

Als mein Blick über die anwesenden Männer schweift, entdecke ich unter den vielen bereits vertrauten Gesichtern ein neues, sonnenverbranntes, kein Lagerarbeiter- oder Stauergesicht, kein maskierter Peer aus der City, sondern ein junger Matrose, der aus seinem Landgang, seiner Herkunft von der See keinen Hehl macht.

Er hat, wie alle anderen auch, mich hereinkommen gesehen und vielleicht so etwas wie sein landfahrendes Ebenbild in mir entdeckt. Doch wo ich dunkel bin, ist er hell, rotgoldene Locken quellen unter seiner weißen Matrosenmütze hervor, und seine meergrünen Augen leuchten selbst hier im spärlichen, rauchdicken Kerzenlicht.

Ich stelle mich wenige Schritte von ihm entfernt an die Theke und bestelle mir mein Pint. Er läßt mich nicht aus den Augen. Er gehört zu keiner der Spiel- oder Saufkameradschaften, er ist alleine hier, wie ich, auf der Suche, die genau in diesem Augenblick ihr Ende nimmt. Noch haben wir kein Wort miteinander gewechselt, doch scheint alles wesentliche bereits gesagt. *Und sie erkannten einander.*

Vor ihm steht ein Bier, das er kaum angerührt hat. Er raucht nicht, schaut nur. Verbirgt seine Neugier nicht hinter einer Maske der Bedürfnislosigkeit. Er lächelt, das trennt ihn von den anderen, die ein Lächeln an diesem Orte, womöglich nicht ohne Grund, als Blöße oder Schwäche empfänden. Aber ihn, den jungen Mann, macht es nicht schwächer, es erhebt ihn über die anderen, es ist sein Schwert, seine Rüstung wie den anderen ihr hartes, unwirsches Gesicht. Ich erwidere sein Lächeln, obgleich es nicht mehr nötig wäre. Ich lächle, weil mir danach zumute ist, zum ersten Male nach Simons Tod.

Ich trete hinaus in die dunkle Gasse, die zu den Anlegeplätzen hinunterführt. Ein giftiges Gemisch aus Kaminrauch und Nebel weht vom Flusse zu den Speicherhäusern und Schenken hinauf, es ist kühl in dieser klammen Nachtluft, trotzdem fühle ich mich erhitzt.

Wenige Augenblicke später tritt der fremde Matrose aus der Wirtschaft und bleibt neben mir stehen.

»Man sieht keinen einzigen Stern!« sagt er.

»Das ist nicht wahr. Ich sehe einen!« entgegne ich.

»Dann müssen Sie bessere Augen haben als ich.« – Nach einem kurzen Schweigen fragt er: »Wo steht Ihre Droschke?«

»Für wen hältst du mich?«

»Für einen Nobelmann. Wenn nicht gar für einen verkleideten Prinzen.«

»Laß uns ein paar Schritte gehen!«

Ich schlage den Weg zur Fährstelle am Flusse ein. Ohne ihn zu fragen, gehe ich davon aus, daß er kein eigenes Logis in der Stadt hat. Etwas Unbehaustes und Unstetes umweht ihn, macht ihn jünger und zugleich älter als mich.

Wir gehen schweigend weiter, ohne daß uns die Stille in irgendeiner Weise bedrückte.

Für das Benehmen mag es Regeln geben, im Umgang mit Menschen aber gibt es keine Regeln. Wenn man wirklich die Nähe und Zuneigung seiner Mitmenschen sucht, darf man niemals zwei von ihnen, mögen sie sich auch noch so ähnlich sein, auf dieselbe Art behandeln.

Er betrachtet das Durcheinander in meiner Stube mit einem kopfschüttelnden Lächeln.

»Auf einem Schiffe würde dergleichen Unordnung nicht geduldet!«

»Ebenso nicht in meinem Vaterhause.«

»Sind Sie deshalb fort?«

»Ich weiß es nicht. Im Grunde liebe ich die Ordnung, aber eine Ordnung, die ich erst noch finden muß.«

Als der junge Matrose sein Hemd auszieht, ohne daß ich ihn darum gebeten hätte, und sich auf mein Bett setzt, entdecke ich dort, wo sonst der Kragen sitzt und nun der Saum zwischen dem sonnenverbrannten Gesichte und der weißen glatten Ebene seiner Brust verläuft, einen Halsring von Narben, weißrosa eingegrabene Abdrücke wie von Perlen, Murmeln oder Knoten.

Er sieht meinen fragenden Blick und nickt. »Ja, das war ein Strick. Man wollte mich hängen!«

»Weswegen?«

»Wegen Mordes an einem Schiffsoffizier.«

»Und du warst zu Unrecht angeklagt?«

»Nein. Ich habe ihm im Schlafe die Kehle durchgeschnitten.«

»Weil er dir Gewalt angetan hat?«

»Weil ich ihn geliebt habe.«

Ich sollte nicht weiterfragen. Was geht mich seine Vergangenheit an! Jedes Wort zerstört nur das Glück des Augenblicks. Trotzdem dringe ich weiter in ihn, als wollte ich gerade diese Zerstörung.

»Ich habe von der Liebe von Männern zu Männern auf den Schiffen gehört.«

»Dort gilt ein anderes Gesetz als zu Lande. Es kennt kein Mitleid, es ist ein Gesetz des Sturms, der Gefahr, der großen Entbehrung. Welcher Richter dürfte hier urteilen, außer dem Meer selbst?

»Am Ende bist du doch noch begnadigt worden?«

»Nein. Der Strick riß. Und auf einem Schiffe gilt solch ein Vorfall immer noch als ein Gottesurteil.«

»Muß ich mich vor dir fürchten?«

»Nur wenn ich mich in dich verliebe.«

Ich bin mir nicht sicher, ob er sich über mich lustig macht oder die Wahrheit spricht. Sein Gesicht ist hell und durchscheinend wie das eines Engels, seine grünen Augen funkeln wie die Smaragdaugen einer verwilderten Katze. Ich sollte mir nicht anmaßen, die unergründlichen Urteile Gottes anzuzweifeln.

»Ich sollte jetzt besser gehen, Sir«, sagt er plötzlich und greift zu seinem Hemde.

Ich schüttle den Kopf.

»Und wenn nun jemand hereinkommt? Haben Sie überhaupt die Tür verriegelt?«

Ich steh auf, gehe zur Tür und schiebe den Riegel vor.

»Es wäre Ihnen also unangenehm, wenn uns jemand zusammen sähe, Sir?«

»Nein. Aber man könnte die Situation mißverstehen.« Der junge Mann verzieht seinen Mund zu einem sardonischen Grinsen, und im selben Augenblick wird mir die Absurdität meiner Antwort bewußt, und ich lächle ebenfalls, wenn auch eher gequält.

»Übrigens, nenn mich nicht Sir. Ich heiße Hans.«

»Ein komischer Name.«

»Dann rufe mich John, wenn es dir lieber ist.«

»Gut, Sir, John. Doch wollen Sie sich nicht auch auskleiden? Es dämmert bald, und ich muß am Morgen wieder an Bord sein.«

»Und wie heißt du, Junge?«

»Bootsmann Abel Miles, Sir, John.«

Ich betrachte Abels nackten Körper, und ein tiefer Schmerz ergreift mich. Vergebens suche ich nach einem Makel, es sei denn die Härte seiner Muskeln und die Sichtbarkeit der Sehnen wären ein Fehler der Natur. Von Heringen und Zwieback wird man nicht fett. Selbst das Narbenhalsband schmückt ihn mehr, als daß es ihn entstellte.

Auf seinem rechten Oberarme finde ich das Bild eines aus dem Meere herausspringenden Delphins.

»Er soll mich vor den Haien schützen, falls ich einmal über Bord gehe«, erklärt der junge Mann mit spöttischer Stimme.

Ich fahre mit den Fingerspitzen über das kleine blaugrüne Gemälde, doch es läßt sich nicht von der Haut reiben.

»Es ist in die Haut hineingestochen. Wir Seeleute nennen es *tattow*, wie der Zapfenstreich bei den Soldaten.«

»Ich hätte auch gerne so ein *tattow* auf meiner Haut, zur Erinnerung an dich und diese Nacht.«

»Ich habe es mir von einem alten Meister in der Südsee stechen lassen, wo alle Männer seines Volkes Bilder auf der Haut tragen, wenn sie der Kindheit entwachsen. Aber ich habe gehört, daß es auch in London dergleichen Werkstätten gibt.«

»Ist es schmerzhaft?«

»Ein wenig, ja. Aber es darf nicht zu tief gestochen werden, damit das Blut nicht die Farbe fortschwemmt.«

»Kann man sich auch einen Namen in die Haut stechen lassen?«

»Was für einen Namen?«

»Zum Beispiel deinen, Abel?«

»Natürlich kann man das, aber er wird ein Leben lang in der Haut eingeschrieben bleiben, es sei denn, man schneidet die Haut heraus.«

»Das soll er ja auch!«

»Bis Ihre zukünftige Frau das *tattow* auf Ihrem Arme entdeckt und Sie fragt, wer dieser Abel gewesen sei.«

»Dann werde ich ihr die Wahrheit sagen: Der Bruder Kains. Jener, dessen Opfer Gott gefallen hat.«

Kain, der erste Städtebauer. Eine Stadt aus Stein kann die Liebe nicht beseelen. Aber das Meer vermag es. Immer schon hat sich meine Vorstellung von der Liebe mit dem Meer verbunden. Darf es mich verwundern? Reden wir nicht von Wogen der Erregung wie von Meerwellen, von anschwellender Flut, von schäumender Gischt, an Klippen zerstäubender Brandung?

Sie wird aus weiter Ferne angeschwemmt, und das Meer trägt sie wieder fort. Es behütet sie und schenkt den Liebenden Vergessen. Meerfahrer kennen die Gefahr, doch fürchten sie nicht. Ihr Wuchs und ihr Geruch sind durchdrungen vom Meere. Sie sind hart und weich gleichermaßen, süß und salzig, zart und sehnig, jung und alt. Sie tragen das Meer in ihrem Leibe. Entweder flieht man sie oder gibt sich ihnen hin. Denn dieser Rausch ist heftig und kurz. Im Anbranden liegt schon das Zurückfluten. Der Abschied.

Trotz unserer absonderlichen Bettgespräche schlafen wir noch ein, und dann so tief und fest, daß erst das Klopfen von Misses Jenkins uns weckt. Ich wache eng umschlungen von diesen jungen, kräftigen Matrosenarmen auf und brauche einen Augenblick, meine, unsere Lage zu begreifen.

»Ich bringe Ihnen Ihren Tee, Sir!« höre ich die schmeichlerische Stimme meiner Zimmerwirtin.

»Ich nehme ihn später zu mir, Misses Jenkins«, antworte ich, vielleicht ein wenig zu schroff. Doch will die Alte ihren Posten vor meiner Tür noch nicht räumen.

»Ihr Tee wird dann kalt sein, und ich muß ihn auf die Rechnung setzen, wenn Sie dann einen neuen, frisch aufgebrühten verlangen.«

»Tun Sie das, Misses Jenkins. Lassen sie ihn nicht kalt werden, trinken Sie ihn selbst. Und setzen Sie ihn ruhig auf die Rechnung. Doch nun seien Sie bitte so freundlich und lassen mich noch ein wenig ruhen!«

Von diesem kleinen Wortwechsel ist auch Abel erwacht. Er sieht das trübe Morgenlicht durch das kleine Fenster in die Stube sickern, springt aus dem Bett und beginnt sogleich sich anzukleiden.

»Wohin führt das Fenster?«

»In den Hof. Von dort gibt es einen Ausgang zur Straße. – Werden wir uns noch einmal sehen?«

»Ich glaube nicht. Mein Schiff läuft morgen aus.«

»Wohin segelst du?«

»Nach Südamerika. Ich werde über ein Jahr nicht zurück sein.«

Er schaut mich an, ein Seemann, doch nicht ohne Verstand und Zartgefühl, dann umarmt er mich und drückt mich an sich. Es stimmt mich traurig, diese Nähe, die zugleich so unüberbrückbar scheint, als sei er bereits weit fort auf dem Wege in die neue Welt.

»Seien Sie nicht traurig, Sir, John. Es gibt andere wie mich.«

»Andere wie dich?«

»Ja, Männer, die die Freiheit lieben, von dem zu kosten, was andere sich verbieten.«

»Woher wußtest du, daß ich diese Freiheit teile?«

»Ich hatte Sie beobachtet, hatte gesehen, wie Sie sich umgeschaut haben, abweisend und zugleich ein wenig verloren. Ich habe es sofort gewußt.«

»Ich hätte nicht vermutet, daß man mir diese Neigung so offen ansieht.«

»Nein, nur ein Mann, der sie teilt, wird sie sogleich entdecken.«

»Du bist um einige Jahre jünger als ich und scheinst doch um soviel reicher an Erfahrung zu sein.«

»Ich bin Seemann und habe einiges von der Welt gesehen. Wir halten unsere eigenen Sitten für so selbstverständlich, daß wir uns andere Sitten kaum vorstellen können. Aber wir brauchen gar nicht weit zu reisen, bis wir das, was wir hier für sittsam halten, vollständig auf den Kopf gestellt finden. Oder auch auf die Füße, je nach Standpunkt. Also habe ich gelernt, es mit ihnen, ich meine, den Sitten, nicht mehr so genau zu nehmen und sie an jedem neuen Orte neu auszuhandeln.«

»Wenn uns das Sittengesetz von Gott gegeben ist, gibt es nichts auszuhandeln.«

»Aber mit Gott ist es doch dasselbe wie mit den Sitten. An jedem Orte verehren die Menschen ihren eigenen Gott und halten ihn für den einzig wahren. Ich werde den Teufel tun und darüber streiten. Mir ist diese Vielzahl von Wahrheiten gerade recht!«

Wie kann ein einfacher Bootsmann soviel wissen? Ich will ihm ein Geschenk machen, aber ich bin mir nicht sicher, ob es ihn nicht vielleicht kränkt. Ein Edelmann würde sich von dergleichen Geste in seiner Ehre verletzt fühlen. Ein Seemann hingegen erwartet womöglich ein Geschenk. Ich weiß von diesem jungen Burschen nichts. Wie ist es um die Ehre eines einfachen Matrosen bestellt? Ist er aufrichtig? Ein Mann in seiner Stellung hat das gute Recht, auf seinen Vorteil bedacht zu sein. Vielleicht war es falsch, sich auf dieses Abenteuer einzulassen. Doch mit einem Gentleman hätte es dieses Abenteuer gar nicht geben können.

Ehe ich mit meinen Überlegungen an ein Ende gelangt, hat er bereits das Fenster geöffnet und ist flink wie einer, der täglich auf der Takelage herumturnt, in den Hof hinausgeklettert. Er schaut sich nicht um.

Das Meer ist niemals, wie das feste Land, den Menschen treu. Es ist so unbeständig wie unbestechlich. Es kennt kein Mitleid, kein Entgegenkommen, kein Gesetz. Für unser menschliches Maß ist es zu groß.

Ich brauche eine geraume Weile, bis ich die Stechwerkstatt, die Abel erwähnte, im kotigen Gassengewirr Southwarks gefunden habe. Im Innern ist es dämmrig, vielleicht damit man den Schmutz nicht allzu genau sehe, und es riecht nach altem Fett und geronnenem Blut. Ich will schon wieder gehen, als aus einer hinteren Kammer der Meister in die Werkstatt tritt, mich mit seinem harten schottischen Akzente begrüßt und mich setzen heißt. Er dreht die Lampe höher, und ich erkenne das wettergegerbte Gesicht eines altgewordenen Seemanns. Er fragt, wer mich gesandt habe, und als ich Abels Namen nenne, nickt er bedächtig.

Dann fordert er einen eines Fürsten würdigen Preis, obgleich ich ihm noch gar nicht das Motiv, seine Größe und seinen Ort genannt. Aber der Schotte legt bereits seine Instrumente zurecht und sieht nicht so aus, als ließe er mit sich feilschen.

Ich lege Mantel und Joppe ab, öffne mein Hemd und ziehe es aus.

»Ich hätte gerne eine schwarze Katze im Sprunge auf meinen rechten Oberarm gestochen.«

»Bringt eine schwarze Katze nicht Unglück?«

»Es ist das Wappentier meiner Familie.«

Er drückt mich auf den Schemel unter der Lampe und beginnt, weiterhin wortkarg, mit seiner Arbeit.

Das Malwerkzeug des Mannes besteht aus einem kurzen Kamme, welcher statt der Zähne spitze Nadeln trägt. Der Alte taucht sie in eine flache Schale mit Ruß, den er aus verbranntem Harze gewonnen haben will, der aber nach verkohltem Schweinefett riecht. Mit einem hölzernen Klopfstock treibt er diesen Nadelkamm dann so tief in meine Haut, daß an den feinen Einstichlöchern kleine Blutströpfchen hervorquellen. Ich fühle mich wie eine Statue, die von einem Bildhauer mit Hammer und Meißel behauen wird. Eine Statue nicht aus totem Stein, sondern aus ganz und gar lebendigem Fleische.

Der Meister zieht die Nadeln nicht im selben Winkel hinaus, wie er sie hineingeschlegelt hat, sondern reißt sie in gegenseitiger Richtung aus meiner Haut, was schmerzhafter ist als das Hineintreiben, gleichwohl aber notwendig, wie er mir kurz angebunden erklärt, da so mehr vom schwarzen Ruße in der Haut zurückbleibe.

Es ist ein seltsamer, fast wollüstiger Schmerz, der mich eher aufstöhnen als aufschreien läßt, und am Arme gut erträglich. Das Blut und der Ruß bilden einen schmierigen Firniß, so daß ich nicht recht erkenne, ob das verlangte Tier die gewünschte Form annimmt, auch wenn der Meister die wunde Stelle immer wieder mit einem groben Tuche sauberzutupfen versucht.

Das Schwarz, sagt er, werde sich, wenn die Stichwunden verheilt seien, als Blau auf der Haut zeigen.

Während ich dem Motiv und dem Schmerze nachsinne, verschwende ich keinerlei Gedanken an die Möglichkeit, wie dieses an mir vollzogene Werk womöglich mein Blut verunreinigen und zu einem Wundbrand führen könnte. Ich vertraue ganz und gar der langjährigen Erfahrung des mürrischen Meisters in seinem Stech- und Klopfberufe und verschließe vor all dem mich umgebenden Dreck die Augen. Es ist mit der Liebe ja ebenso. Mit geöffneten Lidern sähe man die Unreinheit, den der Liebesakt ja immer auch enthält, und müßte sich schämen oder gar ekeln, anstatt sich den tieferen Gefühlen hinzugeben, die ja vielleicht sogar die Erregung durch ebendiese sonst so abstoßenden Aussonderungen bedürfen.

Während ich für meine Rückreise ins Herz der Mark gut zwei Stunden Flugzeit benötige, braucht unser Held fast acht Monate. Allerdings bummelt er ein wenig und macht etliche unnötige Umwege. Fast könnte man den Eindruck gewinnen, als verzögere er mit Absicht seine Heimkehr.

In Venedig besucht er seinen berühmten Onkel Matthias Johann von der Schulenburg, Bruder von Tante Melusine und Feldmarschall im Dienst der Republik Venedig. Kattes gefahrenreiche Reise in die Seerepublik und seine Erlebnisse und Abenteuer daselbst indes würden zahlreiche weitere Bände füllen und sind gewiss nicht von geringem Interesse für den Anteil nehmenden Leser, sollen aber, so Gott will, in einem späteren Werke ausgeführt und nachgetragen werden. Denn meine Geschichte soll nicht aufgefasst werden als eine Aneinanderreihung heroischer Taten, auf die ich die Aufmerksamkeit des geneigten Lesers zu lenken versuche. Diese Aufmerksamkeit blendet uns am Ende nur und hindert uns daran, unseren Helden deutlich zu sehen. Idealerweise sollte man vor allem den Rändern unser Augenmerk zubilligen, da durch sie ein Mittelpunkt erst seine vielfältigen und teils gar widerstreitenden Ansichten erlangt.

Als Katte während seiner Kavaliersreise bei seiner Tante in London weilt und dort womöglich auch Lord Chesterfield begegnet, ist mein gleichnamiger Urururgroßvater Philip Stanhope noch nicht geboren. Er kommt erst zwei Jahre nach Kattes Hinrichtung in London auf die Welt. Ein Jahr später heiratet der Graf dann Tante Melusines Tochter, Petronella Melusina von der Schulenburg, Herzogin von Walsingham, bereits vierzig Jahre alt und damit ein Jahr älter als der Earl of Chesterfield.

Der Graf ist ein großer Aufklärer und weltzugewandter Pragmatiker. Das gute Benehmen ist ihm wichtiger als die rechte Gesinnung. Der Leitfaden seiner mahnenden Briefe ist der Gedanke, dass jeder verständige Mensch durch besondere Erziehung, durch Mäßigung und Fleiß aus sich machen kann, was er will. Zweifellos hätte er einen guten Bürger Amerikas abgegeben und daselbst die Folgen seiner schlichten Maximen studieren können.

Selbst die Liebe empfiehlt er als ein Mittel, es in der Gesellschaft zu etwas zu bringen. Ob er dabei seine eigene Frau, illegitime Tochter des englischen Königs, vor Augen hatte? Mag er auch einem Machiavellismus des persönlichen Lebens das Wort reden, so gehen ihm doch Gewalt, Bösartigkeit und Gemeinheit gegen den Geschmack. Dementsprechend sagt meinem Urahn sein empfindsamer Zeitgenosse Samuel Johnson die Moral einer Hure und die Maximen eines Tanzmeisters nach. Nicht das schlechteste Fundament für eine aufgeklärte Gesellschaftsordnung, will ich meinen.

Äußere Anmut und innerer Anstand, mehr verlangt der Vater von seinem Sohn gar nicht, aber womöglich war jener der falsche Adressat. Als Philip Stanhope noch vor seinem Vater, Lord Chesterfield, stirbt, stellt sich heraus, dass er heimlich geheiratet hat und Vater zweier verschwiegener Kinder ist. Doch Chesterfield lässt sich nicht entmutigen und setzt sein Erziehungswerk am Enkel und Patensohn, ebenfalls auf den Namen Philip Stanhope getauft, fort. Diese Briefe der Lebensklugheit und des Anstands sind also Erbe, Segen und Fluch aller Stanhopes. Und natürlich begleitet auch mich immer ein Bändchen mit den Briefen meines gebildeten Vorfahren.

»Der Sittenrichter Cato, ein alter Römer von großer Tugend und Weisheit«, schreibt Chesterfield an seinen siebenjährigen Sohn, »sagte einmal, es gereuten ihn nur drei Dinge in seinem Leben: das erste, daß er seiner Frau ein Geheimnis anvertraut habe; das zweite, daß er einmal an einen Ort zur See gereist sei, den er hätte auch zu Lande erreichen können; das dritte, daß er einmal einen Tag zugebracht habe, ohne etwas zu tun.« – Was lernt der Siebenjährige vom alten Cato? Die Lust an Umwegen, das Abenteuer der Irrfahrt. Warum den ausgetretenen Landweg nehmen, wenn es auch einen stürmischen Seeweg gibt?

Wie viele Geheimnisse ich unterdessen ausgeplaudert habe, wenn auch nicht an meine Frau! Von den Tagen, die ich mehr oder weniger untätig zugebracht, ganz zu schweigen! Alles in allem waren sie immer die fruchtbarsten.

Doch nun lebt meine Seele schon seit Tagen müde dahin, und die schlechten Angewohnheiten, die sie inzwischen angenommen hat, lassen sie nicht in Ruhe. Es herrscht Krieg in meinem Kopf. Meine Nervenzellen feuern, nicht nur das übliche singuläre, sondern eine hochfrequente Serie von Aktionspotenzialen. Statt eines hübschen Gedankens bildet sich ein Krampf. Das Bild eines ganz und gar mit Wunden bedeckten Menschen steht mir vor Augen und geht mir nicht mehr aus dem Sinn. Hände und Füße werden taub, ich stürze und stürze, am Ende ist das Schlachtfeld von totgetrampelten Gedanken übersät. Massenpanik der Nervenzellen. Massenexekutionen. Damit es dazu kommt, ist eine Gleichschaltung der Entladungen notwendig. Die mystischen Regime in meinem Kopf wechseln mit den totalitären ab.

Ich sollte Alkohol meiden, Alkohol ist ein Nervengift. Aber ich liebe nun einmal den Exzess. Dasselbe gilt für das Fieber. Meine normale Körpertemperatur liegt bereits bei achtunddreißig Grad, das optimale Milieu für Fieberkrämpfe. Ärzte gehen zwar von einer genetischen Disposition aus, aber in meinem Fall kann das nicht stimmen: Das, was ich an Hitze zu viel in mir trage, fehlt meinem Vater. Er ist ein ganz und gar unterkühlter Mensch mit einer durchschnittlichen Körpertemperatur um die vierunddreißig Grad. Trotz gelegentlicher Anzeichen unverhohlenen Ärgers. Doch selbst dieser Ärger zeigt sich eiskalt.

Es könnte natürlich sein, dass ich das Fieber und die Übererregbarkeit von meiner leiblichen Mutter geerbt habe.

Mein Leben ist ein ständiges Fallen und Aufstehen. Ja, ich kann mich durchaus als aufstehsüchtig bezeichnen. Mein Vater ist in dieser Hinsicht nie sehr hilfreich gewesen, er sieht in mir allein die fallsüchtige Seite. Vielleicht erinnert sie ihn an meine Mutter. Ihn hingegen habe ich nie stürzen, ja, nicht einmal stolpern sehen.

Ich war zwölf, als ich im *National Geographic* Berichte über die Mannbarkeitsriten afrikanischer Naturvölker entdeckte. Die Bilder nackter Jungen, die ihre Vorhaut mit einem zugespitzten Stück Obsidian durchbohrten, faszinierten mich so sehr, dass mir selbst diese Reise ins dunkle Herz der Mark noch als eine späte Folge dieser ersten ungeheuren Erregung erscheint.

Als ich wenige Tage nach diesem ersten Schock pubertärer Entdeckungslust von der Schule nach Hause komme und unseren Wohntrakt leer vorfinde, nehme ich eine Stopfnadel aus dem Nähkästchen meiner Stiefmutter, schließe mich im Badezimmer ein und begehe mein eigenes Initiationsritual in Anlehnung der schwarzafrikanischen Riten. Ich ziehe mich aus, dann halte ich die dicke Nadel eine halbe Minute lang unter den heißen Wasserstrahl.

Die Eingeborenenknaben, die ich auf den kontrastreichen Hochglanzfotos gesehen habe, besaßen vor ihrer Beschneidung alle noch ihre Vorhaut, während ich bereits in früher Kindheit wegen einer angeblichen Phimose im städtischen Krankenhaus von Aberystwyth beschnitten wurde. Dort, wo meine Vorhaut die Empfindsamkeit meiner Eichel hätte schützen sollen, befindet sich nur noch ein Rest wilden narbigen Gewebes von hornhautgrauer Farbe.

Mein Wunsch ist weniger, mich selbst zu verstümmeln, als

vielmehr, einem Stamm Gleichgesinnter anzugehören. Ja, ich sehnte mich nach Stammesbrüdern! Gemeinsam mit ihnen wollte ich umringt und niedergezwungen werden auf dem rauen, schmerzhaften Pfad erwachender Männlichkeit. Die erhofften Mysterien würden auf jeden Fall andere sein als jene nahezu unkenntliche Männlichkeit, die mein Vater verkörperte.

Also schiebe ich das graue Narbengewebe meiner Vorhautreste zusammen und wähle eine faltige Stelle genau unterhalb der Eichel, wo bei Unbeschnittenen sich das sehnige Vorhautbändchen befindet, und stoße die heiße, doch ziemlich stumpfe stiefmütterliche Stopfnadel hinein. Zunächst spüre ich den Schmerz kaum. Aber ich habe die Nadel auch noch nicht sehr tief in den Hautfetzen, geschweige denn hindurch gestochen. Mit zusammengebissenen Zähnen erhöhe ich den Druck und ahne, warum die afrikanischen Knaben sich nicht selbst beschneiden, sondern von den älteren Männern festgehalten werden, während ihre Väter oder Paten an ihren empfindlichen Gliedern herummetzgern.

Es gibt Anfälle, die jeder sofort sieht, Anfälle mit Muskelzuckungen, blauem Gesicht und blutigem Schaum vor dem Mund. Aber es gibt auch eine Menge kleiner Anfälle, die nur ich selbst wahrnehme, ein Kribbeln oder ein Taubheitsgefühl in den Armen und Beinen, Lichtblitze vor den Augen, Panikattacken, Visionen.

Verständlicherweise will ich mir diese inneren Angriffe und Überwältigungen nicht wegtherapieren lassen. Sie gehören zu mir, machen mich erst zu dem, der ich bin, vielleicht kein ultracooler Typ, doch immerhin anders als die anderen.

»Man liebt keinen, der sich immer zeigen will, immer von sich selbst redet und stets der Held seines eigenen Romans ist«, schreibt Chesterfield an seinen Sohn, und meint vor allem wohl mich. »Dagegen ist aber auch ein Unterschied zwischen Bescheidenheit und Schüchternheit; so lobenswert die erste ist, so lächerlich macht letztere.«

Nun bin ich schon so viele Wochen hier und habe bis auf Kurt und Carla noch keinen Deutschen näher kennengelernt. Es scheint, als sei ich am Deutschland der Gegenwart nicht interessiert, und ich wundere mich über mich selbst. »Ich bin sicher, Du siehst die Notwendigkeit ein, mit den Leuten des Landes, die allein Dich recht unterrichten können, viel umzugehen. Hingegen gehen die meisten reisenden Engländer nur untereinander um und wissen daher bei ihrer Wiederkunft nicht mehr, als sie bei ihrer Abreise wußten.« War ich nicht zwei Jahre lang Chefredakteur unserer Fakultätszeitschrift *The Crowds*? Wir waren die Ersten, die Texte von Arno Schmidt, Hubert Fichte und Hans Blumenberg ins Englische übersetzt und veröffentlicht haben. Dabei fällt es gerade in Berlin wesentlich schwerer, Leute *nicht* kennenzulernen, als Anschluss zu finden. Diese Stadt hat ganz zu Recht den Ruf, die Metropole des schnellen Anschlusses schlechthin zu sein. Jedenfalls darf man nicht allein in einer sogenannten Szenekneipe in einem sogenannten Szenebezirk sitzen, wenn man einfach nur in Ruhe seinen Blumenberg zu Ende lesen will. Also verlasse ich meine Herberge nur für die notwendigen Recherchen und um mit Antoine Gassi zu gehen.

Schon lange brauche ich für ihn nicht mehr das Fleisch vorzukauen. Auch ist sein Geruch strenger geworden. Trotz des für ihn angeschafften Katzenklos riecht er hartnäckig nach Raubkatzenurin und altem Kaffeesatz.

Claude hingegen hat nach den Wochen der Verweigerung einen geradezu gigantenhaften Wachstumsschub hinter sich. Wenn er weiter so rasch in die Höhe schießt und reift, wird er in wenigen Wochen in der Pubertät sein. Wovon ernährt er sich? Ich weiß es nicht. Doch meiner zunehmenden Müdigkeit nach zu schließen, von irgendeinem auragesättigten Botenstoff meiner Seele, die mir mehr und mehr ausgezehrt und verhungert vorkommt.

Die Engel in und über der Stadt haben nichts gemein mit barocken Putten, mit den Engeln der Kinder, der Katholiken oder Klees, sondern eher mit jenen Albertis, die er in *Sobre los ángeles* anruft, den hässlichen, dementen, vermodernden, aber auch sich opfernden Engeln, die den Dichter umschwärmen, bedrängen, aufwühlen, Reinkarnationen aller seiner Ängste, Schrecken,

Agonien und dennoch unmöglich zurückzuweisen. Ja, Engel in Rudeln, Horden, Schwärmen, aasgeiergleich, mit gerupftem Gefieder, aber Goldkettchen um den Hals, ein unabschüttelbarer Protest gegen die Tatsachen.

Ich schleppe Claude inzwischen auf dem Rücken. Warum trage ich ihn eigentlich noch mit mir herum?

Ich habe in meiner Hotelkindheit naturgemäß viele Leute getroffen, aber nie jemanden wirklich kennengelernt. Alle sind zu irgendetwas oder irgendwem zurückgekehrt, das oder den sie ihr Zuhause nennen. Nur ich bin geblieben, in unserer Hotelwohnung, bis zum End meiner Highschool-Zeit. Niemand hat für mich die Stimme oder den Ton des Zimmerfernsehers gedämpft. Nichts ist mir entgangen, auch wenn ich nicht alles begriffen habe. Am Ende hat es mich einfach nicht mehr interessiert.

Es ist keine unglückliche Kindheit, die ich in Aberystwyth verbracht habe, aber trotz des ständigen Kommens und Gehens eine gewissermaßen einsame. Einsamkeit durchtränkte meine Bettwäsche, die mit der Hotelwäsche gereinigt wurde und dementsprechend roch: nach nichts, allenfalls nach Textilfasern, Spinnereien. Steriles Badezimmer, dessen Waschbecken, Spiegel und Kacheln immer fleckenlos waren. Eine Küche, in der nicht gekocht wurde. Ich kannte keine besonderen Zufluchtsorte, denn was ist ein Hotel anderes als der Zufluchtsort schlechthin?

Immer kam irgendwer mit seinen Fragen oder Aufträgen zu mir, selbst als ich noch in einem Alter war, in dem man mich selbst zu Dickens' Zeit nicht als Hotelboy oder Laufbursche hätte dingen können. Hilflose, traurige Gäste, Sprachunkundige, Verirrte, Lebensmüde, Alkoholiker, Hinausgeworfene, Geschiedene, Menschen auf der Flucht. Niemand von ihnen sieht in mir das Kind. Habe ich mich so gut getarnt mit meinem stummen Lächeln und Kopfnicken, meiner Livree der Zuvorkommenheit? – Von den gedankenlosen Trinkgeldern habe ich mir meine erste Sonnenbrille gekauft.

Wenn ich einen guten Rat geben dürfte, würde ich Eltern empfehlen, bei Kindern in diesem Alter gut darauf zu achten, mit wem sie Umgang pflegen. Denn unsere Natur ist noch so formbar, dass sie mit Leichtigkeit auch das Schlechte guter Freunde übernimmt, allein aus übergroßer Liebe zu den Freunden. Ja, das Schlechte erhält noch dadurch seinen besonderen Reiz, dass es allen Ermahnungen der Eltern widerspricht.

Die oberflächliche Sorge, die mein Vater für mich hegte, und meine Verstellungskunst waren so groß, dass er niemals das ganze Ausmaß meiner Missratenheit durchschaut hat. Wie auch, war ich doch trotz oder gerade wegen meiner illegitimen Geburt ein weiterer wahrer Stanhope, die sich schon immer durch die Kunst ausgezeichnet haben, aller Liederlichkeit ungeachtet, den besten Ruf zu wahren. Deswegen bin ich unter meinen Kameraden eine Zeit lang wohl recht beliebt. Ja, manche halten mich gar für einen Teufelskerl, obwohl ich im Sport eine Niete und überhaupt von eher schwächlicher Konstitution bin. Wenn ich denn tatsächlich etwas Teuflisches an mir habe oder in mir trage, dann aus schierer Verzweiflung. Doch manchem Zeitgenossen reicht bekanntlich schon ein roter Haarschopf, in dessen Träger einen Beelzebub zu sehen.

Das Foto. Einmal mehr studiere ich es. Zwei junge Männer. Sie sitzen auf dem Geländer einer schmalen Holzbrücke, im Hintergrund ein Teich oder See. Einer der Männer ist blond, sommersprossig, bartlos. Er lächelt offen in die Kamera. Seinen rechten Arm hat er um die Schultern des anderen gelegt. Der andere trägt sein rostrotes Haar militärisch kurz, sodass man die weiße Kopfhaut hindurchschimmern sieht. Seine Augen sind ein wenig zusammengekniffen, als würde er von der Sonne geblendet, aber das Licht fällt von links ins Bild, die Schatten sind langgestreckt, Spätnachmittagslicht. Der Mund ist geschlossen, die Arme sind vor der Brust verschränkt. Beide Männer tragen T-Shirts, die Arme des Blonden sind braungebrannt, jene des Rothaarigen kalkweiß. Der Rothaarige ist, seiner verdrießlichen Miene nach zu schließen, nicht gerade begeistert, fotografiert zu werden. Es könnte ein Foto von mir sein. Doch auf der Rückseite steht ein Datum: *7. Juni 1978*, ich war noch gar nicht auf der Welt, und eine kurze Widmung, auf deutsch: *In Liebe, Matthias W.* – Es zeigt offenbar diesen Matthias W., der sicher dankbar ist, wenn ich seinen vollständigen Namen hier verschweige, und meinen Vater als Fünfundzwanzigjährigen.

Ich kenne diese Brücke, auch wenn sie inzwischen wegen Einsturzgefahr unpassierbar und gesperrt ist. Ich habe mich schon mehrmals versucht gefühlt, trotz der verfaulten und teils schon herausgebrochenen Planken hinüberzubalancieren, aber der Teich, den sie überspannt, scheint mir dann doch zu brackig und faulschlammig, um das Risiko einzugehen, dort hineinzustürzen. Es ist die Löwenbrücke im Berliner Tiergarten.

Wer ist Matthias W.? Offenkundig kein Armeekamerad. Hätte ich nicht das Familienerbstück gründlich untersucht und neben den Katte-Briefen auch den alten Militärpass meines Vaters gefunden, hätte ich nicht einmal gewusst, dass mein Vater je Soldat und in Deutschland stationiert war, dazu noch als Adjutant des britischen Stadtkommandanten von Berlin.

Was weiß ich überhaupt von ihm, diesem Wochenendvater? Besuche ich ihn in seiner Londoner Wohnung, liege ich manchmal die ganze Nacht lang wach und lausche den Vorgängen im Nachbarraum, seinem Arbeitszimmer. Die Wände sind so dünn, dass ich fast seinen Atem zu hören glaube. Ich versuche mir vorzustellen, was er dort in dem mir verbotenen Raum tut. Es ist größer als mein Wochenendkinderzimmer, an den Wänden stehen Aktenschränke, vor dem Fenster das Familienerbstück, Großvaters Nussbaumsekretär. Ich höre an seinem sporadischen Hüsteln und Räuspern, dass er wach ist und noch arbeitet oder liest oder auch nur mit einem Glas Glenfiddich hinter dem Schreibtisch sitzt und ins Leere starrt. Ich muss lange warten, bis ich diesen verbotenen Raum einmal in aller Ruhe erkunden kann, denn in der Regel schließt mein Vater ihn ab, wenn er mich allein in der Wohnung zurücklässt.

Einen so gewissen- und tugendhaften Vater zu haben hätte mir zusammen mit dem, was mir der Herr großzügig zugedacht hat, genügen müssen, um ein guter Mensch zu werden. Er liest zu festgelegten Stunden, wenn auch nicht immer mit Hingabe, und zeigt große Anteilnahme an den Katastrophen dieser Welt, hat er doch viele Jahre für eine große internationale Versicherung gearbeitet.

Von meiner Mutter gibt es keine Bilder. Ich glaube, sie hatte viele Tugenden. Auch wenn mein Vater nie von ihr erzählt, bin ich mir sicher, dass sie ihr kurzes Leben mit großer Heiterkeit gelebt hat und von feenhafter Schönheit gewesen sein muss.

Obgleich ich keine Geschwister habe, kommt es mir immer so vor, als sei irgendein älterer oder jüngerer Bruder der Liebling meines Vaters. Ich bin es jedenfalls nicht.

Dafür liebt mich meine Stiefmutter umso mehr. Doch auch sie konnte oder wollte mir nie sagen, wo sich das Grab meiner Mutter befindet. Daher glaube ich in den wenigen tröstlichen Momenten meiner Kindheit manchmal, Gott müsse sie, wie die Heilige Jungfrau und Gottesmutter, ohne weitere Umstände direkt in den Himmel aufgenommen haben.

Obgleich ich doch wie mein Vater Befriedigung und inneres Gleichgewicht im Leben durch regelmäßiges Lesen hätte finden können, seine Bibliothek umfasst gut zehntausend Bände, darunter nicht nur Fachbücher zum Versicherungs- und Entschädigungsrecht, kommt die Zeit, wo ich, wie die meisten meiner Altersgenossen, vor allem, wenn nicht gar allein durch mein äußeres Erscheinen gefallen will. Ich sorge mich mehr um den korrekten Sitz meiner Haare und die richtigen Jeans und Sneakers als um mein Seelenheil. Mit einem Wort: Ich werde eitel. – Heute kommt mir das alles sehr kindisch vor, was es zweifellos auch ist.

Matthias W. scheint in etwa so alt wie mein Vater zu sein. Vielleicht lässt er sich aufspüren, in Zeiten weltumspannender elektronischer Netzwerke verfügt ja jeder über seinen privaten MI6-Baukasten. Und womöglich lebt er sogar noch in Berlin. Er müsste heute um die fünfzig Jahre alt sein, vielleicht Akademiker, ehemaliger Student an einer der Berliner Universitäten. Wo beginnt man da zu suchen? Man gebe alle verfügbaren Anhaltspunkte in die Suchmaschine ein und warte, welche Namen, Bilder, Nachrichten ausgespuckt werden.

Ich finde einen Arzt an der Berliner Virchow-Klinik namens

Matthias W. Das Alter könnte stimmen, das Foto von ihm auf der Klinik-Website zeigt einen schwermütig lächelnden Mann, der mit einiger Fantasie der Vater des jungen Parkbesuchers auf der Löwenbrücke sein könnte, das Haar stark gelichtet und eher aschgrau als blond, die Wangenknochen hart vorstehend, die Sommersprossen durch erste Altersflecken ergänzt oder ersetzt, zwei auffällige Falten, die sich von den Nasenflügeln zu den Mundwinkeln ziehen und von einer tiefen Müdigkeit oder Erschöpfung zeugen.

Die größte Übereinstimmung besteht in den Augen, die schon bei dem Fünfundzwanzigjährigen tief in ihre Höhlen eingesunken liegen und von dunkler Schwermut verschattet sind.

Auf dem Weg zum Virchow-Krankenhaus erinnere ich mich an einen Ratschlag Lord Stanhopes an seinen fünfzehnjährigen Sohn. »Ich bin der Meinung«, schreibt er, »daß Du in kurzem günstiger von den Frauenzimmern denken und reden wirst als jetzt. Du scheinst zu glauben, daß sie, von Eva an bis auf die gegenwärtige Zeit, viel Unfug angerichtet haben. Was die erste betrifft, die will ich Dir preisgeben. Die Geschichte aber wird Dich unterrichten, daß nach ihrer Zeit die Männer viel mehr Unfug gestiftet haben als die Weiber. Die Wahrheit zu sagen, rate ich Dir, weder den einen noch den anderen mehr zu trauen, als unumgänglich nötig ist.«

Ein Ausdruck rettungslosen Belästigtseins legt sich über ihr Gesicht, als sie mich hinter Kurt ins Zimmer treten sieht. Gutwillige könnten sagen, *Ecce homo!*, denn ihr Gesicht gleicht in der Tat dem leidenden Christusantlitz unter der Dornenkrone. Vielleicht liegt es auch nur an der unvorteilhaften Perücke, die sie während der Besuchszeiten zu tragen sich bemüßigt fühlt. Sie ist von so stigmatisierender Hässlichkeit, dass ich mich glatt vor ihr auf den Klinikboden niederwerfen würde wie einst im Hotelfoyer vor Kurt, würden ihre eisblauen Augen nicht kalte Blitze senden wie der Engel der Erfrierung an Judas, als er nach seinem Verrat durch den Garten Gethsemane irrte, bis er endlich den Baum seiner Erlösung fand.

»Und, hast du inzwischen Kontakt zu deinem Cousin Katte herstellen können?«

Offenbar hat Kurt, gegen jede zwischen uns getroffene Vereinbarung, Carla vom tieferen und durchaus ehrenvollen Grund meiner Kontinentalreise unterrichtet. Aber auch Kurt kann wohl nur die Wahrheit sagen, und nichts als die Wahrheit, wie es den gemeinen Berlinern trotz ihrer allseits bekannten Gottlosigkeit zu eigen ist.

»Ncin, ein direkter Kontakt war bisher nicht möglich, irgendetwas stört andauernd die Verbindung.«

»Ich vermute mal«, wirft Kurt ein, »die Ungleichzeitigkeit der Kommunikationsmittel ist schuld!«

»Im Übrigen«, fahre ich unbeirrt fort, »bin ich gerade mit näherliegenden Familienangelegenheiten beschäftigt. Ich suche einen Matthias W.«

»Der Stationsarzt heißt Matthias W.«, murmelt Carla, eher widerwillig.

»Etwa fünfzig Jahre alt, blondes, inzwischen womöglich graues Haar, einen Kopf größer als ich?«

»Der Beschreibung nach könnte er es durchaus sein.«

»Das wäre schon ein irrer Zufall!«

»Zufall? Seit wann glaubst du denn an Zufälle, Philip Stanhope?«

Als ich ins Arztzimmer trete, schaut er mich überrascht an.

»John? – Aber das kann nicht sein!«

»Ich bin Philip Stanhope. John Richard Stanhope ist mein Vater.«

Der Mann vor mir, ein wenig größer als ich, doch leicht gebeugt und blass wie sein Arztkittel, schüttelt wortlos den Kopf, dann bittet er mich mit einer stummen Geste, Platz auf dem Patientenstuhl vor seinem Schreibtisch zu nehmen.

»Was führt Sie zu mir, junger Mann?«, fragt er dann, nachdem er sich kurz geräuspert hat, mit der professionellen Stimme des Mediziners. Ich lege das Foto auf den Schreibtisch, er nimmt es in seine schlanken weißen Hände, betrachtet es eine Weile, bis seine Finger leicht zu zittern beginnen. Dann legt er es zurück auf den Tisch.

»Das ist lange her. Hat Ihr Vater Ihnen von uns erzählt?«

»Bis vor kurzem wusste ich nicht einmal, dass mein Vater je in Berlin war. Nein, mein Vater weiß nicht, dass ich hier bin. Doch ich ahne, dass mein Aufenthalt hier auch mit ihm zu tun hat. Da mein Vater vermutlich seine Gründe hat, nie irgendetwas aus seiner Militärzeit erzählt zu haben, hoffe ich, von Ihnen vielleicht mehr darüber zu erfahren.«

»Ich würde Ihnen gerne alles erzählen, und es gibt von meiner Seite tatsächlich keinen Grund, Ihren Vater in irgendeiner Weise zu schonen. Doch es sollte nicht hinter seinem Rücken stattfinden.«

»Gut. Ich werde ihm schreiben, dass ich Sie getroffen habe.« Natürlich denke ich gar nicht daran, meinem Vater gegenüber auch nur ein Wort über dieses Treffen zu verlieren. Offenbar kennt Dr. W. meinen Vater nicht wirklich, zumindest nicht den Menschen, der er heute ist.

»In Ordnung, Philip. Ich habe hier noch ein wenig zu tun. Wenn Sie Zeit haben, lassen Sie uns eine Verabredung morgen nach Dienstschluss treffen. Kennen Sie das Café Zur Letzten Berufung?«

Nach meinem Besuch im Arztzimmer schaue ich noch einmal bei Carla vorbei, um nicht zu gehen, ohne mich bei ihr bedankt zu haben, auch wenn sie derlei konventionelle Gesten trotz meiner britischen Herkunft und Sozialisation von mir weder erwartet noch ersehnt.

»Du bist ein Engel, Carla!«, sage ich und meine es durchaus ernst. Inzwischen kenne ich mich mit diesen Zwischenwesen ja bestens aus.

Carla nickt gequält. Natürlich, im herkömmlichen Sprachgebrauch ist Engel ein ausgehöhlter, sinnentleerter Begriff. Wir wagen ihn nur noch ironisch zu verwenden. Glücklicherweise halte ich mich gerade in einer nahezu ironiefreien Stadt auf. Man ist grob zueinander, aber nicht ironisch. Jedes Wort wird ernst genommen, ein Ironiker muss darauf gefasst sein, eher ein blaues Auge als ein Augenzwinkern zu erhalten.

Wenn ich hier und jetzt von einem Engel rede, dann von einem notwendigen, ja schrecklichen Engel. Kein Deutscher zweifelt daran: Ein jeder Engel ist schrecklich! Kein Deutscher würde dieser elegischen Zeile Rilkes auch nur einen Hauch von Ironie unterstellen. Deutsche Engel sind nicht heiter und verspielt. Schon gar nicht in dieser Stadt der Engel.

Bevor ich hierher kam, waren Engel für mich bedeutungslos. Ich bin mir nicht einmal sicher, ob sie schon existierten, bevor mir das Auge für sie geöffnet wurde. Doch nun stehen sie für die Erfahrung, dass ich nicht nur ich bin, sondern ein offenes Wesen, das von anderen Wesen besucht und heimgesucht wird.

Nun, da Carla auf unabsehbare Zeit in der Klinik liegt, kann ich Kurt ja bitten, meine beiden Pflegekinder während meiner weiteren Recherchen hin und wieder in Pension zu nehmen. Er steht mehr denn je in meiner Schuld, hat er an meinen nächtlichen Gelegenheitsarbeiten doch prächtig verdient und es mit den Abrechnungen nicht sehr genau genommen. Trotzdem zögert er, die beiden noch einmal aufzunehmen. Mag sein, dass sie ihm einfach etwas unheimlich sind. Ich versuche mit aller mir eigenen Überredungskunst, ihm die Gesellschaft der beiden noch einmal schmackhaft zu machen, und preise vor allem ihre grenzenlose Kreativität an. »Jeder redet von dem am meisten, worin er am liebsten für vortrefflich gehalten sein will«, wusste schon der alte Chesterfield. »Also fasse ihn nur dabei, so greifst Du ihn bis in das Innerste!«

Er brauche nur ein altes Laken, behaupte ich kühn, auf den Küchendielen auszubreiten und zwei, drei Tellerchen mit unterschiedlichen Farben daneben zu stellen und den Rest Antoine und Claude zu überlassen. Miró und Tàpies sähen im Vergleich zum radikalen Dekonstruktivismus meiner beiden Zöglinge echt blass aus!

Kurt scheint nicht wirklich überzeugt, willigt am Ende aber widerwillig ein. Viele glauben, dass Deutsche schon aufgrund ihrer Geschichte das Streben nach materiellen Gütern aus ihrem Alltag verbannen und ganz den tief in ihren Seelen verborgenen Ideen und Idealen folgen. Und meine Erfahrungen geben dem Vorurteil der Vielen recht.

An Baroness Melusine von der Schulenburg, Herzogin von Kendal, Kendal House, Isleworth bei Brentford, Middlesex

Wust, den 9ten Oktober 1729

Soeben erhalte ich Ihren Brief, allerliebste Tante, der mir von Berlin nach Wust nachgesandt wurde, und finde darin lauter Beweise Ihres Wohlwollens und Ihrer Zuneigung, von der ich so fest überzeugt bin wie vom Sonnenlichte. Aber, liebe Tante, was ich in Ihrem Schreiben vergeblich suche, das ist Nachricht darüber, ob es Ihnen bessergeht. Sie sprechen nur unbestimmt, also wenig tröstlich über Ihre Gesundheit. Ich wollte, und das ist keine Redensart, ich könnte Ihnen alle Ihre Schmerzen und Beschwernisse abnehmen!

Ich verbringe derzeit einige Herbstwochen im stillen Wust, um ein wenig Abstand vom Garnisonsleben zu gewinnen, zumal mein Vater in Königsberg geblieben und nur meine Stiefmutter hier am Orte in großer Ruhe und Besonnenheit waltet. Der Hausbau ist nun endlich unter ihrer ordnenden Hand fast bis zur Vollendung fortgeschritten. Man nennt sie hier bereits »die gute Herrin«! Welches Beiwort man dem Gutsherrn, meinem Vater, voranzustellen pflegt, verschweigt man seinem Sohne zurückhaltenderweise.

Nicht nur um Haus und Garten kümmert sie sich, sie sorgt auch dafür, daß die Wuster Schweine und Rindviecher nicht mehr ungehindert über den Friedhof stapfen können, indem sie von den übriggebliebenen Ziegeln um den Gottesacker eine Mauer errichten läßt. Wir kommen gut miteinander aus, vielleicht weil sie mir eher wie eine große Schwester denn wie eine Mutter begegnet.

Der Garnisonsalltag hingegen ist mir zunehmend eine Qual. Nach all den Jahren stumpfsinnigen Exerzierens und gedankenmordender Langeweile muß ich Ihnen und vor allem mir selbst eingestehen, wir jungen Menschen fürchten den Soldatenstand zu Recht, weil er in unserem Lande eine wahre Schule der Unsitten ist. Uns jungen Offizieren läßt man nichts durchgehen, hält uns zu einem untertänigen, sittenstrengen und gottesfürchtigen Wandel an, mit dem einzigen Resultate, daß sie uns zu Heuchlern erziehen und wir all die verbotenen, doch lebensnotwendigen Handlungen im Verborgenen tun. Natürlich sieht man uns scharf auf die Finger, und wir werden wahre Meister in der Maskierungskunst. Doch sollte man uns am Ende doch für unverbesserlich halten, so nötigt man uns, welche Fürsprache wir auch zu besitzen glauben, den Dienst zu quittieren, mit der unrühmlichen Folge, fortan auf keinerlei Achtung mehr hoffen zu können.

Seien Sie mir nicht böse, wenn ich über die Einzelheiten unseres geheimen Lebens schweige. Doch Sie können beruhigt sein, meist liege ich müßig in meinem Quartiere und ersehne nichts mehr als eine wahre Schlacht, einen uns reinigenden Krieg. Aber unser König liebt seine Langen Kerls zu sehr, als daß er sie der Gefahr eines blutigen Gemetzels aussetzen würde. Nur die Tüchtigen kommen um. Leute unseres Schlages bleiben der Welt stets erhalten.

Der größte Fehler der Herrschenden besteht darin, daß sie die Welt nur von sich und ihren Interessen aus betrachten und sich über das Unglück der einfachen Menschen erhaben dünken. Sie kennen das Leid, das sie so oft wohlmeinend oder auch nur gedankenlos zufügen, nicht, und da sie es nie am eigenen Leibe erfahren haben, halten sie es für gering oder stumpfen ihr Herz dagegen ab.

Der eigentliche, tiefere Grund für diese längere Landpartie in die Wuster Herbststille aber, und nur Ihnen vertraue ich mich an in der drängenden Hoffnung auf Ihren mütterlichen Rat, ist meine Freundschaft mit Friedrich. Ja, der Kronprinz ist mein Freund, doch zugleich ist er mein zukünftiger König! Dies zwingt mich allezeit zu einem waghalsigen Seiltanze, bei dem jeder unvorsichtige Schritt mit einem Absturz enden kann.

Zweifellos hegt auch Friedrich die aufrichtigsten Gefühle für mich. Mehr noch, er liebt mich, glauben Sie mir, der Kronprinz liebt mich! Ich fühle mich geschmeichelt und geehrt. Gleichzeitig macht es mir angst. Wäre er ein einfacher Kamerad, wüßte ich mit dieser Liebe umzugehen. Aber nun befinde ich mich in unlösbarer Zerrissenheit gefangen. Ich bin der Ältere, habe einiges von der Welt gesehen, die Universität besucht und mancherlei unsagbare Erfahrungen gemacht; er schaut zu mir auf, sucht meine Nähe und meinen Rat. Doch zugleich ist er dem Range nach mein Vorgesetzter, königliche Hoheit und zukünftiger Landesherr. Wie soll ich ihn, dem ich Gehorsam schulde, unter meinen Schutz nehmen, ja, wie darf ich ihn auch nur meinen Freund nennen?

Kann ein Fürst überhaupt einen wahren Freund haben? Steht nicht jede Freundschaft von vornherein in dem Verdachte, eine eigennützige und opportunistische Beziehung zu sein?

Gewiß, ich bin der Stärkere. Doch er ist fraglos der Mächtigere, mein Souverän, auch wenn er mir seine Macht nicht zeigt, sich ihrer womöglich noch gar nicht bewußt ist. Doch ich spüre sie. Und sie steht zwischen uns, zwischen unserer Freundschaft; von der Liebe gar nicht zu reden. Wir sind nicht gleich, dabei ist sie, die Gleichheit, die Voraussetzung jeder Freundschaft. Ich weiß es. Ich kann es nicht vergessen, selbst wenn ich mit ihm scherze wie mit einem jüngeren Bruder. Selbst wenn ich ihn tröstend umarme, wenn er geprügelt wie ein Hund aus dem väterlichen Schlosse in meine Wohnung flieht.

Ich will nicht viele Worte über die häßlichen Hofintrigen hier in Berlin verlieren. Dergleichen werden Sie zweifellos aus London kennen. Der König fühlt sich, vielleicht nicht ganz zu Unrecht, in der Frage der Verheiratung seiner Ältesten von England hingehalten, gar zum Narren gehalten. Das rechtfertigt gewiß nicht seine Ausfälle Weib und Kindern gegenüber. Aber dem hannoveranischen Schwager dürfte das aufbrausende und jähzornige Wesen unseres Königs nicht unbekannt sein. Nun denken Sie sich den Kronprinzen unter ständiger Gefahr des Spießrutenlaufens! Eine Art Terror liegt über dem Schlosse. Die Königin weint Tag um Tag, und der Kronprinz sieht zum Erbarmen aus! Der König hat seinen und meinen Unterricht beendet. Nun muß der junge Mann seinem Vater auf Schritt und Tritt folgen, ohne daß er vom König irgend etwas über die Staatsgeschäfte beigebracht bekäme. Alle seine Neigungen und Passionen durchkreuzt Seine Majestät. Ja, der Umstand, daß dieses oder jenes seinem Sohne Vergnügen bereiten könnte, genügt bereits, es ihm streng zu untersagen.

Verwundert es da noch, dass der Kronprinz immer öfter meine Nähe sucht, zumal der König auch noch seinen Lieblingspagen und Vertrauten, Lieutenant von Keith, ans andere Ende des Reiches zum Regimente nach Kleve verbannt hat? Doch können Sie sich auch meine zunehmenden Zweifel vorstellen, ob diese unverdiente Gunst des Prinzen uns am Ende zum Glücke oder doch eher zum Verderben gereichen werde.

Der Prinz ist inzwischen in größter Verzweiflung, da die Mißhandlungen von seiten des Königs jedes erzieherische Maß überschreiten. Nicht nur im Kreise der Familie, sondern vor den Augen der Öffentlichkeit behandelt Seine Majestät den Kronprinzen wie den niedrigsten aller Menschen, prügelt mit dem Stocke auf ihn ein und überhäuft ihn wie ein Kutscher mit den schmählichsten Schimpfwörtern. Dies ziemt einem König so wenig wie einem Vater. Und er hält in seinem unbändigen Zorne erst inne, wenn sein Arm vor Müdigkeit erlahmt oder einer seiner Minister den Mut findet einzuschreiten, ehe er den Sohn zu Tode geprügelt hat.

Friedrich hat zuviel Ehrgefühl, um eine derartige Behandlung noch lange zu ertragen, und ich befürchte, daß er auf die eine oder andere Weise ihr bald ein Ende bereiten wird. Sie hören also, liebe Tante, daß mir diese Freundschaft viel Kummer bereitet. Denn in all dieser mich umgebenden zügellosen Unvernunft sehe ich keinen vernünftigen Weg, den ich meinem Freunde zur Rettung weisen könnte. Und was tue ich in dieser ausweglosen Lage? Ich fliehe meinerseits, wenn auch nur zwei Tagesreisen weit auf das väterliche Gut.

Doch was auch immer geschehen mag, es gilt, ein standhaftes Herz zu bewahren und dem zwiegesichtigen Fatum mit der

Balancierstange noch tüchtig eins überzuziehen! Aber wie leicht ist das gesagt, und wie schwer getan!

Was die Freundschaft und auch die Liebe anbelangt, so sollten wir sie wie ein zartes Geheimnis behandeln! Nur in seltenen, vertrauten Momenten darf man von ihnen reden und noch seltener darüber schreiben, weil niemand je sicher sein kann, ob nicht auch ein unwürdiges Augen einmal die Zeilen liest.

Meine Zweifel sind Fragen, verehrte Tante, um von einer Klügeren beantwortet zu werden. Das ist der Grund, warum ich Ihnen die Zerrissenheit meiner Seele nicht verhehle. Nur wenige sind imstande, klugen Rat zu hören und anzunehmen. Da die Welt die Schmeicheleien liebt und getäuscht sein will, darf man sie getrost ihrem Unstern überlassen. Aber ich gehöre jener nicht an!

Ich bitte Sie tausendmal um Nachsicht: Vier große Bögen lang schreibe ich nur von meinen und hiesigen Angelegenheiten; bei jeder anderen wäre es ein unverzeihlicher Mißbrauch der Freundschaft. Aber ich vertraue Ihrer Güte, liebste Tante, und ersehne Ihren Rat. Und aus tiefstem Herzen beschwöre ich Sie, finden Sie bald Ihre Kraft und Ihr Wohlbefinden wieder, und bleiben Sie mir gewogen,

Ihr getreuer Neffe und Diener Hans

GENS D'ARMES

Es gibt kein besseres Mittel, sich mit dem Tod vertraut zu machen, als ihn mit dem Gedanken an eine Ausschweifung zu verbinden.

Marquis de Sade

Ich treffe meinen Vater nicht im Hause an. Er sei noch in Potsdam, heißt es, und kehre erst morgen oder übermorgen aufs Gut zurück.

In meinem Zimmer finde ich alles, wie ich es vor Jahren verlassen habe, unverrückt, aber die Maße und die Möbel kleiner, zwergenhafter, als ich sie in Erinnerung habe. Ich ziehe die Schubladen auf und entdecke dort die Briefe, die Schreibversuche, die Bleistift- und Kohleskizzen und die kleinen Musikstükke, Ausdruck meiner künstlerischen Unentschiedenheit. Wäre ich tatsächlich für die eine oder andere Kunst berufen, würde ich mich mit aller Macht dem Eintritt in die Militärlaufbahn widersetzt haben.

Es sind ruhige Tage hier in Wust. Meine Stiefmutter und meine Geschwister haben die weite Reise gescheut und sind in Königsberg geblieben. Und mein Vater nutzt die Gelegenheit, da der König ihn zum Rapport nach Potsdam bestellt hat und er ohnehin im Lande weilt, noch kurz auf dem Wuster Gute nach dem Rechten zu sehen, ehe er mit mir dann nach Berlin reisen und mich bei den Gens d'armes einschreiben wird.

Die Mark Brandenburg kennt wenig Gastfreundschaft, vor allem ihrer Armut wegen. Aber auch ein tiefes Mißtrauen allem Fremden gegenüber beherrscht ihre ungastliche Seele. Das mag wohl den unglücklichen Erfahrungen aus dem Dreißigjährigen Krieg geschuldet sein, der das ganze Land und seine Bewohner zutiefst und auf lange Zeit verheeret hat.

Aber derselbe Dreißigjährige Krieg, der die Mark so verarmt und verwüstet hinterließ, streute doch auch die Samenkörner für die Zukunft aus. Denn was war sie schon davor? Der am wenigsten glänzende Edelstein in der Kaiserkrone! Wir besaßen weder Schönheit der Natur, noch Lauterkeit der Sitten, weder Hervorbringungen der Kunst, noch eine besondere Liebenswürdigkeit des Umgangs. Nichts hatten wir, das anderen ein Segen, ein Glück, ein Vorbild hätte sein können.

Doch blicke ich nun, nach meiner langen Abwesenheit, auf meine Landsleute, so entdecke ich doch allerlei Tugenden, wenn auch nicht ganz so viele, wie sie sich einbilden. Die Märker sind gesunden Geistes, ohne die Gefährdungen des Genies, sind anstellig und nüchtern und lassen sich nicht gleich von jeder Modetorheit fortreißen und begeistern. Und was die vielbeschworenen militärischen Tugenden angeht, die zweifellos existieren, so scheinen sie mir weniger von außen aufgezwungen und eingeübt denn zum Charakter gehörig.

Am Sonntag sitze ich allein auf unserer Bank in der Wuster Kirche, während sich die Dorfbewohner, die Männer, Hufner und Insten, auf der einen Seite des Gestühls, ihre Frauenzimmer und kleinen Bälger auf der anderen, von der Mühsal der Woche ausruhen und den Pfarrer einen guten Menschen sein lassen. Ich indessen lausche aufmerksam der Predigt und stoße einmal mehr auf die Neigung gar zu vieler Kirchenmänner, in allem Angenehmen etwas zu erblicken, das Gott oder den Göttern angeblich zuwider sei. Nun halten es viele junge Leute für sehr vornehm und witzig, den um Gottgefälligkeit bemühten Geistlichen übel nachzureden. Ich aber zähle mich nicht dazu, denn meiner Ansicht nach sind die Geistlichen weniger fehlbare Menschen als wir Zweifler und Ketzer und allein schon deswegen zu achten, weil sie einen schwarzen Rock tragen.

Das einzige, um das man Gott oder die Götter nicht bitten darf, ist die Unsterblichkeit.

Nach dem Abendmahle sitzen wir zusammen, und doch jeder für sich. Er beugt sich über die Berichte, die der König von ihm verlangt oder die Seiner Majestät noch nicht akkurat genug sind, und ich gebe vor zu lesen.

Hin und wieder schaut er auf und blickt mich an, nachdenklich, müde, in den zwei Jahren meiner Abwesenheit alt geworden. Doch wenn ich von meinem Buche aufschaue, blättert er schon wieder in den Papieren. Wünscht er, daß ich ihm mehr von meiner Reise erzählte? Will er mit mir über meinen zukünftigen Dienst bei den Gens d'armes sprechen? Will er gar meine Meinung dazu wissen?

Er schweigt. Aber auch ich schweige. Sein ganzes Leben hat er in seine Pflichten gelegt, und selbst die Familie ist nur eine mehr. – Ich schlage das Buch zu, sage ihm, daß ich müde sei und nun zu Bett ginge, um morgen früh recht ausgeruht für unsere Reise nach Berlin zu sein. Er nickt wortlos, und so, grau über seine Papiere gebeugt, lasse ich ihn im stillen Zimmer zurück.

Ich stehe am Fenster, schaue gen Osten in die Glut eines noch möglichen Sonnenaufgangs. Vielleicht ist es auch nur der Widerschein eines brennenden Holzlagers. Zwei Feuerwehrleute wurden bei den Löscharbeiten lebensgefährlich verletzt, heißt es in den Nachrichten. Der Brand sei inzwischen zwar unter Kontrolle, aber noch nicht gelöscht, da man immer wieder auf neue Glutnester stoße.

Hat mir der Engel nicht eine glückliche Rückkehr verheißen? Nun murmelt der Verkehr meinen Namen, nachts raubt er mir wie immer den Schlaf, tagsüber macht er sich über mich lustig, eine Art Mundschaum, die Autohupen und die Stadtbahnbremsen. Er erinnert mich an die lavagefüllten Münder in Pompeji. Und nach Betriebsschluss fällt die Nacht wie ein schwarzer Vorhang, um mich morgens um halb fünf mit der unausgeschlafenen Stimme meiner Mutter erneut zu wecken.

Berlin. Die Stadt der Glutnester. Der verbrannten Feuerwehrmänner. Der Himmel glüht, als ob nichts wäre. Der Himmel über Berlin, ein Zigarettenanzünder. Gibt es dergleichen noch in neuen deutschen Autos?

Wie Magensäure, wie ein unvermeidbares Sodbrennen steigt ihre Anmut in mir auf. Man muss sie einfach lieben, ihren sauren Geschmack. Süße gilt ihr als Strafe, das Achselzucken als das Höchstmaß an Höflichkeit. Wie habe ich dich vermisst in London, der Stadt nichtssagender Höflichkeit! Die zwei, drei Jäger, die ich dort erschossen habe, belasten mein Gewissen nicht, sobald du deine Bärenpranke auf meine mageren Schultern legst. Nie bist du gekränkt, wenn das Trinkgeld einmal bescheiden ausfällt. Schau dir meine Schuhe an! Stadt mit den Füßen im Feuer; mit den verbrannten schwarzen Fußsohlen. Stadt mit der Seele in den Füßen.

Wie vergeudest du deine Tage, Stadt! Ein unvollkommener Ort sucht einen ebensolchen Mann! Geschichtskenntnisse sind vorhanden, den Hautkrankheiten kann man trotzen, der Rest sei den Abgründen anvertraut. Vielleicht liegt unter der Haut ein See, vielleicht eine zugeschüttete Grube mit einigen gebleichten Knochen. Ich habe Zeit, Zeit genug, mich hineinzustürzen. Mich hineinfallen zu lassen, in die Kehrseite. In die Risse, die Falten, die geglückten Verbrechen. Und spüre, wie die Unschuld meiner Gedanken – explodiert.

Ich stehe am Straßenrand und schaue den Reitern, den Gespannen, den Exerzierenden einfach zu. Den ganzen Tag stehe ich da. Am Abend sind die Fingernägel rot.

Die historische Mitte der Stadt liegt an der schmalsten und damit verkehrsgünstigsten Stelle des Warschau-Berliner Urstromtals. Vor zwanzigtausend Jahren war das Stadtgebiet noch vom mehrere hundert Meter mächtigen skandinavischen Eisschild bedeckt.

Im Sommer ist es in der Stadt nicht selten zehn Grad heißer als im Umland, vor allem in den Sommernächten. Aber es gibt Kälteinseln.

Vor dem Machtantritt Friedrich Wilhelms hat Berlin fünfundfünfzigtausend Einwohner, von denen etwa fünftausend in der Armee dienen. Bei seinem Tod hat die Stadt bereits hunderttausend Einwohner, davon sind mehr als ein Viertel, etwa sechsundzwanzigtausend Männer, Soldaten.

Die Stadt lebt von ihrer Armee, die Armee lebt von der Stadt. Der größte Teil der Berliner Industrie besteht aus Heereslieferanten wie dem Königlichen Lagerhaus, der größten Uniformmanufaktur des Landes. Fünfundneunzig Prozent des Staatsbudgets fließt unter dem Soldatenkönig in den Ausbau und den Unterhalt der Streitkräfte. Dabei führt dieser König nicht einen einzigen Krieg.

Im Grunde handelt es sich um eine persönliche Obsession. Friedrich Wilhelm liebt das Militär, liebt seine Langen Kerls, das Männliche, Strenge, Reine, die Zucht und Ordnung, die gebändigte Gewalt. Sein Leben lang zwängt er seinen eigenen unsoldatischen Körper – er ist nur ein Meter fünfundsechzig groß und wiegt bereits mehr als hundertfünfundzwanzig Kilo – in die Uniform, um ihnen nahe, ihnen ähnlich zu sein und sich und sie – und sich *durch* sie – beherrschen zu können. Unverblümt nennt er seine Langen Kerls *meine geliebten blauen Kinder*.

Wegen der brutalen Zwangsrekrutierung aller Landessöhne mit dem seltenen Gardemaß von mindestens sechs Fuß gibt es Tausende von Deserteuren. *Aufgegriffene Deserteure werden ohne alle Gnade aufgehangen*, heißt es im Truppenreglement von 1726.

Einige dutzend Mal am Tag wäscht er sich mit kaltem Wasser die Hände und morgens und abends den ganzen gichtgeplagten Leib.

Der regenreichste Monat ist der Juni, der regenärmste der März.

»Die Anwärter werden gebeten, sich zur ärztlichen Untersuchung ins Lazarett zu begeben!«

Dort stehen wir nun, die zukünftigen Gens d'armes, es sei denn, der Medicus befindet den einen oder anderen von uns des Dienstes für den König untauglich. Plötzlich geht ein Raunen durch die Reihen der Lazarettwärter, und schon stehen sie stramm, die Füße geschlossen, die Augen geradeaus. Ein kleiner, untersetzter Mann in Majorsuniform hat das Vorzimmer betreten. Sein strenger Blick streift uns im Vorübergehen, das Gesicht bleibt unwirsch, wortlos geht er, unbegleitet von jeder Eskorte, ins Musterungszimmer weiter. Ich habe ihn gleich wiedererkannt, obgleich ich ihn seit seinem Besuche in Glaucha nicht mehr gesehen habe. Es ist Seine Majestät persönlich, die der Musterung seiner neuen Leibgardisten beiwohnen will.

»Alles ausziehen!« befiehlt der Lazarettwärter. Sollte ich zunächst das Wörtchen *alles* für die übliche Berliner Übertreibung gehalten haben, so belehrt mich der Anblick meiner zukünftigen Kameraden eines besseren. So, wie Gott sie geschaffen hat, stehen sie vor mir, ein wenig verschämter vielleicht als Adam, Adam vor dem Sündenfalle, aber die Dreisteren unter ihnen mit einem anzüglichen Sprüchlein auf den Lippen.

»Maul halten!« brüllt der Lazarettoffizier. Und so ziehen wir Nackten, einer nach dem anderen, ins Musterungszimmer ein.

Der Stabsarzt klopft und prüft, ein Bursche führt Protokoll, der König sitzt ein wenig abseits und mustert stumm. Es geht schnell voran, offenbar genügt der Augenschein, ich schäme mich, nicht meiner Nacktheit, sondern dieser ganzen entwürdigenden Prozedur. Aber habe ich eine Wahl? Wir Landjunker sind des Königs nobelste Leibeigene. Unsere Namen sind alles, unsere Körper und Seelen nichts.

Fast nichts. Stumm weist der König auf zwei schmächtige Burschen, die aber allem Augenscheine nach gesund und tauglich für den Dienst. Nach einem kurzen Blickwechsel indes schüttelt der Stabsarzt nun den Kopf und teilt ihnen ohne weitere Begründung mit, daß sie nicht genommen werden könnten. Und als hätte es noch eines besonderen Beweises ihrer Unwürdigkeit bedurft, brechen die beiden jungen Männer, fast Knaben noch, in Tränen aus. Die anderen, kräftigeren Naturen machen aus ihrer Verachtung keinen Hehl und übergießen die beiden Ausgemusterten mit einem Schwalle weiterer Anzüglichkeiten.

»Maul halten!« brüllt der Lazarettoffizier erneut, doch diesmal schon ein wenig milder und verständnisvoller. Sein Gesichtsausdruck aber ist unmöglich zu beschreiben.

Der König wird mich kaum als den Sohn meines Vaters erkannt haben, kommen meine Gesichtszüge trotz der buschigen Brauen doch eher nach der Mutter, dennoch richtet sich sein Blick aus den zusammengekniffenen Äuglein scharf auf mich, bis ich gewahr werde, daß es nicht meine wenig anmutigen Züge, sondern das *tattow* auf meinem rechten Oberarme ist, das Seiner Majestät Aufmerksamkeit erregt hat.

»Hat Er sich am Morgen nicht recht gewaschen, der Herr Junker?« brummt der König, und sogleich wird es totenstill im Raume, denn es sind die ersten Worte, die Seine Majestät verlauten läßt. »Der Schmutzfleck auf seinem Arme sieht ja ganz wie eine jagdbereite Katze aus.«

»Es ist kein Schmutzfleck, Eure Majestät«, entgegne ich mit um Festigkeit bemühter Stimme, »es ist das Wappen unserer Familie, derer von Katte.«

»Und statt auf seinem Schilde hat Er sich's auf die Haut gepinselt?«

»Es ist in die Haut hineingestochen, Eure Majestät.«

»Zeig Er's mir, Junker!«

Ich trete aus der Reihe und gehe, bis auf die armselige Katze auf meinem Arme splitternackt, auf den König zu, der sich nun schwerfällig aus seinem Stuhle erhebt, doch mir, obgleich ich selbst nicht eben großgewachsen, gerade einmal bis zum Kinne reicht. Das *tattow* indes findet sich nun just auf Augenhöhe Seiner Majestät.

»Dürfen Wir es berühren, ohne daß Wir Uns die Hände beschmutzen?«

»Selbstverständlich, Eure Majestät. Die Farbe befindet sich unter der Haut und läßt sich nicht mehr abreiben.«

Mit einer gewissen Vorsicht, ja Zartheit betasten des Königs schwielige Fingerspitzen meinen Arm. Sein Gesicht glänzt in der gut geheizten Stube mit all den nackten, vor austretendem Schweiße dampfenden Leibern, doch ich rieche nur das Puder seiner Perücke und den steifen Drillich seiner Offiziersmontur.

»Er weiß, daß Seine Haut im Grunde Uns gehört und Wir es nicht gerne sehen, daß Er sie für derlei unartiges Zeug hergibt. Einem Gemeinen würde ich es aus seinem Fleische schneiden lassen. Ihm aber rate ich, da es sich nun einmal nicht fortbürsten läßt, sein Familienwappen fortan tunlichst verborgen zu halten!«

Ich nicke ehrerbietig und trete zurück ins Glied. Meine Kameraden beachten diesen kleinen Vorfall nicht weiter, sie fiebern bereits den neuen Monturen entgegen. Ich aber bin von Kindesbeinen an in der Gesellschaft von Uniformen aufgewachsen. Das Hemd ist schlecht gebleicht und schon bei der Ausgabe grau, die Unterhose mit ihren Bändchen unten und oben zum Verknoten erscheint mir schlichtweg scheußlich und untragbar, und die Halsbinde läßt mich schon beim bloßen Anblick an den Strang und einen quälend langsamen Erstickungstod denken.

Als die anderen endlich die Patronentasche und den Waffenrock aus grobem blauen Tuche ausgehändigt bekommen, geht ein Seufzen durch die Truppe, und ich höre einen Kameraden jubeln: »Jetzt bin ich endlich ein wahrer homme d'armes!« – Als ich laut herauslache, verziehen die anderen ihre Gesichter.

»Mensch, Kamerad, bist du dir sicher, daß du hier richtig bist?« weist mich der Fähnrich bei der Zeugausgabe ohne jede Freundlichkeit zurecht.

Nun bin ich also Cornett bei den Gens d'armes. Zweifellos sind sie das berühmteste der märkischen Reiterregimenter. Gegründet wurde es von Generallieutenant Dubislav von Natzmer, der mit meinem Vater in der berühmten Schlacht von Malplaquet gefochten hat.

Aber ich bin nur der niedrigste aller Kavallerieoffiziere, noch ohne jede Befehls- und Strafgewalt. Nur mein Portepee unterscheidet mich von den Gemeinen.

Meine Welt ist plötzlich zusammengeschrumpft auf das Stadtviertel zwischen dem Kommandantenhaus, der Hauptwache des Regimentes am Gendarmenmarkte und meiner Wohnung in Reichmanns Haus Unter den Linden auf der Friedrichstadtseite. Und mein Leib ist eingeschnürt in den wohl einen halben Zentner schweren Brust- und Rückenpanzer, in den engen blauen Rock und die steifen schwarzen Stiefel, er schleppt sich ab mit Steinschloßflinte, Pallasch und Rapier.

Fünf Garnituren nenne ich nun mein, die erste wird zur Parade angelegt, die zweite als Ausgehuniform, die dritte und vierte Garnitur zum täglichen Dienst, und die fünfte liegt für den Kriegsfall in der Kleiderkammer der Garnison. Wenn eine alte Montur gegen eine neue ausgetauscht wird, kann ich die alte Livree behalten und an Familienmitglieder oder Untergebene weiterreichen. Deshalb sieht man in Havelberg oder Jerichow so viele Bauernburschen in alten Uniformen.

Doch ich bin nun eingesperrt im Vertrauten, wo jeder mich kennt und ein Auge auf mich hat. Kleiner als Königsberg ist diese Welt, ohne Hafen, ohne ein Tor ins Offene, in die Weite der Meere. Keinen Schritt hinaus darf ich mehr ohne besondere Erlaubnis tun.

Als Subalterner muß ich mit einem Sold von neun Talern im Monat auskommen. Gewiß, ein einfacher Fußsoldat erhält nach Abzug von Brot- und Kleidungskosten einen Taler und acht Groschen. Aber er darf einer zusätzlichen Arbeit nachgehen, um seinen kargen Sold aufzubessern, während ich von dem meinen noch ein standesgemäßes Auftreten zu bestreiten habe.

Dienstantritt ist um fünf Uhr dreißig, Dienstschluß am Mittag. Und worin besteht unser Dienst? In stundenlangen Exerzier- und Drillübungen auf den Paradeplätzen und anschließendem Putzen und Reinigen der Ausrüstung. Bei den Übungen bedienen sich meine Offizierskameraden ausgiebig der Prügelstrafe für die Gemeinen. Natürlich, es geht darum, daß die Soldaten im Gefecht trotz des Chaos und der Lebensgefahr zuverlässig gehorchen und sich wie dressierte Hunde in die Klingen und Kugeln des Gegners werfen. Dabei sind die wenigsten freiwillig hier. Eine regelrechte Menschenjagd betreiben die Werber auf die jungen, kriegsfähigen Männer in den Provinzen.

Dieser Dienst in der Armee des Königs dauert von nun an ein Leben lang bis zur Dienstuntauglichkeit. Die einzige Abwechslung in meiner Zukunft besteht darin, in einigen Jahren vielleicht einmal zum Sekondelieutenant oder, bei guter Führung, gar zum Premierelieutenant ernannt zu werden.

Ich hätte auch bei meinem Großvater im Kommandantenhaus meine Wohnung nehmen können, aber er versteht ohne große Worte, daß ich als Offizier einer gewissen Unabhängigkeit bedarf, und gibt mir eine Empfehlung für eine Wohnung weiter die Linden hinauf, denn nicht alle Berliner sehen gerne junge Offiziere in ihren Häusern einquartiert.

»Ich habe noch eine andere große Bitte an Euch, verehrter Großvater.«

»Nur frei heraus damit, Hans!«

»Ich hätte gerne einen jungen Musketier aus Eurem Regimente als meinen Burschen.«

»Wer ist der Mann?«

»Daniel Bauer aus Wust. Ich kenne ihn aus Kindheitstagen, zweiter Sohn eines unserer Leibeigenen, seit einem Jahr mit einem Freibrief des Vaters als Füsilier ins kurfürstliche Leibregiment rekrutiert.«

»Will er denn dein Bursche sein?«

»Ich möchte ihn erst fragen, wenn ich sicher sein kann, daß er dann auch zu diesem Dienste freigestellt wird.«

»Du hast als Cornett das Anrecht auf einen Burschen. Und ich wüßte nicht, was gegen diesen Daniel Bauer spricht, es sei denn, er würde seine Waffe nicht abgeben wollen.«

»Ich danke Euch, Großvater. Ihr wißt, der Eintritt bei den Gens d'armes ist mir nicht leicht gefallen. Aber ein ergebener Bursche an meiner Seite macht mir das Herz leichter.«

»Du wirst sehen, Hans, nach den ersten Monaten mühevoller Anpassung wird dir das Regimentsleben doch hinreichend Freiheiten lassen, und dein Offiziersrang wird dir einige nicht zu verachtende Privilegien gewähren. Doch was deinen Burschen angeht, so lehrt mich die Erfahrung, daß es nicht immer gut ist, auf zu vertrautem Fuße mit ihm zu stehen. Nimm dir meinetwegen diesen Bauer, doch vergiß, daß ihr als Knaben mal einige Sommer zusammen Frösche aufgeblasen oder Krähen gejagt habt.«

Die ersten Wochen nach meinem Eintritte ins Kürassierregiment stürzen mich in tiefste Schwermut. Sieht so nun mein zukünftiges Leben aus? Ich kenne den Alltag eines märkischen Offiziers ja von meines Vaters Geschäften mehr als genügend. Ich rede mir ein, mit ein bißchen weniger Leidenschaft für diesen Beruf, als mein Vater sie hegt, bleibe mir genügend Muße, ja Langeweile, meine anderen Neigungen wie das Malen, Musizieren oder Dichten zu pflegen. Aber mein einziger Trost in dieser Zeit ist mein Wiedersehen mit den ehemaligen Kameraden aus dem Pädagogium Regium zu Glaucha, Joachim von Holtzendorff, der im selben Regimente dient, Leopold von Wietersheim, unserem Apoll, und Johann von Ingersleben, beide Cornetts im Königsregiment Nummer Sechs.

Holtzendorff ist bereits über ein Jahr bei den Gens d'armes, und mit wehmütigem Erinnern spotten wir darüber, daß er nun wohl erneut mein Alter Herr und ich sein Nasser Sack sein werde.

Unter den Subalternoffizieren meines Regiments befindet sich auch der jüngere Bruder meiner jungen Stiefmutter, Premierlieutenant Christian Friedrich von Bredow. Obgleich mein Stiefonkel, ist er nur wenige Jahre älter als ich. Allein im Scherze rede ich ihn manchmal als Onkel an.

Er ist es, der meine Reiterprobe, das Aufnahmeritual in die Gens d'armes, vorantreibt. Diese tollkühnen Taten gehören zu den besonderen Merkmalen der Gardekürassiere, und auch mir bleiben sie nicht erspart, will ich zu ihnen gehören.

Im allgemeinen spielen dabei Pferde, Schampus und das weibliche Geschlecht eine Rolle. Trotzdem kommt mir meine Aufgabe geradezu perfide vor, vielleicht, weil ein Verwandter sie sich ausgedacht hat: Ich solle meiner Base Sophie Charlotte, Tochter meines gestrengen Onkels Heinrich von Katte, Kammerpräsident zu Berlin, auf meiner Schimmelstute Orfraie in ihrem Salon, nur mit meinem Degen bekleidet, meine Aufwartung machen, und zwar am Abend ihres allwöchentlichen Empfangs.

Einige weitere Tanten und Onkel, einige Kavaliere meiner Cousine und natürlich die Offizierskameraden der Gens d'armes werden anwesend sein. Zudem befindet sich der Salon im ersten

Stocke des Kammerpräsidentenpalais. Mag sein, daß ich mir mit einem derartigen Husarenstreiche die Achtung meiner Kameraden erwerbe, in der Berliner Gesellschaft wird sie hernach für Jahre dahin sei.

Aber der Ehrenkodex der Gardekürassiere läßt den Offiziersanwärtern keine Wahl. Die Berliner Gesellschaft zählt da nicht, ja man schaut mit einer gewissen Verachtung auf sie herab.

Von Daniel Bauer, meinem neuen Burschen, lasse ich mich am verabredeten Abend in einer Mietdroschke in die Jägerstraße kutschieren, hinten am Gespanne angebunden die arme Orfraie, die noch nicht ahnt, was sie erwartet. Um meine treue und geduldige Schimmelstute, die ich in Kürze die blankpolierten Marmorstufen des Katteschen Palais hinaufhetzen muß, mache ich mir größere Sorgen als um meinen guten Ruf, denn mehr als daß letzteres zu Schaden komme, fürchte ich für mich nicht.

Ich befehle Bauer, einige Dutzend Schritte vom Palais entfernt anzuhalten, und kleide mich im Schutze der geschlossenen Kalesche aus. Dann gürte ich mich mit dem Pallasch, dem schweren Reiterdegen, den zu tragen ich mir das Recht mit der bevorstehenden Tollkühnheit erst zu erwerben habe. Glücklicherweise ist die Nacht bereits angebrochen, wenngleich schon vorwinterlich kalt. Aus den hohen Salonfenstern im oberen Stockwerke des Kammerpräsidentenhauses fällt indes ein unbarmherziges Licht auf das naßglänzende Pflaster der Gasse.

Ich schicke meinen Burschen vor, damit er anklopfe und meinen Besuch ankündige und dafür Sorge trage, daß die Tür geöffnet bleibe, wenn ich herangeritten komme, und sich niemand meiner Stute in den Weg werfe oder unter die Hufe des sich erschreckenden Tieres gerate.

Die Nachtkühle streift meine nackte, schweißnasse Haut und läßt mich erschauern. Barfuß schwinge ich mich auf Orfraie und warte auf Bauers Handzeichen, zu meiner verwünschten Reiterprobe loszupreschen. Auch Orfraie spürt mein Zittern und Erschauern und wird ein wenig unruhig. Während mir gerade heißsiedend durch den Kopf schießt, daß ich keinerlei Plan für einen ehrenvollen, ja überhaupt einen Rückzug ersonnen habe, winkt Bauer mir heftig zu. Sei's drum, nun gibt es ohnehin kein Zurück mehr!

Als ich an meinem jungen Burschen vorbei in die Eingangshalle presche, rufe ich ihm zu: »Rasch, zurück zur Droschke, und bring mir Mantel und Stiefel her!«

Ich kenne die Anlage der Räume im Palais meines Onkels von vorangegangenen Besuchen. Die Decken sind hoch genug, daß ich selbst auf dem Stutenrücken nicht an den Stuck stoße, aber achtgeben muß ich auf die geschmiedeten Leuchter, die mich nicht nur aus dem Sattel stoßen, sondern mit ihren Bronzespitzen veritable Löcher in Kopf und Hals spießen können. Derart in Anspruch genommen, bleibt keine Aufmerksamkeit, die hilflosen Gesichter der Bediensteten zu betrachten.

Die Marmorstufen nimmt die gute Orfraie mit einer Sicherheit und Anmut, wie es einer wahren Dame geziemt. Ich darf nicht vergessen, sie nachher für ihr Bravourstück zu belohnen.

Das erste Hindernis bilden die verschlossenen Salontüren. Doch offenkundig ist der Aufruhr in der Halle durch die schweren Flügeltüren in den festlichen Saal gedrungen, denn nun werden sie aus Sorge oder Neugier aufgerissen, so daß ich nur den Kopf ein wenig einziehen und in den hellerleuchteten Salon hineinreiten muß, ehe die livrierten Diener überhaupt begriffen, welch unerhörte Erscheinung sich hier gerade Zugang verschafft.

Ich lenke mein Pferd bis zu Sophie Charlotte, meiner lieben Cousine, die in einem blütenweißen, hochgeschlossenen Sammetkleide neben ihrem Vater, meinem gestrengen Onkel, vor einem der hohen Fenster zur Straße steht, springe aus dem Sattel, verbeuge mich tief vor ihr und sage, für alle Ohren vernehmlich: »Cornett Hans Hermann von Katte, zu Ihren Diensten!«

Applaus brandet auf, wenngleich nur aus den Händen meiner anwesenden Regimentskameraden. Ich vermeide es, meinem Onkel ins zornrote Gesicht zu blicken, verbeuge mich zum raschen Abschied ein zweites Mal und trete den, im Vergleich zum unbesonnenen Angriff wie immer unendlich schwierigeren Rückzug an.

Einige Bedienstete des Kammerpräsidenten haben sich unterdessen ihrer Pflichten erinnert und versuchen nun, meiner und meines Rosses habhaft zu werden. Während man der guten Ofraie einfach nur in die Zügel greifen muß, wissen die eifrigen Dienerhände nicht recht, wo sie mich zu packen bekommen sollen oder dürfen, denn natürlich haben sie in dem fremden Eindringling längst den edlen Neffen des Hausherrn erkannt.

Habe ich gehofft, daß meine getreuen Kameraden mir den Rückzug sichern würden, so sehe ich mich jetzt allein ihren amüsierten und neugierigen Mienen ausgesetzt, wie ich mich wohl aus dieser Affaire zu ziehen verstehe. Ihre Tatenlosigkeit empört mich, und noch mehr die unverhohlenen Blicke auf meine Nacktheit. Da die Reiterprobe nun wohl als bestanden gelten muß, wäre es jetzt zweifellos an ihnen, mir einen Beweis der neuen Kameradschaft zu erbringen! Statt dessen zwingen sie mich, meinen Pallasch zu ziehen und die eifrigen Hausgeister von mir und meiner Stute fernzuhalten, was einen Lausbubenstreich leichterhand zu einem Bubenstücke ausufern lassen könnte. Schon ruft mein Onkel seinem Kammerdiener zu: »Bring mir meinen Degen, Wrangel! Nein, besser noch die Hundepeitsche!«

Am Ende verdanken wir es allein der Besonnenheit meiner Cousine, daß kein Blut fließt: »Nein, Vater, Herr von Katte ist mein Gast. Und noch nie ist ein Gast in meinem Salon zu Schaden gekommen!« – Dann wendet sie sich zu mir und mustert mich von den Zehenspitzen bis zum errötenden Haupte so schamlos, wie ich es wohl nicht anders verdient habe, und spricht mit einem huldvollen Lächeln: »Herr von Katte, ich danke Ihnen für diese denkwürdige Aufwartung. Bei Ihrem nächsten Besuche würde ich mich freuen, Sie der Abwechslung halber einmal in Ihrer neuen Ausgehuniform zu sehen.«

»Ihre Wünsche sind mir Befehl, liebste Base!«

»Wrangel, geleite Herr von Katte und seine edle, wohlgestalte Gefährtin hinaus!«

Natürlich beschwert sich mein Onkel beim Regimentskommandanten, Generallieutenant von Natzmer, über den ungehörigen

Auftritt eines seiner Offiziere im Präsidentenpalais. Doch von Natzmer kommandiert die Gens d'armes zu lange, um an den Bräuchen wie die Reiterprobe, die im Grunde ja wesentlicher Teil der Regimentskultur sind, etwas ändern zu können oder auch nur zu wollen. Also beläßt er es bei einer Rüge.

Von Bredow beehrt mich wenige Tage nach der bestandenen Probe mit einer Urkunde, die meine besondere Tapferkeit angesichts des Feindes, in diesem Falle meine Cousine Sophie Charlotte, bezeugt, den wahren Feind indessen verschweigt. Unterzeichnet haben neben Bredow die Sekondelieutenants Karl Konrad von Kleist und Samuel Ludwig von Lüderitz.

Bleibt nur noch meine von mir in der Tat verehrte Cousine zu versöhnen. Also ziehe ich mich für einige Abende von den lauten Geselligkeiten der Kameraden zurück und komponiere zu ihrem Lobpreise ein kleines Flötenstück. Mit einer persönlichen Widmung sende ich ihr das Werk mit dem klingenden Namen *Sonatina su una nobila cavalla* – und warte vergeblich auf eine Antwort oder gar eine Einladung zu einer ihrer berühmten Soireen. Hat sie da aufgrund mangelnder Italienischkenntnisse etwas mißverstanden?

Unter den neuen Kameraden sucht vor allem der Cornett Ludwig von Hertefeld, gerade einmal siebzehn Jahre alt und jüngster unter uns Subalternoffizieren, meine Nähe. Ich weiß nicht, ob ich mich davon geehrt oder eher belästigt fühlen soll. Die Kameraden beginnen schon, über dieses Werben ihre frechen Zoten zu reißen.

Aber Hertefeld ist nun alles andere als ein Nasser Sack, der sich unter den Schutz eines Alten Herrn zu flüchten gedenkt. Trotz seiner Jugend tritt er äußerst standesbewußt und ehrsüchtig auf. Ob ihm nun die nähere Bekanntschaft mit mir zu größerer Ehre verhülfe, sei dahingestellt. Noch kenne ich ihn nicht genug, um all seine Manöver zu durchschauen.

Immerhin gehört er zum engeren Kreise des französischen Gesandten, Comte de Rottembourg. Und da ich dem Baron noch einen persönlichen Dank schuldig bin, bitte ich Hertefeld, mich bei de Rottembourg einzuführen.

Ich habe bereits einige Gerüchte über den Rottembourger Kreis gehört. Der Baron, so heißt es, umgebe sich vorzugsweise mit jungen, gutaussehenden Offizieren – wie Hertefeld. Da ich ihn bisher, wenn auch nur aus der Ferne, allein als äußerst großzügigen Edelmann erlebt habe, gebe ich auf diese Gerüchte nichts. Im übrigen wäre er mit seinen Vorlieben nicht in der schlechtesten Gesellschaft, pflegt unser König doch dieselbe Neigung zu strammen, wohlgestalteten Soldaten.

Hertefeld wohnt nicht weit von mir entfernt ebenfalls in der Friedrichstadt. Er holt mich am Abend in seinem neuen Gespanne ab, vier Pferde, ein livrierter Kutscher, ich sehe, der junge Mann ist nicht nur eitel, sondern auch vermögend.

Das erste Mal finde ich mich mit ihm im vertrauten Gespräche allein. Auch er war Schüler im Pädagogium Regium, kam aber erst nach Glaucha, als ich schon mein Studium an der Albertina aufgenommen hatte. Viel hat sich unterdessen in der Franckeschen Anstalt nicht geändert. Alles, was Hertefeld erzählt, weckt vertraute Erinnerungen in mir. Doch anders als ich ist er gleich nach Beendigung der Schule bei den Gens d'armes eingetreten, freiwillig und voller Stolz, in diesem ausgezeichneten Regimente dienen zu dürfen. Er scheint mit Leib und Seele Soldat zu sein. Vielleicht, weil er noch nie in einer Schlacht gekämpft hat und den Krieg nur aus den Erzählungen der Alten kennt. Männer wie Hertefeld werden im Allgemeinen nicht alt.

In gewisser Weise beginne ich, diesen jungen Hitzkopf zu mögen, der noch nichts von der Welt gesehen hat, aber ein vollständiges und sinnträchtiges Bild von ihr besitzt. Ich versuche erst gar nicht, ihn eines besseren zu belehren. Das wird schon das Leben selbst ihm einbleuen. Aber sein ungetrübter Glaube, alles sei gut, wie es ist, und werde in Zukunft nur noch besser, erfrischt und beglückt mein bedrücktes Gemüt und läßt mich zugleich um das seine bangen.

Gerne würde ich ihm weiter zuhören, doch schon sind wir an der französischen Gesandtschaft angelangt, und mit einem einvernehmlichen Lächeln beschließen wir dieses doch arg sentimentale Kutschengespräch und ziehen unsere Monturen straff.

Nachdem wir unsere Namen genannt, führt uns der Diener nicht in den Salon, sondern in einen zum kleinen Garten hin gelegenen Fechtsaale, in dem wir eine Gruppe von Männern im Kampfe oder in Kampfbereitschaft vorfinden. Ihre Garderoben sind in Auflösung begriffen, alle haben ihren Rock abgelegt, die Halsbinde gelöst und ihre Weste geöffnet, die Luft in dem Saale ist heiß und stickig wie nach einer Ballnacht.

Die beiden Fechtenden tragen metallische Masken oder Visiere, so daß ihre Köpfe wie die gigantischer Insekten aussehen. Eine dieser Zyklopenfliegen kommt nun auf uns zu, nimmt ihre Maske ab und begrüßt zunächst Hertefeld aufs freundlichste, der uns daraufhin einander vorstellt.

»Ich freue mich, Sie endlich von Angesicht zu Angesicht kennenlernen zu dürfen, verehrter Herr Baron, und mich bei Ihnen für die außerordentliche Gastfreundschaft bedanken zu können, die Sie mir unbekannter Weise auf Ihrem Gute in Lothringen gewährten und die mir zweifellos das Leben gerettet hat. Ich stehe tief in Ihrer Schuld!«

»Ich bitte Sie, Herr von Katte, schweigen Sie mir von Schuld. Es war mir eine Ehre und ein Vergnügen, etwas für Sie tun zu können. Und ganz unbekannt waren Sie mir natürlich auch nicht. Seit langem stehe ich Ihrem Großvater, Graf von Wartensleben, nahe. Seine Sorge um den geliebten Enkel war selbstverständlich auch die meine.«

Der Comte de Rottembourg spricht mit großer Herzlichkeit, als seien wir in der Tat schon jahrelang miteinander bekannt. Er ist ein hagerer und trotz seines wendigen Auftretens ein wenig verlebt wirkender Mann um die Vierzig. Eine kränkliche Blässe und dunkle Augenringe bestimmen sein Gesicht, das trotz der großen Hitze im Saale und des Tragens der eisernen Maske während der Fechtübung gänzlich trocken und frei von jeglichem Schweiße ist. Nicht nur sein Antlitz, seine ganze Gestalt erweckt den Eindruck eines heroisch ertragenen Leidens, einer schmerzhaften, unheilbaren und zweifellos tödlichen Erkrankung, wie immer auch ihr Name sein mag. Sie zeichnet ihn, aber nicht wie ein abstoßender Makel, sondern wie eine ganz besondere Auszeichnung.

»Wann immer Sie meiner Hilfe bedürfen, sprechen Sie nur ein Wort, und ich stehe Ihnen mit Leib und Leben zur Verfügung!« bekräftige ich meinen Dank und meine diese Worte durchaus ernst.

»Ihr Märker habt ein ausgeprägtes Pflichtgefühl«, entgegnet von Rottembourg lächelnd.

»Ja, Pflichtgefühl, Ordnungssinn und Gehorsam, das ist das Beste, das wir zu geben verstehen!«

»Das scheint mir zumindest nicht schlechter als Prasserei und Prahlsucht.«

»Indessen haben wir die lächerliche Neigung, unsere geringen Vorzüge und Tugenden für etwas ganz Ungeheures anzusehen.«

»Ist das denn nicht nur eine allzu verständliche Folge der früheren Ärmlichkeit, wo das Geringste bereits als achtenswert galt?«

»Verteidigen Sie nur die märkische Enge und Beschränktheit! Aber ich habe Paris gesehen und viele Monate in London verbracht. Ohne die Einwanderung so vieler Franzosen, die plötzlich von einem Jahr aufs andere ein Drittel der hiesigen Bevölkerung stellten, wäre selbst unsere Residenzstadt im Vergleich zu jenen Metropolen kaum mehr als ein ostelbisches Dorf.«

»Allerdings haben meine puritanischen Landsleute außer einigen feineren Umgangsformen bisher nicht viel zur Lebensfreude und Geistesgröße ihrer Exilstadt beigetragen.«

»Allein, ich würde nach meinen bescheidenen Reiseerfahrungen feinere Umgangsformen beileibe nicht geringschätzen!«

Hertefeld ist unserem fast schon zu vertraulichen Wortgeplänkel mit amüsiertem Lächeln gefolgt. Nun legt er Mantel und Hut ab, hakt sein Chemisett auf und spricht: »Darf ich Sie zu einem kleinen Degenduette fordern, Katte?«

»Mit oder ohne eiserne Maske?«

»Ohne selbstverständlich. Mir fehlt da ja noch mancher männliche Schmiß in meinem Gesichte, nicht wahr?«

Äußerste Sauberkeit und Akkuratesse ist befohlen, dennoch zittert jeder vom einfachen Kürassier bis zum Major vor den Blicken des Königs. Die breiten Säbelscheiden strahlen blankgeputzt, die schwarzen Stulpenstiefel glänzen, die Pferdemähnen liegen frisch gekämmt, als ein Wind aufkommt, dunkle schwere Wolken aufziehen und sich mit der düstren Miene unseres Obersten Heeresinspectors verbünden.

Das ganze Reiterregiment, und vor ihm die ergebenen Offiziere, sitzen mit klopfenden Herzen in ihren Sätteln, als ginge es gegen einen übermächtigen Feind und nicht nur zu einer Gefechtsübung aufs Köpenicker Feld. Die Windböen heulen mit ihrer Wolfsstimme über uns Angetretenen hinweg, und mehr auf als unter ihnen reitet der König dicht an uns heran und mustert jeden einzelnen von uns scharf und gnadenlos.

Plötzlich öffnen sich die Wolken, und laut prasselnd bricht ein Regenschauer auf uns nieder. Hoffnung macht sich breit, daß angesichts dieser wahren Sintflut der König sich schützend in den nächsten Unterstand zurückziehen werde. Allein, er bleibt mit versteinerter Miene vor uns stehen, während ihm das Wasser über den Hutrand auf die blaue Uniform rinnt.

Sein Adjutant bietet ihm eilig den Umhang, der König aber macht eine unwirsche Geste und befiehlt, zum Manöver auszurücken, während sich sein alter, schon ein wenig fadenscheiniger Rock mit märkischem Regenwasser vollsaugt und dunkelblau, fast schwarz färbt.

Meine erste Gefechtsübung ist nicht nur und nicht einmal vor allem ein Kampf gegen Naturgewalten, es sind die kleinen, alltäglichen Unannehmlichkeiten, die sich zur Unerträglichkeit summieren, das dick geschnittene, in Rapsöl und Salz getauchte Kommißbrot, das wie ranziger Speichel schmeckt, das Ungeziefer, gegen das jeder Kürass und jede Flinte machtlos ist, überhaupt unsere Montierung, die an uns zerrt, uns kratzt und kneift und wund scheuert wie kaum je der ärgste Feind.

Nachts ist es noch schlimmer als während der Übungen. Dann galoppieren die Flöhe ungeniert über das Schlachtfeld, die Erhebungen und Niederungen unserer Leiber, und balgen sich eben an jenen Stellen, an denen die Haut besonders zart oder bereits bis aufs rohe Fleisch fortgeschmirgelt. Trotz aller Müdigkeit spüre ich ihre Bisse, ihr gieriges Saugen, ihr ungestümes Kopulieren auf Bauch und Brust, unter den Achseln und an noch delikateren Stellen, fluche und schlage um mich, und werde geschlagen und verflucht von den Kameraden, die ich mit meinem vergeblichen Kampfe aufgeweckt.

Selbst wenn ich vor lauter Übermüdung schließlich in einen unruhigen und fiebrigen Halbschlaf falle, verfolgen mich ihre tollen Freßorgien und Liebesspiele auf meiner blutiggekratzten Haut bis in die wirren Träume, wo ich sie einander zuprosten und zum Tanze auffordern sehe.

Am Morgen bleibt kaum Zeit, unsere Decken und Lumpen auf der taufeuchten Erde auszubreiten und mit unseren Säbeln auszuklopfen. Nur die wenigsten unserer ungebetenen Gäste, einige Hasenfüße wie unter den Menschen, lassen sich von unseren groben Bemühungen um Reinlichkeit vertreiben. Bei Sonnenaufgang, sollte sie denn an diesem nach weiteren Schauern riechenden Tage überhaupt aufgehen, müssen wir schon wieder mit blankgewichsten Stiefeln, gebürsteten Reithosen und makellos weißen Manschetten bereit stehen für die nächste imaginäre Schlacht im von Regengüssen und Pferdepisse aufgeweichten brandenburgischen Dreck.

Und immer ist der König unter uns. In den Herzen der älteren Offiziere ist die Verzweiflung längst der bitteren Resignation gewichen. Wie soll man es diesem Feldherrn nur recht machen! Vor allen Kürassieren schimpft er mit hoher, heiserer Stimme: »Solche Kavallerie kann ich vor dem Feinde nicht gebrauchen, ja, mit solchen Kerlen muß ich mich vor allen Höfen Europas schämen!«

Dann läßt er Mann für Mann einzeln vortreten und gibt sein strenges Urteil ab: »Er läßt im Galopp die Zügel viel zu locker!« oder »Er rekelt sich wie ein Schwein in der Suhle, statt stramm im Sattel zu sitzen!« Einem anderen schreit er durch den Regen zu: »Er Sauhund kann ja gar nichts, als sein Roß zu Schanden zu reiten. Ins krumme Eisen gehört er!« Und mich fährt er an: »Wie soll Er denn mit den Waffen hantieren, der junge Herr Katte, wenn er seine Stute nicht in der Gewalt hat, sondern sie tänzeln läßt wie auf einem sächsischen Hofball!« Alle scheint er mit Namen zu kennen, und kein Fehler entgeht seinem aufmerksamen Blicke.

Doch es bleibt die Frage, für was das alles gut sein soll. Nie hat er einen Krieg geführt, auch wenn es an Feinden wahrlich nicht mangelt. Haben diese Übungen irgendeinen anderen Sinn, als ein militärisches Theater für Seine Majestät darzustellen? Nie wird dieser dicke Mann in einen Kampf ziehen und sein nobles Ensemble dem Schlachtfelde opfern.

Könnte man die Nässe, die Kälte, den Dreck und das ganze sinnlose Tun wenigstens in eine gesunde Abneigung gegen den König wenden, aber nein, wie soll man ihn hassen, wenn er sich doch selbst am unbarmherzigsten allen Unbilden aussetzt, mit seinen Männern im Felde übernachtet und mit ihnen aus demselben Topfe ißt?

Endlich, nach vier, fünf Stunden, oder waren es gar sechs, steigt der gichtgeplagte Mann vom Pferde, nein, steigt nicht, sondern rutscht steif und plump aus dem Sattel und läßt sich an der nassen Flanke entlang einfach in den weichen Schlamm fallen. Das kann er gottlob noch allein. Zum Besteigen seines Pferdes müssen ihm die zwei Stärksten seiner Leibgarde zur Hand gehen und ihn in den Sattel hieven.

Und während sich für einen winzigen unbeherrschten Augenblick ein flüchtiges Lächeln in mein Gesicht stiehlt, fällt sein harter Blick auf mich. Sein Antlitz bleibt versteinert, aber ich bin mir sicher, daß mein kurzes Amüsement seinen schmalen Äuglein nicht entgangen ist.

Ich hätte nicht gedacht, daß ich das tägliche Exerzieren einmal vermissen würde. Doch viele Kameraden sind zu ihren Familien auf die Landgüter gereist, und je winterlicher es wird, desto stiller wird die Stadt. Endlich hätte ich viel Zeit zum Flötenspiele, zum Malen oder Dichten, aber die Stille macht mich träge. Ich liege in der dumpfen Stubenwärme, obgleich es längst nicht so kalt ist, nicht mehr vor die Tür zu gehen. Viele Stunden liege ich im Bette und schlafe folglich in den Nächten schlecht. Dann stehe ich auf und stapfe umher, bereit, hinauszugehen, doch die Straßen liegen leer und frostig da. Ich würde niemandem außer den Nachtwächtern begegnen.

In den letzten zwei Wochen war ich jeden Abend betrunken. Heute früh bin ich mitten auf der Straße mit zerrissenem Rocke und aufgeschürften Händen aufgewacht. Hätte mich irgendeiner meiner Vorgesetzten in diesem Zustande angetroffen, ich wäre meinen Küraß losgewesen. Wir Soldaten sind ja gezwungen, beständig unsere Monturen zu tragen, selbst in der dienstfreien Zeit, sonst hielte man uns gleich für Deserteure.

Ich weiß nicht, was heute nacht geschehen ist und wie ich auf der Straße landen konnte. Ich hätte gar erfrieren können, hätte mein Bursche mich nicht gefunden und nach Haus gebracht! Ich muß mit dem Trinken aufhören!

Doch was bleibt sonst an Vergnügungen, zumal die Kameraden sich mit ihrer Rückkehr Zeit lassen? Schon wieder lockt mich der Durst hinaus, schon jetzt, am frühen Nachmittage, meine Hände beginnen bereits zu zittern, ohne daß ich auch nur einen Schoppen Wein zu mir genommen hätte, mein ganzer Leib sehnt sich danach, sich besinnungslos zu besaufen.

Normalerweise schläft der Bursche vor der Stubentür. Doch in diesen Januartagen ist es außergewöhnlich kalt in Berlin. Also rufe ich ihn zu mir in die Kammer und heiße ihn, sich neben mir ins Bett zu legen.

Er steht verlegen da, als habe er sich wochenlang nicht gewaschen oder trüge verdreckte Kleidung. Aber ein reinlicherer Bursche ist kaum denkbar. Jeden Morgen wäscht er sich mit kaltem Wasser von Kopf bis Fuß, ganz so wie unser verehrter König Friedrich Wilhelm.

»Was ist los, Bauer? Frierst du dir lieber in der Diele den Arsch ab?«

»Ich bin derlei Unbequemlichkeiten doch gewöhnt, Herr Cornett. Zu Hause gab es auch nur einen Strohsack. Es macht mir nichts aus, auf den nackten Dielen zu schlafen.«

»Dann betrachte es als meinen Befehl, deinen Herrn in dieser eisigen Nacht zu wärmen.«

»Ich kann auch Holz im Kamin nachlegen, Herr Cornett.«

»Du kannst jetzt auch dein Maul halten, die Lampe löschen und dich hinlegen. Aber zieh dir die Stiefel aus!«

Was weiß der Mensch eigentlich von sich selbst? Verschweigt ihm die Natur nicht das Allermeiste, selbst über seinen Leib, um ihn in sein stolzes, trügerisches Bewußtsein zu bannen und einzuschließen?

»Im Pädagogium in Glaucha war es uns bei Leibesstrafe verboten, miteinander das Bett zu teilen. Und weißt du, warum, Daniel? Wir sollten es nicht warm haben, wir sollten frieren! Das galt den Theologen dort als gottgefällige Erziehung.«

»Solange ich Ihr Bursche bin, Herr Cornett, soll das nie wieder der Fall sein.«

»Wenn du mit mir im selben Bett liegst, Daniel, heiße ich Hans für dich. Herr Cornett kannst du mich wieder nennen, wenn du morgen früh das Messer wetzt und mich rasierst.«

Ein guter Bursche sollte nicht nur Stiefel wichsen und Pferde satteln, sondern auch ein wenig lesen und schreiben können. Also unterrichte ich Daniel hin und wieder in den Mußestunden. Obgleich er ein aufgeweckter Bursche ist, fällt ihm das Lernen dieser Dinge im Mannesalter doch schwerer, als wenn er sie in seinen Kindheitsjahren hätte erlernen dürfen. Aber er ist dankbar für meine Schulstunden und bemüht sich redlich. Und ich freue mich, daß er am Ende einen schlichten Brief an seine Eltern zu schreiben versteht, auch wenn diese ihn nicht selber lesen können, und ich ihm fortan schriftliche Anordnungen zukommen oder hinterlassen kann, die er stets äußerst gewissenhaft erfüllt.

Doch von Zeit zu Zeit muß ich ihn dann einmal richtig zusammenstauchen, obgleich die Anlässe, da er so gewissenhaft, mir und ihm immer recht nichtig erscheinen müssen. Aber er ist nun einmal derjenige, der die meiste Zeit mit mir verbringt, die meisten, wenn nicht alle Geheimnisse von mir kennt, der mich pflegt, wenn ich mit Fieber darnieder liege, oder mich auch nur, wenn ich betrunken bin, nach Hause schleppt. Da niemand sonst einen so vertrauten Umgang mit mir hat, dienen diese Donnerwetter schlicht dazu, einen achtungsvollen Abstand zu wahren. Wir beide wissen um die Notwendigkeit. Und niemals benutze ich den Stock oder den Riemen gegen ihn. Selbst das laute Wort bedarf einer nicht geringen Anstrengung, denn im Grunde kann ich mir einen ergebeneren Burschen als Daniel nicht denken.

Es ist wieder einer dieser eintönigen Abende, die das Soldatenleben in Friedenszeiten bestimmen. Die schiere Langeweile verführt am Ende auch den Friedseligsten, an solchen verlorenen Tagen seinen eigenen kleinen Privatkrieg zu beginnen. Heute abend ist es Sekondelieutenant Lüderitz, der sich auf den kleinen Hertefeld einschießt. Wir sitzen in der Stube Bredows, da er von uns allen die größte Wohnung und den besten Weinvorrat besitzt. Von letzterem haben wir bereits reichlich genossen, ohne daß uns die zunehmende Trunkenheit mit der Ereignislosigkeit unseres Daseins, wenigstens für den Augenblick, versöhnte.

Gerade verschärft Lüderitz seinen Angriff auf Hertefeld, indem er behauptet, der Rottembourgsche Kreis sei nichts anderes als eine Gruppe törichter Jünglinge, aus dem der Baron seine Spione für Frankreich rekrutiere.

Ob er auch ihn, Hertefeld, zu den törichten Jünglingen zähle, will der junge Cornett mit nur mühsam beherrschtem Zorne in der Stimme wissen.

»Nein, gewiß nicht. Sie, verehrter Hertefeld, rechne ich nach wie vor zu den törichten Jungfrauen!«

Ohne weitere Zurückhaltung zieht der in seiner Ehre verletzte Heißsporn seinen Degen, und wäre Bredow nicht gleich aufgesprungen und dazwischengetreten, wäre wenig später wohl Blut geflossen. Aber damit ist Lüderitzens Kränkung in keiner Weise gesühnt. Mit verächtlicher Miene wirft Hertefeld dem Älteren seine Handschuhe ins Gesicht, teilt ihm, inzwischen ganz und gar nüchtern, mit, er werde ihm morgen in der Frühe seinen Sekundanten schicken, und verläßt grußlos unsere gerade noch so belustigte Runde.

Da niemandem nach weiteren Scherzen zumute ist, verabschiede auch ich mich vor der üblichen Zeit. Kaum bin ich zurück in meiner Wohnung, steht Hertefeld vor der Tür. Ich bin über diesen unangekündigten Besuch nicht wirklich überrascht. Ich bitte den jungen Mann hinein und erwarte, daß er sich inzwischen besonnen hat und seine übereilte Forderung zurücknimmt. Statt dessen bittet er mich, in dieser Angelegenheit sein Sekundant zu sein. Obwohl ich gleichermaßen mit Lüderitz befreundet bin, vermag ich seine Bitte nicht abzulehnen.

Immerhin kann ich ihm die Pistolen ausreden, doch besteht er auf ein Degenduell bis aufs Blut. Ich weiß, wie geübt Lüderitz im Degenfechten ist, ebenso bin ich bereits mit den eher bescheidenen Fechtkünsten des jungen Cornetts vertraut, aber im Umgang mit der Pistole gilt Lüderitz im ganzen Regimente als unübertrefflich. So oder so wird der arme Hertefeld seine Ehrempfindlichkeit mit seinem kostbaren Blute bezahlen müssen.

Lüderitz hat Bredow zu seinem Sekundanten bestimmt. Also bespreche ich mit meinem Onkel Ort, Zeit und Bedingungen des unseligen Duells. Wir fühlen uns beide bedrückt, da aber Lüderitz der Geforderte ist, können wir von ihm nicht erwarten, Rücksicht auf die Unerfahrenheit und Jugend Hertefelds zu nehmen. Hertefeld will Blut sehen, also wird er es bekommen.

Ich wecke Hertefeld. Vom Turme der Neustädter Kirche hat es gerade vier Uhr geschlagen. Der junge Cornett hat in meiner Stube übernachtet, damit er an diesem frühen Morgen nicht verschläft. Er wirkt ein wenig blaß, ist aber gleich auf den Beinen und kleidet sich mit größter Sorgfalt an.

Wir nehmen meinen Zweispänner, um zum Exerzierfeld an der Unterbaumbrücke zu fahren, wo im Morgengrauen das Duell stattfinden soll. Wir fahren schweigsam, niemand sonst ist um diese Stunde unterwegs. Wir gelangen als erste am vereinbarten Zielorte an. Hertefeld reicht mir einen versiegelten Brief. »Für den Fall, daß ich – Sie wissen schon, Katte. Ich vertraue Ihnen.«

Ich nehme das Kuvert wortlos entgegen. Dann treffen Bredow und Lüderitz ein. Wir geben einander kühl und förmlich die

Hand, wie es diese unerfreulichen Umstände erfordern. Lüderitz schaut ein wenig verkatert, vermutlich hat er am Abend einmal mehr zuviel getrunken, aber ansonsten scheint er unbesorgt. Er reicht mir seinen Degen, damit ich ihn prüfe, ebenso verfährt Bredow mit Hertefelds Waffe. Dann ziehen mein Onkel und ich uns ein wenig zurück und überlassen den beiden Duellanten das Feld.

Rasch wird die große Überlegenheit von Lüderitz augenfällig. Er ficht nur mit halber Kraft, hält den jungen Cornett auf Abstand, spielt mit ihm, was den hitzigen Herausforderer nur noch mehr in Wut versetzt. Uns Sekundanten ist nicht wirklich klar, woher sich dieser unübersehbare Zorn speist, doch zweifellos will der gekränkte Jüngling nicht nur seine Ehre wiederherstellen, sondern dem Gegner zutiefst weh tun.

Immer ungestümer geht er Lüderitz an, der nun ein wenig von seiner Deckung aufgibt und den Jungen umtänzelt. Hin und wieder versetzt er ihm mit flacher Klinge lächelnd einen Hieb, wie man Kinder schlägt, eher wohlwollend als böse, was Hertefelds Wut zum Sieden bringt. In das spöttische Lächeln von Lüderitz mischt sich zunehmend Mitleid mit dem wutblinden Heißsporn, und ich spüre, daß Lüderitz diesen ungleichen Kampf möglichst rasch beendet sehen möchte. Mit der Degenspitze ritzt er Hertefelds Hemd, tief genug, nicht nur den Stoff zu durchschneiden, doch nicht so tief, den Jungen ernsthaft zu verletzen. Immerhin fließt Blut aus der Wunde am rechten Unterarm.

Lüderitz hält im Kampfe inne: »Meine Herren, für mich ist die Angelegenheit damit erledigt!«

»Aber nicht für mich, Herr von Lüderitz!« Hertefeld beachtet die blutende Wunde, die inzwischen den ganzen Ärmel rot färbt, nicht weiter und stellt sich erneut in Fechtposition. Lüderitz zuckt müde mit den Schultern, und der Tanz beginnt von vorne, diesmal indes will Lüderitz den Pas de deux abkürzen und sticht seinen Degen zielsicher in Hertefelds Brust, daß wir die Klingenspitze auf die Rippen treffen hören. Er hätte durchaus härter zustoßen und bis zum Herzen vordringen können, doch soll dieser Treffer dem Jungen wohl eine letzte Warnung sein.

Hertefeld hält kurz inne, sieht, wie ein steter Blutstrom nun auch die Hemdbrust rötet, nach dem er sich jedoch versichert hat, daß der Stich durchaus nicht tödlich war, steht er dem Gegner mit auf ihn gerichteter Klinge bereits wieder gegenüber.

Lüderitz schaut kurz zu uns Sekundanten, ob wir nicht endlich einzuschreiten gedächten. Aber ehe Bredow und ich uns abgestimmt haben, rennt Hertefeld in kalter Wut erneut gegen Lüderitz an, ja fast in seinen Degen hinein. Lüderitz weicht ein wenig zurück, nun endlich auch in Zorn gebracht von dieser kindischen Unvernunft. Mit einem scharfen Hieb auf die Fechthand und einem zweiten, heftigen Schlag gegen Hertefelds Rapier entwaffnet er den jungen Cornett und setzt ihm die eigene Degenspitze an den Hals.

In raschen Schritten eile ich zu den beiden Duellanten und stelle mich zwischen sie. »Meine Herren, das Duell war bis aufs Blut verabredet. Hiermit erkläre ich die Satisfaktion für gegeben!« Lüderitz nickt, senkt seinen Degen und reicht Hertefeld die Hand.

»Lieber laß ich mich von Ihnen erstechen, als Ihre Beleidigung zu vergessen!« ruft der Junge mit tränenerstickter Stimme.

»Kommen Sie, Hertefeld. Sie bluten. Ich bringe Sie nach Hause!« Ich nehme ihn am Arme und führe ihn zu meinem Zweispänner.

Auf der Rückfahrt ist mein Kamerad blasser als frischgefallener Schnee und zittert am ganzen Leibe. Aus allen drei Wunden, am stärksten aus jener in seiner Brust, blutet er noch. Ich halte kurz vor der Stadt, verbinde notdürftig Hand, Arm und Brust, hülle ihn in eine Decke und fahre den Jungen zu meiner Wohnung. Daniel hilft mir, ihn hinaufzutragen, dann schicke ich den Burschen zu Doktor Düvall.

Während er auf meinem Bette ruht, klagt Hertefeld nicht über die Wunden, die Lüderitz seinem jungen Leibe beigebracht, sondern jammert allein über den Verlust seiner Ehre. Das ganze Regiment werde noch am selben Tage von seiner Schande wissen, und morgen dann die ganze Stadt. Erst die tödliche Beleidigung, dann das verlorene Duell. Hätte Lüderitz doch tiefer gestochen! So bleibe ihm nur, sich selbst das Leben zu nehmen. Ich solle ihm seinen Degen reichen.

»Beruhige dich, Ludwig«, rede ich ihn an, während ich ihm das blutige Hemd und die dreckverkrusteten Stiefel ausziehe. »Nichts außer ein wenig Blut hast du verloren! Keiner deiner Kameraden wird je wieder über dich spotten. Im Gegenteil, sie werden deine Tapferkeit rühmen, denn du hast mehr als ehrenhaft gekämpft!«

Er schüttelt verzweifelt den Kopf. Ich beginne, seine Brust mit einem feuchten Tuche vom Blut zu säubern, damit der Medicus sehen kann, ob es hier weiteres zu tun gibt. »Noch nie«, fahre ich fort, »hat jemand Lüderitz in einem Duell geschlagen, deswegen wagte schon lange niemand mehr, ihn herauszufordern. Du wirst sehen, dein Wagemut wird schon bald legendär sein!«

»Aber der Lump hat doch recht«, weint er, vor Erschöpfung schon fast nicht mehr bei Sinnen, »ich bin doch in der Tat noch immer Jungfrau!«

»Wenn das der tiefere Grund deines Gekränktseins ist, lieber Ludwig, wird sich, sobald du wieder bei Kräften bist, rasch und bedenkenlos Abhilfe schaffen lassen!«

Doch so schnell und mühelos wie leichtfertig vorausgesagt läßt sich im frommen und sittenstrengen Berlin mein Versprechen an Hertefeld nicht erfüllen. Freudenhäuser wie in anderen, selbst kleineren Städten gibt es in der Residenzstadt nicht. Dafür hat das strenge Regiment unseres Königs schon gesorgt, dem ja bereits die Oper oder ein festlicher Ball als Sünde wider die Gottgefälligkeit gilt.

Im Offizierscorps indessen kursieren Listen mit den Namen gewisser Damen, die für ein entsprechendes Geschenk durchaus bereit sind, einen ihnen nicht näher bekannten Herrn in ihren Privaträumen zu empfangen. Ich frage Bredow, ob er mir aus diesem Kreise ein nettes Frauenzimmer empfehlen könne, erfahren, doch immer noch wählerisch, damit der Besucher sicher sein könne, daß es nicht mit jedem dahergelaufenen Gemeinen verkehre und sich so womöglich die eine oder andere geheime Krankheit eingefangen habe. Bredow fragt mich lächelnd, welche Art von Frauen ich denn bevorzugte. Ich lasse Hertefeld unerwähnt und wiederhole nur, erfahren sollte sie sein, und zartfühlend.

»Ah, da spricht der Kenner!« entgegnet er süffisant und nennt mir einen Namen und die Adresse. »Kündige deinen Besuch bitte durch ein kleines Billett an, Katte! Nicht, daß du überraschend auf den einen oder anderen Bekannten triffst.«

Hertefeld ist unruhiger und blasser als vor dem Duelle mit Lüderitz.

»Wie alt warst du, als es zum ersten Mal geschehen ist?« fragt er mich auf dem Wege zu Bredows Empfehlung.

»Ich war sogar noch älter, als du jetzt bist.«

»Und war es auch mit einer derartigen Dame?«

»Das geht dich einen Teufel an, Hertefeld!«

Was wir selbst von uns zu wissen glauben, ist für unser Glück am Ende nicht entscheidend. Eines Tages fällt das, was andere von uns zu wissen meinen, über uns her, und dann erkennen wir, daß es das mächtigere und entscheidendere Wissen ist.

Hertefeld schweigt eine Weile. Dann fragt er: »Bleibst du in der Nähe?«

»Wenn du willst, warte ich im Wagen auf dich.«

»Ich weiß mich derlei Damen gegenüber gar nicht zu benehmen.«

»Überlaß das ruhig ihr.«

»Und wenn meine Männlichkeit gefordert ist und ich versage?«

»Dein Körper weiß schon, was er zu tun hat.«

Fast sind wir in der Straße der Auserwählten angelangt, greift er meine Hand und beginnt erneut: »Und wenn die Dame mir nicht gefällt?«

»Du bist weder ihr Gefangener, noch ihr Ehemann. Du kannst jederzeit gehen!«

»Muß ich sie küssen?«

»Ein Wort noch, Hertefeld, und ich lasse dich gleich hier aussteigen. Niemand wird je erfahren, was zwischen dir und der

Dame vorfällt. Dies ist kein Duell, und ich bin nicht dein Sekundant!«

Erschrocken blickt er mich an. »Betrachte es als eine Art Reise«, fahre ich versöhnlicher fort. »Reise so weit, wie du Lust hast, und kehr um, wann immer du willst, aber verhalte dich nicht wie ein fünfjähriger Knabe, der noch am Rockzipfel seiner Mutter hängt!«

»Dann laß uns hier und jetzt umkehren, Hans. Ich glaube, ich will diese Art von Nähe nicht, nicht mit einem mir vollkommen unbekannten Frauenzimmer, die auch noch dafür bezahlt werden will, mit mir verkehren zu dürfen.«

»Gut, das ist immerhin ein klares Wort. Bezahlt werden muß sie aber doch. Immerhin hat sie sich auf deinen Besuch vorbereitet.«

»Du sagst es doch niemandem?«

»Bei meiner Ehre, nein!«

»Ich könnte Lüderitz nie mehr wieder unter die Augen treten, wenn er je erführe, daß er am Ende doch recht gehabt hat.«

»Such dir Freunde, die noch anderes im Kopf haben als Wein, Weiber und Würfelspiel.«

»Als gäbe es dergleichen Männer unter uns Soldaten!«

Von Bredow warnt mich, den ehedem so vertrauten Umgang mit Holtzendorff wieder aufzunehmen, denn dieser habe in der kurzen Zeit seines Dienstes bei der Leibgarde bereits den Ruf eines rechten Galgenvogels erworben. Der König habe ihm dreihundert Taler Strafe auferlegt, weil er sich gewisse Scherze mit Damen von Stande erlaubt habe. Seine Nähe ließe also einen verderblichen Einfluß befürchten und könne nur meinem und unserer Familie untadeligen Rufe schaden.

Natürlich wecken diese Scherze erst recht mein Verlangen auf ein Wiedersehen und eine Erneuerung unserer Freundschaft. Und schon bald sieht man uns wieder beständig beieinander, Hase und Schuß, so hätte man am Pädagogium Regium gemutmaßt.

Mit dem kommenden Sommer werden unsere Mannschaften

und Unteroffiziere heimgeschickt, größtenteils zurück in ihre Dörfer, um den Familien bei der Ernte zu helfen. Für die nächsten Wochen ist Schluß mit stumpfsinnigem Exerzieren. Einige meiner Kameraden bereiten sich auf die Jagdsaison vor, die mir kaum weniger stupide als der Drill auf dem Exerzierplatze dünkt. Was heißt hier überhaupt *Jagd*? Die Parforce-Jagd ist nichts anderes als eine grausame Tierhatz bis zur Erschöpfung des Wildes, Hirsche, Rehe, Wildschweine, und das allein zur Unterhaltung der Hofgesellschaft. Und noch gnadenloser kommt das Fuchsprellen daher, das eher einem teuflischen Kinderspiele als einer ehrbaren Jagd gleicht. Die Füchse werden in ein Netz getrieben, in demselben emporgeschleudert und auf den harten Boden fallen gelassen, wobei sie sich durch den Aufprall sämtliche Knochen brechen und allenfalls noch fortkriechen können, bis ein Herr oder eine Dame aus der vergnügten Jagdgesellschaft ihrem Leiden mit einem Eichenknüppel ein Ende bereitet, damit das Fell unversehrt bleibe.

So bin ich am Ende gar froh, als Holtzendorff mich fragt, ob ich ihn nicht anläßlich der Hochzeit seiner Schwester für ein paar Tage aufs väterliche Gut begleiten wolle, denn in den Sommermonaten verödet Berlin noch mehr als zu jeder anderen Jahreszeit. Erst im Herbst, nach der Jagdsaison, beginnt die Zeit der Gefechtsübungen und der Empfänge in den herrschaftlichen Salons erneut.

Wir fahren mit Holtzendorffs Gespann, Burschen und Kammerdiener lassen wir in Berlin, wir freuen uns, trotz der Hochzeitsfeierlichkeiten, überwiegend unter uns zu sein. Falls uns der Trubel zuviel werde, verspricht Holtzendorff, könnten wir uns tiefer in die Uckermark zurückziehen, wo seine Familie ein schlichtes einsames Jagdhaus besitze. Allerdings müßten wir uns dort selbst um alles kümmern. – Ich finde, das klingt durchaus verlockend.

Das Gut liegt zwei Tagesreisen von Berlin entfernt, aber wir wechseln uns mit dem Kutschieren ab, und da die Nacht mild und sternenklar ist, fahren wir ohne Rast weiter und erreichen Jagow bereits am nächsten Morgen.

Der Haushalt auf dem Holtzendorffschen Gute besteht fast ausschließlich aus Frauenzimmern. Joachims Vater ist vor einigen Jahren gestorben, und damit ist Joachim nun Herr auf Jagow, Libbesicke und Vietmannsdorf. Zumindest dem Rechte nach. In Wahrheit herrscht die Großmutter, eine geborene von Haugwitz und durchaus noch rüstige Dame, nach ihr hat Joachims Mutter, eine geborene Freiin von Bibran, das Sagen, und selbst Joachims jüngere Schwester Agnes scheint ihm an Willenskraft überlegen. Joachim nimmt die Weiberwirtschaft lächelnd hin. Selbst an der Auswahl des Bräutigams seiner Schwester, einem Herrn auf Thallwitz und Culm, wurde ihm keinerlei Anteil gewährt, geschweige denn ein Mitspracherecht eingeräumt. Die Großmutter hat ihn ausgesucht, die Mutter hat die Verhandlungen geführt, die Schwester hat den Vertrag aufgesetzt.

Alle sind bereits in großer Aufregung ob der letzten Vorbereitungen und der ersten Gäste, und niemand macht ein besonderes Aufhebens um den zusätzlichen Gast, den Joachim überraschend mitgebracht. Wie anders war doch die Hochzeit meiner Stiefmutter mit meinem verwitweten Vater! Hier ist alles heiteres Chaos, doch die klugen und erfahrenen Augen der Großmutter von Haugwitz achten darauf, daß es sich am Ende doch zu einer erkennbaren Ordnung fügt, in der sogleich für eine Bettstatt für uns beide gesorgt ist, damit wir uns zunächst ein wenig von der Nachtfahrt ausruhen können.

Merkwürdigerweise scheint es gerade die lauttönende Unruhe um mich herum, die mich in einen tiefen und friedlichen Schlummer fallen läßt.

Eigentlich erfüllen mich Hochzeiten seit Wuster Kindheitstagen immer mit Schwermut, doch hier auf dem Jagower Gute ist es anders, vielleicht weil Joachim als männliches Oberhaupt der Holtzendorffs der Hochzeitstafel vorsitzt und zwischen Mutter und Großmutter so gar nicht gutsherrlich patriarchisch wirkt.

Ich trinke viel, doch noch mehr trinken die Frauen des Hauses. Und später tanze ich mit Joachims Mutter und seiner Großmutter, ohne daß man ihnen auch nur im mindesten die vielen Becher Bier und Wein anmerkte. Joachim tanzt nur einmal und wohl mehr aus Pflicht denn aus Neigung mit seiner Schwester, der Braut, denn er läßt es sie durchaus merken, daß ihm das Tanzen nicht sehr liegt. Um so mehr aber tanzen seine Augen. Jede Nichte, Base, Magd wird von ihm, ungeachtet ihrer Schönheit, zu einem Reigen oder einer Allemande aufgefordert. Es genügt ihm offenbar, daß sie jung, weiblich und lebendig sind.

Ganz schamlos läßt Joachim die Frauen mit den Aufräumarbeiten allein, so wie er sich auch schon nicht an den Festvorbereitungen beteiligt hat, sattelt zwei edle Stuten und bricht mit mir und so wenig Gepäcke, wie in unsere Mantelsäcke paßt, am nächsten Mittag zum Forsthause auf. Daselbst würden wir uns vom Fallenstellen und von den Früchten des Waldes ernähren müssen, teilt er mir mit. Ich bin nicht weiter beunruhigt. Ich weiß, sobald uns der Magen zu knurren beginnt, wird er der erste sein, der zum Gute zurückgaloppiert, falls die Jagd vergeblich bleibt und sich nicht genug nahrhafte Früchte finden lassen, um unseren Hunger zu stillen. Das Forsthaus liegt gerade einmal zwei Stunden zu Pferde von Jagow entfernt, in der Tat aber recht einsam in einem ausgedehnten Buchenwalde.

Das Haus ist kaum mehr als eine Blockhütte mit einer Küche und zwei Zimmern, von denen ich, weil Joachim darauf besteht, das größere beziehe, mit der Folge, daß er, wenn er die Zweisamkeit sucht, sich immer in meiner Stube aufhält, da sie neben dem Bette auch einen Tisch und zwei Stühle enthält, während seine kleine Kammer nur mit einem Bettkasten und einer großen Eichentruhe möbliert ist. Aber mir gefällt es so, auch wenn das, was Holtzendorff unermüdlich vor sich hinschwätzt, selten tieferen Nachdenkens oder auch nur einer Erwiderung würdig ist.

Am nächsten Morgen geht er tatsächlich auf die Jagd, und zwar so früh, daß wir einander nicht mehr antreffen und ich zum Frühstücke allein das letzte Hasenbrot verzehren muß. Ich hatte von Anbeginn mit ihm verabredet, daß ich nicht so sehr an der Jagd interessiert sei, sondern die Waldeinsamkeit nutzen wolle, ein poetisches Stück zu beginnen. Er hat nicht weiter nach dem Inhalte meines beabsichtigten Werkes gefragt und sich taktvollerweise jedes spöttischen Kommentars enthalten. Also sitze ich nun allein an meinem Tische in diesem schmucklosen Forsthaus und jage frischen poetischen Einfällen nach. – Ich hoffe, Joachims Pirsch verläuft erfolgreicher.

Indessen warte ich bis zum Abend vergeblich auf ihn. Erst als ich mich schon schlafen gelegt habe, höre ich ihn ins Haus treten. Er schaut nicht bei mir herein, sondern begibt sich sogleich in seine Kammer. Ich muß gar nicht heimlich lauschen, um mir rasch gewiß zu sein, daß mein Freund sich nicht allein in seinem Raume aufhält, auch wenn er und seine Gefährtin bemüht sind, ihre Stimmen zu einem Flüstern zu dämpfen, um mich nicht zu wecken. Aber beim folgenden Zwiegesange versagt am Ende jeder Vorsatz, und ich müßte mir schon wie Odysseus meine Ohren mit heißem Bienenwachs verstopfen, um die Sirenenklänge nicht zu hören.

Als ich am nächsten Morgen erwache, ist die nächtliche Besucherin schon gegangen und Joachim bereits in der Küche mit dem Zubereiten von Kaffee, gebratenen Eiern und Pilzen beschäftigt, und der Laib Brot auf dem Küchentische schaut ebenfalls nicht nach einer Jagdbeute aus. Aber mein Hunger fragt nicht nach nobler Herkunft. Und Joachim sieht keine Notwendigkeit für überflüssige Erklärungen und fragt statt dessen, wie ich mit meiner poetischen Tragödie vorangekommen sei.

Nach einem langen und recht wortkargen Morgenmahle begibt sich Holtzendorff erneut auf die Jagd, und wieder bleibt er bis tief in die Nacht fort. Die Waldeinsamkeit beginnt bereits, meine poetischen Gedanken zu lähmen, dafür spuken merkwürdig unpoetische durch meinen Kopf. Ich liege schon lange, wenngleich schlaflos, auf meinem Lager, als mein Gefährte endlich ins Jagdhaus zurückkehrt, auch diesmal, so höre ich bald durch die Holzwand zwischen unseren Kammern, nicht allein, sondern in Begleitung einer Frau, der leisen, aber unverkennbaren Stimme nach zu urteilen, indessen nicht derselben wie in der vorangegangenen Nacht. Und wieder beginnt das liebestolle Spiel aus Flüstern und unterdrücktem Stöhnen und Schreien, bis ich des Lauschens müde darüber einschlafe.

Ich erwache mit so erschlagenen Gliedern, als sei ich es gewesen, der sich in der Nachbarkammer im Liebeskampfe gewälzt, doch wie am Vortage steht Holtzendorff schon munter und erstaunlich ausgeruht in der Küche am Waschtrog und säubert Blau-, Brom-, Him- und Heidelbeeren, die allesamt in diesem Monat eher selten aufzufinden sind, für ein frugales Frühstück. Von der Bettgenossin ist indes nichts zu sehen und in seinem aufgeräumten Guten-Morgen-Monologe nicht die Rede.

»Nimmst du mich heute mit auf die Jagd?« frage ich endlich.

»Ich dachte, du erlegst nicht gerne Wild.«

»Du hast doch auch nur Vogeleier, Pilze und Beeren herangeschafft.«

»Ja, ich lese alles auf, was ich an Genießbarem am Wegesrande finde. Wenn dein Werk dich fortlässt, dann begleite mich.«

»Ich bin mit meinem Werke nicht verheiratet. Warum sollte es mich hier gefangenhalten?«

Das Beerenfrühstück aber verursacht einen gewissen Aufruhr in meinen Gedärmen, und der folgende schwere Durchfall hält mich am Hause fest, während Hotzendorffs Unverwüstlichkeit von derlei Beschwerden verschont bleibt. Heiter vor sich hinpfeifend, macht er sich am Mittag auf den Weg in den Uckerwald, nachdem er sich versichert hat, daß mein Leiden sich auf den Stuhlgang begrenze.

An die Fortsetzung meiner Tragödie vermag ich unter diesen Umständen gar nicht zu denken. Nach einem bittren Brennesseltee, den ich mir gekocht, beruhigen sich meine Eingeweide so weit, daß ich das Jagdhaus verlassen kann. Ich packe meinen Mantelsack, reite zurück nach Jagow, erkläre den guten Frauen daselbst, daß mich dringende Angelegenheiten zurück nach Berlin riefen, und die von Haugwitzsche Großmutter befiehlt ihrem Kutscher, mich in Holtzendorffs Zweispänner zurück zur Hauptstadt zu fahren.

Holtzendorff kehrt erst am Ende des Sommers nach Berlin zurück. Meine überstürzte Abreise erwähnt er mit keinem Worte, ebenso wenig seine weiteren Abenteuer im Uckerlande. Es scheint, als habe er einfach vergessen, daß wir zusammen aufgebrochen sind, oder als sei ihm mein Verschwinden gar nicht aufgefallen. Da er sich ansonsten so herzlich und zugewandt wie immer mir gegenüber zeigt, kann ich nur mutmaßen, daß er in seinem heimatlichen Forste unter einem befremdlichen Zauber gestanden haben muß.

Der Gelehrte, der im Staub seines Kabinetts von der Welt redet oder schreibt, versteht kaum mehr von ihr als jener Redner vom Krieg, der sich scharfsinnig bemühte, Hannibal darin Unterricht zu geben. Höfe und Feldlager aber sind die einzigen Orte, wo man die wahre Welt kennenlernen kann.

Auf Geheiß des Vaters tritt Katte also im Winter 1726, er ist zweiundzwanzig Jahre alt, in das Regiment zu Pferd Nr. 10 in Berlin, den Gens d'armes ein, leistet den Fahneneid und erhält ein Cornett-Patent, nach dessen Wortlaut er dem König *holdt, treu und gehorsamb sein, seine Charge gebührend wahrnehmen, was ihme zu tun und zu verrichten obliegt und comittiert wird, bei Tag und Nacht fleißig und treulich exequiren, bei allen vorkommenden Kriegsoccassionen sich tapfer und unverweislich bezeigen, im übrigen auch aller dieser Charge anklebenden Praerogativen und Gerechtsrahmen genießen* soll.

Er gehört damit als Mann des Königs zu einem Regiment, das die 1713 aufgelösten Palasttruppen der *Gardes du Corps*, *Grand Mousquetaires* und *Grenadiers à Cheval* zur neuen Leibgarde des Königs vereint. Chef dieser neuen Garde, der Gens d'armes, ist der Soldatenkönig Friedrich Wilhelm persönlich.

Ihr *Commandeur en chef* wird Dubislav Gneomar von Natzmer, der in der Armee als Muster eines tapferen, zutiefst religiösen und sittenstrengen Offiziers gilt und in unserer Geschichte als Kattes Vorgesetzter noch eine entsprechende Rolle spielen wird.

Das Gardekürassierregiment Gens d'armes nutzt ein großes Stall- und Magazingebäude an der Einmündung der Jägerstraße in den Markt, in dessen Mitte zwischen der Deutschen und der Französischen Kirche seit 1721 die Hauptwache mit den Arrestzellen liegt und heute das Konzerthaus steht.

Wie leben eigentlich die gemeinen Soldaten, die in jedem Haus aufgenommen werden müssen? Verheiratete Gemeine erhalten Kammer und Stube mit Betten, Tisch, Schemeln, Kleiderhaken und Wandbrett. Auch Ofenholz und Kerzen werden ihnen gestellt. Beköstigen müssen sie sich von ihrem Sold von einem Taler und acht Groschen selbst. Ein Taler besteht aus vierundzwanzig Groschen, eine Mahlzeit mit einem Bier kostet etwa zwei Groschen. Darüber hinaus erhält jeder Soldat eineinhalb Pfund Kommissbrot täglich frei.

Die Soldaten sind angehalten, gemeinsam und kameradschaftlich ihren Haushalt zu führen. Die täglichen Lebensmitteleinkäufe und die Zubereitung der Mahlzeiten geschehen eigenverantwortlich und ohne gesonderte Vorschriften. Zu den üblichen Speisen zählen Dinkel, Erbsen, Fleisch und Hering und das extra für die Soldaten gebraute Dünnbier, *Konvent* genannt. Allein in Berlin brauen fast hundert kleine Familienunternehmen dieses dünne Soldatenbier.

Soldaten dürfen heiraten und mit Frau und Kindern zusammenleben, solange das Verhältnis zu den unverheirateten nicht ein Drittel übersteigt. Sie benötigen dazu die Erlaubnis ihres Kompaniechefs.

Zur Armee gehören die Militärmusiker, die *Hautbois*. Sie haben neben Repräsentationspflichten bei Revuen und Wachparaden unverzichtbare Aufgaben zur Truppenführung. Jede Musketierkompanie verfügt über drei *Tambours* und einen Pfeifer. Beim Angriff rücken die eng formierten Infanterielinien vom Rhythmus des Trommelschlags getrieben im Gleichschritt auf die gegnerischen Linien vor. Mit bestimmten musikalischen Signalen übermitteln die Trommler und Pfeifer Befehle und Kommandos, die sonst nicht gehört würden.

Als Friedrich Wilhelm die von seinem Großvater, dem Großen Kurfürsten, gegründete Kolonie von Großfriedrichsburg an Holland verkauft, fordert er zum Ersatz »zwölf hübsche junge

Mohren«, die er zu Spielleuten für sein Grenadierbataillon ausbilden lässt. Die von der afrikanischen Goldküste stammenden »Mohren« steckt er in fantasievoll bestickte Uniformen, setzt ihnen weiße Turbane auf und lässt sie silberne Ohrgehänge und Halsbänder als sichtbares Zeichen ihrer Sklavenherkunft tragen.

In Wahrheit ist Friedrich Wilhelm ein Künstler. Ein professioneller Maler zeichnet den Grundriss und mischt die Farben, und der König malt die Skizze aus. Als seine Gichtanfälle so unerträglich zu werden beginnen, dass er zeitweise gar mit dem Gedanken spielt, als König zurückzutreten, ist es vor allem die Malerei, die ihm wenige Augenblicke der Entspannung und inneren Ruhe gewährt.

Am liebsten lässt er »besonders schöne und anstellige« Modelle aus den Reihen seiner Langen Kerls zu sich ins Schloss kommen, um sie *in formentis*, also unter Schmerzen zu malen und sich mit diesen eigenhändigen Konterfeis zu umgeben. Den jungen Modellen gegenüber zeigt sich der ansonsten überaus geizige König nicht selten recht großzügig. Einem seiner Lieblingsmodelle, einem aus Neuwied zwangsrekrutierten Langen Kerl, verleiht er am Ende gar das Privileg eines »Königlichen Weinhändlers« und schenkt ihm ein Haus.

Der Schmerz ist ein himmlischer Bote. Er öffnet uns die Augen, und wir sehen die Obszönitäten Gottes, grob entblättert, sanfte Bestie, lichtverstümmelt,

die Zeit: Urin in Milch gemischt. Nicht Gott, sie selbst ist es, die in Milch und Honig pisst, damit wir den Himmel in jeder Hölle (und die Hölle in jedem Himmel) nicht vergessen.

Der Mensch ist ein trostbedürftiges Tier. War ich je trauriger, wütender, verletzlicher als hier in dieser Stadt? Als Frau gekleidet, den Schwanz weggeschnürt und versteckt in den Falten, nur noch schwarzgekräuselter Gedanke, gebe ich mich dem Tanz hin, Tango im Alten Zollhaus, Walzer im Ballhaus Mitte, auch wenn ich immer mal wieder unter die Füße irgendeines Ochsen gerate, aber deswegen bin ich ja hier!

Ich stehe auf und stürze, stehe wieder auf und stürze, aus

schwindelerregender Höhe stürze ich und falle hart, der Boden zugefroren, es fallen der Mond und alle Statuen der Stadt, sie zerschellen, ich hingegen stehe wieder auf, mein Herz ganz verlegen, mein Gesicht schamrot, die Lichterketten flackern weiter.

Was ich vermisse, ist die trocknende Wäsche wie flatternde Wimpel über den Straßen, oder wenigstens auf den Balkonen. Aber die Straßen sind zu breit, außerdem herrscht eine allgemeine Abneigung gegen jede Art von Beflaggung. Auch zeigt man seine Wäsche nicht, nicht einmal die saubere, selbst ein geripptes Unterhemd gilt schon als proletarisch. Geranientöpfe stehen auf den Balkonen, und Campingstühlchen, aber keine Wäschespinnen. Als würde die Wäsche zu viel verraten von dem, der sie trägt. Und die Befürchtung ist ja durchaus begründet. In anderen Kulturen allerdings schämt man sich dessen weniger.

Dennoch liebe ich dich wie den Morgen. Den zwiebeligen Morgenatem. Das frühe, unausgeschlafene Aufstehen. Den Wohlgeruch aus den beseelten Körperfalten. Falten des Alterns, des Nachgebens, der zunehmenden Weichheit. Ich liebe deine Altersleiden. Die Plastiklöffel, damit du nicht sabberst oder, schlimmer noch, dich verletzt.

Dein Bild sehe ich auf den Magazintiteln in aller Welt, doch deine Schönheit liegt nicht im Sichtbaren. Sie zu entdecken, bedarf der Gnade.

Die Berliner: »Gott? Soll ihn doch jeder nennen, wie er will. Einen Streit ist die Sache jedenfalls nicht wert!«

Die Vögel bei Aristophanes begraben ihre verstorbenen Väter in ihren eigenen Köpfen. Doch was sind sie gegen diese Stadt, inzwischen ein wahrer fliegender Friedhof!

Alles, was sich bewegt, ist mystisch.

Alles, was still steht, ist mystisch.

Filzweiche Schritte schleichen über meine Schläfen, bevor das Raubtier seine Krallen ausfährt. Die Schweißhunde sind ihm schon auf der Spur.

Dieses Schlurfen im Hirn, hinterhältig, heimtückisch, dieses Straucheln

ich greife die nächste Sprosse in der Luft, bin jetzt jenseits der

Grenze. Jenseits der Geburtstage und der Beerdigungskuchen. Jenseits der Luft. Meine Leiter. Ins Verschwundene hinein

dieses Gewitter der Synapsen, die Blitze schlagen ein und aus, und doch ist niemand da

Man kann nur ohne Religion ein wirklich guter Mensch sein. Zu so tiefer Heiligmäßigkeit habe ich es noch nicht gebracht. Zwar glaube ich nicht an Gott, doch ebenso wenig an das Gute in uns. Es liegt also noch viel Arbeit vor mir.

Dreihundert Jahre später ist es eine andere Stadt, in der Katte sich nicht mehr zurechtfinden würde. Das alte Berlin und Cölln existieren nicht mehr, das Zentrum der ehemaligen kurfürstlichen Residenzstadt ist leer geräumt, bis auf zwei Kirchen gibt es keine Gebäude aus Kattes Zeit mehr, selbst die Topografie hat sich geändert, die engen Gassen des alten Berlin sind einer parkähnlichen Grünfläche gewichen, nicht viel anders als auf der Dominsel des ehemaligen Königsberg.

Dreihundert Jahre früher ist der Gendarmenmarkt noch ein Exerzierplatz. Deshalb seine für eine Kleinstadt wie Berlin überraschende Größe und symmetrische Anlage. Von sechs Uhr morgens an, sieben Stunden täglich, stehen tausendfünfhundert Kürassiere und ihre märkischen Pferde im Schlamm und Kot, manchmal auch im Staub und Kot, und exerzieren ihre Paradeschritte und ihre Angriffstaktiken. Danach werden mindestens zwei Stunden lang die eingestaubten oder schlamm- und kotbespritzten Monturen und die verschwitzten Pferde gebürstet, gestriegelt und gewichst, damit Ross und Reiter am nächsten Morgen in makelloser Gestalt wieder aufmarschieren können. Den Rössern und Reitern müssen diese Übungen in Fleisch und Blut übergehen, damit sie auch im Falle größter Lebensgefahr abgerufen und ausgeführt werden können.

Ich stehe auf dem Platz, rieche ein wenig Pferdemist und Urin, nicht von dem Reiterregiment Kattes, sondern nur von einigen Kutschpferden, die Touristen durch die neue Mitte ziehen, und habe Mühe, mich von dem Geruch zurücktragen zu lassen in eine Zeit ohne Kanalisation, ohne Müllabfuhr, eine Zeit der Straßenkehrer, der Nachttöpfe, Kotfässer und Jauchewagen, eine Zeit der strengen Gerüche.

Mitten im Fluss, dessen schlammiges Wasser ockerbraun ist, segne ich die Reste der Seligkeit. In dem Augenblick, als die rumpelnde S-Bahn den glatten braunen Wasserspiegel zersplittern lässt, sinke ich, ein paar ungeordnete Eindrücke in meiner Brieftasche, unter den Kiel des Ausflugsbootes, bis der Schrei einer brasilianischen Touristin mich wieder an Bord zieht. Wir umarmen uns lange.

Meine Männer exerzieren, reiten Scheinattacken, putzen ihre Degen und Karabiner, für was? Der Frieden läßt alles in Sinnlosigkeit versinken. Es gibt keine Neuigkeiten, nichts, was uns tiefer beschäftigte oder gar herausforderte. Alles ist nur ereignislose Gewandtheit. Dieses ganze Militärwesen langweilt mich, wir exerzieren gegen die innere Leere, den ständig drohenden Zerfall an. Leere der Gesten, Leere der Worte, Leere der Gedanken, ein trauriger Carneval sinnentleerter Grausamkeit.

Bredow, Lüderitz, Hertefeld und ich werden ins königliche Schloß beordert, um dem Hofmedicus zur Seite zu stehen. Wir haben bereits gehört, daß Doktor Eisenbarth aus Magdeburg am Hofe weilt. Sein Einzug in Berlin war auch kaum zu übersehen, reist er doch mit größerem Gefolge als der König selbst, vier Kutschen und wohl zwanzig Bedienstete gehören zu seiner Entourage. Natürlich fragen wir uns, wofür wir vier Offiziere dann noch von Nöten sind.

Im übrigen sei Doktor Eisenbarth nicht einmal ein wirklicher Doktor, erklärt Lüderitz, zumindest habe er nie an einer Universität studiert, sondern sei lediglich der Sohn eines pfälzischen Stein- und Bruchschneiders und Enkel eines Hospitalknechts.

»Immerhin hat er bei seinem Vater das Entfernen von Blasen- und Nierensteinen und das Flicken von Leistenbrüchen so geschickt gelernt, daß selbst der König seine Verdienste auf diesem Gebiete schätzt«, entgegnet von Bredow. »Erinnere dich an den Unfall von Kleists jüngerem Bruder, der bei der unglücklichen Gefechtsübung im letzten Jahr eine Kugel durch das rechte Auge in den Kopf bekommen hat. Die Regimentsärzte fürchteten sich vor jedem Eingriff, um nicht am Ende schuld am Tod des Lieutenants zu sein. Am Ende ließ der König nach Eisenbarth schikken, der schon auf dem Weg nach Münster war, aber sofort umkehrte, um sich mit Fleiß und Sorgfalt dem jungen Kleist zu widmen.«

»Ja, ich erinnere mich. Wir hatten schon Wetten auf seinen Tod abgeschlossen.«

»Nicht nur schnitt er dem Kameraden die Kugel aus dem Kopf, er versorgte die Wunde auch so gut, daß Kleist schon wenige Wochen später seinen Dienst wiederaufnehmen konnte.«

»Bis er dann beim nächsten Manöver, weil ein Auge beim Galoppe dann doch eins zu wenig ist, von seiner Stute stürzte und sich das Genick brach.«

»Das ist nun wahrlich nicht Eisenbarths Schuld. Das zerschossene Auge hätte ihm nur ein Wunderdoktor zurückgeben können. Aber ebendas ist Eisenbarth gerade nicht.«

Als wir unter dergleichen leichtfertigem Geschwätze die königlichen Gemächer betreten, finden wir neben der gedrungenen Gestalt des Königs einen großen schweren Menschen mit geschäftstüchtigem Gesichte vor. Die prächtige Perücke verbirgt sein Haupthaar, falls er denn noch welches besitzen sollte, die hängenden Wangen und das faltige Kinn aber lassen auf ein Alter um die sechzig Jahre schließen. Die rauhen und fleckigen Hände sind zweifellos die eines Handwerkers und nicht die eines Gelehrten.

Zwischen all den abgewetzten blauen Uniformen erscheint seine lange scharlachrote Jacke mit den weiten Ärmeln, den goldbestickten Knopflöchern und der glänzenden Samtweste darunter wie ein buntes Bühnenkostüm aus einer Händeloper. Er trägt diese für einen kurfürstlichen Hofarzt eher ungewöhnliche Tracht nicht ohne Würde, dennoch wirkt sie an seinem grobschlächtigen Leibe wie eine groteske Verkleidung.

Der König scheint es ähnlich zu empfinden. Doch solange der Chirurg nur sein Handwerk versteht, wird er sich mit jedem Tadel zurückhalten, zumindest vor und während der bevorstehenden Operation. Denn dazu ist der Saal bereits hergerichtet.

Auf der Tür, die man über das Bett gelegt und mit einem Laken überzogen hat, damit der Patient auf einer harten Unterlage ruhe und dem Chirurgenmesser nicht ausweichen kann, liegt ein blasser Jüngling, fast ein Knabe noch, den wir erst jetzt, beim Nähertreten, als den Kronprinzen Friedrich erkennen.

Es ist still im Raume, es riecht nach Wein und Laudanum. Neben dem König, dem Bruchschneider und zwei Assistenten sind nur noch der Leibdiener des Prinzen und wir Offiziere im Saale, nur Männer, denn der Kronprinz ist bereits entkleidet, und nicht einmal seine Mutter, die Königin, hätte jetzt noch Zutritt.

Da ahnen wir unsere Aufgabe. Der Kronprinz, so kursierten schon Gerüchte unter den Offizieren, habe sich bei einem Parforceritte auf der Herbstjagd einen Bruch zugezogen, den der Leibchirurg nun beheben solle, bevor ein bleibender Schaden die Folge sei.

Nun hat der König aber alle berauschenden Mittel verboten, welche die Schmerzen der Operation lindern könnten, es sei gegen die Gebote der Religion und gegen die Soldatenehre, so sein überraschendes Dekret. Damit ist es allein der Doktor, der vom mitgebrachten Weine trinkt, müde das Fläschchen Laudanum wieder verschließt und in seinem Arzneikoffer verstaut. Schweiß steht auf seiner grauschuppigen, faltigen Stirn, seine Hände zittern ein wenig, als er nun sein Werkzeug aus demselben Koffer hervorholt.

Er winkt uns noch näher heran und heißt uns, den Jüngling an Armen und Beinen zu fassen und eisern auf die Bank gepreßt zu halten. Der Kronprinz ist totenblaß, doch läßt er alles ohne Widerstand mit sich geschehen. Wie alt mag er nun sein, vierzehn oder fünfzehn Jahre alt, vielleicht gar älter, aber er wirkt noch ganz und gar wie ein Knabe. Nie habe ich ihn so nah gesehen, geschweige denn berührt. Nun liegt er nackt vor mir, ohne seine grobe Lieutenantsuniform, nichts anderes als ein mageres, verletzliches Kind.

Der König hat sich in einen Sessel neben der Tür gesetzt und stopft nun bedächtig seine Pfeife, wohl um einer geheimen Unruhe Herr zu werden.

Ich halte den linken Arm und schaue dem fröstelnden Knaben direkt ins Gesicht. Friedrich hat die Augen geöffnet und folgt allen Verrichtungen Eisenbarths mit trotziger Aufmerksamkeit. Es ist kalt in dem Saale, und des Prinzen nackter Leib ist von einer zarten Gänsehaut überzogen.

Friert der Kronprinz, so ist es dem Medicus entschieden zu warm. Doktor Eisenbarth wäscht seine schwitzenden Hände über einer Kupferschüssel, die ihm einer seiner Bediensteten hinhält, während der zweite aus einer ebensolchen Kanne Wasser darüber gießt. Sein prächtiger Justaucorps ist für das bevorstehende Handwerk keinesfalls das rechte Kleidungsstück, aber die Selbstachtung oder Eitelkeit verbieten ihm, sich in Gegenwart des Königs wenigstens dieser scharlachroten Damastjacke zu entledigen.

Ein wenig steif und vor Mühe ächzend beugt er sich über die rechte Leiste des Jünglings und drückt mit seinen gichtgeschwollenen Händen die ausgefallenen Gedärme durch den Bruch wieder in den Leib. Daraufhin läßt er sich ein scharfes Messer geben, schneidet in die wohl schon vor unserem Eintreffen glattrasierte Haut oberhalb des Gemächtes, hebt sie an, und schneidet abermals, nun tiefer, ins Fleisch, bis auf den Samenstrang, löst selbigen von den Teilen, an welche er angewachsen ist, und bindet eine Schnur herum. Dann pult er mit den gekrümmten Fingern den Hoden aus dem Leistensack und presst ihn in den Hodenbeutel. Nun endlich beginnt der Junge zu schreien, der sich bisher nur schmerzgeschüttelt unter unserem festen Griffe gewunden hat.

»Verschneide er mir den Knaben nicht!« ruft der König aus seiner Ecke dem Chirurgen zu, während er Tabakswolken in den Lazarettsaal bläst. »Es steckt ohnehin schon zu wenig Manneskraft in ihm!«

Es tritt nur wenig Blut aus der Wunde, die der zweite Bruchknecht, vielleicht ein Schneidergeselle, nun fachkundig mit Nadel und Zwirn vernäht. Doktor Eisenbarth läßt sich einen weiteren Becher Wein reichen, den er in einem Zuge lehrt, dann hält er dem ersten Diener das graue Gesicht hin, damit er es mit einem Handtuche noch einmal trockentupfe.

Obwohl dem Kronprinzen nun die Tränen aus den Augen stürzen, hält er still und läßt keinen Laut mehr über die Lippen dringen. Dabei dürften die Stiche kaum weniger schmerzhaft sein als die Schnitte. Aber neben dem Schmerze glüht noch etwas anderes in seinen Augen, Stolz vielleicht, denke ich, oder auch Haß. – Ich ertrage diesen Blick nicht länger, es sind nicht die Augen eines vierzehnjährigen Jungen, sondern die eines uralten Mannes, geht mir durch den Kopf. Ich sehe, wie der Geselle die Fadenenden verknotet und die frische Wunde mit einem sauberen Tuche bedeckt.

»Ich glaube, die Herren Offiziere werden nun nicht länger gebraucht!« knurrt der König in seiner Ecke. Wir nehmen unsere Hände vom Kronprinzen, grüßen ehrerbietig, verlassen das Schloß und begeben uns unverzüglich ins nächste Wirtshaus. Wir verlieren kein Wort über das gerade Erlebte, sondern besaufen uns bis zur Besinnungslosigkeit, als könnte unser Rausch die Tortur des Kronprinzen wenigstens im nachhinein noch betäuben.

Am Ende der Lagebesprechung gibt von Natzmer, Commandeur en Chef, bekannt, daß alle Offiziere von der Königin persönlich und ausdrücklich zu ihrem Empfange ins Schloß Monbijou eingeladen seien. Wenn ihm, dem Generallieutenant, aber auch nur die geringste Unbotmäßigkeit eines seiner Offiziere zu Ohren kommen sollte, sei, das schwöre er bei seiner Kommandeursehre, der Teufel los. Jeder, welcher der Einladung Ihrer königlichen Hoheit folge, müsse sich nicht nur seiner persönlichen Ehre bewußt sein, sondern stets auch dem Ansehen der Gens d'armes gedenken. Also zähle nicht nur das Erscheinen in tadelloser Paradeuniform, sondern vor allem ein galantes und ehrenvolles Benehmen!

»Gibt es denn auf dem Empfange in Monbijou auch anständiges Bier zu trinken oder, wie man hört, nur Fruchtsaft und Kaffee?« wirft Holtzendorff launig ein.

»Sie, Herr Lieutenant, möchte ich heute abend nicht in Monbijou sehen!« ruft von Natzmer in Zornesröte aus. Aber jeder von uns weiß, daß Natzmers Zorn niemals über laute Worte und die besorgniserregende Verfärbung seines Gesichts hinausgeht.

Am Ende sind es aus meinem Kameradenkreise nur Hertefeld und ich, die sich in meinem bescheidenen Gespanne auf den Weg nach Monbijou machen. Den anderen hat Holtzendorff offenbar aus der Seele gesprochen, denn anstatt sich an einem kleinen Hofkonzerte und Lindenblütentee zu ergötzen, sitzen sie lieber in Bredows Stube beim ungarischen Weine und zotigen Geschwätze beieinander.

Hertefeld hingegen freut sich aufrichtig über die Ehre dieser Einladung, ist frisch rasiert, obgleich es bei ihm noch gar nichts Rechtes abzuschaben gibt, und riecht nach schweren Düften wie eine Haremsdame des türkischen Sultans, so daß mir fast die beiden Stuten meines Gespanns durchgehen.

Wir sind offenbar zu früh, denn wir sind die ersten Gäste, was mich nicht wenig in Verlegenheit bringt. Ich hatte gehofft, meinen Großvater, Graf von Wartensleben, oder wenigstens unseren Kommandeur von Natzmer bereits anzutreffen, die uns der Königin hätten vorstellen können. Nun stehen wir in dem hellerleuchteten, doch noch leeren Salon mit den großen Fenstertüren zum Garten und zum Spreeufer hin, und während die Königin den Lakaien noch letzte Anordnungen erteilt, mustert uns Prinzessin Wilhelmine von der anderen Seite des Saales mit einem eher abschätzenden denn einladenden Lächeln. Sie mag ein wenig jünger sein als ich, sieht aber älter aus. Wenn sie nicht königlichen Geblüts wäre, würde es inzwischen wohl schon schwierig sein, sie noch zu verheiraten. Aber in fürstlichen Kreisen gelten diesbezüglich ja ganz eigene Rücksichtnahmen, zu denen Zauber und Anziehungskraft zweifellos am wenigsten zählen.

Monbijou ist eher ein Lusthaus denn ein Lustschloß, aber von der Königin sehr kostbar und liebevoll eingerichtet. Die Porzellangalerie sowie die Spiegelzimmer suchen ihresgleichen. Dieses Schlößchen darf fraglos als ein wahres Kleinod gelten. Deswegen wird es wohl auch *Monbijou* genannt.

Der reizende Garten zieht sich am Flusse entlang, was die Vorzüge des Palästchens noch erhöht. Es gibt eine Anlegestelle, so daß man das Schmuckkästchen der Königin auch auf dem Wasserwege erreichen kann.

Nachdem wir alles gebührlich besichtigt haben, nähern Hertefeld und ich uns zögernd der uns schon erwartenden Prinzessin, da die Königin weiterhin mit schmückenden Zurichtungen beschäftigt ist. Wir beide sind noch vollkommen unsicher, wie wir die Prinzessin anzusprechen haben, und natürlich verläßt sich Hertefeld in dieser Frage ganz auf mich und meine Welterfahrenheit. Doch meine letzte Begegnung mit einem Mitglied des Königshauses war nicht gerade von höfischer Etikette bestimmt.

Endlich stehen wir nah genug, daß die Prinzessin uns hören kann, ohne daß wir schreien müssen, aber noch weit genug entfernt, daß sie von Hertefelds Haremsdüften nicht in Ohnmacht fällt.

Ich verbeuge mich tief und spreche mit fester Stimme: »Cornett Hans Hermann von Katte im Kürassierregimente Gens d'armes, und mein Kamerad, Cornett Ludwig Casimir von Hertefeld, zu Ihren Diensten, Königliche Hoheit!«

»Ihnen eilt ein gewisser Ruf voraus, Cornett von Katte. Ich bin ein wenig enttäuscht, Sie in Ihrer Paradeuniform und ohne Ihre tapfere Stute in unserem Salon zu sehen.«

»Eine erneute Reiterprobe an diesem heiligen Orte, verehrte Prinzessin, würde Generallieutenant von Natzmer das Leben kosten.«

»Und um das Ihrige wären Sie nicht besorgt?«

»Ich unterstelle Ihnen dieselbe Güte und denselben Großmut, mit der meine arme Cousine meiner fragwürdigen Heldentat begegnet ist.«

»Ich hoffe, Sie prüfen mich einst! – Und was ist Ihrem jungen Kameraden widerfahren? Ist er in ein Faß mit Rosenöl gestürzt?«

»In der Tat hat der liebe Hertefeld keinerlei Gefahren für Leib und Leben gescheut, jeden strengen Geruch des Soldatischen von Eurer Königlichen Hoheit fernzuhalten.«

»Meine Erfahrung hat mich gelehrt, daß Männer, die sich mit einem Küraß derart undurchdringlicher Düfte panzern, gemeinhin etwas zu verbergen haben.«

»Am Ende womöglich nur ihren Eigengeruch, verehrte Prinzessin.«

»Lassen wir es für den Augenblick dabei bewenden, meine Herren. Ich möchte den französischen Gesandten, Baron von Rottembourg, begrüßen. Die Herren kennen sich bereits?«

Der Baron nickt uns freundlich zu und küßt der Prinzessin die Hand. Mich beruhigt indessen, daß sie dem Baron mit derselben abschätzenden, ja sogar ein wenig boshaften Miene begegnet wie uns. Offenbar hält sie uns Edelmänner allesamt gleichermaßen für opportunistische Kreaturen. Und damit hat sie ja nicht einmal unrecht. Allerdings blitzt in den Augen des Barons eine kaum weniger boshafte Ironie auf, als er der Prinzessin seine Komplimente macht, und Wilhelmines scharfem Blicke, ganz ihrem gestrengen Vater ähnlich, wird die Doppelbödigkeit kaum entgehen. Doch am Ende ist das vielleicht alles nur ein Spiel, eine Salonkomödie, die man bei dergleichen Empfängen aufführt.

Mit diesen und tieferen Gedanken beschäftigt, ziehe ich mich zum Kaffeetischchen zurück, um dem weiteren Verlauf des Abends aus einem gewissen Abstande zuzuschauen.

Hertefeld, der in meiner Gegenwart recht stumm geblieben war, scheint seine erste Scheu nun überwunden zu haben und sich in der stetig wachsenden Zahl der Gäste zunehmend heimisch zu fühlen. Und tatsächlich begegnet ihm die Hofgesellschaft, vor allem ihr weiblicher Teil, mit wohlwollender Herzlichkeit, nicht zuletzt seiner Jugend wegen.

Mannspersonen besitzen mitunter eine ebenso große Eitelkeit wie Frauenzimmer, und im Grunde scheint sie mir sogar von derselben Art. Schmeichelt man ihnen, sind sie ebenso leicht zu bestechen wie die Frauen, kränkt man sie, können sie einen grausam verfolgen, bis sie ihren angeblichen Feind oder auch sich selbst zugrunde gerichtet haben.

Als das kleine Konzert beginnt, gesellt sich von Rottembourg zu mir.

»Es freut mich sehr, Sie einmal wiederzusehen, lieber Herr von Katte, wenn dieser Ort auch nicht der ist, an dem ich meiner Freude den wahrhaftigsten Ausdruck geben könnte.«

»Darf ich Ihnen einen Kaffee einschenken, Herr Baron?«

»Nur zu, doch dürfen Sie nicht erwarten, daß ich ihn bis zur Neige trinke. Mir scheint die hiesige Zubereitung dieses edlen Getränks durchaus noch verbesserungswürdig, finden Sie nicht auch?«

»Diejenigen Gäste, die nie in Venedig oder Paris waren, dazu zählt ja selbst die Königin, können die innewohnenden Möglichkeiten dieses Getränks nicht einmal ahnen.«

»Gilt das nicht für jede Art von Genuß? Auf keinem Felde scheint mir die diesbezügliche Phantasielosigkeit größer.«

»Sie reden von Brandenburg?«

»Gewiß nicht von Paris, mein Freund. Bedauern Sie nicht manchmal, zurückgekehrt zu sein?«

»Dies ist, denke ich, nicht gerade ein Gegenstand, den wir als Gäste der Königin erörtern sollten, Herr Baron.«

»Sie haben recht, Herr Cornett. Loyalität ist die ehrenhafteste aller Tugenden.«

»Sie haben familiäre Wurzeln beiderseits des Rheins. Darf ich fragen, welchem Reiche im Zweifelsfalle Ihre Loyalität gelte?«

»Auch das ist nicht gerade eine Frage, auf die Sie an diesem Orte eine aufrechte Antwort erwarten dürften. Aber glauben Sie mir, wenn ich Ihnen sage, meine Loyalität gilt stets und allein jener Macht, die mir die größte Freiheit läßt.«

»Ich glaube Ihnen ohne jeden Zweifel, Herr Baron.«

»Dann scheuen Sie sich nicht, wann immer sich der Freiheitsdrang in Ihnen regt, meine Unterstützung zu suchen. Seien Sie versichert, sie ist mir ebenso lieb und teuer, wie mir Ihr leibliches Wohlergehen war.«

Als die Königin auf uns zutritt, läßt Comte de Rottembourg

mich unerwartet mit ihr allein. Mir ist, als hätte ich noch alle Eierschalen Glauchas an mir hängen. Natürlich bin ich entschlossen, mich so weltgewandt zu geben, wie ich nach zweijähriger Reise durch ebendiese zu sein glaube, allein es scheint, als sprössen mir Disteln im Rachen.

Die Königin ist nicht schön und wohl auch niemals schön gewesen. Gerade hat sie ihr dreizehntes Kind geboren, von denen indessen bereits fünf verstorben sind. Ihre Haut ist weiß, ihre Haare sind dunkelbraun, ihre Figur mag einmal schlank gewesen sein, aber nun ist sie in allem ein wenig rundlich und untersetzt und versucht, diese Schwere durch ein heiteres Wesen auszugleichen. Sie liebt die Schönen Künste und die Wissenschaften, heißt es, ohne allerdings zu sehr in die einen oder anderen eingedrungen zu sein.

Nachdem ich sie eine unhöfliche Weile lang verlegen angeschwiegen habe, entfährt es meinem im Augenblick gar nicht mir gehörenden Munde, daß heute doch ein außerordentlich schwüler Tag sei.

Sie antwortet mir lächelnd, das möge vielleicht an meiner steifen Ausgehuniform liegen. Daraufhin steht unsere Konversation wieder still wie eine Kalesche nach einem Achsenbruch, bis sie gutherzigerweise fortfährt: »Ich sehe sehr wohl Ihr Bemühen, mir gefällig zu sein, Herr von Katte, also verzeihe ich Ihnen die ungalante Wortkargheit und hoffe, daß Sie auch fernerhin Gast in Monbijou sein werden und mir dann auch ein wenig von meinem Vater und meinem Bruder in England erzählen, die Sie auf Ihrer Kavaliersreise doch gewiß getroffen haben, nicht wahr?«

Ich nicke mit immer noch tauben, ja zugenähten Lippen.

»Ich hatte angenommen, derartige Reisen sorgten am Ende für ein wenig Schliff, doch offenkundig befinden Sie sich noch immer in der Probezeit, ehe Sie Ihren Eid als guter Gesellschafter ablegen können. Wenn Sie sich während dieser Probezeit indes meiner Führung bedienen wollen, werde ich für den notwendigen Schliff schon sorgen!«

Ich räuspere mich ein-, zweimal, doch ehe ich zur rechten Antwort gefunden, ist sie zum nächsten Gaste entschwunden.

Ich frage mich, ob diese vornehme Gesellschaft tatsächlich meine Welt sei, und ohne mich von irgend jemandem zu verabschieden, stehle ich mich beschämt davon, ehe ich noch der Gegenstand ihres heimlichen Spottes und Gelächters werde.

Nach der Erteilung der Tagesbefehle bittet Generallieutenant von Natzmer mich, noch einen Augenblick zu bleiben. Als die Kameraden die Wache verlassen haben, fragt er mich, ob ich vielleicht weiteren Unterricht in der Mathematik und in der Fortification nehmen wolle. Ingenieuroberst Johann Wilhelm Senning biete allwöchentlich einige Lehrstunden im königlichen Schlosse an.

Natzmer ist ein frommer und gerechter Kommandeur, der jede unnötige Grausamkeit in seinem Regimente unterbindet. Da er ein guter Freund meines Großvaters ist, habe ich wohl auch ihm die Aufnahme bei den Gens d'armes zu verdanken. Aber diese Dankbarkeit allein ist es nicht, daß ich sein Angebot zu einer Fortsetzung meines Studiums sogleich annehme, denn in der Tat interessiere ich mich für die Mathematik und die Ingenieurskunst und hoffe, durch einen fordernden Unterricht der bedrückenden Langeweile unseres Offiziersalltags wenigstens hin und wieder einmal zu entkommen.

Wir sind nur wenige Schüler. Nicht alle Kameraden teilen mein Leiden an der geistigen Trägheit und meinen Wissensdrang. Auch kommt dem Ingenieursstudium meine Neigung zum Malen und Zeichnen entgegen. Aber zunächst kann von einem fordernden Unterrichte nicht die Rede sein. Im Mittelpunkt der Aufmerksamkeit meines neuen Lehrers steht der Kronprinz, dem Senning zunächst die Anfangsgründe mathematischer Berechnungen beizubringen sucht.

Er trägt die Uniform des Ersten Garderegiments zu Fuß. Die Degenquasten sind ausgebleicht, die schwarzen Wasserstiefel abgewetzt und oben von einer Schnur zusammengehalten, die Schärpe muß noch aus der Zeit der Thronbesteigung seines Vaters stammen, und die Manschetten benutzt er offenbar auch, um seine Feder abzuwischen.

In der Mittagspause sitzt er allein an einem gesonderten Tische. Mit den Fingern greift er in den Suppenteller, angelt sich ein Stück Fleisch heraus und stopft es in den Mund. Die leergefischte Brühe schiebt er mit angewiderter Miene zurück.

Dann mischt er in seinem Becher Kaffee mit Schaumwein, nimmt einen tiefen Schluck und mustert seine Offizierskameraden mit einem koboldhaften Blick. Als ich aufstehe, da der Unterricht nun weitergeht und ich unseren gutmütigen Lehrer nicht warten lassen will, halte ich kurz an seinem Tische inne. »Stimmt irgend etwas an meinem Gesichte nicht, Königliche Hoheit?«

Der Kronprinz errötet, sagt aber nichts.

Senning ist ein sechzigjähriger, sanftmütiger Mann von ganz und gar unsoldatischem Auftreten. Aus dem Kriege mit den Niederlanden ist er mit dem Verlust seines rechten Beines heimgekehrt, trotzdem hat der König ihn in seinem Dienste belassen. Sein von einer langen Gamasche verborgenes künstliches Bein ist so gut hergestellt, daß man es selbst beim Gehen von einem natürlichen kaum unterscheiden kann. Allerdings bewegt sich der alte Herr in unserem Unterrichte außerordentlich ruhig und besonnen vorwärts. Und da die Begabungen des Kronprinzen offenkundig auf ganz anderen Feldern liegen, sucht der Ingenieuroberst nicht selten in besonders hartnäckigen Fällen von Begriffsstutzigkeit meinen didaktischen Beistand, wenn Geduld und Altersmilde nicht mehr weiterhelfen. Am Ende ist es der Kronprinz selbst, der mich bittet, ihm in der Zeit zwischen Sennings Lehrstunden einen privaten Nachhilfeunterricht zu erteilen.

Der Kronprinz erinnert mich in seinem ganzen wechselhaften Gebaren zwischen Stolz und Unsicherheit an den jungen Hertefeld, und einen Augenblick zögere ich, ein weiteres Mal die Mentorenrolle für einen unberechenbaren Geist zu übernehmen. Aber dann besinne ich mich, daß es der Kronprinz und mein zukünftiger König ist, der mich um meinen Beistand bittet.

Zwei Tage später treffe ich ihn zum ersten Mal allein in einem Schreibzimmer des Schlosses, mit einigen vorbereiteten mathematischen Übungen in meinem Gepäcke.

»Wo haben Sie Ihren Stock, Herr Cornett?« begrüßt mich der blasse junge Mann. »Sie wissen doch, daß ich vieles nur begreife, wenn man es in mich hineinprügelt!« Er spricht mit einer anmutigen Leichtigkeit, ganz anders als in Sennings Unterricht. Zeigt er sich dort verstockt wie ein Kind, so höre ich hier hinter dem sanften Tonfall bittren Witz oder gar Hohn heraus.

»Ich bin nicht hier als Ihr Lehrer oder Erzieher, Königliche Hoheit, sondern als Ihr Kamerad.«

»Dann sparen Sie sich zuallererst einmal die Königliche Hoheit, Herr von Katte. Sagen Sie einfach Prinz oder besser noch Friedrich zu mir. Ihr Rang und der Altersunterschied scheinen mir diese informelle Anrede doch durchaus zu rechtfertigen, finden Sie nicht auch?«

»Ich bin mir nicht sicher, mein Prinz. Vielleicht sollten wir diese unangemessene Vertraulichkeit zunächst einmal auf unsere Privatstunden begrenzen.«

»Ganz wie Sie wollen, Herr Cornett. Mit welcher mathematischen Tortur wollen Sie beginnen?«

»Wenn Sie die Mathematik als Tortur begreifen, werden Sie allerdings keine rechten Fortschritte machen!«

»Als was soll ich sie sonst betrachten? Etwa als Kunst?«

»Warum nicht? Wie ich hörte, lieben Sie die Musik. Und meinem Empfinden nach sind die Mathematik und die Musik wie zwei Brüder.«

»Das scheint mir allerdings einer recht kühnen Phantasie entsprungen. Bisher hat noch keine Gleichung etwas in mir zum Klingen gebracht.«

»Bringen Sie mir ein Notenbüchlein, und ich zeige es Ihnen.«

»Flötensonaten von Jacques Hotteterre?«

»Ich würde Telemann bevorzugen, doch zur Not tut es auch ein Hotteterre.«

Von August bis November verbringt der König mit seiner Familie die Zeit in Wusterhausen, folglich gibt es auch keine Empfänge in Monbijou. Ich hätte nicht gedacht, daß ich die wöchentlichen Soireen der Königin einmal vermissen würde.

Höfe sind unstreitig der Sitz des gesitteten Wesens und Wohlstands. Wären sie das nicht, so würden sie die schlimmsten Schauplätze von Blutvergießen und Greueltaten sein. Die jetzt einander hofieren und anlächeln, würden einander erwürgen und niederstechen. Ehrgeiz aber und Feigheit, die zwei herrschenden Tugenden an Höfen, haben Verstellung für wirksamer gehalten als ehrvergessene Gemetzel; Verstellung hat diejenige Fertigkeit an Courtoisie gelehrt, die den geschmeidigen Höfling vom grobschlächtigen Landjunker unterscheidet. Und ich, ich bin dabei, mich vom letzteren zum ersteren zu häuten. Doch wie erlangt ein Mann von meinen Geistesgaben sonst ein Ansehen bei Hofe? Würde ich das Visier offen tragen, würde mein Leben aus einer nicht endenden Kette von Ehrenhändeln bestehen. Wie dumm das alles ist, und ehrlos! Und wie unvermeidbar!

Wer seine Ehre nicht beschmutzen will, wer nicht will, daß man über ihn lacht und ihn, während er in Hörweite steht, beleidigt, muß den Hof meiden. Aber dann wird er es natürlich zu nichts bringen und sich überdies zu Tode langweilen.

»Die Königin empfängt heute ja ganz in Schwarz«, merkt der französische Gesandte bei der ersten Frühjahrssoiree in Monbijou an. Die Königin besitzt das Privileg, in ihrem Schmuckkästchen nicht nur ein eigenes, sondern das einzige höfische Leben in Berlin entfalten zu können, so daß selbst ein Comte de Rottembourg sich nicht den Luxus leisten kann, es zu versäumen.

»Sie ist in Trauer«, erwidere ich in jenem heiteren Tone, den ich mir inzwischen für dergleichen Plaudereien zugelegt habe.

»Schwarz steht ihr außerordentlich gut«, wagt Rottembourg zu urteilen, »aber ich habe von gar keinem Todesfall gehört.«

»Ihre Mutter, die Herzogin von Braunschweig-Lüneburg, ist gestorben.«

»Ah, die unglückliche Prinzessin von Ahlden. Deswegen die Zurückhaltung?«

»Man sagt, sie habe ihre Mutter dreißig Jahre lang, seit jenem unseligen Fluchtversuch aus Hannover und der Ermordung ihres Geliebten, des Grafen von Königsmarck, nicht mehr gesehen, das heißt nicht mehr sehen dürfen. Und selbst jetzt habe ihr

Vater, der König von England, befohlen, seine untreue Gattin in aller Stille beizusetzen.«

»Die Königin trägt es mit außergewöhnlicher Würde.«

»Es scheint so, ja. Im Innersten aber, denke ich manchmal, unterscheidet sich ihrer beider Schicksal gar nicht einmal so sehr.«

»Wie kommen Sie denn auf diesen Gedanken, Herr von Katte? Lebte unsere gute Königin wie ihre bedauernswerte Mutter in strenger Haft, wären wir am heutigen Nachmittage nicht bei ihr zu Gast!«

»Und doch müssen Wusterhausen und selbst Berlin für eine welfische Prinzessin manchmal wie ein Gefängnis wirken. Ist Ihnen nicht auch schon aufgefallen, daß sie ihre Empfänge nur gibt, wenn der König in Potsdam oder in noch größerer Ferne weilt?«

»Zweifellos haben Sie recht, Herr Lieutenant. Noch nie habe ich den König hier in Monbijou angetroffen. In diesem Falle würden allerdings wohl die anderen Gäste fernbleiben.«

»Zumindest sind es recht unterschiedliche Kreise, die der König in Wusterhausen oder im Stadtschlosse und die Königin hier in Monbijou um sich versammeln.«

»Einander ausschließende Kreise, lieber Herr von Katte!«

Wer wie ich nun jeden Tag Botschafter, Prinzen und Königinnen zu sehen bekommt, begreift rasch, daß sie ebenso wie andere Leute ihre Kopfschmerzen, Unverdaulichkeiten, Launen und Laster haben, deren jedes der Reihe nach ihre Entscheidungen mehr bestimmt als Klugheit und Vernunft.

Seit seiner Rückkehr von Dresden ist der Kronprinz in düstere Melancholie verfallen. Er magert zusehends ab und wird häufig von Schwächeanfällen heimgesucht, so daß ich schon befürchte, er könne ernsthaft erkrankt sein.

Obgleich ich ihn mehrfach nach der Ursache seines Kummers frage, verrät er mit keinem Worte, was in Dresden vorgefallen sein mag. Die einzige Klage, die er von sich gibt, ist allgemeiner Art und wohl eher einem jugendlichen Weltschmerz geschuldet als einer tieferen Verletzung: »Ich bin mein ganzes Leben lang unglücklich gewesen, und ich glaube, es ist mein Verhängnis, unglücklich zu bleiben.« – Dennoch schickt der König seinen Sohn zum Stabsarzt, damit dieser ihn gründlich untersuche und fortan seine Gesundheit überwache.

Mit einem gewissen Triumphe in der Stimme teilt Friedrich mir mit, der Arzt habe ein schleichendes Fieber diagnostiziert, das leicht in Schwindsucht ausarten könne.

Der König reist allein nach Preußen. Der Kronprinz lässt sich durch seinen Gesundheitszustand entschuldigen und bleibt in Potsdam, erhält aber die Erlaubnis, zweimal wöchentlich der Königin in Berlin seine Aufwartung zu machen.

Durch die Abwesenheit des Königs geht es am Hofe ungezwungener zu. Neben den wöchentlichen *Cercles* in Monbijou gibt es viele Feste und Konzerte. Auf Einladung der Königin weilen der berühmte Lautenspieler Weiss, und die nicht minder berühmten Flötenbläser Buffardin und Quantz in Berlin. Die Königin nennt die Konzertabende, zu denen auch ich geladen bin, »stille Freuden«.

Friedrich ist nun fünfzehn Jahre alt. Sein Vater hat die Schulerziehung des Prinzen für beendet erklärt, Sennings Unterricht in Mathematik und Fortification und meine Nachhilfestunden sind die einzigen Lehrstunden, die er noch erhält.

»Meine Rechtschreibung ist beklagenswert«, tadelt er sich selbst.

»Das ist wahr, mein Prinz. Bei den Anfangsbuchstaben verfehlt Ihr mit dem Instinkt des Aufrührers fast immer die rechte Größe. Ihr solltet hin und wieder auch einmal deutsche Bücher lesen.«

»Ihr urteilt viel zu vorteilhaft von der deutschen Literatur, Katte. Meiner Einsicht nach ist sie nicht einen Schuß Pulver wert.«

»Nun, sicher wird Euer so treffendes Urteil dadurch erleichtert, daß Ihr sie nicht kennt, lieber Freund, weder Opitz noch Gryphius, weder Grimmelshausen noch Günther.«

»Ihr habt recht. Sie verdienen es nicht, überhaupt gedruckt zu werden. In meiner Büchersammlung wenigstens würde ich dergleichen elende Schriften nicht dulden. Deutsch ist eine Sprache für Dienstboten.«

»Euer Vater spricht Deutsch.«

»Eben drum. Auf deutsch ist die Welt dunkel, rauh und undurchschaubar. Doch im Lichte französischen Geistes wird sie plötzlich hell und klar und frei von bedrückenden Schatten, ganz ohne die übliche deutsche Düsternis.«

»Ich dichte auf deutsch.«

»Wie könnt Ihr in dieser barbarischen Sprache dichten, die doch in ebenso viele Mundarten zerfällt, als Deutschland Provinzen hat? Jedes elende Nest bildet sich ein, seine Redeweise sei die beste. Was man in Leipzig schreibt, wird in Hamburg nicht verstanden, und die friesische Mundart erscheint den Sachsen eine fremde Sprache.«

»Die griechischen Republiken hatten einst ebenso viele Mundarten wie wir.«

»Mag sein, aber sie besaßen immerhin berühmte Dichter, Redner und Geschichtsschreiber, die durch ihre Schriften die Sprache festigten. Doch wen haben wir? Nenn mir unseren Homer, unseren Vergil, unseren Horaz, Cicero oder Marc Aurel! Außer Fecht- und Reitkünsten ist auf unserer kargen Erde bisher nichts gediehen!«

»Gerade als sich Frankreich durch Muße und Geschmacksbildung zur ersten Nation der Künste aufschwingen konnte, tobte in unseren Landen ein dreißigjähriger Krieg. Von zwei Dutzend verschiedener Heere wurden Stadt und Land verwüstet und geplündert, die Felder lagen brach, die Städte waren am Ende gebrandschatzt und menschenleer. Und noch lange wird sich Deutschland vom Elend und der Asche nicht erholt haben. Soll man auf den Trümmern Sonette dichten? Die Musen verlangen ein stilles Heiligtum der Ruhe und der Ungestörtheit.«

»Was helfen uns die tiefsten, stärksten, glänzendsten Gedanken, wenn wir keine klaren und verständlichen Worte haben, sie auszudrücken?«

»Der klare Gedanke ist nicht immer der wahre, und das verständliche Wort nicht immer das treffende. Mir ist die Barbarensprache unserer Väter gerade recht für meine innere Verheerung.«

»Ihr, verheert? Dann habt Ihr ja den rechten Arzt gefunden!«

»Die Sprache heilt sich selbst. Mag unser Provinzendeutsch in Euren Ohren auch weitschweifig, spröde, unmelodisch klingen, so wird sich zweifellos ein Meister finden, der diesen groben Klotz so kunstreich behaut, daß die anmutigste Figur daraus erwächst. Will sie am Ende auch immer noch nicht französisch erscheinen, so kann sie doch die schönsten Seiten unserer eigenen, spröden, weitschweifigen und gelegentlich mißtönenden Seele aufweisen.«

»Es wird kaum möglich sein, die harten Laute zu mildern, an denen unsere meisten Worte reich sind. Vokale schmeicheln dem Ohr, zu viele Konsonanten hintereinander verletzen es.«

»Kaiser Julian sagte einst, die Gallier krächzten wie die Krähen. Und in Paris habe ich manchen französischen Gesellen und manches Marktweib getroffen, die des Kaisers Urteil noch milde erscheinen lassen.«

»Redet nur! Ich jedenfalls bin davon überzeugt, daß kein Arzt genug Verstand besitzt, einen Leib zu heilen, dessen wichtigste Organe schadhaft sind!«

»Verzeiht, mein Prinz, aber mir scheint, Ihr philosophiert diesbezüglich nicht aus Herzensdrang, sondern allein aus Streitlust, Eurem Lehrer zu widersprechen.«

In was für einer Zeit leben wir? Nach den Schrecken des Dreißigjährigen Krieges in einer Zeit des Friedens? Nach dem Pomp der Fürstenhöfe in einer Epoche neuer Bescheidenheit und Frömmigkeit? – Nein, Krieg und Frieden, Pomp und Pietismus, alles findet gerade gleichzeitig seine Heimstatt.

Wenn man diesen widersprüchlichen Geist unserer Zeit unter einen Begriff zwingen müßte, würde ich sagen: Wir leben im Zeitalter des Theaters. Unsere Städte und Fürstenhöfe sind die Kulissen, Prinzen, Prinzessinnen, Prediger, Mätressen, Richter, Ratsherren, Bürger, Barbiere und Bader stellen die Komödiantenschar.

Ist der König in Berlin, muß die Königin den ganzen Tag im Zimmer des Königs verbringen, allein in Gesellschaft von Friedrich und Wilhelmine, so hat der König es angeordnet. Nur zu unserem Unterrichte wird Friedrich für eine Stunde entlassen.

Gemeinsam essen sie zur Nacht, die Königin und ihre Kinder, im Beisein der Frau von Karmeke, ihrer Oberhofmeisterin, und Frau von Roucoule, der Erzieherin von Friedrich, die bereits seinem Vater, unserem König, als Kinderfrau gedient hat. Doch warum ein fünfzehnjähriger, inzwischen zum Obristlieutenant avancierter Offizier des Königsregiments in Potsdam noch eine Gouvernante braucht, weiß Gott allein.

Frau von Karmeke hat die Königin bereits aus Hannover mitgebracht, trotz einiger vorzüglicher Eigenschaften aber, so Friedrich, schenke seine Mutter ihr keinerlei Vertrauen. Überhaupt neige die Königin zum Argwohn und zur Rachsucht. Niemals verzeihe sie jemandem, von dem sie sich beleidigt glaube.

Die Königin liebt das Spiel und hat, seit ich die Ehre habe, näher mit ihr vertraut zu sein, bereits beträchtliche Summen verloren. Dem König muß dieses lasterhafte Treiben natürlich ein Greuel sein. Mag er auch mit seinen Generälen im Tabakskollegium zusammensitzen, um daselbst ungestört von Weibern zu rauchen, zu saufen und grobe Zoten zu reißen, hat er doch seine Spione überall und nicht zuletzt auch bei den Empfängen in Monbijou.

Unter all den getreuen Gästen ihrer *Cercles* steht bei mir Kriegsminister von Grumbkow zu allererst im Verdachte, ein Zuträger des Königs zu sein.

Grumbkow besitzt das Gesicht einer alten, fetten Matrone. Obwohl er sich stets in der großen Welt bewegt, hat er die Manieren derselben nicht angenommen. Er darf eher für eine etwas bäuerliche, vernünftige, aber geistlose Person gelten. Aber womöglich täuscht der erste Eindruck. Grumbkow gilt als Anhänger der kaiserlichen Partei um den österreichischen Gesandten von Seckendorff und als Intrigant, so daß es mich sehr verwundert, daß sowohl die Königin als auch der König solch ein zweifelhaftes Individuum in ihrer Nähe dulden.

Doch nicht nur Grumbkow und Seckendorff fallen auf, überall im Salon erwecken die Gäste den Eindruck, als seien sie außerordentlich wichtig oder aus einem außerordentlichen Grunde hier.

Auch Friedrich nimmt heute am Empfange seiner Mutter teil. Es ist das erste Mal, daß wir hier in Monbijou zusammentreffen. Ich halte mich, so gut ich es vermag, fern von ihm, da ich es nicht für sonderlich opportun halte, unsere Vertrautheit miteinander einer größeren Öffentlichkeit bekannt zu machen. Dabei weiß ich nicht einmal den Grund, warum eine innere Stimme mich zu dieser Vorsicht mahnt.

Seine Mutter macht Friedrich mit dem französischen Gesandten bekannt. Der unerfahrene junge Mann scheint gar zu rasch von Rottembourgs Galanterie und Weltgewandtheit verzaubert und beantwortet leutselig alle Fragen des Barons. Dabei müßte er doch wissen, daß jede Woche ausführliche Depeschen über alle Angelegenheiten des Berliner Hofes nach Versailles abgehen.

Nun schlendert Friedrich Arm in Arm mit seiner Schwester Wilhelmine zu mir herüber. Die Prinzessin reicht mir ihre fleischige Hand zum Kusse. Als ich mich statt dessen vor ihr verbeuge, stoßen unser beider Köpfe schmerzhaft zusammen. Friedrich lacht wie ein schadenfroher Schulbub. Aus dem Antlitz Wilhelmines weicht indessen jeder Rest an Freundlichkeit. Ich bin mir nicht sicher, ob sich ihr Unwille eher gegen meine Ungeschicklichkeit oder nicht doch eher gegen das törichte Gelächter ihres Bruders richtet. Wortlos löst sie sich vom Arme ihres Bruders, geht davon und läßt uns mit einem vagen Gefühl von Schuld zurück.

Friedrich spürt, daß etwas an seinem Auftritte hier mißlang. »Übrigens, es ist wohl besser, Ihr tretet meiner Schwester nicht so nahe, Katte«, spricht er nun recht kühl.

»Warum das? Fürchtet Ihr, sie könnte mich nicht mögen?«

»Im Gegenteil. Ich fürchte, sie könnte eifersüchtig auf Euch sein.«

»Auf mich, einen so häßlichen Kerl, das Gesicht braun und

blatternnarbig und von schwarzem Haare zugewuchert, daß man kaum die Augen und die Nase sieht?«

»Prahl nicht mit deinem räuberischen Aussehen, Hans. Viel gefährlicher ist dein zügelloser Geist, der mich und sie für dich einnehmen könnte.«

»Dann muß der Gen d'armes in mir Eure Königliche Hoheit aufrichtig vor meiner Gegenwart warnen. Fliehen Sie, solange Sie sich meiner Liederlichkeit noch entziehen können!«

»Ich fürchte, dazu könnte es schon zu spät sein. Es ist kaum möglich, sich der Sünden zu erwehren, für die man von Anbeginn bestimmt ist.«

»Von welchen Sünden redet Ihr, mein Sohn?« Es ist die Königin, die leise an uns herangetreten ist und Friedrichs letzte Worte offenkundig vernommen hat. Dennoch blickt sie uns beide mit größtem Wohlwollen an. Es erscheint mir immer noch seltsam, daß ich die Wertschätzung unserer Gastgeberin errungen haben könnte, mag ich auch die ihrer Tochter durch meine Tölpelhaftigkeit just verloren haben. Offenbar schätzt die Königin es, daß ich mich in keiner Weise um ihr Wohlwollen bemühe.

Sie bittet Friedrich, ihr den Fächer aus ihrem Ankleidezimmer zu bringen. Während seines kurzen Botenganges ergreift sie meine Hand und spricht: »Lieber Herr von Katte, ich sehe sehr wohl, daß Sie meinem Sohne gewogen und mehr noch mein Sohn Ihnen zugeneigt ist.«

Ohne es zu wollen, erröte ich bei diesen unerwarteten Worten.

»Verzeihen Sie meine Offenheit, doch darf ich Sie um einen großen Gefallen bitten, Herr Cornett?«

»Mein Leben gehört Ihnen, Eure Hoheit.«

»Haben Sie ein Auge auf meinen Sohn. Er mag es selbst nicht wissen, aber er ist in wachsender Gefahr.«

»In welcher Art von Gefahr?«

»Er ist in Gefahr, Opfer seiner eigenen Jugend und Unvernunft zu werden.«

»Ich verstehe.« – In Wahrheit verstehe ich nicht eine Silbe von dem, was die Königin mir hier in ihrem Salon anvertraut.

»Habe ich Ihr Wort, daß Sie ihn vor allem Unglück und vor allem vor sich selbst beschützten werden?«

»Sie haben mein Wort als Offizier und Edelmann!«

Friedrich scheint stets kühl und beherrscht, doch spüre ich unter der gepanzerten Oberfläche den ständigen Wechsel von Heiß und Kalt, Nüchternheit und Berauschtheit, Aberglauben und Vernunft. Er redet nicht darüber, aber ich bin überzeugt, daß er empfindsam ist für Vorzeichen und Omen und sich vor der Nacht fürchtet und der Tod ihn ängstigt. Als ein neuentdeckter Komet in aller Munde ist, sieht er, der an den Himmel nicht glaubt, ihn als ein Zeichen ebendesselben an und fürchtet, wie das einfache Volk, das für den neuen König, der nun im Lande geboren werde, ein Prinz sterben müsse. Er spottet über diesen Aberglauben, doch gerade dieser Spott verrät ihn, denn ich selbst habe an dergleichen Unfug bisher nicht auch nur einen Gedanken verschwendet.

Ich erinnere mich noch gut, für die einfältigen Menschen auf dem Dorfe gehört die Existenz von Geistern und Gespenstern zum alltäglichen Leben. Nach Einbruch der Dunkelheit könne man ihnen jederzeit und überall begegnen, zu allererst natürlich auf Kirchhöfen und in Sterbezimmern, oder auch in Kellern, auf Dachböden oder in verfallenen Gemäuern. Jeder ist sich der Existenz dieser ätherischen Wesen gewiß, und nicht wenige behaupten, mit ihnen gar in einem lebhaften Verkehre zu stehen oder wenigstens schon einmal von einem feenhaften Weibe oder einem wilden Kerl angerufen und verfolgt worden zu sein.

Dennoch bin ich nicht wenig überrascht, als Friedrich mich fragt, ob mir einer dieser weisen Alten bekannt sei, die durch gewisse Kräuter und Säfte uns zu heilen oder auch zu schaden verstünden.

Aus reinem Schabernack erzähle ich ihm von der alten Mette, deren vornehmliche Kunst darin bestehe, mit einem Blatt aus dem Hohen Liede Salomos, mit Hauswurz und frischem Hahnenkamm einen Liebestrank zu brauen, und frage den Kronprinzen, ob ich bei meinem nächsten Besuche in Wust ihm davon einen Fingerhut voll mitbringen solle. In der rechten Mischung würden einige Tropfen ein übermächtiges Verlangen in jedem auslösen, der sie koste. Doch zuviel davon könne, wie bei allen Zaubertränken, just das Gegenteil bewirken. – Das ist dem Kronprinzen dann doch zu gefährlich.

Ein anderes Mal, als er mich fragt, ob ich glaubte, daß Tote noch Gewalt über uns hätten, erwidere ich ernst: »Aber natürlich! Du weißt vielleicht, daß mein Vater in Angerburg eine Brauerei unterhält. Nichts ist für den Geschmack des gärenden Bieres nützlicher als der frische, bluttropfende Finger eines Diebes. Er muß von einem Lumpen stammen, der gerade erst aufgehängt worden ist. Der Bierbrauer schleicht sich noch in derselben Nacht zum Galgen und schneidet dem Erhängten einen Finger ab, und diesen Finger stopft er dann durch das Spundloch ins Bierfaß. – Um sich den Ruf des besten Bierbrauers Ostpreußens zu bewahren, hält mein Vater immer einige Beutelschneider und Galgenstricke in den Arrestzellen, sozusagen auf Vorrat, und versteht, deren Hinrichtungen bis zu jenem Tage aufzuhalten, an dem seine Fässer wieder einmal einer Aufbesserung des Gärungsprozesses bedürfen.«

»Was wollte meine Mutter von Euch, Katte?« fragt der Kronprinz mich mit kindlicher Neugier, als die Königin sich wieder ihren Gastgeberpflichten widmet und sich anderen Besuchern zugewandt hat.

»Sie wollte nichts von mir, sie gab mir etwas: ihre Wertschätzung.«

»Ich wußte doch, daß sie Euch mögen wird. Doch unterschätzt sie nicht.«

»Keineswegs. Nur möchte ich, wenn einst der Krieg offen ausbricht, nicht gerade zwischen die Fronten geraten.«

»Welcher Krieg?«

»Der zwischen Eurer Mutter, meiner Königin, und Eurem Vater, meinem König.«

Ich stehe am jenseitigen Ufer, in den Ruinen des Stadtschlosses, und blicke über den Fluss auf die kleine Grünanlage mit Kinderschwimmbad. Schließe ich die Augen, sehe ich alle Fenster Monbijous zugemauert, dann die Explosionen, die Feuersbrunst, den Einsturz. – Jede Zeit hat ihre eigene Gewandung. Die von mir herbeigerufene läuft noch ein wenig mangelhaft bekleidet herum.

Das Kurfürstentum Brandenburg, dessen Herrscher sich zur Erheiterung der europäischen Monarchen den seltsamen Titel eines »Königs in Preußen« beigelegt hatten, ist um 1720 der Volkszahl nach der dreizehnte unter den Staaten Europas; es rangiert zwischen dem Königreich beider Sizilien und der Republik Venedig. Mit zwei Millionen Seelen war der preußische Staat etwa ein Zehntel so groß wie Frankreich, Österreich oder Polen. Kann man dieses »Preußen« überhaupt einen Staat nennen? Es gibt kein zusammenhängendes Staatsgebilde wie Bayern oder Sachsen, sondern nur ein paar durch Schwert und Ehebett zusammengeraubte Landfetzen, die kümmerliche Karstlandschaft um Berlin, »des Deutschen Reiches Streusandbüchse«, einige Tagesreisen entfernt das ehemalige polnische Lehen Ostpreußen, und nur für dieses Land, das nicht zum Reich gehört, darf sich der Kurfürst von Brandenburg den prunkhaften Königstitel beilegen; fünf oder sechs kleine Grafschaften im Westen, Minden, Cleve, Tecklenburg, Nester, die niemand kennt und die im Kriegsfall kaum zu halten sind; kurzum, in diesem »Königreich« gibt es keine einzige Stadt, die mehr als einen Tagesmarsch von einer feindlichen Grenze entfernt liegt. Entblößter für einen potenziellen Angreifer kann kein Staat sich zeigen.

Preußen ist nicht nur seltsam an Gestalt, sondern auch seltsam in seinem Wesen. Eigentlich passt es gar nicht in seine Zeit, in das herbstliche Barock, in das galante Zeitalter, den Absolutismus mit seinem gepuderten und parfümierten Adel, seiner Dekadenz und Genusssucht.

Der Soldatenkönig gleicht eher dem sibirischen Steppenwind,

der von Osten über das karge Land fegt und alle Heiterkeit, allen Glanz und alle menschliche Wärme fortweht.

Die Staatsphilosophie Friedrich Wilhelms ist einfach: Preußen muss stark sein; um stark zu sein, muss es ein schlagkräftiges Heer haben; um ein starkes Heer halten zu können, muss es über hohe Einkünfte verfügen. Hohe Einkünfte kann man aus wohlhabenden Bürgern herauspressen; also muss der König den allgemeinen Wohlstand des Landes fördern.

Friedrich Wilhelm gründet zwei Dutzend neue Städte, zieht zwanzigtausend Neusiedler ins Land, schützt die Bauern und ihr Land, entwässert Moore, speichert Getreide in guten Zeiten und verkauft es in schlechten, und wo es in irgendeinem Gewerbe an geschickten Meistern fehlt, lässt er sie im Ausland anwerben. Um alles kümmert er sich selbst. Die Marktfrauen dürfen nicht müßig sitzen, sondern müssen Strümpfe stricken, und wenn ein Prediger mehr als eine Stunde predigt, hat er zwei Taler zu zahlen. Faulenzende Bauarbeiter verprügelt er eigenhändig, niemand, nicht einmal ein Minister oder Offizier, ist vor seinem Stock sicher.

Sich selbst nennt er den »Bettelkönig«, weil das Land arm ist. Das Volk nennt ihn den »Plusmacher«, da er von den Domänen, den Staatsgütern ein ständiges Plus erwartet.

Am meisten spart er am eigenen Hof: Niemand darf eine Kerze unnötig brennen lassen; und wenn er eine Verbrauchssteuer auf einen Artikel setzt, zahlt er sie auch selbst.

Er versteht nicht, warum sein Volk ihn nicht liebt. Es gibt keine Mätressen am Hofe, keine Maskeraden, Bälle, Prunkbauten, kein prahlerisches Auftreten, keinen sündhaften Lebenswandel; stattdessen Fleiß, Sparsamkeit, Abhärtung.

Mag es auch tatsächlich so sein, dass seine Untertanen ihn mehr fürchten als lieben, so bedarf doch keines seiner Schlösser einer Wache. Alle Türen stehen von morgens bis abends Besuchern und Bittstellern offen. Manchmal dringen sie sogar bis in seine privaten Gemächer vor. Nur in der Nacht ziehen zwei oder drei Mann zur Wache auf.

Am Ende seiner Herrschaft hat das kleine Preußen eine ebenso große Armee wie das zehnmal größere Österreich. Auf acht erwachsene Männer kommt ein Soldat. Die Hälfte wirbt er im Ausland an. Die preußischen Werber sind in ganz Europa gefürchtet.

»Das schönste Mädchen, daß man mir verschaffte, wäre mir gleichgültig. Aber Soldaten, sie sind meine Schwäche.« Der jüngste Fähnrich rangiert bei Hofe noch vor dem ältesten Geheimrat.

Doch der Preis für diese »Ehre« ist hoch. Eiserne Disziplin zu halten gilt es bis zum Tod. In der Berliner Garnison kommt es alle vierzehn Tage zu einem Selbstmord. Um diese Form der »Fahnenflucht« einzudämmen, lässt der König den Selbstmörder mit den Füßen an ein Pferd binden und durch die Straßen zum Schindanger schleifen.

Einen Befehl indes gibt der König nie: den Befehl zu schießen. Der Soldatenkönig ist der friedfertigste Monarch Europas. Daher heißt es: So schnell schießen die Preußen nicht.

Da ihm persönliche Gewandtheit und politischer Instinkt fehlen – und er darum weiß –, hält er sich aus den europäischen Machtspielen weitgehend heraus. Selbst karikiert er sich als einen »Fürsten von Zipfel-Zerbst« und malt sich als »Bohnenkönig«.

»Bohnenkönig« ist zweifellos ein Euphemismus. Er mißt gerade einmal einen Meter sechzig, sein Taillenumfang ist ungleich größer. Er trägt die dunkelblaue Uniform eines preußischen Oberst, obwohl er der Armeechef ist und zwei Feldmarschälle unter seinem Kommando stehen. Über seine Uniform zieht er eine graue Schürze und grüne Schutzärmel; schließlich ist so eine Uniform nicht billig, und man muss sie ja nicht mutwillig ruinieren, selbst wenn man der König in Preußen ist.

Sein von der Wassersucht aufgedunsenes Gesicht wirkt immer angespannt von Wut, Unsicherheit und Misstrauen.

Mit zunehmendem Alter gesellt sich eine wachsende Schwermut hinzu: »Ich wünsche jetzt nichts mehr in der Welt, als in der Fremde weit entfernt von meinen Landen einen einsamen Ort zu finden, wo ich in Stille leben kann.« Und seinem Sohn gibt er mit auf den Weg: »Hüte dich, mich nachzuahmen. Gott weiß, welch eine geringe Meinung ich von mir immer gehabt habe.«

Wenn ich den Kronprinzen neben dem König, den Sohn neben dem Vater sehe, frage ich mich, wie dieselben Begriffe auf zwei derart verschiedene Menschen angewendet werden können. Ist der eine ein Mensch, muß der andere einer anderen Gattung oder gar einer anderen Welt angehören. Ist der eine das Urbild, muß das Abbild von einem schalkhaften Kopisten stammen.

»Was werdet Ihr tun, wenn Ihr dereinst selbst König seid?«

»Am ersten Tage meiner Herrschaft erkläre ich unsereinen, den Offizieren, die Armee dürfe nicht durch Habsucht und Übermut das Volk gegen sich aufbringen. Am zweiten Tage weise ich meine Minister an, sie hätten ihrem Volke und nicht ihrem Herrscher zu dienen. Am dritten Tage werde ich unseren Militärs das Fuchteln der Kadetten verbieten, am vierten Tage unseren Richtern und Bütteln das Foltern, am fünften die gewohnten Brutalitäten bei der Soldatenwerbung, und am sechsten den grausamen Brauch, Kindsmörderinnen in selbstgenähten Säcken ins Wasser zu werfen.«

»Und am siebten Tage wird Eure Königliche Hoheit ruhen, nicht wahr?«

»Satire schickt sich für einen Mentor nicht, Cornett von Katte!«

Friedrichs Stimme ist weich und sein Auftreten gefällig, selbst wenn er innerlich vor Zorn oder Empörung schier zu bersten scheint, aber ich spüre doch immer gleich seine verhüllten Gefühle hinter dem Anschein von Sanftheit und Anmut.

Inzwischen ist er recht ansehnlich geworden, auch wenn es ihm noch immer an wahrer Männlichkeit fehlt. In wenigen Jahren jedoch wird er, wenn er sich nicht vorsieht, fett, unbeweglich und gichtgekrümmt wie sein Vater sein.

Sein Gesicht hat an Farbe gewonnen, weil er sich nunmehr

draußen in der Natur aufhält, die lebhaften graublauen Augen wirken aufgrund ihrer Kurzsichtigkeit neugierig und offen, was im Wesentlichen ja auch seinem Charakter entspricht. Er spricht rasch und viel, mit lebhaften Gebärden, ist aber selbst immer noch ein schlechter Zuhörer. Nicht selten zeigt er sich aufbrausend und jähzornig wie sein Vater, den er doch so sehr haßt.

»Und was habt Ihr den ganzen Tag getrieben, Herr von Katte?«

»Ich war früh zu Bett, mein Prinz, habe noch einige Zeit gelesen und lange geschlafen.«

»So seid Ihr ein glücklicher Mensch!«

»Warum haltet Ihr mich für glücklich?«

»Ihr seid älter und so viel erfahrener als ich, und trotzdem kommt Ihr mir manchmal wie ein Kind vor. Ihr freut Euch über so bescheidene Dinge wie ein dummes Buch und langen Schlaf.«

»Es war kein dummes Buch. Und ja, ich liebe es zu schlafen.«

»Liebe. Noch so ein kindisches Wort. Wart Ihr einmal in einem Hurenhaus?«

»Natürlich. Aber das ist kein guter Ort für die Liebe.«

»Tabak? So nehmt nur!«

»Ich danke Euch. Seht Ihr, mein Prinz, Ihr gebt mir etwas, ohne daß ich Euch darum gebeten hätte. Ihr sorgt Euch um mein Wohlbefinden.«

»Und wie könnt Ihr sicher sein, daß ich nicht bei nächster Gelegenheit die Gegengabe von Euch einfordere?«

»Niemand weiß, ob es eine nächste Gelegenheit gibt, und wir Soldaten wissen es am wenigsten. Nein, wir teilen aus einer Laune des Augenblicks. Und diese Laune besagt nichts anderes, als daß wir einander mögen; daß wir Freunde sind.«

»Daß wir einander lieben?«

Friedrich sagt es spöttisch, trotzdem macht sich zwischen uns für einen Augenblick Verlegenheit breit.

»Übrigens habe ich ein Gedicht geschrieben. Wollt Ihr es anhören?«

»Mit Vergnügen, mein Prinz.«

»Ich seh' im Todeskampf und nah schon
Den Vater an dem Tor der Unterwelt,
Bestürmt von wilder Qual, und Atropos
Bereit, daß sie den Lauf ihm kürzen will.«

Vergeblich warte ich auf die nächsten Strophen.

»Mir dünkt, es fehlt ein Anfang und das Ende.«

»Ja, ich befinde mich noch inmitten des Prozesses. Immerhin hat es schon ein Zentrum, einen Kern.«

»Den Tod Eures Vaters?«

»Gott bewahre! Der König und seine ganze Familie genießen durch Gottes Gnade eine geradezu athletische Gesundheit, so daß die Herausgeber von Kondolenzblättern eher des Hungers sterben.«

»Ich muß Euch bitten, nicht weiter derart über Euren Vater zu sprechen, sonst müßte ich Euch als meinen schlimmsten Feind betrachten.«

»Ihr meint, in Versen?«

»Ihr wißt, was ich meine.«

»Niemals hat ein Künstler eine so schlechte Meinung von seinem eigenen Werke gehabt, wie mein Vater, der König, von dem seiner eigenen Lenden. Tausendmal lieber wollte ich mir mein Brot anderswo ehrlich erbetteln, als so erbärmlich vor dem eigenen Vater kriechen zu müssen. Ich weiß nicht, was ich verbrochen habe, außer daß ich sein Sohn bin.«

»Ihr deklamiert mir viel zu viel in Eurem Kummer; das läßt mich hoffen, daß Ihr bald darüber hinwegkommen werdet!«

Doktor Reimann ist nicht nur ein Freund meines Großvaters, sondern teilt auch dessen fromme Ansichten. So kränkt es mich zwar, aber verwundert mich nicht, als er mir nach einigen Monaten der Duldung die Wohnung in seinem Hause Unter den Linden wegen meines doch recht unfrommen Lebenswandels kündigt. Durch Holtzendorffs Vermittlung finde ich indes noch in derselben Woche Ersatz in meines Kameraden unmittelbarer Nachbarschaft, in der Brüderstraße am Petriplatz. Die Wohnung ist zwar dunkler und beengter als jene im prachtvollen Bürgerhause des Doktor Reimann in der neuen Friedrichstadt, dafür übertreffen mich meine jetzigen Hausgenossen in Belangen der Liederlichkeit und Gemeinheit aber bei weitem, so daß ich mich endlich wieder für einen Edelmann halten kann.

Wenn Daniel mich in meiner Kammer rumoren hört und mir wortlos das Rasierzeug zurechtlegt, dann schweigt er nicht aus Unbotmäßigkeit, sondern, im Gegenteile, aus der nun mehr schon ausreichend langen Erfahrung als mein Bursche, daß man mich während der ersten Stunden des Tages besser nicht anrede oder durch anderweitige Unruhe meine Morgenempfindlichkeit unterbreche. Mancher mag des Morgens seinen Kater von der vorangegangenen Sauferei haben, ich jedoch könnte meine Gemütsstörung zu früher Stunde einen Wortkater aufgrund des trunkenen Geschwätzes am Vorabend nennen. Dennoch treibt es mich fast täglich in die Gesellschaft jener zurück, denen ich meine morgendlichen Kopfschmerzen und die mürrische Verstimmtheit zu verdanken habe.

Im geselligen Zusammensein zeige ich mich inzwischen so selbstsicher und eloquent wie alle anderen anwesenden Darsteller ihrer selbst, Fürst Leopold von Anhalt-Dessau zum Beispiel, unser großer Feldherr, der erst seit kurzem die Empfänge der Königin für die eigenen Allianzen zu nutzen versteht; in allen kriegerischen Dingen sehr erfahren, zeigt er sich nun auch auf dem gesellschaftlichen Schlachtfelde außerordentlich gewandt. Sein brutales Aussehen ist furchterweckend, und seine Physiognomie entspricht ganz seinem Charakter. In seinem maßlosen Ehrgeize ist er aller Gewalttaten fähig, um zum Ziele zu gelangen, jedoch gebildet genug, um in der Konversation durchaus angenehm zu sein.

Auch Herr von Kalkstein, der Prinzenerzieher, gibt der Königin heute abend die Ehre, für einige freundliche Worte in ihrem Salon zu verweilen. Er hat bei den Jesuiten studiert und sich ihre Lehren sehr wohl zu Herzen genommen. Er legt viel Frömmigkeit an den Tag, hebt stets seine eigene Redlichkeit hervor und findet Zuhörer genug, die diesem schönen Scheine sogar Glauben schenken. Doch durch die argen Schilderungen, die er täglich von den Handlungen und Unterlassungen des Kronprinzen entwirft, weiß er den König aufs getreulichste wider seinen Sohn aufzubringen und zu verbittern.

Mich schätzt Herr von Kalkstein, allen freundlichen Worten zum Trotze, ebenso wenig wie den ihm anvertrauten Zögling, ja womöglich noch weniger, da er in mir den Rivalen um die Gunst des Kronprinzen zu erkennen glaubt, denn natürlich bleibe ein Unterricht, und sei es nur die Nachhilfe in Mathematik oder Festungsbau, niemals auf das Eigentliche beschränkt. Gerade das scheinbar Nebensächliche und Beiläufige entfalte nicht selten eine viel ergreifendere Wirkung. – Ich kann Herrn von Kalkstein in seiner Annahme nicht einmal widersprechen, und meine Abneigung gegen seine schmiegsame und einschmeichelnde Art, unter der er seine Intrigantenseele zu verbergen sucht, steht seiner mir gegenüber in nichts nach.

Alle sind sie am heutigen Nachmittage beim *Cercle* der Königin versammelt, und mancher wird hernach noch im Tabakskollegium des Königs erscheinen und wortgetreu von den Vertraulichkeiten berichten, die seinem empfindsamen Ohre auf Monbijou unter dem Siegel der Verschwiegenheit zugeflüstert wurden.

Die wenigen wahrhaft amüsanten Momente verbringe ich allein in Gesellschaft des Comte de Rottembourg. »Das Alter beruht darauf, daß man Erfahrungen gemacht hat, die man nicht mehr nutzen kann«, beginnt er selbstironisch wie immer unser Gespräch. Doch dann fährt er in ungewöhnlich ernstem Tone fort: »Sie haben sicher schon gehört, daß Minister Ilgen zu Tode erkrankt sei.«

Nein, diese Nachricht ist mir neu. Aber um dieser Neuigkeiten willen, mögen sie sich am Ende auch als böswillige Gerüchte herausstellen, sind wir ja hier versammelt.

»Wenn er sterben sollte, was zu befürchten ist, wird wohl nichts mehr aus den Plänen der Königin, Prinzessin Wilhelmine und Kronprinz Friedrich mit den Kindern ihres Bruders, dem englischen Thronfolger, zu vermählen. Ilgen war ihr größter und, so dünkt mir manchmal, gar einziger Fürsprecher.«

»Die Königin hat einen starken Willen«, entgegne ich zurückhaltend.

»Fürwahr, das hat sie. Doch was ist mit dem Kronprinzen? Hätte er überhaupt seine Cousine heiraten wollen?«

»Ich weiß es nicht. Sie ist drei Jahre älter als er. Aber das ist im Grunde ganz gleichgültig. Es wäre für ihn eine Möglichkeit gewesen, aus Berlin herauszukommen, fort von seinem Vater.«

»Zweifellos kann man dort freier atmen als hier im engen Berlin, nicht wahr?«

»Ja, das Leben in London ist auf jeden Fall abwechslungsreicher. Ob auch freier, hängt vom jeweiligen Stande ab. Doch noch scheint mir ja nichts entschieden. Ilgen, Grumbkow, Seckendorff, sie alle folgen nur ihren eigenen undurchsichtigen Interessen.«

»So undurchsichtig sind sie gar nicht!«

»Schon möglich. Doch der einzige, der in der Frage seiner Verheiratung kein Wort mitzureden hat, ist der Kronprinz selbst.«

Im Verlaufe des Gesprächs hat der Baron mich freundschaftlich untergehakt und ist mit mir bis zu den großen Glastüren geschlendert, die man, des lauen Sommerabends wegen, geöffnet hat. Wir treten hinaus in den kleinen Park und schlagen den Weg zum Flußufer ein, wo wir uns gänzlich allein und ungestört wähnen können.

»Natürlich«, fährt der französische Gesandte in leichtem Plaudertone fort, »das ist nun einmal das Los eines Kronprinzen. Für ihn gibt es kein Privatleben. Sein ganzes Dasein ist ein öffentliches und politisches. Was wissen Sie denn über seine englische Cousine?«

»Prinzessin Amelia? Ich habe sie vor vier Jahren das letzte Mal gesehen. Da war sie fast noch ein Kind. Wir haben nicht ein Wort miteinander gewechselt. Ich kann Ihnen also gar nichts über sie sagen. Doch ist das, wie schon angemerkt, auch gar nicht wichtig. Es ist eine politische Entscheidung. Friedrich würde nicht seine Cousine, er würde England heiraten.«

»Minister Ilgen ist durchaus mitverantwortlich, daß diese Heirat mit England bisher nicht zustande gekommen ist. Er hat sich so sehr darum bemüht, daß der König einfach mißtrauisch werden mußte.«

»Außerdem hat er sich nicht an den Gelagen im Tabakskollegium beteiligt, wie Seckendorff und Grumbkow.«

»Oder Ihr Großvater, Graf von Wartensleben.«

»Oder mein Großvater, ja. In den Augen des Königs sind das alles Männer, die Seine Majestät ganz und gar zu durchschauen glaubt.«

»Bis auf Ilgen, der sich immer vollkommen in der Gewalt hatte, seine Zunge im Zaum hielt, und nicht nur seine Zunge, sondern jeden Muskel seines Gesichts und jede Regung seiner Augen. Nichts verriet ihn, und jeder fühlte sich von ihm erraten. Selbst der König war vor seiner seltenen Menschenkenntnis nicht sicher.«

»Noch ist Ilgen nicht tot.«

»Ja, Gott steh ihm bei! Seckendorff hingegen ist einfach nur schlau und durchtrieben.«

»Glauben Sie mir, es macht ihm genauso wenig Freude wie Ilgen, dem König beim Pfeifeschmauchen und Biersaufen Gesellschaft zu leisten. Er nimmt nur teil, um gleich am nächsten Morgen alle Intimitäten nach Wien zu berichten.«

»Die Österreicher haben in der Tat kein Interesse an einer preußisch-englischen Allianz. Im Gegenteil, sie werden alles versuchen, eine Loslösung Preußens aus dem kaiserlichen Lager zu verhindern.«

»Und was ist Frankreichs Interesse?«

»Unser König ist noch zu jung, um sich in dergleichen Fragen eine Meinung gebildet zu haben. Aber wer Seckendorff kennt, muß mit den übelsten Listen und Verrätereien rechnen!«

»Sie wollen damit doch nicht etwa einen Zusammenhang mit Ilgens plötzlicher Erkrankung andeuten, Herr Baron?«

»Nein, soweit würde ich nicht zu denken wagen. Doch was denken Sie, junger Freund?«

»Kriegsminister Grumbkow ist keinen Deut besser als Seckendorff. Ohne die steten Bestechungsgelder aus Wien könnte er sich seinen aufwendigen Lebensstil niemals leisten.«

»Bei dem geringen Sold, den der König seinen Ministern und Offizieren zahlt, ganz gewiß nicht.«

»Wie kann man nur inmitten all dieser Intrigen und Heucheleien leben, ohne selbst zum Intriganten und Heuchler zu werden!«

»Auf Dauer gar nicht, Herr von Katte!«

Aus schierem Überdruß habe ich die Einladung meiner Kameraden zu den Jagdspielen im Tiergarten angenommen. Hertefeld mimt den Hirschen und verbirgt sich im Walde. Holtzendorff, Bredow und die anderen spielen die Jäger und Spürhunde. Alles soll wie auf einer wahren Parforcejagd des Königs aufgeführt werden. Indessen gelingt es uns nicht, den Hirschen Hertefeld zu stellen. Am Ende kehren wir gar ohne Hertefeld in Bredows Stube zurück. Offenbar hat der junge Cornett sich im Tiergarten verirrt.

Holtzendorff erzählt uns bei Bredows saurem Weine, nicht ohne eine gewisse unterdrückte Wut in seiner Stimme, vom Besuche des jungen Francke beim König.

»Man fragt sich, wer benutzt hier wen als Werkzeug, Francke den König, um ihn für sein Werk der Menschen- und Weltverbesserung zu gewinnen, oder der König Francke, um uns alle weiter mit Franckes Ideen der Gottgefälligkeit zu tyrannisieren!«

»Gibt es einen besseren Weg, den Soldaten die Todesfurcht zu nehmen und ihnen zugleich die Furcht vor den ewigen Höllenqualen einzuschärfen, wenn sie Gottes und des Königs Geboten zuwider handeln?« entgegnet Bredow.

»Ja, vermutlich ziehen beide ihren Gewinn aus dieser unheiligen Vermählung. Das ganze Land ist ja inzwischen eine Franckesche Anstalt! Ich sage euch, mit unseren harmlosen Vergnügungen außerhalb der Dienstzeit wird es bald vorbei sein. So wie der Drill in die religiöse Erziehung Einzug erhält, dringt die religiöse Inbrunst ins Militärhandwerk. Am Ende werden wir nicht mehr befehlen, sondern predigen, nicht mehr exerzieren, sondern beten, und uns nicht mehr an Weibern, Wein und Würfelspiel erfreuen, sondern uns für unsere sündigen Gedanken geißeln!«

»Sündige Gedanken?« werfe ich ein. »Ich weiß nicht, wovon du sprichst, Holtzendorff!«

»Schon als Francke-Schüler warst du kein besonders frommer Mensch, Katte!«

»Nein, nicht einmal ein unfrommer. Die Glauchaer Feldwebelfrömmigkeit hat mir jede Sympathie für diesen Daseinssinn vergällt. Mich überrascht allerdings, daß du immer noch soviel Wut auf das Pädagogium Regium in dir trägst.«

»Es hat mich bereits meiner Jugend beraubt, jetzt soll es nicht auch noch meine besten Mannesjahre in eine beständige Gewissensprüfung verwandeln!«

»Warte ab, mit dem König werden auch Franckes Ideen sterben«, beschwichtigt Lüderitz.

»Doch bis dahin werden seine Blauröcke überall sitzen, in den Regimentern, in den Akademien und den Verwaltungen.«

»Auch wenn du recht haben magst, Holtzendorff, behalte derlei Gedanken für dich«, mahnt Bredow. »Dem König würden sie nicht gefallen.«

Holtzendorff begleitet mich noch ein Stück auf meinem Heimwege in meine neue Unterkunft in der Brüderstraße.

»Es heißt, der König und Francke wollten gemeinsam nach Potsdam fahren und dort das neue Militärkrankenhaus besuchen«, nimmt er seine Philippika, die er nach Bredows Einspruch unterbrochen, wieder auf.

»Warum auch nicht? Es wurde doch ganz nach dem Vorbild des Franckeschen Waisenhauses in Glaucha errichtet.«

»Du weißt, was in dem angeblichen Waisenhaus vorgeht? Die Knaben und Mädchen arbeiten tagein, tagaus mehr als elf, zwölf Stunden in der königlichen Wollmanufaktur. In Wahrheit ist es ein Arbeitshaus. In diesem Jahr, so hat mir Bornstedt, der dem Directorium angehört, voller Entsetzen berichtet, seien bereits mehr als hundert Kinder an Erschöpfung gestorben. Hier, diese Uniformen, sind aus dem Blute der Waisenkinder gewoben, die man angeblich so barmherzig von der Straße geholt und mit einem Dache über dem Kopf versorgt hat.«

»Selbst wenn das alles der Wahrheit entspräche, kannst du das Waisenhaus nicht einfach wieder schließen und fünfhundert elternlose Kinder zurück auf die Straße schicken!«

»Du weißt, daß es wahr ist, Katte! Wir haben es doch selbst erlebt! War es denn im Glauchaer Waisenhaus anders? Während wir Latein und Griechisch paukten, mußten die Kinder aus dem Nachbarhause auf den Äckern oder in den Salzsieden schuften.«

»Der König ist zu sehr auf wohlfeile Uniformen für die Armee angewiesen, als daß er seiner Liebe zu den Kindern wegen jene zu seinen schmucken Soldaten zurückstellte, und er ist zu sparsam, statt ihrer teure Lohnarbeiter zu beschäftigen.«

»Ja, der König hält es womöglich gar noch für christliche Tugend und Gottes Wille, die Kinder zu Tode arbeiten zu lassen. Doch du bist mit dem Kronprinzen vertraut. Vielleicht ist er noch nicht so von Franckes Gottgefälligkeit vergiftet und verroht.«

»Gewiß ist er das nicht.«

»Rede mit ihm. Wenn nicht jetzt, so kann er doch in Zukunft etwas an diesen mörderischen Umständen ändern.«

»Ich befürchte, eher in Zukunft. Denn sein Einfluß auf den König ist denkbar gering. Ja, alles, was er vorschlüge, würde vermutlich gar das Gegenteil bewirken.«

Mancher behauptet, daß die Empfindungen der Menschen um so freier und zarter würden, je näher das Land der Sonne liege, und daß der Sinn für Gerechtigkeit und Mitgefühl nach den verschiedenen Breiten der Länder einen verhältnismäßigen Zuwachs bekämen, gerade so wie wir es im Klange der Sprachen bemerkten, davon die südlicheren weicher und melodischer, die nördlichen hingegen härter und übelklingender wären. Ich aber glaube, daß diese Bemerkungen nicht allgemein gültig sind. Nicht allein der Sonne, auch dem Herzen zu verfeinern sich die Sitten und Empfindungen der Völker, vielleicht weil am Herzsaum ein innigerer Verkehr mit den anderen herrscht, so daß sich gewisse Rohheiten im Kopfe nicht verfestigen können.

Ich brauche Friedrich gar nicht nach dem Besuche Franckes in Wusterhausen fragen, er erzählt mir ganz freimütig selbst davon. Offenbar stellt sich der junge Francke so ungeschickt und ängstlich an, daß er jede Achtung in den Augen des Königs verloren hat. Zum Beispiel versäumt er die Einladung zur Tafel, weil er sich aus Angst vor ein paar Jagdhunden, an denen er auf dem Wege über den Hof vorbei muß, nicht aus seiner Gästekammer wagt. So macht er sich nicht nur bei Friedrich Wilhelm, der ihm bisher aus Wertschätzung für den Vater wohlgesinnt war, sondern am ganzen Hofe zum Gespött. Er wirke gar nicht wie der Sohn seines Vaters, so habe der König am Ende enttäuscht geurteilt.

»Schon als junger Lehrer am Pädagogium war er ein unsoldatischer Mucker«, erzähle ich dem jungen Prinzen. »Weil er von keinem der Schüler geachtet wurde, führte er sich als brutaler Prügler auf!«

»Er stand wohl ganz im Schatten seines Vaters«, bemerkt Friedrich nachdenklich.

»Und steht dort offenkundig immer noch. – Wird es beim Besuche des Waisenhauses bleiben, oder hat der König seinen Glauchaer Gast schon satt?«

»Das Waisenhaus liegt meinem Vater am Herzen, und dort ist alles auf den königlichen Besuch vorbereitet. Er wird es auf jeden Fall besuchen, selbst wenn Francke einer streunenden Katze wegen sich nicht aus seiner Kalesche wagt.«

»Und werdet Ihr Euren Vater begleiten?«

»Ich muß es wohl.«

»Dann sorgt doch dafür, daß er auch die Kinder anhört und nicht nur die Ohrenbläserei der Lehrer und Erzieher zu hören bekommt!«

»Ich bin sicher, er ist bestens mit den Vorgängen im Waisenhause vertraut, wie mit allem, was im Staate vor sich geht.«

»Weiß er auch, daß in diesem Jahr bereits über hundert Kinder an der Arbeit im Königlichen Lagerhause gestorben sind?«

»Er wird es nicht der Schwere der Arbeit, sondern der schwächlichen Konstitution der Kinder zuschreiben, die bereits krank und hinfällig vom Waisenhause aufgenommen worden sind.«

»Was ändert das am beklagenswerten Schicksal der Kinder?«

»Warten wir ab, ob der König mich überhaupt zu Wort kommen läßt.«

Die Beurteilung meines Regimentskommandanten klingt nicht gerade vorteilhaft. »Ich werde noch nicht klug aus Ihnen, Katte«, brummt von Natzmer, »*sans reproche* scheinen Sie mir nur zu Pferde oder auf Ihrer Flûte traversière.« Trotzdem hat er mich für das nächste Avancement zum Lieutenant vorgeschlagen.

In unserer allabendlichen Zechrunde geht es hitzig her, Holtzendorff gibt einmal mehr den Einheizer, Bredow den Ausbläser.

»Mag sein, daß der König uns Offiziere zum respektabelsten Stande im Staate erhoben hat, aber was ist der Preis dafür? Bedingungsloser Gehorsam, ja Hingabe an die Befehlsgewalt des Königs, als sei sie gottgewollt. In der Generation meines Vaters waren wir Junker noch Herren unseres Schicksals, nun müssen wir Gott und den König preisen. Dann sind da die Soldaten, die unsere Werber aus allen Weltgegenden zusammengeraubt haben. Die Feldprediger sollen nun ihre Seelen kneten, bis sie Armee und Kirche, Gottes und des Königs Willen nicht mehr zu unterscheiden wissen.«

»Wie willst du deine Kompanie führen, wenn deine Soldaten sich deinem Willen nicht bedingungslos beugen?«

»Ich will sie gar nicht führen!«

Einen Augenblick lang herrscht Schweigen. Jeder der Anwesenden versteht, was Holtzendorff meint. Nicht nur viele unserer Soldaten sind zwangsrekrutiert, die meisten von uns Offizieren sind es gewissermaßen auch.

»Und wenn es nur die Soldaten wären!« fährt unser junger Luther fort. »Zur Militärkirche von Glauchas Gnaden kommen inzwischen die Militärschulen für die Kinder der Soldaten. Die Regimentsprediger haben die Oberaufsicht für die neuen Erziehungsanstalten, und statt aus Gelehrten besteht das Kollegium hauptsächlich aus freigestellten Offizieren. So wird das ganze Land am Ende zum Exerzierplatz!«

Da niemand antwortet, endet er mit leiser Stimme: »Wer möchte da noch Kinder in die Welt setzen!«

»Als könnten dich derlei Bedenken davon abhalten, Holtzendorff«, wirft Bredow lächelnd ein. »Sag, wieviele namenlose Holtzendörffer laufen auf diesem ach so frömmlerischen Flekken Erde schon herum?«

So verweht auch dieser wortgewaltige Aufruhr meines Freundes in Gelächter, Tabaksrauch und Bierschaum.

Just zur Feier meines Avancements zum Lieutenant wird mir die Durchführung eines Spießrutenlaufs überantwortet. Es findet auf dem Marktplatze vor der Hauptwache statt, und einiges Volk hat sich eingefunden, dem blutigen Spektakel beizuwohnen.

Betroffen ist Otto Voigt, ein Gemeiner aus meinem Regimente. Er soll einen Stubenkameraden bestohlen haben. Zumindest wurden die vermißten Taler in Voigts Beutel entdeckt.

Ich lasse zwei Kompanien antreten und die Gasse bilden. Dann verlese ich das Urteil: Zehnmaliges Gassenlaufen. – Ich vermag die Angemessenheit des Richterspruchs nicht in Frage zu stellen, von Natzmer gilt ja als ausgesprochen milde im Umgang mit der Mannschaft. Hätte der König das Richteramt innegehabt, hätte das Urteil leicht auf dreißigmaliges Gassenlaufen lauten können. Wir haben es schon bei nichtigeren Anlässen erlebt, und nicht von ungefähr nennen wir es »auf Tod und Leben laufen«, da wir schon manchen Delinquenten bei dieser Tortur haben sterben sehen.

Während die Kürassiere ihre Steigbügelriemen bereithalten, entblößt Voigt, wie es die Vorschrift verlangt, seinen Oberkörper. Ich gebe das Zeichen zum Beginn der Exekution. Am Anfang der wohl hundert Schritte langen Gasse steht einer unserer Tambours und schlägt die Trommel, bis die Hälfte des Spaliers durchschritten ist, danach beginnt der zweite Tambour am Ausgang der Gasse, mit seinen Stöcken zu wirbeln. Ein Unteroffizier schreitet dem Verurteilten ruhig voran, damit dieser nicht zu schnell die Gasse durcheile, ein weiterer Offizier geht mit aufgepflanztem Bajonette, dessen Spitze auf den Rücken des Delinquenten gerichtet ist, hinter diesem, damit er vor den Riemenschlägen seiner Kameraden nicht zurückweichen kann.

Wer nun denkt, unsere Riemen seien sanfter als die Ruten, die bei der Infanterie für dergleichen Disziplinarmaßnahmen verwendet werden, irrt. Ich würde die Tortur gerne beschleunigen oder abkürzen, allein ich kann und darf es nicht, im Gegenteile habe ich darauf zu achten, daß nur alles recht gemächlich vor sich geht und keiner aus der Mannschaft aus Mitgefühl oder Kameradschaft zu zaghaft zuschlägt, denn das könnte durchaus ein eigenes Spießrutenlaufen zur Folge haben.

Jeder meiner Gedanken flieht diesen blutigen Ort. Ich schaue, ohne zu sehen, ich höre das Schnalzen der Riemen auf dem nackten Fleische und stelle mich taub. Ich warte auf den Mittag, wenn das grausame Schauspiel endlich beendet, der Radau der Kinder wieder über den Platz schallt, die Stimmen der Honigverkäufer und Kaffeeröster, meinetwegen auch das Gebrüll betrunkener Raufbolde, eine zünftige Prügelei ist doch allemal etwas anderes als dieses rohe Gemetzel, was immer der Soldat auch verbrochen haben mag. Was will denn ein Soldat? Gewiß will er nicht auf diese unehrenhafte Art geschunden werden. Dann will er schon eher einen ehrenhaften Tod!

Wie sinnlos das alles ist! In meinem Bücherkasten liegen die Werke von Gryphius und Leibniz, von Sancta Clara, Cervantes, La Fontaine und Voltaire, während hier unter meinen Augen, meiner Aufsicht ein Mann wie ein Stück Vieh traktiert wird. Selbst große Literatur macht uns noch nicht zu großmütigeren oder auch nur glücklicheren Menschen.

Neben mir steht lächelnd der Feldprediger in seinem schlichten blauen Rocke, für den Franckes Wort gilt: Die Armee sei die Zuchtrute des gerechten Gottes, mit der er uns sündige Menschen für unsere Verderbtheit strafe.

Während Voigt zum dritten Male durch die Gasse gepeitscht wird und selbst den Kameraden schon die Schlaghand erlahmt, wundere ich mich über die Ordnung, die auch mich beständig in die Spießrutengasse zwingt. Am Sonntag besuche ich wie alle Armeeangehörigen den Gottesdienst, allein weil es uns befohlen ist und unsere Teilnahme streng überwacht wird, und nicht, weil mich ein religiöses Bedürfnis zu dieser Feier treibt. Tag für Tag verrate ich meine innersten Überzeugungen und heuchle einen Glauben, den ich nicht habe. Ich rede mir ein, daß mir keine andere Wahl bleibe. Aber ich weiß, ich scheue einfach vor dem Preis zurück, den ich zu zahlen hätte, würde ich alleine meinem Gewissen und meiner Natur folgen. Und der Preis wäre in der Tat ein hoher. Wenn es dem König nicht gefällt, gilt selbst eine gute Tat ihm als Verbrechen.

Wir sitzen nach Sennings Geometriestunde noch bei einem äußerst bescheidenen Imbiß zusammen, ehe Friedrich zu seinem Regimente nach Potsdam zurückkehren muß.

»Laßt uns nicht über das Essen, die Mathematik oder das Militär sprechen, Herr von Katte! Gibt es denn nichts Wichtigeres?«

»Zum Beispiel?«

»Gott, die Unsterblichkeit der Seele, die Kunst zu leben?«

»Wichtiger als das Essen? Oder die Mathematik gar?«

»Ich habe mich verliebt, Katte!«

»Darf ich fragen, in wen, Hoheit?«

»In Keith, den Leibpagen meines Vaters.«

»Ich bin erleichtert. Ich hatte schon befürchtet, ich selbst könnte in Eure engere Wahl gefallen sein.«

»Spottet nicht, Katte. Ihr wißt, daß Ihr mir ein guter Freund und Mentor seid, Euch ansonsten aber alles andere als liebenswürdig benehmt.«

»Und der Page Eures Vaters zeigt sich der Ehre Eurer Liebe würdig?«

»Er liebt mich, wie ich ihn liebe.«

»Wie ein Page oder wie ein König?«

»Warum nur dieses ständige Nachfragen, Bezweifeln und Ergründen?«

Der Kronprinz fragt mich das im Scherze, dennoch zögere ich

mit einer Antwort, als habe seine Frage etwas Tieferes in mir angerührt. Der leichtfertige Ton, mit dem er das Gespräch begonnen und der sein delikates Geständnis erst möglich gemacht hat, ist gänzlich verschwunden, als ich schließlich entgegne: »Im Grunde will ich wohl nur wissen, was ich auszuhalten vermag.«

Friedrich schweigt einen Augenblick. Dann sagt er: »Im Liebesüberschwange habe ich einen kleinen Vers für Keith verfaßt. Aber nun dünkt mir, er sei wohl eher für Euch bestimmt. Wollt Ihr ihn hören?«

»Wenn Ihr glaubt, daß ich noch weitere lyrische Ergüsse Eurer königlichen Hoheit ertrage, nur zu!«

»Ihr müßt, es gehört zum eher leidvollen Teil Eurer Pflichten als königlicher Leibgardist. So hört nun:

Zärtlicher als Philomene,
Eine treue Freundesseele,
Bruder, Mensch und Kamerad
Will ich Dir, Liebster, sein.«

»Was denkt eigentlich Euer Vater über unsere Freundschaft?«

»Ich glaube, von allen Menschen, mit denen ich sonst vertraulicher verkehre, seid Ihr ihm noch der liebste. Er sagt, Ihr wäret wenigstens kein Duckmäuser und Kriecher und sprächet und bewegtet Euch wie ein ganzer Kerl!«

»Dann sollten wir alles unterlassen, Euren Vater in diesem Glauben zu erschüttern, mein Prinz. Hinsichtlich der Widmung Eures kleinen Poems trete ich gerne hinter den liebenswürdigen Lieutenant von Keith zurück. Noch besser wäre es indes, Ihr würdet das Verslein dem Feuer anvertrauen.«

»Ist es derart mißlungen?«

»Nein, an der Form habe ich nichts auszusetzen. Aber eine weniger poetische Seele als die Eure oder meine könnte seinen Inhalt durchaus mißverstehen.«

Ich könnte mit den anderen trinken. Das Bier würde mir Leib und Seele mit seinem Schaume anfüllen und nach und nach nichts anderem mehr Raum lassen. Er ist auf seine Art wirksam, aber es ist nicht das, was ich will: die Leere füllen. Nein, ich will die

Leere, wie sie ist, groß und dunkel, will sie spüren, aushalten. Ich will kein Bier und keinen Wein mehr trinken bis zur Übelkeit. Denn warum tun wir das? Um nicht sprechen zu müssen. Um es miteinander auszuhalten, ohne etwas zu sagen zu haben. Die Worte sind das Problem. Sie sind abgenutzt, fleckig, löchrig oder fehlen uns ganz. Alles, was uns widerfährt, bleibt in uns gefangen. Nur in Befehlen können wir uns noch ausdrücken, aber kein Wort über unser Befinden! Das haben wir verlernt, wenn wir es denn je vermochten. Überlassen es den Poeten, die wir nicht sind, nicht sein wollen, weil wir sie, die wir insgeheim beneiden, lautstark verachten.

Aber es geht nicht um Poesie, es geht um das einfache Wort, das uns fehlt. Vielleicht nicht einmal das. Da ist dieses Fehlen, diese Leere, und ehe ich sie zuschäume, muß ich in sie eintauchen, wortlos.

Das Sprechen ist wie eine Schießübung. Man muß laden, anvisieren, abdrücken. Und die Kugel gehört dem Schützen schon nicht mehr, ganz gleich, ob sie trifft oder daneben geht, ob sie streift, verwundet oder tötet. Wir reden wie Flinten. Deshalb die geselligen Abende voller nichtssagendem Gelalle.

Einige Abende später sucht Holtzendorff mich zu Hause in der Brüderstraße auf. Offenbar kommt er geradewegs aus Bredows Zechgesellschaft und ist schon arg betrunken, auch wenn er sich um einen nüchternen Ton bemüht: »Wenn der König schon nichts an den Zuständen ändert, sollten wir beide vielleicht einmal dem Directorium des Waisenhauses auf die Finger klopfen. Immerhin gehören ihm zwei Stabsoffiziere an! Wenn sie auch nur noch einen Funken von Ehre im Leibe haben, dürfen sie diese Sklavenarbeit nicht länger dulden.«

»Und wie stellst du dir das Fingerklopfen vor? Ein nächtlicher Überfall mit anschließendem Pranger? Einen Monat Zwangsarbeit an den königlichen Webstühlen?«

»Warum nicht? In Glaucha waren wir noch Kinder, die Ungerechtigkeiten und Quälereien widerstandslos hinnehmen mußten. Nun tragen wir einen Degen, sind stolz auf unsere Namen, unsere Ritterlichkeit, unseren Rang und sehen immer noch tatenlos zu, wie vor unseren Augen hilflose Menschen zu Tode gequält werden.«

»Es gibt nicht nur diese Kinder, Joachim. Die Straßen sind voll von Elenden. Wo willst du beginnen? Ja, in Glaucha haben wir wider besseres Wissen dieses ganze schäbige Spiel von der Macht des Stärkeren über den Schwächeren mitgespielt, und auch mich beschämt meine damalige Feigheit und Ehrlosigkeit bis heute. Aber wir beide können nicht einfach die größte Manufaktur der Stadt stürmen, die Arbeiter befreien und sie dann ihrer trost- und mittellosen Freiheit überlassen. Das Waisenhaus ist ja gegründet worden, um einen Teil der größten Not zu lindern. Daß es nun neue Not schafft, zeigt nur, wie wenig guter Wille gegen die Beharrungskräfte des Übels vermag.«

»Wenn es darauf ankommt, bist auch du nur ein Schwätzer, Katte, und um kein Jota besser als die Prediger aus Glaucha!«

»Und du bist betrunken, Holtzendorff, und weißt nicht mehr, was du sprichst. Du wetterst ja nur so scharf gegen das Königliche Lagerhaus, weil du ein starrköpfiger Schafsbauer bist.«

»Was soll das denn heißen?«

»Ist es nicht so, daß mit der Ausweitung des Wollausfuhrverbotes auf die zuvor verschonten Gutsherren der Preis für Rohwolle um die Hälfte sank und ihr Schafszüchter erhebliche Verluste hinnehmen müßt?«

»Du unterstellst mir, daß ich mich für die geschundenen Kinder an den Webstühlen nur einsetze, weil ich dem König die Edikte gegen einige Adelsprivilegien übelnehme?«

»Einige Junker haben diese Edikte fast ruiniert. Lebt ihr dort in Jagow, im kargen Uckerlande nicht auch vor allem von der Schafzucht?«

»Wenn du dich mit mir schlagen willst, Katte, dann hetz nur weiter. Deine Familie hat sich jedenfalls immer prächtig mit den regierenden Fürsten zu arrangieren gewußt. Viel Anstand und Ehre hatten die Kattes indes ja nicht zu verlieren!«

»Laß es gut sein, Holtzendorff. Schlaf erst mal deinen Rausch aus. Du weißt ja schon nicht mehr, was du sprichst!«

Im Oktober 1728 unternimmt Katte noch einmal eine ausgedehnte Auslandsreise, für die er seinen offiziellen Urlaub weit überzieht. Erlaubt ist ihm nur ein Besuch in Paris, doch dann reist er auf eigene Faust weiter nach Madrid, um den mittlerweile dorthin versetzten französischen Gesandten Comte de Rottembourg zu besuchen, und auf dem Rückweg macht er einen ebenfalls unautorisierten Abstecher nach England, wo er nach vier Jahren seine Tante Melusine von der Schulenburg wiedersieht. Zu den genauen Hintergründen und Absichten dieser Reise schweigen die Quellen. Auf jeden Fall scheint Katte am Ende fest entschlossen, den Dienst bei den Gens d'armes zu quittieren und am englischen Hof zu bleiben, sodass sein Vater sich gezwungen sieht, ein Machtwort zu sprechen und ihm die Rückkehr nach Berlin zu befehlen.

Inwieweit der König oder gar die Königin Lieutenant von Katte zu dieser Reise beauftragt oder sie zu ihren eigenen diplomatischen Bemühungen genutzt haben, liegt im Dunkel der Archive verborgen. Zweifellos aber wird dem König die unerlaubte Absentierung eines seiner Leibgardisten keinesfalls unentdeckt geblieben sein.

Merke dir«, schreibt Lord Chesterfield an seinen achtzehnjährigen Sohn, »daß Du zu Berlin den besten Tanzmeister wählst, mehr um Dich zu lehren, wie Du anmutig sitzen, stehen und gehen, als wie Du schön tanzen sollst. Die Grazien, die Grazien, denk an die Grazien!«

Wie spricht man aufrichtig von sich selbst? Ein hoffnungsloses Ringen, zwischen Strenge und Eitelkeit eine Brücke zu schlagen. Entweder endet dieser Kampf im Wahnsinn oder im Verstummen.

Was mich immer wieder zu Geständnissen drängt, ist gerade meine Schüchternheit. Ich lüge, um Nähe herzustellen, ich gestehe, um den Zuhörenden abzuschrecken und von mir fernzuhalten.

Wenn es die schlaflosen Nächte nicht gäbe, würde ich überhaupt nicht schreiben, weder über mich noch über meinen entfernten Cousin oder die mutmaßlichen Jugendverwirrungen meines Vaters, sondern mich in London herumtreiben und mir endlich eine Freundin suchen. Außerdem wird es Zeit, Antoine der Wildnis zurückzugeben und mich von Claudes albtraumhafter Gegenwart zu befreien.

Inzwischen denke und träume ich in zwei Sprachen, einer rohen, gewaltsamen und einer sanften, berührenden. Welche davon ist meine Muttersprache? Welche die Sprache meiner Suche? Sind es meine oder Claudes Worte, die wie aufdringliche Leuchtreklamen immer wieder in meinem Gedankendunkel aufblitzen? Engel sind nicht sanftmütig, nicht arg- und harmlos, sie besitzen die Anziehungs- und Verführungskraft des Bösen. Und ich komme ihnen mit meiner Neigung zu und Lust an allem Verworfenen noch entgegen.

Nicht die Sünden und Verfehlungen machen mir Angst, sondern das Vergnügen daran, die Leichtigkeit, die man durch sie gewinnt, ja, die Seligkeit.

Habe vorgeschlafen, um für meinen Ausflug ins *Zeithain* wach zu sein. Ich weiß, dass Lichtblitze und Stroboskopeffekte gefährlich für mich sind, doch im Augenblick ist mir alles gleich, soll doch der heilige Rausch in die heilige Krankheit übergehen, das Packende ins Ergriffensein! Wir müssen schlafen, so wie wir sterben müssen. Der Messias erscheint am letzten Tag, vielleicht auch erst am Tag danach. Auf jeden Fall zu spät. Bis dahin habe ich mich bereits selbst erlöst, die Gravitation überwunden, mich mit dem Schwarzen Loch vereint.

Rituale des Verschwindens heißt die riesige Wandgrafik aus hundertfünfundsiebzig Aluminiumplatten. Sie zeigt die vier Elemente Feuer, Wasser, Erde, Luft in alten, vergrößerten Stichen, einen Ausbruch des Vesuvs, einen Sandsturm in der Wüste, einen Orkan vor der afrikanischen Küste, eine Landschaft im Polarlicht. Projektoren werfen in kurzen Intervallen Wörter wie GLÜCK oder ENDLOS an die rohen Wände, jenseits der großen Glasfenster rauscht alle zehn Minuten die U-Bahn auf ihrer Hochtrasse vorbei, es riecht nach frischem Lack und Terpentin. Mit zunehmender Unruhe bahne ich mir einen Weg durch markerschütternde Bässe, Phosphorblitze und die stampfende Menge schwitzender Leiber. Die Explosionen krachen in meinem Schädel weiter, die Bassböen werfen mich fast um. Ein Neutronenschauer regnet auf mich nieder, ich hänge an Stahlketten von der Decke herab, schwinge hin und her, das Schädeldach aufgeklappt, Herz und Lunge an eine Rhythmusmaschine angeschlossen, bin ich das, dieser unrhythmisch zuckende Faun in schwarzen, stahlkappenverstärkten Bauarbeiterstiefeln und schweißgetränkter Hirschlederjacke? Auf dem Dealerklo werfe ich einen kurzen Blick durch meine ölig schimmernde Sonnenbrille in den von Sprüngen zerrissenen Spiegel. Im Filmclub der Universität zeigen wir *El Paso Wrecking Corp.* von den Gage Brothers aus dem Jahr 1978. Als gegen Ende des Films einer der älteren Abrissarbeiter es mit dem noch minderjährigen Sohn des Firmenbesitzers treibt, breitet sich Unruhe unter dem halben Dutzend linksradikaler Kommilitonen aus. Arbeiter und Juniorchef sind gerade mitten im Verkehr, da betritt der Boss persönlich die ölverschmierte Werkstatt. Die drei Männer sehen einander an, einen

Augenblick lang ist alles in der Schwebe, es kann nun Gottweißwas geschehen, doch dann nickt Gottvater den beiden zu, der muskulöse Arbeiter schiebt weiter seinen beschnittenen Schwanz in den prallen Arsch des Sohnes, während Daddy an der Tür stehen bleibt, seine Nadelstreifenhose öffnet und mit sichtbarem Vergnügen Hand an sich legt. Die Engel sind älter als Gott. Sie sind die Schwingen der Seele, umtost von Musik. Einige pflegen uns auf folgende Weise zu täuschen: Sie entzünden unser Gehirn auf wundersame Art, damit wir uns plötzlich an Gottes Gebote halten und alles Sündhafte unterdrücken. So werden wir engelgleich, reiner Geist, Höllenfeuer. Plötzlich ist der strenge preußische Techno basslos, schwebende Marimbaklänge, in Rot getaucht, der Betonboden wird weich und nachgiebig, für wenige Augenblicke öffnen sich die Jalousien und lassen Tageslicht hinein, und die Menge schreit auf, als fürchte sie, durch das Sonnenlicht gleich zu Staub zu zerfallen, und auch ich schreie in größter Pein. Das Böse macht seine Sache gut. Hölle und Herrlichkeit vermählen sich, ich löse mich ganz in der Liebe zu den Engeln auf, wie hat Gott mich nur so lange ertragen können, jede Schwere fällt von mir ab, jede Qual des Gehorsams, Blutschweiß, Ölgartennacht, Bareback, eure Liebe rührt mich, dringt in mich ein, ergießt sich, ich weine vor Dankbarkeit, doch sagt mir, wer seid ihr, weine weiter, besser, ihr sagt es mir nicht.

Der Mann kann gar nicht so viel älter sein als ich, aber sein überraschender Auftritt macht mich für einen Augenblick sprachlos.

»Der Schmerz, Junge, ist das Geschenk eines Freundes an seinen Freund. Denk daran, bevor du deinen Verstand ausschaltest und dein Herz sprechen lässt!«

Ich weiß, wie man sich selbst Schnitt- und Brandwunden zufügt, sich fesselt, eine Plastiktüte über den Kopf stülpt oder an der Türklinke stranguliert, bis entweder der geilste Orgasmus des Universums oder ein erbärmlicher Erstickungstod den Herzbeutel zum Platzen bringt. Leise Rollbahren auf Gummirädern, gedämpfte Stimmen, Plastikvorhänge, ein frischgemachtes Bett mit Gummiunterlage, drumherum der Hinrichtungsapparat: Sauerstoffmasken, Infusionsständer, Anschnallgurte. Mein Vater glaubt, die dämlichen Handschellen, die zu meinem Cowboykostüm gehörten, das meine Stiefmutter mir zu meinem achten Geburtstag leichtsinnigerweise geschenkt hat, und die mir eigene stanhopesche Tollpatschigkeit seien schuld.

»Hey, wo willst du hin?«

Die harte, rauchige Stimme holt mich zurück in die große Berliner Küche mit Blick in einen engen Kreuzberger Hinterhof.

Das Gefesseltsein hat viele Bedeutungen. Es ist nicht nur ein Zustand der Wehrlosigkeit und Ohnmacht, sondern auch eine extreme Form der Umarmung.

»Willst du für mich leiden? Wirst du dein Blut für mich vergießen?« Es ist totenstill im Raum. Nur von draußen dringt der Lärm zersplitternden Glases in die schäbige Küche. Meine Angst vor dem Messer in seiner Hand ist geradezu riechbar.

Regel Nummer eins: Wenn du nicht mehr willst als einen One-Night-Stand, vergewissere dich, dass du am nächsten Morgen einen dringenden Termin hast. – Es ist Sonntagmittag, und ich muss nirgendwo hin. Ich schaue dem fremden Mann zu, wie er Kaffeepulver in seine italienische Espressomaschine kippt, sie zuschraubt und auf den Gasherd stellt. Ich sehe ihn zum ersten Mal, vielleicht täuscht mich auch das Tageslicht, doch mit Sicherheit kenne ich nicht einmal seinen Namen.

Dann setzt er sich an den Küchentisch, steckt sich eine Zigarette an und schaut den Rauchringen nach.

Er hat breite, bis auf die Fingerrücken behaarte Hände, behaarte Arme und Schultern, behaarte Fußrücken und Zehen, ja der unrasierte Kerl sieht wie ein knorriger, behaarter Baumstamm aus. Ich kann mich beim besten Willen nicht entsinnen, wie ich bei dieser proletarischen Eiche in der Küche gelandet bin. Nicht, dass mir das zum ersten Mal passierte. Aber in der Regel bin ich wählerischer.

Als habe er meine Gedanken lesen können, beginnt er, mich in leisem harten Tonfall zu beschimpfen: »Was sitzt du hier noch herum, du Arschloch! Du steckst so voll mit verlogener Scheiße wie ein Dixieklo auf einer Großbaustelle! Warum lüftest du nicht deinen fetten Hintern und verpisst dich endlich, Junge! Mach 'ne Fliege, Arschgesicht, zieh Leine, das ist keine Bitte, hau' ab, avanti, und pass auf, dass dir beim Verduften nicht die Wohnungstür in die Nieren knallt!«

Verblüfft und ohne mich zu rühren, höre ich mir die unmissverständliche Suada dieses Marlon-Brando-Doubles aus *Endstation Sehnsucht* an. Wenn ich nur wüsste, was heute Nacht passiert ist! Dann blubbert und rülpst die Espressomaschine auf dem Gasherd, der Fremde drückt die Zigarette aus und steht auf. Während er das Gas abstellt, fragt er beiläufig: »Kaffee?«

Bin ich heute Morgen besonders früh erwacht? Im Zimmer hängt ein fahles farbloses Dämmerlicht wie an besonders trüben Wintertagen. Dabei ist selbst im ostelbischen Berlin inzwischen der Frühsommer angebrochen, die Sonne müsste bereits vor vielen Stunden aufgegangen sein, und gestern noch war für heute ein wolkenloser Himmel angekündigt.

Claude steht vor dem Fenster, immer noch demselben zu den vertrauten S-Bahngleisen hin, die vollen roten Lippen wie zum Kuss auf das Fensterglas gepresst. Für die Fahrgäste muss er wie eines jener Putzerfischchen wirken, die sich an den Aquarienwänden festsaugen und von den Algen- und Schleimablagerungen ernähren.

»Was machst du da?«, frage ich Claude.

Claude öffnet die Augen, löst mit einem schmatzenden Laut seine Lippen vom Glas und dreht sich zu mir um. »Ich frühstücke!«

Tatsächlich scheint er um einige Zentimeter gewachsen und von gesunderer Gesichtsfarbe zu sein als noch am Vortag. Selbst die asphaltgrauen Flügel haben ein wenig an Glanz gewonnen.

»Hast du endlich das richtige Nahrungsmittel gefunden?«

»Scheint so.« Er schaut sich im dämmrigen Zimmer um. »Aber hier ist es inzwischen aufgebraucht. Steh auf und lass uns ein wenig spazieren gehen!«

»Was ist es?«, frage ich. »Ist es frische Luft?«

»Frische Luft? Nein. Ich glaube, es ist Licht, ein ganz bestimmtes Licht, ich bin kein Physiker, aber ich vermute, es handelt sich vor allem um die Farben, die meine Geschmacksknospen zum Blühen bringen, während Weiß ein wenig fade und Schwarz mir zu bitter schmeckt.«

»Gut, lass uns hinausgehen. Hier hast du ja nur noch ein deprimierendes Grau zurückgelassen!«

Reicht es schon, das Denken einzustellen, um gedankenlos zu gehen? Da taucht sie schon auf aus dem wolkigen Dunkel, die Urfrage: Was suchst du? Was willst du? – Die sokratische Frage nach dem, wer ich sei, kommt erst viel, viel später und ist im Grunde nur für Philosophen interessant. Womöglich steht sie unserem Wollen ja sogar im Wege. Jedenfalls reicht das Wollen, um da zu sein, auch wenn wir nicht wissen, wer wir sind. Denn soviel ich von der Philosophiegeschichte weiß, ist die zweite, die sokratische Frage ja bis heute nicht befriedigend beantwortet worden.

Claude ist gierig. Überall, wo er geht, ist er in eine Aura fahler, fast durchsichtiger Grauheit gehüllt. Er saugt die Farben auf wie die kleinen stinkenden Drecksauger der Berliner Stadtreinigung den allgegenwärtigen Hundekot. Nur ein streifiger, unappetitlicher Rest bleibt zurück. Für die anderen Passanten muss es scheinen, als führe ich einen aufgeplatzten Staubsaugerbeutel spazieren.

Aber die Farbe bekommt ihm offenbar. Was macht er mit dem bunten Licht? Er setzt es in Geist um. Binnen kürzester Zeit hat Claude sprechen gelernt. Ich kann mich mit ihm fließend auf Englisch, Deutsch oder Französisch unterhalten. Schade nur, dass er als verschmähten oder unverdaulichen Rest diese traurig-graue, bestenfalls schwarzweiße Außenwelt zurücklässt. Eine ganze Heerschar derart gieriger Engel, und die Welt entbehrte bald jeder Buntheit. Ist es nicht immer so: Wenn der Geist zu gefräßig wird, erscheint die Wirklichkeit am Ende nur noch schwarz und weiß.

Vielleicht müsste ich langsam mal mit seiner Erziehung beginnen, einer Erziehung zur Mäßigung und zur Achtung der Vielfarbigkeit. Aber ich fürchte, er wird nicht auf mich hören. Eher färbt sich mein flammend rotes Haar am Ende grau, als dass der Geist sich mit reiner Anschauung bescheidet. Wahrer Geist will fressen und verdauen.

Wenn mein eigener scharfsinniger Verstand mich mal zu sehr belästigt, blindlings alles wissen zu wollen, stapf ich mit meinen gierigen Liebesfüßen direkt in die Wolken des Nichtwissens, auch wenn sie schließlich nur ein Nebel des Vergessens sind.

»Wenn ich mich recht erinnere«, beginnt Matthias W. seinen Bericht, »bin ich deinem Vater zum ersten Mal im Anderen Ufer begegnet, einem damals recht berühmten Schwulencafé in der Schöneberger Hauptstraße, in dem auch Leute wie David Bowie oder Brian Eno verkehrten. Bowie und Eno wohnten, glaube ich, sogar eine Zeit lang im Nachbarhaus. – Dein Vater war alles in allem ein eher unscheinbarer Mann, was in jenen Jahren, in denen wir alle etwas Besonderes sein wollten, sogleich auffiel. Er passte nicht in dieses Café der Pinkpunks und schwulen Hausbesetzer. Er wirkte unsicher, wenngleich er es hinter einer coolen Maske des Desinteresses, ja, der Verachtung zu verstecken suchte. Andernorts hätte man ihn vielleicht für einen Spitzel gehalten und herausgeworfen. Es war immer noch die Zeit der Rosa Listen, regelmäßigen Razzien, alltäglichen Einschüchterungen und Erpressungsversuche. Sie können sich das wohl kaum noch vorstellen.«

Das Café Zur letzten Berufung liegt auf dem Alten Sankt Matthäus-Kirchhof, womöglich das einzige Friedhofscafé in ganz Deutschland. Fast müsste man es einen Biergarten nennen, da es eine große Terrasse zu den Gräbern hin gibt, auf der sich bei dem für diese Jahreszeit ganz ungewöhnlich sonnigen Wetter alle Gäste drängen, darunter überraschend viele junge Friedhofsbesucher, als läge auf dem alten Kirchhof Jim Morrison begraben, dabei ruhen hier nur Rio Reiser und die Gebrüder Grimm.

»Ich hätte ihn nicht angesprochen. Er roch geradezu nach Schwierigkeiten. Aber irgendetwas an mir muss ihn angezogen haben. Was es genau gewesen sein mag, kann ich Ihnen wohl am wenigsten benennen. Ich habe mich nie für besonders anziehend gehalten. Erst jetzt entdecke ich überrascht auf den alten Fotos, wie sehr mein eigenes, überkritisches Bild von mir und die wenigen Porträts eines jungen attraktiven Mannes gleichen Namens auseinanderklaffen.

Dein Vater setzt sich unaufgefordert an meinen Tisch, vertieft sich aber sogleich in die Getränkekarte und gibt mir das Gefühl, als sei ich es, der sich ihm aufgedrängt habe. Ich bin noch zu jung, um sein paradoxes Verhalten gleich zu durchschauen. Wir beginnen mit dem ermüdenden Wettstreit, wer von uns beiden der Unnahbarere ist und seine abweisende Pose länger durchhält. Natürlich hat dein Vater gewonnen. Ich habe nie viel von Soldatentugenden gehalten. Auch das war ein Motiv, nach Berlin zu ziehen, wo es aufgrund des alliierten Status bis zum Beginn der neunziger Jahre kein deutsches Militär gab. Zumindest nicht im Westteil der Stadt.«

Das Körperliche liegt tief im Geist verborgen. Zunächst scheint es, als sei der Körper von Natur aus dem Erzählten ferner als der Geist. Aber das Gegenteil ist wahr: Das Körperliche erst gibt dem Erzählten Tiefe, Fasslichkeit und Bedeutung. Was für ein friedlicher Ort, obgleich direkt an der westlichen Friedhofsmauer die S-Bahn entlangbraust. Es mag befremdlich für einen Totenacker klingen, aber dieses Gräberfeld strahlt auf mich tatsächlich so etwas wie Geborgenheit aus. Ich komme zur Ruhe, und je länger Matthias erzählt, umso schläfriger werde ich.

»Damals, als Student, habe ich noch in einer Einzimmerwohnung im Hinterhaus gewohnt, Kachelofen, Außenklo, kaltes Wasser. Zweimal in der Woche bin ich ins Stadtbad Kreuzberg gegangen, um eine halbe Stunde lang unter einer warmen Dusche zu stehen. Dein Vater hingegen hatte die wohl schon zwanghafte Angewohnheit, wenigstens zweimal am Tag zu duschen, vor allem nach dem Sex, sodass er nie bei mir übernachtet hat, sondern immer am selben Abend noch in seine Kaserne zurückgekehrt ist. Ich hatte wirklich große Mühe, an seinem Körper mal irgendeine schmutzig-erotische Stelle zu finden, die seinen rituellen Waschungen entgangen war, und seinen unparfümierten Körper zu riechen oder zu schmecken.«

So genau will ich es eigentlich gar nicht wissen, und noch

weniger will ich es mir vorstellen, was der junge Medizinstudent mit meinem Vater trieb, aber ich unterbreche den Arzt nicht.

»John war verschlossen, wortkarg, trotz ziviler Kleidung immer in Uniform, deswegen habe ich mich lange zurückgehalten, mich in ihn zu verlieben. Jede Verabredung ging von ihm aus, ja, ich glaube, ich hatte nicht einmal eine Telefonnummer, unter der ich ihn hätte erreichen können. Ich hätte ihn in der Kaserne anrufen müssen, aber das wollte er auf keinen Fall. Ich habe das verstanden, wenn es auch nicht meinen politischen Überzeugungen entsprach. Damals sah ich mich als Vorkämpfer für die Gleichberechtigung, und Berlin war für mich der Vorposten einer Freiheit und Freizügigkeit, die ich mir von nichts und niemandem mehr nehmen lassen wollte. Für einen alliierten Soldaten mag es in den Achtzigern des vergangenen Jahrhunderts noch nicht so selbstverständlich gewesen sein. Also musste ich warten, bis er mich anrief, von irgendeiner öffentlichen Telefonzelle aus, oder einfach unangekündigt vor meiner Tür stand.

Irgendwann haben wir begonnen, Pläne für die Zeit nach seinem Militärdienst zu schmieden. Nach und nach habe ich Ihren Vater meinen Freunden vorgestellt, doch wusste ich noch immer so gut wie gar nichts von ihm. Ich habe seine Zurückhaltung mit seiner sensiblen Stellung als Adjutant des britischen Stadtkommandanten entschuldigt. Damit war er wohl so etwas wie ein Geheimnisträger. Darüber hinaus gab es für alliierte Soldaten immer noch ein strenges Fraternisierungsverbot mit der deutschen Bevölkerung.

Allein seinen Vater hat er hin und wieder mal erwähnt, voller Respekt, ja, Furcht. Er soll ebenfalls Offizier in der Royal Army gewesen sein. Und wenn er von den Berliner Abenteuern seines Sohnes erfahren hätte, so würde er John eigenhändig den geladenen Dienstrevolver in die Hand gedrückt haben, damit er selbst die verletzte Familien- und Offiziersehre wiederherstelle.«

»Mein Ururgroßvater war Admiral der Royal Navy, mein Großvater aber ein ganz und gar ziviler Professor für Slawistik. Ich habe ihn immer nur als großzügigen und liberalen Menschen erlebt.«

»Großväter und Enkel gehen in der Regel entspannter miteinander um als Väter und Söhne. Wie auch immer, damals war es keinesfalls ungewöhnlich, dass Väter ihre Söhne verstießen, wenn sie mit ihren gleichgeschlechtlichen Neigungen konfrontiert wurden. Mir stand in dieser Hinsicht ja mein eigener Vater als beispielhafter Patriarch noch lebendig vor Augen. Aber während die unversöhnliche Haltung meines Vaters mich zum Aufruhr und zur radikalen Emanzipation angestachelt hat, hat Ihr Vater sich offenbar mit den konservativen Werten seines Vaters identifiziert. Politisch konnten wir gar nicht weiter auseinander liegen. Unsere Körper jedoch haben darauf keinerlei Rücksicht genommen und gingen ihren eigenen Weg. Das Zusammensein war ein einziger Rausch, solange wir die Körper reden ließen und den Mund hielten. Und ehe ich mir bewusst wurde, wie mir geschah, war ich süchtig nach ihm, nicht anders als ein Drogenabhängiger nach seinem Stoff. Meldete er sich mehrere Tage lang nicht, zeigte mein Körper die schlimmsten Entzugserscheinungen, Angst, Depression, Nachtschweiß, Tremor, Herzrasen.

Vermutlich kann eine derart tiefe Abhängigkeit gar keine Zukunft haben und muss am Ende in einer Katastrophe münden. Unsere kündigte sich an einem schwülen Augusttag wie ein plötzliches Sommergewitter an. – Aber nun bin ich müde, es war ein langer Arbeitstag. Ich werde ein anderes Mal weitererzählen, wenn es Ihnen recht ist und Sie das Ende der Geschichte überhaupt noch interessiert.«

Während der ganzen Unterhaltung hat Claude sich recht anständig benommen und uns Erwachsene nicht ein einziges Mal unterbrochen, auch wenn ich seine zunehmende Langeweile gespürt habe und nun froh bin, mit ihm in der frischen Friedhofsluft ein wenig spazieren gehen zu können, ehe auf der Caféterrasse alle Besucher in grauer Melancholie erstarrt sind.

Der Gang über den alten Kirchhof bewegt mich auch tief in meinem Innern. Ich könnte mir vorstellen, hier inmitten der Großstadt begraben zu werden, vielleicht neben den Grimms, wo noch ein wenig Platz ist, und so ein hübsches Geviert auf der

Schöneberger Anhöhe mit Blick auf die Gräberstadt könnte mich fast mit meiner gegenwärtigen Unbehaustheit, ja, mit meiner Unsterblichkeit versöhnen.

Auch Claude fühlt sich hier ganz wie daheim zwischen den vielen Sandstein- oder Granitporträts, die seiner Erscheinung in ihrer Schwefel-, Ruß- und Taubenkotzerfressenheit erstaunlich nahekommen. Und wie sehr hätte sich erst Antoine auf diesem Totenacker mit seinen unzähligen Kadavern und Gebeinen in den verschiedensten Zuständen der Verwesung und des Zerfalls wohlgefühlt, hätte ich ihn zu dieser Verabredung mitgenommen. Glücklicherweise habe ich ihn im Hotel gelassen, denn es reicht schon, Claude beaufsichtigen zu müssen, dass er sich an diesem ehrwürdigen Ort dann doch nicht allzu sehr wie zu Hause benimmt und noch an den Gedenkstein für Claus Schenk Graf von Stauffenberg pisst.

Mit der Farblosigkeit kommt die Kälte. Meine Hand gefriert in Claudes Hand, mein Arm und die ganze ihm zugewandte Seite wird taub. Es ist, als hätte ich meine Hand in einen Nebel aus flüssigem Stickstoff getaucht. Nur meinem feurigen Herzen habe ich es zu verdanken, dass ich Seite an Seite mit meinem Engel nicht den Kältetod sterbe.

Claude, Claude, du wirst es verdammt schwer haben im Leben, wenn du weiterhin so unersättlich bist! Wer wird dich noch lieben, wenn ich einmal nicht mehr da bin, dich lieben zu können, ohne in der Liebe zu dir zu erfrieren? Ich habe dich gewarnt, zu viel Geist tut der Liebe nicht gut! Am Ende wirst du ein einsamer Engel sein!

An Baroness Melusine von der Schulenburg, Herzogin von Kendal, St. James Palace, London

Berlin, den 24ten Juni 1730

Seit Wochen erwarte ich Ihre Antwort, liebste, teuerste Tante. Daß ich sie noch nicht erhalten, leite ich von den Zufällen her, die sich zwischen London und Berlin ereignet haben können. Die Entfernung ist ja keine geringe. Solange ich nicht das Gegenteil höre, nehme ich hoffnungsvoll an, daß Sie sich wohl befinden.

Seit meinem letzten Briefe, o Tante, häuft sich hier nur Unglück auf Unglück. Es scheint, als wolle der verleugnete Gott seinen ganzen Ingrimm auf mich wälzen! Aus tödlicher Abgeschiedenheit sehne ich mich nach Trost und Zuspruch von Ihnen. Ich fühle mich wie eingesargt und verzweifle fast an der Zukunft. Ich weiß, daß mein Schicksal unwesentlich und nebensächlich ist vor der Tragik, die ein ganzes Königreich umfaßt, aber ich kann doch nicht dagegen an, daß mir nun einmal die eigenen Leiden besonders nahegehen. Die Selbstvernichtung ist das einzige, was mich erwartet. Das Herz hängt mir bereits in Fetzen!

Ekelgeschüttelt und doch hilflos verfolge ich die Machenschaften bei Hofe. Gäbe es eine göttliche Vorsehung, müßten dann nicht Newton, Leibniz oder Locke die Führer der Welt sein? Aber nein, es sind als Edelmänner verkleidete Schurken wie unser Kriegsminister Grumbkow, der, von den Österreichern bezahlt, das Zerwürfnis zwischen dem König und dem Kronprinzen noch schürt. Zweifellos gehört er zu den fähigsten Räten. Stets ist er höflich, großzügig und redegewandt, manchmal sogar geistreich. Er versteht es, sich beim König unentbehrlich zu machen und im Tabakskollegium ein standfester und zugleich schmeichlerischer Saufkumpan zu sein, und gefällt durch seine gnadenlose Spottlust über jene, die gerade nicht anwesend sind.

Alle diese schönen Außenseiten, die unser Jahrhundert so schätzt, verbergen ein eigennütziges und intrigantes Herz. Sein ganzer Charakter ist ein Gespinst von Lastern, das alle Menschen, die ihn näher kennen, verabscheuen. Nur der König scheint dieser dunklen Seite seines Günstlings gegenüber blind. Oder weiß selbst diese für seine eigenen undurchschaubaren Zwecke zu nutzen.

Wenn England die Hochzeit, ja den Prinzen retten will, muß es sich vor Grumbkow und seinen österreichischen Auftraggebern in acht nehmen!

Der König ist inzwischen ganz und gar von Grumbkows Einflüsterungen vergiftet. Er kann weder den Anblick des Kronprinzen noch der ältesten Prinzessin ertragen, ohne gleich zum Stocke zu greifen. Für ihn sind sie nur noch die »englischen Kanaillen«. – Ich befürchte das Schlimmste für meinen Freund!

Das Leben ward uns von der Natur als eine Wohltat gegeben. Sobald es eine solche nicht mehr ist, läuft da der Vertrag nicht ab, und wird der Mensch nicht selber Herr darüber, seinem Mißgeschicke einen Ausweg zu weisen? Bei seinem letzten Besuche hat Friedrich mir in großem Ernste versichert, sein Vater gehe so grausam mit ihm um, daß er es nicht länger ertrage und, zumindest für eine Zeit, fortgehen wolle. Er bat mich, ihn zu begleiten, weil er doch sonst keinen Freund habe, dem er vertrauen könne.

Ich habe ihn gleich ermahnt, es sei doch sein Vater und sein König, vor dem er davonlaufen wolle, er werde sich und mich unglücklich machen. Außerdem wisse er doch gar nicht, wo er hinsolle. Er könne ja nicht gut als Vagabund durch die Lande streichen.

Dann hat er mich gefragt, ob ich nicht mit ihm nach England fliehen wolle, bis der König wieder friedlich gestimmt sei. In England werde man uns arme Verwandte doch sicher gnädig aufnehmen.

Aber solch eine Absentierung wird den König nimmer friedlich stimmen! Und würde England überhaupt, liebste Tante, dem Kronprinzen Zuflucht geben und damit womöglich einen ernsten Konflikt mit Preußen heraufbeschwören wollen?

Sie allein wissen, was in dieser gefahrvollen Krise zu tun ist! Ihre Betrachtungen waren immer sehr wahr, auch wenn die Wahrheit nicht unter allen Umständen immer hilfreich ist. Manchmal bedürfen wir auch der Illusion, um fähig zu bleiben, überhaupt etwas zu tun.

Alles, wozu ich mich gegenwärtig in der Lage sehe, ist der Versuch, mich an meiner Ehre als Offizier und an meiner Verantwortung als Freund aufzurichten. Bis zu diesem Augenblick hat das Unglück meinen Nacken nur gestreift, statt mich in den Staub zu beugen. Aber ich sehe allem, was mir möglicherweise noch widerfahren wird, mit einem gewissen Gleichmut entgegen. Nahe geht mir allein das Unglück meines Freundes, der sich nicht länger in Geduld fassen kann. Ich verstehe ihn, auch wenn ich seine Entscheidungen nicht gutzuheißen vermag. Aber was kann ich tun? Unsere Freundschaft ist mir heilig. Wir haben verschiedene Körper, aber unsere Seele ist eins. Also bleibt mir kaum mehr, als ihm in seinen tollsten Entschlüssen zu folgen, um zumindest das Schlimmste von ihm abzuwenden.

In der Freundschaft, liebe Tante, suchen die meisten eine beständige Heimat, andere, wenige Auserwählte aber den ständigen Aufbruch.

Seien Sie überzeugt, solange ich atme, wird mein Herz ganz Zärtlichkeit und Dankbarkeit für Sie sein. Nie wird es soviel aufrichtige Ermutigung, wie Sie mir gezeigt, vergessen. Gewähren Sie ihm auch diesmal Ihren Zuspruch und Halt,

Ihr getreuer Neffe Hans Hermann

post scriptum: Es wird Sie sicher nicht verwundern, sondern Ihre ganze Billigung erhalten, daß ich diesen Brief nicht mit der Königlichen Post, sondern durch einen vertrauenswürdigen Kurier über Den Haag zu Ihnen sende. Ihr ergebener H.

ZEITHAIN

Und setzet ihr nicht das Leben ein,
Nie wird euch das Leben gewonnen sein.

Friedrich Schiller

Wie komme ich nach Zeithain? Existiert der Ort überhaupt noch? – Ja, das achthundert Jahre alte Pfarrdorf liegt immer noch unbeachtet am Rande der Elbauen. Die gigantische Militärparade und Heerschau, die August der Starke auf den Gemeindewiesen im Sommer 1730 inszenierte und die als »Lustlager von Zeithain« in die Geschichte einging, war das einzige nennenswerte Ereignis in diesen achthundert Jahren. Zeithain wurde für dieses Heerlager nicht wegen seiner Größe und Bedeutung ausgewählt, sondern im Gegenteil wegen seiner großen Leere, dem zentralen Nichts: Hier war einfach genug Platz für das geplante Jahrhundertspektakel. In dieser dünn besiedelten, aber für die hunderttausend erwarteten Gäste gut erreichbaren Auenlandschaft wurde für die befristete Truppenschau sogar ein prächtiges Opernhaus errichtet, in dem täglich Komödien und Lustspiele aufgeführt wurden. Außerdem ist zu diesem Anlass das bis heute für derartige Großereignisse so charakteristische Wegwerfgeschirr erfunden worden. Zehntausende hölzerner Teller landeten nach ihrem Gebrauch in der Elbe und behinderten auf Jahrzehnte bei niedrigem Wasserstand den Schiffsverkehr.

Die große Leere bestimmt denn auch die weitere Ortsgeschichte: Truppenaufmarsch- und -übungsplatz, Artillerieschießplatz der Dresdner Garnison, Offizierskasino, eine Badeanstalt, Küchengebäude, Krankenbaracken, Beschlagschmiede, weitere Kaiser- und Königsparaden, Kriegsgefangenen- und Internierungslager, STALAG 304, Wasserübungsstelle für die Schwimmwagen des PiB-11, NVA-Manöverplatz und schließlich Naturschutzgebiet Gohrischheide und Elbniederterrassen. Der einzige Arbeitgeber der Region ist im Augenblick die Justizvollzugsanstalt Zeithain.

Jeder Ort hat seine Geschichte der Kontinuitäten und Brüche. Wir Grabenden finden nur das, was Spuren hinterlassen hat. Schon mit dem Lesen dieser Spuren beginnen die unterschiedlichen Deutungen. Aber wie bei jeder Anthropologie können wir uns darauf berufen, dass die Menschen, deren Spuren wir freilegen, uns in ihrem Erleben und Empfinden ähnlich waren. Wahrscheinlich hätten wir uns bei einer Zeitreise zu ihnen nach einer kurzen Eingewöhnungsphase, einem Zeitschock, ebenso schnell unter ihnen zurechtgefunden wie bei einer Raumreise nach Indien oder China in der Gegenwart. Die Sprachen und der kulturelle Firnis mögen äußerst unterschiedlich, ja unverständlich sein, doch unsere Empathie und Anpassungsfähigkeit ist, den guten Willen vorausgesetzt, schier grenzenlos.

Das riesige Areal seines Truppenschau- und Vergnügungslagers ließ August der Starke von sechs Sandsteinobelisken markieren. Davon soll der Elbauenspaziergänger heute noch vier entdecken können.

Für morgen ist Regen angekündigt. Zeithain im Regen. Was werde ich sehen? Nichts. Sumpfige Elbauen. Verschlammte Wege. Was erleben? Die Leute werden zu Hause bleiben. Und ich in meinem schäbigen Hotelzimmer am Riesaer Bahnhof.

Kreidebleich, fast grau liegt die tiefe Morgensonne auf den Dächern der Stadt, als habe sie die Nacht durchgemacht und sei nun zu verkatert und erschöpft, um aufzugehen. Wenigstens ich bin ausgeruht. Hellwach. Für was? Aufbruch nach Zeithain. Ich bin kein guter Jäger. Ich kenne die Warnrufe nicht. Deswegen bleibe ich lieber für mich. Eher bin ich ein Sammler. Die Stille hat einen anderen Klang, wenn man alleine ist.

Reise durch den Nieselregen nach Riesa. Rieselregen. Reiseniesel. Fieselniesel. Riesafiesel. Nieselreise.

Zeithainschauer. Zeithaindauerregen. Riesahunde- und -katzenwetter, zeithainwärts, dann erste Wolkenlücken, ausgebleichtes Spätsommergrün, September, der blasseste Monat.

Wie flach die Landschaft ist, mehr Himmel als Erde, steingutgrau mit einem schmalen grünen Saum am umgestülpten Schüsselrand, eine Landschaft wie im Mittleren Westen, in Cinemascope.

Zwischenhalt in der Lutherstadt Wittenberg. Denkbar weit entfernt vom Lustlager Augusts des Starken.

Möglicherweise hatte Katte besseres Wetter, Ende Mai. Trotzdem war das Reisen vor dreihundert Jahren kein Vergnügen, ganz gleich, ob man das Schiff nahm oder es über staubige oder verschlammte Wege ging, außerhalb der Städte war keine Straße gepflastert. Und das Maß der Fortbewegung war immer noch der Fußgänger, denn eine Kutsche oder Reiterkolonne war kaum schneller.

Wie bequem man inzwischen hierherkommt! Ohne lebensbedrohliche Stürme, ohne bärtige Seemänner, mit denen man fauliges Wasser und schimmeligen Zwieback teilen muss, bei deren Verzehr dem Reisenden die Zähne abbrechen, ohne durchgehende Rösser, Achsenbrüche, Überfälle, ungewaschene oder redselige Kutschgefährten, wundgescheuerte Hintern, geprellte Hoden oder eine gestauchte Wirbelsäule. Doch verdirbt einem die Bequemlichkeit natürlich die Visionen.

Nun gilt Riesa gottlob als das unscheinbarste Städtchen am langen Elbelauf. Riesa im Regen. Die Riesaer haben sich einen Gründungsmythos ausgedacht, der den Namen ihres Weilers auf einen sagenhaften Riesen zurückführt. Dieser Riese, so erzählt man, habe auf seiner Wanderschaft hier am Elbeufer eine kurze Rast eingelegt, sich die Stiefel von den wunden Füßen gezogen, sie umgedreht und vom Reisedreck befreit, welcher sich auf seinem Marsche in ihnen angesammelt hatte. Dieser Dreck bildete zwei hügelgroße Haufen, auf denen die Riesaer dann die ersten Häuser ihrer Ansiedlung errichtet haben. – Nach einem ersten Blick auf die Altstadt erscheint mir diese Sage durchaus glaubhaft.

In Wahrheit aber hat Riesa seine Wurzel von *Riezowe,* Geländeeinschnitt. Von dieser Geländekerbe blicke ich nun auf das östliche Elbufer, bis zu dem sich das Lustlager von Zeithain erstreckte.

Die Elbe ist im Grunde ein sanftmütiger, ja lieblicher Fluss. Zumindest in diesem Abschnitt. Das liegt vor allem an der undramatischen Landschaft, die sie durchströmt, Auen, flaches Land, sodass der Blick von geringen Erhebungen wie der Riesaer Anhöhe bereits weit in die Ferne schweifen kann. Es ist eine fruchtbare, grüne Landschaft, die Wälder sind licht, Birken, Fichten, die Wiesen sumpfig nur in Flussnähe. Die Dörfer schmiegen sich in dieses Strombett, allein die Kirchturmspitzen der verstreuten Weiler ragen hier und da über die Baumwipfel hinaus. Alles wirkt überaus friedvoll und pastoral.

Mag August auch diese sanfte Idylle lieben, der Grund, warum er gerade diesen Uferabschnitt für seinen Truppenaufmarsch auswählt, liegt nicht an der Oberfläche, sondern im Untergrund verborgen, im granitnen Plateau unter der Krume aus Schwemmsand und fruchtbarer Muttererde, denn immerhin will er hier sein gesamtes Heer, dreißigtausend Mann, aufmarschieren lassen, dazu kommen Tausende Pferde und ein Vielfaches an Zuschauern, Tribünen und Unterkünften. Damit diese ganze Heerschau nicht im Ufersumpf versinkt, braucht es einen belastbaren Untergrund.

Riesa, den 30ten Mai 1730. Gegen zehn Uhr am Morgen erreicht der König mit dem Kronprinzen und seinem militärischen Gefolge Koßdorf, wo zwei große Scheunen des Postmeisters zu Tafel und Nachtquartier stattlich zubereitet sind. Der sächsische Küchenmeister von Seifertitz empfängt und bewirtet den König im Namen seines Herrn.

Friedrich Wilhelm schickt uns früh zu Bett, denn, so merkt er launig an, man müsse Kräfte sammeln für die bevorstehenden Freuden.

Als das Forsthaus von Gohrisch, wo August mit dem Kronprinzen und allen Rittern des Polnischen Weißen Adlerordens auf uns wartet, nicht mehr fern ist, schickt Seine Majestät Friedrich Wilhelm den Feldmarschall von Natzmer, um sich und sein Gefolge melden zu lassen.

Endlich erblicken wir das kostbare Frühstückszelt, welches August hat errichten lassen. Nun steigen beide Monarchen von ihren Rössern, gehen aufeinander zu und umarmen sich so innig, wie es beider nicht unbeträchtliche Körperfülle zuläßt. Dann stellt Friedrich Wilhelm jeden einzelnen seiner Suite dem sächsischen König vor, ohne dessen wachsende Ungeduld zu bemerken oder zu beachten.

Nach dem Frühstück besteigen beide Könige einen Phaeton mit purpurfarbenem Himmel. Beide Kronprinzen und die Generalität folgen in weiteren Wagen. Wir übrigen sprengen auf unseren Pferden hinterher.

Ich gehöre zu den hundertdreiundvierzig Edelleuten und Offizieren, die dem König zum Lustlager nach Zeithain offiziell folgen, aber wohl nur, weil der Markgraf Heinrich von Brandenburg mich als seinen persönlichen Begleiter benannt hat, sich hernach indessen nicht weiter um mich bekümmert. Während der Markgraf ein Zelt im königlichen Lager bewohnt, bin ich, wie die meisten märkischen Offiziere, in Riesa untergebracht. Zusammen mit Hertefeld und Holtzendorff habe ich Quartier beim Riesaer Schulmeister Johann Gottfried Groll gefunden, der trotz großzügiger Entlohnung nicht eben begeistert von unserer Einquartierung ist. Aber da die ganze Stadt zum Zwangsquartiere geworden, hätte es den Schulmeister auch schlimmer treffen können.

Wir drei teilen uns eine Stube, in der sonst die beiden älteren Töchter des Schulmeisters studieren und nächtigen. Sie sind nun zu Verwandten nach Meißen geschickt und in Sicherheit gebracht, damit es in der kleinen Schulmeisterwohnung nicht allzu eng wird, zumal daselbst noch drei Söhne, Frau und Schwiegermutter in zwei Kammern hausen.

Zeithain, den 31ten Mai. Um zum Campement zu gelangen, müssen wir die Floßbrücke unterhalb des Wehlischen Schlosses überqueren und dann den neu angelegten Weg von Promnitz bis Zeithain nehmen. Unsere Pferde mögen diese schlingernde Brücke ebenso wenig wie die Fähre, so daß wir die widerstrebenden Tiere geduldig über den Fluß führen müssen und erst am anderen Elbufer wieder aufsitzen können.

Der weitere Weg ist durch Stangen markiert, an denen Ulanen Wache halten. Doch würden wir die Richtung wohl auch ohne solche Stangen und Reiter gefunden haben, denn die Landstraße wird gesäumt von Gaffern und Gähnaffen, und ich komme mir fast vor, als wäre ich einer der Jünger des Herrn beim Einzuge nach Jerusalem.

Rings um das Manöverpalais laufen vierfache Terrassen, auf welche gegen viertausend Zuschauer stehen können. Ganz unten im Graben sind die königlichen Pferde eingestellt.

Hinter dem Palais, nach Streumen zu, steht ein Opernhaus, bei Tiefenau das Schloß des sächsischen Kronprinzen, und in Glaubitz ist das Feldpostamt einquartiert.

Auf einer Anhöhe, etwa einen Kanonenschuß weit vom rechten Lagerflügel, gleich unter Radewitz, befindet sich das königliche Hoflager, wo Friedrich Wilhelm als erster unter den Gästen und, in geringer Entfernung, August als Gastgeber in besonders dazu erbauten Palästen wohnen. Rings um das Quartier des Königs von Preußen, welches ein großes Geviert bildet, hat man einen Wall aufgeworfen, bei dessen Eingängen abwechselnd Janitscharen, Leibgrenadiere und Freikompanien die Wache halten. Bei jedem Eingange stehen zwei blaue und weiße Pyramiden mit ungeheuren Laternen, deren vieleckiges Spiegelglas das Licht dutzendfach gebrochen wiedergibt.

Das preußische Hoflager besteht des weiteren aus mehr als dreißig großen und kleinen Zelten zum Wohnen und Speisen und Unterhalten. Die Hauptzelte sind durch bedeckte Gänge verbunden. In der Mitte dieser Burg steht das königliche Tafelzelt mit vier kostbaren Spieluhren. Die Bahnen sind aus grünem Kattun gewirkt und innen nach türkischer Art reich mit Sammet, Seide und Gold verziert, der Erdboden ist mit festen Hölzern ausgelegt, und vom Zeltgiebel hängen kristallne Leuchter.

Vor und zu beiden Seiten des Hoflagers sind Gärten angelegt, mit Taxuspyramiden bepflanzt und gelbem Sand bestreut.

Mittags wird im Hauptzelte auf Gold und an den Marschalltafeln auf Silber gespeist, wo Heiducken, Janitscharen und Mohren aufwarten.

Man muß nicht so sparsam wie unser König sein, um dieser Verschwendung rasch überdrüssig zu werden.

Elbufer, den ersten Juni. Generalrevue. Morgens um sechs ist bereits die gesamte sächsische Armee in zwei Gliedern aufmarschiert. Eine Stunde später erscheinen die beiden Könige, der Kronprinz von Preußen und sämtliche im Lager anwesenden Fürsten, gefolgt von der Generalität und den fremden Gesandten.

Die Ulanen, Bogen und Pfeile auf dem Rücken und Lanzen mit Fähnchen in der Hand, müssen die Zuschauer im Zaume halten, wobei gar manche Unannehmlichkeit vorfällt. Denn der Pöbel ist grob und unsinnig im Vordrängen, und die Ulanen sind nicht eben höflich, ihn zurückzuhalten, so daß Stahl auf Stein trifft, nur daß es statt der Funken blutige Köpfe setzt.

Beide Könige reiten mit ihren Suiten, das sind über zweihundert, mitunter auch achtsitzige Wagen und weit über tausend Ritter und Handpferde, dicht an der Front des ersten Gliedes die eine Linie der aufgestellten Truppen hinunter und die zweite herauf, was über drei Stunden dauert.

Als sie an ihren vor der Front aufgebauten türkischen Zelten anlangen, wird aus Kanonen, Musketen und Pistolen Salut geschossen. Dann ertönt Freudengeschrei durch die ganze Armee, das allenfalls ein fahles Echo beim Volke findet. Und endlich marschieren die Regimenter unter Anführung des sächsischen Kronprinzen an den königlichen Zelten vorüber, was fünf Stunden dauert.

Nach der Besichtigung begeben sich die beiden Könige zum Beobachtungspavillon, um hier eine Erfrischung einzunehmen und die folgende Truppenübung vom Balkone aus zu verfolgen. Der Kronprinz wirkt blaß und kränklich, so will mir scheinen, und wäre im Augenblick wohl lieber hier unten in der Menge. Da ich mit meinen Kameraden in Riesa Quartier genommen, hatten wir bisher keine Gelegenheit zu einem Treffen. Doch nun sieht er mich von Ferne unter den Offizieren und nickt mir zu.

Ich bin nicht unglücklich über die Ferne, ja, wäre sogar recht froh, dem Kronprinzen während des Campements so selten wie möglich zu begegnen.

Das Wetter ist außerordentlich schön, also stehle ich mich davon und suche mir ein ruhiges Plätzchen fern der Revue am lieblichen Elbeufer. Später werde ich dir einmal mehr von mir erzählen, Fritz. Aber jetzt kann ich es noch nicht. Die Sprache hält nicht immer Schritt mit dem Leben. Für vieles, was ich denke, fehlen mir noch die Worte. Und für vieles, das ich empfinde, lassen sich vielleicht niemals die richtigen Worte finden.

Wann fing diese ganze Affaire an, mir zu entgleiten? Womöglich mit dem Briefe, den Comte de Rottembourg mir aus Madrid vor über einem Jahr gesandt hat und der eine folgenschwere Kette leichtfertiger und unüberlegter Entscheidungen nach sich zog, deren Wirkungen und Verantwortungen ich mich nunmehr kaum noch entziehen kann.

»Comte de Rottembourg hat mir geschrieben, daß Meister Bach zu Ostern in Leipzig die Aufführung einer neuen Passion plane.«

»Wie schön für Rottembourg. Als Gesandter kann er ja reisen, wohin er will.« Seit Wochen schon klingt Friedrichs Stimme wie die eines vom Leben besiegten Menschen, der nicht einmal mehr versucht zu kämpfen.

»Der Baron wird wohl in Spanien sein. Aber ich gedenke, selbst daran teilzunehmen.«

»Selbst wenn von Natzmer dir Urlaub gäbe, mein Vater wird dir niemals einen Paß nach Sachsen ausstellen. Er ist kein Freund der Bachschen Musik.«

»Er ist kein Freund jeglicher Musik. Und ich habe nicht vor, ihn nach einem Paß zu fragen. Ich werde Urlaub für einen Besuch auf dem väterlichen Gut in Wust beantragen und von dort incognito reisen.«

»Ich wollte, ich könnte dich begleiten! Aber selbst nach Wust dürfte ich nicht ohne Erlaubnis meines Vaters und erst recht nicht alleine reisen.«

»Aber dein Vater schätzt mich doch!«

»Früher einmal, ja. Doch nun klagt er nur noch, seitdem du wieder im Lande seiest, müsse man das Schlimmste für dich und mich befürchten.«

»Ich könnte meinen Großvater bitten, ein Wort für dich beim König einzulegen, an einem der Abende im Tabakskollegium, beim Bier und Weine, wenn dein Vater in großzügiger Stimmung ist.«

»Natürlich, Graf von Wartensleben hat einen gewissen Einfluß. Meinetwegen soll er es versuchen. Jedenfalls muß er es vermeiden, meinen Vater glauben zu lassen, ich könnte irgendeine Art von Vergnügen an dem Ausfluge ins Havelland empfinden. Das allein wäre meinem Vater bereits Grund genug, deines Großvaters Bitte abzulehnen. Es muß in seinen Ohren wie ein ausgedehntes Exerzieren, ein anstrengendes Manöver klingen, zu meiner größeren Abhärtung gedacht.«

»Aber genau das wird dieser Ausflug doch auch sein!«

Mein Großvater, der mir in meiner Kindheit so nahe war, daß ich ihn *Vater* nannte, ein Wort, das mir bei meinem leiblichen Vater kaum je über die Lippen kam, ist mir in den letzten Jahren fremd geworden. Inzwischen beschäftigt er sich in seinen Mußestunden mit nichts anderem mehr als seiner neuen Religion, die alles und jedes umfaßt und nichts Lebendiges außerhalb ihrer Gewalt beläßt. Nicht nur ist alles Dasein von Gott geschaffen, auch ist alles Treiben und Sehnen von IHM vollkommen vorherbestimmt. Kein freies Spiel existiert in diesem festgefügten Bollwerke mehr.

Selbst wenn ich mit meinem Großvater noch darüber sprechen könnte, wüßte ich nicht, wo beginnen, dieses von jeglichem

Zweifel unbeleckte Gottvertrauen in Frage zu stellen. Frömmigkeit läßt sich nicht befragen.

Er ist noch weit vom Tode entfernt, und doch wirkt er, als müsse er mit seiner erdrückenden Frömmigkeit in aller Eile noch eine große Schuld abbezahlen. Früher fanden wir noch Gemeinsamkeit im Betrachten des Schönen, doch selbst das Schöne ist ihm unterdessen in Verdacht geraten, der Sünde nahezustehen. Mag sein Leib auch noch rüstig sein, so dünkt mir seine Seele aber in der Tat zu verdorren und abzusterben. Ich wollte, er selbst würde den Grabgeruch seiner Religion riechen. Vernunftgründe erreichen ihn längst nicht mehr.

Wenn wir uns sehen, wissen wir uns nichts mehr zu sagen. Nur die Erinnerung an ein fernes Gefühl größter Liebe füreinander läßt uns das schweigsame Zusammensein ertragen. Wir reden geistloses Zeug, um das Schweigen zu übertönen, und beide würden wir lieber weinen, würde es mir nicht unvernünftig und ihm nicht gotteslästerlich erscheinen.

Daher ist Großvater nicht wenig überrascht, als ich ihn seit langer Zeit einmal wieder, dazu noch ganz unangekündigt, im Kommandantenhause besuche. Meine Wohnung liegt gar nicht einmal weit entfernt, und doch kommt es mir vor, als lebten wir inzwischen in verschiedenen Welten.

Ich spreche ihn, ehe uns die Worte ausgehen, auf meinen Plan an, den Kronprinzen zu Ostern aufs Wuster Gut einzuladen. Er weiß, daß wir zusammen von Senning unterrichtet werden und uns über den Alters- und Standesunterschied hinweg ein wenig angefreundet haben. Trotzdem zögert er, meine Bitte um Fürsprache beim König zu erfüllen.

»Früher, als du noch ein Kind warst –« Er hält inne, sucht nach den Worten.

»Was war früher, als ich noch ein Kind war?«

»Ach, ich sorge mich zuviel, mein Junge. Sicher wird es dem Kronprinzen guttun, einmal eine Weile fort vom Schlosse zu sein.«

»Worüber sorgt Ihr Euch dann, Großvater?«

»Es ist das Alter, mein Junge. Da hat man manchmal dergleichen Grillen. Versuche einfach, gut zu sein und deine Pflichten zu erfüllen, gut zu deinem König, und gut zu deinem Gott.«

»Ja, das versuche ich. Und gut zu Euch, lieber Großvater, der Ihr mich gelehrt habt, was gut zu sein bedeutet.«

»Das ist lange her.«

»Aber nicht vergessen.«

»Und nun gehst du lange schon deinen eigenen Weg.« Plötzlich wirkt er um Jahre älter, greisenhaft und gebrechlich.

»Warum?« fragt er mit leiser Stimme.

»Was meint Ihr, Großvater?

»Diese Dunkelheit.«

»Soll ich eine Lampe anzünden?«

»Das wird nichts nützen.«

Wir weben die Erinnerung und zugleich webt sie uns, wir fangen die Erinnerungsfäden ein und zugleich werden wir von ihnen eingefangen. Das Netz ist klebrig und zugleich voller Löcher.

Die Spinne konserviert unseren reglosen Leib. Am Ende saugt sie ihn aus.

Zeithain, den 2ten Juni. Erster Rasttag. – Manch falscher Edelmann treibt sich hier herum. Da die Bediensteten, ja, der Gastgeber selbst, kaum all die Gesichter seiner eingeladenen Herren und Damen vom Stande kennen, werden Karten ausgeteilt, bei deren Vorzeigung Speis und Trank kredenzt oder Zugang zum grünen Palaste gewährt wird, den der König auf freiem Felde hat errichten und ganz mit bemalter Leinwand ausschlagen lassen. Die oberste, nur für die Fürsten bestimmte Etage besitzt zwei mit Purpur- und Goldsamt verzierte Balkone. Beständig steht eine Tafel mit Konfitüren und Erfrischungen aller Art bereit. Und natürlich ist rasch ein Handel um diese besonderen Zutrittskarten im Gange, so daß mancher wohlhabende Brauer oder Barbier stattlich als Marquis oder Chevalier auf dem goldverzierten Fürstenbalkone erscheint. Und wer würde es wagen, seinen Verdacht laut werden zu lassen, sich womöglich zu irren und die Fürstin von Wiesnowitzky für eine Gastwirtstochter oder einen der Prinzen von Philomarini für verkleidete Sattlergesellen zu halten und als dergleichen anzuklagen?

Und ganz andere, noch verwegenere Taschenspieler und Beutelschneider sind natürlich unterwegs, wie immer und überall, wo es einen großen Menschenandrang gibt. Aber anders als auf den üblichen Märkten und Kirchweihfesten verspricht die hier versammelte Menge überreiche Beute, weshalb der sächsische König sich alsbald gezwungen sieht, die Janitscharenwache zu verstärken, ohne daß indessen die Bubenstreiche und das folgende Geschrei damit wesentlich eingedämmt würden.

Wir reisen zu Pferde, Fritz in Begleitung seines Pagen Peter von Keith, ich mit meinem Burschen Daniel Bauer an meiner Seite, der sich mehr als jeder andere von uns freut, seine Familie in Wust wiedersehen zu dürfen. Wir reisen mit leichtem Gepäcke, damit alles den Eindruck eines Heimatbesuches bestärkt und keinerlei Verdacht auf weitergehende Pläne erregt wird. Außerdem kommen wir so sehr viel schneller voran als in unseren Kaleschen. Auch wollen Fritz und ich die Reitpferde nutzen, um im Gewande zweier Hallenser Studenten auf abgelegenen Wegen nach Leipzig zu gelangen.

Indes bietet Friedrich keinen eleganten Anblick als Reiter. Schief sitzt er im Sattel, mit gekrümmtem Rücken und baumelnden Beinen, und läßt sich von seinem Pferde hin und her werfen. Es liegt geradezu eine Mißachtung soldatischer Aufrichtigkeit darin, wie er auf seinem Rosse dahinschaukelt. Ich weiß, er kann es besser. Er liebt den Ritt im strengen Galopp. Aber hier gibt es Zuschauer, die nicht wissen, ob sie lächeln dürfen, sich schämen müssen oder vom Kronprinzen gar zum Narren gehalten werden.

Sind wir anderen in Hörweite, redet er sein Pferd auch nicht bei seinem wahren Namen an, Cerberus, sondern wählt einen ausgedachten, vorzugsweise den eines Ministers oder eines ausländischen Monarchen, der gerade in aller Munde ist. Auch trägt er, obgleich er doch Offizier ist, niemals Sporen an den Stiefeln. Als ich mich einmal darüber verwundere, fordert er mich auf, meinen Bauch zu entblößen, und sticht mit der spitzen Gabel so heftig hinein, daß sich drei Blutströpfchen bilden. Die kleinen weißen Narben oberhalb meines Bauchnabels sind immer noch zu sehen.

Im Übrigen bin ich recht froh über sein unsoldatisches Auftreten, kommt es unserem geheimen Unternehmen doch sehr entgegen. Nur Keith ist von den Plänen ganz und gar nicht begeistert, wird er doch mit meinem Burschen in Wust bleiben müssen, bis wir aus Leipzig zurückgekehrt. Aber Fritz überzeugt ihn von der Notwendigkeit, daß für den Fall einer unerwarteten Depesche aus Berlin jemand auf dem Gute sein müsse, um sie entgegennehmen und klug und angemessen darauf reagieren zu können.

Wer Peter von Keith zum ersten Mal begegnet, versteht gleich, warum er als Favorit des Kronprinzen gilt. Weniger als ein Jahr älter als Friedrich verkörpert der Lieutenant doch alles, was Friedrich gerne wäre. Keith ist groß, schlank, von edler Gestalt und soldatischem Auftreten. Das Haar ist dunkel, das Gesicht von heller und gesunder Farbe, und in seinen willensstarken Zügen glaubt man, seine starrköpfigen schottischen Vorfahren wiederzuentdecken.

Er hat eine angenehme Stimme, die mich an jene Simon Amsels erinnert, und auf unserem Ritte nach Wust macht er einen ausschweifenden Gebrauch von ihr, indem er, ungeachtet aller Zuhörer, lauthals in die Natur hinaussingt. Manchmal begleitet ihn Daniel mit seinem tiefen Basse, bis ich ihm einen strengen Blick zuwerfe.

Niemand von den Bediensteten hat uns erwartet, aber das Gästezimmer für Friedrich und Keith ist rasch hergerichtet und ein Lamm zu Ehren des Kronprinzen geschlachtet und zubereitet, obgleich doch noch Fastenzeit herrscht. Im Widerstreite der Gebote siegt am Ende die Gastfreundschaft, zumal die gute alte

Käthe, da Vater in Königsberg weilt, die Herrin des Hauses ist. Immer habe ich an unserer Köchin, die ja auch im tiefsten und umfassendsten Sinne meine Amme ist, eher ihr heidnisch-menschliches Herz als ihr frommes Geschwätz geliebt.

Bei einem kleinen Spaziergange durch den neuen Park hinterm Hause und durch das Dorf erzähle ich Fritz von den Sommern, die ich hier verbracht, die zwar nicht immer glückliche waren, aber unvergleichlich glücklichere, als er sie in Wusterhausen und Berlin erlebt.

Nachts liege ich noch lange wach, der Wind spielt mit der Wetterfahne, es bellen die Hunde und rasseln mit den Ketten, als schnürten Wölfe ums Gut, und wir Menschen ruhen auf unseren Lagern und träumen von manchem, was wir nicht haben sollen. Bellt ihn nur fort, den Schlaf! Bin ich nicht am Ende mit allen diesen Träumen? Schlafen werde ich noch lang genug!

Dann muß ich doch noch eingeschlafen sein, doch wecken mich am frühen Morgen nicht die Hähne, sonder eine kecke Krähenschar, die sich lauthals um irgendein Stück Aas balgt, das die Nacht zurückgelassen.

Nun steht eine prächtig strahlende und schon recht wärmende Frühlingssonne am wolkenlosen Himmel, und da es unser letzter Tag in Wust ist, bevor Fritz und ich nach Leipzig aufzubrechen gedenken, wecke ich meine beiden Gäste auf die laute und recht grobe soldatische Art: »Auf, Kameraden, reitet mit mir aus, sonst gibt es kein Frühstück!«

»Wohin?« fragt Keith munter, während Fritz nicht einmal die Augen öffnet.

»Soweit wie möglich fort von Gut und Dorf! Bei diesem strahlenden Sonnenscheine kann ich kein Dach über meinem Kopfe ertragen!«

Keith und ich haben aus Langeweile schon ein kleines Degenduell zu Pferde begonnen, bis Fritz mit morgensaurer Miene endlich im Sattel sitzt. Wir galoppieren über die Tangermünder Straße Richtung Fährstelle in den tiefblauen Horizont hinein und lassen einen dichten Staubteppich hinter uns zurück. Schon sind wir hinaus aus dem Dorfe, fort von den bestellten Feldern, den Forsten, der vertrauten Menschenwelt. Brach- und Auenland umgibt uns. Wir sind allein.

Am Elbufer zügeln wir die Pferde, steigen ab und setzen uns ans Wasser.

»Laßt uns schwimmen!« ruft Keith aus.

»Das Wasser muß doch noch ganz eisig von der Schneeschmelze sein!« mault Fritz.

»Dann rauch inzwischen ein Pfeifchen, während Peter und ich uns im Wasser vergnügen!«

»Du weißt, daß ich nicht rauche, Katte.«

»Tu, was immer dir gefällt!« Und schon sind Keith und ich aus den Kleidern und stürzen uns ins Wasser. Fritz hat vollkommen recht, mag der sonnige Morgen auch einen ungewöhnlich warmen Frühlingstag verheißen, das Wasser aber ist noch eiskalt. Doch weder Peter noch ich lassen uns davon etwas anmerken, sondern setzen hier den kleinen spielerischen Zweikampf fort, den wir im Hofe begonnen, indem wir einander das beißende Wasser um die Ohren peitschen.

»Was hast du denn da auf deinem Arm?« fragt Keith und watet näher.

»Die Engländer nennen es *tattow*.«

»Wird es nicht fortgewaschen, wenn du damit ins Wasser tauchst?«

»Nein, es ist in die Haut gestochen.« – Keith berührt die blauschwarze Katze mit den Fingerspitzen, dann reibt er ein wenig fester, schließlich schlingt er seinen Arm um meinen Hals und ruft: »Es ist also wasserfest, sagst du? Das wollen wir doch mal sehen!« Schon versucht er, mich in die eisige Flut zu tauchen. Und unversehens ist die wildeste Rauferei im Gange, die natürlich vor allem dazu dient, uns ein wenig aufzuwärmen.

»Ist das Wasser denn tief?« ruft Friedrich uns zu, nicht ohne einen Anflug von Eifersucht in der Stimme.

»Tief genug, um naß zu werden«, geben wir lachend zurück.

»Ich kann nämlich nicht schwimmen.«

»Such dir aus, von wem von uns beiden du dich retten lassen

willst!« Und schon kraulen Keith und ich so weit hinaus auf den Fluß, bis unsere Füße keinen Grund mehr spüren.

Zögernd taucht Friedrich seine Zehen in das von unserem Toben und Tollen ganz aufgewühlte und schlammtrübe Uferwasser. Sein Körper leuchtet blaß und zerbrechlich im Märzlicht. Sofort tut es uns leid, ihn zu dieser törichten Probe verführt zu haben, denn wie leicht könnte seine Gesundheit Schaden nehmen! Aber nun ist es zu spät. Ehe wir, selbst schon blau gefroren und einer tödlichen Kältestarre nahe, ans Ufer zurückgewatet sind, stürzt sich der Kronprinz in den polarkalten Fluß, nicht des Vergnügens wegen, sondern um uns seine Mannestugenden zu beweisen. Keith ist der erste, der bei ihm anlangt. Um den Freund nicht zu beschämen, gibt er seiner Sorge den Anschein eines Angriffs, der den Kronprinzen ans trockene Ufer zurückwirft. Doch während Keith sich bemüht, im spielerischen Kampfe dem Prinzen nicht weh zu tun, ringt Friedrich seinen Leibpagen mit rücksichtsloser Härte, ja Wut nieder und setzt seine Schläge und sein Würgen im hohen Grase selbst dann fort, als Keith sich lächelnd längst ergeben hat.

Ich packe mit festem Griffe Friedrichs Hände und ziehe den Wütenden vom jungen, überraschungsstarren Lieutenant fort. Wortlos kleiden wir uns an, und schweigsam und immer noch fröstelnd reiten wir zurück zum väterlichen Gute.

Zeithain, den dritten Juni. Dragonermanöver. – Ich habe die Ehre, heute auf der Fürstentribüne zugelassen zu sein, indessen wohl nur, um des Königs Urteile zur Truppenschau mitzuprotokollieren: »Die drei Regimenter Kronprinz gut ... Weißenfeld gut, sehr gut ... Pflugk sehr miserabel, schlecht ... Befehlsgebung gut. Kommandos der Kavallerie sehr propre ...« und in diesem Duktus geht es seitenlang fort und fort.

Nach einer Weile notiere ich fast mechanisch wie ein Schreibautomat, und erst recht achte ich nicht weiter auf die Truppenparade, sondern hänge meinen eigenen Vorstellungen nach. Der Kronprinz scheint mit seinen Gedanken ebenfalls weit fort von diesem Aufmarschplatze. Auch wenn er kaum je zu mir herüberblickt, spüre ich doch, daß er in denselben Erinnerungen unterwegs ist.

Wir meiden Magdeburg, wo man Fritz oder mich erkennen könnte, reiten dann aber von Zerbst bis Riesa an der Elbe entlang.

Fritz macht sich in den Schenken und Herbergen, in denen wir auf unserem Wege nach Sachsen einkehren, das Vergnügen, mich als seinen älteren Bruder auszugeben. Ich revengiere mich, indem ich es nicht selten am nötigen Respekt vor Ihrer Königlichen Hoheit mangeln lasse und den Kronprinzen tatsächlich wie einen jüngeren Bruder zurechtweise und herumkommandiere. Manchmal treibe ich es so arg, daß Fritz aus seiner doch eigenmächtig angenommenen Rolle zu fallen und mich an meinen wahren Rang zu erinnern droht. Doch genügt ein mahnender Blick, durch solche kindlichen Eitelkeiten nicht unser ganzes Unternehmen zu gefährden.

In den Auen zwischen dem Weiler Zeithain und dem Flusse sind die Vorbereitungen des großen Campements, welches der sächsische König zum Ruhme seiner Truppen und seiner Lebensart für die ganze Welt, zumindest jene Deutscher Nation, errichten will und das im kommenden Jahr in aller Pracht vonstatten gehen soll, in vollem Gange. Für die Bewohner dieses Landstrichs indessen ist es ein ungeheurer Vorgang ganz anderer Art. Über fünfhundert Bauern und zweihundertfünfzig Bergleute haben die buckelige Heide ebnen müssen. Nun sind unzählige Zimmerleute aus Meißen, Dresden, Leipzig und Torgau nicht ohne Zwang herangezogen worden, ein palastartiges Gerüst für die viertausend erwarteten Ehrengäste zur bequemeren Beobachtung der Manöver zu errichten.

Außerdem haben die umliegenden Gemeinden und Städte Quartiere für die Gäste und einige hundert Ochsen, Hirsche, Rehe und Fasane für die unzähligen Festmähler während des vierwöchigen Campements zu stellen. Ehre und Unwillen halten sich noch die Waage. Doch warten wir ab, bis das gesamte sächsische Heer, siebenundzwanzigtausend Soldaten, siebentausend Pferde und zahlreiches Kriegsgerät, hier auf der Heide ihr Lager bezieht, versorgt, unterhalten und ertragen werden muß und sich während all der prächtigen Feste, Bälle und Reiterspiele der Kot und anderer Festunrat von mehreren zehntausend unbehausten Akteuren und Zuschauern zu türmen beginnt. – Ich gebe alles daran, dieses kommende Spektakel nicht zu missen.

»Gleicht der Sachsenkönig August nicht ein wenig deinem Großvater?« necke ich Fritz.

»Meinem Großvater? Friedrich war ohne Festigkeit, eitel und glanzsüchtig, ja, aber er war auch voller Wohlwollen und Gutmütigkeit, groß in kleinen Dingen und klein in großen. Sein Unglück war, daß ihn die Geschichte zwischen einen Vater und einen Sohn gestellt hat, denen jede Kunstsinnigkeit und Lebensfreude fehlten.«

»Indessen opferte er dreißigtausend Untertanen in verschiedenen Kriegen, nur um sich mit einer Königskrone zu schmükken!«

»Über die seither ganz Europa lacht, gewiß. Und dennoch war er es, der Berlin den wenigen Glanz gegeben hat, an dem wir Nachgeborenen uns jetzt noch erfreuen können.«

»Doch um welchen Preis?«

»Um den Preis von zwanzig Millionen Reichstalern Schulden, die er meinem Vater hinterließ.«

Fritz und ich halten uns auch hier nicht länger als nötig auf und reiten gleich am Morgen von Riesa weiter, um vielleicht noch am selben Tage Leipzig zu erreichen.

Es ist ein stürmischer Morgen, Wolkenfetzen flattern am Himmelsmast in bittrem Streite, das nenn ich einen Tag so recht nach meinem Sinne! »Lustig in die Welt hinein«, versuche ich meinen morgenmürrischen Gefährten aufzuheitern, »gegen Wind und Wetter! Das Klagen ist für Tote!«

Zeithain, den 4ten Juni. Rasttag und Kirchgang. – Das Innere von Kirchen stürzt mich gemeinhin in tiefe Melancholie. Als Kind verspürte ich nichts als Leere und Langeweile, in Glaucha dann stille Wut. Und in den letzten Jahren, wenn ich gezwungen bin, mit dem Regiment den Gottesdienst zu besuchen, empfinde ich vor allem Trauer. – Auch wenn jede Kirche anders ist, sind sie im Grunde doch alle gleich. Der Mensch soll sich in darin klein fühlen, ein Nichts im Angesicht Gottes. Seine Stimme soll dünn und dürftig klingen, und die mächtigen Orgeln, Gottes Atemmaschinen, sollen uns nie vergessen lassen, wie begrenzt unser eigener Atem ist.

Und nun, in der Thomaskirche zu Leipzig, die wie alle anderen scheint, ist plötzlich alles wie verwandelt. Nicht Gott oder die Leere läßt uns in unserer Kleinheit erstarren, Menschlichkeit erfüllt plötzlich den hohen dunklen Raum, Menschlichkeit im Atem der Musik, des Menschen Flehen, Hoffen, Jubeln, Verzweifeln.

Und es ist der richtige Ort, denn war nicht der heilige Thomas ein großer Zweifler? Suchte er nicht zunächst den Menschen zu begreifen, bevor er an den Gott glauben konnte? Der Minnesänger Heinrich von Morungen soll der Kirche eine Reliquie des heiligen Thomas, die er aus Indien mitgebracht, geschenkt haben. Es muß ein Ohr gewesen sein.

Vier Glocken und eine Schlagglocke hängen im Turme der Thomaskirche und begrüßen den Besucher normalerweise schon von Ferne durch ihre Singfreudigkeit. Aber nicht an diesen Kartagen. Sie warten mit ihrem Jubelgeläute auf die Osternacht.

Alles ist schlicht im Innern, bis auf die große Orgel von Meister Lange aus Kamenz. Es scheint, als sei das ganze schmucklose Mauerwerk um diese siebentausend Pfeifen und Bälge herumgebaut. Doch dieser Eindruck ändert sich mit einem Schlage, als auf den Balkonen die beiden Knabenchöre sich versammeln. Und ehe noch der erste Ton erklingt, weiß ich, daß ich Zeuge eines außergewöhnlichen Ereignisses werde, ja, Zeuge einer Offenbarung, eines Wunders, wie es nach der Auferstehung des Herrn nur noch wenige gegeben hat. Und nicht nur ich bin mir dessen gewiß, sondern auch alle Zuhörer, seien es Gläubige oder Zweifler, um mich herum in diesem dunklen Kirchenschiffe.

Das Fundament dieser Kirche besteht nicht aus Stein, sondern aus diesem Chor, den Knaben, die hier seit fünfhundert Jahren mit ihren Stimmen prächtigere Kathedralen errichten als jeder Baumeister. Selbst wenn der Kirchenbau einst in Schutt und Asche fällt, solange diese Knaben nur singen, wird das Haus Gottes fortbestehen.

Plötzlich steht Comte Alexandre de Rottembourg vor uns.

»Ich habe Sie schon in Leipzig vermutet, Herr von Katte, aber Sie und Ihren Gefährten in dieser Vermummung nicht gleich erkannt.«

»Diese Begegnung sollte unter uns bleiben, lieber Herr Baron!«

»Also weiß Berlin nichts von Ihrem Besuche in Sachsen?«

»Und Paris sollte ebensowenig darüber wissen.«

»Vielleicht kann Ihnen, Herr Lieutenant, und Ihnen, Königliche Hoheit, der französische Hof einmal behilflich sein. Aber es muß ja nicht jeder Premierenbesuch, da haben Sie vollkommen recht, in meinen Gesandtenbriefen Erwähnung finden. – Wo haben Sie sich einquartiert?«

»Im Alten Kauz, einer bescheidenen Herberge vor der Stadt. Sie werden das Gasthaus kaum kennen.«

»In der Tat. Dürfte ich Sie vielleicht in das mir fast schon zu weitläufige Stadtpalais einladen, das mir der sächsische König großzügigerweise als Logis angeboten hat?«

»Herzlichen Dank, Herr Baron, aber wir würden gerne unser Incognito wahren.«

»Wie Sie wollen, meine Herren. Womöglich gehört dergleichen unbequeme Unterkunft ja zum Abenteuer dazu. Sie werden mir kaum glauben, doch fast beneide ich Sie um diese Freiheit.«

Auch in Leipzig haben wir uns eine einfache Herberge gesucht, wo wir als Studenten unter Handwerkern, Krämern und Marktleuten nicht weiter auffallen, zumal uns auch die Geldmittel zu einer bequemeren Unterkunft fehlen. Der Kronprinz ist mit noch weniger Barschaft ausgestattet als ich. Das Geld für den Wuster Ausflug mußte er sich größtenteils zusammenschnorren, da der König ihn so kurz hält, daß er sich nicht einmal Noten oder einen neuen Rock leisten kann. Und Kreditbriefe stehen hier während unserer unerlaubten Absentierung verständlicherweise außer Frage.

»Das wahre Abenteuer, Monsieur le Comte, findet hier in dieser Kirche statt, und es ist ein Geschenk des Himmels, daß wir daran teilnehmen dürfen.«

»Finden Sie? Ich schätze Meister Bachs Musik außerordentlich, sonst hätte ich mich zu diesem Anlasse kaum von Madrid hierher bemüht. Bachs vorangegangene Passion hatte durchaus Tiefe, doch fehlte ihr zweifellos jede leichte, spielerische Distance zur Geschichte, die sie in Töne gesetzt.«

»Für Sie gehört das Leichte, Spielerische zur großen Musik, selbst wenn es sich um die Passionsgeschichte unseres Herrn Jesus Christus handelt?«

»Unbedingt. Wie anders läßt sich die Unausweichlichkeit und Grausamkeit dieser Tragödie ertragen? Womöglich aber sind es gerade diese scheinbar so nebensächlichen Dinge, die das gallische Wesen vom teutonischen unterscheiden.«

»Und in diesen musikalischen Dingen haben Sie sich auf die gallische Seite geschlagen?«

»In ebendiesen musikalischen Dingen bin ich zugegebener Maßen noch unentschieden. In allen anderen Fragen des guten Geschmacks indes, lieber Herr von Katte, ist meine Parteinahme klar. – Aber nun gebietet mir die Musik wohl schweigen. Wir plaudern in der Pause weiter, nicht wahr?«

Friedrich hat sich während unserer heiteren und diesem Orte so unangemessenen Unterhaltung mit einem mürrischen Schweigen beschieden. Nun flüstert er mir zu: »Glaubst du, er wahrt unser Geheimnis?«

»Natürlich!« erwidere ich leise. »Solange es ihm nützt.«

Die ungeheure nächtliche Tragödie entwickelt sich nach dem alten Ritus des antiken Theaters. Ich schließe die Augen, und sie öffnen sich. Erst als die Jünger schlafen, kann Jesus seine Uneinigkeit mit dem Vater offenbaren. Es ist nicht sein Wille zu sterben. Der Glaube an die Liebe des Vaters endet. Und selbst Bach weiß darauf keine Antwort.

Der Glaube endet, doch das Hören hört nicht auf. Die Augen, kalt geworden von den Münzen dieser Trauertage, schauen plötzlich in ein Antlitz, blutig, schmutzig, zerschlagen, menschlich, ein gewöhnlicher Name, doch um so tiefer berührt die Klage um diesen ganz Gewöhnlichen.

Wir tragen unsere Kronen aus Stolz, aber dieser trägt sie wie ein Soldat nach verlorener Schlacht, staubübergossen, glanzlos, ein eisiger Wind bläst uns aus seiner erfrorenen Seele entgegen.

Der Gesang ist dir Wiege, und dein Grab der Herd. Niemals zuvor habe ich solche Augen gesehen. Meine arme Vergänglichkeit übersiehst du, aber ich übersehe sie nicht. Sanft weise ich den Trost zurück und behalte die Augen offen.

Der Mittag ist noch mild, noch herrscht Stille vor dem Hämmern.

Abends: Festball.

Zeithain, den 5ten Juni. Kavallerie-Manöver.

»Wer es nicht längst geahnt hat, der sieht und hört es nun«, spricht Rottembourg gleich nach dem ersten Teile lächelnd, während Friedrich und ich zweifellos lieber noch im Zauber der Musik gefangen geblieben wären, »dieser korpulente Mann ist ein zarter, empfindsamer Gefühlsmensch.«

»Ich nehme an, Sie sprechen nicht von meinem Vater, Herr Baron!« entgegnet Friedrich unwirsch.

»Die Musik Seiner Majestät würde zweifellos anders klingen, wenn er sich denn mit demselben Eifer dergleichen Kompositionen widmete wie dem Aufbau seiner Schlachtordnungen.«

»Und dennoch ist darin alles vollkommen«, ruft Friedrich mit entschiedener Stimme. »Haben Sie gehört, wie Bach auf den Basso continuo und die Streicher verzichtet, um den Klang der Flöte und der Oboe noch ätherischer, noch schwebender klingen zu lassen, wenn der Thomasknabe anstimmt: Aus Liebe will mein Heiland sterben?«

»Dabei ließen die Räte der Stadt doch in kluger Vorausschau eine entsprechende Klausel in den Vertrag ihres neuen Kantors aufnehmen, daß seine Kirchenmusik keinesfalls zu theatralisch werden dürfe!« entgegnet Rottembourg dem Kronprinzen mit ernstem Gesichte.

»Vielleicht wäre Bach besser in Cöthen geblieben«, werfe ich ein. »Dort mußte er nur einem Herrn dienen, der zudem auch noch sein Freund war. Hier indessen hat er gegen vielerlei Widerstand und Unverständnis zu kämpfen.«

»Und seine Frau Anna Magdalena kann erst recht keine wirkliche Freude an dem Wechsel nach Leipzig gehabt haben. In Cöthen hatte sie die Stellung einer Hofsängerin inne, die ihr neben dem Vergnügen auch noch zweihundert Taler einbrachte. In Leipzig ist den Frauen das Singen in der Kirche nicht gestattet.«

»Sie sind wie immer vorzüglich unterrichtet, Herr Baron.«

»Nun, das gehört nun einmal zu meinen Aufgaben.«

»Die Leipziger hätten lieber Telemann als neuen Thomaskantor gewonnen, doch Hamburg hat ihn nicht gehen lassen.«

»Wenn man die Besten nicht haben kann, muß man eben mit einem Bache vorliebnehmen. – Werde ich das Vergnügen haben, Sie auch morgen, am Karfreitag, zum zweiten Teil der Passion hier wieder antreffen zu dürfen?«

Wie in diesen schlichten Herbergen üblich, teilen wir uns ein Bett in einem größeren Saale, in dem noch ein Dutzend weiterer Männer nächtigt. Hier kleidet man sich zur Nachtruhe nicht aus, sondern legt nur Mantel und Degen ab und zieht die Stiefel aus, wer denn im Besitze von Mantel, Degen und Stiefeln ist. Natürlich geht es geräuschvoll in einer derart gut gefüllten Schlafstube zu, so daß ich mich nicht von ungefähr an unser Dormitorium in Glaucha erinnert fühle. Fritz indessen weiß nicht recht, was er von all diesen mörderischen Eindrücken halten soll, wobei ihn die eindringlichen Gerüche womöglich noch mehr an einer erholsamen Nachtruhe zweifeln lassen als die vielfältigen Geräusche. Andererseits schenkt gerade das Markt- oder Schenkenhafte der uns umgebenden Unruhe unserer Bettinsel eine unbeachtete Intimität. Da jeder jeden auf die eine oder andere Weise stört, versucht jeder, auf niemand Besonderen zu achten, ja, sich so zu verhalten, als befände er sich ganz allein hier an diesem Rastorte. Und wenn man ihn am nächsten Morgen fragte, würde er sich an kein besonderes Gesicht und keine Stimme mehr erinnern.

»Würden wir es anders hören, wenn wir das Ende nicht schon kennten?« fragt Fritz mich nachdenklich. »Die Rettung bleibt aus!«

»Ja, die Rettung bleibt aus.«

»Wäre ich unter den Jüngern im Ölgarten gewesen, ich wäre nicht eingeschlafen!«

Ich muß ein wenig lächeln über diese Anmaßung. Fritz bemerkt es nicht.

»Gott hat Bach geschaffen, damit er IHN groß mache«, fährt er fort.

»Und Bach hat es IHM gedankt, indem er sich weigerte, IHN zu durchschauen.«

»Jesu Gehorsam indes bleibt ein Ärgernis, eine Schwäche, die auch Bachs grandiose Musik nicht zu tilgen vermag!«

So unumstößlich würde ich es nicht formulieren, doch vermag ich Friedrichs Diktum auch nicht zu widersprechen.

»Hatte Gott am Anfang wirklich vor, uns Menschen im Paradies zu belassen? Oder hat er es nicht nur deswegen geschaffen, um uns daraus zu vertreiben?«

»Er muß es jedenfalls von Anfang an gewußt haben.«

Fritz liegt mit dem Rücken zu mir. Aber es ist keine abweisende Haltung, er nimmt meinen Arm und legt ihn über sich, so daß meine Hand auf seiner nackten, mageren Brust ruht. Er zieht mich noch näher an sich heran, eher bedürftig, verzweifelt, als von einem geschlechtlichen Begehren gedrängt. Deshalb bleibe ich ruhig liegen und halte ihn einfach in meinem Arm. Ich spüre seine Haut an meiner Haut, meine Hand fühlt seinen unruhigen Herzschlag und den flatternden Atem, als sei er auf der Flucht. Ich empfinde Widersprüchliches, eine brüderliche Neigung, zu behüten und zu schützen, und zugleich einen Drang, Abstand zu nehmen, weil mir dieser junge, hilflose Mann schlicht zu nahe ist. Und natürlich geht mir der unverzeihliche Gedanke durch den Kopf: Es ist der Kronprinz, Mann, nicht irgendein Matrose vom Südufer der Themse.

Fritz drängt sich noch näher an mich heran und drückt meine Hand. Dann schiebt er sie tiefer und flüstert: »Tu es, Hans!«

Was soll ich tun? Ich verstehe nicht, was er meint. Will es nicht verstehen. Ich rieche seinen schwachen Schweißgeruch, die Nähe läßt auch mich schwitzen. Ich fürchte, ihm weh zu tun, fürchte meine eigene Kraft. Aber dann heißt mein eigener Körper mich schweigen, und unserer beider Leiber tun, was sie wollen, nicht in trunkner oder müder Willenlosigkeit, sondern im hellen Lichte dessen, daß gut ist, was uns tröstet, Freude bereitet und Kraft schenkt.

Welch merkwürdige Wechsel! Hat der Chor gerade noch wild gewütet, folgt unmittelbar vom selben Chore eine stille, wehmütige Weise, die direkt aus der Seele zu kommen scheint, als würde der Mund ganz eigenmächtig toben und die Seele zur selben Zeit unter demselben Toben Todesqualen leiden.

Ein Chor weißer Hemden, die an einer Leine zum Trocknen aufgehängt, er lärmt. Da, ein Schuß! Es geht um Freundschaft, Liebe, Petrus liebt, Pilatus liebt, selbst Judas, doch verzeih, daß nicht auch ich dich liebe! Doch wenn du meine Freundschaft willst –

Nun liegen sie im Dreck, die Hemden, der Wind, der trocknen sollte, war zu stark.

Ach, nun ist mein Jesus hin! singt der Knabe. Und der Chor der Jünglinge fragt: Wo ist dein Freund denn hingegangen, wo hat er sich hingewendet?

Und der Knabe klagt: Ach, was soll ich der Seele sagen, wenn sie mich wird ängstlich fragen?

All meine Geheimnisse durchwühlt die Musik, diese hellsichtige Richterin, vergebens hat das Herz seine Pforten verschlossen. Davids Trauer um Jonathan, Johannes' Klage um den geliebten, unverstandenen Herrn, Tote werden umschlungen, liebkost, wir fassen uns bei den Händen, jeder an seinem Ende der Welt. Daß es jemand sieht, ist uns gleich in diesem Augenblick.

Und fast breche ich in Tränen aus, als die Klänge des Streichquartetts, die den sterbenden Herrn wie einen Heiligenschein umgeben, im letzten Atemzug seines Todeskampfes zerbrechen.

Die Klage wird leiser, und damit hörbarer. Die Melodie, die behutsam sich vom Ast des Schweigens löst. Und fällt, wie schwarzer Schnee. Dann die Stille. Freude: Atmen dürfen! Leben! Bis man auf die tiefgefrorne Erde prallt. – Es ist Zeit, dem Schöpfer die Schöpfung vor die Füße zu werfen!

Das Sprechen, aufgepflügt und rauh, das Singen feilt ins Ohr, ich liege in der Wehe, meine Lippen holzig, die Wangen bärtig, die Augen Eis, in meiner Stimme klingt Erde mit

die Musik scheint aus keiner bestimmten Richtung, sondern aus dem ganzen Raum zu kommen, ja der Raum selbst scheint ganz und gar Musik zu sein, Wohlklang und Schmerz, Musik wie ein zarter Klangnebel, der nicht nur das Ohr berührt, sondern die ganze Leibesoberfläche. Sie streichelt wie ein warmes Ölbad oder die Meeresbrandung am Strand von Cranz

dann wieder ein Spießrutenlaufen, nicht mit Weidenruten oder Steigbügelriemen, sondern mit lauten Aufschreien wie Beilhiebe: Seht ... Wohin? ... auf unsere Schuld ...

Und dann beginnt ein Drama, das direkt aus der Seele leuchtet und sich wohl auch ganz daselbst abspielt, denn wer, wenn nicht ich selbst ist der Evangelist, Petrus, Pilatus, Judas, Hoher Priester, Volk?

Blute nur, du liebes Herz! meine Kinderseele singt es, singt es mit, ist dem singenden Knaben auf der Empore auf die Zunge und von dort ins Herz geschlüpft. Blute nur, ich bin es, der singt, der weint, der IHN ermordet.

Ich verliere die Worte, höre auf zu denken, höre auf, ein einzelner zu sein, mein Schädel ist diese hohe gotische Halle, nein, mein Schädel ist nicht mehr, alle Knochen sind weggeschmolzen, es gibt nur noch grenzenlose Harmonie und Disharmonie, sie gehen Hand in Hand, denn eins ist nur durch das andere.

Und auf einmal begreife ich: Diese ganze Passion ist ganz und gar eine reine Männergeschichte, Männer handeln, entscheiden, lieben, verraten, versagen, küssen, morden, spotten, flehen, verfluchen, und die Frauen stehen allenfalls am Rande und schauen zu, als ginge es nicht darum, die ganze Welt zu retten, sondern allein den Mann vor seinesgleichen.

Zeithain, den 6ten Juni. Beide Könige sind heute unpäßlich, der eine leidet unter einer Magenverstimmung, der andere, unsere, unter einer Erkältung. Vielleicht hat sich Seine Majestät in den noch frostigen Reisenächten verkühlt.

Gegen Abend stellt sich Graf Moritz von Sachsen, aus Paris kommend, im Lager ein. Gerüchte kursieren, er habe den spanischen Infanten Dom Karlos und andere geblütige Prinzen incognito mitgebracht. Doch zu den vielen Superlativen dieses Campements gehört auch jener der Gerüchte und Lügen, die hier vom ersten Tage an kursieren.

Lustlager, welch frivole Verkehrung! Für die Heerschauen kennen wir das Militärlager, für die Begierden den Lustgarten. Und nun wird es vom König von Sachsen so anspielungsreich zusammengebracht, daß es den König in Preußen darob grausen muß.

Der Name weckt die Vermutung, daß es etwas anderes zu verstehen gibt, als was es sehen läßt. Das ist das Geheimnis dieses Lustlagers: Es verheißt mehr, als es zeigt. Und es zeigt mehr, als es bedeutet.

Aus allem blickt mich eine große Verlorenheit an. Ein offenes Buch, doch geschrieben in einer unbekannten Schrift. Eine Rotte in blaue Uniformen gekleideter Schweine. Raben mit spitzen Federn und Tintenfaß. Die Streckbänke überladen von Maulbeeren, Kürbissen, Garotten, Steinbeißern, Pflaumen, an den Bänken nackte Pastoren mit Halskrausen und Eselsmasken.

Dem gleich einem weidenden Ochsenmaul tastenden Auge sind im Lusthain Wege eingerichtet, Maulwege, während die Augen an Erdbeeren denken, an Kirschen rot wie die rasierten Lippen der Huren, sie steigen in die Erdbeerbeete, pflücken die Maulbeeren, entkernen die Kirschen, mosten die Äpfel, zerstampfen diese ganze Doppelsinnigkeit der Früchte, die nacktfüßigen, flotzmäuligen Augen ...

Das alles ist von einer großen körperlichen und seelischen Unreinheit. Für den Genuß ist alles aufgefahren, für den unverdaulichen Rest bleiben nur die Büsche und das Heidekraut am Rande, wo man bereits nach diesen wenigen Tagen bis zu den Knien in Scheiße watet.

Abends Konzert im Opernhause, wo sich zwei Sängerinnen und drei Kastraten aus Venedig hören lassen. Das Opernhaus liegt in der Nähe des Beobachtungspavillons, aber außerhalb des Manövergeländes nahe dem Dorfe Streumen. Hier wirkt die Königliche Hofkapelle mit einer italienischen Sängergesellschaft und dient gewissermaßen den musischen Intermezzi zwischen den Gefechtsübungen.

Zutritt zu den Aufführungen haben außer den hohen Gästen nur Dienstgrade oberhalb eines Feldwebels. Für die unteren Dienstgrade gibt es Jahrmarktsbuden und Tanzböden in den umliegenden Weilern.

Trotzdem ist das Haus so voll, daß ich schon fürchte, die Menschen möchten die Wände auseinandersprengen wie zerplatzte Baumwollsäcke bisweilen ein Frachtschiff.

Doch mir ist immer noch die große Passionsoper von Leipzig gegenwärtig, die mit ihrer Innigkeit alle italienischen Soprane und Kastraten in den Schatten stellt. Isaak erfriert, bevor er verbrennt, und des Josefs Sohn versteinert, bevor er Blut schwitzt, Essig trinkt und das Eisen in der Seite spürt.

Und ich, ich lebe, schuldlos für eine Weile, solange mir der Frost und das Judasgeld der Töne ins Gesicht schlägt. Lebe mehr denn je, denn es ist nicht Habe, sondern Klang. In weiter Ferne gehen die Toten, tanzen in ihren Stiefeln, wärmen sich durch Schläge in der kalten Wintersonne, schlagen sich selbst, geisterhafte Zärtlichkeit, dann singen sie, ein Fieberchor, in weiter weiter Ferne, Orgelflug, Trompetenstoß, zur Jagd, zum Angriff, zum Gebet, sie hat nur ein Auge, die Trompete, und die Orgel nur einen Flügel.

Wespen summen unter beiden Achseln, sie riechen meine Angst. Angst wovor? Ich weiß doch, wie diese Geschichte ausgeht!

Mit den Fäusten reibe ich mir die Augen. Will, daß mein Leib vernünftig wird. Bis dahin durchzuhalten wäre ein Sieg. Doch du hast andere Pläne, mein Blutsfreund, mein Liebster, andere Wünsche, andere Ängste.

Und wieder löscht der Gesang sie aus, die Wörter mein und dein. Die Knaben singen Ja, Ja, und gehen uns voran, schmal und scheu, doch ohne Zweifel, alles beginnt aufs neue, die Toten heute sind morgen unsterbliche Engel.

Plötzlich wache ich auf und sitze wieder neben Fritz in der Thomaskirche. Wie lange währt die Passion schon? Ich weiß es nicht, habe jedes Gefühl für die Zeit verloren. Es ist, als stürbe ein Bruder.

»Habe ich dir weh getan?«

»Ja.«

»Verzeih mir.«

»Warum?«

Nun, da wir uns zur Ruhe legen, merke ich erst, wie müde ich bin. Die Reise und die Töne hielten mich wach, dir Füße frugen nicht nach Rast. Jetzt aber, obgleich sie doch so bewegt den ganzen Tag, finden sie keine Ruhe, sondern brennen und schmerzen, als sei ich auf ihnen nicht nur gegangen, sondern hätte mit ihnen gehört.

Klangknoten. Nicht zu lösen.
Klangwunden. Nicht zu heilen.
Der Schmerz kommt erst noch. Später.

Zeithain, den 7ten Juni. Beide Monarchen sind immer noch kränklich, deshalb finden heute keine militärischen Revuen statt.

Am Morgen sehe ich zwei Sonnen am Himmel stehen, und sosehr ich sie auch anstarre, keine will weichen. Lieber keine Sonne als zwei! denke ich mir. Im Dunkeln wäre mir wohler.

Wir besteigen unsere Pferde. Die Zeit vom Huf der Rösser lautgehämmert. Selbst der staubige Weg stöhnt auf. Doch unsere Gedanken, schlaflos, bleiben stumm. Hier gehen sie zugrunde.

Doch wir lernen Abschied, lernen ihn des Nachts, lernen ihn im Krähen der Hähne, lernen ihn im Schafsstall. Wo gehst du hin? Am Morgen vor dem Haus, da wasch ich mich. Das Wasser kalt und schwarz. Wer bin ich denn? Ich genüge mir ja selbst nicht!

Der Frostgeruch des Freundes, der Apfelduft des Heugenossen. Schweigsam reiten wir Seite an Seite.

»Ist es dir aufgefallen: Bachs Passion endet mit dem versiegelten, nicht mit dem leeren Grab«, spricht Friedrich plötzlich in die Stille hinein.

»Ja. Sterben und Tod kennt er. Die Auferstehung ist eine andere Geschichte.«

»Vielleicht ist seine Passion deshalb so menschlich: der Tod ist endgültig. Nur deshalb können wir überhaupt über diesen Jesus weinen. Würden wir immer schon seine angebliche Auferstehung mithören, ließe uns seine Geschichte kalt.« – Nach einem Augenblick des Nachdenkens fügt er hinzu: »Im Grunde ist es die Passion eines Ungläubigen.«

»Eines an den Menschen Glaubenden«, widerspreche ich. »Erst indem Bach Jesus im Grabe beläßt, ist er wahrlich Mensch geworden.«

»Und wo ist der Vater, in höchster Not? Mit keiner Geste, keinem Worte kommt er dem Leidenden zur Hilfe. Ist er allmächtig, so ist seine Abwesenheit einfach nur grausam.«

»Ich schäme mich für diesen Vater.«

»Doch wenn du ihn zur Rede stellen könntest, würde er dir sicherlich versichern, er habe seinen Sohn über alles geliebt, ja, ‚allein aus Liebe habe er ihn leiden lassen.«

»Vielleicht hat der Vater da oben ja mitgelitten.«

»Aber er ist an seinem Mitleid nicht gestorben! Es ist die Umkehrung aller Naturgesetze, nach denen die Väter vor den Söhnen sterben sollten.«

»Was ich den Evangelisten nicht glaube, glaube ich Bach.«

»Ich stimme dir zu. Bach ist großzügiger und tröstlicher als die angeblichen Chronisten des Gotteswortes. Bei ihnen habe ich nie verstanden, warum Jesus sterben muß. Bei Bach stellt sich die Frage erst gar nicht. Der Tod gehört einfach zum Leben dazu.

Oh, Ruhm, dem ich zum Opfer bringe
All meine Kurzweil und Begier«, singt er dann,
»*Oh Ruhm, du meines Glaubens Schwinge,*
Gönn' meinen Taten deine Zier!

Du kannst, wenn ich ins Grab gesunken,
Bewahren einen schwachen Funken
Vom Geiste, der in mir geloht,
Dir treu im Leben und im Tod.«

Nachdem er sich wieder ein wenig beruhigt, sage ich: »Einmal, als mein Vater und ich von der Jagd zurückkamen, erzählte mein Vater von einem Mann, der als armer Bursche Gott verflucht habe, und von da an sei es ihm immer besser gegangen, er sei reich und mächtig geworden. Doch zugleich wurde er immer schwermütiger und trauriger. Dann sagte mein Vater, es gebe eine einzige Sünde, die Gott nicht vergeben könne. Aber er verschwieg mir, worin diese Sünde bestehe, und ließ mich bis heute ohne Antwort.«

»Warum beunruhigt dich denn die Frage noch, wenn du doch gar nicht an Gott glaubst?«

»Es gibt nicht nur Sünden wider Gott, sondern auch wider den Vater.«

»Und was ist es, das dein Vater unter allen Sünden niemals verzeiht?«

»Ich kann es nicht mit Gewißheit sagen, aber ich denke, es ist die Freundschaft.«

»Vielleicht ist dein Vater verbittert, da er selbst keine Freunde hat.«

»Kein Machthaber kann es sich erlauben, Freunde zu haben.«

»Wir könnten auch lernen, mit dieser einen Sünde zu leben, ohne uns als Verworfene zu fühlen.«

»Laß uns darüber schweigen!«

»Schämst du dich?«

»Für was?«

»Für das, was wir getan haben.«

»Nein. Und du?«

»Nein. Ich denke, man schämt sich nie für etwas, sondern immer nur vor jemandem.«

»Du hast recht. Stell dir vor, dein Vater träfe uns derart zusammen an.«

»Er würde uns auf der Stelle umbringen!«

»Dann laß uns dafür sorgen, daß es niemals geschieht.«

»Bis ich selber König bin. Dann gibt es niemanden mehr, vor dem ich mich schämen muß.«

»Außer vor Gott.«

»Außer vor Gott, der alles sieht und alles verzeiht.«

Zeithain, den 8ten Juni. Wegen seiner anhaltenden Unpäßlichkeit räumt Friedrich Wilhelm sein Zelt und zieht in die vorderen Zimmer des königlichen Pavillons von August.

Wenn Friedrich geglaubt haben sollte, nun endlich ein wenig mehr Freiheit zu genießen und eine Weile unbeaufsichtigt zu sein, irrt er. Stets findet er sich in Begleitung seiner Suite: drei

Kammerdiener, ein Page, ein Jäger, drei Aufwartknaben, ein Leibkutscher, zwei Vorreiter, zwei Reitknechte, ein Stalljunge, also eine Entourage von vierzehn Bediensteten. Dazu kommen der vom König erst jüngst zur besonderen Überwachung des Kronprinzen zum neuen Hofmeister ernannte Obristlieutenant Daniel von Rochow, der ältere Bruder meines Schwagers Friedrich Wilhelm von Rochow, und der neue Stallmeister, Lieutenant Dietrich von Keyserlingk, im Gegensatz zu Rochow ein noch junger und recht fideler Charakter, der unter anderen Umständen durchaus als fröhlicher und gerngesehener Kamerad hätte gelten können. Er ist nur wenige Jahre älter als ich, hat gleich mir an der Königsberger Albertina studiert und zwei Jahre in Paris gelebt, ehe er in den Dienst beim Regimente zu Pferd Markgraf Albrecht von Brandenburg-Sonnenburg eingetreten ist.

Auf dem Rückweg von Leipzig nach Wust sagt Fritz: »Du weißt, ich brauche kein Königreich, um glücklich zu sein. Ich könnte auch in einem Kloster leben. Oder als Einsiedler. Doch schöner wär's, du kämest mit mir. Wir könnten jagen. Oder auf einem Schiff anheuern und zusammen sein, für Monate, für Jahre, für immer!«

Für einen Augenblick denke ich, ja, das ist es, das Glück der Freiheit, wie ich es nur auf meiner Kavaliersreise empfunden. Fortan in einer Waldhütte wohnen, oder in einer Hängematte im Schiffsrumpf einer Brigg, jeden Tag gepökelten Hering und Schiffszwieback essen, den Wind im Haar spüren, in die Südsee segeln, sich von wilden Künstlern magische Zeichen in die Haut stechen lassen, in den einsamen Monaten auf dem Meere kein einziges Kirchengeläut hören und während eines höllischen Sturms unser Grab in den Tiefen des Ozeans oder eines Haifischschlundes finden. Wird mein zukünftiges Leben hier irgend etwas bereithalten, was es wert erscheinen läßt, diesem Vorschlage Friedrichs nicht gefolgt zu sein?

Abends Opera buffa. Doch unser König hält Privatexerzitien in seinem Zelte.

Zeithain, den 9ten Juni. Beiden Monarchen geht es etwas besser. Doch trägt unser König eines Gichtanfalls wegen den Arm in der Schlinge.

»Mein Vater leistet anhaltenden Widerstand gegen die aristokratische Versuchung, glücklich zu sein«, beginnt Friedrich das Gespräch. »Lieber lebt er in einer frommen Vulgarität à la Francke, die ihn vor dem Glücke, der Verfeinerung, und der Ekstase bewahrt. Wahrheit ist für ihn das Notwendige. Kunst kann für ihn niemals wahr sein!«

»Hat er denn nicht recht mit dieser Ansicht?«

»Dann wäre es die vornehmste Aufgabe der Kunst, sich gegen die Wahrheit zu stellen!«

»Was ist mit dem Schmutz?«

»Was soll damit sein?«

»Gehört er zur Wahrheit oder zur Kunst?«

»Die Natur kennt keinen Schmutz.«

»Und die Tat?«

»Auch wenn wir beide nichts tun, verändert sich die Welt!«

Er sieht mich an, dann tritt er einen Schritt näher und legt mir seine Hände auf die Schultern, im Verlangen nach einer körperlichen Berührung und im Gefühl, daß Worte nicht genug oder nicht das Wesentliche sagen können.

Ich ziehe ihn an mich, er legt seine Wange an meine Brust. Nach einigen Herzschlägen befreit er sich, dann schaut er mich an, blickt mir direkt in die Augen. »Verzeih mir!« flüstert er. »Jetzt wirst auch du mich für einen effeminierten Schwächling halten!«

»Rede keinen Unsinn, Fritz!«

Zum ersten Male bin ich zu so später Stunde in Friedrichs Wohnung im Potsdamer Schlosse. Eine Lampe auf seinem Arbeitstische und ein Wandlicht über dem Bette erleuchten die Kammer, und der junge Mann, der sie bewohnt, wirkt in dieser ihm vertrauten Umgebung ganz anders, als ich ihn zu kennen glaube.

»Übrigens werden wir uns eine Zeitlang nicht mehr sehen können. Der König will mich in Wusterhausen um sich haben.«

»Wir werden doch einmal eine Weile ohne einander auskommen!«

»Natürlich werden wir das.«

»Warum sagst du das so bitter?«

»Du kennst Wusterhausen nicht! Für mich und Wilhelmine ist es die Hölle.«

»Ich ahne, wie du leidest. Aber was kann ich tun?«

»Nichts kannst du tun.«

Wenn ich mich selbst früge, was zwischen mir und dem Prinzen in Leipzig geschehen sei, so würde ich mir antworten, nicht mehr als jene flüchtigen nächtlichen Begegnungen wie im Hasenstall zu Glaucha. Aber niemand verlangt von mir, Rechenschaft über die gemeinsamen Nächte abzulegen. Also überantworte ich unser Abenteuer dem Schweigen, denn solange niemand ein Wort darüber verliert, gibt es auch nichts zu erinnern.

Wenn ein Gefühl aus dieser Nacht bleibt, dann ein schattenhaftes, das mich mahnt, auf der Hut zu sein.

Je mehr der Kronprinz in den folgenden Wochen nach Gelegenheiten der Begegnung und des Zusammenseins sucht, desto mehr halte ich mich von ihm fern, ja zeige mich nicht selten gar unwirsch und zurückweisend, um ihn nicht noch durch unbedachte Gesten der Zuneigung zu ermutigen. Mit dem prüfenden Blicke des Naturforschers beobachte ich die Tugenden und Schwächen des Prinzen, um ihn zukünftig bei seinen Schwächen zu stützen und mich selbst vor seinen Stärken vorzusehen.

Doch die ungesunde Erregung dieser unbedachten Nächte ist nicht so bald vergessen. Die Wege des Leibes sind unergründlich. Die Veränderungen treten nur schleichend und kaum merklich ein, es sind winzige Veränderungen, die in ihrer Gesamtheit aber einen vollständigen Umbau bedeuten. Zunächst weiß ich nicht, ist es meine Wahrnehmung oder sind es die Dinge an sich, die sich verändert haben, heller geworden sind, klarer, strahlender?

Alles wirkt plötzlich herausgerückt aus der Alltäglichkeit und doch in dieser neuen Ordnung nun erst an seinem rechten Platze. Mir ist, als seien Ohren und Augen ausgespült worden, und doch ist mir bewußt, daß diese außergewöhnliche Klarsicht nicht von Dauer sein kann. Denn wie jede Schärfe stumpft sie ab, ermüdet. Es fällt mir schwer, Leibliches von Geistigem zu unterscheiden, Hochgestimmtheit von Schwermut. Das Leise, Unscheinbare erquickt mich, das Laute, Eindringliche ruft körperlichen Ekel in mir hervor. Dann glaube ich, vor lauter Hellhörigkeit und Klarsicht den Verstand zu verlieren.

Zeithain, den 10ten Juni. Infanterie-Manöver. Vierundzwanzig Bataillons Carré, wobei unter anderem Handgriffe nach dem Trommelschlag und Heck-, Lauf- und Carré-Feuer vorgeführt werden.

»Wehe über uns, wenn mein Vater dich und mich so zusammen sähe!«

»Denke nicht daran!«

»*Er* denkt immer daran: Wenn er seine Langen Kerls sieht, wenn er dich oder Keith mit mir zusammen sieht. Für ihn ist es, als hätte er durch die Gedanken daran bereits gesündigt.«

»Deswegen hat Pastor Francke ein so leichtes Spiel bei ihm.«

»Ja, er hält sich für schmutzig, deshalb muß er sich ständig waschen und wird doch niemals sauber, weil er ja nicht einmal das berührt hat, das zu berühren er Tag und Nacht ersehnt. Er glaubt, Gott sehe alles, und seine sündigen Wünsche reichten bereits, um der ewigen Verdammnis anheimzufallen.«

»Und du? Hältst du es auch für Sünde, was wir tun?«

»Ich erfreue mich bereits daran, weil mein Vater es sich und der ganzen Welt verbietet!«

»Das klingt wenig schmeichelhaft für mich.«

»Ich hätte nicht angenommen, daß du für Schmeicheleien empfänglich bist, Katte! Ich habe dich bisher immer für den uneitelsten Menschen gehalten, der mir je begegnet ist, und dich vor allem dafür lieben gelernt.«

In den anliegenden Ortschaften treibt sich eine Menge Gesindel herum. Doch auf dem Campement-Gelände ist man um größte Ordnung und Sauberkeit bemüht. Allein heute liefert der Amtsfron elf Vagabunden, die sich ins Lager geschlichen, ins Amt nach Großenhain. Einer von ihnen trägt eine kostbare Uhr bei sich, die er wohl gestohlen haben muß, auch wenn bisher niemand einen Uhrendiebstahl angezeigt hat.

Einige Tage nach meinem Besuch in seiner Wohnung erhalte ich einen ersten Brief von Friedrich aus Wusterhausen. Er schreibt, er befände sich dort in der dümmsten aller denkbaren Gesellschaft. Er könne wohl noch manches sagen zu den Menschen, mit denen sein Vater sich umgebe, doch er habe um fünf Uhr morgens aufstehen müssen, und jetzt sei es Mitternacht, da er mir endlich schreiben könne.

»Du kennst Wusterhausen«, schreibt er. »Wenn es eine Hölle gibt, dann wird sie so aussehen, zumindest für mich, meine ganz eigene, nur für mich geschaffene Hölle. Am Eingang zum Schloßhofe halten zwei Bären Wacht, wilde, bösartige Tiere, die nur auf ihren Hinterbeinen herumtapsen können, weil man ihnen die Tatzen der Vorderbeine abgehackt hat. Wie auch das Wetter sein mag, wir essen zu Mittag immer im Freien unter einem Zelte, das unter der großen Linde aufgeschlagen ist. Bei starkem Regen sitzen wir bis an die Waden im Wasser, da der Eßplatz in einer kleinen Senke steht. Wir sind immer über zwanzig Gäste zu Tisch, von denen wenigstens drei Viertel fasten, denn es werden nie mehr als sechs Schüsseln aufgetragen, und deren Inhalt ist so schmal zugeschnitten, daß ein nur halbwegs hungriger Mensch sie alleine leeren könnte. Und du weißt, daß mein Vater, der König, ein starker Esser mit unstillbarem Hunger ist. Ist der König übler Laune, wird die ohnehin karge Kost noch weiter geschmälert, und hält er mich wieder einmal einer Bestrafung würdig, muß ich nicht selten vor einem leeren Teller sitzen. In all den Herbsttagen, die uns jährlich an diesen öden Ort führen, der allein meinem Vater zum Jagdvergnügen dient, habe ich von nichts anderem als Wasser und Brot gelebt. Als Kind war ich immer hungrig. Obgleich wir doch Teil der königlichen Familie sind, sind meine Geschwister und ich oft fast vor Hunger gestorben.

Während nach dem Mahle der König seinen Mittagsschlaf hält, muß die ganze Familie um ihn versammelt sitzen, sich aber vollkommen still verhalten. Nur an Prügeln spart der König nicht, ständig hat er den Stock griffbereit.

Die Zimmer in Wusterhausen gleichen mehr Zellen als Gemächern«, schreibt er, »und die ganze rohe Anlage ist eher Kaserne als Schloß. Deswegen ist es der Lieblingsort meines Vaters. Gleich hinter der Wachstube der Artillerie befindet sich sein Schlafgemach, seinen Gardisten näher als seinem angetrauten Weibe, die in einem anderen Stockwerk in ihrer eigenen klösterlichen Zelle untergebracht ist. Und meine Schwester und ich hausen wie Tauben in engen Dachstübchen dieses königlichen Zuchthauses.

Ich bin dieser Dinge so überdrüssig, lieber Hans! Ich erlebe hier jeden Tag die abscheulichsten Auftritte, ich bin dessen so müde, daß ich lieber um mein Brot betteln möchte, als in diesem Zustande weiterzuleben.«

Zeithain, den 11ten Juni. Feldgottesdienst. – Im Unterschied zu Augustinus oder den Eleaten bin ich davon überzeugt, daß allein die Außenwelt der unumgängliche Weg ist, zur Innenwelt vorzudringen. Mag sein, daß sie sich am Ende der Reise als eins herausstellen.

Heute nacht haben die sächsischen Ulanen versucht, uns einen Streich zu spielen, und das sicher nicht ohne Erlaubnis ihres Königs. Sie schleichen sich in das preußische Lager, um die vor dem Zelte Friedrich Wilhelms gehißte Fahne zu rauben, werden von den aufmerksamen Wachen aber entdeckt und entsprechend gewaltsam zurückgewiesen. Seine Majestät nimmt es gelassen und nennt den blutigen Zwischenfall einen hübschen militärischen Spaß.

Auf dem Rückwege zu meiner Unterkunft nach Riesa, kurz vor dem Elbufer und der nahe gelegenen Faßbrücke über den Fluß gerate ich in einen gewaltigen Mückenschwarm, so absonderlich, daß es fast einem höllischen Alpdruck gleicht. Es ist, als ob sie die ganze Luft ausfüllten, sie stieben von den feuchten Wiesen auf und fahren mir in Mund, Augen, Ohren und Nase, nicht bösartig, da sie nicht stechen, aber doch in einem so dichten Schwarme, daß sie mich zu ersticken drohen.

Ich schlage nach ihnen, bekomme einige dieser staubkornkleinen Bestien mit der Faust zu fassen, doch erkenne kaum, um was für ein geflügeltes Ungeziefer es sich handeln, geschweige denn daß ich es beschreiben könnte. Auch die gute Orfraie fühlt sich von dem erstickenden Schwarme belästigt und bedroht und lenkt ihre Hufe ohne mein weiteres Zutun zum Flusse hin, stürzt sich samt Reiter in denselben, um sich mit dem vollständigen Bade des zudringlichen Heeres zu erwehren.

Als ich am Abend meinen Stubenkameraden von diesem teuflischen Angriff erzähle, schütteln sie ungläubig die Köpfe und sagen, es müsse sich um einen wildgewordenen Schwarm von Junimücken gehandelt haben. Wie auch immer, ich und meine Stute sollten froh sein, daß sie nicht stachen.

»Hans? Schläfst du schon?« weckt Fritz mich mitten in der Nacht.

»Nun, jetzt nicht mehr.«

»Verzeih.« – Wir sind wohlbehalten wieder in Wust angelangt. Unser Urlaub ist vorbei, morgen müssen mein Bursche, Lieutenant Keith und ich den Kronprinzen eiligst zurück nach Potsdam eskortieren, damit der gestrenge Vater ihm die Überziehung des gewährten Absentes nicht übel anrechnet.

»Was gibt es denn?«

»Eines Tages werde ich mich vor niemandem mehr fürchten!«

»Mag sein, eines Tages. Aber ich weiß nicht, ob das wirklich so erstrebenswert ist.«

»Die Furcht zerstört uns, frißt uns auf, macht uns das Leben zur Hölle!«

»Und manchmal, wenn auch selten, rettet sie uns.«

»Das einzige, was ich noch fürchten will, ist, daß du irgendwann meiner überdrüssig sein könntest.«

»Du redest albernes Zeug!«

»Eines Tages baue ich uns ein Haus mit vielen Fenstern gen Süden, so daß es immer hell ist in den schönen großen Zimmern. Und wir lassen niemanden hinein, der uns nicht lieb ist. Und kein Diener darf uns aufwarten, ich selbst werde es sein, der dir Mantel und Degen abnimmt und dir den Wein einschenkt!«

»Von dem du heute zweifellos zuviel getrunken hast! Versuch zu schlafen, sonst bringe ich dich heute nacht noch nach Potsdam zurück.«

»Glaubst du, daß wir uns im Himmel noch kennen werden? Oder in der Hölle?«

»Im Himmel gibt es wahrscheinlich derart viele Zerstreuungen und so wenig Not, daß man der Freunde nicht bedarf.«

»Wenn die Hölle der Preis für unser Zusammensein wäre, würde ich sie allen Himmeln vorziehen.«

»Doch im Augenblick kann es dir gar nicht rasch genug gehen, ihr zu entkommen!«

»Himmel oder Hölle, es ist mir gleich. Hauptsache, der Richter schickt mich nicht dorthin, wo mein seliger Vater ist.«

»Noch lebt er. Schlaf jetzt!«

Zeithain, den 12. Juni. Ununterbrochener Regen seit dem frühen Morgen. Dessen ungeachtet, findet das Artilleriemanöver mit achtundvierzig Kanonen und zwei Regimentern Infanteriebedeckung statt. Der Regen hat längst alles durchnäßt, dennoch gelingt den Kanonieren ein rasches Feuern.

Friedrich Wilhelm befiehlt uns Offizieren, von Anfang bis Ende dem Manöver beizuwohnen. Er selbst harrt trotz einer Erkältung und seiner Gicht im Regen aus. Er sagt, er habe uns nicht bloß des Schlemmens und Gaffens wegen mitgenommen, sondern vor allem deshalb, daß wir aufmerksam die Kriegstechniken der Sachsen studierten und von ihnen lernten.

Der nächste Brief von Fritz erreicht mich per Bote aus Potsdam: »Du wirst es mir nicht glauben, Hans, aber täglich bekomme ich Schläge vom König und werde behandelt wie ein Sklave. Und niemals läßt er mich zur Ruhe kommen und gewährt auch nur die mindeste Erholung. Er verbietet mir das Lesen, die Musik, den Unterricht. Ich darf fast mit niemandem mehr sprechen und bin ständig von lauter Aufpassern und Spionen umgeben. Weiß Gott, wann und unter welchen Umständen wir uns wiedersehen können!

Mir fehlt es selbst an der allernötigsten Kleidung. Und dann der letzte Auftritt, den ich mit meinem Vater im Schlosse hatte: Er läßt mich des Morgens rufen, und sowie ich eintrete, faßt er mich bei den Haaren, wirft mich zu Boden und traktiert mich mit Fäusten und Stiefeln. Dann schleppt er mich ans Fenster, schlingt die Gardinenkordel um meinen Hals und zieht sie zu.

Glücklicherweise kann ich seine beiden Hände fassen und mit letzter Kraft um Hilfe rufen. Der alte Gummersbach eilt herbei und befreit mich aus der Gewalt des Königs, nur um darauf selbst den Stock meines Vaters zu spüren.

Immer noch weiß ich den Grund für seinen mörderischen Zorn nicht. Ich kann es mir nicht anders erklären, als daß der Wahnsinn meinen Vater ergriffen hat!«

Zeithain, den 13ten Juni. Lanzenwürfe der Panzernen nach Strohpyramiden und Ringen. Infanterie-, Kavallerie- und Artilleriemanöver.

Das Feldlazarett findet sich zwei Stunden Fußmarsch vom Campement entfernt in Kreinitz. Weiß der Teufel, warum man es so weit vom Schusse errichtet hat, denn an Arbeit für die Doktoren mangelt es nicht. Nach der heutigen Vorführung der Artillerie sind beim Reinigen einer Kanone die im Rohr zurückgebliebenen Pulverreste einem Artilleriemeister ins Gesicht geflogen, wobei auch drei weitere Kanoniere verletzt wurden. Einige Funken trafen außerdem einen Patronenkasten und brachten diesen zur Explosion, wodurch weitere neun Soldaten verletzt wurden.

Vielleicht hat man das Feldlazarett so fern platziert, damit minder unpäßliche Soldaten vom Krankmelden Abstand nehmen und doch lieber im Dienst bleiben, anstatt wegen einer Magenverstimmung oder einem verstauchten Fuße zwei Stunden bis nach Kreinitz zu humpeln. Für die Schwerverletzten indessen wie den Artilleriemeister kann der lange Transport bis zur rettenden Hilfe tödlich enden.

Am späten Abend, kurz vor zehn Uhr, wenn die Tore zum Potsdamer Hof geschlossen werden, schlüpfe ich in den Garten und warte, bis die Wache vorbeigeschritten ist. Mein Blick fällt auf die dunkle Fensterfront. Der König ist längst zu Bett gegangen. Er pflegt bereits um fünf Uhr aufzustehen und zwingt alle anwesenden Familienmitglieder, es seinem Rhythmusse gleichzutun. Kein Wunder, daß die Königin stets ihren Sommerumzug ins Schlößchen Monbijou ersehnt.

Friedrich bewohnt zwei bescheidene Zimmer in einem abgelegenen Flügel des Schlosses. Nie zuvor war ich zu so später Stunde im Schlosse. Außerdem bin ich ohne Wissen des Kronprinzen gekommen, auch wenn dieser mich in seinem Briefe zu einem baldigen Besuche gedrängt hat.

Die Zimmer des Kronprinzen liegen am Ende des unbeleuchteten Flurs. Als ich leise anklopfe, öffnet Lieutenant von Keith die schwere Tür und blickt mich erstaunt an. »Oh, Lieutenant von Katte!«

»Guten Abend, Keith. Ist der Kronprinz nicht anwesend?«

»Nein, Lieutenant. Er hat den König am Morgen nach Berlin begleitet.«

»Und warum sind Sie dann hier?«

»Er wollte am Abend eigentlich nach Potsdam zurückkehren. Gibt es etwas Besonderes?«

»Nein, nichts Besonderes. Einfach nur ein Überraschungsbesuch. Ich lasse Sie nun weiterschlafen.«

»Wo werden Sie schlafen? Sie haben Ihre Wohnung doch in Berlin, nicht wahr?«

»Ja, in der Tat.«

»Es ist viel zu spät, nun noch nach Berlin zurückzukehren.«

»Ich werde bei Wietersheim oder Ingersleben Unterschlupf finden.«

»Ich kann Sie auch hier übernachten lassen, wenn Sie mich nicht verraten.«

»An wen verraten?«

Keith schweigt einen Augenblick und errötet. Dann sagt er rasch: »Der Prinz wird mich schelten, wenn ich Sie einfach in die Nacht hinausschicke.«

Ich schaue mich in Friedrichs kleiner Kammer um und frage mich, was hier schon alles gesprochen und – noch mehr – was hier schon alles verschwiegen oder verheimlicht wurde. Ein Tisch, ein Stuhl, eine blakende Kerze, ein schmales Bett.

»Friedrich ist ein äußerst liebenswürdiger Junge«, spricht Keith. Ich schweige zu diesem unziemlichen Urteil, ist Keith doch kaum älter als der Kronprinz. »Aber wenn man längere Zeit mit ihm verbringen muß, hat man manchmal für eine Weile genug.«

»Haben Sie keine Furcht, der Kronprinz könnte von Ihren losen Aussprüchen erfahren?«

»Nein, Fritz kennt und liebt mein loses Mundwerk.«

Ich erhebe mich von der schmalen Pritsche, nehme Hut und Degen und verabschiede mich: »Ich muß nun gehen. Haben Sie Dank für Ihre Offenheit, Herr Lieutenant. Doch übertreiben Sie diese nicht!«

Müde und ein wenig ungehalten gehe ich den dunklen Flur entlang, da höre ich Stiefelschritte auf mich zukommen. Ich bleibe an einem Fenster stehen, durch das ein wenig Mondlicht in den Flur fällt, damit der mir Entgegenkommende meine Anwesenheit bemerkt und nicht erschrickt.

»Katte?« – Es ist die Stimme des Kronprinzen.

»Ja, ich bin es, Hoheit.«

»Um diese Zeit?«

»Ein plötzlicher Einfall.«

»Du willst doch nicht schon wieder gehen?«

»Man hat mir gesagt, du seiest in Berlin.«

»Ich habe Keith wissen lassen, daß ich unbedingt noch heute nacht zurückkehren werde.«

Wir gehen die Schritte zurück zu Friedrichs Wohnung. Keith blickt uns scheel an, als wir das Vorzimmer durchqueren und gleich in Friedrichs Stube weitergehen. Ich fühle ein Bauchgrimmen, als hätte ich eine verdorbene Speise zu mir genommen.

Friedrich macht Licht, dann facht er das fast erloschene Feuer im Kamin an.

»Soll Keith uns noch einen Kaffee zubereiten?«

»Es ist schon ein wenig spät für Kaffee.«

»Dann soll er uns Bier bringen!«

Der Prinz sieht müde aus. Ich kann unmöglich bleiben.

Am Morgen erwacht der Körper zur gewohnten Zeit, doch der Kopf will nicht recht folgen. Er lauscht in sich, das Herz schlägt munter, ja unbeschwert.

Neben mir Friedrich, inzwischen kein Kind mehr, sondern ein siebzehnjähriger Mann. Ich lasse ihn ruhen, ziehe mich leise an und verlasse lautlos die spartanische Wohnung des Prinzen.

Zeithain, den 14ten Juni. Rasttag. Oper.

»Wie hat der König davon erfahren können?«

»Der einzige, der alles weiß, ist mein Leibdiener, der alte Gummersbach.«

Fritz ist außer sich, daß der König seinen Pagen Keith an die Reichsgrenze zur Garnison nach Wesel versetzt hat. Indessen gäbe es, gesetzt, der König hätte Kenntnis vom besonderen Verhältnis zwischen Keith und dem Kronprinzen, tatsächlich Gründe genug für diese Versetzung.

»Ich kann mir nicht vorstellen, daß mein eigener Leibdiener ein Spitzel des Königs sein sollte!«

»Sei kein Narr, Fritz. Alle Bediensteten im Schlosse stehen im Dienste deines Vaters, vor allem jene in deinem engsten Umkreis.«

»Manchmal glaube ich, nicht einmal denken darf ich noch frei, ohne daß mein Vater davon erführe.«

»Lerne, dich zu maskieren. Noch sieht man deinem Gesichte jeden Gedanken an!«

»Soll mein Vater doch wissen, was ich von ihm halte, jetzt, wo er mir Keith genommen hat.«

»Wenn du nicht achtgibst, wird Keith nicht der letzte gewesen sein.«

»Will der König denn, daß ich überhaupt keinen Vertrauten mehr haben darf?«

»Vielleicht will er selbst dein engster Vertrauter sein.«

»Das wird nie geschehen. Seitdem ich denken kann, seitdem er mir das Kinderkleid vom Leibe gerissen und mich in diese elende Uniform gesteckt hat, ist kein Tag vergangen, an dem er mich nicht seine Verachtung hat spüren lassen. Stunde um Stunde hat er mir eingeredet, daß ich des Soldatenrocks gar nicht würdig sei und am besten weiterhin das Kinderkleid getragen hätte. Er haßt mich! Wie kann man jemandem Vertrauen schenken, der einen zeitlebens gehaßt hat?«

War ich je an einem traurigeren Ort als Riesa? Oder habe ich die Schwermut schon mitgebracht? Der Himmel ist teergrau und die Wolkensäcke hängen tief und lastend, dass man sie fast berühren könnte. Doch sollte man so leichtsinnig sein, würden sie sogleich aufplatzen und ihre Fluten über Stadt und Land ergießen.

Ich glaube, dass jene Zeit, in der alle ostelbischen Städte wie Riesa waren, eine recht griesgrämige und unwirsche Zeit war. Der freudlose Alltag überwog, und Trost versprach allein ein jenseitiges Glück. Die Menschen quälten sich und ihre Nächsten durchs Leben, das vor allem Pflicht und selten nur Vergnügen war. Und den Menschen schien diese Mühsal nur gerecht und ihrer Sündhaftigkeit angemessen. Das Leben war eine Prüfung.

Meine Melancholie ist eine anthropologische. Erst heute gilt sie uns als pathologisch. Für unsere Vorfahren war sie *Conditio humana*. Und das Leben leicht zu nehmen zeugte von schlechtem Charakter und Gottlosigkeit. Für die nachparadiesische Existenz des Menschen ist Unbeschwertheit und Glück nicht vorgesehen. Nur gottferne Kreaturen lehnen sich gegen dieses verdiente Los eines irdischen Jammertales auf. Der Himmel muss durch Leiden verdient werden.

In diesem Sinne ist das Lustlager des vergnügungssüchtigen sächsischen Königs zutiefst heidnisch oder wenigstens katholisch. Der gottesfürchtige Pietist auf dem preußischen Thron nimmt die Einladung nur an, weil es sich als Truppenschau tarnt. August ahnt vielleicht, dass in Friedrich Wilhelm das Militärische und das Lustvolle zusammenfallen und für den frommen Preußenkönig jedes Heerlager, ja, nur ein Heerlager ein Lustlager ist. Wassermusik und Feuerwerk indessen sind ihm eher störendes Beiwerk dieses reinen Empfindens.

Ich fahre mit dem Linienbus von Riesa nach Zeithain. Die Fahrt dauert nur acht Minuten, führt über die Elbebrücke, durch das Dorf Röderau-Bobersen, und schon sehe ich die Kirchturmspitze Zeithains. An der Kirche steige ich aus. Keine Menschenseele ist auf der Straße zu sehen.

Das größte Gebäude im Ort ist die Grundschule. Doch sie steht, mitten in der Woche an einem Vormittag außerhalb der Ferien, leer. Des Weiteren finde ich eine Metzgerei, die Verkäuferin allein mit ihren Schinken und Würsten, eine Gaststätte Zur Einkehr, geschlossen, eine Ziervögelzucht (»John Gould« 1973 Zeithain e. V.) und eine Filzwerkstatt. Auf einem Anzeigenbrett gegenüber der Kirche wird zum Fünften Zeithainer Fischerfest an der Forellenanlage Zeithain eingeladen. Schaufischen um zehn, zwölf und vierzehn Uhr, Forellen frisch aus dem Rauch, Fischsuppe aus der Gulaschkanone.

Ich betrete die Kirche, die auf einer kleinen Anhöhe direkt am Löschteich – oder ist es der Forellenteich? – steht und deren Kirchhof zugleich der Friedhof des Dorfes ist. Sie heißt Sankt Michael und wurde im siebzehnten Jahrhundert erbaut. Sie besitzt eine gut erhaltene hölzerne Orgelempore und zwei hölzerne Seitenbalkone. Rechts neben dem Orgelmanual hängt ein gerahmtes Porträt von Johann Sebastian Bach.

Neben dem Altar steht eine lebensgroße Sandsteinskulptur, die man aufgrund ihrer barocken Fülle leicht für August den Starken halten könnte. Aber es handelt sich dann doch nur um den Patronatsherrn der Kirche, Schleinitz auf Grödel, der Augusts sensationelles Lustlager unbarmherziger Weise um einige Jahre verpasst hat.

Das Friedhofsportal stammt von 1612, in den Sandsteinbogen ist, gekrönt von Engelsfiguren, das Jüngste Gericht gemeißelt, darunter die Inschrift: »Ich bin die Auferstehung und das Leben.«

Ich verlasse Kirch- und Friedhof, flaniere noch einmal die Haupt- und Schulstraße entlang, vorbei an der Metzgerei, der Grundschule und der Gaststätte Zur Einkehr, begegne noch immer keiner Menschenseele und sinke schließlich, von dieser Ereignislosigkeit zutiefst erschöpft, auf der Bank an der Bushaltestelle nieder, um mit dem nächsten Bus nach Riesa zurückzukehren. Laut Fahrplan soll der Bus in der Schulzeit stündlich verkehren.

Die Kirche gab es schon, als Katte Augusts Campement besuchte. Und vier Obelisken von sechs, die einstmals den Manöverplatz absteckten, sind erhalten geblieben. Einen entdecke ich aus dem Busfenster, auf der Landstraße zum »Entwicklungs- und Verwertungsgebiet«, wie sich das ehemalige Straflager- und Kasernengelände jetzt nennt.

Zeithain, ein Geisterort, bewohnt nur noch von Gespenstern. Nicht anders als Wust.

Güterzüge donnern an meinem Gasthof Saxonia vorbei. Ansonsten labe ich mich hier an Reizarmut. Die Langeweile inspiriert mich, sie gibt mir Halt, betoniert mich ein. Das macht es mir leichter, diesen Ort noch einige Tage auszuhalten, anstatt den nächsten Zug zurück in Berlins Zerstreuung zu nehmen.

Ich begieße den Beton mit einem doppelten Espresso im einzigen Café der Stadt, wo ich am Dienstagnachmittag, zur besten Kaffeestunde, ganz alleine sitze. Regen droht erneut, die Riesaer Fußgängerzone zu überschwemmen und mit ihr diesen ersten öligen Schimmer nicht mehr für möglich gehaltenen Frohsinns zu verwässern. Der Apfelkuchen schmeckt hervorragend, der Kellner ist jung und gut aussehend, ich frage ihn nicht, wie er es hier aushält. Nicht jeder hat eine Wahl.

Die Passanten in der Fußgängerzone haben ihre Gehgeschwindigkeit trotz des einsetzenden Regenschauers noch mehr entschleunigt, vielleicht weil ihnen ihre Schirme eine Illusion von Beschirmtheit suggerieren oder es zu Hause noch unbehauster ist.

Warum die Manie, alle Orte zu besuchen, auf die Katte womöglich seinen Fuß gesetzt haben könnte, auch wenn ich an ihnen absolut nichts Historisches mehr finde und inzwischen selbst der Erdboden ein anderer ist. Glaube ich etwa an eine Art Magie des Ortes, an ein mythisches Miasma der Kontinuität, das aus der Scholle aufsteigt und zumindest noch den Geruch der Authentizität verströmt, damit ich, wie ein Ethnologe alter Schule, sagen kann: Ich war *da*?

Es mag Orte mit gewissen Kontinuitäten geben, Zeithain indes gehört nicht dazu. August der Starke hat ihn ja gerade deswegen gewählt, weil es hier am östlichen Elbufer *nichts* gab, zumindest nichts Bemerkens- oder Achtenswertes. Die wenigen Bauern, die dem geplanten Spektakel im Wege stehen, sind rasch weggeschafft, sodass eine große leere Ödnis bleibt, die August nun mit seinen absolutistischen Wundern füllen kann. August spricht, und es wird Lust.

Zeithain, den 15. Juni. Kolonnenübungen. – Jeden Tag hört man von einer Fülle von Unfällen. Diesen habe ich mit eigenen Augen beobachtet: Ein Ulan stößt einem Bürger seine Lanze zwischen beide Pobacken. Kein Büttel und kein Amtsfron zieht den Ulan zur Verantwortung, so daß mancher Unfall, so dünkt mir, zur Freude der Zuschauer wohl in voller Absicht geschieht.

Mit der Verbannung Keiths zur Festung Wesel ist auch jegliches Glück des Kronprinzen an die Enden des Reiches oder gar jenseits seiner Grenzen strafversetzt worden.

Der König verordnet dem Prinzen eine ständige Begleitung aus vertrauenswürdigen Offizieren. Nicht einmal schlafen kann der Prinz noch allein. Sein Bett steht zwischen dem des Generals Finckenstein und dem seines Kammerdieners Gummersbach. Sie sollen darüber wachen, daß der Prinz sich nicht im geheimen der Selbstbefriedigung hingibt oder des Nachts gar noch heimlich liest. Das Lesen gilt dem König offenbar als ebenso frevelhaft wie die Sünde des Onan.

Friedrich hatte, weiß ich aus seinen Erzählungen, bereits mit dreizehn Jahren begonnen, eine eigene Bibliothek aufzubauen. Vor dem Unglück umfaßte sie an die dreizehntausendachthundert Bände. Sein Erzieher Jacques Duhan de Jandun, ein aus Frankreich vertriebener Hugenotte, hat ihn dabei mit Rat und Tat unterstützt. Friedrichs phantastisches Gedächtnis erstaunt mich immer wieder aufs Neue. Er kennt viele Bücher, die er gelesen hat, auswendig, ganze Passagen aus dem Cicero, den Stücken Racines und Voltaires; zu seinen häufigsten Lektüren zählen Plutarchs *Leben berühmter Männer* und Caesars Schriften, und sein Lieblingsbuch ist zweifellos Marc Aurels *Selbstbetrachtungen*.

»Was hältst du von Voltaire?« fragt er mich einmal.

»Ein Mensch, der die Wissenschaft und Dichtkunst pflegt, doch ohne Freunde lebt, ist ein gelehrter Werwolf.«

»Auch mir ist er ein unfaßliches Wesen! Ja, ich zweifle, ob ein Voltaire überhaupt wirklich lebt. Ich habe ein System entwickelt, um sein Dasein ganz einfach zu leugnen. Die gigantische Arbeit, die man Monsieur de Voltaire zuschreibt, kann nicht die Arbeit *eines* Mannes sein. Gewiß befindet sich in Cirey eine Akademie, an der die Elite der ganzen Welt unter dem Namen Voltaire arbeitet, Newton übersetzt und à la Corneille Dramen dichtet.«

»Gewiß. Eine Werwolfsakademie!«

»Du glaubst nicht an die Unsterblichkeit der Seele, nicht wahr?«

»Ich glaube nicht einmal an die Seele, lieber Freund. Geist ohne Materie, ohne einen Körper ist ein Phantom. In Wahrheit ist unser Denken an unseren Leib gebunden. Und sowenig, wie wir vor unserer Geburt gedacht haben, so wenig werden wir nach unserem Tode noch denken. Der Geist gleicht der Flamme, die der Nahrung bedarf. Sie erlischt, wenn das Holz zur Asche zerfallen ist.«

»Du hast recht! Was ist denn unser Christentum? Der Held dieser Sekte ist ein Jude aus der Hefe des Volkes, von zweifelhafter Herkunft, der am Ende als schimpflicher Aufrührer hingerichtet wird, übrigens der einzige sympathische Zug an diesem Verrückten. Zwölf nicht weniger närrische Schwärmer verbreiten seine Lehre vom Morgenlande bis nach Italien und rauben uns die doch so viel menschlicheren römischen und griechischen Götter.«

»Die einzigen, die wirklich an die Götter glauben, sind die Götter selbst.«

Nun, der Aufbau und Erhalt einer derartigen Bibliothek kostet Geld, ein Vermögen, das ihm gewiß nicht der König zur Verfügung gestellt hat, sondern das Fritz sich zusammenleihen mußte, bei mir, bei den wenigen Freunden, denen er noch vertraute, und nicht zuletzt bei fragwürdigen Geldverleihern.

Zwei Berliner Kaufleute, deren Geduld in Friedrichs Kreditwürdigkeit endlich erschöpft war, machten ihre Forderungen unmittelbar beim königlichen Schatzamte geltend. Natürlich erfährt der König umgehend davon, handelt es sich doch immerhin um die stattliche Summe von fünfzehntausend Talern, wenn auch in gebundene Bücher investiert und nicht an Weiber, Weingeister, Pharospiele und dergleichen flüchtige Vergnügungen mehr verschwendet.

Alle Bücher bis auf die Luther-Bibel, die der König bei Friedrich findet, läßt er verbrennen, und in demselben Feuer gleich noch alle modische Kleidung. Sein liebenswürdiger und geistreicher Erzieher, dem Friedrich alle Kenntnisse und Grundsätze verdankt, die über das nackte Schreiben und Rechnen hinausgehen, wird entlassen und in Spandau eingekerkert, und fortan übernimmt vor allem General Finck von Finckenstein, der bereits Oberhofmeister des Königs war, die weitere Erziehung des Kronprinzen, die nunmehr nur noch aus regelmäßigen Militärübungen besteht.

Zeithain, den 16ten Juni. Rasttag. Oper.

Die Lichter im Potsdamer Schlosse sind größtenteils schon gelöscht, nur im Kronprinzenflügel fällt aus den beiden Fenstern von Friedrichs Schlafstube noch ein matter Schein des Kerzenlichts hinaus in die Nacht. Den Wachen ist mein Kommen und Gehen zu gänzlich ungewöhnlichen Zeiten bereits vertraut, sie lassen mich ohne weitere Umstände passieren. Nur der alte Gummersbach, Friedrichs Leibdiener, wird bei jedem meiner unangemeldeten Besuche mürrischer.

Friedrich scheint mich schon nicht mehr erwartet zu haben. Er liegt in seinem Bette, ein geöffnetes Buch in den Händen, das er nun zuschlägt und beiseite legt.

»Habe ich dich wieder bei verbotenen Taten ertappt!«

»Ich hatte schon nicht mehr geglaubt, daß du noch kommst, Hans.«

»Ich hatte es dir versprochen. Aber ich konnte nicht früher fort von Berlin. Natzmers Standpauke während der Lagebesprechung wollte kein Ende nehmen. Doch nun bin ich da. Herzlichen Glückwunsch zu deinem achtzehnten Geburtstage, Fritz!«

»Du bist der erste und, wie es im Augenblick aussieht, wohl der einzige, der mich dazu beglückwünscht. Allen anderen ist es ganz gleichgültig, ob ich geboren worden bin oder nicht.«

«Deine Mutter und deine Schwester haben dich nur deswegen nicht beglückwünscht, weil sie in Berlin sind und dich den ganzen Tag nicht gesehen haben.«

»Sie hätten schreiben können.«

Trotz seiner nunmehr achtzehn Jahre verhält er sich nicht selten noch wie ein schmollendes Kind. Nichts an ihm ist mir mehr zuwider.

»Ich habe etwas für dich geschrieben, Fritz.« Ich reiche ihm das Notenblatt.

»Das ist hoffentlich nicht dieselbe Sonate, die du für meine Schwester komponiert hast, oder?«

»Ich habe ihr einmal ein Musikstück gewidmet, ja, und vielleicht hätte es genügt, es einfach von Dur nach Moll zu transponieren, um es gleich für dich noch einmal zu verwenden.«

»Man könnte glauben, es sei etwas dran an den Gerüchten.«

»Welchen Gerüchten?«

»Du und Wilhelmine hättet eine Affaire. Nimmst du deswegen an jedem *Cercle* der Königin in Monbijou teil?«

»Du bist doch nicht etwa eifersüchtig auf deine eigene Schwester?«

»Gäbe es denn einen Grund zur Eifersucht?«

»Frag sie selbst. Du bist doch ihr engster Vertrauter.«

»Meiner Schwester ist jede Bosheit zuzutrauen!«

»Hättest du mich denn nicht gern als Schwager?«

»Ich würde Wilhelmine umbringen, sollte es je dazu kommen.«

»Keine Angst, Fritz. Wenn nicht dein Vater, so hegt doch gewiß Wilhelmine andere Heiratspläne, als zu einem Junker aus dem Kattewinkel ins Gutshaus zu ziehen.«

»Ja, für sie muß es mindestens ein Prinz sein. – Bleibst du über Nacht?«

»Du wirst mich doch nicht um diese Stunde noch zurück nach Berlin schicken!«

Gegen Mitternacht betreten Gummersbach und General Finck von Finckenstein in ihren sauberen Schlafröcken des Kronprinzen Wohnung, um daselbst die angeordnete Bettwache zu übernehmen, doch Fritz weist die beiden Tugendwächter kurzerhand hinaus und erklärt, ich, tapferer Offizier der königlichen Leibwache, werde heute nacht das ehrenvolle Amt übernehmen.

Gummersbach ist manche Laune seines Herrn gewöhnt und fügt sich ohne Murren, denkt sich aber zweifellos seinen Teil.

Graf Finck von Finckenstein ist ein sehr ehrenhafter Mann, der sich sowohl seiner Ehrbarkeit als auch seiner kriegerischen Fähigkeiten wegen hohes Ansehen erworben hat. Was er von dem befohlenen allabendlichen Gouvernantendienste an der Seite des Prinzen hält, weiß Gott allein. Aber da er neben all den unbestreitbaren Tugenden eben auch zu jenen älteren Herrschaften gehört, welche sich viel auf ihren Geist einbilden und gewaltig räsonieren, ohne daß aber je etwas Geistvolles aus ihrem Munde dränge, weiß er der Eloquenz des jungen Fürsten keinen rechten Widerstand entgegenzusetzen. – Ich hoffe nur, daß er sich über diese schmähliche Niederlage beim König jeder Meldung enthält.

Als ich die Augen öffne, ist Friedrich bereits wach. Es scheint, als habe er mich eine Weile betrachtet. Nun beugt er sich über mich, legt mir die Hände um den Nacken und nähert sich mir. Er riecht nach Grab und Fäulnis aus dem Munde.

»Laß das, mein Freund!«

»Was ist los? Bin ich dir auf einmal zuwider?«

»Das ist es nicht.«

»Was ist es dann?

»Du wirst vielleicht denken, es sei ein kleinliches oder unbedeutendes Ding, aber es sind ebendiese Dinge, an denen die Freundschaft hängt.«

»Sprich nur!«

»Du weißt, niemand als ein Freund darf sich die Freiheit nehmen, den Freund, und sei es auch der zukünftige König in Preußen, auf gewisse Dinge hinzuweisen. Aber es ist nun einmal so:

ein riechender Mund hat üble Folgen. Deswegen bitte ich dich, wenn dir meine Nähe lieb ist, daß es frühmorgens das erste und vor allem abends das letzte sei, die Zähne mit warmem Wasser und Salz einige Minuten lang zu bürsten.«

»Ist deine Freundschaft wirklich so kleinlich, Hans, daß sie über derlei oberflächliche Sachen nicht hinwegzusehen vermag?«

»Gerade weil sie so groß ist, kann und will sie über diese Sachen nicht hinwegsehen. Alle anderen denken sich ihr Teil, aber niemand wagt ein Wort dazu. Und du wunderst dich, warum sie sich derart zurückhalten oder hinterrücks über dich spotten.«

»Ist es so schlimm?«

»Und wenn wir schon einmal dabei sind, möchte ich dich auch ermahnen, dieses anstößige Verhalten, dir die Nägel abzubeißen, einzustellen. Es sieht einfach unedel und gemein aus.«

»Gibt es sonst noch etwas, mit dem du mich kränken kannst?«

»Bleibt noch die Reinlichkeit des Leibes. Habe ich auch sonst nicht viel in Glaucha gelernt, so doch wenigstens das, mich jeden Tag von Kopf bis Fuß mit kaltem Wasser abzuwaschen und von Zeit zu Zeit die Badestube aufzusuchen. Es sorgt nicht nur für edlere Gerüche, sondern dient auch der allgemeinen Gesunderhaltung.«

»Du hast recht, Katte, niemand sonst dürfte so mit mir reden.«

»Niemand sonst kommt dir auch so nahe, daß er unmittelbar an diesen Fragen der Reinlichkeit Anteil nähme.«

Ich weiß nicht, was in mich gefahren ist, den Freund derart grob anzugehen. Mag ich mit allem auch recht haben, so kann es doch keinen anderen Effekt zeitigen, als ihn zu kränken und zurückzustoßen. Ja, noch während ich ihn wie einen kleinen Schulbuben zurechtweise, spüre ich eine Genugtuung, als ginge es mir gerade darum.

Wir sehen einander eine Woche lang nicht. Eigentlich müßte es mich erleichtern, daß der Prinz zur Vernunft zurückgefunden hat. Doch bin ich voller Unruhe und verhalte mich meinem Burschen und den Freunden gegenüber unwirsch und abweisend.

Obgleich ich einige Jahre älter bin und mich ungleich lebensklüger als meinen jungen Freund dünke, muß ich mir nun eingestehen, daß ich von den wirklich tiefen Empfindungen noch so wenig wie ein unreifer Knabe weiß.

Was war mein Leben denn bisher? Eine Kette oberflächlicher Vergnügen und Leiden. – Ein klügerer Mensch als ich aber verlangte nicht mehr, sondern gerade das vom Leben!

In einem Marketenderzelt bricht Feuer aus, wodurch es völlig eingeäschert wird, ansonsten aber niemand zu Schaden kommt.

Am Abend stirbt Oberst Böhne aus des Königs Suite.

Zeithain, den 17ten Juni. Manöver der ganzen Armee, wobei vor allem Schwenkungen aller Art vorgeführt werden.

Nach erstaunlich ruhigen Weihnachtstagen, während der schon jeder hofft und annimmt, die Verhältnisse innerhalb der königlichen Familie würden sich beruhigen, folgt im Januar dann die Katastrophe: Der König läßt die Königin unterrichten, er wolle von einer Verbindung mit England nichts mehr wissen, wie auch die Antwort seines Schwagers ausfallen möge. Er werde die Prinzessin mit dem Herzog von Weißenfels oder, noch besser, mit August, dem Kurfürsten von Sachsen und König von Polen, vermählen. Er dulde keine weitere Widerrede, sonst werde er die Königin und die unbotmäßige Tochter nach Oranienburg verbannen.

Auch die Pläne für Friedrichs Verheiratung scheinen wieder gänzlich offen. Der Streit und die Mißhandlungen nehmen weiter zu und scheinen gar noch schlimmer als vor Weihnachten.

»Ich hätte dir fast einen Brief geschrieben, Hans!«

»Warum? Was ist passiert?«

»Es hat wieder einen entsetzlichen Zank mit dem König gegeben, nur weil ich den Gottesdienst versäumt habe.«

»Vielleicht solltest du deinem Vater einfach mitteilen, daß dich dergleichen Dienste nicht mehr interessieren, da du ohnehin nicht an Gott glaubst.«

»Das meinst du doch nicht ernst! Mein Vater würde mich umbringen!«

»Ob das nun gerade christlich wäre, sei dahingestellt.«

»Hast du etwa je mit deinem Vater über diese Dinge gesprochen?«

»Wir sehen uns sehr selten, und wenn wir uns sehen, meiden wir derart vertrauliche Gespräche.«

»Ich habe es so satt, jeden Tag lügen und heucheln zu müssen!«

»Warte, bis du König bist.«

»Wenn es nach meinem Vater ginge, würde ich nie König werden. Er hat mich längst durchschaut und weiß, daß ich ihn tagtäglich belüge, um neuem Streite aus dem Weg zu gehen.«

»Das ist das Klügste, was du tun kannst.«

»Ich hasse meinen Vater, Hans, ich verabscheue sein ganzes ungehobeltes Wesen. Auch das weiß er. Aber du bist der erste, dem ich es erzähle.«

»Du solltest es auch weiterhin für dich behalten. Er ist nicht nur dein Vater, er ist auch der König.«

Ohne zu wissen, was meine Hand tut, fährt sie dem jungen Freunde durchs Haar, eine eher fürsorgliche denn zärtliche Geste. Ich bin davon überrascht und unangenehm berührt. Dennoch lasse ich die Hand, meine Hand, auf seinem Haupte liegen.

In aller Öffentlichkeit würde es nicht mehr als eine kameradschaftliche Berührung sein, aber hier, allein in meiner nur vom Kerzenschein erhellten Kammer hat sie den Charakter von etwas allzu Vertrautem, ja Verbotenem.

Ich schaue auf diesen fremden Haarschopf, diese fremde Hand, die weiter durch seine Locken fährt, rieche das Gemisch aus ungebürsteter Perücke und Puder, das ihm in den Haaren hängt.

»Und woran glaubst du, Hans?«

»Nicht an einen Dreieinigen Gott, Friedrich. Aber immer noch an seine Gnade.«

»Der König verlangt, ich solle zugunsten meines jüngeren

Bruders auf die Thronfolge verzichten. August war immer schon des Königs Liebling.«

»Du hast ihm doch nicht zugestimmt!«

»Das würde ich nie tun. Ich habe meinem Vater ins Gesicht geantwortet, er möge seine Forderung wiederholen, wenn er öffentlich erklärte, ich sei nicht sein legitimer Sohn!«

Man mag der Königin eine Menge Untugenden vorhalten können, Untreue gehört gewiß nicht dazu. Dreizehn Kinder hat sie dem König geboren. Für anderweitige Amouren ließen ihr die Umstände wohl kaum je Gelegenheit.

Die Königin schlägt den Erbprinzen von Bayreuth als alternativen Kandidaten für Wilhelmine vor. Der König läßt sich überreden, bei ihm anzufragen, aber droht zugleich, seiner Tochter keinerlei Mitgift mitzugeben und selbst der Hochzeit nicht beizuwohnen.

Was Friedrich betrifft, so tobt der König aufgebracht wie eh und je: »Ich will keine Schwiegertochter wie diese englische Prinzessin haben, die sich großartig vorkommt und meinen Hof nur um weitere Intrigen bereichert!« – Friedrich ist ein guter Schauspieler und vermag es ausgezeichnet, den brummenden Tonfall und die fahrigen Gesten seines Vaters nachzuäffen. Er spielt mir die Scene vor: »Ihrem Sohne, Frau, diesem Rotzjungen, werde ich eher die Peitsche geben, als ihn mit seiner Cousine zu verheiraten. Er ist mir ein Greuel, aber ich werde ihn schon zur Raison bringen. Der Teufel soll mich holen, wenn ich ihn nicht zu seinem und meinem Vorteile umstülpe! Ich werde ihn auf eine Weise traktieren, daß ihm Hören und Sehen vergeht und er sich am Ende selbst nicht wiedererkennt!«

Nichts sei leichter, als die lächerlichen Seiten des Nächsten herauszufinden, glaubt der Prinz. Jeder habe die seinen. Den eigenen aber stehe man gemeinhin blind gegenüber.

In der Zwischenzeit liegt ein ständiger Terror über dem Schlosse, und kein Tag vergeht ohne Geschrei und Tränen. Der Prinz sieht zum Erbarmen aus, täglich wirkt er blasser, magerer und kränklicher. Aber ein Arzt ist nicht in Sicht.

Soweit ist die Narrenposse gediehen, als Fritz mir plötzlich offenbart, er habe der englischen Königin einen Brief geschrieben.

»Was hast du?«

»Ich habe meiner Tante Caroline, Königin von England, geschrieben, daß ich niemals eine andere zu meiner Frau nehmen werde als meine Cousine Amelia!«

»Aber du kennst sie doch gar nicht!«

»Du hast sie mir doch in den frischesten Farben geschildert.«

»Die Zwölfjährige, ja, die ich zweimal weit entfernt von mir an der königlichen Tafel speisen sah und von der ich nur weiß, daß sie keinen Spargel mag oder zumindest als junges Mädchen nicht mochte.«

»Den brandenburgischen Spargel wird sie nicht verschmähen, ja lieben lernen.«

»Weiß dein Vater von diesem Briefe?«

»Natürlich nicht!«

»Du glaubst doch nicht etwa, daß dieses fatale Versprechen ihm verborgen bliebe? Wenn die hiesigen Spione es ihm noch nicht berichtet haben, wird er es spätestens vom preußischen Gesandten in London erfahren.«

»Und was will er dann tun? Ich habe doch nur die Wahrheit geschrieben.«

»Wenn du Glück hast, wird dein Brief niemals die englische Königin erreichen, sondern längst aus dem Postsack gefischt sein.«

»Ich habe ihn mit einem Boten geschickt.«

»Einem Bediensteten deines Vaters?«

»Nein, einem vertrauenswürdigen Offizier meines Regiments.«

»Es gibt keine vertrauenswürdigen Offiziere in des Königs Armee, Fritz, es sei denn, du bist der König.«

»Nicht einmal dich?«

»Nein, am Ende kannst du nicht einmal mir vertrauen. Ich habe geschworen, mit Leib und Leben dem König zu dienen. Du bist vielleicht der König meines Herzens, ja, aber im Königreiche Preußen nur der Kronprinz.«

»Du speist mich seit Wochen nur mit süßen Worten ab und predigst mir Geduld, doch was tätest du an meiner Stelle? Nicht einen Tag würdest du es dulden, daß dein Stolz derart verletzt und deine Seele gedemütigt wird. Meine Freunde sind ans Ende des Reiches verbannt, meine Ratgeber und Bediensteten erweisen sich als Spione meines Vaters. Jedes meiner Worte, jede meiner Handlungen wird mir bösartig ausgelegt. Jedes unschuldige Vergnügen wird mir verwehrt. Die Musik ist mir verboten, ich wage kaum noch zu lesen, alles, was mir Freude bereitet, darf ich nur noch heimlich tun. Und nicht einmal dir kann ich noch trauen?«

Ich schließe die Augen, vergesse für einen Atemzug lang diesen jungen Mann an meiner Seite und frage mich, warum Gott uns Menschen geschaffen hat. Nur, um uns leiden zu sehen?

Fritz dreht sich zu mir um und wendet mir sein Gesicht zu. Er blickt mich voller Verzweiflung an. Dann schlingt er seine Arme um mich und bricht in Tränen aus. Er flüstert: »Hans! Hans!« immer wieder nur diesen einen Namen, und ich frage mich, wer dieser »Hans« sei.

Zeithain, den 18ten Juni. Gottesdienst. Anschließend große Tafel auf der Flotte, wobei die Pokale fleißig die Runde machen und die Kanonen auf aller Gesundheit schießen.

Abends Ball. Ein Gewimmel von Herdentieren ohne Namen, ohne Alter, ohne Arbeit, ein Mahlstrom von Schatten, die sich nicht berühren, aber überlagern. Deswegen Lustlager? Innereien fallen aus den Leibern, wie Trauben, wie fremdländische Früchte, selbst unser Herz sieht wie eine zertretene Orange aus, und unsere Leber wie Kastanienmus. Die Vögel tragen Menschenköpfe, die Menschen Vogelköpfe. Die Hintern sind die von Weidetieren, dick und träge, und die Hände sind durchsichtig wie Ohren, während dort, wo die Ohren sitzen sollten, gewölbte Spiegel blinken.

Was geschieht, wenn das Fest hier vorbei ist? Werden die Bauern ihr Land zurückerhalten? Sie können die versenkten Feldrainsteine wieder ausgraben. Aber es wird hier nie mehr so sein wie zuvor. Aus Äckern und Wiesen ist ein umzäunter Sumpf geworden. In der Nacht träume ich schreckliches Zeug. Die Soldaten tragen zerfetzte russische Monturen. Sie schlafen im Freien, obwohl Schnee fällt. Am Mittag gibt es eine dünne Rübensuppe, am Abend einen Laib trocknen Brotes. Die jungen Männer haben keine Zähne mehr, es zu kauen. Aus den Greisengesichtern starren mich große glänzende Augen an. Am Morgen sammle ich mit den anderen die Toten ein. Wir tragen die dürren starren Leiber zu offnen Gruben, die bereits zur Hälfte gefüllt sind, und werfen sie hinunter zu ihren kalkbestäubten Kameraden. Ich sehe, wie sie frosthart und klappernd aufschlagen, mit offenen Augen und zahnlosen Mündern, die meisten jünger als ich, und als ich schweißgebadet erwache, ist mir, als hätte ich meiner eigenen Schändung zugesehen.

Eine träge Natur wie meine braucht eine Weile, um sich über die eigenen Gefühle Klarheit zu verschaffen. Ihrer Trägheit entsprechend, leugnet sie in der Regel, überhaupt Gefühle zu haben.

Doch hat ein besonders hartnäckiges Gefühl es dann doch einmal geschafft, sich nicht mehr ignorieren zu lassen, setzt es sich mit außergewöhnlicher Impertinenz in meinem Bewußtsein fest.

Daß sich in mir ein überaus starkes Gefühl für den Kronprinzen entwickelt hat, ist unleugbar. Über die genaue Natur dieses Empfindens bin ich mir indessen noch nicht klar. Es trägt Züge von Verzweiflung und Qual, von Verantwortung und Bedauern. Noch habe ich das eine, rechte Wort für diese Gefühlsverwirrung nicht gefunden.

An diesem letzten Februartage, der während des sich endlos hinziehenden Feldgottesdienstes in meiner Erinnerung aufsteigt, ist es spät geworden, da Bredow, Holtzendorff und Hertefeld noch ein kleines Geburtstagsfest für mich ausgerichtet haben, an dem ich indessen teilgenommen, als ginge mich das alles nichts an, während meine Kameraden sich so sehr betranken, als sei es mein allerletzter Geburtstag, den es bis zur Besinnungslosigkeit zu feiern gelte.

Als ich, spätestens durch die kühle Winterluft ernüchtert, vor meinem Hause anlange, tritt plötzlich aus dem Torbogen eine vermummte Gestalt, so daß meine Hand ohne Beteiligung eines Gedankens, sogleich zu meinem Degen fährt. Aber dann höre ich Friedrichs frostklirrende Stimme: »Kommst du endlich? Wo bist du so lange gewesen?«

»Ich kann mich nicht erinnern, daß wir verabredet gewesen wären.«

»Ist denn heute nicht dein sechsundzwanzigster Geburtstag?«

»Deswegen hast du den ganzen Abend hier in der Eiseskälte verbracht?«

»Freust du dich denn nicht über meinen Besuch?«

»Komm erst mal mit herauf. Aber du weißt, daß du nicht hierher kommen solltest!«

»Ist dein Bursche denn nicht verschwiegen?«

»Bauer? Er ist mir ergeben bis ins Grab. Aber das kann man von meiner Wirtin nicht sagen. Sie liegt ständig auf der Lauer und hat meinen Burschen schon des öfteren auszufragen versucht, wer mich denn zu so später Stunde noch besuche.«

»Das würde ich allerdings auch gerne wissen!«

»Das geht dich ebensowenig an wie die gute Frau Dickmann!«

Daniel schläft schon. Wir lassen ihn schlafen und steigen über ihn hinweg in die schon ausgekühlte Stube. Ich lege Fritzens wegen Holz auf die Glut, feuere den Ofen noch einmal an und setze einen Topf Wasser auf den Rost, damit der späte Gast noch etwas Warmes in den fast erfrorenen Leib bekommt, und sei es auch nur ein dünner Tee.

»Setz dich aufs Bett, Fritz, der Tee ist gleich fertig.«

Immer noch zittert er am ganzen Leibe, als ich ihm den dampfenden Becher in die blaugefrornen Hände drücke.

»Wir müssen reden!« sage ich und setze mich neben ihn.

»Worüber willst du denn reden?«

»Über uns, unsere Freundschaft.«

»Was gibt es darüber noch zu sagen? Von mir wirst du kein albernes Wort mehr hören.«

»Es geht nicht nur um Worte. Es geht auch um die Gesten, die Handlungen.«

»Aber es ist vorbei, Hans, es ist vorbei. Wir sind nur Freunde, nichts weiter!«

»Vielleicht kannst du dich selbst belügen, Fritz, aber die Welt ist nicht blind.«

»Die Welt ist mir gleich. Was ist mit dir? Schämst du dich inzwischen, mit mir zu verkehren?«

»Unsinn. Wir haben nichts Beschämendes getan.«

»Zumindest du hast dich immer ehrenhaft verhalten, das ist wahr.«

»Wir sind dessen gewiß. Aber andere haben ihre eigenen Begriffe von Ehre und Scham. In ihren Augen sündigen wir gegen Gottes Gebote, mag unsere Freundschaft auch keine andere sein als die zwischen David und Jonathan.«

»Sollen wir etwa lügen?«

»Die Welt will belogen werden.«

»Wie du meinst. Ich war immer ein Meister der Lüge. Sonst hätte mich mein Vater längst totgeprügelt.«

Ruhig atmend liegt er neben mir, das bartlose Gesicht noch jünger, unschuldiger als ohnehin schon. Aber es täuscht. Es ist eine gefährliche Unschuld, die uns noch einmal in Teufels Küche bringen wird. – Ich streiche ihm das wirre Haar aus dem Gesicht. Sein Vater, der König, hat recht, wenig Männliches läßt sich darin finden.

Ich erwache vor der gewohnten Zeit, noch ist es finstre Nacht. Ein unterdrücktes Schluchzen neben mir hat mich geweckt. Ich brauche einen Augenblick, bis ich verstehe. Fritz hat sein Gesicht ins Kissen gedrückt, damit ich sein Weinen nicht höre. Es ist wahr, ein Mann, ein Soldat sollte nicht weinen! – Ich stelle mich schlafend.

Er scheint aber zu spüren, daß ich wach bin. Nur im Hemd

springt er aus dem Bette, steckt seinen Kopf in die Waschschüssel, dann stößt er mit einer heftigen Bewegung den ganzen Waschtisch um und schlägt den Kopf vor die Wand.

Es hat keinen Sinn, mich länger schlafend zu stellen. Daniel, der vor der Stubentür gelegen, kommt besorgt hereingelaufen und schaut verwirrt auf die Scene. Ich schicke ihn hinaus, steige nackt wie Adam im Paradiese aus den Federn, fasse den Freund an die Schultern und ziehe ihn an mich. Sofort beruhigt er sich, nur sein Atem geht noch schnell und seine Glieder zittern ein wenig, vielleicht, weil das Feuer im Ofen erneut niedergebrannt ist. Ich schiebe Fritz zurück zur Bettstatt, richte die Laken und heiße ihn, sich niederzulegen. Dann stelle ich den Waschtisch auf, werfe einen Lumpen in die Pfütze, damit das Wasser nicht durch die Dielen bis in die Stube von Frau Dickmann rinnt, und lege mich wieder zu ihm. Er zittert nicht mehr, sein Atem geht nun ruhig, und als ich meinen Arm um ihn schlinge, rückt er nicht näher, aber auch nicht von mir fort, sondern liegt da wie tot.

Daniel hat bereits den Ofen geheizt und Wasser gebracht, als ich zur gewohnten Zeit das zweite Mal erwache. Ich stehe auf und stelle einen Topf mit Wasser auf den Ofen. Und während ich mir das Gesicht einseife, beginne ich zu pfeifen.

»Was pfeifst du da, Hans?« höre ich Friedrichs verschlafene Stimme von der Bettstatt her.

»Ein Lied.«

»Das höre ich. Was für ein Lied?«

»Übersetzt in Worte würde es vermutlich recht albern klingen.«

»Du willst es mir nicht sagen?«

Der Kronprinz wirkt an diesem Morgen auf geradezu unheimliche Weise normal, als hätte ich seinen Anfall heute nacht nur geträumt. Aber da liegt er noch, der feuchte Lumpen!

»Jetzt benimm dich nicht wie ein kleiner Junge, Fritz!«

»Weißt du, wie ich mich fühle? Wie eine Tasse aus zartem chinesischen Porzellan. Wenn du mit dem Löffel zu heftig umrührst, zerbricht sie. Kennst du das Gefühl?«

»Nein. Ich bin ein grober Becher aus Zinn. – Was machst du da? Gib mir das Messer. Bei dir gibt es ja noch gar nichts zu rasieren.« – Jetzt, im Tageslichte, sehe ich erst die vielen blaugrünen Schwellungen und Blutergüsse auf seinen Armen und Beinen, die sonst die Uniform verbirgt.

»So ein scharfes Messer ist zu vielen Dingen nützlich.«

»Was redest du für einen Unsinn! Gib es mir, sonst schneidest du dich noch!«

»Und wenn schon.«

»Bist du betrunken, Fritz?«

»Schon möglich. Hast du schon einmal jemanden getötet?«

»Auf jeden Fall nicht mit einem Rasiermesser.«

Fritz setzt es sich an die Kehle. »So?«

»Laß den Unfug, Fritz! Mit dem Tod spaßt man nicht.«

»Darf ich wenigstens dich rasieren?«

»Ich weiß nicht. Du wirst mir nur blutige Schrammen ins Gesicht schneiden.«

»Ich werde so vorsichtig wie bei einem Lamme sein, Hans!«

»Dann übe den Gebrauch erst mal an einem Lamme. Nun gib mir schon das Messer!«

»Wenn du wirklich mein Freund wärest, hättest du mehr Vertrauen zu mir!«

»Ich habe Vertrauen zu dir, Fritz, Vertrauen, daß du mal ein guter König wirst, aber sicher kein guter Barbier.«

»Hast du Angst?«

»Nicht um mich, Fritz, allein um dich.«

»Um mich mußt du keine Angst haben. Ich fürchte den Tod nicht.«

»Ein Soldat, der den Tod nicht fürchtet, ist kein guter Soldat.«

»Ich bin kein guter Soldat. Du ahnst nicht, wie oft ich schon versucht war, mir selbst das Leben zu nehmen.«

»Still, Fritz! Das darfst du nicht einmal denken! Dein Leben gehört nicht dir allein. Es gehört dem ganzen Lande.«

»Nein, es gehört allein dem König.«

»Ja, auch dem König. Aber selbst der König ist nicht vollkommen Herr über sich selbst. Vielleicht sogar weniger, als wir es sind.«

»Entschuldige meinen Vater nicht. Er ist ein Despot!«

»Genau davon rede ich, mein Freund. Sei klug und halte deine Zunge im Zaum. Sonst können wir nicht länger Freunde sein.«

»Du hast mir immer noch nicht gesagt, wo du gestern abend gewesen bist.«

»Mein Gott, Fritz, du hörst dich an wie ein zänkisches Weib! Zieh dich an. Ich bring dich zurück nach Potsdam und werde bezeugen, daß wir heute in aller Frühe schon ein wenig exerziert haben.«

Trotz der königlichen Begleitung reite ich unaufmerksam und gedankenlos. Obgleich die Straße voller Volk und Fuhrwerke ist und meine übermütige Stute viel zu schnell galoppiert, weicht der Kronprinz nicht von meiner Seite. Doch nun stürmt Orfraie direkt auf eine Kalesche voller Frauenzimmer zu. Und erst als sie aufschreien, ergreife ich die Zügel und vermeide nur knapp ein Unglück.

Fritz sagt nichts dazu. Und seiner ausgebleichten und verstaubten Uniform wegen erkennt auch niemand in ihm den Kronprinzen. Es sind einfach einmal mehr zwei junge rücksichtslose Offiziere, die am hellichten Tage die Berliner Straßen unsicher machen.

»Ich frage mich, ob wohl alle Männer solche Feiglinge sind, wie ich einer bin«, sagt er dann, als wir schon auf der Potsdamer Straße sind.

»Nicht alle Männer haben einen König zum Vater.«

»Ich habe einfach keine Begabung zum Soldatentum und zum Kampfe. Und mit Flötenspiel allein läßt sich kein Reich regieren.«

»Bist du dir da sicher? Ersetze Kampfgeist durch Kunstsinn, und du wirst ein guter König sein!«

»In deinen Augen vielleicht, aber nicht in denen meines Vaters.«

»Die werden sich mit Sicherheit bereits geschlossen haben.«

»Ich fürchte, er wird mich selbst in seinem Grabe nicht aus den Augen lassen!«

Zeithain, den 19ten Juni. Truppenübungen, vor allem Attacken, wobei manches noble Collet und manche Chabraque ordentlich verbrannt werden.

Das Manöver dauert gut zehn Stunden. Die letzten Regimenter rücken erst abends gegen sieben Uhr wieder ins Lager ein.

Über die Ostertage lasse ich mich von Bredow überreden, ihn für ein paar Tage auf den Familiensitz nach Wagenitz zu begleiten. Es ist ein kühler und recht regnerischer April, also alles andere als ein verlockendes Reisewetter, und beständig denke ich während der Fahrt an die gemeinsame Reise mit Fritz vor genau einem Jahr nach Leipzig zurück, und die Klänge der Matthäuspassion wühlen mich erneut so tief auf, daß Bredow sich schon über meine Zurückgezogenheit zu verwundern beginnt. Doch bin ich froh, mit diesem ganz und gar vernünftigen Menschen unterwegs zu sein und Berlin, die Gens d'armes und den Kronprinzen für eine Weile hinter mir zurücklassen zu können.

Hier, auf dem Herrensitz der Bredows, fern jener Macht, die nicht erst seit meinem Eintritt bei den Gens d'armes mein Leben bestimmt, gelingt es mir erst, über sie, über ihr tieferes Wesen nachzudenken. Worin besteht Macht? In ihrem Vermögen, die von ihr beherrschten Menschen von ihrer Eigenmacht, ihrer Eigenmächtigkeit zu trennen. Die eigenen Kräfte werden in Fesseln, in Ohnmacht gehalten.

Aber es gibt nicht nur die Macht, die jede Eigenwilligkeit und Unbeherrschtheit straft, sondern auch das Unterlassen, sich Verweigern, die Nichtteilnahme.

Was gäbe ich darum, nicht mehr Soldat sein zu müssen! Doch nicht nur mein Wollen, selbst mein Nichtwollen ist mir vorgeschrieben.

Wir gehen nebeneinander her, mein junger Onkel kraftvoll und taktfest, ich eher nachlässig und schlendernd, um das Gehen jenseits des Marschierens nicht gänzlich zu verlernen.

Bredow schweigt. Es steckt etwas Strenges, Zurechtweisendes in seinem Schweigen. Doch mir ist die Stille nur recht, mag sie auch voller Unwillen sein.

Schließlich kommt Bredow mit der Sprache heraus: »Die Kameraden reden schon über dich, Katte, über dich und den Kronprinzen!«

»Na und? Was kümmert mich das? Ich höre nie hin, was Leute über mich reden.«

»Berlin ist nicht Wagenitz oder Wust.«

»Worin liegt der Unterschied?«

»In Berlin bist du nicht der unantastbare Sohn des Gutsherrn. Im Regiment zählt allein deine Ehre, dein guter Ruf ist wichtiger als dein Leben.«

»Hör einfach nicht hin!«

»Soll ich es einfach hinnehmen, wenn sie deine, wenn sie unsere Ehre beschmutzen? Mag sein, daß es dir wirklich egal ist. Aber mich sollen sie achten, Katte. Und unsere Namen sind nun einmal unauflöslich verbunden!«

Riesa, den 20ten Juni. Rasttag. – Am frühen Morgen findet ein heimliches Duell zwischen dem Herrn Renard aus dem sächsischen Lager und Holtzendorff aus dem unsrigen statt, die sich wegen einer Bauerndirne am Vorabend in die Haare gerieten. Als endlich Blut fließt, ist der Ehre Genüge getan.

Als man an der Hoftafel vom Duell erzählt, lachen beide Majestäten über diesen bravourösen Unsinn.

Am Nachmittag wird Oberst Böhne an der Zeithainer Kirche mit militärischen Ehren beigesetzt.

Nach diesem langen und ermüdenden Tage weiteren Müßiggangs findet im preußischen Lager die Verleihung des Schwarzen Adlerordens an den sächsischen Minister Graf von Brühl statt. Die Fürsten, Minister und Generäle haben sich vor dem Königszelte versammelt, wir minder bedeutsamen Offiziere stehen in der dritten und vierten Reihe und bilden gleichsam die dekorative Einfassung dieser Zeremonie.

Graf Brühl macht sich offenkundig nichts aus Schlachten. Er hat sich zwar zum General der Infanterie ernennen lassen, aber nie sieht man ihn in seiner Montur. Immer ist er *à la mode* gekleidet, besitzt zweihundert Paar Schuhe, achthundert gestickte Schlafröcke, fünfhundert Anzüge, hundertzwei Uhren, achthundertdreiundvierzig Tabatieren, siebenundachtzig Ringe, siebenundsechzig Riechfläschchen, neunundzwanzig Kutschen und tausendfünfhundertsiebenundsechzig Perücken. Zu jedem Anzuge gehört eine besondere Uhr, eine spezielle Tabakdose und ein ausgewählter Degen. Wieso die Welt über dergleichen Bagatellen so gut Bescheid weiß? Alle Gewänder sind in einem Buche aufgemalt, das ihm täglich zur Auswahl vorgelegt wird. Darüber hinaus besitzt er mehr Mätressen als Verstand. Immerhin hat der ehemalige Silberpage es am sächsischen Hofe bis zum Grafen und Kabinettsminister gebracht und zeichnet maßgeblich für die Planung und Durchführung des Zeithainer Heerlagers verantwortlich. Für diesen besonderen Verdienst erhält der junge Minister nun aus der Hand unseres Königs den höchsten preußischen Orden.

In Gesellschaft der beiden eindrucksvollen Monarchen wirkt der Graf noch jünger und geckenhafter. Der sächsische König hat seinen Beinamen *der Starke* erhalten, weil er sich nie gescheut hat, ebendiese Stärke öffentlich zur Schau zu tragen. So soll er mit bloßen Händen ein Hufeisen zerbrochen und sich darüber selbst ein Diplom ausgestellt haben. Das ist indessen zwanzig Jahre her, und viel von dieser bezeugten Kraft ist in schiere Leibesfülle übergegangen. Immer noch wirkt er, zumindest in direkter Nachbarschaft zur preußischen Majestät, wie ein wahrer, wenn auch lustseuchenverwüsteter Riese. Er humpelt ein wenig, da man ihm aufgrund gewisser Leiden bereits den einen oder anderen Zehen amputieren mußte. Angeblich sei er

Vater von dreihundertvierundfünfzig Kindern, davon dreihundertzweiundfünfzig illegitimen, lauten die Gerüchte, die er womöglich selbst verbreitet, zumindest niemals ernsthaft dementiert hat. Noch ist das Jahr ja nicht voll.

Und dieser kranke Wettiner, König von Polen, Großfürst von Litauen, soll, wenn auch ungleich größer, stärker, reicher, angesehener, großzügiger, prachtliebender und verschwenderischer als unsere preußische Majestät, in der engeren Gattenwahl für Prinzessin Wilhelmine stehen? Man müßte es für einen anzüglichen Witz unter Soldaten halten, würden sich die beiden so ungleichen Monarchen nicht derart prächtig verstehen.

Ich sehe von der ganzen Zeremonie vor allem breite Schultern und hohe Perücken und muß mich schon auf meine Zehenspitzen stellen, um neben den alle anderen überragenden August auch noch den Kronprinzen oder gar unsern König zu sehen, aber bin im Grunde ganz froh, durch diese einfache Übung den Vorhang zur Scene öffnen oder auch schließen zu können.

Das Protokoll hat Friedrich zwischen den sächsischen Kronprinzen und die Gräfin Orzelska plaziert. Er kennt diese augenfällige Dame bereits von einem Besuche in Dresden, den er vor zwei Jahren mit seinem Vater unternommen und über den allerhand delikate Gerüchte kursieren, die ich indessen allesamt für wenig glaubwürdig halte. Allerdings waren Friedrich und ich zu jener Zeit noch nicht näher miteinander bekannt, und er selbst hat nie ein Wort über die Begegnung mit der Gräfin verloren, die eine illegitime Tochter des sächsischen Königs ist und zugleich eine seiner Lieblingsmätressen sein soll, die er trotzdem oder gerade deshalb immer mal wieder an besonders ausgezeichnete Gäste weiterreicht.

Linker Hand neben der illustren Gräfin steht der bemitleidenswerte Prinz Karl Ludwig von Schleswig-Holstein-Sonderburg-Beck, dem sie bereits versprochen ist und mit dem sie in diesem Sommer noch vermählt werden soll. Zweifellos ist diese Dame eine außerordentlich schöne und anziehende Frau.

Nun wendet sie sich dem Kronprinzen an ihrer rechten Seite zu und flüstert ihm, während der König noch den großen Eifer und das gesunde und gründliche Urteil des Grafen Brühl preist, etwas ins Ohr. Friedrich wird totenblaß und kurz darauf zornrot, wie es in dieser raschen Abfolge sonst nur der Vater vermag. Dann ruft er ungehalten aus: »Ich bitte Sie, mich fürderhin nicht mehr anzusprechen, Mademoiselle Drian!«

Der König verstummt, und mit ihm die ganze Fürsten- und Ministerschar. Der Kronprinz hat die Gräfin mit ihrem bürgerlichen Namen angeredet, dem Namen jenes Pariser Kaufmanns, den ihre Mutter kurz vor der Geburt des Bastards noch geehelicht. Ganz Europa kennt die Geschichte, doch niemand würde sich, wenn ihm sein Ansehen und Leben lieb, in Gegenwart des sächsischen Königs oder gar der Gräfin selbst jegliche Anspielung darauf erlauben.

Aber hier und jetzt ist es Friedrich Wilhelm, der als erster auf diese Ungeheuerlichkeit reagiert, dem Grafen Brühl den Schwarzen Adlerorden in die Hand drückt, anstatt ihn an seinen Rock aus moosgrünem Samte zu heften, seinen Stock, den er der Gichtanfälle wegen nun stets bei sich trägt, in beide Hände nimmt und vor aller entsetzter Augen damit auf den Kronprinzen einprügelt, der selbst so überrascht ist, daß er nicht einmal die Hände hebt, um sich vor den blindwütigen Schlägen des Vaters zu schützen. Dann packt der König den Kronprinzen an der Gurgel, würgt und schüttelt ihn und brüllt: »Du nichtswürdige Canaille, du erbärmlicher stinkender Zieraffe, sofort bittest du die Gräfin um Verzeihung!« – Da Friedrich stumm bleibt, wirft der Vater den Sohn auf die Erde, tritt ihn mit den Stiefeln in Bauch und Rücken und schlägt weiter mit seinem Stocke auf des Prinzen Kopf ein: »Weichlich wie ein Frauenzimmer! Kräuselst dir die Haare, gehst auf Zehenspitzen wie eine Tänzerin, trägst beim Jagen Handschuhe, und bist zugleich doch nur ein schmutziger Lump! Nun küß der Gräfin die Schuhe und bitte sie um Vergebung, oder ich schlag dich hier vor aller Augen tot!«

Langsam löst sich der erste Choc über diesen unerhörten Vorfall, und Unruhe macht sich breit unter den Fürsten und Feldmarschällen, die zu dieser Feierstunde hier versammelt. Aber wie den König bändigen, der sich in immer noch rasendere Wut hineinbrüllt und -prügelt und seine Drohung durchaus wahrzumachen verspricht, während sich der Kronprinz unter seinen Tritten und Schlägen im Dreck krümmt.

Zunächst ist es August, der dem Preußenkönig begütigend die breite Hand auf die Schulter legt: »Ich weiß, Eure Majestät, Vaterschaft ist nicht immer ein leichtes Geschäft. Und noch seltener wissen unsere Söhne unser gerechtes Bemühen zu schätzen. Aber laßt es für den Augenblick gut sein. Es wird sich schon alles fügen!«

Allein, des Sachsenkönigs Beschwichtigungsbemühungen scheinen Friedrich Wilhelms biblischen Zorn eher noch anzufachen: »Dieser effeminierte und schamlose Kerl ist mit dem Stocke noch viel zu gut bedient, ein Greuel ist er vor Gottes und des Menschen Angesicht! Ein Nichtsnutz, Laffe, ein halbes Frauenzimmer, das besser nie geboren worden wäre, oh, wie mir vor ihm ekelt!«

Schließlich ist es, während all die sächsischen und preußischen Generäle mit betretenen Gesichtern dastehen und dem drohenden Totschlag des Kronprinzen tatenlos zusehen, die Gräfin Orzelska höchstselbst, die vortritt und sich unerschrocken zwischen den wütenden König und seinen am Boden liegenden Sohne stellt.

»Der Kronprinz hatte alles Recht der Welt«, spricht sie mit sanfter und betörender Stimme, »auf meine unangemessene Bemerkung empört zu reagieren. Wir beide, Eure Königliche Majestät, sind ja noch jung und treffen noch nicht immer gleich den richtigen Ton, unseren Gefühlen den ziemlichen Ausdruck zu verleihen.«

Widerstrebend läßt Friedrich Wilhelm den Stock sinken, schimpft aber noch weiter: »Geh mir aus den Augen, Lump, solange du noch unter dem unverdienten Schutz der Gräfin stehst. Wenn mein Vater mich so behandelt hätte, wie du es dir gefallen läßt, so hätte ich mich längst aus dem Staub gemacht. Aber du hast ja nicht einmal dazu Mut und bist nur ein schurkischer Weichling. Ich werde dir deine weibischen Occupationen schon noch austreiben, so wahr mir Gott helfe!«

Am späteren Abend gibt die Gräfin Orzelska ihren Ball mit einem ausschweifenden Souper an drei Tafeln zu dreißig Couverts. Ich bin nicht dazu geladen, und Friedrichs Fernbleiben bedarf wohl keiner weiteren Begründung.

Hertefeld und ich haben uns schon zur Ruhe begeben, während der dritte Platz in unserem Bette, Holtzendorffs Lager, noch leer ist, da unser Kamerad sich erst spät am Abend nach Mühlberg begeben, wo bis tief in die Nacht hinein getanzt wird und die Offiziere sich, frei vom gestrengen Reglement des königlichen Lagers, mit den einfachen Bauernmädchen und den nur zu diesem Anlasse aus Leipzig und Dresden hergereisten Damen vergnügen. So kann es auch sein, das Holtzendorff erst am Morgen zurückkehrt und sich schlafen legt, wenn wir schon im Aufbruch zum Lager begriffen.

Dann werden wir doch noch aus dem ersten Schlafe gerissen, als es gegen Mitternacht an die Tür des Schulmeisters klopft, laut und hartnäckig, bis Meister Groll endlich öffnet und den späten Gast mit unwirscher Miene zu uns in die Kammer führt.

»Fritz! Was machst du denn mitten in der Nacht hier in Riesa?«

»Ich mußte dich sehen, Hans!«

»Hätte es nicht bis morgen Zeit gehabt?«

»Wenn du wüßtest, was heute geschehen ist, würdest du sogleich verstehen, daß ich nicht ins Lager zurückkehren kann.«

Ich verschweige dem Kronprinzen, daß ich Zeuge der häßlichen Scene gewesen, und lasse ihn erzählen. Fritz wirft einen unsicheren Blick auf Hertefeld.

»Ludwig, verschließ die Ohren und stell dich schlafend!« fordere ich den jungen Bettgenossen auf.

»Lieutenant von Hertefeld kann es ruhig hören. Es weiß ohnehin schon das ganze Campement von dieser Demütigung.«

»Leg deinen Mantel ab und setz dich. Hertefeld, magst du den Schulmeister freundlich um einen Schoppen Wein für den Kronprinzen von Preußen bitten?«

»Bleib, Hertefeld. Niemand soll wissen, daß ich hier bin.«

»Gut, Königliche Hoheit, dann haben wir Ihnen nur einen Krug Wasser anzubieten. Aber er ist mit Herzblut eingeschenkt. Nun erzähl weiter!«

Nachdem Fritz sich alles von der Seele geredet hat, schweigt er. Er hatte in großer Aufregung begonnen, doch dann ist seine Stimme immer leiser geworden, als ob die Wahrheit unaufhaltsam an die Wasseroberfläche gestiegen sei.

»Ich ertrage das alles nicht länger, Hans! Wenn er mich nur verprügeln würde, ich nähme es ohne Widerspruch hin. Doch daß er mich vor aller Welt demütigt und bloßstellt, daß er mich und alles, was mir etwas bedeutet, lächerlich macht und in den Schmutz zieht –«

»Man darf es sich nicht so zu Herzen nehmen, was einem vom Vater gesagt wird.«

»Wäre ich der Sohn irgendeines Vaters, wäre ich ihm längst entlaufen und hätte fern vom Vaterhause mein Glück gesucht.«

»Glaub nicht, irgendwo anders sei es besser. Väter verstehen es nicht, die Liebe zu ihren Kindern zu zeigen.«

»Liebe? Ich bezweifle, daß sie dieses Gefühl überhaupt kennen!«

»Versuche zu schlafen, Fritz. Morgen sieht die Welt schon wieder anders aus.«

»Anders, mag sein, aber gewiß nicht besser. Entweder mache ich mich so rasch wie möglich davon, oder ich gebe mir die Kugel!«

»Red keinen Unsinn, Fritz. Wir werden einen Ausweg finden.«

»Der einzige Ausweg wäre der Tod meines Vaters. Stirbt er nicht, dann sterbe ich!« Er zieht mich dicht an sich heran und umarmt mich heftig, als stünde das Ende der Welt bevor. »Daran sollst du dich erinnern!« sagt er dann und läßt mich so plötzlich wieder los, wie er mich gefaßt hat.

Er schaut mit seinen großen grauen Augen an die grauen Zimmerwände. Dann wendet er sich wieder zu mir und stößt ungestüm hervor: »Flieh mit mir! Alleine werde ich es nicht schaffen, von meinem Vater loszukommen.«

»Es ist spät, Fritz. Du mußt zum Campement zurück. Laß uns morgen weiterreden.«

»Ich kann nicht zurück!«

»Gut, dann schlafe heute nacht hier. Womöglich bleibt Holtzendorffs Lager bis zum Morgen leer. Doch solltest du nicht noch einmal herkommen. Man zerreißt sich ohnehin schon das Maul über die Natur unseres besonderen Verhältnisses, und wir sollten dem Gerede nicht noch weitere Nahrung geben.«

»Wir sollten sofort aufbrechen, ehe der König meine Gedanken ahnt.«

»Und wo willst du hin?«

»Nach Frankreich, nach England, es ist mir gleich, solange du an meiner Seite bist. Nur fort von hier!«

Ich werfe einen besorgten Blick auf Hertefeld, der, auch wenn ich seiner Treue sicher bin, nicht Zeuge dieses Wortwechsels sein sollte.

»Wir würden nicht mehr zurückkommen können, solange dein Vater lebt.«

»Ich würde auch nicht zurückkommen wollen!«

»Und wovon willst du leben? Du bist dann kein Prinz mehr, sondern nur ein Flüchtling.«

»Ich bin schon jetzt kein Prinz mehr und weniger als ein Flüchtling, nämlich ein Gefangener.«

»Dein Vater wird dir die Krone nehmen.«

»Soll er. Ich habe nie danach verlangt. Wir werden uns eine einfache Arbeit suchen wie andere auch und frei sein.«

»Eine Arbeit? Was haben wir gelernt außer unserem Soldatenberufe?«

»Hast du dich nicht einmal bei Meister Bach vorgestellt, um in seiner Kapelle zu spielen?«

»Da war ich noch ein Knabe.«

»Zur Not könnte ich auch Soldat sein. Söldner werden überall gebraucht.«

»Dein Vater würde uns Häscher nachsenden. Ein Preußenprinz in fremdem Lohn, das würde er nicht dulden. Nein, Fritz, schlag dir den Gedanken aus dem Kopf. Du bist nicht irgendein

Müllersohn, der sein Bündel schnüren und in die weite Welt hinausmarschieren kann.«

»Sag doch einfach, daß du dich fürchtest, vor dem Zorn des Königs, vor der Armut, davor, mit mir zusammen zu sein!«

»Ja, ich fürchte mich, aber nicht vor den Dingen, dir du mir vorwirfst. Du redest wie jemand, der nichts von der Welt weiß. Du bist verzweifelt, ich verstehe das, aber die Verzweiflung macht dich blind. Wenn du bei deinem Entschlusse bleibst, muß er wohldurchdacht sein, soll er nicht in einer Katastrophe enden. Hier redet Fritz, der geprügelte Knabe. Aber der, welcher fliehen wird, ist der Kronprinz von Preußen, und ganz Europa wird diese Affaire verfolgen.«

»Ich habe Freunde in Frankreich, Verwandte in England. Sie werden uns helfen.«

»Schon möglich. Aber wie verzweifelt du auch immer sein magst, es sind gefährliche Pläne. Laß uns vorerst darüber schweigen. Denn allein schon das Reden darüber kann uns den Kopf kosten.«

Natürlich ändert der Schlaf nichts, und der wache Geist leidet womöglich noch mehr unter der unhaltbaren Lage. Ich spüre, daß es dem Prinzen ernst ist, und ich kann ihn für solcherlei Gedanken nicht tadeln. Aber durch eine Flucht würde er sich mit seinem Vater vollends überwerfen, und dann gnade ihm Gott!

Zeithain, den 21ten Juni. Heute wird am Elbufer, Riesa gegenüber, eine aufgeworfene Redoute von zweitausendfünfhundert Schritten erobert. Man setzt dabei auch die Flotte nebst den Schiffbrücken ein und sprengt, um der feindlichen Kavallerie den Übergang abzuschneiden, einen Teil der Faßbrücke in die Luft. All das macht dem schaulustigen Publikum große Freude.

Ich habe Orfraie bereits im Stalle des Grollschen Hauses eingestellt und stehe gerade vor der Haustür des Schulmeisters, als ich auf den unbeleuchteten Landauer am Ende der Gasse aufmerksam werde. Obgleich längst die Nacht angebrochen, hat man die Laternen gelöscht oder gar nicht entzündet. Nun kommt mit dumpf hallendem Schritte eine dunkle Gestalt auf mich zu. Auf der anderen Flußseite feiert sich das pralle Leben selbst, zumindest jenes der höheren Stände, doch hier im freudlosen Riesa sind die Läden geschlossen und die Gassen menschenleer. Offenbar bin ich das Ziel des Unbekannten, denn obgleich ich sein Gesicht noch nicht erkenne, sagt mir sein Gang doch, daß wir uns bisher noch nicht über den Weg gelaufen. Denn ein geschultes Auge vermag recht sicher an der Art der Bewegung schon von weitem zu erkennen, ob sich ein vertrauter oder fremder Mensch gerade nähert, was in kriegerischeren Zeiten durchaus lebensrettend sein kann.

Nun entdeckt mir auch, ehe mich der großgewachsene und breitschultrige Bursche mit der Reitpeitsche unterm Arme anspricht, die unbekannte Livree, daß es sich um den Kutscher oder Diener eines fremden Herrn handeln muß.

»Lieutenant von Katte?« fragt mich der bärtige Kerl, bemüht, trotz seiner eindrucksvollen Größe nicht auf mich herabzuschauen.

»Der bin ich«, erwidre ich mit fester Stimme. »Und mit wem habe ich die Ehre?«

»Mein Herr möchte seinen Namen nicht hier auf der Gasse genannt wissen. Doch wenn Sie so gnädig wären, mir zur Chaise meines Herrn zu folgen, werden Sie sofort begreifen, daß derlei Discrétion auch in Ihrem Sinne liegen wird.«

»So hat schon mancher Überfall und Menschenraub seinen leichtsinnigen Anfang genommen. Sei's drum, gehen Sie nur voran, doch seien Sie gewiß, daß ich die Hand am Degen belassen werde.«

»Seien Sie versichert, Herr Lieutenant, zumindest von der Seite meines Herrn gibt es keinerlei Harm zu fürchten.«

An dem Vierspänner angelangt, öffnet der Kutscher den Schlag, und eine unbekannte, zarte Hand reckt sich mir entgegen. »Herr von Katte, darf ich Sie zu mir in den Wagen einladen? Richard, fahr uns ein wenig durch die Nacht!«

Der Mann, der mir in die Kalesche geholfen hat, läßt meine Hand auch dann noch nicht los, als ich mich bereits ihm gegenüber in die Lederpolster habe sinken lassen.

»Verzeihen Sie mir die konspirative Art, mit Ihnen in Verbindung zu treten, Herr Lieutenant. Ich bin Colonel Charles Hotham, Sondergesandter Seiner Königlichen Majestät Georg von England.«

Ich bin nicht wirklich erstaunt über diese Eröffnung, aber mein Argwohn den zwielichtigen Umständen gegenüber nimmt eher noch zu als ab.

»Ehe ich mit Ihnen in ein, so hoffe ich, vertrauensvolles und vielleicht sogar aufschlußreiches Gespräch eintrete, möchte ich Ihnen zunächst einen Brief Ihrer Tante Melusine, der Herzogin von Kendal, übergeben. Das erspart mir womöglich weitere Erklärungen.«

Colonel Hotham zieht die schweren Ledervorhänge vor die Fenster und entzündet eine Lampe im Innern der Kutsche, damit ich den Brief meiner Tante lesen kann. Nun sehe ich auch endlich die genaueren Gesichtszüge meines Gegenübers. In diesem Lichte könnte das ernste und blasse Antlitz Hothams fast für schön gelten, und sein offenbar scharfer und lebhafter Verstand erhöht die Reize dieses Mannes noch.

Nachdem ich das anrührende Schreiben meiner Tante genau studiert habe, blicke ich dem Gesandten direkt in die nachtblauen Augen. »Womit kann ich Ihnen dienen, Excellence?« frage ich den Colonel mit höflicher Zurückhaltung.

»Dies ist die geheime Correspondance zwischen Kriegsminister von Grumbkow und Legationsrat von Reichenbach, dem preußischen Geschäftsträger in London«, erklärt Hotham und reicht mir ein Bündel Papiere. »Sie können das Päckchen ruhig aufschnüren und die Depeschen ansehen. Die Schreiben sind echt. Indessen hat sich Ihr König bei seiner kurzen Audienz geweigert, auch nur einen Blick darauf zu werfen.«

»Und warum sollte ich es jetzt tun?«

»Es handelt sich um Versuche Grumbkows, unseren König gegen die Doppelhochzeit mit Preußen aufzubringen. Und keine noch so infame Verleumdung ist ihm dafür zu schade.«

»Es ist doch allgemein bekannt, daß er der österreichischen Partei anhängt.«

»Das ist wahr. Doch was will der König, und vor allem, was will der Kronprinz?«

»Ich befürchte, es steht mir nicht zu, Excellence, mir in diesen komplizierten politischen Fragen ein eigenes Urteil anzumaßen.«

»Ihr König glaubt sich von England hintergangen und getäuscht und hat sich, höflich gesagt, während des allzu kurzen Empfanges nur wenig diplomatisch mir gegenüber gezeigt. Dabei ist es vor allem Grumbkow, der Ihren und meinen König zu hintergehen versucht. Soll ich meine Mission nicht als gescheitert betrachten, muß ich König Georg und der Herzogin von Kendal, die ihm in diesen Fragen als wichtige Beraterin zur Seite steht, eine andere Sicht als die von Grumbkow in dieser Angelegenheit insinuierte aufzeigen können. Ganz Europa weiß, daß am Berliner Hofe über diese Fragen ein häßlicher Familienkrieg ausgefochten wird.«

»Was könnte ich dem noch hinzufügen?«

»Die Wahrheit, Herr von Katte! Wie steht der Kronprinz selbst zu diesen Heiratsplänen? Sie kennen ihn, so versicherte mir Ihre Tante, kennen ihn möglicherweise besser, als ihn sein eigener Vater kennt. Wird er sich mit seinen Wünschen am Ende gegen den König durchsetzen können?«

»Sie wissen, daß Ihre Fragen und diese nicht gerade ehrenhaften Umstände unseres Gesprächs mich in eine ziemliche Verlegenheit bringen, nicht wahr?«

»Ja, ich bin mir der Gefahren für Sie und Ihre Ehre durchaus bewußt. Aber es geht am Ende nicht nur um politische Allianzen und das Wohlergehen unserer Völker, sondern auch und ganz besonders um Leib und Leben des Kronprinzen selbst. Ich gehe davon aus, daß Ihnen nicht weniger an Friedrichs Zukunft liegt als seinem Onkel, König Georg, und seiner Cousine Amelia.«

»Lange wird der Kronprinz die Behandlung durch seinen Vater nicht mehr ertragen. Alle seine Hoffnung liegt auf England. Aber ohne die Einwilligung Seiner Majestät Friedrich Wilhelm gibt es weder für ihn, noch für England etwas zu gewinnen.«

Schon seit langem ist für mich unleugbar, daß ich ein unverbesserlicher Narr, ein Tor, ein Dummkopf bin. Was mache ich hier? Warum bin ich in diese fremde Kutsche gestiegen? Wie leicht es doch ist, sich selbst als Narren anzuklagen, wie unangenehm aber pflegen erst die Folgen der Narrheit zu sein! Natürlich läßt sich über die Narrheit trefflich räsonieren, zumal wenn es der Narr selbst ist, der sich darüber verbreitet.

Vielleicht übertreibe ich aber auch, vielleicht ist Narrheit ein zu strenges Urteil für etwas, das in Wahrheit erst einmal das Symptom einer inneren Verwirrtheit oder gar Zerrissenheit darstellt. Noch ist nichts Schlimmes aus meiner Unvernunft entstanden, ja womöglich ebnet sie erst den Weg zum Besseren. Ein Narr steht abseits, aber ich bin durchaus noch ein verständiger und wohlgelittener Teil des Ganzen. Selbst meiner Liebe zum Kronprinzen erlaube ich nicht, mir diese Stellung zu unterminieren.

Zeithain den 22ten Juni. Ich schaue den heutigen Manövern zu, ohne genau wahrzunehmen, was vor meinen Augen vor sich geht.

Tapferkeit und Gewandtheit, denke ich, finden sich gleichermaßen bei dem Räuber auf der Landstraße wie bei Königen; der Unterschied ist nur, daß der Strauchdieb in Generalsuniform als ein erlauchter und ehrbarer Räuber gilt, der durch sein Rauben, Morden und Brandschatzen gar noch Ruhm erlangt, während der durchschnittliche Wegelagerer durch dieselben Schurkereien am Galgen landet. – Über Könige gibt es keinen Gerichtshof!

Plötzlich steht er neben mir. Obgleich wir nicht allein sind, setzt er das nächtliche Gespräch, das ich in der Grollschen Stube abgebrochen habe, fort. Nur der Lärm der Trommeln und der Kommandorufe schützt es vor fremden Ohren. Er habe sich die Sache weiter überlegt, sagt er. Wenn wir nur erst Pferde hätten und einige Stunden Vorsprung, würde uns niemand mehr einholen können.

Pferde zu beschaffen sei wohl die geringste Schwierigkeit, antworte ich. Aber man sollte schon wissen, wohin man sie lenken wolle. »Der Arm des Königs reicht weit, auch über die Grenzen des Landes hinaus. Du weißt nicht, ob der Ort, den du zum Exil gewählt hast, auch wirklich sicher ist, ja ob man dich dort überhaupt aufnehmen will.«

»In Frankreich wird man mich mit Freuden aufnehmen!«

»Bis man sich der politischen Folgen bewußt wird. Du wirst ja nicht irgendein politischer Flüchtling sein. Deine Aufnahme kann leicht zur Staatsaffaire werden.«

»Sei's drum. Frankreich ist stark.«

»Und klug. Wie kannst du dir sicher sein, daß Versailles deinetwegen einen Streit mit dem Berliner Hofe in Kauf nimmt?«

»Ein besseres Faustpfand als mich, den preußischen Kronprinzen, kann sich Frankreich doch nicht wünschen!«

»Anstatt Freiheit zu erlangen, würdest du in die nächste Abhängigkeit geraten. Sicher würden die Franzosen dir die Ketten leicht und die Gefangenschaft unterhaltsam machen, aber glaube nicht, man ließe dich dort tun und lassen, was du willst, oder gar wieder fortgehen.«

»Aber es wäre wenigstens nicht der eigene Vater, der mich gefangen hält, demütigt und schlägt.«

»Laß uns an diesem Orte davon schweigen. Wer weiß, welche Ohren trotz des Gefechtslärms unserem Gespräche lauschen.«

»Und? Besorgst du uns nun die Pferde?«

Zeithain, den 23ten Juni. Ein fünfstündiges Feuerwerk taucht den Fluß und die Stadt Riesa in bunte Farben. Für diese fünf Stunden haben fünf Monate lang zweihundert Zimmerleute aus achtzehntausend Holzstämmen ein achtzig Ellen hohes und zweihundert Ellen breites Gerüst auf der Risaer Flußseite aufbauen und mit sechstausend Ellen Leinwand bespannen müssen. Wieviele Maler rekrutiert wurden, um diese gigantische Leinwand mit einem märchenhaften Feenpalaste zu bemalen, der nun den Prospect für das Illuminationsspektakel abgeben soll, weiß die Campement-Zeitung nicht zu berichten.

Neben dem unbegehbaren Palaste befinden sich sechzig Kanonen zur Verstärkung der akustischen Effekte, achtundvierzig Mörser zum Werfen von Leuchtkugeln, achtzig schrankgroße Raketenkästen und vierundzwanzig scheunentorgroße Feuerräder.

Am Ufer gegenüber wurden mehrere Logenreihen gezimmert, aus welchen viele tausend Menschen nun ohne Gefahr, in Brand zu geraten, zusehen können. Unbill bereiten allein die erdrükkende Enge und die Gefahr des Einsturzes der Gerüste.

Eindringlich bis zum Schmerz beginnt das Geblitze und Getöse. Eine bis an die Mastbaumspitzen mit Lampions illuminierte Flotte, angeführt von feuerspeienden Walfischen und Delphinen, segelt am Feenpalaste vorbei, und die hohen Gäste am anderen Flußufer sind des Lobes voll.

In den Leviathanen, welche Flammen spucken und die Elbe gleichsam in ein Feuermeer verwandeln, stecken Häftlinge, die ihr Leben verwirkt haben und zum Tode verurteilt worden sind. Wenn sie aber das Feueramt im Bauche jener Flußungeheuer glücklich verwalten, sollen sie ihr Leben und ihre Freiheit zurückerhalten.

Daß es sich um ein tückisches Geschäft handelt, hören in dem Getöse nur wenige, obwohl mehrere der Feuerwerker sich während des Spektakels tödliche Verbrennungen zuziehen.

Friedrich wohnt dem Feuerwerke in der Loge seines Vaters bei. – Obgleich ich noch vor dem Ende des Spektakels zur Faßbrücke aufbreche, um nicht später dann im allgemeinen Gedränge zu unserer Unterkunft nach Riesa zurückkehren zu müssen, tritt der Kronprinz mir so plötzlich in den Weg, daß meine Stute ihn fast über den Haufen geritten hätte.

»Ich habe dich mehrfach rufen lassen, Hans«, spricht er mich mit verhaltenem Zorne an. »Warum hast du meinen Befehlen nicht gehorcht?«

»Deinen Befehlen?«

»Oder meinen Bitten, nenn es, wie du willst. Du mußt doch spüren, daß ich dich brauche. Ich habe hier niemanden sonst, dem ich mich anvertrauen kann.«

Ich steige von meinem Pferd, nun gehen wir beide Seite an Seite den Uferweg entlang, in unserem Rücken tobt immer noch das Seebühnengewitter.

»Es müssen üble Schurken aus meinem engsten Kreise sein«, ereifert Friedrich sich, »die dem König über alles berichten und mich darüber hinaus in ein schlechtes Licht setzen. Wortwörtlich hat der König mir meine Worte über ihn um die Ohren geschlagen, die doch nur im ersten Zorne gesprochen und für niemandes Ohren bestimmt waren.«

»Du bist zu unvorsichtig und zu vertrauensselig, Fritz.«

»Aber so will ich sein und bleiben. Die Demütigungen meines Vaters und das ständige Schauspiel, den Kronprinzen geben zu müssen, haben mich schon genug zugerichtet. Ich muß fort, Hans, muß dem König aus den Augen. Ich brauche inzwischen gar nichts mehr zu tun, als einfach nur dazusein, um den gröbsten Zorn in ihm hervorzurufen. Er haßt mich! Und wenn nicht beständig Bedienstete um uns herum wären, hätte er mich längst zu Tode geprügelt.«

Es wäre meine Pflicht, ihm zu widersprechen. Aber ich kann es nicht, denn Friedrich hat recht. Es gibt einen tiefen, unversöhnlichen Groll des Königs gegen ihn, mag er tun und lassen, was er will. Es ist Friedrichs unberechenbare Natur, die dem König widerstrebt, weil sie so ganz anders ist als die eigene oder – wer weiß es so genau zu sagen – weil sie der geheimen Natur des Königs so ähnlich ist.

»Wie kann ich dir denn helfen, Fritz?«

»Sag dem Grafen Hoym, ich wolle mit dir incognito zu einem Konzerte von Meister Bach nach Leipzig. Er solle uns dafür Pässe ausstellen.«

»Und wie soll es von Leipzig weitergehen? Schon auf der nächsten Poststation stünden wir ohne frische Pferde da. Wo essen, wo übernachten wir. Wie lange, glaubst du, bleiben wir unentdeckt? Und stell dir vor, du wirst auf der Reise krank! Wenigstens zwei Wochen bräuchten wir von hier bis zur französischen Grenze. Und bis dorthin dürften wir auf keinerlei Hilfe hoffen, weil alle den gnadenlosen Zorn deines Vaters fürchten müßten.«

»Wenn auch du ihn fürchtest, so gehe ich allein. Und ängstigt dich bereits, den Grafen Hoym nach Pässen zu fragen, werde ich ihn selbst darum bitten.«

»Nein, ich fürchte mich nicht. Und ich werde alles für dich tun, was Linderung für deine Not verspricht. Aber diese übereilte Flucht verspricht sie nicht. Warte wenigstens die Nachrichten des englischen Gesandten aus London ab. Dann hätte die Reise wenigstens ein Ziel, und es gäbe eine Möglichkeit des Gelingens.«

»Ich weiß nicht, ob ich diesen Zustand noch so lange ertrage.«

Zeithain, den 24ten Juni. Rasttag. Trotzdem besteht seine Majestät auf ein Exerzitium seiner Leibgarde. Es ist bereits Mittag, bis ich endlich vom Aufmarschplatze fortkomme.

Graf Hoym und sein Stab sind zwei Stunden Fußmarsch entfernt in Naundörfchen einquartiert. Es ist nahezu unmöglich, den Grafen einmal alleine anzutreffen und unter vier Augen zu sprechen, zeichnet er doch für alle Sicherheitsbelange des Campements verantwortlich und ist dementsprechend Tag und Nacht in Anspruch genommen. Nie zuvor hat es in Europa so viele gekrönte Häupter an einem einzigen Orte versammelt gegeben. Und man stelle sich die Beschämung für den königlichen Gastgeber vor, würde einer der Fürsten oder auch nur der Geringsten seiner Entourage zu Schaden kommen!

Am Ende bleibt mir nichts anderes übrig, als ihm im Namen des Kronprinzen ein Billett ins gräfliche Zelt zu schicken und um eine vertrauliche Unterredung zu bitten.

Trotz der ständigen Bedrängungen, die sein Amt mit sich bringt, hört er sich meine bescheidene Bitte um zwei Pässe für einen Ausflug nach Leipzig ruhig und mit großem Ernste an. Doch einige Tugenden, maßlos betrieben, werden rasch zu Ärgernissen.

»Lassen Sie mich offen mit Ihnen reden, Lieutenant von Katte. Am Mittagstische der Offiziere spricht man bereits von den Fluchtplänen des Kronprinzen. Und nach dem unglücklichen Vorfall während der Ordensverleihung will ich ein gewisses Verständnis für die Gefühle des Kronprinzen nicht verhehlen. Doch ich schwöre bei Gott, ich werde alles in meiner Macht Stehende tun, um solch eine Verzweiflungstat, zumindest während der König von Preußen auf sächsischem Boden weilt, zu verhüten!«

»Es geht nicht um Flucht, Eure Excellence, sondern allenfalls um einen kurzen Urlaub, bis sich der Unwillen des Königs ein wenig gelegt hat.«

»Die besten von uns haben ihre schlimmen Seiten, und manchmal bleibt uns keine andere Wahl, als sie aushalten zu müssen.«

»Doch gilt manche Schwäche bei Menschen von Rang gar als große Tugend.«

»Lieber Herr von Katte, wir reden zu viel. Das viele Reden ist die größte und vielleicht einzige unentschuldbare Sünde, der Menschen von unserem Stande sich schuldig machen können!«

»Gewiß. Ein Jeder von uns sollte das Maul halten und sich schildkrötengleich in sich selbst verkriechen.«

Offenbar hat meine Bitterkeit sich im Tone vergriffen. Nur einer gewissen Trägheit des Gemüts habe ich es zu verdanken, daß sich der Graf zu einer maßvollen Erwiderung herabläßt: »Wer über die Kameradschaft hinaus mit einem so jungen Menschen wie dem Kronprinzen befreundet sein will, muß dazu erst die rechte Haltung finden. Daß es der Kronprinz ist, wird dabei leicht einmal übersehen.« Er verbeugt sich knapp, damit bin ich wohl entlassen. Doch dann fügt er noch mahnend an: »Männer, wie übrigens auch Männer und Frauen, sollten es vermeiden, Tage und Nächte unentwegt beieinander zu verbringen, denn ihre Vertraulichkeit könnte nur allzu bald in grobe Gemeinmachung ausarten.«

Ich verabschiede mich mit einer gleichermaßen knappen Verbeugung und kann nicht umhin, über des Grafen entschiedene Zurückweisung erleichtert zu sein.

Zeithain, den 25ten Juni. Hauptmanöver, welches eine förmliche Schlacht zweier Armeen vorstellt.

Weitere Unfälle. Unter anderem wird einer im Fliehen überritten, so daß man ihn für tot hält. Am Ende aber war er gottlob durch die Hufe, die seinen Kopf trafen, nur ohne Besinnung.

Ich beginne bereits, die Tage zu zählen, bis dieser opernhafte Truppenaufmarsch beendet ist.

Obristlieutenant von Rochow tritt zu mir und berichtet mit beiläufiger Stimme, aber ernster Miene, der Prinz sei sehr mißvergnügt vom gemeinsamen Mittagsmahle mit Seiner Königlichen Majestät zurückgekommen, und er, Rochow, befürchte, der Prinz würde vielleicht auf die eine oder andere unvernünftige Tat verfallen.

»Ist es nicht Ihr persönlicher Auftrag, ein Auge auf den Kronprinzen zu haben und derlei Taten zu verhindern?«

»Gewiß. Aber ich kann nicht Tag und Nacht an der Seite des Kronprinzen sein und jeden seiner Schritte überwachen.«

»Der brave Keith hat es vermocht.«

Rochow geht auf meinen nur wenig liebenswürdigen Einwand nicht ein, sondern fährt mit um Freundlichkeit bemühter Stimme fort: »Außerdem scheint es mir wichtiger, nicht erst auf gewisse unüberlegte Schritte zu reagieren, sondern Zugang zu seinen Gedanken zu erhalten, damit der Prinz derlei Schritte erst gar nicht unternimmt.«

»Ich bin gespannt zu hören, mit welcher Kunst oder Magie Sie sich diesen Zugang verschaffen wollen. Die Despoten der Welt werden Sie reich machen, wenn Sie ihnen diese besondere Kunst verkaufen!«

»Ich bitte Sie, sich nicht gleich so zu echauffieren, lieber Schwager! Ich bin wahrlich nicht der Richtige, dem der Prinz sein Vertrauen schenken und seine geheimsten Gedanken mitteilen würde. Aber zweifellos, so hört man, seien Sie es.«

»So, hört man das! Die Leute reden viel, wenn der Tag lang ist.«

»Ich brauche für diese Einschätzung nicht das Geschwätz der Leute. Ich habe eigene Augen und Ohren, Katte, doch möchten Sie, glaube ich, gar nicht all das wissen, was ich weiß. Ich möchte Sie auch in keiner Weise in Verlegenheit bringen, sondern Sie im Namen des Königs und in meinem bescheidenen Namen nur darum bitten, Ihren Einfluß auf den Prinzen geltend zu machen und ihn von allen unbedachten Entschlüssen abzuhalten, die ihn und uns alle ins größte Unglück stürzen könnten.«

»Ich glaube, Sie überschätzen meinen Einfluß. Ich bin nur ein einfacher Lieutenant bei den Gens d'armes, und er ist Seine Königliche Hoheit, der Kronprinz.«

»Sie sind mehr als das, Lieutenant von Katte, und das wissen Sie selbst. Aber Sie sind eben auch ein Offizier des Königs. Bitte vergessen Sie das nie!«

Nachdem Graf Hoym uns die Pässe verweigert und jede längere Absentierung von der Truppenschau mißbilligt hat, meide ich die Begegnung mit Fritz. Seine Verzweiflung ist mir gegenwärtig unerträglich. Ich bin ein schlechter Freund, ja. Aber diese Freundschaft zehrt an meinen Kräften und ist zunehmend mehr Belastung als Gewinn. Natürlich dürfte in einer wahren Freundschaft nicht von Gewinn die Rede sein. Aber ebenso bedroht sie jede zu große und einseitige Inanspruchnahme. Eine Freundschaft sollte niemals auf ihre Belastbarkeit geprüft werden.

Ich bin mit Holtzendorff und Hertefeld auf dem Weg von Mühlberg zu unserem Quartier in Riesa, und obgleich wir einen großen Bogen um das königliche Lager bei Zeithain schlagen, kommt uns der Kronprinz ohne jede Begleitung entgegengeritten.

Ohne Rücksicht auf meine Kameraden zu nehmen, fragt er mich, was Graf Hoym auf meine Anfrage geantwortet habe.

Ich erwidere in schroffem Tone, daß der Graf von unserem Ausfluge nichts habe wissen wollen. Wenn wir für länger als die angesetzten Ruhetage aus dem Campement entlassen werden wollten, müßten wir den König um Erlaubnis bitten.

Fritz blickt zornig, und ich befürchte eine Scene vor den Augen meiner Kameraden.

»Es ist allein deine Schuld«, ruft er mir wütend zu, »daß wir hier nicht wegkommen! Und in zwei Tagen geht es bereits zurück nach Berlin. Wir hätten die erstbeste Gelegenheit nutzen sollen, aber du warst ja zu feige!«

Dann wendet er sein Pferd und reitet ins Lager zurück.

Zeithain, den 26ten Juni. Heute gibt es ein Mittagsmahl für dreißigtausend Gäste, wie es wohl nie wieder ausgerichtet werden wird.

Die ganze Armee rückt ohne Gewehr vor die Lagerfront, wo in zwei ungeheuren Linien auf lauter neuen Tischen gespeist werden soll. Vor jedem Regimente stehen zwei Pfähle mit Querbalken. An den ersten hängen gebratene Ochsenviertel, an den letzteren die ganze Haut mit dem Kopfe, so daß sich die ganze Linie entlang ein rechtes Ochsenregimente aufreiht. Die Gemeinen bekommen neben Rinderbraten und Brot drei Maß Bier und zwei Maß Wein. Wir Offiziere können trinken, soviel wir wollen.

Bei jedem ausgebrachten Becher wird Touche geblasen und kanoniert. So ist denn des Blasens und Kanonierens kein Ende.

Der Höhepunkt des heutigen Tages aber ist der Einzug des Riesenstollens. Und in der Tat sind acht Pferde notwendig, um den Wagen mit dem Augusteischen Kuchen vom Backhaus in Mühlberg zum Lager zu ziehen. Sechzig Bäckerknechte haben ihre Hände bei diesem Werke im Spiel gehabt, und vom Baumeister Pöppelmann mußte zunächst ein eigener, scheunengroßer Ofen aufgemauert werden. Fünftausend Eier, sechstausend Pfund Mehl und zweitausend Pfund Butter habe diese süße Maßlosigkeit verschlungen, wird zum Ruhme unseres Gastgebers verbreitet. Und dennoch mutet dieser achtzehn Ellen lange und acht Ellen breite Kuchen bescheiden an, will König August wie weiland der Herr zu Kanaan die ganze Festgesellschaft von vierundzwanzigtausend Gästen damit sättigen.

Nach dem Festmahle versammeln sich die Offiziere im Hauptquartier des General-Feldmarschalls von Wackerbarth, dann marschieren wir regimenterweise und unter Musik zum königlichen Tafelzelte, um uns bei Seiner Majestät zu beurlauben.

Den offiziellen Schluß dieses prächtigen Campements macht eine dreimalige Generalsalve aus den Kanonen und Flinten der gesamten Armee.

Dann beginnt das Abschiednehmen unter all den versammelten Fürsten und Heerführern. Sobald die hohen Herrschaften sich entfernt haben, wird die ganze Tafel und der Rest des Weins dem Volke preisgegeben, und nicht wenige riskieren Leib und Leben in dem gedrängten Durcheinander, nur um einen Brosamen oder einen letzten Tropfen von der königlichen Tafel zu erobern.

Lichtenberg, den 27ten Juni. Reise zur großen Jagd nach Lichtenberg, wohin die Herrschaften auf der Flotte segeln, begleitet von Musik und Kanonendonner.

Das Jagdschloß ist aus Tannenholz errichtet, die Simse und Fensterrahmen sind vergoldet.

»Ich werde ein neues Schloß bauen«, sagte Fritz, als wir von Wust nach Berlin zurückritten. »Nein, kein Schloß, ein Kloster, zu dem Frauen keinen Zugang haben werden.«

Ich mochte die Frauen im Gutshaus. Erschreckend war es nur, in jenem Haus in Wust zu wohnen, wenn mein Vater auf dem Gute weilte. Dann kratzte die Einsamkeit ans Türholz wie ein streunender Hund, bis der Vater sie aufriß und zornig mit den schweren Stiefeln ins Zimmer trat.

Die schweigsamen Fichten, aus ihnen ließ mein Vater seinen Schreibtisch zimmern und den Eßtisch in der Küche, und die hohen Küchenstühle. Heimaterde. Für mich ist es der Dreck zwischen den Zehen.

Etwas hatte begonnen zu leben, sich Mühe gegeben, sich jedes Weinen verkniffen, trotz seiner Angst vor Grimassen, verstellten Gesichtern und den unverständlichen Geschichten, bocksfüßiger Kain, zotteliger Esau, klirrende Ohrringe klingen noch nach, nun übertönt von den Hufen im Hof, das Jagdpferd des Vaters, ein Rinnsal aus Blut ergießt sich aus seinem Mantel auf den Küchenboden, der Pelz an seinem Gürtel erschreckt mich, ein Hase ist es, wie ich einer bin, er hatte gerade begonnen zu leben.

Zur Stelle ist das Gespenst, mit Litzen und Sporen, kennt keine Furcht mehr, verbreitet sie nur, um ihn eine Eiseskälte, sein Küraß, sein Soldatenpanzer, ein salziger Zopf wird dem Freunde bleiben, den er sich um den Hals hängen mag wie ein Kannibale den Schopf seines Feindes. Für goldgelbe Locken ist im Medaillon kein Platz.

»Warum lachst du, Hans?«

»Ich lache, weil ich hier zu Hause bin.«

»Du hast geschlafen.«

»Nein, nur die Augen geschlossen, um ganz in diesem Haus zu sein.«

Lichtenberg, den 28ten Juni. Prunkvolle Jagd. – Beute oder doch eher Opfer dieser waidmännischen Unterhaltung sind wohl mehr denn sechshundert Hirsche und Rehe und vierhundert Wildschweine.

In der pharsischen Schlacht befiehlt Caesar seinen Soldaten, ihre Spieße gegen der Feinde Gesichter zu richten; sie folgen diesem grausamen Befehle und siegen. – Ich sage mir, richte dieselben Bemühungen gegen die Leidenschaften, und du wirst sie niederringen! Aber soviel Selbstüberwindung wäre gar nicht vonnöten gewesen. Nicht ein einziges Mal läßt der König den Kronprinzen von seiner Seite.

Der Abschied der Könige dauert über eine Stunde. Offenbar fällt August und Friedrich Wilhelm die Trennung voneinander schwer. Ständig folgen weitere Liebenswürdigkeiten, Umarmungen und am Ende gar noch Tränen.

Ein vollkommen sensations- und ekstasefreies Leben begegnet mir hier, als habe das legendäre Campement dem Land für alle Zeit das Mark aus den Knochen gesogen.

Man zeugt Kinder aus Langeweile, in den Werbepausen zwischen den Vorabendserien. Man erwartet nichts mehr, jeder weiß, auch wenn er im Geschichtsunterricht geschlafen hat, dass ein August der Starke und sein Lustlager der Vergangenheit angehören.

Nach welchen Abenteuern sehnen sich die Menschen hier? Und würden sie diese Abenteuer wirklich erleben wollen, wenn sich ihnen die Chance dazu böte?

Wir leben in einer Zeit ständigen Vergleichens. Und wir wissen, dass ständiges Vergleichen die Quelle all unseres Unglücks ist. Andererseits, was ist Denken, wenn nicht Vergleichen? Wir erkennen Hierarchien und Proportionen nur durch Vergleiche, wissen wichtige Erfahrungen von vernachlässigbaren nur zu unterscheiden durch Vergleichen und können vernünftige Entschlüsse nur fassen durch ein gewissenhaftes Abwägen, also Vergleichen.

Wie über diese Freundschaft sprechen? Die Nahestehenden erzählen nur, was sie trennte, und nicht, was sie verband. Vergeblich tun wir so, als wüssten wir es nicht, was der Grund dieser tödlichen Nähe war. Versuchen nicht, die Leerstellen zu füllen, die doch so beredt sind. Das kurze Glück, einen Sommer lang, ihnen in unserer Erinnerung zu gönnen. Stattdessen allenthalben die Bestätigung der Leere, der Bedeutungslosigkeit. Als dürfte ihre Liebe kein Gedächtnis haben. Alles, was darüber gesagt wurde und wird, dient nur dazu, sie zu verbergen. Doch ohne sie (und ihr Fehlen) verstehen wir gar nichts von diesen Ereignissen.

Katte gehört nicht hierher, ist weder ein Kind Riesas noch Zeithains. Er war hier fremd, und das Amüsement Friedrich Wilhelms und Augusts war nicht das seine. Eine merkwürdige Mischung aus Unbequemlichkeit und Protz. Tausende von Besuchern in Zelten zwischen Tier- und Menschenunrat. Am zweiten Tag haben sich die Gäste bereits nach ihrem Zuhause gesehnt, nicht wenige gar schon gleich nach der Zuweisung ihrer Unterkunft.

Dann geschieht es doch, das inzwischen für unmöglich gehaltene Abenteuer, ein lautes, grollendes, markerschütterndes Geräusch, das an ein Unwetter denken lässt, einen orkanartigen Wind, der um das Haus stürmt und an den Jalousien rüttelt, ein sekundenlanger Donnerwirbel, beunruhigend, ja, aber nicht beängstigend, sondern fast tröstlich, dann bricht das Pflaster in der Fußgängerzone auf, eine riesige schwarzbehaarte Hand gräbt sich hinaus, ertastet die Laternenpfähle, die kaum beweglicheren Lungerer, hält sie vielleicht für müde Lärchenstämme und knickt sie wie Streichhölzer nach dem langen Schlaf.

Als ich meinen Gott heute Morgen anflehe, er möge durch mich reden, weil mir nichts Rechtes einfällt, was ich sagen könnte oder müsste, noch wie ich mit der Erfüllung meiner Aufgabe fortfahren soll, bietet sich mir an, das, was noch zu sagen ist, als einen Ort zu betrachten, eine Stadt, einen Palast, ein Gefängnis, ein Haus mit vielen Wohnungen. Wie sieht die Kammer aus, in der mein Held isst, schläft, liest oder sich anderwärtig vergnügt? Wie scharf mein Verstand auch sein mag, so reicht er doch nicht aus, sich zu dieser Seele noch Gott hinzuzudenken.

Wie kann ich eintreten in eine Seele, die es möglicherweise gar nicht gibt? Nennen wir sie einfach das Innesein. Doch ist es dann nicht widersinnig, in sie einzutreten, da wir ja schon in ihr sind? Es gibt Unterschiede im Innesein. Ein Aufenthalt am Rande, im Wehrgang, wo die Wächter sind, im Festsaal, in der Bibliothek oder in den Privatgemächern. Das Selbst ist der Ort.

In unserer Wohnung im Seitenflügel des Hotels gibt es eine fensterlose Kammer mit ausrangierten Möbeln, die meine Stiefmutter als Näh- und Bügelzimmer nutzt, mein Vater aber in gelegentlichen Anfällen von Häuslichkeit als sein Arbeitszimmer zu reklamieren versucht. Dabei habe ich ihn bei seinen Wochenendbesuchen in Aberystwyth nie ernsthaft arbeiten sehen. Sobald er am Montagmorgen die von meiner Stiefmutter schon am Vorabend zubereiteten Käseschinkensandwiches in seine abgestoßene schwarze Aktentasche stopft und in das bereits wartende Taxi steigt, das ihn zum Bahnhof fährt, verlieren sich seine Wege und auch jedes Indiz für irgendeine ernsthafte berufliche Tätigkeit.

Ich bin mir nicht sicher, ob ich ihm zumindest zugutehalten soll, dass er mich nie geschlagen hat. Auf dem Schulhof wurde ich oft verprügelt, und auf dem Nachhauseweg so gut wie immer. In der Grundschulzeit war ich davon überzeugt, dass meine Hautfarbe schwarz sein müsse und mein Geschlecht weiblich, auch wenn die Spiegel etwas anderes behaupteten. Die Urteile meiner Klassenkameraden waren so überzeugend, dass mein Körper ihre Überzeugung zu teilen begann. – Die Meinung meines Vaters zählte nicht. Seine Ansicht, ich sei sein leiblicher Sohn, war ein einfach zu erklärender Irrtum: Er hat mich einfach nie richtig angesehen!

Dass ich schwarz bin, ist ein großer Trost, da Gott weiß ist und ich somit in keinem engen verwandtschaftlichen Verhältnis zu ihm stehen kann. Was ist das überhaupt für eine Religion, die auf zwei brutalen Sohnesopfern gegründet ist: Der Vater des Glaubens, Abraham, wirft seinen spätgeborenen Sohn Isaak auf die Schlachtbank und setzt ihm das Schächtmesser an die Kehle, und siebenhundert Jahre später lässt sein Herr und Gott, der Allmächtige, seinen fleischgewordenen Sohn am römischen Galgen verbluten!

»Ich habe oft gedacht und denke noch«, schreibt Lord Chesterfield an seinen inzwischen achtzehnjährigen Sohn nach Italien, »daß es wenige Dinge gibt, auf welche die Menschen sich schlechter verstehen, als wie sie lieben und wie sie hassen sollen.«

Willst du also stehen und nicht fallen, so stärke deinen Willen und stoße beständig mit dem Speer des sehnenden Zweifels in die Wunde des Nichtwissens, die zwischen dir und dem anderen klafft. Denke an nichts anderes! Faste, wache, trag ein härenes Gewand, stech dir die Augen aus, wenn nötig, reiße dir die Zunge aus dem Maul, verstopfe Ohren und Nase mit flüssigem Blei, doch gib den Speer nicht aus der Hand!

Was bedeutet diese Neugier? Offenbar ist sie nichts anderes als eine schonungslose Betrachtung der eigenen Nacktheit. Ich kann mir nicht helfen, aber mich macht die ganze Erbärmlichkeit und Hinfälligkeit unseres Daseins glücklich und stolz.

Inzwischen lasse ich Claude nicht mehr in meinem Bett schlafen. Im Übrigen braucht er auch immer weniger Schlaf. Manchmal höre ich ihn die ganze Nacht über im Zimmer rumoren. – Trotzdem ist er eifersüchtig auf seinen Bruder, der in seiner Entwicklung nicht mit derjenigen Claudes hat mithalten können und immer noch meiner besonderen Fürsorge bedarf. Und wenn

Antoine in der Nähe seines eiskalten Bruders zu frösteln und zu jaulen beginnt, nehme ich ihn immer noch zu mir unter die Daunendecke, auch wenn man das mit Kojoten in seinem Alter nicht mehr tun sollte. Ich weiß, Claude sieht das nicht gerne, und irgendwann wird Antoine die Bevorzugung wohl bitter zu bereuen haben. Aber ich kann ja nicht mein Leben lang auf die beiden aufpassen!

Engel verführt man gar nicht oder schnell, sagt der Engelkenner Brecht. Zieh ihn in den Hauseingang, steck ihm die Zunge in den Mund, die Hand unters Gefieder oder in den Hosenschlitz und fick ihn, bis ihm das Sperma aus den Ohren quillt. Oder lass dich von ihm ficken! – Er kann niemals einem Engel begegnet sein, sonst hätte er gewusst, dass Engel geschlechtslos sind. Man kann sie lieben, ja, aber man kann sich nicht von ihnen lieben lassen.

Tatsache ist, dass die Engel, denen ich hier in der Brecht- und Baalstadt in den vergangenen Monaten begegnet bin, kein Gefieder und nur selten Flügel besitzen und im Grunde nicht viel anders aussehen als wir Menschen. Nicht einmal in der Kleidung und in der Art des Sprechens unterscheiden sie sich, außer dass sie im Allgemeinen polyglotter sind. Manche treten gar so abgerissen und glanzlos auf wie nur irgendein bedauernswerter Sterblicher. Und würden sie nicht aus heiterem Himmel auftauchen und ebenso überraschend, manchmal in derselben Nacht noch, wieder verschwinden, würde man sie nie und nimmer für Engel halten.

Natürlich wäre es besser, die Engel warteten mit ihren Besuchen, bis man sie wirklich braucht. Doch meistens kommen sie ungerufen und nicht selten sogar ungelegen. Dann steht man da und weiß nicht recht, was man mit ihnen anfangen soll.

Bevor ich zu meiner letzten Reise nach Küstrin aufbreche, verabrede ich mich noch einmal mit Matthias W., um das Ende seines Abenteuers mit meinem Vater zu erfahren. Wir treffen uns im Neuen Ufer, wie das Andere Ufer, das es immer noch am selben Ort in der Schöneberger Hauptstraße gibt, sich inzwischen nennt.

Wir sind die einzigen Gäste, die Torten in der Glasvitrine neben der Theke sind allesamt noch unangeschnitten, und die Tageszeitungen hängen so jungfräulich wie frisch ausgeliefert in ihren Klemmbügeln. Offenbar bedarf es dieser Art geschützter Räume nicht mehr, um einander ohne Lebensgefahr kennenzulernen.

Der Ort deprimiert mich. Ich weiß nicht, warum Matthias gerade dieses Café zur Fortsetzung unseres Gesprächs ausgesucht hat. Viel Holz, Braun-, Beige- und Ockertöne, Farben, die vor allem von den rüstig-unverwüstlichen Berliner Hochbetagten getragen werden. Die jungen Leute hier bevorzugen schwarz.

Die Rückwand des Gastraums ist mit einem dick aufgetragenen asphaltgrauen Lack überzogen, der aussieht wie verbrannte Haut.

»Als ich John die Tür öffne, steht das Unglück bereits in sein Gesicht gemeißelt. Am Morgen sei er vom Disziplinarausschuss vorgeladen und verhört worden, berichtet er stockend. Man habe ihm Abschriften aller unserer Telefonate und die Daten jeder unserer Treffen vorgelegt. Womöglich werde er strafversetzt. Dies sei auf jeden Fall unsere letzte Begegnung.«

Matthias zündet sich eine Zigarette an. Eine ungewohnte Geste heutzutage, in einem öffentlichen, wenn auch menschenleeren Lokal. Nun verstehe ich zumindest seine Wahl. Das Neue Ufer ist das letzte Rauchercafé der Stadt und der Raucher womöglich die letzte offen und gnadenlos diskriminierte Minderheit im freiheitsliebenden Berlin.

»Ich bin sprachlos«, fährt Matthias fort. »Nicht so sehr wegen der Überwachung, Berlin war offiziell ja immer noch eine Stadt unter Besatzungsrecht, und die Alliierten übten ihre Privilegien ohne jede parlamentarische Kontrolle aus. Nein, ich war sprachlos, dass John sich mit dieser Einmischung in unser Privatleben einfach abfand, als sei es nur recht und billig, uns wie ehrlose Verbrecher zu behandeln. Ich wusste gar nicht, mit welcher Form des öffentlichen Protestes ich beginnen sollte, während er nur müde abwinkte und sagte, ich solle es nicht noch schlimmer für ihn machen, und ging.

Die nächsten Tage waren die Hölle. Ich hörte nichts mehr von ihm, kein Anruf, kein Brief, kein Lebenszeichen, ich war krank vor Sorge. Was haben sie mit ihm angestellt? Was wird weiter mit ihm geschehen? Meine Schreckensfantasien kennen keine Grenzen, Demütigung, Degradierung, Misshandlung, Vergewaltigung, Folter, Selbstmord – und es bedarf ja nicht einmal besonderer Vorstellungskraft, das ganze Arsenal grausamer Szenen, denen Schwule in totalitären Institutionen wie dem Militär, Internaten oder Gefängnissen ausgesetzt sind, vor dem inneren Auge ablaufen zu lassen. Voller Panik entschied ich mich nach fünf langen Tagen ohne jede Nachricht, in Begleitung eines Freundes zur britischen Kaserne nach Gatow zu fahren und mich nach John zu erkundigen.«

»Wir müssen uns eine Lügengeschichte ausdenken, bis die Wachposten John endlich ans Tor rufen«, berichtet der Arzt weiter. »Ich weiß nicht mehr, was wir erzählt haben, auf jeden Fall nichts, was Ihren Vater hätte kompromittieren können. – Ich sehe John zum ersten Mal in Uniform, er wirkt so fremd, wie er mir im Grunde wohl immer noch war. Sein Gesicht bleibt unbewegt, als ich ihm sage, dass mich die Sorge um ihn fast umgebracht habe. Er sagt, dass ich nicht hätte herkommen sollen. Was immer ich den Wachen erzählt hätte, sie wüssten, wer ich sei. Morgen werde er nach England zurückgeschickt. Ob es ihm gutgehe, frage ich, ob man ihn anständig behandelt habe. Er zuckt mit den Schultern: ›Es ist vorbei, Matthias. Ich muss jetzt gehen!‹

Für mich war es nicht vorbei. Jeden Tag habe ich auf Nachricht aus England gewartet. Und jeder Tag ohne Nachricht hat mich in größere Panik versetzt. Ich wusste nicht, wie ich ihn in England hätte aufspüren können, befürchtete auch, mein Telefon und meine Post würden weiter überwacht, was nach allem ja durchaus keine unberechtigte Furcht war, und machte mit meinem Liebesleid wohl auch das Leben meiner nahen Freunde zur Hölle.

Aus innerer Not und Verzweiflung trieb es mich irgendwann auch wieder in den Tiergarten, flüchtige Begegnungen als Heilungsversuch für meine gequälte Seele, fünf, sechs Wochen nach der letzten Begegnung mit John. Ich habe dort keinesfalls nach einem Ersatz für Ihren Vater, einen neuen Liebhaber oder Freund gesucht. Dazu war die Beziehung zu John noch viel zu lebendig und der Tiergarten wohl auch nicht der richtige Ort. Dort findet man allenfalls schnellen, unkomplizierten Sex, was zumindest kein schlechtes Antidepressivum ist.«

Vergnügen sei die Klippe, an der die meisten jungen Leute scheiterten, lautete schon die weltmännische Weisheit meines Ahnen.

»Damals war der Tiergarten noch kein sicherer Ort für derlei Abenteuer. Die Zeit, da man es dort unter Polizeischutz in den Büschen trieb, kam erst später, Anfang der Neunziger, wo sich endlich auch in den Polizeibehörden die Erkenntnis durchsetzte, wir könnten ebenfalls Bürger mit einem Recht auf körperliche Unversehrtheit sein.

Waren es nicht Polizeirazzien, so stürmten bisweilen Baseballschläger schwingende Skinheads die zertrampelte Wildnis an der Löwenbrücke. So war es auch in dieser Nacht. Viele Besucher flohen einfach, froh, dass es sie nicht erwischt hat. Einige wenige aber ließen sich nicht einschüchtern, griffen zum nächsten Knüppel oder Stein oder waren bereits für derlei Überraschungen mit Trillerpfeifen, Tränengas oder Signalpistolen ausgerüstet. Ich sprang mit bloßen Fäusten in das Dickicht, aus dem die dumpfen Schläge drangen. Drei Typen mit Skimasken gegen zwei Liebende am Boden, die sie mit ihren Springerstiefeln traktierten. Meine einzige Waffe war ein wildes tierisches Gebrüll, und tatsächlich irritierte sie diese unmenschliche Wut für einen Augenblick. Die Opfer nutzten den Überraschungsmoment, um aufzuspringen und sich davonzumachen. Ich hingegen verstumme vor Schreck, als ich in dem einen der beiden John erkenne. Er blickt mir kurz ins Gesicht, mit einem Anflug von Bedauern in den Augen, ehe auch er im Dunkel der Nacht verschwindet, während sich die drei Maskierten nun auf mich stürzen.«

Bei Helden, die sterben, hat jedes Wort, das sie sagen, ein ganz besonderes Gewicht. Wir Zuhörer können nicht anders, als sie für besonders tief und wahr zu halten. – Hier aber scheint bereits alles gesagt.

»Bis zum frühen Morgen lag ich dort im Gebüsch, bis irgendein später Parkbesucher endlich einen Krankenwagen rief. Es war nicht John.«

»Aber er war zurück in Berlin?«

»Offensichtlich. Vielleicht war er nicht einmal fort gewesen.«

»Sie haben ihn nicht wiedergesehen?«

»Nein. Nach einem Schädelbasisbruch, mehreren Rippenbrüchen, unzähligen Prellungen und drei Monaten im Krankenhaus war auch diese Wunde vernarbt.«

»Mein Vater hat das Foto mit Ihnen fast dreißig Jahre lang aufbewahrt.«

»Wie edelmütig von ihm!«

»Würden Sie ihn gerne wiedersehen?«

»Ich möchte ihn nicht in Verlegenheit bringen.«

»Vielleicht gibt es eine Erklärung für sein Verhalten.«

»Sicher gibt es eine Erklärung.« – Da ich nichts entgegne, fährt er fort: »Es gibt immer Gründe, etwas *nicht* zu tun; und nicht selten sind es gute Gründe. Deshalb sind am Ende so wenige Menschen bereit, für ihre Überzeugungen einzutreten.«

War mein Vater je in diesen Mann verliebt? Kann man in jemanden verliebt sein und den Geliebten derart verraten?

Matthias sieht müde aus. Das Erzählen hat ihn sichtlich mitgenommen. Doch was es in mir ausgelöst hat, kann ich noch gar nicht sagen. Es ist, als habe er von einem Unbekannten erzählt, einem Fremden, der nur zufällig denselben Namen wie mein Vater trägt.

»Es tut mir aufrichtig leid, diese alten Wunden wieder aufgerissen zu haben. Ich hatte eine andere Geschichte erhofft.«

»Eine andere Geschichte hätte Ihnen Ihr Vater vermutlich selbst erzählt. Für diese mussten Sie sich auf die Reise machen.«

»Und was fange ich nun damit an?«

»Ich weiß es nicht. Aber es wird wohl irgendeinen tieferen Sinn haben. Geheimnisse sind ja nie wirklich geheim, vor allem

Familiengeheimnisse nicht. Jeder spürt die Wahrheit, auch wenn er sie nicht genau benennen kann.«

Dann entdecke ich doch noch den Grund des früheren Ruhms dieses Cafés, es ist das große Schaufenster zur Straße hin, in das die verschämt neugierigen Passanten hineinlugen konnten, als Schwule sich noch in »Privatclubs« und Kellerlokalen am Stadtrand versteckten. Überraschend selten folgte den Blicken mal ein Pflasterstein.

Es gibt nicht viel, was ich an den Deutschen bemängeln könnte, zumindest nicht viel im Vergleich zu dem, was ich an ihnen schätze. Womöglich handelt es sich ja um ein und dasselbe, nämlich dass sie sich unentwegt *bemühen*, ganz gleich, um was es geht. Ich habe bisher kein anderes Volk erlebt, das sich so sehr bemüht, allerorten, ständig, selbst darum, sich leichtfertig und unbeschwert zu geben.

»Kann ich noch irgendetwas für Sie tun, Philip?«

»Das ist sehr freundlich von Ihnen, Herr W. Vielleicht könnten Sie mir ein wenig Geld für meine Rückreise nach London borgen. Ich bin inzwischen so abgebrannt, dass mich nur noch die Suppenküche der Franziskaner in Pankow auf den Beinen hält.«

Das ist zwar ein wenig übertrieben, aber da Kurt mit Vorschüssen geizt, würde meine geplünderte Reisekasse für die letzte Station meiner Kavaliersreise, die Festung Küstrin, tatsächlich nicht mehr reichen.

Wie hat alles angefangen? Durch einen Willen. Durch jemanden, der diesen Anfang gewollt hat. Durch eine Raserei inmitten des Gleichmuts. Er setzt zugleich das, was sich im Erzählen mit wenigen Verben beschreiben lässt: lieben, verwunden, verraten, sterben.

Meinem Namensvetter und Urahn Philip ist nur wenig Zeit und Gelegenheit gegeben, die Ratschläge seines Vaters in die Tat umzusetzen, weil er in den letzten Lebensjahren, von seinem Vater nicht recht ernst genommen, an allerlei Krankheiten herumlaboriert und im Alter von zweiunddreißig Jahren in Avignon stirbt.

»Deine letzten zwei Briefe an mich«, heißt es im letzten Brief von Lord Chesterfield an seinen Sohn, »haben in mir überaus große Besorgnis erweckt. Doch tröste ich mich ein wenig mit der Hoffnung, Du werdest so wie alle Kranken dich für kränker halten, als Du bist.«

Für den suchenden Anfänger gibt es keine wahre Selbstbesinnung ohne beständige Lektüre. Für den Fortgeschrittenen aber kommt die Erkenntnis nicht selten wie ein Schock: Ich habe gelesen und gelesen und weiß doch nichts! – Hier sollen alle Versuche der Selbsterforschung enden, und der Suchende sollte sich in ein Kloster zurückziehen oder die ihm noch verbliebene Zeit auf Erden nutzen, das Leben in vollen Zügen zu genießen.

Gibt es Genuss ohne ein weises Maßhalten?

Gibt es ein Maßhalten ohne gelegentliche Exzesse?

Wer diese Trauer noch nie gefühlt hat, für den ist es an der Zeit, ernsthaft über die Unmöglichkeit des Glücks nachzudenken.

Nur die unglückliche Alternative, gar nicht da zu sein, hält uns von unwiderruflichen Verzweiflungstaten ab. Aber manchmal erfüllt der Wahnsinn sich ja ohne eigenes Dazutun, durch die sinnlosen Taten der anderen an uns.

Mitten in der Nacht wache ich auf, und obgleich ich in der Dunkelheit kaum etwas sehe, spüre ich, wir sind nicht allein. Ein neuer, einzigartiger Duft neben Antoines und Claudes vertrauten Gerüchen schwebt im Zimmer. Obgleich Claude sich um absolute Lautlosigkeit bemüht, höre ich aus seiner Ecke leise raschelnde und scheuernde Geräusche, als rieben sich zwei Flügelpaare aneinander. Aber das kann nicht sein! Sollte Claude so dreist gewesen sein, irgendeinen Fremden mit aufs Zimmer gebracht zu haben?

»Untersteh dich, das Licht anzuschalten!«, knurrt er mir drohend aus seiner Ecke zu.

Ich lasse die Lampen gelöscht und verlasse mich auf meine anderen Sinne. Was sagt mir der Geruch? Ich rieche Savonarolaseife, ein geschändetes Reliquiar mit der Vorhaut Jesu und den formalingeschwängerten Duft einer Tierpräparieranstalt. Welchem wahnsinnigen Pathologen ist mein pubertierender Schützling in die Hände gefallen?

So sehr ich auch lausche, so herrscht nun doch Stille, wohl eine halbe Stunde lang. Dann erneut einsetzendes Rascheln, Reißen und Knistern, gepaart mit einem schmatzenden Geräusch.

Als ich schließlich das Nachttischlämpchen anschalte, sehe ich, wie Claude in der Ecke die letzten Reste eines Buchs verschlingt.

»Langsam, Junge, sonst wirst du noch daran ersticken!«

»Willst du ein paar Seiten? Sie schmecken bittersüß wie flockiges Sperma.«

»Und liegen dir dann schwer im Magen! Nein, danke.« – Vielleicht legte er mir ja Worte in den Mund, als ob ich sie selber spräche. Können die Wörter, die die Zeit hat gefrieren lassen, je wieder zu Stimmen werden?

»Übrigens, welches Buch hast du da gerade in dich hineingestopft? Doch nicht etwa meinen Chesterton?«

Jeder sehe sich vor, dass er sich nicht anmaße, anderer Leute Fehler zu tadeln und zu verurteilen, es sei denn, er fühle sich ernstlich vom Heiligen Geist getrieben. – Woher weiß ich, dass es der Heilige Geist ist?

Ich greife zu einer List, werfe mich nieder unter den Täuschungen wie ein in der Schlacht besiegter Schwächling. Auf diese Weise ergebe ich mich dem Heiligen Geist inmitten meiner Feinde. Und tatsächlich glaube ich zutiefst, dass ich in dieser allumfassenden Unwissenheit auf ewig verloren bin.

Mir scheint, dass diese List, wenn man sie nur geschickt anwendet, nichts anderes ist als die wahre Erkenntnis dessen, was ich bin: ein Häufchen Elend, ein leeres Gefäß des Nichtwissens, noch viel nichtiger als das Nichts. Das ist wahre Demut, die selbst den Heiligsten Geist zu Tränen rühren sollte!

Werden die Zweifel zu groß – und das werden sie jeden Tag aufs Neue – rate ich mir: Lass dieses wirkende Unwissen mit dir tun, was es will, und dich führen, wohin es will. Lass es das wirkende Nichts sein, und lass sein Nichten an dir geschehen; schau nur zu und lass dich ohne Widerstand von ihm füllen. Dieses Nichts, das die Leere füllt, ist ein Raum reiner Seligkeit, ohne jedes Wollen und Verlangen. Selbst der Teufel hat hier keine Chance, noch irgendwen oder etwas in Versuchung zu führen.

Ausgewachsen ist Antoine noch nicht, eher im Halbstarkenalter. Aber ist das nicht die richtige Zeit zur Auswilderung? Darüber hinaus habe ich keine andere Wahl, in wenigen Tagen verlasse ich Berlin, und Kurt wird ihn gewiss nicht mehr aufnehmen.

Ich meide die vertrauten Wege, die wir sonst im Tiergarten spazieren gegangen sind. Dort, wo mir seine Mutter vors Rad gelaufen ist, nehme ich ihm das Halsband ab. Einen Augenblick schaut er verdutzt, doch dann entdeckt er ein vorwitziges Kaninchen, das sich von der domestizierten Wildnis des Parks geschützt glaubt, und stürzt sich mit jugendlicher Tollheit auf das leichtsinnige Tier, das sich, Haken schlagend, ins Gebüsch stürzt.

Auch Claude ist inzwischen zu einem pubertierenden, pickelgesichtigen Engel herangewachsen und eine Handbreit größer als ich. Wie bei Antoine ist auch bei ihm nur schwer erkennbar, ob es sich um einen Engelrüden oder eine Fähe handelt, da der Penis in einem scheidenartigen Peniskanal verborgen ist und die Hoden noch im Bauchraum liegen. Auch die Flügel sind nicht recht mitgewachsen, sie hängen kümmerlich und schlapp an den Schulterblättern, die Federn sind trotz aller Lichtkuren immer noch eher grau und zerzaust wie die einer ausgemergelten Straßentaube. Natürlich lässt er sich schon lange nicht mehr tragen, weicht in der Regel aber nicht von meiner Seite. Doch nun, als Antoine dem Kaninchen hinterherjagt, rennt er seinem Bruder nach. Im Gebüsch kommt es zu einem stummen, Erde aufwühlenden und Äste knickenden Tumult, als zankten sich die beiden um das gestellte Tier.

Wer in seinen geistigen Übungen nicht Maß hält, läuft Gefahr, dabei seine Körperkräfte zu überschätzen und sie zu allgemeiner Freud- und Lustlosigkeit herunterzuwirtschaften. Andererseits kommt auch das Gegenteil vor: Aus geistiger Überanstrengung empfindet der missbrauchte Körper plötzlich Hitze, Rauschzustände, pseudomystische Erfahrungen der Körper- und Schwerelosigkeit. Meine Therapeuten haben mich vor diesen Formen der Dissoziation gewarnt, zu leicht könne ich die Vorfreude auf meine Levitation mit dem Verlust meiner Zunge bezahlen. Sobald ich die reine Gottlosigkeit kommen spüre, solle ich zu meinen Notfallmedikamenten greifen, und wenn es dazu schon zu spät und die Aura bereits in die Krise übergegangen sei, sollte ich wenigstens immer ein Zettelchen bei mir tragen, das die Erste-Hilfe-Leistenden über die richtigen Notfallmaßnahmen unterrichte.

Ein Grund, das eigene Verlangen vor dem Leser so weit wie möglich zu verbergen, rührt daher, dass dieses Verlangen dadurch umso besser als solches von ihm erkannt und womöglich sogar gestillt werden kann.

Wahr ist, dass dem Leser bereits alle Dinge bekannt sind und dass seiner Erkenntnis nichts verborgen bleibt, weder das Geschriebene noch das Ungeschriebene. Das Ungeschriebene ist ihm von Natur aus näher. Deswegen sucht er es zwischen den Zeilen. Also ist jedes geschriebene Wort nur so gut wie das von ihm Verschwiegene. Jedes mit einigem Gewinn und Nutzen zu lesende Werk ist eine mystische Fabel.

Es gehört immer Disziplin dazu, um sich hemmungslos gehen lassen zu dürfen. Gott ist zehn Jahre jünger als ich. Manchmal fühle ich mich wie acht, und Gott ist noch gar nicht geboren. Nun höre ich das wilde Geheul Claudes und das ängstliche seines Bruders, höre Äste brechen, oder sind es Rippen, dann stürzt mein Engel aus dem Gebüsch, mit blutigem Maul und blutroten Krallen, allein, ohne seinen Bruder, noch schmatzend, mit rohem Fleisch zwischen den Zähnen. Blute nur, du liebes Herz! Ach, ein Kind, das ich erzogen, das an meiner Brust gesogen, droht den Pfleger zu ermorden, denn es ist zur Schlange worden, blute nur! Jetzt stürmt er auf mich zu, ich erkenne meinen Ziehsohn kaum wieder, er macht mir Angst. Ich renne los, fliehe am Neuen See entlang zur Spanischen Botschaft, dann die Hofjägerallee hinauf bis zur Siegessäule, doch Claude bleibt mir leichtfüßig auf den Fersen, sein Gefieder schimmert nun rosa, rot, violett vor Erregung im Licht der Gaslaternen, die großen Zähne blitzen weiß wie die Elfenbeintasten eines Flügels.

Seit meinem Sturz vom Hotelbett in Kaliningrad hinke ich ein wenig, außerdem ist Claude besser in Form, hat er sich doch mit kindlicher Selbstverständlichkeit von meiner Aura, meinem Seelennektar ernährt. Mit meinem eigenen Gürtel fesselt er mich an den Heizkörper des öffentlichen Aborts am Großen Stern. Ich brülle aus Leibeskräften, bis er mir zusammengeknülltes Klopapier in den Mund stopft. Dann zieht er mir mein Taschenmesser aus der Hosentasche, natürlich weiß er, wo ich es immer trage, und öffnet es, langsam, genüsslich, wie in Zeitlupe, als würde die Klinge langsam steif. Es stinkt nach Pisse, Kachelreiniger und Obdachlosigkeit. Ich bekomme kaum Luft durch meine von chronischer Sinusitis verengten Nase. Ich will, dass es endlich vorbei ist. Aber er lacht nur.

»Weißt du, Philip, ich habe nachgedacht. Jetzt ist mir klar, dass ich viel zu gnädig mit dir gewesen bin.«

»Ich tu's nie wieder!«, flüstere ich mit durch den Knebel gedämpfter Stimme. »Ich tu's nie wieder!«

»Spar dir deine Tränen der Reue, bis ich alle Heuchelei und Falschheit aus dir herausgeschnitten habe!« Dann schiebt er mir die scharfe Klinge meines Messers zwischen die Zähne, hebelt meinen Mund auf, befreit mich von dem Knebel, doch zur Erleichterung bleibt keine Zeit. Mit den noch vom Blut Antoines verkrusteten Klauen zerrt er mein Zungengeschwür heraus, säbelt das zähe Klümpchen Fleisch von meiner Zunge und stopft es sich ins Maul. Während er es, ohne zu kauen, in einem Stück verschlingt, schaut er mir lächelnd ins gequälte Gesicht. Und wieder setzt er das Messer an, genüsslich, als komme das Beste erst jetzt, nein, nicht die Mutterzunge, Claude, mein Herz, mein Augenlicht, genügt die eine, doppelte dir nicht, willst du mich ganz meiner Stimme berauben? Was bleibt mir ohne jede Zunge noch zu sagen, mit einem Mund voll Blut?

An Baroness Melusine von der Schulenburg, Herzogin von Kendal, St. James Palace, London

Cüstrin, den 5ten November 1730

In Tränen, liebste Tante, möchte ich ausbrechen, wenn ich daran denke, daß dieser Brief Ihnen die größte Betrübnis verursachen sollte. Mit einem Mal ist Ihre wohlwollende Hoffnung in meines und meines Freundes Glück vergeblich gewesen, und ich muß mich schon in jungem Alter meinem Schicksal beugen, ohne Ihnen bis auf prahlerische Worte wahre Früchte meiner Bemühungen vorgelegt zu haben. Nun enttäusche ich Ihre und meiner Anverwandten Hoffnungen wie kaum je ein Sohn zuvor. Wie war ich nicht eingenommen von der Tiefe meines Verstandes und der Gewißheit meines Ansehens! Aber nun ist alles nichtig und eitel, und wie schmachvoll endet mein Weg, der doch einer der Ehre hätte sein sollen.

Doch halten Sie mich, liebe Tante, nicht mit diesem schändlichen letzten Akte in Erinnerung, gedenken Sie der kindlichen Hochachtung für alle Ihre mir erwiesene Treue, von meiner Jugend an bis jetzt, zu dieser unseligen Stunde, in der ich, viel zu früh, dem Tode entgegenblicke. Aber seien Sie versichert, ich fürchte den Tod nicht. Zu dunkel ist noch, in welcher Gestalt er mich erwartet. Ja, ich hätte gern die Wahl gehabt, die besonderen Umstände mitzubestimmen. Aber wer hat diese Wahl schon? Es gibt offenbar eine Tür, die mir allein und schon seit langem bestimmt ist. Wohin sie führt? Ich kann es Ihnen nicht sagen. Ich wünschte, es wäre eine Tür in die grenzenlose Freiheit. Aber mein bescheidener Verstand wagt, das zu bezweifeln.

Selbst Gott kann das Wesen der Dinge so wenig ändern wie sein eigenes Wesen. Gäbe er in seiner Allmacht die eigene Allmacht auf, wäre er nicht mehr Gott. Er läßt uns unseren Willen aus einer Laune heraus. Denn im Grunde erlaubt seine Allmacht und seine Allwissenheit uns keine Freiheit. Und nicht einmal IHM selbst.

Könnte mich etwas noch in der Ergebung in mein Schicksal wanken machen, so wäre es allein die Ungewißheit über das Schicksal meines Freundes Friedrich. Mein Tod ist meiner Treue Frucht. Doch was mag ihm widerfahren ohne den treuen Gefährten an seiner Seite? Er ist so ungestüm und verletzlich, daß ich allein das Los, das ihn erwartet, fürchte.

Ich bin bemüht, liebe Tante, die kurze Frist, die mir zu leben noch vergönnt ist, mit Ruhe zu füllen. Und auch Sie will ich nicht tiefer beunruhigen. Ich gebe der Natur zurück, was sie mir großzügig und unverlangt geschenkt hat. Ich verlasse diese Welt reicher, als ich sie betreten habe, ganz ohne eigenes Verdienst. Das sollte, wenn es mich schon nicht glücklich macht, so doch trösten.

Sie, liebe Tante, die Sie so gütig am Schicksale Ihres elenden Neffen Anteil genommen, sollten sich von diesem Gedanken ebenfalls getröstet fühlen. Nun ist es an der Zeit, daß ich meiner vergesse. Haben Sie auch nichts Hohes und Vornehmes in dieser Welt an mir erlebt, so glauben Sie mir doch, daß ich das Beste und Vornehmste für meine Familie und Freunde allzeit wollte: Sie glücklich sehen!

Leben Sie wohl, Ihr bis zum Tode ergebener

Hans Hermann von Katte

KÜSTRIN

Sterbliche! Sterbliche! Lasset dies Dichten! Morgen, ach,
morgen, ach, muß man hinziehn!
Ach, wir verschwinden gleich als die Gespenste, die um die
Stund uns erscheinen und fliehn.
Wenn uns die finstere Gruben bedecket, wird was wir
wünschen und suchen zunichte.

Andreas Gryphius

Am Hoftore stoße ich auf General-Feldmarschall von Natzmer, Obrist von Pannewitz und zwei meiner Kameraden von den Gens d'armes. Von Natzmer prallt entsetzt zurück, als er mich fast in seine Arme stürzen sieht. »Lieutenant von Katte«, ruft er, »ich finde Sie in Berlin? Gab ich Ihnen nicht Urlaub für einen Besuch Ihres Vaters in Angerburg?«

»Ich bin eben im Begriffe, dorthin zu reiten«, erwidere ich.

»Unglücklicher junger Mann, Sie sind verloren! Ihren Degen, Herr von Katte, im Namen des Königs! Obrist von Pannewitz, Lieutenant von Katte ist Ihr Gefangener. Bringen Sie ihn ins Arrestlokal der Hauptwache!«

Am Nachmittag führen zwei Gardisten mich ins Schloß. Der König sei erst vor wenigen Stunden von den niederrheinischen Provinzen zurückgekehrt, heißt es. Ich finde den ganzen königlichen Haushalt in Aufruhr vor. Mein Blick fällt auf Prinzessin Wilhelmine, ihr Gesicht ist nicht nur von Kummer und Tränen angeschwollen, es sieht wie nach einem Faustkampfe aus. Ich nicke ihr kaum merklich zu, doch dem König ist die Geste nicht entgangen.

»Ah, der Complice!« fährt er mich an. »Der Verführer meiner

Tochter und meines Sohnes! Sag Er, wieviele Kinder sind seinem Liebeshändel mit der infamen Canaille, die einmal meine Tochter war, entsprungen?« – Wäre die Luft im Audienzsaale nicht so erhitzt von unbändiger Wut und Gewalt, ich hätte laut auflachen können über die irrwitzige Anschuldigung des Königs. Kennt er seine Tochter so schlecht? Sollten seine Spione derart töricht sein?

Als einzige findet Frau von Karmeke, die Erzieherin Wilhelmines, den Mut, dem wütenden König zu widersprechen: »Es ist nicht wahr, was man Eurer Majestät hinterbracht hat. Was immer man Lieutenant von Katte vorwirft, der Prinzessin hat er sich stets ehrenhaft gegenüber verhalten. Und was Ihre Tochter betrifft, so gedenkt der Gebote Gottes! Ich habe Sie bisher immer für einen gerechten und gottesfürchtigen König gehalten, und Gott hat Sie dafür mit seinen Segnungen überhäuft. Doch wehe, wenn Sie sich nun an der Unschuld und Ehre Ihrer Tochter versündigen, für die ich mich bei meinem Leben verbürge!«

Welch bewunderungswürdige Frau! Der König unterbricht sie nicht, er blickt sie nur schweigend an. Als sie ausgeredet hat, erwidert er, nun mit ruhigerer Stimme: »Ihr seid sehr kühn, solche Worte Uns gegenüber zu wagen. Doch verarge ich sie Euch nicht. Eure Absichten sind edel, und Eure Offenheit und Euer Mut ehren Euch. Geht und kümmert Euch um meine Frau und meine Kinder!«

Nur ein Feigling verleumdet sich, um sich dem Gesetz, der Anklage zu entziehen. Sich für unschuldig erklären, das tun für gewöhnlich die Schuldigen. Manche schreien schon, ehe man ihnen überhaupt die Glieder ausgerenkt.

Aber nicht der Richter, der Angeklagte muß die Wahrheit aufdecken. Und sie steht nicht auf irgendeinem Blatte Papier geschrieben, sondern sie muß aus seinem Körper, seinen Wunden gelesen werden. Die Haken und Eggen, die das Fleisch aufreißen, helfen nur, besser zu verstehen.

Einmal bin ich aufgewacht und sah auf dem Markte einen Galgen errichtet. Und irrtümlich dachte ich zunächst, er sei für mich bestimmt. Dann habe ich geträumt, die Tür meiner Zelle stünde offen, ein gesatteltes Pferd wartete vor der Wache, und ich würde darauf fort reiten, hinaus ins Freie, jenseits der Grenze. Ich war mir bereits sicher, daß es nur ein Traum war, deswegen blieb ich auf meiner Steinbank liegen und ging erst gar nicht bis zur Tür, um die Wahrheit nachzuprüfen.

In Wahrheit gibt es keine Anklage und kein Urteil, solange ich mich selbst nicht anklage und verurteile.

Niemand lebt außerhalb des Gesetzes, nicht einmal der König, außer jenem, der es durchschaut.

Sobald die königliche Familie den Saal verlassen hat, läßt der König Kriegsminister Grumbkow, den General-Auditeur Mylius und den General-Fiskal Gerber bei sich versammeln. Meine Bewacher Kleist und Lüderitz haben sich mit mir bisher am Rande gehalten. Als ich nun von Lüderitz in die Saalmitte geschoben werde und mich vor dem König verbeuge, steigt bei meinem Anblick in ihm neuer Zorn auf. Er versetzt mir Stockschläge und Fußtritte, und als ich mich aufzurichten versuche, schlägt er mir ins Gesicht, bis ich blute. Ich nehme es hin, ohne mein Gesicht oder meinen Leib vor den Angriffen zu schützen. Doch die bei uns stehenden Männer zeigen schmerzverzerrte Mienen, als seien sie es, die gerade kujoniert würden.

Am Ende ist es der elende Grumbkow, der den König beschwört, sich zu mäßigen und mich nicht gleich hier, an Ort und Stelle, totzuprügeln.

Ich gestehe alles, was dem König durch seine Spione ohnehin bekannt sein dürfte. Aber da sie nicht in meine Seele hineinzublikken vermögen, beteure ich, daß ich niemals etwas gegen den König oder das Reich geplant, sondern nur dem Kronprinzen gedient und ihn zu schützen versucht habe.

Er fragt mich, wer noch von unseren schurkischen Plänen unterrichtet gewesen sei. Ich versichere: »Niemand außer dem Kronprinzen und mir hat davon gewusst, Eure Königliche Majestät.«

»Und die Königin und Wilhelmine? Hat Er ihnen nicht regelmäßig Briefe zugestellt?«

»Das waren Botendienste. Über den Inhalt dieser Briefe vermag ich nichts zu sagen.«

»Ist Er nicht immer wieder heimlich in Potsdam gewesen, um den Kronprinzen in seinen Privaträumen aufzusuchen?«

»Wäre es heimlich gewesen, wüßte Eure Königliche Majestät nichts davon.«

Wieder hebt der König seinen Stock und schlägt mir für meine offene Rede damit gegen den Kopf.

Unterdessen betritt Obrist von Pannewitz den Saal. Sofort herrscht der König ihn an: »Nun, hat Er etwas von Wichtigkeit gefunden?«

Pannewitz schüttelt den Kopf. Offenbar hat er auf Veranlassung des Königs meine und des Prinzen Räume und Sachen durchsucht.

Als ich zur Wache zurückgeführt werde, gibt es einen Menschenauflauf vor dem Schlosse. Es scheint, als sei der ganze Auftritt des Königs gleich ins Offene gedrungen, und nun geht das Gerücht um, der Kronprinz sei tot, im Zorne ermordet von des eigenen Vaters Hand, und die ganze Stadt ist in großer und unheilvoller Unruhe.

Ich verbringe eine schreckliche Nacht. Schlimmer als die Prügel des Königs ist der Besuch meines Großvaters. Obgleich er doch der Stadtkommandant ist, wird er nicht zu mir gelassen. Der König habe während der Untersuchung jeden Besuch untersagt. Ich sehe das müde, von einem Tag zum andern um Jahre gealterte Gesicht meines Großvaters, der mir nur zunicken kann, doch finde ich wenig Hoffnung und Zuversicht in diesem Nicken.

Um mich kümmere ich mich wenig, aber ich sorge mich um jene, die meinetwegen nun Kummer erleiden. Obgleich meinen Wachen und ehemaligen Kameraden ein striktes Schweigegebot aufgetragen ist, erfahre ich doch, das Lieutenant von Ingersleben von der Königlichen Leibgarde, mein Glauchaer Kamerad aus dem Ochsenstall, der mich für meine nächtlichen Besuche bei Fritz immer ungesehen ins Schloß ließ, kassiert und nach Spandau verbracht wurde. Und Prinzessin Wilhelmine und selbst die Königin stünden als Mitverschwörer im Schlosse unter Arrest.

Aber worin besteht diese angebliche Verschwörung? Stellt sie nicht allein den – im übrigen natürlich aussichtslosen – Versuch dar, es allen recht zu machen, dem König, der Königin, der Prinzessin Wilhelmine, dem Kronprinzen, meinen Kameraden von den Gens d'armes? Wie bin ich nur in diese verhängnisvolle Lage geraten? Ist es eigene Dummheit? Oder liegt gerade hier die eigentliche Verschwörung: Eine Verschwörung der Umstände, der Ahnungs- und der Arglosigkeit?

Während der König inmitten der Vorbereitungen zu seiner großen Inspectionsreise nach Süddeutschland steckt, nimmt die Königin ihre Empfänge in Monbijou wieder auf. Nach dem Zeithainer Bombast und Größenwahn ist die Provinzialität der *Cercles* Ihrer Königlichen Majestät geradezu wohltuend.

An einem dieser ungewöhnlich warmen Junitage, an dem sich die ganze Gästeschar auf der Schloßterrasse und im Garten aufhält, tritt Prinzessin Wilhelmine an mich heran und fragt mich: »Wie war es in Zeithain, Herr von Katte?« – Ich bin nicht wenig erstaunt, daß sie mich so freimütig anspricht. Ich weiß, daß mein Ansehen bei ihr in den vergangenen Monaten gelitten hat und sie meine Gegenwart hier nur duldet, weil ich ein gerngesehener Gast ihrer Mutter bin.

»Ihr Bruder hat Ihnen nichts erzählt?«

»Seitdem er fast nur noch mit Ihnen verkehrt, bin ich allein auf Gerüchte angewiesen.«

»Wir haben oft von Ihnen gesprochen.«

»Friedrich und Sie?«

»Der Kronprinz hat mich unzählige Male versichert, daß Sie seine engste und wichtigste Vertraute seien.«

»Hat er das? Wie muß ich dann meines Bruders Verhältnis zu Ihnen deuten?«

Das Gespräch nimmt eine Wendung, die mir nicht angenehm sein kann. Es ist die Königin höchstselbst, die mich aus der Verlegenheit rettet, als sie zu uns tritt und mich mit besorgter Miene fragt, ob sie einige vertrauliche Worte an mich richten dürfe.

»Selbstverständlich, Königliche Hoheit«, stammle ich.

Dann nimmt sie mich beiseite und führt mich an eine einsamere Stelle des kleinen Parks, nahe am Spreeufer.

»Hier ist die Luft ein wenig kühler, nicht wahr, Herr Lieutenant?«

Ich nicke, obgleich ich von einer Abkühlung nichts verspüre. Die Königin wirkt müde und zugleich angespannt. Das feine weiße Puder auf ihrem Antlitz verbirgt nichts von den häuslichen Sorgen, von denen inzwischen ganz Berlin spricht.

»Lieber Herr von Katte«, beginnt die Königin zögernd, »ich weiß, daß Sie seit längerem ein enger, wenn nicht gar der einzige Vertraute meines Sohnes sind. Mich oder Prinzessin Wilhelmine läßt Friedrich schon lange nicht mehr teilhaben an seinen geheimen Sorgen und Nöten. Dennoch sind sie mir natürlich nicht verborgen geblieben, ebensowenig die fatalen Pläne, durch die sich der Kronprinz eine Linderung erhofft. Bitte sagen Sie mir offen, was Sie über diese Pläne wissen, lieber Herr von Katte, ehe mein Sohn sich und andere ins Unglück stürzt.«

Es ist vor allem Obrist von Rochow, der allen erzählt, ob sie es nun hören wollen oder nicht, daß der Prinz zu fliehen gedächte. Er spreche täglich davon und treffe bereits gewisse Maßnahmen. Im gleichen Atemzuge versichert er, Friedrich aufs sorglichste zu überwachen, um jeden Fluchtplan zu durchkreuzen.

Das ist sehr lobenswert, aber von Haus zu Haus zu ziehen und die Geheimnisse des Prinzen unters Volk zu bringen, ist für niemanden hilfreich. Natürlich befindet sich von Rochow in einer äußerst schwierigen Lage. Widersetzt er sich dem Willen des Kronprinzen, zieht er sich dessen Haß zu, und ich weiß inzwischen, daß Friedrich mit derselben Leidenschaft hassen, wie er lieben kann. Läßt er den Kronprinzen aber entweichen, so verfällt er der Ungnade des Königs, was ihm gar den Kopf kosten könnte. Selbst ein Mann mit größeren Gaben und Fähigkeiten als meines Schwagers Bruder könnte hier verzweifeln.

»Ihre Sorge ist durchaus berechtigt, Königliche Hoheit«, beginne ich zögernd, »Friedrich ist verzweifelt und glaubt, nur noch in der Flucht vor seinem Vater Rettung zu finden. Doch seien Sie versichert, daß ich alles versuche, ihn von seinen unheilvollen Entschlüssen abzubringen. Indessen läßt man mich kaum noch zu ihm!«

»Ich verstehe seine Verzweiflung nur zu gut. Aber er ist nicht nur der Sohn eines gestrengen Vaters, sondern er ist auch der Kronprinz.«

»Ebendas ist es, was ich ihm immer wieder ins Gedächtnis zu rufen versuche, und ich glaube, daß er es versteht und im Augenblick nichts Unvernünftiges plant.«

»Ich vertraue Ihnen, Herr von Katte, und ich werde dafür sorgen, daß man Sie wieder zu ihm läßt, wann immer Sie oder Friedrich es wünschen. Wachen Sie auch weiterhin über das Wohlergehen meines Sohnes, denn am Ende hängt auch das unsere von ihm ab.« – Für einen Augenblick scheint die Königin ein wenig beruhigt, denn sie glaubt nur zu gerne, was sie erhofft. Doch um wirklich offen zu ihr zu sprechen, müßte ich über den König reden. Was nützt alle Vernunft von unserer Seite, wenn ein verletzendes Wort oder ein grausamer Stockhieb von seiten des Königs alle Vernunftgründe gleich wieder zerschlägt?

Eine kleine Zelle, ein bewaffneter Doppelposten vor der Tür, ein wachhabender Offizier im Vorzimmer, so sieht mein neues Logis in der Hauptwache der Gens d'armes aus. Während des Waschens und beim Essen sind zwei Offiziere zugegen. Die Speisen werden vorgeschnitten und müssen ohne Messer und Gabel verzehrt werden. Niemand darf mit mir sprechen, keinerlei Besuch darf ich empfangen, keine Bücher außer der Bibel sind mir erlaubt, selbst Stift und Papier dürfte ich nicht haben, hätten sie mich nicht zu einem schriftlichen Geständnis aufgefordert.

Die einzige Habe, die man mir gelassen hat, ist das, was ich am Leibe trage. Und die einzige Beschäftigung, die man mir zugesteht, ist das Lesen der Heiligen Schrift. Glücklicherweise ist sie nicht nur reich an falschem Trost, sondern auch an wahrhaftiger Bitterkeit. Ich lese das Buch Job und den Prediger, wieder und wieder, immer den Anfang und die Mitte, ohne die so falschen und widersinnigen Schlüsse.

Den ganzen Abend sitze ich im Dunkeln, weil man mir nur

zur Abendmahlzeit Licht bringt und es mit dem Gedeck wieder fortnimmt. Am traurigsten stimmt mich das Schweigen der Freunde, Holtzendorff, Hertefeld, Bredow, die hin und wieder zu den wachhabenden Offizieren zählen. Lieber sind mir die ferneren Kameraden, denen ich auch schon zuvor wenig zu sagen hatte.

Aus dem Vorzimmer höre ich, vielleicht gerade deshalb so laut gesprochen, damit ich es höre, daß der König mir durch Folter die letzten Geheimnisse abpressen wolle. Welche Geheimnisse? Und wollte er sie wirklich hören? Es sind dann doch die Bemühungen meines Großvaters, die den König von diesem peinlichen Verhöre abhalten.

Dann höre ich, zu meinem Troste und Schrecken, daß Fritz noch lebt, aber nach Cüstrin verbracht und dort unter den nämlichen Umständen wie ich gefangengehalten werde. Worauf sollen diese grausamen Maßnahmen hinauslaufen? Will man den zukünftigen König Preußens noch weiter und tiefer vor aller Welt demütigen und entehren?

Ich treffe Fritz nur kurz auf dem Schloßplatz, denn beständig sind von Rochow oder von Keyserlingk um ihn. Erst am nächsten Abend kann ich ihm von dem Gespräche mit der Königin berichten.

»Deine Mutter macht sich Sorgen um dich, Fritz!«

»Die ganze Welt macht sich Sorgen um mich! Doch was ändert das? Endlich ist Chevalier Hotham aus London zurück, und von einem Atemzug zum nächsten ist alle Hoffnung dahin!«

In äußerster Verbitterung berichtet Friedrich von den Ereignissen im Schlosse. Am Morgen habe der König den englischen Sondergesandten zur Audienz empfangen. Colonel Hotham habe dem König versichert, sein Hof willige in alle Wünsche Berlins ein. Dann habe Hotham Seiner Majestät ein Bündel Briefe überreicht und bemerkt, sie dürften mehr als ausreichend sein, um Grumbkows Machenschaften im Auftrage des Kaisers zu entlarven. Der König aber werfe dem englischen Gesandten das Briefbündel einfach ins Gesicht und will dieser Beleidigung gar noch einen Fußtritt folgen lassen. Dann stürme er zornrot und ohne ein Wort der Entschuldigung oder des Abschieds aus dem Saal und lasse Hotham nicht weniger zornig und den ganzen Hof entsetzt zurück.

Derart schimpflich behandelt und in seiner Ehre verletzt, habe der Chevalier nun die Unterhandlungen für beendet erklärt und seine Abreise für morgen früh bei Tagesanbruch angekündigt. – Fritz ist mehr als bestürzt über diese Entwicklung. Mich hingegen überrascht sie nicht, zu lange schon ziehen sich diese Verhandlungen unentschlossen dahin, immer wieder gestört von der österreichischen Partei um Seckendorff und Grumbkow. Nun, da die Verbindung zu England zum Greifen nahe schien, tragen ihre Gegner offenbar endgültig den Sieg davon.

Herr von Lövener, der dänische Gesandte, wird dem Kronprinzen gemeldet. Fritz bittet mich zu bleiben.

Herr von Lövener kommt direkt vom Empfange der Königin und bringt eine persönliche Botschaft Ihrer Königlichen Hoheit. Sie bitte, ja beschwöre den Kronprinzen, sogleich an den englischen Gesandten zu schreiben und an seine Großherzigkeit zu appellieren, wenn nicht um des Königs willen, so doch um ihres und des Kronprinzen Glücks, das am Ende auch Englands Glück sein werde.

In derselben Stunde noch verfaßt Friedrich ein kurzes, eindringliches Billett und bittet mich, es trotz der vorgerückten Zeit noch zu Chevalier Hotham zu bringen und ihm persönlich zu überreichen.

Offenbar kommt mein später Besuch nicht unerwartet, der Colonel bedauert aber, daß er unter diesen Umständen stattfinde. Er schenkt mir ein Glas Wein ein, dann überfliegt er die wenigen Zeilen des Kronprinzen und schüttelt unwillig den Kopf.

»Es ist spät, und da ich in wenigen Stunden abzureisen gedenke, gestatten Sie mir, daß ich mich ans Schreibpult setze und dem Kronprinzen gleich antworten werde.«

Der Brief ist kurz, und nach meiner Rückkehr ins Schloß gibt Fritz mir die wenigen Zeilen zu lesen.

»Lieutenant von Katte hat mir soeben den Brief Ihrer Königlichen Hoheit überreicht. Das Vertrauen, welches Sie mir bekunden, erfüllt mich mit Dankbarkeit. Wenn es sich um meine eigene Person handelte, würde ich selbst das Unmögliche wagen, um Ihnen meine Ehrfurcht und Hochachtung zu bezeigen, allein, der Schimpf, der mir durch Ihren Vater zugefügt wurde, betrifft meinen Herrn und König und mein Land. Deshalb kann ich Ihre Wünsche nicht erfüllen.«

Fritz sitzt da, blaß, mit eingefallenen Wangen, als habe er viele Tage lang nicht mehr geschlafen.

»Im Augenblick können wir nichts mehr tun, Fritz. Geh zu Bett und ruh dich aus!«

»Wir hätten das sächsische Lager nutzen sollen, um uns davonzumachen. Daß ich immer noch den Schimpf meines Vaters ertragen muß, ist allein deine Schuld!«

Der König ist in einer Gemütsverfassung, daß ich das Schlimmste von ihm erwarte, selbst die Daumenschrauben oder das Streckbett, nicht um damit der Wahrheit näherzukommen, sondern einfach, um mich unter der Tortur leiden und zerbrechen zu sehen.

Er läßt mich nicht lange warten. Mit kleinen, eiligen Schritten und mit seinem Stocke auf den Marmorboden aufschlagend dringt er in den Saal und stürmt auf mich zu. Einen Augenblick sieht er mich an, dann tritt er nah an mich heran und reißt mir mit einem raschen Griffe das Johanniterkreuz von der Brust. Im nächsten Atemzuge schon knüppelt er keuchend, doch mit wuchtigem Schlage auf mich ein. Und als ich selbst unter seinen Hieben meine aufrechte Haltung nicht aufgebe, tritt er mit seinen Stiefeln nach mir. Aber auch jetzt tue ich ihm nicht den Gefallen, weinend und um Gnade flehend vor ihm in die Knie zu gehen. Er hält erst inne, als sein Arm zu erlahmen beginnt.

Er läßt sich atemlos und erschöpft, aber immer noch mit wütender Miene auf den Stuhl in der Mitte fallen, daß dieser unter dem Gewichte seines Zorns fast zusammenbricht, neben ihm nehmen mit gespannter Contenance Grumbkow und Glasenapp Platz, und ganz außen lassen sich Obrist von Sydow und der Protokollführer nieder.

Der König selbst führt das Verhör. Mit polternder Stimme fragt er nach meinem Namen.

»Hans Hermann von Katte, Lieutenant bei den Gens d'armes.«

»Seit wann steckt Er mit dem Kronprinzen unter einer Decke?«

»Seine Königliche Hoheit, der Kronprinz, hat mich zuweilen angesprochen und gemeinsam mit mir Flöte gespielt. Als wir ein wenig vertrauter miteinander waren, hat er darüber geklagt, daß sein Vater, Seine Königliche Majestät, sich ihm, dem Kronprinzen gegenüber, sehr ungnädig zeige. Ich habe dem Kronprinzen zugeredet, daß es Gottes Fügung sei, in die er sich schicken müsse.«

»So, Gottes Fügung! Seit wann weiß Er von den Fluchtplänen?«

»Von einer Flucht ist damals nicht die Rede gewesen. Ich habe ihm zur Geduld geraten.«

»Und wie ist Sein Rat von der Canaille aufgenommen worden?«

»Der Kronprinz hat immer wieder geklagt, sein Vater gehe zu hart mit ihm um, er könne es nicht länger ertragen. Vielleicht würden er und der König, wenn er, der Kronprinz, für eine Weile fort wäre, sich wieder versöhnen.«

»Da hat Er sich die Worte ja wohlfeil zurechtgelegt!«

»Ich habe stets geantwortet, daß er sich unglücklich machen werde. Er wisse ja nicht einmal, wohin er gehen solle. Ob er denn als Vagabund in der Welt leben möchte!«

»Wollte der Kronprinz denn nicht bereits von Zeithain aus entlaufen?«

»Es mag eine unbedachte Wirkung gewisser Vorfälle gewesen sein.«

»Befahl er Ihm nicht, beim Grafen von Hoym um Pässe nachzusuchen?«

»Ja, doch nicht um fortzulaufen, sondern um ein geistliches Konzert in der Thomaskirche zu Leipzig anzuhören.«

»Will Er mich zum Narren halten? Was hat Ihm der Kronprinz für die gemeinsame Absentierung versprochen?«

»Nichts.«

»Hat der Lump Ihn gebeten, ihn zu begleiten?«

»Ja.«

»Hatte Er die Absicht mitzugehen?«

Das erste Mal zögere ich mit meiner Erwiderung. Alle spüren es und merken auf. Dabei liegt der Grund gar nicht darin, nach einer möglichst unverfänglichen Antwort zu suchen, sondern schlicht darin, daß ich die Frage selbst nicht klar zu beantworten weiß. Schließlich entgegne ich: »Nein.«

Der König lächelt höhnisch, und stünde ich in Reichweite seines Eichenknüppels, würde der Hohn sich gewiß nicht nur mimisch äußern.

»Als wir von der Truppenschau in Zeithain nach Berlin zurückgekehrt waren, hat der Kronprinz mich aufgesucht und erklärt, daß er das Leben im Schlosse nicht länger ertrage und entweder fortgehen müsse oder stürbe. Erst jetzt habe ich erkannt, in welcher unglücklichen Verfassung er sich befindet und wie ernst es ihm mit einem Entkommen auf die eine oder andere Art ist. Ich habe ihn eindringlich beschworen und ihm vor Augen geführt, welche verhängnisvollen Folgen seine unbedachten, wenngleich begreiflichen Pläne zeitigen könnten. Doch seine Königliche Hoheit war in diesem Seelenzustande für Vernunftgründe nicht mehr ansprechbar.«

»Laß Er die Seele aus dem Spiel und bleib Er bei den Tatsachen. Was weiß ein Tagedieb wie Er schon von der Seele!«

Obgleich der König und sein Sohn von ihrer Physiognomie und Statur kaum unterschiedlicher sein könnten, finde ich in der Art des Außersichseins und der Herablassung doch eine erschrekkende Ähnlichkeit, wie die unbeherrschte Wut die Gesichtszüge entgleiten läßt, wie Verachtung sie zu häßlichen Fratzen verunstaltet, wie der zornbrodelnde Wortschwall ins Stocken gerät und ein wildes Herumrudern und Umsichschlagen die Herrschaft übernimmt.

»Ich brauche deine Hilfe!«

»Was ist es diesmal?«

Friedrich reicht mir ein schwarzes Sammetsäckchen. Ich öffne es und schüttle den Inhalt in meine geöffnete Hand. Ein Dutzend heller glänzender Steine blitzt auf.

»Diamanten?«

»Ich habe sie aus meinem Adlerorden gebrochen. Aber ich kann sie nicht beim Hofjuwelier versetzen. Wir müssen jemanden finden, der mich nicht kennt, der keine Fragen stellt und sie weit fort bringt.«

»Dann wirst du kaum noch einen angemessenen Preis für sie bekommen. Warum willst du sie überhaupt versetzen?«

»Reisegeld!«

»Und du hast es dir nicht an anderer Stelle borgen können?«

»Du weißt, daß ich bereits über beide Ohren verschuldet bin. Niemand will mir noch etwas leihen. Und ich kann ja schlecht zu meinem Vater gehen und ihn um die nötigen Mittel zur Flucht bitten, nicht wahr?«

Ich halte den Diamantenverkauf für keine gute Idee. Berlin ist nicht Paris oder London, wo man genügend Hehler fände, die man nach seinem zwielichtigen Geschäfte niemals wiedersähe. Aber ich will dem Kronprinzen nicht widersprechen, das würde seiner Unvernunft nur noch weitere Nahrung liefern.

»Wir können es auf dem Holzmarkt an der Unterbaumbrücke versuchen. Vielleicht finden wir jemanden unter den Flößern oder Holzhändlern aus dem Spreewald, der deine unseligen Edelsteine mit sich fortnimmt und dafür noch einen gerechten Preis bezahlt.«

»Gut. Komm morgen in der Frühe zum nahe am Markte gelegenen Exerzierplatz. Und vergiß zu diesem Geschäfte deinen Degen nicht!«

Es ist nicht gut, wenn Friedrich selbst als der Verkäufer auftritt, einmal seiner Unerfahrenheit und Jugend wegen, zum anderen könnte er leicht erkannt werden. Also bitte ich ihn, mir das Säckchen mit den Edelsteinen anzuvertrauen und die Verhandlungen zu überlassen und sich selbst im Hintergrund zu halten.

Es gibt nur wenige Händler auf diesem Markte, die wohlhabend genug und mit ausreichender Barschaft ausgestattet scheinen, um für unseren Handel in Frage zu kommen. Aus dieser kleinen Schar von Großhändlern wähle ich den lautesten, weil ich ihn für den verschwiegensten halte. Auch läßt sein schiefes, pockennarbiges Gesicht den Mann böse und verschlagen wirken, so daß trotz der guten Preise, die er hinausschreit, die Marktbesucher ihn meiden. Mir indessen scheint das Galgenstrickgesicht ein Zeichen besonderer Lauterkeit zu sein.

Er stamme aus Lübbenau, teilt er, von meiner freundlichen Nachfrage überrascht, mit gänzlich anderem, nunmehr geradegerücktem Gesichtsausdrucke mit.

Ich berichte ihm von meiner anspruchsvollen Friedrichstädter Geliebten, einer Dame von Stande, und meinem geizigen Vater, der davon nichts wissen dürfe, der Händler nickt verständnisvoll, und sogleich merke ich, es ist die falsche Geschichte. Endlich gebe ich zu, ich hätte im Kartenspiele verloren und müsse noch heute meine Spielschulden begleichen. Da es nicht das erste Mal sei, daß ich verlöre, und bei allen meinen Freunden bereits hochverschuldet sei, müsse ich nun auf diesem zweifelhaften Wege rasch zu Geld kommen. Für ihn aber, den Händler, sei es, wenn es denn zu unserem Handel komme, auf jeden Fall ein gewinnbringendes Geschäft.

Wir ziehen uns in seinen Holzverschlag zurück, der ihm hier auf dem Markte als Kontor dient, während Fritz auf dem Platze auf und ab geht. Ich zeige dem Spreewälder die Ware, er prüft sie nicht ohne Argwohn.

»Ich bin kein Edelsteinhändler«, spricht er schließlich zurückhaltend. »Ich müßte ihre Echtheit erst von einem Fachmanne überprüfen lassen.«

Damit haben wir wohl rechnen müssen.

»Lassen Sie mir einen Stein hier und kommen Sie am Nachmittag wieder. Wenn die Ware hält, was sie verspricht, können wir über den Preis reden.«

»Was geben Sie mir zum Pfande?«

»Meinen guten Namen, mein Herr. Und wie lautet Ihr werter Name noch mal?«

Ich merke, wie unerfahren ich, trotz mancher Liederlichkeit in meinem Leben, in dieser Art von Machenschaften bin, hoffe aber, daß mein Geschäftsfreund davon nichts bemerkt.

»Gut, Ihr Wort genügt mir. Am Nachmittag werde ich zurückkommen. Ich bin sicher, unser kleiner Handel wird zu unsrer beider Zufriedenheit ausfallen.«

Friedrich ist ein wenig ungehalten über den Verlauf dieser Ouvertüre und sieht den ersten Stein seiner Kronjuwelen schon unwiederbringlich dahin.

»Hättest du nur mir dieses Geschäft überlassen!« klagt er. »Ich hätte den Handel längst abgeschlossen!«

»Ja, man hätte dir für deine Diamanten den Preis für geschliffenes Glas bezahlt.«

»Den Kronprinzen von Preußen haut man nicht übers Ohr!«

»Schrei es nur laut heraus! Womit willst du denn drohen? Den Leibregimentern deines Vaters?«

»Du hast dir den übelsten Kerl auf dem ganzen Markte für das Geschäft ausgesucht!«

»Sicher hätte ich ein ehrlicheres Gesicht gewählt, wäre es denn ein ehrenwertes Geschäft! Wir aber treten auf wie Diebe und suchen einen Hehler, keinen Hoflieferanten. Was erwartest du?«

»Er wird uns nicht einmal die Hälfte des wahren Wertes bezahlen.«

»Das liegt in der Natur derartiger Geschäfte. Die zweite Hälfte ist der Preis für seine Verschwiegenheit.«

Am frühen Nachmittage kehren Fritz und ich zum Holzmarkt zurück und finden unseren Großhändler in seinem Kontor in Gesellschaft eines weiteren, nicht weniger zwielichtigen Mannes vor, dessen Gesicht zu einem großen Teil von einem schwarzgrauen Barte verdeckt ist. Er grüßt uns nicht, stellt sich nicht vor und spricht während unseres ganzen Handels kein einziges Wort, was mir im Grunde nur lieb ist, da auch wir somit nicht zu einem höflichen Gebaren angehalten sind. Der Händler reicht seinem Kumpanen den Beutel, dieser prüft Stein für Stein mit größter Sorgfalt, das heißt mit seinen scharfen Augen und Zähnen, und endlich nickt er unserem Geschäftsfreunde zu.

Dieser läßt den Beutel samt Inhalt gleich in den Händen des Gutachters und bemerkt leichthin: »Sie sagten, Sie bräuchten das Geld zur Begleichung Ihrer Spielschulden noch heute?«

»So ist es«, antworte ich, und im selben Atemzuge muß ich erkennen, daß ich den nächsten großen Fehler bei diesem Handel begangen habe. Zweifellos liegt noch ein weiter Weg bis zu einem erfahrenen Gauner und Beutelschneider vor mir.

»Das ist alles, was ich an Geld heute eingenommen habe. Nehmen Sie es oder suchen Sie sich einen anderen Käufer.«

Ich blicke zu Friedrich. Er schaut auf die wenigen Gold- und Silbermünzen, die der Lübbenauer in meine Hand gelegt hat. Weder er noch ich sind glücklich über unseren geschäftlichen Erfolg, doch schließlich murmelt er zwischen seinen schlechten Zähnen hindurch: »Nimm es und laß uns gehen!« und ich bin trotz allem froh, diesen Handel hinter mich gebracht zu haben, denn er hätte zweifellos ein noch viel unerfreulicheres Ende nehmen können. So aber reicht das Reisegeld nicht einmal für zwei Postpferde bis in den Spreewald.

Sogleich will Fritz einen Teil des gerade erst so gefahrvoll erworbenen Gewinns für den Kauf von ziviler Kleidung ausgeben. Er sagt, diese sei unbedingt notwendig für ein Gelingen seiner Flucht, denn er könne ja nicht gut in brandenburgischer Offiziersmontur die Grenze nach Frankreich überqueren, und er besitze nun einmal keine andere Kleidung als diese häßlichen blauen Röcke. – Er hat zweifellos recht, also reiten wir zum Spittelmarkt und fordern das Schicksal erneut heraus, daß jemand den Kronprinzen bei seinem gefährlichen Geschäfte entdecke.

Am Spittelmarkt sind einige Maßschneider ansässig, die in ihren Ateliers auch mancherlei Röcke vorrätig haben, die von den Auftraggebern am Ende nicht abgenommen wurden oder nicht bezahlt werden konnten. Keiner von ihnen gehört zu den Hoflieferanten. Doch Fritz bemüht sich erst gar nicht, seine wahre Identität zu verbergen. Gleich der erste Schneider, dessen Werkstatt wir betreten, ahnt das Geschäft seines Lebens, als Fritz sich sogleich auf einen fertigen roten Rock stürzt, den der Auftraggeber dann doch – vollkommen zu Recht – als zu geckenhaft im Laden belassen hat. Da er den Auftrag wenigstens zum Teil hat bezahlen müssen, bietet sich unserem Schneider nun die unverhoffte Gelegenheit, dieses eben noch verlustreiche Geschäft mit dem doppelten Gewinne abzuschließen. Denn Fritz hat sich das auffällige Gewand bereits übergestreift und stolziert nun pfauenhaft vor den Spiegeln auf und ab.

»Er sieht doch recht modisch aus, nicht wahr?«

»Modisch für eine Pagenuniform, ja. Doch warum mußt du gerade einen so ins Auge fallenden Rock wählen?«

»Diese häßlichen blauen Lappen habe ich weiß Gott lang genug getragen!«

»Für das Flanieren in gewissen Pariser Vierteln mag der Rock vielleicht tragbar sein, aber für deine Reise bis dahin?«

»Sicher wird für das Gelingen nicht die Farbe meines Rockes entscheidend sein!« Und schon zählt er dem Schneider den nicht minder schmeichelhaften Preis für diesen schmeichelhaften Rock in die Hand, ohne auch nur im geringsten mit dem Nadelfechter zu handeln.

Mir sind diese dilettantischen Fluchtvorbereitungen zumindest ein tröstliches Vorzeichen, daß es zu derselben aus mangelnder Sorgfalt und Geschicklichkeit erst gar nicht kommen werde.

»Warum hat Er den englischen Gesandten Guy Dickens aufgesucht?« fährt der König in seinem strengen Verhöre fort.

»Der Kronprinz hat mich zu ihm geschickt.«

»Um den Gesandten um Unterstützung für des Lumpen Flucht nach England zu bitten?«

»Nein. Er wollte Colonel Dickens um ein Darlehen bitten, um damit dringende Schulden zu begleichen.«

»Die Canaille hat Schulden?«

»Eure Königliche Majestät halten den Kronprinzen recht kurz.«

»Er soll lernen, mit seinem Solde auszukommen und nicht über seine Verhältnisse zu leben.«

»Er ist der Kronprinz.«

»Er ist Hauptmann beim Königsregimente Nummer sechs, sonst gar nichts! – Was hat der englische Gesandte auf Sein Gesuch erwidert?«

»Er hat dem Kronprinzen eine großzügige Summe angeboten.«

»Und warum hat der Lump von einem Sohne noch einmal selbst mit diesem englischen Spione sprechen müssen?«

»Davon weiß ich nichts.«

»Wir aber kennen die Unterredung Wort für Wort! Man wolle ihn gar nicht in England haben, hat dieser Dickens den Verräter wissen lassen, man wolle am englischen Hof keine Verstimmung mit Uns. Er solle sich den Gedanken einer Flucht nach England aus dem Kopf schlagen!«

»Die Umstände, die den Prinzen quälten, waren damit ja nicht aus der Welt geschafft. Er fürchtete sich vor der langen Reise mit Eurer Königlichen Majestät nach Ansbach, fürchtete sich vor der Möglichkeit, daß Vorfälle wie jene im sächsischen Lager sich wiederholen könnten.«

»Laß er die Seelenkunde und entschuldige den Lumpen nicht! Ist er denn nicht Soldat? Und Er, Offizier bei meiner Leibgarde, wollte Er nicht mit ihm desertieren?«

»Nein.«

»Warum hat Er dann einen Urlaub beantragt, und dazu einen derart dringlichen?«

»Ich wollte das Schlimmste verhindern.«

»Das hätte er ohne große Umstände tun können. Warum hat Er die Absichten des Ehrlosen nicht gleich angezeigt?«

»Weil der Kronprinz mir als seinem Freund vertraut hat.«

»Und wir haben Ihm als Offizier Unserer Leibgarde vertraut!«

Anfang Juli trifft der neue englische Gesandte, Lieutenant-Colonel Guy Dickens, in Berlin ein. Der König weilt in Charlottenburg, Friedrich bei seinem Regimente in Potsdam. Erst durch seine Mutter erfährt er von den außergewöhnlichen Neuigkeiten: Dickens habe dem König die offizielle Werbung des Prinzen von Wales um die Hand Wilhelmines übergeben. Von einer Werbung seines Vaters um Amelia, die Tochter des Königs von England, für den preußischen Kronprinzen ist nicht mehr die Rede. Und selbst Wilhelmines Heirat ist an eine Bedingung geknüpft: die Absetzung des korrupten und intriganten Kriegsministers Grumbkow.

Als mir Lieutenant von Ingersleben die Aufforderung des Kronprinzen zustellt, sogleich nach Potsdam zu kommen, bin ich nicht überrascht, denn Gerüchte über diese neuerliche Verbindung zwischen Hohenzollern und Welfen hatten sich in der Hauptstadt rascher verbreitet, als Friedrichs Bote von Potsdam nach Berlin zu galoppieren vermochte.

Ich finde Friedrich in größter Verzweiflung vor. Jetzt, wo der König sich endgültig gegen eine Hochzeit mit Prinzessin Amelia entschieden habe und selbst Wilhelmines Verbindung mit dem Prinzen von Wales an eine unerfüllbare Bedingung geknüpft sei, bleibe ihm nichts anderes übrig als die baldige Flucht.

»Vielleicht solltest du selbst einmal mit dem englischen Gesandten sprechen, bevor er des Königs Antwort nach London depeschiert«, schlage ich dem Freunde vor.

»Hinter dem Rücken des Königs?«

»Sicher nicht vor seinen Augen!«

»Auf Schritt und Tritt werde ich von Rochow oder Keyserlingk begleitet, und sie werden dem König jedes Wort berichten, das ich mit Dickens wechsle.«

»Dann muß dieses Treffen heimlich stattfinden, des Nachts, wenn alle dich schlafend glauben.«

»Wo?«

»Außerhalb des Schlosses, vielleicht hier im Schloßgarten. Ich könnte Dickens morgen nacht herbringen.«

Lieutenant-Colonel Dickens ist von meinem Ansinnen wenig begeistert. Mißmutig dreht und wendet er das Billett des Kronprinzen in den Händen, dann zündet er es an und wirft den brennenden Brief in den Kamin.

»Garantieren Sie mir, daß diese ganze Angelegenheit vertraulich bleibt, Herr Lieutenant?«

»Weder vom Kronprinzen noch von mir wird je ein Mensch von diesem Treffen erfahren.«

»Gut, fahren wir.«

Es ist weit nach Mitternacht, als wir in Potsdam anlangen. Fritz hat die ihm unterstellten Wachen für eine Stunde fortgeschickt, so daß ich den Gesandten unbemerkt in den Garten führen kann.

Während Friedrich ihm auf gänzlich undiplomatische Weise seine verzweifelte Lage und seine Fluchtpläne enthüllt, halte ich mich ein wenig abseits. Ich wünschte, ich hätte dieses Treffen nie vorgeschlagen. Als Offizier bei den Gens d'armes muß ich seine Pläne verurteilen, als sein Freund kann ich nicht anders, als ihm mit aller Kraft beizustehen.

Nun höre ich Dickens' vor zurückgehaltenem Zorne bebende Stimme: »Der englische König wird sich wegen der Fluchtgedanken Ihrer Königlichen Hoheit nicht mit seinem Schwager überwerfen! Sollten Sie tatsächlich nach London fliehen wollen, wären Sie dort, zumindest gegenwärtig, nicht willkommen, denn das würde Ihren Vater endgültig ins kaiserliche Lager treiben!«

Fritz bleibt trotzig wie ein Kind. König Georg sei sein Onkel, er habe die Pflicht und die Verantwortung, den Sohn seiner Schwester zu retten. Er, Dickens, müsse dem englischen König vor Augen führen, es gehe um Leib und Leben seines Neffen.

Dickens erwidert gereizt, London wisse durchaus Bescheid über die Verhältnisse am Berliner Hofe. Dann bietet er, wieder ganz Diplomat, Friedrich an, ihm sämtliche Schulden zu bezahlen, wenn er auf seine Flucht, zumindest nach England, verzichte.

Überraschend stimmt Fritz dem Angebote zu, vergessen

scheint die gerade noch ausweglose Lage. Allerdings gibt er seine Schulden doppelt so hoch an, als sie sich in Wirklichkeit belaufen.

Seufzend verspricht der Gesandte, mir die Summe gleich am folgenden Tage auszuhändigen. Dann läßt er sich von mir in meiner Chaise nach Berlin zurückfahren, wo wir am frühen Morgen anlangen, ohne noch ein weiteres Wort miteinander gewechselt zu haben.

Am Abend des folgenden Tages übergebe ich Fritz die nicht unbeträchtliche Summe, die Dickens mir anvertraut hat, und frage ihn tadelnd: »Warum hast du ihm nicht den wahren Betrag genannt?«

»Flucht- und Reisegeld! Davon kann man nicht genug haben. Vor allem, wenn man nicht einmal von der eigenen Familie irgendeine Unterstützung erhält.«

»Ich werde meiner Tante schreiben.«

»Laß nur! Wenn England mich nicht aufnehmen will, werde ich in Frankreich um Asyl bitten.«

Trotz aller Mahnungen um Zurückhaltung spricht Friedrich mich des öfteren auf der Parade und Parole an, so daß es allen ins Auge fällt. Nun sind es nicht mehr nur Bredow und Rochow, sondern sogar Holtzendorff und Hertefeld, die mich warnen und mir von jeder engeren Liaison mit dem Kronprinzen abraten. Zunächst reagiere ich unwillig und halte diese ganze Empfindlichkeit für übertrieben. Als die Warnungen aber immer dringlicher und besorgter werden, sehe ich die Gefahr endlich ein und fasse den Entschluß, Berlin und die Gesellschaft des Kronprinzen einstweilen zu meiden und auf Werbung zu gehen. Ich spreche darüber mit Rittmeister von Asseburg, der mein Ansinnen von ganzem Herzen befürwortet. Indessen muß mein Gesuch noch von Natzmer und dem König genehmigt werden.

Als ich Fritz am Abend in Potsdam aufsuche, ist seine Stimmung bereits wieder in düstere Melancholie zurückgefallen. Ich verschweige ihm für den Augenblick mein Werbungsgesuch, um seiner Schwermut nicht noch weitere Nahrung zu geben.

Er werde seinen Vater nicht auf seiner Inspectionsreise begleiten, sagt er mit verzweifelter Miene, sondern hier in Potsdam bleiben. Und wenn der Vater endlich fort sei, könne er in Ruhe dafür sorgen, daß der König ihn nach seiner Rückkehr nicht mehr hier noch in Berlin antreffe.

»Dein Vater wird dich nicht einfach hier lassen. Er hat entschieden, daß du mit ihm fährst, und nur die ernstesten Gründe könnten ihn in seiner Entscheidung Wanken machen.«

»Ich könnte zu krank zum Reisen sein.«

»Welche Krankheit könnte das sein? Ein unsichtbarer Kopf- oder Leibschmerz würde den König nicht täuschen. Es müßte schon ein sengendes Fieber oder ein gebrochener Knochen sein.«

»Für hohes Fieber kann man doch sorgen, nicht wahr?«

»Ob auch für den Rückgang desselben, bleibt dahingestellt. Willst du dir mutwillig eine Lungenentzündung oder die Blattern zuziehen, nur um, statt zu reisen, ans Krankenlager gefesselt zu sein? Einen ordentlichen Arzt wirst du für solcherlei Betrug am König nicht finden!«

»Ich brauche keinen Arzt dazu, um ernsthaft zu erkranken. Lieber sterbe ich am Fieber, als über Wochen Tag und Nacht mit dem ungnädigen Alten verbringen zu müssen. Du erinnerst dich, zu welchen Exzessen dieses erzwungene Zusammensein in Zeithain geführt hat!«

Auch heute geht die Befragung weiter, und wieder führt sie der König in eigener Person durch. Ob auch ich dem Kronprinzen Geld geliehen hätte, beginnt er das Verhör.

»Ja, doch bereits vor der Reise zur Truppenschau nach Zeithain, ehe der Kronprinz überhaupt an Flucht zu denken wagte.«

»Flucht? Er meint Desertion! Wieviel hat Er dem Schuft gegeben?«

»Tausend Taler.«

»Für was?«

»Ich denke, um dringende Schulden zu bezahlen.«

»Denkt Er? Dabei muß er doch Unser ausdrückliches Verbot kennen, Geld an Minderjährige zu verleihen. Woher hat Er selbst überhaupt soviel Geld?«

»Von Major von Löben, dem ich erklärte, daß ich auf Werbung gehen müsse und daher einiger Hundert Taler bedürfe.«

»So betrügt und beraubt Er mich also! Wer weiß noch von dieser Sache?«

»Niemand.«

»Bringt den Buben zurück in seine Zelle! Morgen wird Er härter angefaßt, mein Wort darauf!«

Hundssommer nennt man es wohl. Obgleich es bereits Ende August ist, steht eine Wüstenhitze in der Stadt, und in meiner Zelle glüht die Luft wie in einer Schmiede. Aber ich kann nicht einmal das Fenster meiner Arreststube öffnen. Immerhin gibt man mir einige Federn und Papier, als ich den Obristen Pannewitz darum bitte.

Ich schreibe die ganze Nacht an dem Berichte für die Untersuchungskommission, verschweige nichts von dem, was sie ohnehin schon wissen, ziehe niemanden mit in diese Angelegenheit hinein und hoffe, daß man mir meine besten Absichten zugute hält.

Am Mittag bringt mir Lieutenant von Ingersleben vom Königsregimente einen versiegelten Brief des Kronprinzen, der erst am Morgen nach Potsdam zurückgekehrt ist. Darin schreibt er mir, daß er es sich anders überlegt habe und nun doch seinen Vater auf die Inspectionsreise begleiten wolle. Da der Aufbruch in den nächsten Tagen bevorstehe, solle ich noch am Abend nach Potsdam kommen, weil er letzte notwendige Dinge mit mir zu besprechen habe.

Ich verbrenne den Brief. Am liebsten würde ich nun meinerseits eine ernsthafte Erkrankung anführen, um nicht schon wieder nach Potsdam reiten zu müssen. Doch wer weiß, zu welchen weiteren unbedachten Taten Fritz dann fähig wäre. Hat er denn überhaupt noch irgendeinen Vertrauten, von dem er sich ein Wort der Vernunft sagen ließe?

Wir treffen uns wie Diebe im Schloßgarten. Er bittet mich, ihm und der königlichen Suite gleich nachzureisen.

»Ich bezweifle, daß man mir so rasch Urlaub gewährt.«

»Was scherst du dich noch um eine Urlaubserlaubnis!«

»In den Augen meines Kompaniechefs und des Königs wäre eine derartige unerlaubte Entfernung nichts anderes als Desertion. Das kannst du nicht von mir verlangen, Fritz!«

»Nein, ich verlange es nicht, aber ich bitte dich darum, Hans. Alleine werde ich es nicht schaffen, das weiß ich. Aber wenn ich es nicht versuche, werde ich ganz sicher sterben, sei es durch die Hand meines Vaters, sei es durch eigene Hand.«

»Ich kann ein Urlaubsgesuch stellen, aber so rasch wird darüber nicht entschieden. Kannst du uns nicht ein wenig mehr Zeit lassen, Fritz? Ein solches Unternehmen braucht sorgfältige Planung. Deine Ungeduld bringt uns nur in Gefahr.«

»Achtzehn Jahre habe ich mich geduldet. Ich sehe nicht, daß weiteres Warten irgend etwas ändert. Ich kann nicht verlangen, daß du meinetwegen dein Leben aufs Spiel setzt. Aber ich habe nichts mehr zu verlieren. Meine Entscheidung ist gefallen!«

»Hier, nimm das!«

»Was ist das?«

»Das sind deine Briefe an mich. Ich möchte nicht, daß sie in falsche Hände geraten, wenn mir etwas zustößt.«

»Was soll ich mit ihnen tun?«

»Verbirg sie, oder, besser noch, verbrenn sie!«

»Es steht nichts in ihnen, was die Welt nicht wissen dürfte.«

»Vielleicht ist das Glück, dich getroffen zu haben, zugleich die Quelle meines größten Unglücks. Ohne dich an meiner Seite hätte ich womöglich weiter stillgehalten, hätte dagelegen im Dreck und mich weiter totgestellt.«

»Noch ist es Zeit, uns zu trennen. Siehst du, mein Haar fällt schon aus. Wenn du so alt sein wirst wie ich, werde ich schon ein kahler Mann sein.«

»Du übertreibst, Katte. Glaubst du wirklich, ich liebte dich um deiner Haare willen?«

»Es würde uns den Abschied um einiges leichter machen.«

Der Prinz ist jung und steckt voller Widersprüche, er ist verletzlich und herrisch, verschlossen und vertrauensselig, vorsichtig und leichtfertig zugleich. Die wichtigste Verschwörungsregel ist ihm fremd, nämlich seine Pläne geheimzuhalten. Selbst seinen Feinden gegenüber klagt er beständig über den Vater und deutet an, daß diese Mißhandlungen nicht mehr lange dauern würden, so daß selbst einem weniger argwöhnischen Manne als dem König diese Andeutungen und Drohungen nicht entgehen können.

So wundert es mich nicht, daß auf dem nächsten *Cercle* der Königin der dänische Gesandte, Generalmajor von Lövener, das Gespräch mit mir sucht und mich beiläufig fragt, ob ich nicht ahnte, warum von Natzmer mir mein Urlaubsgesuch abgeschlagen habe.

»Sie wissen davon?«

»Alle wissen davon. Und von den Gründen! Der König weiß über die Fluchtpläne des Kronprinzen Bescheid und läßt jeden seiner Schritte überwachen. Sehen Sie sich vor, lieber Herr von Katte. Auch Sie hat man in Verdacht!«

»Wessen man mich auch immer verdächtigt, Excellence, ich werde mir nichts zuschulden kommen lassen, was meine Ehre beschmutzen könnte!«

Kriegsminister Grumbkow steht nicht weit von uns entfernt allein und ein wenig verloren mit einem Glase Fruchtsaft in der Hand. Er sieht gotterbärmlich aus. Niemand spricht mit ihm.

Es folgt Verhör auf Verhör, lang und ermüdend zwar, aber nicht mehr so roh wie die ersten, denen der König in persona mich unterzog. Offenbar will man mich vors Kriegsgericht stellen, und diese Befragungen dienen dazu, Beweise für die Anklage zu erlangen. Über den Kronprinzen gibt man mir keinerlei Auskunft. Doch nehme ich an, daß man ihn nicht weniger scharf befragt.

Mag auch der König selbst nicht anwesend sein, so ist doch allezeit sein gestrenger Geist gegenwärtig. Den verhörenden Offizieren liegt eine endlose Liste mit den Fragen des Königs vor, und zweifellos müssen sie nach jedem Verhöre genaue Auskunft über meine Antworten geben. Die verhörenden Offiziere, das sind General-Auditeur-Lieutenant Christian Otto Mylius, aus Halle gebürtig, wo sein Vater fürstlich-sächsischer Kammerminister und Salzgraf war. Er mag um die fünfzig Jahre alt sein und wohnt im Nicolaiviertel, in Cansteins Haus, das vor einigen Jahren in Franckes Besitz gelangte. Zweifellos ist Mylius ein frommer Anhänger Franckes.

Neben ihm sitzt Gustav Friedrich Gebert, Mitglied des Hof- und Criminalgerichts, zuständig für die politischen Straftatbestände und ein rechter Scharfmacher. Sonst säße er wohl auch nicht auf diesem Posten.

Linker Hand von Gebert hockt – fast unsichtbar – Karl Philipp Rumpf, Auditeur meines Regiments und Schreiber der Untersuchungskommission. Nicht ein einziges Mal öffnet er seinen Mund, um auch selbst einmal eine aufklärende Frage zu stellen.

Leiter dieser unseligen Kommission ist Kriegsminister Friedrich Wilhelm von Grumbkow, der, wenn der König nicht anwesend ist, auch das Wort führt, obgleich sich Mylius redlich und tapfer bemüht, durch die Art seiner Fragen und ihrer Protokollierung den Fluchtversuch des Kronprinzen nicht als Desertion, sondern als zeitweilige Absentierung und *Tour de jeunesse* darzustellen. – Grumbkow wird mit eigenen Darstellungen gewiß dagegenhalten.

Heute droht er mir einmal mehr und verliest die kurze Note des Königs an die Untersuchungskommission: Seine Königliche Majestät habe das Verhörprotokoll gelesen und sei davon überzeugt, daß ich mehr wisse als ich gestünde. Ich solle daher in die Hausvogtei gebracht und meinen Flötenfingern die Daumenschrauben angelegt werden, wenn ich nicht endlich preisgäbe, wer noch mit mir und dem Schurkenprinzen am Komplotte beteiligt gewesen.

Offenbar glaubt man meinen schriftlichen Berichten nicht.

Ich versuche, vor den Fragern leichtfertig und unbedacht zu erscheinen, und hoffe, damit wenigstens Grumbkow zu täuschen. Nun will der Kriegsminister von mir wissen, wie der Kronprinz und ich einander nähergekommen seien.

»Das erste Mal, daß ich Seiner Königlichen Hoheit begegnete, ist einige Jahre her, dennoch habe ich das Zusammentreffen nicht vergessen, denn es handelte sich sogleich um einen Angriff auf meine Ehre. Ich hatte zwei Pferde vom Gute meines Vaters dabei und das bessere Seiner Königlichen Majestät geschenkt. Der Kronprinz, damals vielleicht dreizehn oder vierzehn Jahre alt und nicht gerade als ein Pferdekenner ausgewiesen, war bei der Übergabe anwesend und warf mir vor Seiner Majestät und dem Stallmeister vor, das bessere Pferd für mich zu behalten. Seine Königliche Majestät hat laut gelacht und gesagt, es habe schon seine Richtigkeit, denn der überreichte Hengst sei auf jeden Fall kräftiger als meine Stute Orfraie.«

In den Gesichtern meiner wachhabenden Kameraden und des General-Auditeurs zeigt sich ein flüchtiges Lächeln, doch sogleich setzt Grumbkow in strengem Tone das Verhör fort. Wann ich mit dem Kronprinzen enger vertraut geworden sei, will er wissen.

»Vertraut? Es steht mir nicht zu, mit Seiner Hoheit, dem Kronprinzen auf vertraulichem Fuße zu stehen. Allenfalls hat sich mit der Zeit eine nähere Bekanntschaft ergeben, und auch die nicht ohne Vorbehalte, ja eine gewisse Voreingenommenheit. Das mag damit zusammenhängen, daß ich Lieutenant von Holtzendorff zu meinen engeren Bekannten zählte, der ja zwischenzeitlich nicht in bestem Ansehen bei Hofe stand.«

Wieder ein kurzer Anflug von Amüsement, nur nicht bei Holtzendorff, dessen Miene diesmal so starr wie die des Kriegsministers bleibt. Ich hoffe, daß meine Worte in schicklicher Form im Protokolle festgehalten werden, denn der König wird es zweifellos sorgfältig studieren.

»Ich glaube«, fahre ich nun ernsthafter fort, »daß Seine Königliche Hoheit, der Kronprinz, mich am Anfang ganz und gar nicht gemocht hat. Allein einige Offizierskollegen in seinem Regimente, von denen einige bereits meine Schulkameraden in Glaucha waren, mögen dem Vorurteile des Kronprinzen ein anderes Bild von mir entgegengesetzt haben. Hernach hat er mich bei einem Empfange der Königin in Monbijou ganz unerwartet angesprochen, ob ich ein Liebhaber der Musik sei. Er habe gehört, daß ich die Querflöte zu spielen verstünde. – Von da an war ich des öfteren am Nachmittage im Schlosse, um mit dem Kronprinzen im Duette zu musizieren.«

»Des öfteren? Am Nachmittage? Des Kronprinzen Kammerdiener Gummersbach hat erklärt, Sie seien beim Kronprinzen ein- und ausgegangen, wie Sie es gewollt hätten, auch am späten Abend noch und des Nachts, und wenn Sie beim Kronprinzen gewesen seien, habe niemand Sie stören dürfen.«

»So war es erst in der letzten Zeit, da er immer länger beim König festgehalten und es damit immer später wurde, bis er sich zurückziehen konnte.«

Falls Gummersbach noch mehr zu Protokoll gegeben hat – und zweifellos weiß er von mehr als nur von unserem Flötenspiele in Friedrichs Wohnstube –, so dringt selbst Grumbkow diesmal nicht auf weitergehende Geständnisse.

Statt dessen fragt er nun mit seiner sanftesten Stimme, ob ich oder der Kronprinz wirklich geglaubt hätten, in England oder Frankreich willkommen gewesen zu sein.

»Möglicherweise in Frankreich«, erwidere ich vorsichtig, »da der französische Hof mit dem preußischen ja nicht eben gut steht. Aber ich habe dem Kronprinzen immer wieder vor Augen geführt, in welch üble Lage ein Übergehen nach Frankreich den König, seinen Vater, und das ganze Reich bringen würde.«

»Und was hat der Kronprinz auf Ihre Vorhaltungen entgegnet?«

»Er hat meine Einwände nicht geleugnet, aber beteuert, das alles geschehe ja bloß wegen der unerträglichen Behandlung, die er vom König erfahre. Und ich mußte ihm zugeben, daß ich an seiner Stelle längst entflohen wäre.«

»Also haben Sie dem Kronprinzen versprochen, ihn bei seiner Flucht zu unterstützen und ihn zu begleiten.«

»Nein, Unterstützung habe ich nicht zugesagt. Doch wenn er tatsächlich fliehen wolle, würde ich an seiner Seite sein.«

»Sie leugnen also nicht, daß Sie mit dem Kronprinzen gemeinsam haben entfliehen wollen?«

»Nein, ich leugne es nicht.«

Am Tage vor seiner Abreise gibt er mir die Hälfte dessen, was vom Gelde des englischen Gesandten noch übrig ist, damit ich ihm nach dem Gelingen seiner Flucht alsbald folgen könne. Außerdem überreicht er mir eine eisenbeschlagene Kassette mit Briefen, die er von seiner Mutter, der Königin, und seiner Schwester Wilhelmine in den letzten Jahren erhalten hat: »Sie dürfen keinesfalls in falsche Hände geraten, Hans, denn sie enthalten wenig Schmeichelhaftes über meinen Vater. Sollte meine Flucht mißlingen, gib sie meiner Mutter oder meiner Schwester zurück, damit sie damit verfahren, wie sie es für richtig halten.«

Es ist die Nacht zum 11ten Juli. Ich verabschiede mich von Friedrich, um nach Berlin zurückzureiten. Wir umarmen uns ein letztes Mal. Seither habe ich ihn nicht mehr gesehen, und nur Gott alleine weiß, ob wir uns je noch einmal wiedersehen werden.

Kurz nach Mitternacht setzt sich die Wagenkolonne der königlichen Reisegesellschaft in Bewegung. Es sind etwa vierzig Personen, die in mehreren Karossen gen Süden rollen. Besucht werden sollen in den nächsten Wochen die Höfe in Altenburg, Gera, Ansbach, Ludwigsburg, Mannheim, Darmstadt und Coblenz.

Offiziell unternimmt Friedrich Wilhelm diese Reise im Auftrag des Kaisers Karl, um die Fürsten für die pragmatische Sanktion zu gewinnen, welche die Unteilbarkeit des habsburgischen Grundbesitzes festschreiben soll.

Hinter dem schweren, großrädrigen Fuhrwerke des Kronprinzen reiten Obrist-Lieutenant von Rochow und Lieutenant von Keyserlingk, mehr Gefangenenwärter denn Gardisten.

Nun, während der Abwesenheit des Königs, lädt die Königin gar viermal wöchentlich zu ihrem *Cercle* nach Monbijou. Selbst Prinzessin Wilhelmine scheint sich zu freuen, mich dort zu sehen, wenn auch nur deshalb, weil sie ihren Bruder fern meiner verderblichen Einflüsterungen weiß.

»Sie sprechen noch mit mir, nachdem ich Sie bei unserer letzten Begegnung so ungalant stehen ließ?«

»Ja, Sie haben mich mit Ihrem Auftritt fast beleidigt, Herr Lieutenant«, erwidert sie mit ihrer dunklen Stimme, die der ihres Bruders zum Verwechseln ähnlich klingt. »Aber ich habe ein zu gutes Herz, um es Ihnen nachzutragen. Außerdem halte ich es für unklug, den Feind zu demütigen, da sich das Schicksal stets wenden kann.«

»Wie kommen Sie darauf, mich für Ihren Feind zu halten?«

»Nun, Sie rauben mir den liebsten Menschen auf der Welt, meinen Bruder. Bevor Sie in sein Leben traten, war ich es allein, mit dem er seine intimsten Geheimnisse teilte.«

»Ich kann Ihnen versichern, Hoheit, daß es keinen Grund zur Eifersucht gibt. Was Ihren Bruder und mich verbindet, sind nicht dieselben Geheimnisse, die Geschwister gemeinhin miteinander teilen.«

»Was wissen Sie schon von den Geheimnissen zwischen mir und meinem Bruder?«

»Nichts, Hoheit. Zumindest nichts, was Sie in Verlegenheit bringen könnte.«

»Trotzdem mißfällt mir die große Nähe, die Sie zu meinem Bruder pflegen.«

»Ich habe sie nicht gesucht.«

»Sie sind der Ältere, Sie müssen Ihn auf das Unangemessene des Verhältnisses aufmerksam machen.«

»Das Unangemessene unseres Verhältnisses? Wie soll ich Ihre Hoheit verstehen?«

»Ihr versteht mich recht gut, Lieutenant von Katte. In der ganzen Stadt haben Sie herumerzählt, daß mein Bruder mit Ihnen zusammen fliehen wolle.«

»Sie müssen mich mit Obrist von Rochow verwechseln,

Königliche Hoheit. Ich mag in meinem Leben ja nicht wenige Male unklug gehandelt haben. Aber hinsichtlich des Kronprinzen ist mir allzeit bewußt, was Ehre, Vernunft und Freundschaft von mir verlangen!«

»Und was hat es mit dem Medaillon auf sich, das ein Bild des Kronprinzen und ein Portrait von mir enthalten soll?«

»Woher wissen Sie davon?«

»Sie rühmen sich damit doch allerorten und prahlen mit der Gunst meines Bruders und der meinigen.«

»Das ist nicht wahr, bei meiner Ehre, das ist übelste Verleumdung!«

»Wie auch immer, ich verlange dieses Medaillon aus Ihren Händen zurück und fordere Sie auf, nie wieder ein Wort über meine oder meines Bruders Gunst für Sie zu verlieren.«

»Mein Schweigen kann ich Ihnen zusichern, Hoheit. Aber das Medaillon hat mit Ihnen gar nichts zu tun. Es ist ein sehr persönliches Geschenk des Kronprinzen und wird von mir dementsprechend in Ehren gehalten.«

»Sie tun sehr unrecht, Lieutenant, derartige Gunstbeweise des Kronprinzen anzunehmen! Bedenken Sie die schlimmen Folgen, wenn der König davon erführe! Ich dachte, Sie lieben meinen Bruder, und doch setzen Sie ihn einer derartigen Gefahr aus!«

Inzwischen sind sicher sämtliche Bekannten und Freunde verhört worden, denn ich werde ständig mit ihren Aussagen konfrontiert. Von Rochows Einlassung war deutlich: Er will mich bereits im sächsischen Campement gewarnt haben, den Kronprinzen bei seinen Plänen zu unterstützen könne nicht nur für mich, sondern für viele andere höchst nachteilige Folgen haben. Von Rochow ist ein rechter Angsthase. Er wird alles gestehen, was seine Ankläger von ihm zu hören wünschen. Mit ihm hat der König gewiß den richtigen Kettenhund für den Prinzen bestimmt. Aber den Prinzen vor dem ungerechten Zorn und den tätlichen Angriffen des Königs zu schützen, hat er bisher natürlich nicht vermocht.

Grumbkow fragt mich zum wiederholten Male, ob ich der

Prinzessin Wilhelmine von den Plänen des Kronprinzen erzählt hätte. Der Kriegsminister hat uns ja oft genug während der Empfänge der Königin in Monbijou beieinander stehen gesehen, wenn er auch nie die Ehre hatte, Dritter in unserer oder irgendeiner anderen Runde von Sophie Dorotheas *Cercle* zu sein.

»Nein, die Prinzessin hat nichts gewußt. Der Kronprinz hatte mir für alle Zeiten verboten, ihr oder der Königin gegenüber auch nur ein Wort über seine Absichten zu verlieren.«

»Wie hat denn Prinzessin Wilhelmine ständig und vor verschiedenen Leuten von dieser Sache sprechen können?« fragt er mich in fast freundschaftlichem Tone.

»Womöglich hat sie etwas geahnt oder befürchtet. Sie war ja nicht selten Zeugin der Auftritte des Königs gegenüber ihrem Bruder. Ihre schwesterliche Zuneigung hat sie zweifellos spüren lassen, daß Seine Königliche Hoheit die Ungnädigkeit seines Vaters nicht mehr lange würde ertragen können.«

»Und Sie haben diese schwesterlichen Ahnungen weder bestätigt noch zu zerstreuen versucht?«

»Nein. Ich habe dazu geschwiegen. Sie kennt ihren Bruder zweifellos besser als ich.«

»Zweifellos, Herr von Katte.«

Die Befragungen finden nunmehr im Verhörzimmer der Hauptwache statt. Kein Gang führt mich mehr hinaus aus meinem Gefängnisse. Die Tage sind eintönig und lang. Und wenn ich mich in die Erinnerung retten will, verfalle ich in die Erstarrung des Gebets. Ich bin eingeschlossen in Armut, Keuschheit und natürlich im Gehorsam, ich führe das Leben eines Mönchs, ja eines Heiligen, meine Träume weiten sich über den Schlaf hinaus zu Visionen, ich sehe dich, Fritz, alleine voranreiten über ein Feld, aus dessen nasser schwarzer Erde Perücken, Mäntel und Schuhe wachsen, herrenlose Pferde folgen, bis auf dich ist keine Menschenseele zu sehen.

Wie groß ist mein Erstaunen, als ich mit dem Abendessen, unter dem Brote versteckt, einen Brief erhalte. In ihm steckt ein zweiter Brief von Friedrichs Hand. Er ist mit einem Bleistifte geschrieben:

»Mein lieber Hans, täglich lasse ich mir berichten, ob Du noch am Leben bist. Unter unseren Kameraden gibt es treue Seelen, die nicht den Zorn des Königs fürchten, wenn sie Freundschaft über Gehorsam setzen. So ist mir dieser Ort, mein Cüstriner Verlies, trotz aller Widrigkeiten auch ein Ort des Trostes.

Man wird uns beide bald vor das Kriegsgericht zerren, und den Anklägern wird es nicht genügen, uns zu Deserteuren zu stempeln, sondern man wird auch unsere Freundschaft zu entehren suchen. Aber mir ist das vollkommen gleich, solange Du an meiner wahrhaftigen Zuneigung nicht zweifelst. Wie sehr wünschte ich, nicht eines Briefes zu bedürfen, um Dir die Aufrichtigkeit meiner Gefühle zu erweisen. Was auch kommen mag, ich wünsche nichts mehr, als Dich glücklich zu wissen! Bleibe bei der Wahrheit, gestehe nichts, was Dich belasten könnte, ich allein bin für meine gescheiterten Pläne verantwortlich, und ich bin bereit, ehrenhaft zu dieser Verantwortung zu stehen.

Ich umarme Dich. Verbrenne diesen Brief, nachdem Du ihn gelesen hast, und behalte mich als Deinen Dich hochachtenden Gefährten in Erinnerung, Dein Mitgefangener!«

Schon drei Tage nach dem Aufbruche des Königs erhalte ich einen Brief von Friedrich, überbracht vom Pagen von Thiele. Darin fordert er mich auf, mich bereit zu halten, um in Cannstadt zur Reisegesellschaft zu stoßen.

Abgegangen ist die Depesche vom Dorfe Meuselwitz, wo der kaiserlich-österreichische Gesandte Graf von Seckendorff ein Gut besitzt. Ist es möglich, daß ein Schreiben des Kronprinzen das Gut verläßt, ohne daß Seckendorff von seinem genauen Inhalte Kenntnis hat? Thiele ist schon wieder fort, so daß ich ihn nicht befragen kann. Am nächsten Tage will der König mit seiner Suite bereits weiter nach Ansbach reisen, wo er eine Woche beim Kurfürsten von Bayreuth logieren und vermutlich dessen Vermählung mit Prinzessin Wilhelmine vorantreiben will. Übrigens beabsichtigt von Seckendorff, so teilt Friedrich mir in seinem Briefe mit, den König nach Bayreuth zu begleiten. Damit rückt auch Wilhelmines englische Hochzeit in unerreichbare Ferne. Aus der Traum, einmal englische Königin zu sein!

Anstatt bei Natzmer um eine raschere Bewilligung meines Werbeurlaubs zu bitten – er würde gleich argwöhnen, daß dieses Gesuch womöglich mit der Abreise des Kronprinzen zusammenhängen könnte –, besuche ich auch an diesem Abend den Empfang der Königin. Sie wirkt wesentlich sorgloser, ja geradezu heiter, jetzt, wo der König für viele Wochen von Berlin fort ist. Es wird ein kleines Cembalokonzert gegeben, in dem Wilhelmine mit großem Eifer und Vergnügen das zarte Instrument traktiert.

In gelöster Stimmung treffe ich nach dem *Cercle* noch Bredow und Holtzendorff in der Mühlendammschenke und habe darüber fast vergessen, Friedrich zu antworten. Aber im Augenblick wüßte ich auch nicht, was ihm zu schreiben klug wäre.

Am nächsten Morgen spreche ich dann doch noch beim Commandanten en chef, Generallieutenant von Natzmer vor, um herauszufinden, ob ein Werbeurlaub in diesen Tagen überhaupt möglich wäre, da für uns Stabsoffiziere derartige Reisen, die ja auch über die Landesgrenzen hinausführen können und sollen, in der Regel vom König persönlich genehmigt werden müssen. Wie ich schon angenommen habe, mustert von Natzmer mich mit höchst mißtrauischem Blicke.

»Wo gedenken Sie denn, noch einige Lange Kerls für den König aufzuspüren, Lieutenant von Katte? In Brandenburg und Preußen werden Sie jedenfalls keine mehr finden!«

Ich murmle etwas von einem Besuche meines Vaters in Angerburg und verabschiede mich rasch wieder, ohne ein offizielles Gesuch eingereicht zu haben.

Ich lasse zwei weitere Tage verstreichen, bis ich mich endlich hinsetze, Friedrichs Eilbrief zu beantworten. Ich schreibe ihm, daß mein Kommandant mir den beantragten Werbeurlaub verweigert habe und ich weiterhin bei den Gens d'armes in Berlin meinen Dienst zu versehen hätte. Ich hoffe sehr, daß diese Nachricht meinen Freund von der weiteren Verfolgung seiner Pläne abhält, denn nun ist er ganz auf sich gestellt, und allein wird er die Flucht kaum wagen. – Ich übergebe den Brief meinem Vetter,

Rittmeister Christoph von Katte, und vertraue ihm, auch wenn wir uns nicht sehr nahe stehen, daß er meine Nachricht wohlbehalten nach Ansbach bringe und dem Prinzen von allen Spionen unbemerkt übergebe.

Welkes Laub weht in meine Arrestzelle, Linden-, Buchen-, Kastanienblätter. Sie erinnern mich daran, wie es ist, über Waldboden zu gehen, über den Teppich von Fichtennadeln, in einem der vielen Seen zwischen Berlin und Potsdam zu schwimmen, darin den Widerschein der niedrigstehenden Sonne wie eine goldsilbrige Straße zu sehen, fallende Farben, sich entfärbende Blätter, erlöschende Lichtzapfen, Nachtnadeln, Straßen ohne Grund und Ziel.

Nach Wochen täglicher Verhöre und einsamer Haft wird endlich der erste Besucher zu mir gelassen, Feldmarschall Graf von Wartensleben, mein Großvater. Vielleicht habe ich endlich alle Fragen des Königs zur Zufriedenheit Seiner Majestät beantwortet, so daß keinerlei Gefahr weiterer verschwörerischer Komplotte besteht.

Ich würde meinem Großvater gerne zu Füßen fallen und um Verzeihung bitten. Doch für welche Verbrechen, welche Schuld?

Statt auf die Knie zu fallen, kommen mir ungewollt die Tränen, als mein Großvater stumm, aber liebevoll meine Hand in seine alten Hände nimmt.

»Ich weine nicht um meinetwegen, lieber Großvater, sondern allein um die große Betrübnis, die ich Eurem zärtlichen Herzen bereite. Ich sollte doch Euer Trost im Alter sein, und nun verursache ich nur Schmerz und Schande!«

»Nach allem, was ich weiß, mein Junge, hast du vielleicht unklug, aber nicht unehrenhaft gehandelt. Und der König kann nicht so grausam sein, dich für deine Treue zum Kronprinzen als Fahnenflüchtigen zu bestrafen.«

»Wie auch immer das Urteil des Kriegsgerichts ausfällt, ich bin glücklich, daß Ihr mich nicht verurteilt.«

»Wie könnte ich, habe ich dich doch großgezogen und dich

das Gute vom Schlechten unterscheiden gelehrt. Ich müßte mich selbst mitverurteilen.«

»Und nun scheint alles eitel und nichtig.«

»Ja, wie unbegreiflich des Menschen Wege sind, und wie unerschließbar Gottes Beschlüsse!«

»Faßt Euch, lieber Großvater, noch ist das Urteil nicht gesprochen.«

Nie habe ich den alten Mann weinen sehen. Nun muß ich den, der doch gekommen ist, mir Trost zuzusprechen, selber trösten. »Gott wird Euch alle Liebe, die Ihr tausendfach für mich gezeigt, vergelten. Und ich bitte Euch um Vergebung für all den Ungehorsam und alle Widerspenstigkeit, die ich in meiner Kindheit und darüber hinaus gegen Euch gezeigt.«

»Es gibt nichts zu vergeben, mein Junge. Ich werde persönlich beim König vorsprechen und ihn, der doch auch Vater ist und dereinst einmal Großvater sein wird, um Gnade, und wenn nicht um Gnade, dann um Gerechtigkeit bitten.«

Das, was wir wahr und gut nennen oder auch böse und schlecht, ist nichts anderes als Notwendigkeit. Sie ist die höchste und vielleicht einzige Beherrscherin unseres Schicksals. Blind wählt sie ihr Opfer. Ihr gegenüber gibt es keine Waffen.

»Wie geht es dem Kronprinzen?« frage ich endlich.

»Man hört nichts Genaues von ihm. Er soll in Cüstrin festgehalten und ebenfalls wegen Desertion vor Gericht gestellt werden. Doch sorge dich nicht um ihn, kein Gericht der Welt wagt über ihn zu urteilen.«

»Wenn kein Gericht, dann doch sein Vater.«

»Alle Offiziere haben sich entschuldigen lassen, dem Kriegsgerichte beizusitzen. Nun läßt Seine Majestät in der ganzen Armee Lose ziehen. Doch wenn sein Zorn abgekühlt ist, wird er wieder der gerechte König sein, als den wir ihn verehren.«

»Und wie hat mein Vater die Ereignisse aufgenommen?«

»Er sorgt sich zweifellos nicht weniger um dich als ich, mein Junge. Seine Pflichten halten ihn in Königsberg fest. Wenn er aber das Schlimmste erwarten würde, hätte er sich längst auf den Weg nach Berlin gemacht.«

»Richtet ihm aus, daß es mir aus tiefstem Herzen leid tut, ihm nun doch die Schande bereitet zu haben, welche er von mir immer befürchtet hat. Aber es gab für mich keinen ehrenhaften Ausweg aus den verzwickten Umständen als jenen, den ich am Ende zu wählen hatte.«

»Ich hoffe und bete zu Gott, daß du es ihm selbst wirst sagen können. Behandeln dich deine Kameraden gut?«

»Ja, sie sind zuvorkommend und freundlich wie Bedienstete in der besten Herberge. Wenn sie nur mit mir sprechen dürften! Doch der König würde es gewiß erfahren, wenn auch nur einer von ihnen seinem ausdrücklichen Verbote zuwiderhandelte.«

»Kann ich irgend etwas für dich tun?«

»Kommt nur bald wieder und haltet ein wenig meine Hand, lieber Großvater! Niemanden habe ich mehr geliebt nach dem Tode meiner Mutter als Euch!«

Alles ist Traum, der Freund, der König, der Vater, das Regiment, die Familie, alles Traum. Wahr ist nur, daß ich den Kopf gegen die kalte Wand der Stummheit schlage.

Bis weit in den August hinein erhalte ich keine weitere Post von Friedrich, und schon keimt in mir die Hoffnung, daß er seine Pläne klugerweise verschoben, wenn nicht gar aufgegeben habe.

Dann aber erreicht mich per Eilkurier ein letzter Brief von ihm, dem offenbar der Boden unter den Füßen brennt. Er plane nun, von Sinsheim aus fortzugehen. Ich solle unterdessen direkt nach dem Haag reisen und ihn dort erwarten oder bestenfalls bereits wohlbehalten antreffen. Sollte seine Flucht mißlingen, fügt er mit einem Anflug von Galgenhumor hinzu, wolle er in einem Kloster Zuflucht suchen, wo man unter Skapulier und Kutte einen Ketzer wie ihn wohl nicht erwarten würde.

Ein Brief von mir wird ihn auch per Stafette nicht mehr rechtzeitig erreichen. Was soll ich tun? Wenn ich auf weitere Nachrichten warte, wird es für meine Reise nach dem Haag zu spät sein. Wenn ich aber aufbreche ohne genaue Kenntnis, ob ihm die Flucht gelungen oder er am Ende doch mit seinem Vater Richtung Wesel weitergereist sei, wird mir die Rückkehr nach Brandenburg unmöglich sein.

Unterdessen hört man in Berlin die widersprüchlichsten Gerüchte, so daß am Ende selbst Holtzendorff beunruhigt ist: »Du solltest für eine Weile aus der Hauptstadt verschwinden, Katte. Besuch das väterliche Gut, meinetwegen steht dir auch das Jagdhaus bei Jagow zur Verfügung, Hauptsache, du bist aus dem Schußfeld, bis die Gemüter hier sich wieder beruhigt haben!«

»Warum sollte ich verschwinden? Ich habe nichts verbrochen!«

»Man muß auch nichts verbrochen haben, um kassiert zu werden.«

»Wenn ich die Stadt verlasse, würde ich mich erst recht verdächtig machen. Außerdem hat mir der Kronprinz seine persönlichen Dokumente anvertraut.«

»Verbrenn sie und verschwinde, rat ich dir!«

»Die Briefe der Königin?«

»Schweig! Ich will gar nicht wissen, was du an dich genommen hast. Was immer es ist, es kann dich den Kopf kosten. Sag dann nicht, ich hätte dich nicht gewarnt!«

»Ja, das hast du, und ich danke dir dafür!«

Auch am Abend dieses unheimlichen Tages findet in Monbijou ein Empfang statt. Nachdem Prinzessin Wilhelmine uns Musikliebhaber lange mit ihrem Spiele am Spinett ergötzt hat, begibt sie sich ins an den Empfangssaal angrenzende Gesellschaftszimmer. Ich folge ihr, bringe meinen Körper dahin zu tun, was ich von ihm verlange. Sagt die Seele: Marsch!, dann geht der Körper.

Ich spreche Wilhelmine an und beschwöre sie trotz ihrer abweisenden Haltung, mich um Gottes Willen einen Augenblick anzuhören. Als der Name ihres Bruders fällt, erhebt sie sich sofort vom Spieltische und folgt mir ans Fenster. Die Blicke aller im Raume folgen uns, obgleich ich so beiläufig zu sprechen versucht habe, daß es für die Umstehenden nicht unziemlich oder geheimniskrämerisch klingen konnte.

Zunächst teile ich ihr meine Bestürzung über die umlaufenden

Gerüchte mit: »Nie habe ich, wenn die Nachrichten sich denn bewahrheiten sollten, den Kronprinzen in seinen Fluchtplänen bestärkt!«

Trotz aller Besorgnis bemühe ich mich, den ruhigen Tonfall beizubehalten, eingedenk der weisen Worte meines Großvaters: Behaupte niemals eine Sache mit Hitze oder Geschrei, wenn du dir bereits sicher bist, daß du recht hast!

»Aber ausgeredet haben Sie ihm diese Pläne auch nicht, oder?« entgegnet Wilhelmine scharf.

»Bei allem, was mir heilig ist, ich versichere Ihnen, daß ich ihm geschrieben und mich ausdrücklich geweigert habe, ihm zu folgen, wenn er wider alle Vernunft die Flucht versuchen sollte.«

»Ich wüßte nur zu gerne, was Ihnen heilig ist, Lieutenant von Katte. Man hält Sie für einen Freigeist, der an keinen Gott und keine Moral glaubt!«

»Mag sein, daß Sie mit ersterem recht haben, aber gewiß nicht mit letzterem. Ich glaube an die Freundschaft, die Ehre und die Vernunft, Königliche Hoheit. Und ich wette auf meinen Kopf, daß Ihr Bruder Sie und mich so sehr liebt, ohne unseren Beistand nichts so Unbesonnenes zu versuchen, das uns alle ins Unglück stürzen würde.«

»Das hoffe ich vor allem für Sie, Lieutenant, denn ich sehe Ihren Kopf schon lose auf den Schultern sitzen. Und wenn Sie Ihren Einfluß auf meinen Bruder nicht bald in Richtung Pflichterfüllung und Gehorsam geltend machen, könnte es wohl sein, daß ich ihn bald vor Ihren Füßen liegen sehe.«

»Ich befürchte, Sie überschätzen meinen Einfluß. Wenn es dem Kronprinzen gefällt, bin ich nicht mehr der Freund, sondern ein einfacher Untertan, der ihm Gehorsam schuldet.«

»Inzwischen haben Sie viele Feinde, Herr von Katte, die Sie um die Gunst des Kronprinzen beneiden und zu jeder Verleumdung bereit wären, um Ihnen zu schaden.«

»Ich hoffe, Sie zählen sich nicht zu ihnen.«

»Sie können sicher sein, ich werde alles tun, um Schaden von meinem Bruder abzuwenden, und dafür würde ich selbst Sie nicht schonen.«

»Welcher Schaden, welches Übel könnte ihm drohen, selbst wenn er zu fliehen versuchte? Er ist der Kronprinz, der Erbe des Throns!«

»Ihr solltet es besser wissen, Lieutenant. Noch ist sein Vater bei leidlicher Gesundheit, und der Kinder sind viele.«

Ehe ich etwas erwidern kann, wendet sich die Prinzessin von mir ab und kehrt an den Spieltisch zurück.

Ich sitze im Hemd auf der schmalen Bank, die mir auch als Bett dient, die Bibel auf den Knien, meine Augen gleiten über die Verse, ohne sie wahrzunehmen, und will ich eine Seite umblättern, ist mir, als besäße ich keine Muskeln und Sehnen mehr, sondern nur Erde und Lehm in dem mehr und mehr unförmigen Hautsack, der einmal ein junger, zuversichtlicher Mann war.

Es ist kalt in meiner Arrestzelle, ich könnte nach einem Mantel fragen, aber ich tue nichts dergleichen. Ich höre leichtes Husten und Stimmen aus der Wachstube, vom Turme der französischen Stadtkirche schlägt es neun Uhr. Wie lange bin ich schon wach? Ich schlage das Buch zu, trinke einen Schluck Wasser aus der Kanne, die man mir am Morgen mit dem Brote gebracht hat, es schmeckt süß und bitter. Ich sollte aufstehen, mich ein wenig bewegen, auch wenn dazu nicht viel Raum in meiner Zelle ist, doch bleibe ich sitzen und lausche, nein, lausche nicht einmal, warte nur, nein, selbst Warten ist noch ein Handeln, aber ich handle nicht, Geräusche, Stimmen, die Kälte, sie kommen von selbst auf mich zu.

Ich könnte die Wachen bitten, mich rasieren zu dürfen. Sie würden es mir nicht verweigern, würden mir auf mein Ehrenwort das Rasiermesser in die Hand geben, aber im Raume bleiben und zusehen. Doch ich rasiere mich nicht. Seit Tagen habe ich mich nicht einmal mehr gewaschen. Ich habe mich nur angekleidet, wenn ich zum Verhöre vorgeladen wurde. Meine Stiefel passen mir schon nicht mehr. Meine Füße sind von der Bewegungslosigkeit aufgequollen und verklumpt. Bald werden sie sich in weiße teigige Brotlaibe verwandelt haben.

Auch in meinem Quartier in der Brüderstraße wäre ich heute

morgen vielleicht nicht aufgestanden. Mein Bursche Daniel hätte mir den Kaffee gebracht, und ich hätte im Bette gelesen, bis einer von meinen Freunden zu mir hinaufgestiegen wäre, um mit mir zu frühstücken oder auszureiten. Ich hätte ihn bereits an seinen Schritten auf der Treppe erkannt und mich entweder krank gestellt oder aus den Federn locken lassen. Doch das eine wie das andere ist nun überflüssig. Nähern sich Schritte meiner Zelle, muß ich keine Wahl treffen. Die Anweisungen sind kurz und präzise. Kein überflüssiges Wort kommt ihnen über die Lippen. Aber ich lese in den Augen von Hertefeld oder Holtzendorff, höre ihre Herzen zu mir sprechen. Ich will diese vertrauten Gesichter nicht mehr sehen, will ihre Herzensstimmen nicht hören, will mit niemandem reden, nicht nachdenken, träumen, mich nicht rühren.

Die Kälte ist unerträglich. Inzwischen muß es Mitte Oktober sein. Meine Augen starren auf die bekritzelten Wände, die Inschriften der vor mir hier Arrestierten sind nur noch Risse, Flekken, Platzwunden auf der nackten Zellenwand.

Ein letztes Verhör, ehe das Kriegsgericht zusammentritt. Ich gehöre schon nicht mehr dazu. Zum Regiment, zur Stadt, zur Familie, zur Welt. Bisher habe ich nie darüber nachgedacht, zu etwas oder jemandem zu gehören. Ich habe meine Zugehörigkeiten als gegeben angesehen. Doch sind sie gegeben, können sie auch genommen werden, samt aller strahlenden Erinnerungen, Lektionen, Abenteuer, Pläne. Genommen werden kann alles, die Vergangenheit, die Gegenwart, die Zukunft. Zum Stein zu werden schützt nur bedingt. Es ist keine freie Wahl, es ist nur Annahme des unausweichlichen Schicksals.

Grumbkow: »Sie sind mit dem Kronprinzenbegleiter Obristlieutenant Daniel von Rochow verwandt?«

»Er ist der Bruder meines Schwagers Friedrich Wilhelm von Rochow.«

»Laut Zeugenaussage des Obristlieutenants von Rochow hat dieser Sie mehrfach gewarnt, mit dem Kronprinzen zu konspirieren.«

»Von Konspiration war nie die Rede.«

»Ich habe hier einen Brief Ihres Vaters, Generalmajor Hans Heinrich von Katte, an Seine Majestät den König. Darin setzt er den König von der Konspiration seines Sohnes Hans Heinrich, also Sie, Herr Lieutenant, mit dem Kronprinzen in Kenntnis.«

»Ein Brief meines Vaters? Das kann ich nicht glauben!«

»Beigefügt ist dem Briefe eine Abschrift der Depesche Ihres Schwagers an Ihren Vater, in dem jener den Generalmajor von des Kronprinzen und Ihren gemeinsamen Desertionsplänen unterrichtet.«

»Diese Briefe können nur eine Fälschung sein!«

»Ihr Schwager war durch seinen Bruder, den Kronprinzenbegleiter, von allen Absichten Friedrichs informiert und hat bei Ihrem Vater Rat gesucht. Im Post Scriptum schreibt Ihr Vater, Seine Königliche Majestät möge um der Gnade Gottes Willen Mitleid mit einem schmerzlich betrübten Vater und seinem mißratenen Sohne haben.«

»Wenn diese Briefe keine Fälschung sind, müssen sie aus Furcht geschrieben sein!«

»Oder aus Gehorsam und Treue zum König!«

Ich kann das Bild meines Vaters nicht richtig erkennen. Er hat sein Leben lang Krieg geführt, aber nie wirklich gekämpft. Und noch weniger nachgedacht über die Kriege, die zu führen er sich beauftragt fühlte. Er hat dem König gedient und seinem Gott und ist ohne jede Verwirrung von dem einen Dienst zum anderen hin und her gewechselt.

Jetzt, da er mich anblicken sollte, packt ihn die Angst, der eine wie der andere mögen ihn für diesen lebenslangen Dienst nur schlecht entlohnen. Sollte die Großherzigkeit des Lohnes denn nicht der Größe des Herrn entsprechen? Nun muß sein Herz vergehen vor dieser Kleinlichkeit.

Anläßlich des Geburtstages ihres Gemahls gibt die Königin in Monbijou dem abwesenden König zu Ehren einen Ball. Der große Festsaal ist mit Schildern, Schleifen und Lampions geschmückt, und die Tafel stellt ein Blumenbeet dar. Jeder der Ballgäste findet ein Geschenk unter seinem Gedecke.

Alle sind in vortrefflicher Laune. Nur die Hofmeisterin, Frau von Karmeke, und die Gesellschafterin der Königin, Frau von Blaspiel, wirken bedrückt. Bei letzterer indes können die Gründe durchaus privater Natur sein. Der Graf von Manteuffel, sächsischer Gesandter am Berliner Hofe, ist nach Dresden abgereist. Zwar haben die Dame und der Graf ihr Liebesverhältnis geheimzuhalten versucht, aber beide hätten den Berliner Hof inzwischen besser kennen müssen. Natürlich hegt niemand den leisesten Zweifel an der Tugend der Frau von Blaspiel, allein, ein sechzigjähriger gichtiger und übelriechender Gatte ist nicht eben etwas Verlockendes für eine junge Frau. Ganz anders wirkt da die stattliche Erscheinung des Grafen.

Um sich über die Trennung von der Geliebten zu trösten, schreibt er ihr mit jeder Post, und der ganze Hof liest diese unheilvolle Correspondance mit, nicht zuletzt natürlich auch der König. Obgleich er mit dem Grafen befreundet ist, nutzt er die kompromittierenden Briefe, die arme Frau Blaspiel als Spionin bei der Königin zu dingen. Da nun aber alle, auch die Königin selbst, von der unseligen Affaire wissen, vermag ihre Gesellschafterin kaum größeres Unheil anzurichten.

Am vergnügtesten zeigt sich überraschenderweise Kriegsminister Grumbkow. Die Verdrießlichkeiten der letzten Wochen scheinen vergessen, er scherzt und spaßt, und das alles höchst heiter und geistreich. Er lobt den König so über alle Maßen, daß man es schon fast für Spott halten müßte, wüßte man nicht, wie sehr er den König liebt und verehrt.

Nach dem Souper fängt der Ball von neuem an. Ich habe lange nicht mehr getanzt. Um so rückhaltloser stürze ich mich nun in dieses seltene Vergnügen, ohne weiter auf das zu achten, was rings um mich her vor sich geht. Auch Prinzessin Wilhelmine scheint heute weniger unwirsch und griesgrämig als noch am Vortage, ja, sie erlaubt mir gar einen gemeinsamen Tanz.

Ich höre, wie Frau von Karmeke klagt, sie wünschte, das Fest möge bald vorbei sein. Die Prinzessin entgegnet unbeschwert: »Mein Gott, ich wollte, dieser Ball würde nie enden! Wie lange habe ich nicht mehr nach Herzenslust getanzt!« Und für einen kurzen Moment treffen sich unsere Augen, und ein undeutbares Lächeln stiehlt sich auf ihre Lippen.

Dann fällt ihr Blick auf die Königin, und ganz unvermittelt bricht sie den Tanz ab und eilt zu ihrer Mutter, die am Ende des Saals, bleicher als der Tod und einer Ohnmacht nahe, von ihrer Hofmeisterin und der Gräfin Finck von Finckenstein gestützt wird. Wenig später verläßt die Königin mit Wilhelmine und ihren Damen den Festsaal. Ich bin beunruhigt und frage Frau von Blaspiel, was geschehen sei. Sie schüttelt abweisend den Kopf und sagt, sie wisse es nicht. Doch den ganzen Abend lang hat sie besorgt ausgesehen. Ich befürchte, die Vorgänge könnten Friedrich betreffen, und will mich sogleich auf den Weg zu meiner Wohnung machen, als Herr von Lövener, der dänische Gesandte und Vertraute der Königin, mir nacheilt und mir zuflüstert: »Herr von Katte, der Kronprinz ist in Haft gesetzt.«

Ich habe ähnliches bereits befürchtet, und doch weiß ich vor Schrecken nicht gleich zu antworten.

»Auch wenn Sie selbst Ihr Leben für ein Nichts erachten«, fährt er eindringlich fort, »so bedenken Sie, was sich noch in Ihrem Besitze befindet, das den Kronprinzen oder auch die Königin noch tiefer ins Verderben reißen könnte.«

Von Lövener hat recht. Da sind noch die Briefschaften, die Fritz mir beim Abschied anvertraut hat. Manche Briefe von der Mutter oder Schwester hatte Fritz mir vorgelesen oder zum Nachlesen vorgelegt. Am Anfang hatten sie mich noch amüsiert, am Ende aber wollte ich nichts mehr von ihnen wissen. Nicht nur fanden die Königin und die Prinzessin Vergnügen darin, auf höchst respektlose Art vom König zu sprechen, sie schildern auch immer wieder frank und frei ihre Bemühungen, die englischen Angelegenheiten voranzutreiben. Minister, Generäle und Hofdamen bekommen ihren Spott ab. – Sollte auch ich unter den gelegentlich Verspotteten sein, wovon ich vernünftigerweise auszugehen habe, so hat Fritz diese Briefe oder Briefabschnitte stets freundschaftlich unterschlagen.

Ich eile zurück in meine Wohnung, öffne Schränke und Truhen und fange an, die Papiere zu ordnen in jene, die ich verbrennen, und jene, die ich ihren Absendern zurückschicken will.

Es ist heiß in der Stube, mitten in der warmen Augustnacht lodert ein helles Feuer im Kamin. Der Schweiß steht mir auf der Stirn. Ich rufe Daniel und befehle ihm ohne weitere Erklärungen, alles Notwendige für eine längere Reise zusammenzupacken und morgen in aller Frühe die Pferde bereitzuhalten.

Da ich es unter den gegenwärtigen Umständen für zu gefährlich halte, die Königin oder die Prinzessin im Schlosse aufzusuchen, spreche ich Wilhelmine an, als sie gerade auf dem Weg zur Kirche ist. Aber auch hier entgeht mein unschicklicher Auftritt den aufmerksamen Augen der gesamten Dienerschaft nicht.

»Ihr Bruder, der Kronprinz, hat mich beauftragt, Ihnen diese Kassette zu übergeben, nur Ihnen oder Ihrer Mutter. Es sei wichtig, und der Kronprinz bittet Sie, ihren Inhalt allein der Königin zu zeigen!«

»Wenn Sie nicht auf Befehl meines Bruders handeln würden, müßte ich Sie Ihrer Unverfrorenheit wegen, mich hier in aller Öffentlichkeit anzusprechen, bestrafen lassen!«

Ich verbeuge mich wortlos und eile davon, ohne ihr Gelegenheit zu weiteren Vorwürfen zu geben. Hart ist der Himmel des Nordens mit seinen schnell ziehenden Wolken. Nichts über dem Schopfe als jagende Vergänglichkeit.

Als ich an meinem Hause in der Brüderstraße anlange, warten am Hoftore bereits Generalfeldmarschall von Natzmer, Obrist von Pannewitz und zwei Kameraden von den Gens d'armes auf mich. Als Natzmer mich ohne jeden Argwohn heranreiten sieht, erbleicht er und ruft mit schreckensrauher Stimme aus, als sei er Pheidippides, der vor der Schlacht von Marathon nach Sparta läuft und daselbst vergeblich um Hilfe gegen die Perser nachsucht: »Um der Wunden Jesu Christi Willen, unglücklicher junger Mann, Sie sind verloren!«

Endlich lichtet sich das nächtliche Dunkel, nein, lichtet sich nicht, zerfällt. Habe ich die ganze Zeit geschlafen, die Leuchtfeuer übersehen? Mein Nichtwissen ist nur noch vorgetäuscht, eines Arglosen Pose. Auch das Übersehen ist letztlich eine Art von Sehen.

Doch nun ist Haltung gefordert, Haltung gegenüber dem Unausweichlichen. Innerhalb eines Lidschlags steht mir das Kommende vor Augen. Ich bin der Feind. Diese Rolle anzunehmen, darin besteht meine Redlichkeit. Wie kann man redlich sein, wenn man nichts von sich weiß? Nur so kann man redlich sein!

Hilflos blickt Natzmer zu Pannewitz, dem keinerlei schlechte Angewohnheiten, ja überhaupt keine Gewohnheiten nachgesagt werden können, da er aus einem Elternhause stammt, in dem allein Notwendigkeiten den Alltag bestimmen. So hat er denn ganz und gar die Manier der Armee angenommen.

»Ihren Degen, Lieutenant von Katte, im Namen des Königs!« stöhnt Natzmer. Dann, mit Tränen in den Augen, an den Obristen gewandt: »Dieser Mann ist Ihr Gefangener, Pannewitz. Bringen Sie ihn ins Arrestlokal der Hauptwache!«

Kurz vor meiner Reise nach Küstrin zeigt sich der Himmel über Berlin noch einmal von altweibersommerlicher Sanftmut. Die Luft ist schon herbstlich kühl, aber das Blau von einer ungetrübten Tiefe wie sonst nur an sonnigen Augusttagen. Ein Kornblumenblau und ein Sonnenblumengelb, in dem die beschienenen Hausfassaden leuchten, während das Laub der Bäume sich schon rot und braun färbt. Meine Zeit in Deutschland ist fast um, meine Reise geht, bevor es dann von einem Tag zum andern plötzlich Winter wird, zu Ende.

Zu einem einzigen letzten Ausflugsziel auf meiner Liste habe ich mich bisher noch nicht aufraffen können, Schloss Köpenick, wo das Kriegsgericht gegen Katte tagt. Anstatt durch die Stadt zu laufen und mich von ihren Gerüchen, ihren unerwarteten Aus- und Einblicken und ihrem nervösen Tremor anregen zu lassen, liege ich in meinem Hotelbett und lese. »Du interessierst dich für nichts!«, hat meine Mutter mir früher ständig vorgeworfen, wenn ich, anstatt meine Hausaufgaben zu machen oder vor die Tür zu gehen und wie andere Jungen Fußball zu spielen, in meinem Bett lag und las. »Du kannst doch nicht dein ganzes Leben mit Lesen vergeuden!« – Nun, ich bin auf dem besten Weg dazu. Und ich finde, es gibt sinnlosere Weisen, sein Leben zu vertun. Wenn man indes einige Bücher ungelesen ließe, könnte man sich durchaus gelegentlich einmal für ein Genie halten.

Ich bleibe länger im Bett als sonst, vielleicht weil der Winter naht und der Körper sich schon darauf umstellt. Leib und Wille sind nicht zweierlei. Was die Leidenschaft und die Trägheit betrifft, so sind sie sich im Grunde gleich, mag auch erstere mehr auffallen und spürbarer scheinen und letztere mehr Scharfsinn bedürfen, ihre sinnlichen Qualitäten zu entdecken. Aber ich gebe meiner guten Mutter insofern recht, dass ein Federbett nicht unbedingt auch ein anregender Ort für geistige Bewegung sei. Also stehe ich auf und sitze lange auf dem Locus. Dies ist allerdings ein vorzügliches Plätzchen für rege Gedanken, die am Ende ja auch nichts anderes als Ausscheidungen sind.

Die Gerüche zu Kattes Zeiten waren zweifellos vielfältiger und strenger. Dieses ganze Universum der Düfte ist uns verloren gegangen, überdeckt und vertilgt im Prozess einer Zivilisation, die Gerüche für einen zu überwindenden Naturzustand hält. Dann der Riechschock, wenn wir in Kairo oder Kalkutta von unserem Kreuzfahrtschiff steigen. Plötzlich öffnet sich die Tür zu diesem verloren geglaubten Kosmos, eine Duftkarte entfaltet sich, eine ganze Enzyklopädie des Gestanks schlägt sich vor unserer Nase auf, Tage des Atemanhaltens folgen, des Ekels, des Erstickens, bis unsere Neuronen sich schließlich erinnern, an den aus uns herausgeprügelten Reichtum dieses Sinns.

Wonach riecht Berlin? Ich rieche vor allem und umfassend Bett, nicht nur hier in meinem ungelüfteten Hotelzimmer, sondern in den Straßen und selbst in den Gärten und Parks, Asphaltbett, Flussbett, Laubbett, Schotter-, Kies- und Koksbett, Feder-, Nadel-, Nagelbett, Kranken-, Sterbe-, Wasser-, Scheiden-, Stroh- und Schambett, Himmel-, Schaum-, Schmalz-, Fuß-, Glut- und

Kälte-, Moos- und Wochenbett, Luft-, Chlor-, Klang- und Liebesbett, Teig-, Talg-, Streck- und Lotterbett, Bettwanzen, -pfannen, -flaschen, -pfosten, -roste, -nässer, -genossen, -geschichten, -bezüge, -zeug.

Drei Anläufe brauche ich, um mich endlich auf den Weg nach Köpenick zu machen. Dabei ist das Wasserstädtchen in knapp einer Stunde gut mit S- und Straßenbahn zu erreichen. Was sträubt sich in mir gegen diesen Ausflug? Das Schloss ist doch allem Augenschein nach recht hübsch wieder hergerichtet, liegt anmutig inmitten eines kleinen Parks auf einer Insel am Zusammenfluss von Dahme und Spree, und selbst die zerbombte Altstadt von Köpenick weiß ihre Kriegswunden inzwischen weitestgehend zu verbergen.

Bevor sich auf Geheiß Friedrich Wilhelms das Kriegsgericht in diesem Schloss versammelte, war es schon einmal Schauplatz eines dramatischen Vater-Sohn-Konflikts. 1679 zog Kurprinz Friedrich, Friedrich des Großen Großvater, hier mit seiner ersten Gemahlin Elisabeth Henriette von Hessen-Kassel ein, um seinem Vater am Berliner Hofe aus dem Weg zu gehen. Geschürt wird der Streit zwischen dem Großen Kurfürsten Friedrich Wilhelm und seinem Sohn durch dessen Stiefmutter, die der Vater heiratet, als Friedrich elf Jahre alt ist. Die verwitwete Herzogin Dorothea von Braunschweig und Lüneburg schenkt dem Kurfürsten sieben weitere Kinder und lässt nichts unversucht, ihren Mann dazu zu bewegen, die brandenburgischen Stammlande unter ihren eigenen leiblichen Söhnen aufzuteilen und damit die Söhne aus der ersten Ehe des Kurfürsten faktisch zu enterben. – Wahrlich ein Shakespeare'sches Drama!

Friedrich ist, wie sein Enkel Friedrich II., zunächst nur der Zweitgeborene und wird erst zum Kronprinzen, als sein älterer Bruder im Reichskrieg gegen Frankreich mit neunzehn Jahren an der Ruhr stirbt. Friedrich ist bereits siebzehn Jahre alt, und niemand hat damit gerechnet, dass er überhaupt so alt wird. Der Säugling galt als schwach und kränklich, und in seinem ersten Lebensjahr wurde das Kind von seiner Amme so unglücklich fallen gelassen, dass es für den Rest seines Lebens eine verkrüppelte Schulter behielt. Die Berliner bespöttelten ihren Richard Gloucester als den *Schiefen Fritz*.

Intrige und Paranoia beherrscht während dieses Rosenkrieges die kurfürstliche Familie. Friedrich hält seine Stiefmutter für eine Giftmischerin, die für das Wohl ihrer leiblichen Kinder über Leichen gehe. Sein Vater ist empört und entsetzt über diese Verdächtigungen, teilt in seinem Testament aber tatsächlich, entgegen der seit Jahrhunderten geltenden Erbgesetze der Hohenzollern, Brandenburg-Preußen unter allen Söhnen auf. – Friedrich braucht nach dem Tode seines Vaters vier Jahre und unzählige weitere Intrigen und juristische Volten, um sich am Ende gegen seine Stiefmutter und seine Halbbrüder durchzusetzen und die Einheit des Landes zu wahren.

Dem eisernen Sparwillen seines Sohnes fällt auch die permanente Hofhaltung im Schloss Köpenick zum Opfer. Warum lässt der Soldatenkönig das Kriegsgericht dann gerade hier tagen, muss er doch für diese eine Woche Ende Oktober 1730 einen außerordentlichen Haushalt etablieren?

In Berlin gibt es angesichts des weltpolitischen Prozesses einfach zu viel Aufmerksamkeit und womöglich auch öffentliche Unterstützung für den angeklagten Kronprinzen und seinen noblen Spießgesellen. Wusterhausen hingegen verkörpert das Ideal pietistisch-sparsamer Zurückgezogenheit, und wenn schon Vergnügung und Zerstreuung, dann eine rein männlicher Art: Truppenübung, Parforcejagd, Tabakskollegium.

Ich sitze nun im Schlosscafé, der ehemaligen Turnhalle des Lehrerseminars, die 1889 an die Wirtschaftsgebäude des Köpenicker Schlosses angebaut wurde, und schaue auf die kleine Bucht zwischen Schlossinsel und Altstadt. Ich habe den Wappensaal besichtigt, in dem das Kriegsgericht tagte. Es wurde liebevoll restauriert und leuchtet nun in frischem Kalkweiß und Pfirsich. Katte selbst ist hier nie gewesen. Die Richter verhandelten den Fall ohne Anhörung der Angeklagten nach Aktenlage.

Wie ging es in dieser außergewöhnlichen Gerichtswoche hier zu? »Der Geschichte Nutzbarkeit«, schreibt Lord Chesterfield an seinen achtjährigen Sohn, »besteht vornehmlich in den uns gegebenen Beispielen der Tugenden und Laster anderer, die vor uns gelebt haben und über die wir gehörige Betrachtungen anstellen sollten.« – Lebten die Offiziere und Juristen abgeschlossen von der Außenwelt wie in einem Konklave? Gab es Bedienstete, Köche, Wäscherinnen, Wachposten? Wie war die Verpflegung? Schliefen sie gemeinsam in den großen Sälen oder, trotz des doch schon herbstlich kühlen Wetters, in Zelten? Gab es private Gespräche, Vergnügungen, tägliche Gottesdienste oder Andachten in der Schlosskirche? Konnten Gerüchte hinaus- oder hereindringen?

Vorsitzender des Kriegsgerichts ist Generalleutnant Achaz von der Schulenburg, ein Verwandter meiner Ahnin Melusine und Mage derer von Katte. Die sechzehn Offiziere des Gerichts beraten bis Samstag, den 28. Oktober 1730. Dann stehen die Voten fest. Über Hans Hermann von Katte verhängen neun Offiziere die Todesstrafe, sieben lebenslängliche Festungshaft. Da aber die Stimmen nicht einzeln, sondern klassenweise gezählt werden, ergibt sich, dass drei Klassen auf Tod und drei auf Haft erkannt haben. Für eine Hinrichtung stimmen die Majore, Oberstleutnants und Obersten, die Kapitäne und die Generalmajore indes und auch der Präses von der Schulenburg, der eine Klasse für sich vertritt, stimmen für »ewiges Gefängnis«, wobei jedem Beteiligten und selbstverständlich auch dem König bewusst ist, dass diese »Ewigkeit« allenfalls bis zur Thronbesteigung des Kronprinzen dauern dürfte. – Bei Stimmengleichheit aber erlangt das mildere Urteil Gültigkeit.

Der König will das Urteil nicht annehmen: »Sie sollen Recht sprechen und nicht mit dem Flederwisch vorüber gehen. Da Katte also wohl getan, soll das Kriegsgericht wieder zusammenkommen und ein anderes sprechen!«

Doch alle Offiziere im Schloss Köpenick bleiben bei ihrem Votum. So legt von der Schulenburg dem König am 31. Oktober 1730 ein zweites Urteil zur Bestätigung vor, das dem ersten fast wörtlich entspricht.

Der König hingegen verschärft das Urteil des Kriegsgerichts eigenmächtig zur Todesstrafe: »Wenn das Kriegsgericht dem

Katten die Sentenz publiziert, soll ihm gesagt werden, daß Seiner Königlichen Majestät es leid thäte, es wäre aber besser, daß er stürbe, als daß die Justiz aus der Welt käme.«

An Kattes Vater schreibt der König: »Es thut mir solches selber von Herzen leid, allein die Gerechtigkeit sowohl als die Nothwendigkeit hat erfordert, Eures Sohnes Verbrechen gehörig zu bestrafen. Denn da derselbe als ein Officier von einem Corps so besonders an mich und mein Hauß attachiert, sich nicht entblödet, in so Land und Leuth verderbliche Anschläge zu complottieren, so bin ich gezwungen gewesen, ihn strafen zu lassen, damit nicht andere mehr dergleichen Verbrechen zu begehen sich gelüsten lassen mögen. Ich beklage Euch als ein Vater, hoffe aber, Ihr werdet Euch wie ein vernünftiger Mann fassen und Euch in die Wege Gottes christlich finden, auch das Mitleiden der Gerechtigkeit und meiner Beruhigung und des ganzen Landes Wohlfahrt nicht vorziehen.«

Übrigens war nicht nur Kattes Tante Melusine von der Schulenburg in die Fluchtpläne des Kronprinzen eingeweiht, sondern auch ihr zukünftiger Schwiegersohn, mein Urgroßvater Philip Stanhope, Earl of Chesterfield, der in jenen verhängnisvollen Tagen gerade englischer Botschafter in Den Haag war und vermutlich die Verschwörer nach England schaffen sollte. Aber nachdem das Komplott aufgeflogen war, gelang es ihm nur, Leutnant von Keith vor den Häschern Friedrich Wilhelms zu retten und ihm zur Flucht nach England zu verhelfen.

Verständlicherweise hat Friedrich Schloss Köpenick nicht sehr geliebt und vergab, als er endlich selbst König war, diese anrüchige Immobilie als Ruhe- und Alterssitz an verwitwete Verwandte und baute sich sein eigenes, unbelastetes Schlösschen *Sans Souci*.

Die ganze Zeit seiner Haft bis zum Aufbruch nach Küstrin verbringt Katte in einer Arrestzelle der Hauptwache am Gens d'armes-Markt. Dort kritzelt er in einer der langen Stunden des Wartens und der erzwungenen Untätigkeit an die Zellenwand:

Schöne trügerische Welt,
Falle! Wenn der Stern nicht fällt.

Jede Stunde bringt Geduld.
Trage leicht an meiner Schuld.
Steh an dunkler Statt,
Und ich heiße Katt.

Holtzendorff durchbricht das Redeverbot und bringt mir die Nachricht vom Urteil des Kriegsgerichts, das mich zwar der beabsichtigten, nicht aber einer ausgeführten Desertion schuldig spricht. Deshalb sehe es von einer Todesstrafe ab und verurteile mich zu lebenslänglicher Gefängnishaft.

Es ist, als hätte ich nun hier, eingeschlossen in diesen vier Wänden, mein Leben wieder gefunden. Und all die Kinder- und Schulgeschichten, die Reise- und Freundschaftsabenteuer, die ersten Lieben, Wunden, Enttäuschungen hätten mich nur von mir selber fortgeführt, eine Schattenwelt der Ereignisse, ohne eigene, bleibende Substanz. Aber hier, gefangen in mir, bin ich ganz ich selbst, ganz Gleichgültigkeit, ganz Regungslosigkeit, ganz Geistesgegenwart.

Die Euphorie über das Gefangensein währt nicht lange. Obrist Pannewitz kommt mit der schlechten Nachricht am Abend zu mir. Der König habe das Urteil des Kriegsgerichts kassiert und gefordert, es solle erneut zusammenkommen und ein strengeres Urteil fällen.

»Was kann strenger sein als lebenslange Haft?«

»Der König weiß«, antwortet Pannewitz zögernd, »daß die Haft nur so lange dauern wird, wie er noch König ist.«

»Das heißt, der König will mich tot sehen.«

»Ja, das heißt es wohl.«

»Und wenn der König es will, kann das Kriegsgericht sich noch so sehr um ein gerechtes Urteil bemühen, am Ende gilt, was der König entscheidet.«

»Darauf sollten Sie gefaßt sein.«

Erst vom Ende her läßt sich das Gelungene oder Mißlungene eines Lebens ermessen. Sollte es hier enden, auf dieser Bank, die zu kurz und zu schmal und zu hart ist, um anständig auf ihr zu ruhen, so war mein Leben tatsächlich vergeudet.

Ich lasse das Brot unangebrochen liegen, esse nicht, lese nicht, denke nicht. Die Gedanken kommen von selbst, ungefragt, ungebeten. Ist dies mein Leben gewesen? Ich bin sechsundzwanzig Jahre alt, habe noch alle meine Zähne, habe ansonsten mehr verschwendet als angehäuft, habe noch keine Familie gegründet, Kinder gezeugt, Werke ins Leben gesetzt. Bisher war alles nur Ausflucht, Vorarbeit, Traum. Ich warte, ohne zu warten, der Tag geht vorüber, ohne daß ich ihn daran hindern könnte oder wollte, die Nacht kommt, ich bin müde, ohne müde zu sein, ruhig, ohne ausgeruht zu sein, leer, ohne mich erschöpft zu haben.

Ich wollte Briefe schreiben, aber ich habe kein einziges Wort zu Papier gebracht. Meine Gedanken schleichen sich hinaus mit den Katzen, den Ratten in die nächtliche Stadt, ziellos, ohne einem der Freunde zu begegnen. Ich rufe sie zurück und schließe sie in meinem Reisekoffer ein. Nun besteht wahrlich keine Gefahr mehr, noch zu fliehen.

Die Nacht und die Zellenwände schützen mich. Keiner meiner Freunde klopft an, lädt mich zu einem Bier ein, scherzt mit mir. Ich muß nicht mehr lächeln, niemandem zuhören, keinem freundschaftlich auf die Schultern klopfen. Ich bin frei, mir über nichts mehr Gedanken zu machen, frei, vor mir selbst die Augen zu verschließen und mich nicht mehr aus mir herauszubewegen.

Ich werde in die Wachstube geführt. Hier drängen sich die Menschen; offenbar sind alle Teilnehmer des Kriegsgerichts hier zur Urteilsverkündung versammelt. Ich stehe. Es stehen einige Stühle im Raume. Doch auch von den anderen hat sich niemand gesetzt.

Generalauditor Christian Mylius verliest das Verdikt. Es ist nicht das Urteil des Kriegsgerichts, sondern eine Kabinetts-Ordre des Königs. Es herrscht Stille in der Wachstube. Ich brauche eine Weile, bis ich verstehe.

Einmal ist mein Pferd bei einem Ausritt in Wust, ich war zwölf oder dreizehn Jahre alt, bei schnellem Galopp über ein verstecktes Kaninchenloch gestürzt. Ich wurde aus dem Sattel geschleudert und prallte mit dem Rücken hart auf die zugefrorne Erde, dann folgte der schwere Pferdeleib, schlug auf meine Brust und preßte die letzte Luft aus meinen Lungen. Ich konnte nicht atmen und mich nicht rühren und vom zitternden Leib des Tieres, der mich am Boden hielt, befreien.

Auch jetzt spüre ich wieder dieses Gewicht auf meiner Brust, doch höre ich der Verlesung des königlichen Befehls ohne jede äußere Regung zu. Es scheint, als ginge es mich nichts an; als würde das Urteil über jemand Fremden gesprochen, in einem Falle, der nichts mit mir zu tun habe.

Die Kameraden hingegen sind erbleicht, und Hertefeld stürzen gar die Tränen hervor, und ich muß einen Schritt auf ihn zugehen und ihn stützen, damit er nicht vor den Augen der Offiziere ohnmächtig zu Boden stürzt.

»Ich gehe furchtlos in den Tod, lieber Ludwig«, tröste ich ihn, »denn ich habe mir nichts Unrechtes vorzuwerfen.«

Dann wende ich mich direkt an den Präses, Achaz von der Schulenburg. Der Generallieutenant ist ein gottesfürchtiger Mann. Ich kann mir nicht vorstellen, daß er für meinen Tod gestimmt hat.

»Ich nehme das Urteil Seiner Königlichen Majestät schweren Herzens zur Kenntnis. Darf ich Sie, verehrter Herr Generallieutenant, dennoch bitten, Seiner Königlichen Majestät meine Jugend und Unbedachtheit vor Augen zu führen und ihn zur Gnade und Barmherzigkeit zu bewegen?«

»Es tut mir leid, mein Junge«, antwortet von der Schulenburg bewegt, »das Kriegsgericht ist nicht imstande, hier noch weiteres auszurichten.«

»Gut. Dann habe ich noch eine letzte Bitte. Seit zwei Monaten sitzt auch mein Bursche Daniel Bauer in Arrest. Er hat sich nichts zuschulden kommen lassen, außer getreulich seinen Dienst zu verrichten. Ich wäre Ihnen zutiefst dankbar, wenn er freigelassen würde.«

Noch am selben Tage schickt man mir Johann Müller, den Regimentsgeistlichen, in meine Zelle. Ich weise ihm nur deshalb nicht gleich die Tür, weil ich ihn aus Glaucha kenne. Er ist nur wenige Jahre älter als ich.

Wir reden lange über die Eitelkeit des Glücks und die Zerbrechlichkeit unseres irdischen Daseins.

Ich leide seine Gesellschaft, da er in all den Stunden unseres Gesprächs nicht einmal die Wörter Sünde, Reue oder Gott erwähnt.

Sechsundzwanzig Jahre habe ich gelebt, und schon ist alles darüber gesagt. Im Wochenbett ist bereits das Sterbebett aufgedeckt. Warum strampeln wir uns in der kurzen Zwischenzeit so heroisch ab, als könnten wir die Welt retten?

Niemand wird in dieser kurzen Zeit je das sein können, was er hätte sein sollen. Ganz gleich, wie lang sie dauert, am Ende wird es immer eine Zeit des Versagens gewesen sein. – Am besten ist, man hält sich aus allem heraus! Während das Glück dich anlächelt, spannt es schon den Hahn.

Der Abend kommt, niemand zündet ein Licht an, ich bleibe regungslos auf meiner Bank sitzen. Ich höre das Knarren der Stiefel meines Vaters. Ich weiß, die Geräusche sind eine Ausgeburt der Stille. Er wird der einzige sein, der nicht kommen wird. Ich höre einige Dorfköter bellen, als er vorübergeht.

Am Morgen tritt mein Großvater in die Zelle, totenbleich, aber gefaßt. »Der König hat mich nicht vorgelassen. Statt dessen hat er, dessen Vater ich bereits treu gedient, mir einen Brief aushändigen lassen, der wenig Anlaß zur Hoffnung gibt. Er hält dich, mein Junge, der Desertion für überführt und will nur Gnade in der Art deiner Hinrichtung zeigen, die deinem Verbrechen gemäß eigentlich mit glühenden Zangen vonstatten gehen sollte. Statt dessen –« Hier versagt die Stimme des Achtzigjährigen. Er muß sich auf meinem Arme abstützen. Ich führe ihn zur Steinbank und drücke ihn sanft darauf nieder.

»Also müssen wir uns nun voneinander verabschieden, lieber

Großvater. Und wir wollen es tun in Erinnerung all der warmherzigen Stunden, die miteinander zu verbringen uns geschenkt wurden.«

»Ein Enkel darf nicht vor seinem Großvater sterben, Hans!«

»Und eine Mutter nicht vor ihrem unmündigen Sohne. Aber das Schicksal weiß nichts von Gerechtigkeit. – Geht nur! Tröstet meinen Vater und meine Geschwister. Ich hätte sie gerne noch einmal gesehen. Aber ich habe nun wohl nichts mehr zu wünschen, geschweige denn zu fordern.«

»Sei tapfer, mein Junge!«

»Seid gewiß, mag man mir auch eine Ehrlosigkeit vorwerfen, mein Ende wird Euretwegen so ehrenvoll sein wie nur je einem Edelmanne würdig.«

Müde erhebt sich mein Großvater. Ich will ihm zur Zellentür helfen, doch unwillig schüttelt er meine Hand ab, strafft sich und geht aufrecht und mit festem Schritte zur Wache, die ihm aufschließt, ohne noch einmal zurückzublicken.

Ich entdecke endlich, daß ich frei bin, daß nichts auf mir lastet, keine Erwartung, keine Furcht. Ein Gefühl bemächtigt sich meiner, das fast Glück zu nennen ist. Eine Trunkenheit, eine Sorglosigkeit, die auf Vergessen beruht, mein Vater, mein Großvater, Fritz, der König, alle vergessen, bedeutungslos, nie gewesen. Eine vollkommene Ruhe füllt mich aus. Ich existiere nicht mehr. Mit meinen Erinnerungen verliere ich mich auch selbst. Ein Kokon aus Verhornung und Taubheit umschließt mich, in dem am Ende selbst die Wörter ersterben, ich, du, wir, ein Gespinst aus Schwärze, aus Nichts.

Am Abend wird überraschend der Türriegel zurückgeschoben, und Major Bogislav von Schack tritt zu mir in die Zelle. In achtungsvollem Tone spricht er mich an: »Macht Euch bereit, Lieutenant von Katte. Ich habe den Befehl von Seiner Königlichen Majestät, Euch nach Cüstrin zu bringen und bei Eurer Hinrichtung zugegen zu sein. Der Wagen wartet bereits.«

Ich bin überrascht, wie schnell nun alles gehen solle, aber weiter nicht betrübt, denn im Grunde ist mir die rasche Entscheidung lieber als jedes elendige Warten. – Da ich bei seinem Eintritte noch angekleidet war und es nichts zu packen gibt, melde ich mich abmarschbereit.

Die Kälte hat etwas Tröstliches. Sie allein ist der Grund, warum ich zittre. Ich lasse es geschehen, lasse mich gehen, mich bewegen. Wie man einen Stein lostritt und ins Rollen bringt. Die Gleichgültigkeit hat kein Herz und keine Grenze. Ich bitte um nichts, verlange nichts, befürchte nichts. Eine Stunde gleicht der anderen. Mein Körper verrichtet seine Notdurften ohne mein Dazutun. Er sieht, hört, spricht, ohne daß ich hinschaue, lausche, rede. Arme und Beine verlieren ihr Gewicht, ihren Halt, aber Muskeln und Sehnen werden ja auch schon bald nicht mehr gebraucht, die Wangen werden schmal, die Augen sinken in ihre Höhlen, nehme ich in meine Hände mein Gesicht, ist es das eines Fremden, eines Toten.

Mein eigenes, wahres Gesicht ist geschützt, weil unsichtbar, verborgen hinter dieser Totenmaske. Es gibt nichts zu verlieren, denn es ist bereits erloschen. Alle Wärme ist abgegeben, kein Feuer hat mehr Macht über mich, und bald läßt auch der Frost mich in Ruhe. Schon jetzt bin ich es nicht mehr, der zittert. Meine Augen sehen es ohne Erstaunen, sie lassen sich nicht mehr schließen, trotz oder wegen der allumfassenden Müdigkeit, müssen von fremder Hand geschlossen werden.

So geht es in die kalte Novembernacht hinaus. Major von Schack und die Offiziere Bredow und Wietersheim fahren mit mir und dem Feldprediger Müller in der geschlossenen Kalesche, dreißig weitere Kürassiere der Gens d'armes folgen, um mich sicher nach Cüstrin zu bringen und dem Gouverneur der Festung zu übergeben. Offenbar bin ich ein bedeutenderer Gefangener, als ich als freier Mann je war.

Major von Schack wirkt während der Nachtfahrt sehr bedrückt. Immer wieder teilt er mir sein Bedauern mit, an der Hinrichtung teilnehmen zu müssen. »Ich habe es zweimal abgelehnt, das Kommando anzuführen«, beteuert er, »aber der König hat es mir streng befohlen, und ich muß wohl gehorchen. Wollte Gott, daß ich das Herz des Königs hätte erweichen können und Euch Eure Begnadigung verkünden dürfen. Aber er wollte kein Wort hören!«

Neben mir sitzt Bredow in der Chaise. Vermutlich wollte von Schack mir nur einen letzten Gefallen tun, mir meinen Onkel an die Seite zu geben. Doch ist Bredow nun der allerletzte, den ich mir auf diesem besonderen Wege als nahen Gefährten wünschte. Seine Miene ist hin und her gerissen zwischen Mitleid und gekränkter Familienehre, also schweigt er.

Säße Holtzendorff mit mir auf der Kutschbank, er würde wenigstens über Fluchtpläne nachsinnen, auch wenn jedes Entweichen angesichts der zahlreichen und strengen Bewachung unmöglich scheint. Aber die Gedanken lassen sich nicht gefangennehmen und bewachen, sie streunen, zumindest die meines Freundes Holtzendorff, wie herrenlose Landsknechte umher.

Feldprediger Müller ist ein netter und umgänglicher Kerl, immer wieder hebt er an, ein Gespräch zu beginnen, doch wirken seine Worte zäh und klebrig und schon einigermaßen vom Franckeschen Predigertone infiziert. Wenn er »Barmherzigkeit« sagen will, klingt es aus seinem Predigermunde wie »Baumharzigkeit«.

Der junge Cornett Wietersheim ist ein jüngerer Bruder unseres »Apolls« aus dem Glauchaer Ochsenstalle, ein erst siebzehnjähriger Rotschopf mit großen abstehenden Ohren und unzähligen Sommersprossen im schneehellen Gesichte, die auch der trübe Herbst nicht hat vertreiben können. Er schweigt aus jugendlichem Respekt und wohl auch aus wahrhaft empfundener Trauer. So ist es denn an mir, ihm während dieser ganzen Fahrt Trost zuzusprechen. Ich versichere ihm so oft, daß ich leichten Herzens in den Tod ginge, bis ich es selbst zu glauben beginne. Aber niemand geht leichten Herzens in den Tod, vor allem dann nicht, wenn er an keine ewige Seligkeit glaubt.

Gegen Morgen stimme ich einige Lieder an, da niemand sich in den Schlaf zu flüchten bequemt und das Schweigen uns alle bedrückt. Obgleich es sich um fromme Lieder handelt, die mir noch aus den Gottesdiensten vertraut sind, stimmt alleine Prediger Müller mit ein, und auch das nur verhalten und mit unsoldatischer Stimme. Wie anders habe ich da meinen tapferen Simon Amsel in Erinnerung!

Am Ende wäre es mir das liebste, ich säße ganz allein in diesem dunklen Kasten, anstatt meine schwermütig oder mürrisch gestimmten Reisegefährten aufheitern zu müssen.

Die Fahrt von Berlin nach Cüstrin dauert etwa zweieinhalb Tage. Auf der ersten Rast im Dorfe Seelnot bitte ich von Schack um Federn und Papier, ich wolle meine Verfügungen treffen und einige letzte Briefe schreiben, und sogleich erhalte ich das Erbetene und dazu einige Stunden des Alleinseins in der verschlossenen Stube des Seelnoter Pfarrhauses.

Wie ist es zu sterben? Es wird auf jeden Fall schnell gehen, wenn der Scharfrichter nur sein Handwerk versteht, rascher als so manche Krankheit oder der Tod auf dem Schlachtfelde.

Ich hoffe, mein Henker ist ein tapfrer Mann und sein Schwert scharf. Sollte er meinen Nacken verfehlen, so kann aus dem schnellen Tode doch wohl ein übles Gemetzel werden.

Aber da ihm nicht zu entkommen ist, werde ich ihm ohne Furcht entgegentreten. Der letzte Augenblick birgt in sich das ganze Leben. Von ihm aus wird das Vorangegangene bemessen und beurteilt. Manches gute Leben mündet am Ende in einem schmachvollen Tode, und so bezahlt man hienieden bereits den Preis, wenn das gute nicht auch ein ehrenvolles Leben war.

Nach dem kummervollen Briefe an meine Tante Melusine schreibe ich an den Großvater, eingedenk des Umstandes, daß wohl keiner dieser Briefe von fremden Augen ungelesen bleibe.

»Ich kann Euch nicht aussprechen«, schreibe ich, »mit welchem Schmerz ich diesen Brief an Euch verfasse, Schmerz nicht um meines nichtswürdigen Schicksals willen, sondern allein Eurer Aufregung und Trauer wegen. Ich, welcher die Mitte all Eurer Sorge war und den Ihr bestimmt hattet, die Stütze Eures Alters zu werden, den Ihr dazu erzogen hattet, seinem Nächsten gegenüber freundlich und in seinem Berufe verläßlich zu sein, und der ich nie von Euch schied, ohne Eure Wohltaten und Eure Ratschläge empfangen zu haben, ich werde nun zum Gegenstande Eurer tiefsten Betrübnis und Verzweiflung. Statt Euch mit guten Nachrichten über mein Vorwärtskommen zu erfreuen, muß ich Euch nun Mitteilung von meiner letzten Reise machen.

Doch nehmt Euch, verehrter Großvater, mein unausweichliches Los nicht allzu sehr zu Herzen, wir alle müssen uns in den Willen der Vorsehung fügen, wenn es ihr denn gefällt, uns mit solcher Härte zu prüfen. Sie verleiht uns aber auch die Kraft, es mutig zu ertragen und ihm über das fatale Ende hinaus standzuhalten. Von Euch erbitte ich nur Eure Verzeihung für alle meine begangenen Fehler und hoffe, daß Gott, den Ihr zeitlebens so geliebt und der doch selbst dem größten Sünder verzeiht, Euch tröste und sich meiner erbarmen werde.«

Nach dem Verfassen dieser Briefe fühle ich mich gänzlich erschöpft. Sie zu schreiben und die rechten Worte zu finden hat mich mehr Kraft gekostet als die vielen Stunden nächtlicher Fahrt über holprige Wege.

Major von Schack bringt das Abendmahl und fragt, ob er mir Gesellschaft leisten dürfe. Ich nötige ihn, nur kräftig zuzugreifen. Ich selber habe wenig Appetit und trinke bloß einen Becher von dem guten Weine, den der Pfarrer zu Ehren seines ungewöhnlichen Gastes aus seinem Keller holen ließ. Nachdem der Major bereits die Hälfte der Bouteille geleert, schenkt er mir einen zweiten Becher ein. Sei's drum, es wird meiner Gesundheit wohl kaum schaden.

Nach dem bukolischen Mahle tritt Regimentsprediger Müller in die Pastorenstube, die für diese Nacht zur Arrestzelle bestimmt ist. Müller hat, wie es seinem Amte geziemt, die Heilige Schrift dabei und legt sie nun, ein wenig scheu, auf den Tisch, an dem von Schack eben noch das Hühnchen verzehrt und wir den guten corleonischen Wein getrunken haben. Ob er nun die Bußpsalmen Davids vortragen dürfe, fragt er. Lieber würde ich Davids Klage um Jonathan hören, erwidere ich. Müller errötet. Aber mir zu Gefallen liest er die Verse, und trotz seines um

Nüchternheit bemühten Tones laufen ihm die Tränen über die Wangen, als er schildert, wie David um den treuen Freund und Geliebten weint, der ihn vor den Mordplänen seines eifersüchtigen Vaters Saul bewahrte.

Wie mag er sich befinden? Droht meinem Freunde dasselbe Schicksal wie mir? Das Kriegsgericht wollte nicht über den Kronprinzen urteilen, aber der König bedarf für seine Urteile keines Kriegsgerichts. Will er nicht auch und vor allem den Kronprinzen tot sehen?

Selbst wenn Fritz diese ganze unselige Tragödie überleben sollte, wird er nicht unversehrt davonkommen. Etwas in ihm wird auf jeden Fall verletzt und abgetötet werden. So viele Wunden sind geschlagen, die nicht mehr heilen können. Statt eines edelmutigen Königs werden wir einen verkrüppelten bekommen. Wenn er seinen Vater denn überlebt.

Wir haben nicht einmal richtig voneinander Abschied nehmen können. Ich wollte, ich könnte ihn noch einmal sehen!

Aber wie sollte das aussehen, ein richtiger Abschied, unter diesen Umständen? Nein, es ist wohl besser, daß wir voller Hoffnung voneinander schieden, uns dereinst, nach gelungener Flucht, in Freiheit wiederzusehen. Freunde sollten nicht um uns sein in unserer letzten Stunde. Sie machen den Abschied erst zur Last.

Major von Schack bereitet unserer frommen Rührseligkeit gegen zehn Uhr ein Ende und meint, es sei Zeit, sich niederzulegen. Mir scheint die Anweisung angesichts der unendlichen Ruhe, die mich erwartet, ein wenig lächerlich. Aber auf sein wirklich fürsorgliches Zureden begebe ich mich dann doch zur Ruhe, und ich schlafe trotz der bangen Umstände gleich ein und dann tief und ruhig bis zum Morgen, man nennt es wohl den Schlaf der Gerechten.

Gegen sieben Uhr weckt mich ein unausgeschlafener Major von Schack und bringt mir den Kaffee. Auch Prediger Müller, der mit übermüdetem Gesichte die Frühstückstafel mit uns teilt, scheint in dieser frühen Morgenstunde zum erbaulichen Gespräche noch nicht aufgelegt. So bin ich denn nun einmal mehr der einzige, der mit einer gewissen Munterkeit diesen zweiten Reisetag beginnt.

Sobald wir aus dem Dorfe Seelnot heraus sind, das der Zufall unserer Suite als Nachtquartier zuwies, bestimmt wieder Trübsinn und Schweigen meine Reisegesellschaft, die ich durch das eine oder andere unbeschwerte Wort aufzuheitern versuche. Am Ende muß ich gar von Gottes Barmherzigkeit predigen, von seiner Gnade, auf die selbst ein Sünder wie ich hoffen dürfe, und dem Ewigen Leben, aber selbst Prediger Müller scheint nicht recht überzeugt und am Ende keineswegs aufgemuntert.

Um drei Uhr am Nachmittage befiehlt von Schack bereits den Halt für das nächste Nachtquartier, als wolle er die Ankunft an unserem Bestimmungsorte nur eben so lange wie möglich herauszögern, obgleich der König doch die Procedur meines Transportes genauestens vorgeschrieben hat.

Wieder sorgt der Major für gute Speisen und einen noch besseren Wein. Da wir morgen wohl unweigerlich an unser Ziel, die Festung Cüstrin, anlangen werden, unterlasse ich jeden weiteren Versuch einer zerstreuenden Abendunterhaltung und bitte von Schack, mir als Zeuge und Notarius meines Letzten Willens zur Verfügung zu stehen.

Viel gibt es nicht zu ordnen. Meinen wenigen Besitz überlasse ich meinem Vater und meinen Brüdern. Die Briefe, die ich erhalten, mögen ihren Absendern zurückgegeben werden, und mit den musikalischen und künstlerischen Werken möge mein Vater nach Gutdünken verfahren. Viel liegt mir nicht an ihnen. Mögen einige Sachen auch von einem gewissen Talente zeugen, ein Meisterwerk findet sich wohl kaum darunter. Und kunstsinnige Freunde, die zumindest einen persönlichen Wert darin fänden, wüßte ich, außer Wietersheim, unseren Apoll, nicht zu benennen. – Fritz lasse ich aus guten Gründen in diesem Testamente unerwähnt.

Meine letzte Reise. Kattes letzte Reise. Novembergrau. Nebel liegt über dem Oderbruch. Es ist kalt im Küstriner Land, nachts gibt es schon Bodenfrost, tagsüber steigen die Temperaturen bei bewölktem Himmel kaum über fünf, sechs Grad. Wolfsrudel, die Friedrich Wilhelm bereits Richtung Osten, hinter die Oder zurückgedrängt hatte, streunen durch die dünn besiedelten Gebiete. Wöchentlich reißen sie Schafe.

Möglicherweise bringen diese Reiseeindrücke nichts ans Licht, was heute noch von Bedeutung wäre. Die Welt, der ich nachspüre, scheint endgültig der Vergangenheit anzugehören. Dennoch sucht die Geschichte mich in meinen Träumen heim, die Wunden, die sie geschlagen hat, die Narben und Verwüstungen, die Leere, die sie hinterlässt.

Nur über einen Tag innerhalb dieses Zeitabschnitts, über den 6. November 1730, an dem das Haupt Kattes auf Bastion Brandenburg falle, sei er hinweggegangen, schreibt Fontane, und doch wiege dieser Tag schwerer als alles, was vorher und nachher an dieser Stelle geschah. Mit diesem finsteren 6. November beginne deutsche Großgeschichte und veranschauliche in erschütternder Weise jene moralische Kraft, aus der dieses gleichermaßen hassens- wie liebenswerte Land erwuchs.

Wenn ich dann aber in den Archiven nach Zeugnissen suche und nichts mehr finde, weil sie mit den Städten verbrannt sind, denke ich, dass diese Tragödie nur in meinen Träumen stattgefunden hat.

Am Ende sitze ich verunsichert und müde in einem Kreuzberger Café, wo man bis um vier Uhr nachmittags noch frühstücken kann, plane meine Rückkehr nach Aberystwyth, als plötzlich ein junger Mann den Raum betritt, der haargenau dem Katte meiner Träume gleicht und mich derart tief berührt, dass ich sogleich auf ihn zustürzen möchte. Gerade noch rechtzeitig erinnere ich mich an die eiserne Faustregel für uns Anonyme Melancholiker: Gib zu, dass du der Melancholie gegenüber machtlos bist und dein Leben nur noch meistern kannst, indem du es der Sorge Gottes anvertraust!

Nun sitze ich also in der Niederbarnimer Eisenbahn und bin unterwegs zu meiner letzten Station. Die Fahrt führt durch eine Wildnis, die an das Umland von Kaliningrad erinnert, eine Art dichtes, niedriges Buschland, die wenigen Siedlungen, Rehfelde, Seelow, Gusow, Golzow, Gorgast, grau, geduckt dazwischen, als wollten sie übersehen werden. Alte Ziegelsteinbahnhöfe irgendwo in diesem Nirgendwo, und manche der angezeigten Ortschaften sucht das Auge, zumindest von den schnurgeraden Gleisen aus, vergebens.

Ein einziger Zug kommt mir auf der gut einstündigen Fahrt entgegen, ein Güterzug mit Fichtenstämmen. Doch zum größten Teil verläuft die Strecke von Berlin-Lichtenberg bis Küstrin-Kietz eingleisig.

Hin und wieder unterbrochen wird das wilde Buschland von weiten brachliegenden Feldern, ohne ein einziges Gehöft in Sichtweite. Ein Landstrich unmittelbar nach dem Dreißigjährigen Krieg, verwüstet, verödet, entvölkert.

Dann wird aus dem Ödland Grenzland, die Wildnis zeigt sich von schwarzgrünen Flüssen durchströmt, der Oder-Warthe-Amazonas-Bruch, Büsche und Bäume wachsen bis ins Wasser hinein, sodass die Flüsse kein eigentliches Ufer zu haben scheinen.

Und plötzlich weitet sich das einsame Gleis um zehn rostige Nachbargleise, der Bahnhof von Kostrzyn. Ein burgartiges Bahnhofsgebäude, das gerade, siebzig Jahre nach Kriegsende, restauriert wird, zeugt allein noch von der einstigen Bedeutung der brandenburgischen Grenzfeste.

Ein Schild neben dem neuen schlichten Hotel Bastion weist zur »Altstadt«. Ich schlage die gewiesene Richtung ein, weiß, wenn ich mich geradewegs durch die Büsche und Rabatten schlage, muss ich ans Ufer der Oder gelangen. Aber der Weg soll ja durch die »Altstadt« führen. Hier, mitten im Wildwuchs, stoße ich, in deutscher und polnischer Beschriftung, auf Straßenschilder, und endlich begreife ich, dass diese gras- und krautüberwachsenen Pfade durch Gestrüpp und Niemandsland die ehemaligen Straßen und Gassen der siebenhundert Jahre alten Renaissancestadt Küstrin sind. Nun entdecke ich auch unter den Hecken die Reste einiger Grundmauern oder zwei, drei Granitstufen ins Nichts.

Hier, auf dieser kleinen Insel zwischen Warthe und Oder, standen ein Schloss, die Stadtkirche, der Marktplatz, Schulen, Werkstätten, Bürgerhäuser, Krämerläden, umgeben von einem breiten Festungsgürtel, auf dem vierspännige Karren und Fuhrwerke fahren konnten. – Diese Stadt gibt es nicht mehr. Und nichts stattdessen. Die jüngst aufgestellten Straßenschilder auf diesem zugewucherten Ruinenfeld, dem gegenüber selbst Pompeji noch bewohnbar wirkt, verstärken den Eindruck der Auslöschung noch.

Ein Teil der die »Altstadt« umgürtenden Bastionen indessen wurde rekonstruiert oder ausgebessert, ebenjener Teil zur Oder hin, Bastion Brandenburg und Bastion Philipp, die bedeutsam für Kattes Schicksal sind. Die Verbindungsmauer zwischen diesen beiden westlichen Bastionen heißt bis heute *Katte-Wall.*

Ich bin ganz allein an diesem Novembermorgen auf der Bastion. Die Oder wirkt dunkel, tückisch, unheimlich, ungezähmt. Ich sehe kein Schiff, keinen Angler, kaum ein Haus in Ufernähe. Nun bin ich an dem Ort, wo meine Geschichte endet. Näher komme ich ihm nicht, und ich wollte, ich würde etwas Besonderes empfinden an dieser Hinrichtungsstätte, wo man vor dreihundert Jahren meinem Helden den Kopf abgeschlagen hat. Ja, er ist mir zweifellos ans Herz gewachsen in den vergangenen Monaten, mir fast zum Freund, zum Bruder geworden, und doch ist er deshalb noch kein eigenständiges, lebendiges Wesen, um dessen frühen Tod ich hier und jetzt trauern könnte oder müsste. Er ist mehr Teil meiner Fantasie, meiner Projektion, so etwas wie ein Filmheld, in den man sich verliebt. Doch wenn er am Ende stirbt, weiß man, dass es nur gespielt ist. Die Erschütterung ist eine manipulierte, ja, gerade dafür hat man das Eintrittsgeld bezahlt, und eine Woche oder einen Monat später sieht man seinen Helden schon wieder in einer anderen Rolle auf der Leinwand und verliebt sich aufs Neue in ihn.

Ich habe ein stilles Zimmer verlangt, und in der Tat geht es hinaus auf dieses von der Natur zurückeroberte Troja oder Angkor Wat im Oderbruch. Doch um so lauter und störender äußern sich nun meine Zimmernachbarn, deren Unterhaltungen ich durch die papierdünnen Wände höre, wenn auch nicht verstehe, als säßen oder lägen sie im selben Raum, durchweg ältere Männer, ich habe sie bei ihrer Ankunft an der Rezeption gesehen, Besucher des Nachtclubs Rai, am Eingang zur »Altstadt« gelegen, dem einzigen Etablissement dieser Art zwischen Gorgast und Gorzow. Stattdessen gibt es gleich ein Dutzend Friseursalons pro Hektar, die dichteste Ansammlung von Haarhandwerkern in Europa, bedingt durch die Grenzlage und den ununterbietbaren Preis pro Dauerwelle und Façonschnitt.

Aber die Herren in den beiden Nachbarzimmern sind nicht zum Friseurbesuch in Kostrzyn. Lärm auf dem Korridor, Erschütterungen vom energischen Schritt hoher harter Absätze, ein schicksalhaftes Pochen an der Nachbartür, dann zwei sirenenhelle Frauenstimmen, die sich über den sanften Bariton des Männerchores legen, und ich werde unfreiwilliger und doch beschämter Zeuge dessen, womit Besucher des kleinen Grenzverkehrs in dieser ansonsten eher reizlosen Gegend sich ihre Zeit vertreiben.

Aber bin ich nicht gerade deshalb hier, dem Grauen in all seinen unerwartbaren Manifestationen nicht auszuweichen, sondern mich ihm zu stellen und es tapfer zu ertragen? Also stopfe ich mir Wachs in die Ohren, um der unfreiwilligen Erregung Herr zu werden, auch wenn die tieferen Erschütterungen weiterhin spürbar bleiben.

Sobald wir aufhören, unser geheimes Leben an die Welt zu binden, können wir uns zu Ekstasen aufschwingen, die ebenso wirklich und wirksam sind wie die der von uns so bewunderten Mystiker, und uns im Rausch mit dem Numinosen vereinen, ohne unseren Atheismus aufgeben zu müssen. »Denn wiewohl die menschliche Natur eigentlich bei allen die nämliche ist«, erklärt Chesterfield seinem Sohne und gutwilligen Enkel, »wird sie doch durch Erziehung, Gewohnheit und besondere Gebräuche so verschiedentlich abgeändert und ausgewechselt, daß man sie auf flüchtige Beobachtung hin beinahe für unterschiedlich halten könnte.« – Mit dem Wissen allein ist noch gar nichts gelöst. Beziehen wir unsere Lebensweisheiten denn nicht vor allem aus unserem unerschöpflichen Vorrat an Wahnsinn?

Ich spüre das Salz, das – wer? – auf mein bloßliegendes Gehirn ausstreut. Es heißt, es sei schmerzunempfindlich. Aber wer weiß das schon? Ich denke an Augen, denen man die Lider abgeschnitten und sie dann in Salzlake eingelegt hat, an Füße, denen man die Haut abgezogen und dann mit Salz eingerieben hat, an eine Krone, einen Festtagshut aus weißen spitzen Salzkristallen, direkt aufs knochenlose Haupt gedrückt, nein, denke nicht, empfinde Fleischblume purpur kadmium zinnober karmin siena pfingstrot

Ich bleibe noch einen Tag und werde mit einigen blendenden, wenngleich kaum wärmenden Sonnenstrahlen belohnt. Beim zweiten Rundgang durch die Altstadt entdecke ich, versteckt im und unter dem Dickicht, weitere Gebäudereste. Von der Marienkirche sind noch die Umrisse der Kirchenmauer, der Fußboden und Teile der Gruften erhalten. Wo sich einst behagliche Wohn- und Speisezimmer befanden, recken sich nun aus eingestürzten oder zugeschütteten Kellern sechzigjährige Pappeln und Espen empor. Nur auf den freigelegten Gassen hat man sie gefällt. Teilweise sind auch die Schienen der Straßenbahn, die, von der Neustadt kommend, bis zum Berliner Tor fuhr, noch im Straßenpflaster sichtbar.

Die »Altstadt« ist in einer guten halben Stunde umgangen. Die Schuhe sind nass vom Tau auf dem nun grasbewachsenen Kopfsteinpflaster. – Heute stört ein lauter benzinbetriebener Rasenmäher meine Katte-Kontemplation auf der Bastion Brandenburg. Auch das Kostrzyner Gartenbauamt nutzt den sonnigkalten Novembertag für witterungsbedingt vernachlässigte Aufgaben. Dort, wo einmal Kanonen standen, stehen nun auf frisch gemähtem Rasen Parkbänke mit Blick in die Schussrichtung. Das gesammelte Gras kippt der Mähende einfach über die hüfthohe Festungsmauer in die harmlos-tückische Oder.

Heute sehe ich auch zwei Angler auf den Buhnen, die fast bis in die Strommitte ragen, jeder einsam auf seiner eigenen, bis zum Halse im schilfhohen Gras auf einem wackligen Klappstühlchen hockend.

Am Kiezer Tor befindet sich ein offizieller Grillplatz mit Holztischen und Bänken. Sogar ein Stapel Feuerholz liegt für die picknickenden »Altstadt«-Besucher bereit, die aber zu einer anderen Jahreszeit durch Altküstrin flanieren müssen, denn wieder bin ich der einzige Spaziergänger. Das Museum in der angrenzenden Bastion Philipp ist geschlossen, obgleich es laut dem Öffnungszeitenplan dem vereinzelten Besucher auch im November offen stehen sollte.

Überraschend tauchen drei Männer auf, schwere Leiber, unrasierte Gesichter, nicht viel älter als ich. Auch sie sind erstaunt, vor verschlossener Tür zu stehen. Einer von ihnen greift sogleich zu seinem Mobiltelefon. Offenbar weiß er, wen er in diesem Fall anzurufen hat. Es handelt sich um drei Techniker aus Zielona Góra oder Grünberg, stellt sich dann heraus, zuständig für eine neue audiovisuelle Installation im Altstadtmuseum. Einer von ihnen spricht leidlich Englisch. In einer halben Stunde komme jemand, um uns die Tür zu öffnen, teilt er mir gelassen mit. Eigentlich sei das Museum während der Umbauarbeiten geschlossen. Doch ich solle einfach den Mund halten und mich ihrer Gruppe anschließen. Dann könne ich mir die Kasematten ansehen, während sie ihrer Arbeit nachgingen.

Die Ausstellung ist noch im Aufbau. Die Hälfte der Ausstellungstafeln und -vitrinen stehen, in Plastikfolien verpackt, in den düsteren Gewölbegängen. Die Techniker stellen nun ein Dutzend großer, in Plastik eingeschweißter Flachbildschirme dazu. »Bei der letzten Oderflut«, erklärt der Sprachkundige beiläufig, »lagen diese Gewölbe vollständig unter Wasser.«

Am Morgen trifft Major von Schack mich noch auf der Streu liegend an. Er trägt eine Kanne Kaffee und mehrere blecherne Tassen bei sich. Nachdem ich mich angekleidet, ruft er Prediger Müller und die anderen Offiziere herbei, daß wir ein letztes Mal gemeinsam zum Frühstücke zusammensitzen.

Dann führt der Major mich wieder zu unserer Chaise, und mit dem Verlassen des Dorfes ersterben auch unsere Gespräche.

Ich bin es schließlich, der das Wort ergreift, nicht, weil mich die Stille störte, sondern allein, weil sie den anderen auf die Seele drückt. Ich spreche den Prediger Müller an, weil er mir unter unserer Sprachlosigkeit am stärksten zu leiden scheint, daß er darüber noch den Glauben verlieren könnte.

»Nach allem, was ich Ihnen gedankenlos anvertraut habe, müssen Sie mich für einen gottlosen Gesellen halten. Aber dem ist ganz und gar nicht so. In Wahrheit weiß ich einfach nichts von Gott. Also halte ich mich mit allem Urteile zurück.«

»Die Zweifel sind Teil des Glaubens, Herr Lieutenant.«

»Also glauben und zweifeln auch Sie mehr, als daß Sie am Ende wüßten?«

»Ich müßte lügen, wenn ich behauptete, ich hätte allzeit Gewißheit über Gottes Dasein und seine Güte.«

Major von Schack und der junge Wietersheim hören uns aufmerksam zu, und sie wirken nicht, als würden sie sich über unser Gespräch verwundern oder gar entsetzen, während Bredow seine Augen unwillig auf das sumpfige Land des Oderbruchs richtet, dessen schlammige Wege unsere Kutsche nur einigermaßen bewältigt, weil es in der Nacht gefroren hat.

Selbst Gott könne nichts tun, was seinem Wesen widerspreche! fordere ich den armen Müller heraus.

Doch wer kenne schon das Wesen Gottes? kontert er.

»Gehen wir unserem Verhängnis bis zu seinem Ursprunge nach, müßten wir es wohl Gott selbst zuschreiben, hat er doch mit uns zugleich unser ganzes Leben geschaffen. Ist es nicht das, was Pastor Francke predigt?«

»Ich weiß es nicht. Wie kann Gott verantwortlich für unser Verhängnis sein?«

»Ist er der Vater unserer Tugenden, so muß er wohl auch der Vater unserer Laster und Fehler sein. Oder haben wir der Väter viele?«

Am Mittag kommen die Bastionen am anderen Oderufer in Sicht. Auf dieser letzten Etappe unserer Reise ist Major von Schack gezwungen, mich zu fesseln. Offenbar hat der König für jeden Akt meiner Grand Tour eine genaue Anweisung erteilt, als handle es sich um eine große Oper. Und die Zuschauer? Nun, auch sie wird es am Ende sicher geben, und sie werden dem König wohl so anschaulich alle Einzelheiten berichten, daß er glauben darf, er sei mit eigenen Augen dabeigewesen.

Kaum fahren wir auf die Festungsbrücke zu, beginnt an diesem kalten Novembertage die Sonne zu scheinen.

»Dies scheint mir ein gnadenvolles Zeichen«, spricht Pastor Müller. Keinem der Gefährten entfährt ein Wort oder auch nur ein Zeichen der Zustimmung.

Der Festungskommandant, Gouverneur von Lepel, erwartet uns bereits am Tore. Er läßt die Suite anhalten, dann bittet er mich, aus der Kalesche auszusteigen, nimmt mich an die Hand und führt mich die Treppe zum Wall hinauf, nicht wie einen Gefangenen, sondern wie einen der Führung und des Halts Bedürftigen. Über dem Tore nach der langen Vorstadt hin ist bereits eine Stube mit zwei Betten vorbereitet, eins für mich, das andere für den Prediger, falls ich ihn denn in dieser letzten Nacht bei mir wünsche.

Auch wenn ich weder nach dem Prediger noch nach sonstiger Gesellschaft verlange, läßt man mich in dieser komfortablen Arreststube nicht einen Augenblick allein. Zwei Kameraden halten sich beständig im Zimmer auf, zwei weitere halten vor der Stubentüre Schildwache. Befürchtet der König, ich könnte seinem Urteil die Macht nehmen, indem ich es mit eigener Hand an mir vollstreckte?

Ja, der Gedanke kam mir in der Tat. Für den Gläubigen mag es eine unverzeihliche Sünde sein, aber ich fürchte die ewige Verdammnis nicht. Ich fürchte nur, meine Hand könne weniger geschickt sein als die des Henkers. Warum also dem erfahrenen Handwerker die geübte Tat aus der Hand nehmen und womöglich ein blutiges Gemetzel anrichten, das mir viele Schmerzen bereitet, mich vor dem Tode am Ende aber doch nicht rettet?

Weitere Besucher füllen mein Turmzimmer, als fände darin ein nächtliches Fest statt. Neben Feldprediger Müller gesellt sich der hiesige Stadtprediger zu uns, beide wollen bis zum Morgen mit mir wachen. Der Gouverneur schickt Speisen, Wein und Bier in solcher Fülle, daß ich neben Major Schack auch meine beiden Bewacher dazu lade, die Arbeit des Verzehrs mit uns zu teilen.

Das Festmahl hat kaum begonnen, da schickt auch der Kammerpräsident von Münchow einen fetten Braten und besten ungarischen Wein. Meine Tischgenossen indes bedürfen steter und eifriger Ermunterung von meiner Seite, nur ja recht ordentlich zuzugreifen. Solange wir nur essen und trinken, müssen wir nicht viele Worte machen.

Als endlich alle satt sind und alles gesagt ist, läßt von Schack mir noch eine Kanne Kaffee zubereiten und schickt mir am späten Abend den jungen Wietersheim als meinen Burschen, der die ganze Nacht bei mir bleiben, im zweiten Bette schlafen und mir, wenn immer ich es verlangte, bei der Hand sein solle.

Es ist wohl der starke Kaffee schuld, daß ich heute nacht keinen Schlaf finden kann. Bis früh um drei rede ich mit dem Bruder meines Glauchaer Stubenkameraden, erzähle dem jungen Cornett von den Streichen unseres Apolls, und als alles über Glaucha erzählt ist, folgen die Abenteuer meiner Studienzeit und die Erlebnisse auf meiner Kavaliersreise, und da sie die einzige Zeit in meinem Leben war, in der ich mich wahrhaftig frei und als Herr meiner selbst empfinden konnte, lasse ich den nächtlichen Monolog damit enden.

Wietersheim lauscht mit roten Ohren und will genau wissen, was ich mit meiner Freiheit begonnen und welche Erlebnisse sie mir eröffnet hat. Natürlich sind es die liederlichen und liebestrunkenen Begegnungen, die den jungen Burschen am tiefsten erregen, denn das alles, so gesteht er mir in der Vertrautheit dieser letzten Nacht, kenne er nur vom Hörensagen. Ich verspreche ihm, dies in den Ohren seiner Kameraden so beschämende Geständnis unverraten mit ins Grab zu nehmen.

Am Ende fallen dem jungen Manne dann doch die Augen zu, und sein ruhiges und regelmäßiges Atmen singt schließlich auch mich in den Schlaf.

Vielleicht zwei Stunden habe ich geruht, als mich die Ablösung des Postens aufweckt. Den Rest der Nacht liege ich wach, das letzte Wachsein in diesem Leben. Und von einem nächsten weiß ich nichts.

Also feiere ich das Wachsein, nur um des Wachseins willen. Keine großen Gedanken bestürmen mich. Ich lausche dem sanften Schnarchen des Freundesbruders, zünde die Kerze an und erfreue mich an seinem jungen sommersprossigen Gesichte. Daß er schlafen kann, während ich über seinen Schlaf wache, tröstet mich mehr als jeder Psalm und jedes Predigerwort.

Um sieben Uhr, mit dem nächsten Wachwechsel, kehrt Major von Schack zurück, mit fahlem Antlitz und tiefen dunklen Schatten unter den Augen.

»Ist es Zeit?« frage ich ihn.

»Ja, es ist Zeit«, antwortet er mit fester Stimme, »das Kommando der Gens d'armes steht bereit.«

»Was wird hernach mit mir geschehen?«

»Mit Ihrem Leichnam? Das werden Sie kaum erfahren wollen, Herr Lieutenant!«

»Hat der König keine weiteren Anweisungen gegeben?«

»Doch, das hat er.«

»Bitte lassen Sie mich nicht im Ungewissen.«

»Seine Majestät hat befohlen, Ihren Leichnam bis zum Mittag auf dem Richtplatze liegen zu lassen und hernach ohne jede Totenfeier hier auf dem Armenfriedhof zu begraben.«

»Ich verstehe. Wenn es der Ordre des Königs nicht widerspricht, tragen Sie doch bitte Sorge, daß mein Kopf bei meinem Rumpfe zu liegen kommt.«

Dann bitte ich von Schack, mich einen Augenblick mit Holtzendorff allein zu lassen. Nach kurzem Zögern verläßt der Major mit Wietersheim die Stube.

»Erinnerst du dich, Joachim, daß wir in Glaucha ständig ein Gewissensbüchlein führen und darin unsere sündigen Taten und Gedanken verzeichnen mußten?«

»Natürlich erinnere ich mich daran«, erwidert Holtzendorff lächelnd. »Die Inspectoren haben es jeden Sonntag studiert und uns am Abend dann die besonders sündigen Stellen vor aller Ohren vorlesen lassen. Nie habe ich soviel gelogen wie bei den Eintragungen in dieses Büchlein.«

»Ich habe eine Art Gewissensbüchlein auch nach meinem Abschluß des Pädagogiums weitergeführt. Es liegt nun in meiner Wohnung in der Brüderstraße, mein Bursche Daniel weiß, wo ich es versteckt halte. Laß es dir von ihm aushändigen, dann verbrenne es! Kannst du das für mich tun?«

»Ohne es vorher gelesen zu haben?«

»Selbstverständlich!«

»Gut, ich verspreche, es zu verbrennen.« Dann fügt er mit einem spöttischen Lächeln hinzu: »Mehr verspreche ich nicht. Ich wollte doch schon immer wissen, was du wirklich von mir hältst und was du mir alles verschwiegen hast.«

Ich weiß, daß er scherzt, um damit seinen Schmerz zu verbergen. Also entgegne ich: »Wenn du auch nur einen Blick hineinwerfen solltest, wird kein Grab meinen Geist zurückhalten können, über dich zu kommen und dich zu plagen, Kamerad, daß du wünschtest, du hättest in deinem Leben nie lesen gelernt. Die Lehrer und die Mitschüler hast du vielleicht übers Ohr hauen können, aber den Geistern kannst du nichts vormachen!«

»Ich werde es darauf ankommen lassen, Katte. Würde mich freuen, wenn am Ende wenigstens dein Geist hin und wieder mal vor der Tür stünde.«

Schack tritt mit mahnendem Blicke ins Zimmer, sogleich beenden Holtzendorff und ich das kurze Gespräch mit einem festen Händedrucke.

»Es tut mir leid, Lieutenant von Katte«, entschuldigt sich Schack, »aber es gibt eine strenge Anweisung des Königs, mit wem Ihnen zu sprechen erlaubt ist. Lieutenant Holtzendorff zählt nicht zu diesem Kreise. Ich habe ihn nicht hier gesehen, aber nun muß ich meine Augen wieder öffnen und Sie hinausführen.«

Ich überlasse die Heilige Schrift, die mir Feldprediger Müller am Beginn dieser Reise geschenkt, dem jungen Wietersheim, der sie stumm entgegennimmt.

Schack geht voran, und vor dem Turme nehmen meine ehemaligen Kameraden mich in ihre Mitte. Zu den dreißig Kürassieren kommen hundertfünfzig Mann, die Generalmajor von Lepel hat aufmarschieren lassen, so daß sich zu dieser frühen Stunde ein veritabler Festumzug ergibt.

Keiner von meinen Gästen außer Wietersheim hat in dieser Nacht geschlafen, und nicht wenige haben andernorts weitergezecht und stehen nun mit entsprechend mitleiderregenden Gesichtern da, als habe man sie gerade erst mit einem Schwalle kalten Wassers gewaltsam ernüchtert.

Bei diesem letzten Gange erspart man mir die Fesseln. Gleich hinterm Tore steht, trotz der frühen Stunde, ein Leierkastenmann und dreht mit steifen Fingern seine Kurbel, steht barfuß da auf dem kalten Novemberpflaster, wankend, betrunken vielleicht, oder auch nur müde, der Teller auf dem Kasten leer, die Gasse einsam, die Fenster geschlossen, aber er spielt, für die streunenden Hunde und für diesen Aufzug mürrisch dreinblikkender Männer. Keiner meiner Kameraden sieht ihn an, mag ihn auch nur hören, doch ich hör aus dem Jammerkasten leis die Worte dröhnen: Willst du mit mir gehen?

Als wir uns dem Schlosse nähern, entdecke ich überraschend Fritz an einem trotz der Kälte geöffneten Fenster. Ich weiß, er steht nicht dort aus Gnade des Königs, daß wir uns vor meinem Ende noch einmal sehen und uns herzlich verabschieden können. Trotzdem bin ich voller Freude, noch diesen letzten Blick in sein totenbleiches Antlitz werfen zu dürfen. Er lebt! Wenn man ihm offenbar auch nicht minder übel mitgespielt hat wie mir, obgleich er doch der Kronprinz ist.

Obwohl wir noch ein Stück weit entfernt sind, ruft er mir mit bebender Stimme zu: »Mein lieber, lieber Hans, ich bitte dich tausendmal um Verzeihung! Um Gottes Willen, vergib mir!«

Andernorts hätte dieser verzweifelter Ausbruch des Prinzen die Soldaten und Offiziere womöglich in Verlegenheit gebracht und dem einen oder anderen ein spöttisches Grinsen abgerungen, aber im Kommando meiner Gens d'armes lächelt nicht ein einziger, sind wir doch alle Söhne eines strengen und nicht immer gerechten Vaters.

»Es gibt nichts zu vergeben, mein Prinz«, rufe ich zu ihm hinauf. »Ich sterbe mit tausend Freuden für dich!«

Ich sehe, wie Fritz um Fassung ringt, Herr von Münchow und Genralmajor von Lepel stehen hinter ihm und halten ihn bei den Armen fest.

»Ich werde an den König schreiben, Hans«, weint er nun, daß ich bereit bin, auf alle ererbten Rechte zu verzichten, wenn er dich nur begnadigt!«

Ich schüttle den Kopf. Dieses Schreiben käme zweifellos zu spät, lieber Fritz. Ich hebe kurz meine Hand zu einem letzten Gruße und gehe die wenigen Schritte zu dem Platze auf der Bastion, die der König zur Richtstätte ausgewählt, ohne mich noch einmal nach dem Kronprinzen umzuschauen. Aber ich höre, wie er mir zuruft: »Ach, weh mir, mein teurer Freund, ich bin schuld an deinem Tode! Wollte Gott, daß ich an deiner Stelle wäre!«

Da man mich nicht drängt weiterzugehen, bin ich es selbst, der voranschreitet. Die Kameraden begleiten mich eher, als daß sie mich führten. Die beiden Prediger gehen an meiner Seite, man könnte glauben, wir machten einen herbstlichen Spaziergang am Walle entlang. Für etwaige andere Zuschauer hat der Gouverneur den Zugang sperren lassen.

An der Stelle der Vollstreckung liest mir Major von Schack noch einmal die Königliche Ordre mit dem Urteil vor:

»Seine Königliche Majestät in Preußen, Unser allergnädigster König und Herr, sind zwar nicht gewohnt, die Kriegsrechte zu schärfen, sondern vielmehr, wo es möglich, zu mindern, Lieutenant von Katte aber ist nicht nur in meinen Diensten Officier bei der Armee, sondern bei der Garde Gens d'armes, und da bei der ganzen Armee meine Officiere mir treu und hold sein müssen, so muß solches um so mehr geschehen von den Officieren solcher Regimenter, die direkt seiner Königlichen Majestät und Dero Königlichem Hause attachiert sind, um Schaden und Nachteil, vermöge ihres Eides zu verhüten.

Da aber Lieutenant von Katte zur Desertion mit fremden Ministern und Gesandten durcheinander gesteckt und mit dem Kronprinzen complottiert hat, so wüßte Seine Majestät nicht, welche kahle Raison das Kriegsrecht genommen und ihm das Leben nicht abgesprochen hat. Auf die Art wird seine Königliche Majestät sich auf keinen Officier noch Diener, die in Eid und Pflicht stehen, verlassen können.

Seine Königliche Majestät sind in Seiner Jugend auch durch die Schule gelaufen und haben das lateinische Sprichwort gelernt: Fiat justitia et pereat mundus! Also wollen Sie hiermit, und zwar von Rechts wegen, daß Katte, der wegen des begangenen Crimen Laesae Majestatis es verdient hätte, mit glühenden Zangen gerissen und aufgehenkt zu werden, Er dennoch nur, in Consideration seiner Familie, mit dem Schwert vom Leben zum Tode gebracht werden solle. Wenn Katte dieses Urteil mitgeteilt wird, soll ihm gesagt werden, daß es seiner Königlichen Majestät leid täte, es wäre aber besser, daß er stürbe, als daß die Justiz aus der Welt käme. Friedrich Wilhelm.«

Die Verlesung des Urteils nimmt einige Zeit in Anspruch. Ich höre es ganz ruhig, fast gedankenlos von Anfang bis Ende an. Nachdem von Schack das Papier wieder zusammengerollt hat, gehe ich auf meine Kameraden zu und nehme von jedem einzelnen mit einer stummen Umarmung Abschied. Bei einigen spüre ich die Trauer, die ich selbst nicht empfinden kann, bei anderen Unmut über des Königs Urteil, aber auch von ihnen spricht niemand ein Wort. Schließlich stehe ich vor Hertefeld, immer noch einer der jüngsten unter den Offizierskameraden. Es rinnen ihm die Tränen aus den Augen, doch er schämt sich seiner Tränen nicht.

»Ich habe keinen besseren Freund bei den Gens d'armes,

Hans, als dich. Das ist nicht gerecht! Bei Gott, das hast du nicht verdient!«

»Schweig, mein Freund! Wir haben einen Eid geschworen. In meiner Wohnung findest du meinen Degen. Nimm ihn an dich und halte ihn in Ehren.«

Am Ende trete ich auf Holtzendorff zu. Er blickt mich mit versteinerter Miene an, als ich ihm das letzte Mal die Hand drücke.

»Denkst du an dein Versprechen, Joachim?«

»Wie könnte ich es vergessen!« Er sagt es mit ausdrucksloser Stimme, doch läßt meine Hand nicht los.

Dann tritt der Scharfrichter in den Kreis der mich umringenden Kürassiere.

»Ich muß nun weitergehen, Joachim.«

»Wieder ein Aufruhr, bei dem es am Ende nur bei wütenden Worten geblieben ist. Ich schäme mich, Hans, hier zu stehen und zuzusehen.«

»Wir beide sind hierher gestellt worden ohne rechtes Zutun. Welche Wahl ließ man uns? Vielleicht nur die Wahl unserer Freunde, Joachim, unter denen du mir einer der liebsten warst. Nun lebe wohl!«

Ich gehe auf den Scharfrichter zu, gebe ihm als letztem die Hand und frage ihn, wie er heiße und woher er stamme. Und er antwortet mit freundlicher Stimme, sein Name sei Coblentz, und er stamme aus dem Weiler Seelow.

»Ich hoffe, Ihr versteht Euer Handwerk, Meister Coblentz!«

Der Scharfrichter nickt ernst.

»Auf welchem der drei Sandhaufen soll ich knien?«

»Am besten nehmen Sie den in der Mitte, Herr Lieutenant!«

Ich reiche Wietersheim meine Perücke und meinen Rock. Er will mir helfen, den Kragen meines Hemdes zu öffnen. Doch lächelnd sage ich ihm, daß ich im Augenblick durchaus noch in der Lage sei, mich selbst zu entkleiden. Der Junge lächelt zurück, während ihm die Tränen über die sommersprossigen Wangen rinnen.

Nun will Wietersheim, wie der Major ihn wohl angewiesen,

mir mit einem schwarzen Tuche die Augen verbinden. Ich schüttle den Kopf. Er versteht mich nicht gleich und versucht erneut, mir die Binde umzulegen. Vielleicht hält er sie für einen Trost.

»Es ist gut so!« sage ich, nehme ihm das Tuch aus der Hand und reiche es Prediger Müller, der es wortlos an sich nimmt.

»Habe ich mich denn nicht immer schon sehenden Auges ins Unglück gestürzt?« Dann knie ich mich hin, auf den mittleren Sandhaufen, wie der freundliche Scharfrichter mir geraten, spüre die Kälte des Novembermorgens im Nacken und an der Brust. Und nun bin ich doch noch einen Augenblick allein, ganz allein, höre in der Stille den Atem des Henkers, spüre den leichten Zug beim Ausholen seiner kräftigen Arme und versuche, den Tod zu denken, meinen Tod, doch statt dessen kommt mir »Dir leb ich ...« in den Sinn, flüstere die Verse, singe sie gar, und die Kälte des Stahls gehört schon nicht mehr meiner Welt an.

Stammtafel Hans Herman

Alexander Hermann
Graf von Wartensleben
(1650–1734)

⚭

Sophie Dorothea
von May
(1655–1684)

Hans von Katte
(1633–1684)

⚭

Eva Auguste
von Stammer
(1845–1684)

Dorothea Sophie
von Wartensleben
(1684–1707)

⚭

Hans Heinrich
von Katte
(1681–1741)

⚭

Katharina Elisabet
von Bredow
(1696–1736)

Hans Hermann
(1704–1730)

Sophie Henriette
(1706–1759)

⚭

Friedrich Wilhelm
von Rochow
(1689–1759)

Elisabeth Katharina
(1714–?)

on Kattes (Auswahl)

Anna Elisabeth von Stammer (1657–1722) ⚭ Gustav Adolf von der Schulenburg (1632–1691) ⚭ Petronella Ottilie von Schwencken (1637–1674)

Matthias Johann von der Schulenburg (1661–1747)

Melusine von der Schulenburg (1667–1743)

uise Charlotte (1718–1789)

Friedrich Wilhelm (1721–1748)

Friedrich Albrecht (1725–1748)

Stammtafel Friedrich

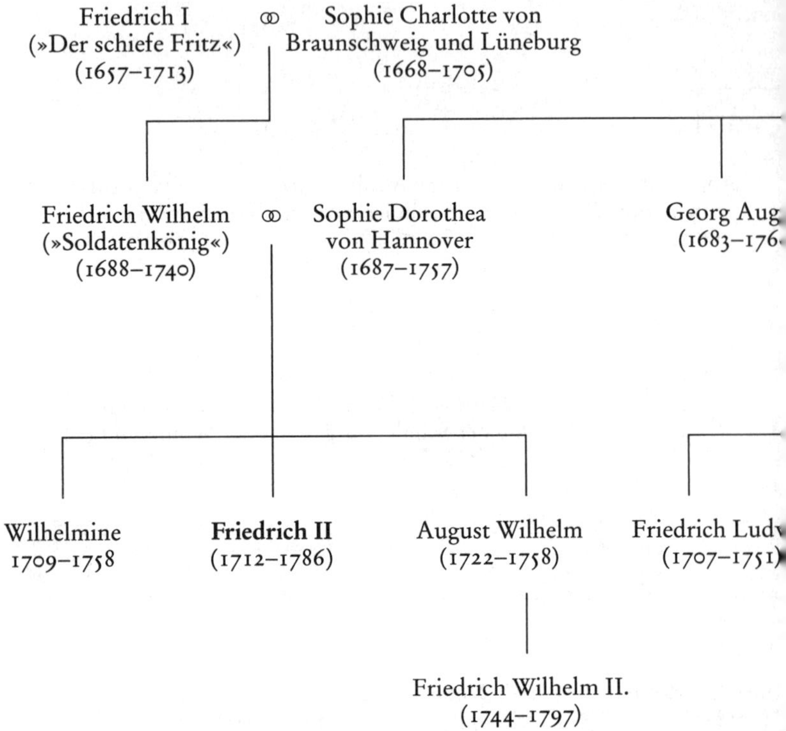

…önig von Preussen (Auswahl)

…ophie Dorothea von Celle (1666–1726) ⚭ Georg I. (König von England) (1660–1727) △ Melusine von der Schulenburg (1667–1743)

… ⚭ Caroline von Ansbach (1683–1737)

Petronella Melusina von der Schulenburg (1693–1778) ⚭ Philip Stanhope 4. Earl of Chesterfield (1694–1773)

△

Charles Calvert 5. Baron Baltimore (1699–1751)

△

Elisabeth du Bouchet

Amelia Sophie (1711–1786)

Benedict Swingate (1730–?)

Philip Stanhope (1732–1768)

PERSONENREGISTER

AGNES, * 1690, Kattes Kindermädchen

AMELIA SOPHIE, PRINZESSIN VON HANNOVER, * 30.5.1711 in Herrenhausen, † 31.10.1786 in London, zweite Tochter von Georg I. und dessen Ehefrau Caroline von Brandenburg Ansbach, Enkelin von König Georg I.

JOHANN AMSEL, Dekan der Juristischen Fakultät der Albertina, * 24.6.1665 in Rostock, † 13.10.1732 in Königsberg, Onkel von Simon Amsel

SIMON AMSEL, Doktor der Rechte, Neffe von Johann Amsel, Tutor / Mentor von Hans Hermann von Katte in Königsberg

LEOPOLD, FÜRST ZU ANHALT-CÖTHEN, * 29.11.1694 in Köthen, † 19.11.1728 in Köthen

LEOPOLD FÜRST VON ANHALT-DESSAU, * 3.7.1676 in Dessau, + 7.4.1774 ebenda; genannt »Der Alte Dessauer«; preußischer General und Heeresreformer

ANTONIUS, Kutscher im Königsberger Haushalt

JOHANN SEBASTIAN BACH, * 31.3.1685 in Eisenach, † 28.7.1750 in Leipzig, Kapellmeister am Hofe Leopolds, Fürst zu Anhalt-Cöthen

DANIEL BAUER, * ca. 1702 in Wust, Kattes Bursche, Sohn eines Leibeigenen

SIGMUND JAKOB BAUMGARTEN, * 14.3.1706 in Wolmirstedt, † 4.7.1757 in Halle, Professor für Kirchengeschichte an der Halleschen Universität

ADALBERT FREIHERR VON BERNITZ, Schüler des Pädagogium Regium, Kattes »Schuß«

LUISE († 31.3.1724), ELISABETH und CHRISTOPH VON BISMARCK, Kattes Großtanten und Großonkel

FRAU VON BLASPIEL, † 9.6.1748; Gesellschafterin der Königin Sophie Dorothea von Preußen

HEINRICH VON BODENSTÄDT, Stubenkamerad Holtzendorffs im Collegium Regium zu Glaucha

KÄTHE BÖTTCHER, Köchin, Wirtschafterin auf Wust

CHRISTIAN FRIEDRICH VON BREDOW, * 1698, † 1744, gefallen bei Soor; Premierleutnant bei den Gens d'armes, Bruder von Kattes Stiefmutter Katharina Elisabeth von Bredow

KATHARINA ELISABETH VON BREDOW, * 1696, † 1756, Kattes Stiefmutter und Tante, Tochter des Leutnants Ludwig von Bredow (13.12.1655–24.4.1740)

HEINRICH GRAF VON BRÜHL, * 13.8.1700 in Gangloffsömmern, † 28.10.1763 in Dresden; sächsischer Geheimrat und Minister; maßgeblicher Organisator des Zeithainer Lustlagers

CARL HILDEBRAND VON CANSTEIN, * 4.8.1667 in Lindenberg bei Beeskow, † 19.8.1719 in Berlin, brandenburgischer Hofbeamter, Gründer der Cansteinschen Bibelanstalt

CHRISTIAN, junger »Hausmohr« im Katteschen Palais zu Königsberg

MARTIN COBLENTZ, * Seelow; Hof- und Leibmedicus und Scharfrichter

MADAME CRESCENCE, Hauswirtin in der Rue Vaugirard

FRANCESCA CUZZONI, * 2.4.1696 in Parma, † 19.6.1778 in Bologna; italienische Sopranistin

MELCHIOR GUY DICKENS, * 1696, † 1775; Lieutenant-Colonel; von 1730 bis 1741 englischer Gesandter am Berliner Hof

ANTON DIESTERFELD, Wachmann des Stadtkerkers im Königsberger Schloss

JACQUES ÉGIDE DUHAN DE JANDUN, * 14.3.1685 in Jandun, Frankreich, † 3.1.1746 in Berlin; Hofmeister und Erzieher des Kronprinzen Friedrich von Preußen

MARGHERITA DURASTANTI, * 1687 im Veneto, von 1700 bis 1734 in London, italienische Sopranistin

JOHANN ANDREAS EISENBARTH, * 27.3.1663 in Oberviechtach, † 11.11.1727 in Hannoversch Münden; Handwerkschirurg, Wundarzt und Starstecher; von Friedrich Wilhelm zum Hofarzt und Hofrat ernannt

ELIAS, Pferdeknecht auf dem Wuster Gut

ALBRECHT KONRAD REICHSGRAF FINCK VON FINCKENSTEIN, * 30.10.1660 in Saberau, † 16.12.1735 in Berlin; Feldmarschall, Oberhofmeister und Erzieher der Kronprinzen Friedrich Wilhelm und Friedrich II. von Preußen

FLECKSCHÄDEL, Dorfidiot in Wust, Daniel Bauers Onkel

AUGUST HERMANN FRANCKE, * 12.3.1663 in Lübeck, † 8.6.1727 in Halle; Theologe, Pädagoge, Gründer des Collegium Regium zu Glaucha

GOTTHILF AUGUST FRANCKE, * 1.4.1696 in Glaucha, † 2.9.1769 in Halle; Theologe, Pädagoge, Nachfolger seines Vaters in den Stiftungen

KARL EDUARD FREYER, Lektor am Collegium Regium zu Glaucha, Sohn eines Kutschers

FRIEDRICH, KRONPRINZ IN PREUSSEN, * 24.1.1712 in Berlin, † 17.8.1786 in Potsdam

FRIEDRICH AUGUST I. VON SACHSEN, genannt August der Starke, * 12.5.1670 in Dresden, † 1.2.1733 in Warschau; Kurfürst von Sachsen, (ab 1697) König von Polen und Großfürst von Litauen

FRIEDRICH AUGUST II. KRONPRINZ VON SACHSEN, * 17.10.1696 in Dresden, † 5.10.1763 in Dresden

FRIEDRICH LUDWIG, PRINCE OF WALES, * 31.1.1707 in Hannover, † 31.3.1751 in London, Sohn von Georg II. und dessen Ehefrau Caroline von Brandenburg Ansbach, Enkel von König Georg I.

FRIEDRICH WILHELM, KÖNIG IN PREUSSEN (»Soldatenkönig«), * 14.8.1688 in Berlin, † 31.5.1740 in Potsdam

GUSTAV FRIEDRICH GEBERT, Mitglied des Kriegs-, Hof- und Criminalgerichts in Berlin, zuständig für politische Straftatbestände

GEORG I. LUDWIG, KURFÜRST VON BRAUNSCHWEIG-LÜNEBURG, KÖNIG VON ENGLAND (ab 1714), * 7.6.1660 in Hannover, † 22.6.1727 in Osnabrück

LEOPOLD FRIEDRICH GOECKINGH, Theologiestudent aus Halle, Inspector am Pädagogium Regium zu Glaucha

JOSEF GREIF, Candidatus, Kattes Hofmeister

JOHANN GOTTFRIED GROLL, Riesaer Schulmeister

FRIEDRICH WILHELM VON GRUMBKOW, * 4.10.1678 in Berlin, † 18.3.1739 in Berlin; preußischer Generalfeldmarschall, Geheimer Staatsrat, Kriegsminister und Generalkriegskommissar; Vertrauter des »Soldatenkönigs«

CARL GUMMERSBACH, Leibdiener Friedrichs

GEORG FRIEDRICH HÄNDEL, * 5.3.1685 in Halle, † 14.4.1759 in London, Komponist und Operndirektor

HENRY JAMES HASTINGS, Schüler des Pädagogium Regium; Spitzname »Der Zwerg«

LUDWIG KASIMIR VON HERTEFELD, * 1709, † 1790, Cornett im Kürassierregiment Nr. 10 »Gens d'armes«, Freund des französischen Gesandten Conrad Alexandre de Rottembourg

FRIEDRICH HOFFMANN, * 19.2.1660 in Halle, † 12.11.1742 in Halle, Gründungsprofessor der Medizinischen Fakultät in Halle; Leibarzt des Königs

JOACHIM FRIEDRICH VON HOLTZENDORFF, * 1700, † 1783, Premierleutnant im Kürassierregiment Nr. 10 bei den Gens d'armes, Schüler des Pädagogium Regium; gehört zum Kommando, das Katte nach Küstrin überführt

CHARLES HOTHAM, 5th Baronet, * 25.4.1693, † 15.1.1738; Colonel, englischer Sondergesandter für die Verhandlungen mit Friedrich

Wilhelm zur Doppelhochzeit zwischen Hohenzollern und Hannoveranern

CARL HEINRICH GRAF VON HOYM, * 18.6.1694 in Dresden, † 22.4.1736 auf der Festung Königstein; kurfürstlich-sächsischer Diplomat und Kabinettsminister

HEINRICH RÜDIGER ILGEN, * 30.9.1654 in Petershagen, † 6.12.1728 in Berlin-Britz; preußischer Staatsmann, Innen- und Außenpolitiker

FERDINAND IMMERMANN, Schüler des Pädagogium Regium, Stubenältester

JOHANN LUDWIG VON INGERSLEBEN, * 16.10.1703 in Lippehne, Neumark, † 22.11.1757 bei Breslau; Sekondeleutnant im Königsregiment Nr. 6, Schüler des Pädagogium Regium, Kattes Freund, in Fluchtpläne eingeweiht, vor das Kriegsgericht in Köpenick gestellt, zu sechsmonatiger Festungshaft verurteilt

MISSES JENKINS, Zimmerwirtin in London, Allhallows Lane

JEREMIAS »JERRY« JENKINS, ihr zwölfjähriger Sohn

DOKTOR JENNERS, Apotheker in den Franckeschen Anstalten zu Glaucha

JOSEF, Kammerherr Hans Heinrich von Kattes in Königsberg

CHRISTOPH WILHELM VON KALCKSTEIN, * 17.10.1682 in Ottlau, † 2.6.1759 in Berlin; Generalfeldmarschall, elf Jahre lang (1718–1729) »Prinzenerzieher«

GUSTAV KAMPHAUSEN, Kaufmannssohn, Schüler des Pädagogium Regium

SOPHIE VON KARMEKE, geb. von Brünnow, * 1675, † 1749, Oberhofmeisterin der Königin Sophie Dorothea von Preußen

CHRISTOPH VON KATTE, Rittmeister, Hans Hermann von Kattes Vetter

ELISABETH KATHARINA VON KATTE, Kattes Halbschwester, * 4.2.1714

FRIEDRICH ALBRECHT VON KATTE, Kattes Halbbruder, * 24.11.1725, † 14.10.1748

FRIEDRICH WILHELM VON KATTE, Kattes Halbbruder, * 6.1.1721, † 27.6.1748

HANS VON KATTE, Kattes Großvater, * 16.6.1633, † 24.1.1684

HANS HEINRICH VON KATTE, Kattes Vater, * 16.10.1681 in Angerburg, † 31.5.1741 in Reckahn; ab 1718 Generalmajor und Kommandeur des Kürassierregiments Nr. 9, der »Katteschen Reiter«

HANS HERMANN VON KATTE, * 28.2.1704 in Berlin, † 6.11.1730 in Küstrin

HEINRICH CHRISTOPH VON KATTE, * 26.4.1675, † 21.11.1743; erzbischöflich magdeburgischer Kammerpräsident, Geheimer Rat, Kattes Onkel, älterer Bruder des Vaters

LUISE CHARLOTTE VON KATTE, Kattes Halbschwester, * 1718, † 1789

SOPHIE CHARLOTTE VON KATTE, * 1703, † 1763; Tochter von Heinrich Christoph von Katte, Kattes Cousine

SOPHIE HENRIETTE VON KATTE, Kattes Schwester, * 5.10.1706 in Brüssel, † 11.12.1759; Heirat mit Generalleutnant Friedrich Wilhelm von Rochow (11.8.1689–22.12.1759)

DIETRICH FREIHERR VON KEYSERLINGK, * 5.7.1698 zu Octen in Kurland, † 15.8.1745 in Berlin; Leutnant im Kürassierregiment zu Pferd Markgraf Albrecht von Brandenburg-Sonnenburg; Stallmeister des Kronprinzen Friedrich

PETER KARL CHRISTOPH VON KEITH, * 24.5.1711 auf Gut Poberow in Hinterpommern, † 27.12.1756; Leutnant, Leibpage und Vertrauter des Kronprinzen Friedrich

KARL KONRAD VON KLEIST, Sekondeleutnant im Kürassierregiment Nr. 10 »Gens d'armes«

ANDREAS VIKTOR KÜRSCHNER, Jurastudent in Königsberg, Sohn eines Pfarrers aus Seelnot in der Uckermark

GOTTLOB LAUCHSTÄDT, Kammerherr des Fürsten Leopold von Anhalt-Cöthen

KARL LEDERER, genannt »Karl der Kahle«, Pedell des Collegium Regium zu Glaucha

OTTO GUSTAV VON LEPEL, * 15.3.1657 in Parpart bei Greifenberg, † 29.12.1735 in Küstrin; preußischer Generalmajor, Gouverneur der Festung Küstrin

VON LÖVENER, Generalmajor, dänischer Gesandter in Berlin

GEORG LOTH, 23 Jahre alt, Jurastudent in Königsberg

SAMUEL LUDWIG VON LÜDERITZ, Sekondeleutnant im Kürassierregiment Nr. 10 »Gens d'armes«, später preußischer Gesandter am schwedischen Hof

MARTHA, Küchenmagd auf dem Wuster Gut

HERIBERT VON MARWITZ, Premierleutnant, Fechtmeister im Kürassierregiment Nr. 9, bei den »Kattschen Reitern«

ABEL MILES, englischer Bootsmann

MONSIEUR DE MOLLE, Bankier am Quai de la Régisserie

JOHANNES ERNST MÜLLER, * 1700, † 1755; lutheranischer Feldprediger des Kürassierregiments Nr. 10 »Gens d'armes«

CHRISTIAN ERNST VON MÜNCHOW, * 20.5.1671, † 28.1.1749; preußischer Kammerpräsident in Königsberg und der Neumark

CHRISTIAN OTTO MYLIUS, * 21.9.1678 in Halle, † 11.1.1760 in Berlin; Kriegsrat beim Militärdepartement und Criminalrat beim Criminalcollegium in Berlin, preußischer Generalauditeur

DUBISLAV GNEOMAR VON NATZMER, * 14.9.1654 in Gutzmin, † 13.5.1739 in Berlin, Generalfeldmarschall, Gründer des Kürassierregiments »Gens d'armes«

GEORG WILHELM NEUNHERTZ, Maler in Königsberg, Enkel des berühmten Michael Leopold Lukas Willmann (* 27.9.1630 in Königsberg, † 26.8.1706 in Leubus); führt die Werkstatt seines Großvater fort

KATHARINA NEUNHERTZ, Schwiegertochter von Georg Neunhertz, Witwe, kinderlos; arbeitet in der Königsberger Werkstatt ihres Schwiegervaters mit

ISAAC NEWTON, * 4.1.1643 in Woolsthorpe-by-Colsterworth in Lincolnshire, † 31.3.1727 in Kensington; englischer Naturforscher und Verwaltungsbeamter

FELIX NIEMEYER, Student, Expectant am Collegium Regium zu Glaucha

ANNA KAROLINA GRÄFIN ORZELSKA, * 23.11.1707 in Warschau, † 27.9.1769 in Avignon; illegitime Tochter Augusts des Starken

WOLF ADOLF VON PANNEWITZ, * 13.3.1679 zu Groß-Gaglow, † 30.4.1750 in Berlin; Oberst, ab 1739 Chef des Kürassierregiments »Gens d'armes«

SIGMUND PATZER, Gutsverwalter auf Wust

EUGENIA PETERS, * 1730, Hochzeit mit Philip Stanhope 1767 in Dresden

MATTHÄUS DANIEL PÖPPELMANN, * 3.5.1662 in Herford, † 17.1.1736 in Dresden; deutscher Baumeister in Diensten des Kurfürsten August von Sachsen

GEORG RAST, Büttel in der Stadtwache zu Königsberg

BENJAMIN FRIEDRICH VON REICHENBACH, * 1697 in Calbe, † 1750 in Berlin; Legationsrat, von 1720 (?) bis 1730 preußischer Gesandter in London

DOKTOR CHRISTIAN RICHTER, Waisenhausarzt in Glaucha

DANIEL VON ROCHOW, * 1686 zu Golzow in der Kurmark, Obristlieutenant im Regiment zu Pferd von Buddenbrock Nr. 1, Hofmeister des Kronprinzen Friedrich, Bruder von Kattes Schwager Friedrich Wilhelm von Rochow, der seit 1727 mit Kattes Schwester Sophie Henriette verheiratet ist

FRIEDRICH WILHELM VON ROCHOW, Generalleutnant, Chef des Kürassier-Regiments Nr. 8, * 11.8.1689, † 22.12.1757 in Golzow, verheiratet mit Sophie Henriette von Katte

JEAN-JACQUES ROSÉ, * 1692 in Südfrankreich, Magister, Kattes Hofmeister

CONRAD ALEXANDRE COMTE DE ROTTEMBOURG, * 1684, † 1735; französischer Gesandter am Berliner Hof

MARTHE DE ROUCOULE, Gouvernante von Friedrich Wilhelm, dem Soldatenkönig, und seinem Sohn, Friedrich II.

KARL PHILIPP RUMPF, * 1697 in Berlin; Auditeur des Regiments »Gens d'armes«

GOTTFRIED SAND, Büttel in der Stadtwache zu Königsberg

WILHELM BOGISLAV VON SCHACK, * 1690, † 1762, Major bei den Gens d'armes

SCHUBART, Schreiber am Oberappellationsgericht zu Königsberg

WILLIBALD SCHÜCKING, Kaufmannssohn, Holtzendorffs Stubenkamerad im Pädagogium Regium zu Glaucha

ACHAZ VON DER SCHULENBURG, * 9.10.1669 in Apenburg, † 9.8.1731 in Berlin; Generalleutnant, Vorsitzender des Köpenicker Kriegsgerichts

EHRENGARD MELUSINE VON DER SCHULENBURG, Herzogin von Kendal (ab 1719), * 25.12.1667 in Emden; † 10.5.1743 in Kendal House, Isleworth bei Brentford, Mätresse von Georg I., König von England

MATTHIAS JOHANN VON DER SCHULENBURG, * 8.8.1661 in Emden bei Magdeburg, † 14.3.1747 in Verona, Feldmarschall im Dienst der Republik Venedig, älterer Bruder von Melusine von der Schulenburg, Herzogin von Kendal

PETRONELLA MELUSINA VON DER SCHULENBURG, Herzogin von Walsingham, * 1.4.1693 in Hannover, † 16.9.1778 in London, Tochter Ehrengard Melusine von der Schulenburgs und Georgs I., König von England

FRIEDRICH HEINRICH VON SECKENDORFF, * 5.7.1673 im unterfränkischen Königsberg, † 23.11.1763 in Meuselwitz; kaiserlicher Feldmarschall und Gesandter am Berliner Hof

JOHANNES SEILER, Kommilitone und Dorfgenosse Kürschners (Seelnot in der Uckermark)

FRANCESCO BERNARDO SENESINO, * 31.10.1686 in Siena, † 27.11.1758 in Siena; italienischer Opernsänger, Mezzosopran

JOHANN WILHELM SENNING, * 1667 in Berlin, † 16.9.1743 in Berlin; preußischer Ingenieuroberst

PHILIPP JACOB SPENER, * 13.1.1635 in Rappoltsweiler, Elsass, † 5.2.1705 in Berlin, Propst der Nikolaikirche, pietistischer Pastor; tauft Katte

PHILIP STANHOPE, 4th Earl of Chesterfield, * 22.9.1694 in London, † 24.3.1773 in London, Petronellas Ehemann, Hochzeit in Isleworth, Middlesex am 5.9.1733

PHILIP STANHOPE, illegitimer Sohn des Earl of Chesterfield, * 2.5.1732, † 16.11.1768

CHRISTIAN THOMASIUS, * 1. 1.1655 in Leipzig, † 23.9.1728 in Halle, Gründungsprofessor der Juristischen Fakultät in Halle

ALEXANDER HERMANN GRAF VON WARTENSLEBEN, * 16.12.1650 in Lippspringe bei Paderborn, † 26.1.1734 in Berlin, Generalfeldmarschall, Gouverneur von Berlin, Kattes Großvater mütterlicherseits

DOROTHEA SOPHIE VON WARTENSLEBEN, Kattes Mutter, * 13.11.1684, † 5.11.1707

KASIMIR GOTTLOB VON WIETERSHEIM, * 6.4.1715, † 16.1.1796; Cornett bei den Gens d'armes; jüngerer Bruder von Leopold Friedrich von Wietersheim

LEOPOLD FRIEDRICH VON WIETERSHEIM, * 20.3.1701 in Wörbzig, † 1.5.1761 in Wörbzig; Sekondeleutnant im Königsregiment Nr. 6; Schüler des Pädagogium Regium; Spitzname »Apoll«

HERMANN WOHLLEBEN, Jagdaufseher auf dem Wuster Gut

DOKTOR WOLF, Apotheker in den Franckeschen Anstalten zu Glaucha

CHRISTIAN WOLFF, * 24.1.1679 in Breslau, † 9.4.1754 in Halle; Professor der Mathematik und Philosophie an der Halleschen Universität, Frühaufklärer

Guntram Vesper
Frohburg
Roman
1008 Seiten. Leinen. Bedruckte Vorsätze. Lesebändchen
ISBN 978-3-89561-633-4

Preis der Leipziger Buchmesse 2016

»Guntram Vespers Roman *Frohburg* gehört zu den Büchern, bei denen man leicht, ganz schnell, auf die großen Begriffe kommt. Opus magnum. Mammutwerk. Solche Wendungen.«
Begründung der Jury

»Das gewichtigste Buch dieser Tage. In jeder Hinsicht.«
Andreas Platthaus, FAZ

»Guntram Vesper hat einen Ort auf die deutsche literarische Landkarte eingeschrieben, wie es in dieser Wucht wahrscheinlich seit Jahrzehnten nicht geschah.«
Marc Reichwein, Die literarische Welt

»*Frohburg*, kein Zweifel, müssen Sie lesen!«
Philipp Rimmele, ZDF aspekte

»Ein monumentaler Deutschlandroman.«
Die Welt

»Ein durch Jahrzehnte tragendes Lebensbuch.«
Dirk Knipphals, taz

Schöffling & Co.

Guntram Vesper
Nördlich der Liebe und südlich des Hasses
700 Seiten. Bedruckte Vorsätze. Leinen. Lesebändchen
ISBN 978-3-89561-634-1

Nach dem überragenden Erfolg des Romans *Frohburg*, der mit dem Preis der Leipziger Buchmesse 2016 ausgezeichnet wurde, erscheint nun die gesammelte Prosa von Guntram Vesper, begleitet von einem Nachwort des Essayisten und Kritikers Helmut Böttiger.

Nördlich der Liebe und südlich des Hasses ist ein Buch über unser Land und unsere Zeit. Die erfundenen, erinnerten und rekonstruierten Geschichten, die Fragmente, die kurzen Romane und langen Anekdoten erzählen von Stadt und Land, von Vorstadtbewohnern und Dörflern, von Nachbarn und Verwandten, von Heimat und Fremde, Pistolen und Träumen, Idylle und Brutalität: deutsche Wirklichkeit und Wahrheit unserer Tage.

Der neue Band der Ausgabe der gesammelten Werke bietet vollständig die Texte der Bände *Kriegerdenkmal ganz hinten* und *Nördlich der Liebe und südlich des Hasses* sowie in größtmöglicher Vollständigkeit die verstreut veröffentlichte Prosa eines der großen Autoren unserer Zeit.

Mirko Bonné
Lichter als der Tag
Roman
336 Seiten. Farbige Vorsätze. Gebunden. Lesebändchen
ISBN 978-3-89561-408-8

»Ein großartiger Schriftsteller, der Assoziationsräume öffnet, die weit in die Literaturgeschichte hineinragen.«
Maike Albath, Deutschlandfunk

Raimund Merz kennt Moritz und Floriane von Kindheit an. Ihr Lebensmittelpunkt ist ein wilder Garten am Dorfrand. Als Inger zu ihnen stößt, die Tochter eines dänischen Künstlers, bilden die vier eine verschworene Gemeinschaft, bis sich beide Jungen in das Mädchen verlieben. Inger entscheidet sich für Moritz, Raimund und die ehrgeizige Floriane werden ebenfalls ein Paar. Jahre später kreuzen sich die Wege der vier erneut – für Raimund die Chance, sich der Leere seines Lebens ohne Inger zu vergegenwärtigen. Verzweifelt sucht er nach einem Weg zurück zu sich selbst und zu einer Aussöhnung mit der Vergangenheit. In einem furiosen Finale bricht er auf nach Lyon zu einem Gemälde, das ihn in Bann zieht wie in der Kindheit der wilde Garten.

Mirko Bonnés großer Liebesroman überträgt das *Wahlverwandtschaften*-Thema in die heutige Zeit. Er fragt nach Gründen von Entzweiung und Entfremdung und zeichnet dabei das ergreifende Porträt eines Mannes, der die Kraft findet, aus dem Schatten über seinem Dasein hinauszutreten.